EUROPA
vor dem I. Weltkrieg
Mittelmächte u. Verbündete
im I. Weltkrieg
EISMEER
FINNLAND
Ladoga See
elsingfors
St. Petersburg
URAL
Moskau
RUSSLAND
LEN
RN
RUMÄNIEN
Bukarest
Krim
SCHWARZES MEER
BULGARIEN
Sofia
Istanbul
KASP.
SEE
ENLAND
ÄGÄISCHES
MEER
TÜRKEI
PERSIEN
Athen
MESOPOTAMIEN
Zypern (brit.)
Kreta

IGOR ŠENTJURC

FEUER UND SCHWERT

IGOR
ŠENTJURC

FEUER UND SCHWERT

ROMAN

LANGEN MÜLLER

Schutzumschlag: Werner Rebhuhn, Cuxhaven
Vorsatzkarte und Kartenskizzen im Anhang: Andrea Mayr, Feldafing
Herstellung und Lektorat: Verlagsservice
Dr. Helmut Neuberger und Karl Schaumann, Heimstetten
Satz: Ludwig Auer GmbH, Donauwörth
Gesetzt aus 10 Punkt Times auf Lino 202
Druck und Bindung: May + Co., Darmstadt
Printed in Germany 1988
ISBN 3-7844-2202-0

Inhalt

Zur Einführung

Auf die Namen Meyster, Bošković und den der weitverzweigten oberschlesischen Familie von Prettwitz, stieß ich zum erstenmal in Wien. Im Herbst des Kriegsjahres 1944 weilte ich einige Tage bei einem Freund, dessen Familie im ersten Wiener Bezirk ein großes und vornehmes Patrizierhaus besaß. Die meiste Zeit verbrachte ich in der Bibliothek, wenn ich nicht gerade während einer der zahllosen Fliegeralarme mit anderen Hausbewohnern im Keller saß, der allerdings – wie sich später herausgestellt hat – kaum einer Bombe widerstanden hätte.
In der Bibliothek blätterte und las ich auch in einem dickleibigen Band mit Erinnerungen des ehemaligen Legationsrates im k. k. Außenministerium Dr. Stefan Meyster an die Zeit um die Jahrhundertwende. Der Legationsrat, dessen Sohn Karl damals als junger Diplomat in der montenegrinischen Hauptstadt Cetinje Dienst tat, berichtete über ein Massaker, dem eine Reihe von Männern aus der Sippe des Wojwoda – Fürsten – Lazar Bošković zum Opfer gefallen waren. Der grausige Vorfall beleuchtete schlagartig die damals noch immer archaisch, mitunter barbarisch anmutenden Zustände in diesem Balkanstaat, der sich nach einem jahrhundertelangen Kampf gegen die Türken nur zögernd auf den Weg in die Neuzeit gemacht hatte. Schon deshalb behielt ich den nüchtern gehaltenen Bericht des kaiserlich-königlichen Legationsrates in Erinnerung.
Fast vier Jahre vergingen. Im Sommer 1948 hörte ich in der westserbischen Stadt Užice zum erstenmal in meinem Leben einen *Guslar.* Er war ein noch junger, kräftiger Mann mit kurzgeschorenem Kopf und hellen Augen, in dem man eher einen Bauer vermutet hätte als einen jener fahrenden Sänger und Geschichtenerzähler, die dem Vernehmen nach alt und meistens auch blind zu sein haben.
Während er sich auf dem mit einer einzigen Saite bespannten Instru-

ment, *Gusle* genannt, begleitete, sang und rezitierte er mit kehliger Stimme seine Geschichten. Sie handelten – wie hätte es zu dieser Zeit anders sein können? – vom Krieg, der seit drei Jahren beendet war und doch auf Schritt und Tritt gegenwärtig zu sein schien, von dessen Helden und ihren Heldentaten, von tapferen Partisanenbrigaden, die einer vielfachen Übermacht getrotzt und ihren Sieg mit Strömen von Blut erkämpft hatten. Der monotone Singsang, die klagend vibrierenden Laute der Gusle, die ständigen Wiederholungen in dem Vortrag über all diese kämpfenden, sterbenden und siegenden Partisanen, begannen die anfänglich aufmerksamen Zuhörer zu langweilen. Im Hintergrund des Kaffeehauses flackerten Gespräche auf, Räuspern, Husten, man rief nach Kaffee, Sliwowitz und Wein.

Doch dann wurde es plötzlich wieder still. Nach einer kurzen Pause hatte der Guslar mit einem einleitenden, dumpf brummenden Strich des Bogens eine neue Melodie und eine neue Erzählung begonnen:

Hört zu, ihr Leute!
Von alten Zeiten will ich euch berichten,
von Lazar Bošković, dem Fürsten,
von Krstna slava seines Enkelsohnes,
des kleinen Lazar in der Wiege …

Das waren ganz neue Töne! Es gab doch keine Fürsten mehr, und von der *Krstna slava,* der Feier der Taufe, sprach man im kommunistischen Jugoslawien schon gar nicht. Und doch – obwohl die Hälfte der Zuhörer Offiziere waren, darunter auch Polit-Kommissare, protestierte niemand gegen diese Geschichte aus der Zeit, als noch Fürst Nikola Petrović über Montenegro herrschte und Blutrache unter verfeindeten Sippen immer wieder grausige Ernte hielt. Alle lauschten wie gebannt der Erzählung über Wojwoda Lazar Bošković, von seinen Brüdern, Söhnen und Enkelkindern, und von der Mordnacht in seinem Landhaus am Fluß Tara – der gleichen Mordnacht, über die auch der k. k. Legationsrat Dr. Meyster in seinen Erinnerungen berichtet hatte!

Und weiter sang der Guslar: von Wojwodas Racheschwur, von seiner rastlosen Suche nach den Mördern, seinem verblendeten Enkel Bogdan, der schönen Enkelin Rada und Radas Liebe zu

einem Fremden aus dem »großen Land hinter den Bergen des Nordens« – womit, wie ich später herausfand, Deutschland gemeint war.
Zum drittenmal stieß ich auf die Namen Bošković und Meyster in dem Buch eines serbischen Humoristen und Satirikers aus den dreißiger Jahren. Darin berichtet er auch über den »chaotischen Zustand in den Köpfen unserer Landsleute, der Montenegriner«, die nichts und niemanden respektieren würden, als »sich selbst und ihre eigene Vorstellung von sich selbst und ihrem Heldentum . . . Staatliche Autorität erkennen sie nur widerwillig an, Disziplin ist ihnen ein Fremdwort, ihre Gesetze schaffen sie sich selbst, alle anderen zählen nicht . . . Da gab es zum Beispiel einen gewissen Wojwoda Lazar Bošković. In den kritischsten Tagen des ganzen Krieges (gemeint ist der Erste Weltkrieg) ist er in farbenprächtigster Montur vor einem hohen serbisch-montenegrinischen Gerichtstribunal erschienen und hatte es kurzerhand für nicht zuständig erklärt, um über einen deutschen Spion namens Meyster zu richten. Seinen Worten verlieh er mit gezogenem Säbel und einer Anzahl von bewaffneten Begleitern Nachdruck, wohl in der Annahme, daß sich auch ein Gericht am ehesten dem Argument geladener Gewehre beugen würde – dem einzigen Argument übrigens, das ein aufrechter Held der Schwarzen Berge anzuerkennen bereit ist . . .«
Wieder diese Namen in einem Atemzug! Meine Neugierde erwachte, ich begann zunächst nebenher und dann immer intensiver zu forschen. Im Laufe der Jahre fügte sich ein Mosaiksteinchen an das andere, ein Bild begann sich zu formen, gewann Umrisse, Gestalt, wurde nach und nach vollständig. Die Farben der Gewalt und des Krieges herrschten darin vor. Das Rot des Blutes, das Braun der von Granaten und Schützengräben aufgerissener Erde und der offenen Gräber, das stählerne Grau der Waffen und das Grau des Staubes auf toten Gesichtern, der Asche, in die Dörfer und Städte sanken, schließlich das Schwarz der Trauer.
Feuer und Schwert überall, wohin man sah, Feuer und Schwert als Weg und Ziel und als ein Symbol dieser Zeit. Doch als es so weit war, als dieses Bild vollständig wurde, mußte ich erkennen, daß es sich nur um einen Ausschnitt aus dem gewaltigen, sich ständig verändernden, ständig erneuernden, ständig wachsenden und sich ergänzenden Bild dieses Jahrhunderts handelte.

In diesem Prozeß der Nachforschungen, Nachprüfungen und der Vervollständigung tauchte wie von selbst der Begriff *Zeitenwende* auf. Denn nie zuvor in der Geschichte der Menschheit haben sich die Lebensverhältnisse auf der Erde so schnell und grundlegend verändert wie in diesem Jahrhundert – ein Vorgang, der im Weltkrieg 1914–1918 einen ersten und entscheidenden Höhepunkt erreichte. Wenn ich also diesen FEUER UND SCHWERT betitelten Band dem geneigten Leser vorlege, tue ich es im Bewußtsein, daß er nur der erste in einer Reihe von Berichten und Erzählungen im Rahmen des Zyklus ZEITENWENDE sein kann.

Es ist töricht und sicher auch anmaßend zu glauben, daß umfangreiche epische Werke nebenher, gleichsam »mit der linken Hand« geschrieben werden könnten. Vielmehr muß man tagtäglich die ganze Arbeitszeit, Kraft und den Einsatz der ganzen Person in die Waagschale werfen, um das Werk zu vollenden. Daß ich es *konnte,* also tagtäglich und ganztägig durch zwei volle Jahre daran arbeiten konnte, verdanke ich meiner Frau. Ohne sie hätte ich das Werk kaum, bestimmt aber nicht in dieser Zeitspanne schreiben können. Wertvolle Hilfe und Unterstützung wurde mir auch von meiner ältesten Tochter Andrea zuteil und von meinem alten Freund Dieter Seelmann aus Hamburg; er hat als einer der wenigen an das Vorhaben selbst zu einer Zeit geglaubt, als er dazu kaum noch einen Grund hatte.
Ob ein Werk gelungen und wie gewichtig es geworden ist, entscheidet nicht mehr der Verfasser. Ist er damit fertig, kann er es nur mit allen guten Wünschen aus seiner Zuständigkeit entlassen und sich dem nächsten zuwenden.
Was ich hiermit tue.

Der Verfasser

Herrngiersdorf in Niederbayern
Januar 1986–Februar 1988

Personenverzeichnis

Familie Bošković, Montenegro
Lazar Bošković, Wojwoda – Fürst –, Stammesältester, Familienchef
Milena, seine Frau
Milovan, ältester Sohn und Nachfolger
Draga, dessen Frau
Andjelka,
Rada, ihre Kinder
Lazar,
Petar, zweiter Sohn
Stana, dessen Frau
Alexander, ihre Kinder
Olga,
Dušan, dritter Sohn
Dobrica, dessen Frau
Bogdan,
Danilo, ihre Kinder
Nada,
Ljuba, älteste Tochter des Wojwoda
Nada, zweite Tochter
Ilija Marić, ihr Mann, Professor
Blagoje, Brüder des Wojwoda
Veljko,
Alexa Bijelić-Bošković, Schwester des Wojwoda,
Vera Milosavljević, Schwägerin des Wojwoda, »Madame Vera«
Mirko Pirić, der Schwachsinnige, entf. Verwandter

Familie von Prettwitz, Schlesien
Otto von Prettwitz, Gutsherr, Industrieller, Familienchef
Hedwig, geb. Gräfin Krytowsky, seine Frau

Louise, Tochter, verh. mit Graf Lechnow, 4 Kinder
Otto, Sohn, verh. mit Viktoria-Friderike von Stubbs, 5 Kinder, davon 2 gestorben
Christina, zweite Tochter, verh. mit Karl *Meyster,* Mutter von Stefan und Marco
Barbara, dritte Tochter, verh. mit Bankier Ludwig von Meyerhold, 3 Kinder
Friedrich, zweiter Sohn, Rittmeister
Hermann, dritter Sohn, »Globetrotter«
Gertrud von Beck, »Tante Gertrud«, Schwester des Familienchefs

Weitere wichtige Personen der Handlung in der Reihenfolge des Auftretens:
Erzherzog Franz Ferdinand, österr.-ung. Thronfolger
Sophie, seine Frau
Stefan Meyster, frisch gebackener Magister
Theresia Eindorfer, genannt Resi, Konditorei-Mamsell
Dr. Stefan Meyster, k. k. Legationsrat, Stefans Großvater
Prof. Dr. Dr. Sedlatschek, Stefans Lehrer
Frau Wytlatschil, Haushälterin
Eberhard von Wallberg, dt. Diplomat
Astrid, seine Tochter
Lotar pl. Gradišnik, österr.-ung. Agent, »unser Mann in Belgrad«
Othmar von Nikolić, österr.-ung. Oberstleutnant
»Der Mann mit Homburg und karierter Jacke«
Baba Gruša, weise Frau und Dorfhexe
Mate Višnjevar, Gesandschaftsdiener
Stamena, Stefans ehemalige Amme
Andjelko, ihr Vetter
Arnold Prechtl, Gesandschaftssekretär
Stane Vukotić, montenegrinischer Major
Aca, Verwalter des Wojwoda Bošković,
Ljerka, seine Frau
Bero, Ordonnanz von Bogdan Bošković
Conrad von Hötzendorf, Franz Freiherr, österr.-ung. Generalstabchef
Bora, Diener des Wojwoda Bošković
August von Mackensen, dt. Feldmarschall

Hans von Seeckt, Oberst, Mackensens Stabchef
Peter I. Karadjordje, serbischer König
Georg
seine Söhne
Alexander
Jonas, der »Mann aus Nirgendwo«, Stefans Freund
Jonas II., ein serbisches Kind
Dr. Nikola Nikolić, Generalarzt
Dr. Marko Demšar,
Dr. Milan Jastrebac, Militärärzte
Dr. Branko Urošević,
Alexander Petrowič Bagranow, Graf, Leiter der russ. Mission in Serbien
Arsa Koviljan-Kundak, Major der montenegr. königl. Garde
Nikola I., Petrović, König von Montenegro
Grgur Atanagić, Serdar, Brigadier
Husso Bekić, montenegr. Feldwebel
Arif Mehmed Derjan, albanischer Bauer
Isa, seine Frau
Georgj Blinishti, alban. Handelsherr

Prolog

Rot färbte sich das Wasser des Tara-Flusses;
Rot war der Fluß von elfmal vergossenem Blut.
Keinen verschonten die ruchlosen Mörder,
Auch nicht das schuldlose Kind in der Wiege.

Die Mörder entkamen, von niemanden erkannt,
lautlos wie Schatten im Schutze der Nacht,
Dämonen des Waldes im Fluche verbunden,
grausame Knechte einer finsteren Macht.

Aus einer volkstümlichen
montenegrischen Ballade

Der Tag, über den hier berichtet wird, ging als der Tag der »Blutigen Slava« in Geschichte und Legende Montenegros ein – »Blutige Slava«, abgeleitet von »Krstna Slava« und dies wörtlich übersetzt mit »Tauf-Feier« oder »Feier der Taufe«. An diesem Oktobertag des Jahres 1899 feierte man auf dem Landsitz des Fürsten – oder Wojwoda – Lazar Bošković die Geburt und Taufe eines seiner Enkelkinder.
Nach zwei Mädchen, der nun siebenjährigen Andjelka und der sechsjährigen Rada, wurde Milovan, dem ältesten Sohn des Wojwoda, der erste Sohn geboren und traditionsgemäß nach seinem Großvater auf den Namen Lazar getauft. Der Junge sollte dereinst Stammesältester und Wojwoda werden. Schon aus diesem Grund und nicht nur, um seiner Freude Ausdruck zu verleihen, lud sein Großvater, Lazar Bošković, zu einem großen Fest.
Seit den frühen Vormittagsstunden fanden sich Gratulanten ein, die meisten von ihnen in farbenprächtigen, bunt bestickten Volkstrachten hoch zu Pferd. Es kamen die Stammesangehörigen von nah und fern, die Nachbarn, von denen der nächste anderthalb Kilometer entfernt auf der anderen Seite des Flusses Tara lebte, Abordnungen aus den umliegenden Dörfern Trebaljevo, Sjerogošte und Mojkovac, die Bürgermeister der Städte Kolašin und Bijelo Polje. Selbst der Landesherr Fürst Nikola schickte aus Cetinje einen Vertreter, um Milovan, dem Erben und zukünftigen Wojwoda Bošković, zur Taufe seines ersten Sohnes zu gratulieren.
Niemand scheute den weiten Weg. Die Bošković waren ein einflußreicher und mächtiger Stamm, wenn auch nicht mehr so einflußreich und mächtig wie noch ein halbes Jahrhundert zuvor, als sie sich, der regierenden Dynastie der Fürsten Petrović durchaus ebenbürtig, um die Herrschaft über Montenegro bemüht hatten. In diesem eher im

Verborgenen geführten, deshalb allerdings nicht weniger mörderischen Kampf waren sie unterlegen – nicht zuletzt wegen des hitzigen Blutes und gewalttätigen Temperamentes des damaligen Wojwoda Djuro Bošković, der von einem offenen Kampf weit mehr hielt und auch mehr verstand als von diplomatischen Zügen und höfischen Rankünen.

Dieser Djuro Bošković muß ein bemerkenswerter Mann gewesen sein. Großgewachsen, ein Riese von Gestalt, mit feurig blitzenden Augen und einem Schnurrbart »so schwarz, wie die Flügel seiner Freunde, der Raben, in der Einsamkeit der Berge«, wie es in einem Gesang über ihn hieß, soll er auch über gewaltige körperliche Kräfte verfügt haben und imstande gewesen sein, mit einem einzigen Schlag seiner Faust einen Menschen zu töten. Das hätte er in unzähligen Kämpfen mit den türkischen Feinden bewiesen, wußte die Legende zu berichten. Man sollte allerdings bedenken, daß in der Erinnerung eines Volkes (und erst recht der Montenegriner) die Großen noch größer, die Kleinen noch kleiner, die Starken noch stärker, die Helden noch heldischer und die Schurken noch schurkischer werden, je länger die Zeit ihrer Taten oder Untaten zurückliegt.

Wie des Djuro Bošković kriegerisches Leben, so auch sein Tod: Er fiel in einem Scharmützel mit den Türken. Sein abgeschlagener, auf einen Speer gespießter, blauschwarz verfärbter und bald schon von Maden wimmelnder Kopf grinste mit weißen Zähnen – Wojwoda Djuro Bošković hatte ein besonders kräftiges, gesundes Gebiß – tagelang von der obersten Zinne der Festung von Podgorica übers Land, tagsüber von der Sonne ausgedörrt, nach Anbruch der Dämmerung von zwei Fackeln beleuchtet, deren flackerndes Licht ihn mit einem gespenstischen Leben erfüllte, bis er eines nachts verschwand, geborgen von Djuros Sohn Lazar.

Dieser Handstreich des damals erst neunzehnjährigen Lazar, bei dem er allein drei Türken getötet haben soll, begründete seinen späteren Ruf eines wahren montenegrischen Helden, der seinem Vater Djuro in nichts nachstand, es sei denn in der körperlichen Größe und Kraft. Doch dies machte er durch seine Gewandtheit und listenreiche Tapferkeit in den Kämpfen um Montenegros Selbständigkeit mehr als wett, und schon bald begannen die Guslari von seinen Taten zu singen.

Dieserart mit Taten beschäftigt, die ihren späteren Ruhm als Hel-

den begründeten, dachten weder Djuro Bošković noch sein Sohn Lazar, daß Kampfesmut und Tapferkeit nur die eine Seite der Münze sind, mit der man sich in die Herrschaft einkauft. Die andere, entscheidendere, ist die zielstrebige, ausdauernde Arbeit im Verborgenen, die kaum Tapferkeit erfordert, dafür aber um so mehr Schlauheit und Berechnung – Eigenschaften, mit denen die Dynastie der Petrović reich ausgestattet war. Die herrschenden Fürsten hielten mehr davon, andere für sich kämpfen zu lassen, als sich selbst ins Kampfgetümmel zu stürzen, und sie sahen es lieber, wenn die aufgespießten Köpfe ihrer Feinde aus den Fenstern der Zitadelle in Cetinje schauten, als daß sie ihre eigenen Köpfe der Gefahr aussetzten, dieses Schicksal zu erleiden.
Doch die Zeit der Rivalität um die Herrschaft über Montenegro war längst vorbei – jedenfalls schien es so –, und Fürst Nikola saß so fest auf dem Thron wie kaum einer seiner Vorgänger. Er regierte sein Fürstentum mit väterlicher Güte, wachsamer Schläue, autokratischer Strenge und grausamer Härte, wenn ihm das angebracht schien.
Davon war freilich keine Rede in der kurzen Grußansprache, die sein Vertreter Dušan Kozinac, Major im Garderegiment, bei der Ankunft auf dem Landsitz des Fürsten Lazar Bošković hielt. Er sprach von historischen Verdiensten des Bošković-Stammes für Montenegro, von der heiligen Verpflichtung der Heimat und der Dynastie gegenüber (als das Wort Dynastie fiel, starrten alle Boškovićs mit finster undurchdringlichen Mienen über den Kopf des Garde-Majors), von der Erkenntnis, daß nur ein geeintes und für alle Zukunft einiges Montenegro den zahlreichen Feinden trotzen könne, die nach wie vor seine Freiheit und das Leben seiner Bürger bedrohten. »In der Einheit liegt die Kraft!« rief der alte Major mit dem gewaltigen, waagrecht zur Seite gezwirbelten Schnurrbart, der sich schneeweiß von seinem dunkel gegerbten Gesicht abhob, zum Schluß aus und trank ein Glas Sliwowitz in einem Zug leer: Auf die Gesundheit und ein langes Leben des kleinen Lazar, seines Vaters Milovan und Großvaters Lazar Bošković! Und noch ein Glas auf die Gesundheit und ein langes Leben des Herrschers Fürst Nikola!

Der Tag selbst schien zu dieser Feier sein schönstes Gewand angelegt zu haben. In den frühen Vormittagsstunden hatten sich die

Nebelschleier aus den Tälern und Senken des Bjelasica-Gebirgsmassivs verzogen, aufgesogen von den warmen Strahlen der noch immer kräftigen Herbstsonne. Die Berge, die weiten Wälder, die Wiesen und die abgeernteten Felder erstrahlten in goldenem Licht.
Der Fluß Tara wand sich durch das tief eingeschnittene, immer wieder zu einer Schlucht verengte Tal zwischen den schroffen Hängen der Bjelasica- und Sinjajevina-Berge, jagte weiß schäumend durch die Schnellen, zog blaugrün und so klar dahin, daß man jedes Steinchen auf seinem Grund erkennen konnte, oder stand dunkel über grundlosen Tiefen, die glatte Oberfläche nur durchbrochen von den Ringen unermüdlich nach Fliegen steigender Forellen.
Die Buchen, eingestreut in das dunkle Grün der Fichten und in das hellere, silbrig schimmernde der Kiefern, färbten sich langsam rostrot. Über die noch immer saftig grünen Bergweiden und Almen zogen langsam und unermüdlich grasend die weißen Tupfen der Schafe, begleitet vom Gebell der Hirtenhunde, den Pfiffen der Schäfer oder dem monotonen Auf und Ab eines Liedes mit unzähligen, meist aus dem Stegreif improvisierten Strophen:

> Es rief der Fürst, den Enkelsohn zu ehren,
> den ersten Sohn von seinem Sohn, dem Mile.
> Von seinem weißen Schlosse rief er:
> »Von nah, ihr Leute, und von weither,
> ich lad' euch ein zu Lazars Krstna Slava!«

Der Landsitz des Wojwoda Lazar Bošković lag auf einem sanft abfallenden, nach Südwesten geneigten Hang des Bjelasica-Massives, etwa auf dem halben Weg zwischen der Stadt Kolašin und der Stelle bei Mojkovac, wo der Fluß Tara seine süd-nördliche Richtung verläßt und sich nach Westen und etwas später nach Nordwesten wendet. Das Herrenhaus und die Wirtschaftsgebäude standen auf einer weiten Waldlichtung, die von Norden bis Osten von schroffen, himmelwärts strebenden Felswänden und nach Süden von dicht bewaldeten Hängen begrenzt war. Von Südwesten nach Nordwesten, zur Tara hin, war die ausgedehnte Talmulde offen. Gut dreihundert Meter vom Landhaus entfernt fiel das Gelände an die sechzig Meter tief und fast senkrecht zum Fluß ab.
Rund um die Gebäude des Landsitzes dehnten sich ein sorgfältig

gepflegter Obstgarten und ein großer Gemüsegarten aus. Südwärts, bis zum Waldrand, erstreckten sich die Felder. Dort wurden Mais, Weizen, Buchweizen, Hafer, Kartoffeln, Rüben und Klee angebaut, in einer ständig wechselnden, seit alters her überlieferten Fruchtfolge, um die Äcker fruchtbar zu halten und sie vor dem Auslaugen zu schützen. Muttererde war in den auf weite Strecken verkarsteten Bergen Montenegros ein kostbares Gut, man ging behutsam mit ihr um, damit sie auch noch Enkeln und Urenkeln reiche Ernte bringen sollte. Das übrige offene Gelände wurde als Weide für zwanzig Kühe, einen oder zwei Zuchtstiere und ein Dutzend Pferde genutzt. Die Schafe hielt man in einem Pferch mit Sennhütte gut einen Kilometer östlich vom Herrenhaus. Auf den Bergweiden der Bjelasica gab es für sie reichlich Futter vom Frühjahr bis in den Monat Dezember hinein.

Mit Wasser wurde der Landsitz von einer jahraus, jahrein gleichmäßig starken Quelle, eher einem kleinen, aus dem Berg sprudelnden Bach versorgt. Am Ende seines kurzen Laufes stürzte das Wasser im freien Fall fast dreißig Meter tief über den Abbruch, sammelte sich in einem kreisrunden, tief in den Felsen gewaschenen Kessel und sprang anschließend in weiß schäumenden Kaskaden in den Fluß. Unterhalb der Quelle hatte der Wojwoda ein Stauwehr bauen lassen. Von hier aus leitete man das Wasser ins Haus, in die Wirtschaftsgebäude, in den Gemüsegarten und, wenn notwendig, auf die Felder, um sie bei langandauernder Trockenheit zu bewässern. Im Herrenhaus befand sich sogar eine Wasserleitung, auf die der Wojwoda besonders stolz war. Eine Wasserleitung mit golden blitzenden Messinghähnen, aus denen klares Quellwasser herausschoß, wenn man sie aufdrehte, gab es weit und breit kein zweites Mal, nicht einmal in Cetinje auf dem Schloß des Fürsten Nikola!

Entworfen und gebaut hatte die Wasserleitung ein russischer Ingenieur aus Petersburg. Ihn und seine Gehilfen, drei geschickte Männer, die meisterlich mit Metall umzugehen verstanden, hatte Wojwoda Lazars russischer Schwager, Graf Nikolai Andrejevič Bagranow geschickt. Die Wasserleitung war ein Geschenk des Grafen an den Wojwoda – ein wahrhaftig fürstliches, großzügiges Geschenk! Nach Meinung des Fräulein Vera Milosavljević, der Schwester der Fürstin, allerdings auch ein Geschenk, das den Wojwoda teuer zu stehen gekommen war: »Allein der Sliwowitz, den die drei

Russen getrunken haben, wog die Kosten der Wasserleitung auf. Jeden Tag einen Eimer voll!«
Das war natürlich übertrieben, andererseits aber auch nicht allzusehr von der Wahrheit entfernt.
Vor dem Herrenhaus erstreckte sich ein Rasenvorplatz mit drei mächtigen Walnußbäumen. In ihrem Schatten hatte man weiß gedeckte Tische und Bänke gestellt, um die Gäste gebührend bewirten zu können. Es gab zu essen und zu trinken, was und wieviel man wollte. Zur Begrüßung bei der Ankunft bekam jeder Gast ein Glas Wasser und einen Löffel »Slatko«, süßes Eingekochtes aus Zwetschgen, Weichseln oder Aprikosen. Danach wurden Priganice, krapfenähnliches Gebäck mit Fleischfüllung, Gibančiči, Teigschnitten mit Schafskäse, allerlei Piten aus Mais-, Weizen- und Buchweizenmehl, gefüllt mit Rind- und Schweinefleisch oder mit scharf gewürztem Hammelfleisch gereicht. Dazu aß man in Öl gedünstete, mit Essig angerichtete Paprikaschoten oder süß-sauer eingelegte Pilze. Weiterhin gab es geräucherte Tara-Forellen mit Kajmak und Meerrettich, geräucherten oder luftgetrockneten Schinken, den berühmten dalmatinischen Pršut, gebratene Hühner, Truthähne, Gänse, Enten, Wildtauben und Wachteln, auf verschiedene Arten zubereitetes Wildbret, frisch gegrillte Ražniči und Čevapčiči mit weißen Zwiebeln und Ajvar, auf drei Spießen drehten sich mit Knoblauch und Waldkräutern eingeriebene Spanferkel und ein Lamm, und ein langer Tisch bog sich unter dem Gewicht von Süßspeisen aller Art, für die extra ein türkischer Zuckerbäcker mit seinen Gehilfen aus Pljevlja geholt worden war. Denn es gab keine besseren Zuckerbäkker als die Türken, das mußte selbst ein Montenegriner zugeben. Zu alledem trank man den schweren Rotwein aus den Weinbergen des Wojwoda im montenegrinischen Küstenland, Met und Obstweine, und neben anderen Schnäpsen wie Breskovača (Pfirsichschnaps), Komovica (Testerbranntwein) und Travarica (Kräuterschnaps) den weichen, goldgelben, seit acht Jahren in Eichenfässern abgelagerten Sliwowitz, und für die Frauen den süßen Likör aus den Marasca-Kirschen von Zadar.
Am späten Vormittag spielten drei Musikanten zum Kolo auf, dem traditionellen Reigentanz der Südslawen. Wojwoda Lazar selbst und seine Frau, Fürstin Milena, führten ihn zunächst an. Nach und nach schieden die älteren Tänzer und Tänzerinnen aus, der Kolo

wurde immer temperamentvoller, immer schneller bewegten sich die Körper der Tanzenden, immer schneller stampften und wirbelten die Beine und Füße in den bestickten und mit Perlen besetzten Opanken, dem leichten, geflochtenen Schuhwerk mit aufwärts gebogenen Spitzen, immer schneller schlug die Trommel den Takt dazu.

Außen um den Kolo herum, für sich allein, tanzte Mirko Pirić, ein entfernter Vetter der Fürstin Milena. Er war ein schwachsinniger, gutmütiger Tropf, der hier ein Heim gefunden hatte, nachdem seine Eltern während der letzten Cholera-Epidemie gestorben waren. Mit ungelenken Bewegungen, ausgebreiteten Armen und einem wie festgefrorenen Lachen auf dem erhitzten Gesicht, hüpfte und sprang er hin und her, vor und zurück, angefeuert von den Zuschauern:

»Tanz, Mirko, tanz! Du bist der Beste weit und breit, keiner kommt gegen dich an, nicht einmal die Söhne des Wojwoda Lazar!«

Und Mirko tanzte. Er tanzte auch dann noch, als die Musiker längst ihre Instrumente eingepackt hatten und talwärts verschwanden, reich entlohnt von Wojwoda Lazar. Die Tische waren leergegessen und abgeräumt worden, die Schatten wurden länger, und die Gäste begannen sich zu verabschieden, um möglichst noch vor Anbruch der Nacht nach Hause zu kommen.

Die Sonne berührte riesig und blutrot die schroffen Gipfel des Sinjajevina-Gebirges. Der Fürst zog sich mit einem fremden Mann, der erst am späten Nachmittag gekommen war, zu einem längeren Gespräch in sein Arbeitszimmer zurück. Der Rasen vor dem Herrenhaus war leer bis auf Mirko, der noch immer dort stand, wo Kolo getanzt worden war, mit ausgebreiteten Armen, den vierschrötigen, in das rot glühende Licht der untergehenden Sonne eingetauchten Körper im Takt einer unhörbaren Melodie wiegend, ein selbstversunkenes Lächeln auf dem Gesicht.

»Schaut Mirko an – er brennt!« rief der sechsjährige Danilo, der Sohn des Petar Bošković.

»Dummkopf, das ist die Sonne. Wenn er brennt, dann ist er tot«, sagte sein achtjähriger Bruder Bogdan.

»Mirko brennt und ist tot, Mirko brennt und ist tot –«, sang Danilo auf einem Bein hüpfend.

Die dunkelrote Scheibe rutschte hinter den Berg. Vom Fluß her

krochen graue Schatten empor und löschten nach und nach das rote Nachglühen der untergegangenen Sonne aus. Ein kühler Ostwind fiel ein, raschelte in den Blättern der Nußbäume, wirbelte kleine Staubwölkchen auf dem gekiesten Vorplatz auf.
»Ajde, Mirko, komm ins Haus, es wird kalt und drinnen gibt es Pita und heißen Tee!« rief Milovan, des Wojwoda Lazar ältester Sohn. Nach den vielen Trinksprüchen, die er über sich hatte ergehen lassen müssen, stand er nicht mehr ganz sicher auf den Beinen.
Mirko gehorchte. »Ajmo, Mile, Musik war schön, eine schöne Musik, wie im Himmel!« sprach er mit kehlig bellender Stimme, während er mit ausgebreiteten Armen herankam. »Ich möchte weitertanzen, Mile, immerzu!«
»Zu deinem Namenstag lassen wir die Musikanten drei Tage lang spielen«, sagte Milovan, während er Mirko vor sich her ins Haus schob. »Drei Tage und drei Nächte lang kannst du dann tanzen, bis du drei Paar Opanken durchgetanzt hast.«
»Dann tanze ich barfuß weiter, mein Mile, barfuß, ohne Opanken!« Mirko brach in lautes, vergnügtes Lachen aus.

Im großen Eßzimmer hatten die Frauen die Familientafel mit weißen, bunt bestickten Tischdecken, altem Porzellan, Kristall und schwerem, feierlichen Anlässen vorbehaltenem Silber gedeckt. Jeder hatte seinen angestammten Platz, entsprechend dem Alter und dem Rang in der Familienhierarchie. Die gegenüberliegenden Plätze in der Mitte der Tafel waren Wojwoda Lazar und Fürstin Milena vorbehalten. Selbst wenn sie nicht anwesend waren, durfte sie niemand sonst einnehmen. Auch setzen durfte man sich erst, wenn der Fürst oder die Fürstin – das tat sie allerdings so gut wie nie, wenn er zu Hause war – das Zeichen dazu gab.
Diesmal wurde die Geduld der Anwesenden auf eine harte Probe gestellt. Es dauerte noch eine halbe Stunde, bis der Wojwoda aus seinem Kabinett kam und das sehnlichst erwartete Zeichen gab. Fröhliches Stimmengewirr und lautes Stühlerücken erfüllten den großen, von Petroleumlampen in sanftes goldenes Licht getauchten Raum, bis jeder seinen Platz eingenommen hatte.
»Und der Fremde? Hast du ihn nicht zu Tisch gebeten?« fragte die Fürstin.

»Das ist eine Familienfeier«, sagte der Wojwoda unwillig. »Er hat alles, was er braucht.«
Die Fürstin schaute ihren Mann verwundert an. Seine Gastfreundschaft war sprichwörtlich. Es mußte einen Grund geben, wenn er den Fremden nicht zum Abendmahl eingeladen hatte. »Ein – Österreicher?« fragte sie. »Was will er? Weshalb bleibt er hier?«
»Wir haben morgen noch eine Unterredung. Kosa sorgt für ihn und zeigt ihm drüben im Gästehaus sein Zimmer. Genug davon!« Der Wojwoda wandte sich an die Mitglieder seiner Familie. »Danken wir Gott für diesen Tag und für dieses Mahl!«
»Wir danken Gott, und wir danken dir, Vater«, antworteten die Männer- und Frauenstimmen und die hellen Stimmen der Kinder.
Die Fürstin gab das Zeichen, aufzutragen. Zum Ausklang des Tages gab es neben anderem Gebäck die »Krstna Slava Pita«, eine Art Strudel aus hauchdünnen Teigblättern mit Nußfüllung, übergossen mit Zuckersirup. Dazu wurde türkischer Kaffee getrunken und – als besondere Attraktion – »russischer« Tee aus einem mächtigen Samowar.
Den Samowar hatte die älteste Tochter Ljuba aus Rußland mitgebracht. Ihrer Mutter, der Fürstin, war das silberne Ungetüm immer unheimlich geblieben. Sie fürchtete, daß es eines Tages explodieren könnte, rührte es nicht an und beäugte es immer wieder mit mißtrauischen Seitenblicken, wenn es, von der Magd Milosawa bedient, zu dampfen und dann zu »singen« begann.
Ljubas Platz an der Familientafel war links vom Wojwoda, ihrem Vater. Da sie, verheiratet in Petersburg mit dem Grafen Nikolai Andrejewič Bagranow – man nannte ihn reichlich respektlos den »Installateur«, was der Wojwoda natürlich nicht hören durfte – nur selten zu Hause in Montenegro war, nahm ihren Platz Draga ein. So auch diesmal. Draga war die Frau des ältesten Sohnes Milovan, knappe dreißig Jahre alt, mit einem stillen, blassen und ebenmäßigen Gesicht, auf dem fast immer ein Lächeln stand, das sich zu einem glücklichen Strahlen vertiefte, wenn sie ihren Mann Milovan ansah. Denn sie liebte ihn abgöttisch. War er einmal etwas länger unterwegs – »länger« bedeutete bereits zwei oder drei Tage –, wurde sie immer stiller, verlor den Appetit, und auf ihr Gesicht legte sich ein Schatten, der erst dann wieder schlagartig verschwand, wenn ihr Mann zur Tür hereintrat und sie in die Arme nahm.

Der großgewachsene, schlanke Mann mit einem kühnen Raubvogelgesicht und tiefschwarzem, leicht angegrautem Haar, der neben ihr saß, war Veljko Bošković, ein Bruder des Wojwoda. Er sah aus, wie man sich einen Helden der Schwarzen Berge vorstellt, oder wie man ihn gern hätte, mit seinem knielangen, weitärmeligen, prächtig bestickten weißen Wollmantel, schwarzen Stiefeln aus allerfeinstem Juchtenleder unter der Pluderhose, einem kostbaren, mit Edelsteinen geschmückten Dolch und einer reich mit Goldbeschlägen und Einlegearbeiten aus Elfenbein versehenen Pistole hinter der blauen Seidenschärpe. Doch mit Heldentaten und kriegerischem Ruhm hatte er nichts im Sinn. Er war ein Weltmann, seine Geschäfte blühten im Frieden. In Montenegro, Bosnien und Serbien besaß er einige Sägewerke, belieferte halb Europa mit Eisenbahnschwellen und spekulierte mit Gewinn an der Wiener, Budapester und Petersburger Börse. Das allerdings wußte kaum einer, nicht einmal sein Bruder Wojwoda Lazar – und natürlich auch nicht, daß er in jeder dieser Städte und auch in Belgrad eine Geliebte aushielt, junge, bildhübsche Frauen – darunter eine verarmte Gräfin – die tagaus, tagein mit Sehnsucht und heißem Verlangen auf ihren montenegrinischen Helden warteten.
Die Frau zu seiner Linken war Dobrica, die fünfundzwanzigjährige Frau des dritten Sohnes Wojwoda Lazars, Dušan, eine Serbin. Sie war eine immer gutgelaunte, schlagfertige, manchmal vorlaute Frau mit anziehenden, etwas verschwommenen Gesichtszügen und tiefschwarzen Augenbrauen, die sich wie Schwalbenflügel über ihre flinken, fröhlichen Augen spannten. Auf die Schönheit ihrer Augenbrauen war sie besonders stolz, zupfte jeden Morgen mit einer Pinzette auch die winzigsten Härchen aus, die aus der Reihe tanzten, färbte sie regelmäßig nach und bestrich sie und die Wimpern mit Rizinusöl, damit sie ihren schönen, natürlichen Glanz behielten.
Wojwoda Lazar zur Rechten saß seine zweite Tochter Nada. Groß, schlank, mit einem kühn geschnittenen Gesicht, sah sie wie die weibliche Ausgabe ihres Onkels Veljko aus. Sie war eine temperamentvolle, gescheite Frau – doch wehe dem, der ihren Zorn weckte, was sehr schnell geschehen konnte! Jähzornig und gleichzeitig mit großer Phantasie ausgestattet, konnte sie es im Fluchen mit jedem Mann aufnehmen, was in diesen Breitengraden etwas heißen soll! Fing sie erst damit an, war sie nicht mehr zu bremsen, und man tat

gut daran, sie gewähren zu lassen, wollte man ihren Zorn und ihre phantasievollen, scharfzüngigen und reichlich derben Verwünschungen nicht auf sich lenken. Ihr Mann Ilija Marić, Professor am Gymnasium von Berane – er saß ihr schräg gegenüber – wußte davon ein Lied zu singen. Nadas Ausbrüche trugen ihm manch blaues Auge und andere Blessuren ein.
Im Augenblick war Nada damit beschäftigt, ihrem Onkel Blagoje, des Wojwoda Lazar zweitem Bruder, die Vorzüge einer modernen, freiheitlichen Kindererziehung auseinanderzusetzen. Da sie selbst keine Kinder hatte, wußte sie darüber natürlich sehr gut Bescheid. Blagoje, ein ruhiger, besonnener Mann, Bauer und Schafzüchter mit einer großen Familie, der auf seinem Hof streng auf Ordnung hielt, hätte zu ihren Thesen einiges zu sagen gehabt, hütete sich aber zu widersprechen; dafür kannte er seine Nichte Nada zu gut.
Zu Blagojes Rechten saß Stana, die Frau des zweitältesten Sohnes des Wojwoda, Petar. Sie war unbestritten die schönste Frau von allen, nicht nur hier in dieser Familienrunde – eine jener atemberaubenden Schönheiten südlicher Länder, die mit zunehmendem Alter allerdings oft dick werden oder ein hartes Aussehen annehmen. Doch Stana war in diesen Tagen eben neunundzwanzig Jahre alt geworden, voll erblüht, langbeinig, mit einer wohlgeformten Figur, makellos weißem Teint, feurig schwarzen Augen und einem kirschroten, herzförmigen Mund in dem feinen Gesicht. Sie saß da, sprach kaum ein Wort, war einfach nur schön und langweilte sich. Sie hatte sich schon den ganzen Tag halb zu Tode gelangweilt, aber das war bei ihr kein Ausnahmezustand; denn sie langweilte sich fast immer.
In der gegenüberliegenden Reihe saß rechts von der Fürstin der älteste Sohn Milovan. Er war ein mittelgroßer, drahtiger Mann mit schnellen, oft überhastet wirkenden Bewegungen, seinem Vater Wojwoda Lazar wie aus dem Gesicht geschnitten. Da der Wojwoda noch kerngesund war und, vollauf mit der Verwaltung seines Besitzes beschäftigt, noch nicht ernsthaft daran dachte, sich auf das Altenteil zurückzuziehen, fand Milovan einen Ausgleich und zugleich ein Ventil für seinen überschüssigen Betätigungsdrang in der Politik – insofern Politik im Montenegro jener Zeit unter der autokratischen Regierung des Fürsten Nikola überhaupt möglich war. Man stand entweder auf der Seite Nikolas, und dann war das keine

Politik, sondern Befehlsempfang und Befehlsausführung, oder man war gegen ihn, und das war nicht ungefährlich. Diesen nicht ungefährlichen Pfad hatte Milovan beschritten, indem er zu einem der Landesführer der panslawistischen Bewegung wurde, die sich offen für die Vereinigung aller südslawischen Völker einsetzte. Eine solche Vereinigung konnte nur unter serbischer Führung stattfinden und hätte das Ende Montenegros als selbständiger Staat bedeutet – verständlich also, daß die Bewegung vom Fürsten Nikola und dessen Regierung bekämpft wurde.
Milovans Ansichten wurden von dessen Brüdern Petar und Dušan geteilt. Auch Wojwoda Lazar sympatisierte mit ihnen, schon weil sie sich gegen das regierende Haus und die Dynastie Petrović richteten. Die Meinung seiner Söhne, daß die Zeit der kleinen Staaten endgültig vorbei und reif sei für die Vereinigung aller Südslawen in einem mächtigen, großflächigen Staat, teilte das Familienoberhaupt allerdings nicht. Diesen neumodischen Ideen konnte er keinen Geschmack abgewinnen; denn wie sollte ein solcher Vielvölkerstaat regiert werden, wenn das sogar in dem winzigen Montenegro mit seinen widerborstigen Menschen kaum möglich war? In einem Montenegro, von dessen höchstem Gipfel Durmitor man frühmorgens und mit genügend Druck auf der Blase »an jede Grenze in Nord, Süd, Ost und West pinkeln kann«, wie Wojwoda Lazar in Männergesellschaft zu sagen pflegte.
Auf dem Platz rechts neben Milovan saß Alexa Bijelić-Bošković, von allen, auch wenn sie nicht zu der engeren Familie gehörten, einfach »Tante Alexa« genannt. Sie war knapp über vierzig Jahre alt und schon so lange Witwe, daß sie sich selbst eine alte, verschrobene Jungfer nannte. Verheiratet war sie tatsächlich kaum zwei Jahre lang gewesen. Ihren Mann, einen jungen Offizier in der kleinen Armee des Fürsten Nikola, hatte sie insgesamt gerechnet vielleicht drei oder vier Wochen gesehen. Nachdem er in einem Scharmützel mit arnautischen Freischärlern gefallen war, hatte sie zwar gebührend Trauer gezeigt, aber kaum empfunden. Er war ihr fremd geblieben, sie hatten zu wenig Zeit gehabt, sich nach der von ihren und seinen Eltern beschlossenen Verbindung auch wirklich kennen- und möglicherweise lieben zu lernen. Später hatte sie nie mehr daran gedacht, noch einmal zu heiraten. Dafür meinte sie gute Gründe zu haben: »Rade«, ihr Mann, »war ein waschechter Monte-

negriner, und wie man weiß, darf ein echter Montenegriner, der wirklich Herr im Hause ist, keinen Widerspruch dulden, schon gar nicht von seiner Frau. Als ich es einmal wagte, ihm doch zu widersprechen, hat er mich grün und blau geprügelt – auch das war sein gutes Recht und sogar die Pflicht eines echten Montenegriners. So hatte man es ihm beigebracht. Das weckte natürlich erst recht meinen Widerspruchsgeist. Die Folge war, daß ich während der kurzen Zeit, die er zu Hause war, immer blaue Flecken und Striemen spazierenführte. Es war eine einzige Katastrophe! Und was soll ich sagen? Als man mir die Nachricht überbrachte, er sei wie ein echter montenegrinischer Held gefallen, war ich auf eine ganz und gar nicht montenegrinische Art kaum betrübt über den Tod des Helden, eher fast erleichtert. Der Herr möge es mir gnädig verzeihen...«

Nach dem Tode ihres Mannes zog Alexa wieder in ihr Elternhaus, und dort blieb sie. Sie wurde bald unentbehrlich. Vor allem im Gemüsegarten und in der Vorratswirtschaft machte sie sich nützlich. Man sagte, daß sie den vielgerühmten »grünen Daumen« habe: Unter ihren Händen blühte und gedieh alles, was sie anfaßte, und es hieß, daß selbst ein hundertjähriger Hirtenstab grünen würde, wenn Alexa ihn in die Erde steckte.

Der Mann rechts von ihr war Dušan, des Fürstenpaares dritter Sohn. Er schlug wie Nada seinem Onkel Veljko nach. Noch länger als dieser, fast zwei Meter groß, schmal, mit einem scharf geschnittenen Gesicht und dem schwarzen Schnurrbart sah er auch genau so gut aus. Allerdings besaß er nicht Veljkos Geschäftssinn. Er war ein stiller, verträumt wirkender Mann, gebildet und ungewöhnlich belesen: die Bibliothek in seiner Kolašiner Wohnung umfaßte an die zweitausend Bände, zu jener Zeit eine große Seltenheit. Er hatte in Petersburg, Wien und Paris studiert, sprach russisch, deutsch, französisch und leidlich italienisch. Einige Monate im Jahr verbrachte er mit ausgedehnten Reisen durch Europa, oder, genauer, durch europäische Bibliotheken und Kunstsammlungen. Die Berichte, die er darüber für serbische und kroatische Zeitungen und Zeitschriften schrieb, finanzierten zum Teil seine Reisen. Den Rest bestritt er aus den Zuwendungen des Vaters, der auf seinen gelehrten Sohn ungemein stolz war. Bildung und Wissen bedeuteten in diesem Volk der Bauern, Hirten und Krieger sehr viel, mehr als selbst Reichtum und Macht.

Im Gegensatz zu Dušan hielt sein Bruder Petar, der zweitälteste Sohn – er saß seiner Mutter, der Fürstin zur Linken – nicht viel von der Bücherweisheit. Er war Bauer und Viehzüchter wie sein Onkel Blagoje, zu dem er sich auch am meisten hingezogen fühlte. Aber vor allem war er ein leidenschaftlicher Sänger und Erzähler, ein Erbteil seiner Mutter, in deren Familie solcherlei Talente zuweilen auftauchten. Wäre er nicht der Sohn eines Wojwoda gewesen, so hätte er als Guslar singend und erzählend durch das Land ziehen und so sein Brot verdienen können, sagte man. Denn kaum einer konnte so gut Verse schmieden und so spannende Geschichten erzählen. Die einzige Person, bei der Petars Kunst keinen Anklang fand, war seine Frau Stana. Wie alles, was nicht mit ihr selbst zu tun hatte, fand sie auch seine Geschichten sterbenslangweilig.
Im Augenblick erzählte er seiner Nachbarin links, Vera Milosavljević, etwas Amüsantes. Jedenfalls stand auf ihrem strengen, meist etwas säuerlich wirkenden Gesicht der Anflug eines Lächelns, was bei ihr so viel bedeutete wie bei anderen ein lautes und fröhliches Lachen.
Vera Milosavljević war die Schwester der Fürstin. Doch ganz anders als bei Tante Alexa wagte niemand, sie »Tante Vera« zu nennen. Sie war eine Respektsperson, und alle nannten sie nur Fräulein Vera, manchmal auch *Madame Vera* oder *Miss Vera* – letzteres in Anspielung darauf, daß sie mit ihrem streng zurückgekämmten Haar, dem kantigen Gesicht und dem knochigen Körper in den hochgeschlossenen, dunklen Kleidern wie eine englische Bilderbuchgouvernante aussah. Solange man sich an sie erinnern konnte, hatte sie so ausgesehen, schon vor dreißig Jahren, als sie zu ihrer älteren Schwester Milena gekommen war (nach einer herben Liebesenttäuschung, munkelte man), um für immer zu bleiben. Wie in einer stillschweigenden Übereinkunft hatte sie die Erziehung der Kinder und später der Enkelkinder übernommen, hatte ihnen unerbittlich streng das Lesen und Schreiben und einiges darüber hinaus beigebracht, so das Hantieren mit Messer und Gabel und andere Tischmanieren, hatte sie gelehrt, daß man schweigt, wenn Ältere reden, sich nicht durch die Finger schneuzt und keine üblen Winde fahren läßt, schon gar nicht laut und in Gegenwart Fremder. Mit ihren Bemühungen hatte sie bei den Mädchen entschieden mehr Erfolg als bei den Jungen, obwohl sie auch von diesen nicht nur

respektiert, sondern sogar gefürchtet wurde. Ihr eisiger Zorn konnte einem aber auch Angst machen! Selbst Wojwoda Lazar wich ihr lieber in einem großen Bogen aus, wenn sie mit gerunzelten Augenbrauen, umwölkter Stirn und schmalen Lippen auf der Bildfläche erschien. Wie das so ist: Fräulein Vera war – obwohl eine Schwester der Fürstin – ohne jede Bedeutung, und doch besaß sie eine von niemandem angezweifelte Autorität. Ihr Tischnachbar Ilija Marić, Nadas Mann, war als Gymnasiallehrer und Professor für Mathematik, Physik und Biologie von Amts wegen eine Respektsperson, doch Respekt hatte niemand vor ihm. Allenfalls respektierte man sein Wissen. Er war ein rundlicher, gutmütiger Mann mit großen, feuchten, immer etwas ängstlich wirkenden Augen, der unter den ungezogenen, rabiaten Kindern und erst recht unter seiner temperamentvollen, streitsüchtigen und häufig gewalttätigen Frau litt. So oft er nur konnte, zog er sich zu seinen Liebhabereien zurück, einer Briefmarkensammlung, die ihresgleichen suchte, oder an den Fluß Tara, wo er nach Forellen und Äschen angelte. Im Sommer und Herbst durchstreifte er die Wälder auf der Suche nach Pilzen, die er dann selbst einlegte oder auf großen, aus Weidenzweigen geflochtenen Pilzdarren trocknete. Aber nicht nur das. Die gefundenen Pilze untersuchte, klassifizierte und beschrieb er auf das genaueste und fertigte von ihnen farbige, erstaunlich naturgetreue Zeichnungen an. Dieserart arbeitete er bereits jahrelang an dem ersten großen serbischen Atlas aller einheimischen Pilzarten – einem Werk, das er niemals vollenden würde.
Die noch freien Plätze am Tisch wurden von den Kindern beansprucht. Bei ihnen achtete man noch nicht auf die familiäre Rangordnung. Sie durften sich setzen, wohin sie wollten, und das wechselte immer nach augenblicklichen Sympathien und Launen. An diesem Abend waren sieben Kinder anwesend. Andjelka, 7, und Rada, 6, die Töchter des Milovan und Draga. Alexander, 7, und Olga, 5, Kinder des Petar und der schönen Stana. Dušan und die Serbin Dobrica hatten drei Kinder: Bogdan, 8, Danilo, 4, und Nada, 3. Die beiden letzten, die Jüngsten, wurden von dem siebzehnjährigen Kindermädchen Dinka beaufsichtigt, und die Älteren wie immer von Fräulein Vera, deren strengen Augen selbst jetzt nichts entging, während sie Petars amüsanten Geschichten lauschte.
An der Familientafel durfte auch Mirko sitzen, obwohl er nur ein Vetter zweiten Grades der Fürstin Milena war. Man brachte es nicht

übers Herz, ihn hinauszuweisen und bei den Dienstboten essen zu lassen, auch wenn er hin und wieder in unkontrolliertes Lachen ausbrach. Ansonsten betrug er sich selbst nach der Meinung von Fräulein Vera »weitaus gesitteter als manch einer, der von sich behauptet, ein Herr und Gentleman zu sein und in Wirklichkeit ein ungehobelter, schlürfender, schmatzender Flegel ist, der das Messer ableckt und mit der Gabel in den Zähnen herumstochert. Gott sei's geklagt – dieses Land ist übervoll davon!«
Die letzte Anmerkung brachte sie bei jeder passenden Gelegenheit an, was ihr den Ruf eintrug, eine schlechte Patriotin zu sein. Das kümmerte sie allerdings wenig. »Daß die Kritik dort aufzuhören hat, wo die Vaterlandsliebe beginnt, meinen nur Dummköpfe. Gott sei's geklagt – dieses Land ist übervoll davon!«
Wojwoda Lazar selbst schnitt die Krstna Slava Pita an und verteilte sie. Das erste Stück bekam die Fürstin, das zweite der Sohn Milovan, das dritte dessen Frau Draga, das vierte der Bruder Blagoje und so weiter, bis zu der dreijährigen Nada, dem schwachsinnigen Mirko und dem Kindermädchen Dinka. Erst dann legte er ein Stück auf seinen eigenen Teller.
Die Magd Norka brachte für Kaffeetrinker aus der Küche eine Platte mit dampfendem Djezvas, den kupfernen Kännchen, in denen türkischer Kaffee portionsweise zubereitet wird. Die anderen, die Tee trinken wollten, reichten ihre Tassen hinüber zu Milosawa, die am Ende des Tisches mit dem Samowar hantierte und Tee einschenkte. Die Kinder bekamen zu diesem besonderen Anlaß Kakao wie sonst nur zu Weihnachten und Ostern.
Das Gespräch drehte sich – wie immer, wenn die Männer der Familie zusammensaßen – um die Landespolitik. Und wie immer redete und ereiferte sich Milovan am meisten von allen. Nach zuverlässigen Informationen rüste Österreich-Ungarn zur endgültigen Annexion Bosniens, Herzegowinas und des Gebietes um Novi Pazar, erzählte er. »Das muß unter allen Umständen verhindert werden. Wenn uns die Švabas* vor vollendete Tatsachen stellen und die jetzt nur okkupierten Gebiete endgültig schlucken, wird es sehr viel schwerer fallen, ihnen die Beute wieder abzujagen.«
»Und wie willst du das verhindern?« fragte Milovans Bruder Dušan.

* Švaba, eine abschätzige oder auch verächtliche Bezeichnung für Deutsche.

Er schenkte sich Kaffee aus der Djezva in das henkellose, mit arabischen Ornamenten verzierte Täßchen ein und nahm mit geschlossenen Augen einen genießerischen Schluck. »Mama, der Kaffee zu Hause schmeckt immer noch am besten!«
Fürstin Milena nickte ihrem Sohn lächelnd zu.
»Verhindern können das weder Montenegro noch Serbien und auch nicht beide zusammen«, sagte Milovan. »Rußland schon eher.«
»Rußland soll wegen zwei österreichischer Hinterwäldler-Provinzen auf dem Balkan Krieg führen? Das ist doch nicht dein Ernst!« rief Veljko, der geschäftstüchtige Lebemann, über den Tisch.
»Das habe ich nicht gesagt. Möglich wäre es zwar, aber man soll sich nicht darauf verlassen. Nein, ich meine etwas anderes. Österreichs Expansionsbestrebungen könnte nur ein starker südslawischer Staat bremsen, der in Rußland einen gleichgesinnten Verbündeten hat. Montenegro vereint mit Serbien, Mazedonien, vielleicht sogar Bulgarien. Ja, warum nicht auch Bulgarien? Ein solcher Staat würde auf die slawischen Völker Österreich-Ungarns eine große Anziehungskraft ausüben. Kroaten, Slowenen, Bosniaken – die Bewohner Vojwodinas, Banats. Früher oder später würden sie alle von Österreich-Ungarn abfallen. Ja – und wenn dann auch noch die Tschechen und Slowaken ihre Freiheit fordern, ist das Ende der Habsburger Monarchie gekommen. Eine neue Zeit bricht an! Natürlich geht das nicht von heute auf morgen. Zunächst brauchen wir einen Anfang. Und das ist eine Vereinigung Serbiens mit Montenegro.«
Wojwoda Lazar hörte den Ausführungen seines ältesten Sohnes mit gerunzelter Stirn zu, trank Kaffee, aß Pita, rauchte zwischendurch seine Zigarre, strich sich immer mal wieder über den grauen Schnurrbart und sagte schließlich:
»Eine Vereinigung mit Serbien ... Warum nicht? Aber zuerst müßten die Serben in ihrem eigenen Haus Ordnung schaffen. Ist das noch ein Staat? Ist das noch eine Dynastie, die Respekt verdient? Ist das ein Königshaus, das man achten kann? Der serbische Hof – eine Brutstätte für Intrige, Lüge, Verschwendung, Korruption! Gut, meine Söhne, ich bin für die Einheit mit Serbien. Doch nicht unter der Dynastie der Obrenović! Und schon gar nicht unter dem jetzigen König Alexander Obrenović!«
»Unter welchem König dann, Papa?« fragte Nada.

»Es gibt nur einen Mann, dem die serbische Königswürde gebührt – Petar Karadjordjewič!« rief Milovan.
»Petar Karadjordjewič – ein Bauer, puh!« meinte Nada geringschätzig.
»Ein ehrenwerter Mann, ich kenne ihn gut«, sagte Wojwoda Lazar mit einem unwilligen Blick auf seine Tochter. »Einfach, geradlinig, streng und gerecht. Ein Mann, wie man ihn in schwierigen Zeiten braucht. Ein Bauer? Gut! Wir alle sind Bauern. Und wir alle, Serben wie Montenegriner, brauchen einen König, der unsere Belange versteht und unsere Sprache spricht. Oder sollen wir uns einen König aus Deutschland holen wie die Bulgaren, Rumänen oder Griechen? Einen König, der nicht einmal unsere Sprache beherrscht? Eine Schande!« Der Wojwoda sog wütend an seiner Feiertagszigarre und paffte dicke Rauchwolken vor sich hin.
Fürstin Milena hüstelte, wedelte mit ihrem Tüchlein die blauen Tabakschwaden weg und sagte mit einem milde vorwurfsvollen Blick zu Wojwoda:
»Also, diese Luft ... Bogdan, mach bitte das Fenster auf!«
Das galt dem achtjährigen Bogdan, der ihr schräg gegenüber, fast am Ende der Tafel saß. Der Junge stand auf, ging zum Fenster, machte sich daran zu schaffen. Das Fenster klemmte und er brauchte einige Zeit, um es zu öffnen – das rettete ihm das Leben.
»So habe ich das nicht gemeint, Papa«, verteidigte sich Nada. »Ich denke nur, daß es in Serbien und auch bei uns in Montenegro Familien und Männer gibt, die ...«
In diesem Augenblick fielen draußen schnell hintereinander zwei Schüsse. Vučko, der Hofhund, bellte wütend. Eine gedämpfte Stimme rief etwas. Ein Aufschrei. Stille. Schritte knirschten auf dem Kiesvorplatz. Wieder ein Schuß, diesmal ganz nah am Haus. Vučko jaulte auf, verstummte.
Die Haustür flog krachend auf.
»Was, zum Teufel ...« rief Wojwoda Lazar, sich halb vom Stuhl erhebend.
»Ich seh' nichts«, rief Bogdan am Fenster.
»Die Tür zum Speisezimmer wurde aufgestoßen. Der Knecht Djuro stürzte herein und schrie: »Herr, es sind ...« Weiter kam er nicht. In der Dämmerung des Ganges hinter ihm tauchte der Schatten eines Mannes auf. Ein Schuß krachte betäubend laut. Djuro warf

die Arme hoch und stürzte nach vorn auf das Gesicht, sein Körper warf sich sekundenlang zuckend herum und erschlaffte, während sich unter ihm auf den blank gescheuerten Holzdielen eine Blutlache ausbreitete.
Dušan war der einzige, der bereits in diesen ersten Augenblicken der Verwirrung zu begreifen schien, was vor sich ging. Der Knecht Djuro hatte noch nicht den Boden berührt, als er seinem Sohn Bogdan am Fenster zurief: »Bogdan, raus – Hirten!«
Bogdan begriff genau so schnell. Er sprang bäuchlings auf das Fenster, schwenkte die Beine hoch und ließ sich kopfüber hinausfallen. Das geschah so blitzartig, daß es kaum jemand bemerkte, auch nicht die Männer, die hinter dem ersten Angreifer über den toten Djuro ins Zimmer drängten und sich wie in einem gut eingeübten Manöver links und rechts von der Tür verteilten. Sie waren mit modernen, auf die Überfallenen gerichteten Pistolen, amerikanischen Revolvern und Schrotflinten bewaffnet, fast alle trugen links oder rechts in den Händen türkische Dolche oder Krummsäbel, Handschare genannt. Obwohl mit vorgebundenen Gesichtstüchern maskiert, sah man auf den ersten Blick, daß es Skipetaren waren, Arnauten aus dem benachbarten Albanien. Auf den Köpfen trugen sie weiße arnautische Mützen oder Turbane und an den Füßen Opanken, die sich in ihrer Machart von den serbischen oder montenegrinischen deutlich unterscheiden.
»Niemand rührt sich – die Männer, Hände hoch!« rief der Mann, der Djuro erschossen hatte, mit einer unnatürlich hohen Stimme auf serbisch. Als er sah, daß niemand seiner Aufforderung folgte, hob er die Pistole und schoß in die Decke. Die überfallenen Männer hoben langsam und widerwillig die Hände.
»Was wollt ihr von uns?« Die Stimme des Wojwoda Lazar klang schwer in der dumpfen Stille nach dem betäubend laut krachenden Schuß.
»Das wirst du erfahren, jetzt schweig!« Die Pistole des Mannes mit der hohen Stimme war jetzt auf den Wojwoda gerichtet.
Von der Haustür näherten sich langsame Schritte durch den Gang. In der Dämmerung hinter der Tür erschien die Gestalt eines Mannes, der alle anderen um eine Kopflänge überragte. Er trug einen schwarzen Umhang, Turban und ein vorgebundenes schwarzes Gesichtstuch, so daß nur seine Augen zu sehen waren. An den Füßen

hatte er Schaftstiefel statt Opanken, in der rechten, locker herabhängenden Hand hielt er eine große österreichische Repetierpistole. Er trat nicht ganz ins Zimmer, sondern blieb draußen stehen, eine große, schwarze, unheildrohende Gestalt mit halb geschlossenen Augen, mit denen er die Männer, Frauen und Kinder der Bošković-Familie sekundenlang schweigend musterte. Dann hob er langsam die linke Hand und machte damit eine wegwischende Bewegung seitwärts.
»Die Frauen – alle Frauen da in die Kammer, los, schnell!« schrie der mit der hohen Stimme.
Drei oder vier Männer trieben die widerstrebenden Frauen in die Kammer neben dem Speisezimmer, in der das Tafelgeschirr und teilweise auch die Vorräte aufbewahrt wurden. Die Frauen versuchten, alle Kinder mitzunehmen. Doch bei den Jungen, dem siebenjährigen Alexander und dem vierjährigen Danilo wurde ihnen das verwehrt. Die Buben mußten im großen Zimmer bei den Männern bleiben. Das galt auch für den schwachsinnigen Mirko. Die Tür zur Kammer wurde abgeschlossen, zwei Vermummte postierten sich davor.
»Nehmt, was ihr tragen könnt und verschwindet!« sagte der Wojwoda. Seine Stimme zitterte vor unterdrückter, nur mühsam im Zaum gehaltener Wut. Noch hielt er das ganze für den wohlorganisierten Raubüberfall einer jener arnautischen Banden, die immer wieder in Montenegro oder Serbien einfielen, um Beute zu machen. Als versuchte er sich an etwas zu erinnern oder als wollte er sich den Anführer der Bande ganz genau ins Gedächtnis prägen, starrte er die schwarze Gestalt in der Dämmerung des Ganges an, die jetzt zwei Schritte vortrat.
Durch Milovan ging ein Ruck. Er senkte die erhobene Hand, zeigte auf den großen Mann, der jetzt im Schein der Wandleuchten links und rechts der Tür deutlicher zu sehen war und rief:
»Ich kenne dich! Vater, ich weiß jetzt ...«
Der große Mann hob blitzschnell seine Pistole und schoß Milovan zweimal in die Brust. Blut schwappte in einem hellroten Strahl aus Milovans zu einem Schrei aufgerissenen Mund, er fiel in sich zusammen, tot, noch bevor er den Boden erreichte.
Dies war für die anderen ein Signal. Das Morden begann. Der einzige, der noch immer nicht begriff, was da vor sich ging, war der

schwachsinnige Mirko. Möglicherweise hielt er den Überfall für ein neues Spiel an diesem schönen, so festlichen und ereignisreichen Tag. Nach den Schüssen auf Milovan trat er den Angreifern mit einem breiten Lächeln entgegen, als wollte er sie begrüßen – und wurde von einem Schuß in die Brust zurückgeschleudert. Er wankte, aber er fiel nicht um. Und er schien noch immer nicht zu verstehen, daß dies kein Spiel, daß es tödlicher Ernst war und daß es um sein Leben ging. Leben? Wußte er denn um die Bedeutung dieses Wortes? Wußte er um sich selbst, dieser Mirko Pirić, vierunddreißig Jahre alt, ein Mann? Wußte er es? Oder war er einfach, so wie ein Tier ist, jedoch nicht um sich weiß? Mag sein. Doch wozu sollte er es auch wissen? Er empfand Freude, wie an diesem Tag, empfand die warme Herbstsonne und das Glück, in der Sonne zu den fröhlichen Klängen der Musik mit den tanzenden Lichtern und Schatten unter den Nußbäumen um die Wette zu tanzen, das Glück, die Musik zu erfahren und in sich zu fühlen, noch lange nachdem sie verklungen war. Und das warme Glück der Geborgenheit, wenn ihm Milo auf die Schulter klopfte, du bist weit und breit der beste Tänzer, Mirko, ha, und die Sonne, die ihn wie in einen feurig roten Mantel hüllte, Mirko brennt und ist tot! Und das Glück und eine alles andere überströmende Liebe, wenn ihm der Wojwoda den Teller mit der süßen Pita reichte und lächelnd zunickte, dieser große Mann, größer und mächtiger als alle anderen, so groß und so mächtig wie Gott Vater selbst, er war Gott, er, der Vater, auch sein Vater, so wie er der Vater von allen anderen war. Das war es. Es war alles ganz einfach. Und jetzt – warum fügten ihm diese Männer jetzt den Schmerz zu? Warum taten sie es? Was wollten sie? Der festliche Tag der Freude und des Glückes war vorbei, das Licht erlosch, etwas Schreckliches, Dunkles kroch auf ihn zu, kam mit dem Schmerz, breitete sich wie der Schmerz von seiner Brust ausgehend durch den ganzen Körper aus, hüllte ihn wie in einen düsteren roten Nebel ein, benahm ihm den Atem, tat weh, er schien zu brennen, oh, wie weh es doch tat!

Das törichte Grinsen auf Mirkos Gesicht wich einer Grimasse des Schmerzes, als er sein maskiertes Gegenüber anstarrte und den Blick hinunter auf die auf ihn gerichtete Pistole senkte, die jetzt wieder Feuer und Rauch spie. Ein zweites kleines Loch wurde in sein weißes, am Kragen und an den Ärmeln bunt besticktes Feier-

tagshemd gestanzt und riß aus seinem Rücken ein handtellergroßes Loch heraus, aus dem Blut zu spritzen begann. Doch er fiel noch immer nicht. Aus seinem Mund kamen schrecklich heulende Laute, die den ohrenbetäubenden Lärm übertönten, die Schreie der Todesangst, des Entsetzens und des Schmerzes der Gemordeten, die schrillen Schreie der Frauen aus der Kammer, das betäubende Krachen der Schüsse, das Klirren des zerbrochenen Geschirrs, ein durchdringendes, unmenschliches Heulen, aus dem man den verzweifelten Hilfeschrei »Vater – Vater – Vater – Vater –« heraushören konnte, und der Hilfeschrei nach dem Vater wurde auch durch einen Schlag mit dem Gewehrkolben nicht zum Verstummen gebracht, der Mirkos Gesicht aufplatzen ließ. Er schrie weiter, und er stand noch immer, als sein Gesicht nach einem zweiten und dritten Schlag mit dem Gewehrkolben nur noch eine zerschmetterte Fleischmasse mit einem halb aus seiner Höhle hängenden Auge war.
»Wann stirbt er, der Hund, stirb, du Hund, stirb endlich, stirb!« schrie der Mann mit dem Gewehr und schlug wieder und wieder zu, bis Mirko in die Knie sank, mit dem heraushängenden Auge seinen Mörder anstarrend, während sein Schrei in einem langgezogenen Gurgeln erstickte: »Va – Vaaa – ter – Va – aaaaa – aaaa . . .«
Er fiel erst endgültig um, als ihm ein wuchtiger, von hinten geführter Hieb mit einem Handschar den Kopf abtrennte, und aus seinem krampfartig zuckenden Körper ergoß sich ein Strom von Blut.
Der Mann mit dem Gewehr stolperte zur Seite, schlug mit dem Kopf an die Wand, noch einmal und noch einmal, riß das Tuch vom Gesicht und übergab sich.
Zu diesem Zeitpunkt hatten die Mörder ihr Werk bereits vollbracht. Nach einem aufmerksamen Blick durch das Zimmer mit den Toten inmitten der großen, über die Dielen kriechenden und an den Rändern langsam erstarrenden Blutlachen, Porzellan- und Glasscherben, verschwand der Anführer in Richtung der Treppe. Kurze Zeit später fiel oben ein einzelner Schuß. Die Mörder, die begonnen hatten, die Räume zu durchsuchen und zu plündern, erstarrten für einen Augenblick mitten in der Bewegung. Aus der Kammer mit den eingeschlossenen Frauen kam ein langgezogener Schrei und eine Frau trommelte an die verriegelte Tür.
»Er hat das kleine Kind getötet – warum?« fragte einer von den Männern, die an der Tür postiert waren.

»Auch ein Kind wird zum Mann«, sagte der andere gleichmütig. Sie sprachen nicht albanisch, sondern serbisch.

Nachdem sich der achtjährige Bogdan aus dem Fenster hatte fallen lassen, konnte er unbemerkt davonlaufen, um Hilfe zu holen. Aber es verging mehr als eine halbe Stunde, bis er mit zwei Hirten und einem Knecht wieder zum Landhaus kam. Zu diesem Zeitpunkt waren die Mörder bereits in der Nacht verschwunden. Die drei Männer und der Junge, bewaffnet mit alten Jagdflinten, mit denen im Winter Wölfe und Füchse und ab und zu ein Luchs von den Schafen vertrieben wurden, hätten gegen die schwer bewaffneten Banditen ohnehin nichts ausrichten können.
Die Schnelligkeit, mit der die Mörder den Überfall und ihr grausiges Werk durchgeführt hatten, und die zielstrebige Sicherheit, mit der sie dabei vorgegangen waren, ließen darauf schließen, daß die Aktion von langer Hand vorbereitet gewesen war. Bei ihrem Rückzug nahmen sie die Pferde des Wojwoda mit; sie waren von edlem Geblüt und stellten einen großen Wert dar. Tatsächlich tauchten sie einige Wochen später auf den Pferdemärkten von Skutari und Sarajewo auf, wohin sie über die Grenzen geschmuggelt worden waren.
Die Kunde vom blutigen Massaker auf dem Landsitz des Wojwoda Lazar Bošković, dem fast alle Männer der engeren Familie zum Opfer gefallen waren, verbreitete sich wie ein Lauffeuer durch Montenegro. Am Leben geblieben waren nur Bogdan und wie durch ein Wunder Wojwoda Lazar selbst. Er war von einem Handschar an der Stirn und quer nach unten über das Auge und die rechte Wange getroffen worden. Besinnungslos war er unter den Tisch gesunken und in seinem Blut liegen geblieben. Die Mörder hatten ihn für tot gehalten und sich nicht weiter um ihn gekümmert. Er schwebte tagelang zwischen Leben und Tod, erholte sich dann jedoch überraschend schnell. Man sagte, nur sein eiserner Wille und der Wunsch nach Rache hätten ihm am Leben erhalten und ihm die Kraft gegeben, zu genesen.
Der Herrscher von Montenegro, Fürst Nikola, ordnete eine sorgfältige und umfassende Untersuchung an. Er selbst übernahm den Vorsitz der Regierungskommission, die sich damit befassen sollte. Weiterhin erklärte er, daß die Familie des Wojwoda Lazar Bošković fortan unter dem Schutz des Herrscherhauses stehe, jede feindliche

Handlung gegen sie würde man als feindliche Handlung gegen den Herrscher selbst betrachten und dementsprechend verfolgen und ahnden. Des weiteren befahl Fürst Nikola, den achtjährigen Bogdan umgehend an den Hof nach Cetinje zu schicken. Sicher vor etwaigen weiteren Anschlägen sollte er dort und später in Petersburg auf Kosten und in der Verantwortung des Herrschers zum Offizier ausgebildet werden.

In dem abschließenden Bericht der Untersuchungskommission hieß es unter anderem, daß die Mörder mit großer Sicherheit albanische Banditen gewesen seien. Es sei auch vorstellbar, hieß es weiter, daß die Männer der Bošković-Familie einem späten Akt der Blutrache zum Opfer gefallen waren. Wojwoda Lazar war in seiner Jugend ein verwegener und bei seinen türkischen und arnautischen Feinden gefürchteter Kämpfer gewesen. Möglicherweise habe er in seinem Leben Blutschuld auf sich geladen, die jetzt eingetrieben worden war. Dafür sprach auch, daß sich die Banditen nur kurz mit Plünderungen aufgehalten und außer den Pferden nur wenige Wertgegenstände mitgenommen hatten, darunter Waffen und Tafelsilber.

Die verstörten Frauen erzählten den untersuchenden Beamten, daß unter den Opfern der Mörder auch ein Fremder sein müßte, der im Landhaus des Wojwoda zu Gast gewesen war. Doch da er nach der Mordnacht verschwunden blieb und man auch seine Leiche nicht gefunden hatte, nahm man an, daß er wohl ein Kundschafter der Banditen gewesen war, der dann mit ihnen gemeinsame Sache gemacht hatte.

An einem kalten, regnerischen Novembertag verließ Wojwoda Lazar mit der Fürstin und einigen anderen Frauen das Landhaus. Er wollte nicht mit dem Wagen weggebracht werden, sondern ließ sich auf ein Pferd helfen. Kurz bevor der Weg am Steilufer der Tara in den Wald einbog, hielt er das Pferd an und schaute lange, in brütendes Schweigen versunken, zurück auf das Anwesen.

Ein böiger Nordwestwind trieb die ersten mit Regen vermischten Schneeflocken vor sich her. Nebelschwaden jagten an den felsigen Hängen der Bjelasica entlang, hüllten die Gebäude, den kahlen Obstgarten und die reglose, schmale, schwarz gekleidete Frauengestalt vor dem Herrenhaus, die den Davonziehenden nachsah, sekundenlang ein. Regenwasser und vielleicht auch Tränen liefen dem Wojwoda über das blasse, von einer furchtbaren, verkrusteten

Narbe verunstaltete Gesicht, als er die rechte Hand gegen den Himmel hob und rief:
»Ich verfluche dieses Haus, die Stätte des Mordes an meinen Söhnen, Brüdern und Enkeln. Ich werde es so lange nicht betreten, bis die Rache an den Mördern vollbracht ist. Das schwöre ich, Wojwoda Lazar Bošković, bei Gott dem Allmächtigen und dem Blut meiner Vorfahren!«

Schon bald begannen die Guslari von der *Blutigen Slava* und dem Schwur des Wojwoda Lazar zu singen und zu erzählen. Sie sangen in den Städten, auf den Märkten, in den Dörfern, auf einsamen Gehöften, vor Kirchen und auf Klosterhöfen, in Gasthäusern und Herbergen. Ihre Balladen und Erzählungen über den vielfachen Mord an der Familie Bošković blieben durch alle Stürme der Zeit unvergessen, sie überdauerten zwei Kriege, die das Land verwüsteten und entvölkerten, von Generation zu Generation weitergegeben bis auf den heutigen Tag:

»Der Fürst und sein Enkel, sie blieben am Leben,
Wojwoda Lazar und Bogdan, der mutige Junge.
Den Mördern blutige Rache schworen sie beide,
Grausame Rache für elfmal vergossenes Blut.«

I. Teil

Geheimnis und Gewalt

1. Kapitel

O Wien, glorreiche Stadt,
überreich an Ruhm!
In Österreich gelegen,
in guter Luft,
am erquickenden Flußlauf,
überschäumend von Frauenschönheit,
auf fruchtbarer Erde,
voll des Weins,
beschenkt mit Bäumen.
Wie gut ist es da sein!

Ein Spruch aus dem 13. Jahrh.

Wien ist schließlich Wien, das heißt
widerwärtig im höchsten Maße.

Sigmund Freud

Der alte Kaiser und sein Nachfolger

Mit dem Wunsch des k. k. österreichisch-ungarischen Feldzeugmeisters und Militärgouverneurs von Bosnien und Herzegowina Oskar Potiorek, Erzherzog Franz Ferdinand möge Bosnien besuchen, begann das Verhängnis. Als österreichisch-ungarischer Thronfolger und Generalinspekteur der kaiserlich und königlichen bewaffneten Macht sollte Franz Ferdinand die bosnischen Sommermanöver von 1914 inspizieren und sich anschließend nach Sarajewo begeben. Dort wollte man ihn empfangen und ihm huldigen, wie es dem Thronfolger der Donaumonarchie gebührt.
Von diesem Besuch versprach sich Potiorek eine Stärkung der dem Kaiserreich ergebenen Kreise und natürlich nicht zuletzt eine Stärkung seiner eigenen Position. Darüber hinaus ließ er den kaiserlichen Hof in Wien und die »Schattenregierung« unter Franz Ferdinand auf Schloß Belvedere wissen, habe die bosnische Bevölkerung durch ihr diszipliniertes, gegenüber der Monarchie und das Haus Habsburg loyales Verhalten in den Krisenjahren 1908/09 und 1912 ein Anrecht auf den hohen Besuch erworben.*

* Bosnien und Herzegowina, bis dahin österreich-ungarisches Mandatsgebiet, wurde Ende 1908 annektiert und in die Donaumonarchie eingegliedert. Serbien protestierte aufs schärfste gegen die einseitige, die bestehenden Verträge mißachtende Aktion. Unterstützt wurde es von Rußland, das die Gebietsausweitung der Donaumonarchie auf dem Balkan mit Argwohn betrachtete. Dem Protest schlossen sich aber auch andere europäische Staaten an, selbst Österreichs Verbündeter Deutschland. Europa bewegte sich einige Wochen lang am Rande eines Krieges, bis es gelang, die Krise beizulegen.
Im Oktober 1912 brach der erste Balkankrieg aus. Serbien, Bulgarien, Montenegro und Griechenland besiegten in gemeinsamem Vorgehen den »kranken Mann am Bosporus«, die Türkei. Serbische nationalistische Kreise meldeten ihren Anspruch auf Bosnien und Herzegowina wieder an.

Erzherzog Franz Ferdinand stimmte Potioreks Wunsch zu. Bald mehrten sich jedoch die Stimmen, die ihm von einem Besuch in Bosnien abrieten. Es bestehe dringender Verdacht, daß man auf ihn ein Attentat vorbereite. Der Erzherzog wurde in seinem Entschluß schwankend. Sollte er, ein Mann, der nach seiner eigenen Überzeugung allein imstande schien, den schleichenden Zerfall Österreich-Ungarns aufzuhalten und das Reich in eine neue Zukunft zu führen, sich unnütz in Lebensgefahr begeben?

In oder nach einer langen Friedensperiode scheinen die den Menschen innewohnenden Aggressionen ein Ventil in politisch motivierten Gewalttaten zu suchen. In Europa vor und nach der Jahrhundertwende waren Anschläge auf Mitglieder von Königshäusern an der Tagesordnung. »Sie schießen uns ab wie die Spatzen von den Dächern«, hatte Franz Ferdinand nach dem Attentat gesagt, dem Carlos I., König von Portugal, und sein Sohn, der Thronfolger Luis Felipe 1908 zum Opfer fielen. »Man kann sich ausrechnen, wann man selbst an der Reihe ist.«

Durch verschiedene Äußerungen vor der Reise nach Sarajewo hatte es fast den Anschein, als ahnte er, daß diesmal er an der Reihe war, wie ein Spatz vom Dach geschossen zu werden.

Die endgültige Entscheidung über die bosnische Reise des Thronfolgers fiel nach einer Audienz bei Kaiser Franz Joseph am 4. Juni 1914.

Für den Erzherzog Thronfolger bot die Audienz eine altvertraute Szenerie, die ihm jedoch noch immer Unbehagen bereitete. Daran hatte sich nichts geändert, seit er als junger Mann seinem Onkel, dem Kaiser, zum erstenmal allein gegenübergestanden hatte. Wie damals flößte ihm der Kaiser, der etwas vorgebeugt an seinem Schreibtisch stand, den Greisenkörper in eine zu knapp sitzende Uniform gezwängt, den kahlen, leicht zitternden Kopf vorgestreckt, mit trüben Augen an ihm, dem Erzherzog vorbeiblinzelnd, das Gefühl eigener Unzulänglichkeit ein. Vermutlich war der Kaiser der einzige Mann, der dem selbstbewußten Erzherzog dieses Gefühl einzuflößen vermochte. Er fühlte sich unbehaglich und gehemmt, fast wie ein Schulbub mit permanent schlechtem Gewissen vor einem gefürchteten Lehrer.

Aber auch dem Kaiser war nicht wohl in seiner Haut. Wie stets, wenn er seinen Nachfolger empfangen mußte, sehnte er das Ende der Audienz herbei, kaum daß sie begonnen hatte. Dieser große, massige Mann mit dem kurzgeschorenen Kopf, den kalten Augen, dem gesträubten, preußisch hochgezwirbelten Schnurrbart, der stramm wie ein Rekrut und in der vollen, vom Hofzeremoniell für eine Audienz vorgesehenen Distanz vor ihm stand, war dem Kaiser nicht geheuer. Er war ihm stets fremd geblieben, undurchschaubar, fast ein wenig unheimlich. Was ging hinter dieser so preußisch anmutenden, militärisch diensteifrigen, stramm-straffen Fassade vor? Er schien seine geradezu gewalttätige Energie kaum bändigen zu können. Wehe dem, gegen den sie sich richtete! Gab es denn eine Garantie, daß sie sich eines Tages nicht auch gegen ihn, den Kaiser, richten würde? Oder daß sie Ziele zu verfolgen begann, die sich für Österreich-Ungarn schädlich oder verhängnisvoll auswirken könnten?

»Ja, so – du fährst also nach Bosnien, zu den Manövern«, sprach der Kaiser mit seiner brüchigen Greisenstimme. »Grüß den Potiorek von mir, er ist ein tüchtiger, ein braver Mann. Und sieh zu, daß du wieder gesund nach Hause kommst.«

Das war das Stichwort für den Erzherzog. Eben in dieser Hinsicht habe er ernste Bedenken und Befürchtungen, meinte er. Diese Reise könnte seiner angeschlagenen Gesundheit abträglich sein. »Die Hitze vertrage ich sowieso schlecht«, sagte er. »Und dort unten ist es um diese Jahreszeit fürchterlich heiß. Dazu die Strapazen der Manöver...«

Der Kaiser hörte ihm ein wenig ungeduldig zu. Dann fragte er: »Möchst du den Besuch absagen? Ich denk schon, daß es wichtig ist, wenn du fährst. Aber natürlich möcht' ich dir nicht dreinreden. Mach's, wie du willst.«

Ich denk schon, daß es wichtig ist, wenn du fährst. Der Erzherzog hatte verstanden. Damit war die Entscheidung gefallen. Nachdem er den Kaiser noch um die Erlaubnis gebeten hatte, seine Frau Sophie nach Bosnien mitnehmen zu dürfen, und ihm der Kaiser die Bitte (wenn auch widerwillig) gewährt hatte, verabschiedete er sich. Die Audienz war beendet. Für Thronfolger Franz Ferdinand war es die letzte.

»Seine Majestät hält die Reise nach Bosnien zu den Manövern für wichtig, also fahren wir«, sagte der Erzherzog draußen im Vorzimmer zu seinem wartenden Adjutanten. »Es wird heiß sein unter der südlichen Sonne. Ich nehme an, Sie freuen sich darüber genauso wie ich.«

Ein bisserl Weinen gehört zum Abschied

Aus der kalten Pracht der Wiener Hofburg begeben wir uns in eine kleine, anheimelnde Wohnung in der Gumpendorfer Straße des VI. Wiener Bezirkes. Hier lebte Theresia Eindorfer, eine hübsche junge Frau, ausgestattet mit einer guten Portion jener Eigenschaften, die man unter dem Sammelnamen »Wiener Charme« kennt. Dazu gehören neben einem ansprechenden Äußeren, das ruhig von gertenschlanken in rundliche Formen abweichen kann, eine frohe Natur, Lebens-, Tanz- und Sangeslust, liebevolle Zärtlichkeit und dergleichen mehr.

Wie Theresia Eindorfer, auf gut österreichisch nur Resi genannt, zu ihrer behaglichen Wohnung kam, sei an dieser Stelle nicht näher untersucht – von ihrem Lohn als Bedienung und Verkäuferin in einer kleinen Konditorei am Graben gewiß nicht. Es war eben ihr Geheimnis, eines jener kleinen charmanten Wunder, die von den Wienern, bewandert in der Kunst der Improvisation und des sich Zurechtfindens, in ihrem Existenzkampf tagtäglich vollbracht wurden.

An diesem Tag drang durch den Spalt zwischen den zugezogenen Vorhängen bereits helles Tageslicht in die Schlafkammer, als Resi aufstand. Ihre nackten Füße tappten mit einem leise klatschenden Geräusch über die Holzdielen. Sie zog die Vorhänge etwas weiter auseinander, und das hereinflutende Licht blendete den Mann im Bett, so daß er die Augen zukneifen mußte. In dem Kastanienbaum draußen, mit dem Sonnenlicht auf den leuchtend grünen Blättern, zwitscherten die Vögel, in der Ferne bimmelte ausdauernd die Straßenbahn, eine gellende Frauenstimme rief nach einem Haaansi, Haaansi, Haaansi!

Resi streckte sich gähnend, ließ die Arme wieder sinken und kratzte sich mit einem leise schabenden Geräusch die rechte Pobacke. Stefan, so hieß der junge Mann, lächelte. Gegen das Fenster zeichnete sich ihr Körper unter dem dünnen Stoff des Nachthemdes deutlich ab. Sie hatte eine hübsche, langbeinige Figur, und ihr

Körper war weich und warm. Sie hatte bis vorhin neben ihm im Bett gelegen, war dann plötzlich verschwunden, und das hatte ihn aufgeweckt.
»Gegen das Licht schaust du ganz süß und aufregend aus«, sagte er.
Sie drehte sich zu ihm um. »Schläfst du nicht?«
»Nicht mehr. Kommst du noch ein bißchen ins Bett?«
Sie lachte leise. Es klang sehr hübsch, wenn sie mit ihrer dunklen, ein wenig heiseren Stimme lachte. »Nein. Du findest ja doch kein Ende. Und ich muß aufstehen. Es ist schon acht vorbei.«
»Dann haben wir ja noch sehr viel Zeit. Schau, jetzt bleibe ich ja drei oder vier Monate oder ein halbes Jahr lang weg...«
»Keine Zeit«, sagte sie. »Steh auf, zieh dich an, und ich mach' das Frühstück.«

Sie frühstückten in der kleinen Küche mit dem Fenster auf den Hinterhof. Resi tunkte ihr Kipferl in den Milchkaffee und biß das vollgesogene Ende, über die Tasse gebeugt, mit halbgeschlossenen Augen ab. Wenn Stefan früher als Kind beim Großvater das gleiche tun wollte, hatte es immer geheißen, dies sei gegen gute Tischmanieren, ja geradezu ordinär, und ordinär wollen wir doch nicht sein, nicht wahr? Er hatte sein erstes Kipferl mit Butter bestrichen, nun nahm er das zweite, tunkte es in den Kaffee, aß und sagte: »Sowas tut man nicht!«
»Warum tut man das nicht?« fragte Resi.
»Es ist gegen gute Tischmanieren. Es ist nachgerade ordinär, und ordinär wollen wir doch nicht sein, nicht wahr?« sagte er und tunkte weiter.
»Ordinär – vielleicht. Aber es schmeckt!« Resi lachte. Sie trank und schaute ihn dabei über den Rand der Tasse an. In ihren grünen, golden gesprenkelten Augen spiegelte sich das Licht des Sommertages draußen. Ohne die Tasse abzusetzen fragte sie: »Wie lange bleibst du weg? Ein halbes Jahr?«
»Ungefähr.«
»Und wohin geht die Reise?« Das fragte sie auf Hochdeutsch, was bei ihr recht komisch klang.
»Über Semmering nach Graz und noch ein bißchen weiter.«
»Erzähl schon!«

»Über Graz und Marburg fahre ich dann nach Trifail. Auf slowenisch Zidani most.«
»Slowenisch kannst du also auch?«
»Nicht besonders gut. Dort steige ich um und fahre über Zagreb nach Sarajewo. In Sarajewo bleibe ich ein paar Tage, sehe mich ein bißchen um und reise anschließend nach Cetinje in Montenegro.«
»Montenegro... Wie geheimnisvoll das klingt! Ist es dort nicht gefährlich?«
»Nicht gefährlicher als anderswo. Wir haben in Cetinje zehn Jahre lang gelebt. Es war eine sehr glückliche Kindheit.«
»Wie lange bleibst du dort?«
»Zwei Wochen, drei... Das kann ich jetzt noch nicht sagen.«
Auf den Spuren der Kindheit, dachte Stefan. Sonne über dem kühlen Felsgipfel des Lovčen. Sonnenkringel auf dem lachenden Gesicht der Mutter im Schatten des Feigenbaumes. Die nackten, kleine Staubwölkchen aufwirbelnden Füße des Freundes Boško. *Du sollst nach Hause kommen, ganz schnell, ganz schnell!* Die Mutter, erstarrt in ihrem Schmerz, in der Dämmerung des Zimmers. Ich werde an die Stelle reiten, wo man Papa gefunden hatte, dachte Stefan. Ich will wissen, wie man ihn gefunden hat, und ich werde mit den Menschen sprechen, die ihn gefunden haben. Was will mir Stamena erzählen? Ein Geheimnis, so schrecklich und schwer...
»Warum sagst du nichts?« fragte Resi vorwurfsvoll.
»Ich habe mich erinnert... Danach reite ich nach Cattaro und fahre mit dem Schiff an der dalmatinischen Küste entlang bis Triest. So ist es geplant.«
»Mit einem Schiff? Das muß schön sein!« In Resis Augen trat ein sehnsuchtsvoller Glanz. »Wie lange fährst du mit dem Schiff?«
»Vielleicht eine Woche oder zehn Tage. Ich werde ein kleines Schiff nehmen, das oft anlegt.« Damals fuhren wir mit einem Kanonenboot und legten nirgends an. Mutter ganz in Schwarz, reglos in ihrer Kabine. Und unten im Schiff der Sarg mit dem Vater. Du bist jetzt für deine Mama verantwortlich, sagte der Kapitän. Versuche sie zu bewegen, daß sie auf Deck kommt. Sie muß ein bißchen frische Luft schnappen.
»Und dann geht es weiter, nach Italien?«
Stefan nickte. »Venedig, Florenz, Pisa, Rom, Neapel. Und von dort nach Ägypten, vielleicht Mesopotamien...«

»Um Gottes Willen – das dauert ja zwei Jahre!«
»Aber nein. Das hört sich nur so an.«
»Und ich reise jeden Tag von hier bis zum Graben ins Geschäft.« Resi lachte, wurde wieder ernst, trank ihre Kaffeetasse leer und sagte: »Wenn ich ein Kind bekomme, was machen wir dann?«
Stefan gab es einen Stich. »Das fragst du mich jedesmal!«
»Was machen wir?«
»Dann heiraten wir.«
»Wunderbar!« Sie sagte es langgedehnt, wieder auf Hochdeutsch.
»Meinst du das ernst?«
»Aber ja.«
»Tschapperl! Heiraten – du und ich?«
»Warum nicht?«
»Weil's a Schmarrn ist«, sagte sie, nun im Wiener Gassenjargon, den sie sehr gut beherrschte, obwohl sie vor noch nicht allzu langer Zeit irgendwo aus der Steiermark gekommen war, um in der Hauptstadt der Monarchie und für alle k. k. Staatsbürger bekanntlich dem Mittelpunkt der Welt ihr Glück zu machen. »Das Gesicht deiner Frau Mama möcht' ich sehen, wenn du plötzlich mit mir ankommst! Und erst das Gesicht deines Großvaters, des hohen Herrn Legationsrates Dr. Meyster!«
»Meine Mama ist eine fabelhafte, großherzige und großzügige Frau«, sagte Stefan steif. »Und mein Großpapa . . .«
»Wie das komisch klingt, wenn du so preußisch daherredest!« unterbrach sie ihn lachend. »Nein, nein, wenn ich ein Kind bekomme, einen Buben zum Beispiel, ziehe ich ihn groß, wir kommen dich jeden Sonntag besuchen und trinken bei dir Kaffee und tunken Kipferl ein. Und deine zukünftige Frau schaut uns dabei mit solchen Augenbrauen zu.« Resi hob die Augenbrauen und machte eine indignierte Miene. »Aber«, seufzte sie, »daraus wird eh nix, weil ich nämlich kein Kind bekomme.«
»Bist du wirklich so sicher?«
Resi nickte. »Ich kenne mich aus. Ich meine – meine Großmutter kennt sich aus, bei der ich aufgewachsen bin. Meine Mama ist ja auf und davon, als ich noch ganz klein war. Weißt, meine Großmutter ist eine Hexe, sie kennt alle Kräuter und Pilze, bespricht die Warzen, macht Leute wieder gesund oder auch krank, wenn sie will, kennt die Sprache der Tiere und Pflanzen . . . Du darfst nicht lachen!

Alle Dinge haben ihre eigene Sprache, das weiß sogar ich. Und sie hat mir ein paar Rezepte gegeben, als ich ihr erzählte, daß ich nach Wien gehen will. Geh nur, hat sie gesagt, ich wollte auch immer hinaus, nach Wien vielleicht, oder noch weiter, nach Amerika. Aber ich war zu dumm dazu. In Wien wirst du Männer kennenlernen, die nichts anderes im Sinn haben werden, als dir die Unschuld zu rauben. Du wirst dich eine Weile wehren, aber irgendwann wird einer kommen, dem du schließlich nachgeben wirst, und es wird sein, als wärst du im Himmel. Die Liebe ist eine Himmelsmacht, hat sie gesagt, wenn sie dich packt, kannst du dich noch so dagegen sträuben, es hilft nichts. Gib ihr nach, aber triff Vorsorge! Das ist meine Großmutter. Genauso hat sie gesprochen.«

»Und hatte sie recht?« fragte Stefan mit einem Stachel von Eifersucht im Herzen.

Resi lächelte. »Meine Großmutter ist auch eine Wahrsagerin – hab' ich's dir nicht erzählt?« Sie legte die Hände flach auf den Tisch und schaute Stefan nachdenklich an. »Schau, sie hat mir auch eine große Liebe prophezeit, die nicht in Erfüllung geht. Bist das *du?* Das lustige Studentenleben ist für dich vorbei und die lustige Studentenliebe auch. Du bist jetzt Herr Magister und eines Tages auch bestimmt Herr Doktor – das willst du doch werden, hast du gesagt, ja? Der Ernst des Lebens beginnt. Ein standesgemäßer Umgang, ein standesgemäßes Auftreten, eine standesgemäße Frau. Eine Konditoreimamsell gehört zum Studentenleben. Das ist so, das erwartet man vielleicht sogar von einem Studenten aus besseren Kreisen. Aber eines Tages muß man Adieu sagen. Resi, das war einmal. Resi wird zu einer Erinnerung. Und Stefan, mein Tschapperl, auch er eine Erinnerung.«

Über Resis Wangen kullerten plötzlich dicke Tränen und tropften auf ihren Schoß. Sie holte ein Taschentuch aus dem Ärmel, schneuzte sich, wischte die Tränen ab, lächelte Stefan unter dem Taschentuch hervor zu und rief: »Nein, nein, bleib wo du bist, bleib sitzen, du mußt mich nicht trösten! Ich will halt ein bisserl weinen, das gehört zu einem Abschied. Ich werd' doch eine schöne Erinnerung sein?«

»Warum denn Erinnerung? Es muß ja wirklich nicht endgültig sein. Nur weil ich fertig studiert habe und für eine Weile verreise . . .«

»Werd' ich eine schöne Erinnerung sein?«

»Die schönste«, sagte Stefan niedergeschlagen. Sie hatte recht. Es war ein Abschied. Auch wenn sie sich später wiedersehen sollten, wie oft sie sich auch wiedersehen sollten, es war ein Abschied. Es würde nie wieder so sein, wie es war. Resi – eine Maitresse? Nein. Es war vorbei. Sie wußte es und sie tat das einzig Richtige, wenn sie ihm das sagte, und es war richtig, wie sie es sagte: Leicht dahingesprochene Worte beim Kaffee und frischen Kipferln, halb im Ernst, halb im Scherz, Lachen und Tränen und Lachen durch die Tränen, zärtliche Erinnerung und die Wehmut des Abschieds: Es war schön, wir waren glücklich, es ist vorbei.
»Mach nicht so ein Gesicht, Tschapperl!« sagte Resi zärtlich. »Hoffentlich werde ich auch eine ein bisserl lustige Erinnerung sein, ich meine ...« Sie spitzte die Lippen und überlegte, wie sie es ausdrükken sollte. »Wenn du an mich denkst, oder dich an mich erinnerst, mußt du auf diese Art lächeln, nur so mit den Augen und den Mundwinkeln, ich kann's nicht genau sagen ... So, wie du halt manchmal lächelst. Wie damals in der Konditorei, als du zum erstenmal gekommen bist und eine Kremschnitte und einen Kaffee mit Schlag bestellt hast. Und als du mich angeschaut hast mit diesem Lächeln ... Jessas, hab' ich mir gedacht, jetzt ist's schon wieder passiert!«
»Was ist passiert?«
»Daß ich mich verliebt hab. Und am nächsten Tag warst du wieder da, plötzlich an der Tür, so ein langer Lackl, ein bisserl linkisch, und das Lächeln, und Fräulein Resi, bringen's mir bitt'schön eine Kremschnitte und einen Braunen mit Schlag ... Im Laufe der Zeit sind's ziemlich viele Kremschnitten geworden.«
»Ein Schubkarren voll!«
»Und immer, wenn ich zu dir geschaut hab, hast du auf diese Art gelächelt. So werde ich dich vor den Augen haben, wenn du als kaiserlich königlicher Diplomat irgendwo weit weg bist, in Deutschland oder Frankreich oder Amerika oder China oder noch weiter weg, in Afrika, zum Beispiel.«
»Afrika ist gleich um die Ecke.«
»Na gut. Vielleicht auch in Rußland, als Sonderbotschafter am Hof des Zaren, oder vielleicht sogar bei einem Maharadscha in Indien. Ich habe einmal ein Buch gelesen und Bilder gesehen, wie es dort ausschaut. Also, es muß wunderbar sein, wie in einem Märchen.

Überall Gold. Und haufenweise Juwelen, Rubine, Smaragde, Diamanten, so viele wie bei uns Kieselsteine. Vielleicht schickst mir ein paar davon oder schreibst mir wenigstens eine Karte.«
Über ihre Wangen kullerten genau so unvermittelt wie vorhin wieder die Tränen. Stefan fühlte sich unbehaglich. Er wünschte, er wäre bereits fort. Er konnte Tränen nicht ertragen. Resi weinte seinetwegen, er kam sich gemein vor und niederträchtig und war sich dabei doch keiner Schuld bewußt.

Etwas später standen sie in der Diele. Er schob die Hände unter Resis Morgenrock, drückte sie an sich, sie küßte ihn lang und heftig, wand sich dann aus seiner Umarmung, zupfte ihm die Krawatte zurecht und sagte lächelnd: »Fast wie ein Ehepaar, wenn er zur Arbeit geht oder verreist. Vergiß Hut und Stock nicht.«
Sie setzte ihm den Strohhut auf den Kopf, den ihm Mama aus Deutschland mitgebracht hatte – »Hut-Preml, das erste Hut-Geschäft in Breslau, ich hab' ihn auf gut Glück gekauft, er paßt tadellos, siehst du, so genau habe ich deine Kopfgröße in Erinnerung« –, setzte ihn zurecht, wahrscheinlich ein bißchen zu schief, hängte ihm den Stock über den Unterarm, spitzte die Lippen zu einem letzten Kuß und schob ihn zur Tür hinaus.
Stefan trat durch das Haustor auf die Straße. Es war ihm weh ums Herz, und er hatte nun tatsächlich das Gefühl, Resi zum letzten Mal für eine lange Zeit gesehen zu haben. Andererseits war er aber auch irgendwie erleichtert, weil alles so einfach und problemlos abgelaufen war. Ein neuer Lebensabschnitt begann. Resi hatte recht: Es war schön gewesen, nun war es vorbei. Eine junge Frau, nicht unerfahren in der Kunst der Liebe, ja, darin ihm weit voraus, Liebe wie auf Schmetterlingsflügeln, trunkene Seligkeit, berauschende Leidenschaft, zärtliche Stunden, sinnliche Freuden, fröhliches Lachen – doch stets auch ein Hauch von Wehmut, die Ahnung vom Ende und vom Schmerz des Abschieds. Junge Liebe, die von Anfang an den Keim des baldigen Endes in sich trug. Wir wußten es beide, doch wir taten so, als würde sie ewig dauern, bis heute, bis vorhin, als sie es endlich aussprach: Adieu.
Doch weshalb die trüben Gedanken? Wenn er von seiner großen, seit langer Zeit geplanten Reise zurückkam – wer konnte ihm verwehren, Resi aufzusuchen? Ich habe dich vermißt. Ich habe immer

an dich gedacht. Vielleicht unvermutet in der kleinen Konditorei am Graben aufzutauchen, wo sie arbeitete, lächelnd, wie sie's vorhin beschrieben hat, Freude des Wiedersehens in ihren golden gesprenkelten Augen, mühsam unterdrückt vor den neugierigen Blicken der Chefin. Grüß Gott, der Herr, Sie wünschen? Eine Kremschnitte bitte und einen Braunen mit Schlag. Das hab' ich immer, wissen Sie's wirklich nicht mehr, Fräulein Resi?
Welch ein Glück, eine Frau wie Resi zu kennen und von ihr vor allen anderen bevorzugt zu werden, obwohl ihr die Männer haufenweise nachlaufen, dachte Stefan. Er schob den Hut unternehmungslustig aus der Stirn, blinzelte in die Sonne und überlegte, welche Richtung er einschlagen sollte: Links zur Tram und mit ihr bis fast vor die Haustür daheim oder rechts zu Fuß zum Ring und dann quer durch den Ersten Bezirk nach Hause. Er entschied sich für die zweite Möglichkeit, wirbelte seinen Stock aus schwarzem Ebenholz mit der silbernen, fein ziselierten Krücke durch die Luft (ein Geschenk des schlesischen Großvaters: »Ohne Stock ist ein Student der letzten Semester nur ein halber Student«) und ging los.

Wien, die Stadt der Gegensätze

Im Frühjahr 1914 bot Wien das Bild quirligen, überschäumenden Lebens. Die Hauptstadt der Donaumonarchie, nach Rußland des zweitgrößten europäischen Staates, eines ausgedehnten Völker- und Ländermosaiks, das sich von der Schweiz bis an die russische Grenze jenseits der Karpaten erstreckte, von den bayerischen Alpen und dem Erzgebirge bis zur Adria und den dunkel bewaldeten Gebirgszügen Westserbiens und Montenegros, blickte auf ein halbes Jahrhundert des Friedens zurück. Seit dem kurzen, gegen das starke, militarisierte Preußen verlorenen Krieg von 1866 hatten die k. u. k. (kaiserlich *und* königlichen) Streitkräfte keine Schlacht mehr geschlagen. Dafür glänzten sie um so mehr bei Kaisermanövern und unvergleichlich farbenprächtigen Militärparaden.
Wien war eine Weltstadt, das unbestrittene Zentrum der habsburger Monarchie, mit allen Schätzen, die eine lange und glorreiche Vergangenheit hier angehäuft hatte, und Wien hatte eine Zukunft. Die rasch voranschreitende Industrialisierung während der Grün-

derjahre in der zweiten Hälfte des neunzehnten Jahrhunderts, die wissenschaftlichen Entdeckungen und technischen Erfindungen um die Jahrhundertwende und in den Jahren danach brachten neuen Wohlstand und eröffneten ganz neue, atemberaubende Perspektiven. Eine allgemeine Euphorie des Fortschritts machte sich breit. Der wissenschaftlichen Technik erschien nichts mehr unmöglich. Sie hatte die Dampfmaschine erfunden, die drahtlose Telegraphie, das Foto und den Film, sie ließ geflügelte Maschinen, die schwerer als die Luft waren, fröhlich knatternd unter dem Himmel kreisen, und selbst der alte Kaiser Franz Joseph, dieses Symbol für das Altehrwürdige, stoisch Beharrende bediente sich – wenn auch höchst ungern – der neumodischen Erfindungen wie zum Beispiel des Telefons und des Automobils.

Das intellektuelle und künstlerische Leben Wiens war so vielfältig und anregend wie nie zuvor. Sigmund Freud, der Wien im höchsten Grade abscheulich fand, setzte neue Maßstäbe in der Seelenkunde. Die naturwissenschaftlich fundierte Wiener Medizinische Schule erlangte Weltruf. Der junge Philosoph Otto Weininger schrieb das geniale Werk »Geschlecht und Charakter« und verübte anschließend Selbstmord. Oskar Kokoschka leitete in der Malerei den Expressionismus ein, der Architekt Loos erbaute auf dem historischen Michaelerplatz eines der ersten Stahlbetonhäuser Europas. Arnold Schönberg »erfand« die Zwölftonmusik und Arthur Schnitzler schrieb seine skandalumwitterten Geschichten. Wegen der Novelle »Leutnant Gustl« wurde er aus dem Offiziersstand ausgestoßen, was ihn aber keineswegs daran hinderte, weiterhin die unheilvollen Zeittendenzen anzuprangern, die das gesellschaftliche und politische Leben der Donaumonarchie vergifteten.

Alles befand sich im Umbruch, Neues war im Werden, auch Neues, das nichts Gutes verhieß. Doch nur wenige sahen die düsteren Schatten des Zerfalls und der politischen Ausweglosigkeit, die sich auf die Zukunft legten. Wozu auch? Es ließ sich gut leben in Wien. In den führenden Cafés konnte man bei einer Schale Braunen neben den druckfrischen Tageszeitungen der Monarchie alle führenden Blätter Deutschlands, der Schweiz, Frankreichs, Englands, Italiens und sogar Rußlands lesen. Man konnte dort leibhaftige Schriftsteller und Dichter wie Stefan Zweig, Hugo von Hoffmansthal, Rainer Maria Rilke und Georg Trakl erleben, den Komponisten Richard

Strauß, Gustav Mahler und Alban Berg begegnen oder die sonore Stimme der großen Tragödin Charlotte Wolter vom Burgtheater eine Schale Kaffee mit Schlag, aber bitte nicht zu knapp, bestellen hören. Ein neues Lebensgefühl machte sich breit, ein *New look,* wie man das schon damals nannte, am allerdeutlichsten an den Wienerinnen zu erkennen, die endlich von den einschnürenden, beengenden, atembeklemmenden Korsetts befreit, Cocktails schlürften und den neuen Modetanz One-step mit der gleichen temperamentvollen Hingabe tanzten, wie – immer noch – Walzer und Polka.

Eine Periode des Aufbruches zu neuen Ufern nannte man diese Jahre. Wie jede Übergangsperiode waren sie voll von Gegensätzen und Widersprüchen. Neben dem beispiellosen Wohlstand des ganz alten und neuen Reichtums gab es grenzenloses Elend nicht nur in den traditionell von Armut gezeichneten Gebieten an der Peripherie der Donaumonarchie wie in Galizien, der Slowakei, Siebenbürgen, Bosnien und Herzegowina, sondern auch im Herzen Österreich-Ungarns, im Burgenland, dem Waldviertel, in Wien selbst. Der alljährliche Prater- oder Frühlingskorso modischer, mit verschwenderischen Blumenarrangements geschmückter Equipagen und edlen, blank gewienerten Pferdegespannen, deren Zaumzeug allein ein Vermögen wert war und nicht selten das Vielfache des Jahresverdienstes eines Arbeiters ausmachte, stellte mit seiner Farbenpracht, den Frühlingstoiletten der Damen und den Uniformen der k. u. k. Offiziere selbst den modischen Exhibitionismus und die gesellschaftliche Extravaganz des englischen Ascot in den Schatten. Doch gleich daneben vegetierten in den Donauauen hohläugige, halbverhungerte Menschen. Frauen und Männer des Lumpenproletariats husteten sich in den feuchten Kellern der Wiener Industriebezirke zu Tode, und ihren schwindsüchtigen Kindern erschien eine Tasse Milch oder eine Buttersemmel wie ein unerreichbarer Wunschtraum. Knapp die Hälfte aller Wiener lebten in muffigen, dunklen Ein- oder Zweizimmerwohnungen, mit Wasser vom Gemeinschaftshahn auf dem Etagengang gleich neben dem Gemeinschaftsklosett.

Viele aber hatten überhaupt keine Bleibe. Sie schliefen als *Bettgeher* für ein paar Kreuzer im Bett eines anderen, während dieser seiner zehn-, zwölf- oder vierzehnstündigen Arbeit nachging, nächtigten in den stets überfüllten, stinkenden Wärmestuben, in denen man einen hoffnungslosen, vergeblichen Kampf gegen Wanzen führte, und die Ärmsten der Armen deckten sich auf den Praterwiesen »mit dem eigenen Bauch und dem Himmel darüber« zu und im Winter unter den Donaubrücken mit Pappe oder Zeitungspapier.

Aber auch der Frieden selbst war nicht so festgefügt und für alle Zukunft gesichert, wie es schien. Eine von ehrwürdigen Traditionen geprägte, höfliche, verschwiegene und überwiegend friedliebende Diplomatie sorgte zwar über ein dicht geknüpftes Netz amtlicher und privater Verbindungen und Beziehungen für das Gleichgewicht in einem ungemein komplizierten Werk von Verträgen, Pakten und Absprachen, die den Frieden garantieren sollten. Aber auch dieses kunstvolle Gebäude zeigte zunehmend mehr und immer breitere Risse.

In der damaligen Wetterecke Europas, auf dem Balkan, zogen sich nach der bosnischen Annektionskrise von 1908 und den Balkankriegen von 1912 und 1913 neue Gewitterwolken zusammen. Die imperialistische Machtpolitik der Großmächte führte zu immer neuen, immer schwerer überbrückbaren Gegensätzen und Konfrontationen. Der wachsende Nationalismus ihrer Völker höhlte nicht nur die Donaumonarchie aus, die eigentlich nur noch durch das Haus Habsburg zusammengehalten wurde, sondern vergiftete zunehmend die internationale Politik. Frankreich verlangte immer ungestümer nach Revanche für die demütigende Niederlage von 1870/71 und die Rückeroberung von Elsaß-Lothringen. Deutschland empörte sich gegen die Vorherrschaft Englands auf den Weltmeeren und gegen den britischen Anspruch auf einen weltumspannenden Kolonialbesitz. England wiederum beobachtete mit Unmut die wachsende militärische Macht des Deutschen Reiches, durch die das sorgsam gewahrte Gleichgewicht in Europa gestört wurde. Rußland war seit alters her mißtrauisch gegen alles, was im gottlosen Westen geschah und verfolgte darüber hinaus mit Sorge die österreichisch-ungarische Expansion auf dem Balkan. Österreich-Ungarn wiederum fühlte seine Interessen auf dem Balkan durch Rußland gefährdet und registrierte empört den unverhohlenen Appetit des Verbündeten Königreiches Italien auf Istrien, Dalmatien und – man sollte es nicht für möglich halten! – Südtirol.

Machtdenken, Mißtrauen und steigende Konfliktbereitschaft bestimmten mehr und mehr die ehedem auf Friedenssicherung bedachte Diplomatie. Der Krieg erschien nicht mehr als ein menschenunwürdiger Rückfall in die Barbarei. Er wurde wieder denkbar und nicht nur in den Generalstäben in Erwägung gezogen als eine *Fortsetzung der Politik mit anderen Mitteln* nach dem berühmten Wort des preußischen Generals Clausewitz.

Abschiedsfeier für Friedhelm

Nach kühlen und regnerischen Tagen hatte Anfang Juni der Wind von Nordwest auf Südost gedreht und den Himmel leergefegt. Die Sonne tauchte die Stadt in eine verschwenderische Farbenpracht, verwandelte die Regentropfen auf den Bäumen und selbst die Pfützen auf den Straßen in flüssiges Gold, ließ das satte Grün der Rasenflächen in den weitläufigen Parks leuchten und zauberte immer neue Regenbogen in die Wasserschleier über den Fontänen und Kaskaden der Wasserspiele und zahllosen Brunnenanlagen. Die Kerzen der Kastanienblüten strahlten schneeweiß und purpurrot, das Zaumzeug der Pferde und die Messingbeschläge an den Fiakerwagen und herrschaftlichen Kutschen blitzten, gummibereifte Räder sirrten auf dem Pflaster, die laue Frühlingsluft duftete nach Wiesen und Wäldern, nach Jasmin- und Fliederblüten – und nach frisch geröstetem Kaffee, Schokolade, frischen Semmeln, Apfel- und Topfenstrudel, wenn Stefan an einem der zahllosen Cafés oder an einer Konditorei vorbeischlenderte.
In der Kärntnerstraße kaufte er bei einem befreundeten und der Familie Meyster verbundenen Juwelier einen Smaragdring. Er bezahlte mit Scheck, wobei er ein ziemlich schlechtes Gewissen hatte. Sein Konto bei der Hausbank war um ein Beträchtliches überzogen, Mama würde wieder einspringen müssen. Dem Ring legte er ein Kärtchen bei: Das habe ich bei einem Maharadscha in Indien besorgt, bis bald, Dein S. – und bat den Juwelier, das Päckchen am Nachmittag Resi in die Konditorei am Graben bringen zu lassen.
Das wäre also auch erledigt, sagte sich Stefan, als er aus dem vornehmen Dämmerlicht des Juwelierladens wieder auf die Straße trat. Vor ihm lagen an diesem Tag noch zwei Aufgaben: die kleine Abschiedsfeier für den Freund Friedhelm von Klausen am Nachmit-

tag und am Abend die große Gesellschaft, die der Großpapa ihm, Stefan, zu Ehren anläßlich des erfolgreich abgeschlossenen Studiums gab.

Die »kleine Abschiedsfeier« für Friedhelm den »Eisenschädel«, wie er mit Spitznamen hieß, entwickelte sich zu einer langwierigen und feuchten Angelegenheit. Ihretwegen hätte die Abendgesellschaft zu Stefans Ehren beinahe ohne den Geehrten stattfinden müssen. Schuld daran waren die unzähligen Trinksprüche mit doppelten Cognacs auf die goldene Zukunft und fröhliche Vergangenheit, auf der Studenten Freud und Leid, gaudeamus igitur, juvenes cum sumus und so fort, sieben Mann hoch aus vollen Kehlen im Hinterzimmer ihres Stammbeisls, auf die ewig währende Freundschaft, auf das zarte Geschlecht und die unentbehrliche Studentenliebe, ach, wie süß, wie süß sind deine Lippen, ach, wie süß, wie süß ein Kuß von dir, ach, wie rund und fest sind deine Brüstlein, ach, wie steif, wie steif wird mein Panier. Und noch ein Trinkspruch auf den monatlichen Wechsel, lieber Papa, liebe Mama, kein Geld ist mehr da, kein Geld ist mehr da. Und ein Trinkspruch auf dich, Eisenschädel, auf daß du in deinem Schwarzwälder Dorf nicht versauerst und eine reiche Frau und viele hübsche Mägde findest. Ein Trinkspruch auf dich, Stefan, den Meyster aller Meyster in der Kunst der süßen Verführung und des Kremschnittenraspelns, auf daß du bald Außenminister wirst. Ein Trinkspruch auf dich, Otto, auf daß du als Schulmeister in Graz nie vergißt, wie dich deine Professoren geschurigelt und gepiesakt haben. Auf dich, Wenzel, den zukünftigen Großgrundbesitzer und böhmischen Mogul, auf daß du dich immer an deine armen Freunde erinnerst. Auf dich, Anton, den Oberkrainer Dichter und Denker, auf daß du nie vergißt, daß die Veritas in Vino ist. Ein Trinkspruch auf dich, unseren russischen Freund Sergei, auf daß deine politische Zunge in alle Zukunft so gewandt bleibe, wenn du in der Duma über das Schicksal Mütterchen Rußlands entscheidest. Auf dich, Hans, den Knochenflicker, mit dem Wunsch, daß es immer welche zu flicken gibt und dazu noch reihenweise eingebildete Kranke, die du zur Ader läßt, um ihre Geldbeutel anzuzapfen. Und noch ein Trinkspruch auf die jungen, um den Liebes- und Leibesdurst, Liebes- und Leibeshunger besorgten Witwen, ach, wie süß, wie süß sind deine Lippen, ach,

wie süß, wie süß ein Kuß von dir... Und immer mal wieder gaudeamus igitur.
Das Tüpfelchen auf's i setzten zwei Flaschen Champagner, die der ansonsten sehr sparsame, eher als geizig verschriene Friedhelm, der Eisenschädel, auffahren ließ. »Das, meine Freunde, ist ein Abschiedsgeschenk von mir an Euch. Wir wollen immer Freunde bleiben, mag geschehen, was da will!«
Von diesem Geschenk an seine Freunde trank er allerdings selbst am meisten, und er tat das so schnell, daß er völlig den Verstand verlor: »Herr Ober, meine Freunde ha – haben einen entsetz... Also einen Durst, noch zwei Flaschen!«
Wann und wie das Abschiedsfest für Friedhelm den Eisenschädel zu Ende ging, erlebte Stefan nicht bewußt. Immerhin hatte er noch so viel klaren Verstand bewahrt, daß er gerade noch zur rechten Zeit einen Fiaker bestellen ließ, der ihn nach Hause bringen sollte. Der Abschied nahm dann allerdings wieder einige Zeit in Anspruch. Die Freunde umarmten der Reihe nach den endgültig scheidenden Stefan, wobei Friedhelm der Eisenschädel bittere Tränen vergoß, was wiederum Stefan so sehr rührte, daß er gleichfalls nasse Augen bekam und hoch und heilig versprach, Friedhelm gleich nach seiner Weltreise auf dessen väterlichem Gut im Schwarzwald zu besuchen. Schließlich gelang es ihm, sich von den Freunden zu lösen, die aus diesem traurigen Anlaß sogleich eine neue Runde bestellten.
Auf den Kutscher gestützt wankte Stefan hinaus, nannte die Adresse, wohin er gefahren werden wollte und stieg mit erheblicher Mühe in den Wagen. Die frische Luft gab ihm den Rest. Von der Fahrt nach Hause blieben nur verworrene Bilder ohne rechten Zusammenhang in seiner Erinnerung: Menschen, die scheinbar ziellos in den Straßen auf und ab liefen, die ersten Lichter in der lauen Abenddämmerung, hell beleuchtete Schaufenster, in Wien Auslagen genannt, vorbeihuschende Gesichter, das einschläfernde Geklapper der Pferdehufe, Schritte, Stimmen, Frauenlachen, das Bimmeln von Straßenbahnen, das Schlagen von Kirchturmuhren, eins, zwei, drei, fünf, sieben oder sechs? Dann waren sie plötzlich da, und Stefan versuchte auszusteigen, schaffte es aber nicht allein. Sie standen an der Haustür, der Kutscher erzählte eine Geschichte und Stefan fand sie so komisch, daß er laut lachen mußte. Er lachte auch noch, als das blasse, indignierte Gesicht des Dieners Pavel erschien.

Der Fiaker war plötzlich weg, und Stefan fand sich in der Eingangshalle.

Mama kam die Treppe heruntergelaufen.

»Tag, Mama, n'Abend, meine ich, hier bin ich!«

Das Reden bereitete ihm einige Mühe, aber er fand, daß er sich ausgezeichnet in der Gewalt hatte, normal sprach und dabei kaum schwankte. Doch seine Mutter Christina blieb unter der Treppe wie angenagelt stehen, schlug die Hände vor den Mund, und ihre Augen wurden groß und rund wie immer, wenn sie überrascht, verwundert oder erschrocken war. Etwa seinetwegen?

»Großes Gala – du bist so schön, Mama, wirklich, ganz wuun-derschööön!« sagte er.

»Um Himmels Willen, Papa, das Kind ist ja . . . Ich glaube, das Kind ist . . .« rief Mama, und von irgendwo seitwärts kam die Stimme des Großvaters, und dann schob sich auch schon sein bärtiges Gesicht in Stefans Blickfeld.

»Dieses Kind ist vierundzwanzig Jahre alt, über einsachtzig groß, ein Lackl wie ein Baum, dieses Kind – und sternhagelvoll!«

»Das war der Abschied«, sagte Stefan kichernd. »Frie . . . Fried . . . Ich meine Helmfried oder so, der Eiserne, hat zwei, nein vier Flaschen Champagner zum Abschied, und etliche Cognacs haben wir auch, und ich bitte um Entschul- schuldigung, Großpapa.«

»Ach, du meine Güte – was machen wir jetzt?« rief Christina. »Die ersten Gäste rollen bestimmt gleich an.«

»Mama, du siehst wir-wirklich allerliebst aus, zum Verlieben. Was sagst du, Großpapa?«

»Pavel!« rief der Legationsrat. »Ich bringe den Jungen hinauf, und Sie holen Istvan. Kommen Sie mit ihm nach. Wir werden dem Kind eine kalte Dusche verabreichen. Beeilen Sie sich! Du, Christina, sag der Köchin, daß sie Kaffee kochen soll, eine Kanne voll, extra stark.«

Er schob Stefan vor sich her zur Treppe. »Und dir, Bürschchen, garantiere ich, wir bekommen dich nüchtern! Wart' nur, das schwör' ich dir!«

»Kalte Dusche?« rief Christina. »Bitte, Papa, sei gnädig – nicht zu lange! Der Bub könnte sich ja erkälten!«

An der Haustür klingelten die ersten Gäste.

Noch eine Feier »ganz unter uns«

Was Stefan dann überstehen mußte, war eine Roßkur. Sie bugsierten ihn über die Hintertreppe in die Waschküche und zogen ihn dort nackt aus. Istvan, der ungarische Pferdeknecht und Kutscher steckte ihm seinen dicken Zeigefinger so lange und so tief in den Mund, bis Stefan alles erbrach, was er im Magen hatte. Er mußte literweise Kaffee trinken (so kam es ihm wenigstens vor), wurde abwechselnd mit kalten und heißen Wassergüssen traktiert und bekam zu guter Letzt Milch eingeflößt und drei Eßlöffel voll Speiseöl. Nach Großvaters grimmig vorgebrachten Worten war Öl das beste Mittel gegen Trunkenheit.

»Das solltest du als Student eigentlich wissen. Warum hast du es nicht vor dieser obskuren Abschiedsfeier getrunken?«

»Ich hab doch nicht wissen können, daß sie solche Ausmaße annimmt«, sagte Stefan kläglich. Er war am ganzen Körper krebsrot, Schweiß lief in Strömen über sein Gesicht. »Und Milch, warum Milch? Ogott ogott, mir wird gleich wieder übel!«

»Das ist die gerechte Strafe. Milch neutralisiert den Alkohol in dir. Paß nachher auf, trink nur, wenn es unbedingt sein muß. Zwei Gläser werfen dich endgültig um.«

»Ich werde nie wieder etwas trinken. Istvan, du bist mein Zeuge, nie wieder!«

»Pavel wird dafür sorgen, daß du Limonade statt Sekt oder Wein bekommst, wenn du schon anstoßen mußt. Klar, Pavel?«

»Sehr wohl, Herr Legationsrat.«

»Lassen Sie ihn oben zehn Minuten liegen, aber keine Minute länger. Frottieren Sie ihn dann ab und helfen Sie ihm beim Anziehen. In zwanzig Minuten seid ihr unten. Ich werde die Gäste so lange hinhalten.« Der Legationsrat nickte Stefan zu. »Was habe ich dir gesagt? Wir kriegen dich nüchtern!« Dann ging er.

Nüchtern war Stefan zwar nicht, aber er hatte sich so weit unter Kontrolle, daß man ihm kaum etwas anmerkte. So überstand er die von seinem Großvater gegebene »kleine Feier, ganz unter uns und den allernächsten Freunden, anläßlich deines bravourösen Studienabschlusses« mit dem gebotenen Anstand. Zu dieser »kleinen Feier ganz unter uns« hatten sich im großen, besonderen Anlässen vorbe-

haltenen Salon und im anschließenden Kaminzimmer an die sechzig Gäste eingefunden. Ein Streichquartett befrackter, ernst blickender Musiker musizierte im Hintergrund, es gab ein kunstvoll aufgebautes kaltes Buffet und einen Getränketisch mit Weinen, Liqueuren verschiedener Art, Sekt, Champagner und hausgemachter Limonade. Zwei livrierte Diener sorgten dafür, daß die Gläser nicht leer wurden, zwei weißbeschürzte Mädchen mit weißen Häubchen auf den frisch frisierten Köpfchen halfen beim kalten Buffet, räumten gebrauchte Teller weg und brachten frische, und Frau Wytlatschil, des verwitweten Legationsrates Haushälterin, sorgte dafür, daß alles reibungslos und mit einer gleichsam professionellen Perfektion ablief.
Die Gäste waren bunt gemischt. Außer Stefans Kommilitonen – keiner stand ihm allerdings so nahe wie die sechs Freunde, die er bei der Abschiedsfeier in ihrem Stammbeisl zurückgelassen hatte – waren Verwandte eingeladen worden, Onkel, Tanten, Cousins und Cousinen ersten, zweiten und dritten Grades – und natürlich die engsten Freunde der Familie Meyster. Davon freilich hatte sich im Laufe von gut zwei Jahrhunderten – seit der letzten Belagerung Wiens anno 1683 – etliches angesammelt. Damals war ein gewisser Franz Meyster aus der Freiburger Gegend als Feldscher mit der Entsatzarmee des Herzogs von Lothringen nach Wien gekommen. Nachdem die Türken vertrieben worden waren, hatte er sich hier niedergelassen in der berechtigten Hoffnung, daß ein tüchtiger Medicus überall ein gutes Auskommen findet. Das hatte er auch – und ebenso seine Nachkommen. In jeder neuen Meyster-Generation gab es mindestens einen, wenn nicht zwei Ärzte dieses Namens neben Beamten, zuweilen Geistlichen – und Kaufleuten, denen der Wohlstand der Familie zu verdanken war.
Die Meysters waren also eine angesehene Familie, dem alten Wiener Großbürgertum angehörig. Sie konnten sogar auf einen geadelten Sproß verweisen. Das war ein gewisser Adalbert Meyster gewesen, der es als Diplomat unter Maria Theresia und deren Sohn Joseph II. zu großem Ansehen, hohen Ehren und einem nicht unbeträchtlichen Vermögen gebracht hatte. Aufgrund seiner Verdienste war er in den erblichen Stand des Freiherren erhoben worden. Den Titel hatte er allerdings nicht weiter vererben können, denn er war kinderlos gestorben. Sein Vermögen, darunter ein beachtliches Gut im

Burgenland, hatte er der Meyster-Linie vererbt, der auch der Legationsrat Dr. Stefan Meyster entstammte. Es befand sich noch immer in deren Besitz.

Der Legationsrat hatte gute Aussichten, als zweiter Meyster wegen seiner Verdienste für die kaiserlich-königliche Diplomatie geadelt zu werden. Das hatte man ihm auf die üblich diskrete Art der Hofkreise bereits angedeutet. Die beste Gelegenheit dazu würde sich in zwei Jahren bieten anläßlich des vierzigjährigen Dienstjubiläums als Beamter im k. k. Außenministerium. Bis dahin also noch Dr. Stefan Meyster, von da an aber Freiherr Dr. Stefan von Meyster, von Wiener Kellnern demnach zurecht mit »Herr Baron« tituliert, wie diese es bereits seit Jahrzehnten, zwar nicht gerechtfertigt, aber nicht ungern gehört, taten.

Auch seitens der Familie der Mutter waren einige Gäste gekommen. Hervorzuheben ist hier ihr Bruder Friedrich von Prettwitz, Rittmeister im 1. königlich preußischen Leibhusaren-Regiment, genannt die deutschen Totenkopf-Husaren und seit einem Jahr als deutscher Militärattache in Wien akkreditiert. Rittmeister von Prettwitz, von Stefan Onkel Frido genannt, war ein Reiteroffizier mit Leib und Seele, lässig, elegant, mit bestechenden Umgangsformen. Auf Menschen, die ihn nicht kannten, wirkte er zunächst oberflächlich und möglicherweise arrogant, doch dieser erste Eindruck legte sich bald, und zum Vorschein kam ein unkomplizierter, humorvoller Mann – und einer von jenen auch in der deutschen Armee langsam aussterbenden Art von Offizieren, die humanistisch gebildet, historisch bewandert und nicht nur kriegsgeschichtlich geschult, ihren Beruf als Aufgabe und Dienst am Vaterland und erst in zweiter Linie als die Chance zu einer steilen Karriere sahen.

Rittmeister von Prettwitz war mit Baron von Wallberg von der deutschen Botschaft und dessen Tochter Astrid gekommen. Der Baron war ein steif wirkender Mann mit Bürstenhaarschnitt und Schnauzbart, dessen herabhängende Enden ihm in Verbindung mit den gelangweilten, unter schweren Lidern halb verborgenen Augen ein schläfrig-melancholisches Aussehen verliehen. Doch der Schein trog. Baron Wallberg hatte einen hellwachen, abwägenden Verstand und dazu noch das Gedächtnis eines Elefanten. Immens fleißig, bei seinen Untergebenen als pedantischer Aktenwühler ver-

schrien, unscheinbar und auf Diskretion bedacht, gehörte er zu den Männern, die aus dem Hintergrund die Linie der deutschen Politik gegenüber Österreich-Ungarn bestimmten.
Mehr Interesse als an dem unauffälligen Baron, den er kaum kannte, hatte Stefan an dessen Tochter Astrid. Nach dem Tode ihrer Mutter vor gut einem Jahr hatte die hübsche, quirlige und alles andere als unauffällige Astrid mit großer Selbstverständlichkeit die Rolle der Herrin und Hausfrau bei ihrem Vater übernommen. Sie war ein temperamentvolles, resolutes Mädchen. Stefan hatte sie auf dem Tennisplatz der deutschen Botschaft kennengelernt, wo er mit Onkel Frido regelmäßig spielte. Dort war sie ihm als Partnerin für ein gemischtes Doppel zugeteilt worden – und hatte ihn nach der gewonnenen Partie sogleich in die engere Wahl der möglichen zukünftigen Ehepartner einbezogen. Für einen angehenden Diplomaten hätte sie eine sehr gute bis glänzende Partie abgegeben, und Stefan hätte bestimmt einige Gedanken mehr an sie verwandt, wenn er nicht so stark von der süßen Wiener Konditoreimamsell Resi okkupiert gewesen wäre.
Doch wie hübsch Astrid und einige anderen Mädchen und junge Frauen auch waren, die Legationsrat Meyster eingeladen hatte, »um das Bild zu beleben, abzurunden und nicht nur Stefan die Möglichkeit einer Augenweide zu geben« – keine reichte an Christina Meyster heran. Mama war die schönste von allen, fand Stefan – und nicht nur er allein. In ihrem gelbseidenen kleinen Abendkleid mit dem Smaragdcollier – einem Erbstück der Familie von Prettwitz – um den schlanken Hals, mit dem Licht der Kerzen auf den goldblonden Haaren und in den großen braunen Augen, war sie der weibliche Mittelpunkt der Gesellschaft. Obwohl bereits knapp über Vierzig, hatte sie sich ihre biegsame, mädchenhaft schlanke Figur bewahrt, und ihre Bewegungen, ihre Art zu gehen, das Glas an die Lippen zu heben, mit leicht geneigtem Kopf dem Gesprächspartner zuzuhören oder neue Gäste zu begrüßen, waren die einer weit jüngeren Frau.
»Großer Gott – was bin ich vorhin erschrocken!« sagte sie zu Stefan, als er in Pavels Begleitung noch immer schwitzend, mit hochrotem Gesicht in die Halle kam. »Ich dachte, jetzt hat der Bub den Abend geschmissen! Mach mir ja keine Schande!«
»Ich stehe wie ein Fels in der Brandung, Mama«, murmelte Stefan.

Er sprach betont langsam und deutlich, da ihm die Zunge noch immer nicht richtig gehorchen wollte.
»War's schlimm?« fragte sie.
»Der Großvater ist ein Inquisitor und Pavel und Istvan sind seine Folterknechte.«
Christina lachte. »Jetzt geh' und begrüß deine Gäste. Sie sind schon alle da, und mir scheint, noch eine ganze Menge mehr. Langsam werden sie ungeduldig.«
»Aber doch nicht meinetwegen?«
»Eher wegen des kalten Buffets. Niemand traut sich anzufangen.« Sie zupfte Stefans Fliege zurecht – eine Geste, die ihn an Resi erinnerte, wie sie ihm beim Abschied die Krawatte zurechtgezupft hatte. »Gut siehst du aus. Wirst du es durchstehen?«
»Und wenn die ganze Welt zusammenbricht – ich stehe es durch!«
Leicht fiel es Stefan nicht. Seine Augen schienen sich hartnäckig selbständig machen zu wollen, so daß sich die Menschen, ihre Gesichter, die Kerzen, die Musiker mit ihren Notenständern, die umherflitzenden livrierten Diener, die weißen Häubchen der Mädchen am kalten Buffet ständig verdoppelten, wenn er nicht aufpaßte. Auch verwirrten sich seine Gedanken öfters zu einem gordischen Knoten, den er vergeblich zu entwirren versuchte, und er ertappte sich dabei, daß er immer mal wieder zur falschen Zeit lachte. Doch das schien niemandem aufzufallen. Den weitaus meisten Anwesenden erging es nicht anders, auch wenn sie stocknüchtern waren. So schlenderte Stefan, von Mamas und Großpapas Augen überwacht und von Pavel unauffällig flankiert, von einer Gruppe zur anderen, nahm hier Glückwünsche entgegen, sprach dort ein paar Worte (immer die gleichen), hörte hier ein wenig zu, lachte dort, wenn man es von ihm erwartete oder machte eine ernste Miene, falls eine solche angebracht war. Und zwischendurch nippte er an seinem Glas mit Limonade, das ihm von Pavel immer wieder diskret nachgefüllt wurde.
»Ich finde, er macht seine Sache doch recht ordentlich«, sagte der Legationsrat leise zu Christina. »Vorhin noch voll wie eine Strandhaubitze ...«
»Und ich finde, er stakst herum, als hätte er eine Bohnenstange verschluckt.«
»Die hält ihn aufrecht. Er kann einiges vertragen. Das ist – zum Beispiel in Petersburg – nicht unwichtig.«

»Muß er denn unbedingt nach Petersburg?«
»Früher oder später . . . Jeder Diplomat, der etwas werden will, muß Rußland hinter sich bringen. Immerhin gibt es dort die wichtigsten Posten, die im Auslandsdienst zu vergeben sind.«

Etwas später hielt der Legationsrat eine kleine, launige Ansprache. Nach ihm sprach auch Stefans Professor Dr. Dr. Sedlatschek einige Worte und verband seine Glückwünsche für die Zukunft mit der Erwartung, daß der neugebackene Magister der Sprachwissenschaften den einmal begonnenen Weg weiter fortsetzen und die höchsten akademischen Gipfel erklimmen würde. Im Namen ehemaliger Kommilitonen sprach Ludwig Kramberger, ein junger Mann mit Bauchansatz und angehender Glatze, den Stefan nicht ausstehen konnte; nach seiner Meinung war er ein Streber und Katzenbuckler, der allerdings mit großer Sicherheit seinen Weg im Staatsdienst bis in die höchsten Ränge machen würde.
Die Kommilitonin Annie von Sarmtal (war das eigentlich ihr richtiger Name?) rezitierte ein selbstverfaßtes und teilweise aus augenblicklicher Eingebung frei improvisiertes Gedicht. Annie war nach eigenem Bekunden eine leidenschaftlich engagierte Suffragette, in Studentenkreisen und darüber hinaus bewundert und gefürchtet als geistvolle und scharfzüngige Debattenrednerin, die am männlichen Geschlecht kein gutes Haar ließ und es nur »zwecks Erhaltung der Art homo sapiens« für – leider – unentbehrlich hielt. Dies allerdings nur, bis es »der Wissenschaft gelingt, einen vollgültigen Ersatz zu schaffen, wonach wir daran gehen können, uns dieser Drohnenexistenzen zu entledigen.« Meinte sie derlei Auslassungen ernst? Niemand wußte das genau, vielleicht nicht einmal sie selbst. Diesmal freilich hielt sie sich zurück. Ihr Gedicht enthielt außer einigen geistreichen Seitenhieben keine polemischen Ausfälle gegen die Männer und gegen Stefan, und es wurde auch von älteren Jahrgängen mit amüsiertem Beifall quittiert.
Nach jeder Ansprache und hin und wieder auch zwischendurch spielte die Musik einen Tusch. Für Stefan war das eine willkommene Abwechslung, um wach zu bleiben. Nach der liebestollen, weil Abschiedsnacht mit Resi, der Abschiedsfeier mit Freunden am Nachmittag, der Roßkur am Abend, die ihm den Alkohol-Teufel austreiben sollte, konnte er sich jetzt kaum noch auf den Beinen

halten. Nun erwartete man von ihm einige Worte des Dankes für die vielen Glückwünsche. Er machte es kurz, bedankte sich bei seinem Großvater für die Chance, die er durch ihn erhalten hatte, in Wien, im Zentrum der Monarchie und damit am Nabel der Welt zu studieren und hier auch mit der beruflichen Laufbahn zu beginnen. Diese würde ihm hoffentlich erlauben, weiterhin an seiner akademischen Ver-ver-vollkom-mnung (das schwierige Wort bereitete ihm einige Mühe) zu arbeiten.

Die kleine, etwas zu abrupt endende Rede wurde mit Beifall aufgenommen, die Musik spielte einen dreifachen Tusch und damit war der offizielle Teil der Feier beendet.

Im Kaminzimmer hatte man ein Feuer entfacht, angenehme Wärme verbreitete sich. Hier hatte sich um Rittmeister von Prettwitz ein schnell wachsender Kreis von Zuhörern versammelt, während er die Geschichte von Stefans Herkunft mütterlicherseits erzählte. Der Rittmeister war ein guter Erzähler, und die Geschichte der schlesischen Gutsherrenfamilie derer von Prettwitz gehörte zu seinem Standardrepertoire. Selbst diejenigen, die sie bereits kannten, hörten gern zu, gespannt, wie er sie diesmal ausschmücken würde. Nach ihm war es verbürgt und beurkundet, daß die von Prettwitz von einem gewissen Otto Seiler oder Seyler abstammten, der gegen Mitte des dreizehnten Jahrhunderts als gemeiner Reitknecht im Gefolge der Kreuzritter aus der Aachener Gegend nach Böhmen gekommen war.

Im Dienst eines Grafen von Oberstein hatte sich Otto hervorgetan und war schließlich aufgrund seiner Verdienste im Kampf gegen die Heiden in den Stand eines Freien Herren erhoben worden. Auch hatte er einiges an Beutegut angesammelt.

Auf der Rückreise kam Otto wieder durch Böhmen. Aber an dieses Land hatte er keine gute Erinnerung – und das Land nicht an ihn. So zog er schnellstens weiter in nördlicher Richtung, überquerte das Erzgebirge und erwarb in dessen nördlichen Ausläufern einen frei gewordenen Herrensitz. Es war eine Burg, hoch auf dem Fels über der Handelsstraße, ein richtiges Räubernest und für Ottos Zwecke wie geschaffen. Da er nämlich nichts anderes gelernt hatte, blieb er auch als Freier Herr oder Freiherr bei dem erlernten Handwerk und wurde ein weithin gefürchteter Raubritter. Außerstande, sich seiner zu bemächtigen oder mit ihm anders fertig zu werden, begnadete

ihn schließlich der schlesische Herzog und nahm ihn in seine Dienste.«
Der Rittmeister trank sein Glas leer, ließ sich wieder Champagner einschenken und nahm noch einen kräftigen Schluck, bevor er fortfuhr:
»Dieses – nun, sagen wir verwegene – Erbe schlägt in der Prettwitz-Familie immer mal wieder durch. So war zum Beispiel Heinrich von Prettwitz im Dreißigjährigen Krieg ein Haudegen, der unserem Otto nicht nachstand. Oder wiederum ein Otto von Prettwitz, über dessen Abenteuer in russischen Diensten ein Buch geschrieben wurde. Von beiden gibt es Bilder. Und auch von Wilhelm von Prettwitz, den es nach Amerika verschlagen hat, wo er sich in der Konföderierten Armee hervortat. Sie alle sind sich ähnlich ... Man könnte fast daraus schließen, daß auch Otto der Erste so ausgesehen hat – ein Erbe, das durch viele Jahrhunderte lebendig geblieben ist bis heute. Unser Stefan nämlich ist dem Heinrich, dem zweiten Otto und dem Wilhelm wie aus dem Gesicht geschnitten – und vermutlich auch dem ersten Otto.«
»Mag sein«, warf die Suffragetten-Annie ein, die der Geschichte des Rittmeisters im Gegensatz zu anderen mit einem eher gelangweilten Gesicht zugehört hatte. »Raubritter waren sie, Raubritter blieben sie. Geändert haben sich nur die Methoden ... Wieviele Kinder, sagten sie, hat dieser erste Otto gezeugt, dem Stefan so ähnlich sein soll? Zwanzig? Dreißig? Da hat unser Freund Stefan ja noch einiges nachzuholen! Ob er's schafft?« Sie richtete sich auf und blickte sich suchend um. »Wo ist er eigentlich?«

Ein unfreiwilliger Lauscher

Nach seiner kleinen Ansprache machte Stefan noch eine Runde durch den Salon und das Kaminzimmer, überzeugte sich, daß alle gut versorgt waren und überlegte, wo er ein bißchen ausruhen könnte. Nur ein Viertelstündchen, sagte er sich, um dann wieder voll da zu sein, die Feier bis zu deren Ende durchzustehen und die Gäste schließlich zu verabschieden. Auf sein Zimmer wollte er nicht. Dort würde er bestimmt einschlafen und nicht so schnell wieder aufwachen. Also ging er in die Bibliothek, einen großen,

behaglich eingerichteten Raum mit Fenstern auf den Hinterhof. Er knipste die Lampe auf Großvaters Schreibtisch an und setzte sich behaglich aufseufzend in den Ohrensessel im Hintergrund. Hierher zog sich der Legationsrat zurück, wenn er in Ruhe lesen oder ein Schläfchen halten wollte. Das Licht der Schreibtischlampe reichte nicht weit, es war fast vollständig dunkel.
Obwohl er sich bemühte, nur ein wenig auszuruhen, die Beine auszustrecken und sich zu entspannen, mußte Stefan für einige Minuten eingenickt sein. Das Geräusch von Schritten und Stimmen weckte ihn. Eine Stimme gehörte dem Großvater, die andere kannte er nicht. Es wäre richtig gewesen, sich jetzt bemerkbar zu machen, aber Stefan tat es nicht. Für heute hatte er bereits genug Unheil angerichtet, und nun drückte er sich auch noch vor der Gesellschaft, die sich seinetwegen versammelt hatte. Also blieb er ruhig sitzen und beschloß, sich einfach schlafend zu stellen, wenn er entdeckt werden sollte.
»Sie fahren mit dem Morgenzug ab?« fragte der Großvater.
»Um sechs Uhr vierzig vom Südbahnhof, Herr Legationsrat.« Der Fremde hatte eine tiefe, wohlklingende Stimme mit einem deutlichen südslawischen Akzent.
Der Großvater schloß den Schreibtisch auf. »Hier der Umschlag mit den Instruktionen für Herrn von Gieslingen*. Der Inhalt ist natürlich streng geheim.«
»Selbstverständlich, Herr Legationsrat.«
»Sie bekommen eine Sonderaufgabe, für die ich das Einverständnis des Herrn Außenministers eingeholt habe. Die Schlußfolgerungen in Ihrem Bericht über die neuen Aktivitäten der *Crna ruka*** teile ich nicht ganz. Eine wie auch geartete Intervention gegen sie könnte unabsehbare Folgen nach sich ziehen. Wir dürfen nicht vergessen,

* Wladimir Freiherr Giesl von Gieslingen, k. k. österreichisch-ungarischer Botschafter in Belgrad.

** *Crna ruka,* auf deutsch *Die schwarze Hand,* eine serbische nationalistisch-terroristische Geheimorganisation. Unter dem Schlagwort »Jedinstvo ili smrt« – Vereinigung oder Tod – hatte sie sich die Vereinigung aller Südslawen in einem Staat zum Ziel gesetzt. Allen inneren und äußeren Gegnern wurde erbarmungsloser Kampf angesagt. Blinder Gehorsam, Verschwiegenheit und Treue bis in den Tod waren eherne Gesetze der »Schwarzen Hand«. Neue Mitglieder mußten sie in der düsteren, theatralisch anmutenden und einfache Gemüter mit Sicherheit zutiefst beeindruckenden Szenerie eines kahlen Zimmers schwören, vor einem schwarz gedeckten Tisch mit brennender Kerze, Kreuz, Dolch und Revolver.

daß hinter diesem Geheimbund sehr einflußreiche, nationalistisch und großserbisch gesinnte Kreise stehen, die auch von Rußland unterstützt werden. Alles, was wir gegen den Chef der *Crna ruka,* Oberst Dimitrijewič unternehmen, wäre Wasser auf ihre Mühlen. Augenblicklich geht es allerdings um einen Nebenaspekt... Sie erwähnten in Ihrem Bericht auch die Organisation *Mlada Bosna* und ihre verstärkten Aktivitäten. Sind die Leute von Jung-Bosnien wirklich so ernst zu nehmen, wie Sie meinen?«

»Nicht ernst genug, Herr Legationsrat. Sie finden volle Unterstützung der *Schwarzen Hand,* ihre Mitglieder werden in Belgrad geschult, von dort beziehen sie ihre Waffen und das Propagandamaterial. Es sind junge, fanatische und zu allem entschlossene Leute, gut ausgebildet, selbstbewußt, für die Führung der *Schwarzen Hand* fast zu selbstbewußt und selbständig.«

»Diese jungen selbstbewußten Männer haben sich ein Attentat auf Potiorek* zum Ziel gesetzt, schreiben Sie?«

»Nach den mißglückten Attentatsversuchen auf den kroatischen Banus Baron Čuvaj suchte man sich – mit Verlaub – ein edleres Wild aus: Feldzeugmeister Potiorek. Er bot sich als ein Aushängeschild österreichisch-ungarischer Herrschaft und Staatsgewalt an. Aber mittlerweile strebt man wiederum nach Höherem... Bereits im März wurde durch Presseveröffentlichungen bekannt, daß Seine Kaiserliche Hoheit, Erzherzog Franz Ferdinand, nach Bosnien zu Sommermanövern reisen will. Wenn ich dazu meine Meinung äußern darf: Ich finde das äußerst unklug. Eine Fehlentscheidung. Bleibt es wirklich dabei?«

»Es bleibt dabei. Und er reist nicht allein, sondern nimmt seine Frau mit. Dazu hat er die Einwilligung des Kaisers eingeholt.«

»Das wird ja immer schlimmer! Man kann sich denken, wie Dimitrijewić, sein Vize Tankosić und die Leute von Jung-Bosnien darauf reagieren werden.«

»Haben Sie irgendwelche konkreten Hinweise?«

»Nichts Konkretes. Aber in einem solchen Fall...«

»Sind Gerüchte bereits konkret genug, meinen Sie? Ich habe verstanden. Wir werden die Leute in Sarajewo warnen. Und Sie hören

* Feldzeugmeister Oskar Potiorek, k.k. österreichisch-ungarischer Militärgouverneur für Bosnien und Herzegowina.

sich um. Versuchen Sie mehr über *Mlada Bosna* zu erfahren – nach dem gängigen Schema. Organisation, personelle Besetzung und Struktur, Geldquellen, Hintermänner und so fort. Welche Rolle spielt Artamanow* dabei?«
»Bestimmt keine unbedeutende ...« Der Fremde lachte leise. »Wenn es gilt, im Trüben zu fischen, dann ist unser Freund Artamanow immer dabei ... Jedenfalls haben wir es eilig.«
»Das ist mir klar, Herr Legationsrat.«
»Haben Sie Lust auf ein Glas Champagner? Mein Enkelsohn Stefan hat sein Studium mit einem bravourösen Diplom abgeschlossen.«
»Übermitteln Sie ihm bitte meine aufrichtige Gratulation. Ich würde den jungen Herrn, der sicher in die Fußstapfen seines Vaters und Großvaters treten wird, gern kennenlernen. Darf ich das bei Gelegenheit nachholen? Wenn ich genügend Zeit mitbringe, um mich auch dem Champagner aus Ihrem Keller mit der nötigen Muße zu widmen.« Wieder das leise, wohlklingende Lachen. »Dies ist mir heute leider nicht möglich. Ich habe noch einige Vorbereitungen zu treffen ...«
»Sie haben mein volles Verständnis und – wenn nötig – auch meine volle Unterstützung. Grüßen Sie bitte Herrn von Gieslingen von mir, berichten Sie ihm von unserem Gespräch, so viel Sie für nötig halten. Ich bringe Sie hinten hinaus. Haben Sie einen Wagen?«
»Ich habe den Fiaker draußen warten lassen, Herr Legationsrat.«
Die Männer verließen die Bibliothek. Stefan atmete auf. Er beschloß, das belauschte Gespräch sogleich zu vergessen, sagte sich, daß es an der Zeit war, zurück zu den Gästen zu gehen und wollte gerade aufstehen, als der Großvater wieder zurückkam und sich am Schreibtisch zu schaffen machte.
»Großpapa – ich habe dein Gespräch belauscht«, sagte Stefan in seinem Ohrensessel.
Stille. Und nach einer Weile polternd die Stimme des Großvaters: »Zum Donnerwetter, hast du mich jetzt erschreckt! Was heißt das, du hättest gelauscht?«
Stefan stand auf und kam vor. »Tut mir leid, Großpapa. Ich wollte nur ein bisserl ausruhen, setzte mich in deinen Sessel und schlief fast augenblicklich ein. Dann weckten mich die Stimmen von dir und von dem anderen ...«

* Victor Artamanow, Oberst, russischer Militärattache in Belgrad.

»Du hättest dich ja melden können!«
»Dann hätte der andere gemerkt, daß jemand gelauscht hat.«
»Und wieviel hast du mitbekommen?«
»Ich denke, so ziemlich alles, von Anfang an.«
»Du warst also Zeuge eines hochvertraulichen Gespräches.« Der Legationsrat steckte die Daumen in die Ärmelausschnitte der Weste und begann im Zimmer auf- und ab zu gehen. An einer bestimmten Stelle knarrte das Parkett unter seinem Gewicht; das war schon immer so gewesen, seit Stefan sich erinnern konnte, immer an dieser Stelle.
»War denn das wirklich so schrecklich geheim?« fragte er.
»Na ja, so schlimm auch wieder nicht. Behalte es trotzdem für dich. Früher oder später wirst du sowieso in diese Angelegenheiten eingeweiht. Ich denke, eher früher.«
»Ich wußte gar nicht, daß du mit solchen, na, Geheimdienstangelegenheiten zu tun hast, Großpapa. Spionage, Gegenspionage, Schwarze Hand, Jung-Bosnien, Ochrana – mit der Ochrana* auch?«
»In einer gewissen Weise...« Der Legationsrat lächelte. »Bis zu einem bestimmten Grad fällt die Auslandsaufklärung – nennen wir das einmal so – auch in meine Zuständigkeit. Was diese Angelegenheiten betrifft, über die ich mit unserem Mann in Belgrad gesprochen habe – ich werde dir mehr davon erzählen, bevor du deine Reise antrittst, dich über bestimmte Vorgänge, Verhältnisse und vielleicht auch Zuständigkeiten informieren...« Er trat zu Stefan, faßte ihn um die Schultern und schob ihn zur Tür. »Jetzt aber komm! Wir haben deine Gäste schon zu lange warten lassen.«

»Es geht um das Geheimnis des Todes deines Vaters«

Die Letzten, darunter Suffragetten-Annie und Onkel Friedo, verabschiedeten sich erst gegen zwei Uhr nachts. Stefan war wieder hellwach. In seinem Zimmer setzte er sich an den Schreibtisch, lehnte sich zurück und ließ den Blick langsam umherwandern. Eine Studentenbude. Volle Bücherregale, Bücherstapel auf dem Schreibtisch, Hefte, Notizblöcke, Ordner mit Skripten, an den Wänden

* Ochrana, russisch-zaristische Geheimpolizei.

Diplome sportlicher Wettbewerbe, Fotografien, Mamas Bild, Mama und Papa als jungverheiratetes Paar vor einem serbischen Kloster, ein zweites Mal in Gesellschaft einiger schnurrbärtiger Männer in montenegrinischen Volkstrachten, Papa allein als Jäger mit einem erlegten Bären, Großpapa, steif aufgerichtet neben einem Tischchen, die Hand gestützt auf ein dickes Buch. Über dem schmalen Eisenbett ein altes Plakat: eine barbusige Frau, schwebend über einer fremdartig anmutenden Landschaft, mit dem Zeigefinger auf die geschwungene Schrift deutend: AUSSTELLUNG ZEITGENÖSSISCHER MALEREI. Ihr einladendes Lächeln und der blanke Busen hatten Stefan jahrelang bis in seine Träume verfolgt, ein Sinnbild unbekannter, weiß der Himmel weshalb verbotener und schon deshalb um so lockenderer Freuden, bis er durch die rundliche, nach Zwiebeln, Kernseife, Kuchen, Lavendel und ein bißchen nach Frauenschweiß riechende Fanny als siebzehnjähriger Primaner die Wirklichkeit kennengelernt hatte und in die Realität eingeführt worden war. Die fröhlich lachende, in gewissen Situationen wie ein Schweinchen quiekende Fanny, derentwegen er beinahe die Matura verpatzt hätte – sie war über Nacht verschwunden, und er hatte nie herausfinden können, wohin. Aber vielleicht hatte er es gar nicht herausfinden wollen. Dann waren andere Fannys gekommen und zuletzt Resi, die blitzgescheite, liebeserfahrene, süße Konditormamsell, die letzte Studentenliebe. In drei Tagen ging es los. Die glutäugigen Mädchen von Italien und Griechenland. Die großgewachsenen Montenegrinerinnen – oder hatte er sie nur so in Erinnerung, weil er damals selbst noch so klein gewesen war?
Stefans Blick fiel auf einen Briefumschlag, den er an die Tischlampe gelehnt hatte. Der Brief war vor drei Tagen gekommen. Obwohl er ihn bereits wiederholt gelesen hatte, holte er ihn wieder aus dem Umschlag und las ihn aufs neue; die kyrillische Schrift bereitete ihm dabei kaum noch Mühe.

»Mein lieber Stefan, mein geliebtes Kind!
Sei gegrüßt in der Ferne, mein lieber Stefan, von Stamena, Deiner einstigen und immer an Dich denkenden Amme und Kinderfrau, die Dich stets so geliebt hat, als wärst Du ihr eigener Sohn. Ich arme alte Frau habe nie schreiben und lesen gelernt, deshalb bat ich meinen schreibkundigen Vetter Andjelko, an den Du Dich viel-

leicht noch erinnern kannst, das für mich zu tun, und bei dieser Gelegenheit entbietet auch er Dir seine Grüße. Andjelko ist ein verschwiegener, vertrauenswürdiger Mann, ich kann mich auf ihn wie auf mich selbst verlassen, und er wird dieses Schreiben an seinem Herzen versteckt über die Grenze und bis nach Sarajewo bringen, um es dort der Post Deines Landes anzuvertrauen. Denn wisse, mein über alles geliebter Stefan, ich wage nicht, den Brief unserer Post anzuvertrauen, aus Angst, er könnte in unrechte Hände geraten und Dich nie erreichen. Was ich Dir mitzuteilen habe, ist ein Geheimnis, so schrecklich und schwer, daß ich es nicht diesem weißen Papier anvertrauen kann, sondern nur Dir persönlich, Aug in Aug, sicher vor ungebetenen Lauschern, die überall dort lauern, wo es um Leben und Tod geht. Denn wissen sollst Du, es geht um das Geheimnis des Todes Deines teuren Vaters und von uns allen geliebten Herrn, der im Jahr der Blutigen Slava tot und von wilden Tieren verunstaltet gefunden worden ist. Doch nur so viel kann ich Dir hier verraten und kein Wort mehr und deshalb wird es notwendig sein, daß Du nach Montenegro kommst und mich in meinem Dorf Dub aufsuchst, dort, wo Du als Kind so gern hingekommen bist. Ich werde Dich in meinem bescheidenen Haus erwarten und glücklich in die Arme schließen, wann immer Du kommst. Doch solltest Du es bald tun, das schwere Geheimnis lastet auf meinem Herzen wie ein Stein, und ich werde keine glückliche Stunde mehr haben, bis ich es Dir mitgeteilt habe.«

In ihrer umständlichen, blumenreichen Sprache berichtete Stamena weiter, daß es mit ihrer Gesundheit seit langem nicht zum besten stünde, der Winter wäre lang und hart gewesen und hätte ihr sehr zugesetzt. Schon aus diesem Grund sollte sich Stefan bemühen, keine Zeit zu verlieren und unbedingt möglichst bald nach Montenegro kommen, denn wenn es Gott gefiel, könnte er sie jeden Tag zu sich rufen ...

Stefan steckte den Brief wieder in den Umschlag, legte ihn nach kurzem Zögern in die Schublade und schloß diese ab. Stamena krank? Das konnte er sich beim besten Willen nicht vorstellen. In seiner Erinnerung lebte die großgewachsene Frau mit den dunkel blitzenden Augen, kräftigen, fast männlichen Händen, dem dunklen Flaum auf der Oberlippe und einer überraschend sanften und melodischen Stimme als ein Bild urwüchsiger, unverbrauchter Kraft und Gesundheit dieses Landes und seiner Menschen. Von Stamena hatte er mehr über Montenegro und dessen Herz und Seele kennengelernt, als er aus den dicksten Büchern hätte lernen können – abgesehen davon, daß sie ihm Serbisch beigebracht hatte, ehe er deutsch sprechen konnte.

In den langen Tagen der Ungewißheit, als man vergeblich nach dem spurlos verschwundenen Papa gesucht hatte, war Stamena der Mama zur Trösterin und Stütze geworden. Sie hatte auch dann noch Zuversicht und Hoffnung ausgestrahlt, als es keine mehr geben konnte. Als dann die Nachricht gekommen war, daß man den Vater – oder das, was von ihm übriggeblieben war – gefunden hatte, war sie nicht mehr von Mamas Seite gewichen, bis zur Abreise nach Deutschland. Und sie war es auch gewesen, die ihm, dem damals neunjährigen Stefan, den Stachel des Zweifels an der offiziellen Version über den Unfalltod des Vaters ins Herz gesetzt hatte: »Ein Unfall? Er soll ausgerutscht oder gestolpert und in die Schlucht gestürzt sein? Und sein Pferd? Wo ist sein Pferd geblieben? Hat es sich in Luft aufgelöst? Es ist nie wieder aufgetaucht! Nein, mein Stefan, dein Vater war ein vorsichtiger, gewandter Mann. Er kletterte durch die Felsen so geschickt und behende wie eine Bergziege, und nie, Stefan, hörst du, nie war er leichtsinnig!«

Wenn kein Unfall, fragte sich Stefan später immer wieder, was war es dann gewesen? Ein Geheimnis, so schrecklich und schwer, daß ich es nicht diesem weißen Papier anvertrauen kann. Es geht um das Geheimnis des Todes Deines Vaters. Im Jahre der Blutigen Slava . . .

Stefan konnte sich nebelhaft daran erinnern, daß man damals in Montenegro viel davon erzählt hatte. Später hatte auch Mama darüber gesprochen, doch schien dem Massenmord stets etwas Unwirkliches anzuhaften, Irreales, wie so vielen anderen Berichten und Geschichten aus Montenegros Vergangenheit, bei denen man nicht mehr wußte, wo die historische Wirklichkeit aufhörte und die Legende begann. Fünfzehn Jahre waren seit damals vergangen – was konnte Stamena nach so langer Zeit über Vaters Tod herausgefunden oder erfahren haben? Hatte sie damals doch recht gehabt, als sie nicht an einen Unfall glauben wollte?

In dieser Nacht konnte Stefan noch lange nicht einschlafen. Draußen dämmerte bereits der neue Tag, als er endlich in einen schweren, von wirren Träumen begleiteten Schlaf fiel. Nur wenige Augenblicke später, so kam es ihm vor, stand Mama an seinem Bett und strich mit dem Handrücken leicht über seine Wange. Sie war fertig zum Ausgehen angezogen, sah frisch und ausgeschlafen aus, durch das offene Fenster stürzten der hellichte Tag und die vielfältigen Geräusche der Großstadt ins Zimmer, es roch nach Mamas Parfum und nach frischem Kaffee. Wie immer, wenn sie hier in Wien war oder er in Schlesien, auf dem Gutshof ihrer Eltern, seinem eigentlichen Zuhause (oder war sein Zuhause doch hier in Wien?), brachte sie ihm eine *Djezva,* ein Kupferkännchen, mit türkischem Kaffee und eine kleine, henkellose Tasse ans Bett. So hatte sie es früher auch bei Papa gehalten.
»Ich habe es in Montenegro gelernt, den Frauen dort abgeschaut. Jeden Morgen hat er seinen Kaffee ans Bett bekommen, und keiner außer mir durfte ihn bringen. Ich hab's gern getan, ich kann dir gar nicht sagen, wie gern. Und manchmal, am Sonntag zum Beispiel, kochte *er* den Kaffee und brachte ihn mir, erinnerst du dich noch?«
»Bub, du hast ja einen richtigen Bart«, sagte sie jetzt. »Fast wie ein erwachsener Mann.«
»Ich *bin* ein erwachsener Mann«, brummte Stefan verschlafen. »Wie spät ist es schon?«
»Spät genug. Wie geht es dir?«
»Verkatert, mit allem was dazu gehört. War ich schlimm?«
»Du warst ziemlich komisch.« Christina lachte und goß Kaffee in das henkellose Täßchen. »Ich habe ihn extra stark gemacht, er wird dich bestimmt aufwecken und die Kopfschmerzen vertreiben. Ich bin schon seit zwei Stunden auf.«
»Wie eine richtige Bäuerin.« Stefan richtete sich auf und trank in winzig kleinen Schlückchen. Der Kaffee war heiß und süß. Nur Mama konnte ihn auf diese Art und so gut zubereiten.
Christina setzte sich an das Fußende und schaute ihren Sohn an, wie er mit gespitzten Lippen und vor Behagen halb geschlossenen Augen trank. Eine warme Welle von Zärtlichkeit überflutete sie. Ihr großer Sohn! Dabei war es noch gar nicht lange her, daß er, genau wie jetzt, in seinem Bettchen saß und mit seinem Plüschtierchen spielte, ein Rotschopf, die Nase voller Sommersprossen. Die Haare

waren jetzt nicht mehr so rot wie damals, sie waren dunkler geworden, und die Sommersprossen waren verblaßt, aber sonst...

»Wie geht's jetzt weiter?« fragte sie. »Wie ist dein Programm?«

»Mama, es bleibt, wie wir es schon oft besprochen haben: Heute habe ich noch ein Gespräch mit Großpapa. Ganz offiziell, in seinen Diensträumen. Und morgen gegen Mittag fahre ich los.«

»Wie lange bleibst du in Cetinje?«

»Zwei, vielleicht drei Wochen.«

»Am liebsten würde ich mitfahren.« Christina lehnte sich zurück, verschränkte die Hände hinter dem Kopf und sprach mit dem Widerschein glückselig verträumter Erinnerungen auf dem Gesicht weiter: »In Cetinje habe ich die schönste Zeit meines Lebens verbracht. Das konnte man zu Hause überhaupt nicht verstehen. Auch der Großpapa hier in Wien hielt uns, deinen Papa und mich« – sie lachte leise – »nicht gerade für verrückt, aber für ein bißchen verrückt schon, denke ich. Er wollte, daß sein Sohn Karriere macht, ein großer Diplomat wird, überall in der Welt zu Hause. Und eines Tages vielleicht Außenminister oder so... Cetinje sollte nur eine erste, kurze Station sein. Dort würden wir nur ein, vielleicht zwei Jahre verbringen, höchstens drei, hieß es. Und dann wollte Papa nicht mehr weg und ich auch nicht. Ich eigentlich noch weniger. Wir waren sehr glücklich dort. Wir hatten ein hübsches Haus, einen schönen Garten... Meine Tomaten waren die größten! Ich kann dir gar nicht sagen, wie gern ich im Garten gewühlt habe, gepflanzt, sogar Unkraut gezupft. Das Klima war gut, alles wuchs, und wir hatten Freunde, mit denen wir uns sehr gut verstanden. Die Feste, Stefan, Gott, was haben wir für fröhliche Feste gefeiert! Am besten habe ich mich mit Jelena verstanden, der Tochter des Fürsten. Jetzt ist sie Königin von Italien, stell dir vor! Ich kann mich noch gut erinnern, wie sie eines Tages angelaufen kam, ganz blaß um die Nase, und erzählte, daß der italienische Kronprinz Viktor Emanuel um ihre Hand angehalten habe. ›Ich eine Königin, das kann ich mir überhaupt nicht vorstellen, und dann noch die Königin eines so großen Landes mit dieser ewig langen Geschichte!‹ Sie war ganz außer sich. Den Kronprinzen hatte sie bei einer großen Kunstausstellung in Venedig kennengelernt. Oder war es bei der Krönung des russischen Zaren Nikolaus II.? Geheiratet haben sie im Oktober 1896. Eine Märchenhochzeit! Wir waren auch eingeladen, Papa und

ich. Es war schon ein bißchen komisch, wenn sie so nebeneinander standen. Sie war größer als er und mußte immer ganz flache Schuhe tragen... Also er ist *wirklich* klein. Ich sollte sie doch einmal besuchen, meinst du nicht auch?«
»Warum tust du es nicht?« Stefan kannte das alles, Mama hatte es ihm immer wieder erzählt, aber er hörte auch immer wieder gern zu, wenn sie von dieser Zeit in Montenegro berichtete, an die auch er besonders schöne und glückliche Erinnerungen hatte.
»Ich werde es bestimmt tun. Vielleicht nächstes Jahr, ja – warum nicht nächstes Jahr? Sie hat mich schon zweimal eingeladen.«
»Du könntest ja auch schon in diesem Jahr fahren.«
»Ich werd's mir überlegen. Ja, und dann die beiden anderen, Milica und Anastasia oder Stana, die nach Rußland geheiratet haben. Sie sind Großfürstinnen geworden. Ob sie dort so glücklich sind, wie wir in Cetinje waren?«
»Sie sollen am Zarenhof sehr einflußreich sein.«
»Das kann ich mir denken. Sie alle, auch die Älteste, Zorka, die Frau des jetzigen Königs Peter von Serbien, waren sehr schön – und sehr energisch und willensstark. Manchmal fast ein bißchen zu sehr... Mit Zorka hatte ich keinen so engen Kontakt. Sie ging kaum aus dem Hause, wartete immer nur auf ihren Mann Peter, der sich irgendwo in Serbien oder sonstwo herumtrieb, auf gefährlichen Pfaden, wie dein Papa erzählte. ›Ich habe immer Angst, wenn ein Bote kommt‹, vertraute sie mir einmal an. ›Immer denke ich, daß Peter etwas zugestoßen ist!‹ Aber er hat sie überlebt, ist König von Serbien geworden und sie – es war furchtbar, als sie hochschwanger die Treppe hinunterstürzte und starb. Sie wollte ihren Mann begrüßen, der nach langer Abwesenheit wieder nach Hause gekommen ist, lief ihm entgegen, und da ist es passiert.«
Christina verstummte. Sollte er ihr von Stamenas Brief erzählen, fragte sich Stefan? Doch wozu die alten Zweifel wieder aufleben lassen, wozu sie wieder in Unruhe stürzen? Es hatte ja lange genug gedauert, bis sie über Vaters Tod hinweggekommen war. Aber war sie das je wirklich?
»Da war doch noch eine andere Geschichte, die du mir einmal erzählt hast, die *Blutige Slava*... Man kann es kaum glauben... Was ist damals wirklich geschehen, Mama?«
»Es passierte gerade zu der Zeit, als dein Papa vermißt wurde, und

ich habe mich nicht so sehr darum gekümmert, obwohl alle darüber sprachen«, sagte Christina zerstreut. »Eine schreckliche Geschichte! Alle Männer der Bošković Sippe, so hieß sie, glaube ich, sind während einer Feier zur *Krstna Slava* überfallen und ermordet worden. Die Täter sollen Skipetaren oder Arnauten gewesen sein, Banditen... Sie haben selbst vor einem Kind nicht halt gemacht, das in der Wiege lag. Nur die Frauen haben sie verschont... Bei einem Massaker wie diesem – in Montenegro sollen sie gar nicht so selten gewesen sein, so regelte man mitunter die Streitigkeiten zwischen den Sippen – wurden die Frauen immer verschont... Für mich war es eine schlimme Zeit. Ich wartete und wartete, und dann kam die Nachricht...« Christina verstummte. »Wenn du Zeit und Gelegenheit hast, reite hin, wo man Papa gefunden hat«, fuhr sie nach einer Weile leise fort. »Stamena wird dir die Stelle genau beschreiben. Ich habe sie gebeten, dort in den Felsen, wo er herabgestürzt ist, ein Kreuz meißeln zu lassen. Pflücke ein paar Blumen, Feldblumen, Papa hatte sie am liebsten. Leg sie unter das Kreuz. Und vielleicht zündest du auch ein Windlicht an.«

»Ich werde es tun, Mama, bestimmt.«

»Und ich werde jetzt gehen.« Christina sprang auf. »Ich muß für dich noch dies und jenes besorgen und dann auch noch deine Koffer packen.«

»Bitte nicht zuviel, Mama! Ich mache ja schließlich keine Weltreise.«

»Es kommt nicht darauf an, wie weit man reist, sondern wie lange man unterwegs ist. Ich werde schon nicht zu viel einpacken. Und du stehst jetzt auf. Frau Wytlatschil wird ganz böse, wenn du das Frühstück stehen läßt. Wann bist du mit Großpapa verabredet?«

»Erst heute nachmittag.«

»Und abends?«

»Heute abend gehen wir zwei essen, einverstanden?«

Ein angehender Diplomat wird eingewiesen

Die Büroräume des Legationsrates Dr. Stefan Meyster befanden sich im zweiten Stock des k. k. Außenministeriums am Ballhausplatz. Er hatte Stefan bereits erwartet, ordnete an, daß er in der

nächsten Stunde nicht gestört werden dürfe und begann das Gespräch mit einer Frage:
»Du kennst doch die serbischen Prinzen Georg und Alexander?«
»Wir waren Spielkameraden in Cetinje«, sagte Stefan überrascht.
»Warst du mit ihnen befreundet?«
»Befreundet?« Stefan zögerte. »Wie eben Spielkameraden befreundet sind, die sich oft sehen. Besonders gut habe ich mich mit dem jüngeren, Alexander, verstanden. Sie kamen häufig zu uns, wenn sie von ihrer englischen Gouvernante, Miß Everard, genug hatten.«
»Erzähle!«
»Ihr Haus in Cetinje war kaum fünf Minuten von unserem entfernt. Aber in Cetinje gibt es sowieso keine großen Entfernungen. Die Gouvernante, Miß Everard, war eine Schreckschraube, um ehrlich zu sein; die beiden liefen ihr davon, so oft sie nur konnten. Dann sind wir meistens in unserem Garten gesessen, und Stamena, unser Kindermädchen, hat uns Geschichten erzählt – von Hexen und Zauberern, Riesen und Gnomen und allerlei sonstigem heimlichen oder unheimlichen Volk aus den Wäldern. Und sie erzählte von montenegrinischen und serbischen Helden und ihrem Kampf gegen die Osmanen, von Kraljevič Marko, seinem Pferd Šarac und der neunmal gefiederten Wurflanze ... Aber warum fragst du?«
»Davon später. Auch wenn du gestern nicht Zeuge des Gespräches mit unserem Mann in Belgrad gewesen wärst, hätte ich dich über gewisse Vorgänge informiert, bevor du nach Bosnien und Montenegro reist. Das, worüber gestern gesprochen wurde, hätte ich natürlich nicht erwähnt, andererseits ist es auch nicht verkehrt ... Doch zuerst – du bist nach wie vor entschlossen, in den diplomatischen Dienst einzutreten?«
»Aber ja! Ich dachte, das wäre längst ausgemacht!«
»Ich wollte mich nur noch einmal vergewissern.« Der Legationsrat lächelte. »Junge Leute sind manchmal sprunghaft, nicht nur in ihren Ansichten. Es hätte ja sein können, daß du dich plötzlich für das Handwerk eines Konditors interessierst ...«
»Großpapa ...« Stefan rutschte auf seinem Sessel unbehaglich hin und her. Woher wußte der Großvater davon? Konnte man vor ihm wirklich nichts verbergen?
»Schon gut. Das war albern, nicht wahr?« sagte der Legationsrat begütigend. »Zurück zu unserer Frage. Deine Voraussetzungen für

eine erfolgreiche Diplomatenlaufbahn sind sehr gut. Du hast slawische Sprachen und Geschichte studiert, sprichst serbisch, russisch, polnisch, einigermaßen tschechisch, dann französisch... Aber wichtig sind vor allem slawische Sprachen und Kenntnisse der Geschichte slawischer Völker. Das bestimmt bereits bis zu einem gewissen Grad deine zukünftige Verwendung im Außendienst.«
»Die slawische Frage?«
Der Legationsrat nickte. »Das ist die Frage, die über die Zukunft der Monarchie entscheiden wird und damit zwangsläufig auch über die Geschicke Europas. Wenn wir sie lösen können, hat Österreich-Ungarn noch eine Zukunft. Wenn nicht...« Der Legationsrat zuckte mit den Schultern. »Die slawische Frage kann man nicht mit der italienischen vergleichen, wie man das oft versucht. Diese hat sich nach dem für uns verlorenen Krieg von 1859 von selbst erledigt, und das italienische Element ist aus dem Reich ausgeschieden. Die Monarchie konnte es verkraften, weil dieses Element an ihr nicht maßgeblich beteiligt war. In einem gewissen Sinne haben wir davon sogar profitiert. Die italienischen Provinzen waren ja ein ewiger Störfaktor. Auf diese Weise kann die slawische Frage natürlich nicht gelöst werden. Die slawischen Völker gehören zum Kernland der Monarchie, ihr Ausscheiden würde auch ihr Ende bedeuten. Genau wie gegen Mitte des vorigen Jahrhunderts bei den Italienern und Ungarn, werden jetzt die slawischen Selbständigkeitsbestrebungen immer drängender. Die Italiener wurden wir los. Den Abfall der Ungarn konnten wir nach 1867 nur dadurch verhindern, daß sie in allen Belangen den bis dahin alleinherrschenden Deutsch-Österreichern gleichgestellt wurden. Das war der berühmte Ausgleich – ein Ausgleich oder eine Angleichung der Macht. So entstand die Doppelmonarchie Österreich-Ungarn. Nun verweigern aber ausgerechnet die Ungarn den Slawen das, was sie vor einem halben Jahrhundert als das *heilige Recht eines jeden Volkes* bezeichneten, nämlich Gleichberechtigung und Selbstbestimmungsrecht. Und weil wir uns im Verband der Monarchie mit Reformbestrebungen in dieser Richtung nicht durchsetzen können, oder uns gar nicht ernsthaft durchsetzen wollen, wursteln wir halt so weiter. Nichts Entscheidendes geschieht, obwohl sich die Situation in der slawischen Frage gerade in den letzten Jahren verschärft hat und immer brisanter geworden ist – vor allem auf dem Balkan.«

Der Legationsrat machte eine Pause, holte sich von seinem Schreibtisch eine Zigarre und steckte sie umständlich an. Er bließ blauen Rauch gegen die Zimmerdecke und fuhr nach einer Weile des Nachdenkens fort:

»In den neunziger Jahren, als du die Prinzen Georg und Alexander kennengelernt hast, lebte die Familie Karadjordje in Cetinje im Exil. 1903 wurde der serbische König Alexander Obrenović mit seiner morganatischen Ehefrau Draga Mašin von putschenden Offizieren ermordet. Die Offiziere setzten die Wahl von Peter Karadjordje zum serbischen König durch. Deine Spielkameraden Georg und Alexander wurden zu Thronprätendenten. Der ältere, Georg, verzichtete 1909 auf die Thronrechte. Damit wurde der jüngere, Alexander, der neue Thronfolger. Was uns, Österreich-Ungarn, bei diesem Wechsel der regierenden Dynastien ganz empfindlich traf, war folgendes: Alexander Obrenović suchte Anlehnung an uns, die Karadjordjes, und vor allem der gegenwärtige König Peter I., waren dagegen schon immer russophil eingestellt. Man wollte zwar keinen offenen Bruch mit Österreich-Ungarn, aber man suchte und fand sogleich russische Freundschaft und Unterstützung. Unter der Regierung Peters I. kam das Wort vom südslawischen Piemont auf – du siehst, wir sind wieder bei der italienischen Parallele von 1857. Serbien als die erste Zelle oder das Kernland eines späteren südslawischen Reiches. Auf dem Balkan ist eine Bewegung entstanden, die zunehmende Eigendynamik entwickelt. Die beiden letzten Balkankriege von 1912 und 1913, aus denen Serbien erstarkt und mit bedeutendem Gebietszuwachs hervorgegangen ist, haben ihr einen zusätzlichen Schub gegeben. Ihr Ziel ist die Vereinigung Serbiens mit Montenegro und dem Rest Mazedoniens, das nächste Ziel die Vereinigung mit Bosnien und Herzegowina. Und wenn dieses erreicht ist, die Gewinnung Dalmatiens, Kroatiens, Istriens, Sloweniens und Slawoniens zu einem mächtigen, großflächigen südslawischen Staat, dem am Ende auch die Bulgaren kaum widerstehen werden.«

»So genau habe ich mir das noch nie überlegt«, warf Stefan betroffen ein. »Wenn die Entwicklung tatsächlich in diese Richtung geht, wäre das ja ...«

»Das Ende. Die Frage ist also, was wir dagegen unternehmen können. Es ist ja nicht so, daß wir von lauter Dummköpfen umgeben wären. Das Problem und seine Konsequenzen werden sehr wohl erkannt. Über die Lösung gibt es natürlich verschiedene Meinungen. Dabei herrschen zwei Hauptrichtungen vor. Die erste...« – der Legationsrat stand auf, ging zum Schreibtisch, holte einen Aktenordner und klappte ihn auf. »Am 14. Dezember 1912 schrieb Generalstabschef Conrad von Hötzendorf an den Thronfolger Erzherzog Franz Ferdinand wörtlich: ›Der Zusammenschluß der südslawischen Rasse ist eine jener völkerbewegenden Erscheinungen, die sich nicht wegleugnen und nicht künstlich verwehren lassen. Es kann sich nur darum handeln, ob dieser Zusammenschluß innerhalb des Machtgebietes der Monarchie – also auf Kosten der Selbständigkeit Serbiens – oder ob er sich unter der Ägide Serbiens auf Kosten der Monarchie vollziehen wird. Diese Kosten bestünden für uns im Verlust der südslawischen Länder und damit fast des ganzen Küstengebietes. Territorial- und Prestigeverlust würden die Monarchie zu einem Kleinstaat herabdrücken.‹ – Conrad von Hötzendorf ist ein führender Befürworter der harten politischen Linie. Nach seiner Meinung ist Krieg die einzig mögliche Lösung der slawischen Frage – ein Präventivkrieg gegen Serbien. Du weißt, wir sind recht gut befreundet, doch in dieser Frage sind unsere Ansichten völlig konträr.«

»Wie steht der Thronfolger dazu?«

»Er neigt eher der anderen Richtung zu. Einen Krieg lehnt er ab. Politische Probleme wurden noch nie durch einen Krieg gelöst, hörte ich ihn einmal sagen. Er meinte es offensichtlich ernst. Es ist allerdings nicht nur Einsicht, die ihn zu einem Gegner des Krieges macht. Obwohl ein gläubiger und mit Überzeugung praktizierender Katholik, ist er nicht frei von Aberglauben. Vor zwei Jahren hat ihm die französische Hellseherin *Madame de Thèbes* – so ihr Künstlername – prophezeit, daß er einst einen großen Krieg über die ganze Welt, also einen Weltkrieg entfesseln würde. Nun tut er natürlich alles, damit sich diese Prophezeihung nicht erfüllt. Zum anderen werden von Terroristen, Anarchisten und sonstigen Fanatikern ständig Morddrohungen gegen ihn laut. Das alles spielt bei der Entwicklung seiner Persönlichkeit und damit auch bei seiner Beurteilung politischer Probleme eine Rolle. Früher hochmütig, unduldsam, unwirsch und herrisch, hat er sich in den letzten Jahren merklich geändert. Wenn er früher – wie Hötzendorf – im Krieg eine

Möglichkeit sah, gewisse Probleme aus der Welt zu schaffen, so ist das jetzt anders geworden. Für uns bedeutet das eine Ermutigung. Mit *uns* meine ich die zweite Richtung – nennen wir sie die Reform- oder Friedenspartei. Der Kaiser ist doch sehr gealtert, seine chronische Bronchitits verschlechtert sich ständig ... So wie es aussieht, werden wir bald einen neuen Kaiser haben: Erzherzog Franz Ferdinand. Damit steigen auch die Chancen für die Monarchie. Das glauben jedesfalls *wir*.«

Der Legationsrat zündete seine ausgegangene Zigarre wieder an. Paffend hüllte er sich in dichte Rauchwolken, bevor er weitersprach:

»Nach unserer Meinung kann man die Monarchie nur dann bewahren, wenn man wie weiland Peter der Große in Rußland, die alten Zöpfe abschneidet. Wenn wir dem fruchtlosen Weiterwursteln als Regierungsprinzip absagen. Wenn wir aus Österreich-Ungarn einen modernen demokratischen und föderalistischen Staat machen, einen Staatenbund, in dem alle Völker und Volksgruppen* gleichberechtigt nebeneinander leben. In dem es keine Minderheitenprobleme gibt. Der eine Verfassung bekommt, die den Staatsbürgern größtmögliche Freiheit, Gleichheit vor dem Gesetz und vielleicht auch eine gewisse soziale Sicherheit garantiert. Der erste Schritt wäre – ganz im Sinne des Thronfolgers – ein Umbau der Doppelmonarchie zu einer Art Trialismus mit den südslawischen Nationalitäten als drittem Standbein neben Österreich und Ungarn. Damit würden wir zunächst den panslawistischen und großserbischen Bestrebungen den Wind aus den Segeln nehmen. Der zweite Schritt ist die Reformierung des innenpolitischen und teilweise des wirtschaftlichen Systems, so daß die Monarchie nicht mehr wie ein altertümliches Fossil wirkt, dem man möglichst schnell den Garaus machen sollte. Sie muß ein modernes, lebensfähiges Staatsgebilde werden, das auf andere Nationen wie ein Magnet wirkt. Ich meine folgendes: Die auseinanderstrebenden oder zentrifugalen Kräfte, die uns jetzt das Leben schwer machen, müssen an Wirksamkeit verlieren, zum

* Nach der letzten Volkszählung von 1910 lebten in Österreich-Ungarn 51 Millionen Menschen. Davon waren 12 Mill. Deutsche, 10,1 Mill. Ungarn, 6,6 Mill. Tschechen, 5 Mill. Polen, 4 Mill. Ruthenen, 3,2 Mill. Rumänen, 2,9 Mill. Kroaten, 2 Mill. Serben, 2 Mill. Slowaken, 1,4 Mill. Slowenen, 0,8 Mill. Italiener, 0,6 Mill. mohammed. Slawen, 0,4 Mill. Sonstige.

Stillstand gebracht werden und sich schließlich in zentripetale, zum Kern orientierten Kräfte verwandeln. In diesem Fall könnte die Monarchie, könnte Österreich-Ungarn zu einem ersten Ansatz, der Urzelle, eines späteren gesamteuropäischen Staates werden, in dem auch die verhängnisvollen nationalistischen und nationalstaatlichen Ideen, Ideale und Ziele – sie sind eine wahre Pest! – überwunden worden sind und einer höheren Ordnung Platz gemacht haben. Siehst du, Stefan, diese politische Entwicklung im Innern muß nach außen hin gedeckt und unterstützt werden. Das ist die Aufgabe der Außenpolitik und deren Organe. Den wichtigsten Part werden dabei diejenigen übernehmen, die sich mit den Regierungen slawischer Länder herumschlagen müssen.«

Stefan hatte mit steigender Verwunderung zugehört. »Ich muß dir Abbitte leisten, Großpapa«, sagte er, als der Legationsrat seine Ausführungen beendet hatte. »Ich selbst habe mich bis jetzt politisch ja kaum engagiert, wie du weißt. Das heißt aber nicht, daß man sich keine Gedanken macht. Es wird oft und heftig diskutiert... Ich zählte mich zu den fortschrittlichen, in einem gewissen Sinne revolutionären Studenten. Nicht gerade zu den Sozialisten oder Kommunisten, aber immerhin... In der Nationalitätenfrage kamen wir allerdings nur bis zu der Forderung nach dem nationalen Selbstbestimmungsrecht. Nicht weiter. Für uns war sie *das* Ziel. Die Selbstbestimmung muß durchgesetzt werden, wenn nötig auf Kosten der Monarchie. Jeder Nation ihr eigener Staat. Und du, mit Verlaub, ein Angehöriger der herrschenden Klasse, ein hoher Beamter und damit für uns automatisch ein Erzreaktionär, entwickelst Ideen, die weit über das hinausgehen, wovon unsere jungen Revolutionäre nicht einmal zu träumen wagen... Eine Utopie! Ist sie das? Du machst mir auch ein bißchen Angst. Ich soll wohl zu denen gehören, die sich mit den Regierungen slawischer Länder herumschlagen sollen?«

»So ist es. Nach entsprechender Vorbereitungszeit natürlich.«

»Vermutlich Serbien?«

»Das bietet sich an. Als Spielgefährte und Freund des zukünftigen Königs... Deshalb meine Frage, wie du zu ihm gestanden hast. So wie unser Kaiser ist auch der serbische König Peter kränklich, frühzeitig gealtert. Und wie bei uns, wird es also dort bald einen neuen Souverän geben.«

Stefan nickte nachdenklich. »Jetzt noch eine Frage, Großpapa, ganz im Vertrauen ... Glaubst du wirklich, daß die Entwicklung zu einem demokratisch föderalistischen Staat, so wie du ihn vorhin beschrieben hast, möglich ist?«
»Nein«, sagte der Legationsrat. »Aber versuchen muß man es trotzdem, nicht wahr?«

Mama und der Großvater brachten Stefan zum Südbahnhof. Der Großvater hatte einen Platz im Abteil erster Klasse reservieren lassen. Wenn es Stefan zu voll würde, könnte er ja ein Schlafwagenabteil nehmen, sagte er. »Du bist immerhin fast zwei Tage unterwegs.«
Bis zur Abfahrt des Zuges war noch eine Viertelstunde Zeit. Reisende eilten hin und her, Dienstmänner schleppten Koffer und Körbe heran, verstauten sie im Zug. Limonaden-, Bier- und Würstchenverkäufer riefen ihre Waren aus, ein Eisenbahner schlenderte am Zug entlang und schlug mit einem langstieligen Hammer an die Räder. Zwei livrierte Diener brachten eine vornehme Dame und ihren geckenhaften, wie aus dem Ei gepellten, wesentlich jüngeren Begleiter zu ihrem Abteil, zwei heftig schwitzende, einen Berg von Koffern hinterherschleppende Hausdiener im Schlepptau, bitte sehr, gnä Frau Baron, es ist alles da, gnä Frau Baron. Ein Eismann schob seinen weiß-rot-blauen Eiskasten vor sich her: Zitronen-, Vanille- und Schokoladeneis, ganz frisch gemacht, zum halben Preis! Zeitungsverkäufer liefen Schlagzeilen ausrufend auf und ab, eine Gruppe slawonischer Bauern, schnurrbärtige Männer und breithüftige Frauen in bunten Volkstrachten, hockten neben ihren Körben und aßen bedächtig von mitgebrachten Vorräten, Brot, Speck und weißen Käse.
Der Legationsrat holte aus der Brusttasche einen Umschlag und übergab ihn Stefan. »Heb das gut auf. Es sind einige Instruktionen, Adressen von unseren Konsulaten und Geschäftsträgern in den Ländern, die du bereisen wirst. Einige von ihnen habe ich von deiner Ankunft bereits in Kenntnis gesetzt.«
»Muß ich mich denn dort melden?«
»Du kannst es halten, wie du willst. Ein kurzer Höflichkeitsbesuch kann nie schaden. So lernst du halb privat Leute kennen, mit denen du später zusammenarbeiten wirst. Und – wir sollen es nicht be-

schreien – vielleicht brauchst du unterwegs ihre Hilfe oder Unterstützung.«
»Lieber nicht«, sagte Christina.
»Ich würde es sehr begrüßen, wenn du mir hin und wieder einen Bericht über deine Eindrücke schickst, ganz frisch, unvoreingenommen... Vor allem aus Bosnien, Montenegro, Dalmatien... Und natürlich aus Italien. Halte Augen und Ohren offen, laß die Menschen erzählen. Die Berichte adressierst du an mich persönlich und schickst sie am besten mit der diplomatischen Kurierpost nach Wien. Die Geschäftsträger sind in diesem Sinne informiert worden.«
»Aber Papa, ich dachte, Stefan macht eine Reise zu seinem Vergnügen!« warf Christina irritiert ein. »Wenn ich mir das anhöre, könnte man meinen, er reist dienstlich in deinem Auftrag. Papa, ich bitte dich, laß ihm doch noch ein wenig Freiheit! Es dauert ja nicht mehr lange, dann hast du ihn ganz – mit Haut und Haaren.«
»Laß nur, Mama, ich bin frei – frei wie ein Vogel!« Stefan küßte die Mutter auf die Wange. »Ich bin dabei, nach Süden zu fliegen, ein Zugvogel. Die Welt ist offen, die Sonne scheint, die glutäugigen Schönen erwarten mich bereits...«
»Untersteh dich!«
»Worum mich Großpapa gebeten hat, mache ich gern. Es ist kein Zwang, vielleicht eine kleine Übung. Und dir schreibe ich auch hin und wieder einen langen Brief.«
Christina nickte. Ihre Augen verschleierten sich nun doch, ihre Lippen zitterten verdächtig.
»Geld... Hast du genug Geld mit?«
»Aber ja, Mama.«
»Wenn du etwas brauchst, mußt du mir sofort telegraphieren, ja? Und ich schicke dir telegraphisch...«
»Alles klar, Mama.«
Der rotbemützte Zugabfertiger eilte geschäftig am Zug entlang, die Trillerpfeife zwischen den Lippen, die Signaltafel unter dem Arm. Er trillerte und forderte die letzten Reisenden zum Einsteigen auf.
»Mach's gut und viel Spaß, mein Bub!« Der Legationsrat umarmte Stefan. Obwohl auch er großgewachsen, war er doch um fast einen halben Kopf kleiner als der Enkelsohn. Dann umarmte ihn auch Christina, küßte ihn auf beide Wangen und den Mund und wünschte

ihm unter Tränen gute Reise, Glück und viel Spaß und »schreib mir wirklich, hörst du, jede Woche mindestens einmal, versprichst du mir das, versprichst du's mir wirklich?«

Am Sonntag, den 7. Juni 1914 fuhr Stefan Meyster mit dem Expreßzug vom Wiener Südbahnhof ab. Seine Reise sollte höchstens ein halbes Jahr dauern. Doch es vergingen zwei Jahre, bis er aus einem langsam einfahrenden Militärzug an diesem gleichen Bahnhof ausstieg, zwei Jahre, die eine ganze Welt veränderten und Europa in die blutigste Katastrophe seiner Geschichte stürzten.

2. Kapitel

Wer dem Türkensäbel heil entronnen,
Wer den rechten Glauben nicht verraten,
Wer nicht leben wollt' in Ketten,
Der floh hoch in diese Berge.
Hier zu bluten, hier zu sterben,
Stets der Helden zu gedenken,
Ehre, Freiheit zu bewahren.

Petar P. Njegoš

Sarajewo, die Stadt des Propheten

Vor mehr als einem halben Jahrtausend drang eine Vorhut osmanischer Streitkräfte in Zentralbosnien durch das schluchtartige Tal des Flusses Miljačka westwärts. Das Tal öffnete sich plötzlich zu einem weiten, nach Westen offenen Talkessel. Hier wird ein Hauptlager für die nachfolgenden Streitkräfte errichtet, bestimmte der Anführer der Vorhut, nicht ahnend, daß er damit eine historische Entscheidung getroffen hatte.

Eine Zeltstand entstand. Den osmanischen Soldaten und ihrem umfangreichen Troß folgten Händler und Handwerker, die das eroberte Gebiet erschließen, Beamte, die es verwalten, Lehrer und Geistliche, die dafür sorgen sollten, daß die Rechtgläubigen nach den Geboten Allahs und seines Propheten Mohammed lebten und handelten. Zelte und Holzhütten wurden nach und nach durch feste Häuser ersetzt. Denn die Winter sind lang, kalt und schneereich in den Bergen Zentralbosniens.

Auf dem steilen Felsen im Osten der neuen Ansiedlung, dort wo der Miljačka-Fluß aus der Schlucht tritt, erbaute man eine Festung. Sie sollte den Zugang in die Schlucht und damit den Weg ostwärts in die bereits befriedeten Gebiete des osmanischen Reiches bewachen. Die schlanken Minaretts neuer Moscheen wiesen wie mahnende Finger Allahs gegen den Himmel, bunte Bazare entstanden, weithin berühmte Bäder, Plätze und Straßen, blumengeschmückte Patios und verschwiegene Innenhöfe mit plätschernden Brunnen und kunstvoll vergitterten Fenstern der Harems, lärmende Karawansereien, melancholische Friedhöfe mit kreuz und quer stehenden, bald schon halb eingesunkenen oder umgestürzten Grabsteinen.

So entwickelte sich im Laufe der Zeit aus dem einstigen Heerlager die Stadt mächtiger Beys und Agas, geschäftiger Effendis und Hodschas und fünfmal täglich zum Gebet rufender Muezzins, reicher Händler und geschickter Handwerker, der armseligen christlichen *Raja* der Lastenträger, Brennholzsammler, Messerschleifer, Straßenpflasterer und -reiniger, Wäscher, Müllkutscher und kleiner Krämer – alles in allem die am weitesten westlich gelegene durch und durch vom Islam und seinen Gesetzen und Geboten geprägte Stadt.

In Sarajewo verbrachte Stefan fünf Tage. Ursprünglich hatte er vorgehabt, länger zu bleiben, doch eine starke innere Unruhe und die ungeduldige Erwartung, das Land wiederzusehen, in dem er seine Kindheit verbracht hatte, trieben ihn weiter. Das Gefühl neu gewonnener Freiheit beseelte und beglückte ihn, seit er Wien verlassen hatte. Er konnte bleiben oder weiterziehen, den einen oder den anderen Weg wählen, frei und nach eigenem Gutdünken entscheiden. Keine Zwänge, Termine, Prüfungen, gesellschaftliche Verpflichtungen, die Welt war offen, und er war bereit, sie zu erforschen, zu ergründen, zu erfahren und bis zur Neige auszukosten.
Stefan Meyster war – um dieses viel strapazierte Wort in Ermangelung eines besseren zu verwenden – ein Kind seiner durch eine euphorische Zukunftsgläubigkeit geprägten Zeit. Das galt nicht nur für den wissenschaftlich-technischen Fortschritt, sondern auch für den Fortschritt des Humanismus. An gutwilligen, begeisterungsfähi gen und, wenn nötig, opferbereiten Menschen lag es, ihm zu einem endgültigen Sieg zu verhelfen. Er wollte einer davon sein, der jungen Generation zugehörig, die endlich, endlich den Durchbruch zu »wahren Idealen« schaffte (das Wort *Idealismus* war eines der gebräuchlichsten in Gesprächen und Diskussionen jener Zeit, man hatte Ideale, man war ein Idealist), den Durchbruch in eine neue Zukunft mit neuen Menschen. Stefans optimistisches Weltbild wurde nachhaltig durch Vorträge und Vorlesungen des Historikers Prof. Herzberg geprägt, eines kleinen, unscheinbar wirkenden Mannes, mit dem am Vortragspult, aber auch in Gesprächen mit seinen Studenten in den von ihm ins Leben gerufenen *historischen Circles*, eine augenscheinliche Veränderung vor sich ging. Sonst eher mürrisch und wortkarg, verwandelte er sich in einen redegewaltigen

Tribun, seine Stimme gewann an Kraft, seine Augen blitzten, seine blonden, halblangen Haare und der Bart schienen sich zu sträuben und verliehen ihm einen Löwenkopf. So stand er vor seinen gebannt lauschenden Zuhörern und verkündete goldene Zeiten und einen Menschen, der im neuen Humanismus sich selbst und seine blutige Geschichte endgültig zu überwinden im Begriff sei.
Einer seiner Vorträge war Stefan besonders lebendig in Erinnerung geblieben. Seit er ihn gehört und vervielfältigt wiederholt gelesen hatte, so daß er ihn fast auswendig kannte, zählte er zu Herzbergs treuesten Jüngern.
»... Jeder Mensch wird neben den Bildern und Vorstellungen erotischen oder sexuellen Ursprungs, das heißt von Wunschvorstellungen, die auf seine Fortpflanzung abzielen, von Bildern und Erlebnissen der Angst, des Schmerzes, der Gewaltanwendung und des gewaltsamen Todes begleitet«, führte der verehrte Professor unter anderem aus. »Man könnte sagen, daß dieserart Bilder einen Großteil unserer Erinnerung und unseres seelischen und geistigen Lebens ausmachen. Das hat einen einfachen Grund. Die Ursachen der Gewalt und der Gewalttätigkeit, auf die wir uns jetzt beschränken wollen, sind unverrückbar in der Psyche des Menschen verankert und bestimmen als Leitprinzipien seit jeher im wesentlichen sein Dasein. Unsere Geschichte ist von der Gewalt und ihrer Anwendung am nachhaltigsten geprägt worden. Es muß, nebenbei gesagt, nicht erst ein Herr Dr. Freud kommen, um uns dieses als *neueste wissenschaftliche Erkenntnis* mitzuteilen und uns von der Rolle erzählen, die das sogenannte Unbewußte auf unser bewußtes Handeln ausübt. Machtstreben, Rücksichtslosigkeit, Selbstsucht, Hochmut, Arroganz, diese und andere ähnlich gelagerte Eigenschaften gehören zum Menschen wie Weihrauch in die Kirche. In ihrem Gefolge kommt es zu brutaler Unterdrückung Schwächerer und Andersdenkender, zum Mord und Totschlag, zu Kriegen, Massakern, Pogromen... Eine breite, leidvolle Blutspur zieht sich durch die Geschichte der Menschheit von ihren Anfängen bis in die Gegenwart.
Doch die Geschichte ist nicht nur das, sondern auch das Streben nach Licht, der Wunsch, die Sehnsucht und schließlich der Wille des Menschen, die dunklen Abgründe in seinem Innern zu überwinden und eine bessere, humanere Welt zu schaffen. Erinnern wir uns an

die Worte des großen Denkers Kant, der vor über hundert Jahren geschrieben hat: Allmählich wird der Gewalttätigkeit von seiten der Mächtigen weniger, der Folgsamkeit in Ansehung der Gesetze mehr werden. Es wird etwas mehr Wohltätigkeit, weniger Zank in Prozessen, mehr Zuverlässigkeit usw., teils aus Ehrliebe, teils aus wohlverstandenem eigenen Vorteil im gemeinen Wesen entspringen und sich endlich dies auch auf die Völker im äußeren Verhältnis gegeneinander bis zur weltbürgerlichen Gesellschaft erstrecken ...

Der große Mann aus Königsberg erweist sich einmal mehr als Prophet. Seit er diese Sätze geschrieben hatte, erlebte die Menschheit einen ungeahnten Fortschritt des Humanismus, von gewissen Rückschlägen abgesehen; diese zu erforschen, gehört zu den wichtigsten Aufgaben des Historikers. Doch denken wir daran: Die Geschichte der Menschheit ist nicht allein eine Folge von Kriegen, Eroberungen, Verschwörungen, Umstürzen, Revolutionen, Revolten. Die Arbeit eines Historikers und erst recht eines Historikers im Lehrberuf, besteht nicht darin, Geschichtsdaten aneinanderzureihen; diese sind nur ein Gerüst. Es geht um den *Geist*, der durch die Zeitläufe weht. Man sollte die Erfahrungen und die Erkenntnisse, negative wie positive, erforschen und weitergeben, um die Fehler und Fehlhaltungen zu vermeiden, die zu Ausbrüchen der Gewalttätigkeit führen.

Seit Kant ist die Gewalttätigkeit der Folter abgeschafft, die Gerichtsbarkeit auf Gesetzestreue gestellt und die Gesetzgebung den neu geschaffenen Verfassungen untergeordnet worden, um bei den von ihm angeführten Beispielen zu bleiben. Die seinerseits prophezeite weltbürgerliche Gesellschaft in einem Weltstaat der Zukunft scheint nicht mehr fern. Heute schon kann man fast ganz Europa ohne Pässe und ohne die früher üblichen, so überaus lästigen Zollkontrollen bereisen, mit Ausnahme der östlichen Nachbarn, wo sich allerdings die historisch bedingten Despotien als sehr zählebig erweisen. Doch auch dort wird der humanitäre Fortschritt seinen Einzug halten – das ist ein entwicklungsgeschichtliches Gesetz! Glückliche Jugend, die in diese neue Welt geboren wurde! Vor der eine immer lichter werdende Zukunft liegt! Damit meine ich *Euch*, meine Damen und Herren! Goethe brauchte Wochen, um die anstrengende, überaus beschwerliche Reise über die Alpen nach Italien zu unternehmen. Mit der Eisenbahn brauchen wir heute nur zwei Tage. Nutzt die Möglichkeiten der Technik und der modernen Verkehrsmittel mit ihren atemberaubenden Geschwindigkeiten! Erforscht nicht nur die Geschichte der Menschheit, sondern auch deren Gegenwart! Erforscht die Welt! Andere Länder, andere Völker! Versucht ihre Handlungsweise, ihre Sitten, Gewohnheiten, Gebräuche und Anschauungen verstehen und lieben zu lernen. Und zu guter Letzt: Erforscht als Historiker die Vergangenheit, um die Gegenwart zu begreifen und die Zukunft positiv im Sinne einer weiteren Humanisierung mitzugestalten!«

Der Glaube an das Gute im Menschen und an den ständigen Fortschritt des Humanismus, den der bewunderte Professor mit solchem Feuer verkündete, fand offene Ohren, seine Worte fielen auf fruchtbaren Boden. Nun war Stefan aufgebrochen, um eine seiner Empfehlungen zu befolgen und die Welt unter anderem mit Hilfe der Eisenbahn zu erforschen. Für die Fahrt nach Sarajewo – früher eine wochenlange, beschwerliche Reise – brauchte er nicht mehr als zwei Tage und Nächte. Hier tat sich ihm eine neue, fremdartig exotische Welt auf. Es galt keine Zeit zu verlieren, jedenfalls so wenig wie möglich. So unterließ er es, wie vorgehabt, schon am ersten Tag den Sektionschef bei der Militärregierung von Bosnien und Herzegowina Franz Havelka zu besuchen und ihm Grüße von Großpapa zu übermitteln. Er streifte zwei volle Tage durch Sarajewo, saß unter der hohen *Sahat Kula*, dem Wahrzeichen der Stadt, um auszuruhen, besichtigte *Begova Djamija* oder Beys Moschee mit den Grabstätten der großen Heerführer *Gazi Husref Bey* und *Gazi Murat Bey*, die *Careva Djamija* oder Kaisermoschee, die unter Suleiman dem Prächtigen erbaut worden war, verbrachte einen Vormittag in der Bibliothek des *Husref Bey* mit der ältesten Abschrift islamischer Religionsvorschriften aus dem Jahre 1150, genannt *10 000 Chadis Mohammeds*. Er streifte auch durch das *Bežistan* den überdachten Markt und durch die *Čaršija*, das Händlerviertel und nahm dabei mit allen Sinnen das bunte Treiben in sich auf: Muslims mit den roten Fes' auf den Köpfen, ihre dicht verhüllten Frauen mit flinken schwarzen Augen über den *Feredjas*, den Gesichtstüchern. Ein *Čoban*, Schafhirte, der ernst und würdig dahinschritt und mit seiner blökenden, von zwei Hirtenhunden zusammengehaltenen und bewachten Herde minutenlang die Straße blockierte, worüber sich kein Mensch aufregte. Winzige Läden, in denen es alle Schätze des Morgenlandes zu geben schien. Gold-, Silber-, Kupfer- und Eisenschmiede, Tuchmacher, Teppichweber, Schneider, Opankenflechter, Melonen- und Wasserverkäufer, Barbiere, die bei offenen Türen ihre Kunden einseiften, Schuhputzer, Kesselflicker, bettelnde Kinder, Märchenerzähler, Kaffeehäuser mit niedrigen Hockern vor den Türen, rauchende, aus winzigen Täßchen bedächtig Kaffee schlürfende Männer...

In *Kujundžiluk*, der Goldschmiedegasse, kaufte er ein Armband für Mama. In *Kunduradžiluk*, der Schuhmachergasse, feilschte er um Opanken und erstand ein Paar um ein Drittel des erstgenannten Preises. In *Kazandžiluk*, der Gasse der Kesselschmiede, schaute er lange zu, wie ein zierlicher Teekessel geformt und ziseliert wurde, und in *Abadžiluk*, der Gasse der Schneider und Textilienhändler, kaufte er eine Fellweste, die ihm später in Montenegro gute Dienste leistete. In *Baš Čaršija*, der Basarhauptstraße, trank er Kaffee, hörte den Männern bei ihren Gesprächen über Politik, Geschäfte, das Wetter, die neue Ernte, steigende Preise und die unsichere Zukunft zu, und in *Asčiluk*, der Gasse der Köche, aß er Kalja*, Čufte** und als Nachspeise die süße Baklava***. Am Abend stieg er schließlich, vorbei an den von Turbanen gekrönten Grabsteinen, auf den Bendbašahügel bis hinauf zur Zitadelle, von wo er einen weiten Ausblick über die Stadt und das langsam in der Abenddämmerung versinkende Land hatte. Aus einem Garten klang eine Frauenstimme herauf. Sie sang Sevdalinkas, wehmütig traurige Melodien der christlichen Raja, der Schmerz um die verlorenen Lieben, Sehnsucht nach Freiheit, nach der blauen Ferne, nach Frieden...

Erst am dritten Tag meldete sich Stefan bei Sektionsrat Havelka an und wurde sogleich empfangen. Die Befürchtung, daß ihn der Sektionsrat für den Rest des Sarajewo-Aufenthaltes okkupieren und für

* *Kalja* ist gedünsteter Weißkohl mit Tomaten, Zwiebeln und Knoblauch als Beilage zu Hammelrippchen.

** *Čufte* stammt aus dem Arabischen und bedeutet »Etwas Zerschnittenes oder Zerhacktes«. Čufte werden aus Lamm- oder Rindfleisch gemacht, mit Zugabe von Eiern, Mehl, Butter und Kümmel.

*** *Baklava,* wie die meisten bosnischen Süßigkeiten und Mehlspeisen orientalischer Herkunft, ist ein sehr süßes Gebäck mit Nußfüllung zwischen hauchdünnen Teigblättern, übergossen mit Zuckersirup.

ihn ein »Besuchsprogramm« zusammenstellen würde, erwies sich als unbegründet. Nach der überschwenglichen Begrüßung bat Havelka sogleich um Entschuldigung. Er könnte sich nicht so viel um ihn kümmern, wie er wollte; der Besuch des Erzherzogs Franz Ferdinand werfe seine Schatten, pardon, natürlich *Lichter*, ja Schlaglichter voraus. Es gäbe ungeheuer viel vorzubereiten, dabei hätte man es mit – es sei gestattet, dies zu sagen – unfähigen Idioten zu tun, die nicht begreifen würden, worum es ginge, absolut nicht!

»Seit Wochen steht der Besuchstermin fest – und so gut wie nichts ist vorbereitet! Der unselige Schlendrian! Hier noch schlimmer als in Wien! Bosnische Verhältnisse! Man muß alles selbst in die Wege leiten, kontrollieren, und am besten wäre es wohl, wenn man es auch noch selbst ausführte!« Der Sektionsrat, ein kleiner, kugelrunder Mann, fuhr sich mit dem Taschentuch über das schwitzende Gesicht und die blank polierte Glatze. »Und dazu diese Hitze! Ausgerechnet jetzt! Seit sieben Jahren war es nicht mehr so heiß! Aber sag' einmal – du schwitzt ja überhaupt nicht! Ich darf doch *du* sagen wie damals, als du – wie alt warst du, als ich dich zum letztenmal gesehen habe? Vierzehn? Fünfzehn? Erinnerst du dich an meine Frau? Sie und Ada werden sich um dich kümmern. Sie warten bereits ungeduldig, seit ich deine Ankunft avisiert habe. Kennst du Ada, unsere Tochter? Nein? Ein modernes Mädchen, sozusagen. Will studieren, interessiert sich für Politik, spielt Tennis ... So sind die Zeiten! Doch jetzt« – wieder trocknete sich der Sektionsrat das Gesicht und die Glatze ab – »endlich zu dir. Was kann ich für dich tun? Dein Großvater, der hochverehrte Legationsrat schrieb, daß du eventuell ein Pferd ...«

Stefan bat, daß man ihm helfen sollte, zu einem vernünftigen Preis ein Reit- und ein Packpferd zu mieten. Mit Postkutschen auf hiesigen Straßen und erst recht nach Montenegro zu fahren, wäre eine unverdiente Strafe. Er hatte noch nicht ausgeredet, als Havelka bereits auf ein Blatt Papier zu schreiben begann, unterschrieb, das Blatt zusammenfaltete und in ein Couvert steckte.

»Hier, mein Lieber. Gib das dem wachhabenden Offizier mit einem schönen Gruß von mir. Er wird dafür sorgen, daß du aus unseren Beständen anständige Pferde bekommst. Du kannst sie in Cetinje an unserer Gesandtschaft übergeben oder in Cattaro, ganz wie du willst. Von dort werden sie bei Gelegenheit wieder zurückgebracht.«

Damit war das Gespräch beendet. Stefan sah den schwitzenden, unter der Last der Arbeit und der Verantwortung stöhnenden Sektionschef Franz Havelka nicht wieder. Dafür sah er dessen Frau Anna und die Tochter Ada umso öfter. Er wurde von den Damen für die restlichen zwei Tage vollständig in Beschlag genommen. Damit geschah genau das, was er befürchtet hatte. Der Höflichkeitsbesuch zur Teestunde wurde auf ihr Drängen auf das Abendessen ausgedehnt, am nächsten Vormittag mußte er mit Ada, einem siebzehnjährigen, nach ihrem Vater rundlich geratenen und ziemlich vorlauten Mädchen, Tennis spielen. Für den Nachmittag – es war ein Samstag – hatte man bereits einen Ausflug nach Ilidje organisiert, Kaffeetrinken im *Hotel Bosna*, dem gleichen Hotel, in dem in einigen Tagen das Thronfolgerpaar logieren sollte, und am Abend schleppten sie ihn zu einem Empfang bei Baron von Gleißfeld, dem Generaldirektor der österreichischen Bank für Bosnien und Herzegowina. Der Empfang fand im festlich illuminierten Garten der *Villa Gleißfeld* statt.

Stefan lernte hier eine Reihe von Menschen kennen, von denen ihm allerdings nur zwei in Erinnerung blieben. Zunächst war das Bettina von Gleißfeld, die Hausherrin, eine bezaubernd schöne, etwa fünfzigjährige Dame, die leise und unaufdringlich, mit einem verloren wirkenden Lächeln um die Mundwinkel trotz ihres lauten und umtriebigen Mannes und obwohl ihr daran kaum etwas zu liegen schien, unbestreitbar der Mittelpunkt der Gesellschaft war. Der andere war Othmar von Nikolić, ein großer, dicker Oberstleutnant mit Bürstenhaarschnitt und rechteckig aufwärts gezwirbelten Schnurrbart, der unmäßig aß, trank und schwitzte. Ein Serbenfresser, obwohl selbst serbischen Ursprungs, wie sein Name verriet; er hat später, am vorletzten Tag des bevorstehenden hohen Besuches, eine kurze, jedoch ungemein wichtige und verhängnisvolle Rolle gespielt.

Im Augenblick erklärte er mit seiner rauen Kasernenhofstimme einem Kreis von Zuhörern, daß dieses sogenannte slawische Problem gar kein Problem sei. Man erschaffe es selbst, weil man nicht bereit sei, ein für allemal reinen Tisch zu machen, nämlich entschieden zuzuschlagen und dieses lächerliche Königreich Serbien von der Landkarte zu tilgen. »Sagen sie selbst, meine Herrschaften – wir wären dazu doch jederzeit bereit und in der Lage! In zwei Wochen wäre der Spuk vorbei, und wir hätten mit Griechenland eine gemeinsame Grenze. Griechenland, das lasse ich mir gefallen, ein altes Kulturland, ein altes Kulturvolk. Und in Serbien eine straffe Verwaltung, permanentes Kriegsrecht und kein Pardon, meine Herrschaften, kein Pardon!« Seine Stimme wurde immer lauter, sein Gesicht lief rot an, seine Augen blitzten zornig und sein Schnurrbart sträubte sich. »Das ist unser Problem, nämlich unsere Gutmütigkeit! Man tanzt uns auf der Nase herum. Und was tun wir dagegen, was tun wir?«

»Dieser Oberstleutnant von Nikolić steht mit seiner Meinung, daß ein hartes Durchgreifen gegen Serbien nach außen und gegen alle slawischen Minderheiten nach innen notwendig sei, um ›ein für allemal Ordnung zu schaffen‹ nicht allein«, schrieb Stefan am nächsten Vormittag in seinem ersten Bericht an den Großvater. »Es soll ziemlich viele geben, die in das gleiche Horn stoßen, vor allem in den Kreisen der Militärverwaltung, unter den Offizieren und unter den deutsch-österreichischen Zivilisten.
Das Thema Nr. 1 ist in Sarajewo natürlich der Besuch des Thronfolgerpaares. Allüberall herrscht fieberhafte Betriebsamkeit und Aufregung, allerdings kaum unter der Bevölkerung. Sie scheint von dem bevorstehenden Besuch kaum Notiz zu nehmen.
Heute früh brachte mir ein Soldat zwei Pferde ins Hotel, um die ich Herrn Havelka gebeten habe. Es sind schöne Tiere, das Reitpferd etwas größer. Einheimische, etwas veredelte Rasse, wie mir der Soldat erzählte. Unheimlich ausdauernd sollen diese Pferde sein und bestens geeignet für unwegsame, gebirgige Strecken. Wenn man den Weg nicht weiter weiß, solle man ihn von den Pferden suchen lassen, meinte der Soldat. Nun ja, ich habe nicht vor, so tief in die unwegsamen Schluchten des Balkans vorzudringen, daß ein Pferd den Weg suchen müßte ...
Die Havelka-Damen wollten mich auch für heute in Beschlag nehmen, aber ich habe mich entschuldigt. Am Nachmittag gehe ich noch ein wenig hinaus, um von Sarajewo Abschied zu nehmen. Morgen früh geht es los, Richtung Montenegro. Havelka hat mir einen Reisebegleiter bis zur Grenze zugeteilt. Er ist Gendarm, heißt Avro Nikić und sieht mit seinem kohlrabenschwarzen Schnurrbart sehr kriegerisch aus. In seiner Begleitung werde ich mich so sicher wie in Abrahams Schoß fühlen.«

Wie ein Elefant im Porzellanladen

Sarajewo hatte sein Sonntagsgewand angelegt. Festlich gekleidete Menschen bevölkerten die Straßen und Plätze, schlenderten den breiten, von Platanen umsäumten Miljačka-Kai auf und ab, lagerten in den Grünanlagen. Stefan ließ sich treiben. Zu Mittag aß er in der Gasse der Köche und trank in der Baš Čaršija Kaffee. Im Stadtpark setzte er sich schließlich auf eine freie Bank. Die Füße taten ihm weh. Er hätte die Opanken anziehen sollen oder zumindest bequemere Schuhe. Im Schatten der weitausladenden Bäume tanzten Männer und Frauen in ihren bunten Trachten Kolo, den Volkstanz der Südslawen. Begleitet wurden sie von fremdartig klingenden, zuweilen fröhlich hüpfenden, dann wieder schwermütig klagenden Melodien einer Flöte und eines Akkordeons und dem dumpfen, rhythmischen Dröhnen einer riesigen Trommel.

Ein albanischer Zuckerbäcker, rückwärts gebeugt unter dem Gewicht der ausladenden Bauchplatte, die mit allerlei Gebäck beladen war, schlurfte vorbei und rief mit hoher Nasenstimme sein *Halva, Halva, zuckersüße Halva*. Sonntäglich herausgeputzte Kindermädchen schoben hochrädrige Wagen durch die tanzenden Sonnenkringel und Schatten unter den Bäumen, eine Schar kichernder Lyzeumsschülerinnen trippelte unter der Aufsicht einer blassen, streng blickenden Nonne vorbei, der sanfte Wind brachte den Geruch nach türkischem Honig, schwarzen Kaffee und gegrillten Spießchen mit, und die Trommel schlug zu den bunten, verwirrend schnell wechselnden Bildern des Kolo.

»Es ist der Vidovdan-Kolo«, sagte neben Stefan eine leise, leicht brüchige Stimme. Sie gehörte einem alten Herrn, der sich, einen Spazierstock mit silberner Krücke zwischen den Knien, zu Stefan auf die Bank gesetzt hatte und versonnen den Tanzenden zuschaute.

»Vidovdan – ist das nicht erst in vierzehn Tagen?« fragte Stefan.

»Sie tanzen den Kolo schon heute. Vielleicht üben sie ihn noch ein, damit es zu Vidovdan besser geht.« Der alte Herr hatte einen schneeweißen, sorgfältig gestutzten Spitzbart, trug einen goldenen Kneifer und sprach ein wohlakzentruiertes, fehlerfreies Deutsch. Er schaute Stefan über den Rand des Kneifers an und fragte: »Sie sind fremd hier, nicht wahr?«

»Sieht man mir das an? Aber Sie haben recht. Ich bin zum erstenmal in Sarajewo.«
»Kommen Sie von weither?«
»Aus Wien.«
»Ach, Wien, Wien... Dort habe ich einige schöne, interessante Jahre verbracht. Bis mich das Heimweh wieder nach Hause trieb. Dabei ging es mir in Wien gut, sehr gut, es ging mir glänzend... Nun ja, aus Wien erwarten wir demnächst einen hohen, sehr hohen Besuch.« Der alte Herr verstummte, summte ein paar Takte der Kolo-Musik mit und sagte: »Ausgerechnet zu Vidovdan kommt der Besuch, ausgerechnet an diesem Tag!«
»Warum nicht an diesem Tag?« fragte Stefan.
»Sie kennen die Bedeutung dieses Tages nicht? Am St. Veit-Tag – das ist Vidovdan – des Jahres 1389 verlor Serbien auf dem Amselfeld die alles entscheidende Schlacht gegen die Türken unter dem Sultan Murat. Der Sultan wurde nach der Schlacht von dem verwundeten serbischen Helden Miloš Obilić getötet. Aber sein Tod änderte nichts daran, daß Serbien für viele Jahrhunderte die Freiheit verlor. Das letzte abendländische Bollwerk war gefallen, die Türken konnten bis ins Herz Europas vordringen, zweimal sogar bis vor Wien... Darunter hatte also auch Österreich zu leiden. Aber ich erzähle Ihnen wohl nichts Neues.«
Der alte Herr lächelte versonnen. »Doch nun kommt das Ungewöhnliche. Die meisten Völker feiern die Tage ihrer Triumphe, ihrer Siege. Nicht so die Serben. Zu ihrem bedeutendsten, ja heiligsten Feiertag haben sie den Tag ihrer größten Niederlage auserkoren. Vidovdan blieb durch Jahrhunderte ein Gedenktag für gefallene Helden, ein Tag der Mahnung, nie den Gedanken an die Freiheit und Selbständigkeit aufzugeben. Und seit zwei Jahren auch ein Tag des Triumphes, als die Serben 1912 bei Kumanovo blutige Rache für die lange Zeit der Versklavung nahmen und sich ihre Freiheit wiedererkämpften.«
»Ein serbischer Gedenktag – warum wird er dann hier, im bosnischen Sarajewo gefeiert?« fragte Stefan.
»Vidovdan ist nicht nur ein serbischer, sondern ein südslawischer Gedenktag. Die Serben haben sich ihre Unabhängigkeit erkämpft. Wir, die anderen südslawischen Völker, träumen erst von der *goldenen Freiheit*, wie es in unseren Volksgesängen heißt.«

»Fühlen Sie sich denn unfrei? Oder gar versklavt?«
»Es ist nicht gerade ein Zeichen von Taktgefühl, wenn ein Habsburger gerade an diesem Tage Sarajewo besucht«, wich der alte Herr aus. »Könnte er damit nicht das aufrührerische Blut dieses Volkes in Wallung bringen? Geister wecken, deren er nicht mehr Herr werden könnte, gefährliche Leidenschaften schüren, ein Feuer entfachen, das sich zu einem Großbrand ausweitet und den Staat vernichtet, für den er dereinst Verantwortung tragen wird?«
Der alte Herr lächelte, blinzelte in die Sonne, seine Stimme klang sanft und freundlich. Der Mann mit dem Akkordeon entlockte dem Instrument eine schnelle Folge auf- und abperlender Töne, die Flöte klagte, bumm-bumm-bumm dröhnte die riesige Trommel. Es war alles wie noch kurz vorher. Und doch war es Stefan, als hätte sich auf die Szenerie ein dunkler Schatten gelegt, der ihn frösteln ließ. Den Brief an Mama, den er noch an diesem Abend in seinem Hotelzimmer schrieb, beendete er mit den Sätzen:

»... Heute Nachmittag wurde ich im Stadtpark an einen Elefanten erinnert, der im Porzellanladen herumtrampelt. Der Elefant sind wir. Frag den Großpapa, wer die grandiose Idee hatte, daß der hohe Besuch in Sarajewo ausgerechnet am St. Veit-Tag stattfinden sollte? Er kann Dir erzählen, was ich damit meine. – Für Dich habe ich ein hübsches Mitbringsel erstanden. Bis ich wieder zu Hause bin, darfst du raten, was es ist...«

Stefan brachte den Brief zur Hotelrezeption, damit man ihn am nächsten Tag abschickte. Er war gerade dabei, auch die Hotelrechnung zu begleichen, als er hinter seinem Rücken eine tiefe, wohlklingende Stimme vernahm, die ihm bekannt vorkam. Doch irgendwas an ihr störte ihn, so daß er sie nicht auf Anhieb einordnen konnte. Die Stimme sagte:
»Nein, auf keinen Fall. Es ist zu spät, um jetzt noch...«
Stefan schaute über die Schulter. Zwei Männer gingen eilig durch die Halle zur Eingangstür. Jetzt sagte auch der zweite etwas und der erste lachte leise. Der Page riß die Tür auf, die Männer verschwanden – und jetzt fiel Stefan auch ein, woher er die Stimme kannte. Jetzt erst, nach dem leisen, wohlklingenden Lachen, das ihn mit einem Schlag in die Bibliothek zu Hause versetzte, in den Ohrenses-

sel, wo er das Gespräch zwischen dem Großvater und einem Fremden unfreiwillig belauscht hatte. Dessen unverwechselbare Stimme hatte damals deutsch und jetzt serbisch gesprochen. Das war der Grund, weshalb er sie nicht sogleich erkannt hatte. Erst das leise Lachen, damals wie heute...

»Kennen Sie die Herren, die eben vorbeigegangen sind?« fragte Stefan den Portier.

»Sie sind unsere Gäste«, sagte der Portier reserviert.

»Ich frage, weil mir die Stimme des einen Herren bekannt vorkam. Aber ich werde mich wohl geirrt haben. Wollen Sie bitte dafür sorgen, daß ich morgen rechtzeitig geweckt werde?«

In aller Frühe des 15. Juni 1914 verließ Stefan mit seinem Begleiter, dem bosnischen Gendarmen Avro Nikić Sarajewo. Die Hufe ihrer Pferde klapperten hell in den stillen, wie ausgestorben wirkenden Straßen. Als sie den Stadtrand erreichten, färbte sich der Himmel über Sarajewos Hausberg Trebević in ein zartes, schnell heller werdendes Rot. Sie verließen die gepflasterte Hauptstraße und wandten sich südwärts, in Richtung Dobro Polje. Die Pferde traten hier weicher auf, ihre Hufe wirbelten kleine Staubwölkchen empor. Stefans dunkler, fast schwarzer Fuchs *Kume*, was so viel wie Cousin, Freund, Geselle bedeutet, warf ungeduldig schnaubend den Kopf hoch. Eine Gruppe Bauern kam ihnen entgegen, schwer bepackt mit Körben, die sie auf den Markt trugen, wich zur Seite und wartete schweigend, bis sie vorbeigeritten waren. Avro Nikić, der Gendarm, den Karabiner quer über den Rücken gehängt, die Mütze aus der Stirn geschoben, begann leise zu singen:

»Pošli jesmo, pošli jesmo,
u daljinu, u tudžinu...«
»Wir zogen los, wir zogen los,
In die Ferne, in die Fremde...«

Sie kamen gut voran, das Wetter blieb beständig, die Hitze war auch während der Mittagszeit erträglich. Südlich von Dobro Polje kletterte die Straße auf eine Paßhöhe von 1200 Meter. Am späten Nachmittag erreichten die Reisenden das Städtchen Kalinovik und beschlossen, hier zu übernachten. Der Wirt der einzigen Herberge gab sich

große Mühe, um ihre Wünsche zu befriedigen – nicht jeden Tag kam ein so vornehmer und bedeutender Gast vorbei, daß er einen Gendarm zur Begleitung hatte.
Avro versorgte die Pferde und verrichtete getreu dem Gebot des Propheten sein Abendgebet. Danach schlief er augenblicklich ein, wovon sein lautes Schnarchen Zeugnis ablegte.
Von Kalinovik wandte sich die Straße – oder das, was man hierzulande eine Straße nannte – ostwärts, stieg auf den Jelašca-Paß und fiel steil abwärts in das enge, schluchtartige Tal der Bistrica. Am Nachmittag des nächsten Tages erreichten Stefan und Avro Foča, die malerisch im Tal der Drina gelegene einstige Hauptstadt Herzegowinas. Vor Anbruch der Dunkelheit hätten sie noch eine gute Wegstrecke zurücklegen können, doch Stefan beschloß, hier zu übernachten.
Er wanderte durch die engen Straßen der Stadt, die mit ihren Moscheen, Koranschulen, öffentlichen Bädern und einst von Leben erfüllten, jetzt aber verschlafen wirkenden Karawansereien auch irgendwo in den Bergen Kleinasiens hätte stehen können. In einer winzigen Kafana unterhalb der *Aladža-Moschee* trank er Kaffee und aß dazu die süße Baklava, die womöglich noch besser war als die in der Altstadt von Sarajewo.
In aller Frühe des dritten Tages ihrer Reise ging es durch die Schlucht des Flusses Piva südwärts. Sie näherten sich der Grenze von Montenegro und begegneten immer öfter österreichischen Patrouillen. Von einem Korporal, der sie anhielt, um ihre Papiere zu kontrollieren, wurden sie in schönstem Wienerisch begrüßt.
»Also, aus Wien kommt der Herr, schau, schau, und was hat Sie in diese gottverlassene Gegend verschlagen, wenn ich fragen darf? Wenn's nach mir ginge, heut' wär ich lieber fort als morgen, und gestern lieber als heut.« Er wischte sich mit einem großen roten Taschentuch das sonnenverbrannte Gesicht ab, gab den Paß zurück und schaute Stefan dabei mißbilligend an. »Trotzdem wünsch' ich Ihnen gute Reise – und denken'S daran: Spätestens in Sarajewo haben'S die Zivilisation verlassen. Wo Sie hinreiten, ist die Welt zu Ende – und nicht ungefährlich.«
Bei Hum, unterhalb des mächtigen Maglič-Gebirgsmassives, kamen sie an die Grenze, eine einfache Steinbaracke mit Doppeladler und Schlagbaum an der Straße. Die Formalitäten wurden schnell abge-

wickelt. Avro verabschiedete sich mit einem breiten Grinsen und wiederholten Verbeugungen, deren Tiefe von dem reichlichen »Reisegeld« bestimmt war, das ihm Stefan für den Weg zurück nach Sarajewo gegeben hatte. Ein verschlafener Grenzposten öffnete gähnend den Schlagbaum, der Weg nach Montenegro war frei.

Das Lied von der Blutigen Slava

Bergkette hinter Bergkette, dunkel und menschenleer unter dem hohen Himmel. Tiefe Schluchten und reißende Flüsse, sprudelnde Quellen und verschwiegene Seen, in denen sich Wolken spiegeln und hundertjährige Bäume. Verdorrte Erde unter der Glut der Sonne, himmelstürmende Felsgipfel, emporwachsend aus den blaugrünen Schatten dichter Urwälder. Der lautlose Schritt auf dem felsigen Pfad, ein fernes Lied der Hirtenflöte, weiter und immer weiter gegeben von den steilen Berghängen, bis es in der Ferne verklang. Dörfer und Städte, die mit ihren steinfarbenen Häusern und dunklen Dächern so aussahen, wie sie vor hundert, zweihundert und tausend Jahren schon ausgesehen hatten, eng aneinandergerückte Häuser wie Menschen, die sich in Gefahr zusammenschließen, um dem Feind gemeinsam zu trotzen. Einsame, in abgelegenen Tälern verborgene Klöster, in deren Innenhöfen die Stille von Jahrhunderten Einkehr gehalten hatte. Sie waren bereits zu jener Zeit alt gewesen, als Sultan Bajezid um 1390 geschworen hatte, nicht zu ruhen, bis daß seine Pferde den Altar des heiligen Petrus zu Rom als Futterkrippe benützten.
Der große Sultan konnte seinen Schwur zwar nicht wahrmachen, aber seitdem schob sich das Reich der Osmanen unaufhaltsam gegen das Herz Europas vor. Konstantinopel wurde erobert und hieß fortan Istanbul. Athen fiel. Serbien, das letzte Bollwerk des Abendlandes, verlor nach der Schlacht auf dem Amselfeld seine Selbständigkeit und hörte für ein halbes Jahrtausend auf zu bestehen. Die mächtige Reichsfestung Smederewo an der Donau und Belgrad selbst, die weiße Stadt, die später eine so große Rolle in den Türkenkriegen spielte, wurden gestürmt. Keine Macht der Welt schien die osmanischen Heerscharen aufhalten zu können. Festung um

Festung, Stadt um Stadt, Land um Land gingen verloren und wurden der Pforte unterworfen.
Und in dieser Zeit geschah etwas höchst Ungewöhnliches.
Der serbische Stamm der *Crnojeviči*, der Fürsten der Schwarzen Berge, trotzte weiterhin den übermächtigen Eroberern. Lieber als die Freiheit gab er das bequeme Leben in den alten Städten und Siedlungen der fruchtbaren Ebene des Zeta-Tales und der Gebiete um den Skadar-See und des Küstenlandes auf und zog sich in die unzugänglichen Bergregionen des nördlichen und nordwestlichen Hinterlandes zurück. In einem abgelegenen Tal des Lovčen-Massives gründete Fürst Ivan Crnojević das Kloster der Heiligen Jungfrau Maria als Zuflucht vor den Türken und legte damit den Grundstein für die spätere Hauptstadt Montenegros, Cetinje.
Vierhundert Jahre lang trotzten die Montenegriner den Osmanen und behaupteten sich gegen eine Übermacht, die Europa in den Grundfesten erzittern ließ. Den Türken ist die vollständige Unterwerfung Montenegros nie gelungen. Es blieb eine Insel der Freiheit und relativer Selbstbestimmung, während türkische Heere Belgrad erstürmten, Bosnien und Herzegowina zu ihren Provinzen machten, in ihren Raubzügen bis nach Klagenfurt und Görz vorstießen, Ofen – das spätere Budapest – nahmen und schließlich mit riesigen, in solch gewaltiger Größe noch nie gesehenen Armeen zweimal – 1529 und 1683 – westwärts zogen, um Wien zu erobern, die Hauptstadt des Heiligen Römischen Reiches deutscher Nation.
In den unwegsamen und unzugänglichen Bergen wandelten sich die sozialen und kulturellen Strukturen der Montenegriner. Die einstigen Bauern und Städter entwickelten in der kargen Einsamkeit der Gebirgstäler verloren geglaubte Eigenschaften und schufen wieder Gemeinschaftsformen, die noch von den Urvätern stammten. Sie gaben ihnen die Kraft, den Willen und den Mut, ihre Freiheit zu bewahren. Nachdem sie das bequeme Leben und die Fülle der fruchtbaren Ebenen und des Küstengebietes aufgegeben hatten, kehrten sie in ihre Vergangenheit und zu ihren eigenen Ursprüngen zurück, in die Dürftigkeit des Stammeslebens, Hirten- und Kriegerdaseins – und sicherten auf diese Weise ihre eigene Zukunft als freies Volk.
Das war Montenegro zu der Zeit, als Stefan seinen Boden betrat: In weiten Teilen noch ein archaisch anmutendes Land, ein Staat, in

dem sich seit Jahrhunderten kaum etwas geändert hatte, gefangen in seiner blutigen Geschichte, im Pathos seiner Heldengesänge, im schweren Leben voller Mühsal, Gefahren, Tränen und Tod. Um die kümmerliche Gegenwart auf dem kargen Boden ertragen zu können, mußte man wissen, daß sie nur ein flüchtiger Augenblick war zwischen Gestern und Morgen, der mit seiner Armut, Mühsal und Bitternis dem Volk ebensowenig anhaben konnte wie den mächtigen Bergen, unter denen es lebte. Der Ausweg war die Vergangenheit, verklärt durch das Lied von den Helden, die sich ihre und damit des Landes Freiheit kämpfend bewahrt hatten, auch wenn sie dabei getötet wurden und ihr Blut verströmten.

Die Sippe, die Familie, war der Mittelpunkt, die höchste Autorität und der einzige vor Verrat und Meuchelmord sichere Zufluchtsort. Wer das Blut eines Angehörigen der Sippe vergoß, hatte das Blut aller ihrer Mitglieder vergossen und fiel ihrer Rache anheim. Die Ehre der Sippe war die Ehre jedes einzelnen ihrer Mitglieder oder Angehörigen. Die Ehre konnte man nur einmal verlieren, sie war wie das Leben, nur kostbarer. Ein toter Held lebte weiter in den Herzen, in der Erinnerung der Menschen, in den Liedern der Guslari und in den Erzählungen der Männer am nächtlichen Lagerfeuer vor der entscheidenden Schlacht. Ein Ehrloser aber war weniger wert als ein räudiger Hund. Über ihn wurde der dunkle Mantel des Schweigens ausgebreitet, doch nicht des Vergessens: Verflucht sei er in alle Zukunft!

Das Haupt des Stammes, Herr über Leben und Tod seiner Angehörigen, war der Älteste. Man konnte gegen alles und jeden rebellieren, wenn einem der Sinn danach stand. Denn erst in der Rebellion, im Aufbegehren gegen herrschsüchtige Anmaßung und Machtmißbrauch, verwirklichte sich immer aufs neue die Freiheit. Man durfte selbst gegen den regierenden Fürsten oder den König aufbegehren und sich ihm widersetzen, doch niemals gegen den Familien- oder Sippenältesten. Er war der Vater. Wer sich gegen den Vater auflehnte, verriet sein eigenes Blut, und es gab keinen schimpflicheren Verrat als diesen.

»Montenegro ist aber nicht nur ein Land mit besonders archaischen Gesellschaftsformen, sondern auch eines, an dem der sonstige Fortschritt vorbeigegangen ist«, schrieb ein russischer Diplomat, der um die Jahrhundertwende Montenegro bereist hatte, in seinen Erinnerungen. »Man lebt hier wie vor zehntausend Jahren. Es gibt kaum Straßen, und das, was Straße genannt wird, verdient diese Bezeichnung nicht. Fährt man darauf mit einem Wagen, beginnen einem schon nach wenigen Kilometern die Zähne und alle Knochen zu klappern, man wird unbeschreiblich durchgerüttelt und durchgeschüttelt und mehr tot als lebendig erreicht man endlich das Ziel. Ansonsten führen unbefahrbare Wege über Berg und Tal, von Ort zu Ort, steinige Pfade, die meisten davon kaum ausgebaut und viele nicht einmal für Lastesel begehbar. Fragt man die Menschen, weshalb man diesem beklagenswerten Zustand nicht abhelfe, bekommt man zur Antwort, daß es zwar Mühe mache, in diesem Land zu reisen, andererseits bereite es aber den Feinden noch mehr Mühe, einzufallen und es zu erobern.«

Die Straße durch das schluchtartige Tal der Piva südwärts war nicht so schlimm, wie sie nach der Beschreibung des russischen Diplomaten hätte sein müssen. Aber Stefan war trotzdem heilfroh, daß er nicht in jener Postkutsche saß, die ihm am Nachmittag entgegenkam. In allen Fugen quietschend und ächzend, auf und ab, hin und her schaukelnd und schlingernd, bewegte sie sich im Schrittempo voran, und die blassen Gesichter der Insassen hatten den leidenden Ausdruck von seekranken Passagieren in den ersten Tagen einer stürmischen Atlantiküberquerung.

Seinen Pferden *Kume* und *Miša* machte der steinige, holprige, von Längs- und Querfurchen durchsetzte Weg freilich nichts aus. Nun sah Stefan bestätigt, was man von bosnischen Pferden behauptete: Sie wären schnell wie Pferde, ausdauernd wie Maulesel, genügsam wie Esel und sicher im Tritt wie Bergziegen; für diese Berge gäbe es keine besseren. Er kam gut voran, vom Fluß mit seinen Schnellen und Stürzen wehte es kühl herüber, die großen Weiden und Erlen spendeten angenehmen Schatten. So ließ es sich leben und reiten! So hatte er sich seine Reise vorgestellt! Der Fluß, die Berge, der Himmel mit den weiß dahinsegelnden Haufenwolken zwischen den schroffen Felswänden.

Gegen Abend erreichte er das von dichten Wäldern umgebene Kloster von Piva. Die Klosterherberge war mit Pilgern voll belegt, doch Stefan fand einen Platz auf dem Heuboden über dem Stall. Abends saß er zwischen den Pilgern, aß von ihrem Brot, Kajmak und Pršut und trank dazu den schweren, herben Rotwein des Küstenlandes, woher sie gekommen waren, um hier vor den heiligen Reliquien zu beten und Opferkerzen vor dem Bild der Mutter Gottes anzuzünden. Ein Feuer wurde entfacht, ein Lamm drehte sich am Spieß, ein noch junger Mann begann seine Gusla zu streichen und singend zu erzählen. Mit den blonden, lang auf die Schultern fallenden Haaren, dem schütteren Bart, dem nach Innen lauschenden und zugleich in eine unbekannte Ferne verlorenen Blick und dem asketischen, vom Feuer beleuchteten Gesicht vor dem dunklen Hintergrund des Waldes, sah er aus wie einer der Heiligen auf den Fresken in der Klosterkirche. Er sang mit der großen Gebärde der Rhapsoden, die in allen Völkern zu allen Zeiten die Helden und ihre kriegerischen Taten schilderten. In dem eintönigen Singsang, begleitet von klagend vibrierenden Lauten des einsaitigen Instrumentes, wurde das Kampfgeschrei wütend aufeinanderprallender Männer laut, das Klirren der Schwerter, der Jubel der Sieger, das Todesröcheln der Besiegten, das Sterben auf dem Schlachtfeld und der einsame Tod im grünen Zwielicht der Wälder, das Klagen der Witwen und das Weinen der Waisenkinder. Er sang die alte Legende von Liebe, Verrat und Tod auf der Burg Pirlitor, der schönen Vidosava, die ihren Mann Momčilo, den Herrn von Pirlitor verriet, um mit König Vukašin von Skutari eine Bluthochzeit zu feiern.

»Vidosava, Momčilos Geliebte,
Schnee und Eis umgeben dich dort oben.
Wenn du aufwärts blickst von deinen Mauern
Ist es trostlos traurig anzuschauen
Nur das weiße Haupt des Berges Durmitor...«

Die leiernde Stimme wurde immer ferner, die Flammen zeichneten seltsame Muster in die Dunkelheit, rotgoldene Drachen, die aus der Glut wuchsen und vergingen, mit wehenden Mähnen durch die Nacht jagende Feuerpferde, Schattengesichter mit glühenden Augen, um sich greifende feurige Hände... Stefan nickte ein – und wurde plötzlich wieder hellwach. Die Stimme des Guslar, nun wieder ganz nah, sang nicht mehr von Vukašin, Milosava und ihrem Verrat an Momčilo, sondern von der *Blutigen Slava*:

»Es rief der Fürst, den Enkelsohn zu ehren,
Von seinem weißen Schlosse rief er:
›Von nah, ihr Leute und von weither,
Ich lad' euch ein zu Lazars Krstna Slava‹.«

Sie kamen alle, von nah und fern, sang der Guslar, selbst ›vom Durmitor, dem mächtigen Gebirge – und auch vom Skadarsee, dem meeresgleichen‹. Sie brachten Geschenke mit und wurden fürstlich bewirtet, bevor sie wieder heimwärts zogen. Die Nacht fiel ein, und die Familie des Wojwoda Lazar Bošković versammelte sich im Hause zu einer letzten Feier. Niemand bemerkte die Mörder, die aus der Dunkelheit des Waldes auftauchten, um ihre Schreckenstat zu vollbringen und alle Männer zu töten, elf an der Zahl.

»Rot färbte sich das Wasser des Tara-Flusses,
Rot war der Fluß von elfmal vergossenem Blut.
Keinen verschonten die ruchlosen Mörder,
Auch nicht das unschuldige Kind in der Wiege.

Die Mörder entkamen, von niemandem erkannt,
Lautlos wie Schatten im Schutze der Nacht.
Dämonen des Waldes, im Fluche verbunden,
Grausame Knechte einer finsteren Nacht.

Der Fürst und sein Enkel, sie bleiben am Leben,
Wojwoda Lazar und Bogdan, der mutige Junge.
Den Mördern blutge Rache schworen sie beide,
Grausame Rache für elfmal vergossenes Blut.«

»Noch hat Wojwoda Lazar seine Rache nicht vollzogen«, sagte ein Mann, als der Guslar seine gesungene Erzählung mit einem klagenden Laut des Instrumentes beendet hatte. »Er kann nicht sterben, bis er die Mörder gerichtet hat, heißt es, und wenn er hundert Jahre alt werden sollte.«
»Vielleicht findet er sie nie«, sagte ein anderer. »Die Jahre vergehen, es gibt keine Spuren mehr. Oder glaubst du, daß man die Spuren eines Wolfes verfolgen kann, der sie im Schnee des vorigen Winters hinterlassen hat?«

»Wenn die Hälfte davon stimmt, was man von Wojwoda Lazar erzählt, wird er die Spuren auch nach zehn oder zwanzig Wintern finden. Er wird die Rache vollziehen und niemand wird ihn daran hindern können, weder Gott noch Teufel!«

»Sprich nicht von Gott, Bruder, versündige dich nicht!«

»Ich habe ihn vor vielen, vielen Jahren gesehen«, begann ein alter Mann mit brüchiger Stimme zu erzählen. »Er zog in die Schlacht von Bijelo Polje. An der Spitze seines Stammes ritt er, ein Mann wie ein Baum, finster und unheilverkündend, die Hand am Griff seines Säbels. Jedem Handschar überlegen ist dieser Säbel; unzähligen Türken und Skipetaren hat Wojwoda Lazar mit ihm die Köpfe abgeschlagen, ach, ist das ein Säbel! Schnell wie der Blitz sprang er von selbst aus der Scheide, wenn der Wojwoda in den Kampf stürmte, mit seiner Hand verwachsen tanzte er seinen tödlichen Tanz über den Köpfen der Türken, ein fröhlicher Säbel war er, und so scharf, daß man mit ihm ein Haar spalten konnte! Noch hat er seinen Säbel, und glaubt mir, Brüder, mit ihm wird er dereinst die Mörder richten!«

»Wenn er sie findet, Alter, wenn er sie findet!«

»Er wird sie finden.«

»Und warum hat er sie bis jetzt nicht gefunden, obwohl er, wie es heißt, nichts anderes tut, als nach ihnen suchen? Wer weiß, vielleicht ist Zauberei im Spiel. Vielleicht – vielleicht waren die Mörder keine richtigen Menschen, sondern Werwölfe. Hast du es vorhin nicht gehört? Sie stehen mit den Dämonen des Waldes im Bunde, Knechte einer finsteren Macht...«

»Es waren Menschen aus Fleisch und Blut, Arnauten. Und gefunden hat er sie bis jetzt nicht, weil sie über die Grenze geflohen sind. Doch jeder Mörder kommt eines Tages an den Ort seines Verbrechens zurück, das weiß man, das war schon immer so. Und weil das so ist, wartet Wojwoda Lazar auf diesen Tag. Ich sage euch, Brüder – er wird nicht vergeblich warten!«

»Das alles hört sich an wie eine Geschichte«, mischte sich Stefan in die Unterhaltung ein. »Wie die Geschichte von Momčilo, Vukašin und Milosava... Niemand weiß, ob sie wirklich geschehen ist, und ob die Menschen, von denen sie erzählt, wirklich gelebt haben. Wojwoda Lazar... Gibt es ihn wirklich?«

»Natürlich gibt es ihn!« Der alte Mann schaute Stefan durch das

Feuer an, seine Augen tränten vom Rauch. »Du bist ein Fremder, obwohl du unsere Sprache sprichst, als wärst du einer von uns. Weil du ein Fremder bist, kannst du es nicht wissen. Wojwoda Lazar gibt es wahrhaftig. Er lebt, so sicher, wie ich hier am gleichen Feuer mit dir sitze!«

»Vielleicht lebt er aber auch nicht mehr«, fiel ein junger Mann mit einem frechen Gesicht und gescheiten Augen ein. Er blinzelte Stefan zu. »Vielleicht ist er schon längst gestorben, und du weißt es nur nicht.«

»Wenn Wojwoda Lazar gestorben wäre, dann wüßte es ganz Montenegro. Es wäre uns nicht verborgen geblieben, der Wind selbst hätte es uns erzählt.«

»Und du, Alter, bist derjenige, der die Sprache des Windes versteht. *Alal ti vera,* bring sie mir bei, diese Sprache, damit mir der Wind erzählen kann, was meine Süße im Augenblick tut!«

»Dazu brauchst du den Wind nicht. Ich kann es dir genau sagen.«

»Also sag es mir!«

»Was soll sie schon tun? Sie macht einem anderen schöne Augen, natürlich.«

Die Männer lachten.

»Wo lebt Wojwoda Lazar?« fragte Stefan.

»Auf seinem Kastell *Kameni stup* – dem Steinernen Turm – in den Bergen. Es heißt, daß er es seit fünfzehn Jahren nur ganz selten verlassen hat. Jedenfalls hat ihn seit jener Nacht der *Blutigen Slava* kaum ein Mensch zu Gesicht bekommen.«

»Hör zu, Dule, das ist doch alles Unsinn!« rief der Bursche mit dem frechen Gesicht. »Wie soll er die Mörder finden, wenn er sein Kastell nie verläßt? Meint er, daß sie selbst zu ihm kommen? Oder daß ihm der Wind eines Tages erzählt, wer die Mörder sind und wo er sie findet? Fünfzehn Jahre wartet er schon – und auf diese Art und Weise wird er noch weitere fünfzehn mal fünfzehn Jahre warten!«

»Wojwoda Lazar muß nicht selbst suchen, um am Ende zu erfahren, was er wissen muß«, sagte der Alte. »Er hat seine Leute. Und er hat Bogdan – vergiß Bogdan nicht! Nicht nur Wojwoda Lazar schwor blutige Rache, sondern auch sein Enkel Bogdan. Damals war er noch ein Kind, nun aber ist Bogdan erwachsen, ein Mann, groß und kräftig wie eine Tanne! Du, Rotznase, reichst ihm noch nicht einmal

bis zur Schulter! Fürst Nikola selbst hat ihn in seine Obhut genommen und ins ferne Rußland geschickt, damit er alles lernt, was ein Wojwoda wissen muß. Denn er ist der Erbe.«
»Früher haben unsere Wojwodas und Serdare zu Hause gelernt, was sie wissen mußten, um das Volk zu führen und die Schlachten zu gewinnen«, sprach ein Mann im Hintergrund. »Warum müssen sie jetzt nach Rußland?«
»Die Zeiten ändern sich, Bruder.«
»Haben sie sich je zum Guten geändert?«
»Sie ändern sich mal zum Guten, mal zum Schlechten. Doch es kann nie schaden, wenn junge Menschen in die Fremde gehen, um sich einen anderen Wind um die Nasen wehen zu lassen. Rußland ist ein großes Land, die Russen sind unsere Brüder. König Nikola wußte, was er tat, als er Bogdan nach Rußland schickte. Er hat dorthin sogar zwei seiner Töchter verheiratet, Großfürstinnen sind sie – und die schönsten von allen!«
»Und Haare sollen sie haben – besonders viele auf den Zähnen.« Der Bursche mit dem frechen Gesicht grinste.
»Wo ist das Bergkastell des Wojwoda Lazar?« fragte Stefan.
»Kameni stup? Irgendwo in der Abgeschiedenheit der Sinjajewina-Berge«, sagte der alte Mann. »Es liegt so versteckt, daß es kein Mensch findet, wenn es der Wojwoda nicht will. Niemand darf ohne seine Erlaubnis zu ihm.«
»Wenn es so ist – wie soll er erfahren, daß ich, zum Beispiel, zu ihm möchte? Weil ich ihm – sagen wir – etwas Wichtiges zu erzählen habe?« fragte der Bursche. »Wie soll ich ihn fragen, ob ich zu ihm darf, wenn ich ihn nicht finden kann?«
»Du bist jung und vorlaut und verstehst nicht, daß es Geheimnisse gibt ... Wie willst du, Grünschnabel, wissen, welche geheimnisvollen Mächte einem Helden wie Wojwoda Lazar dienstbar sind? Wenn du ihm wirklich etwas Wichtiges zu sagen hättest, dann wirst du auch erfahren, wie du ihn findest. Aber verlaß dich darauf: Er findet die Mörder seiner Sippe auch ohne dich. Wehe ihnen! Jeder einzelne von ihnen wird elf Tode sterben und hinunter in die tiefste aller Höllen geschleudert werden, wo er bei lebendigem Leibe gesotten, gebraten, in siedendem Öl gekocht, mit glühenden Kohlen gebrannt, siebenmal aufgespießt, siebenmal gevierteilt und auf hundert andere unbeschreibliche Arten traktiert wird, die sich kein

Mensch, sondern nur der Teufel ausdenken kann. So werden die Mörder bis ans Ende aller Zeiten für ihre Untat büßen!«

Sind Švabas auch Menschen?

Der Weg wurde beschwerlicher, die Straße führte in zahllosen Windungen durch schattenloses, verkarstetes Gelände auf den Javorak-Paß, wo Stefan gegen Mittag des nächsten Tages ankam. Die Sonne brannte vom wolkenlosen Himmel, aber die Hitze war in dieser Höhe erträglich, und ein steter, leichter Ostwind brachte angenehme Kühlung. Auf der Paßhöhe eröffnete sich ein weiter Blick über die Gebirgsketten des Njegoš und Maganik im Süden und des Sinjajewina im Osten: Dort, hinter diesen dunklen, im Dunst der Ferne verschwimmenden Bergen, lag das Kastell des Wojwoda Lazar Bošković, des Mannes, der seine männlichen Angehörigen, darunter alle seine Söhne, auf eine so entsetzlich barbarische Art verloren hatte.
Der Weg führte abwärts in das Tal des Flusses Zeta. Ziegen weideten zwischen Felsen und wie von einer Riesenhand verstreuten Gesteinsbrocken. Hier und da lag ein einzelner Bauernhof oder ein kleines Dorf. In den windgeschützten Karst-Dolinen handtuchgroße, mit sorgfältig aufgeschichteten Steinmauern umgebene Felder. Wovon lebten hier die Menschen? Dann wurde das Land langsam üppiger, je tiefer Stefan ins Tal kam. Schwüle Hitze schlug ihm entgegen. Die Straße wurde jetzt etwas besser und breiter. Sie belebte sich, als er sich der in einem weiten Talkessel liegenden Stadt Nikšić näherte. Frauen mit weißen Kopftüchern, die sie vor der prallen Sonne schützen sollten, hackten Unkraut auf den Tabakfeldern mit den saftig grünen, bereits hoch stehenden Stauden. Bauern kamen Stefan entgegen, die den Tag auf dem Stadtmarkt verbracht hatten. Kleine Esel trippelten auf zierlichen Hufen daher mit leeren Lastkörben an beiden Flanken und andere, die Brennholz, Tabak oder Körbe voller Feldfrüchte in die Stadt schleppten. Fast unglaublich, daß sie unter den hochaufgetürmten Lasten nicht zusammenbrachen! Die Esel wurden meist von Frauen geführt, während die Männer gravitätisch voranschritten, die schweren Jakken aus handgewebten Wollstoffen um die Schultern gelegt, auf den

Köpfen die runden, meistens schwarz-roten montenegrinischen Tellermützen, hinter die breiten Gürtel Pistolen oder silberbeschlagene Dolche gesteckt.
Das Packpferd Miša begann kurz vor Nikšić zu lahmen und mußte neu beschlagen werden. Es dämmerte bereits, als Stefan Nikšić erreichte und eine Schmiede fand. Der Schmied mußte von seinem Sohn aus der *Kafana* gegenüber geholt werden. Während er Miša neu beschlug, sammelten sich neugierige Kinder um Stefan: kurzgeschorene Buben und bezopfte Mädchen. Sie schauten ihn mit ernsten Augen an, betasteten scheu seine Kleidung, die Reitstiefel und die Satteltaschen.
»Kommst du von weither?« fragte ein Mädchen, das kecker war als die anderen.
»Von sehr weit«, sagte Stefan.
»Aus Pljevlja?«
»Noch weiter.«
»Viel weiter?«
»Aus Sarajewo und noch weiter.«
»Noch weiter als Sarajewo!« rief das Mädchen überwältigt. »Er kommt von noch weiter her als Sarajewo!« sagte es dann zu den anderen Kindern.
»Das ist gar nicht so weit, Cetinje ist noch viel weiter«, sagte ein Bub mit einem kugelrunden, frisch geschorenen Kopf, barfuß, in einer viel zu großen Hose, die mit einem Kälberstrick über einer Schulter festgehalten wurde.
»Du bist ein Dummkopf!« sagte das Mädchen. »Sarajewo ist mindestens zehnmal so weit wie Cetinje und liegt sogar in Bosnien, das lernt man in der Schule.«
Der Schmied sah lächelnd von seiner Arbeit auf. Er war ein kleiner, vierschrötiger Mann, der nur aus Muskelknoten zusammengesetzt schien. »Ihr dürft es ihnen nicht übelnehmen, Herr. Die Kinder sind neugierig. Sie wollen viel wissen und fragen deshalb viel. Ihr kommt aus – Zagreb?« fragte er dann, offensichtlich nicht weniger neugierig als die Kinder.
»Aus Wien«, sagte Stefan. Und verbesserte sich dann, als er den fragenden Blick des Schmiedes sah: »Aus Beč.« So hieß Wien in Serbien.
»Beč? Nicht doch! Und dann hierher nach Nikšić!«

»Ich weiß, wo Beč ist«, sagte das Mädchen mit leuchtenden Augen. »Dort wohnt der Kaiser aller Deutschen. Ich habe sein Bild gesehen. Meine Tante hat es aus Zagreb mitgebracht. Eine Zeitung auf deutsch, mit vielen Bildern. Meine Tante kann deutsch lesen.«
»Du lügst!« sagte der Bub mit dem blanken Kopf. »Deine Tante war noch nie in Zagreb, und deutsch kann sie auch nicht. Kein Mensch kann deutsch. Nur die Švabas können es.«
»Sind Švabas vielleicht keine Menschen?«
»Keine richtigen. Sie sind eben – Švabas.«
»Schau mich an – bin ich ein Mensch oder nicht?« mischte sich Stefan ein. »Seh ich aus wie ein Wolf? Wie ein Adler? Oder wie eine Schlange? Oder wie ein Drache?«
Die Kinder lachten. »Du?« Der Bub musterte Stefan von oben bis unten und von unten bis oben, schürzte die Lippen, fuhr sich mit dem Ärmel des schmutzigen, viel zu großen Hemdes über die Rotznase und sagte schließlich. »Du bist ein Mensch. Aber du bist auch kein Švaba.«
»Warum meinst du, daß ich kein Švaba bin?«
»Weil du unsere Sprache sprichst. Kein Švaba versteht unsere Sprache. Das sagt mein Vater, und der weiß es!«
»Dein Vater weiß genausowenig wie du, kleiner Lele!« sagte das Mädchen schnippisch.
»Hört auf zu streiten, Kinder!« sagte der Schmied. »Es kann auch unter Švabas welche geben, die wie Menschen – ich meine, die unsere Sprache verstehen und sprechen. Obwohl –«, er schaute Stefan prüfend und fast ein wenig mißtrauisch an, »– obwohl das selten ist. Und noch seltener, daß sie genauso reden wie wir.«
»Ich wurde in Cetinje geboren. Als ich so alt war wie der« – Stefan zeigte auf den Buben mit dem blankgeschorenen Kopf –, bin ich fortgekommen.«
»Ach so, dann seid Ihr ja fast einer von uns!« Der Schmied schien erleichtert.
»Was habe ich dir gesagt?« Der Bub gab dem Mädchen mit den langen Zöpfen einen derben Stoß. »Er sieht wie ein Mensch aus, ist ein Mensch und überhaupt kein Švaba!«
Von der gegenüberliegenden Kafana versuchte man, etwas von dem Gespräch aufzufangen, aber keiner von den dort sitzenden

Männern kam herüber, um seine Neugier zu befriedigen. Das wäre eines Mannes unwürdig gewesen.
Als der Schmied mit seiner Arbeit fertig war, bot er sich an, die Pferde zu versorgen und sie in seinem Stall unterzustellen. »Und dann«, deutete er mit einer großen Gebärde zu der Kafana, »lade ich Euch zu einem Kaffee und Sliwowitz ein. Es gibt nirgends einen besseren Sliwowitz als hier!«
Es wurde ein langer Abend. Bald stellten sich mehr Männer ein, um mit dem Fremden zu sprechen und sich von ihm von den fernen Ländern erzählen zu lassen, die er bereist hatte. So saß Stefan im Kreise dieser Männer, rauchte selbstgedrehte Zigaretten mit dem langfädigen, goldenen Tabak des Landes, trank Kaffee und den bernsteingelben, nach reifen Zwetschgen duftenden Sliwowitz, der wie von allein die Kehle hinunterrann, den Körper wärmte und die Gedanken beflügelte, stand Rede und Antwort, erzählte, hörte zu, und die Dunkelheit jenseits des Lichtkreises, den die brennenden Kienspäne verbreiteten, wurde immer tiefer. Über diesen Abend schrieb er später in sein Tagebuch folgende Zeilen:

»Ich fand wieder die so seltene Fähigkeit, ein richtiges Gespräch zu führen – oder dessen Voraussetzung –, nämlich nicht nur die eigene Meinung zu vertreten, sondern auch die Bereitschaft zuzuhören und über die vorgebrachte Meinung anderer nachzudenken. Dabei erinnerte ich mich an die chaotischen studentischen Gespräche und Diskussionen in Wien, als alle redeten und keiner dem anderen zuhörte, oder an das nichtssagende Geplapper bei gesellschaftlichen Anlässen, diese Fingerübungen in der ›Kunst der Konversation‹, nämlich in der Kunst, viel zu reden und nichts zu sagen. Es wurde ein langer Abend. Ich übernachtete in einer Kammer des schmalbrüstigen Hauses über der Kafana. Für die Übernachtung wollte der Kafedjija, so wird hier der Wirt genannt, kein Geld nehmen. ›Du warst unser Gast, Gott sei mit dir, Bruder!‹ Der Schmied beschrieb mir den Weg aus der Stadt südwärts nach Čevo und von dort weiter nach Dub zu Stamena, obwohl ich ursprünglich vorhatte, zuerst nach Cetinje zu reiten. Der Weg durch das ›steinige Herz Montenegros‹ soll beschwerlich sein, beschwerlicher als der übliche durch das Zeta-Tal und über Podgorica.
In der Früh leichtes Kopfweh, mag sein, ein Glas Sliwowitz zu viel.

Einige Kinder begleiteten mich aus der Stadt, am weitesten der Bub mit dem kahlgeschorenen Kopf. Ob ich ihn überzeugt habe, daß ich – obwohl Švaba – ein richtiger Mensch bin?«

Tot ist eben tot

Stamenas Haus stand etwas abseits vom Dorf in einer flachen Talsenke, die etwas reichhaltiger bewachsen war als die steinige Wüstenei ringsum. Eine kleine, grüne Oase mit ein paar Obstbäumen, einem Gemüsegarten und einigen Feldern, auf die man die mühsam zusammengekratzte und von überall hergebrachte Erde verteilt hatte.

Der Mais stand gut, der Weizen begann zu reifen, und die Zwetschgenbäume trugen reich. Dennoch machte das Haus einen leeren und verlassenen Eindruck. Das Gras zwischen den Obstbäumen stand hüfthoch, die Gartenpforte hing schief in den Angeln, und als Stefan an die Haustür klopfte, bekam er keine Antwort.

Er sah sich ratlos um. Der Stall, in dem früher immer zwei Kühe, ein Zugochse und drei oder vier Ziegen gestanden hatten – auf dem Heuboden darüber hatte er immer geschlafen, wenn er bei Stamena und ihren Eltern zu Besuch gewesen war – und der Hühnerstall daneben war leer. Eine graugetigerte, magere Katze kam in den Stall und rieb sich maunzend an Stefans Beinen. Er beugte sich zu ihr hinunter und streichelte sie. Die Katzen, die sonst hier gelebt hatten, manchmal drei, manchmal vier oder fünf, waren schön und wohlgenährt gewesen. Was ging hier vor? Was war geschehen? Wo war Stamena?

Stefan trat ins Freie und ging um das Haus, dessen mit Schindeln gedecktes Dach so niedrig war, daß er sich bücken mußte, als er durch das kleine Fenster ins Innere spähte. Die Katze lief unentwegt maunzend hinterher. Sie hatte Hunger. »Ich habe nichts für dich, keine Milch und auch keine Maus«, sagte Stefan zu ihr. »Soll ich dir etwa eine Maus fangen?«

Dann war die Katze plötzlich weg und eine Stimme sagte:

»Wen suchen Sie, Herr?«

Stefan fuhr herum. Ein Mann stand an der Gartentür. Er war so lautlos gekommen, daß Stefan nichts gehört hatte.

»Stamena, Frau Stamena Jelić. Das ist doch ihr Haus?«
Der Mann an der Gartenpforte nickte. »Das *war* ihr Haus«, sagte er nach einer Weile.
»*War* ihr Haus?«
»Stamena Jelić ist tot«, sagte der Mann. Er war um einen Kopf kleiner als Stefan und hatte ein stoppelbärtiges, blasses, verkniffen wirkendes Gesicht mit merkwürdig farblosen Augen, die ihn ausdruckslos musterten. Er trug keine bäuerliche Kleidung, aber auch keine städtische. Seine Füße steckten in Opanken, die landesübliche Hose aus derbem Wollstoff lag unterhalb der Knie eng an und wurde dann nach oben hin in der Art von Reithosen breiter. Dazu trug er eine abgewetzte karierte Jacke englischer Art und auf dem Kopf einen steifen, schwarzen Homburg. Über seiner Schulter hing eine schmutzige Tragetasche aus derbem Leinen.
»Was heißt das – tot?« fragte Stefan.
»Tot ist eben tot«, sagte der Mann, wandte sich ab und spuckte zwischen den Zähnen mit einem zischenden Geräusch aus. »Sie ist gestorben. Vor vierzehn Tagen – oder sind es drei Wochen? Warum suchen Sie Stamena Jelić?«
Stefan überhörte die Frage. Seine Kehle war vor Enttäuschung – der Schmerz über den Verlust würde sich erst später einstellen – so eng, daß er kaum sprechen konnte. »Wieso ist sie gestorben? Woran? War sie krank?«
Der Mann hob die Schultern. »Es ging ganz schnell, sozusagen über Nacht. Memento mori! Am Abend noch voller Leben, war sie am nächsten Morgen mausetot. So jedenfalls habe ich die Leute erzählen hören.«
Der Mann holte aus der Tasche einen Tabaksbeutel und Zigarettenpapier und drehte mit flinken, überraschend feingliedrigen Fingern eine Zigarette, steckte sie in den Mundwinkel, hielt den Beutel und das Papier einladend über den Zaun und steckte sie wieder in die Tasche, als Stefan ablehnend den Kopf schüttelte. Er zündete die Zigarette an, ließ den Rauch durch die Nase strömen und fragte mit zusammengekniffenen, ausdruckslosen Augen:
»Sie kommen von weither, Gospodin*?«
Stefan nickte.

* Gospodin – Herr

»Von jenseits der Grenze?«
»So ist es. Wo kann ich mehr über Stamenas Tod erfahren?«
»Vielleicht im Dorf... Kannten Sie Stamena gut, Gospodin?«
»Ich kannte sie gut. Bei wem im Dorf?«
»Vielleicht beim Bürgermeister. Oder bei Baba Gruša. Sie weiß es. Und vielleicht könnte Ihnen auch Stamenas Vetter Andjelko mehr darüber erzählen. Kennen Sie Andjelko?«
»Nein.«
»Und Sie wissen auch nicht, wo Sie ihn finden können?«
»Natürlich nicht. Aber vielleicht sagen Sie es mir?«
»Tut mir leid, Gospodin...« Der seltsame Mann machte eine Pause und blickte Stefan fragend an, als wollte er ihn auffordern, seinen Namen zu sagen. Doch Stefan machte keine Anstalten, der stummen Aufforderung nachzukommen und so fuhr er fort: »Sie kommen aus Österreich, nicht wahr? Ich war schon einmal in Österreich, in Ragusa. Doch eigentlich liegt Ragusa in Dalmatien... Kommen Sie aus Wien?«
»Wo finde ich Stamenas Vetter Andjelko?« fragte Stefan.
Der Mann zuckte mit den Schultern. »Vielleicht sagt man es Ihnen im Dorf, vielleicht auch nicht.« Er nickte Stefan zu, spuckte aus dem Mundwinkel aus, ohne die Zigarette aus dem anderen zu nehmen und ging.
Als er an den Pferden vorbeikam, hielt er an, strich Kume über den Hals, tätschelte Miša die Kruppe, wich geschickt aus, als diese nach ihm auszuschlagen versuchte und sagte über die Schulter zurück:
»Schöne Pferde haben Sie, Gospodin. Sie tragen das Brandmal der österreichischen Armee. Sind sie tüchtig? Bestimmt sind sie das, nicht wahr?« Dann ging er auf dem Weg, der vom Dorf in die Berge führte genau so lautlos davon, wie er gekommen war.

Stefan machte sich keine weiteren Gedanken über den Mann und dessen seltsame Fragen. Die Nachricht, daß Stamena gestorben war, traf ihn wie ein Schlag. Sie hatte zwar geschrieben, daß es mit ihrer Gesundheit nicht zum besten stünde, aber das hatte sie in den Briefen an Mama auch meistens getan. Nach deren Meinung war Stamena, dieses Bild urwüchsiger Kraft und Gesundheit, etwas hypochondrisch veranlagt: Mal soll ihr das gefehlt haben, mal jenes,

doch in Wirklichkeit sei sie immer kerngesund gewesen. Und nun so plötzlich gestorben, über Nacht... Woran?
Die Kunde, daß Stefan unterwegs war, mußte ihm vorausgeeilt sein. Im Dorf schien man ihn bereits zu erwarten. Die Menschen standen vor ihren armseligen Häusern und schauten ihm schweigend entgegen, Männer mit runden Tellermützen auf den kurzgeschorenen Köpfen, Frauen in schwarzen Kleidern mit schwarzen, in die Stirn gebundenen Kopftüchern, schmutzige, zerlumpte Kinder. Vor dem Haus mitten im Dorf, das etwas größer als die anderen war, hielt Stefan an, getreu der Regel, die ihm Stamena einst eingeschärft hatte: *Wenn du als Fremder irgendwohin kommst, steig nicht vom Pferd, bevor man dich dazu auffordert und als Gast willkommen heißt.*
Er wartete. Tiefe Stille umgab ihn. Ein Hund trabte heran, schnüffelte in der Luft, trollte sich wieder. Im Hause daneben begann ein Kind zu weinen, eine Frauenstimme murmelte beruhigend, das Kind verstummte.
Die Sonne brannte heiß auf Stefans Schultern. Kume warf den Kopf hoch, schnaubte, sein Zaumzeug klirrte. Niemand kam näher. Die Menschen standen vor ihren Häusern, starrten ihn schweigend an, warteten. Hoch oben in der blauen Glast des Himmels rief ein kreisender Falke sein klagendes *Piv – piv – piv*. Das war Montenegro, wie es schon immer gewesen war, vor hundert wie vor tausend Jahren. Im großen Haus ging eine Tür, ein Mann trat heraus und schaute Stefan wortlos an. Es war offensichtlich der Dorfälteste.
»Ich bin Stefan Meyster und möchte mit dem Dorfältesten sprechen«, sagte Stefan so laut, daß ihn auch die anderen hören konnten.
»Ich kenne dich, wahrhaftig, du bist Stefan!« rief eine Frau im Hintergrund. Dick, breithüftig, mit einem vor Freude strahlendem Vollmondgesicht, watschelte sie heran. »Der kleine Stefan! Kennst du mich nicht mehr? Ich bin Anna, bei der du immer getrocknete Zwetschgen und Feigen geholt hast. Es gibt keine süßeren als bei dir, hast du immer gesagt. So klein du auch warst – aber schon ein Feinschmecker! Bist du es noch immer?«
»Auch ich erinnere mich an dich, Stefan«, sagte der Mann an der Tür. »Steig ab, du bist unser Gast.«

In der großen Stube im Hause des Dorfältesten, wohin man Stefan eingeladen hatte – auch andere Dorfbewohner kamen mit, so daß die Stube bald brechend voll war –, erzählte man ihm, daß Stamena offensichtlich an Herzversagen gestorben war. Sie habe sich öfter beklagt, daß ihr Herz nicht mehr so richtig mitmachen wolle, es würde ihr weh tun, unregelmäßig schlagen, und dann die schwere Arbeit auf den Feldern ...

»Es gibt viel zu tun zu dieser Zeit auf dem Feld. Jeder Tag, den man versäumt, verringert die Ernte, und die ist sowieso schon klein genug, so klein, daß man davon mehr schlecht als recht leben kann, auch wenn sie gut ausfällt.«

Am Tag vor ihrem Tod hätte Stamena noch Kartoffeln gehackt, den ganzen Tag in der brennenden Sonne:

»Dieser Sommer ist so heiß wie schon seit Jahren nicht mehr, mußt du wissen. Nachdem sie mit der Arbeit fertig war, kam sie noch hierher. Sie wollte mit mir sprechen, aber ich war nicht da, und sie ist wieder nach Hause gegangen.«

»Es wäre etwas sehr Wichtiges, hat sie gesagt«, fiel die Frau des Dorfältesten ein. »Mir wollte sie nicht erzählen, worum es ging. Sie wollte am nächsten Tag wieder kommen, wenn mein Mann Veljko zu Hause ist. Aber am nächsten Tag war sie schon tot.«

»Der Herr gebe ihr ewigen Frieden«, murmelten einige Frauenstimmen.

»Eine Nachbarin hat sie gefunden«, begann wieder der Dorfälteste. »Sie ging am Vormittag vorbei, rief nach Stamena, aber nichts rührte sich. Das Haus war offen, die Kühe standen im Stall und muhten. Sie sind nicht versorgt worden, sowas merkt man gleich. Draga, so heißt die Nachbarin, ging dann hinein und fand Stamena. Sie lag in ihrem Bett, tot. Sie lag auf dem Rücken, die Hände gekreuzt, als hätte sie sich zum Sterben hingelegt, erzählte Draga. Und vielleicht war es auch so.«

»Am Abend zuvor sagte sie mir, daß sie nicht einmal mehr essen könnte, so müde wäre sie«, sagte die Frau des Dorfältesten. »Und das Herz, sagte sie, würde ihr weh tun. Zu Hause legte sie sich hin, schlief ein und wachte nicht mehr auf.«

»Der Herr gebe ihr ewigen Frieden«, murmelten die Frauen.

»Es war ein guter Tod«, sagte die dicke Frau, die vorhin Stefan begrüßt hatte. »Ich werde eines Tages an Herzschlag sterben, sagte

sie oft zu mir. Gebe Gott, daß ich sogleich zu ihm gerufen werde und nicht halb gelähmt und auch sonst hilflos auf den Tod warten muß! Sie wurde erhört und ist im Schlaf zu IHM gerufen worden.«
»Der Herr gebe ihr ewigen Frieden«, sprachen die Frauen.
Und weiter erzählte man Stefan, daß Stamena ihren Hof allein bewirtschaftet hatte, ohne Hilfe, mühselig genug. Die Eltern – du kanntest sie beide, Stefan, sie waren gute Menschen, gute, tüchtige, gottesfürchtige Menschen, der Herr hab' sie selig – seien vor zehn Jahren kurz hintereinander gestorben, und Stamenas Bruder Stane wanderte daraufhin nach Amerika aus. »Was soll ich noch hier, in diesem Land, wo es nur Sonne, Felsen und Armut im Überfluß gibt? Amerika ist ein großes, reiches Land. Dort ist Platz für jeden, der arbeiten will. Und wer arbeiten will, kann es auch zu etwas bringen.« Das wären seine Worte gewesen, und so sei er im Herbst des Jahres 1905 nach Amerika ausgewandert. »Ob er es dort zu etwas gebracht hat? Wir haben nie wieder von ihm gehört.«
Nach Stamenas Tod wurde ihr Hof von den nächsten Verwandten bewirtschaftet: einem Vetter, der eine Reitstunde weit entfernt wohnte. Er oder genauer, seine Frau, kämen, wenn es notwendig sei. Aber sie würden wohl nicht in Stamenas Haus ziehen. Das ihre sei größer und fester gebaut, vielleicht später die Kinder... Und so würde dieses Haus hier mit der Zeit verfallen wie jedes Haus, das nicht bewohnt und instandgehalten wird.
»Meinen Sie den schreibkundigen Vetter?« fragte Stefan. »Stamena hat jedes Jahr ein- oder zweimal einen Brief an meine Mutter diktiert, und auch mir hat sie einmal schreiben lassen.«
»Das ist ein anderer«, sagte die dicke Frau. »Vetter Andrija, der sich um den Hof kümmert, kann noch nicht einmal ein Kreuz malen, geschweige denn schreiben! Ein Bauer ist er, stark wie ein Ochse, mit Händen wie Pflugscharen. Zwischen seinen Fingern würde jede Feder wie Glas zerbrechen!«
»Und wo ist der andere, der Schreibkundige?«
Das konnte niemand mit Bestimmtheit sagen. Hin und wieder würde er sich hier in der Gegend herumtreiben, aber meistens lebte er wohl in Cetinje oder Podgorica, wo er gegen Entgelt Schreibarbeiten erledigte, Briefe an Behörden aufsetzte und desgleichen mehr. »Ein unsteter Vogel, aber auch ein gescheiter und gebildeter Mann, das muß man ihm lassen. Er kam auch nicht zu Stamenas

Begräbnis, als wir sie auf dem Friedhof an der Kirche beisetzten. Vielleicht weiß er noch nicht einmal, daß sie gestorben ist.«
»Der Herr gebe ihr ewigen Frieden«, murmelten die Frauen.
»Hat sie nichts hinterlassen, keine Nachricht, keine Botschaft, nichts für mich, das...« Stefan verstummte. Eine törichte Frage! Warum hätte Stamena etwas hinterlassen sollen? Sie hatte ja nicht gewußt, daß sie sterben würde. Sie hatte auf ihn, Stefan, gewartet, um ihm ihr Geheimnis persönlich, Aug in Aug, sicher vor ungebetenen Lauschern anzuvertrauen. Sie hatte vergeblich gewartet.
»Hast du, Stefan, eine Botschaft von ihr erwartet?« Der Dorfälteste strich nachdenklich über seinen mächtigen, graumelierten Schnurrbart. »Aber vielleicht war es das? Vielleicht wollte sie deshalb mit mir sprechen? Vielleicht hatte sie geahnt, oder gefürchtet, daß sie dich nicht mehr sehen würde... Sie hatte manchmal Ahnungen, und manchmal auch das Zweite Gesicht, verstehst du? Sie sah manchmal Dinge voraus, die kein anderer...«
»Warum sagst du es nicht klar heraus?« unterbrach ihn eine Frau im Hintergrund. »Man soll nichts Schlechtes über Tote sagen, aber wir wissen es alle: Sie war eine Hexe wie Baba Gruša. Ja, eine Hexe war sie, und von Baba Gruša hat sie ihren Hokuspokus gelernt. Vielleicht keine von der bösen Sorte, aber immerhin – eine Hexe.«
»Schweig, Muna!« rief die dicke Frau. »Versündige dich nicht. Man muß nicht eine Hexe sein, wenn man...«
»Still, ihr Weiber!« befahl der Dorfälteste. »Hör' nicht hin, Stefan, kümmere dich nicht um sie. Stamena hatte uns erzählt, daß du kommen würdest, deshalb waren wir gar nicht überrascht, als du wirklich kamst. Doch mehr erzählte sie uns nicht. Frauen sind geschwätzig wie Elstern, aber sie können auch schweigen wie Grabsteine, wenn es darauf ankommt.«
»So ist es, Veljko!« rief eine junge, hübsche Frau lachend. Sie war hochschwanger, stand da, die Hände überkreuzt auf dem weit vorstehenden Bauch, und als sie lachte, hüpften die Hände und der Bauch im Takte mit. »Ganz anders als Männer: Die sind nur geschwätzig und können nichts für sich behalten.«
»So wenig wie du dein Geheimnis, daß du demnächst ein Kind bekommst«, rief ein Bursche, und jetzt lachten sie alle.
»Geh zu Baba Gruša«, sagte der Dorfälteste dann zu Stefan. »Es ist nicht sicher, daß sie mit dir sprechen wird. Es passiert oft, daß sie

mit jemanden nicht sprechen will, und wenn sie nicht will, kann sie keine Macht der Welt dazu bringen. Lieber würde sie sich die Zunge abbeißen. Aber versuchen kannst du es ja. Vielleicht weiß sie etwas. Sie steckten manchmal die Köpfe zusammen, Baba Gruša und Baba Stamena, sie kannten sich beide in der Krankenpflege aus, wußten mit Kräutern und Salben umzugehen . . .«

»Und mit Zaubersprüchen, sag es doch gerade heraus!« unterbrach ihn wieder die Frau im Hintergrund. »Hexen waren sie beide, und Baba Gruša ist die Meisterhexe. Was soll Stefan von ihr erfahren? Sie waren sich nicht grün, Baba Stamena und Baba Gruša, weil nämlich Baba Stamena der Baba Gruša die Kranken wegnahm, und deshalb Baba Gruša die andere in die tiefste Hölle . . .«

»Schweig, Muna!« wies sie der Dorfälteste barsch zurecht. »Jetzt redest du schlecht von Baba Gruša. Wenn dir aber nur ein Furz verquer im Bauch steckt, rennst du gleich hin und bettelst um Medizin oder um einen Zauberspruch! Hexe hin oder her, sie kennt sich mit vielen Krankheiten besser aus als alle gelehrten Doktoren in der Stadt zusammen. Reite morgen früh also hin zu ihr, Stefan, Baba Gruša ist als erste zu der toten Stamena gerufen worden und sie hat sie als letzte gesehen, bevor der Sarg zugenagelt wurde. Wer kann es wissen? Vielleicht kann sie dir etwas sagen . . . Und jetzt laß uns essen und auf deine Wiederkehr trinken.« Er klatschte in die Hände. »Beeilt euch, Frauen. Wir haben einen Gast hier, der eine lange und beschwerliche Reise hinter sich hat. Er ist hungrig und durstig. Lassen wir ihn nicht länger warten!«

Stefan übernachtete im Hause des Dorfältesten. Er hatte wohl zuviel gegessen und getrunken, denn das Gastmahl zog sich über Stunden hin. Er schlief schlecht, träumte wirres Zeug und wachte schon in aller Frühe wie gerädert auf. Während sich im Dorf das erste Leben regte, wusch er sich draußen beim einzigen Brunnen, rasierte sich, zog sich an und fühlte sich danach etwas besser. Er belud gerade das Packpferd Miško, als an der Türe gähnend der Dorfälteste erschien.

»Warum hast du es so eilig, Stefan? Baba Gruša läuft dir nicht davon.«

»Ich möchte gegen Mittag in Cetinje sein. Wenn ich mich richtig erinnere, ist der Weg dorthin nicht der beste.«

»Er ist nicht besser und nicht schlechter als vor fünfzehn Jahren. Dein Pferd wird vielleicht über die gleichen Steine stolpern und du wirst im Schatten der gleichen Bäume Rast halten können. Es ändert sich nicht viel in diesem Land, außer den Menschen. Die Menschen ändern sich von Jahr zu Jahr, und meistens nicht zu ihrem besten. Die neue Zeit ändert sie, und sie ist auch in Cetinje eingezogen, du wirst es sehen. Cetinje ist eine richtige Stadt geworden. König Nikola baut und baut, er hat sich einen Palast gebaut, als wäre er der König eines reichen Landes wie Österreich oder Italien. Einen Palast hier, einen Sommersitz dort, während das Volk hungert. Wie lange läßt sich das Volk von Montenegro das gefallen, wie lange sieht es tatenlos zu? – Doch jetzt komm herein – die Frau hat Kaffee aufgesetzt und du sollst etwas essen, bevor du losreitest. Wir wollen uns nicht nachsagen lassen, daß ein Gast hungrig von hier fortziehen mußte ...«

Es muß nicht stimmen, was auf dem Totenschein steht

Die steinerne Hütte der Baba Gruša stand unter fünf mächtigen Eichen, einen guten Flintenschuß vom Dorf entfernt. Vor der Türe lag ein großer gelber Hund, der langsam aufstand und drohend die Zähne fletschte, als Stefan heranritt.

»Ist deine Herrin zu Hause?« fragte er. »Willst du mich anmelden?«

Die Lefzen senkten sich wieder über die Wolfszähne, der Hund legte sich hin. Die Tür ging auf, eine alte Frau erschien und blinzelte mit der Hand über den Augen geblendet in die Morgensonne, die über dem kahlen Gipfel des Stavor emporkletterte und das Land in goldenes Licht tauchte. Baba Gruša oder *Hexe Gruša* – Stefan wurde klar, weshalb man die alte Frau eine Hexe nannte. Jedenfalls sah sie so aus, wie man sich eine Märchen-Hexe vorstellt: klein, mit einem krummen Rücken, in ein langes, ausgewaschenes Kleid oder einen Umhang von undefinierbarer Farbe gehüllt, auf der vorspringenden Nase über dem zahnlosen Mund eine dunkel behaarte Warze, eine zweite auf dem Kinn (dabei sollte es weit und breit keine bessere und erfolgreichere Warzenbeschwörerin oder -besprecherin geben als Baba Gruša, hatte man ihm erzählt. Weshalb also sprach sie ihre eigenen Warzen nicht weg?), um den Kopf ein schwarzes, tief in die Stirn gebundenes Tuch, die bloßen Füße in klobigen Holzpantinen... Doch dann gab sie die Augen frei, und man vergaß alles andere. Sie waren groß, hell, überraschend wach und jung, und in ihnen stand ein Lächeln des Willkommens, als sie sagte: »Ich wußte, daß du kommen würdest. Steig ab und komm herein!« Und so jung wie ihre Augen war auch ihre frische, kräftige Stimme.

»Wird mich Ihr Hund vorbeilassen?« fragte Stefan, als er vom Pferd stieg.

»Ich habe dich aufgefordert, hereinzukommen, also wird er dir nichts tun. Wir werden Kaffee trinken, das Wasser habe ich schon aufgesetzt.«

In der Steinhütte gab es einen einzigen Raum mit Boden aus gestampften Lehm und einer gemauerten Feuerstelle in der Mitte. Über dem klein gehaltenen Feuer hing ein Kessel mit Wasser. Eine niedrige Tür führte in die angebaute, halb unter der Erde gelegene Vorratskammer. Hinter einem prächtig bunten, handgewebten Teppich befand sich Baba Grušas Schlaflager. An den Wänden hingen Hammelhäute mit Kajmak, Maiskolben, Zwiebel- und Knoblauchzöpfe und dutzendweise verschiedene zum Trocknen aufgehängte Kräuterbüschel. Baba Gruša zeigte auf einen niedrigen Hokker neben der Feuerstelle.

»Setz dich. Es wird gleich Kaffee geben. Kaffee und ein Gläschen *Travarica,* Kräuterschnaps. Travarica gehört dazu, sie ist bitter wie Wermut, aber das muß so sein. Ich trinke jeden Morgen ein Gläschen davon. Vielleicht war ich deshalb noch nie in meinem Leben krank, wer weiß?« Sie setzte sich Stefan gegenüber, drehte mit flinken Fingern zwei lange Zigarillos und gab einen davon Stefan. Sie rauchten, tranken Travarica, spülten den bitteren Geschmack mit Kaffee hinunter, und durch Stefans Körper rann wohlige, angenehme Wärme.

»Du siehst genau so aus wie dein Vater«, sagte Baba Gruša und schaute ihn dabei über den Rand des kleinen Täßchens mit ihren hellen Augen an. »Nur größer, um einen halben Kopf größer. Dabei war auch er ein großer, stattlicher Mann.«

»Kannten Sie meinen Vater?«

»Sag' *du* zu mir. Jedermann sagt *du* zu Baba Gruša. Ich kannte

deinen Vater. Und ich bin eben dabei, eine alte Schuld an ihm zu begleichen... Er hat sich einmal auf Stamenas Fürsprache hin für mich verwendet und mir damit sehr geholfen. Die Mächtigen, die Einflußreichen unter sich: Ein Wort genügt, ein Federstrich... Doch es geschieht selten, daß sie dieses Wort sprechen, den Federstrich tun. Dein Vater hat's getan, obwohl ihm kein Vorteil daraus erwuchs. Wie das Leben so spielt... Es ist durchaus möglich, daß ich heute nicht mehr hier wäre, wenn er es nicht getan hätte. Doch genug davon! Ich kannte auch deine Mutter. Sie war eine herzliche, fröhliche Frau... Ist sie das noch immer?«
»Sie wurde nie wieder die alte. Der Tod des Vaters hat sie sehr getroffen. Verschmerzt hat sie ihn nie.«
Baba Gruša nickte. »Sie haben sich sehr geliebt, Stamena erzählte es, ich habe es gesehen, jeder konnte es sehen. Und du? Erinnerst du dich nicht mehr an mich?«
»Ein bißchen. Vielleicht habe ich dich – bevor er das *Dich* aussprach, zögerte Stefan unentschlossen und lächelte dabei sein ein wenig scheues Lächeln – nur einmal oder zweimal gesehen, als ich bei Stamena zu Besuch war.«
»Du warst ein Kind. Und Kindern wird im Dorf erzählt, ich sei eine Hexe. Meistens erzählen das die Frauen. Deshalb haben die Kinder Angst vor mir. Tagsüber, wenn die Schatten und die Ängste der Nacht vom Licht vertrieben werden, laufen sie mir nach und rufen: ›Hexe Gruša, Hexe Gruša, sieben Kröten, schwarze Katz, in der Hölle ist dein Platz und der Teufel ist dein Schatz.‹ Doch nachts...« Baba Gruša lachte lautlos. »Es gab eine Zeit, als ich das ungerecht fand, es schmerzte mich. Jetzt ist es mir gleichgültig. Jetzt habe ich auch nichts dagegen, wenn sie mich eine Hexe nennen. Sie sollen es ruhig glauben. Vielleicht bin ich wirklich eine. Wenn sie mich brauchen – und sie brauchen mich immer wieder – dann kommen sie und sind bereit, dafür zu bezahlen. Sie kratzen die letzten Dinars zusammen, die Dummköpfe! Vor allem die Frauen, auch jene, die mich am liebsten auf dem Scheiterhaufen brennen sehen würden. Sie kommen, weil ihnen dies oder jenes weh tut. Sie wollen einen Liebestrank haben, um einen Mann zu gewinnen oder ihn zurückzuholen, weil er sich einer anderen zugewandt hat. Sie wollen bestimmte Mittel haben, um es mit Männern zu treiben und doch keine Kinder zu bekommen. Ich soll ihnen die Zukunft voraus-

sagen. Sie beschwören mich, daß ich einen bösen Zauber auf ihre Nachbarin oder Nebenbuhlerin schicke, und meist kommen sie insgeheim, wenn die Dämmerung einfällt, oder nachts, damit man sie nicht sieht... Sie alle kommen zu Baba Gruša, der Hexe. ›Hexe Gruša, sieben Kröten, schwarze Katz...‹«
Baba Gruša schien Stefans Anwesenheit vergessen zu haben. Ihr zahnloses Lachen lautlos vor sich hin lachend, machte sie mit den Händen eine kreisende Bewegung über das Feuer auf dem Herd – und die fast niedergebrannten Flammen schienen sich zu verändern. Doch dies geschah nicht schlagartig, wie man das bei gewissen Demonstrationen von Zauberkünstlern auf den Varieté-Bühnen sieht. Das Feuer vergrößerte sich allmählich, wurde heller, bekam eine blau-grünliche Färbung mit seltsam gewundenen, tiefroten, aus der Glut emporzüngelnden Streifen. Ein kaum wahrnehmbarer, scharfer, doch nicht unangenehmer Geruch breitete sich aus, hüllte Stefan ein, und die Stimme der Baba Gruša tönte lauter und voller als bisher, als sie weitersprach: »Und wenn sie kommen, sehen sie bestätigt, was sie schon immer wußten. Eine Hexe. ›Und der Teufel ist ihr Schatz.‹ Sie verzaubert das Feuer und läßt darin die roten Zungen der Teufel erscheinen, siehst du sie? Wenn man genauer hinschaut, sieht man auch deren Fratzen aus der Glut grinsen, siehst du sie Stefan? Siehst du sie?«
»Mit ein wenig Phantasie kann man sie sehen«, sagte Stefan hölzern. Es kostete ihn Mühe, den Blick von dem faszinierenden Spiel der Flammen zu wenden und wieder Baba Gruša anzuschauen, deren Gesicht sich inzwischen auf eine unerklärliche Art verändert hatte. Es war nicht mehr das Gesicht einer alten, häßlichen Frau. Hoheitsvoll, furchteinflößend, von einer abgründigen Dämonie erfüllt war es jetzt, und die strahlenden Augen darin schienen alles zu sehen, alles zu wissen. Doch nicht nur das Gesicht der Baba Gruša, alles hatte sich verändert, der ganze Raum, dessen Wände zurückzuweichen schienen, so daß er plötzlich wie eine riesige, mit einem unwirklichen, grünroten Licht erfüllte Halle aussah, und die Stimme der Baba Gruša kam von überallher zu ihm und war zugleich auch in ihm selber: »Man sieht immer nur das, was man sehen möchte, oder was man gesagt bekommt, daß man sehen soll. Der eine sieht die Fratzen der Teufel, der andere die Schwingen der Engel oder das Gesicht der angebeteten Liebsten. Es ist eine Frage der Einstellung und Erwartung.«
Ihre Stimme klang jetzt nüchtern, der Zauber, der Stefan umfangen

gehalten hatte, wich, das Feuer schrumpfte auf seine ursprüngliche Größe zusammen, die Wände rückten wieder heran.
»Und was dieses Feuerchen betrifft«, Baba Gruša, wieder so, wie sie von Anfang an gewesen war, verzog den zahnlosen Mund zu einem breiten Lachen und blinzelte Stefan spitzbübisch zu, »gibt es mehrere Möglichkeiten, seine Farbe und Form zu verändern. Ein guter Freund, ein Professor aus Belgrad, verriet mir die Rezepte. Ich habe ihm damals in seinem Laboratorium geholfen, ich habe mitgemacht, ich hätte sonstwas für ihn getan, alles... Feuerwerk war seine große Leidenschaft. Und er selbst, nun, er war *meine* Leidenschaft... Das kann man sich kaum vorstellen, wenn man mich so anschaut, nicht wahr? Es liegt ja auch schon lange, sehr lange zurück. Er hat herumexperimentiert, alte chinesische Feuerwerkrezepte – so nannte er es – ausgegraben... Wer hätte damals gedacht, daß es mir einmal nützen würde! Das Feuer, das er so sehr geliebt hat, wurde ihm zum Verhängnis. Er ist in seinem Laboratorium verbrannt, und ich war nicht bei ihm, um sein Schicksal zu teilen. Oder doch? Mit ihm ist mein Herz verbrannt. Nur Asche blieb zurück, tote, kalte Asche... Aber gut. Das brauchen die Leute ja nicht zu wissen. Sie *wollen* es auch gar nicht wissen. Für sie ist es viel schöner, wenn sie mit bangem Herzen hierherkommen und eine richtige Hexe vorfinden. Eine spitze Nase, ein zahnloser Mund, ein krummer Rücken, zwei schöne Warzen und natürlich...«
Sie streckte die Hand aus und schnippte mit den Fingern. Aus der Dunkelheit oberhalb eines Wandbrettes schoß mit hartem Flügelschlag ein Schatten herab, ein kühler Luftzug streifte Stefans Wange. Erschrocken zog er den Kopf ein. Auf Baba Grušas Hand landete ein Rabe, schritt langsam und gravitätisch, mit gelegentlichem Flügelschlag das Gleichgewicht haltend, den Arm entlang auf die Schulter, ordnete hier die Flügel und äugte mit schräggestelltem Kopf herüber zu Stefan.
Baba Gruša holte aus einer Schüssel zu ihren Füßen ein Stückchen Fleisch und gab es ihm. Der Rabe verschlang es gierig, putzte sich den langen, kräftigen Schnabel an ihrem Ärmel und blieb mit einem zufriedenen Ausdruck in den schwarzen Knopfaugen – diesen Eindruck hatte Stefan jedenfalls – auf seinem unbequemen Platz balancierend stehen.

Baba Gruša weidete sich zahnlos kichernd an Stefans Fassungslosigkeit. »Zu einer Hexe gehört auch ein Rabe, schwarz wie die Nacht. Ist er nicht schön?« Sie strich über das glänzend schwarze Gefieder des großen Vogels und kraulte ihn über dem Schnabel, was er sich mit offensichtlichem Behagen gefallen ließ.
»Er ist wirklich schön«, sagte Stefan, noch immer etwas benommen. »Aber dieses seltsame Gefühl, ich sah alles plötzlich ganz verfremdet...«
»Ach das... Getrocknete Kräuter«, sagte Baba Gruša gleichmütig. »Gehört dazu. Ich habe sie vorhin ins Feuer gestreut. Man braucht nicht viel davon. Es gibt einige Möglichkeiten, solche berauschende Wirkungen zu erzielen.«
Sie holte den Raben von ihrer Schulter, warf ihn hoch, und er flatterte wieder auf seinen dunklen Platz oberhalb des Wandbrettes.
»Aber du bist ja nicht hierher gekommen, um dich von einer alten Hexe in ihre Geheimnisse einweihen zu lassen. Es geht um Stamena.«
Stefan nickte. »Sie hat nach Wien geschrieben – vielmehr, einen Brief diktiert – daß ich sie möglichst bald aufsuchen soll«, begann er vorsichtig. Wieviel wußte Baba Gruša? Inwieweit konnte er ihr vertrauen? »Bei dieser Gelegenheit wollte sie mir etwas mitteilen. Aber ich kam zu spät.«
»Sagte man dir, woran sie starb?«
»Sie soll ein schwaches Herz gehabt haben. Schlaganfall.«
»Ihr Herz war so stark wie das deine! Diese Dummköpfe! Wenn die Leute nicht wissen, woran jemand gestorben ist, sagen sie einfach: Herzschlag oder Gehirnschlag. So steht es also auf dem Totenschein. Aber es muß nicht stimmen, was auf dem Totenschein steht. Andererseits – was hätte man sonst hinschreiben sollen? Ich habe Stamenas Leichnam für die Beerdigung fertig gemacht. Und ich habe Spuren gesehen, deutliche Spuren... Sie wurde erstickt. Sie ist nicht an einem Herzschlag gestorben. Man hat sie getötet. Ich nehme an, mit dem Kopfkissen.«
»Sie wurde ermordet?« fragte Stefan heiser. »Meinst du das ernst, Baba Gruša?«
»So war es.«
»Aber wer...«
»Wer es auch war – Stamena war eine kräftige Frau. Es müssen also

mindestens zwei Männer gewesen sein, um sie zu überwältigen und auf diese Art zu töten.«

»Du hast es nicht der Polizei oder der Gendarmerie gemeldet?«

»Ich? Baba Gruša? Damit möglicherweise auch ich an einem Herzschlag sterbe? Wer würde mir glauben? Nein, nein, Stefan, ich sage es *dir.*« Baba Grušas Augen blickten jetzt Stefan wissend, traurig und mitleidsvoll an. »*Du* mußt es wissen. Vielleicht hatte sie recht. Vielleicht hing *ihr* Tod mit dem zusammen, was sie über den Tod deines Vaters vor fünfzehn Jahren erfahren hatte. Sie wollte es dir sagen, deshalb rief sie dich hierher.«

»Dann weißt du es, Baba Gruša. Weißt du auch, *was* sie mir mitteilen wollte?«

»Nein. Sie sagte nur: Wenn ich es ihm nicht mehr erzählen kann, dann sag ihm, er soll nach Cetinje reiten und dort warten.«

»Ich soll nach Cetinje reiten und dort warten?«

»Das sagte sie vielleicht eine Woche vor ihrem Tode. *Du sollst nach Cetinje reiten und dort warten.* Zwei oder drei Tage später holte sie bei mir ein paar Kräuter für einen Kranken, die ihr ausgegangen waren. Bei dieser Gelegenheit sagte sie: »Ich werde es doch tun. Ich werde beim Dorfältesten ein amtliches Protokoll für Stefan aufsetzen lassen.«

»Sie suchte den Dorfältesten am Abend vor ihrem Tode auf. Er war nicht da. Sie wollte am nächsten Tag wiederkommen, aber da war es zu spät. Sie war bereits tot.« Bitterkeit stieg in Stefan hoch – und Schmerz über Stamenas Tod. Der Schmerz stellte sich erst jetzt in voller Stärke ein, machte ihm das Atmen schwer, trieb Tränen in seine Augen: tot, ermordet, erstickt, Stamena tot, tot, tot. »Ich werde nach Cetinje reiten«, sagte er mühsam. »Ich werde dort warten, ich weiß nicht worauf, abet ich werde warten.«

Baba Gruša stand ächzend auf, kam gebückt um die Feuerstelle und kniete vor ihm nieder. »Gib mir die Hände!« Sie faßte nach Stefans Händen, drehte sie um, so daß die Handflächen nach oben zeigten und legte die ihren darauf. Sie waren dunkel und klein wie die eines Kindes, und sie fühlten sich warm und trocken an. »Du hast kräftige, starke Hände, Männerhände, Vaterhände«, sprach sie nach einer Weile des Schweigens in die nach und nach beklemmend gewordene Stille. »Die Frau mit den goldenen Augen, die du zurückgelassen hast, spürt sie noch immer auf ihrem Körper, deine

Hände auf dem Körper einer anderen Frau, warm in einem Land von Eis und Schnee, sie wird dir einen Sohn gebären. Deine Hände hart und unbarmherzig, verirrt und gepeinigt. Hüte dich vor dem Haß eines Mannes, der die Schlange getötet hat, und vor dem anderen, dessen Gesicht schwarzer Nebel verdunkelt und dessen Hand in einem roten Feuer glüht. Feuer und Eis, Feuer und Schwert werden dich begleiten, aber die Tiere des Waldes, deren Sprache du sprichst, werden dir in deiner Not beistehen. Ich sehe es, ich sehe es, ich sehe es...«

Die letzten Worte murmelte sie immer leiser werdend vor sich hin, so daß Stefan Mühe hatte, sie zu verstehen. Dann stand sie ächzend auf, faßte sich ins Kreuz und schlurfte gebückt in den Hintergrund. »Oh, mein Kreuz, mein Kreuz, es will nicht mehr, wehe mir alten Frau!« jammerte sie, während sie hinter dem Teppich verschwand, der ihre Schlafstelle abtrennte. »Ich habe zu viele schwere Lasten in meinem langen Leben schleppen müssen, ich arme, alte Frau... Wo hab' ich's denn? Die Augen wollen auch nicht mehr so recht, hier ist es, natürlich!«

Sie kam wieder vor und hängte Stefan einen kleinen Gegenstand um den Hals. »Vielleicht kannst du das einmal brauchen. Es ist ein Amulett. Vielleicht kann es dir einmal helfen. Präge dir das Zeichen ein, und wenn du irgendwo das gleiche Zeichen siehst, gib dich zu erkennen. Du hast einen schweren und gefährlichen Weg vor dir. Aber das könnte dir jetzt jeder erzählen, auch ohne die Gabe des Gesichtes. Ich habe diese Gabe, und was ich dir vorhin gesagt habe, war ernst gemeint, nicht so wie manches andere...«

Sie verzog den Mund zu ihrem zahnlosen Lachen, doch jetzt war es ohne Fröhlichkeit. Ihre auf Stefan gerichteten Augen blieben ernst und nachdenklich. »Stamena hatte das Böse aufgedeckt, das Böse hat sie getötet. Sie sollte meine Nachfolgerin werden. Wem soll ich mein Wissen jetzt weitergeben? Sie war mir wie eine Tochter, ich habe sie geliebt, und das ist die Wahrheit, was die Menschen im Dorf auch sagen mögen. Geh den Spuren der Mörder nach, es sind auch die Mörder deines Vaters. Der Schmerz wird dich nicht zerbrechen, das Feuer wird dich nicht verbrennen, das Eis wird dein Blut nicht in Kälte erstarren lassen.«

Während Baba Gruša sprach, umklammerte sie das Amulett, das sie Stefan um den Hals gehängt hatte, noch immer fest mit der Hand.

Jetzt preßte sie es mit gesenktem Kopf an ihre Stirn und murmelte einige unverständliche Worte, eine heidnische Beschwörungsformel möglicherweise, eine Fürbitte, ein Zauberspruch, schob es dann unter Stefans Hemd und machte mit dem Zeige- und Mittelfinger das Zeichen des Kreuzes auf seine Stirn, den Mund und die Brust. »So und jetzt geh, du hast einen anstrengenden Tag vor dir. Stamenas Grab findest du auf dem Friedhof hinter dem Kloster. Reite hin und nimm einen Erdkrümel davon mit auf den Weg.«

Selbst dem bereits hohen Tag mit seinem blendend hellen, jedem Geheimnis abholden Sonnenlicht gelang es nur nach und nach, den beklemmenden Zauber zu vertreiben, dem Stefan in Buba Grušas Hütte erlegen war. Welch eine seltsame Frau! Was für ein seltsames Erlebnis! Für einen im Geiste pragmatisch wissenschaftlicher Aufklärung aufgewachsenen und erzogenen Menschen war das meiste davon absurd, geradezu lächerlich absurd – und doch hatte er sich davon in einer Weise beeindrucken lassen, die er nie für möglich gehalten hätte! Das Feuer mit den rotglühenden »Teufelszungen«, der Rabe, mit seinem glänzend schwarzen Gefieder und dem geradezu menschlichen Blick seiner schwarzen Knopfaugen, die rätselhafte Prophezeiung (woher konnte Baba Gruša von Resi mit ihren goldgesprenkelten Augen wissen?), die seltsam dunkle Beschwörung des Amuletts ... Alte heidnische Bräuche, vermischt mit christlichen Lehren, Zaubersprüchen und das Zeichen des Kreuzes, Aberglauben und das Wissen um uralte Geheimnisse: »Wem soll ich mein Wissen jetzt weitergeben? Nimm einen Erdkrümel von Stamenas Grab mit auf den Weg ...«
Das Kloster mit der kleinen Kirche und dem Friedhof befand sich in einer Talsenke, nach Norden hin von einer fast senkrecht aufsteigenden Felswand abgeschirmt. Unter der Felswand sprudelte eine armdicke Quelle in einen großen, steinernen Trog und lief von dort ihren gewundenen, halb unter dichten Uferpflanzen verborgenen Lauf talwärts. Stefan tränkte die Pferde am Steintrog, seilte sie an dem langen, dafür vorgesehenen Balken an, füllte seine *Čutara* – das bauchige, in gewalkte Wolle eingenähte Trinkwassergefäß – an der Quelle und ging dann zum Friedhof. Stamenas Grab mit dem einfachen Holzkreuz fand er sogleich. Der Grabhügel war noch frisch, und das von Wind und Wetter noch nicht verwitterte Kreuz

leuchtete weithin. Er legte den kleinen Strauß Feldblumen, den er unterwegs gepflückt hatte, auf die nackte, steinige Erde. In memoriam Stamena, dachte er, die Amme, die zweite Mutter, ein Geheimnis, so groß und schwer, daß ich es nur dir anvertrauen kann, Aug in Aug. Ihre Mörder sind auch die Mörder deines Vaters. *Reite nach Cetinje und warte dort.*

Der Wind zog raschelnd durch das trockene Gras auf den Gräbern. Über den Himmel segelten weiße Haufenwolken. Am Eingang zu der Kirche mit drei runden, mit verwitterten Ziegelsteinen gedeckten und von matt goldenen Kreuzen gekrönten Kuppeln, stand die reglose Gestalt eines Mönches und schaute zu ihm herüber. Stefan bückte sich, nahm eine Handvoll Erde auf, zerkrümelte sie zwischen den Fingern, ließ etwas davon in die Tasche und – einer plötzlichen Eingebung folgend – den Rest, nur eine Messerspitze voll, in seinen Brustbeutel rieseln. Als er den Brustbeutel wieder verstaute, berührte er das Amulett, das ihm Baba Gruša vorhin umgehängt hatte, holte er hervor und schaute es genauer an. Es war oval geformt und aus gepreßtem, durch das Alter nachgedunkeltem, fast schwarz gewordenem Leder. Darin eingearbeitet war ein silbernes, von einem Kreis eingeschlossenes Pentagramm*. Das Amulett hing an einer schwarzen, mattglänzenden Schnur. Beim näheren Hinsehen konnte man erkennen, daß sie aus menschlichen Haaren, vermutlich Frauenhaaren geflochten war. Mit einem aufkeimenden Gefühl des Widerwillens wollte es Stefan in die Tasche stecken, hängte es dann aber doch wieder um – und ließ es fortan an seiner Brust. Bald schon merkte er das Amulett nicht mehr, ja, es schien ihm abzugehen, ihm etwas zu fehlen, wenn er es beim Waschen oder Baden ablegte.

* Pentagramm oder ›Drudenfuß‹ ist ein sehr altes, bereits im alten Ägypten und Babylon verwendetes Symbol. Keltische Druidenpriester haben es in ihre Geheimlehre als heilbringendes Segenszeichen eingebracht. Es wird bei allen europäischen Völkern heute noch überall dort gebraucht, wo man die Macht des Bösen oder der bösen Geister fürchten muß. Paracelsus, der wohl berühmteste und geheimnisumwittertste Arzt der Geschichte, rühmte das Pentagramm in seiner Schrift *Archidoxis magica* aus dem Jahre 1507: »... Mit diesem Zeichen haben die Alten viel zuwege gebracht, viel ausgerichtet... Denn es wohnt eine ganz große geheime Kraft darinnen... Das Pentagramm ist ein heiliges Arcanum wider alle bösen Geister, wider den Teufel, wider allen Zaubers und Hexerei, wider die Magischen und Aszendenten; es löst auch den schwer Verzauberten, gesundet ihn, bewahrt ihn vor Leibs- und Seelenschaden...« Das Zeichen, das im Guten wirken soll, kann aber auch dämonisches Unheil anrichten, wenn es in der Schwarzen Magie angewendet wird.

Der Weg nach Cetinje führte Stefan weiter südwärts über die wasserlose, karstige Öde der *Katunska Nahija.* Auf diesem schwer zugänglichen Hochplateau hatten die Montenegriner durch Jahrhunderte Zuflucht vor türkischen Einfällen gefunden. Hier hatten sich die besonders kriegerischen und stolzen Stämme der Njeguši, Čekliči, Bjelice, Ozrinici, Čuše, Belopavloviči, Grčeli, Žagaraci, Piperi und Kuči angesiedelt. Vor allem die letzten drei waren bei den Türken besonders gefürchtet, bekannt dafür, daß sie keine Furcht kannten, keine Gnade erwarteten und kein Pardon gaben.
Von der Katunska Nahija führte der Weg in abenteuerlichen Windungen steil abwärts. Er war anstrengender als alle Wegstrecken, die Stefan bisher bewältigt hatte. Doch schließlich hatte er es geschafft. Er ritt um einen Felsvorsprung und hielt überwältigt an. Im Lichte der Nachmittagssonne lag unter ihm Cetinje, die Stadt seiner Kindheit, eine grüne Oase in den weiten, karstigen, zerklüfteten Bergen – in Stefans glückseliger Erinnerung die schönste Stadt der Welt.

Ein Denkmal aus Granit

»Man könnte Cetinje in der Westentasche davontragen«, schrieb ein westeuropäischer Journalist gegen Ende des vergangenen Jahrhunderts in seinen »Reisenotizen« über die Hauptstadt Montenegros. »Doch es müßte eine gepanzerte Westentasche sein. Denn so klein Cetinje ist, so viele stachelbewehrte Helden hat es – jeder Mann ein Held! Ist es doch die Hauptstadt eines Landes, wo man die Geburt eines Sohnes mit den stolzen Worten bekanntgibt: Ein neuer Held ist uns geboren worden.«
Verbürgt ist folgende Anekdote eines Arztes aus Cetinje, dessen Vater vor der Jahrhundertwende in Petersburg Medizin studiert hatte. Eines Tages fragte ihn der Professor, wie groß denn die Hauptstadt von Montenegro sei, dieses offenbar bedeutenden Landes, da man ja davon so viel hörte und las. Der Student rundete als echter Montenegriner, der er war, etwas auf und sagte, Cetinje habe 20 000 Einwohner. Der Professor und andere Studenten fanden dies außerordentlich amüsant. Sie wollten nicht glauben, daß es in Europa eine so kleine Hauptstadt gäbe. Was hätten sie erst gesagt,

wenn ihnen der Montenegriner die Wahrheit erzählt hätte, daß nämlich die Hauptstadt seines Landes zu jener Zeit armselige zwei- oder dreitausend Einwohner zählte; die genaue Zahl wußte keiner. Und doch war Cetinje eine Hauptstadt mit allem was dazu gehörte: einer Zitadelle, dem Königspalast, Regierungsgebäuden, Diplomatenviertel mit relativ prächtigen Bauten und schön angelegten Gärten. Unweit davon – aber in Cetinje gab es ja keine großen Entfernungen – stand die *Vlaška Crkva,* die alte, mit Beutegewehren aus Türkenkriegen eingezäunte Kirche, und das Kloster, das Fürst Ivan Crnojewić auf dem Rückzug vor den Türken in dieser abgelegenen Öde hatte erbauen lassen: Dieses Kloster ist dann, wie bereits berichtet, zur Urzelle der späteren Hauptstadt geworden.
Nachdem die Dynastie der Crnojevići ausgestorben war, regierten dreizehn Metropoliten – oberste Geistliche oder Fürstbischöfe – den Stammesstaat Montenegro. Gewählt wurden sie von den Stammesältesten, den *Wojwodas* und *Serdaren.* Der berühmteste unter ihnen, Vladika Petar Petrović aus dem Stamme Njegoš, ein Riese von Gestalt, schuf die großartige Dichtung *Gorski Vijenac,* Bergkranz, ein Heldenepos Montenegros, das Nibelungenlied der Südslawen.
»Während er ruhelos durch sein Haus, den Sitz des Metropoliten wanderte, über die Philosophie und Dichtung der Welt nachdachte, mit den bedeutendsten Geistern Europas in Verbindung stand und mit ihnen subtilste künstlerische Probleme erörterte, während er in langen Nächten an seinem Epos arbeitete, das den Namen Montenegros rund um die Welt tragen sollte, wurden unweit davon auf den Mauern des Klosters oder der Zitadelle die abgeschlagenen Köpfe getöteter Türken aufgespießt... Fürwahr ein Land der Gegensätze, wie man sich größere kaum vorstellen kann! Auf der einen Seite nach lichten Höhen des olympischen Geiste strebend, auf der anderen in tiefster Barbarei verharrend.«
Das schrieb der bereits erwähnte russische Diplomat in seinen »Erinnerungen an Montenegro«, der nämliche, der sich so bitter über die montenegrinischen Straßen beklagt hatte.
Ein Neffe des Dichterfürsten – und Fürstbischofs – namens Danilo studierte in Wien. Nach dem Tode seines großen Onkels wurde er von den Stammesältesten auch zum weltlichen Fürsten ausgerufen und in seinem Kampf gegen die Türken von Österreich-Ungarn und Frankreich unterstützt. Damals hatte man erwogen, ob die Haupt-

stadt von Montenegro nicht Podgorica werden sollte, die *Stadt unter dem Berg,* wie der Name besagt, in der fruchtbaren Morača-Ebene weit verkehrsgünstiger gelegen und auch erheblich größer als Cetinje. Doch man entschied sich für Cetinje und damit für die Tradition, für eine Stadt, die nicht so sehr eine Ansiedlung für Menschen zu sein schien, als ein »historisches Denkmal aus Granit und geschichtlichem Schweigen«. So nannte die serbische Dichterin Isidora Sekulić die Hauptstadt Montenegros.

Stefan und seine Mutter Christina hatten Cetinje gegen Ende des Jahres 1899 verlassen und seitdem hatte sich hier manches geändert. Die Zahl der Häuser hatte sich seit der Jahrhundertwende auf über siebenhundert verdoppelt (1900 hatte man 384 Häuser gezählt), und auf über sechstausend war die Zahl der Einwohner angewachsen. Früher staubige oder schlammige Straßen (sie waren entweder staubig oder schlammig, einen anderen Zustand kannte man nicht), waren gepflastert und neue Straßen angelegt worden, man arbeitete an einer neuen Wasserleitung, und seit 1910 gab es auch in Cetinje elektrisches Licht. Der König residierte in einem neuen, für montenegrinische Verhältnisse außerordentlich großzügig und geräumig erbauten Schloß, die Regierung regierte oder genauer, verwaltete, das Land von einem neuen Regierungsgebäude aus, der französische Gesandte vertrat sein Land in einer neuen Villa mit großem Balkon und Vorgarten. Das Gymnasium zählte rund dreihundert Schüler, davon waren immerhin an die fünfzig Mädchen, und man erwog gar die Gründung einer montenegrinischen Universität.
Bei dieser natürlich sehr unvollständigen Aufzählung großartiger neuer Errungenschaften der letzten anderthalb Jahrzehnte darf auch das neue Gästehaus der k. k. österreichisch-ungarischen Gesandtschaft nicht vergessen werden, ein eher bescheidener Bau, doch recht komfortabel eingerichtet und in jenen Zustand versetzt, den die Österreicher mit dem Prädikat »gemütlich« umschreiben. Hier brachte man Stefan, der bereits erwartet worden war, unter. Dies habe der Herr Gesandte persönlich verfügt, dagegen gäbe es keine Widerrede, erklärte der Gesandtschaftssekretär, als Stefan anstandshalber mit der Begründung protestierte, er sei doch nur ein Privatmann und kein offizieller Gast.
»Im Hotel hätten Sie keinen Platz mehr bekommen, lieber Herr

Meyster. Es ist seit Tagen ausgebucht, und selbst Privatquartiere sind alle belegt. In Kürze findet die alljährliche Tagung der Vojwodas und Serdare statt, bei der – mit Verlaub – entschieden wird, was der König längst beschlossen hat. Die Stammesältesten und ihr Gefolge haben alle freien Quartiere belegt. Am Vorabend des *Vidovdan* findet außerdem ein großer Empfang auf dem königlichen Schloß statt, mit einer ganzen Reihe von in- und ausländischen Gästen. Zu diesem Anlaß wird auch der Herr Gesandte zurückerwartet. Er hat mit seiner Familie einen wohlverdienten Urlaub genommen, in Ragusa, Hotel Lobmayer. Kennen Sie es? Ein außerordentlich schönes, gediegenes Haus, sehr komfortabel. Der Herr Gesandte bedauerte übrigens, daß er Sie nicht persönlich begrüßen konnte, aber das wird nachgeholt... Im Augenblick müssen Sie mit mir Vorlieb nehmen – wenn Sie etwas auf dem Herzen haben, bitte keine Zurückhaltung, ich stehe zu Ihren Diensten!«

Der Gesandtschaftssekretär, ein fülliger Mann mit roter Gesichtsfarbe, hellblondem Haar, einem gelben, hochgezwirbelten Schnurrbart und langen, dichten, fast weißen Wimpern über den wasserhellen Augen – um die ihn jede Frau beneidet hätte – meinte es mit seinem Angebot offenbar ernst. Er war ein rühriger und energischer, wenn auch eine Spur zu redseliger Mann Ende Zwanzig, der sich in Cetinje, wo sich bekanntlich nicht nur die Füchse, sondern selbst Eulen gute Nacht sagen, weder ausgelastet noch seinen Fähigkeiten gemäß eingesetzt fühlte. Da Stefans Großvater auch in Personalangelegenheiten des Außenministeriums etwas zu sagen hatte und bei der Besetzung diplomatischer Posten und Stellen ein Wörtchen mitredete (man weiß das doch, die hohen Herren unter sich, gibst du mir, geb ich dir, eine Hand wäscht die andere, ein Wörtchen hier, eines dort, wenn zur rechten Zeit gesprochen, öffnet sich das Tor in die Welt, das sonst verschlossen bliebe, das Tor nach Rom, Berlin, Petersburg oder gar Paris!), war es schon angebracht, sich um dessen einzigen Enkel zu bemühen – zumal dieser dem Vernehmen nach die diplomatische Laufbahn einschlagen wollte. Beziehungen waren alles, ohne Beziehungen macht auch der tüchtigste, fähigste, selbst der genialste Mann keine Karriere. Es galt, rechtzeitig an dem Netz zu knüpfen, an dem man sich emporhangeln konnte – oder von dem man aufgefangen wurde, wenn man ausrutschte, was jedem schon mal passieren konnte. Kleine Gefälligkeiten also, kleine Dienste, die nichts kosteten und doch möglicherweise einmal reiche Zinsen trugen. Wer weiß, mochte sich der Gesandtschaftssekretär gedacht haben, wer weiß, ob der alte Legationsrat Meyster den Grünschnabel nicht mit dem Auftrag losgeschickt hatte, sich ein wenig umzusehen, ein bisserl zu spionieren, in dies und jenes seine Nase zu stecken, um danach zu berichten. Möglich wäre es, also sollte man es in Betracht ziehen und sich danach richten.

Den alten Mate, den Gesandtschaftsdiener, der sich um das Gästehaus und dessen zeitweiligen Insassen kümmerte, bewegten solche Gedanken und Überlegungen nicht. Er begrüßte Stefan mit Tränen in den Augen:

»Kennst du mich noch, Stefan, mein kleiner Stefan? Das heißt – so klein warst du damals, als du noch hier warst, bevor ihr, deine Mama und du, nach Deutschland zurückgekehrt seid. Wie gut ich mich daran erinnere! Und jetzt, du lieber Gott, was für ein Mann! Groß und stark und . . .«

Mate versagte die Stimme. Er selbst hatte sich in den fünfzehn Jahren kaum verändert. Nur sein braungebranntes, verwittert aussehendes Gesicht – das kühne Gesicht eines dalmatinischen Seeräubers oder *Gusaren,* wobei er der denkbar frömmste und gutmütigste Mann war – hatte einige Furchen und Falten mehr aufzuweisen, und sein ehemals tiefschwarzes Haar war mit grauen Strähnen durchzogen.

Mate war etwa zur gleichen Zeit wie Stefans Eltern nach Cetinje gekommen. Als Gesandtschaftsdiener und wegen seiner Geschicklichkeit, dem Erfindungsreichtum und einem unermüdlichen Arbeitseifer war er schon bald zu einem »Mädchen für alles« geworden, aus dem Gesandtschaftsbetrieb nicht mehr wegzudenken. In Mamas neu angelegten Garten hatte er die schweren Erdarbeiten geleistet, hatte ihr zum Geburtstag eine wunderhübsche Laube gebaut (sie stand auch jetzt noch, wohlerhalten und über und über mit blühenden Kletterrosen bewachsen), hatte den Vater häufig auf dessen Streifzügen durch das Bergland begleitet (doch leider nicht damals, als das Unglück geschehen war), hatte dem kleinen Stefan im Frühjahr Pfeifen aus Weidenzweigen geschnitzt und im Sommer kleine Schiffchen aus der Borke alter Föhren, hatte ihn mitgenommen, wenn er Pilze sammelte, Steinpilze und Champignons, und ihn gelehrt, wie man den begehrten Kaiserling von dem orangenroten Fliegenpilz unterscheidet, dessen Gift einen Menschen tötet, in kleinen Mengen jedoch wie betrunken und so stark macht, daß er glaubt, Bäume ausreißen und mit zehn Feinden fertig werden zu können. In der Luft schnüffelnd, hatte er ihm erklärt, wie man unter Eichen Stellen erkennt und riecht, wo man nach Trüffeln suchen soll, ihm vorgemacht, wie man mit der Hand Forellen aus der Deckung unter großen Steinen oder überhängenden Ufern fängt (schön langsam, keine schnelle Bewegung, du mußt den Fisch streicheln, ganz sanft, und erschrick nicht, wenn dich ein Krebs in den Finger zwickt, hol ihn schön langsam heraus – eine Lehre, der Stefan nie gefolgt war. Denn er hatte die Hand jedesmal erschrokken zurückgezogen, wenn er auf der Suche nach Forellen tatsächlich an einen Krebs geraten war), und er hatte ihm aus dem biegsamen, langsam getrockneten und glatt geschliffenen Holz der Bergesche einen Bogen geschnitzt, der den gefiederten Pfeil höher und weiter getragen hatte als alle anderen Bogen, selbst der teuere, in Petersburg gekaufte tatarische Bogen eines Jungen aus der russischen Gesandtschaft.

»Ich habe gehofft, dich hier zu treffen, Mate«, sagte Stefan gerührt. »Den Bogen, den du mir damals gemacht hast, habe ich mit nach Schlesien genommen. Er ist noch immer da.«

»Aber jetzt schießt du nicht mehr damit, denke ich.«

»Manchmal hätte ich große Lust dazu. Wie steht es mit Pilzen?«

Mate schnupperte mit gekräuselter Nase in der Luft, schaute zum Himmel und schüttelte den Kopf. »Es ist zu trocken und zu heiß. Wenn es einmal ausgiebig regnet, kommen sie. Dann können wir suchen gehen, wenn du noch da bist.«

»Vielleicht bin ich noch da. Irgendwann in den nächsten drei Wochen müßte es doch regnen. Aber zuerst möchte ich mit dir reden Mate, über dies und jenes. Ich habe eine Menge Fragen, die mir vielleicht nur du beantworten kannst.«

»Es geht um deinen Vater?«

Stefan nickte.

»Ich wußte, daß du einmal kommen würdest, um danach zu fragen. Ob ich dir etwas erzählen kann, was du noch nicht weißt? Ich habe immer und immer wieder daran gedacht – und ich habe mir immer Vorwürfe gemacht, daß ich ihn damals nicht begleitet habe, obwohl

er allein reiten wollte. Ich hätte ihm vielleicht nachreiten müssen...«
»Unsinn, Mate, er ist ja öfter allein unterwegs gewesen, und du konntest ja nicht wissen... Morgen abend setzen wir uns zusammen, wenn es dir recht ist. Soll ich zu dir kommen?«
Mate verbeugte sich. »Ich werde mich freuen, mein Stefan, es wird mir eine Ehre sein.«

Ein Mann hat das Recht zu wissen, wie sein Vater gestorben ist!

Die Antwort auf die Frage, was Stamena mit der Aufforderung gemeint hatte, daß er nach Cetinje gehen und dort warten sollte, bekam Stefan bereits am nächsten Morgen. Er saß im Frühstücksraum des Gästehauses, frühstückte und las in der Tageszeitung einen langatmigen Leitartikel über das bevorstehende *Viječe,* die alljährliche Tagung der montenegrinischen Wojwodas und Serdare, als Mate hereinkam und sagte, ein Mann sei draußen, der ihn unbedingt zu sprechen wünsche. »Es ist Andjelko, Stamenas Vetter. Ich soll dir nur sagen, er sei da, du wüßtest schon, worum es geht.«
Stefan legte die Zeitung beiseite. »Hol ihn bitte rein, Mate, jetzt gleich, auf mein Zimmer!«
»Willst du nicht erst zu Ende frühstücken?«
»Nein. Es ist eilig, ich habe darauf gewartet.«
Im Gegensatz zu der großen, stattlichen Stamena und dem anderen Vetter, dem »wie ein Ochse starken, mit Händen wie Pflugscharen«, war Andjelko ein kleines, dürres Männchen mit einem spitzen Frettchengesicht und flinken, schwarzen Augen. Oben und unten mit Tellermütze und geflochtenen Opanken landesüblich gekleidet, sah er in der Mitte mit seinem abgewetzten mitteleuropäischen Gehrock und Stehkragen wie ein österreichischer Stadtschreiber aus, der mit seinem kärglichen Lohn eine viel zu große Familie ernähren muß. Er traf mit tiefen Bücklingen ins Zimmer und war freudig überrascht, als ihm Stefan sagte, er würde sich noch gut an ihn erinnern, obwohl er ihn als Kind nur ein- oder zweimal gesehen hatte.

»Es war bei Stamenas Eltern. Später hat sie Ihnen Briefe an meine Mama diktiert und zuletzt auch einen an mich.«

»So ist es, Gospodin. In dieser Sache bin ich jetzt gekommen. Als ich gestern abend erfahren habe, daß Sie in Cetinje eingetroffen sind, beschloß ich, Sie sofort aufzusuchen.«

»Wie konnten Sie es so schnell erfahren? Ich bin ja erst seit gestern hier.«

»Cetinje ist eine kleine Stadt, Gospodin, man erfährt schnell, was man wissen möchte.« Über Andjelkos Gesicht huschte ein schnelles Lächeln. Er hatte merkwürdig spitze Zähne, was sein frettchenartiges Aussehen noch verstärkte. Mit flinken Augen umherspähend trat er ans Fenster, schaute links und rechts in den Garten, machte das Fenster zu, kam zurück und setzte sich wieder Stefan gegenüber. »Wir müssen aufpassen, Gospodin, Vorsicht ist geboten«, sprach er leise. »Sind wir hier sicher vor Lauschern?«

»Wir sind sicher.«

»Ihr Diener?«

»Mate ist nicht mein Diener, aber ich kenne ihn schon sehr lange. Für ihn lege ich die Hand ins Feuer.« Unwillkürlich von dem geheimnisvollen Gehabe des anderen angesteckt, sprach nun auch Stefan leiser als gewöhnlich.

»Ich hoffe, daß Sie sich nie die Hand verbrennen, Gospodin. Die Botschaft, die ich Ihnen von Stamena überbringen soll – Gott der Allmächtige schenke ihr ewige Ruhe, die Erde soll ihr leicht sein! – gebe ich nur weiter, weil ich es ihr geschworen habe. Sie hat manches Gute für mich getan, ich bin in ihrer Schuld. Eigentlich sollte ich gar nicht wissen, worum es bei diesem Geheimnis geht, über das sie mit Ihnen sprechen wollte. Doch etwa zwei Wochen bevor sie so überraschend, ja wirklich befremdlich überraschend starb, rief sie mich zu sich. Es sei nicht gut, wenn nur eine Person Bescheid wüßte, sagte sie, wie leicht könnte ihr etwas widerfahren und es ihr unmöglich machen, Ihnen zu berichten, was es unbedingt zu berichten gäbe.«

Andjelko machte eine Pause, wie um die Bedeutung seiner Worte zu unterstreichen, bevor er mit gedämpfter Stimme in der ihm eigenen geschraubten Sprechweise fortfuhr. »Wie recht hatte sie, Gospodin! Vierzehn Tage später war sie tot. Herzschlag, wie ich gehört habe. Sie sind informiert?«

»Ich bin informiert.«
»Ich mußte ihr versprechen, Sie sofort aufzusuchen, wenn Sie in Cetinje eintreffen. Hier zu warten, Sie aufzusuchen und Ihnen zu berichten ... Sie wußte, wie verschwiegen ich sein kann – wenn es sein muß.« Wieder das schnelle Frettchenlächeln. »In diesem Fall ist es schon in meinem Interesse, in meinem ureigensten Interesse, für mich zu behalten, was sie mir anvertraut hat, es sogleich wieder zu vergessen, nachdem ich Ihnen berichtet habe, Gospodin ... Hand aufs Herz – ich wäre froh, wenn mich Stamena *nicht* ins Vertrauen gezogen hätte, glauben Sie mir! Es ist gefährlich, um solcherlei Dinge zu wissen. Es ist besser, die Ohren vor Dingen zu verschließen, die einen nichts angehen. Solche Aufträge können einem nur Scherereien einbringen und Kosten verursachen. Man sollte besser nur seine Arbeit tun, auch wenn sie nur so viel abwirft, daß es zum Leben zu wenig und zum Sterben zu viel ist.«
Die flinken Augen kamen zum Stillstand und ruhten fragend und auffordernd zugleich auf Stefan. Offenbar wartete er auf eine Gegenleistung.
»Sie haben bestimmt Auslagen gehabt, Andjelko, schon weil Sie hier auf mich warten mußten. Darf ich mir erlauben, sie zu ersetzen?«
Andjelko hob wie abwehrend die Hände. »Das überlasse ich Ihrem Dafürhalten, Gospodin.«
Er sprang auf, huschte zur Türe, riß sie auf, spähte nach links, spähte nach rechts, machte die Türe lautlos zu, kam zurück, zog ein Taschentuch aus der Tasche und betupfte damit seine Stirn. »Es ist besser, hundertmal grundlos Vorsicht zu üben, als es einmal zu unterlassen. Wie leicht könnte es geschehen, daß gerade dann ... Sie verstehen, was ich meine? Und nun hören Sie, was Ihnen Stamena ausrichten wollte.«
Vorgebeugt, mit halblauter Stimme, begann Andjelko zu erzählen. Er sprach fließend, ohne sich zu wiederholen, und so hastig, als wollte er sein gefährliches Wissen möglichst schnell loswerden: »Sie wurde oft zu Kranken gerufen, um ihnen nach bestem Wissen zu helfen, sie zu heilen oder zu pflegen. In dieser Hinsicht erfreute sie sich eines guten Rufes, war begehrt, gesucht, ja, hin und wieder nannte man sie gar eine Wunderheilerin. Mit der Krankenpflege verdiente sie sich manch einen Dinar, was ihr von Herzen gegönnt

war. Von ihrem kümmerlichen Anwesen in der Steinwüste der Katunska Nahija konnte sie ja kaum leben. Sie kennen es, Gospodin?«

»Ich kenne es.«

»Ach ja, natürlich, Sie waren als Kind des öfteren dort... Doch nun wieder zur Sache. Im vergangenen Winter wurde sie zu einem gewissen Ilija Bekić nach Makljen gerufen. Das verwunderte sie, so weit ist sie sonst nie gekommen. Doch bald sollte sie erfahren, warum Ilija Bekić – verflucht sei sein Andenken – gerade nach ihr verlangt hatte. Montenegro ist klein, Gospodin! Hier weiß jeder alles über jeden – oder fast alles. Ilija Bekić wußte jedenfalls, daß Stamena einst bei Ihren Eltern hier in der Gesandtschaft gearbeitet hatte. Er selbst war ein Herumtreiber gewesen, mal hier, mal dort, war längere Zeit im Gefängnis, wurde zur Zwangsarbeit verurteilt... Zuletzt verdingte er sich in der Makljener Gegend in einem Steinbruch und wurde bei einer Sprengung schwer verletzt. Wußte er, daß er sterben würde? Wollte er vor dem Tode noch sein Gewissen erleichtern? Er bestellte jedenfalls Stamena zu sich. Sie sollte ihn pflegen, ihm beistehen, und kurz bevor er starb, vertraute er ihr sein schreckliches Geheimnis an – die Hölle ist ihm gewiß, verflucht soll er sein in alle Ewigkeit!

Nun hören Sie zu, Gospodin, hören Sie, welcher Niedertracht, welcher Grausamkeit, welcher Verbrechen ein Mensch fähig ist, wenn das Böse, das in jedem von uns schlummert, überwiegt und zutage tritt, den Damm niederreißt, den das Gewissen aufrichtet! Dieser Ilija Bekić gehörte als junger Mann der Bande des berüchtigten Räubers Ante Spiljak an, von der die Gegend nördlich von Podgorica und entlang der Grenze zu Albanien unsicher gemacht wurde, wobei sie oft auf albanisches oder auch serbisches Gebiet überwechselte. Dort suchte sie Zuflucht, wenn ihr der Boden in Montenegro zu heiß geworden war. Gegen Ende der neunziger Jahre ist es gelungen, die Bande zu stellen. Die meisten Banditen sind dabei getötet worden, einige sind geflohen und untergetaucht, unter ihnen auch Ilija Bekić. Den Bandenchef Ante Spiljak selbst und zwei andere hat man verhaftet und zum Tode verurteilt.

Doch aus welchen Gründen auch – bei Ante Spiljak wurde das Urteil nicht vollstreckt. Ein Jahr später, im Sommer 1899, war er wieder auf freiem Fuße und nahm Kontakt zu Ilija Bekić auf, um

ihn für eine besondere Aktion – hören Sie, Gospodin, eine Aktion nannte man das – anzuwerben. Es wäre sehr viel Geld zu verdienen dabei, versprach er, und auch die Beute würde sich sehen lassen können. Es ging um nichts mehr und nichts weniger« – Andjelko beugte sich bei diesen Worten noch weiter vor und dämpfte seine Stimme zu einem heiseren Flüstern – »als um den Überfall auf das Landhaus des Wojwoda Lazar Bošković, um den Überfall, der später als *Blutige Slava* seine schreckliche Berühmtheit erlangte. Wer der Geldgeber war und wer hinter Ante Spiljak stand, wußte Ilija Bekić nicht. Auch hätte er, so behauptete er, bei dem Überfall nicht mitgemacht, wenn er von vornherein gewußt hätte, worum es dabei ging. Das jedenfalls versicherte er Stamena.
Doch was tut das zur Sache? Er hat mitgemacht, das ist das Entscheidende, das war seine Schuld und die Schuld aller anderen, die Spiljak, so wie Ilija Bekić, für die ruchlose Tat angeworben hatte. Darunter waren Montenegriner, Bosniaken, Serben, doch kein einziger Albaner oder Arnaute, kein Skipetar, Gospodin, nicht ein einziger, nur unsere eigenen Leute! Und sie alle waren der Meinung, daß es um einen größeren Raubzug in die Gegend von Peć ginge, sie alle witterten große Beute.
Erst kurz vor dem Massaker rückte Ante Spiljak mit der Wahrheit heraus. Ein Montenegriner, der nicht mitmachen wollte, der sich weigerte, gegen Wojwoda Lazar Bošković und dessen Familie ein solches Verbrechen zu begehen, dieser tapfere Mann, wenn er auch ein Räuber war, wurde von Spiljak kurzerhand niedergeschossen. Die anderen aber, diese Elenden, stimmten zu und fügten sich. Dies dürfte ihnen nicht einmal schwergefallen sein, nachdem jeder von ihnen fünfhundert Golddinar auf die Hand bekam mit dem Versprechen, nach vollbrachter Tat neben der zu erwartenden Beute noch einmal tausend Dinar zu bekommen.
Der Überfall wurde tagelang bis in die Einzelheiten durchexerziert, man zog alle möglichen Eventualitäten in Erwägung. Ante Spiljak ging wie bei einer militärischen Aktion vor, ja noch genauer, wie Ilija Bekić Stamena erzählt hat. Denn beim Militär wird ja vieles dem Zufall überlassen, wie wir wissen, vieles nur notdürftig eingeübt. Hier jedoch nicht. Man wußte ja, mit wem man es zu tun hatte, nämlich mit einem der großen Helden der montenegrinischen Befreiungskriege und mit dessen genauso tapferen Söhnen. Der klein-

ste Fehler konnte also das höllische Vorhaben gefährden oder sogar ins Gegenteil verkehren. Zuletzt bekamen die Elenden albanische Kleidung, damit es wie ein Überfall arnautischer Banditen aussehen sollte.

So kam der Tag der *Krstna Slava* für das Enkelkind des Wojwoda Lazar, den kleinen, nach dem Großvater benannten Sohn des Milovan Bošković. Kurz vor dem Überfall, als sich die Mörder bereits auf dem Wege zum Landhaus des Wojwoda Lazar befanden, gesellte sich zu ihnen noch ein Mann. Es war schon dunkel, er trug eine schwarze Maske, war schwarz gekleidet... Er muß der Auftraggeber gewesen sein, da er von Ante Spiljak, der ansonsten vor nichts und niemandem Respekt oder gar Angst hatte, mit allergrößter Hochachtung begrüßt wurde.

Und nun hören Sie zu, Gospodin, hören Sie gut zu: Was jetzt kommt, ist der wichtigste Teil dieser Botschaft von Stamena – Gott der Allmächtige hab' sie selig! Das, schärfte sie mir ein, mußt du wortwörtlich wiedergeben, es ist nämlich Wort für Wort das, was mir auch der sterbende Ilija Bekić anvertraut hat. Sag also Stefan folgendes: Gemäß dem Auftrag, daß jeder Mann niedergemacht und getötet werden solle, der sich zu dieser Zeit bei Wojwoda Lazar Bošković aufhielt, schoß der vermummte Mann zuallererst einen Fremden nieder, der gerade auf dem Wege vom Stall ins Gästehaus war. Dem Knecht, der sich gleichfalls vor dem Landhaus aufhielt, gelang es noch, ins Haus zu kommen, doch es war zu spät, um die anderen zu warnen. Das Verhängnis nahm seinen Lauf. Alle wurden getötet, bis auf den niedergesäbelten und schwer verletzten Wojwoda, den man für tot gehalten hat, und den achtjährigen Bogdan, dem es gelungen war, durch das Fenster zu entkommen.

Nach dem vollzogenen Massaker wurde der tote Mann draußen durchsucht, berichtete Ilija Bekić weiter. Man wollte ihn ausrauben, doch als der maskierte Anführer entdeckte, daß es sich um einen Švaba handelte, einen Österreicher von der österreichisch-ungarischen Gesandtschaft in Cetinje, befahl er, ihm alles zu belassen und die Leiche mitzunehmen. Der Tote hieß Karl Meyster. Es war Ihr Vater, Gospodin. Ich weiß, wie schwer es Ihnen fällt, dies anzuhören, sagte doch auch Stamena, bittere Tränen weinend, wie soll ich Stefan *das* erzählen? Wie soll ich meinem Stefan diese grausame Wahrheit eröffnen, ihm sagen, daß sein geliebter Papa nicht einem

Unfall, sondern einem ruchlosen Mord zum Opfer gefallen ist? Das fragte sie immer wieder, Gospodin. Es fiel ihr schwer, daran auch nur zu denken. Doch es ist die Wahrheit. Und wer sonst als Sie soll die ganze Wahrheit erfahren?«

»Erzählen Sie weiter, Andjelko, weiter!« befahl Stefan mit einer unnatürlich ruhigen Stimme, als der andere eine Pause machte, um Atem zu schöpfen.

»Die Mörder schleppten also den Toten sehr weit mit, die ganze Nacht hindurch, bis dem Anführer die Entfernung vom Ort der Untat groß genug erschien. In der wilden, waldreichen Gegend zwischen Sinjajevina und Maganik warfen sie die Leiche in eine Schlucht. Falls man sie dort je finden sollte, würde man an einen Jagdunfall denken. Und so geschah es auch. Drei Wochen später wurde die Leiche des Ermordeten zufällig gefunden oder das, was die wilden Tiere von ihr übrig gelassen hatten. Ein Jagdunfall sagte man, Ilija Bekić hat die Stelle genau beschrieben. Ein Irrtum, mein lieber Gospodin, ist nicht möglich. So erkannte Stamena, die damals ja oft in dieser unseligen Schlucht war, als das Kreuz in den Felsen gemeißelt wurde, nach Bekićs Bericht sogleich die Zusammenhänge, rief mich zu sich und diktierte mir den Brief an Sie, den ich dann über die Grenze nach Sarajewo und dort auf die Post gebracht habe.«

»Warum ist Stamena mit ihrem Wissen nicht zur Polizei gegangen?«

»Polizei?« Andjelko hob die Schultern und schüttelte den Kopf – eine Geste, die das ganze Mißtrauen des einfachen Volkes gegen die Mächtigen im Lande und ihren verlängerten Arm, der Polizei, ausdrückte. »Gospodin, überlegen Sie doch! Wer war der große, schwarz gekleidete Mann, der seine Vermummung die ganze Zeit nicht ablegte? Er hat eigenhändig Ihren Vater und Milovan Bošković, den ältesten Sohn des Wojwoda Lazar erschossen, und er ging hinauf in das Obergeschoß, um das Kind in der Wiege zu töten, dessen Slava gefeiert wurde. Wer tut sowas? Ist das noch ein Mensch? Er trug Stiefel, so viel konnte man sehen, Stiefel aus feinstem Leder, erzählte Bekić, Reitstiefel, wie sie zum Beispiel höhere Offiziere tragen. Ein Mann, der eine solche Untat ausführen läßt, der dafür auch so viel Geld bezahlt – jeder dieser unseligen Männer hat den versprochenen Mörderlohn voll ausbezahlt bekommen – ein solcher Mann muß mächtig und einflußreich sein und sehr daran interessiert, daß man weiterhin glaubt, arnautische Räuber hätten die *Blutige Slava* auf dem Gewissen. Das sagte sich Stamena, das sage ich mir, Gospodin, und das sollten auch Sie sich sagen. Denn es könnte doch sein, daß die Fäden, die er spinnt, bis in die höchsten Polizeistellen reichen, meinen Sie nicht?«

»Vielleicht«, sagte Stefan, »vielleicht haben Sie recht, Andjelko. Vielleicht war es – zunächst – besser, die Polizei nicht einzuschalten.«

Den Mord an Stamena hätte auch die Polizei nicht verhindern können, wollte er hinzufügen. Doch er tat es nicht. Der arme, furchtsame Andjelko glaubte offensichtlich, daß Stamena eines natürlichen Todes – wenn auch *»wirklich befremdlich überraschend«* gestorben war, wie er es ausgedrückt hatte. Man sollte es dabei belassen, um ihn nicht noch mehr zu ängstigen. Denn Angst hatte er, das konnte man ihm deutlich ansehen. Er schwitzte vor Angst, roch förmlich nach ihr – wieviel Überwindung mußte es ihn doch gekostet haben, Stamenas Auftrag überhaupt auszuführen!

»So ist es, Gospodin, genauso ist es«, nickte Andjelko. »Keine Polizei! Und wenn Sie die Polizei doch einschalten sollten, dann versprechen Sie mir, daß Sie mich da heraushalten. Versprechen Sie es mir?«

»Ich verspreche es Ihnen.«

»Sie müssen verstehen, oh, Sie werden es verstehen, wenn ich Ihnen weiter berichte, was Stamena von Ilija Bekić erfahren hat! Also, Ante Spiljak wußte vermutlich, wer der große vermummte Mann war. Ja, er mußte es wissen, er mußte seinen Auftraggeber kennen, ihn jedenfalls kennengelernt haben. Er war der einzige – und ihm wurden für die Ewigkeit die Lippen versiegelt. Nur wenige Tage nach der *Blutigen Slava* fand man ihn tot in einem verlassenen Haus an der Straße nach Kolašin. Von vorn und ganz aus der Nähe erschossen, wie die Zeitungen schrieben, mit Brandspuren am Einschußloch, also von jemandem erschossen, der sich mit ihm dort verabredet hatte, dem er vertraute. Und schließlich das wichtigste, Stefan, höre mir jetzt gut zu, und überlege, überlege gut, bevor du die Polizei einschaltest!«

Andjelko senkte seine Stimme zu einem Flüstern und verfiel dabei unwillkürlich in das übliche und vertraute Du, was ein beredtes Zeugnis von seiner Erregung ablegte. »Bedenke folgendes: Wie war

es möglich, daß Ante Spiljak nicht hingerichtet wurde, nachdem er zum Tode verurteilt worden war wie zwei von seinen Kumpanen? Doch er nicht, der Chef der Spiljak-Bande! Die beiden anderen, die weniger auf dem Kerbholz hatten, wurden gehenkt! Nur Ante Spiljak nicht! Wie kam es, daß er plötzlich frei herumlief, die Taschen voller Golddinar, um die Verfluchten für die *Blutige Slava* anzuwerben? War der große, maskierte und schwarz gekleidete Mann der Auftraggeber oder führte auch er nur den Auftrag eines anderen aus, der noch höher stand, eines Mannes, der so mächtig war, daß er einen zum Tode verurteilten Banditen und Mörder freibekommen konnte, damit er ihm als teuflisches Werkzeug diente? Was würde mit Stamena und jedem anderen geschehen, der bei Gott dem Allmächtigen beschwören könnte, daß Ilija Bekić diese Aussage gemacht hat, sie gemacht hat in einem Augenblick, als ihm das Wissen, daß er gleich, gleich vor den ewigen Richter treten würde, jede Lüge auf den Lippen ersterben und ihn nur die reine Wahrheit sprechen ließ? Wie lange, frage ich jetzt, hätte Stamena noch zu leben gehabt, wenn sie vor Gericht ausgesagt hätte, daß nicht arnautische Räuber das Massaker der *Blutigen Slava* angerichtet hatten, sondern Montenegriner? Möglicherweise im Auftrag einer hochgestellten Persönlichkeit, die Blutrache geübt hat, vielleicht aber auch aus anderen Gründen? Und, frage ich, wie lange hätte *ich* noch zu leben, ich, der kleine, von mageren Aufträgen und Zufallsarbeiten mehr schlecht als recht lebende, armselige Schreiber, nach dem kein Hahn krähen würde?«
Andjelko hatte sich in Erregung gesprochen, kalter Schweiß stand auf seiner Stirn. Er sprang auf, blieb, am ganzen Körper zitternd, mit geballten Fäusten sekundenlang vor Stefan stehen und sank dann wieder wie ein Häufchen Unglück zurück auf seinen Stuhl.
»Nein, kein Hahn würde nach mir krähen, wenn man mich plötzlich irgendwo finden würde, tot, erschlagen, erstochen oder sonstwie umgebracht. Denk daran, Stefan! Du bist jung und hitzköpfig, alle jungen Leute sind das. Sei vorsichtig, was du auch unternehmen wirst. – Schon sage ich mir, ja, jetzt bereits, in diesem Augenblick sage ich mir, es wäre vielleicht besser gewesen, wenn ich geschwiegen hätte! Ich habe Stamena gefragt, weshalb sie dir diese schreckliche Wahrheit erzählen wolle. Wozu, fragte ich, sein Vater ist tot, nichts wird ihn mehr aufwecken. Weshalb also das alles wieder

aufrühren und an den Tag bringen? Denn das, was Ilija Bekić erzählt hat – und dies war gewiß die Wahrheit, die ganze Wahrheit – würde nur neues Unglück heraufbeschwören, vielleicht neues Blutvergießen, es würde weitere Morde nach sich ziehen, so wie es immer gewesen ist in Montenegro, diesem unglückseligen Land mit seinem blutgetränkten Boden, unserem Land Montenegro, dessen Flüsse immer wieder salzig werden von vergossenen Tränen der trauernden Frauen und Waisen. Laß es ruhen, sagte ich, beschwor ich sie. Irgendwann muß doch Schluß sein! Doch sie ließ es nicht gelten. Er *muß* es wissen, sagte sie. *Er ist sein Sohn.* Er ist erwachsen, ein Mann. Ein Mann hat das Recht zu wissen, wie sein Vater gestorben ist, und ich habe die Pflicht, es ihm zu sagen. Er selbst muß entscheiden, ob er nach den Mördern sucht oder es sein läßt. Und er muß entscheiden, ob er die Rache an den Mördern selbst vollziehen will oder sie der irdischen Gerechtigkeit überläßt. Denn der göttliche Richtspruch ist über sie gefällt worden, sie sind in alle Ewigkeit verdammt und verloren, verdammt wie dieser Ilija Bekić, der mit einem Entsetzen auf dem Gesicht gestorben ist, als hätte er bereits einen Blick in die tiefste Hölle getan, einem Entsetzen, das ich nicht beschreiben kann und das ich nie vergessen werde, solange ich lebe. Das waren Stamenas Worte. Und ich mußte ihr bei Gott und dem Andenken an unsere gemeinsamen Vorfahren schwören, daß ich die Botschaft überbringen werde, falls sie dazu nicht in der Lage sein sollte. Und das ist hiermit geschehen, Gospodin.«
Andjelko schwieg erschöpft.
»Wenn mein Vater bei der *Blutigen Slava* ermordet worden ist, dann muß er bei Wojwoda Lazar Bošković gewesen sein. Weshalb? Ich muß den Wojwoda aufsuchen, ich muß ihn sprechen.« Stefan hielt es nicht mehr auf seinem Platz. Erregt sprang er auf und lief im Zimmer auf und ab. »Sag, Andjelko, wo kann ich ihn finden? Er lebt in seinem Bergkastell Kameni stup, irgendwo unter dem Sinjajewina Gebirge. Weißt du, wo das Kastell ist? Wie man hinkommt?«
Nun stand auch Andjelko auf, müde und mit hängenden Schultern. »Nein, ich weiß es nicht«, sagte er abweisend. »Und wenn ich es wüßte, würde ich es Ihnen nicht sagen, Gospodin. Ich will davon nichts mehr wissen. Ich will mir später nichts vorwerfen, mir nicht sagen müssen, hättest du nur geschwiegen und damit ein neues Unheil vermieden! Nein, nein! Ich weiß, was im Buch des Schicksals

einmal geschrieben steht, kann nicht gelöscht, kann nicht geändert werden. Doch was immer Sie jetzt unternehmen, Gospodin, tun Sie auf eigene Rechnung und auf eigene Verantwortung. Es ist Ihre Entscheidung, das sagte auch Stamena: ›*Es ist seine Entscheidung.*‹ Doch bedenken Sie, wie sie sich auch entscheiden mögen, Gospodin – vergessen Sie nicht, daß Sie es mit vielfachen Mördern zu tun haben. Ein Mord mehr oder weniger zählt für die Teuflischen nicht. Er zählt nicht mehr als ein weiterer Stein auf den steinigen Bergen Montenegros.«

Mit diesem Gespräch wurde Stefan endgültig in eine Situation gestellt, die ihm fremd war, ihn erschreckte und hilflos machte. Aufgewachsen in der zärtlich liebevollen, wohlbehüteten Atmosphäre der schlesischen Familie seiner Mutter und des großväterlichen Hauses in Wien, waren Gewalttätigkeit oder gar Mord, die ihn oder einen von den Seinen betrafen, zu abwegig, um sich darüber auch nur Gedanken zu machen. Jede wie auch geartete Gewalttätigkeit fand anderswo statt. Von Mord, schon gar von Massenmord, wie er in der Nacht der *Blutigen Slava* stattgefunden hatte, las man in Zeitungen oder Büchern. In Romanen zum Beispiel oder auf der Bühne, ging es ohne Leichen nicht. Klappte man das Buch zu, blieben sie zwischen den Deckeln, und auf der Bühne standen sie wieder auf, wenn der Vorhang gefallen war, kamen vor und verbeugten sich mitsamt ihrem Mörder artig vor dem applaudierenden Publikum. Das waren sie, die Leichen, die einen zwar mehr oder weniger rührten, ansonsten aber nichts angingen – papierene Leichen, Fremde, die im Dienste der Kunst sterben mußten oder weil es dem Dichter so gefiel.

Doch das, was hier geschehen war, hatte damit nichts mehr zu tun. Der Mord an seinem Vater hatte tatsächlich stattgefunden, seine Leiche war wirklich gewesen, die Mutter hatte deren Überreste identifiziert (»Ich hätte es nicht tun sollen, um ihn nicht so in Erinnerung zu behalten, sondern anders, so wie er früher gewesen war«). Das war kein Mord zwischen Buchdeckeln oder auf der Bühne, keiner an einem fremden Menschen, über den in Zeitungen berichtet wurde. Das hier war die Wirklichkeit, und auch die Zeit, die seit dem blutigen Geschehen damals vergangen war, konnte daran nichts ändern.

Doch seltsamerweise kam sich Stefan dennoch vor wie ein Schauspieler in einem Stück, das in einem anderen, düster-unwirklichen Land spielte, wo andere Menschen lebten, andere Gesetze herrschten, wo eine Untat wie die *Blutige Slava* überhaupt erst möglich war. Er hatte eine Rolle übernommen, die sein Leben von Grund auf veränderte und ihm einen neuen Sinn gab. Sie wurde ihm durch Stamenas Botschaft gleichsam aufgezwungen, bedeutete aber trotzdem auch eine Aufgabe mit einem gewissen sportlichen Reiz. Andjelkos Warnung vor den Männern, für die Mord nicht mehr zählte als ein »weiterer Stein auf den steinigen Bergen Montenegros«, war ernst zu nehmen. Dennoch war Stefan entschlossen, das Risiko zu tragen und mit den Nachforschungen so schnell wie möglich zu beginnen.

An den Stätten der Kindheit

Nachdem Stefan mit seinen Überlegungen bis zu diesem Punkt gekommen war, wurde er von drängender Ungeduld befallen. Er mußte weiter, heute noch, nein, das war unmöglich, doch spätestens morgen, um Wojwoda Lazar Bošković aufzusuchen und ihn zu befragen. In jener Mordnacht vor fünfzehn Jahren war der Vater auf seinem Landsitz gewesen. Weshalb? Und weshalb hatte der Wojwoda das nie erzählt, um den Irrtum – oder war es eine bewußte Täuschung? – vom Jagdunfall aufzuklären?

Doch wo genau sollte er den Wojwoda suchen?

»Irgendwo in den Wäldern der Sinjajevina-Berge lebt er«, erzählte Mate. »Dorthin hat er sich nach der *Blutigen Slava* zurückgezogen. Du weißt, was damals geschehen ist, und weshalb man diese Nacht die Nacht der *Blutigen Slava* nennt?«

Stefan nickte. Sie saßen in Mates Junggesellenwohnung in einem Nebengebäude der Gesandtschaft, einer Wohnung, die noch genau so aussah, wie sie vor fünfzehn Jahren ausgesehen hatte: ein großer, spärlich möblierter Raum mit blank gescheuerten Dielen, einem niedrigen Tisch und Sitzkissen in der Mitte, dazu einem Herd, auf dem Mate seine einfachen Mahlzeiten kochte. Doch wie einfach Mates Gerichte auch gewesen sein mochten, sie hatten Stefan als Kind immer besser geschmeckt als das, was zu Hause gekocht worden war. Und so gut wie damals schmeckte ihm auch diesmal das Abendessen – Pilav mit Huhn und Pilzen – das Mate ihm zu Ehren vorbereitet hatte. Dazu tranken sie den dickflüssigen, herben *Plavac,* einen Rotwein aus Mates Heimatdorf.

»Seitdem hat ihn kaum ein Mensch zu Gesicht bekommen«, fuhr Mate fort. »Man hört nur Unbestimmtes, Gerüchte ... Mal taucht er da auf, mal dort, zieht ruhelos umher ...«

»Das habe ich bereits gehört. Aber meistens soll er sich doch auf seinem Kastell *Kameni stup* aufhalten. Kameni stup ... Wo ist das?«

»Warum willst du das wissen?«

»Ich muß mit dem Wojwoda sprechen.«

»Er läßt keinen Fremden zu sich, heißt es. Selbst wenn du das Kastell findest, wirst du Wojwoda Lazar nicht zu Gesicht bekommen. Er hat sogar schon auf Leute geschossen, die ihn aufsuchen wollten, erzählt man. Oder er wird Hunde auf dich hetzen, halbe Wölfe, die ...«

»Halt!« unterbrach Stefan Mates Redefluß ungeduldig. »Auch das erzählen die Leute ... Sie erzählen viel, hier in Montenegro noch mehr als anderswo, scheint mir. Was aber ist die Wahrheit? Vielleicht wird er doch mit mir sprechen wollen. Ich weiß einiges ...«

Er hielt inne. Wieviel sollte er Mate erzählen? Er dachte an die tote Stamena und sagte: »Ich glaube mein Vater war vor seinem Tod auf seinem Landsitz. Darüber wollte ich mit dem Wojwoda sprechen. Verstehst du, Mate? Ich wollte Vaters Weg bis hin zu dieser Schlucht verfolgen, wo man seine Überreste gefunden hat. Also muß ich Wojwoda Lazar Bošković finden, dann den Landsitz, die Schlucht ...«

»Dazu brauchst du als Fremder einen *Propust,* einen Reiseschein von der Gendarmerie«, sagte Mate nüchtern. »Den bekommst du nicht so einfach – und schon gar nicht schnell. Man wird von dir wissen wollen, weshalb du in diese Gegend reiten willst, zum Kameni stup, so heißt das Kastell wohl. Ich habe den Namen noch nie gehört. Oder doch? Man wird dich fragen, was du von Wojwoda Lazar Bošković willst ...«

»Ihn besuchen. Einfach besuchen. Genügt das nicht?«

»Vielleicht in Österreich, aber nicht hier.«

»Und wenn ich einfach losreite, ohne dieses Papier?«

»Auch wenn du unsere Kleidung trägst und unsere Sprache fast wie ein Einheimischer sprichst, erkennt man in dir den Fremden. Gegen Fremde ist man in Montenegro mißtrauisch. Ist das so verwunderlich? Man hatte durch sie meistens nichts Gutes erfahren, nur Leid und Ungemach. Jeder Dorfgendarm wird dich kontrollieren und nach deinem Paß und Reiseschein fragen. Was willst du dann tun? Ihn erschießen und weiterreiten?«

Auch der Gesandtschaftssekretär sah die Sache ähnlich, als ihn Stefan am nächsten Morgen nach den Möglichkeiten einer Reise ins Land fragte:

»Auf dem Weg von der Grenze nach Cetinje genügt meistens ein Paß. Nicht immer. Wurden Sie nirgends aufgehalten? Hat sie kein wichtigtuerischer Dorfgendarm nach Woher und Wohin befragt? Nein? Dann hatten Sie Glück. Mag sein, daß man sich früher freier bewegen konnte, aber seit den Balkankriegen sind die meisten der damals erlassenen Bestimmungen, was das Reisen betrifft, noch immer gültig. Man hat eine fast panische Angst vor türkischen und – Gott sei's geklagt – österreichischen Spionen. Möglicherweise hat es sich bis in die entlegenen Gendarmeriestationen irgendwo in den Bergen noch gar nicht herumgesprochen, daß der Krieg vorbei ist. Man wird Sie arretieren und als Spion erschießen – verzeihen Sie, ein kleiner Scherz – aber im Ernst: Wollen Sie wirklich ins Hinterland reiten?«

»Das habe ich vor.«

»Weshalb? Sie entschuldigen, aber diese gleiche Frage wird man Ihnen stellen, wenn Sie den *Propust* beantragen.«

»Für meine Doktorarbeit sammle ich slawische Volksdichtung«, begann Stefan aus dem Stegreif zu lügen. »Geschichten, Erzählungen, die gesungenen Balladen der Guslari ...«

»Scheußliche Musik!« Der Gesandtschaftssekretär schüttelte sich. »Ein monotones, ewiges Auf und Ab, nervenzerfetzend. Also ich kann mich nicht daran gewöhnen. Da gibt's ein Café, gleich hinter dem neuen Regierungspalais. Der Kaffee und die Mehlspeisen, türkisch, perfekt, wirklich perfekt! Ich ging früher gern hin. Aber neuerdings haben sie als besondere Attraktion eine *Pjevačica,* will sagen Sängerin engagiert, eine ansehnliche, vollbusige Person, will sagen Dame ... Und nun steht sie da, tief dekolletiert, denken Sie, das in Cetinje, und singt und singt. Von einer *Tamburica* begleitet,

singt sie also und hört damit nicht mehr auf. Und die Männer sitzen da und starren sie an, aber man weiß nicht, ob deswegen, weil sie so schön singt, oder weil ihr Dekolleté so – na ja – überwältigend ist. Mir geht das so auf die Nerven, daß ich auf den Kaffee und das wirklich superbe Backwerk lieber verzichte, als dort zu sitzen und diesen Singsang zu ertragen... Verzeihen Sie bitte die Abschweifung. Sie sammeln also das Zeug, wollen darüber sogar eine Dissertation schreiben? Alle Achtung! Wann wollen Sie aufbrechen?«
»Möglichst bald. Am liebsten schon morgen.«
»Aber nein, nicht doch! Wollen Sie nicht warten, bis unser Chef wieder hier ist? Er hat mir extra aufgetragen...«
»Es wird mir eine Ehre sein, ihn nach meiner Rückkehr um ein Gespräch zu bitten. Aber zunächst möchte ich doch...«
»Warten Sie, eben fällt mir etwas ein: ein Mann, der Ihnen helfen kann, die bürokratischen Klippen zu umschiffen und den *Propust* möglichst schnell zu bekommen.«
Der Sekretär rieb sich die Hände, nickte Stefan einmal, zwei-, dreimal mit der Miene eines Verschwörers zu und fuhr fort: »Zu meinen guten, sehr guten Bekannten, ich möchte fast sagen Freunden, gehört ein gewisser Herr Vukotić, Stane Vukotić. Er ist Major, läuft allerdings meistens in Zivil herum. Hin und wieder tut er mir einen Gefallen, wenn die Mühlen der Behörden zu langsam mahlen – und das tun sie jetzt, kurz vor dem *Vijeće* der Serdare und Wojwodas ganz bestimmt. Für normalen Dienstbetrieb, Tagesthemen wie ein *Propust,* hat man natürlich keine Zeit. Also, unser Freund Stane Vukotić ist ein zuvorkommender, hilfsbereiter Mann, sehr gebildet, kultiviert... Er wird für Ihre Sammelarbeit vollstes Verständnis aufbringen. Vielleicht kann er sogar die eine oder andere Geschichte beisteuern, man kann ja nie wissen, nicht wahr? Manchmal rezitiert er jedenfalls ewig lange Verse, übersetzt sie dann ins Deutsche, na ja... Bei ihm sind Sie jedenfalls an der richtigen Adresse. Lassen Sie mich das nur machen, Herr Meyster! Vielleicht kann ich Ihnen noch heute Bescheid geben, ob ich etwas erreicht habe. Und Sie? Haben Sie heute etwas Besonderes vor?«
»Ich werde mich etwas umsehen«, meinte Stefan, »einfach so... Alte Bekannte aufsuchen und begrüßen, Straßen, Häuser...«

Die Stätten der Kindheit. Das Haus. Durch eine schwere Eichentür unter dem mit Schindeln gedeckten Vordach trat man in den großen, dämmrig kühlen Hausgang, dessen Fliesen von unzähligen Schritten abgetreten und glattgeschliffen waren. Links ging es in Vaters Arbeitszimmer; hier hatte er Freunde empfangen, Gäste, die außerhalb der Dienststunden halb dienstlich, halb privat zu ihm gekommen waren. Der diplomatische Vertreter eines fremden Staates war schließlich immer im Dienst, bei Tag und Nacht, an Sonn- und Feiertagen genauso wie an normalen Werktagen.
Rechts befanden sich Mamas Zimmer, hell, freundlich, ausgelegt mit bunten bosnischen Teppichen, Sofas, Tischchen, Stühlen. Ein Lederfauteuille stand da mit abgewetzter Sitzfläche und abgegriffenen Armlehnen. Bilder an den Wänden, kunterbunt durcheinander, wie es gerade kam, eine große chinesische Vase mit goldenen, blauen und roten Ornamenten, auf der Rosenholzkommode eine goldene oder vergoldete Uhr, deren zarte Glockenschläge genauso wie der Duft nach Lavendel, nach frisch gebügelter Wäsche, nach Mamas Parfum und Papas Zigaretten zu seinen frühesten Erinnerungen zählten. Und all dies immer ein bißchen unordentlich und immer warm und anheimelnd.
Im rückwärtigen Teil des Erdgeschosses befanden sich die Küche und die Vorratskammern. Über eine breite Treppe mit Holztritten und einem kunstvoll geschnitzten und gedrechselten Geländer gelangte man in den ersten Stock. Das war das helle, freundliche Reich seiner Kindheit, voller Blumen, Sonne und fröhlicher Stimmen. Er rutschte damals noch auf den Knien den endlos langen Weg über die Holzdielen zu dem weit, weit entfernten Fenster im Hintergrund, voller Zweifel, ob er es je schaffen würde, dorthin zu gelangen. Dann war er auf einmal dort, richtete sich an der Wand unter dem Fenster auf, versuchte das Fensterbrett zu erreichen, war aber zu klein dazu und begann vor Zorn zu weinen. Plötzlich standen hinter ihm Vaters Beine, er fühlte sich emporgehoben und auf das Fensterbrett gestellt. Draußen waren Licht und Farben, die große Krone eines Baumes und ein Vogel, der von Ast zu Ast hüpfte, und über das tiefe Blau des Himmels segelten weiß-graue Wolken.
Später kam der Garten dazu, die Straße, das Haus weiter unten, schräg gegenüber der fürstlichen Residenz mit den beiden Brüdern Georg und Alexander, seinen Freunden, von denen Stamena sagte,

sie seien Prinzen und ihre Schwester Jelena eine Prinzessin. »Das stimmt, das sind sie wirklich«, bestätigte der Vater. »Aber mach dir nichts draus, sie sind Kinder wie du, und wenn sie ungezogen sind, wird ihnen genau so der Popo versohlt wie dir.«
Prinzen den Popo versohlen, das mochte noch angehen, aber einer Prinzessin? »Papa hat geschwindelt, Mama, sag, stimmt das?«
Stefan stand vor dem grauen Haus mit teilweise abblätterndem Putz, und es schien viel kleiner, als er es in Erinnerung hatte. Hinter diesen Fenstern war Papas Arbeitszimmer, hinter den anderen befanden sich Mamas großer und kleiner Salon und hinter den beiden Fenstern im ersten Stock war er geboren. Das Haus sah vernachlässigt aus, die Fensterrahmen müßten gestrichen werden, und dem Garten fehlte Mamas Hand.
»So wie in Cetinje wird es nie wieder, Stefan, nie, nie wieder!« Sie stand reisefertig im Gang unter der Treppe, eine schlanke, aufrechte Frauengestalt in Schwarz vor dem hellen Viereck der offenen Haustür, und ihr Gesicht war nur ein undeutlicher weißer Fleck hinter dem Schleier. Wie schön sie war und wie merkwürdig fremd. Langsam und scheu kam er die Treppe herunter zu ihr, blieb bei ihr stehen, und fremd war auch ihre Stimme. »Wir müssen weg, Stefan, ohne Papa. Wir sind allein.«
Sie kniete auf den Boden, umarmte ihn so heftig, daß es ihm weh tat, und ihre gebrochene Stimme war nun ganz nahe bei ihm. »Er ist tot, wir sind allein, was fangen wir jetzt an ohne ihn, Stefan, bitte, was fangen wir jetzt nur an?«

Ein neuer Verbündeter?

Der Gesandtschaftssekretär hatte schnelle Arbeit geleistet. Als Stefan gegen Abend ins Gästehaus zurückkehrte, fand er die Benachrichtigung vor, er möge sich am nächsten Vormittag um zehn Uhr im Gebäude des Generalstabes bei Major Vukotić melden. »Tragen Sie bitte dem Major ihr Anliegen vor«, schrieb der Sekretär, »bei ihm sind Sie an der richtigen Adresse, auch wenn er nicht unmittelbar mit der Inneren Verwaltung zu tun hat.«
Der Major war ein gutaussehender Mann Mitte Dreißig, ruhig, wortkarg, ein aufmerksamer Zuhörer und angenehmer Gesprächs-

partner. Er empfing Stefan in einem schön eingerichteten Büro mit Boden- und Wandteppichen, einem großen, alten, mit Intarsienarbeiten versehenen Schreibtisch und einem niedrigen Kaffeetisch an der Wand gegenüber. Dort servierte eine Ordonnanz Kaffee und Sliwowitz und zog dann die Türe geräuschlos hinter sich zu.

»Herr Gesandtschaftssekretär erzählte mir von Ihrer Absicht, montenegrinisches Volksgut – Sagen, Legenden, Märchen, vielleicht auch Lieder – zu sammeln und darüber eine Dissertation zu schreiben«, begann der Major das Gespräch mit leiser, kultivierter Stimme, langsam und wohlüberlegt, als wende er jedes Wort dreimal um, bevor er es aussprach. »Ein interessantes und außergewöhnliches Anliegen, wirklich außergewöhnlich, das alle Unterstützung verdient. Doch gestatten Sie mir bitte die Frage: Wie kommen Sie dazu?«

»Ich habe die ersten neun Jahre meines Lebens in Cetinje verbracht«, begann Stefan und erzählte dann von Stamena und ihren Geschichten, von der Faszination, die er schon als Kind für die Guslari und deren gesungene Erzählungen empfunden hatte, von seinem Studium der slawischen Sprachen und der Geschichte bei Prof. Dr. Sedlatschek. »Es geht mir nicht allein um das Sammeln des Volksgutes«, beendete er seine Ausführungen. »Ich möchte untersuchen, welchen Einfluß die Geschichte des Landes auf das Entstehen der Legenden hatte, die von Mund zu Mund, von einer Generation zur anderen weitergegeben wurden. Oder genauer: Wie decken sich die meistens von Guslari weitergegebenen Erzählungen mit den tatsächlichen historischen Gegebenheiten. Wobei über manche Ereignisse gerade diese Erzählungen die einzige Quelle sind.«

»Sie erwähnten den Namen Prof. Dr. Sedlatschek ... Weiß er von Ihrem Vorhaben?«

»Noch nicht. Die Idee kam mir, als ich in *Pivski Manastir* einen Guslar hörte. Aber ich bin ganz sicher, daß gerade Professor Sedlatschek dieses Vorhaben voll unterstützen wird.«

»Ich kenne Professor Dr. Sedlatschek – und ich verehre ihn sehr«, sagte der Major, nun auf deutsch. Er sprach es mit dem harten südslawischen Akzent, fließend und fehlerfrei. »In Wien habe ich ein Jahr lang studiert und besuchte einige Male auch seine Vorträge. Sehr interessant. Er hat nur einen Fehler:« – Der Major lächelte –

»Er hält seine Hörer für genauso gebildet und gescheit, wie er selber ist. Da hat man es nicht ganz leicht, seinen Ausführungen zu folgen. Oder hatte ich nur deshalb diesen Eindruck, weil ich das Deutsche nur mangelhaft beherrsche?«
»Diesen Eindruck haben auch die meisten gebürtigen Deutschen, die seine Vorträge besuchen. Ich habe einmal spaßeshalber nachgeprüft. Bei zehn Skriptseiten brachte er es auf nur sechzehn Punkte. Ein Satz auf etwa zwei Drittel eng beschriebene Seiten ... Im übrigen bin ich wirklich sehr überrascht. Ihr Deutsch ist perfekt.«
»Sicher bei weitem nicht so perfekt wie ihr Serbisch«, gab der Major das Kompliment nun wieder in der Landessprache zurück. »Und jetzt wollen Sie durch unser Land ziehen und Geschichten sammeln, die hier entstehen ... *Izmedju visokog Koma, planine Šare, pitomog Drima, rijeke Tare Prokleta planina nebu se dala, manja od prvih, ali nije mala ...«*
Stefan nahm den Faden auf und zitierte weiter:
»Sjeverno od ove jure za polje, Grnčar i Vruja – koja li bolje. I malo dalje obje se sastale, pod varoš Gusinje da idu dalje«.*
»Alle Götter – Sie kennen das kleine Gedicht?«
»Ich hab's in der Schule gelernt, hier in Cetinje. – Um mehr davon und von den Geschichten über die Geschichte Montenegros zu sammeln, gibt es allerdings ein Problem wurde mir gesagt.«
Der Major nickte. »Propust. Sie wollen frei im Land herumreiten, die Leute anhören und so weiter, ein Bruder Grimm in Montenegro. Das Problem ist bereits gelöst. Wann wollen Sie reiten?«
»So bald wie möglich.«
»Ich werde Ihnen die nötigen Papiere besorgen. Wie lange wollen Sie bleiben?«
»Diesmal nur rund drei Wochen. Später, wahrscheinlich im nächsten Frühjahr, werde ich die Arbeit fortsetzen und vollenden.«
Stefan blickte dem Major in das offene, freundliche Gesicht. Ob er in ihm einen Verbündeten gewinnen konnte? »Auf dem Weg hier-

* Frei übersetzt: »Zwischen dem hohen Kom und dem Berge Šara, dem zahmen Drim und dem Flusse Tara, in den Himmel ragen die Berge Prokletije, nicht so hoch wie die ersten, doch keineswegs niedrig.« Darauf Stefan: »Nördlich davon, sie eilen dahin, die Flüsse Grnčar und Vruja, welcher ist schneller? Noch etwas weiter, vereinen sich beide, unter der Stadt Gusinje, um gemeinsam weiterzuziehen.«

her, in Pivski manastir, hörte ich einem Guslar zu. Unter anderem sang und rezitierte er von der *Blutigen Slava.* Die letzten Verse lauteten:

»Der Fürst und sein Enkel, sie blieben am Leben
Wojwoda Lazar und Bogdan, der mutige Junge.
Den Mördern blutige Rache schworen sie beide,
Grausame Rache für elfmal vergossenes Blut«.

»Sie haben ein gutes Gedächtnis.« Der Major nickte beifällig, beugte sich vor und füllte die kleinen Gläser mit Sliwowitz. »Ich kenne die Geschichte von der *Blutigen Slava.* Eine entsetzliche Geschichte. Paßt eigentlich genau in Ihr Konzept. Historische Tatsachen und die Legendenbildung, oder Montenegros Geschichte in den Liedern der Guslari. Trinken wir noch ein Gläschen auf das gute Gelingen Ihres Vorhabens!«

»Ich habe die Verse nicht ohne Grund zitiert«, sagte Stefan, nachdem er das Glas geleert und abgesetzt hatte. »Das ist mein zweites Problem, Herr Major. Es hängt mit der *Blutigen Slava* zusammen.«

»Sie machen mich neugierig. Bitte, erzählen Sie.«

»Der Guslar irrte. Die letzte Zeile sollte nicht für *elfmal* vergossenes Blut heißen, sondern für *zwölfmal.*«

»Wieso zwölfmal? Es waren elf Männer und Kinder, wenn ich mich recht erinnere. Ja, elf.«

»Ein fremder Mann, den die Banditen vor dem Landhaus des Wojwoda Lazar Bošković erschossen haben, wurde nicht mitgezählt. Er war der zwölfte. Es war mein Vater.«

»Ihr Vater? Ist er nicht bei einem Jagdunfall ums Leben gekommen? Ich habe mir doch berichten ...« Der Major preßte die Lippen zusammen, überlegte es sich dann anders und fuhr mit einem flüchtigen Lächeln fort. »Es ist ja kein Geheimnis, natürlich habe ich mir vor diesem Gespräch über Sie und Ihre Familie berichten lassen. Nach dem, was man mir sagte, soll Ihr Vater bei einem Jagdunfall im Tara-Gebiet ums Leben gekommen sein. Es heißt, er sei abgestürzt und erst Wochen später gefunden worden.«

»Das hatte man damals angenommen. In Wahrheit ist er in der Nacht der *Blutigen Slava* ermordet worden. Er war der erste Tote, erschossen vor dem Haus des Wojwoda. Seine Leiche wurde weggebracht und in die Schlucht geworfen, wo man sie drei Wochen später fand.«

»Weshalb hätten die Banditen das tun sollen? Und – woher wissen Sie das?«

»Ich habe es erfahren.«

»Zufällig?« Der Major lächelte fein.

»Es war wirklich ein Zufall.«

»Ich frage noch einmal: Weshalb hätten die Mörder das tun sollen?«

»Vielleicht wollten sie nicht auch noch beschuldigt werden, einen österreichischen Diplomaten ermordet zu haben.«

»Einer mehr oder weniger – verzeihen Sie bitte – ein Österreicher oder nicht, was macht Banditen das schon aus?«

»Es könnte ja sein, daß sie von drüben, aus Bosnien, gekommen sind, also vom österreichischen Gebiet ... Oder sie wollten nicht, daß es internationale Verwicklungen gibt. Nun, da sie den Toten beseitigten, blieb der Massenmord eine interne montenegrinische Angelegenheit. Möglicherweise ... Ach, es gibt eine ganze Reihe von Gründen, nehme ich an. Abgesehen davon, ist ein solcher Mord doch eine absolut irrationale Tat. Meinen Sie nicht auch? Weshalb sollte man dann nach rationalen Aspekten suchen? Sie haben es einfach getan. Sie haben die Leiche weggeschleppt, weit genug und ...« Stefan hatte sich in Erregung geredet, die Stimme versagte ihm.

»Und?« fragte der Major.

»Ich bitte Sie um Hilfe, Herr Major«, sagte Stefan leise. »Ich will – ich muß erfahren, was damals wirklich geschehen ist. Ich meine, weshalb mein Vater Wojwoda Lazar Bošković aufgesucht hat, warum der Wojwoda bei der späteren Untersuchung nichts davon verlauten ließ. Ich will mit ihm sprechen und, wenn irgendwie möglich, die Protokolle der polizeilichen Untersuchungen einsehen. Wäre das möglich?«

Der Major blickte Stefan schweigend an. In seinem Gesicht war keine Regung zu erkennen.

»Die Ergebnisse der Untersuchung hält man unter Verschluß«, fuhr Stefan nach einer Weile auf gut Glück fort. »Aber mit ein bißchen Protektion ... Und wenn möglich, möchte ich außer mit dem Wojwoda auch mit dessen Enkel Bogdan sprechen, vielleicht auch mit der einen oder anderen Frau, die meinen Vater gesehen hat.«

»Bogdan Bošković ist meines Wissens noch in Rußland. Das könnten wir schnell herausbekommen.« Der Major sagte *wir,* was Stefan als ein günstiges Zeichen auffaßte. »Soviel man hört, ein tüchtiger junger Offizier. Und die Frauen... Welche von ihnen hat sich damals um den österreichischen Gast gekümmert – vorausgesetzt, daß es wirklich einen österreichischen Gast gegeben hat. Darüber könnte Ihnen tatsächlich nur der Wojwoda selbst Auskunft geben. Ich bezweifle nur, daß er das tun wird.«

»Wenn er es nicht tut, dann muß er mir erklären, weshalb.«

»Muß? Muß er das wirklich? Ein Wojwoda Bošković tut nur das, was er will. Selbst von Gott Vater nimmt er keinen Befehl entgegen, wenn es ihm nicht in den Kram paßt. Aber vielleicht gelingt es Ihnen tatsächlich... Sie können es ja versuchen. Ich werde Ihnen den Weg zum Kameni stup, seinem Bergkastell, beschreiben, oder noch besser, auf einer Generalkarte einzeichnen. Morgen gegen Mittag schicke ich sie ihnen mit dem Propust in die Gesandtschaft. Geben Sie bitte im Vorzimmer Ihre Personalien an: Name, Geburtsdatum und so weiter... Und führen sie bitte auch die Waffen auf, die sie mitnehmen.«

»Ich habe keine Waffen«, sagte Stefan.

»Sie haben keine Waffen?« Der Major hob halb überrascht, halb belustigt die Augenbrauen. »Ein Mann, der ohne Waffen kreuz und quer durch Montenegro reitet? Nicht doch, mein Lieber, nicht doch!«

»Ich dachte, das Land sei befriedet, ungefährlich zu bereisen. So jedenfalls steht es in meinem Reiseführer. Außerdem die sprichwörtliche Gastfreundschaft... Wozu dann Waffen?«

»Damit Sie von diesen gastfreundlichen Montenegrinern ernst genommen werden – wenn schon zu nichts anderem«, sagte der Major trocken. »Aber wie Sie wollen. Während Sie unterwegs sind, werde ich versuchen, die Bewilligung für die Einsicht in die Untersuchungsprotokolle zu erwirken.« Der Major stand auf. »Wann sind Sie wieder in Cetinje?«

»Es kommt darauf an...«

»Wie Sie mit Ihrer Arbeit vorankommen, nicht wahr?« Der Major blickte Stefan ausdruckslos an. »Ich meine – mit dem Sammeln und Aufzeichnen von Heldenliedern, Volksgesängen... Das wollten Sie doch vor allem?«

Stefan erwiderte den Blick des Majors. »Zuerst werde ich versuchen, Wojwoda Lazar Bošković zu sprechen. Ich will es wissen. Ich will wissen, wie mein Vater ums Leben kam.«
Offensichtlich war dies die Antwort, die Major Vukotić erwartet hatte. »Ich würde an Ihrer Stelle nicht anders handeln«, sagte er. »Was ich für Sie tun kann, werde ich tun. Trinken wir jetzt noch ein Gläschen Sliwowitz auf den glücklichen Ausgang Ihres Abenteuers – denn es wird ein Abenteuer sein, den Löwen Lazar Bošković in seiner Höhle aufzusuchen.«

Auf dem Weg zur Gesandtschaft kam Stefan an der alten Residenz vorbei. Die Stadt war voller Menschen, viele von ihnen zur Feier des bevorstehenden *Vijeće* der Stammesältesten und des *Vidovdan* in bunten Volkstrachten. Vor der Residenz tanzte man Kolo, etwas weiter stand ein Volksredner auf einem Leiterwagen und beschwor die Einheit aller Südslawen: »...denn in der Einheit liegt die Kraft, gegen die alle Feinde der Welt, in Ost und West, Nord und Süd nichts auszurichten vermögen.«
Blauer Rauch zog durch die Straßen, es roch nach gebratenem Fleisch, frischen Brotfladen, türkischem Honig und Kaffee. In einem Torbogen hockte ein blinder Guslar (dieser war tatsächlich blind), die milchig weißen Augäpfel gen Himmel gerichtet, und sang mit hoher, kehliger Stimme von einem gewissen Marko Višnjeta, einem »Helden über andere Helden«, dem die Liebe zu der schönen, doch verräterischen Velimira zum Verhängnis geworden ist. Ein kleines, zerlumptes Mädchen mit kugelrunden, flinken Augen unter dem Kopftuch hockte neben ihm, stand von Zeit zu Zeit auf und versuchte, mit der Mütze des Guslar unter den wenigen Zuhörern ein paar Kupfermünzen einzusammeln: »Molim lepo, bitte schön, mein Großvater ist alt und blind und wir haben seit drei Tagen nichts gegessen, molim lepo ...«
Stefan warf einen Silberdinar in die Mütze, was bei dem Mädchen ein ungläubiges Staunen auslöste. Er wartete nicht, bis sich das Verhängnis erfüllte, das über Marko Višnjeta schwebte, dem Helden über alle anderen Helden. Vor dem Gedränge wich er in eine Seitenstraße aus. Hier war es ruhiger, man hörte Schritte auf dem Steinpflaster, die Kolo-Musik aus der Ferne, helles Lachen einer Frau, die murmelnden Stimmen der Männer, die vor einer Kafana

saßen und sich über das bevorstehende *Vijeće* unterhielten. Als Stefan vorbeischlenderte, verstummten sie, blickten ihm nach – ein Fremder. Einer von ihnen, der etwas abseits saß, kam ihm bekannt vor mit seinem blassen, stoppelbärtigen Gesicht unter dem steifen, schwarzen Homburg, der karierten Jacke englischer Art... Zwei Dutzend Schritte weiter – die Männer vor der Kafana hatten ihr Gespräch wieder aufgenommen – fiel ihm plötzlich ein: Das war der Mann, der ihm vor Stamenas Haus erzählt hatte, daß sie gestorben sei!

Stefan blieb stehen und drehte sich um. Doch der Mann in der karierten Jacke war verschwunden.

Major Stane Vukotić hielt Wort. Am nächsten Vormittag brachte ein Korporal einen versiegelten Umschlag ins Gästehaus der k. k. österreichisch-ungarischen Gesandtschaft und bestand darauf, ihn Stefan persönlich zu übergeben. Im Umschlag befand sich der gestempelte und unterschriebene Propust, mit einem Begleitschreiben an alle Gendarmerieposten und Militärstützpunkte, dem Besitzer, Herrn Stefan Meyster – auch der Name *Stefan Meyster* in kyrillischer Schrift, was sich merkwürdig befremdlich ausnahm – wenn erforderlich Hilfe und Unterstützung angedeihen zu lassen, er sei eine *Veoma važna ličnost,* eine sehr wichtige Persönlichkeit. Des weiteren befanden sich zwei Landkarten, Maßstab 1:50000 darin und ein Schreiben des Majors:

»Lieber Herr Meyster!

Gestatten Sie mir bitte diese vertrauliche Anrede.

Der Propust gilt für zwei Monate, Sie haben also Zeit, sich umzuschauen und umzuhören. Die Rubrik ›mitgeführte Waffen‹ wurde nicht ausgefüllt. Tun Sie das bitte selbst, wenn Sie sich doch entschließen sollten, eine Waffe mitzunehmen. Ich würde Ihnen jedenfalls eine solche empfehlen. Kameni stup ist auf der Karte mit einem roten Kreis gekennzeichnet. Dorthin gibt es zwei mögliche Weg-Varianten. Die erste führt Sie von Cetinje nach Nikšić und von dort auf der Straße nach Pljevlja bis auf die Höhe des Manastirs des heiligen Georg. Dort biegt man westwärts ab. Der Weg über den Sinjajevina-Hauptkamm dürfte ziemlich beschwerlich sein.

Die andere Variante führt Sie über Podgorica in Richtung Kolašin

(Karte Nr. 2). Mit einem Kreuz ist westlich vom Dorf Medjurečje die Stelle eingezeichnet, an der man die sterblichen Überreste Ihres Vaters fand. Nördlich von Kolašin, in einem Seitental zum Tara-Fluß, hart westlich vom Gipfel des Bjelasica, steht das Landhaus des Wojwoda L. B., rot eingerahmt. Hier fand das Massaker vor fünfzehn Jahren statt. Von dort führt Sie der Weg Tara-abwärts bis unterhalb von Pečarac, wo Sie nach Südwesten abbiegen müssen. Befragen Sie die Einwohner, wie Sie den Weg zum Kameni stup finden, lassen Sie sich möglicherweise von einem Gendarm begleiten. Für Ihre Sammlerarbeit könnte sich gerade diese zweite Weg-Variante als besonders ergiebig erweisen. Ich wünsche Ihnen viel Glück und Erfolg,
Stane Vukotić, Major im GS.«

»Morgen früh geht's los, Mate.« Stefan verstaute den Propust und das Begleitschreiben im Brustbeutel und die Landkarten in der Satteltasche. »Ich nehme nur das Nötigste mit, ein Pferd, und das überflüssige Gepäck lasse ich hier. Kann ich das?«
»Ich werde deine Sachen verwahren, bis du wiederkommst.« Mate schüttelte sorgenvoll den Kopf. »Es ist nicht richtig, daß du allein reitest. Die Gegend ist wild, unwegsam und unsicher, Grenzland zu den Skipetaren. Sie kommen immer wieder über die Grenze, verüben Überfälle und verschwinden, bevor man sie stellen kann. Nein, du solltest nicht allein reiten! Das habe ich damals auch schon deinem Vater gesagt.«
Mate ging hinaus und kam nach einer Weile mit einem Pistolenhalfter wieder. Darin steckte eine schwere österreichische Steyr-Repetierpistole. Er nahm sie heraus und reichte sie Stefan: »Eine schöne, zuverlässige und weittragende Waffe. Nimm sie, versuch's, sie liegt gut in der Hand.«
Stefan wog die Pistole auf der Handfläche. »Woher hast du sie, Mate?«
»Ich habe einem Mann einen Dienst erwiesen ... Wenn ich dich schon nicht begleiten darf, hast du wenigstens die Pistole. Kannst du damit umgehen?«
»Ich denke schon.«
»Ich gebe dir Reservemagazine, Munition und Wartungsbesteck mit. Wenn du draußen bist, im Land, schieß dich ein. Spare dabei

nicht mit der Munition. Ich bete zu Gott, daß du die Pistole nicht brauchst, aber wenn es doch dazu kommen sollte, mußt du damit schnell und sicher umgehen können.«

Das Felsenkreuz

Am Samstag, den 27. Juni 1914 ritt Stefan noch bei Dunkelheit los. Als es zu tagen begann, hatte er bereits das Städtchen Rijeka Crnojevića am gleichnamigen Fluß erreicht. Von hier aus führte die Straße über den Bigor-Paß in die Morača-Ebene. Gegen Mittag erreichte er Podgorica. In brütender Hitze lag die Stadt wie ausgestorben da, und Stefan beschloß, zwei oder drei Stunden zu warten, bis es kühler wurde. Er verdöste die Zeit im Schatten einer Platane vor dem Han, wo er abgesessen war, das Pferd versorgt und etwas gegessen hatte. Obwohl von Fliegenschwärmen umschwirrt, mußte er für eine Weile fest eingeschlafen sein. Plötzlich fuhr er auf, hellwach. Er fühlte sich beobachtet. Doch war es nicht die harmlose Neugier der Landesbewohner einem Fremden gegenüber, sondern etwas anderes, Lauerndes, etwas das eine beunruhigende Störung und vielleicht auch Gefahr signalisierte.
Er blickte sich um, konnte jedoch nichts Ungewöhnliches entdekken. Auf der anderen Straßenseite war ein Kesselschmied gerade dabei, seinen Laden zu öffnen. Etwas weiter schwatzten noch immer zwei schwarz gekleidete Frauen im Schatten eines Hauseinganges so wie vorhin. Ein unsichtbares Kind weinte, zwei zerlumpte Bauern unterhielten sich vor dem Han in dem gutturalen, kaum verständlichen Serbisch der Leute von Prokletije, den Grenzbergen zu Albanien, sein Pferd Kume döste mit hängendem Kopf, unentwegt mit dem Schwanz nach Fliegen schlagend, im Schatten vor sich hin, und zum Fluß hin entfernte sich langsam ein Reiter und verschwand hinter der Straßenbiegung.
Der Reiter! – Hatte er nicht eine karierte Jacke getragen? Es war nicht zu erkennen gewesen. Doch mit ihm verschwand auch das Gefühl der Bedrohung, die Ahnung eines nahenden Unheils... Unsinn, sagte sich Stefan, eine Täuschung, vielleicht ein kurzer Traum... Es war Zeit, weiterzureiten.

Der von Major Vukotić eingezeichnete Weg durch die Schlucht des Flusses Moravica erwies sich als ein steiniger, halsbrecherischer Steig durch eine zerklüftete, unwirtliche Felsenlandschaft. Zuweilen führte er den Reisenden auf Höhe des Flusses mit dessen zahllosen, weiß schäumenden Schnellen und Stürzen dahin, stieg dann an den steilen Felswänden empor, schlängelte sich in schwindelnder Höhe nordwärts, fiel wieder in den schattigen, kühlen Grund. Selbst Kume, obwohl unwegsames Gelände gewohnt, setzte nur langsam und vorsichtig einen Huf vor den anderen.
Noch bevor die Nacht einfiel, fand Stefan einen Lagerplatz, ein kleines, mit dichtem Gras bewachsenes Plateau über dem Fluß. Ein tief in den Boden eingebranntes, mit geschwärzten Steinen umgebenes Loch zeigte an, daß hier öfter gelagert wurde. Stefan sattelte ab, band Kume die Vorderbeine kurz, wie er das als Junge auf dem schlesischen Gut des Großvaters gelernt hatte, als sie mehrtägige Ausflüge in die Wälder der westlichen Karpatenausläufer machten, aß vom mitgebrachten Brot, Speck und Schafskäse, trank Flußwasser, wickelte sich in eine Decke und fühlte sich so glücklich und zufrieden wie schon lange nicht mehr.
War das ein Leben! Zwischen den scharf gezackten Rändern der Schluchtwände spannte sich der samtweiche Nachthimmel, an dem immer mehr Sterne aufblitzten, und das breite Band der Milchstraße lief klar und deutlich über das tiefe Blau. Kume schnaubte leise, der Ruf eines Nachtvogels klang schaurig hohl zwischen den Felswänden, als käme er von überallher, der Fluß rauschte einschläfernd. Schon im Halbschlaf, überzeugte sich Stefan ein letztes Mal, daß Mates Pistole griffbereit unter dem Sattel lag, durchgeladen und gesichert – weshalb eigentlich? Hatte er sich bis jetzt nicht auch ohne Waffe sicher gefühlt auf seinem Weg durch das Land? Er war nie gefährdet gewesen, und doch gab ihm die Berührung mit der Waffe jetzt ein beruhigendes Gefühl... Warum?
Eine Frage, die wie nebenher auftauchte und sich bald wieder in Nichts auflöste. Er schlief ein.

Das Leben im Freien hat seine Tücken. Der scheinbar ebene und glatte Platz wies, je weiter die Nacht fortschritt, um so mehr Unebenheiten und hervorstechende oder tückisch unter der dünnen Grasnarbe auf seine Knochen lauernde Steine auf. Stefan erwachte

immer wieder, wechselte die Lage, drehte sich mal auf die eine, dann auf die andere Seite, und als es nach Mitternacht empfindlich kühl wurde, begann er zu frieren. Beim ersten Tageslicht stand er auf, fast erleichtert, daß die Nacht vorbei war, kletterte hinunter zum Fluß, wusch sich mit nacktem Oberkörper in dem eiskalten Wasser, zog sich vor Kälte schlotternd und zähneklappernd an, und bald wurde ihm wärmer. Er aß wieder von seinem Brot und Speck und gönnte auch Kume ein Maul voll Hafer. Dann sattelte er das Pferd und ritt los. Die Unbequemlichkeiten der Nacht waren bald vergessen, er fühlte sich prächtig. Die Schlucht wandte sich, einer Biegung des Flusses folgend, ostwärts und tauchte mit einem Schlag ins Morgenlicht. Die Felsenzinnen erglühten in den Strahlen der aufgehenden Sonne, im perlmuttfarbenen Blau des Himmels kreisten zwei Adler, deutlich zu erkennen an ihrer Silhouette mit den breiten, fast rechteckigen Flügeln.
Drei Stunden später erreichte Stefan Medjurečje, ein kleines Dorf mit einem Dutzend verstreut stehender Häuser und einem Han. Es war Sonntag, und der Handjija schien gerade aufgestanden zu sein. Barfuß, nur mit Hose und Hemd aus grobem Leinen bekleidet, hörte er Stefans Begehren nach Kaffee und einem Führer an, der ihn zu der Stelle unterhalb des Maganik-Massives bringen könnte, wo vor fünfzehn Jahren ein Fremder verunglückt war.
»Meinst du den Österreicher, Bruder?« fragte der Handjija im singenden Dialekt der montenegrinischen Bergleute. »Den Österreicher, den man dort gefunden hat, wo später das Kreuz in den Felsen gemeißelt wurde?«
Stefan nickte.
»Eh, Bruder, Bruder, das ist ein beschwerlicher Weg! Warum willst du hin?«
»Ich bin sein Sohn.«
Der Handjija schaute Stefan scharf an, nickte einmal, zweimal, dreimal. »Also wenn du der Sohn des Unglücklichen bist, dann wird sich jemand finden, der dir den Weg zeigt. Komm herein, Bruder! Du bekommst Kaffee und etwas zu Essen und dann ... Mein eigener Sohn wird dich zu dem großen Kreuz in dem Felsen führen, so sei es!«

Des Handjijas Sohn Veljko war ein siebzehnjähriger, aufgeweckter Bursche. Behende wie eine Bergziege kletterte er durch unwegsames Gelände bergauf und bergab. Stefan hatte Mühe zu folgen. Sie hatten Kume im Dorf gelassen. Zu Fuß könne man den Weg erheblich abkürzen, hatte der Handjija gesagt. »Ein Pferd kommt dort nicht durch, nicht einmal ein Maulesel, nur der Fuß eines Montenegriners kann Tritt fassen. Du aber bist ein Fremder, Bruder, traust du dir das zu?«
Anders als in den trostlos verkarsteten Gebieten südlich des Flusses Morača waren hier die Berge mit dichten Wäldern bestanden, Urwäldern, die um so wilder und unzugänglicher wurden, je weiter sie nach Westen vordrangen. Darin gäbe es Bären, Wölfe und Luchse, erzählte Veljko, als sie auf einer grasbewachsenen Bergkuppe rasteten. Von hier aus öffnete sich der Blick auf den mächtigen Rücken des Maganik im Süden, auf die Gipfel des Stožac und Tali im Norden, die fernen Felswände des Komovi im Osten, kaum sichtbar im Dunst des Sommertages. Unter ihnen wand sich die enge Schlucht eines Morača-Zuflusses durch die Urwälder.
»Dort unten, siehst du, Bruder, dort unten ist das Kreuz.« Veljko zeigte auf einen scharfen Einschnitt, der im rechten Winkel zum Gebirgsbach stieß. »Dort hat man vor fünfzehn Jahren den Fremden gefunden, der dein Vater war. Jäger haben ihn gefunden. Sie verfolgten einen alten Bären, der begonnen hatte, Schafe zu schlagen. Sie folgten seiner Spur und fanden den Toten – Gott, der Herr, sei ihm gnädig!«

Das Kreuz war über drei Meter hoch. Man hatte es in einen senkrechten, im Laufe von Jahrmillionen von Wind und Wetter glattgeschliffenen Granitfelsen eingemeißelt. Darunter stand, gleichfalls in den Felsen gemeißelt:

Hier starb
KARL MEYSTER
anno domini 1899
Wir gedenken seiner in Liebe und Trauer
Frau Christina, Sohn Stefan

»Was bedeutet die Schrift?« fragte Veljko mit gedämpfter Stimme. Er hatte die Mütze abgenommen, stand nun neben Stefan und schaute das Kreuz an, als würde er es zum erstenmal sehen.
Stefan übersetzte es ihm.
»Und du bist sein Sohn Stefan?«
»Ich bin Stefan.«
»Von dort oben ist er gestürzt.« Veljko zeigte nach oben, auf den Rand der Schlucht, die hier etwa vierzig oder fünfzig Meter tief und an der Sohle, wo sie jetzt standen, fast eben war. »Hoch ist das, höher als die höchste Kirche! Er muß auf der Stelle tot gewesen sein.«
»Er starb nicht hier«, sagte Stefan wie unter Zwang. »Man hat ihn ermordet und dann hier hinuntergeworfen.«
»*Bože moj,* Bruder, was sagst du da!?« Veljko starrte Stefan mit großen Augen an.
»Du hast es gehört.«
»Wer soll das getan haben? Wer?«
»Ich weiß es nicht, aber ich werde es erfahren.«
»Bist du deshalb hierhergekommen, Bruder? Aus dem fernen Österreich hierher nach Montenegro?«
Stefan gab keine Antwort. Er pflückte einen Strauß Wiesenblumen und legte sie unter das Kreuz, so wie er es der Mutter versprochen hatte. Dann baute er mit Steinen einen Windfang, stellte eine mitgebrachte Kerze hinein und zündete sie an. Wortlos half ihm Veljko dabei. Als sie mit ihrer Arbeit fertig waren, ging er abseits, setzte sich in den Schatten und wartete geduldig eine halbe, vielleicht auch eine ganze Stunde, bis Stefan das Zeichen zum Aufbruch gab.

Im Dorf hatte sich herumgesprochen, wer gekommen war. Alle Dorfbewohner standen vor ihren Häusern und schauten ihnen schweigend entgegen, als sie aus dem Wald traten und zum Han gingen. Dort wartete der Dorfälteste und bot Stefan an, in seinem Hause zu übernachten. »Heute nacht, morgen, du kannst bleiben, solange du willst, Bruder. Wir heißen dich willkommen.«
Stefan bedankte sich. Er wollte weiter – und vor allem wollte er nicht Rede und Antwort auf die neugierigen Fragen stehen, die man an ihn richten würde. Nun tat es ihm leid, daß er Veljko die Wahrheit erzählt hatte – zwar nur einen kleinen Teil der Wahrheit,

aber immerhin so viel, daß man in diesem Dorf auf Wochen, Monate, mag sein Jahre hinaus Gesprächsstoff haben und alle möglichen Spekulationen über ihn, den toten Vater und dessen Mörder anstellen würde.*
Unter dem Datum des 28. Juni 1914 trug Stefan in sein Tagebuch ein:

»... Veljkos Frage, ob ich deshalb nach Montenegro gekommen sei, um nach den Mördern zu suchen, habe ich nicht beantwortet. Natürlich bin ich nicht deshalb gekommen! Und natürlich will ich nicht Detektiv spielen und das herauszufinden versuchen, was ein Wojwoda Bošković seit fünfzehn Jahren nicht fertiggebracht hat! Trotzdem habe ich das Gefühl, als würde ich mich in irgend etwas verstricken, in ein unsichtbares Netz. Irgend etwas treibt mich weiter, zwingt mich, Überlegungen anzustellen, die ich noch vor wenigen Tagen von mir gewiesen hätte.
Während des ganzen Tages denke ich mehr und intensiver an Zuhause, an Mama, den Großpapa. Ob das damit zusammenhängt, daß ich die Schlucht mit dem Kreuz aufgesucht habe und zwangsläufig auch an Menschen denke, die damit in Verbindung stehen? Das Kreuz und die Inschrift hat Mama in Auftrag gegeben, nun habe ich auch ihren Wunch erfüllt, Blumen hingelegt und eine Kerze angezündet. Irgendwie komme ich mir plötzlich ausgesetzt vor, allein, auch ein wenig deprimiert. Das Hochgefühl der ersten Tage dieser Reise ist verflogen, die Erinnerung an das, was damals geschehen ist, bedrückt mich.

* Obwohl nur einen guten Monat später der Erste Weltkrieg ausbrach und im Dezember 1915/16 in dieser Gegend und nördlich davon die überaus erbittert geführte Schlacht von Mojkovac stattfand, in der es den Montenegrinern gelang, die weit überlegenen Österreicher vorübergehend aufzuhalten und zurückzudrängen, wurde die Erinnerung an den Toten in der abgelegenen Schlucht von späteren Ereignissen nicht überlagert. Eine neue Legende entstand: Man erzählte immer wieder von dem toten Österreicher und von seinem Sohn, der eines Tages gekommen war, um Blumen unter das Kreuz zu legen, eine Kerze anzuzünden und zu sagen, daß der Fremde nicht verunglückt, sondern ermordet worden sei. Heute noch erzählen alte Leute von der geheimnisumwitterten Geschichte, schmücken sie aus, geben sie an jüngere weiter. Und heute noch kann man in der unzugänglichen Schlucht das Kreuz sehen, so schwer zu erreichen wie ehedem, und die in den Granitfelsen eingemeißelte Schrift ist noch immer so deutlich und klar zu lesen wie vor fast hundert Jahren.

Diese Eintragung mache ich, nachdem ich Medjurečje verlassen habe und am Fluß raste. Kolašin ist nicht mehr weit, dort werde ich übernachten. Morgen reite ich zum Landhaus des Wojwoda Bošković, wo Papa ermordet worden ist. Wohlan, Kume, es ist Zeit, laß uns aufbrechen!«

3. Kapitel

Ideale der Jugend. Einheit südslawischer Völker, aber nicht unter Österreich. In einer Staatsform, Republik oder so. Dachte, daß, wenn Österreich in eine schlechte Lage gebracht, dann würde eine Revolution kommen. Aber für eine solche Revolution muß man das Terrain vorbereiten. Schon vorher Attentate, die Attentäter waren wie Heroen für unsere Jugend. Ich habe nicht gedacht, ein Heros zu werden. Wollte bloß für die Idee sterben.

Gavrilo Princip, 19, Schüler

Entsetzlich! Der Allmächtige läßt sich nicht herausfordern. Eine höhere Gewalt hat wieder jene Ordnung hergestellt, die ich leider nicht zu erhalten vermochte.

Franz Joseph, 84, Kaiser

Ein Knoten wird geknüpft

Am gleichen Tag, als Stefan diese Tagebucheintragung machte, am 28. Juni 1914, verknüpften sich die vielfältigen Fäden der Geschichte zu einem jener Knoten oder auch Kristallisationspunkte, die eine historische Epoche beenden und eine neue einleiten. In diesem Fall kann man aber auch einen anderen Vergleich heranziehen und von einem Brennpunkt sprechen, Brennpunkt Sarajewo, wo für Europa – und die Welt – ein Brand von unvorstellbaren Ausmaßen entfacht wurde.

Einer der historischen Fäden, die nach Sarajewo führen, beginnt in Belgrad, im Hinterzimmer des gutbürgerlichen Restaurants *Kolarac*, bekannt und geschätzt durch sein vorzügliches Essen und den gut sortierten Weinkeller.

Am 15. Juni 1914 fand hier die routinemäßige Zusammenkunft der führenden Köpfe des Geheimbundes *Crna ruka* statt, von dem bereits die Rede war. Was der Chef des Geheimbundes, Dragutin Dimitrijević, genannt *Apis*, der Stier, Oberstleutnant im serbischen Generalstab und Chef des militärischen Nachrichtendienstes, an diesem Abend berichtete, hatte mit der Routine allerdings nichts mehr zu tun. Er selbst und sein Vize, Major Tankosić, hatten die Pläne der Geheimorganisation *Mlada Bosna* gutgeheißen, wonach der österreichisch-ungarische Thronfolger, Erzherzog Franz Ferdinand bei seinem bevorstehenden Besuch in Sarajewo getötet werden sollte. Man habe die notwendigen Waffen zur Verfügung gestellt. Die mit dem Attentat beauftragten Mitglieder des Bundes *Mlada Bosna* seien bereits in Sarajewo:

»Der Grenzübergang erfolgte ohne Probleme. Unser Mann an der Grenze, Malobabić, hat gute Arbeit geleistet. Alle Vorbereitungen,

um den Erzherzog zu liquidieren, sind abgeschlossen. Nach menschlichem Ermessen muß das Attentat erfolgreich verlaufen.«
Die Frage eines Kommitee-Mitgliedes, weshalb man ausgerechnet den Habsburger »liquidieren« wolle, und ob dies nicht die Gefahr eines verheerenden, für Serbien kaum zu gewinnenden Krieges heraufbeschwöre, beantwortete Dimitrijević wörtlich: »Franz Ferdinand ist ein Hauptträger der Idee von der Ausweitung Österreich-Ungarns nach Südosten, das heißt der Eroberung und Unterwerfung Serbiens. Durch sein Verschwinden wird die Tendenz zum Krieg und damit auch die Kriegspartei in Österreich-Ungarn an Kraft und Durchsetzungsvermögen verlieren. So wenden wir – zumindest für die nächste Zukunft – auch die Gefahr des Krieges gegen unser Land ab.«
Es ist kaum anzunehmen, daß Dimitrijević an seine eigenen Argumente glaubte. Dafür war er viel zu sehr Realist und außerdem zu gut informiert. In Wahrheit dürfte ihm sehr wohl bekannt gewesen sein, daß gerade das Gegenteil von dem zutraf, was er den zaudernden Mitgliedern des Kommitees einzureden versuchte, daß nämlich Erzherzog Franz Ferdinand ein entschiedener Gegner kriegerischer Verwicklungen war. Ein Attentat auf ihn würde der Kriegspartei Österreich-Ungarns, deren herausragende Persönlichkeit der Generalstabschef Conrad von Hötzendorf war, neuen Auftrieb geben und einen Krieg wahrscheinlicher machen.
Wahrscheinlich ist auch, daß Dimitrijević genau das beabsichtigte. Ein großer europäischer Krieg war die einzige Möglichkeit, mit Hilfe Rußlands Österreich-Ungarn zu zerschlagen und eine Vereinigung aller Südslawen unter serbischer Führung in einem Staat zu erreichen.
Bevor er den endgültigen Entschluß faßte, das Attentat durchführen zu lassen, holte sich Dimitrijević allerdings Rückendeckung beim russischen Militärattaché in Belgrad, Oberst Artamanow. Mit Wissen und Billigung des russischen Botschafters Nikolai Henriković von Hartwig habe Artamanow verbindlich zugesagt, daß Serbien im Falle eines Krieges mit Österreich-Ungarn nicht alleinstehen würde und mit russischer Hilfe und Unterstützung rechnen könne, berichtete er den Mitgliedern des Kommitees. Daraufhin wurde sein Vorgehen einstimmig gebilligt.
Man war sich darüber im klaren, daß es auf die nächsten Wochen

ankam, daß eine schwere internationale Krise – vorausgesetzt, das Attentat in Sarajewo glückte – unausweichlich war, und man verabschiedete sich voneinander mit dem traditionellen Verschwörergruß *Ujedinjenje ili smrt* – Vereinigung oder Tod.

Als die oben beschriebene Zusammenkunft in Belgrad stattfand, befand sich Erzherzog Franz Ferdinand bereits auf der Reise nach Bosnien. Der Weg führte ihn mit der Bahn nach Triest, von dort mit dem Panzerkreuzer und Flaggschiff der k.u.k. Kriegsmarine *S.M.S. Viribus unitis* bis zur Narenta-Mündung und anschließend mit der Yacht *Dalmat* nach Metković. Über Land ging es weiter nach Mostar und Sarajewo. Seine Frau Sophie sollte dem Erzherzog nach Bad Ilidže bei Sarajewo über Budapest vorausreisen. In Ilidže, so wurde geplant, sollte sich das Paar treffen, nach Abschluß der Manöver der k.u.k. Streitkräfte Sarajewo besuchen und besichtigen, und sich dort von den Vertretern der Militärregierung und der Stadt, aber auch von der Bevölkerung angemessen huldigen lassen. Über die Möglichkeit eines Anschlages – nicht nur während dieser Reise nach Bosnien – war sich der Erzherzog im klaren. »Er sprach oft und vollständig ohne Pose über diese Eventualitäten«, berichtete Ottokar Graf Czernin, k.k. österreichisch-ungarischer Gesandte in Bukarest über die Todesahnungen des Thronfolgers. Er habe die Mitteilung bekommen, daß eine Freimaurerloge seinen Tod beschlossen hätte.
Tatsächlich gehörten einige Mitglieder der *Schwarzen Hand* der Belgrader Loge *Pobratim* – Gebrüder – an. Auch soll ein Schweizer Freimaurer über Franz Ferdinand gesagt haben, daß er ungewöhnlich begabt und auch sonst hervorragend sei, ». . . nur schade, daß er verurteilt wurde und auf dem Weg zum Thron sterben wird«.
Mit diesen Stimmen, die ihm einen gewaltsamen Tod prophezeiten, fand sich Franz Ferdinand ab. »Wir« – damit meinte er alle Kaiser, Könige und Kronprätendenten – »sind als Zielscheiben für alle möglichen Attentäter ausersehen worden. Diese Fanatiker nehmen selbst den eigenen Tod in Kauf für den Ruhm, einen von uns erledigt zu haben und somit in die Geschichte einzugehen.« Allerdings war er auch der Meinung, daß »angekündigte Attentate glücklicherweise nur selten zur Ausführung gelangen«. Ernster als er nahm seine Frau Sophie die vielfältigen Attentatsdrohungen. Czernin: »Die arme

Frau hat, glaube ich, die Katastrophe, der sie und ihr Mann schließlich zum Opfer gefallen sind, hundertmal im Geist vorausgesehen.« Als gläubig praktizierender Katholik hat der Erzherzog mit seinem Beichtvater, dem Kapuzinerpater Fischer, über die Möglichkeiten eines plötzlichen und gewaltsamen Todes gesprochen. Der Pater riet ihm in einem seiner Briefe: »Gewöhnen Sie, Eure Kais. Hoheit, sich an, vor jeder Reise, an jedem Abend recht innige Reue über alle Armseligkeiten des Tages und des ganzen Lebens zu erwerben, damit einen jeden Augenblick wir vor Gott hintreten können, auch wenn der Priester nicht an unserer Seite wäre.«

Am 25. Juni 1914 traf Erzherzog Franz Ferdinand aus Mostar kommend in Ilidže ein. Auf dem Bahnhof wurde er von seiner Frau Sophie begrüßt, die über Budapest hierher gereist und vor ihm eingetroffen war. Für das Thronfolgerpaar wurde Quartier im *Hotel Bosna* gemacht, das idyllisch in einem Park lag und vom Publikum geräumt werden mußte. Die Appartements waren mit Teppichen und Blumenarrangements geschmackvoll eingerichtet worden, die Atmosphäre war freundlich und gelöst.
26. Juni: Der Thronfolger machte nach der Rückkehr vom Manöverfeld mit seiner Frau Einkäufe in den Bazaren von Sarajewo. Die Besucher waren vom orientalischen Zauber der Altstadt entzückt. Allerdings fühlte sich der Thronfolger wegen der blau-weiß-roten serbischen Fahnen unangenehm berührt, die überall neben den österreichisch-ungarischen zu sehen waren. Dies sei auf *Vidovdan* zurückzuführen, den St. Veit-Tag, den größten serbischen Nationalfeiertag, den man auch hier feierlich begeht, erklärte man ihm.
Das hohe Paar wurde von der Bevölkerung freundlich begrüßt. Das Volk drängte sich so dicht heran, daß sich das Gefolge mitunter mit Gewalt den Weg bahnen mußte. Die bedrückte Stimmung, in der sich vor der Abreise nach Bosnien sowohl der Erzherzog als auch seine Frau gefunden hatten, war endgültig verflogen. Die Manöver waren glatt verlaufen, der Anblick der vielen, gut ausgebildeten Truppen hatte die Zuversicht des Thronfolgers gestärkt, daß man auch in dieser Ecke der Monarchie für alle Eventualitäten gerüstet sei. So telegrafierte er an Kaiser Franz Joseph nach Bad Ischl, er sei höchst befriedigt, welch »vorzüglichen Geist, welch hohen Grad der Ausbildung und Leistungsfähigkeit« die Truppe gezeigt habe.

Ein dritter Faden führt nach Ilidže, wo am 27. Juni abends eine große Hoftafel für ausgesuchte Beamte der Verwaltung und Hohe Geistlichkeit stattfand. Während das Bankett in vollem Gange war – Generalfeldzeugmeister Oskar Potiorek hielt gerade seine Huldigungsrede – kam vor das Hotel »Bosna« eine Droschke vorgefahren, der ein Mann mit Anzeichen großer, nur mühsam bekämpfter Erregung entstieg und Einlaß begehrte. Die Posten hatten strikte Anweisung, nur geladene Gäste einzulassen und wiesen ihn ab. Der Mann, der in seinem verstaubten und zerknittert wirkenden Reiseanzug inmitten der Abendroben der Zivilisten und Galauniformen der Offiziere fehl am Platze schien, verlangte den wachhabenden Offizier zu sprechen. Obwohl er nicht sehr vertrauenserweckend aussah, tat er dies mit solcher Autorität, daß man seinem Verlangen nachgab.
Dem Wachhabenden, einem Oberleutnant, wies sich der Fremde als ein Angehöriger der k.k. österreichisch-ungarischen Botschaft in Belgrad aus. Er müsse sofort – das *sofort* wiederholte er mit Nachdruck – in einer Angelegenheit, die keinen Aufschub dulde, mit dem Generalfeldzeugmeister Oskar Potiorek persönlich sprechen. Dies sagte er mit seiner tiefen, wohlklingenden, jetzt vor Erregung vibrierenden Stimme so eindringlich, daß der Oberleutnant einen Augenblick tatsächlich überlegte, ob er dem ungewöhnlichen Ansinnen stattgeben und den Generalfeldzeugmeister – dieser hatte seine Rede inzwischen beendet – holen sollte. Doch er brachte den Mut nicht auf und holte stattdessen seinen direkten Vorgesetzten, Oberstleutnant von Nikolić, der mit einigen anderen Offizieren ziemlich nah am Eingang des Bankettsaales saß.
Damit nahm das Verhängnis seinen Lauf, obwohl andererseits keineswegs sicher ist, daß der Fremde bei Potiorek mehr Gehör gefunden hätte als bei Nikolić.
Der Oberstleutnant musterte den Zivilisten, den er um einen ganzen Kopf überragte, mit großem Mißfallen. Ein Beamter der Belgrader Botschaft ohne nähere Bezeichnung des Ranges, der eine besonders wichtige Mitteilung an seine Exzellenz, den Generalfeldzeugmeister persönlich hatte? Lächerlich! Mit Sicherheit ein subalterner Beamter, südslawischer Abstammung, nach seinem Akzent zu urteilen, der sich wichtig tat! So hörte der Oberstleutnant nur sehr ungeduldig zu, als ihm der Zivilist in einer Ecke der Hotelhalle

auseinandersetze, weshalb er Potiorek unverzüglich sprechen wolle. Er, so führte er aus, habe absolut zuverlässige Informationen, daß auf das Hohe Paar, den Erzherzog und seine Gattin, ein Attentat verübt werden solle. Die Attentäter, fanatische, zu allem entschlossene Mitglieder der Geheimorganisation *Mlada Bosna*, seien bereits seit Tagen in Sarajewo. Das Attentat sei mit großer Präzision vorbereitet worden und...

»Und woher haben Sie diese Informationen, Herr, Herr...« unterbrach Oberstleutnant von Nikolić den Zivilisten.

»Gradišnik, Dr. Lotar Gradišnik!« sagte der Fremde. Dies sei, zum Teufel noch einmal, doch völlig gleichgültig, fuhr er dann zornig fort. Die Informationen hätte man eben, das sollte genügen! Der Besuch des Thronfolgerpaares in Sarajewo müsse abgesagt werden, weiterhin müsse man dafür sorgen daß...

»Ach ja, absagen, natürlich!« unterbrach ihn der Oberstleutnant wieder. »Aufgrund einer obskuren Meldung seitens... seitens eines Zivilisten!« Das *Zivilisten* spuckte er mit abgrundtiefer Verachtung gleichsam aus. »Wie stellen Sie sich das eigentlich vor? Und nun hören Sie, Herr Doktor Sowieso. Selbst wenn diese Meldung zutreffen sollte, selbst wenn es diese Attentäter wirklich gäbe, wir, hören Sie, *wir* die Militärverwaltung und damit die Armee, haben den Schutz der Hohen Gäste übernommen. Die Armee garantiert für ihre Sicherheit. Das sollte Ihnen genügen!«

»Ist das Ihr letztes Wort? Werden Sie den Generalfeldzeugmeister also nicht verständigen?« fragte der Zivilist resigniert.

»Ich werde mich hüten!« sagte Oberstleutnant von Nikolić. Damit war das Gespräch* beendet.

* Über dieses von der offiziellen Geschichtsschreibung weitgehend unbeachtete Gespräch berichtet der ehemalige Sonderbeauftragte des k.k. Außenministeriums in Belgrad, Dr. Lotar pl. Gradišnik in seinen 1923 in Ljubljana erschienenen Erinnerungen: »... Die Militärverwaltung in Sarajewo, in diesem Fall personifiziert durch Oberstleutnant von Nikolić, nahm diese letzte Warnung von dem bevorstehenden Attentat genausowenig ernst wie die erste, Anfang Juni. Damals hatte der serbische Botschafter in Wien dem k.k. Finanzminister Bilinski, dem die Verwaltung Bosniens und Herzegowinas unterstand, mitgeteilt, daß seine Regierung den begründeten Verdacht hege, der Erzherzog solle in Bosnien einem Attentat zum Opfer fallen. Es ist allerdings zu bezweifeln, daß Potiorek anders reagiert hätte als von Nikolić. In ihrem verhängnisvollen Hochmut ließen sich die Militärs von den verachteten und, nach ihrer Meinung, weit unter ihnen rangierenden Zivilisten nichts sagen, ja oft taten sie gerade das Gegenteil von dem, was man ihnen empfahl.«

Am Morgen des 28. Juni wohnten der Erzherzog und seine Frau in Bad Ilidže einem Frühgottesdienst bei. So begann dieses tiefreligiöse Paar stets den 28. Juni, einen der wichtigsten Jahrestage in ihrem Leben:
Vierzehn Jahre zuvor, am 28. Juni 1900, hatte Erzherzog Franz Ferdinand in der Ratsstube der Wiener Hofburg vor dem Kaiser und einer Versammlung von Erzherzögen, Ministern und Geheimen Räten sowie den Kardinälen von Österreich und Ungarn feierlich unter Eid auf die Ebenbürtigkeit seiner Ehe und die Thronfolge seiner Kinder verzichten müssen. Das war der ihm von Kaiser Franz Joseph aufgezwungene Preis für die Heirat mit der Gräfin Sophie Chotek. Zwei Tage später, am 1. Juli 1900, wurde das Paar in aller Stille in der Schloßkapelle zu Reichstadt in Böhmen getraut. Das einzige Zugeständnis des Kaisers, der dem Thronfolger diese unebenbürtige Heirat nie verziehen hat, war die Erhebung der Gräfin in den Stand einer Fürstin von Hohenberg mit dem Prädikat *Fürstliche Gnaden*.
Es wurde wider Erwarten eine gute Ehe. Der Erzherzog liebte seine Frau und seine drei Kinder Sophie, Maximilian und Ernst mit einer Zärtlichkeit, die diesem unwirschen, herrischen und unduldsamen Mann kaum jemand zugetraut hätte. Er litt unter den Kränkungen, denen Sophie seitens des Hofzeremoniells ständig ausgesetzt war, mehr als sie selbst.
Das Hofzeremoniell – offiziell »spanisches Hofzeremoniell« genannt – ging auf Kaiser Karl V. (1500–1558) zurück, der die strenge spanische Etikette am deutschen Kaiserhof eingeführt hatte. Weiter ausgebaut und vervollkommnet wurde sie durch Kaiser Rudolf II. (1552–1612), der seine Jugend in Spanien verbracht hatte, sowie durch Leopold I. (1640–1705), einem hochmütigen, unnahbaren Mann und Freund steifer Umgangsformen. In den letzten Jahrzehnten der Regierung Kaiser Franz Josephs wurde das spanische Hofzeremoniell, das für jede Handlung und buchstäblich jeden Vorgang bei Hofe genaue Anweisungen und Instruktionen enthielt – bis hin zum nächtlichen Besuch des Kaisers bei seiner Gemahlin zwecks Zeugung von Nachkommen mit der anschließenden Vollzugsmeldung – zwar etwas liberalisiert, bildete aber noch immer ein ehernes Korsett von Regeln und genau vorgeschriebenen Verhaltensweisen, gültig für das gesamte Leben am Hof.

Die oberste Aufsicht über das Wiener Hofzeremoniell hatte der kaiserliche Obersthofmeister Fürst Montenuovo. Schon dem Erzherzog Franz Ferdinand nicht freundlich gesinnt, hegte er gegen dessen unebenbürtige Frau einen an Haß grenzende Abneigung. Er hielt sie für ehrgeizig, geltungssüchtig und machthungrig und nützte jede sich bietende Gelegenheit, sie zu demütigen. War man bei Hofe unter sich und war Franz Ferdinand dabei erwünscht oder dazu befohlen, so durfte er nur ohne seine Frau erscheinen. Von den Familientafeln war sie ausgeschlossen. Empfängen der Kaiserfamilie und Festen zu Ehren fremder Fürsten und Könige durfte sie nicht beiwohnen. Bei offiziellen Anlässen, zu denen sie zugelassen wurde, durfte sie nicht an der Seite ihres Mannes gesehen werden. Er war ein Erzherzog, kaiserliche Hoheit und Thronfolger, sie aber war nur eine ihm unebenbürtige, »zur linken Hand« angetraute Gattin.

Dies war der Grund, weshalb Franz Ferdinand seine Frau mit nach Bosnien genommen hatte. Die Reise war bisher zu ihrer vollen Zufriedenheit verlaufen. Man hatte Sophie wie eine Königin empfangen und geehrt, sie mußte keine Demütigungen erdulden, sie war neben ihm die Erste. Und eben das sollte sein Geschenk an sie sein. Denn zum vierzehnten Mal jährte sich der Tag, an dem sich seine Liebe stärker erwiesen hatte als alle dynastischen Erwägungen und Rücksichten.

Nach der Messe beugte sich der Erzherzog zu seiner Frau: »Jetzt nur noch der offizielle Besuch in Sarajewo, dann haben wir's überstanden. Ich bin froh, wenn wir wieder bei den Kindern zu Hause sind. Laß uns eine Depesche an sie schicken.«

Aus dem Hotel Bosna in Ilidže telegraphierte das Ehepaar nach Chlumez in Böhmen, wo sich die Kinder aufhielten, daß sie wohlauf seien und sich auf das Wiedersehen freuten. Es war dies ihre letzte Depesche und die letzte Nachricht, die ihre Kinder von ihnen bekamen.

Auch der Tod konnte sie nicht scheiden

Die Ankunft des hohen Paares in Sarajewo wurde durch vierundzwanzig Salutschüsse von der Bastion des Kastells angekündigt. Um

diese Zeit waren längs der breiten, von Platanen umsäumten Uferstraße, dem *Miljačka-Kai*, sieben Attentäter postiert, alle Mitglieder der *Mlada Bosna*: Ilić, Princip, Čabrinović, Grabež, Popović, Čubrilović und Mehmedbašić. Der Kai führte zum Rathaus, wo das Thronfolgerpaar von bosnischen Würdenträgern empfangen und begrüßt werden sollte.
Der älteste der Attentäter und zugleich ihr Anführer war Danilo Ilić, ein fünfundzwanzigjähriger Mann, Lehrer, von den Landesbehörden wegen »verschwörerischer Umtriebe und großserbischer Propaganda« aus dem Schuldienst entlassen. Er selbst war mit einer Pistole, die anderen mit Pistolen oder Wurfbomben bewaffnet. Sie warteten an den zuvor bestimmten Stellen der rund sechshundert Meter langen Kaistrecke auf die Wagenkolonne des Thronfolgerpaares. Der verhaßte Habsburger sollte durch ein Spalier von Feinden fahren. Gelang es dem ersten nicht, ihn zu töten, warteten sechs andere auf ihre Chance.
Um zehn Uhr vormittags bog die Autokolonne mit den Hohen Gästen auf den Miljačka-Kai ein. Zuschauer empfingen sie mit freundlichen Zurufen und warmem Applaus. Aus den Fenstern einer Schule für höhere Töchter hingen winkende, *Živio* und *Hoch* rufende Mädchen. Darunter, eingekeilt in der Menge schräg vor sich den Rücken eines Gendarms, stand Danilo Ilić. Im dritten Wagen sah er den Erzherzog sitzen: grüne, in der Sonne metallisch glänzende, im Fahrtwind flatternde Federn auf dem Generalshut, darunter das grobschlächtige Gesicht mit dem gesträubten, aufwärts gezwirbelten Schnurrbart. Helle, die Menschenmenge kalt musternde Augen. Ein zu enger Uniformkragen, der aussah, als müßte er ihm die Luft abschnüren. Neben ihm seine Frau Sophie, in Weiß, blaß unter dem breitrandigen Hut, der ihr angespannt wirkendes Gesicht beschattete. Dem hohen Paar gegenüber saßen Feldzeugmeister Potiorek und Graf Harrach vom Automobilkorps.
Ilić sah keine Möglichkeit, durchzubrechen und auf den Erzherzog zu schießen. Doch Čubrilović und Mehmedbašić auf der Straßenseite gegenüber standen frei. Sie trugen Bomben bei sich – warum warfen sie sie nicht? *Warum werfen sie die Bomben nicht?* fragte sich Ilić wütend und verzweifelt zugleich.
Doch Čubrilović und Mehmedbašić hatte der Mut verlassen; sie

ließen wie erstarrt die langsam fahrende Wagenkolonne passieren. Ilić schob sich durch die Zuschauerreihen nach hinten und lief den Wagen nach. Im Laufen entsicherte er seine automatische Pistole. Doch er kam nicht dazu, zu schießen.

Unter den Rufen der Menge und dem Knattern der Automobile plötzlich ein schwacher Knall. Die Herzogin zuckte zusammen, griff sich an den Nacken. Im nächsten Augenblick flog ein kleiner, dunkler Gegenstand in hohem Bogen durch die Luft und blieb auf dem zurückgeschlagenen Verdeck des Automobils liegen. Die Hand des Erzherzogs fuhr mit einer wie beiläufigen Bewegung empor und streifte ihn auf die Straße. Es war die Bombe, die der Drittpostierte auf der Flußseite des Kais, Nedjelko Čabrinović, geworfen hatte. Sie explodierte mit berstendem Knall vor dem nachfolgenden Wagen. Das Automobil schleuderte, stellte sich quer, blieb stehen. Offiziere stürzten auf die Straße, zwei wurden verletzt.

Der Erzherzog ließ seinen Wagen anhalten und erkundigte sich nach ihnen – eine noble und gleichzeitig unverantwortlich leichtsinnige Geste angesichts der Erfahrung, daß bei solchen Anschlägen in der Regel mehrere Attentäter aufgeboten waren.

Potioreks Adjutant, Oberstleutnant von Merizzi, blutete stark aus einer Kopfwunde. Man brachte ihn zu einem nahen Arzt und dann ins Garnisonsspital. Der zweite Offizier war nur leicht verletzt.

Das Thronfolgerpaar setzte nun die Fahrt zum Rathaus fort. Dort herrschte der Erzherzog den zur Begrüßungsrede ansetzenden Bürgermeister an:

»Was habe ich von Ihren Reden? Ich komme nach Sarajewo zu Besuch und werde mit Bomben empfangen. Es ist empörend! So – und jetzt können Sie weitermachen!«

Der Empfang, der dem Bosnien-Besuch einen feierlich würdigen Abschluß und zugleich den krönenden Höhepunkt hätte geben sollen, verlief – wie unter diesen Umständen nicht anders zu erwarten – in frostiger, beklommener Atmosphäre. Es war als ahnten die Anwesenden, was weiter geschehen würde. Viele von ihnen waren Mohammedaner. Sie wußten um die eherne Macht des Schicksals. Die erste auf ihn geworfene Bombe hatte den Mann aus dem fernen Wien nicht getötet – aber war es nicht wahrscheinlich, ja fast sicher, daß draußen weitere Attentäter auf ihre Chance warteten? Falls ihn auch die zweite Bombe verfehlen sollte, dann traf ihn vielleicht eine dritte oder vierte: War es dem Österreicher vorbestimmt, in Sarajewo zu sterben, dann konnte nichts sein Schicksal abwenden.

Nachdem die Bombe explodiert war, sprang der Attentäter Čabrinović vom Kai in das Flußbett. Durch das seichte Wasser watend verschluckte er die Zyankali-Kapsel, die jeder Attentäter bekommen hatte. Doch das Gift wirkte nicht. Čabrinović wurde davon nur so übel, daß er sich erbrechen mußte. Noch im Flußbett holten ihn nachspringende Gendarmen und Zivilisten ein und nahmen ihn fest; nur mit Mühe konnte man ihn vor der aufgebrachten Menge schützen, die ihn lynchen wollte.
Das alles sah auch der achtzehnjährige Gymnasiast Gavrilo Princip. Als ihm klar wurde, daß zunächst das Attentat und dann auch der Selbstmordversuch seines Freundes gescheitert waren, erwog er für einen Augenblick, zuerst den verhafteten Nedjelko Čabrinović und dann auch sich selbst zu erschießen. Doch er gab den Gedanken auf; in dem Gedränge um Čabrinović hätte er keine Möglichkeit gehabt, das Vorhaben auszuführen. So wanderte er ziellos durch die Straßen und ging schließlich in ein nur gut hundert Meter vom Rathaus entferntes Café. Dort trank er eine Tasse Kaffee, zahlte, trat auf die Straße – und sah nur wenige Meter entfernt das Auto mit dem Erzherzog langsam heranfahren...
Über die beiden Schüsse, die eine ganze Welt aus den Angeln gehoben haben, berichtet als ein Augenzeuge der bereits erwähnte Dr. Lotar pl. Gradišnik (*pl.* steht für *plemeniti*, was auf slowenisch *edler* bedeutet, also ein Mann von Adel), der in seinen Erinnerungen schreibt:

»Verärgert über die arrogant-schroffe Abweisung durch Oberstleutnant von Nikolić in Ilidže und zugleich voll von unguten Ahnungen wollte ich dem Empfang des Thronfolgerpaares in Sarajewo fernbleiben. Doch dann trieben mich die Neugierde und eine starke innere Unruhe doch aus dem Hotel. Ich trat gerade auf die Straße, als ich in der Ferne den Knall der Bombe hörte, die Čabrinović geworfen hatte... Die Straßen waren voller erregt diskutierender Menschen, doch keiner wußte etwas Genaues. Ich ging die Strecke ab, die vorhin die Wagenkolonne des Erzherzoges gefahren war, wohl wissend, daß es außer dem verhafteten Čabrinović noch fünf

oder sechs weitere Attentäter gab. Unter ihnen war wohl der gefährlichste Danilo Ilić. Ich fürchtete, daß es nach dem mißglückten ersten Anschlag weitere Versuche geben würde. Andererseits erschien mir unmöglich, daß man seitens des Militärs das Hohe Paar weiteren Gefahren aussetzen würde. Auf meinem Weg in Richtung Rathaus hielt ich trotzdem Ausschau nach verdächtigen Personen, jungen Männern, mir durch Fotografien bekannt. Danilo Ilić kannte ich persönlich. Entdecken konnte ich jedoch keinen von ihnen, was auch ein großer Zufall gewesen wäre in der hin und her wogenden Menschenmenge.
Ich erreichte gerade die Ecke zum Miljačka- oder Appell-Kai gegenüber der Lateinerbrücke, als eine Autokolonne aus Richtung Rathaus heranfuhr. Der erste Wagen bog in die Franz-Joseph-Straße ein, der zweite folgte. In ihm saßen der Erzherzog, seine Frau Sophie und Feldzeugmeister Potiorek. Graf Harrach stand auf dem Trittbrett neben dem Thronfolger.
Als der Wagen in die Franz-Joseph-Straße einbog, rief Potiorek dem Chauffeur etwas zu. Der Wagen hielt an, begann zu wenden. In diesem Augenblick entstand drüben, auf der anderen Seite der Straße eine Bewegung. Für eine Sekunde tauchte ein blasses Gesicht auf. Ich sah es nur einen Herzschlag lang und erkannte es doch sofort. Es war das Gesicht des Gymnasiasten Gavrilo Princip, in dem Augenblick, bevor er die Pistole gehoben und geschossen hatte.
Der Schuß, der gleich darauf fiel, war eigentlich nicht sehr laut zu hören. Die Frau des Thronfolgers versuchte aufzuspringen – da fiel der zweite Schuß. Sie sank zurück auf den Sitz, lehnte sich an den Erzherzog, sackte ganz langsam in sich zusammen und fiel seitlich und vornüber über seine Knie. Der Erzherzog blieb starr sitzen, kerzengerade aufgerichtet, als wäre nichts geschehen, während der Chauffeur aufgeregt an seinen Hebeln und am Steuerrad hantierte, um den Wagen zu wenden. Zunächst glaubte ich, dem Erzherzog sei nichts geschehen, doch dann sah ich, wie sich auf seiner hellblauen Uniform ein Blutfleck ausbreitete. Blut lief aus seinen Mundwinkeln und tropfte auf die Brust. Seine Hände tasteten über den bereits leblosen Körper seiner Frau, es schien, als versuche er sie aufzurichten und an sich zu ziehen. Seine Lippen bewegten sich. Er sprach. Was sagte er? Es schien immer dasselbe zu sein. Sprach er

zu seiner toten Frau? Auf der anderen Seite des Automobils fand ein wildes Handgemenge statt, blitzende Säbelklingen, Schreie.
So habe ich zutiefst erschüttert das Hohe Paar sterben sehen. Der einzige Trost, den ich mir bei der Erinnerung an die entsetzliche Szene selbst zuspreche – wenn es denn überhaupt einen Trost geben kann – ist der, daß ich zwei Menschen sah, die gemeinsam und füreinander starben, in einer Liebe verbunden, die über ihren Tod hinausreichte.«

4. Kapitel

Es dorrt die Haut von unsrer Stirn.
Es nagt der Wurm in unserm Hirn.
Das Fleisch verwest zu Ackergrund,
Stein stopft und Erde unsern Mund.

Wir warten.

Das Fleisch verwest, es dorrt das Bein.
Doch eine Frage schläft nicht ein.
Doch eine Frage wird nicht stumm
Und wird nicht satt: Warum? Warum?

Wir warten.

Staub stopft und Erde uns den Mund.
Doch unsre Frage sprengt den Grund
Und sprengt die Scholle, die uns deckt,
Und ruht nicht, bis sie Antwort weckt.

Wir warten.

Lion Feuchtwanger

Gibt es Krieg?

Am frühen Abend des 28. Juni erreichte Stefan Kolašin. Die am Fluß Tara gelegene Stadt glich einem Ameisenhaufen. Einige Stunden zuvor war aus Cetinje die telefonische Nachricht eingetroffen, daß in Sarajewo der österreichisch-ungarische Thronfolger, Erzherzog Franz Ferdinand und seine Gattin Sophie ermordet worden waren. Von Mord sprach allerdings kaum jemand. Man sagte, das Thronfolgerpaar *ubili su*, haben sie getötet, wobei das *sie* nicht näher definiert wurde. Diese *sie* konnten nur Feinde Österreichs sein, und man sympathisierte mit ihnen schon deshalb eher, als daß man ihre Tat verurteilte.

Die Österreicher, *Švabas* genannt, und die noch verhaßteren Ungarn, die *Madžari*, hatten sich im Laufe weniger Jahrzehnte durch ihre expansive, hochmütig arrogante Balkanpolitik die meisten Sympathien verscherzt, die sie bis dahin in diesen Ländern besessen hatten – als Feinde der Türken und damit automatisch als Freunde und Verbündete der von diesen unterjochten Völker. Mit den Osmanen war man fertig geworden, auch wenn es einige Jahrhunderte gedauert hatte. Nun schienen an ihre Stelle die Österreicher und Ungarn treten zu wollen, um die so schwer erkämpfte Freiheit zu bedrohen. Hinzu kam, daß der politisch motivierte Mord auf dem Balkan seit alters her zum machtpolitischen Alltag gehörte und als ein legitimes Mittel im Kampf gegen Angehörige – vor allem Leiter – feindlicher Gruppierungen angesehen, ja oft geradezu als Heldentat heroisiert wurde. Man war demnach schnell und gern bereit, in den Männern, die den Thronfolger und deren Gattin, also den zukünftigen österreichisch-ungarischen Kaiser und damit automatisch den Feind Nummer eins aus dem Wege geräumt hatten, Natio-

nalhelden, und den Doppelmord als eine patriotische Tat im Dienste aller Südslawen zu sehen.
Anders als im Westen, wo man nach dem Attentat von Sarajewo lange nicht an eine Kriegsgefahr glaubte und höchstens von einer Strafexpedition gegen Serbien mit begrenzten Zielen sprach, schien man hier vom ersten Augenblick an mit einem großen Krieg zu rechnen. Für Montenegriner waren Krieg und kriegerische Verwicklungen nichts Außergewöhnliches. Seit Jahrhunderten befand man sich praktisch im Dauerkriegszustand mit der Türkei. Nun würden an die Stelle der Türken eben die Švabas treten. Einen Zweifel darüber, daß Montenegro – wie in den beiden eben erst überstandenen Balkankriegen – von Anfang an an der Seite des Schicksalsgefährten Serbien kämpfen würde, gab es nicht.
Bude rat, es wird Krieg geben, sagten die jungen Männer mit leuchtenden Augen. Es wird Krieg geben, sagten die Alten voller Besorgnis. Denn sie wußten allzu gut, daß Krieg nicht nur Heldentum, Abenteuer und Beutemachen, sondern Hunger, Durst, Blut, Schmerz und Tod bedeutete. Nur die Frauen sagten nichts. Sie schoben den Gedanken an den Krieg von sich, als könnten sie damit ihn und das vielfältige Leid verhindern, das er stets mit sich bringt.

Wie schon den ganzen Tag, fühlte sich Stefan auch in Kolašin nicht wohl. Inmitten dieser hin- und herwogenden, wegen des St. Veit-Tages feiertäglich – meist in Volkstrachten – gekleideten Menschen, kam er sich fremd und ausgesetzt vor. Um weiterzureiten, war es zu spät. Der Weg nordwärts nach Mojkovac führte durch Bergwälder, überquerte immer wieder tiefe Schluchten und reißende Wildbäche, die von den steilen Hängen der Sinjajevina Berge dem Tara-Fluß zustürzten.
Der Krämer in dem kleinen Laden, in dem sich Stefan mit Brot, Speck und Käse versah, warnte ihn: »Wer den Weg nicht kennt, verirrt sich schnell. Fremden passiert das oft. Kommst du von weither?«
Stefan nickte.
»Ein Serbe?«
»Nein. Österreicher.«
Der Krämer, der gerade dabei war, ein Stück vom luftgetrockneten Speck abzuschneiden, hielt mitten in der Bewegung inne. Er

schaute Stefan mit zusammengekniffenen Augen an, sein schwarzer, wie poliert wirkender Schnurrbart schien sich zu sträuben: »Ein Österreicher! Eh, Bruder, weh dir! *Ubili su ti knjaza*!* Was sagst du dazu? Wird es Krieg geben?«

»Warum soll es deshalb Krieg geben?« fragte Stefan zurück. Tatsächlich glaubte er nicht an einen Krieg wegen des Sarajewo-Attentates. Zu frisch war in ihm die Erinnerung an die Gespräche in Wien, wo alle Welt wußte, wie unbeliebt der Thronfolger und seine Frau waren, dem alten Kaiser ein Dorn im Auge, den maßgeblichen Hofkreisen ein ständiges Ärgernis. Warum sollte man einen Krieg beginnen, wenn man sich von diesem Ärgernis befreit sah? Sollte man sich mit dem Krieg ein noch weit größeres einhandeln, anstatt erleichtert aufzuatmen?

Als Stefan aus dem Laden trat, sah er den Mann wieder, der ihn bei Stamenas Haus angesprochen hatte. Er stand, in der Dämmerung kaum erkennbar, schräg gegenüber auf der anderen Straßenseite und drehte sich eine Zigarette. Nach wie vor trug er seinen schwarzen Homburg und die auffällige karierte Jacke. Die vierschrötige Gestalt, die schweren, blassen, an einen unfertigen Lehmklumpen erinnernden Gesichtszüge, der Schnurrbart mit den lang herabhängenden, dünn gezwirbelten Spitzen, die farblosen Augen, die ihn ausdruckslos musterten . . . Stefan unterdrückte die zornige Regung, die ihn drängte, auf den Mann zuzugehen und ihn zur Rede zu stellen. Was hätte er auch sagen sollen? Daß er sich von ihm verfolgt fühlte? Das er ihm, Stefan, unheimlich war und auf ihn beängstigend wirke?

Nein, es hatte keinen Sinn! Selbst wenn er von diesem Mann wirklich verfolgt wurde (weshalb nur, in wessen Auftrag? Etwa deshalb, weil er ein Fremder war? Seit wann beschattete man in Montenegro fremde Reisende?), wäre ein Gespräch ergebnislos verlaufen. Was hätte der Mann auch sagen oder eingestehen können? Es war am besten, so zu tun, als hätte er den Verfolger gar nicht bemerkt.

Der Han am nördlichen Ausgang von Kolašin, wo Stefan übernachtete, war brechend voll. Alle Räume waren überbelegt, sagte der Handjija, aber auf dem Heuboden über dem Stall gäbe es noch Platz, und er könne auch noch eine oder zwei Decken haben. Stefan

* Sie haben dir den Fürsten getötet!

nahm den Platz auf dem Heuboden an und verzichtete auf die Decken. Er versorgte das Pferd und setzte sich dann an einen der Tische, die man auf dem gekiesten Vorplatz aufgestellt hatte. Die Wirtin, eine freundliche, hastig hin- und herwatschelnde Frau, so breit wie groß, brachte ihm einen scharfgewürzten Lamm-Pilav und Salat aus gedünsteten Paprikaschoten, dazu herben, erdig schmekkenden Rotwein aus dem Morača-Tal.

»Laß es dir gut schmecken, Sohn. Wenn du noch mehr davon willst, es ist genug da.«

Stefan aß, trank und hörte den Gesprächen der Männer zu, die sich fast ausschließlich um das Sarajewo-Attentat drehten. Er selbst gab nur knappe, ausweichende Antworten, wenn man ihn ins Gespräch zu ziehen versuchte. Obwohl ein Guslar aufgetaucht war und begonnen hatte, mit dünner Falsettstimme Gesänge vorzutragen, stand er bald auf, bezahlte das Essen und die Unterkunft im voraus und ging auf den Heuboden. Dort bereitete er sich beim trüben Licht einer hoch im Gebälk hängenden Sturmlaterne möglichst nah am Eingang sein Schlaflager mit dem Sattel als Kopfkissen. Das Murmeln der Stimmen, gelegentliches Lachen, der monotone Singsang des Guslar, dem kaum jemand zuhören wollte, das Schnauben der Pferde im Stall begleiteten ihn in den Schlaf, bis ihn ein derbes Rütteln an der Schulter weckte. Geblendet blinzelte er in das Licht der Karbidlampe, die ihm jemand vors Gesicht hielt.

»Aufwachen, *bre*, aufwachen!« sprach eine Stimme hinter der Lampe, und die Hand rüttelte wieder an seiner Schulter.

Stefan schüttelte die Hand unwillig ab. »Ich bin wach. Was gibt's?« fragte er schlaftrunken. Seine Augen gewöhnten sich langsam an das Licht. Die Stimme gehörte einem schnurrbärtigen Mann in Gendarmerie-Uniform. Neben ihm hockte ein zweiter Gendarm, einen Karabiner unter dem Arm, dessen Mündung auf Stefan gerichtet war. Aus der Dunkelheit jenseits des Lichtkreises schauten wie blasse Schatten die Gesichter anderer Männer, die hier übernachteten, schweigend zu.

»Wer bist du? Was machst du hier?« fragte der Gendarm.

»Ich reise – mit gültigen Papieren.«

»*Propust?* Hast du einen *Propust?*«

Stefan knöpfte das Hemd auf und holte den Brustbeutel mit dem Geld und den Papieren hervor. Den Beutel hatte ihm Mama vor der

Abreise geschenkt. Er war aus feinem, festem Leder mit den eingeprägten Initialen SM. »Dein Papa hat immer einen Brustbeutel getragen«, hatte sie gesagt, »genau so einen. Das war ihm am sichersten«. Er holte den Propust heraus und hielt ihn dem Gendarm hin. Dieser las, seine Lippen bewegten sich dabei.
»Stefan Meyster? Das bist du?«
»Wer sonst?« Stefans Verwirrung hatte sich gelegt. Leiser Zorn regte sich in ihm, machte sich breit, und er gab sich keine Mühe, ihn zu unterdrücken.
»Deinen Paß! Los, mach schon!«
Stefan reichte dem Gendarm den Paß. Der Gendarm blätterte darin herum, blätterte vor, blätterte zurück, verglich das Foto im Paß mit Stefan, blätterte wieder, sagte zu dem anderen, dies sei alles in lateinischer Schrift geschrieben, die der Teufel selbst erfunden habe und fragte schließlich:
»Du bist ein Österreicher?«
»Kannst du nicht lesen?« fragte Stefan zurück.
»Seit wann duzen wir uns?« fragte der Gendarm.
»Richtig – seit wann duzen wir uns? Hast du damit angefangen oder ich?«
Aus dem Hintergrund kam leises Lachen.
»Majku mu!« zischte der andere und stieß Stefan die Mündung des Karabiners in die Seite.
»Sag diesem Dummkopf, daß er das lieber nicht tun soll – sonst wird er seine Uniform sehr schnell mit den Lumpen der *Robijaši* – der Zwangsarbeiter – vertauschen!« sprach Stefan ruhig, wie nebenbei, während er aus dem Brustbeutel das Begleitschreiben des Majors Stane Vukotić holte, es auseinanderfaltete und dem Gendarm reichte. Der Gendarm las, faltete das Schreiben wieder sorgfältig zusammen, gab es mit dem Propust und dem Paß zurück, richtete sich auf und salutierte.
»Entschuldigen Sie, Gospodin – ich bitte Sie um Verständnis – die Kontrollen – es ist wegen der Spione, hier in Grenznähe . . .«
»Schon gut«, sagte Stefan, verstaute die Papiere wieder im Brustbeutel und knöpfte das Hemd zu.
»Was ist los? Wer ist das?« fragte der zweite Gendarm.
»Tu' das Gewehr weg, *Budala* – Trottel!« sagte der erste. Das Gewehr verschwand. »Verzeihen Sie ihm, Gospodin, er ist nur ein

dummer, ungebildeter Bauer in Uniform. Sie kommen aus Österreich, Gospodin?«
»Ich komme aus Wien.«
»*Ubili su vam knjaza«,* sagte der Gendarm.
»Wer hat ihn getötet?« fragte Stefan.
»Wie soll ich das wissen? Aber sagen Sie, Gospodin, gibt es Krieg?«
»Es wird keinen Krieg geben. Warum sollten zum Beispiel du und ich Krieg führen und aufeinander schießen?«
»Sie haben recht, Gospodin, warum?« sagte der Gendarm, aber es klang nicht sehr überzeugt. Er richtete sich auf, salutierte und wünschte Stefan gute Reise. Dann gingen sie. Ihre Schritte polterten über die schmale Holztreppe und verklangen.
»Wird es wirklich keinen Krieg geben, Gospodin?« fragte aus der Dunkelheit eine Stimme.
»Irgendein Verrückter hat zwei Menschen ermordet – ist das nicht Unheil genug?« fragte Stefan zurück. »Sollen deshalb auch noch andere getötet werden? Sollen deshalb Tausende oder gar Millionen anderer Menschen sterben?«
Dumpfes Schweigen antwortete ihm. Hatte man seine Worte überhaupt vernommen?

Im Tal der Blutigen Slava

Der nächste Morgen entschädigte Stefan für die unruhige Nacht. Lautes Vogelgezwitscher begleitete ihn, als er aus der Stadt ritt. Eine Lerche stand jubilierend hoch über einem Buchweizenfeld. Aus dem tief eingeschnittenen Bett der Tara wehte es kühl herauf, und als die Sonne über Bjelasica hochkletterte, entzündete sie Milliarden von Funken in den Tautropfen auf den steil ansteigenden Bergwiesen. Bauern auf dem Weg zum Markt kamen Stefan entgegen, mit kleinen, hurtig dahintrippelnden Eseln, die fast verschwanden unter den aufgetürmten Lasten. Schnurrbärtige, großgewachsene, hagere Männer, Frauen, nicht viel kleiner als die Männer, eine Gruppe von Kindern, die zur Schule gingen, die meisten von ihnen barfuß und kahlgeschoren. Sie starrten mit neugierigen Augen auf den fremden Reiter.
Der Weg wurde bald einsamer. An einer Stelle, die ihm dafür

geeignet erschien, ritt Stefan abseits, saß ab und band Kume an einem Baum fest. Aus seinem Tagebuch riß er eine Seite aus, zeichnete in die Mitte ein rundes, talergroßes Zentrum, befestigte das Blatt an einem Baumstamm und maß dreißig Schritte ab. Dann holte er Mates Repetierpistole aus dem Halfter, lud sie durch, legte sie auf eine Astgabel und zielte sorgfältig genau auf die Mitte des Blattes, so daß der schwarze Punkt auf dem Korn aufsaß. Er schoß dreimal auf den gleichen Punkt. Das Echo der Schüsse klang hell durch das Tara-Tal, brach sich an den Steilufern und verklang in der Ferne.

Alle drei Einschüsse lagen eng nebeneinander in der rechten Blatthälfte. Er korrigierte mit der Einstellschraube die Kimme leicht nach rechts und gab mit der gleichen Sorgfalt drei weitere Schüsse ab. Zwei davon lagen jetzt links vom Zentrum, der dritte war vorbeigegangen. Er schoß noch einmal; diesmal lag der Treffer zwischen den beiden anderen.

Die Waffe trug jetzt etwas zu weit nach links. Nach einer neuerlichen Korrektur und drei weiteren Schüssen lagen zwei Treffer im Schwarzen und der dritte etwas links unten. Stefan war mit dem Resultat zufrieden, die Pistole schoß mit erstaunlicher Präzision. Er reinigte die Waffe sorgfältig, lud sie neu und schob sie ins Halfter. Er hatte zehn Patronen verbraucht, fünfzig verblieben ihm – genug für alle Eventualitäten.

Stefan war über sich selbst erstaunt, als er sich bei diesem Gedanken ertappte. Welche Eventualitäten? Rechnete er etwa bereits damit, daß er die Waffe brauchen könnte? Hatte er nicht selbst gesagt, daß man in diesem seiner Erfahrung nach friedlichen Land ungefährdet reisen könne? Und nun schoß er sich mit der Pistole ein, die ihm Mate fast hatte aufzwingen müssen, und das Resultat und seine Treffsicherheit befriedigten ihn. Hatte er nicht noch unlängst geglaubt, daß es Dinge gab, die *böse* an sich waren wie Gewalttätigkeit, Machtmißbrauch und nicht zuletzt Waffen? Allein ihr Dasein verführte die Menschen, sie auch zu gebrauchen. Sie waren Werkzeuge, geschaffen, um zu verwunden und zu töten. Also tat man dies auch, schon um ihre Wirksamkeit zu prüfen und den Aufwand der Zeit, Mühe und Geld zu rechtfertigen, den ihre Herstellung gekostet hatte. Hatte er nicht immer die Meinung vertreten, daß man demnach die Waffen verabscheuen und das Kriegshandwerk

entschieden ablehnen sollte? War das am Ende nur eine dünne Tünche gewesen, die im Laufe weniger Tage von ihm abgefallen war, ohne daß es dazu eines stichhaltigen Anlasses bedurft hätte? Und durfte es einen solchen Anlaß überhaupt geben, wenn man die Waffen wirklich verabscheute und den Krieg ächtete?
Diese Gedanken bewegten Stefan, während er weiter nordwärts ritt. Er fühlte sich in einem gewissen Sinne schuldig. Hatte er nicht allein schon mit dem Einschießen der Pistole und mit der grundsätzlichen Erwägung, sie notfalls auch zu verwenden – natürlich nur in Notwehr – seine humanistischen Ideale verraten? Sie waren Lippenbekenntnisse gewesen, nichts weiter. Es war en vogue, solche Ideale zu haben, man glaubte sich damit auf der Höhe der Zeit, hoch über die atavistische Barbarei der potentiellen Mörder erhoben. Waren das nicht alle, die Waffen trugen?
Er sagte sich dies alles allerdings auf die kühl distanzierte Art einer intellektuellen Diskussion. Reue und Betroffenheit über sein Versagen wollten sich nicht einstellen. Nach wie vor fand er den Tag schön, und der Gedanke an die voll funktionsfähige, präzise Waffe im Pistolenhalfter beruhigte ihn und gab ihm eine bislang in dieser Art unbekannte Sicherheit.

In Trebaljewo, einem Dorf, bestehend aus zwei Dutzend verstreuter, mit Holzschindeln gedeckter Häuser, windschiefen Ställen und ausgedehnten Schafkoppeln, fragte Stefan einen zehnjährigen Burschen nach dem Weg zum Landsitz des Wojwoda Lazar Bošković. Der Junge schaute ihn verständnislos an. Er wüßte nicht, wo das sein könnte, aber vielleicht wüßte es der Vater. Noch während sie sprachen, Stefan hoch zu Roß, neben seinem Steigbügel das aufwärts gekehrte, schmutzige Gesicht des Buben, wuchs die Zahl der barfüßigen, zerlumpten Kinder schnell an, zwei Hunde trotteten heran, dann kamen noch ein, zwei, drei Männer hinzu.
Stefan wiederholte die Frage nach dem Landsitz des Wojwoda Bošković, die Männer berieten untereinander und kamen nach einigem Hin und Her zu dem Ergebnis, daß er damit wohl das *Schloß* meinte. Aber das Schloß stünde schon seit vielen Jahren leer, nur zwei alte Leute lebten dort noch, und auch diese zwei – wer weiß, seien vielleicht schon tot.
»Sie sind nicht tot, ich habe den alten *Aca* gesehen, erst vor zehn

Tagen«, rief der Bursche, den Stefan zuerst nach dem Weg gefragt hatte. »Er kam aus Kolašin geritten und sein Hund lief hinterher, ein Hund, ich lüge nicht, größer als der größte Wolf!«
Von solchen Hunden gäbe es auf dem Schloß mehrere, erzählte man Stefan, und wehe dem Fremden, der sich zu nahe heranwagte! Um dorthin zu kommen, müßte er noch eine halbe Stunde oder etwas mehr reiten, immer am Fluß entlang, bis er einen Talkessel mit einer großen, einzeln stehenden Eiche erreichte: »Der Baum ist zwei- oder dreihundert oder auch tausend Jahre alt. Er stand schon immer da, ein mächtiger Baum, du kannst ihn nicht verfehlen. Dort zweigt der Weg rechts ab und führt dich hinunter zur Tara und über die Brücke auf die andere Seite. Doch gib acht, Reisender, die Brücke ist alt und morsch. Wer weiß, ob sie dich und dein Pferd trägt. Und wenn du glücklich drüben bist – hüte dich vor den Hunden! Um solche Hunde macht selbst der stärkste Sinjajevina-Bär einen großen Bogen!«
Nach einem einstündigen Ritt sah Stefan die einzeln stehende, über dreißig Meter hohe Eiche schon aus der Ferne. Er fand auch die zwar schmale, aber gut befestigte, jetzt von Gras und Unkraut bewachsene Zufahrtsstraße zum Fluß und über die Brücke auf die andere Flußseite. Das Brückengeländer war an manchen Stellen gebrochen oder fehlte ganz, doch die Eichenbohlen waren nur an den Rändern verwittert und schienen noch voll tragfähig zu sein. Stefan führte den vorsichtig auftretenden Kume an den Zügeln hinüber und ritt dann die steile, teilweise in die Felsen eingehauene Straße hinauf. Links stürzte ein Wasserfall an die dreißig Meter frei in einen kreisrunden Felsenkessel und von dort in weiß schäumenden Kaskaden weiter in den Fluß.
Oben angekommen, hielt Stefan das Pferd an, überwältigt vom Anblick, der sich ihm bot. Ein weites Tal öffnete sich vor ihm, mehrere hundert Meter breit, sanft ansteigend zu den schroffen, im unteren Teil von Fichten und Kiefern bewachsenen Felsen im Hintergrund. Fast genau in der Mitte des Tales, umgeben von Wirtschaftsgebäuden, stand ein großes Haus, dessen Mauern weiß durch das satte Grün eines Obstgartens hindurchschimmerten. Unterhalb des Hauses floß, von Weiden und Erlen begleitet, der Bach, der zum Wasserfall wurde. Dumpfe Stille schien auf der Szenerie zu lasten, noch tiefer und beklemmender durch das Rauschen des

Wasserfalls in der Tiefe unter dem jähen Abbruch. Oder bildete sich Stefan das nur ein, weil er wußte, daß er sich am Ort der *Blutigen Slava* befand? Daß hier sein Vater ermordet worden war – vor diesem Haus, das so still und scheinbar unbewohnt vor ihm lag?

Doch das Haus war nicht unbewohnt. Als Stefan näherkam, sah er über dem ausladenden, mit fast schwarzen Schindeln gedecktem Dach eine dünne Rauchsäule stehen. Wütendes, weithin hallendes Hundegebell empfing ihn. Ein riesiger, schwarz-grauer Hund zerrte an einer zwischen Bäumen gespannten Laufkette. Im Obstgarten grasten zwei Kühe. Sie hoben die Köpfe und schauten Stefan mit sanften Augen entgegen. Zwei, drei Obstbäume ragten mit kahlen, trockenen Ästen in den Himmel, überall wucherte Unkraut, und Brennesseln und Disteln wuchsen auf den Weiden und Feldern.

Vor dem Haus, so daß ihn der Hund, der sich wie rasend gebärdete, nicht erreichen konnte, hielt Stefan an und wartete. Wie lange? Er blickte auf das Haus, auf den Vorplatz mit den drei großen Walnußbäumen und auf das alleinstehende Gebäude mit dem abblätternden Putz gegenüber den Ställen – war dies das Gästehaus? *Zuallererst schoß der vermummte Mann einen Fremden nieder, der gerade auf dem Weg vom Stall zum Gästehaus war. Der Tote hieß Karl Meyster.*

Der Hund beruhigte sich. Er legte sich nieder und schaute den fremden Reiter mit erhobenem Kopf aufmerksam an. Eine alte, gebückte Frau, ganz in Schwarz, trat endlich aus dem Haus auf den Vorplatz.

»Was willst du hier?« fragte sie feindselig.

»Ich möchte mit Ihnen reden. Mit Ihnen und dem Mann, der hier lebt.«

»Warum willst du mit uns reden?«

»Ich bin der Sohn des Mannes, der vor fünfzehn Jahren hier ermordet wurde. Ich möchte mit euch über ihn und die *Blutige Slava* reden.«

Die alte Frau schien zu erstarren. Sekundenlang schaute sie Stefan wortlos an. Dann nickte sie und sagte:

»Gut. Du kannst absitzen. Ich werde mit dir sprechen. Ob es auch mein Mann Aca tut, mußt du ihn selbst fragen.«

Sie ging zu dem Hund, befestigte dessen Kette am Baum und erklärte Stefan, daß er jetzt ins Haus gehen könnte. Dann führte sie ihn durch den geräumigen, dämmerigen Hausgang. An der ersten Tür links hing ein Kreuz.

»Hinter dieser Türe ist es geschehen«, sprach die Alte mit einer leiernd monotonen Stimme, als erzähle sie etwas, das sie auswendig gelernt hatte. »Auf den Holzdielen sieht man noch immer die dunklen Flecken des Blutes, das darüber gelaufen ist. Blut – überall stand Blut. Der Festsaal wird nur einmal im Jahr betreten, wenn sich die *Blutige Slava* jährt. Dann werden darin zehn Kerzen angezündet, für jeden Toten eine. Die Kerzen stehen auf den Plätzen, wo sie gesessen haben, bis sie abbrennen. Die elfte Kerze zünden wir oben an, wo der kleine Lazar in seiner Wiege erschossen wurde. *Ovo dete malo, milo drago*... Dieses kleine Kind, so lieb und teuer.«

Die Alte begann zu weinen. Schluchzend schritt sie Stefan voran, an der Treppe vorbei, die in den ersten Stock führte, hin zur Tür in die Küche. Die Küche war geräumig und sauber. Auf dem großen Herd in der Mitte mit seinen blank geschmirgelten Stahleinrahmungen und golden blinkenden Messingknöpfen stand ein dampfender Topf. Die Frau wischte sich mit der Schürze das tränennasse Gesicht ab. An einem großen Tisch mit weiß gescheuerter Ahornplatte bot sie Stefan Platz an.

»Hier, an diesem Tisch, saßen vor der *Blutigen Slava* zehn, zwölf, manchmal fünfzehn Leute beim Essen. Jeder wurde satt. Es war eine gute Zeit. Wojwoda Lazar war ein strenger, manchmal jähzorniger, doch immer gerechter Herr. Jeder schätzte sich glücklich, der bei ihm arbeiten und an seinem Tisch essen durfte. Jetzt sitzen wir seit fünfzehn Jahren zu zweit da, und oft bin ich allein.«

Die Alte schob sich einen Stuhl zurecht, setzte sich, legte die Hände in den Schoß und schaute Stefan an. Aus ihren Augen liefen wieder Tränen, doch sie schien es nicht einmal zu merken. »Du hast ein gutes, offenes Gesicht, Sohn. Was willst du wissen?«

»Vor kurzem starb ein Mann, der damals unter den Mördern war – er war einer von ihnen«, begann Stefan. »Bevor er starb, erleicherte er sein Gewissen und erzählte, daß sie damals nicht nur die Männer und Kinder ermordet hatten, die hier im Haus waren. Noch bevor sie ins Haus kamen, erschossen sie zwischen dem Gästehaus und den Ställen einen Fremden.«

Die Alte überlegte. Dann nickte sie und sagte: »So kann es gewesen sein. Ich war damals in der Küche, als es geschah. Es gab ein großes Festmahl, und wir hatten den ganzen Tag alle Hände voll zu tun. Bevor die Mörder ins Haus kamen, fielen draußen Schüsse. Ich weiß nicht mehr, wie viele es waren, aber es ist geschossen worden. Und es ist wahr, daß ein Fremder zu Besuch bei Wojwoda Lazar war. Er hatte an dem Festmahl nicht teilgenommen, doch er sollte hier übernachten. Kosa hat ihn ins Gästehaus begleitet und ihm dort sein Zimmer gezeigt.«
»Wer ist Kosa?«
»Sie war eine von uns Mägden.«
»Wo kann ich sie finden?«
»Sie ist gleich nach der schrecklichen Nacht weggegangen. Nicht eine Stunde länger wollte sie bleiben. Ich habe nie wieder etwas von ihr gehört. Doch nun sag', Sohn, wenn es so war, wie du erzählst, warum hat man die Leiche des Fremden nicht gefunden?«
»Die Mörder haben sie mitgenommen und weit von hier in eine Schlucht geworfen.«
»Weshalb sollen sie das getan haben?«
»Er war ein österreichischer Diplomat, und sie wollten einen Jagdunfall vortäuschen. Deshalb haben sie den Toten auch nicht ausgeraubt.«
»Ja, ja, jetzt erinnere ich mich! Nachdem sie wieder aus dem Gästehaus kam, erzählte Kosa, der Fremde wäre ein Švaba. Ein schöner, stattlicher Mann, sagte sie. Und du bist sein Sohn?«
»Ich bin Stefan, sein Sohn.«
»Wir alle haben später geglaubt, daß der Fremde zu den Mördern gehört habe und vor ihnen gekommen sei, um die Lage auszukundschaften. Verzeih uns. Wir wußten es nicht besser.«
Stefan nickte. Er hatte plötzlich einen Klumpen in der Kehle, der es ihm unmöglich machte, zu sprechen. Die kleine, schwarz gekleidete Frau mit dem alten Gesicht unter dem schwarzen Kopftuch sah er nur noch verschwommen durch den Tränenschleier, der sich auf seinen Augen legte. Sie schien um seine Trauer zu wissen und wartete geduldig, bis er sich wieder gefaßt hatte.
»Jeder hätte an eurer Stelle so gedacht«, sagte er leise. »Jetzt wissen Sie die Wahrheit. Sie haben meinen Vater damals gesehen?«
»Nein. Wir hatten in der Küche so viel zu tun, daß ich überhaupt

nicht herauskam. Aber mein Mann Aca hat ihn gesehen. Er hat oft davon erzählt, und er sagte immer, er könne nie und nimmer glauben, daß der Fremde mit den Mördern gemeinsame Sache gemacht habe. Der Fremde hätte ein gutes, offenes Gesicht gehabt, sagte er immer, er sagt es heute noch. Aca selbst ist nur deshalb mit dem Leben davongekommen, weil er mit den Hirten auf der Suche nach verirrten Schafen war. Wenn er seiner Arbeit hier nachgegangen wäre, hätten sie auch ihn getötet, wie sie alle anderen Männer getötet haben. Aca trägt schwer an dieser schrecklichen Untat, schwerer noch als ich. Er liebte Wojwoda Lazar und seine Söhne und besaß ihr Vertrauen. Wenn der Wojwoda in den Krieg zog, hat ihn Aca oft begleitet. So war es. Aca war ihm immer treu ergeben, wie seinem eigenen Vater. Deshalb hat uns Wojwoda Lazar auch befohlen, hier zu bleiben, damit das Haus nicht leer steht, ausgeplündert wird und verfällt.«
»Haben Sie keine Angst, hier so allein zu leben?«
»Angst? Nein. Wir haben keine Angst.« Die Alte lachte glucksend. »Wir haben gute Wächter, die besten, die man haben kann.«
»Die Hunde?«
»Auch Hunde. Aber es gibt noch bessere. Stefan heißt du? Ja? Komm also mit, Stefan, komm mit, ich zeige sie dir.«
Die Alte trippelte durch die Tür, die aus der Küche ins Freie führte und wies auf einen ansteigenden und, wie es schien, oft begangenen Weg durch den Obstgarten. An dessen Ende betraten sie ein umzäuntes Gelände, mit einer Kapelle in der Mitte, beschattet von elf jungen Eichen. Vor der Kapelle waren elf Gräber mit mannshohen weißen Grabsteinen aufgereiht. Im Gegensatz zu seiner Umgebung machte der kleine Friedhof einen ordentlichen, gepflegten Eindruck. Der Zaun war weiß gestrichen, die Kapelle frisch getüncht, das Gras um die Gräber gemäht, und die Grabhügel selbst wurden von Unkraut freigehalten. An ihren Kopfenden standen Vasen mit frischen Blumensträußen.
»Das sind unsere Wächter!« sagte die alte Frau. »Wer dürfte es wagen, den Zorn der Toten zu wecken? In der Nacht, so erzählt das Volk, würden sie aufwachen und ruhelos umherirren. Sie werden keinen Frieden in dieser Erde finden, bis ihre Mörder bestraft sind. Nun gut, ich habe bis jetzt keinen herumirren sehen«, fuhr sie nüchtern fort. »Die Toten sind tot. Was von ihnen lebt, ist nur noch die Erinnerung, doch selbst diese verblaßt mit den Jahren. So werden blutvolle,

lebendige Menschen zu Geistern. Aber es ist nicht schlecht, wenn die Leute an sowas glauben. Sie machen einen großen Bogen um diesen unheimlichen Ort der Geister und lassen uns in Frieden. Das kann uns nur recht sein.«
Stefan hörte nur mit halbem Ohr zu. Er ging langsam an der Grafreihe entlang und las die eingemeißelten Namen der Toten. Vor dem kleinen Grabhügel mit dem Namen des Kindes, dessen *Krstna Slava* man begangen hatte, verharrte er länger. Wie mußten Menschen beschaffen sein, die es über sich brachten, ein Kind in der Wiege zu töten? Welcher Höllenschlund hatte sie ausgespuckt? Wohin sind sie wieder verschwunden?
»Wir hörten die Schritte des Mörders auf der Treppe in den ersten Stock«, sprach hinter ihm die Stimme der alten Frau. »Er ging langsam, Schritt für Schritt, und wir Frauen wußten, was er vorhatte. Wir alle wußten es, ja, wir wußten es, obwohl es keine von uns aussprach. Dragas Augen – sie war die Mutter – diese Augen werde ich nie vergessen! Sie werden mich verfolgen, solange ich lebe. Auf einmal wurde es still, man hörte die Schritte nicht mehr. Und dann fiel oben der Schuß und die Schritte kamen wieder herunter, jetzt waren sie schneller, viel schneller! Und Draga begann zu schreien! Gott der Allmächtige, wie schrecklich war ihre Stimme anzuhören!«
Sie setzten sich auf die Steinbank vor der Kapelle mit dem Blick auf die Gräber, auf das Landhaus und das Tal bis hin zu dem Abbruch in die Tara-Schlucht, auf die bewaldeten Hänge der Sinjajevina-Berge drüben, mit den eingestreuten helleren Flächen der Matten und winzigen weißen Punkte grasender Schafe. Wojwoda Lazar Bošković sei nach der *Blutigen Slava* nie wieder hier gewesen, begann die alte Frau zu erzählen, offensichtlich froh darüber, endlich wieder mit jemandem sprechen zu können, um so wenigstens für eine oder zwei Stunden der tiefen Einsamkeit zu entfliehen, in der sie lebte. Der Wojwoda habe sich an den schrecklichen Schwur gehalten, den er damals getan hatte, und er würde sich auch weiterhin daran halten.
»Er wird nie wieder hierher kommen«, sagte die Alte traurig. »Wenn er bis jetzt die Mörder nicht aufspüren konnte, wird ihm das nicht mehr gelingen. Auch er wird alt und schwach, und er wird sterben in Verbitterung, weil er die Toten nicht rächen konnte.«

Es seien jedoch nicht nur die Toten zu beklagen, die hier begraben lagen, erzählte sie weiter. Draga, Milovans Frau, sei nur wenige Wochen nach der *Blutigen Slava* gestorben. »Sie ist dahingewelkt wie eine Blume, die man aus dem Mutterboden gerissen hat. Die Liebe zu ihrem Mann Milovan und dessen Sohn Lazar war der Mutterboden, aus dem sie lebte. Als sie ihr genommen wurde, starb auch sie. Eines Morgens lag sie tot in ihrem Bett, ganz schmal, blaß und schön, und auf ihrem Gesicht stand ein Lächeln, erzählte uns Dobrica, die serbische Frau des Dušan, ein Lächeln, als hätte sie in der Todesstunde Milovan und Lazar wiedergefunden.
Dragas und Milovans Töchter Andjelka und Rada kamen nach Petersburg, zu ihrer Tante Ljuba, die dort mit einem reichen und mächtigen Grafen verheiratet ist. Andjelka starb nach drei Jahren an Diphtherie. Rada aber ist eine schöne junge Frau geworden, studiert dort, will Ärztin werden. Eine junge Frau, die studiert... Das hat es früher nie gegeben in Montenegro! Aber wer weiß, vielleicht ist es gut so. Die Frauen waren nur immer dazu da, um den Männern zu dienen, ihnen Söhne zu gebären – Söhne, die dann irgendwann in den ewigen Kriegen doch getötet wurden, und oft, Gott sei's geklagt, haben die Frauen selbst ihre Männer und Söhne in den Krieg und in den Tod getrieben... So wurden sie erzogen, sie wußten es nicht besser. Doch wenn sie lernen, sich Wissen aneignen – wer weiß? Vielleicht hat Rada recht und unrecht all jene, die sagen, Frauen haben unwissend zu bleiben. Oh ja, sie ist sehr stolz und selbstbewußt, unsere Rada! Sie kommt jeden Sommer nach Montenegro zu ihrem Großvater, Wojwoda Lazar. Und sie ist die einzige, die durch den eisigen Panzer dringen kann, der um sein Herz gewachsen ist. Verbittert und voller Haß lebt er auf seinem Kastell Kameni stup, wartet, schickt Boten aus, wartet und wartet, und manchmal verschwindet er auf Tage, Wochen... Wo irrt er herum? Was tut er?«
Doch nicht nur Milovans Frau Draga sei an gebrochenem Herzen gestorben. Auch die Fürstin Milena selbst sei ihr drei Jahre später gefolgt. Eine einfache, harmlose Erkältung, die eine Lungenentzündung nach sich gezogen hatte. »An den Folgen der Lungenentzündung und an Herzversagen soll sie gestorben sein. Doch der wahre Grund war ein anderer: Sie wollte nicht mehr leben. Ihre Söhne und Enkel hatte sie verloren, die Tage an der Seite des verbitterten und

haßerfüllten Wojwoda Lazar waren leer und voller Trauer. Nach ihrem Tode zog sich der Wojwoda noch mehr in sich selbst zurück, sprach wochenlang kaum ein Wort, starrte nur vor sich hin, finster in sein Leid verbissen. Man soll sich also nicht wundern, daß sich die Menschen vor seiner Nähe scheuen, ja selbst seine Kinder und Enkelkinder bis auf Rada.

Des Wojwodas Tochter Nada, die Frau des ermordeten Professors Ilija Marić, war nach Belgrad gezogen und hatte dort zwei Jahre später einen Studienkollegen ihers verstorbenen Mannes geheiratet. Kinder hatte sie keine. Stana, die schöne Frau des Petar Bošković, hatte bald begonnen, ein unstetes Leben zu führen – man sprach nicht gern darüber. Sie lebte in Zagreb, verheiratet mit einem reichen kroatischen Händler. Alexa, »Tante Alexa mit dem grünen Daumen«, die Schwester des Wojwoda Lazar, hatte im Winter nach der *Blutigen Slava* Montenegro verlassen. Im serbischen Kragujevac habe sie eine Gärtnerei aufgebaut, die mittlerweile zu einem schönen, großen Betrieb geworden sei. »Nach Montenegro will sie nicht zurückkehren. *Den Boden dieses verfluchten Landes werde ich nie wieder betreten, nie wieder!* Das schwor sie vor ihrer Abreise. Nur Dobrica, die Serbin, und Vera Milosavljević sind bei Wojwoda Lazar geblieben und kümmern sich um den Haushalt auf Kameni stup. Jedes Jahr kommen sie hierher, um die Kerzen im Todeszimmer anzuzünden und einem Trauergottesdienst beizuwohnen. Den Priester bringen sie mit.

Letztes Jahr sind auch Rada und Bogdan mitgekommen . . . Sie sind schöne junge Menschen, der einzige Lichtblick in dieser dunklen Zeit. Bogdan in seiner Uniform, groß, fast so groß wie du – er sieht seinem Vater Dušan und dem Großonkel Veljko ähnlich, es ist der gleiche Menschenschlag. – Der König selbst protegiert ihn – und doch schnürt mir die Sorge das Herz ab, wenn ich ihn ansehe. Es ist etwas in seinem unruhigen Gesicht, das mich ängstlich und traurig macht, ein geheimnisvolles Feuer, das ihn einmal verzehren wird. – Rada hingegen, oh Rada! In ihr lebt fort, wofür die Sippe der Bošković berühmt war: Schönheit, Feuer, Kraft und Liebe . . . Liebe zu Menschen, Tieren, Dingen, zum Leben, der ganzen Welt. Das ist Rada. Mit ihr spricht Wojwoda Lazar zuweilen, und es soll sogar geschehen sein, daß er lachte bei ihren Geschichten aus Petersburg.

Sie kann diese Geschichten genauso gut erzählen wie ihr toter Onkel Petar. So werden Eigenschaften, Begabungen und Talente weitergegeben, manchmal direkt, manchmal auf Umwegen, manchmal werden sie verschüttet – und kommen wieder zum Vorschein, leuchtender und lebendiger denn je ...« Die alte Frau seufzte und stand mühsam auf. »Verzeih meine Geschwätzigkeit, ich bin alt und kindisch geworden. Und jetzt komm, ich werde dir zu essen machen. Auch mein Mann Aca wird bald zurückkommen. Ihn kannst du dann noch fragen, was du wissen willst.«

»Übe Blutrache, töte sie!«

Aca, der Verwalter, war ein weißhaariger Mann mit einem verwitterten, von unzähligen Falten und Runzeln durchfurchten Gesicht und einem langen, nach Landesart seitlich gezwirbelten Schnurrbart. Anders als seine gebückte Frau Ljerka hielt er sich aufrecht. Er hörte schweigend zu, als ihm Ljerka erklärte, wer Stefan sei, verschwand und kam nach einigen Minuten wieder zurück.
»Kennst du das?« Er reichte Stefan eine flache, silberne Zigarettendose mit schwungvoll eingravierten und mit Ornamenten versehenen Initialen KM. Stefan erkannte sie sofort. Er hatte sie als Kind oft bewundert, war mit den Fingern über die kunstvoll aufgerauhte Oberfläche und die verschlungenen Initialen gefahren.
»Ich kenne die Dose«, sagte er bestimmt. »Sie gehörte meinem Vater. Mama hatte sie ihm zu ihrem ersten Hochzeitstag geschenkt – oder auch zu Weihnachten, so genau weiß ich das nicht mehr.«
Er knöpfte das Hemd auf und holte seinen Brustbeutel heraus. »Hier, sehen Sie, das M wurde nach dem gleichen Muster geprägt wie die Gravur auf der Dose. Wo haben Sie die Dose her, Aca?«
»Ich habe sie einige Wochen nach der Mordnacht unter abgefallendem Laub gefunden, in der Nähe der Stelle, wo sie ihn erschossen haben. Wer weiß, vielleicht wollte er sich gerade eine Zigarette anzünden, als die Mörder kamen. Sie haben auf ihn geschossen, und dabei fiel sie ihm aus den Händen. Das M sieht wirklich genauso aus, wie auf deinem Brustbeutel. M für Meyster? Und K für Karl? So hieß also der Mann! Hörst du, *Ženo* – Frau – so hieß er: Karl Meyster. Und du bist sein Sohn. Ja, du siehst ihm ähnlich. Ich habe damals ein paar Worte mit ihm gesprochen. Er war ein freundlicher Mann.«

»Worüber habt ihr gesprochen?«
»Nur ganz allgemein.«
»Sagte er nicht, weshalb er gekommen war?«
»Warum hätte er das ausgerechnet mir erzählen sollen? Er war ein Gast des Wojwoda Lazar. Ich aber war nur der Verwalter. Doch er sprach trotzdem mit mir – eben das, was man so spricht.«
»Du hast mir nie von der Zigerettendose erzählt«, sagte die alte Frau.
»Warum hätte ich das tun sollen? Ich habe gewartet, bis ein rechtmäßiger Eigentümer kommt, um sie ihm zu übergeben. Und siehst du, *Ženo*, ich habe nicht vergeblich gewartet. Der Sohn des Mannes selbst ist gekommen! Des Mannes, von dem ich nie geglaubt habe, daß er zu den Mördern gehörte.«
Aca trat einen Schritt näher heran und maß Stefan mit einem langen, durchdringenden Blick. »Du bist gekommen, das ist gut!« sprach er schließlich grimmig. »Die Mörder deines Vaters sind auch die Mörder der anderen. Du mußt sie suchen, gemeinsam mit Wojwoda Lazar und Bogdan. Eine ruchlose Tat wie diese darf nicht ungesühnt bleiben! Ihr werdet sie finden! Du bist Stefan – finde die Mörder, Stefan, finde die Mörder! Rechne mit ihnen ab. Töte sie! Hörst du – *töte sie*! Und wenn du sie nicht mehr am Leben findest, töte ihre Söhne! Übe Blutrache, so wie es in diesem Land ein ungeschriebenes Gesetz verlangt. *Töte sie!*«

An diesem Abend schrieb Stefan in sein Tagebuch: »... Es war alles seltsam unwirklich. Die zwei alten Leute, ich mit der Zigarettendose des Vaters in der Hand, die sich genau so, ganz genau so wie damals anfühlte, wenn ich sie als Kind anfaßte. Und dann diese Worte, die mir keineswegs theatralisch vorkamen. Wenn du die Mörder nicht mehr am Leben findest, töte ihre Söhne. Übe Blutrache. Ein ungeschriebenes Gesetz des Landes. Unter dem Eindruck dessen, was ich gesehen habe und was mir die alte Ljerka erzählte, erschien mir dieses Ansinnen oder die Forderung nach Blutrache fast natürlich. Blutrache ist seit Jahrzehnten unter Androhung schwerer Strafen verboten – und wird doch immer wieder ausgeübt, von Männern wie dem alten Aca, sicher auch von Wojwoda Bošković, geduldet von Frauen wie der alten Ljerka, die zu den Worten ihres Mannes nur bestätigend nickte. – Sie haben mich in aller Form eingeladen über Nacht zu bleiben, ich habe gern angenommen. Habe mich ein bißchen umgesehen. Was für ein schönes Stück Land – und welch ein furchtbarer Ort! Menschen sind imstande, die schönsten Erdenflecken in eine Hölle zu verwandeln. Dieser wunderschöne Landsitz wird nie wieder das sein, was er einst war. Das Tal wird stets mit der unseligen Erinnerung daran behaftet bleiben, was hier geschehen ist, selbst dann, wenn dieses Haus nicht mehr stehen sollte und die Gräber der Ermordeten längst eingeebnet sind. So verständlich der Wunsch nach Rache ist, so entschieden muß er abgelehnt werden, sage ich mir. Nicht Rache und neues Blutvergießen, sondern der endgültige Sieg der Humanität ist vonnöten, damit solches nicht wieder geschieht! Und doch, wenn ich an Ljerkas Schilderung denke, an die Schritte des Mörders auf der Treppe, an den kleinen Grabhügel des Kindes, an die anderen Kinder, die niedergemetzelt worden sind, dann fühle ich auch in mir diesen dunklen Zorn und den Haß, der aus Acas Worten geklungen hat.

Genug davon! Morgen reite ich weiter. Aca hat mir den Weg zum Bergkastell des Wojwoda genau beschrieben. Möglicherweise werde ich dort Rada antreffen, die ihre Sommerferien immer beim Großvater verbringt. Vielleicht auch Bogdan. In Mojkovac eine neue Zeitung besorgen! – Sie haben mich im Zimmer des Gästehauses einquartiert, in dem damals auch Papa schlafen sollte. Ein merkwürdiges Gefühl, doch nicht belastend. Irgendwie bin ich fast erleichtert, weil ich weiß, was damals wirklich geschehen ist. Wie soll ich das Mama erzählen? Soll ich es überhaupt? Würde sie der Gedanke, daß Papa ermordet wurde, nicht zusätzlich belasten?«

Stefan klappte das Heft mit seinen Tagebucheintragungen zu, verstaute es in der Reisetasche, drehte die Flamme der Petroleumlampe klein, bis es im Zimmer fast dunkel war, und trat ans Fenster. Der Mond überflutete das Tal mit seinem silbernen Licht, der Nachtwind raschelte in den Bäumen, ganz leise plätscherte der Bach, Fledermäuse huschten lautlos umher, über das Tal hinweg führten zwei Käuzchen Zwiesprache, und ein Fuchs bellte. Die weißen Mauern der Kapelle und die Grabsteine leuchteten herüber – elf Grabsteine, elf Gräber, elf Tote unter elf Eichen. Ein Grab fehlte. Papa ist hier ermordet worden, also müßte auch er hier

liegen, mit den anderen, und mit ihnen warten, bis sie gerächt werden, doch bis dahin ruhelos umherirrten... Tot ist tot, die Toten sind tot, sie irren nicht umher. Was lebt, ist die Erinnerung an sie und die Erinnerung an die Nacht der *Blutigen Slava*.
»Die Mörder entkamen, von niemanden erkannt, lautlos wie Schatten im Schutze der Nacht, Dämonen des Waldes im Fluche verbunden, grausame Knechte einer finsteren Macht.«
Welcher Macht? Wer war der Auftraggeber? Papa sollte gar nicht ermordet werden. Es war ein Zufall. Sie wollten keine Augenzeugen. Und die Frauen? Jeder *Mann* mußte getötet werden, so lautete der Auftrag.
»Der Fürst und sein Enkel, sie bleiben am Leben. Den Mördern blutige Rache schworen sie beide, grausame Rache für elfmal vergossenes Blut.«
Zwölfmal vergossenes Blut! *Finde die Mörder, töte sie!* Es geht nicht um Rache und Rache für die Rache, und so weiter, um Rache für die Rache, die an den Rächern geübt wurde – immer neues Blut. Den Teufelskreis durchbrechen, keine Rache üben, nicht mehr töten. Die Toten sind tot. Die Männer und Kinder unter diesen Grabsteinen sind tot, und tot sind die Frauen, die an gebrochenem Herzen gestorben sind. Grausame Rache für zwölfmal vergossenes Blut, Rache durch Wojwoda Lazar und Bogdan. Zwei Menschen, die ich noch nie gesehen habe und doch unter tausend anderen erkennen würde, auf eine seltsame Weise mit ihnen verbunden. Verknotete Schicksale! Ob ich ihnen je begegnen werde?
In dieser Nacht schlief Stefan lange und traumlos. Draußen war bereits hellichter Tag, als er erwachte. Es stand auf, wusch und rasierte sich und ging hinaus. Der große schwarzgraue Hund lag drüben vor der Türe des Herrenhauses. Im Gegensatz zum Vortag, als er sich wie rasend gebärdet hatte, stand er nun gähnend auf, kam Stefan schweifwedelnd entgegen, senkte den Kopf, beschnupperte seine Beine und ließ sich zwischen den Ohren kraulen.
Dann traten Aca und Ljerka aus dem Haus, und Stefan traute seinen Augen nicht. Sie waren feiertäglich gekleidet, in die kostbare Volkstracht, die vor allem bei Ljerka von ungeahnter Pracht war. Sie trug einen weiten Rock aus feinem, weißem Wollstoff und ein Hemd aus schwerer Seide, *Rkatlija* genannt. Bestickt war es mit einem verwirrend vielfältigen Muster, dem *Ošvici* und *Koljer*, wobei

jede Frau ihr eigenes Muster hatte, an dem sie jahrelang arbeitete, einmalig in seiner Art, Zeichnung und Farben. Die Weste aus gewalkter Wolle war mit Goldfäden bestickt und mit Gold- und Silbermünzen – fast durchweg türkischen – verziert. Darüber trug sie noch ein blau-grünes *Korset*, eine mit Pailletten und reichhaltigen Stickereien versehene Jacke. Ihre Füße steckten in Opanken, auch sie mit Pailletten verziert, und ihr weißes Kopftuch war mit Goldfäden durchwirkt und mit feinen Ornamenten bestickt.
So selbstverständlich, als gehöre diese Kleidung und alles andere Drumherum zu ihrem Alltag, führten sie Stefan an einen Tisch, den sie in den Schatten der Nußbäume gestellt hatten. Der Tisch war mit feinem, bunt besticktem Leinen gedeckt, mit Geschirr aus kostbarem orientalischem Porzellan und Besteck aus schwerem Silber. Ob sie das etwa für ihn gemacht hätten, stammelte Stefan verwirrt, ein solcher Aufwand ...
»Dein Vater war ein Gast des Wojwoda Lazar, also bist es auch du«, antwortete Aca. »Bevor du weiterreitest, muß du dich stärken. Du wirst viel Kraft brauchen. Mehr können wir nicht für dich tun.«
Es folgte eine Szene, die Stefan nie vergessen konnte und die auch von späteren Ereignissen nie aus seiner Erinnerung verdrängt wurde: Er saß allein an einem festlich gedeckten Tisch, im Schatten alter Nußbäume, inmitten einer wild wuchernden Unkrautwildnis, die früher, wie ihm Aca erzählte, eine gepflegte Rasenfläche gewesen war, bedient von zwei alten Leuten in prächtigen Volkstrachten. Doch war das erst der Anfang!
Vorweg brachte Aca einen bernsteinfarbenen, milden Sliwowitz, der so alt war wie er selbst.
»Trink jeden Morgen nach dem Aufstehen ein Gläschen davon und jeden Abend, bevor du schlafen gehst – und du bleibst immer gesund.«
Danach brachte Ljerka türkischen Kaffee, Milch, Weißbrot, luftgetrockneten Schinken, den *Njegoski*-Käse, süß-sauer eingelegte Pilze und Paprikaschoten, Eier und Honig, so wohlschmeckend, wie ihn Stefan nur daheim in Oberschlesien gegessen hatte. Ein königliches Frühstück in einer märchenhaft anmutenden Umgebung. Stefan mußte von allem essen, und er tat es mit Freude und Genuß. Während er aß, lag der Hund zu seinen Füßen, die mächtige Schnauze auf den Vordertatzen und schaute ihn von unten her

unverwandt an, als wäre auch er bereit, ihm jeden Wunsch von den Augen abzulesen.
Nachdem er fertig gefrühstückt hatte, oder genauer, nachdem die alten Leute glaubten, daß er fertig gegessen hatte und satt war, brachte Ljerka einen Leinenbeutel, vollgepackt mit Brot, Speck, Käse, Eiern, Nüssen und einer Čutara voll Sliwowitz als Reiseproviant.
»Du hast einen langen und beschwerlichen Weg vor dir, und die Handjijas sitzen in ihren Hans an der Straße wie Spinnen im Netz, um den Reisenden das Blut auszusaugen und den letzten Dinar abzunehmen. Alles habgierige Halunken! Wegelagerer! Spar dir also dein Geld, mach einen Bogen um die Hans, iß von deinem Vorrat und trink klares Wasser aus den Quellen, von denen es reichlich gibt. Es kostet nichts und ist gesünder als der schlechte Sliwowitz und der gepantschte Wein in den Hans.«
Während Ljerka dieserart sprach, führte Aca den blank gestriegelten, bereits fertig gesattelten Kume vor: »Er hat Hafer bekommen, ich habe ihn getränkt, jetzt ist er bereit. Ein schönes, kräftiges und ausdauerndes Pferd.«
Aca klopfte Kume den Hals und zitierte dabei mit leiernd erhöhter Stimme den alten Spruch: »*Ajdi konjić, ajdi* – Geh jetzt, Pferdchen, geh, trag deinen Herrn in die Ferne, in die Ferne, in die Fremde, trag ihn mit einem sicheren, nie erlahmenden Schritt, vorbei an tiefen Schluchten, durch finstere Wälder und über schäumende Flüsse, unermüdlich wie ein Wolf, stark wie ein Bär, schnell wie der Wind, unsichtbar für alle Feinde – *iiih, konje, iiih*!«
Die Sonne stand schon hoch am Himmel, als Stefan den Landsitz des Wojwoda Lazar Bošković verließ. Kume warf schnaubend den Kopf hoch, der Hund lief bellend neben ihm her bis zur Abbruchkante zur Tara-Schlucht. Hier hielt Stefan an, wendete das Pferd und winkte zurück, den alten Menschen zu, die vor dem Haus standen und ihm nachschauten. Dann ließ er Kume Schritt für Schritt den steilen Weg abwärts gehen, vorbei am Wasserfall und über die Brücke an das andere Ufer. Bei der großen Eiche bog er wieder auf den Hauptweg ab, und bereits jetzt erschienen ihm der Abend, die Nacht und der Morgen auf dem Landsitz des Wojwoda Lazar Bošković wie ein Traum.

Der fidele Han

Auf dem Weg nach Mojkovac bekam Stefan Reisegesellschaft. Zwei Männer, ein städtisch gekleideter Muslim und sein Diener, hatten am Wegesrand Rast gehalten und waren eben im Begriff aufzubrechen, als Stefan vorbeiritt. Der Muslim, ein Mann mittleren Alters mit einem kugelrunden, pfiffigen Gesicht, begrüßte Stefan freudig wie einen alten Bekannten. Er stellte sich als Hassan Akinagić vor, Händler aus Pljevlja. Ob er sich ihm anschließen dürfe, fragte er Stefan, der dagegen nichts einzuwenden hatte. Der Weg sei einsam, und in Gesellschaft würde man unterhaltsamer reisen als allein.

»Außerdem weiß man nie, was unterwegs geschehen kann. Die Zeiten sind unsicher, und die Menschen sind mehr denn je auf Raub und Mord aus«, plauderte er munter, neben Stefan reitend. »Vor zwei Männern hat man mehr Respekt als vor einem allein, schon gar, wenn einer von diesen zweien so jung, groß und stark ist wie Sie, Gospodin.«

»Wieso zwei? Wir sind doch zu dritt!« Stefan zeigte mit dem Daumen über die Schulter auf den Diener, der hinter ihnen ritt und ein Packpferd am Zügel führte.

»Mahmud, mein Diener? Nicht doch, Gospodin, nicht doch! Mahmud zählt nicht. Bei der ersten Gefahr, ja selbst dann, wenn sie noch gar nicht richtig im Verzuge ist, läuft er davon und ist dabei schneller als ein Hase. Knallt irgendwo eine Büchse, macht er sogleich in die Hose – natürlich nur bildlich gesprochen, sonst könnte man seine Anwesenheit über eine längere Zeit wohl kaum ertragen. Denn es knallen ziemlich oft Büchsen in diesem Lande, Gospodin – also nach meinem Geschmack viel zu oft.«

Der beredsame Händler lachte, seufzte und wischte sich mit einem großen Taschentuch das schwitzende Gesicht ab. »Das ist überhaupt *das* Problem hierzulande. Entweder Sie bekommen einen Diener, der meint, ein Held zu sein und sich wie ein Held gebärden zu müssen. Weil die Arbeit, jede Art von Arbeit, Gospodin, eines montenegrinischen Helden unwürdig ist, lehnt er auch nur den Gedanken an eine solche entrüstet ab. Oder Sie bekommen einen, der für sie kocht, putzt, die Kleider in Ordnung hält, die Pferde versorgt und so weiter und so weiter, eben alles das beherrscht, was

ein Diener beherrschen muß, dafür aber ein Hasenfuß ist. Dies, Gospodin, ist ein Land der allergrößten Gegensätze! Die Helden sind heroischer und fauler, die Hasenfüße entsprechend noch feiger als irgendwo sonst in der Welt. Mein Mahmud gehört in die zweite Kategorie: ein perfekter Diener und Koch, Gospodin. Sie sollten einmal sein Wildragout oder eine von den Tara-Forellen essen, von denen es in diesem Fluß nur so wimmelt! Etwas Besseres tischt man Ihnen auch nicht im *Imperial* in Zagreb auf oder im *Slavija* in Belgrad, ja nicht einmal in den besten Restaurants Istanbuls – und glauben Sie mir, Gospodin, in Istanbul verstehen die Köche ihr Handwerk, Allah ist mein Zeuge!«
So redete er ununterbrochen weiter, es sei denn, der Weg wurde so schmal, daß sie nicht nebeneinander reiten konnten. Er kannte jedes Dorf, durch das sie kamen, jedes Gehöft, grüßte die Menschen, die ihnen begegneten, mit Namen, rief ihnen launige Bemerkungen zu – er war fürwahr ein amüsanter, kurzweiliger Reisebegleiter, dieser Hassan Akinagić aus Pljevlja.

Die neueste Zeitung, die Stefan in Mojkovac bekommen konnte, war eine zwei Tage alte Belgrader *Politika*. Darin wurde in großer Aufmachung über das Sarajewo-Attenta berichtet. Die Attentäter hätte man verhaftet, der Todesschütze sei der neunzehnjährige Gymnasiast Gavrilo Princip gewesen. Von Betroffenheit über den Doppelmord war in dem Bericht und dem Leitartikel, die sich damit befaßten, nichts zu spüren. Eher konnte man zwischen den Zeilen Sympathie für die Attentäter herauslesen, diese mutigen jungen Männer, die sich in die Höhle des Löwen gewagt hatten, wohl wissend, daß sie für ihre Tat mit dem Tode sühnen würden.
»In Wien wird man Serbien verantwortlich machen – Allah allein weiß, was daraus noch werden wird«, kommentierte Hassan Akinagić die Zeitungsberichte. »Es wird Krieg geben, fürchte ich. Mit Mühe und Not haben wir zwei Kriege überstanden. Die Wunden, die sie geschlagen haben, sind noch nicht einmal verheilt – und schon gehen wir noch schwereren Zeiten entgegen. Was meinen Sie, Gospodin, Sie kommen aus Wien, sind ein gebildeter Mann – wird es Krieg geben?«
»Das glaube ich nicht. Man macht nicht Krieg, nur weil zwei Menschen ermordet worden sind. Nicht mehr heutzutage. Die Mörder

hat man gefaßt, man soll sie vor Gericht stellen und verurteilen, wie es das Gesetz vorschreibt. Das wird man auch tun. Sonst aber haben wir, so glaube ich, nichts zu befürchten.«
»Allah sei Dank – er segne Sie für diese Worte, Gospodin! Ein armseliger Kaufmann wie ich einer bin, kann seine Geschäfte nur im Frieden betreiben. Was soll aus unsereinem werden, wenn es doch wieder Krieg gibt? Wie soll man sich als ehrlicher Kaufmann in solchen Zeiten behaupten? Hoffentlich haben Sie recht mit Ihrer Meinung, Gospodin, hoffentlich . . .«
Eine Wegstunde nach Mojkovac verabschiedete sich Hassan Akinagić. Er müsse den Weg nach Bijelo Polje nehmen, dort habe er noch einige Geschäfte zu erledigen. »Allah sei mit Ihnen, junger Freund!« Er kreuzte die Hände vor der Brust und verbeugte sich. »Stets soll er Ihre Wege segnen und seine schützende Hand über Sie halten. Der Weg in Ihrer Begleitung war mir eine Ehre und ein Vergnügen.«

Kurz nachdem sich ihre Wege getrennt hatten, verdunkelte sich der Himmel. Über dem mächtigen Rücken des Sinjajevina-Gebirgszuges türmten sich schwere Gewitterwolken auf und ließen das Tal der Tara in einer schwefelfarbenen Dämmerung versinken. Nur wenig später brach eines jener Unwetter los, die zwischen diesen Bergen besonders heftig werden können. Blitz folgte auf Blitz, ohrenbetäubendes Krachen und Donnergrollen brachen sich an den Felshängen, und aus den schwarz und schwefelgelb brodelnden Wolken ergossen sich wahre Sturzfluten. Stefan war augenblicklich bis auf die Haut durchnäßt. Er gab dem unruhig gewordenen Kume die Sporen, auf der Suche nach einem schützenden Dach. Im rasenden Galopp, halb blind vom Regen, der über sein Gesicht lief, hätte er die Herberge beinahe übersehen, die auf einer kleinen Anhöhe etwas abseits der Straße lag.
Der Han war ein stattliches Haus mit unverputztem Mauerwerk aus sorgfältig behauenen und zusammengefügten Steinen. Unter dem ausladenden Vordach saßen ein Dutzend Männer, die hier vor dem Unwetter Schutz gesucht hatten. Als Stefan heranpreschte, begrüßten sie ihn mit lauten Zurufen und frohem Gelächter.
»Schneller, Bruder, schneller, sonst mußt du bald schwimmen!«
»Trink nicht zu viel Wasser, spar dir den Durst für Wein und den Šumadija-Tee auf!«

»Weh dir, Unglücklicher! Du siehst aus, als wärst du die Tara herabgeschwommen.«
»Das nächste Mal nimm dir lieber einen Fisch statt einem Pferd, Bruder!«
»Eh, Handjija, spanne über das Feuer ein Wäscheseil, damit wir einen neuen Gast aufhängen und trocknen können!«
An der Tür erschien der Handjija, ein Riese von Gestalt, mit einem Bauch wie ein Faß und einem freundlich lachenden Babygesicht. »Tritt ein, Reisender!« rief er mit einer dröhnenden Stimme, die wie aus einem Faß kam und somit seiner äußeren Erscheinung Rechnung trug. »Trockne deine Kleider, stille deinen Hunger und deinen Durst, verweile unter meinem Dach, solange es dir gefällt.«
Stefan machte von dem Angebot Gebrauch. An einem offenen Herd in der Gaststube, die zugleich auch Küche war, trocknete er seine Kleider, trank Šumadija-Tee, so benannt nach einem Landstrich in Serbien und bestehend aus einem Gemisch von halb Wasser, halb Sliwowitz, das zischend in einen Topf mit gebranntem Zucker gegossen und mit Nelken und Zimt gewürzt wird, und er aß von dem Spanferkel, das der Wirt unter dem Vordach am Spieß briet. Der Spieß war mit einem kleinen Wasserrad gekoppelt, das wiederum von einer Quelle angetrieben wurde, die oberhalb des Hauses entsprang.
Der Han an der Straße durch das schluchtartige Tara-Tal war ein Treffpunkt für die Bauern und Hirten aus der Umgebung. Hierher kamen sie, um Neuigkeiten zu erfahren, bei den umherziehenden Wanderhändlern dies oder jenes zu kaufen oder zu bestellen, zwei oder drei Stunden – oder einen ganzen Tag, man nahm das nicht so genau – bei einem Gespräch unter Männern zu verbringen. Meistens ging es fidel zu in diesem Han, dank dem Handjija, der ein fröhlicher und zu jedermann freundlicher Mann war. Doch wehe, wenn einer zu viel von dem Šumadija-Tee erwischt hatte, zu randalieren begann und andere Gäste belästigte! Der Riese, der, wie man erzählte, mit bloßen Händen Hufeisen verbiegen konnte, trug ihn hinaus und hielt ihn so lange unter das eisige Wasser der Quelle, bis er nüchtern wurde und um Gnade bat.
Im Laufe des Nachmittags und Abends erzählte man Stefan, daß es der Handjija allein mit sieben oder acht Männern einer Handelskarawane aufgenommen hatte, die auf dem Wege aus Herzegowina

ans Meer hier eingekehrt waren, zu viel getrunken und versucht hatten, seiner Frau Darka unter den Rock zu greifen.

»Die Männer aus Herzegowina sind nicht mit uns Montenegrinern zu vergleichen, doch sie kommen gleich danach und weit vor den Bosniaken. Trotzdem hatte sie Handjija Stevo alle zusammen so furchtbar vermöbelt, daß man den Bader rufen mußte, damit er ihnen wieder die Knochen einrenkte. Und ihm, Bruder, ihm fehlte nichts, sie haben ihm kaum ein Haar gekrümmt, so ist er! Sieben Tage lang waren sie nicht imstande weiterzuziehen. In diesen sieben Tagen wurden sie von Stevo so gerupft und geschoren, daß ihnen kaum das Hemd auf dem Leibe verblieb. Und das, Bruder, nur wegen Darka! Warte nur, bis du sie siehst – dann wirst du Stevo verstehen, auch wenn sie nicht mehr die Jüngste ist. Und ihre Tochter Danica erst, ah, Bruder, Bruder – wo gibt es ein schöneres Mädchen? Schwarz, rot und weiß ist sie wie die Nacht, wie das Blut, wie die Milch... Was Wunder, wenn die jungen Burschen von weither kommen, um ihr schöne Augen zu machen. Glücklich derjenige, dem sie eines Tages ihr Herz schenkt und anderes mehr, was dazugehört!«

Dem Gewitter folgten ein jäher Temperatursturz und Dauerregen. Stefan beschloß, im Han zu übernachten – und hatte schon bald Gelegenheit, Handjijas Frau Darka und Tochter Danica kennenzulernen. Sie kamen barfuß durch den Regen gerannt. Die Überröcke hatten sie über die Köpfe geschlagen, und die dünnen, bauschigen, knöchellangen Hosen klebten klatschnaß an ihren Beinen – ein Anblick, der manch einem Mann das Blut in den Kopf steigen ließ und ein leises Zungenschnalzen entlockte. Mehr nicht; denn der Handjija Stevo stand unter dem Vordach und lachte breit, als er seine Frauen heranlaufen sah.

Sie wären bei den Schafen oben auf der Bergweide gewesen, erzählten sie und hätten sich während des Gewitters in einer Höhle untergestellt. Das Gewitter hätte keinen Schaden angerichtet, im Gegenteil, der Regen würde der Bergweide nach der langen Trockenheit gut bekommen.

»Und euch beiden auch«, ließ sich aus dem Hintergrund ein vorlauter Bursche vernehmen. »Jetzt konnten wir endlich sehen, wie ihr beide gebaut seid.«

»Beine konnten wir sehen, stark und gerade wie die Tannen der

Sinjajevina-Planina, iiiih –!« sagte ein anderer – und er tat es nur, weil der Handjija im Haus verschwunden war, um Wein zu holen. »Paßt bloß auf, ihr zwei, daß euch Handjija Stevo nicht Beine macht, so schnell wie die der Hirsche von Sinjajevina-Planina!« rief ein dritter.
Während die Frauen ins Haus liefen, wobei sie nasse Spuren hinterließen, traf Stefan ein neugierig forschender Blick aus schwarzen Augen. Er saß in Hemdsärmeln am Herdfeuer und trank Šumadija-Tee. Das Feuer und der Tee wärmten ihn angenehm, er fühlte sich froh, heiter und beschwingt, als könnte er fliegen, weit über die Sinjajevina-Planina und weiter noch, über Stožac, Maganik und Lovčen, Montenegros heiligen Berg, zum Meer und übers Meer, das Mädchen Danica vor sich auf dem geflügelten Pferd, ein Mädchen mit schwarzen Augen und Beinen so gerade wie die Tannen der Sinjajevina Planina, ein Mädchen, schwarz wie die Nacht, rot wie das Blut, weiß wie der Schnee von Durmitor – oder war es Milch?
Diese Augen, oh, diese Augen!
Stefan nahm sich zusammen. Mit dem Šumadija-Tee sollte er lieber etwas vorsichtiger sein, damit es ihm nicht erging wie den Händlern aus Herzegowina. Denn wer zwischen Hände geriet, die Hufeisen verbiegen konnten, hatte wirklich einen Bader nötig! Ein Mann wie ein Berg, dieser Handjija Stevo, wie ein Felsen. Doch ein rechter Mann begab sich gern in Gefahr, um einen Blick dieser Augen aufzufangen, die schwarz waren und rätselhaft wie eine Sommernacht, ein Lächeln dieser Lippen, rot wie Blut, und die Zähne weiß wie der Schnee von Durmitor, oder war's der Schnee von Sinjajevina? Jedenfalls Schnee. Oder auch Milch. Das galt für die Haut, weiß wie Milch und weich und seidig unter dem klatschnassen Hemd. Beine, so lang und schlank wie die Tannen von Sinjajevina-Planina. Ein kräftiges, starkes Mädchen, *der Schwarzen Berge Tochter, stolz und wohlgestalt*... und wie ging es weiter? Mutter Darka und die sieben Händler aus Herzegowina. Tochter Danica und Stefan, der Švaba. Stolz und wohlgestalt, *sie ließen keinen ran, ob reich, ob arm, ob jung, ob alt.*
»Haben Sie noch Hunger, Gospodin?« fragte da eine wohlklingende Stimme. Stefan streckte auf. Neben ihm stand Danica und schaute ihn von oben mit ihren Mitternachtsaugen an, ein Lächeln um den

kirschroten Mund. Sie hatte sich umgezogen, trug ein weißes Leinenhemd, dessen Halsausschnitt und die Ärmel rot, blau und grün bestickt waren, ein weiter Rock bauschte sich über ihre Hüften, mit Glasperlen verziert waren die Opanken, und die wohlgeformten Waden steckten in bunten Wollstrümpfen. Und da war auch schon die Mutter Darka, ähnlich gekleidet wie die Tochter, hantierte mit Töpfen und Pfannen und warf dabei hin und wieder einen neugierigen Blick auf ihre Tochter und den verträumt dasitzenden Fremden.
»Nein, danke, ich habe keinen Hunger mehr«, sagte Stefan.
»Soll ich Ihnen einen Šumadija-Tee bringen?«
»Davon hatte ich vielleicht schon etwas zu viel, fürchte ich. Vielleicht später.«
»Ej, Frauen, *daj, daj,* beeilt euch, die Gäste warten!« kam von draußen der polternde Baß des Handjija Stevo. »Stellt Wasser auf für Kaffee, kocht Essen, der Abend ist noch lang, und niemand soll hungrig bleiben in diesem Hause!«

Der Abend wurde tatsächlich lang. Draußen prasselte monoton der Regen auf das Vordach, das Feuer auf dem Herd hob da ein schnurrbärtiges Gesicht aus dem Schatten, ließ dort Hände aufleuchten, die mit bedachtsamen Bewegungen eine Zigarette drehten, spiegelte sich in den Kaffeekännchen, in den Messingbeschlägen langläufiger Flinten und den blanken Klingen der Dolche, Säbel und Handschare, die an den Wänden hingen, ließ die Gesichter der Frauen in seinem rot flackernden Licht eintauchen und wieder in der Dämmerung versinken, funkelte auf den Glasperlen der Opanken, die hurtig und unermüdlich über den Boden huschten, verschwanden, wieder auftauchten, verschwanden.
Man unterhielt sich über dies und jenes und am meisten über das Attentat von Sarajewo und über die Möglichkeit eines Krieges zwischen Österreich-Ungarn und Serbien. Eine ungleiche Partie! Was konnte das kleine Serbien schon gegen die gewaltige Macht der Donaumonarchie ausrichten? Der Krieg wäre ein Unglück für alle, meinte man, nicht nur für Serbien, sondern auch für dessen engsten Verbündeten Montenegro. »Doch wenn es zu einem Krieg kommt, dann werden auch die Montenegriner ihren Mann stehen. Denn wir sind vom gleichen Stamm, Brüder im Glück und Unglück.«
Das sagte ein alter Mann mit zwei langen Dolchen und einer Stein-

schloßpistole hinter der Schärpe, die er über den knielangen Wollmantel geschlungen hatte. »So ist es. Wir werden unseren Mann stehen wie bisher immer – für Gott und Vaterland!« beendete er mit erhobener Stimme.
»Wie willst du, alter Dummkopf, deinen Mann stehen, wenn sie dich erschießen?« warf ein anderer ein. »Dann liegst du ganz schnell flach, für immer! Auf jeden von uns kommt ein Dutzend Švabas, vielleicht sogar hundert! Und mit hundert Feinden, die mit Repetiergewehren und Schnellfeuergeschützen ausgerüstet sind, wird auch der tapferste Montenegriner nicht fertig!«
»Du vergißt die Russen, Veljko«, meinte ein Dritter. »Die Russen werden uns helfen. Rußland ist ein großes Land, weit größer als Österreich-Ungarn und Deutschland zusammen. Und auf jeden Švaba kommen zehn oder zwanzig Russen, vergiß das nicht!«
»Jetzt mußt du mir nur noch erklären, warum uns die Russen helfen sollen? Warum, frage ich dich?«
»Haben sie es nicht unserem Knjaz versprochen? Sie sind unsere Brüder!«
»Und aus lauter Bruderliebe werden sie sich blutige Köpfe holen? Meinst du das ernst?«
»Brüder oder nicht – es gibt Zeiten, in denen du dich nur auf dich selbst verlassen kannst«, sprach wieder der Alte, »und auf unser Land. Das Land aber, das sind unsere Berge. Selbst wenn die Švabas alle Städte und Dörfer in den Tälern besetzen – die Berge werden sie nicht erobern! Sie sind unsere Festungen. Jeder Berg eine Festung. So war es immer, und so wird es immer sein.«
»Und essen wirst du Laub von den Bäumen und Steine?«
»Wäre nicht das erstemal, Rade, nicht das erstemal!«
»Eh, Bruder, *jao meni,* weh mir! Heute noch träume ich schlecht von der Brennesselsuppe, die wir uns unter *Komovi* kochen mußten, damit wir überhaupt etwas in den Bauch bekamen! Und die Türken, Bruder, die Türken lebten wie im Paradies!«
»Manch einer ist dann auch im Paradies gelandet – oder in der Hölle.«
»Das war früher sogar im Frieden so, Bruder. Hungern mußten wir immer – wir sind es gewöhnt. Noch weiß ich, wie wir auf dem Berg saßen und zuschauen mußten, wie Murat Beg unsere Felder aberntete, uns aber sogar das Gras für die Schafe mißgönnte.«

»Dafür mußte er dann auch ins Gras beißen!«
»Er war ein tapferer Mann. Fünf der Unseren nahm er mit, bevor er tot war.«
So ging es weiter. Nachdem sie die Frage eines möglichen Krieges gegen Österreich-Ungarn und, wenn nötig, gegen die ganze Welt, ausgiebig erörtert hatten, sprachen sie über die Ernte, Waffen, Familien, Hunde, Schafe, und einer erzählte eine lange Geschichte von Dinko, dem Stier, der so groß war wie ein Berg und stärker als jeder Stier, den man bis dahin gesehen hatte. Doch sein Gemüt war sanft wie das einer Taube, er tat nie jemandem etwas zuleide, nicht einmal den unverfrorenen Burschen, die sich auf der Weide von hinten anschlichen und ihn in die Hoden zwickten, die groß waren wie Kinderköpfe. Nachdem Dinko, der Stier, seine Schuldigkeit getan und für genügend Kälbernachwuchs gesorgt hatte, wurde er nach Kolašin zum Schlächter getrieben. Doch als er merkte, welches Schicksal ihm nun drohte, wurde er zum erstenmal in seinem Leben wütend. Mit blutunterlaufenen Augen riß er sich los, walzte alles nieder, was sich ihm in den Weg stellte, raste durch die Stadt auf die Landstraße und zurück nach Hause. Aber auch dort wollte er nicht bleiben. Mit den Menschen, die ihn für seine Dienste auf diese Art belohnen wollten und ihm so übel mitgespielt hatten, wollte er nichts mehr zu tun haben. So trottete er durch das Dorf auf die Bergweide, und niemand wagte sich ihm entgegenzustellen...
Stefan erfuhr nicht, wie die Geschichte mit dem gutmütigen, doch in seinem Zorn furchtbaren Stier Dinko zu Ende ging. Er nickte ein und wurde – so schien es ihm – nur wenige Augenblicke später von Handjija Stevo wachgerüttelt. »Komm, mein Sohn, du bist müde, ich zeige dir, wo du schlafen kannst.«

Er schlief in einer Kammer hinter der Gaststube. Nachts gab es Unruhe. Stefan hörte im Halbschlaf eine Stimme, der Baß des Handjija antwortete, dann das Geräusch von Pferdehufen, die sich schnell entfernten. Es regnete noch immer. Als er zum zweiten Mal aufwachte, war es draußen noch dunkel, aber es hatte aufgehört zu regnen. Es war still, die tiefe Stille der Stunde zwischen Nacht und Morgen, unterstrichen noch durch das Plätschern der Quelle über dem Han, das gleichmäßige Rauschen des Flusses, trippelnde Schritte kleiner Füße auf dem Boden über der Kammer, das kaum

vernehmbare Schnauben von Kume im Stall. Mittlerweile hätte Stefan seinen Kume unter einem Dutzend anderer Pferde herausgehört und an der Stimme erkannt.
Durch das Kammerfenster drang hellichter Morgen, als Stefan zum drittenmal aufwachte. Das Haus schien noch zu schlafen. Er stand auf, ging auf den Zehenspitzen hinaus, zog sich bis auf die Hose aus und hängte den Brustbeutel und das Amulett der Baba Gruša an einen Balken des Vorbaus. Der Morgen war frisch und das Wasser eisig. Stefan spritzte, schnaubte, prustete, bis ihn ein helles Lachen aufschreckte. Danica stand unter dem Vorbau, schaute ihm zu, lachte und flocht dabei ihren armdicken, hüftlangen Zopf.
»Machst du immer solche Geräusche – wie ein Nilpferd?« fragte sie.
»Hast du schon einmal ein Nilpferd gehört?« Stefan frottierte sich den nackten Oberkörper ab.
»Noch nie.«
»Wieso weißt du dann, welche Geräusche ein Nilpferd macht?«
»Dann eben wie ein Tarapferd oder wie ein Wassermann.«
»Und den hast du schon mal gehört?«
»Schon oft. Gehört und gesehen. Er schaut genauso aus wie du. Auch so stark. Nur ist er ganz grün. Und seine Haare sind lang und dick wie Wasserpflanzen, viel schöner als deine. Manchmal verfängt sich ein Aal darin.«
»Danica, komm rein, störe den Gospodin nicht!« kam aus dem Han die Stimme der Mutter Darka.
»Stimmt das? Störe ich dich? Was willst du frühstücken? Du bekommst Kaffee, der schwarz ist wie ...« Während sie sprach, ging sie langsam ins Haus zurück, kam dabei an dem Balken mit dem Brustbeutel und Amulett vorbei und schubste sie an, um sie zum Pendeln zu bringen. Dann nahm sie das Amulett in die Hand, schaute es an – und ließ es plötzlich wieder los, als hätte sie sich daran verbrannt. Mit schreckgeweiteten Augen starrte sie Stefan an.
»Wer bist du?« fragte sie heiser. »Gehörst du der *Alten Bruderschaft* an?«
»Welcher Bruderschaft?« fragte Stefan verwundert zurück.
»Das Zeichen ...« Danica sah wieder das Amulett an, wich einen Schritt zurück, bekreuzigte sich und huschte ins Haus.
Stefan maß diesem Vorgang keine Bedeutung bei. Die Menschen

waren voll Aberglauben, halb gläubige Christen, halb Heiden. Sie sahen überall Zeichen und Symbole – warum sollte dieses Mädchen eine Ausnahme sein? Verwunderlicher war da schon der Unterschied zwischen den tief verschleierten, hinter Mauern und vergitterten Fenstern verborgenen Frauen der Mohammedaner und diesen frei auftretenden, selbstbewußten Frauen Montenegros – wie Darka zum Beispiel, die Frau des Handjija, und Danica, ihre Tochter. Aber vielleicht mußten die Montenegrinerinnen so sein. Während die Männer abenteuernd durch die Berge streiften, mußten sie für das Haus, die Kinder und das Vieh sorgen und nebenbei auch noch die Felder bestellen, was ihnen andererseits nicht allzuviel Zeit wegnahm. Denn mit den armseligen, mühsam zusammengekratzten Fleckchen fruchtbarer Erde in der felsigen Wüstenei wurden sie schnell, für ihren Geschmack viel zu schnell, fertig – größere Felder mit fetter, fruchtbarer Erde wären ihnen lieber gewesen, auch wenn sie damit mehr Arbeit gehabt hätten . . .

Der Kaffee war heiß, schwarz und süß. Dazu gab es *Kajgana* mit jungem *Kajmak* und *Priganice**, die Darka ganz frisch für Stefan, den einzigen Gast, machte. Danica trug auf. Obwohl sie ihren Schreck von vorhin überwunden zu haben schien, wirkte sie noch immer gehemmt und vermied es, Stefan anzuschauen. Am Ende gewann sie ihre Unbekümmertheit aber doch zurück. Zum Abschied reichte sie ihm eine Handvoll Nüsse, was – wie so vieles – in Montenegro eine symbolische Bedeutung hatte. Denn Frauen und Nüsse haben eines gemeinsam: nur wer sich die Mühe macht, sie zu knacken, gelangt an den süßen Kern.

Doch Stefan stand nicht der Sinn nach Nüsseknacken. Seine Ungeduld wuchs, je näher er ans Ziel kam. Während er Kume sattelte, kam der Handjija und erzählte, daß ihn nachts ein Reiter aus dem Schlaf getrommelt hätte. »Er wollte wissen, ob ein Österreicher hier vorbei gekommen ist.«

»Was für ein Reiter?« fragte Stefan.

»Ich konnte ihn nicht erkennen. Es war dunkel, und er war noch nicht einmal abgesessen. Nur seine Jacke . . .«

»Trug er eine karierte Jacke?«

* *Kajgana*, Rühreier-Omeletts mit Schafskäse. *Priganice* sind montenegrinische Krapfen. Sie werden in heißem Öl goldbraun gebacken und mit zerlassener Butter übergossen. Man ißt sie am liebsten heiß.

»Eine komische bunte Jacke, und der Hut war auch nicht von hier.« Der Handjija lachte.

»Hat er nach mir gefragt? Oder gibt es in der Gegend noch andere Österreicher?«

»Er hat dich beschrieben, ziemlich genau.«

»Und was hast du ihm gesagt?«

»Wie soll ich wissen, daß du ein Österreicher bist? Hast du es mir erzählt? Habe ich dich danach gefragt? Du sprichst unsere Sprache, als wärst du einer von uns. Ich habe ihm gesagt, daß viele Menschen hier vorbeireiten, viele hier einkehren und daß ich nie jemanden nach seiner Nationalität frage. Damit gab er sich zufrieden und ritt weiter. Hätte ich ihm sagen sollen, daß du hier schläfst? War er ein Freund von dir?«

»Nein, kein Freund«, sagte Stefan. »Aber auch kein Feind. Ein – Schatten.«

Die Auskunft des Handjija hätte Stefan zu denken geben sollen. Doch die ungeduldige Erwartung des Gespräches mit Wojwoda Lazar Bošković (Stefan zweifelte keinen Augenblick daran, daß sich der Wojwoda zu einem Gespräch bereitfinden würde), ließ ihn alle störenden oder unangenehmen Gedanken beiseite schieben. Andererseits wären die nachfolgenden Ereignisse kaum anders verlaufen, wenn er dem nächtlichen Reiter mehr Aufmerksamkeit geschenkt und eine größere Bedeutung beigemessen hätte.

Das Tor zu einer anderen Welt

Nach dem Regen wälzte sich die Tara angeschwollen dahin und ihre milchig grünen Fluten umspülten die Wurzeln der Weiden, die sich an den Felsenufern festkrallten. An einer leichter zugänglichen Stelle schöpften schwarz gekleidete Frauen Wasser und schütteten es in kleine Fäßchen auf den Rücken geduldig wartender Esel. Als die Fäßchen voll waren, ging es steil aufwärts, Schritt für Schritt unter der schweren Last, bis sich der Weg hinter den zerklüfteten Felsen verlor.

Die Straße verließ den Fluß und wand sich in engen Kehren bergauf. Das silbergrüne Band der Tara wurde unter Stefan immer

schmaler und der Himmel über ihm immer weiter und freier, je höher er kam. Die Felsgipfel des Pečarac ragten aus den dunklen Fichten- und helleren Föhrenwäldern, grüne Almen erstreckten sich aufwärts bis unter die steilen Geröllhalden, schmutzige Schneereste lagen noch immer in den schattigen Rissen und Kuhlen.
Es wehte kühl von den Bergen her, und Stefan legte die Fellweste um, die er in Sarajewo gekauft hatte. Am Wegrand graste eine Schafherde, bewacht von zwei hochgewachsenen Hirten in weiten, erdbraunen Umhängen, die sie gleichermaßen vor Regen und Wind wie vor der prallen Sonne schützten. Reglos standen sie da, auf ihre Hirtenstäbe gelehnt, und schauten dem vorbeiziehenden Reiter nach – als wären sie ein Teil dieser Urlandschaft. So wie sie mochten schon ihre Vorgänger hier gestanden haben, vor hundert oder tausend Jahren, in denen sich in diesen Bergen nichts geändert hatte. Ein junger Hirtenhund lief Stefan kläffend nach, zwei, drei armselige Bauernhöfe kamen in Sicht, schmale, mit Dornenhecken eingefaßte Kartoffel-, Mais- und rosarot blühende Buchweizenfelder säumten den Weg. Ein ausgemergelter, barfüßiger Mann, lehnte sich mit seinem ganzen Gewicht auf den hölzernen, mit Steinen beschwerten Pflug, der nur eine flache Furche in den harten Boden zeichnete, während seine Frau den ziehenden Ochsen antrieb und dabei unbarmherzig auf ihn einschlug. Zwischen Felsbrocken eine grasende Kuh. Daneben eine reglose, schwarze Frauengestalt, die unter den linken Arm eine Spindel geklemmt hatte und mit flinken Fingern den Wollfaden drehte, den Kopf mit harten, wie aus den Felsen dieser Berge gemeißelten Zügen zur Seite geneigt, den Blick an Stefan vorbei in die Ferne gerichtet. Und wieder steinige Wiesen, Wälder, bis hinauf zu den senkrechten Felswänden, eine jäh abfallende Schlucht, ein zu Tal stürzender Wildbach, eine Hütte am Steilhang mit aufgestapeltem Brennholz bis unters Dach...
Der Weg wurde zuweilen so schmal, daß Stefan absitzen und Kume hart an den Rand drängen mußte, um einen Bauern mit seinem Esel vorbeizulassen oder eine Frau, gebückt unter der Last Brennholz oder Heu auf dem Rücken, den Blick starr auf den Weg vor ihren gleichmäßig langsam schreitenden Füßen gerichtet.
Dann rutschte ein junger Mann den Pfad herunter, der den Weg kreuzte und sich unterhalb wieder im Buschzeug verlor, als würde er aus dem Nirgendwo nirgendwohin führen. Im losen Geröll konnte

er nur schwer Tritt fassen, er stützte sich dabei auf einen langen Stab, sein Gesicht war vor Anstrengung schweißüberströmt. Auf dem Rücken trug er ein hölzernes Gestell, auf dem ein Greis saß, festgebunden, damit er nicht herunterfiel. Der alte Mann war nur halbwegs bei Besinnung. Seine knochigen Füße, die Arme mit den großen Händen und Fingern, die aussahen wie knorrige, braun gebeizte Baumwurzeln, der Kopf mit den kurzgeschorenen, silbernen Haaren und dem traurig hängenden, vergilbten und tabakbraunen Schnurrbart, baumelten kraftlos hin und her. Ein abwesender Blick aus schwimmenden Augen streifte Stefan, als er anhielt, um sie den Weg kreuzen zu lassen. Gleich darauf waren sie im Gestrüpp verschwunden, und man konnte nur noch die Schritte des Trägers vernehmen, das Rutschen und Kollern von Geröll, das sich unter seinen Tritten löste. Woher kamen sie? Wohin gingen sie?

Hinter einem schlanken, kirchturmhohen und schon aus der Ferne sichtbaren Felsen zweigte der Weg nach Südwesten ab. Durch dichte Urwälder ging es bergauf. Baumriesen säumten den Weg, wie sie Stefan bisher nur in den unzugänglichen Gebieten der Westkarpaten gesehen hatte. Er mußte immer wieder absteigen und Kume an den Zügeln über besonders schwierige Stellen führen.

So ging es stundenlang. Er fürchtete bereits, den richtigen Weg verfehlt zu haben, als der Wald lichter wurde und in ein baumloses, allmählich ansteigendes Plateau überging. So hatten ihm Aca und Ljerka den Weg beschrieben, der sich nun zwischen großen, über das Plateau verstreute Felsbrocken dahinwand und schließlich einen kleinen, fast kreisrunden See in einer weiten Geländevertiefung erreichte. *Vor dem See mußt du rechts abbiegen und dann immer weiter reiten. Der Weg führt dich durch eine enge Schlucht. Sie ist wie ein Tor zu einer anderen Welt.*

Obwohl das Wasser des Sees klar war, wirkte es fast schwarz. Stefan saß ab, suchte am moorigen Ufer nach einer halbwegs festen Stelle, ließ Kume trinken und kühlte sein erhitztes Gesicht. Das Wasser war eiskalt. Von den Felsgipfeln, die am Rande des Plateaus senkrecht in den Himmel ragten, wehte es kühl herab, und er fröstelte. Dann blieb der See hinter ihm, und die weite Senke verengte sich allmählich zu einem Tal, das wiederum trichterförmig

immer schmaler wurde, bis es vorne von einer Felswand abgeriegelt zu sein schien: Durch diese Felswand mußte die Schlucht führen, von der die alten Leute gesprochen hatten.
»Wir haben nicht mehr weit, Kume«, sagte Stefan. Seine Stimme klang taub in der tiefen, sonnenflimmernden Stille. »Nur noch dort vorne durch die Schlucht und wir...«
Das Wort wurde ihm von den Lippen gerissen. Ein harter Schlag gegen die rechte Schulter warf ihn aus dem Sattel. Er sah sich fallen und hörte erst jetzt den peitschenden Knall des Gewehrschusses. Der Boden stürzte auf ihn zu, und er sagte sich, daß er die Füße aus den Steigbügeln bekommen mußte, um nicht hängenzubleiben.
Wieder ein Schuß. Kume stieg vorne hoch, Stefan war plötzlich frei und prallte auf den Boden. Der dritte Schuß traf seinen Oberschenkel, und erst jetzt wurde ihm klar, daß er überfallen worden war, daß jemand auf ihn geschossen und ihn getroffen hatte. Er sagte sich das mit der Fassungslosigkeit eines Mannes, der sich nie in einer auch nur entfernt ähnlichen, lebensbedrohlichen Situation befunden und auch nie mit der Möglichkeit gerechnet hatte, in eine solche zu kommen. Die Welt war schön. Sie war gut und heiter. Geschossen wurde darin zwar auch, aber anderswo. Darüber las man, darüber sprach man, aber man fühlte sich davon nicht betroffen.
Nun war er doch der Betroffene, Schüsse waren gefallen, seine rechte Seite war wie gelähmt, der Oberschenkel schmerzte ihn, und die Hand, mit der er unter die Fellweste fuhr und seine Schulter abtastete, wurde naß. Blut! Er sah Blut auf der Hand, als er sie wieder vorzog. Blut war auf seinen Fingern. Er war überfallen worden, man hatte versucht, ihn zu töten.
War es Wojwoda Lazar Bošković, um ihn daran zu hindern, nach Kameni Stup zu kommen? Oder einer von dessen Leuten? Das war doch verrückt – völlig verrückt!
Stefan zog das linke Knie an, richtete sich auf, soweit er konnte und schrie:
»Hört auf, ihr Narren! Aufhören! Nicht schießen!«
Noch ehe seine Stimme verklungen war, fiel wieder ein Schuß. Die Kugel verfehlte ihn knapp, prallte gegen den Felsen rechts von ihm und stieg hell sirrend in die Luft. Stefan warf sich hinter den Felsblock, begann an der Schließe des Pistolenhalfters zu zerren. Er mußte es mit der linken Hand tun, denn die Rechte lag kraftlos, wie

tot neben ihm. Sie war tot, aber sie schmerzte ihn trotzdem, jede Bewegung schmerzte ihn. Vor Schmerz und wütender Hilflosigkeit weinend, bekam er das Halfter auf, und dann war die Pistole in seiner Hand und eine tiefe Dankbarkeit durchströmte ihn. Dank Mate war er nicht wehrlos, er konnte zurückschießen, kämpfen... Doch zuvor mußte er die Waffe durchladen. So klemmte er die Pistole zwischen die Brust und den Boden und riß mit der linken Hand den Schlitten nach hinten. Ein scharfer Schmerz fuhr durch sein Bein – das gleiche Bein, das vorhin getroffen worden war, nun zum zweitenmal getroffen von dem Schuß, der laut zwischen den Felswänden hallte.

Stefan beachtete es kaum mehr. Seine Pistole war schußbereit, und er konnte sich wehren. Er schob sich seitwärts und spähte hinter dem Felsblock nach vorn. Gestrüpp, trockenes Gras, Felsen, über den Felsen flimmernde Luft und vor seinen Augen eine weiße Blüte. Die Blüte schwankte leicht im Wind, verschwamm hinter einem durchsichtigen Nebel, der sich zwischen sie und Stefans Augen legte. Er bemühte sich, die Blüte wieder vorzuholen und es gelang ihm. Die Blüte war wieder da, schwankend, zitternd in der flimmernden Luft über dem felsigen Boden, und hinter der Blume die Gestalt eines Mannes, der durch die flimmernde Luft langsam herankam, ein Gewehr unter dem Arm, das Gewehr auf ihn gerichtet, Schritt für Schritt.

Stefan schoß.

Der Rückschlag riß ihm die Pistole fast aus der Hand. Er wußte sofort, daß er zu hastig geschossen und nicht getroffen hatte, und er schoß noch einmal dorthin, wo vorhin der Mann gewesen war. Und noch einmal. Dann war seine Kraft verbraucht, er konnte die Pistole nicht mehr halten, er war am Ende, es war zu Ende, die Gräser, die Blume, es gab keine Blume mehr und keine Gräser und nur noch einen roten Schleier der ihn einzuhüllen begann und ihn forttrug, und dort, wo er gerade noch war, fielen wieder zwei Schüsse, aber er selbst hatte doch gar nicht geschossen, und eine Stimme rief etwas, doch sie war schon sehr weit weg, und auch das Geräusch von galoppierenden Pferdehufen auf dem Felsenboden war betäubend laut und im nächsten Augenblick weg und verhallt in der gewaltigen Halle, durch die er schwebte, eine Halle, mein Gott, wie riesig die Halle war, und er dachte, ich sterbe, ich sterbe, wie der Papa gestorben ist, ich werde Papa wiedersehen, das Kreuz an der Felswand, ich sterbe, Mama, ich bin tot, Mama, was soll ich jetzt tun. Was tun wir jetzt? Ich weiß es nicht, Mama, ich weiß es nicht!

5. Kapitel

Der Fürst und sein Enkel, sie blieben am Leben, Wojwoda Lazar und Bogdan, der mutige Junge. Den Mördern blutige Rache schworen sie beide, grausame Rache für elfmal vergossenes Blut.

Von Helden und Schlangen

Bogdan, der Sohn des wissensdurstigen und gelehrten Dušan Bošković und der Serbin Dobrica, wurde im Jahre 1891 geboren, zu einer Zeit, als Montenegro begonnen hatte, langsam und zögernd aus einer blutigen Geschichte in eine friedlichere und hoffnungsfreudigere Zukunft zu treten – in eine Zukunft freilich, der man nicht blind vertrauen sollte! Eingedenk der jahrhundertealten Erfahrungen war Mißtrauen angebracht. Der Weg durch die Geschichte war mit Heimsuchungen und Gefahren gepflastert, die neu gewonnene Freiheit mußte gegen alte und neue Feinde verteidigt werden. Denn Feinde gab es überall; für jeden, den man erschlug, standen drei neue auf.

Der Geschichte des Landes, dessen Sohn Bogdan war, begegnete man überall. Sie war allgegenwärtig, offenbarte sich in den Erzählungen der Menschen, in den Gesängen der Guslari, in dem gewaltigen Heldenepos des Vladika Petar Petrović Njegoš, *Gorski Vijenac*, in den Bildern der alten Klöster, in den Ruinen alter Festungen und Wehrtürme, in den Katakomben unter den Kirchen, wo sich die ausgebleichten Schädel namenloser Toter zuhauf türmten. Sie offenbarte sich in den Bergen, Flüssen und Wäldern, ja selbst in den Steinen am Wegesrand: Hinter diesem Felsen lauerte Heiduck Marko seinen Feinden auf, an jenem fiel der schwarze Dule dem Dolch eines feigen Verräters zum Opfer, und hier wurde der tapfere Andrija von den Kugeln der türkischen Übermacht durchsiebt, der er sich entgegengestellt hatte. Sein Blut färbte den Stein rot – man sieht es noch heute und wird es auch noch in hundert Jahren sehen.

Die Kindheit: Wispernde Stimmen, Gerüche und Geräusche, verschwommene, seltsam unwirkliche, wie in einem leeren Raum schwebende und dann wieder klare, wie festgefrorene Bilder. Gedanken, die zu Worten geformt werden sollten, Träume und Wirklichkeit – wo endete das eine und begann das andere? Das schöne, dunkle Gesicht des Vaters, so hoch und fern über ihm, lachend, wenn er ihn aufhob und hoch warf, hoch in die Luft, daß er flog wie ein Vogel. Oder der Vater unerreichbar hinter der geschnitzten Türe aus Eichenholz: »Du darfst den Vater nicht stören, er schreibt.«

Was bedeutete das: Schreiben? Was schrieb er? Einen Artikel. Was war das, ein Artikel? Und der Vater weit weg, auf Reisen. Wenn er zurückkommt, bringt er dir etwas mit. Was bringt er mir mit? Und was riecht hier so, so... Ach, was ist es, Mama? Das bin ich. Es ist Parfum. Aber die Mutter roch auch ohne Parfum gut. Wenn sie ihn umarmte, war es schön, die Nase unter ihr Kinn zwischen die steif gestärkten Spitzen der Bluse zu stecken, knisternde Seide und warme, duftende Haut, und es war schön, sie einfach anzuschauen, zuzuschauen, wenn sie vor dem Spiegel des Frisiertischchens saß und mit gesammeltem Gesicht, die rosige Zunge zwischen den Lippen, an ihren Augenbrauen herumzupfte. Was tust du da, Mama? Ich mache mich schön. Warum machst du dich schön? Um euch zu gefallen, deinem Papa und dir. Du gefällst mir auch so. Gefalle ich dir wirklich? Das freut mich.

So entdeckte er seine Welt. Die Mutter, den Vater, die Dienstboten, das Haus, danach die Straße, die Menschen. Männer und Frauen mit zusammengekniffenen Augen vor der gleißenden Sonne auf den weißen Flächen der Häuser und der Felsen über den Häusern. Gesichter im flackernden Schein des Feuers im Han weiter unten, wo die Straße die Stadt verließ und sich in der flimmernden Ferne verlor. Im Schatten hockende schnurrbärtige Männer mit speckigen Rundmützen auf den kurzgeschorenen Köpfen. Die mit den weißen Mützen waren die Arnauten, die mit Tellermützen die unseren, die Montenegriner. Warum sind Montenegriner die unseren? Dumme Frage! Du bist ein Montenegriner, ich bin einer, alle Montenegriner gehören zu uns, sind also die Unseren. Die anderen sind eben Feinde, und man muß gegen sie kämpfen, so wie dein Großvater, der Wojwoda. Er ist ein Held. Was ist ein Held? Ein Held ist ein Mann, der tapfer gekämpft und viele Feinde getötet hat. Der Schmied zum Beispiel war ein Held. Er hatte mindestens sieben

Türken getötet, erzählte man, und vielleicht waren es sogar noch mehr gewesen. In den Kolben seiner Flinte waren jedenfalls sieben Kerben eingeschnitten – und wer sonst hätte sie einschneiden sollen als er selbst? Doch erzählen wollte er nie davon. Er war ein wortkarger, kleiner Mann, fast so breit wie groß, mit einem kantigen Oberkörper, über und über mit Brandnarben übersäht, sommers wie winters mit einer ärmellosen Lederweste bekleidet.

Der kleine Bogdan konnte stundenlang am Eingang zur Schmiede hocken und dem Schmied und dessen Gesellen bei der Arbeit zuschauen. Das alles faszinierte ihn. Das Fauchen des Blasebalges, mit dem die dunkelrote Glut zu einem grellen, bläulich glühenden Weiß angefacht wurde. Sprühende Funken und der Widerschein des Feuers auf den rußigen Gesichtern der Schmiede. Die glühenden Eisen, die sich unter ihren Händen zu Hufeisen formten. Das Zischen und Dampfen der bearbeiteten Werkstücke im Kühlwasser. Der durchdringende Geruch nach Eisen, Feuer und Schweiß, nach Pferden und angesengten Hufen. Und die Frage, ob der Schmied auch einen Säbel oder einen Handschar schmieden könnte. Kannst du das? Wenn es notwendig ist, kann ich das. Ist das schwer? Wenn man etwas davon versteht, ist es nicht schwer. Schmiedest du mir einen Handschar? Oder einen Säbel, wie ihn der Großvater hat? Du meinst, den *fröhlichen Säbel?* Wenn du groß genug bist, um damit umzugehen, schmiede ich dir einen Handschar – oder einen Säbel, der so sein wird wie der *fröhliche Säbel* von deinem Großvater. Das war der Schmied. Wahrhaftig ein Held! Er fiel am ersten Tag der Schlacht von Bijelo Polje im Jahre 1913.

Doch kein Held, jedenfalls kein lebender, reichte an den Großvater heran, Wojwoda Lazar. Die meisten anderen Helden waren tot. Manchmal hatte es den Anschein, als müsse man erst tot sein, um zum Helden erklärt zu werden. Welch ein Glück, einen lebenden Helden zum Großvater zu haben! Und welch herrliche, unvergeßliche Sommer auf dessen Landsitz am Tara-Fluß! Die rote Erde angenehm kühl unter den nackten Sohlen, wenn er den Pfad am Quellbach entlanglief, weiterlief gegen die blau-grünen Wälder in der Ferne, lief, lief, als seien ihm Flügel gewachsen, als könne er fliegen bis hin zu den blauen Bergen jenseits des Flusses und über die Berge bis zu dem weißen Gipfel des Heldenbergs, des Berges aller Berge, des Durmitor.

»Du mußt sieben Tage und sieben Nächte reiten, bis du hinkommst, und noch einmal sieben Tage und sieben Nächte mußt du zu Fuß hinaufsteigen, bis du den Gipfel erreichst. Doch die meisten Menschen, die es versuchen, erreichen ihn nie. Ihre Knochen modern in den dunklen Abgründen, wohin sie unterwegs gestürzt sind – oder auch gestürzt wurden ... Von wem? Ich sag's dir ein andermal.«
Das erzählte Zdenka, die Tochter des Verwalters Aca und dessen Frau Ljerka, die sich um die Wäsche kümmerte. Zdenka war zwei Jahre älter als er, Bogdan, hatte neugierige schwarze Augen, zwei dünne Zöpfe und einen breit lachenden Mund, der schamlos eine große Zahnlücke preisgab. Sie kam nicht mehr dazu, ihm zu erzählen, von wem die verwegenen Wanderer in die Abgründe des Durmitor gestürzt werden, wie sie versprochen hatte. Zdenka, die ihn mit einer unerklärlichen Unruhe erfüllte, wann immer er an sie dachte – und er dachte in jenen Wochen fast unentwegt an sie – Zdenka wurde von einer Schlange gebissen. Drei Tage später war sie tot.
Das gab es, daß Menschen von Schlangen gebissen wurden und qualvoll starben. Meistens waren es Frauen, die barfuß auf den Feldern arbeiteten, Pilze suchten oder Himbeeren sammelten, und oft waren es Kinder, die sorglos durch die sommerwarmen Wiesen liefen und die steinigen Abhänge der Berge hinauf- und hinunterkletterten – natürlich barfuß. Schuhe trug man im Sommer nie, nicht einmal sonntags, und im Winter hatte man auch keine richtigen Schuhe an, sondern Opanken mit dicken Wollsocken darunter.
Eine Schlange hatte Zdenka gebissen, und Zdenkas Tod war qualvoll gewesen. Im Dorf jenseits des Flusses lebte eine alte Frau, von der man behauptete, sie habe den bösen Schlangenblick. Deshalb fürchtete man sie. Und die Magd Asra hatte die gespaltene Zunge einer Schlange: Während sie einem ins Gesicht schmeichelte, sprach sie Übles über ihn hinter seinem Rücken – man wußte es, und doch nahm man meistens ernst, was sie sagte. Die Schlange als auf Sünde und Verführung ausgehende und den Menschen beherrschende Macht, Evas Verführerin und Adams Verderberin, von Gott Vater verflucht auf ewige Zeiten: Auf deinem Bauche sollst du kriechen und Staub fressen alle Tage deines Lebens. Und Feindschaft will ich setzen zwischen dir und dem Weibe und zwischen deiner und ihrer Nachkommenschaft. Sie wird dir den Kopf zertreten und du wirst nach ihrer Ferse schnappen.

Und wahrhaftig: Die Schlange hätte nach seiner Ferse geschnappt, wenn er auch nur einen halben Schritt weiter gegangen wäre! Doch er hatte sie noch rechtzeitig gesehen und nun stand er ganz ruhig und still vor ihr, und ihr angehobener Kopf war nur eine Armlänge von seinen bloßen Füßen entfernt.
»Bogdane, Bogdane!« kam von weither die rufende Stimme der Mutter. Doch er kümmerte sich nicht darum. Die Stimme kam jetzt aus einer ganz anderen Welt zu ihm in die mystische Welt des Traumes, der ihn umfangen hielt seit dem Augenblick, als er sich der Schlange gegenübersah. Hier gab es nur noch ihn und die Schlange, und die Zeit hatte keine Gültigkeit mehr. Tausend Jahre wie ein Tag, und jede Sekunde mit bloßen Füßen vor dem erhobenen Kopf der Schlange wie tausend Jahre.
Alle Heiligen, steht mir bei – was für eine Schlange!
Sie lag zusammengerollt, dick wie ein Männerarm, mit einem dunklen, fast schwarzen Zackenband auf dem Rücken, silbergrauen, nach unten ins Gelbliche und dann wieder ins Schwarze übergehenden Flanken, und ihr Kopf war so groß wie Bogdans Hand, dreieckkig, mit gespaltener, immer wieder aus dem Maul vorschnellender Zunge, und roten, im Licht der untergehenden Sonne feurig glühenden Augen unter den Augenschildern.
»Wenn du eine Schlange siehst, weiche langsam zurück – ganz langsam! Und dann – lauf! Doch lauf nie bergab, die Schlange holt dich ein. Lauf bergauf, und am besten – lauf quer zum Berg, dann wirst du ihr entkommen.«
Natürlich waren diese und ähnliche Verhaltensmaßregeln unsinnig, das wußte Bogdan später. Doch jetzt glaubte er daran. Seine Position war günstig. Er stand ein wenig höher als die Schlange, und die Böschung stieg hinter ihm weiter an, so daß er nur langsam zurückweichen und dann laufen mußte, bergauf oder quer zum Berg, wie er wollte. Aber er wich nicht zurück. Seine Angst war so groß, daß sie ihn kaum atmen ließ, doch er wich nicht zurück. Vielleicht war die Angst sogar so groß, daß er nicht zurückweichen *konnte*. Mag sein, daß er in diesen ersten Augenblicken von der Angst genau so auf der Stelle festgehalten wurde wie eine Maus, die hilflos und ohne sich zu rühren auf den tödlichen Biß der Schlange wartete.
»Am gefährlichsten sind sie gegen Abend. Tagsüber liegen sie in der Sonne und ruhen aus, damit sie stark und schnell werden für die

nächtliche Jagd. Das Licht der Sonne gibt ihnen Kraft und Geschmeidigkeit, und ihre Wärme verwandelt sich in tödliches Gift.«
Jetzt war es gegen Abend.
Bogdan sah jede Kleinigkeit, er sah die schöne Zeichnung der Schlange und jede Farbtönung, und er hörte ihr wütendes Zischen. Du bist zornig, dachte er, ha, du bist zornig, Schlange! Du kannst nicht bergauf springen und deshalb bist du zornig.
Der Zorn war eine menschliche Eigenschaft. Er nahm der Schlange das übernatürlich Dämonische – auch wenn es böse und zornige Dämonen gab, wie jeder wußte. Aber Dämonen waren unsichtbar. Die Schlange war hingegen sehr wohl zu sehen. Dämonen – böse oder nicht – konnten auch bergauf springen, genauso wie bergab, sie konnten sogar fliegen, die Schlange jedoch nicht. Die Schlange war mächtig und lebensgefährlich, wenn es ihr gelang zu beißen, aber sie hatte ihre Grenzen. Und als Bogdan das erkannte, als er die Schlange durch das Wissen um ihren Zorn gleichsam vermenschlichte, schwand seine Furcht.
Ich weiß, was du denkst, Schlange, dachte er – und vielleicht sagte er es auch. Ich bin ein Mensch, und ich bin stärker und klüger als du. Er fühlte den Haselnußstock in seiner Hand, fühlte seine Rundung und sein Gewicht, und er dachte daran, daß der Stock die richtige Waffe war, die Waffe, die er brauchte, um die Schlange zu töten. Du hast Zdenka gebissen, sie mußte sterben, und ich werde dich töten, Schlange, dachte er. *Krvna osveta*, Blutrache. Selbst wenn es eine andere Schlange war, die Zdenka gebissen hat, sie war von deiner Art, und ich werde dich töten.
Und er tötete die Schlange.
Dabei ging er schnell und methodisch vor. Er unterdrückte den Wunsch, die Schlange mit dem Stock zu reizen, mit ihr zu spielen, ihr seine Überlegenheit zu beweisen, bis er zum tödlichen Schlag ausholte. Was getan werden mußte, sollte schnell und ohne Umwege geschehen (später, als er Menschen töten mußte, ging er genauso schnell, methodisch und geradlinig vor). Er bewegte den Stock so weit auf die Schlange zu, bis sie wütend zischend den Kopf noch etwas anhob und den Hals stoßbereit nach hinten bog. Dann holte er blitzschnell aus und schlug zu, und er tat dies genauso wie unten am Quellbach, wenn er im Vorbeigehen mit seinem Stock oder dem Säbel aus Eschenholz Sumpfdisteln köpfte. Und wie er

dort den Stengel genau unter der Blütenknolle traf und sie abschlug, traf er hier die Schlange knapp unter dem Kopf und brach ihr die Wirbelsäule.

Dann erst machten sich seine unterdrückte Angst und die Erregung in einem wilden Ausbruch Bahn. Er schlug auf den zuckenden, sich hilflos krümmenden Schlangenkörper ein, er schlug und schlug und schrie dabei: »Ich habe dich getötet, Blutrache für Zdenka, ich bin stärker als du, stirb schon, Schlange, ich bin stärker als alle Schlangen!«

Er schlug so lange, bis der armdicke Schlangenkörper still und schmutzig vor ihm lag. Dann erst hörte er auf, hob die Schlange am Schwanz vorsichtig hoch und hielt sie mit ausgestrecktem Arm von sich. Sie war fast so lang, wie er groß war – wahrhaftig eine große, mächtige Schlange! So trug er die Schlange nach Hause, und weil sie ihm nach einer Weile zu schwer wurde, schleifte er sie hinter sich durch Steine und Staub und später durch das Gras.

Als die Mutter die Schlange sah und erfuhr, daß er sie getötet hatte, wurde sie ganz blaß und stumm.

»Es war ja nichts«, sagte Bogdan. »Sie versperrte mir den Weg, und ich habe sie mit meinem Stock getötet. Es ging ganz leicht und schnell.«

Die Knechte pfiffen durch die Zähne und nickten anerkennend, als sie die Schlange sahen. Die Mägde schrien und bedeckten ihre Augen mit den Händen. Boro, der Hirte, hob die Schlange hoch und rief: »Habt ihr je schon so eine Höllenotter gesehen? Schwarz und giftig wie die Hölle, aus der sie hervorgekrochen kam. Und unser Bogdan schlägt sie tot, als wäre das gar nichts. Ein *sechsjähriges Kind*! Leute, wahrhaftig, ein kleiner Held!«

»Es hätte auch anders ausgehen können«, sagte Asra, die Magd. »Unserem Bogdan saß ein Schutzengel auf der Schulter und nahm mit seinem Flügel der Schlange die Sicht.«

»Unsinn! Hast du je schon einen Schutzengel gesehen, Asra? Wie kann etwas, das man nicht sieht, jemandem die Sicht nehmen?«

»Eine Schlange kann Dinge sehen, für die das menschliche Auge blind ist.«

»Das war bestimmt die Schlange, die Zdenka gebissen hat«, sagte der Hirte. »Unser Bogdan hat die Schlange getötet und damit Zdenka gerächt.«

Das war eine gute Erklärung. Sie enthüllte die verborgene Wahrheit und gab dem Ereignis einen Sinn: die Rache. Weshalb sonst soll ein erst sechsjähriger Junge eine so große und gefährliche Schlange töten? Woher sonst sollte er den Mut und die Kraft nehmen als aus dem Gedanken an Rache – auch dann, wenn er es selbst gar nicht wußte und er nur ein Werkzeug des Schicksals war? Eine gute Erklärung und eine gute Geschichte, die man weitererzählen konnte, und eine neuerliche Bestätigung dessen, daß nichts auf der Welt sinnlos geschah. Manchmal lag der Sinn offen zutage, manchmal war er verborgen, und man mußte sich Mühe geben, um ihn herauszufinden, und manchmal brachte das nicht einmal ein Weiser fertig. Diesmal war die Wahrheit zu Boro, dem Hirten gekommen. Aber Boro war in solchen Dingen ja geübt. Wenn er mit seinen Schafen über die Bergweiden zog, hatte er genügend Zeit, sich den Kopf zu zerbrechen und über dies und jenes zu sinnieren.
Boro war es auch, der dem Schlangenkadaver die Haut abzog und den Kopf abschnitt und beides über das Kreuz an Zdenkas Grab hängte. So hing die Haut mit dem Kopf da, bewegte sich im Wind, der über die Gräber strich, und jeder, der vorbeikam, konnte sehen, daß Zdenka gerächt worden war. Eines Tages verschwanden dann die trocken gewordene Haut und der verschrumpelte Kopf. Vermutlich hatte sie der Pope geholt und weggeworfen; denn er hielt nichts von solchen heidnischen Bräuchen.

Der Zwang zu töten

Bogdan sonnte sich in der Bewunderung der Knechte und der Mägde, für die er plötzlich nicht mehr nur ein kleiner Junge war. Doch dann kam Professor Ilija Marić aus der Stadt, um hier einige Tage zu verbringen, in der Tara zu fischen und Pilze zu sammeln, zu klassifizieren und zu zeichnen. Als er die Geschichte mit der getöteten Höllenotter vernahm, hob er nur die Augenbrauen (verwundert? mißbilligend?), schüttelte den Kopf und sagte nichts. Bogdan, der auf ein Wort der Bewunderung und Anerkennung wartete, kam das seltsam vor. Er schlich um den Professor herum und bot sich am nächsten Tag an, mit ihm in den Wald zu gehen und den Pilzkorb zu tragen. Sie waren schon stundenlang unterwegs, und der Professor

sagte noch immer nichts. Erst als sie gegen Mittag auf einem umgestürzten Baum saßen, Brot, Käse und Speck aßen und Wasser aus einer Quelle tranken, die gleich daneben unter einem Felsen hervorsprudelte, erst jetzt fragte er:
»Du hast also eine Schlange getötet?«
»Sie war riesig groß«, sagte Bogdan stolz.
»Und weshalb hast du sie getötet?«
Die Frage kam so unerwartet, daß Bogdan nichts zu erwidern wußte. Was sollte man darauf auch sagen? Eine Schlange tötete man, das war allgemein bekannt! Man tötete sie deshalb, weil sie eine Schlange war.
Der Professor wartete geduldig und wiederholte dann seine Frage:
»Also, weshalb?«
»Weil... Sie hat Zdenka gebissen, deshalb«, sagte Bogdan verwirrt.
»Weißt du das genau?«
Bogdan schwieg.
»Du weißt es also nicht. Vielleicht – oder sehr wahrscheinlich – war es eine andere Schlange. Aber selbst, wenn es die gleiche gewesen wäre – keine Schlange greift Menschen an. Sie beißt nur, wenn sie sich bedroht fühlt. Vielleicht hat Zdenka nicht aufgepaßt und ist auf die Schlange getreten. Wie soll nun eine Schlange wissen, daß ihr Zdenka nichts antun wollte? Sie hatte ihr etwas angetan, indem sie auf sie getreten ist, verstehst du?«
Bogdan schwieg.
»Wie sollte die Schlange wissen, daß Zdenka noch ein Kind war?« fuhr der Professor fort. »Für die Schlange war sie, obwohl noch ein Kind, riesengroß. Für die Schlange ging es um Leben und Tod. Sie mußte sich wehren – so wie du dich wehren würdest, wenn du meinst, daß dich jemand überfällt, um dich zu töten. Ist das so?«
»Ich würde ihn töten«, sagte Bogdan.
»Und die Schlange? Ihre einzige Waffe sind die Giftzähne. Also hat sie sich damit gewehrt und zugebissen. Es ist schrecklich, daß Zdenka sterben mußte. Aber wenn du dir überlegst, Bogdan, wenn du *genau* überlegst, dann wirst du zugeben müssen, daß die Schlange im Recht war. Zumindest aber wirst du verstehen, weshalb sie zubeißen *mußte*.«
Bogdan nickte. Bis jetzt hat noch nie jemand auf diese Art mit ihm

gesprochen, nicht einmal der Vater. Er verstand, was der Professor meinte, und verstand es auch nicht. Eine Schlange tötet man, dachte er eigensinnig, und erst recht, wenn sie Zdenka... Aber vielleicht hatte der Professor recht, und es war nicht dieselbe Schlange – andererseits war sie von der gleichen *Art*, und die Blutrache...

»Du aber mußtest die Schlange nicht töten«, sprach der Professor weiter. Seine Stimme klang auf einmal traurig und müde. »Sie hat dir nichts getan. Sie hat dich nicht einmal bedroht, und du hast sie trotzdem getötet. Weshalb? Was hat dich dazu getrieben? Weil du gehört hast, daß man Schlangen tötet? Ist es so? Aus Lust man Töten? Weil du sie einfach töten *mußtest*? Der Zwang zu töten, ein fürchterlicher, verhängnisvoller Zwang, tief drinnen im Menschen... Treibt er die Menschen dazu? Was treibt einen sechsjährigen Jungen dazu?«

Nun verstand Bogdan überhaupt nichts mehr. Nur so viel war ihm klar, daß der Professor die Tat, auf die er doch so stolz war und für die ihn alle – bis auf die Mutter – gelobt und bewundert hatten, nicht gut hieß. Daß er sie sogar verurteilte. Hatten die Leute doch recht, wenn sie behaupteten, daß beim Professor bei all seiner Gelehrsamkeit – oder vielleicht gerade deswegen – eine Schraube locker war? Bogdan beschloß, es dabei bewenden zu lassen. Der Professor war ja meist einer anderen Meinung als die anderen, und also auch in dieser Frage. Man müßte sich wundern, wenn dem nicht so wäre – es hatte also weiter keine Bedeutung.

Doch die Erfahrung dieses Gespräches und die Erinnerung daran ließen sich nicht so einfach abschütteln. Was der Professor gesagt hatte, war zu seltsam, ein tiefes Geheimnis schien in seinen Worten zu liegen, vielleicht eine verborgene Wahrheit. Jedenfalls mußte Bogdan immer wieder daran denken. Dazu kam noch, daß er den Professor – nicht zuletzt wegen dessen Fertigkeit, mit nachgemachten Fliegen nach Tara-Forellen zu fischen – zu sehr verehrte, als daß er seine Worte in den Wind geschlagen hätte. *Die Schlange hat dir nichts getan, sie hat dich nicht einmal bedroht, und du hast sie trotzdem getötet. Weshalb?*

Eine gültige Antwort gab es darauf offensichtlich nicht, auch nicht für den Professor; denn er hatte es bei der Frage belassen. Die Frage und der Keim des Zweifels in die Rechtmäßigkeit des vorausgegangenen Tuns, den sie schon deshalb enthielt, weil sie gestellt

worden war, begleiteten Bogdan fortan – bis die Nacht der *Blutigen Slava* Professor Ilija Marić auf eine grausame und unwiderlegbare Art ins Unrecht setzte und Bogdans Zweifel beseitigte.
Es war gleichgültig, ob eine Schlange den Menschen bedrohte, oder nicht. Allein die Tatsache, daß sie ihn beißen *könnte*, genügte, um sie zu töten, wo immer man auf sie stieß. Es war gleichgültig, ob sich Arnauten friedlich verhielten oder nicht. Allein die Tatsache, daß sie sich zu Banden zusammenrotten *könnten*, um eine *Blutige Slava* zu veranstalten, genügte, um gegen sie anzutreten und sie zu bekämpfen, wann und wo immer das möglich war. Der Professor und alle anderen Menschenfreunde, Humanisten, Pazifisten und wie immer man sie nennen mochte, die gleich ihm bei jeder sich bietenden Gelegenheit behaupteten, daß ein friedliches Nebeneinander und Füreinander auch mit Türken, Arnauten und anderen historisch bedingten Feinden möglich und sogar notwendig sei, waren im Unrecht. Im Recht waren Männer wie Großvater Lazar, der sie für Natterngezücht hielt, das ausgerottet werden mußte. Erst dann konnte es für Montenegro Frieden geben, erst dann war man von Nächten wie der *Blutigen Slava* sicher.

Bogdan wurde später gefragt, wie er in jener Nacht so blitzschnell hatte reagieren können, als die Mörder ins Haus eingedrungen waren. Genau konnte er diese Frage nicht beantworten. Er hatte es einfach getan, er hatte gehandelt, ohne zu überlegen. Nur deshalb war es ihm gelungen, den Mördern zu entkommen. Das Merkwürdige war – davon sprach er allerdings nie – daß der Überfall für ihn keineswegs überraschend gekommen war. Er war stets darauf vorbereitet, daß irgend etwas geschehen konnte, war stets auf dem Sprung, sich zu verteidigen oder anzugreifen, zu kämpfen – gegen eine Schlange, die auf dem steinigen Bergpfad lauerte, oder einen arnautischen oder türkischen Feind, der ihm nach dem Leben trachtete. Das war der Einfluß der Geschichte seines Landes, die er gleichsam mit der Muttermilch eingesogen hatte. Er lebte in einer feindlichen Umwelt, von vielfältigen Gefahren umgeben, und mußte stets auf einen Überfall vorbereitet sein. Der Feind lauerte hinter dem nächsten Busch – hinter der Hausecke dort vorn – im Dämmerlicht des Obstgartens – in einem Zimmer des Hauses, das

er, Bogdan, jetzt betrat – hinter den Strohballen im Stall, wenn er sein Pferd holte: Kindliche Gedanken, kindliche Spiele; die meisten davon hatten mit Kampf und Tod zu tun. Er war der Heiduck Bogdan, der für die Freiheit Montenegros kämpfte und den Türken mit seinem *fröhlichen Säbel* reihenweise die Köpfe abschlug, wenn er Sumpfdisteln am Quellbach köpfte. Er war der legendäre Held Kraljevič Marko, der unbesiegbare Königssohn, wenn er die dreifach gefiederte, unfehlbare Wurflanze (ein mannshoher, zugespitzter Haselnußstock) gegen die Arnauten schleuderte (Getreidegarben auf dem Feld während der Ernte, ein Ameisenhaufen im Wald, von den weidenden Kühen verschmähte Grasbüschel und manchmal, wenn es keiner sah, die Kühe selbst), er war der Hirte, der seine Schafe gegen eine Meute hungriger Wölfe oder räuberischer Albaner verteidigte: Schuß auf Schuß, und jeder Schuß ein Treffer und ein toter Wolf oder toter Albaner – wo war da der Unterschied?
Natürlich geschah das nur in seiner kindlichen Phantasie – doch dann kam mit der Nacht der *Blutigen Slava* die Realität und stellte alles in den Schatten, was er sich je hätte ausdenken können. So lebte er fortan erst recht in einer ständigen nervösen Anspannung, immer bereit, richtig zu reagieren, vor allem aber rechtzeitig zu handeln und das Notwendige zu tun, so wie er es als sechsjähriger Junge mit der Schlange getan hatte: Es war richtig und notwendig gewesen, sie zu töten. Und es war richtig und notwendig gewesen, nicht erst lange zu überlegen, warum und weshalb, sondern sich sofort durch das Fenster fallen zu lassen, als der Vater nach den Schüssen und dem Gepolter der Schritte gerufen hatte: »Bogdan – raus! Hirten!« Das schnelle Handeln, ohne nachzudenken, hatte ihm damals das Leben gerettet und es ihm somit auch ermöglicht, später einmal blutige Rache an den Mördern zu nehmen.

Auf der Schwelle zu einer glänzenden Karriere

Nach der *Blutigen Slava* hatte Fürst Nikola I. verlauten lassen, daß die Sippe der Boškovićs und vor allem Bogdan als Erbe und zukünftiger Wojwoda unter seinem persönlichen Schutz stünden. Bogdan wurde als Kadett nach Rußland in das renommierte Petersburger

Internat *Zar Alexander II.* geschickt. Er gehörte in allen Fächern zu den Besten, besaß einen »offenen Kopf und einen großen Wissensdurst«, wie es in seiner Beurteilung hieß. 1911 kehrte er als junger Leutnant nach Montenegro zurück und wurde bereits ein Jahr später wieder nach Petersburg in die höhere Kriegsakademie geschickt, um als Generalstabsoffizier ausgebildet zu werden. In den Balkankriegen von 1912 und 1913 kam er nicht zum Einsatz. Während seine Offizierskameraden nach Hause gerufen wurden, mit ihren Einheiten ins Feld zogen, sich dort im Kampf gegen die Türken auszeichneten und ihren Teil zum Sieg der montenegrinischen Waffen beitrugen, mußte Bogdan als einziger in Petersburg bleiben. Er empfand das als eine demütigende Zurücksetzung. Sein telegrafisches Ersuchen, die Anordnung zu revidieren und ihn an die Front zu kommandieren, erfuhr eine schroffe Ablehnung. *Leutnant B. Bošković hat sich dem ursprünglichen Befehl zu fügen. Über seine Verwendung wird an höchster Stelle entschieden.*

An höchster Stelle – das war der König. Hatte sich Nikola I., dem man nachsagte, rachsüchtig und nachtragend zu sein und das Gedächtnis eines Elefanten zu besitzen, tatsächlich an jene längst vergangenen Tage erinnert, als Bogdans Urgroßvater, Wojwoda Djuro Bošković, unterstützt von mächtigen und einflußreichen Gefolgsleuten, nach der montenegrinischen Fürsten- oder gar Königswürde gestrebt haben soll? Erlaubte er ihm, Bogdan, deshalb nicht, durch Ruhmestaten, die er im Kampf gegen die Türken vollbringen würde, dem Namen Bošković den einstigen Glanz zu verleihen und damit die Erinnerung an den Volkshelden Djuro neu zu beleben?

Denn nicht wenige Wojwodas und Serdare – Stammesälteste – waren mit dem autokratischen Regime Nikolas I. unzufrieden und sprachen davon, von der Erbfolge wieder abzugehen und den alten Brauch neu zu beleben, nach dem sich die Montenegriner den regierenden Fürsten oder König aus ihrer Mitte wählten: den besten und geeignetsten unter ihnen, als Ersten unter Gleichen. Bei der Frage nach Kandidaten wäre unter den ersten natürlich auch der Name Bošković aufgetaucht.

Doch solche Gedanken verboten sich für Bogdan von selbst. Hatte König Nikola I. nicht nach der *Blutigen Slava* verkünden lassen, daß er fortan jede feindliche Handlung gegen ein Mitglied der Bošković-Sippe als gegen ihn selbst gerichtet ansehen und entsprechend ahnden würde? Er hatte ihn wie ein Vater bei sich aufgenommen, ihn gefördert, ihm alle Möglichkeiten einer glanzvollen Karriere gegeben – der König war über jeden Verdacht erhaben! Bogdan verehrte und achtete, ja er liebte ihn, er war ihm treu ergeben und hätte niemals den Eid gebrochen, den er als Offizier geleistet hatte, jederzeit bereit zu sein, für den König und das Vaterland bis zum letzten Atemzug zu kämpfen und zu sterben.

Mitte Juni 1914 hatte Bogdan seine Ausbildung abgeschlossen und die letzten Prüfungen an der Petersburger Militärakademie bestanden. Das Abschlußdiplom wurde ihm vom Zaren Nikolai II. persönlich übergeben.
Den russischen Zaren behielt Bogdan als einen mittelgroßen Mann mit regelmäßigen Gesichtszügen und freundlichen Augen in Erinnerung. Bei der Überreichung des Diploms umarmte er jeden der jungen Offiziere nach russischem Brauch und küßte ihn flüchtig auf beide Wangen, wobei ihn der Geruch nach Kölnisch Wasser und ägyptischen Zigaretten umwehte.
»Sie kommen aus Montenegro?« fragte er Bogdan bei dieser Gelegenheit mit einer leisen, angenehmen Stimme. »Ein schönes Land, endlich befreit vom türkischen Joch. Grüßen Sie Ihren Herrscher, meinen königlichen Vetter, herzlichst von mir!«
Anfang Juli traf Bogdan in Cetinje ein. Nach einem dreiwöchigen Urlaub würde der König selbst über seine zukünftige Verwendung entscheiden, bedeutete man ihm beim Stabe. »Wenn mich nicht alles täuscht, wird dir der Truppendienst erspart bleiben«, meinte Oberleutnant Darko Sekić, der seit einigen Monaten Dienst im Generalstab tat. Bogdan hatte sich mit ihm in Petersburg angefreundet, obwohl ansonsten Freundschaften mit höheren Jahrgängen nicht eben häufig waren. Auf Darkos Brust glänzte die silberne Tapferkeitsmedaille, die er in den letzten Kämpfen mit den zurückweichenden Türken vor Skadar erworben hatte. »Ich habe munkeln gehört, daß man dich für die Laufbahn eines Militärattachés auserkoren hat«, fuhr er fort. »Vielleicht in Belgrad oder Petersburg. Dort bist du ja fast zu Hause. Vielleicht aber auch in Paris – stell dir vor, Paris!«
»Was, zum Teufel, soll ich in Paris?!« Bogdan war von der Aussicht, als Militärattaché in einer der wenigen Auslandsvertretungen Mon-

tenegros Dienst zu tun (wo gab es diese überhaupt?), nicht sonderlich angetan. Er brannte darauf, Soldaten anzuführen, an der Spitze eines Reiterzuges, einer Schwadron, ja eines Bataillons ins Feld zu ziehen, unter wehenden Standarten in die Schlacht zu reiten, gefällte Lanzen, blitzende Säbel, donnernde Hufe, für König und Vaterland Attacke zu reiten – aber nicht am Schreibtisch zu sitzen und in den Salons der Großen Gesellschaft Konversation zu führen.

»Ich wüßte, was ich in Paris tun würde!« Darko lachte. »Nur wird man mich leider nicht dorthin schicken. Ach, Paris, Paris, die Stadt der schönen Frauen, der Liebe und der Chambres Séparées... Ich war in Petersburg einmal in einem Chambre Séparée. Aber das war nicht besonders spannend, nur sehr teuer. In Paris soll es ganz anders ein – mit allen Schikanen und so weiter.«

»Wir könnten ja tauschen. Du gehst nach Paris, und ich bleibe hier. Aber im Ernst – hast du diese Nachricht aus einer zuverlässigen Quelle oder ist es nur ein Gerücht?«

»So zuverlässig oder so unzuverlässig wie alle solchen Quellen sind. Jetzt hast du erst einmal drei Wochen Urlaub. Wo willst du ihn verbringen?«

»Zunächst reite ich nach Hause, zum Großvater.«

»Wojwoda Lazar Bošković? Gibt es ihn wirklich noch, oder ist er nur eine Legende?«

»Manchmal frage ich mich das auch. Aber dann sehe ich ihn doch vor mir. Er sitzt auf seinem Stuhl, kerzengerade, immer in der gleichen Haltung, wenn ich komme, mit dem weißen Schnurrbart und der Narbe... Das große Zimmer ist halbdunkel, die Vorhänge sind zugezogen, und hinter ihm an der Wand der berühmte *fröhliche Säbel.* Zum letztenmal habe ich ihn vor zwei Jahren gesehen. Ob er jetzt da ist? Wer weiß. Vielleicht ist er da, vielleicht auch unterwegs, das weiß man bei ihm nie. Auf jeden Fall sind die Frauen da. Mama, Rada und Madame Vera.«

»Rada? Ist sie jetzt hier? Ich habe sie in Petersburg bei einem Heimabend der Montenegriner und Serben kennengelernt. Damals hatte sie gerade angefangen zu studieren. War's nicht Medizin? Ich habe mich noch gewundert, wie ein Mädchen zu diesem Studienfach kommt. Anatomie-Unterricht, Leichen zerschneiden... Ist sie dabei geblieben?«

Bogdan nickte. »Sie ist im vierten oder fünften Semester. Ein fleißiges Mädchen.«
»Ausgerechnet Medizin, eine junge Frau wie sie!« In Darkos Augen trat ein schwärmerischer Glanz. »Ist sie noch immer so hübsch, nein – schön, ja, schön, wie damals?«
»Noch schöner.« Bogdan lachte. »Manchmal bedauere ich, daß sie meine Cousine ist.«
»Aber sie ist es! Um so besser für einen so blendend aussehenden Offizier wie mich. Wäre ich nicht eine gute Partie? Habe ich eine Chance? Darf ich dich besuchen auf euerem Adlernest?«
»Du wirst willkommen sein. Aber ich sage dir schon jetzt: Keine Chance. Rada hat nur ihr Studium und die Bücher im Kopf. Sie will so schnell wie möglich Ärztin werden. Und wie ich meine kleine, schöne Cousine und ihren Dickschädel kenne, wird sie das in einer Rekordzeit schaffen.«

Endlich nicht nur eine Übung

Bogdan ritt bereits am nächsten Tag los. Begleitet wurde er von Bero, seinem *Posilni*, was so viel wie Bursche bedeutet. Bero war ein kleiner, vierschrötiger Mann mit fröhlich zwinkernden Augen. Er stammte aus dem montenegrinischen Küstenland, wo das Leben leichter, die Sitten weniger streng und die Menschen nicht so schwerblütig sind. Die beiden nahmen den kürzesten Weg über Nikšić und Šavnik. Dort bogen sie hart östlich ab, ritten durch die Bukovica-Schlucht und begannen nach Boan den steilen und mühsamen Aufstieg über den Hauptkamm des Sinjajevina-Gebirgszuges. Um die Mittagszeit des zweiten Reisetages erreichten sie den Bergsee, wo sie den Hauptweg verlassen mußten.
»Nach dem See müssen wir links abbiegen. Dann haben wir nur noch eine Stunde zu reiten.« Die Aussicht, schon bald zu Hause zu sein, ließ Bogdans Stimme hell aufklingen. »Es geht noch durch eine Schlucht und dann . . . Horch!«
Aus der Richtung, wohin sie reiten wollten, fielen schnell hintereinander zwei Schüsse. Dann noch einer.
»Es ist vorne, bei der Schlucht!«
»Vielleicht eine Jagd, Herr Leutnant«, meinte Bero.

»Jetzt, im Juli? Unsinn!«
Wieder fielen zwei Schüsse und dann drei kurz hintereinander. Die letzten drei klangen schwächer und heller als die anderen.
»Karabiner und eine Pistole – mir nach!« rief Bogdan. Er trieb sein Pferd an, und Bero, der das Packpferd an langen Zügeln hinter sich führte, fiel schnell zurück. Das Hochplateau verengte sich zu einer Senke. Einige hundert Meter vor sich sah Bogdan bereits den trichterförmigen Eingang der Schlucht, die zum Bergkastell des Großvaters führte. Ein Pferd galoppierte ihm mit fliegenden Steigbügeln entgegen, wich seitwärts aus und verschwand hinter einer Gruppe verkrüppelter Bergkiefern. Bogdan riß mit einem Ruck das Halfter auf und zog den langläufigen russischen Trommelrevolver, *Nagant* genannt. Oben auf dem Rand der Böschung neben dem Eingang in die Schlucht tauchte hinter einem Felsblock die Gestalt eines Mannes auf. Er war noch ziemlich weit, und doch sah Bogdan genau: Er war nach Art der Arnauten gekleidet, trug auf dem Kopf die flache weiße Rundmütze und hielt unter dem Arm einen Karabiner. Er hielt ihn lässig wie ein Jäger auf der Treibjagd, oder ein Mann, der den Feind, mit dem er in eine Schießerei verwickelt war – um eine solche handelte es sich hier ohne jeden Zweifel –, nicht mehr zu fürchten braucht.
Bogdan hob den Revolver und schoß zweimal in die Luft.
Der Mann verharrte reglos, hob das Gewehr etwas an, als wollte er es gegen den heranstürmenden Reiter richten und war im nächsten Augenblick hinter dem Felsblock auf dem Rand der Böschung verschwunden.
Bogdans Pferd scheute seitwärts. Hinter einem niedrigen Felsen, der ihm kaum Deckung geboten hatte, lag ein Mann. Er machte eine mühsame Bewegung, als versuche er sich aufzurichten, sackte zusammen und blieb reglos auf dem Gesicht liegen. Neben seiner linken Hand lag eine Repetierpistole – eine österreichische Armeepistole, wie Bogdan mit einem schnellen Blick feststellte. Aus ihr waren vorhin die drei heller klingenden Schüsse abgefeuert worden.
Hoch aufgerichtet, mit einer weit ausholenden Bewegung deutete Bogdan auf den Liegenden – eine Gebärde für den nachkommenden Bero, sich um den schwerverletzten, vielleicht aber auch bereits toten Mann zu kümmern. Er selbst sprengte die Böschung hinauf zu dem Felsen, hinter dem vorhin der Arnaute verschwunden war.
In dem unübersichtlichen Gelände war niemand zu sehen.

»Du Hund, du hundertmal verfluchter Hund!« zischte Bogdan. Er kannte diese Gegend gut und wußte, daß man hier selbst eine kleine Armee nicht finden konnte, wenn sie nicht gefunden werden wollte. In einem seltenen Hochgefühl der tätigen, mit Kampf und möglicher Gefahr verbundenen Aktion (endlich, endlich nicht nur eine Übung!), in das sich aber auch schon die Enttäuschung mischte, daß der Kampf vorbei war, noch ehe er begonnen hatte, ließ er den Blick über das felsig zerklüftete, mit verkrüppelten Kiefern, übermannshohen Wacholderbüschen und undurchdringlichem Dornengestrüpp bewachsene Gelände gleiten, in angespannter Erwartung einer Bewegung, eines Schusses aus dem Hinterhalt, eines plötzlichen Überfalls, bereit, sich augenblicklich zur Seite zu werfen, in Deckung zu gehen oder anzugreifen, selbst zu schießen und zu treffen. Doch nichts geschah. Nichts. In der vor Hitze flimmernden Luft war keine Bewegung zu sehen. Bogdan lud den Nagant nach, schob ihn ins Halfter, wendete das Pferd auf der Hinterhand und ritt zurück.
Bero hatte den verletzten – oder toten – Mann auf den Rücken gedreht. Sein sonst immer fröhliches Gesicht war ernst und bekümmert, als er zu Bogdan aufsah.
»Lebt er noch?« fragte Bogdan, während er absaß.
»Ich weiß es nicht, Herr Leutnant, so ein Jammer! Dieser junge Mensch... Vielleicht lebt er, vielleicht ist er auch schon tot. Und vielleicht...«
»Gibt es denn noch eine dritte Möglichkeit, *Budala*, Dummkopf?« Bogdan kniete neben dem Fremden nieder, hob dessen kraftlose, blutverschmierte Hand, suchte nach dem Puls, konnte ihn nicht finden, drückte die Fingerspitzen auf die Halsschlagader und spürte ganz leicht, kaum fühlbar, den Herzschlag. »Er lebt. Bring Wasser und Rakija. Du hast doch Rakija mit?«
»Für alle Fälle immer, Herr Leutnant, dem heiligen Georg sei Dank!«
»Mach weiter, mach weiter, schnell!«
Der Fremde war dreimal getroffen. Ein Durchschuß durch die rechte Brustseite unter dem Schlüsselbein, ein Oberschenkeldurchschuß (»da hatte er verdammtes Glück, daß nicht die Arterie getroffen wurde, knapp daneben, man kann sie fast sehen!«) und ein Streifschuß, der seinen Unterschenkel der Länge nach aufgerissen hatte. Sie wuschen die Umgebung der Schußwunden mit dem Schnaps aus

Beros Trinkwassergefäß, der *Čutara,* aus und verbanden sie, so gut es ging, mit dem Verbandsmaterial, das jeder Offizier auf längeren Reisen und Ausritten in seinem Gepäck mitführen mußte. Als dieses verbraucht war, rissen sie eines von Bogdans Hemden zu Streifen und wickelten sie um die am stärksten blutende Wunde am Unterschenkel.

Während sie sich um ihn kümmerten, regte sich der Verwundete kaum, manchmal stöhnte er, und einmal riß er die Augen weit auf und schaute Bogdan sekundenlang blicklos an. Gleich darauf schien er wieder in tiefe Bewußtlosigkeit zu sinken.

»Ein Schock ... Außerdem hat er viel Blut verloren, es sieht nicht gut aus. Ich glaube kaum, daß er durchkommt.«

Bogdan rieb an einem Grasbüschel den blutverschmierten Brustbeutel und das Amulett ab, die sie dem Verwundeten abgenommen hatten.

»Der heilige Georg hat uns gerade rechtzeitig vorbeireiten lassen, Herr Leutnant. Der heilige Georg wird ihm auch weiterhin beistehen. Er ist jung und stark. Wer kann auf ihn geschossen haben?«

»Ein Šiptar. Ich habe den verfluchten Hund genau gesehen.«

»Die Hölle wird ihn verschlingen!« Bero wischte mit Bogdans restlichem Hemd das schmutzige Gesicht des Verwundeten behutsam ab. »Wer kann das sein, Herr Leutnant?«

»Ein Fremder, siehst du das nicht? Hier, nimm das!« Bogdan reichte Bero den Brustbeutel und das Amulett. »Verwahre das in meiner Satteltasche.«

Auf dem Weg zu Bogdans Pferd schaute Bero das Amulett genauer an. Plötzlich fuhr er zusammen:

»Herr Leutnant – hier!«

Er hielt das Amulett so, daß das Sonnenlicht voll auf die Seite mit dem Zeichen fiel.

»Was gibt's? Wir müssen uns beeilen!«

»Das Zeichen, Herr Leutnant«, flüsterte Bero furchtsam. »Sehen Sie – hier? Ich kenne es, mein Onkel hat es mir gesagt ... Es ist das Zeichen der *Alten Bruderschaft.*«

Ein Totenschädel oder das Gesicht eines Riesen?

Das Leben hat seine Tücken. Eine davon – und keine unbeträchtliche – war das Aufhängen von Bildern an diesen Wänden. Über den roh behauenen Steinen, mit denen sie aufgerichtet worden waren, gab es nur eine reichlich dünne Putzschicht. Das verlieh den Wänden zwar eine durchaus reizvolle, unregelmäßig wellige Struktur – ganz anders, als die langweilig glatten, exakt geraden Wände im Petersburger Palais der Tante Ljuba, genauer: des Grafen Bagranow –, machte aber das Einschlagen eines Nagels fast unmöglich. Selbst die extra starken Stahlnägel, die Rada in Petersburg besorgt hatte, verbogen sich oder brachen ab, wenn man versuchte, sie einzuschlagen – es sei denn, man hatte Glück und traf zufällig eine mit Mörtel gefüllte Fuge zwischen den Steinen.
Rada hätte sich natürlich die Mühe (und blutig geschlagene Finger) sparen und die Wände kahl lassen können. Aber das wollte sie nicht. An Wände gehören Bilder. Sie zaubern in einen kahlen Raum sogleich eine unverwechselbare, einem bestimmten Menschen zugehörige Note. Natürlich muß man sich hüten, zu viele davon aufzuhängen. Das tat zum Beispiel Tante Ljuba, die alle Wände des Bagranow-Palais mit Bildern geradezu bepflastert hatte. Da hingen Originale russischer, italienischer und französischer Künstler neben Porträts von zahllosen Familienangehörigen bis in die Zeit Peters I., der einen Vorfahren des jetzigen Grafen Nikolai Andrejewič Bagranow gezwungen hatte, in die Newa-Sümpfe zu ziehen, wo die zukünftige russische Metropole Petersburg entstehen sollte. Dort mußte er nach Plänen eines italienischen Baumeisters ein Palais bauen. Zar Peter habe ihn und die anderen Bojaren gleichsam an den Ohren an die Newa gezerrt, da er ihnen die Bärte ja schon vorher abgeschnitten hatte, so hieß es... Jedenfalls wirkten die Wände dadurch überladen, und die Gemälde, darunter einige kostbare Werke italienischer Renaissance-Künstler aus der Raffael-Schule, kamen nicht zu jener Geltung, die ihnen eigentlich angemessen war.
Weniger ist mehr, zumindest in dieser Hinsicht, schärfte sich Rada ein. Sie konnte allerdings nicht vermeiden, daß im Laufe der Zeit auch die Wände ihrer beiden Zimmer fast so aussahen wie die der Tante Ljuba in Petersburg. Neben Reproduktionen russischer und

französischer Impressionisten (darunter befanden sich auch zwei Originale eines wenig bekannten Künstlers mit dem Allerweltsnamen Claude Duval), hingen romantische Drucke mit kriegerischen Szenen aus der serbischen und montenegrinischen Geschichte, wobei die Türken seltsamerweise immer die Unterlegenen waren – seltsamerweise, erlaubte sich Rada nur im geheimen anzumerken zugleich mit der Frage, wie es dann möglich gewesen war, daß die auf diesen Bildern stets unterlegenen Türken die stets siegreichen Serben und Montenegriner fünfhundert Jahre lang beherrscht hatten? Darunter befand sich auch das Bild der *Kosovska devojka*, die Darstellung einer jungen, wunderschönen Frau, die nach der schicksalhaften Schlacht auf dem Amselfeld die verwundeten serbischen Helden labte – ein Bild, das in keinem patriotisch gesinnten Haus fehlen durfte. Die genauso unumgänglichen Familienbilder – die meisten davon oval geformte, bräunlich getönte Fotografien – nahmen den Platz neben dem Schreibsekretär ein. Über die Hälfte davon trugen einen schmalen Trauerflor: Die Toten der *Blutigen Slava*.

Eine Wandfläche in ihrem zweiten Zimmer, das ihr als Schlafzimmer diente, war den meist aus illustrierten Zeitschriften ausgeschnittenen Porträts und Fotografien von Menschen vorbehalten, die Rada besonders verehrte. Da hingen in bunter Reihe die Bilder des Wiener Arztes Ignaz Semmelweis, des Franzosen Louis Pasteur und des Deutschen Paul Ehrlich; die Aufnahme der polnischen Forscherin Eva Sklodowska-Curie neben einem Kessel, in dem sie Pechblende kochte, eine Portraitstudie der russischen Anarchistin Emma Goldmann aus einem amerikanischen Gerichtssaal; das Bild der promovierten deutschen Dichterin Ricarda Huch . . .

Im Augenblick war Rada dabei, den Nagel für das Ölgemälde eines russischen Expressionisten einzuschlagen. Das vierzig mal dreißig Zentimeter große Bild hatte sie für erspartes Geld auf einer Ausstellung junger Künstler in Petersburg erstanden. Es stellte eine blasse, hohläugige Arbeiterfrau dar mit vier blassen, hohläugigen Kindern in einem düsteren, nicht näher bezeichneten Raum. Das Gemälde hatte Rada so sehr beeindruckt, daß sie davon bis in den Traum verfolgt worden war. Jetzt gefiel es ihr schon weniger. Denn in das helle, freundliche Zimmer – Studierzimmer nannte sie es – mit dem blankgescheuerten Dielenboden wollte es nicht so recht passen. Vielleicht ins Schlafzimmer? Nein, dorthin noch weniger! Also doch hier!

Wenn schon gekauft, dann auch aufgehängt, entschied Rada in einer Aufwallung von Trotz. Gleichzeitig bedauerte sie insgeheim, daß sie für das Geld (achtzehn Goldrubel, ein kleines Vermögen!) nicht doch lieber die neuen Bände der Gogol-Gesamtausgabe für ihre im Entstehen begriffene Bibliothek gekauft hatte. Es wäre noch Geld für Zolas Roman *»Germinal«* übriggeblieben, ein Buch, das sie sich schon lange wünschte.

Mit dem Nagel klappte es diesmal auf Anhieb. Sie hängte das Bild auf, trat drei Schritte zurück, schaute es mit zur Seite geneigtem Kopf und gerunzelter Stirn kritisch an und seufzte. Es war wirklich düster, traurig, bedrückend – wahrscheinlich gerade deshalb, weil es die Realität, oder vielmehr den *Geist* der Realität wiedergab. Vielleicht sollte sie es doch lieber wieder abhängen und in den Schrank stellen oder in ihre Ecke auf dem Speicher, wo bereits einiges herumstand.

Ein scharfer Pfiff von draußen enthob Rada zunächst einer Entscheidung. Bogdan! Das war ihr Pfiff, ihr »Geheimzeichen«, schon seit sie Kinder gewesen waren.

Rada lief zum Fenster. Von hier aus konnte sie einen Teil des weiten Hochtales überblicken, das sich hin bis zu den steilen Felswänden des Pečarac erstreckte. Eine wilde Trümmerlandschaft! Felsen, verkrüppelte Bäume, Ginster, Wacholder, dorniges Gestrüpp, dazwischen magere Weidenflächen und zwei kleine Seen, die jetzt, bei Sonnenschein, blaugrün und silbern schimmerten, doch bei Regen dunkel, fast schwarz erschienen und nachts, wenn der Vollmond eine bestimmte Höhe erreicht hatte, wie zwei unergründliche Augen im Gesicht eines liegenden Riesen starrten. Dieser Eindruck entstand durch besonders gruppierte Latschen, die dem Ungeheuer Mund, Nase und borstige Haare verliehen.

Bogdan hatte Rada vor Jahren den Riesen gezeigt, und sie hatte sich jahrelang davor gefürchtet, ja selbst bei Tag, wenn man sich Mühe geben mußte, das Gesicht des Fabelwesens zu erkennen, wobei es für sie eher Ähnlichkeit mit einem grinsenden Totenschädel hatte. Wieder war es Bogdan gewesen, der ihr die Angst – wenigstens zum großen Teil – genommen hatte: »Schau genau hin, es ist kein Totenschädel, sondern das Gesicht eines Riesen. Eines, der über *Kameni stup* wacht. Wenn sich nachts Feinde nähern, wird er sie vertreiben. So mußt du denken! Zumindest aber wird er uns wecken und warnen.«

Wenn sich nachts Feinde nähern – seit der Nacht der *Blutigen Slava* ein Alptraum und ein Trauma. Schattengleich huschende Gestalten in der Dunkelheit der Nacht. Weiß schimmernde Arnautenmützen auf den Köpfen der Angreifer. Glitzernde Augen in blassen Gesichtern. Im Licht der Lampen aufblitzende Handschare. Schüsse, Schüsse, schreiende Stimmen. In der einsetzenden Stille schwere Schritte auf der Treppe, der einzelne Schuß und der schrecklich gellende Schrei der Mutter, der kein Ende nehmen wollte.

Bogdan: »Der Großvater und ich werden sie finden, Gott der Allmächtige ist mein Zeuge! Warte nur, bis ich groß genug bin. Ich werde kein Erbarmen haben, kein Erbarmen, das schwöre ich dir, kein Erbarmen! Ich werde sie töten, einen nach dem anderen. Einen nach dem anderen!«

Der Nacht der *Blutigen Slava* waren nicht nur nahezu alle Männer der Bošković-Sippe zum Opfer gefallen, sie hatte auch den Familiensinn zerstört oder ihm zumindest einen irreparablen Schaden zugefügt. Nur zwischen Bogdan und Rada hatte sie – und die Erinnerung an sie – ein besonders enges Band geknüpft. Sie liebten und vertrauten einander, wußten alles voneinander, verstanden sich, ohne sprechen zu müssen, und manchmal war es ihnen, als seien sie ein und dieselbe Person. Dieses Gefühl der Zusammengehörigkeit war auch dann nicht verlorengegangen, als sie sich immer seltener sahen, nachdem Bogdan zur Ausbildung nach Cetinje, Belgrad und schließlich Petersburg geschickt worden war. Das Gefühl war da, wenn sie aneinander dachten, und es stellte sich sofort wieder ein, sobald sie sich sahen. So auch jetzt, als Rada sich aus dem Fenster beugte, um nach Bogdan Ausschau zu halten.

Sie hatten sich in Petersburg vor einem guten halben Jahr zum letztenmal gesehen, auf einer Abendgesellschaft der Tante Ljuba im Palais Bagranow. Allerdings hatten sie nur wenige Worte ungestört wechseln können. Bogdan war ständig von jungen und auch nicht mehr so jungen Damen okkupiert gewesen – der hochgewachsene montenegrinische Leutnant mit den blitzenden dunklen Augen in dem kühnen Raubvogelgesicht war bei der Petersburger Damenwelt ein leicht exotisch anmutender Hahn im Korb gewesen: ein gut erzogener Kavalier mit geschliffenen Manieren, ein begehrter Gesellschafter und unermüdlicher Tänzer. Und doch schien sich unter dem blendenden Äußeren des jungen Offiziers etwas faszinierend Befremdliches, ein düsteres Geheimnis zu verbergen. Dieses Geheimnis zu ergründen, den Nervenkitzel der Gefahr zu erleben, den Wilden unter der zivilisierten Schale zu zähmen – welch eine prikkelnde, reizvolle Aufgabe für eine Frau! Doch bislang schien es keiner gelungen zu sein, die unsichtbare Mauer zu durchbrechen, mit der sich Bogdan umgab.

Von ihrem Fenster aus konnte Rada auch einen Teil der Zufahrtsstraße übersehen, die in zwei steilen Kehren den felsigen, teilweise mit großen alten Bäumen bestandenen Hang überwand. Dort, zwischen den Zweigen einer Eiche konnte sie jetzt einen Reiter ausmachen. Sie stutzte. Ganz anders als sonst – Bogdan ging es für gewöhnlich nie schnell genug – ritt er diesmal im Schritt, hatte ein seltsam unförmiges Aussehen ...
Nun gab die Eiche den Blick frei: Es war tatsächlich Bogdan. Er saß auf der Kruppe seines Schecken. Vor ihm im Sattel kauerte zusammengesunken ein Mann, kraftlos hin und her schwankend, von Bogdan festgehalten, damit er nicht vom Pferd fiel.
»Eiii, Leute, eiii!« rief nun Bogdans helle Stimme. »Beeilt euch, Leute, beeilt euch!«
Es war ein Anblick, den Rada nie vergessen würde:
Die grau-grüne, zerklüftete Landschaft unter einem wolkenlosen Sommerhimmel, der steile Weg zum Kastell und auf dem Weg ein Reiter, vor sich auf dem Pferd die zusammengesunkene Gestalt eines Mannes, dessen Kopf mit dem rotblonden, in der Sonne golden aufleuchtenden Haarschopf leblos hin und her schwankte. Ein Bild von seltener Eindringlichkeit und einer archaisch anmutenden Gewalt, dessen harte Konturen Rada an Gemälde von Goya erinnerten und das trotz der gleißend hellen Farben wie von einem düsteren Schicksal umweht zu sein schien.
Rada löste sich davon und lief aus dem Zimmer.

Švabas sind zäh wie Katzen

Licht, Schatten, Dunkelheit. Immer wieder ein taumelndes, von Übelkeit und Todesfurcht begleitetes Versinken in eine purpurne Finsternis, mühsam tastendes Aufwachen und Emportauchen in eine unwirklich anmutende Realität, die voller Schmerzen und anderer unbegreiflicher Dinge und Vorgänge war. Wo befand er sich? Was war geschehen?

Das Gesicht eines jungen Mannes in der Uniform eines montenegrinischen Offiziers. Golden glitzernde Epauletten auf seinen Schultern und neben ihm das schöne Gesicht einer jungen Frau oder eines Mädchens, das er bereits gesehen hatte – oder hatte er davon nur geträumt? Worte, die sie sprachen und die von ihnen losgelöst gleichsam im Raum zu schweben schienen:

»Glaubst du, er kommt durch?«

»Ich weiß es nicht. Vielleicht.«

»Sollte man nicht lieber den Doktor holen?«

»Dr. Sekulić ist vor drei Wochen gestorben. Man müßte nach Kolašin reiten und Dr. Azanjac holen. Der ist meistens betrunken. Hin und mit ihm zurück, das dauert mindestens drei Tage. Und bis dahin wissen wir's.«

Wissen – was? fragte sich Stefan. Die Frage erschien ihm plötzlich wichtiger als alles andere. Er versuchte zu fragen, was man in drei Tagen wissen würde, aber die Stimme und die Zunge wollten ihm nicht gehorchen, und aus seinem Mund kam nur ein unverständliches Lallen. Seine Gedanken glitten ab, und was ihm eben noch so wichtig schien, wurde nebensächlich, und er vergaß es.

Schmerzen! Schmerzen vor allem dann, wenn sich Frauenhände an ihm zu schaffen machten. Wer waren diese Frauen? Wo war er? Immer wieder die Frage, wo er sich befand und sein Unvermögen, die Frage zu stellen und die hölzerne, wie ein Fleischklumpen in seinem Mund liegende Zunge zum Sprechen zu bringen. Und zwischendurch eine leichte Hand, die sich auf seine Stirn oder Wange legte, die Bettdecke ordnete, das Kissen glattstrich. Gesichter von Frauen, die aus der Dämmerung eines unbekannten Raumes auftauchten, sich über ihn beugten, zu ihm oder zu jemandem sonst sprachen, den er nicht sehen konnte. Es waren immer die gleichen Gesichter. Das blasse, knochige Gesicht einer Frau, deren Alter man nicht schätzen konnte, mit hellen Augen, die ihn ausdruckslos musterten. Ihre Stimme hatte einen harten, metallischen Beiklang, und wenn sie sprach, mischte sie französische Brocken hinein. Dann das volle Gesicht einer etwa vierzigjährigen Frau, mit hoher, weißer Stirn und Augenbrauen, die sich schwarz und regelmäßig wie mit einem feinen Pinsel gezogen über die freundlich und besorgt blikkenden Augen spannten: Sie wurde Dobrica oder Tetko Dobrica oder nur *Tetko*, Tantchen, genannt. Und immer wieder das schöne Gesicht der jungen Frau, deren dunkle Augen ihn mit einer professionell anmutenden Sachlichkeit musterten. Die Gesichter kamen und verschwanden, Schritte näherten sich und verklangen. Licht und Dunkelheit. Das gleichmäßige Ticken einer Wanduhr. Die weichen Glockentöne der geschlagenen Stunden, tagsüber, nachts, wieviele Tage waren es? Wieviele Nächte? Wie oft hatte die Uhr zwölf geschlagen?

Stefan wachte auf, hatte keine Schmerzen und blieb ganz ruhig liegen, um sie nicht zu wecken und ihnen keine Gelegenheit zu geben, sich in seinem Körper auszubreiten. Im Zimmer herrschte eine leichte, angenehme Dämmerung. Das Fenster war offen. Davor stand ein Baum, dessen Blätter von einem rötlich goldenen Licht übergossen waren und sich im leichten Wind bewegten. Ein Vogel zwitscherte. Er versuchte, den Vogel auszumachen, aber es gelang ihm nicht, und er hütete sich vor der Anstrengung, den Kopf zu heben. Er versuchte auch nicht, den Kopf zur Seite zu wenden und nachzusehen, woher die Stimmen kamen, die er plötzlich klar und deutlich hörte. Kamen sie aus dem Nebenraum, dessen offene Türe er aus den Augenwinkeln gerade noch sehen konnte?

»Wenn ihr es tatsächlich fertiggebracht habt, dann seid ihr entweder Wunderheilerinnen oder Hexen«, sagte die Stimme des jungen Offiziers, der schon einmal an seinem Bett gestanden hatte.

»Wir sind Hexen«, sagte die Stimme der schönen jungen Frau.

»Es ist noch zu früh, um mit Bestimmtheit sagen zu können, daß er tatsächlich über dem Berg ist. Mais oui – wir sind zufrieden.« Das sprach die Stimme der Frau mit dem harten Gesicht und den hellen Augen.

»Jedenfalls lebt er noch«, sagte der Mann.

»Er ist sehr kräftig, deshalb hat er es überstanden. Un homme comme un chêne.* Trotzt allen Stürmen.«
»Auf mich macht er eher den Eindruck eines schwachen Bäumchens, das vom leichtesten Lüftchen umgepustet wird. Wir müssen aufpassen, es kann noch immer Komplikationen geben. Die Oberschenkelwunde . . .«
»Hör zu, Rada – er ist ein Švaba«, sagte der Mann. »Švabas sind zäh wie Katzen. Sie haben sieben Leben. Schlägst du sie sechsmal tot, stehen sie sechsmal auf und sind lebendiger als zuvor. Wie Zar Dukljan. Man muß sie sorgfältig gefesselt in Ketten halten, sonst schwingen sie sich noch zu Herren der Welt auf.«
»Und du bist der Erzengel Michael, der sie daran hindern wird.« Die junge Frau lachte.
»Er müßte etwas essen«, sagte die ältere. »Bis jetzt hat er noch nichts gegessen und kaum etwas getrunken.«
»Ein Mensch kann bis zu einem Monat ohne Essen auskommen, hat man uns auf der Akademie erzählt. Wahrscheinlich nicht ohne Grund. Wenn im Krieg die Fourage irgendwann mal steckenbleibt und es tagelang nichts zu essen gibt – bitte sehr! Einen Monat lang, ihr Hundesöhne, könnt ihr ohne Essen aushalten, sagt die Wissenschaft! Ob mir das meine Soldaten abnehmen? Möglicherweise stekken sie mich dann in einen Kessel und . . .«
»Mais non, Bogdan, mais non, was für ein schrecklicher Gedanke!«
»Jedenfalls soll es ganz gesund sein, hin und wieder zu hungern. Schläft er jetzt?«
»Ich glaube schon. Aber vielleicht hört er dir auch zu.«
»Versteht er unsere Sprache?«
»Bis jetzt sprach er nur Deutsch.«
»Was hat er gesagt?«
»Das werde ich dir nicht verraten. Arztgeheimnis!«
»Oh, le, le! Meine kleine Rada will schon eine Ärztin sein! Ich frage mich nur, was ein Švaba mutterseelenallein hier suchte?«
»Vielleicht hat er sich verirrt.«
»Das glaube ich nicht. In seiner Satteltasche habe ich eine Generalstabskarte von diesem Gebiet gefunden. Darauf ist der Weg hierher eingezeichnet und *Kameni stup* unterstrichen.«

* Ein Mann wie eine Eiche.

»Der Weg zu uns?«
»Zu uns? Was wollte er hier?«
»Vielleicht wollte er dich besuchen?«
»Mich? Nein, mich nicht. Dich. Er hat dich irgendwo gesehen und sich augenblicklich in dich verliebt. Dann irrte er sieben Jahre durch die Welt und suchte dich überall.«
»Dummkopf! Vor sieben Jahren war ich *vierzehn*!«
»Bei den Negern oder auch schon in der Türkei ist eine junge Dame mit Vierzehn, die noch immer nicht verheiratet ist, bereits eine alte Jungfer. Und bei den Zigeunern . . .«
»Bogdan, du redest wieder einmal Unsinn!« unterbrach die ältere Frau den Offizier. »Ich gehe jetzt und werde etwas Suppe aufwärmen lassen. Er *muß* etwas essen, wenn er aufwacht. Woher soll er sonst die Kraft nehmen, um endgültig über den Berg zu kommen?«
Schritte entfernten sich, eine Türe klappte zu.
»Vielleicht suchte er den Großvater«, sagte die junge Frau.
»Vielleicht. Wir werden es erfahren.«
»Weißt du, wo der Wojwoda ist?«
»Nein.«
»Wie lange ist er schon weg?«
»Heute sind es elf Tage.«
»Hat er nicht gesagt, wann er zurückkommt?«
»Eh, Bogdan – das sagt er doch nie! Vielleicht kommt er morgen, vielleicht übermorgen oder erst in zehn Tagen. So war es schon immer. Unser Wojwoda Lazar war schon immer ein schweigsamer, wortkarger Mann – und er wird immer schweigsamer, je älter er wird.«

Wojwoda Lazar. Bogdan. Wojwoda Lazar Bošković. Das war es! Er war auf dem Weg zu ihm gewesen, auf dem Weg zum Bergkastell Kameni stup. Stamenas Brief. Ein Geheimnis, so groß, schrecklich und schwer . . . Geh zu Wojwoda Lazar Bošković. Die Mörder seiner Familie sind auch die Mörder deines Vaters. Töte sie! Was soll ich tun, wie soll ich es tun? Was ist geschehen? dachte Stefan verzweifelt. Warum liege ich hier? Das Zimmer, der Baum vor dem Fenster, die Stimmen, die über mich sprechen, sie können nur über mich sprechen, die Generalkarte, *Kameni stup* unterstrichen. Meine Karte. Ich ritt nach Cetinje und dann weiter. Das Kreuz. Hier hatte man seine Leiche gefunden, von dort oben, siehst du, wurde sie in die Schlucht geworfen. Jagdunfall? Kein Jagdunfall. Ich habe das Kreuz gefunden, die Feldblumen unter das Kreuz gelegt und eine Kerze angezündet. Ich habe es getan, Mama, wie versprochen. Die Schmerzen kommen wieder. Nicht jetzt, dachte Stefan, bitte nicht jetzt! Ich muß es wissen! Ich ritt in das Landhaus, die zwei alten Leute in Volkstrachten, Frühstück unter Nußbäumen und Vaters silberne Zigarettendose: Hier, unter dem abgefallenen Laub, lag sie. Dann ritt ich hierher. *Hierher*. Bevor ich ankam, die Schüsse, auch ich schoß und schoß. Warum taten sie das? Warum? Ich muß es wissen, dachte Stefan, ich muß es wissen!

»Der Großpapa sucht«, sagte draußen die Stimme der jungen Frau. »Er sucht noch immer und wird nie damit aufhören. Nie. Es ist wie ein Wahn. Nein, es *ist* ein Wahn!«

»Kein Wahn, Rada, kein Wahn! Er wird eine Spur finden. Und wenn er sie findet, wird er es mir sagen. Wir werden die Mörder stellen und tun, was wir tun müssen. Habe ich es dir nicht gesagt? Wie oft habe ich es dir gesagt, es ist immer in mir! Vielleicht ein Wahn, mag sein, aber wenn wir es getan haben, dann verschwindet auch der Wahn. Wenn der Großvater nichts findet, werde ich weitersuchen. Eine Tat wie diese hinterläßt immer Spuren, man kann sie noch so gut verbergen, aber irgendwann, vielleicht durch einen Zufall ... Nein, nicht Zufall! Wir müssen nur suchen, immer weiter, immer weiter!«

»Sie hinterließ auch in uns Spuren, Bogdan. Manchmal habe ich Angst. Nein, nicht manchmal. Die Angst ist immer in mir, ich denke nur nicht daran, unterdrücke sie ... Aber es gelingt mir nicht ganz.«

»Angst? Wovor hast du Angst? Vor wem? Diese Leute ...«

»Nicht vor diesen Leuten. Angst vor dem, was sie uns angetan haben. Dir, mir, dem Großvater, allen. Die Männer haben sie getötet und in uns etwas zerstört. Ich fühlte es ganz deutlich. Es ist tot und es vergiftet langsam auch alles andere. Vor dem Großvater fürchte ich mich manchmal. Wenn er sich unbeobachtet glaubt, schaut er so merkwürdig. Was treibt er in seinem Turm, wenn er hier ist und tagelang nicht zum Vorschein kommt? Was macht er dort? Und du ...«

»Ich? Schaue ich etwa auch merkwürdig?«

»Das nicht. Aber du denkst an nichts anderes. Und wenn ich ehrlich bin, Bogdan, wenn ich ehrlich bin ... Ich auch nicht. Das heißt, ich denke schon an andere Dinge, manchmal erinnere ich mich tagelang nicht daran ... Aber es ist immer in mir, immer. Wie ein Klumpen, der das Herz beschwert, die Seele verdunkelt und die Gedanken vergiftet.«

»Es geht vorbei, Rada, mein Herz«, sagte der Mann. »Glaub mir, bitte. Es wird in dem Augenblick vorbei sein, in dem wir sie gefunden haben. Wenn wir wissen, wer es war. Dann ...«

Wissen, dachte Stefan, ich will es *wissen*! »Ich will es wissen!« rief er, vielmehr – glaubte er, es gerufen zu haben, während in Wahrheit nur ein leiser Krächzer aus seinem Mund kam. Doch so unverständlich er auch sprach, draußen hatte man ihn gehört. Durch den Schmerz, der sich wieder in seinem Körper ausbreitete und von seinen Sinnen Besitz ergriff, sah er über sich die Gesichter des jungen Offiziers und der schönen jungen Frau. Der Offizier trug keine Uniform. Er hatte ein weißes, kragenloses Hemd mit weiten Ärmeln aus handgewebtem Leinen an, die junge Frau trug eine weiße Schürze und ein Kopftuch. Eine korkenzieherartig geringelte Haarlocke hing ihr über die Wange, und ihre Augen schauten ihn fragend an.

»Ich will es wissen«, sagte Stefan in der Sprache des Landes.

»Was wollen Sie wissen?« fragte sie leise.

»Wojwoda Lazar Bošković und mein Vater – er war dort, wo es dann ...« Stefans Gedanken verwirrten sich.

»Wer war Ihr Vater? Wo war er?«

Stefan starrte in das Gesicht der jungen Frau und versuchte sich vergeblich zu erinnern, was er hatte sagen wollen. Das Gesicht verschob sich seitwärts, daneben tauchte das Gesicht des jungen Mannes auf. Er sagte:

»Sie wollten zu uns? Was wollen Sie von uns?«

»Nicht Sie – ich muß mit dem Wojwoda sprechen«, flüsterte Stefan. »Der Vater – mein Vater ... Ich muß es wissen. Sie sind Bogdan. Der Fürst und sein Enkel. Rada. Sie sind Rada. Man hat es mir erzählt, daß Sie ...« Stefan verstummte, die Gesichter rückten in neblige Ferne, und Bogdans Stimme sagte:

»Er phantasiert. Aber er spricht unsere Sprache wie ein Montenegriner. Es ist etwas mit seinem Vater.«

»Er kennt uns. Er nannte unsere Namen.«

»Er heißt Stefan Meyster, ich hab's in seinem Paß gelesen. Kennst du den Namen?«
»Nein.«
Bogdan, bemühte sich Stefan zu sagen und dann: *Rada*. Aber er brachte es nicht fertig, und die Anstrengung trieb ihm den Schweiß aus dem ganzen Körper.
»Ein Švaba, der serbisch spricht«, sagte Bogdan.
»Viele Österreicher sprechen unsere Sprache«, entgegnete Rada. Sie sprach noch weiter, aber Stefan vernahm ihre Stimme nur noch wie ein fernes, immer leiser werdendes Wispern, bis auch dieses von dem schmerzend pochenden Rauschen seines Blutes übertönt wurde. Dann hörte und verstand er sie wieder, aber er hatte das Gefühl, daß inzwischen viel Zeit vergangen war. Sie sprach:

> Da hört' ich eine Stimme laut erschallen:
> Oh, ehrt den größten Dichter, der nach Haus
> Zurückgekehrt von seinem Erdenwallen!«
>
> Es wurde still, nachdem das Wort heraus;
> Vier hohe Schatten sind uns da erschienen;
> Sie sahen weder trüb noch heiter aus.

Die Stimme verstummte, und Stefan setzte fort, Worte und Verse, die wie von allein von seinen Lippen kamen:

> Da hörte ich den Meister: Sieh den Hünen!
> Mit seinem Schwert in Händen wandelt er
> Den drein voran, gleichwie der Herr von ihnen.
>
> Das ist der Dichtersouverän Homer;
> Horaz der andre, in Satiren weise,
> Ovid der Dritte, Lucan hinterher.

Noch während er sprach, näherten sich schnelle Schritte. Nun stand die junge Frau – eigentlich war es noch ein Mädchen, wie Stefan jetzt sehen konnte – in der Tür und schaute ihn mit großen Augen an. In den Händen hielt sie ein offenes Buch.

»Vierter Gesang«, sagte er.
»Sie können Dantes *Divina Comedia* auswendig?« wunderte sie sich.
»Strafarbeit.«
»Strafarbeit? Ich verstehe nicht.«
»Ich mußte den vierten Gesang zur Strafe auswendig lernen, weil ich... Ich weiß nicht mehr, warum.« Das Reden bereitete Stefan noch immer erhebliche Mühe. Er hantelte sich gewissermaßen von einem Wort zum anderen, holte sie heran wie Glieder einer Kette, die aus dem Nichts erschienen und sprach sie mit ungelenker Zunge aus. »Ist es bei ihnen auch eine Strafarbeit?«
»Das ist meine Art, eine Sprache zu lernen.« Sie kam mit drei, vier lautlosen Schritten noch näher heran, und Stefan war es, als ob sie herangeschwebt wäre. Jetzt stand sie noch an der Türe, und im nächsten Augenblick war sie schon am Fußende des Bettes. »Ich suche mir ein Buch aus, das in zwei oder drei Sprachen übersetzt wurde«, redete Rada eifrig weiter. »Zum Beispiel die Göttliche Komödie. Bei einer solchen Dichtung dürfen sich die Übersetzer keine allzu großen Freiheiten erlauben. Sie müssen sich schon ziemlich genau an das Original halten. Also: Ich lese das Original, hier das italienische, und dann die gleichen Verse in deutscher Übersetzung. Vielleicht auch noch in französischer, zur Sicherheit. Und zuletzt natürlich in serbischer.«
»Gibt es Dante auch auf serbisch?«
»Was dachten Sie denn? Daß wir ganz und gar hinter dem Mond leben?«
»Aber nein, natürlich nicht, verzeihen Sie, so war das nicht gemeint.« Stefan versuchte ein Lächeln. Aber seine Gesichtsmuskeln waren noch genauso steif und ungelenk wie die Zunge. »Eigentlich müßte ich es wissen...«
»Na ja, man kann nicht *alles* wissen. Übrigens entspricht die serbische Übersetzung eher dem Original als die deutsche, wie ich eben feststellen konnte. Was aber *mich* besonders interessiert: Sie sprechen perfekt serbisch. Das sage ich nicht nur so, wirklich perfekt. Sogar das montenegrinische Serbisch mit dem gesungenen *ije*, wenn die Serben nur *e* sagen.«
»*Ijekavščina*«, sagte Stefan. »Ich habe es als Kind gelernt, gleichzeitig mit dem Deutschen.«

»Ich wünschte, daß ich deutsch auch schon als Kind gelernt hätte. Um ehrlich zu sein, es fällt mir ziemlich schwer.«
»Aber Sie geben nicht auf?«
»Mit Gottes und Dantes Hilfe.« Rada lachte. »Ich *darf* nicht aufgeben! Die besten medizinischen Bücher erscheinen in Deutschland und Österreich. Diese Sprache muß man einfach beherrschen. Außerdem möchte ich später einmal für ein oder zwei Jahre nach Deutschland oder Österreich, um dort zu praktizieren. Am liebsten nach Wien. Ach, Wien, das wäre herrlich! Man hört so viel von der dortigen Universität und natürlich vor allem von der medizinischen Fakultät.«
»Ich weiß, Sie studieren Medizin. Sie sind Rada, nicht wahr?«
»Sie nannten bereits meinen Namen ... Ja, ich bin Rada. Woher wissen Sie das?«
»Die beiden alten Leute, Aca und Ljerka, haben mir von Ihnen erzählt.«
»Aca und Ljerka?«
»Auf dem Landgut des Wojwoda Lazar Bošković an der Tara.«
»Ach, die beiden ... Sie waren dort?« Auf Radas Gesicht legte sich ein Schatten.
»Ich werde es Ihnen erzählen ...«
»Halt – nicht jetzt!« Sie hob die Hand mit dem Buch abwehrend hoch. »Sie dürfen nicht zu viel reden. Haben Sie Hunger? Madame Vera hat eine Hühnerbrühe gekocht, höchstpersönlich, müssen Sie wissen. Die bringt Sie bestimmt wieder auf die Beine. Sie sollten sie schon gestern essen, aber dann sind Sie wieder eingeschlafen, und die Brühe mußte warten.«
»Ich erinnere mich ... Da war doch auch Bogdan ...«
»Sie sprechen von uns wie von alten Bekannten ... Ja, Sie nannten seinen Namen, erkannten ihn ... Wir wunderten uns sehr. Das war gestern.«
»Gestern? Ist das schon so lange her?«
»Sie haben ununterbrochen fast vierundzwanzig Stunden geschlafen. Jetzt müßten Sie eigentlich gut ausgeschlafen sein.«
»Das habe ich mir als Student schon immer gewünscht – einmal vierundzwanzig Stunden durchzuschlafen.«
»Nach zwei oder drei durchzechten Nächten? Schämen Sie sich! Haben Sie Schmerzen?«

»Es geht. Nicht so schlimm wie gestern ... Gestern haben Sie, oder irgendwann ... Wer war Zar Dukljan?«
»Zar Dukljan? Ich erinnere mich ... Haben Sie das damals schon mitbekommen?«
»Ich habe es gehört. Wer war er?«
»Eine alte Legende, sehr geheimnisvoll, gewissermaßen prometheisch – da wird nämlich auch einer angeschmiedet, der dem Herrgott die Sonne stahl.«
»Bitte erzählen Sie!«
»Ein andermal ... Na ja, also gut.« Rada setzte sich auf den Bettrand. »Vor langer, langer Zeit lebte dort, wo heute die Ruinen der uralten Stadt Dioclea in der Nähe von Podgorica stehen, der mächtige Zar Dukljan oder auch Dukljanin. Seine Stadt und sein Palast, von denen nur noch wenige Steine übriggeblieben sind, waren größer und schöner als alle anderen Paläste auf der ganzen Welt. Er besaß Macht über Menschen und Tiere auf der Erde, über die Vögel am Himmel, und selbst Wind und Wolken gehorchten seinem Willen.
Doch er wollte mehr, und so entschloß er sich, die Sonne in seine Gewalt zu bringen. Er holte sie vom Himmel, spießte sie auf seine Lanze und trug sie über Land und Meer.
Das sah Gott Vater, und erbost schickte er den Erzengel Michael auf die Erde, um den Zaren, der in Wirklichkeit ein Dämon des Bösen war, zu bändigen und ihm die Sonne wieder abzunehmen. Der Erzengel verkleidete sich als Wanderer und schloß sich Zar Dukljan auf dessen Weg um die Erde an. Als sie an die Meeresküste gelangten, rühmte sich der Erzengel seiner Kraft so sehr, daß ihn Zar Dukljan erbost zu einer Kraftprobe herausforderte. ›Wer von uns beiden mehr Sand vom Meeresgrund heraufholt, soll als der Stärkere gelten!‹
Der Erzengel tauchte als erster, blieb sieben Tage und sieben Nächte unter Wasser, und brachte schließlich sieben Fuhren Sand an die Oberfläche, die er zu dem Berg Rumija auftürmte, der seitdem den Skadar- oder Skutari-See vom Meer trennt. Nun tauchte Zar Dukljan – und der Erzengel ließ das Meer sieben Klafter tief zufrieren. Dem Unhold gelang es zwar, den Eispanzer zu durchbrechen, aber er wurde oben vom Erzengel und dessen Gehilfen erwartet und nach einem langen, schrecklichen Kampf,

der die Erde erbeben ließ und den Himmel verdunkelte, bezwungen und gefesselt. Nachdem die Engel die Sonne wieder an ihre Stelle gebracht hatten, schmiedeten sie Zar Dukljan an den Brückenkopf der Vezir-Brücke über die Morača bei Podgorica. Kennen Sie die Brücke?«

»Ich bin auf meinem Weg nach Kameni stup darüber geritten, es ist noch nicht lange her.«

»Und haben Sie Dukljan nicht gesehen? Haben Sie das Zittern und Beben unter Ihren Füßen nicht bemerkt, als Sie über die Brücke ritten? Das kommt davon, weil Zar Dukljan mit seinen ehernen Zähnen Tag und Nacht an den Fesseln nagt, mit denen er angeschmiedet ist. Bis zum Weihnachtstag gelingt es ihm jedes Jahr aufs neue, die Fesseln so weit durchzunagen, daß ein einziger gewaltiger Biß genügen würde, um sie endgültig zu sprengen. Doch da schlägt der Brückenschmied – seine Schmiede direkt an der Brücke haben Sie bestimmt gesehen – mit dem Hammer auf den Amboß. Das ist ein Zeichen für den Erzengel Michael und seine Engelscharen, sogleich zu kommen und die Fesseln zu erneuern. Sollte dies aber einmal unterlassen werden, dann wehe Montenegro, wehe dem ganzen Erdkreis! Der befreite Zar Dukljan würde in seinem Zorn die ganze Welt vernichten. – So, und jetzt ist Schluß. Jetzt gibt es erst einmal etwas zu essen.«

Rada legte das Buch auf das Fußende und verschwand so lautlos schwebend, wie sie vorhin ans Bett gekommen war. So jedenfalls sah es Stefan. Nur wenige Augenblicke später rüttelte sie ihn sanft an der Schulter.

»Nicht wieder schlafen, es war genug! Jetzt müssen Sie unbedingt etwas essen, mon pauvre garçon. Danach können Sie schlafen, so lange Sie wollen.«

So sprach sie, aber es war eine andere Stimme, und als Stefan die Augen öffnete, sah er, daß es auch eine andere Frau war. Sie hatte ein kleines Tischchen neben das Bett gestellt. Darauf standen eine dampfende Schüssel und ein Teller. Es duftete verführerisch, und Stefan merkte erst jetzt, wie hungrig er war. Die Frau setzte sich auf den Bettrand und schöpfte Suppe aus der Schüssel in den Teller. Sie hatte ein strenges Gesicht mit harten Zügen und kühle, helle Augen. »Ich heiße Vera Milosavljević – damit Sie wissen, mit wem Sie es zu tun haben. Man nennt mich *Gospodjice* Vera, Fräulein Vera.

So können Sie es auch halten. Venons en à la chose.* Ich glaube nicht, daß Sie allein essen können und werde Sie füttern.«
Sie schöpfte einen Löffel voll Suppe und hielt ihn an Stefans Lippen. »Essen Sie ruhig, die Suppe ist nicht zu heiß.«
Stefan aß. Die Hühnerbrühe mit den eingelegten gerösteten Weißbrotschnittchen schmeckte ihm so gut wie keine Suppe zuvor. Trotzdem hatte er nach wenigen Löffeln genug, fühlte sich übersatt und kämpfte gegen einen leichten Brechreiz an, der jedoch bald wieder verging.
»Es tut mir leid, aber ich schaffe nicht mehr«, murmelte er schon halb im Schlaf. »Schade, die Suppe schmeckt so gut, so gut...«
»Das nächstemal essen Sie mehr davon. Jedes Mal ein bißchen mehr. Von jetzt an geht es wieder aufwärts, Gott sei Dank, Gott sei Dank! Und jetzt dürfen Sie wieder schlafen. Schlafen Sie, schlafen Sie...«

Warten auf Wojwoda Lazar

Tage vergingen. Stefans Genesung machte nur langsame, nach seiner Meinung verzweifelt langsame Fortschritte. Seine Pflegerinnen waren allerdings einer anderen Meinung.
»Sie waren so gut wie tot, als Sie Bogdan gebracht hat«, sagte Fräulein Vera, als er sich eines Tages beklagte, daß er noch immer zu schwach sei, um aufzustehen, ja selbst, um sich im Bett ohne Schwierigkeiten aufzurichten. »Was wollen Sie eigentlich? Mon Dieu – die meisten wären an den Verletzungen, die Sie davongetragen haben, bereits an Ort und Stelle gestorben! Daß wir Sie in so kurzer Zeit so weit hergestellt haben, grenzt an ein Wunder. Oder meinen Sie, daß Sie unter einer anderen Pflege bereits wieder das Tanzbein schwingen könnten? Was Sie jetzt brauchen, ist Geduld. Geduld und gutes Essen.«
Fräulein Vera kam drei- oder viermal täglich, um nach ihm zu sehen. Ansonsten wurde er von einer älteren Magd versorgt, einer wortkargen Frau namens Djuka. Sie brachte ihm das Essen, wusch ihn, schüttelte die Kissen auf, ordnete das Bett und bezog es jeden

* Doch jetzt zur Sache.

zweiten Tag frisch, was nicht ganz einfach war. Rada erschien seltener. Sie hatte seine medizinische Betreuung übernommen, das Wechseln der Verbände – eine schmerzhafte Prozedur – wobei ihr die Magd Djuka zur Hand ging, Überwachung von gymnastischen Übungen, mit denen er anfangen mußte, kaum daß er imstande war, sich zu bewegen:
»Nach neuesten medizinischen Erkenntnissen kann man damit nicht früh genug anfangen, es muß sein, auch wenn es ein bißchen weh tut!«
Alle zwei oder drei Tage erschien auch die Frau mit dem blassen Gesicht und den schön gezeichneten, sorgfältig gezupften Augenbrauen, Bogdans Mutter Dobrica. Sie kam, lächelte Stefan zu, sagte, daß er bereits wieder viel besser aussähe und ging wieder. Fräulein Vera – Madame Vera, wie sie auch Stefan bald nannte wegen der französischen Brocken, die sie in ihr druckreif gesprochenes Serbisch mischte – erzählte, wie ihn Bogdan im letzten Augenblick gefunden und den Mörder vertrieben hatte. »Er kam gerade noch rechtzeitig. Nur wenige Minuten später...« Sie schaute Stefan bedeutsam an.
»Und ich würde jetzt unter der Erde und nicht hier in Ihrer Obhut liegen«, beendete Stefan. Ich möchte mich bei Bogdan und bei Ihnen bedanken, Madame Vera. Sie haben sehr viel Mühe mit mir.«
»Halb so schlimm, mon ami, halb so schlimm! Wir tun es gern. Um ehrlich zu sein – wir sind keineswegs unglücklich darüber, daß Sie hier sind. Fast wäre ich versucht zu sagen – das Schicksal war nicht nur Ihnen, sondern auch uns freundlich gesinnt. Vous êtes surpris, mon ami?* Immerhin sorgen Sie für Abwechslung in dieser steinigen Einöde. So betrachtet sind Sie geradezu ein Gottesgeschenk. Das gilt selbstverständlich auch für Rada. Immerhin kann sie an Ihnen ihre medizinischen Kenntnisse ausprobieren, die erlernte Theorie mit der Praxis vergleichen... Ein Versuchskaninchen? Mais non, mais non! Dafür sind Sie zu groß und Ihre Ohren zu kurz.«
Stefan bekam tagelang keine Gelegenheit, mit Bogdan zu sprechen. Er sei unterwegs, erzählte Rada, würde sich irgendwo in den Bergen herumtreiben. »Das macht er immer so, wenn er nach Hause kommt. Nach drei oder vier Tagen – länger hält es ihn nicht – nimmt er seine

* Sie staunen, mein Freund?

Flinte, eine Decke, etwas Proviant und verschwindet. Er müsse den Staub der Zivilisation abschütteln, sagt er. Das Leben in der Stadt würde ihn faul und träge machen und seine Sinne abstumpfen. So geht er hinaus in den Wald, offenbar um die Sinne wieder zu schärfen, treibt sich herum, jagt, schläft unter freiem Himmel – und die arme Tante Dobrica, die sich so sehr freut, wenn er endlich mal wieder nach Hause kommt, muß wieder warten. Es ist das Los der Frauen in diesem Land, das Warten. Ewig warten sie, während ihre Herren und Meister im Land herum *junače**. Wenn er sich dann ein paar Tage herumgetrieben hat, ist er ganz froh, wieder in die Zivilisation zu kommen, wo es erheblich bequemer zu leben ist als unter freiem Himmel.«

Diesmal dauerte es fast eine Woche, bis Bogdan wiederkam. In Petersburg mußte er demnach ziemlich viel Staub angesammelt haben, den er hier loswerden wollte. Er kam an – und sogleich wurde es im Haus lauter, und die Gesichter der Frauen begannen zu strahlen. Strahlend auch er, braungebrannt, drahtig, mit den geschmeidigen Bewegungen einer großen Katze, trat er in Stefans Zimmer.

»Es werden Wunderdinge davon erzählt, wie schnell es mit Ihnen aufwärts geht. Ich dachte, Sie würden mindestens ein Jahr lang das Bett hüten müssen, so zugerichtet, wie Sie waren. Ehrlich gesagt, ich glaubte nicht, daß Sie überhaupt davonkommen würden. Rada erzählte mir, daß Sie bald aufstehen wollen. Stimmt das?«

»Bis dahin wird es noch ein Weilchen dauern.«

»Lassen Sie sich ruhig Zeit. Übertreiben soll man auch nicht.«

»Ich möchte mich bei Ihnen bedanken – Sie haben mir das Leben gerettet.«

Bogdan nickte. »Sie hätten es für mich auch getan. Jeder hätte so gehandelt. Leider habe ich den Arnauten-Hund nicht erwischt. Er ist so plötzlich verschwunden, als hätte ihn die Erde verschluckt.«

»War es ein Albaner? Haben Sie ihn gesehen?«

»So deutlich wie Sie jetzt. Ein verfluchter Šiptar! Und Sie? Haben Sie ihn nicht gesehen?«

* Dieses Wort *junače* ist schwer zu übersetzen. Es ist von *Junak* abgeleitet, Held, und wird als Verbum verwendet. Ein Mann zieht durch das Land, um zu *junačiti* (Inf.), das heißt Heldentaten zu vollbringen. In der Regel wird es, wie hier von Rada, ironisch gemeint, etwa im Sinne der Heldentaten des Don Quijote.

»Nur wie – wie einen Schatten.« Stefan dachte nach. Dann fragte er auf gut Glück: »Wenn Sie ihn so deutlich gesehen haben ... Trug er vielleicht eine karierte Jacke, einen Hut ... Ich meine, fast so eine Jacke wie englische Touristen auf Karikaturen?«
»Nein. Er war gekleidet – wie eben ein arnautischer Räuber. Weiße Rundmütze, Jacke, Hose – *Čakšire* – Opanken ... Sie haben auf ihn geschossen? Dreimal, wenn ich richtig gehört habe.«
»Ich weiß es nicht mehr genau. Geschossen habe ich auf gut Glück. Und ich wußte gleich, daß ich nicht getroffen habe.«
»Ein Wunder, daß Sie überhaupt noch schießen *konnten,* bei diesen Verletzungen.« Bogdan zog mit dem Fuß einen Stuhl heran und setzte sich. »Sie waren auf dem Weg zu uns, auf Kameni stup. Ist das richtig?«
Stefan nickte. »Ich wollte Wojwoda Lazar Bošković aufsuchen, um mit ihm zu sprechen.«
»Ich habe Ihre Karte mit dem eingezeichneten Weg gesehen. Daher weiß ich es. Die Karten, Ihre Papiere, die Pistole – eine schöne, moderne Waffe – haben wir aufgehoben. Die Österreicher verstehen etwas von der Kunst, Handfeuerwaffen zu bauen! Das Pferd hat mein *Posilni* Bero eingefangen. Es steht mit unseren Pferden im Stall. Es ist also alles in Ordnung, Sie können sich in aller Ruhe darauf konzentrieren, wieder gesund zu werden. Das soll, wie mir unsere gescheite Rada erklärte, zu einem großen Teil eine Sache des Willens sein. Also Psychologie und so weiter ... Sie sind jedenfalls unser Gast. Das spreche ich im Namen meines Großvaters, des Wojwoda Lazar, aus. Er ist leider nicht hier – und ich kann Ihnen auch nicht sagen, wann er kommt. Und wenn er kommt ...« Bogdan zuckte mit den Schultern. »Wenn er kommt, ist es gar nicht sicher, ob er mit Ihnen sprechen will.«
»Ich denke schon, daß er es tun wird.«
»So, denken Sie?« Bogdan stand auf und wandte sich zum Gehen. »Vielleicht wird er es tun, vielleicht auch nicht. Bei ihm weiß man das nie so genau. Nur eines ist sicher: Er tut immer nur das, was er selbst will. Das war schon immer so und wird sich auch in Zukunft nicht ändern.«

Ein Plädoyer für den Krieg

In den folgenden Tagen, die sich endlos dahinzogen, überlegte Stefan, ob er Bogdan erzählten sollte, was er von Stamenas Vetter Andjelko über die Mörder der *Blutigen Slava* erfahren hatte. Es war zwar durchaus möglich, daß Wojwoda Lazar und Bogdan das alles bereits selber herausbekommen hatten. Andererseits aber mochte ihnen Stamenas Geschichte vom reuevoll beichtenden Mörder Ilija Bekić doch wertvolle Hinweise für ihre weiteren Nachforschungen liefern, mit denen sie, wie es den Anschein hatte, seit Jahren nicht so recht vorangekommen waren. Sicher war zunächst, daß der damals achtjährige Bogdan nichts über Papas Besuch auf dem Landsitz seines Großvaters erzählen konnte. Also war es für ihn, Stefan, doch besser, sein Wissen als Trumpf für das vermutlich schwierige Gespräch mit dem Wojwoda zurückzuhalten – schwierig nach alledem, was er über den alten Mann bis jetzt gehört hatte.

Warum, fragte sich Stefan in den langen Stunden, in denen er allein in seinem Zimmer lag, warum war er eigentlich noch immer so darauf versessen, mit Wojwoda Lazar über Papas Besuch damals vor fünfzehn Jahren zu sprechen? Er wußte doch bereits alles, worauf es ankam! Er hatte es von den alten Leuten auf dem Landsitz erfahren – weshalb noch diese zusätzliche Mühe? War es denn nicht unwichtig, *weshalb* Papa den Wojwoda aufgesucht hatte? Unwichtig auch, weshalb der Wojwoda über diesen Besuch nie etwas hatte verlauten lassen?

Hatte er, Stefan, sich am Ende doch von der Leidenschaft anstecken lassen, nach den Mördern des Vaters suchen zu müssen – dieser von Stamena verschlüsselt und von Baba Gruša und den alten Leuten auf Wojwoda Lazars Landsitz offen ausgesprochenen Forderung, den Vater zu rächen? Oder war ihm selbst daran gelegen (ohne daß er sich darüber wirklich im klaren war), nach den Mördern zu fahnden, die nicht nur den Vater und die Männer der Bošković-Sippe, sondern mit Sicherheit auch Stamena auf dem Gewissen hatten und die möglicherweise auch hinter dem Mordversuch an ihm selbst steckten? Es war dies ein Verdacht, der sich ihm immer wieder aufdrängte, auch wenn er ihn als absurd von sich zu schieben versuchte: Ein Raubüberfall, weiter nichts, die Tat eines albani-

schen oder arnautischen Räubers und Wegelagerers, ein fast alltägliches Ereignis in den Bergen Montenegros.
Bogdan ließ sich nicht mehr blicken, obwohl er nach seinem einwöchigen Ausflug in die Bergwälder auf Kameni stup blieb. Das erfuhr Stefan nicht nur von den Frauen, er hörte es auch. Irgendwo hinter dem Kastell veranstaltete er tagtäglich Schießübungen mit einem enormen Aufwand an Munition. Oder er übte gemeinsam mit Rada fast unter Stefans Fenster Hindernisspringen auf einem dafür hergerichteten Parcours, wie man aus den Geräuschen heraushören konnte: Dumpfes Hufgetrappel auf Sägespänen oder weichem Erdreich, das Poltern der Hufe gegen Hindernis-Balken, Pferdeschnauben, helle Zurufe, fröhliches Lachen, das Stefan auf eine unangebrachte Art (wirklich *unangebrachte* Art, wie er sich sagte) eifersüchtig machte.
Eines Tages kam dann Bogdan ohne vorherige Ankündigung doch in Stefans Zimmer, legte ein dickes Paket Zeitungen auf das Bett und sagte:
»Damit Sie nicht ganz versauern – die neuesten Nachrichten, drei Tage alt. Ich denke, sie werden Sie trotzdem interessieren. Zeitungen aus Sarajewo und Belgrad, *Politika* und das Wiener *Tagblatt*. Sie sehen, wir sind auf dem Laufenden, leben doch nicht so weit hinter dem Mond.«
Er holte sich einen Stuhl heran, setzte sich im Reitersitz verkehrt darauf und legte die verschränkten Arme auf die Lehne. »Eine enttäuschende Lektüre. Saure-Gurken-Zeit. Es tut sich nichts, absolut nichts.«
»Was soll sich tun?« fragte Stefan.
»In Sachen Krieg wegen des Sarajewo-Attentats. Alles bleibt ruhig. Nicht einmal ein fernes Donnergrollen ist zu hören.«
»Das hört sich so an, als würden Sie's bedauern.«
»Ist es denn nicht zu bedauern?« Bogdans Zähne blitzten in einem breiten Lachen auf, das echte Fröhlichkeit vermissen ließ. »Versetzen Sie sich doch in meine Lage. Nach dem Attentat gab es Aussicht, daß ich in meinem Beruf als Soldat endlich eine sinnvolle Beschäftigung bekomme. Die kann es logischerweise nur in einem Krieg geben. Doch Ihre Landsleute, die Österreicher, haben Sarajewo geschluckt, ohne mit der Wimper zu zucken, und alle Hoffnung ist dahin. Jetzt kann ich wieder auf Zielscheiben und Pappkameraden schießen, und statt Attacke reite ich Parcours.«

Stefan, der das alles als Scherz auffaßte, lachte. »Das wiederum halte *ich* für die einzig sinnvolle Beschäftigung, die Berufskriegern zuteil werden kann.«
»Ah – Sie haben sich decouvriert! Ich habe es also in Ihnen mit einem Kriegsgegner zu tun, einem Pazifisten, Humanisten... Ist es so? Ich gratuliere – an Ihre friedfertigen Fahnen können Sie jetzt einen neuen Sieg heften. *Tu felix Austria* – eine friedliche Zukunft ist dir sicher. Die Zeiten eines Prinz Eugen, ja selbst eines Feldmarschalls Radetzky sind endgültig vorbei. Da gibt es doch ein Lied... *Prinz Eugen der edle Ritter*...«, summte Bogdan auf Deutsch. »Also, zu jener Zeit trotzte eine Handvoll Österreicher, nicht einmal Soldaten, sondern Wiener Bürger, der größten Armee aller Zeiten, die unter dem unglückseligen Großwesir Kara Mustapha Wien belagerte. Wochenlang, bis endlich das Entsatzheer eintraf. Prinz Eugen schlug dann die Türken überall, wo er sie traf. Ofen, Belgrad... Was ist von diesem Geist übriggeblieben? Oder vom Geist von Custozza und Novara? Prinz Eugen, der edle Ritter, und tarrrrramtatatam, der Radetzkymarsch. Darauf verstehen sich die Österreicher prächtig, auf das Komponieren von Märschen, das Marschieren und Paradieren, die Urenkel des Prinzen Eugen. Doch halt! Außerdem sollen die österreichischen Offiziere die besten Walzertänzer der Welt sein!« Bogdan schlug sich laut lachend auf die Oberschenkel. »Der Herr Johann Strauß müßte eigentlich mindestens den Rang eines Generals bekleiden! Wenn es 1866 gegen die Preußen einen Wettbewerb im Walzertanzen gegeben hätte, wären die Österreicher Sieger geworden. Der Krieg hat sie überfordert, das war nichts für sie.«
War das noch scherzhaft gemeint? »Es ist das schlechteste nicht, gut zu tanzen und schlecht Krieg zu führen, meinen Sie nicht auch?« sagte Stefan.
»Bei Gott und allen Heiligen – sie sagen es! Sie sprechen aus, was die Österreicher denken! Tanzen ist besser als Krieg führen! Dekadenz in Reinkultur. So sind sie geworden. Dick, fett und faul. Fünfzig Jahre Frieden. Fünfzig Jahre Marschmusik und Walzer und nichts weiter. Friedfertige Menschen. Sie tanzen. Eine Herde friedfertiger Schafe. Das ist die österreichische Armee. Freuen Sie sich – Ihr Humanisten habt endgültig gesiegt! Da erschießt man den Österreichern den militärischen Oberbefehlshaber und zukünftigen

Kaiser – stellen Sie sich das vor, den *Thronfolger!* – man schießt ihn tot, und was tun sie? Sie ziehen die Köpfe ein und tun nichts. Dabei steht es schwarz auf weiß in diesen Zeitungen, bitte sehr, Sie werden es ja lesen, daß Serbien hinter dem Anschlag steht. Ich glaube es zwar nicht ganz, aber in Wien scheint das die offizielle Meinung zu sein. Und wenn das die offizielle Meinung ist, dann müßte man doch ...« Bogdan schlug klatschend mit der rechten Faust in die linke Handfläche. »Verstehen Sie? Bummms! Aber nein! Nichts kommt! Der Kaiser macht Urlaub in Bad Ischl, der alte Herr hat's ja nötig, und die anderen sind auch in die Ferien gegangen, Minister, Generäle, Oberste ... Die Armee schläft! Friedfertige Schafe! Meinen Sie nicht auch?«

»Wenn ich Sie so reden höre, dann müßte ich Sie fast bedauern, weil Ihnen wieder einmal die Gelegenheit entgeht, Ihr erlerntes Handwerk auszuüben. Wenn Sie ...«

»Kunst«, warf Bogdan grinsend ein. »Es heißt Kriegs-Kunst. Ich bin ein Künstler. Handwerk ist für niedere Chargen.«

»Also gut, Kriegskunst ... Immerhin sind mir friedfertige Schafe bedeutend lieber als ihre Kunst ausübende höhere Chargen. Man sollte es überhaupt vermeiden, abfällig über Schafe zu sprechen. Sie liefern nicht nur Wolle und Fleisch, Käse nicht zu vergessen, sondern haben uns Menschen außerdem etwas sehr Wichtiges voraus: Sie führen keine Kriege. Das bringt nur der Mensch fertig, nämlich sich gegenseitig umzubringen.«

»Bravo! Das bringt nur der Mensch fertig!« Bogdan sprang auf. »So ist es. Das unterscheidet ihn von den Schafen. Nicht nur von den Schafen – überhaupt von Tieren. Kriege zu führen. Die Tiere töten nur, wenn sie müssen. Sie töten, um zu überleben. Die Menschen töten sich hingegen – scheinbar ohne zwingende Notwendigkeit – im Krieg, und manch einem bereitet das Töten sogar Vergnügen. Das Sammeln und Aufspießen von abgeschnittenen Türkenköpfen war zum Beispiel in Montenegro Volkssport Nummer eins, und die Türken hielten es genau so mit den Montenegrinerköpfen. Beide Seiten taten dies mit allergrößtem Vergnügen. Das ist noch gar nicht so lange her. Die Menschen töten sich gegenseitig! Euer Argument *gegen* den Menschen und seine Fähigkeit zu kämpfen und Kriege zu führen spricht in Wahrheit für ihn. Das unterscheidet ihn tatsächlich von den Tieren, doch keineswegs so, wie Sie und alle anderen

Menschenfreunde meinen, sondern im positiven Sinne. Es ist die andere Seite der Münze ... Der Mensch zieht in den Kampf für eine Idee, die Idee vom Vaterland, von der Freiheit, Gerechtigkeit, Revolution, von der einzig wahren Religion – suchen Sie sich's aus, es gibt noch mehr davon. Oder einfach, weil er Macht über andere erringen will. Er tut das, obwohl er weiß, daß er getötet werden kann, ja manchmal zieht er *bewußt* in den Tod. Die Idee ist es ihm wert. Dabei empfindet er Angst. Doch er überwindet sie und unterdrückt den Fluchtreflex – oder den natürlichen Drang zu fliehen, um sein Leben zu retten. Das bringt kein Tier fertig! Der Mensch ist stärker als seine Angst. Er ist imstande und fähig, die Todesangst zu besiegen und für eine Idee zu sterben. Das vergeßt ihr Humanisten oder verschweigt es wissentlich: Die Fähigkeit und die Bereitschaft des Menschen, für eine Idee zu kämpfen, Entbehrungen auf sich zu nehmen, Durst, Hunger, Folter zu erleiden, zu sterben. Das unterscheidet ihn von einem Tier. Deshalb ist er über das tierisch-existentielle – Selbsterhaltung durch Fressen, Beute machen, dem Fluchtreflex nachgeben, Fortpflanzung, um die Art zu erhalten – hinausgewachsen und zum *Menschen* geworden. Der Krieg – jeder Krieg – mag euch Menschenfreunden als Verbrechen und Rückfall in die Barbarei erscheinen. In Wahrheit ist er die höchste und reinste Bestätigung der Menschlichkeit und des Mensch-Seins.«
Auf diese mit Nachdruck und dem Feuer der Überzeugung gesprochenen Worte wußte Stefan zunächst keine Antwort – und Bogdan gab ihm auch keine Gelegenheit, danach zu suchen oder überhaupt das Gespräch fortzuführen. Er nickte Stefan zu, ging zur Tür, verharrte dort einen Augenblick, grinste spöttisch und sagte: »Ihrem etwas verdatterten Gesichtsausdruck nach zu schließen, haben Sie das so deutlich noch nie gehört. Ich hab's ernst gemeint. Dieses ewige Gelabere von Frieden, Frieden, Frieden... Denken Sie daran – nicht der Frieden, ›*der Krieg ist der Vater aller Dinge, aller Dinge König!*‹«*
Sprach's und verschwand.

* Bogdan zitiert hier ein Wort von Heraklit. Vollständig heißt das Zitat: ›Der Krieg ist der Vater aller Dinge, aller Dinge König, die einen macht er zu Göttern, die anderen zu Menschen, die einen zu Sklaven, die anderen zu Freien.‹

Warum Medizin?

Eines Tages kam Madame Vera ins Zimmer, schaute Stefan prüfend an und sagte:
»Oui, es ist zwar ein bißchen besser geworden, aber Sie sehen noch immer aus wie ein indischer Fakir, nachdem er einen Weltrekord im Fasten aufgestellt hat. Was können wir tun? Also zunächst machen wir eine Verschönerungskur. Dieser entsetzliche Stoppelbart! Ich werde einen Mann schicken, der sich seiner und der Haare annimmt. Er ist zwar kein gelernter Coiffeur, aber er macht seine Sache gut, fast so gut, als wäre er einer. Dans la misère, le diable bouffe les mouches*. Sie sollen doch einigermaßen ordentlich aussehen, wenn Sie zur Audienz befohlen werden.«
»Audienz? Bei wem?«
»Unser Wojwoda Lazar dürfte jeden Tag erscheinen. Genaues weiß ich zwar nicht, aber wir werden nicht mehr lang auf ihn warten müssen. Mon sentiment me le dit**. Und mein Gefühl täuscht mich selten.«
»Wird er mich überhaupt empfangen? Ich habe gehört, das sei bei ihm gar nicht so sicher.«
»Hat es sich herumgesprochen? Sozusagen an den Lagerfeuern? Les nouvelles se propagent de bouches à oreilles***. Ich denke schon, daß er Sie empfangen wird. Ich werde jedenfalls ein gutes Wort für Sie einlegen. Haben Sie einen besonderen Grund, weshalb Sie mit ihm sprechen wollen? Hängt es damit zusammen, daß Sie etwas *wissen* wollten? Jedenfalls sprachen Sie in Ihren Fieberphantasien davon, erwähnten auch Ihren Vater... Pardon, Monsieur – verzeihen Sie mir meine Neugierde. Sie haben es eben mit einem neugierigen alten Weib zu tun.«
»Wojwoda Lazar ist ein weithin bekannter Mann«, sagte Stefan ausweichend. »Zum erstenmal habe ich von ihm tatsächlich an einem Lagerfeuer gehört. Ein Guslar sang...«
»Von der *Blutigen Slava?* Ich kenne das Lied. Allerdings gibt es eine ganze Reihe von Versionen. Jeder Guslar macht sich seinen eigenen

* In der Not frißt der Teufel Fliegen.
** Mein Gefühl sagt es mir.
*** Die Kunde geht von Mund zu Mund.

Vers darauf, dichtet neue Strophen, läßt alte weg ... On apelle ça poême vivant du peuple*! Allerdings kann ich Ihnen jetzt schon sagen, daß Sie keinen Erfolg haben werden, wenn Sie mit ihm *darüber* sprechen wollen. Er wird es Ihnen nicht gestatten. Er gestattet es niemanden, auch nicht Rada, Dobrica oder mir. Einzig und allein Bogdan. Und Bogdan spricht mit ihm nicht darüber – nicht, solange er keine konkreten Angaben machen kann.«
Madame Vera wandte sich zum Gehen.
»Konkrete Angaben – worüber?« fragte Stefan.
Worüber wohl?« fragte sie, schon in der Tür, über die Schulter zurück. »Über die Mörder unserer Männer natürlich.«

Der junge Mann, den Madame Vera schickte, um Stefan die Haare zu schneiden und zu rasieren, roch nach Pferdestall und Knoblauch – und hatte das glatte, geziert wirkende Benehmen eines Pariser oder Wiener Coiffeurs. Er machte seine Sache gut, redete dabei unentwegt, erzählte dies und das, und sein Eifer verdoppelte sich noch, als er erfuhr, daß Stefan aus der fernen Weltstadt Wien kam. Nachdem er fertig war, hielt er ihm einen Spiegel vor und steckte hochbeglückt ein paar Dinar und das Lob ein, seine Leistung wäre eines großstädtischen Friseurmeisters würdig. Daß sich Stefan erheblich zu seinem Vorteil verändert hatte, fand auch Rada, die am Nachmittag nach ihm sah. Als sie durch die Tür trat (Stefan hatte bereits ungeduldig auf ihre leichten, schnellen Schritte draußen im Gang gewartet), blieb sie wie angewurzelt stehen, spitzte die Lippen und ließ einen burschikosen Pfiff hören.
»Donnerwetter!« rief sie auf Deutsch. »Ich hätte Sie beinahe nicht erkannt. Zuerst dachte ich, in ein falsches Krankenzimmer mit einem anderen Patienten geraten zu sein.«
»Haben Sie denn noch andere Patienten?«
»Glücklicherweise nicht. Hat Sie Vučko so schön zurechtgemacht?«
»Heißt er Vučko? Ein kleiner Wolf? Also, von einem Wolf hat er bestimmt nichts an sich, aber sein Handwerk versteht er.«
»Zu seinem Leidwesen hat er es fast nur mit Pferdemähnen und viel zu selten mit Menschenhaaren zu tun. Eigentlich schade, meinen Sie nicht auch? Das kleine Volk der Montenegriner bringt eine erstaun-

* Das nennt man lebendige Volksdichtung!

liche Menge an Talenten jeder Art hervor, die dann keine Möglichkeit haben, sich zu entfalten. Vučko könnte nach einer kurzen Lehrzeit in jedem Friseursalon in Petersburg, Belgrad, Wien oder Paris Furore machen. Stattdessen striegelt er Pferde.« Rada zog aufseufzend einen Stuhl heran und setzte sich. »Wie geht es Ihnen?«
»Das Bein juckt erbärmlich.«
»Fein. Dann heilt die Wunde. Bloß nicht kratzen! Wenn Sie es gar nicht mehr aushalten können, kratzen Sie die gleiche Stelle am anderen Bein. Das hilft.«
Sie holte aus ihrer Schürzentasche Stefans Brustbeutel und das Amulett und legte beides auf das Nachtkästchen. »Wir haben es, so gut es ging, vom Blut gesäubert und das Leder mit Wachs behandelt. Was bedeutet das Zeichen auf dem Amulett?«
»Keine Ahnung. *Baba Gruša* – Hexe Gruša, wie sie genannt wird – hat es mir gegeben. Ein Glücksbringer.«
»Und Sie glauben daran?«
»Aber ja! Hätte ich das Amulett nicht, wäre Ihr Vetter Bogdan bestimmt nicht rechtzeitig vorbeigekommen ... Das hat das Amulett bewirkt, vielleicht aber auch ein Zauber der Baba Gruša.«
Rada blickte Stefan zweifelnd an. »Meinen Sie das wirklich ernst?«
»Soll ich das nicht?«
»Bah – Aberglauben! So, und jetzt muß ich gehen. Ich habe noch eine ganze Menge zu lernen.«
»Bleiben Sie noch ein bißchen, bitte! Was müssen Sie noch lernen? Haben Sie nicht Semesterferien?«
»Wir haben einen ganz ekelhaften, schrecklich pedantischen Professor der Anatomie. Er will alles ganz genau wissen. Wenn man das winzigste Knöchelchen nicht sofort benennen kann, und das auf russisch und lateinisch, ist man schon durchgefallen. Das geht bei ihm ganz schnell. Selbst ein Zögern legt er manchmal als Nichtwissen aus. Wissen Sie, wieviele Knochen ein Mensch hat?«
»Es müssen eine ganze Menge sein – und vom Liegen tut mir jeder einzelne weh.«
»Zweihundertfünfundvierzig!« Rada richtete sich auf und leierte mit erhobener Stimme herunter: »Das menschliche Skelett oder Gerippe besteht aus zweihundertfünfundvierzig einzelnen Knochen, die zweckentsprechend aufgebaut, gestaltet und miteinander verbunden sind.« Und wieder mit normaler Stimme: »Wenn Ihnen vom

Liegen jeder einzelne Knochen weh tut, ist das der Schmerz mal zweihundertfünfundvierzig. Also, lieber Herr Patient, Sie sind wirklich nicht zu beneiden!«

»Warum studieren Sie ausgerechnet Medizin?« wunderte sich Stefan.

»Warum *nicht* Medizin?«

»Es ist – für eine junge Frau – zumindest ungewöhnlich. Unsere Kommilitonen von der medizinischen Fakultät haben immer schreckliche Dinge erzählt. Vor allem aus der Anatomie. Leichen, Organe, Sektionen... Und dann die Krankenhauspraxis, die Behandlung von schwerkranken Menschen...«

»Was ist damit? Was ist daran so Ungewöhnliches, daß es eine Frau nicht tun sollte?«

»Nun ja, vor allem die Pflege und Behandlung von schwerkranken Menschen, Frauen und Männern, Menschen, die sich nicht bewegen können, die nichts allein...« Stefan verstummte. Er war auf dem Holzweg. »Eben nichts allein tun können«, beendete er lahm.

»Warum sprechen Sie's nicht aus? Menschen, die ins Bett urinieren und den Darm entleeren, zum Beispiel. Meinten Sie das?«

»Auch das.«

»Es sind *Menschen.* Man gewöhnt sich daran. Es gibt Schlimmeres. Zum Beispiel, wenn ein Patient stirbt, nachdem man ihn gut kennengelernt hat. Wenn man die Hand eines Kindes hält und man sieht den Tod kommen. Oder eine junge Frau stirbt während der Geburt. Oder wenn man einen Menschen leiden sieht, so schrecklich leiden, daß er nur noch schreien und wimmern kann – und man kann ihm nicht helfen. Das Gefühl der Ohnmacht, das ist schlimm. Oder das Gefühl der Hilflosigkeit und des Zornes auf sich selbst, wenn man sich der eigenen Unzulänglichkeit und des mangelnden Wissens bewußt wird. Das alles ist viel schlimmer als Urin, Kot, Eiter, Blut, Gestank. Ich gebe es zu – der Gestank ist manchmal fürchterlich, an den kann man sich am schwersten gewöhnen. Mir geht es jedenfalls so. Er macht mir schon noch zu schaffen, wenn ich ehrlich sein soll.«

»Aber Sie nehmen es auf sich?«

»Natürlich. Ich werde es durchstehen. Ich muß.«

»Sie *müssen?* Warum?«

»Warum?« Radas Haltung entspannte sich, sie legte mit einer

schnellen, anmutigen Bewegung die Beine übereinander und den Zeigefinger auf das Kinn wie immer, wenn sie nachdachte. »Ich muß es tun, weil gerade die medizinischen Verhältnisse in unserem Land sehr viel zu wünschen übrig lassen. Oder genauer: Sie sind katastrophal. Es fängt schon mit der Kindersterblichkeit an, die bei uns drei- bis viermal so hoch ist wie etwa in Österreich oder Deutschland. Eine genaue Statistik gibt es nicht, auch denkt kein Mensch daran, eine zu erstellen. Frauen sehen hier mit Dreißig aus, als wären sie fünfzig – sie sind alt und verbraucht. Von der schweren Arbeit ausgemergelt, von vielen Geburten erschöpft. Männer, diese Helden aller Helden, sind von Kindesbeinen an falsch und ungenügend ernährt, von katastrophalen hygienischen Verhältnissen, von Rachitis, Tuberkulose, rheumatischen Erkrankungen, ach, wer soll's aufzählen, gezeichnet und haben eine durchschnittliche Lebenserwartung von 40 Jahren. Bei Ihnen sind es 56! Wir haben viel zu wenig Ärzte, kaum Krankenhäuser, kaum Möglichkeiten einer erfolgversprechenden ambulanten Behandlung. Kranke, denen man mit einer modernen medizinischen Versorgung helfen könnte, versucht man mit allerlei Hokuspokus gesundzubeten – die meisten sterben. Anstelle von Ärzten haben wir Schamanen, Gesundbeter, Babas... Haben Sie vorhin nicht von einer Baba Gruša erzählt? Von diesem Amulett? Es gibt eine Reihe solcher Baba Grušas! In weiten Teilen des Landes, in ganz Montenegro, herrschen mittelalterliche oder gar archaische Verhältnisse – wie vor tausend Jahren. Und da fragen Sie, weshalb ich Medizin studiere! Sollte ich es nicht tun, nur weil ich eine Frau bin? Du lieber Himmel, immer wieder die gleichen Vorurteile! Ich habe Sie, ja gerade Sie, eigentlich für vernünftiger, großzügiger und vorurteilsfreier gehalten. Sie aber glauben an Amuletts und meinen, Anatomie und Krankenpflege wären nichts für mich!«

Rada hatte sich in Eifer, ja in Zorn geredet. Sie sprang auf, stützte die Fäuste in die Hüften und blickte mit hochmütig erhobenem Kopf auf Stefan herunter. »Na, nehmen Sie's hin! Ich studiere eben Medizin und werde Ärztin. Und seien Sie froh darüber! Wäre ich nicht dagewesen, hätte man den alten Manojlo aus Rudanci geholt und auf Sie losgelassen, weil kein Arzt zu erreichen war. Wenn Sie den Alten sehen, wird Ihnen noch nachträglich angst und bange werden, allein bei dem Gedanken, daß er sich mit Ihnen abgegeben

hätte! Mit seinen schmutzigen Händen, die er vielleicht zweimal im Jahr wäscht, hätte er Ihnen Spinnweben und verschimmelten Käse auf die Wunden gelegt, Sie zermahlene Kröten oder was weiß ich schlucken lassen und dabei selbst fleißig Rakija geschluckt. Das, mein lieber Herr Meyster, wäre Ihnen passiert, wenn ich nicht so – so unangebracht neumodisch, unbescheiden, rücksichtslos, unweiblich, ach, ich weiß nicht, was alles, gewesen wäre und Medizin studieren würde, wenn ich nicht bereits einige Semester und auch schon ein paar Monate Krankenhauserfahrung hinter mich gebracht hätte, wenn ich nicht ein bißchen was von Ihrem Wiener Arzt Dr. Semmelweis gelesen hätte und von antiseptischer Wundbehandlung – immerhin so viel, daß ich mich sehr energisch gegen den alten Manojlo verwahrt habe. Spinnweben und verschimmelter Käse! Das hätte Ihnen geblüht – und Sie ins Grab gebracht!«
Mit einem energischen Ruck wandte sie sich ab, ging hinaus, steckte den Kopf wieder ins Zimmer, und ihre gerade noch zornig sprühenden Augen lachten übermütig, als sie sagte: »Nehmen Sie's nicht tragisch.« Sie legte den Zeigefinger auf das Kinn und sprach auf deutsch weiter: »Ich habe mich zornig geredet, weil viele Leute sagen, das Medizin-Studium ist nix für Frauen. So dumm! Und ich sage: Medizin zu studieren ist gerade richtig und gut für Frauen. Morgen wir werden machen neue Verband, es wird tun weh, aber man kann nix machen. Wie ist mein Deutsch? Gut?«

Nach Radas Visite und ihrer temperamentvollen Auslassung versuchte Stefan, einen Brief nach Hause zu schreiben. Djuka hatte ihm auf seine Bitte hin ein Schreibbrett, Papier und Feder mit Tinte gebracht, unter seinen Rücken zwei Kissen geschoben und ihn dann allein gelassen. Doch er gab den Versuch schon nach wenigen Zeilen auf. Seine Schrift war unsicher, zittrig, wie die Schrift eines alten Mannes – Mama hätte bestimmt erraten, wie es um ihn stand. Stefan legte die Feder beiseite, lehnte sich zurück und schloß die Augen. Ob er den Brief diktieren sollte? Madame Vera oder Rada – beide konnten einigermaßen deutsch. Merkwürdig, wieviele Leute es hier gab, die zwei, drei, manchmal sogar vier Sprachen beherrschten! Der Zwang, die Fähigkeit, aber auch die Bereitschaft von Angehörigen kleiner Völker, andere Sprachen zu erlernen...
Er könnte den Brief unter dem Vorwand diktieren, daß er vom

Pferd gefallen sei und sich die Hand verstaucht habe. Ich muß sie einige Tage geschient und verbunden halten, deshalb diktiere ich dir diesen Brief, mach dir keine Sorgen. Den Brief schreibt Rada, die Enkelin des Wojwoda Lazar Bošković, auf dessen Kastell Kameni stup ich sie kennengelernt habe. Sie studiert Medizin in Petersburg und nimmt ihr Studium sehr ernst, wie sie mir in einer leidenschaftlichen Philippika klar gemacht hat. Wenn sie deutsch lernt, um medizinische Literatur auch in dieser Sprache studieren zu können, rezitiert sie Dante auf italienisch, deutsch, russisch, serbisch. Wahrscheinlich macht sie dasselbe auch mit Goethe: zuerst deutsch, dann russisch. Ich werde sie fragen.

›Wie ist mein Deutsch? Gut?‹ Es hört sich hübsch an, als würde sie es singen: ›Wie ist mein Deutsch? Wie ist mein Deutsch? Wie ist mein Deutsch? Gut?‹ Ich könnte es immerzu hören, sie anhören, aber nicht nur, wenn sie deutsch spricht. Sie ist ein bemerkenswertes Mädchen. Sie ist sehr schön. Ich habe noch nie ein so schönes Mädchen kennengelernt, mit Augen, so dunkel und rätselhaft, und im nächsten Augenblick lachend und vor Lebenslust funkelnd. Ihre Hände, flink und kräftig. ›Morgen werden wir machen neue Verband, es wird tun weh.‹ Sie wird sich über mich beugen, ihr Gesicht ganz nah an meinem, ihre Lippen halb offen. In diesem Augenblick könnte ich versuchen, sie zu küssen. Was würde sie tun? Was würde sie tun? Mir eine Ohrfeige geben? Ich könnte es trotzdem versuchen. Ob sie je schon geküßt wurde? Petersburger Nächte. Sie sitzt in ihrer Studierkammer und lernt die Namen der Knochen auswendig. Sie ist schöner, erregender als alle Frauen, die ich kenne, Mama...

Natürlich werde ich das alles nicht schreiben, noch weniger diktieren, dachte Stefan, schon halb im Schlaf. Was würde Mama denken? Der Bub hat sich schon wieder verliebt! In Montenegro, ausgerechnet in Montenegro hat er ein Mädchen gefunden – aber warum nicht in Montenegro? Das Mädchen zitiert Dante und Goethe und ist schöner als alle, die er kennt. Ich liebe sie. Vielleicht, dachte Stefan, während er zum erstenmal schmerzfrei in eine wohlig warme Dunkelheit abglitt, vielleicht wäre das die Lösung: Ich diktiere Rada den Brief an Mama und schreibe, daß ich mich verliebt habe und sie liebe und sie küssen möchte, die schönste Frau, die ich je gesehen habe, und ich warte von Tag zu Tag sehnsüchtig, daß sie ins Zimmer kommt und lausche auf ihre Schritte und...

Am nächsten Tag bat Stefan Rada während des Verbandwechselns (es tat wirklich weh), ihm zwei Briefe nach Hause zu schreiben. Er würde sie ihr auf Deutsch diktieren. Sie stimmte gern zu: »Es ist sicher eine gute Übung. Wenn ich nicht genau weiß, wie man ein Wort schreibt, können Sie ja buchstabieren. Fein. Ich komme am Nachmittag zu Ihnen.«

Eine schlechte Nachricht

Rada hielt ihr Versprechen. Datiert am 24. Juli 1914 diktierte Stefan in dem Brief an den Großvater, daß er sich bei einem Sturz vom Pferd an der Hand verletzt und deshalb so lange nicht geschrieben habe. Demnächst würde er einen längeren Bericht über seine »ausgesprochen interessante, beeindruckende und aufschlußreiche Reise durch Montenegro« schicken.

Der Brief an die Mutter war länger. Wie beim Großvater entschuldigte Stefan die lange Schreibpause mit einem Sturz vom Pferd, bei dem ihm nichts weiter passiert sei, als daß er sich die rechte Hand verstaucht habe. Er berichtete von seiner Absicht, eine Dissertation über die »Geschichte Montenegros in dessen Volksdichtung« zu schreiben und davon, daß er einiges Material, Legenden, Balladen, Volkslieder und Märchen bereits gesammelt habe. Zur Zeit sei er auf dem Bergkastell Kameni stup des Wojwoda Lazar Bošković, »... dessen Name Dir bestimmt noch erinnerlich ist. Seiner Enkelin, Rada, einer angehenden Ärztin, diktiere ich diesen Brief. Sie hat die Absicht geäußert, nach der Promotion in Petersburg zu einem Studienaufenthalt nach Wien zu kommen. Ich wäre glücklich, wenn wir uns bei dieser Gelegenheit für die Gastfreundschaft und Hilfsbereitschaft erkenntlich zeigen könnten, die ich hier erfahren habe.«

»... erfahren habe«, wiederholte Rada schreibend, schaute auf, klopfte mit dem Federhalter an das Kinn und meinte:

»Über mich brauchen Sie nicht zu schreiben. Ich bin unwichtig.«

»Das finde ich ja nun nicht gerade. In einem Brief an die Mutter sollte man alles berichten, was einem widerfahren ist, wen man kennengelernt hat, was man so denkt. Die Mutter hat doch das Recht, es zu wissen, meinen Sie nicht?«

Rada sah ihn schweigend an.
»Wenn Sie zum Beispiel einen Sohn hätten, der sich irgendwo in der Welt herumtreibt, sagen wir in Deutschland, dann würden Sie es sicher auch erwarten. Oder nicht?«
»Das schon«, meinte Rada widerstrebend.
»Also habe ich recht. Ich müßte Sie demnach bitten zu schreiben: Nicht nur ihrem Vetter Bogdan, sondern auch ihr habe ich mein Leben zu verdanken. Sie hat mich wieder zum Leben erweckt, nachdem ich so gut wie tot war. Außerdem hat sie verhindert, daß mich ein gewisser Manojlo in seine selten gewaschenen Hände bekam und mich mit Spinnweben, verschimmeltem Käse, getrockneten und gemahlenen Kröten traktieren konnte. So war es doch?«
Rada lachte – es war das gleiche helle, fröhliche Lachen, das Stefan unter seinem Fenster hörte, wenn sie mit Bogdan Hindernisspringen übte. »Das haben Sie sich gut gemerkt«, sagte sie.
»Na ja, vielleicht hätte ich sogar das überlebt. Eben ein Švaba, der sieben Leben hat. Man muß sie in Ketten legen und anschmieden wie Zar Dukljan.«
»Das haben Sie auch gehört?«
»Was konnte ich dagegen tun? Aber Sie werden zugeben – ich kann meiner Mama nicht berichten, was in Wirklichkeit passiert ist. Wie ich sie kenne, würde sie auf der Stelle hierher kommen. Und wenn sie hier wäre, der nachträgliche Schreck... Nein, das geht nicht. So müssen Sie mir schon erlauben, daß ich wenigstens Sie erwähne, natürlich nur bis zu einem gewissen Punkt. Alles darf ich auch in dieser Hinsicht nicht schreiben, was ich schreiben möchte.«
»Zum Beispiel, wie ich Sie vorhin beim Verbandswechsel malträtiert habe?«
»Das natürlich auch. Aber ich meine...« Stefan verstummte. Ich würde gern schreiben, wie ich mich freue, wenn *sie* ins Zimmer kommt, dachte er. Wie gern ich sie ansehe, wie schön ich sie finde, wenn sie sich bewegt, wenn sie so still dasitzt wie jetzt und mich anschaut – wie schön sie ist, wie schön sie ist! Ich würde schreiben, daß ich mich Hals über Kopf in sie verliebt habe, kaum von den Toten auferstanden. Ich liebe sie, auch das. Das alles, dachte Stefan, könnte ich jetzt sagen – doch eine unerklärliche Scheu hielt ihn davon ab und versiegelte ihm den Mund.
»Nun?« fragte Rada schon ein wenig ungeduldig.

»Es gäbe viel zu schreiben, aber dann müßten Sie zu lange hier sitzen und sich damit abplagen«, sagte Stefan lahm. Die Gelegenheit war vorbei (für eine sehr lange Zeit vorbei, er wußte es nur nicht). Er hatte sie verpaßt, und er verwünschte sich dafür.
»Ich fasse es als eine Unterrichtsstunde in Deutsch auf«, sagte Rada kühl. »Meinetwegen können es auch zwei Stunden sein. Ich habe Zeit. Also machen wir weiter.«

Die Briefe würden am nächsten, spätestens am übernächsten Tag nach Mojkovac gebracht werden, versprach Rada. Vučko, der verhinderte Coiffeur, müßte sowieso dorthin reiten, um einige Besorgungen zu machen. Weitere zwei Tage dauere es, bis die Briefe in Pljevlja ankämen. »Und dann geht es weiter nach Sarajewo . . . Also mindestens zehn oder vierzehn Tage muß man schon rechnen, bis die Post in Wien oder in Breslau ankommt. Von hier nach Petersburg dauert es manchmal drei Wochen oder einen ganzen Monat. Früher, wenn es Tante Ljuba mit einer Nachricht an den Wojwoda oder an ihre Mutter ganz eilig hatte, schickte sie einen persönlichen Kurier. Er schaffte es viel schneller, in wenigen Tagen. Aber das war früher, bevor das damals . . .«
Rada verstummte, ein Schatten legte sich auf ihr Gesicht, und schweigend ging sie hinaus.

Wojwoda Lazar Bošković kam mitten in der Nacht. Stefan wurde durch ungewohnte Geräusche geweckt – das Klappern von Pferdehufen auf dem Hofpflaster, Schritte im Haus, Stimmen, ein barscher Befehl, ein langgezogener, fröhlicher Zuruf. Eine Frau sagte etwas – eine andere lachte. Eine Tür schlug zu, das Gemurmel von Stimmen kam jetzt von unten aus dem Erdgeschoß des Kastells. Doch die Unruhe legte sich bald, es wurde wieder still, und Stefan schlief ein.
Am nächsten Morgen erzählte ihm Djuka, daß der Wojwoda wieder nach Hause gekommen sei, mitten in der Nacht, aber das würde er fast immer so machen. Sie war wie ausgewechselt. Ihr sonst eher mürrisches Gesicht strahlte, und sie redete unentwegt, während sie sich im Zimmer zu schaffen machte.
»Mitten in der Nacht scheucht er uns aus den Betten, und dann muß man ihm schnell eine Kanne Kaffee kochen, ihm und seinem Bora, und einen Krug Sliwowitz holen und etwas zu essen.«

»Kann er denn schlafen, wenn er nachts noch Kaffee trinkt?«
»Unser Wojwoda schläft sowieso nie, glaube ich. Vielleicht zwei oder drei Stunden, so zwischendurch. In seinem Turmzimmer brennt fast immer die Lampe. Und auch, wenn er unten ist, im Herrenhaus. Das Bett benutzt er schon, aber ob er auch schläft? Bora ist ganz anders. Bora ist sein Diener und Reitknecht. Er begleitet den Wojwoda fast immer. Bora kann nicht genug bekommen vom Schlaf.« Djuka lachte. »Groß wie ein Bär, stark wie ein Bär, faul wie ein Bär, schläft wie ein Bär... Bora würde am liebsten den ganzen Winter verschlafen. Und die Winter sind lang hier oben in den Bergen.«
Es dauerte allerdings noch über zwei Tage, bevor Stefan den Wojwoda sehen und auch sprechen konnte. Am ersten versuchte er mit Hilfe von Rada und Djuka erstmalig aufzustehen und ein paar Schritte zu machen. Das verletzte Bein schmerzte dabei sehr, und anschließend schlief er erschöpft den ganzen Abend und die Nacht hindurch.
Am zweiten Tag brachte ihm nicht Djuka, sondern Madame Vera das Frühstück. Ungewohnt wortkarg setzte sie sich ans Bett, wartete, bis er fertig gegessen hatte und sagte dann:
»Mon chèr ami, ich habe eine schlechte Nachricht für Sie. Für uns alle. Um Ihnen nicht den Appetit zu verderben, habe ich damit gewartet, bis Sie mit dem Frühstück fertig sind. Um es kurz zu machen – Österreich hat an Serbien ein Ultimatum gestellt. Ein Bote aus Nikšić hat gestern Abend die Nachricht gebracht. Daraufhin ist Bogdan mit seinem Burschen sofort nach Cetinje geritten. C'est la guerre! Ich möchte wissen, welcher Teufel in die Menschheit gefahren ist.«
»Ein Ultimatum muß nicht gleich Krieg bedeuten«, meinte Stefan.
»Ein Ultimatum bedeutet *immer* Krieg. Ich möchte fast jede Wette eingehen, daß Serbien das Ultimatum nicht annehmen wird. Oder nicht annehmen *kann,* um nicht das Gesicht und die Ehre zu verlieren. L'honneur c'est comme la vie, on ne peut la perdre qu'une seule fois,* sagt man bei uns in Montenegro.«
»Sie wissen ja gar nicht, was in dem Ultimatum steht, Madame Vera. Also können Sie auch nicht wissen, ob Serbien...«

* Die Ehre ist wie das Leben, man kann sie nur einmal verlieren.

»Wieso weiß ich das nicht? Mais oui, bien sûr!* Die Švabas – Pardon, Monsieur – haben beschlossen, Serbien den Garaus zu machen. Also werden sie das Ultimatum so formuliert haben, daß es Belgrad unmöglich gemacht wird, es anzunehmen, selbst auf die Gefahr hin, daß es einen Krieg gibt, in dem es unterliegen *muß*. Wie soll sich das kleine, durch zwei Balkankriege geschwächte Serbien gegen eine Großmacht behaupten, auch wenn unsere Schwachköpfe von Männern bereits jetzt lauthals schreien: ›Auf, du heldisches Serbien, auf nach Wien, der Sieg ist unser!‹«

»Ich glaube, Sie sehen zu schwarz!« sagte Stefan, gereizt durch die resolute Selbstsicherheit, mit der Madame Vera ihre Behauptungen aufstellte. Er dachte an seinen Großvater, der bei der Abfassung des Ultimatums bestimmt mitzureden gehabt hatte – schon wegen seines Aufgabenkreises im österreichisch-ungarischen Außenministerium. Er dachte an das Gespräch mit ihm vor der Abreise nach Montenegro, an die vorherrschende Meinung gerade maßgebender Kreise Österreichs, daß ein Krieg – jeder Krieg – ein unentschuldbarer Rückfall in die Barbarei und schon deshalb undenkbar sei.

»Nein, glauben Sie mir, ich kann mir nicht vorstellen, daß die Verantwortlichen in Wien von vornherein unannehmbare Bedingungen an Serbien gestellt haben. Warum sollten sie das tun? Das würde wirklich Krieg bedeuten – und kein zivilisierter Mensch kann heute Krieg wollen. Österreich verlangt Genugtuung für Sarajewo, Serbien wird nachgeben ...«

»Das wäre klug getan, mon ami, aber es wird nicht eintreffen. Doch gesetzt den Fall, daß es tatsächlich geschieht, wird über kurz oder lang ein anderer Vorwand für ein neues Ultimatum gesucht und gefunden werden. Begreifen Sie denn nicht? Österreich *will* seine Macht ausdehnen und Serbien schlucken. Wenn ich es richtig bedenke, hat es auch gar keine andere Wahl. Nur so kann die südslawische *Irredenta*** bekämpft und wenigstens für eine bestimmte Zeit im Zaum gehalten zu werden. Auf Dauer? Mais non! Les

* Aber ja, gewiß doch!

** *Irredenta,* aus dem Italienischen »unerlöstes Gebiet«, auch *Irredentismus*. Eine politische Bewegung zur Vereinigung nationaler Minderheiten unter Fremdherrschaft mit dem benachbarten, bereits bestehenden Staat gleicher Nationalität oder Sprache. Der Begriff entstand nach der Einigung Italiens Mitte des 19. Jahrhunderts, während der Bestrebungen, auch weitere italienischen Minderheiten unter Österreich-Ungarn (Triest, Görz, Fiume, Istrien) an Italien anzugliedern.

mouvements de l'Histoire sont si forts qu'aucune arme ne pourra l'arrèter.* Unser Bogdan kann sich freuen – er bekommt seinen Krieg.«

»Muß ein Krieg zwischen Österreich-Ungarn und Serbien denn auch unbedingt Krieg für Montenegro bedeuten?«

»Mais oui, bien sûr! Da kennen Sie unsere Montenegriner schlecht. Natürlich werden sie an der Seite ihrer serbischen Brüder in den Kampf ziehen – wie in den Türkenkriegen. Wenn sie das Wort *Krieg* auch nur hören, bekommen sie glänzende Augen. Sie glauben sogar, mit Österreich-Ungarn so fertigwerden zu können, wie sie mit den Osmanen fertiggeworden sind. Das können nur Narren denken – und, Gott sei's geklagt, dieses Land ist voll davon! Sie werden sogleich aufbrechen, um Österreich zu erobern, Allons, enfants de la patrie! wird es landauf landab heißen, voller Begeisterung und Kampfesmut. Ich höre es schon, ich höre es schon – Sie nicht? Und am Ende? ›La bataille était finie, il n'y avait plus de soldats‹.** Sie sind tot, sie sind alle tot! Doch jetzt etwas anderes. Wojwoda Lazar will mit Ihnen sprechen. Ich habe das Gefühl, daß er Ihren Namen kennt. Haben Sie mit ihm schon einmal zu tun gehabt?«

»*Ich* nicht.«

»Jedenfalls hatte ich den Eindruck, daß ihm Ihr Name nicht fremd war, als ich ihn erwähnte. Er wurde zornig, wütend. Aber dann sagte er doch, gut, ich werde mit ihm sprechen.«

»Wann?«

»Morgen. Und, mon chèr ami – lassen Sie sich von dem alten Wüterich nicht ins Bockshorn jagen. Vergessen Sie dabei aber nicht, daß die üblichen Sprüche wie ›Hunde, die bellen, beißen nicht‹, oder ›er ist gar nicht so, wie er tut‹, nicht immer zutreffen.« Mit dieser rätselhaften Bemerkung verabschiedete sie sich.

* Die Strömungen der Geschichte sind stärker als die Waffen, mit denen man sie einzudämmen sucht.

** Zu Ende war der Kampf, es gab keine Kämpfer mehr. – Ein Zitat aus Corneilles »El Cid«.

6. Kapitel

Die Kerls haben Agitation mit Mord getrieben und müssen geduckt werden! Serbien ist kein Staat im europäischen Sinne, sondern eine Räuberbande, die für Verbrechen gefaßt werden muß!

Wilhelm II., Deutscher Kaiser

Eine Unterredung auf allerhöchster Ebene

Wie Stefan in seinem Gespräch mit Madame Vera behauptet hatte, waren in Österreich und Deutschland tatsächlich die maßgebenden Kreise der Meinung, daß jeder Krieg »ein unentschuldbarer Rückfall in die Barbarei und schon deshalb undenkbar« sei. Doch die Meinungen können sich schnell ändern, ganz abgesehen davon, daß es diesmal auf die Meinung der Kreise, an die Stefan gedacht hatte, keineswegs ankam, nicht einmal auf die Meinung seines Großvaters, des Legationsrates Dr. Stefan Meyster. Ein Chronist dieser Zeit namens Jonas, dem man hier noch einige Male begegnen wird, sagte es:

»Wenn ich, Jonas, etwas tue, schreibe oder sage, kräht kein Hahn danach. Ich kleiner Mann und einfacher Bürger kann mich noch so anstrengen, es bleibt ohne jede Bedeutung. Der Kaiser, Gott geb' ihm Gesundheit und ein langes Leben!, braucht in der Hofburg bloß zu niesen, und schon putzen sich die Leute in Triest, Bosnien oder Galizien die Nasen, von denen am Wiener Hof gar nicht zu reden. Oder nehmen wir zum Beispiel die Runde der Kriegsgrafen auf dem Ballhausplatz. Unter dem Kommando ihres Chefs, des Außenministers Berchtold, lassen sie sich in diesem heißen Sommer des Jahres 1914 aus der Konditorei Demmel gleich gegenüber einen Eiskaffee nach dem anderen ins Außenministerium bringen. Während sie also ihren Eiskaffee schlürfen, reden sie über dies und das, und obwohl sie allesamt ziemlich unbedeutende Herren sind, hat jedes Wort von ihnen mehr Gewicht als tausend von mir oder den allermeisten der zweiundfünfzig Millionen Einwohnern unserer Monarchie. Was sie im Juli 1914 aushecken, hat nicht nur für diese zweiundfünfzig Millionen die allergrößte Bedeutung, sondern für zehnmal so viele

Menschen rund um die Welt. Der Tod des Erzherzogs Franz Ferdinand und seiner Frau Sophie in Sarajewo kommt ihnen gerade recht. Jetzt können sie endlich ihr Süppchen kochen; wer es auslöffeln wird, ist nicht schwer zu erraten.«

Später hat man behauptet, Europa wäre in diesem Juli 1914 mit offenen Augen in eine Katastrophe getaumelt, die vergleichbar der Pest, mit schicksalhafter Unausweichlichkeit über die Menschen gekommen sei. Diese hatte man auch stets einer höheren Macht, nie jedoch Ratten und schlechten hygienischen Verhältnissen zugeschrieben.

Die Menschen sind schnell bereit, sich ihrer persönlichen Verdienste zu rühmen, wenn einem Vorhaben gutes Gelingen beschieden ist. Im Falle des Mißlingens schieben sie die Schuld genauso schnell einer »höheren Macht« in die Schuhe. Diese »höhere Macht« soll auch im Juli 1914 ihr Unwesen in den Hauptstädten Europas getrieben haben und selbst die Souveräne jener Zeit, Kaiser und Könige, sollen ihr – nach eigenem Bekunden - hilflos ausgeliefert gewesen sein und keine Möglichkeit gehabt haben, in das politische Tagesgeschehen einzugreifen.

Hatten sie diese Möglichkeit wirklich nicht?

Am frühen Nachmittag des 28. Juni 1914 überbrachte Graf Eduard Paar, der siebenundsiebzigjährige Kaiserliche Generaladjutant, seinem vierundachtzigjährigen Herrscher Franz Joseph in Bad Ischl (hier hielt sich der Kaiser um diese Jahreszeit meistens auf) die Nachricht, daß der Thronfolger, Erzherzog Franz Ferdinand und dessen Frau, die gefürstete Gräfin Sophie Chotek von Hohenberg in Sarajewo ermordet worden seien.

Der Kaiser schloß für eine Weile wie erstarrt die Augen, dachte nach und sagte schließlich: »Der Allmächtige läßt sich nicht herausfordern. Eine höhere Gewalt hat wieder jene Ordnung hergestellt, die ich leider nicht zu erhalten vermochte.«

Für das Attentat machte man von Anfang an Serbien verantwortlich. Doch an einen Rachefeldzug dachte Franz Joseph I. nicht. Auf die Frage, ob der Kaiser politische, womöglich sogar kriegerische Folgen nach dem Doppelmord erwägen würde, antwortete Graf Paar: »Meines Wissens nicht. Warum sollte er das auch? Es ist eben einer jener tragischen Vorfälle, die sich im Leben des Kaisers so oft begeben haben. Ich glaube, er sieht es in keinem anderen Licht.«

Dafür sah es der Chef des k.u.k. Generalstabes, Franz Graf Conrad von Hötzendorf in einem entschieden anderen Licht. »Die Mörder sind gefaßt, ihre Hintermänner sitzen in Belgrad«, behauptete mit wenigen Ausnahmen die gesamte österreichisch-ungarische Presse. In Wien kam es zu heftigen antiserbischen Kundgebungen, die Stimmung im Volk war gut, man mußte das Eisen schmieden, solange es heiß war. Conrad von Hötzendorfs Pläne, Serbien durch einen Präventivkrieg zu zerschlagen und Österreich-Ungarn nach Südosten auszuweiten, waren bereits zweimal vereitelt worden. Nun sah er wieder eine Chance – die letzte, wie er meinte:
»Damals, 1908 und 1909, während der Annexionskrise um Bosnien und Herzegowina, wäre es ein Spiel mit offenen Karten gewesen. Noch während der Balkankriege 1912 und 1913 standen unsere Chancen günstiger. Jetzt ist es Lotterie. Aber man muß das Risiko auf sich nehmen.«

Am 5. Juli wurde Generalstabschef Conrad von Hötzendorf zur Audienz nach Schönbrunn befohlen. Der greise Kaiser kam sofort auf die politische Lage zu sprechen. Er zeigte sich – wie stets – vorzüglich informiert. Conrad von Hötzendorf wies darauf hin, daß seiner Meinung nach ein Krieg mit Serbien diesmal unvermeidlich sei. Daraufhin der Kaiser:
»Ja, das ist ganz richtig, aber wie wollen Sie Krieg führen, wenn dann alle über uns herfallen, besonders Rußland?«
Conrad v. H.: »Wir haben doch die Rückendeckung durch Deutschland.«
Kaiser: »Sind Sie Deutschlands *sicher*? Ich habe Franz Ferdinand aufgetragen, in Konopišt vom Deutschen Kaiser eine Erklärung zu verlangen, ob wir auch in Zukunft unbedingt auf Deutschland rechnen können. Der Kaiser ist der Frage ausgewichen und die Antwort schuldig geblieben.«
Conrad v. H.: »Eure Majestät, wir müssen aber wissen, wie wir daran sind!«
Kaiser: »Gestern Abend ist eine Note nach Deutschland abgegangen, in der wir klare Antwort verlangen.«
Conrad v. H.: »Wenn die Antwort lautet, daß Deutschland auf unserer Seite steht, *führen* wir dann Krieg gegen Serbien?«

Kaiser: »Dann ja. – Wenn Deutschland uns diese Antwort aber nicht gibt, was dann?«
Conrad v. H. »Dann stehen wir allerdings allein. Wir müßten die Antwort bald haben, denn davon hängt die große Entscheidung ab.«
Die Antwort, nach der Conrad von Hötzendorf verlangte, war schon unterwegs nach Wien.
Einen Tag vor dieser Audienz, am 4. Juli – es war ein Sonntag – brachte der k. k. Botschafter in Deutschland, Graf Szögeny-Marič, die von Kaiser Franz Joseph erwähnte Note nach Potsdam. Dorthin wurde er von Wilhelm II. gebeten, nachdem er um eine vertrauliche Audienz ersucht hatte. In seiner Aktenmappe trug der Botschafter neben anderen Dokumenten über die Lage auf dem Balkan auch ein persönliches Schreiben des österreich-ungarischen an den deutschen Kaiser. Die nachfolgende Unterredung im Neuen Palais zu Potsdam war ein klassisches Beispiel inoffizieller Diplomatie auf allerhöchster Ebene – lässig, elegant, tödlich.

Nachdem er die Papiere eingesehen und den Brief seines »kaiserlichen Vetters Franz Joseph« gelesen hatte, äußerte Wilhelm II. nur einige unverbindliche Anmerkungen zu der politischen Lage auf dem Balkan nach dem Tod seines persönlichen Freundes Franz Ferdinand. Danach begab man sich zum Déjeuner, bei dem außer der Kaiserin Augusta auch einige Gäste anwesend waren. Das Déjeuner verlief in einer angenehmen, angeregten Atmosphäre. Um sich nach dem Essen die Beine zu vertreten, lud Wilhelm II. den österreichisch-ungarischen Botschafter zu einem kleinen Spaziergang durch den Garten ein. Bei solchen Spaziergängen erledigte der Kaiser gern gleichsam *en passant* seine Regierungsgeschäfte, um sie möglichst schnell und unkompliziert vom Tisch zu haben. Vom Tisch sollte auch möglichst schnell das Sarajewo-Problem, weil der Kaiser bereits am nächsten Tag zu seiner alljährlichen dreiwöchigen Nordlandreise aufbrechen wollte.
Im Garten spazierend, nahmen die beiden Herren also ihr gewichtiges Gespräch wieder auf. »Kommt es tatsächlich zu einem Krieg zwischen Österreich-Ungarn und Rußland, kann man in Wien überzeugt sein, daß Deutschland in gewohnter Bündnistreue an der Seite der Monarchie stehen wird«, sprach der Kaiser wörtlich, wie Graf

Szögeny-Marič später nach Wien depeschierte. »Wie die Dinge heute liegen, ist Rußland allerdings keineswegs auf einen Krieg vorbereitet. Ich glaube nicht, daß es zu den Waffen greifen wird... Ich verstehe sehr gut, daß es der Apostolischen Majestät Kaiser Franz Joseph bei seiner bekannten Friedensliebe schwer fallen würde, in Serbien einzumarschieren. Wenn Wien aber die Notwendigkeit einer kriegerischen Aktion gegen Serbien erkannt hat, würde ich sehr bedauern, den jetzigen, für Österreich-Ungarn so günstigen Zeitpunkt ungenutzt verstreichen zu sehen.«*

Nachdem Botschafter Szögeny-Marič mit dem kaiserlichen Blankoscheck in der Tasche (die Resultate der Unterredung übertrafen seine kühnsten Erwartungen) gegangen war, rief Wilhelm II. seinen Regierungsschef, Kanzler von Bethmann-Hollweg und Vertreter des General- und des Admiralstabes zu sich. Der Kanzler hatte gegen die Äußerungen seines Kaisers dem österreichisch-ungarischen Botschafter gegenüber keine Einwände, jedenfalls meldete er keine an. Mit dem Kaiser, ihrem obersten Kriegsherrn, waren auch die Stellvertreter des Generalstabchefs und Admiralstabchefs selbstverständlich gleicher Meinung.

»An größere kriegerische Verwicklungen glaube ich nicht«, führte Wilhelm II. ihnen gegenüber noch einmal aus. »Der russische Zar wird sich nicht an die Seite der Prinzenmörder stellen. Außerdem sind weder Rußland noch Frankreich auf einen Krieg vorbereitet.«

Nach diesen Gesprächen begab sich der deutsche Kaiser mit der Yacht *Hohenzollern* auf die Nordlandreise und ließ den Herren Politikern und Militärs in Sachen Balkan freie Hand. An eine Ausdehnung des Krieges über die Balkanhalbinsel hinaus mochte er nicht glauben.

Anders sein »Kaiserlicher Vetter« in der Wiener Hofburg. Als

* Dies lag ganz auf der Linie, die Kaiser Wilhelm II. schon seit längerer Zeit vertrat. So hatte er bei der Einweihung des Völkerschlachtdenkmals in Leipzig im Oktober 1913 dem k.u.k. Generalstabschef Conrad von Hötzendorf versichert, daß er jederzeit bereit sei, mit Österreich-Ungarn gegen Serbien vorzugehen. »Die anderen sind auf einen Krieg nicht vorbereitet, sie werden nichts unternehmen. In ein paar Tagen müßt Ihr in Belgrad stehen. Ich war stets ein Anhänger des Friedens. Aber das hat seine Grenzen. Ich habe viel über den Krieg gelesen und weiß, was er bedeutet. Aber irgendwann kommt es zu einer Situation, in der eine Großmacht nicht länger zusehen kann, sondern zum Schwert greifen muß.«

dieser von Wilhelms II. Blankoscheck erfuhr, seufzte er betrübt, doch keinesfalls bereit, den Lauf der Dinge zu ändern: »Conrad von Hötzendorf hatte also Recht. Nun können wir auch nicht mehr umkehren. Es wird ein schrecklicher Krieg werden.«

Am 7. Juli trat in Wien der gemeinsame österreichisch-ungarische Ministerrat unter dem Vorsitz des Außenministers Graf Berchtold zusammen. Man war sich darin einig, daß gegen Serbien, »gleichgültig, ob am Attentat schuldig oder unschuldig«, vorgegangen werden müßte. »Alle Anwesenden mit Ausnahme des königlich ungarischen Ministerpräsidenten Graf Tisza waren der Ansicht, daß ein rein diplomatischer Erfolg, wenn er auch mit einer eklatanten Demütigung Serbiens enden würde, wertlos wäre und daß daher solch weitgehende Forderungen an Serbien gestellt werden müßten, die eine Ablehnung voraussehen ließen, damit eine radikale Lösung im Wege militärischen Eingreifens angebahnt würde«.*

So wurde in Wien und Berlin die grundsätzliche Entscheidung für einen Krieg gegen Serbien gefällt. Die Vorbereitungen erforderten ihre Zeit und sollten natürlich möglichst geheim gehalten werden. Die Verantwortlichen sowohl in Wien als auch in Berlin taten deshalb zunächst so, als sei alles in bester Ordnung – sie fuhren in die Ferien. Die einhellige Meinung der europäischen diplomatischen Kreise brachte Sir Arthur Nicolson, Unterstaatssekretär im britischen Außenministerium zum Ausdruck, als er erklärte:

»Ich habe meine Zweifel, ob Österreich irgend etwas Ernstliches unternehmen wird. Das Gewitter wird vorbeiziehen. Mr. Šebeko ist ein gescheiter Mensch. Ich lege jeder von ihm geäußerten Meinung Gewicht bei.« Sprach's und fuhr in Urlaub – auch er.

Mr. Nikolai Nikolajevič Šebeko war der russische Botschafter in Wien. Nach seiner Meinung würde Österreich-Ungarn nicht wagen, einen Krieg zu riskieren, schon deswegen, weil man »weiß, daß ein isolierter Konflikt mit Serbien unmöglich wäre. Rußland würde sich gezwungen sehen, in Verteidigung Serbiens zu den Waffen zu greifen.«

Damit drückte er die offizielle Meinung Petersburgs aus, die umge-

* Wörtlich zitiert aus dem von Legationsrat Graf Hoyos geführten Protokoll der Ministerratssitzung.

hend auch zur offiziellen Meinung in London, Paris, Rom und anderen europäischen Hauptstädten wurde.

Die drohenden Schatten, die in den Tagen nach dem Attentat von Sarajewo Europa verdunkelten, schienen sich im Laufe des Monats Juli endgültig zu verflüchtigen. Dies war der Grund für Bogdans beredte Klage Stefan gegenüber, daß alle Hoffnung auf einen Krieg dahin sei. Selbst der für gewöhnlich sehr gut informierte britische Botschafter in Petersburg, Sir George Buchanan, hatte keine Ahnung, was sich in Wien und Berlin tat. In seinen Erinnerungen schreibt er: »Da seit Sarajewo mehrere Wochen verstrichen waren, hoffte man, daß Österreich seine Strafexpedition aufgegeben hatte. Ich habe einen Erholungsurlaub bewilligt bekommen und meine Fahrkarten für die Reise nach England bestellt.«
In umgekehrter Richtung, nach Petersburg, reisten am 15. Juli der französische Staatspräsident Poincaré und sein Ministerpräsident Viviani zu einem längst geplanten Staatsbesuch. An diesem 15. Juli war auch das Konzept des österreichisch-ungarischen Ultimatums an Serbien fertig. Bei der Abfassung hatte man sich alle Mühe gegeben, es für Serbien unannehmbar zu machen.
Der k.k. Außenminister Graf Leopold Berchtold, der »schöne Poldi«, wie ihn die Wiener nannten, ein reicher Aristokrat, Rennstallbesitzer und charmanter Gesellschafter, der die rassigen Fesseln schöner Frauen genau so gern sah wie die schöner Pferde, schickte tags zuvor – am 14. Juli – seinem Kaiser nach Bad Ischl einen Bericht über die Besprechung in seinem Ministerium, an der ». . . die beiden Ministerpräsidenten und der königl. ungar. Minister am Allerhöchsten Hoflager teil nahmen«. Bei dieser Besprechung, schrieb Berchtold, sei »eine vollkommene Übereinstimmung über die an Serbien zu stellenden Forderungen erzielt worden. Es wird nun an die Redaktion der an Serbien zu richtenden Note geschritten . . . Nach erzielter Übereinstimmung über die Form dieser Note wird dieselbe . . . in Belgrad überreicht und der serbischen Regierung gleichzeitig eine Frist von 48 Stunden gegeben werden, innerhalb welcher sie unsere Forderungen annehmen muß . . . Der heute festgesetzte Inhalt der nach Belgrad zu richtenden Note ist ein solcher, daß mit der Wahrscheinlichkeit einer kriegerischen Auseinandersetzung gerechnet werden muß . . .«

Bei Abfassung und Redaktion der Note legte man besonderes Gewicht auf Punkt 5 und 6 des Ultimatums, in denen Aktivitäten der österreichischen Polizei auf serbischem Boden gefordert wurden. Berchtolds Freunde, eine Gruppe aristokratischer Herren im Außenministerium, unter denen sich die Grafen Hoyos, Forgach und Macchio besonders hervortaten – sie bekamen in diesem Sommer 1914 den Beinamen *Kriegsgrafen* – erzählten sich augenzwinkernd von den *zwei Punkterln*. Sie meinten, selbst wenn die Serben alle anderen Punkte des Ultimatums annehmen würden, könnten sie diese zwei Punkterln* keinesfalls akzeptieren. Dafür müßten sie nämlich ihre Verfassung ändern.

Kaiser Franz Joseph, der auch in Bad Ischl an seiner Gewohnheit festhielt, früh aufzustehen und den Großteil des Tages am Schreibtisch zu verbringen, las den Brief seines Außenministers sorgfältig durch. Er las ihn ein zweites Mal, ging ans Fenster und blieb dort mit den Händen auf dem Rücken stehen. So stand er da, und man konnte nicht sagen, ob er nachdachte oder einfach hinausschaute in das üppige Grün. Schließlich sagte er zu seinem an der Tür wartenden Generaladjutanten, der ihm den Brief gebracht hatte:

»Also, wenn Conrad von Hötzendorf immerzu davon redet, daß man mit Serbien aufräumen müßt', das versteh' ich. Er ist Soldat, und sein Beruf ist halt Krieg. Aber daß der Berchtold auf einmal so kriegerische Töne anschlägt ... Ich hab' ihn immer für einen friedlichen Menschen gehalten. So kann man sich täuschen! Aber schauen Sie, Paar, auch ich bin ein friedlicher Mensch – und es wird trotzdem Krieg geben. Muß das sein? Eine Großmacht gegen das kleine Serbien. Aber dabei wird es nicht bleiben. Conrad wird nicht recht behalten. Das glaub' ich nicht. Serbien wird nicht allein bleiben, es hat Freunde. Sie werden ihm beistehen und alle über uns herfallen. Und am Ende, am Ende ...«

* Wörtlich lauten die erwähnten Punkte in der Endfassung des Ultimatums an Serbien wie folgt: ... Die k. serbische Regierung verpflichtet sich überdies –

5. einzuwilligen, daß in Serbien Organe der k. und k. Regierung bei der Unterdrückung der gegen die territoriale Integrität der Monarchie gerichteten subversiven Bewegungen mitwirkten,
6. eine gerichtliche Untersuchung gegen jene Teilnehmer des Komplotts vom 28. Juni einzuleiten, die sich auf serbischem Territorium befinden; von der k. und k. Regierung hierzu delegierte Organe werden an den bezüglichen Erhebungen teilnehmen.

Nach Paar, der diese kleine Episode am Rande des Geschehens in einem vertrauten Kreise erzählte, ließ der Kaiser dieses »am Ende« gleichsam im Raum schweben. Dachte er an das Ende der Donaumonarchie? Das scheint durch verschiedene Äußerungen, die er in seinen letzten Jahren anderweitig gemacht hatte, durchaus wahrscheinlich.

An ein Ende der Donaumonarchie dachte allerdings auch der Generalstabschef Conrad von Hötzendorf, an ein unrühmliches und absolut sicheres Ende – wenn man den Krieg zu diesem allerletzten Zeitpunkt *nicht* wagte. Im Krieg sah er die letzte Möglichkeit, Österreich-Ungarn aus den gegenwärtigen Kalamitäten mit den auseinanderstrebenden und von nationaler Selbständigkeit träumenden Völkern zu führen. »Wenn wir so wie bisher weiterwursteln, gibt es die Monarchie in fünf Jahren nicht mehr. Es ist allerhöchste Zeit, daß etwas Entscheidendes geschieht.«

Daß man so wie bisher nicht weiterwursteln konnte und daß etwas geschehen mußte, war, wie schon erwähnt, auch die Ansicht des Legationsrates Dr. Stefan Meyster. Mit Conrad von Hötzendorf, den er als einen aufrichtigen, offenen, in seinen persönlichen Ansprüchen bescheidenen und absolut unbestechlichen Mann kannte, verband ihn eine langjährige Freundschaft. Die unterschiedliche Auffassung in politischen Dingen tat ihrer gegenseitigen Zuneigung keinen Abbruch. Ernsthaft belastet schien die Freundschaft jedoch erst jetzt durch die *serbische Frage* zu werden, ja die Belastung wurde so groß, daß sie durchaus zu einem Bruch führen konnte. Conrad von Hötzendorf wurde jedenfalls schon bald das Prädikat *Kriegshetzer Nr. 1* angehängt.

Der Krieg, den er für so notwendig hielt, war indessen nach der Meinung des Legationsrates Dr. Meyster das untauglichste aller denkbaren Mittel, um eine dauernde Konsolidierung der Monarchie zu erreichen. Er konnte möglicherweise auf kurze Sicht die Probleme verlagern, lösen konnte er sie nicht. Im Gegenteil. Alte Gräben würde er vertiefen, neue aufreißen, normale Gegnerschaften zu unversöhnlichen Feindschaften werden, alten Haß schüren und neuen entstehen lassen. Außenminister Berchtold, der diese Einstellung seines Legationsrates kannte (eines *bürgerlichen* Legationsrates noch dazu!) berief ihn schon aus diesem Grund nicht in

die Kommission, die sich mit dem Ultimatum an Serbien befaßte; darin saßen vornehmlich Berchtolds Freunde und Spezis, die Kriegsgrafen.
Dr. Meyster merkte, wie der Einfluß seiner »Friedenspartei« schwand, und die Partei seiner Gegner, der Kriegsgrafen, im gleichen Maße an Boden gewann – an Boden gewann vor allem dank Conrad von Hötzendorf. In dieser Situation entschloß er sich zu einem letzten Schritt. Getreu dem Grundsatz, daß man ein Pferd vom Kopf her aufzäumen muß, bat er den Generalstabschef um ein dringendes Gespräch. ». . . nach altem Brauch in meiner Bibliothek und ganz in Privatissimum. Dazu erwarte ich nur noch den deutschen Botschaftssekretär, Herrn von Wallberg, dessen Kompetenz außer Zweifel steht und dessen Verbindungen bis in die allerhöchsten Kreise Deutschlands reichen.«
Das Gespräch sollte am 16. Juli abends stattfinden. Conrad von Hötzendorf sagte zu. Als hätte er ihn bestellt, bekam der Legationsrat nur wenige Stunden zuvor einen streng vertraulichen Bericht aus Belgrad, nach dessen Lektüre er ausrief: »Das trifft sich ja ausgezeichnet! Genau das ist es, was ich schon immer befürchtet habe und was ich jetzt brauche! *Das* wird Conrad überzeugen, es *muß* ihn überzeugen!«

Einige historische Parallelen

Das Gespräch fand bei einer Flasche »reschen« Silvaners aus der Ruster Gegend statt, wie ihn Conrad von Hötzendorf liebte. Er kam zu Fuß und in Zivil, einen Strohhut auf dem Kopf und einen Stock über dem Arm. In dem unauffälligen drahtigen Spaziergänger, der an diesem lauen Sommerabend durch die Straßen des Ersten Wiener Bezirkes schlenderte, hätte wohl kein Passant den Mann vermutet, von dem das Schicksal Europas abhing. Und auch die – zunächst – lockere und entspannte Atmosphäre in der Bibliothek des Legationsrates Dr. Meyster ließ kaum den Schluß zu, daß hier ein Gespräch stattfand, das maßgeblich über Krieg oder Frieden entscheiden würde.
Conrad von Hötzendorf wurde von Dr. Meyster und Baron von Wallberg bereits erwartet. Nach einigen unverbindlichen Worten

über das nachhaltig schöne Wetter, den vom Diener kredenzten Wein und die raffinierte Vielfalt der belegten Brote der Frau Wytlatschil begann der Legationsrat mit einer Mitteilung. Er befinde sich im Besitz von Informationen, die es notwendig machten, die gegenwärtige Situation und die eingenommenen Standpunkte einer neuerlichen Prüfung und gegebenenfalls Revision zu unterziehen. Er wandte sich an den Generalstabschef. »Ich spreche natürlich über die serbische Frage. – Unsere Meinungen darüber sind verschieden, wir haben uns oft genug darüber unterhalten. Ich will jetzt keineswegs versuchen, Sie von der Ihren abzubringen, lieber Freund – das wäre ja auch wohl vergebliche Mühe, denke ich...«
»Wenn Ihnen keine neuen Argumente zur Verfügung stehen...« Conrad von Hötzendorf lächelte.
»Wir werden sehen... Über einen Präventivkrieg gegen Serbien wurde stets unter folgenden Voraussetzungen gesprochen: *Erstens*: Rußland wird sich nicht einmischen. *Zweitens*: Rußland mischt sich ein. Dann stehen uns Deutschland und Italien bei. *Drittens*: Der Krieg wäre auch dann noch zu gewinnen, wenn uns Italien nicht beistünde, wozu es vertraglich verpflichtet ist. Wir wissen allerdings um den Wert dieser Verträge... *Viertens*: Wenn sich Italien entschließt, im Falle eines Krieges *gegen* uns anzutreten, ist der Krieg nicht zu gewinnen, da Österreich-Ungarn – nach Ihren eigenen Worten, Conrad – nicht imstande ist, einen Zweifrontenkrieg zu führen.
Die gleiche oder zumindest eine ähnliche Lage ergäbe sich für Deutschland, wenn sich Frankreich entschließt, Rußland und Serbien im Falle eines Krieges vertragsgemäß beizustehen. Doch lassen wir das im Augenblick beiseite. Es geht zunächst um die Klärung dieser vier angeführten Punkte, die als Prämisse für unser Gespräch dienen sollen. Sind Sie damit einverstanden, meine Herren?«
»Sie haben sich sehr präzise ausgedrückt – einverstanden«, sagte Conrad von Hötzendorf.
»Einverstanden«, nickte Baron von Wallberg.
»Punkt *eins*: Rußland wird sich *nicht* einmischen, wenn wir Serbien den Krieg erklären und einmarschieren. Wenn das tatsächlich eintreffen sollte, was ich aber nicht glaube, schon gar nicht nach meinen letzten Informationen« – der Legationsrat tippte mit den Zeigefinger auf einen Briefumschlag vor sich auf dem Tisch – »haben wir

Glück gehabt und brauchen keine weiteren Worte zu verlieren. Punkt *zwei*: Rußland hilft Serbien. In diesem Fall stehen uns Deutschland und Italien vertragsgemäß bei. Unser Freund, Herr von Wallberg, ist gestern aus Berlin gekommen. Darf ich um Ihre Meinung bitten?«

»An unserer Haltung hat sich nichts geändert«, begann der Baron mit seiner leisen, leidenschaftslosen Stimme. »Ich bin seitens des Herrn Vizekanzlers von Dellbrück autorisiert worden, dies nochmals ausdrücklich zu bestätigen, vor allem Ihnen gegenüber, Herr General, möglichst in einem persönlichen Gespräch. Es trifft sich also gut, daß mir durch unseren Freund, Herrn Dr. Meyster, bereits heute die Gelegenheit dazu geboten wurde. Ich darf – ohne meine Diskretionspflicht zu verletzen – in diesem kleinen Kreise sagen, daß übermorgen, am 18. Juli, die fertigen Erlasse zur Mobilmachung von Post, Telegraphenwesen, Banken und Wirtschaft dem Reichskriegsministerium zur Bestätigung zugestellt werden. Im übrigen konnte ich mit Befriedigung feststellen, daß in Berlin durchwegs die Meinung vorherrscht, die ich persönlich immer vertreten habe. Salopp ausgedrückt: Es muß endlich einmal aufgeräumt werden, dort unten auf dem Balkan, diesem Pulverfaß Europas. Das Pulver muß raus aus dem Faß, damit nichts mehr explodieren kann.«

»Na also!« sagte Conrad von Hötzendorf befriedigt. Der Baron quittierte den Zwischenruf mit einer kleinen Verbeugung. Dann fuhr er fort:

»Ich nehme an, daß ich gerade hier und gerade in einer so angespannten Situation zur absoluten Offenheit verpflichtet bin. Aus einer Reihe von Gesprächen, die ich in Berlin geführt habe, kann ich folgendes Fazit ziehen, wobei, meine Herren, das auch die offen vertretene Meinung Seiner Majestät des Deutschen Kaisers ist: Wenn Österreich den Doppelmord von Sarajewo schluckt, ohne zurückzuschlagen, mit aller einer Großmacht zur Verfügung stehenden Gewalt zurückzuschlagen, kann man der Monarchie keinen Respekt mehr entgegenbringen. Dann ist sie auch nicht mehr als eine Großmacht anzusprechen, mit allen sich daraus ergebenden Konsequenzen. Eile ist geboten, Herr General. Je eher Sie zuschlagen, desto besser. Und ich wiederhole: Rückendeckung gegenüber Rußland haben Sie durch uns.«

»Na also, na also!« rief Conrad von Hötzendorf. »Jetzt sind Sie dran, mein lieber Meyster – was meinen Sie dazu?«
»Das waren recht starke Worte, Herr von Wallberg, ungewohnt starke Worte ... Also Punkt *zwei* abgehakt. Deutschland steht uns bei, wenn Rußland in den Krieg eingreift. Wir können auch Punkt drei abhaken, wonach der Krieg trotz russischen Eingreifens auch ohne Italiens Hilfe gewonnen werden könnte. Ist es so, Conrad?«
»Mit Deutschlands Beistand – gewiß.«
»Punkt *vier*: Zweifrontenkrieg.« Der Legationsrat holte aus dem Umschlag einige eng beschriebene Blätter Papier. »Diesen Bericht habe ich von unserem Gewährsmann in Belgrad erhalten. Ein absolut zuverlässiger Mann, der beste, den wir haben. Was ihn besonders wertvoll macht, sind seine guten Beziehungen zu den Hofkreisen. Zunächst Rußland. Ich lese vor:

»Prinzessin Jelena – die Tochter des serbischen Königs Peter I. – verheiratet mit Großfürst Iwan Konstantinovič, dem ersten Flügeladjutanten des Zaren. Sie schrieb ihrem Vater, der sich zur Zeit auf einem Kuraufenthalt befindet, daß sie anläßlich einer Familienfeier der Romanows bevollmächtigt wurde, eine persönliche Botschaft des Zaren an ihren Vater, den serbischen König zu übermitteln. Danach glaube man in Rußland nicht, daß Österreich-Ungarn das Risiko eines Krieges gegen Serbien eingehen würde. Wenn aber doch, dann würde Rußland unter allen Umständen Serbien zu Hilfe eilen. Über die Haltung Frankreichs in einem bewaffneten Konflikt will der Zar keine Garantie abgeben. Er ist jedoch sicher, daß auch Frankreich in jedem Falle zu den vertraglichen Verpflichtungen mit Rußland stehen würde.«

Der Legationsrat blickte auf. »Das geht an Ihre Adresse, Herr von Wallberg. Der französische Ministerpräsident und sein Außenminister sind zur Zeit in Petersburg. Die Bestätigung der bestehenden Verträge steht auf dem Besuchsprogramm. Ein Zweifrontenkrieg scheint demnach auch Deutschland zu drohen, wenn es gegen Rußland antritt. Geben Sie bitte diese Information weiter. Was nun Italien betrifft, schreibt unser Mann folgendes:

»Königin Elena schickt durch Arsa Koviljan, Major des montenegrinischen Garderegiments, an ihren Vater, König Nikola I. ein inoffizielles Schreiben mit der Zusicherung, daß sich Italien nicht an der Seite Österreich-Ungarns an einem Raubfeldzug gegen Serbien und Montenegro beteiligen würde. Das gilt auch für den Fall, wenn der Krieg durch den Eintritt Rußlands größere Ausmaße annimmt und Österreich-Ungarn darauf bestünde, daß Italien seine Bündnisverpflichtung einlöse. Diese Zusicherung sei zwar privaten Charakters, würde jedoch absolut mit der Haltung des Königs Viktor Emanuel und seiner Regierung übereinstimmen. Wörtlich schreibt die Königin: ›Das Bündnis mit Österreich-Ungarn war in Italien nie populär, hingegen wächst die Zahl der Stimmen rapide, die einen Frontenwechsel verlangen und von Österreich-Ungarn die Herausgabe der vorwiegend italienischen Gebiete innerhalb der Grenzen Österreich-Ungarn fordern. Ein kriegerischer Konflikt, der durch russische Hilfe für Serbien und Montenegro europäische Ausmaße annehmen würde, könnte diese Entwicklung beschleunigen.‹ Italien erwägt also im Falle eines Krieges die Möglichkeit einer Parteinahme *gegen* seine Verbündeten Österreich-Ungarn und Deutschland, um sich die strittigen, von der Irredenta geforderten Gebiete (Görz, Triest, Istrien, Fiume, Dalmatien) einzuverleiben.«

»Und diese Leute sprechen von einem Raubfeldzug gegen Serbien!« rief Conrad von Hötzendorf empört aus.
Der Legationsrat las weiter:

»Dem Schreiben der Königin Elena ist allergrößte Bedeutung beizumessen. Sie ist in Italien außerordentlich beliebt und besitzt großen Einfluß auf ihren Mann und damit auf die italienische Regierung, den sie in diesem Falle voll einsetzen würde, um ihrer Heimat Montenegro als Serbiens Verbündete Nr. 1 zu helfen. Major Arsa Koviljan berichtet zusätzlich, daß im italienischen Generalstab mit Nachdruck an Aufmarschplänen und Operationsunterlagen für einen Angriffsfeldzug gegen die Südwest-Flanke Österreichs gearbeitet wird. Auch wird die Aufstellung eines Expeditionskorps erwogen, das im Kriegsfall zwischen Cattaro und Durazzo landen würde, um Montenegro und Serbien direkte Hilfe zu leisten. Der montenegr. Generalstab soll die Möglichkeit eines gemeinsamen Vorgehens gegen Österreich-Ungarn vor allem auf dem Gebiet Herzegowinas prüfen.«

Der Legationsrat legte das Schreiben auf den Tisch und wandte sich an den General, der mit finsterer Miene an seinem Schnurrbart zupfte. »Wußten Sie das, Conrad? Ich meine – von diesen italienischen Aufmarschplänen und so weiter?«
»Das gehört zu den Routinearbeiten eines jeden Generalstabes. Allerdings muß ich zugeben, daß mir das mit dem italienischen Expeditionskorps neu ist. Gar nicht so dumm. Würde an deren Stelle auch ich in Erwägung ziehen.«
»Gehört zur Routine auch, daß an diesen Plänen jetzt mit Nachdruck gearbeitet wird, wie unser Gewährsmann berichtet?«
»In gewissen Situationen...«
»Erfahrungsgemäß muß man den Berichten von Gewährsmännern – wie zuverlässig und gut informiert sie auch sein mögen – eine gesunde Portion Mißtrauen entgegenbringen«, ließ sich Baron von Wallberg vernehmen. »Sie sind immer subjektiv gefärbt. Manche Angaben, die man als bestens dokumentiert herausgibt, stammen vom Hörensagen. Solche Leute müssen ja ständig beweisen, daß sie ihr Geld wert sind.«
»Was hier drin steht« – der Legationsrat klopfte auf das vor ihm liegende Schreiben – »wird durch Informationen aus anderen Quellen bestätigt, Herr von Wallberg.«
»Pardon – ich wollte damit nur an den Stellenwert erinnern, den man solchen Berichten zumessen soll. Aber selbst wenn das, was Sie vorgelesen haben, hundertprozentig stimmt, Herr Legationsrat, ist es – zumindest für uns – nichts Neues. Unserem italienischen Verbündeten haben wir in Deutschland schon immer mißtraut. Es überrascht mich also nicht, daß man in Rom keineswegs daran denkt, den Verpflichtungen aus den Bündnisverträgen mit uns nachzukommen. Allerdings bezweifle ich, daß man so weit gehen wird, *gegen* uns anzutreten, das heißt vornehmlich gegen Österreich-Ungarn. Und wenn, dann bestimmt nicht von heute auf morgen. Es hängt also von Ihnen ab, ob diese *vermeintliche* Gefahr eines Zweifrontenkrieges zu einer *realen* Gefahr wird.«
»Wie meinen Sie das?«
»Sie müßten mit Serbien so schnell fertig werden, daß die Italiener

keine Zeit haben... Verstehen Sie? In zwei Wochen müßte der Spuk vorbei sein.«

»In zwei Wochen... Na ja. Das hat mir auch schon Ihr Kaiser erzählt«, sagte Conrad von Hötzendorf unwirsch.

»Es ist – wenn man mir diese Anmerkung erlauben darf – auch die Meinung unseres Generalstabes.«

»Die Herren Ihres Generalstabes kennen die Verhältnisse auf dem Balkan wohl kaum. Vierzehn Tage! So schnell geht das in diesen Bergen nicht. Und im Laufe eines Monats könnten auch die Italiener so weit sein... Vorausgesetzt, es stimmt alles, was in diesem Schreiben steht.«

»Damit werden – wie gesagt – nur die Informationen aus anderen Quellen erhärtet«, sagte der Legationsrat.

»Was schlagen Sie vor, Meyster?«

»Tja...« Der Legationsrat mußte sich Mühe geben, um seine Befriedigung über Conrads Reaktion nicht offen zu zeigen. Baron von Wallberg hatte ihm mit seiner Anmerkung über die Meinung des Deutschen Generalstabes unbewußt zugespielt. Die selbstgerechten, besserwisserischen, teilweise unerträglich arroganten preußischen Offiziere waren für Conrad seit jeher ein rotes Tuch. Das Gespräch war in eine entscheidende Phase getreten. Es ging darum, Zeit zu gewinnen. Zeit zu gewinnen, bis sich diese verhängnisvolle Kriegsstimmung von sich aus legte, bis die Menschen klarer denken konnten, sich der Konsequenzen bewußt wurden, die sich aus einem vermeintlich begrenzten Krieg gegen Serbien nach Lage der Dinge ergeben *mußten*.

»Zunächst sollte man sich ernsthaft mit der Möglichkeit befassen, daß Italien nicht nur nicht seinen Bündnisverpflichtungen nachkommt, sondern sich wirklich auf die Seite der Gegenpartei schlägt. Welche politischen und militärischen Konsequenzen ergeben sich daraus? Des weiteren sollte man die Stimmung in Rom überprüfen, sondieren und überlegen, wie man sie doch noch in unserem Sinne beeinflussen könnte. Das muß inoffiziell geschehen. Was wir von offizieller Seite zu hören bekommen, wissen wir sowieso.«

»Und wie wollen Sie das machen?«

»Es gibt da Möglichkeiten... Ich meine Möglichkeiten privater Art.«

»Ihre verborgenen Spiele, mein lieber Meyster, nicht wahr?« Conrad von Hötzendorf lachte.
»Heißt das in der Sprache der Militärs nicht Feindaufklärung?«
»Und in der Umgangssprache – Spionage?«
»Aber nein, nicht in diesem Fall.«
»Na gut, Feindaufklärung – wenn wir die Italiener bereits als Feinde ansprechen wollen«, meinte Conrad von Hötzendorf. »Ich sträube mich zwar gegen den Gedanken, aber man sollte ja immer mit dem Schlimmsten rechnen, um sich unliebsame Überraschungen zu ersparen. Schicken Sie also Ihre Kundschafter los. Und wir hier müßten überlegen, was wir den Italienern präsentieren, damit sie doch mit uns gehen – oder zumindest die Neutralität wahren. Man müßte mit Berchtold darüber sprechen, mit Stürgkh, Tisza, vielleicht Vorschläge erarbeiten, sie Seiner Majestät vorlegen ... Mit Seiner Majestät kann man bestimmt darüber reden ...«
»Aber Herr General!« mischte sich Baron von Wallberg ein. »Meine Herren, machen Sie sich doch nichts vor! Was Sie den Italienern auch anbieten – es wird bedeutend weniger sein als das, was Ihnen die Gegenseite für den Fall anbieten wird, daß sie gegen Österreich-Ungarn marschieren. Aber bitte, man darf ja nichts unversucht lassen.«
Nun wagte der Legationsrat den entscheidenden Schritt. Im gleichen Plauderton, in dem das Gespräch bisher geführt worden war, sagte er zu Conrad von Hötzendorf:
»Bis wir klar sehen und nicht absolut sicher sind, daß uns die Italiener nicht in den Rücken fallen, bis wir weiterhin unsere Haltung anhand dieser neuen Aspekte überprüft haben, müßte man Zeit gewinnen und die Vorarbeiten an dem Ultimatum an Serbien anhalten – oder die Note so formulieren, daß sie uns zwar volle Genugtuung verschafft, für Serbien aber annehmbar ist. Da sind zum Beispiel diese zwei ominösen Punkte ... Ich bin sicher, daß am Ende alle erleichtert sein werden, wenn die Gefahr vorüber ist, auch jene, die jetzt ...«
»Halt – da könnten Sie recht haben, Meyster!« unterbrach ihn Conrad von Hötzendorf mit einer bei ihm ungewohnten Schärfe. »Ich bin sicher, daß Ihnen Erzherzog Franz Ferdinand in diesem Augenblick zustimmen würde, wäre er noch am Leben. Sie sind einer seiner letzten Getreuen. Frieden erhalten um jeden Preis. Es

mit Reformen versuchen ... Das ehrt Sie. Aber es ändert nichts an der Tatsache, daß Sie unrecht haben, so wie er unrecht hatte. Sie wissen, daß es wegen dieser Frage und auch sonstiger Meinungsverschiedenheiten zwischen uns zu einem offenen Bruch gekommen ist. Ich habe ihm damals meinen Abschied angeboten – doch das steht jetzt nicht zur Debatte! Zur Debatte steht, ob wir trotz allem, was Sie uns jetzt eröffnet haben – und einiges davon sollte uns wirklich zu denken geben! – auf dem eingeschlagenen Kurs bleiben oder nicht. Ob wir uns allein von dem Gedanken ins Bockshorn jagen lassen sollen, daß die Italiener möglicherweise, ich wiederhole, *möglicherweise*, gegen uns antreten könnten. Diese Gefahr besteht zugegebenermaßen. Aber das ist nichts Neues. Herr von Wallberg sagte es. Der Italiener waren wir uns nie sicher, ich schon gar nicht, wie Sie wissen.«
Conrad von Hötzendorf stand auf und begann auf und ab zu gehen, während er weitersprach:
»Sie, Meyster, halten einen Krieg – mit Ihren Worten – für das *untauglichste* aller Mittel, um eine dauerhafte Konsolidierung der Monarchie zu gewährleisten. Für mich ist hingegen ein Krieg in der gegebenen Situation das *einzige* Mittel und die einzige Möglichkeit, der Monarchie wieder Größe und Geltung zu verschaffen. Sie wollen Friedenspolitik, Ihre – stets ehrenhaften – Motive sind mir aus einigen Gesprächen geläufig. In Ihrer Friedensliebe verschließen Sie allerdings die Augen vor der Tatsache, daß wir einen Punkt erreicht haben, an dem wir in eine andere Dimension des politischen Verkehrs treten *müssen*, weil uns die Mittel der friedlichen Politik nicht mehr weiterhelfen. Diese andere oder neue Dimension – neu in unserer gegenwärtigen Situation – ist Krieg. Hier bin ich durchaus einer Meinung mit dem Preußengeneral Clausewitz und behaupte wie er: *Der Krieg ist nichts als eine Fortsetzung des politischen Verkehrs mit Einmischung anderer Mittel*, um ihn ganz korrekt zu zitieren. Einmischung oder Zuhilfenahme anderer Mittel, damit der festgefahrene Karren aus dem Dreck gezogen wird, bevor er ganz darin versinkt.«
Der General blieb stehen, schaute den Legationsrat nachdenklich an, schaute über ihn hinweg und fuhr an seinem Schnurrbart zupfend und zwirbelnd fort: »Überlegen Sie doch bitte selbst. Die Geschichte kennt kein einziges Beispiel, daß ein Staat durch *Frie-*

denspolitik zu einer nennenswerten historischen Größe gewachsen wäre – oder sich seine historische Größe erhalten hätte. Friedenspolitik war stets ein Zeichen von Schwäche und Niedergang. Alle großen Reiche sind durch Kriege und kriegerischen Eroberungen entstanden und durch Präventiv- oder zumindest Verteidigungskriege erhalten worden. Man sagt uns oft nach, daß Österreich durch die Heiratspolitik der Habsburger groß geworden sei. Das stimmt nur zum Teil, wie wir wissen. Erhalten und ausgeweitet wurde Österreichs Größe durch Kriege, zum Beispiel die Kriege des Prinzen Eugen. Was für ein Reich, meine Herren, was für ein Reich! Was danach kam ... Wir sind sehr schnell mit der Verurteilung des preußischen Königs Friedrich II. zur Hand, nennen ihn einen Landräuber, weil *wir* das Opfer waren, weil er *seinen* Staat auf *unsere* Kosten zu einem europäischen machtpolitischen Faktor gemacht hat. Wir nennen ihn einen Räuber – für die Preußen ist er Friedrich der *Große*. Den Krieg um Schlesien hat er eingestandenermaßen aus keinem anderen Grund begonnen als dem, weil er eine einsatzbereite Armee und volle Kassen hatte. Wären wir ihm zuvorgekommen, hätten wir *beizeiten* einen Präventivkrieg gegen ihn geführt und ihn gar nicht erst groß werden lassen, würde die Karte Europas heute anders aussehen. Dazu muß noch gesagt werden, daß ein solcher Präventivkrieg gegen Preußen nur einen winzigen Bruchteil der Opfer und Kosten verursacht hätte, die der spätere Siebenjährige Krieg gekostet hat.«
Der General machte eine Atempause, setzte sich wieder, trank einen Schluck Wein, tupfte den Schnurrbart mit dem Taschentuch ab, steckte es wieder ein. »Was ich jetzt ausgeführt habe, mögen Sie machiavellistisch, meinetwegen barbarisch, eine Philosophie der Höhlenbewohner oder Urzeitmenschen nennen. Vielleicht haben Sie recht. Doch ist es zugleich auch die Realität, mit der wir fertig werden müssen. Diese Realtität heißt das kriegerische, expandierende, von der Idee des Panslawismus beflügelte und nach einem Staat der Südslawen strebende Serbien. In diesem Staat würde es eine führende Rolle übernehmen – so wie es Preußen in einem geeinten Deutschen Reich getan hat. Die Parallelen sind offensichtlich. *Wir wollen sein ein einig Volk von Brüdern*, sagte Schiller. Alle Deutschen sind Brüder, und alle Südslawen sind Brüder. *Vereinigung oder Tod.* Wo ist da der Unterschied? Aber: Quod licet

Jovi non licet bovi,* nicht wahr? Sagen *wir*. Jedenfalls sind die Wurzeln dieses *Vereinigung oder Tod* die gleichen wie diejenigen, die im vorigen Jahrhundert die deutsche Reichsgründung unter preußischer Führung angestrebt und schließlich auch bewirkt haben, mit dem Höhepunkt 1871 in Versailles. Nebenbei – ausgerechnet Versailles! Diese Demütigung für Frankreich! In Versailles das Deutsche Kaiserreich zu proklamieren! Damit hat sich Deutschland für alle Zukunft Frankreichs Feindschaft zugezogen. War das nötig?«

»Tja...« Baron von Wallberg lächelte.

»Ich erinnere – die Demütigung Frankreichs in Versailles nach einem *Präventivkrieg*, den Frankreich gegen Deutschland geführt und verloren hat«, warf der Legationsrat mit aufklingendem Spott ein.

»Halt, halt, so weit würde ich die historische Parallele doch nicht ziehen! Serbien ist nicht Deutschland. Und dann gibt es noch einen besonders für uns gravierenden Unterschied: Das deutsche Kaiserreich wurde an uns vorbei gegründet – das schmerzte, aber es schadete uns nicht weiter. Ein südslawisches Reich kann indessen nur und ausschließlich auf unsere Kosten entstehen und würde das Ende der Donaumonarchie bedeuten. Glauben Sie mir, meine Herren, ein Prinz Eugen wüßte, was in dieser Situation zu tun wäre, und er würde nicht zögern, es zu tun. Jeder Tag, der ungenutzt verstreicht, macht die anderen stärker und schwächt uns im gleichen Maße.«

»Soll Ihre Replik bedeuten, daß Sie trotz dieser neuen Entwicklung in Italien den eingeschlagenen Kurs gegen Serbien weiter verfolgen wollen?« fragte der Legationsrat niedergeschlagen.

Conrad von Hötzendorf nickte. »So neu ist die Entwicklung in Italien nicht, verehrter Freund. Aber wenn Sie schon so direkt fragen: An dem gegen Serbien eingeschlagenen Kurs ändert sich nichts. Im Gegenteil. Man müßte ihn noch beschleunigen, um den anderen keine Zeit für Gegenmaßnahmen zu lassen.«

»Ein klares und befreiendes Wort, das meine volle Zustimmung findet, Herr General«, ließ sich Baron von Wallberg vernehmen.

»Und Sie, Herr von Wallberg, werden Sie Ihre Regierung von

* Was Jupiter darf, ist nicht jedem Ochsen erlaubt.

diesem letzten Stand der Dinge und diesem Bericht« – der Legationsrat legte die Hand auf das vor ihm liegende Papier – »unterrichten? Ich kann Ihnen gern eine Abschrift der wichtigsten Passagen machen lassen.«
»Nicht nötig, danke«, winkte der Baron ab. »Ich werde pflichtgemäß von unserem Gespräch berichten mit der Anmerkung, daß es im privaten Kreise stattgefunden hat. Erwähnen werde ich natürlich auch den Bericht, auf den sich Ihre Informationen stützen. Dabei komme ich allerdings nicht umhin, ihm einen angemessenen Stellenwert zu geben.« Baron von Wallberg legte eine kurze Pause ein. »Dem Bericht eines – mit Verlaub – uns unbekannten Agenten aus einer uns unbekannten, möglicherweise obskuren Quelle. Für mich entscheidend ist die eindeutige Position, die seitens des Herrn Generals eingenommen wird.« Wieder eine kleine Pause. »Ich denke, daß gerade diese Haltung in den verantwortlichen Kreisen des Reiches große Genugtuung auslösen wird. Sie straft nämlich all jene Lügen, die Österreich-Ungarn eine lasche, zu nachgiebige und schwächliche Haltung gerade in der Balkanpolitik vorwerfen.«

Das Gespräch war ein totales Fiasko, ich habe mein Waterloo erlebt, gestand sich Legationsrat Dr. Stefan Meyster entmutigt ein, nachdem sich Conrad von Hötzendorf und Baron von Wallberg verabschiedet hatten. Erreicht habe ich genau das Gegenteil von dem, was ich erreichen wollte. Die Fronten haben sich nur noch verschärft. Ob sich Conrad als ein zweiter Prinz Eugen sieht, Österreichs Retter? Prinz Eugen damals vor der türkischen und Conrad heute vor der slawischen Flut?
Auf jeden Fall war Conrad von Hötzendorf dem Prinzen Eugen in dem Bestreben gleich, Österreich-Ungarn und dem Hause Habsburg zu dienen. Schon deshalb – und weil er um Hötzendorfs persönliche Integrität und selbstlose Hingabe an die große Aufgabe wußte, brachte es der Legationsrat nicht fertig, in dem Freund einen verabscheuungswürdigen »Kriegshetzer« zu sehen, auch wenn er einen Krieg befürwortete, ja ihn herbeiwünschte. Zudem waren Conrads Argumente – falsch oder richtig – zumindest einleuchtend, seine Argumentation überzeugend und in gewisser Weise bestechend. Nun wird unser Freund seinen Krieg bekommen, es fragt sich nur, ob dieser Krieg wirklich unseren gemeinsamen Zielen der

Erhaltung und Konsolidierung der Monarchie dient, oder ob er ihren Untergang noch beschleunigt.
Für ihn, den Legationsrat, galt es zu retten, was es noch zu retten gab, und das Unglück (wenn es denn wirklich ein Unglück war) möglichst gering zu halten. Um resigniert aufzugeben, war er zu verantwortungsbewußt. Hinzu kam ein Charakterzug, den er keinem anderen, ja nicht einmal sich selbst einzugestehen wagte: die Freude, die Lust am Spiel. In diesem Falle war es die Lust am Spiel hinter den Kulissen, die Leidenschaft, unsichtbare Fäden zu ziehen, Entscheidungen zu beeinflussen, Macht auszuüben, doch selbst im Verborgenen zu bleiben und aus dem Verborgenen zu wirken.* Das nächstemal würde das Spiel vielleicht anders ausgehen, würde sich das Blatt wenden, würde *er* gewinnen.
Noch am gleichen Abend entwarf Meyster eine Depesche an seine Schwiegertochter Christina und ließ sie in aller Frühe des nächsten Tages nach Schlesien abschicken. Einen Eilbrief an Stefan – auch diesen hatte er noch am Vorabend geschrieben – sandte er mit einem diplomatischen Sonderkurier nach Montenegro zur österreichisch-ungarischen Gesandtschaft in Cetinje. Er ahnte nicht, welch nachteilige, ja lebensbedrohende Folgen dies für Stefan haben würde.

Eine Königin läßt man nicht warten

Ein Gefühl der Leere und des Unausgefülltseins beschlich Christina, seit Stefan abgereist war. Weshalb eigentlich? Sie waren in den letzten Jahren fast immer getrennt gewesen, er beim Studium in Breslau und Wien, sie zu Hause auf dem schlesischen Familiengut.

* Diese Leidenschaft teilte unser Legationsrat mit einer ganzen Reihe von Männern, Politikern und Diplomaten, die lieber im Verborgenen wirkten und das helle Rampenlicht der Öffentlichkeit scheuten. Der bekannteste – und berüchtigtste – unter ihnen war um die Jahrhundertwende, also kurz vor der Zeit, über die hier berichtet wird, der preußisch-deutsche Diplomat Friedrich von Holstein (1837–1909), von 1878 bis 1906 Vortragender Rat im Auswärtigen Amt des Deutschen Reiches. Unter anderem wirkte er am Sturz Bismarcks mit und beeinflußte als »graue Eminenz« selbst noch nach seiner Pensionierung die deutsche Außenpolitik. Legationsrat Dr. Meyster war Friedrich von Holstein zwei- oder dreimal begegnet und von dessen Weitsicht und Kompetenz außerordentlich beeindruckt gewesen.

Dennoch war es jetzt anders. Weil jetzt für Stefan ein ganz neuer Lebensabschnitt begonnen hatte. Er war aus ihrer »Zuständigkeit« entlassen worden, war ins Leben getreten, hatte einen großen Schritt vorwärts getan und sich von ihr weiter entfernt denn je zuvor. Eine Erfahrung, die jede Mutter einmal machen muß, sagte sich Christina. Doch das minderte ihre Sehnsucht und Ratlosigkeit keineswegs; denn es war ihre eigene Erfahrung, für sie neu und einmalig.

Sie war nur wenige Tage nach Stefans Abreise zurück nach Schlesien gefahren, gerade rechtzeitig, um ihre Mutter zu verabschieden, die zu der alljährlichen Kur nach Marienbad reiste. Danach nahmen sie die Routinearbeiten einer Gutsherrin voll in Anspruch – eine Aufgabe, die ihr nach der Rückkehr aus Cetinje vor fünfzehn Jahren nach und nach zugewachsen war. Die Erntezeit begann, es gab alle Hände voll zu tun.

Von der Kriegsgefahr auf dem Balkan ahnte man auf Gut Prettwitz nichts. Nach dem Attentat von Sarajewo war Christina beunruhigt gewesen und hatte überlegt, ob sie Stefan mit einer Depesche über die österreichisch-ungarische Gesandschaft in Cetinje zurückrufen sollte. Doch schien sich den Zeitungsberichten zufolge auch in Wien die Empörung über den Doppelmord gelegt zu haben. Man ging zur Tagesordnung über. Von einer Strafexpedition oder gar einem Krieg gegen Serbien – und damit fast automatisch auch gegen Montenegro – sprach niemand mehr.

Stefan schrieb zwei Briefe. Den ersten hatte er noch in Sarajewo abgeschickt. In dem zweiten, aus Cetinje, berichtete er von seinem Ritt durch die Piva-Schlucht, von Stamenas Tod, von seinem Besuch an ihrem Grab, von Baba Gruša.

»Wenn ich mich, um Erinnerungen aufzufrischen, in Cetinje etwas umgesehen habe, werde ich ins Landesinnere aufbrechen. Dort will ich, wie ausgemacht, die Stelle aufsuchen, wo man Papa gefunden hat. Sei also bitte nicht besorgt, wenn Du zehn oder vierzehn Tage keine Nachricht von mir bekommst. Mit der Post ist es im Land der schwarzen Berge nicht weit her. Die Verhältnisse sollen sich in diesen fünfzehn Jahren, seit Du Cetinje verlassen hast, kaum geändert haben . . .«

»So eine weite Reise und ganz allein. Hoffentlich passiert ihm da nichts«, sagte sie während eines Ausritts zu ihrem Bruder Friedrich,

Rittmeister der Totenkopf-Husaren. Er war einige Tage nach Christina angekommen, um hier auf dem Familiengut seinen Jahresurlaub zu verbringen.
»Was soll ihm denn passieren?«
»Ich mache mir halt Sorgen . . .«
»Damit solltest du endlich aufhören, Schwester! Du solltest aufhören, dich wie eine Glucke zu benehmen. Das Küken ist ein Hahn geworden. Stefan ist erwachsen und kann auf sich selbst aufpassen.«
»Ich weiß nicht recht . . . Kann er das wirklich?«
»Denk an Hermann. Er war neunzehn, als er von zu Hause ausgerissen ist. Jetzt ist er – warte – mitte Dreißig, treibt sich irgendwo in Afrika herum, und passiert ist ihm noch nie etwas.«
Hermann, der jüngste Bruder, war das Schwarze Schaf der Familie von Prettwitz. Von den anderen wohlgeratenen und im Rahmen ehrsamer Tradition gebliebenen Geschwistern wurde er mit Nachsicht und manchmal auch mit ein wenig Neid betrachtet. ». . . Frei wie ein Vogel zieht er durch die Welt, und wenn es einmal brenzlich wird, bringt Papa alles wieder ins rechte Lot.«
»Hermann ist ein Glückskind«, sagte Christina. »Zu seiner persönlichen Betreuung stehen sieben Schutzengel bereit. Mein Stefan dagegen – schon als Kind hat er sich immer wieder die Nase und die Knie dort blutig geschlagen, wo andere Buben glatt durchgekommen sind. Einmal hat er ein Duell mit dem Prinzen Georg ausgefochten, dem Bruder des serbischen Thronfolgers Alexander. Sie sind mit Holzschwertern aufeinander los, und danach brachte man mir Stefan über und über blutverschmiert nach Hause.«
»Hat er das Duell verloren?«
»Aber nein, keine Spur. Sie haben noch gar nicht richtig angefangen, als Stefan zwei oder drei Schritte zurückwich, stolperte und sich an einer Regentonne oder Brunneneinfassung den Kopf aufschlug. Also geblutet hat er . . . Und so war's immer.«
»Übertreibst du jetzt nicht etwas?«
»Ein wenig schon . . . Los jetzt, du tapferer Husar – wer ist zuerst dort oben?« Sie spornte ihr Pferd an und jagte in gestrecktem Galopp über die ausgedehnte, leicht ansteigende Weide auf die Hügelkuppe. Friedrich bemühte sich nachzukommen, hatte aber keine Chance. Christinas Fuchs war schnell und hatte etliche Pfunde weniger zu tragen als sein Pferd.

Auf der Hügelkuppe hielt Christina an. Von hier aus konnte man das Dorf Prettwitzen mit Kirche, Gemeindeamt und Schule und ans Dorf anschließend die ausgedehnten Parkanlagen des Schlosses überblicken. Vom Schloß selbst sah man nur das Dach und die beiden Ecktürme über die Baumkronen hinausragen. Jenseits der Parkanlagen öffnete sich das sanft gewellte Land gegen Nordosten bis zu der fernen, im Dunst des Sommertages verschwimmenden Linie der Oderebene am Horizont. Zwei Bussarde zogen ihre Kreise im Blau des Himmels. Zur Linken brachten Männer und Frauen auf einem weiten, goldbraunen Weizenfeld die Ernte ein. Die gebundenen, für den Abtransport vorbereiteten Garben standen zu Puppen aufgerichtet in langen Reihen bis über die Wölbung des Nachbarhügels.
»Der Weizen steht gut – wenn das Wetter hält, bringen wir die Ernte bis zum Wochenende ein«, sagte Christina, als Friedrich neben ihr sein Pferd parierte. »Papa meint, daß es die beste Ernte seit Jahren wird. Eine Rekordernte. Nur der Preisverfall macht uns Sorgen. Es wäre zu überlegen, ob man nicht zusätzliche Lagermöglichkeiten schafft. Das Korn könnte man dann auf den Markt bringen, wenn sich über den Winter der Preis wieder erholt hat.«
»Über die Preise hat sich Papa jedes Jahr aufs neue Sorgen gemacht – seit ich denken kann. Und der Großvater auch ... Also, der ja weniger. Aber ich nehme an, auch der Urgroßvater und so fort bis ins neunte und zehnte Glied.«
»Was willst du, wir sind eben Bauern.« Christina lächelte versonnen. Es war schön, über die halb abgeernteten Felder zu reiten, wenn die Arbeit nicht so dringend war, daß man mit anpacken mußte, über sich den Sommerhimmel mit den weiß dahinsegelnden Wolken, den Geruch von Sommerhitze, reifem Korn und Pferdeschweiß in der Nase. So wie jetzt nach Hause, auf das Schloß zuzureiten, das Gefühl zu haben, daß sich Dutzende von Händen unermüdlich rührten, um die Ernte einzubringen: Weizen, Roggen, Gerste, Hafer. Dieses Jahr hatte man doppelt so viel Hafer wie sonst angebaut – auf Anregung des Schwagers Ludwig von Meyerhold, einem jüdischen Bankier in Berlin, verheiratet mit Christinas Schwester Barbara, der über besonders gute Beziehungen zum Beschaffungsamt des Kriegsministeriums verfügte. Von Meyerhold:

»Die schnellen Angriffstruppen, also die Kavallerie, werden aufgestockt. Baut Hafer an, doppelt oder dreimal so viel wie bisher! Der Preis wird sich sehen lassen können, nehme ich an. Auch wäre zu überlegen, ob man das Gestüt nicht ausweitet...«

Ob das Beschaffungsamt außer an Hafer und Pferden auch an Futterrüben und Kartoffeln Interesse haben würde? Besonders die Kartoffeln zeigten gut. Durch das lang anhaltende schöne Wetter waren sie zwar nicht besonders groß, dafür aber von erstklassiger Qualität.

»Stimmt. Das bist du, eine Bäuerin«, sagte Friedrich. »Eine bäuerliche Glucke. Du müßtest ein halbes Dutzend Kinder haben. Dann wäre es auch für Stefan einfacher gewesen.«

»Ich habe ihn nie bedrängt oder zu sehr bemuttert, wenn du das meinst.«

»Schon gut, mein Herz. Aber im Ernst – warum heiratest du nicht wieder? Du bist schön, ja, ja, wirklich, ich meine es ganz ernst, die Auswahl ist vorhanden, ich selbst kenne ein paar honorige, dazu noch gutaussehende Männer. Vielleicht könntest du noch ein oder zwei Kinder haben...«

»Rede keinen Unsinn, Bruder!«

»Mama und Papa würden es bestimmt auch gerne sehen, noch ein Schwiegersohn, ein Enkelchen...«

Auf Christinas nun verschlossen und abweisend wirkendes Gesicht legte sich ein Schatten. »Du bist lieb, Friedl, aber ich glaube, wir reden besser von etwas anderem. Komm jetzt, ich muß nach Hause, es gibt vor Mittag noch eine Menge zu tun.«

Zu Hause erwartete Christina ein Brief aus Italien, eine in Gold geprägte Krone in der linken oberen Ecke. Es war ein Schreiben der italienischen Königin Elena mit einer neuerlichen Einladung, sie zu besuchen. Die Königin schrieb serbisch, eine Sprache, die Christina seit ihrem Aufenthalt in Montenegro gut beherrschte. Die heißen Sommermonate würde sie wie jedes Jahr mit Kindern auf Schloß Racconigi bei Turin verbringen, schrieb die Königin. Das Klima dort sei angenehm, die Hitze nicht so drückend wie in Rom. Die Parkanlagen und das umliegende Land seien wie geschaffen, für weite Ausritte und »in unserem kleinen See kann man sogar schwimmen, wenn man will. Für mich ist das Wasser doch ein bißchen zu kalt, aber die Kinder sind in ihrem Element und genießen die Sommerfrische in Racconigi in vollen Zügen. Liebe Christina, willst Du Dein Versprechen nicht endlich einlösen und einige Wochen bei uns verbringen? Du weißt, ich würde mich darüber sehr freuen, wir würden Erinnerungen austauschen, über die schönen Jahre in Cetinje erzählen. Auch der König möchte Dich endlich kennenlernen. Ich habe ihm ja so viel von Dir und von unseren gemeinsam verbrachten Jahren in meiner Heimat erzählt. Wie damals werden wir wieder ganz unter uns Čevapčiči grillen und dazu dalmatinischen Rotwein trinken; der schmeckt mir noch immer besser als der hiesige – aber sag' es bitte ja nicht weiter! Eine Depesche mit der Ankunftszeit in Torino genügt, unser Fahrer wird Dich am Bahnhof erwarten ...«

Christina hatte den Brief noch nicht zu Ende gelesen, als für sie bereits feststand, daß sie die Einladung annehmen würde. Abgesehen davon, daß man eine Königin nicht warten läßt, freute sie sich wirklich auf das Wiedersehen. Außerdem – Stefan wollte von Montenegro aus an der dalmatinischen Küste entlang nach Triest und von dort weiter nach Italien reisen. Bei dieser Gelegenheit könnte er sie in Racconigi besuchen. Sie würde so tun, als ob ihr diese Idee ganz spontan gekommen sei, während der Fahrt nach Torino etwa... In Racconigi könnte er einige Tage mit ihr gemeinsam verbringen. Es wäre auch seiner Karriere bestimmt nicht abträglich, wenn er durch ein privates Hintertürchen am italienischen Hof eingeführt würde um fortan die Protektion der Königin selbst zu genießen – und sicher auch die des Königs, setzte Christina in Gedanken hinzu. Stefan wird ihm gefallen, ich hoffe es jedenfalls. Elena wird er *bestimmt* gefallen, ganz bestimmt!

Kaum stand Christinas Entschluß fest, als er schon wieder ins Wanken geriet. Eine mehrwöchige Reise nach Italien, jetzt während der Erntezeit? Eine Vergnügungsreise, während man hier vor Arbeit nicht wußte, wo einem der Kopf steht? Das Haus, den Papa, jetzt auch Bruder Friedrich allein lassen, gerade jetzt, wo auch Mama in Marienbad weilt? Ist es nicht geradezu pflichtvergessen, eine solche Reise auch nur in Erwägung zu ziehen?

So überlegte Christina hin und her: ja, ich fahre, nein, ich kann nicht fahren – bis in aller Frühe des nächsten Tages eine Depesche aus Wien eintraf, die den letzten Anstoß zu der Reise gab:

»ich brauche dich für eine dringende mission in italien – ein längerer aufenthalt am dortigen hof – bitte komm so schnell wie möglich nach wien – stop – alles liebe papa meyster«

Otto der Eiserne und die polnische Comtesse

Während des Mittagessens eröffnete Christina ihrem Vater und Bruder, daß sie am nächsten Tag nach Wien und von dort weiter nach Italien reisen würde. Sie erzählte von der Einladung der Königin Elena und der Depesche des Schwiegervaters – und stieß dabei wie erwartet auf den heftigen Widerspruch des Vaters.

»Eine Einladung laß' ich mir noch eingehen, aber eine Mission in Italien? Was für eine Mission? Du bist doch kein Diplomat oder so was ähnliches!«

»Laß doch, Papa, Dr. Meyster wird's schon wissen«, mischte sich Friedrich ein. »Er wird seine Gründe haben.«

»Muß das wirklich sein? Sie war ja erst weg! Mama ist in Marienbad, wir haben alle Hände voll zu tun ...«

»Sei nicht unfair, Papa! Wenn du so anfängst, bleibt Christina am Ende wirklich noch zu Hause. Sie soll aber fahren!«

»Lieb von dir, mir beizustehen, Friedl«, sagte Christina. »Nein, ich bleibe nicht zu Hause, ich fahre wirklich.«

»Punktum, Schluß, aus«, knurrte Otto von Prettwitz.

»Und ich werde dich hier vertreten«, sagte Friedrich. »Schau Papa, du hast ja noch mich.«

»Dich? Du sie vertreten? Ausgezeichnet, wirklich ausgezeichnet«. Otto von Prettwitz zupfte grimmig an seinem Schnurrbart. »Am liebsten möchtest du wohl Stubenmädchen beim Bettenmachen beaufsichtigen. Sehr gut. Außerdem – Herr Rittmeister sorgt für Küche, Keller und Gesinde. Was gibt's morgen zu Essen, Herr Rittmeister?«

Das war der Humor des Otto von Prettwitz. Ein bärbeißiger Humor, der ziemlich genau seinem äußeren Bild entsprach. Otto von Prettwitz hatte nicht nur den gleichen Vornamen, sondern auch sonst große Ähnlichkeit mit dem ehemaligen Reichskanzler Otto von Bismarck. In Anlehnung an dessen Beinamen »der eiserne Kanzler«, nannte man Otto von Prettwitz den »eisernen Otto«, was

er nicht einmal ungern hörte. Eisen und Stahl waren die Stoffe, um die sich alles drehte. Damit in Verbindung gebracht zu werden, konnte nur positiv gemeint sein – und war im Falle des Otto von Prettwitz auch durchaus berechtigt. Mit seiner eisernen Gesundheit, seinem eisernen Arbeitswillen und mit Hilfe seines Eisenschädels hatte es Otto von Prettwitz geschafft, einer der ganz großen schlesischen Magnaten zu werden, wobei ihm zu seinem Reichtum maßgeblich nicht Eisen und Stahl, sondern Kohle verholfen hatte. Die stürmische industrielle Entwicklung der Gründerjahre mit ihrem schnell wachsenden Engergiebedarf hatte ihm dabei hilfreich zur Seite gestanden – und der glückliche Umstand, daß sich ein Teil des Familienbesitzes zwischen Waldneuburg und Reichenbach und damit im Zentrum des oberschlesischen Steinkohlereviers befand.
Des eisernen Ottos Vater hatte mit diesen Ländereien nichts Rechts anfangen können. Er war ein feinsinniger, verträumt und weltfremd wirkender Mann gewesen, Musikkenner und -liebhaber, hatte selbst mehrere Instrumente gespielt, komponiert und ein kleines Hausorchester gehalten. Mit Kohle hatte er nichts im Sinn und zum Gelderwerb ein gestörtes Verhältnis gehabt. Reich an Grund und Boden, doch arm an Bargeld, war er nahe daran gewesen, das kohlehaltige Land zu einem Spottpreis zu verkaufen, nachdem in unmittelbarer Nachbarschaft besonders reiche Steinkohlevorkommen entdeckt worden waren. Lärm, Gestank und die Proletarisierung des Gebietes hätten seine Sinne und sein ästhetisches Empfinden beleidigt. Mit dem ältesten Sohn Otto, der die Zeichen der Zeit sehr früh begriffen hatte und im Gegensatz zu seinem Vater einen ausgeprägten Erwerbssinn besaß, hatte es um diese Ländereien einen heftigen, langandauernden Streit gegeben. Ottos Eisenschädel hatte über die väterliche Autorität schließlich den Sieg davongetragen. Das Land mit den vermuteten Kohlevorkommen war nicht verkauft worden. Vater Friedrich hatte sich grollend von der Verwaltung des Familienbesitzes zurückgezogen und lebte fortan nur noch für seine Musik. Der damals erst dreiundzwanzigjährige Otto aber hatte erleichtert die Ärmel hochgekrempelt und sein eisernes Regime begonnen. Im Verlauf von nur einem Dutzend Jahren waren die hoch belasteten Besitztümer entschuldet worden und hatten sich im Verlauf des gleichen Zeitraumes mehr als verdoppelt. Die von Prettwitz-Ländereien erstreckten sich über einige zehntausend Hektar,

im Familienbesitz befanden sich Kohlebergwerke, Aktienpakete der Stahlindustrie, Anteile an oberschlesischen Zinnminen und Eisenhütten... Zu der Zeit, in der wir den eisernen Otto von Prettwitz kennenlernen, war er einer der reichsten Männer Schlesiens und damit auch des Reiches.

Etwa zur gleichen Zeit, als er die Verwaltung des Familienbesitzes übernommen hatte, war noch eine andere Entscheidung gefallen: Otto hatte beschlossen zu heiraten. Man hätte annehmen können, daß dieser in allen Belangen schon im Kindesalter so nüchtern und praktisch denkende junge Mann nach einer Partie mit großer Mitgift Ausschau gehalten hätte. In seiner damaligen Situation wäre das naheliegend gewesen. Doch weit gefehlt! Seine Wahl war auf die vier Jahre jüngere Jadwiga, Comtesse von Kritowsky gefallen, die arm war wie eine Kirchenmaus. Dafür entstammte sie einem um so vornehmeren polnischen Adelsgeschlecht; denn ihre Familie ließ sich bis ins zwölfte Jahrhundert zurückverfolgen. Einer der Vorfahren, Angehöriger der obersten polnischen *Schlachta** hatte sich unter Wladislaw I. »Lokietek« (1260–1333) Verdienste bei der Einigung Polens erworben, ein anderer sich in der Schlacht von Tannenberg von 1410 besonders ausgezeichnet, die den endgültigen Niedergang des Deutschen Ritterordens eingeleitet hatte, und ein dritter, Kasimir, *der Fuchs* (so benannt wegen seiner feuerroten Haare und des Bartes), war als Ratgeber Katharinas II. der Großen zu hohen Ehren und einem großen Vermögen gekommen, das seinen Nachkommen allerdings schnell wieder durch die verschwenderischen Finger geronnen war.

Das ständige Auf und Ab der von schicksalhafter Tragik umwehten polnischen Geschichte war auch ein ständiges Auf und Ab der Grafen Kritowsky. Zu der Zeit, als Otto von Prettwitz auf einer Reise nach Krakau die schöne Comtesse Jadwiga kennengelernt und sich in sie verliebt hatte, schienen die Tage der einst großen, nun zur Bedeutungslosigkeit abgestiegenen und völlig verarmten Familie gezählt; sie war in männlicher Linie am Verlöschen. Jad-

* *Schlachta*, poln. von *žlahta*, Geschlecht, war als ritterlicher Kriegsstand entstanden und durch Jahrhunderte in Polen der herrschende Stand. Ihm waren der Grundbesitz, die staatlichen und kirchlichen Ämter und die Königswahl vorbehalten. Aus der Žlahta entstand einerseits der Hohe Adel, andererseits verarmte ein großer Teil durch die wiederholten Teilungen Polens und die andauernden Kriegsverwicklungen.

wiga war das einzige Kind des bereits verwitweten letzten Grafen Kasimir von Kritowsky, der auch bald nach der Heirat seiner Tochter mit dem schlesischen Baron starb.

Aus Jadwiga wurde Hedwig. Es war eine Liebesheirat, und Liebe verband das Ehepaar auch jetzt noch, nach fast fünf Jahrzehnten gemeinsamen Lebens. Hedwig hatte ihrem Otto sieben Kinder geboren, von denen sechs überlebten. Christina war nach Louise und Otto das dritte Kind. Danach kamen ihre Schwester Barbara – verheiratet mit dem Bankier von Meyerhold in Berlin – und die Brüder Friedrich, der Rittmeister, und Hermann, das Schwarze Schaf der Familie.

Vater Otto von Prettwitz war über Christinas Heirat mit dem Wiener Karl Meyster (sie hatte ihm beim alljährlichen Hofball in Wien kennengelernt), nicht sehr glücklich gewesen. Seiner Christina oder »Tini«, die nicht nur reich, sondern auch ausnehmend hübsch war, hatte er eine bessere Partie gewünscht. Erst nachdem er Karls Vater, Dr. Stefan Meyster und vor allem den liebenswerten Karl selbst kennengelernt hatte, war er anderen Sinnes geworden und hatte gegen eine Verbindung nichts mehr einzuwenden gehabt. Nach Karls rätselhaftem Tod in den Bergen Montenegros (war eigentlich vorauszusehen, kein vernünftiger Mensch geht auf Dauer unter die Wilden nach Montenegro!), war Christina mit ihrem Sohn Stefan wieder nach Schlesien gekommen.

Nach einer gewissen Zeit hatte Mutter Hedwig begonnen, unter den Männern Ausschau zu halten, die für eine Heirat mit der jungen Witwe in Frage kämen. Als einer ihrer Versuche, sie »an den Mann zu bringen« allzu offenkundig ausgefallen war, hatte sich Christina jede Einmischung dieser Art energisch verbeten; die Mutter hatte sie noch nie so zornig gesehen.

Friedrich, Christinas Lieblingsbruder, hatte dazu seine eigene Meinung: »Auch wenn es nicht so aussieht, Tini hat Papas Eisenschädel. Karl war ihre erste und bisher einzige Liebe, sie hat seinen Tod noch nicht wirklich überwunden und wird ihn nie vergessen. Wenn sie tatsächlich noch einmal heiraten sollte, wird sie es nur aus Liebe tun, und erst dann wird sie auch Karls Verlust überwinden. Den Mann, der ihr eines Tages über den Weg läuft und in den sie sich verliebt, wird sie auch nehmen, ob wir damit einverstanden sind oder nicht. Sie ist schön, voller Leben, Temperament... Alles

spricht dafür, daß es eines Tages dazu kommt. Überlassen wir es also dem Zufall und ihrem – hoffentlich gütigen – Schicksal.«
Was Friedrich Schicksal nannte, wäre für Vater Otto von Prettwitz ein harter Schicksalsschlag gewesen. Insgeheim befürchtete er immer, seine Christina wieder an einen Mann zu verlieren, so wie er sie schon einmal an Karl Meyster verloren hatte. Während einer Reise konnte das schnell geschehen. Ein Kerl läuft ihr über den Weg, ein gutaussehender Hochstapler oder Mitgiftjäger (sie lauern überall auf ihre Beute!), in den sie sich verliebt – was dann? Immerhin kam Christina nun in die Jahre, in denen Frauen oft ein Gefühl der Torschlußpanik beschleicht, eine ganz natürliche Regung, nicht zu vermeiden. Eine Reise nach Italien (wo es von schwarzgelockten Casanovas nur so wimmelt!) bedeutete, die Gefahr leichtsinnig herauszufordern. Sie war eine Reise in die Höhle der tausend Löwen und konnte geradewegs ins Unglück führen. Wenn man es richtig bedachte, war das Unglück geradezu unausweichlich! Um Christina wenigstens einen Halt mit auf den Weg zu geben (nachdem sie sich schon entschlossen hatte, in ihr Unglück zu rennen) und ihr die Unbequemlichkeiten des Reisens so weit wie möglich abzunehmen, bestimmte Otto von Prettwitz, daß sie von Frau Jennicke begleitet werden sollte.
Martha Jennicke, eine Berlinerin, Haushälterin und Mutters Gesellschafterin, gehörte seit drei Jahrzehnten zur Familie. Sie war ein Hausfaktotum, wenn sie es nicht hörte, auch *Hausdrache* genannt, mit flinken Äuglein über roten Pausbacken, Augen, denen nichts entging, schon gar nicht, wenn es um eine Nachlässigkeit oder »Ordnungswidrigkeit« (eines ihrer Lieblingswörter) im Haus ging.
»Frau Jennicke ist eine energische und resolute Person, auf die du dich in jeder Situation verlassen kannst.« Und nach einer kurzen Pause: »Außerdem ist sie alt genug, um einen klaren Kopf zu bewahren, auch wenn dir den deinen ein hergelaufener Casanova verdrehen wollte.«
»Aber Papa, bin *ich* etwa nicht alt genug?«
»Nicht alt genug, um eine solche Reise allein anzutreten.«
»Aber wenn Frau Jennicke mitkommt, ist wirklich niemand da, um den Haushalt zu führen«, versuchte Christina einen letzten schwachen Widerspruch.
»Ich werde Gertrud bitten, hierher zu kommen. Das macht sie gern.

Zu Hause langweilt sie sich ja sowieso zu Tode. Nein, nein, ich könnte es auch deiner Mutter gegenüber nicht verantworten, dich allein reisen zu lassen. Frau Jennicke fährt mit, erst recht, wenn es nach Italien geht!«
Noch am gleichen Abend telefonierte Otto von Prettwitz mit seiner Schwester Gertrud – »Tante Gertrud« – in Breslau, daß sie auf Gut Prettwitz gebraucht würde und umgehend kommen sollte. Wie vorausgesagt, stimmte sie gern zu; sie war Witwe eines höheren Regierungsbeamten, kinderlos, langweilte sich in ihrer großen Stadtwohnung tatsächlich und suchte unentwegt nach einem Betätigungsfeld für ihre überschüssigen Energien, darin ganz ihrem um zehn Jahre älteren Bruder Otto ähnlich.

Am 19. Juli 1914 trat Christina in Begleitung von Frau Jennicke die Reise nach Italien an. Es war ein heißer Tag. Die Hitze flimmerte über den Bahngleisen des kleinen Landbahnhofes, obwohl es noch ziemlich früh am Vormittag war. Friedrich hatte die Damen mit dem neuen *Daimler* zur Station gefahren. Nun standen sie im Schatten des Vordaches auf dem Perron, Frau Jennicke fächelte sich mit einem Tüchlein Kühlung zu und seufzte in ihrem unverkennbaren Berliner Dialekt:
»Also, wenn ick mir vorstelle, daß es dort, wohin wir fahren, noch heißer sein soll als hier, wird mir schon jetzt janz plümerant zumute.«
»Schickt mir Stefans Briefe nach, die Adresse werde ich euch telegraphieren, sobald ich sie kenne«, bat Christina schon zum wiederholten Mal. »Grüß Mama von mir. Ich sollte vielleicht doch über Marienbad fahren, um ihr zu sagen...«
»Das werde ich besorgen – und jetzt hör endlich auf, an uns zu denken! Denk an Venedig – mach' dort Pause. Fahr mit einer Gondel, laß dir etwas vorsingen, füttere die Tauben auf dem Markus-Platz. Denk an den Königshof...«
»Vor dem habe ich richtig Lampenfieber«, sagte Christina kleinlaut.
»Det schaffen wir schon, Kindchen, wäre ja jelacht«, meinte Frau Jennicke, unentwegt fächelnd.
Der Rittmeister, jetzt als Zivilist in einem karierten Tweedanzug, mit Schildmütze und Autobrille, beugte sich zu Christina hinüber und flüsterte ihr ins Ohr:

»Wer weiß, vielleicht begegnest du auch deinem Märchenprinzen. Er reitet auf einem schneeweißen Pferd, mit goldenen Haaren...«

»Die Märchenprinzen dort sind alle schwarzhaarig und blutjung... Was soll ich alte Frau mit einem Milchbart anfangen?« flüsterte Christina zurück. »Außerdem fahren die Prinzen von heute Autos.«

In der vor Hitze flimmernden Luft erschien in der Ferne ein dunkler Punkt. Der Stationsvorsteher kam aus dem Gebäude, die Signaltafel unter dem Arm. Als er an den Wartenden vorbeiging, legte er die Hand respektvoll grüßend an die Mütze. Zischend, quietschend, dunkle Rauchwolken ausstoßend, hielt der Zug. Unter Frau Jennikkes lautstarkem Kommando verstauten zwei Träger die Koffer im Gepäckwagen und das Handgepäck in einem Nichtraucher-Abteil erster Klasse. Friedrich half Christina beim Einsteigen. Sie öffnete das Coupé-Fenster und winkte mit ihrem Taschentuch noch lange der kleiner und kleiner werdenden Gestalt des Bruders auf dem Bahnsteig zu, bis sie von einem Wäldchen verdeckt wurde. Dann schob sie das Fenster zu, setzte sich, lehnte den Kopf zurück und schloß die Augen.

Das Ultimatum

Gute vier Tage später (Christina kam gerade in Turin an), am 23. Juli 1914 Punkt 18 Uhr, übergab der k. k. österreichisch-ungarische Gesandte in Belgrad, Wladimir Freiherr Giesl von Gieslingen, das Ultimatum seiner Regierung dem serbischen Finanzminister Lazar Paču. Innerhalb von 48 Stunden sollte die serbische Regierung die Forderungen Wiens annehmen; wenn nicht, müßte er, Giesl von Gieslingen, sofort die diplomatischen Beziehungen zu Serbien abbrechen – mit allen sich daraus ergebenden Konsequenzen. Die Frist würde schon am 25. Juli – einem Samstag – um 18 Uhr ablaufen.

Alle übrigen europäischen Regierungen, die deutsche ausgenommen, wurden über das Ultimatum erst am 24. Juli vormittags informiert. Auf diese Art hatte die österreichisch-ungarische Regierung nach einer zutreffenden Kalkulation der »Kriegsgrafen« die ohnehin

knappe Frist für Konsultationen und Vermittlungsversuche um mindestens fünfzehn Stunden verkürzt – ein Einfall, dessen sie sich später wiederholt rühmten.
Der serbische Ministerpräsident Nikola Pašić brach sofort eine Wahlreise ab und rief seine Regierung zu eiligen Beratungen zusammen. Die einhellige Meinung aller Minister war: Dieses Ultimatum kann unmöglich angenommen werden. Pašić wandte sich umgehend an Rußland, Italien und England mit der Bitte um Vermittlungen, um zumindest eine Milderung der österreichischen Forderungen zu erreichen.
Nicht nur in Belgrad, auch bei den Entente-Mächten hielt man das Ultimatum für unannehmbar. Der russische Außenminister Sergei Dimitrijević Sassonow warf der österreichisch-ungarischen Regierung vor, Europa wissentlich und vorsätzlich in Brand zu setzen; die Konsequenz einer solchen »infamen Note« sei ein europäischer Krieg. Zar Nikolaus II. beschwor seinen Ministerpräsidenten: »Es muß alles nur mögliche getan und unternommen werden, um den Frieden zu bewahren. Ich möchte für einen Krieg, diese ungeheure Schlächterei, nicht verantwortlich sein!« Der britische Außenminister Sir Edward Grey bezeichnete das Ultimatum als »das formidabelste Dokument, das je von einem Staate an den anderen gerichtet wurde«. Der französische Botschafter in Petersburg, Georges M. Paleologue, sagte dem russischen Außenminister die unbedingte Solidarität Frankreichs auch für den Fall einer kriegerischen Verwicklung großen Ausmaßes zu. Und der deutsche Kaiser Wilhelm II. – er befand sich noch immer auf seiner Nordlandreise – drückte seine Meinung zum Ultimatum in einer seiner üblichen Randbemerkungen aus: »Bravo! Man hatte es den Wienern nicht mehr zugetraut! Nur feste auf die Füße des (serbischen) Gesindels treten! Das (Serbien) ist kein Staat im europäischen Sinne, sondern eine Räuberbande!«
Am Sonntag, dem 25. Juli, nur wenige Minuten vor Ablauf der Frist, erschien der serbische Ministerpräsident Nikola Pašić in der österreichisch-ungarischen Gesandtschaft in Belgrad. Er kam zu Fuß. Sein fein geschnittenes Gesicht mit dem weißen Bart war blaß, er sah übernächtigt aus. Er übergab den Umschlag mit der Antwort seiner Regierung auf das Ultimatum dem österreichisch-ungarischen Gesandten mit den Worten:

»Teile Ihrer Forderungen haben wir angenommen.* Für den Rest setzen wir Hoffnung auf Ihre Anständigkeit und Ritterlichkeit als österreichischer General.«
Giesl von Gieslingen hatte eindeutige Instruktionen, die ihm keinen Spielraum für Ritterlichkeit ließen. Bedingte oder teilweise Annahme war als Ablehnung aufzufassen. Er hatte bereits alle Vorbereitungen für seine Abreise getroffen, die Gesandtschaftsakten und Aufzeichnungen verbrennen lassen, das Gepäck stand bereit. Die serbische Antwortnote überflog er nur flüchtig, nannte sie nicht ausreichend, erklärte daraufhin die diplomatischen Beziehungen zwischen Österreich-Ungarn und Serbien als abgebrochen und fuhr mit seiner Frau und dem Gesandtschaftspersonal davon. Nur wenig später passierte er die Donaubrücke und war auf österreichischem Gebiet. Von Semlin aus telegraphierte er nach Wien und Budapest und teilte den Abbruch der diplomatischen Beziehungen zu Serbien mit.
Noch am gleichen Abend telefonierte das Wiener Kriegsministerium von Gieslingens Meldung nach Bad Ischl durch. Baron Margutti, einer der Flügeladjutanten des Kaisers, nahm das Telefonat entgegen und hielt es schriftlich fest. Während er die Meldung verlas, hörte der Kaiser wortlos zu. »Also doch ...«, murmelte er

* Die serbische Antwortnote erregte sowohl in Wien als auch in Berlin Bestürzung und widerwillige Bewunderung. In Wien nennt man sie »das glänzendste Beispiel diplomatischer Geriebenheit«. Berlin spricht von einem »maßvollen und außerordentlich entgegenkommenden Dokument«. Serbien hatte die meisten Forderungen des Ultimatums angenommen, bei einigen Einwände erhoben und nur Punkt sechs (eines der zwei ominösen »Punkterln« der Kriegsgrafen) gänzlich abgelehnt. Darin wird, wie bereits erwähnt, die Teilnahme österreichischer Polizei an den Untersuchungen über die Hintergründe des Sarajewo-Attentates in Serbien verlangt. Selbst Kaiser Wilhelm II., der wieder in Berlin eingetroffen war, zeigte sich von der serbischen Note beeindruckt: »Brillante Leistung für eine Frist von bloß achtundvierzig Stunden. Es ist mehr, als man hatte erwarten können! Damit fällt jeder Kriegsgrund fort, und Giesl hätte ruhig in Belgrad bleiben sollen. Daraufhin hätte ich niemals Mobilmachung befohlen.« Allerdings schreibt er an den Staatssekretär im Auswärtigen Amt, Gottlieb von Jagow, auch. »Nach Durchlesung der serbischen Antwort ... bin ich der Überzeugung, daß im großen und ganzen die Wünsche der Donaumonarchie erfüllt sind ... Die Kapitulation demütigster Art liegt darin orbi et urbi verkündet, und durch sie entfällt jeder Grund zum Kriege. Dennoch ist dem Stück Papier, wie seinem Inhalt nur beschränkter Wert beizumessen ... Die Serben sind Orientalen, daher verlogen, falsch und Meister im Verschleppen. Damit diese schönen Versprechungen Wahrheit und Tatsachen werden, muß eine douce violence geübt werden ... dergestalt ... daß Österreich ein Faustpfand (Belgrad) ... besetzt.«

dann, setzte mit zitternden Händen den Zwicker auf die Nase und studierte die Meldung noch einmal genau. »Nun – ein Abbruch diplomatischer Beziehungen heißt noch nicht Krieg«, sagte er schließlich – als schrecke er nun doch vor diesem Krieg zurück, den er ja bereits als unausweichlich akzeptiert hatte.

»Es ist Krieg, Großvater, Krieg!«

Das Bergkastell stand auf dem äußersten und zugleich höchsten Punkt eines weit in das Hochtal ragenden Felsvorsprungs. An dieser beherrschenden Stelle befand sich ursprünglich ein klobiger, von den Türken erbauter Wehrturm; von ihm behielt das später erbaute Kastell den Namen *Kameni stup,* der steinerne Turm.
Der Wehrturm war von den türkischen Besatzern bald aufgegeben worden. Er lag zu weit abseits im unzugänglichen Bergland, die Versorgungswege waren lang und führten durch Gebiete, die nie vollständig befriedet worden waren. Kameni stup wechselte wiederholt den Besitzer und verfiel immer mehr. In den siebziger Jahren des vorigen Jahrhunderts kam es schließlich mit einigen hundert Hektar des umliegenden Landes – Wälder, Hochmoore und felsiges, unfruchtbares Brachland – in den Besitz der Bošković-Sippe. Der damalige Wojwoda Djuro Bošković wußte damit nichts rechtes anzufangen. Erst sein Sohn Lazar beschloß, in dieser einsamen Gegend, die er ins Herz geschlossen hatte, seinen Alterssitz zu bauen, sein *Bergkastell.*
Der ursprüngliche Wehrturm wurde abgerissen. Die Steine dienten als Baumaterial für das neue Haus, das aus der Ferne mit seinen steil aufragenden Mauern unter dem schweren Dach tatsächlich einer burgähnlichen Festung glich. Dieser Eindruck wurde durch den neuen Turm verstärkt, der das Gebäude an der nordöstlichen Ecke abschloß und um ein Beträchtliches überragte. Der Wojwoda hatte ihn auf den Fundamenten des ursprünglichen Wehrturmes aus mächtigen, unverputzt gebliebenen Steinquadern nach dem Muster alter Burgfestungen erbauen lassen, wo sie als allerletzte Zuflucht vor dem anstürmenden Feind dienten, und als Zuflucht diente ihm der Turm nun tatsächlich – Zuflucht vor anderen Menschen, deren Nähe er nicht lange ertragen konnte. Meist hielt er sich in einem

geräumigen Zimmer auf, das die ganze Fläche des Turmes gleich unter dem Dach einnahm und dessen Fenster exakt in die vier Himmelsrichtungen wiesen. Oft schlief er auch hier, auf einer einfachen, mit Bären- und Wolfsfellen abgedeckten Holzbank. Hier durfte ihn niemand stören – mit Ausnahme seiner Enkelin Rada.
In der Mitte der Anlage befand sich ein Innenhof mit Brunnen und zwei Linden, die der Wojwoda selbst gepflanzt hatte. In den vierzig Jahren, seit das Bergkastell stand, waren sie zu stattlichen Bäumen gewachsen. Das Wohnhaus und der Turm (Madame Vera nannte sie nach mittelalterlichen Vorbildern *Pallas* und *Bergfried*) umgaben den Innenhof von drei Seiten. Die vierte nahmen die Ställe und Wirtschaftsgebäude ein. Hinter den – nach außen hin – schmalen, schießschartenähnlichen Fenstern im Erdgeschoß des Wohnhauses befanden sich die Küche, der Speisesaal, Vorratskammern und andere Wirtschaftsräume. Das erste Obergeschoß diente als Wohngeschoß des Wojwoda und der Familienmitglieder, im Dachgeschoß befanden sich Gesinderäume und Speicher.

Am späten Nachmittag erschien Bora und teilte Stefan mit, daß der Wojwoda ihn sprechen wolle.
»Ich kann dich tragen, Bruder, wenn dir das Gehen schwerfällt«, sagte er. So wie er aussah, an die zwei Meter groß und über zwei Zentner schwer – so groß und breit wie der Handjija Stevo im Tal der Tara, doch bei weitem nicht so fett – mit glatt geschorenem, kugelrundem Kopf und einem martialisch waagrecht abstehenden, seitlich gezwirbelten Heldenschnurrbart, schien er dazu durchaus in der Lage. Doch Stefan lehnte ab. Er könne bei dieser Gelegenheit gleich die Krücken ausprobieren, die er, Bora, ihm gemacht habe, meinte er. Es ging auch ganz ordentlich, nur seine rechte Schulter tat ihm beim Aufstützen auf die Krücke weh, und die Treppen bereiteten ihm Schwierigkeiten. – Außerdem war er bis jetzt ja noch nicht aus seinem Zimmer gekommen; so konnte er sich bei dieser Gelegenheit auch ein wenig umsehen.
Der Weg vom Gästetrakt (so nannte Madame Vera die beiden Gästezimmer, eine Kammer und die Toilette) über die Treppe ins Erdgeschoß, über den Innenhof zur Haupttreppe und wieder in den ersten Stock zu des Wojwodas Räumen wurde Stefan doch etwas lang und beschwerlich. Der Riese Bora führte ihn in ein geräumiges,

helles Eckzimmer, des Wojwodas *Kabinett.* Die eher karge Einrichtung bestand aus einem großen Schreibtisch gegenüber der Tür, dessen Eichenholzplatte bis auf eine Vase mit frisch gepflückten Feldblumen leer war, einem hochlehnigen, schon aus der Ferne unbequem wirkenden Sofa und sechs dazugehörigen, unbequemen Stühlen. An zwei gegenüberliegenden Wänden zogen sich über die ganze Länge niedrige Sitzbänke hin. Mit etwas Phantasie konnte man sich vorstellen, wie sich hier des Wojwodas Ratgeber beratend gegenübersaßen. An den Wänden hingen zahlreiche Waffen. Da waren abendländische Musketen, Arkebusen und lange morgenländische Flinten mit Gold-, Silber- und Elfenbeinbeschlägen, Rad- und Steinschloßpistolen, nordamerikanische und russische Trommelrevolver, Degen, Säbel, Schwerter und Handschare, Streitkolben, Spieße, Lanzen und anderes mörderisches Handwerkszeug, das Stefan nicht zu benennen wußte. Hinter dem Schreibtisch hingen an einem Wandbrett moderne Armeekarabiner und Jagdgewehre, zwei davon mit Zielfernrohren.
»Das ist nur ein kleiner Teil von unseren Waffen«, erklärte der Riese Bora stolz. »Unten in der Waffenkammer im Keller haben wir noch viel mehr davon. Glaub mir, Bruder, wir könnten damit eine kleine Armee ausrüsten, und wenn es notwendig sein sollte, werden wir das auch tun!«
Er führte Stefan zu einem der unbequemen Stühle. »Setz' dich! Ich seh es dir an – die Wunden machen dir noch zu schaffen. Ein Wunder, daß du noch lebst. Aber warte nur, Bruder, warte nur! Den Skipetaren-Hund, der dir aufgelauert hat, werden wir irgendwann erwischen, das verspreche ich dir. Und ich bring ihn dir auf dem Präsentierteller. Du kannst ihn dann zerlegen, schön langsam, ganz langsam in tausend kleine Stücke!« Bora klatschte lachend in die Hände – es knallte laut wie ein Schuß. »Doch jetzt warte, es wird nicht lange dauern. Unser Wojwoda Lazar, mein Herr, weiß, daß du da bist. Er wird sofort kommen.«
Damit ging er.
Stefan saß mit steif durchgedrücktem Kreuz auf seinem Stuhl, das verletzte, jetzt, nach der Anstrengung des Gehens, wieder heftig schmerzende Bein ausgestreckt. Er ließ den Blick über die Ansammlung von Kriegswerkzeugen wandern, mit dem man einander totschießen, aufspießen, erstechen, vierteilen, erschlagen, erwür-

gen, auseinanderhauen konnte. Ein faszinierender Anblick! Welch ein Aufwand! Wieviel Erfindungsgeist! Mit einem Knüppel zum Schlagen und einem Stein zum Werfen hatte es angefangen. Seitdem hatte der Mensch seine gesamten geistigen Fähigkeiten darauf verwendet, immer neue, immer bessere und immer wirkungsvollere Waffen zu bauen. Waffen an der Spitze des wissenschaftlich-technischen Fortschrittes, dachte Stefan. Waffen allen anderen Werkzeugen voraus, bahnbrechend. Der Krieg als Vater aller Dinge – Bogdan hatte recht! Wie sollte er auch anders denken, wenn er zwischen diesen Waffen und in einem Land aufgewachsen war, das den Wert des Mannes nach seinen Waffen und der Fähigkeit, mit ihnen umzugehen, bemaß?

Noch in den Anblick der Waffen vertieft, schrak Stefan zusammen, als er eine laute, herrische Stimme vernahm:

»Sie wollten mit mir sprechen?«

Wojwoda Lazar Bošković. Er war durch eine kleine Türe seitlich von seinem Schreibtisch eingetreten. Ein kräftiger, vierschrötig gebauter Mann in einem weißen Mantel aus gewalkter Wolle über dem grobleinernen Hemd. Dazu trug er schwarze Pluderhosen, Schaftstiefel und auf dem dichten, fast weißen Haar eine schwarz-rot bestickte Mütze. Doch das alles bemerkte Stefan erst mit einem zweiten Blick. Zunächst sah er nur das von einer schrecklichen Narbe gespaltene Gesicht. Sie zog sich quer von der linken Stirnhälfte über die Nasenwurzel bis zur rechten Kinnseite, wo sie unter dem weißen Schnurrbart verschwand. Breit und fleischig-rot teilte sie das Gesicht diagonal in zwei ungleiche Hälften, verzog es einseitig, ließ das linke Auge unter dem hängenden Lid mit einem wie verschleierten Blick das Gegenüber mustern, während es das rechte weit offen, rot unterlaufen und unentwegt tränend anstarrte. Während des folgenden Gespräches tupfte es der Wojwoda von Zeit zu Zeit mit einer schnellen Bewegung ab, die ihm längst zur Gewohnheit geworden war.

Stefan bemühte sich aufzustehen, doch der Wojwoda hob abwehrend die Hand. »Sie sind schwer verletzt worden, man hat mir davon erzählt. Bleiben Sie sitzen.« Er kam mit den schnellen, elastischen Schritten eines weit jüngeren Mannes heran und setzte sich Stefan gegenüber. Der mußte sich überwinden, den Blick nicht von diesem verunstalteten Gesicht zu wenden und so zu tun, als wäre die Narbe gar nicht vorhanden.

»Sprechen Sie!« sagte der Wojwoda.
»Ich heiße Stefan Meyster und kam hierher, um mit Ihnen über meinen Vater Karl Meyster zu sprechen, Hoheit«, begann Stefan. »Er war in den Jahren 1889 bis 1899 an der österreichisch-ungarischen Gesandtschaft in Cetinje als ...«
»Nennen Sie mich nicht Hoheit auf Ihre deutsche Art. Nennen Sie mich einfach Wojwoda. Ihr Name ist mir bekannt, und auch Ihren Vater kannte ich. Beschränken Sie sich bitte auf das Notwendigste!«
Stefan fühlte Zorn in sich aufwallen. Zorn gegen diesen arroganten Mann, der wußte, daß sein Vater nicht einem Jagdunfall zum Opfer gefallen war, der es all die Jahre gewußt hatte und nichts davon hatte verlauten lassen. Auch Zorn und Unwillen gegen die hochmütig herrische Art, mit ihm umzugehen. Doch er sagte sich zugleich, daß Zorn ein schlechter Ratgeber sei – und er mußte gegen die Schmerzen in seinem Bein ankämpfen, die ihm von Minute zu Minute schwerer zu schaffen machten.
»Ich werde mich auf das Notwendigste beschränken. Mein Vater wurde Anfang Oktober 1899 vor Ihrem Landhaus an der Tara getötet. Er war das erste Opfer des vielfachen Mordes an den männlichen Mitgliedern Ihrer Familie. Ich bin gekommen, um von Ihnen die näheren Umstände seines Todes zu erfahren. Warum hat Sie mein Vater aufgesucht? Weshalb haben Sie Ihr Wissen über seinen Tod nicht weitergegeben und die Behörden – oder uns, seine Familie – darüber unterrichtet?«
Der Wojwoda schwieg sekundenlang. Es war nicht zu erkennen, was hinter der unbeweglichen Maske seines verstümmelten Gesichtes vorging. Schließlich fragte er:
»Ihr Vater ist seit fünfzehn Jahren tot. Weshalb wollen Sie das alles wissen?«
»Es ist mein Recht, es zu erfahren.«
»Woher haben Sie Ihre Informationen?«
»Ich habe sie – das genügt einstweilen. Und ich habe die Bestätigung oder den Beweis, daß sie zutreffend sind.«
»Was für einen Beweis?«
»Eine Zigarettendose, die meinem Vater gehört hat. Die Dose wurde einige Wochen nach der Mordnacht vor Ihrem Landhaus gefunden.«
»Gefunden, vor dem Landhaus? Wer hat sie gefunden?«

»Ihr Verwalter Aca.«
»Sie waren dort? Sie haben dort herumspioniert?«
»Ich war dort. Wenn Sie wünschen, werde ich Ihnen darüber berichten.«
»Und Aca hat Ihnen die Dose gegeben? Ihnen? Warum hat er mir nie davon erzählt? Der Teufel wird ihn ... Berichten Sie zunächst, woher Sie erfahren haben, daß Ihr Vater vor meinem Hause erschossen wurde.«
»Ich habe noch mehr erfahren, Wojwoda.« Stefan gelang es jetzt, ganz ruhig zu sprechen. Auch die Schmerzen in seinem Bein ebbten ab, während er sich auf das Gespräch mit dem Wojwoda konzentrierte, das eher einem Duell als einem Gespräch glich. Von Anfang an hatte er die Abneigung gefühlt, die ihm von diesem Mann entgegenschlug, eine fast zum Greifen dichte Feindseligkeit. Weshalb?
»Was haben Sie noch erfahren?« fragte der Wojwoda.
»Informationen, die Ihnen bei der Verfolgung der Mörder möglicherweise nützlich sein könnten.«
Der Wojwoda beugte sich ruckartig vor, sein rot umrandetes Auge starrte Stefan an. »Sprechen Sie! Sprechen Sie!«
»Zuerst meine Fragen, Wojwoda!«
»Čoveće – Mensch – bist du verrückt?« Der Wojwoda verfiel in das landesübliche *Du,* streckte die Hände Stefan entgegen, als wollte er nach ihm greifen, seine Narbe lief feuerrot an. »Bei Gott – ich kann dich zwingen zu reden – ich kann dich jederzeit dazu zwingen!«
»Niemand kann mich dazu zwingen. Und wenn Sie mich umbringen«, Stefan versuchte ein Lächeln, während ihm am ganzen Körper der Schweiß ausbrach, »wenn Sie mich umbringen – viel gehört im Augenblick ja nicht dazu – erfahren Sie erst recht nichts von mir.«
Des Wojwodas Haltung entspannte sich langsam. Mit einer fahrigen Bewegung hakte er die Daumen hinter den Gürtel. »Umbringen? Dich umbringen?« murmelte er. »Wozu sollte ich dich umbringen? Ein mutiger junger Mann! Ein Švaba – doch ein mutiger junger Mann ... Du hast mich in der Hand. Das weißt du, stimmt's? Auch dein Vater hatte mich in der Hand. Es war eine reine Erpressung. Auch du willst mich erpressen. Der Sohn wie sein Vater!«
Er hatte sich wieder in Zorn geredet, die Narbe leuchtete rot, das Auge tränte. »Aber gut. Was soll ich tun? Ich werde es Dir sagen. Es geht schnell. Dein Vater kam als österreichischer Geschäftsträ-

ger zu mir, als Vertreter seines Landes, wenn auch nicht offiziell. Geheimdiplomatie. Geschäfte im Verborgenen – das gehört dazu, wie du weißt. Und wenn nicht, erzähle ich es dir jetzt. Geheimdienstgeschäfte. Spionage, was sonst? Er kommt also zu mir und erzählt, daß er im Besitz von Papieren sei, die meinen erstgeborenen Sohn Milovan auf das Schwerste belasten: konspirative Tätigkeit in Verbindung mit gewissen Großserbischen Kreisen, gerichtet gegen das montenegrinische Königshaus mit dem Ziel, Nikola I. abzusetzen und Montenegro an Serbien anzugliedern. Authentische Papiere als Beleg, Papiere, die sich im Besitz der österreichischen Gesandtschaft befinden, vielleicht auch in seinem. Das sagte er zwar nicht, aber da gibt es ja keinen Unterschied. Er sagt: Die Papiere beweisen eindeutig, daß Milovan der Kopf der Verschwörung ist. Und weiter erzählt er, daß eine solche Verschwörung gegen die Interessen Östereich-Ungarns gerichtet sei. Österreich-Ungarn sei an einem Großserbien nicht interessiert. Aus klar ersichtlichen Gründen. Darüber hinaus riskiere Milovan Kopf und Kragen. Wer den König kennt, weiß das – wer weiß das besser als ich, wie schnell man von diesem König um einen Kopf kürzer gemacht wird?! – Gut. Ich glaubte ihm auf's Wort, das mit den Papieren. Warum hätte er lügen sollen? Milovan, mein ältester Sohn Milovan – Gott sei ihm gnädig! – war ein Feuerkopf. Ungestüm, unvorsichtig. Aber ein Verschwörer? Unsinn! Er trug das Herz auf der Zunge. Für einen Verschwörer hatte er nicht das geringste Talent. Ein Verschwörer muß schweigen können wie das Grab – ist es so?«

Stefan nickte.

»Aber es stimmt: Die Vereinigung Montenegros mit Serbien war Milovans Ziel und schließlich die Vereinigung aller Südslawen zu einem großen *Jugoslawien.* Das war sein Traum. Wir haben noch an diesem gleichen Abend davon gesprochen, kurz bevor die Mörder ... Ein gefährlicher Traum! König Nikola konnte ihn nicht dulden – und Österreich-Ungarn auch nicht. Natürlich müssen die Österreicher versuchen, gegen solche Träume anzukämpfen, das verstehe ich, wenn nötig mit konspirativen Mitteln, wenn nötig mit Erpressung. Wenn du nicht das oder jenes tust, was wir von dir verlangen, stecken wir's dem König, und der sorgt schon dafür, daß du Vernunft annimmst oder für ewige Zeiten Ruhe gibst. Das alles ist mir klar, ich bin kein Dummkopf, *Čoveće*! Doch es geht um meinen Sohn, um meinen *Ältesten*! Weißt du, was das bedeutet? Und dein Vater? Er will mich warnen, sagt er. Wovor warnen, zum Teufel? Vor wem? Ich kann selbst auf mich aufpassen! Nein. In Wirklichkeit will er ein Geschäft. Für sich? Für sein Land? Das spielt jetzt keine Rolle mehr.«

Der Wojwoda schwieg abrupt. Er brütete finster vor sich hin, gefangen in seinen düsteren Erinnerungen, seinem Schmerz und seiner Pein.

In Stefan regte sich ein unguter Verdacht. Hatte der Vater von sich aus so gehandelt? Wohl kaum. Informationen aus Belgrad, beweiskräftige Papiere ... *Unser Mann in Belgrad* – hatte dieses Spiel am Ende der Großvater eingefädelt? Hatte er seinen Sohn in Cetinje beauftragt, Wojwoda Lazar Bošković aufzusuchen und ihn damit indirekt ... Stefan wagte nicht, den Gedanken weiter zu verfolgen.

»Was für ein Geschäft?« fragt er. »Was hat Ihnen mein Vater vorgeschlagen?«

»Dazu hat er keine Gelegenheit bekommen, noch nicht.« Der Wojwoda sprang auf, setzte sich wieder hin, starrte Stefan an, als sähe er ihn zum erstenmal. »Hör' zu, *Momče* – Bursche – er kam an dem Tag, als wir *Krstna Slava* für den kleinen Lazar, Milovans Sohn begingen. Konnte er sich keinen anderen Tag aussuchen? Ich habe das Gespräch abgebrochen, die Familie wartete auf mich. Wir wollten es am nächsten Tag fortsetzen. Aber dazu kam es nicht. Es ist dir bekannt, was an diesem Abend geschah?«

»Es ist mir bekannt.«

»Sie haben Milovan ermordet. Sie haben alle ermordet. Und mich – sieh mich an, sieh mich doch an!« Er fuhr mit dem Zeigefinger über die Narbe. »Diese Wunde ist verheilt. Die andere nicht. Die Wunde, die sie meinem Herzen zugefügt haben. Sie ist offen geblieben, frisch wie am ersten Tag. Und sie wird nicht verheilen, bis ich die Mörder gefunden habe. Was aber deinen Vater angeht – ich wollte von dieser Sache nichts mehr wissen. Ich wollte auch die Erinnerung an ihn löschen. Sie haben ihn vor meinem Haus getötet und dann irgendwohin gebracht. Warum? Es interessierte mich damals nicht, und es interessiert mich auch heute nicht. Ich hatte damit nichts zu tun – oder hätte ich der Untersuchungskommission etwa erzählen sollen, daß er bei mir war? *Warum* er bei mir war?«

»Sie hätten es ja nicht tun müssen. Jedenfalls nicht, *weshalb* er bei Ihnen war.«

Der Wojwoda schüttelte den Kopf. »Ej, momče, da kennst du diese Leute schlecht! Der König hat sie herangezogen, ausbilden lassen, sie sind studiert, mit allen Wassern gewaschen, schlau wie die Füchse, hinterhältig wie Schlangen. Und wenn sie eine Spur wittern, sind sie wie eine Meute hungriger Wölfe – sie lassen davon nicht mehr ab. Sie wittern überall Verschwörung und Verrat gegen ihren König. Sie reden und reden, fragen und fragen, quetschen dich aus wie eine Zitrone – und eh' du dich versiehst, hast du alles erzählt, was sie wissen wollen. Geschulte Leute, die vor niemandem Respekt haben, denen nichts heilig ist, nicht einmal die Erinnerung an unschuldig Ermordete. So ist das heute in Montenegro. So weit ist es mit uns gekommen. So weit, daß sich einst stolze und aufrechte Männer scheuen, ihre Meinung zu vertreten und die Wahrheit zu sagen. Wahrheit auch dann, wenn man dafür...
Hör zu, ich werde dir jetzt eine kleine Geschichte erzählen. Da sitzt Fürst Nikola, damals noch Fürst, nicht König, zu dem er sich später mit Hilfe seiner Lakaien selbst ausgerufen hat, da sitzt er also im Kreise seiner Höflinge, und auch einige Serdare und ein Wojwoda sind dabei. ›Seht ihr den Adler, der da oben am Himmel kreist?‹ fragt der Fürst, und sie alle nicken, die Höflinge und die stolzen Serdare, sie alle sehen den Adler am Himmel. Nur der Wojwoda schaut und schaut und sieht den Himmel leer. ›Siehst du den Adler nicht – er ist groß genug?‹ fragt der Fürst. ›Ich sehe keinen Adler, der Himmel ist leer‹, antwortet der Wojwoda. ›Wenn *ich* da oben den Adler sehe, dann wirst auch *du* ihn sehen!‹ spricht der Fürst, und er spricht es mit einer so drohenden Stimme, daß alle Höflinge und Serdare, diese stolzen Söhne unserer Schwarzen Berge, Helden über alle anderen Helden, ängstlich die Köpfe einziehen und zu Boden starren. Nur der Wojwoda schaut den Fürsten furchtlos an und spricht: ›Hört zu, Fürst – und wenn Gott Vater selbst sagen würde, da oben kreist ein Adler und ich sehe den Himmel leer, dann sage ich es. Dann sage ich – da oben gibt es keinen Adler!‹ So war es, das ist die Geschichte. Soll ein Wojwoda lügen? Soll ich die Unwahrheit sagen, nur um mir Unannehmlichkeiten zu ersparen?«
»Dieser Wojwoda waren Sie?«
Der Wojwoda überhörte Stefans Frage. »Mein Wohlergehen und eine heile Haut sind mir teuer«, sagte er und machte mit der flachen Hand eine bezeichnende Geste vor der Kehle, »noch teurer aber ist

mir die Wahrheit. Wäre ich also nach dem Fremden befragt worden, der bei mir übernachtete, hätte ich die Wahrheit sagen müssen. Ich bin nicht befragt worden. Deshalb schwieg ich.«

»Ich habe verstanden«, sagte Stefan.

»Hast du das wirklich? Doch jetzt rede du!«

»Ich werde es Ihnen erzählen«, begann Stefan langsam. »Aber zuerst das: Mein Vater war kein Erpresser. Ich war damals noch ein Kind, aber ich kann mich gut genug an ihn erinnern. Er war so wenig ein Erpresser, wie ich einer bin. Sie wissen ja nicht einmal, ob er Ihnen wirklich ein Geschäft vorschlagen wollte. Sagten Sie es nicht selbst? Hat er das? Hat er das getan? Nein? Also haben Sie auch nicht das Recht, sein Andenken zu beschmutzen und ihn einen Erpresser zu nennen. Nicht ihn und nicht mich. Mich nur deshalb, weil ich wissen will, warum und unter welchen Umständen er den Tod fand.«

Der Wojwoda hatte schweigend zugehört. Und nun geschah etwas, was Stefan am wenigsten erwartet hätte. Über sein gespaltenes Gesicht huschte die Andeutung eines Lächelns, er strich über den Schnurrbart, einmal, zweimal, überlegte, und als er endlich sprach, hatte seine Stimme die schneidende Schärfe von vorhin verloren:

»Es ist gut, junger Švaba. Es ist richtig, was du jetzt gesagt hast. Ich hätte dasselbe auch von meinen Söhnen erwartet. Aber ich habe keine Söhne mehr. Ich habe nur noch die Erinnerung an sie und das Verlangen, ihren Tod zu rächen. Willst du das nicht auch? Rache für den Mord an deinem Vater? Wir alle wollen die Mörder finden, endlich finden! Du, ich, mein Enkelsohn Bogdan. Das Schicksal hat dich hierher geführt und die Kugeln des Mörders abgelenkt, so daß sie dich nicht tödlich trafen. So war es! Das Schicksal selbst hat Bogdans Schritte zur richtigen Zeit dorthin geführt, damit er dich finden und hierher bringen konnte. So bist du nicht verblutet. Du bist am Leben geblieben, weil dir das Schicksal eine Aufgabe zugedacht hat. Und jetzt sprich endlich, sprich!«

Stefan begann zu erzählen. Er bemühte sich, möglichst genau zu wiederholen, was er von Stamenas Bruder Nedjelko erfahren hatte. Während er sprach, meldeten sich die Schmerzen wieder und wurden langsam unerträglich. Das Sitzen fiel ihm immer schwerer. Übelkeit und zunehmende Schwäche überfielen ihn. Doch der Wojwoda schien seinen Zustand nicht zu bemerken. Er starrte ihn mit dem weit offenen und dem anderen, halb verdeckten Auge an, schweigend, reglos, bis zu dem Augenblick, als Stefan von dem großgewachsenen, maskierten Anführer der Mörder erzählte und die Schaftstiefel erwähnte, die dieser getragen hatte. Da sprang der Wojwoda wie in einer gewaltigen Eruption der bis jetzt nur mühsam unterdrückten Erregung und des Hasses auf, warf die Arme empor, schüttelte die Fäuste und stieß einen schrecklichen, unartikulierten Schrei aus – ein Ausbruch, der Stefan zutiefst erschreckte und ihn augenblicklich verstummen ließ.

»Jetzt weiß ich es – jetzt weiß ich es!« sprach der Wojwoda schweratmend. »Es lag wie ein schwarzer Schleier auf meiner Erinnerung, wie ein dichter, klebriger Nebel. Ich wußte, daß Milovan etwas gesagt hat, bevor er getötet wurde. Er hat es mir gesagt, hat es mir zugerufen, aber ich konnte mich an seine Worte nicht erinnern. Der Nebel verdeckte sie, wollte nicht weichen. Doch jetzt weiß ich es! ›Ich kenne dich!‹ rief er. Und zu mir: ›Vater, ich weiß jetzt...‹ Ich weiß jetzt, wer dieser Mann ist, wollte er sagen. Er kannte ihn! Er kannte den Mörder! Und er wurde erschossen, noch bevor er seinen Namen nennen konnte. So war es! Jetzt wird alles einfacher! Wir wissen jetzt, wo wir mit der Suche ansetzen sollen, endlich, endlich! Und wir werden ihn und sie alle finden. Gott ist mein Zeuge – *wir werden sie finden!* Sprich weiter, Momče, schnell, sprich weiter!«

Aber Stefan kam nicht sehr viel weiter. Nach einigen Sätzen ertappte er sich dabei, daß er die gleichen Worte immer wieder sagte. Plötzlich sah er sich gleichsam neben sich stehen, sich selbst beobachten, sah, wie ihn die Kräfte verließen, wie er immer mehr in sich zusammensank, zu schwanken begann, krampfhaft bemüht, das Gleichgewicht zu halten und auf dem Stuhl sitzen zu bleiben.

»Ich kann nicht weiter, ich glaube, ich muß...« murmelte er, schaute von sich selbst weg und zum Wojwoda hin und sah, daß der Wojwoda nicht mehr auf seinem Stuhl ihm gegenüber saß. Er stand jetzt am offenen Fenster, beugte sich hinaus und von draußen kam eine helle, laut rufende Stimme. Bogdans Stimme? Was rief sie? Was war geschehen? Die Stimme wurde leiser, entfernte sich, Stefan sah sich vornüber kippen, mit dem besorgten Gedanken, das Gesicht seitwärts zu drehen, nicht voll darauf zu fallen. Er sah den Boden näher kommen, er fiel, fiel, fiel in eine weiche Dunkelheit.

Die untergehende Sonne stand knapp über dem Gipfel des *Babin vrh* und überflutete mit ihrem brennend, roten Licht das Felsplateau mit dem Kastell, während die Hochebene darunter bereits in blauviolette Schatten versank. Auf der freien Fläche unter dem Kastell stand ein Reiter. Bogdan. Er hatte sich in den Steigbügeln hoch aufgerichtet, die Arme emporgehoben, sein aufwärts gekehrtes Gesicht leuchtete im roten Licht der untergehenden Sonne ... Ein Bild, das den Wojwoda schlagartig an ein anderes, ähnliches Bild erinnerte, das er vor langer, langer Zeit vom Fenster seines Arbeitszimmers an der Tara beobachtet hatte: Untergehende Sonne und blutrotes Licht auf dem Gesicht des tanzenden Mirko, und dazu der Klang einer singenden Kinderstimme: »Mirko brennt und ist tot – Mirko brennt und ist tot ...« Neben ihm, dem Wojwoda aber, etwas nach hinten gerückt in die Dämmerung des Zimmers, hatte damals der Vater des jungen Mannes gestanden, der jetzt hinter ihm saß ... Was für ein seltsames Zusammentreffen!
»Hörst du, Großvater, hörst du mich?« Bogdan schwenkte die Arme, seine Stimme klang hell vor freudiger Erregung. »Die Švabas haben uns den Krieg erklärt, hörst du? Es ist Krieg, Großvater, Krieg!«

7. Kapitel

Am Abend tönen die herbstlichen Wälder
Von tödlichen Waffen, die goldnen Ebenen
Und blauen Seen, darüber die Sonne
Düstrer hinrollt; umfängt die Nacht
Sterbende Krieger, die wilde Klage
Ihrer zerbrochenen Münder.
Doch Stille sammelt im Weidengrund
Rotes Gewölk, darin ein zürnender Gott wohnt,
Das vergossene Blut sich, mondne Kühle;
Alle Straßen münden in schwarze Verwesung.
Unter goldnem Gezweig der Nacht und Sternen
Es schwankt der Schwester Schatten durch den schweigenden Hain,
Zu grüßen die Geister der Helden, die blutenden Häupter,
Und leise tönen im Rohr die dunklen Flöten des Herbstes.
O stolzere Trauer! ihr ehernen Altäre,
Die heiße Flamme des Geistes nährt heute ein gewaltiger Schmerz,
Die ungebornen Enkel.

Georg Trakl

Die ersten Kriegswochen

Am 28. Juli 1914 erklärte Österreich-Ungarn dem Königreich Serbien den Krieg. Am nächsten Tag wurde in der *Wiener Zeitung* das Manifest des Kaisers Franz Joseph I. an seine Völker veröffentlicht. Darin hieß es: »... So muß Ich denn daran schreiten, mit Waffengewalt die unerläßlichen Bürgschaften zu schaffen, die Meinen Staaten die Ruhe im Innern und den dauernden Frieden nach außen sichern sollen. In dieser ernsten Stunde bin Ich Mir der ganzen Tragweite Meines Entschlusses und Meiner Verantwortung vor dem Allmächtigen bewußt.

Ich habe alles geprüft und erwogen.

Mit ruhigem Gewissen betrete Ich den Weg, den die Pflicht mir weist.

Ich vertraue auf Meine Völker, die sich in allen Stürmen stets in Einigkeit und Treue um Meinen Thron geschart haben und für die Ehre, Größe und Macht des Vaterlandes zu schwersten Opfern immer bereit waren.

Ich vertraue auf Österreich-Ungarns tapfere und von hingebungsvoller Treue erfüllte Wehrmacht.

Und ich vertraue auf den Allmächtigen, daß er Meinen Waffen den Sieg verleihen werde.«

Die Kriegshandlungen wurden mit der Beschießung Belgrads durch schwere Artillerie über die Donau und die Save begonnen.

Die Maschinerie der Bündnisse, Verträge und Hilfszusicherungen setzte sich in Bewegung. Zar Nikolaus II. befahl die allgemeine Mobilmachung. Allgemeine Mobilmachung auch in Österreich-Ungarn. Die deutsche Reichsregierung erklärte den Zustand drohender Kriegsgefahr und stellte an Rußland ein Ultimatum. Darin wurde gefordert, daß jede Feindseligkeit gegen Österreich-Ungarn zu unterbleiben habe. Ein zweites deutsches Ultimatum ging mit der Anfrage an Frankreich, ob die französische Regierung im Falle eines deutsch-russischen Krieges neutral zu bleiben gedenke. Frankreich befahl die allgemeine Mobilmachung. Deutschland zog nach und befahl die allgemeine Mobilmachung. Am 1. August erklärte das Deutsche Reich Rußland den Krieg. Am 2. August besetzte die deutsche Armee Luxemburg: Dies war der erste Schritt zur Verfolgung des Schlieffen-Planes*, auf den sich der deutsche Generalstab für den Fall eines Zweifrontenkrieges gegen Frankreich und Rußland festgelegt hatte.

Am 3. August erfolgte die Kriegserklärung an Frankreich. Als Grund wurde die unbefriedigende Antwort der französischen Regierung auf das deutsche Ultimatum angegeben. Am gleichen Tag lehnte Belgien die Forderung ab, deutsche Armeen durch Belgien ziehen zu lassen, wie es der Schlieffen-Plan vorsah. Daraufhin marschierten die Deutschen ohne Genehmigung in Belgien ein.

In dieser Phase schaltete sich England ein und forderte die deutsche Reichsregierung ultimativ auf, die Verletzung der beiderseits garantierten belgischen Neutralität umgehend rückgängig zu machen. Die Reichsregierung lehnte ab, worauf England am 4. August Deutschland den Krieg erklärte.

Weitere Kriegserklärungen folgten: Am 6. August die Österreich-Ungarns gegen Rußland und Serbiens gegen Deutschland, am 7.

* Der Plan wurde so nach seinem Schöpfer, Generalfeldmarschall Alfred Graf von Schlieffen (1833–1913) benannt. Schlieffen war als Chef des Großen Generalstabes (1891–1905) Moltkes und Waldersees Nachfolger. Er hielt einen Zweifrontenkrieg für unvermeidbar. Für diesen Fall konzipierte er folgenden Plan: Im Osten – gegen Rußland – sollen nur die allernotwendigsten Defensivkräfte verbleiben, da die schwerfällige russische Kriegsmaschinerie nicht vor Ablauf von fünf bis sechs Wochen anlaufen könnte. Das Gros des deutschen Heeres wird im Westen konzentriert. Ein starker rechter Flügel besetzt Luxemburg, marschiert durch Belgien und greift Frankreich von Norden her an. Nach dem Durchbruch und der Besetzung von Paris schwenkt er nach Osten. Währenddessen bleibt der südliche oder linke deutsche Flügel in Elsaß-Lothringen defensiv, läßt durch einen vorgetäuschten Rückzug die französischen Kräfte auflaufen und tritt nach ihrer vollzogenen Einkreisung durch den rechten Flügel wieder zur Offensive an. Eine gewaltige Umfassungsschlacht soll schließlich das Ende der französischen Streitkräfte besiegeln. Nach dem siegreich beendeten Westfeldzug würden dann die deutschen Armeen per Eisenbahn – auch dafür lagen umfangreiche, minutiös ausgearbeitete Pläne bereit – an die Ostfront verlegt werden, um gegen die mittlerweile aufmarschierten Russen anzutreten.

August die Montenegros an Österreich-Ungarn, am 11. August Frankreichs und am 12. August Englands gleichfalls gegen Österreich-Ungarn.

Nach einigen Schrecksekunden brach in den kriegführenden Staaten unbeschreiblicher Jubel aus. Der durch Jahrzehnte beschworene nationale Gedanke machte sich hüben wie drüben in einem gewaltigen Gefühlsausbruch Luft. Patrioten aller Länder feierten noch nie dagewesene Triumphe. Auf Straßen und Plätzen fahnengeschmückter Städte strömten Menschenmassen zusammen, ließen ihre Kaiser, Könige und Armeen hochleben, sangen patriotische Lieder, veranstalteten Freudentänze und zündeten allenthalben Freudenfeuer an. Wildfremde Menschen umarmten einander. Gegner schlossen Frieden, um einig und stark gegen den gemeinsamen Feind zu ziehen. Männer und Burschen, die das Glück hatten, am Krieg teilnehmen zu dürfen, marschierten bunt geschmückt und reichlich mit Trinkbarem versehen unter Musikbegleitung zu den Bahnhöfen, um in ihre Garnison zu fahren und dort das Ehrenkleid der Nation, die Uniform, zu empfangen. Tränen flossen in Strömen, und es war schwer zu entscheiden, ob es Freudentränen des patriotischen Stolzes oder die des Abschiedsschmerzes waren.
Vorwärts nach Wien! riefen Franzosen, Russen, Engländer, Serben und, ihrer feurigen Mentalität entsprechend, besonders laut die Montenegriner. Nach Paris, London, Petersburg und Belgrad! tönte es machtvoll entgegen – doch niemand rief: Vorwärts, nach Cetinje! Dessen Bedeutung und Bekanntheitsgrad schienen doch in umgekehrtem Verhältnis zu der Bedeutsamkeit zu stehen, die die selbstbewußten Montenegriner ihrer Hauptstadt und sich selbst zumaßen. Überall Bilder uferloser und siegesgewisser Begeisterung, hüben wie drüben. Jeder, der in den Krieg zog, glaubte, für eine gerechte Sache zu kämpfen, das Recht auf seiner Seite zu haben und natürlich auch den lieben Gott, den *Allmächtigen*. Der meist so genannte tauchte in den Manifesten des österreichisch-ungarischen und des deutschen Kaisers auf, des russischen Zaren, der Könige von England, Belgien, Serbien und Montenegro, in den Aufrufen und Proklamationen der Regierungen. So wurde der *Allmächtige* von Freund und Feind gleichermaßen bemüht. Jeder beanspruchte ihn für sich und jeder behauptete, *Er* sei mit seinen Waffen.

In diesem Aufbranden vaterländischer Begeisterung gingen einige Fragen unter, die sich schon bald als sehr bedeutsam, möglicherweise kriegsentscheidend erwiesen. Wie zum Beispiel die nach möglichen Bundesgenossen. Was würden die zunächst neutral gebliebenen Staaten unternehmen, so die Türkei, Bulgarien, Griechenland, Rumänien? Würde sich Spanien der Entente anschließen, wird Portugal versuchen, auf deutsche Kosten seine afrikanischen Besitzungen zu vergrößern? Und in diesem Zusammenhang die vielleicht wichtigste Frage: Wo steht Italien? Würde es doch noch seinen Bündnisverpflichtungen nachkommen und an der Seite der Mittelmächte in den Krieg eintreten? Würde es neutral bleiben oder gar an der Seite der Entente gegen den »Erbfeind« Österreich-Ungarn ziehen und in dessen ungeschützte Südwestflanke stoßen?

Bereits die ersten Schlachten in Belgien und Frankreich, an der Ostfront gegen Rußland und im Süden gegen Serbien und Montenegro galten als das größte Aufeinanderprallen von Armeen, das es in der Geschichte je gegeben hatte. Zu Anfang des Krieges wurden knapp zehn Millionen Menschen zu den Waffen gerufen, wobei die Ententemächte den Mittelmächten Deutschland und Österreich-Ungarn zahlenmäßig zunächst nur unwesentlich überlegen waren. Den Russen fiel es von Anfang an schwer, ihre Überlegenheit ins Spiel zu bringen und wirkungsvoll einzusetzen.
Das Geschehen an allen Fronten war vom Geist der Offensive geprägt. Der Angriff, die Offensive, war der Defensive überlegen. Sie allein konnte den Krieg in absehbarer Zeit entscheiden. Dies war das Credo der Militärtheoretiker, der Armeeführer und ihrer Generalstäbe. Und so traten die mächtigen, wohlausgerüsteten Armeen zum Sturm an. Heldenhafte Kämpfe entbrannten mit Strömen von Blut und unzähligen Toten, mörderischen Schlachten, getragen von der Begeisterung und dem Todesmut der Männer, die in diesen Krieg wie zu einem religiösen Fest des Patriotismus und der weihevollen Aufopferung gezogen waren.
Vom *elan vital*, dem unbedingten Siegeswillen, und dem Geist der *Glorie* beseelt und vorwärts getrieben, stürmten in Elsaß-Lothringen Soldaten in roten Pluderhosen und blauen Uniformblusen gegen deutsche Stellungen, angeführt von jungen Offizieren in blütenweißen Handschuhen, mit wehenden Federbüschen an den Mützen.

In St. Cyr, der militärischen Eliteakademie Frankreichs, hatte man ihnen beigebracht, daß dem französischen Feuergeist, dem *Furor gallicus*, kein Feind auf der Welt zu widerstehen vermag. Hatten es die siegreichen Kriege des großen Napoleon nicht hundertfach bewiesen?

Doch dem Feuer der gut getarnten deutschen Maschinengewehre war auch der *Furor gallicus* nicht gewachsen. Der so oft beschworene Wille, siegreiche Revanche für den verlorenen Krieg von 1870/71 zu nehmen, die Schmach von damals zu tilgen und Elsaß-Lothringen wieder für Frankreich zu erobern, wurde in Strömen von Blut ertränkt, unter Bergen von Leichen begraben. Dafür revanchierten sich die Franzosen weiter nördlich in der Champagne und den Ardennen, wo sie mit massiertem Feuer ihrer leichten Feldgeschütze kal. 7,5 cm* Woge auf Woge der anstürmenden, feldgrau gekleideten deutschen Infanterie brachen.

Der deutsche Aufmarsch verlief im Westen zunächst wie geplant. Sein Ziel war ein rasches Vordringen konzentrierter Kräfte auf dem rechten Flügel über Belgien und Nordfrankreich bis zur Somme und der Oise, um dann nach Südosten einzuschwenken, die französischen Armeen nach Westen abzudrängen und sie zwischen Verdun, Metz und Belfort zu vernichten. Den Schwenk durch Belgien und Nordfrankreich sollten fünf deutsche Armeen bewerkstelligen: die 1. unter dem Kommando des Generals von Kluck, die 2. (von Bülow), 3. (von Hausen), 4. (Herzog von Württemberg), 5. (Kronprinz Wilhelm). Die südlich postierten zwei Armeen – die 6. unter Kronprinz Rupprecht von Bayern und die 7. (von Heeringen) sollten – dem Schlieffen-Plan entsprechend – defensiv bleiben und erst dann zum Angriff antreten, wenn die Umfassung des französischen Heeres und des englischen Expeditionskorps vollzogen wurde.

Das Oberkommando über die gesamten deutschen Streitkräfte

* Das *canon de 75 mm modelle 1897* war das modernste Schnellfeuer-Feldgeschütz des I. Weltkrieges und das erste Geschütz mit einem langen Rohrrücklauf. Es basierte auf einem Patent des deutschen Ingenieurs Konrad Haussner, das schon 1891 sowohl dem deutschen Generalstab als auch der Firma Krupp in Essen vorgelegt und angeboten worden war. Diese zeigten kein Interesse. Das Geschütz besaß Rohrrücklauf auf Rollen mit Flüssigkeitsbremse und Luftvorholer, einen einfach zu bedienenden exzentrischen Schraubverschluß und hatte eine für damalige Verhältnisse fast unglaubliche Feuergeschwindigkeit von 25–30 Schuß pro Minute. Sein einziger Nachteil war die zu flache, rasante Flugbahn.

hatte Generaloberst Helmuth von Moltke, Neffe des legendären Grafen von Moltke, des Siegers im deutsch-französischen Krieg von 1870/71. Der jüngere Moltke hatte freilich weder das militärische Genie noch das Durchhaltevermögen und die Nerven seines großen Onkels. Dies hatte für die Deutschen schon bald schwere, möglicherweise kriegsentscheidende Folgen.

Moltkes Gegenspieler war der Chef des französischen Generalstabes General Joffre, ein bulliger, phantasieloser Mann mit dem sprichwörtlichen Stehvermögen langgedienter Kolonialoffiziere. Das englische Expeditionskorps spielte zunächst keine bedeutende Rolle. Sein Kommandeur, Sir John French, zeichnete sich vor allem durch seine übergroße Vorsicht aus. Auf Joffres Drängen, dieses oder jenes zu tun, da oder dort in die durch den deutschen Vormarsch entstandene Bresche in der Front der Verteidiger zu springen, antwortete er meist, dies sei unmöglich, es ginge nicht. So bekam er schon bald den Beinamen *Marschall geht nicht.*

Am 16. August fiel die überraschend zäh verteidigte belgische Festung Lüttich, sturmreif geschossen von den deutschen 42 cm Mörsern, den »dicken Bertas«* und den von den Österreichern ausgeliehenen 30,5 cm Škoda-Mörsern. Nur wenige Tage später wurde die belgisch-französische Grenze überschritten, und die deutschen Streitkräfte stießen nach Nordfrankreich vor. Ihr rechter Flügel stand am 27. August bereits an der Oise und war am Ende des Monats kaum vierzig Kilometer von Paris entfernt. Die Lage der französischen Armeen und des englischen Expeditionskorps wurde kritisch, eine Katastrophe zeichnete sich ab. Doch im entscheidenden Augenblick, nachdem ein Vortrupp deutscher Ulanen in der Ferne bereits das fein gesponnene Filigran des Eiffelturmes vor dem schieferblauen Himmel über Paris hatte bestaunen können, verlor

* Unter dem Decknamen »Kurze Marinekanone« wurde bei Krupp in Essen unter großer Geheimhaltung der 42 cm-Mörser gebaut und 1911 in die Armee eingeführt. Das gedrungen wirkende Ungetüm bekam seinen Beinamen »dicke Berta« nach der stattlichen Frau Berta Krupp, worüber diese nicht gerade begeistert gewesen sein soll. Die Eisenbahnversion des Mörsers wog in Feuerstellung 140 Tonnen, seine Schußweite betrug 14 200 m. Für den Straßentransport wurde 1913 eine leichtere Version mit gekürztem Rohr und einer geringeren Reichweite – 9300 m – geschaffen. Die Granaten wogen 930 kg. Bei Kriegsbeginn 1914 standen sieben »dicke Bertas« bereit. Mit ihrer Hilfe gelang es, die als unzerstörbar geltenden belgischen und französischen Grenzbefestigungen in einer überraschend kurzen Zeit niederzukämpfen.

der deutsche Oberbefehlshaber Moltke die Nerven. Die am äußersten rechten Flügel stehende 1. Armee unter General von Kluck war in Schwierigkeiten geraten, zwischen ihr und der 2. Armee von Bülow war eine vierzig Kilometer breite Bresche entstanden, in die das englische Expeditionskorps vorsichtig vorzustoßen begann.
Am 4. September gab Moltke den Befehl zum Halten und zur Frontstellung nach Osten, wo die Franzosen an der Marne zur Gegenoffensive angetreten waren. Die deutsche 2. Armee wurde zurückgenommen. Dies war die entscheidende Wende. Mit der Schlacht an der Marne, von den Franzosen seither *das Wunder an der Marne* genannt, rückte der Sieg über Frankreich, der bereits in Reichweite schien, in den blutigen Nebel einer ungewissen Zukunft.
Die zurückgenommenen deutschen Armeen gruben sich mit dem Ziel ein, das gewonnene Gelände zu verteidigen. Der Grabenkrieg begann. Er wurde für die daran teilnehmenden Soldaten zur furchtbarsten Prüfung der Kriegsgeschichte.
»Es geht schlecht«, schrieb Moltke in sein Tagebuch. »Der so hoffnungsvoll begonnene Anfang des Krieges wird in das Gegenteil umschlagen... Wir müssen ersticken in dem Kampf gegen West und Ost.«

Auch im Osten wollten sich die Russen nicht so recht an den Schlieffen-Plan halten. In Ostpreußen standen zwei russische Armeen – die erste, die *Njemen-Armee* unter General von Rennenkampf und die zweite, die *Narew-Armee* unter Samsonow – der verstärkten deutschen 8. Armee gegenüber, die von General Prittwitz kommandiert wurde. Die Russen brauchten für ihren Aufmarsch keine sechs Wochen, wie Schlieffen angenommen hatte. Bereits am 12. August überschritten zwei Divisionen der *Njemen-Armee* die Grenze und besetzten die ostpreußische Stadt Marggrabowa. Damit eröffneten sie die von Frankreich dringend geforderte, allerdings überhastet und schlecht vorbereitete Offensive, mit dem Ziel, die Franzosen im Westen zu entlasten.
Trotz katastrophaler Versorgungsschwierigkeiten drangen die Russen vor, ein rascher Sieg über die 8. Armee von Prittwitz schien sich abzuzeichnen. Besonders hart traf es das XVII. deutsche Armeekorps unter General von Mackensen – derselbe August von Makkensen, der später in Serbien und Rumänien eine entscheidende

Rolle gespielt hat. Zu einem Entlastungsangriff bei Gumbinnen eingesetzt, geriet sein Korps in das konzentrische Feuer schwerer russischer Artillerie. Die Infanterie wurde gezwungen, in Deckung zu gehen. Munitionswagen explodierten, reiterlose Pferde galoppierten umher, in Panik geratene Flüchtlingskolonnen und der Schreckensruf *Kosaken kommen* machten auf den verstopften Straßen das Chaos vollständig. Eine Kompanie wandte sich zur Flucht, die zweite, ein Bataillon, ein ganzes Regiment... Die Offiziere, auch Stabsoffiziere, bemühten sich lange vergeblich, die Flucht aufzuhalten und die durcheinandergeratenen Einheiten zu ordnen. Bei diesem Einsatz wurde Rittmeister Friedrich von Prettwitz, Stefans Onkel, von einem russischen Granatsplitter verwundet.

»Die Russen schossen, was die Rohre hergaben, und wir hatten ziemlich schwere Verluste«, berichtete er in einem Brief aus dem Frontlazarett nach Hause. »Glücklicherweise wurde das Feuer bald schwächer, die Munition ging ihnen aus, sonst hätten sie uns wohl den Garaus gemacht... Nur da und dort noch eine vereinzelte Granate, und ich dachte schon, nun hätten wir es überstanden. Dann hörte ich es plötzlich furchtbar laut krachen, spürte einen Schlag gegen die Seite, stürzte vom Pferd – und als ich wieder aufwachte, lag ich auf einem Leiterwagen auf dem Weg zum Verbandsplatz. Von den angreifenden Russen habe ich keinen gesehen, Kosaken erst recht nicht.«

General von Prittwitz hielt die Schlacht um Ostpreußen bereits für verloren. Um seine Armee zu retten, sah er den Rückzug bis an die Weichsel als einzigen Ausweg. Doch die Russen nutzten ihren Vorteil nicht, sie stießen nicht nach, obwohl sich ihnen jetzt die Chance bot, die 8. deutsche Armee zu spalten. Durch Übermüdung und die schlechte Organisation des Nachschubs waren sie dazu vermutlich auch gar nicht in der Lage. Dazu kam eine mangelhafte feindliche Aufklärung, die sie über die deutschen Absichten im Ungewissen und deshalb doppelt vorsichtig agieren ließ.

Die Deutschen bekamen eine Atempause. General von Prittwitz wurde abgesetzt. In großer Eile ernannte man den bereits pensionierten General von Hindenburg zum neuen Oberbefehlshaber Ost und General Ludendorff zu seinem Stabschef – ein selten glücklicher Zug, wie sich schon in wenigen Tagen herausstellte. Unter ihrer Führung und vor allem der operativen Leitung des Oberst

Hoffmann*gelang es, den Spieß umzudrehen und in der Schlacht bei Tannenberg vom 26. bis 30. August die 2. russische Armee vernichtend zu schlagen. Ihr Kommandeur, General der Kavallerie Alexander Wassiljewič Samsonow, starb in den Wäldern Ostpreußens einen einsamen, bitteren Tod; um der Gefangennahme zu entgehen und die Schmach der Niederlage nicht ertragen zu müssen, verübte er Selbstmord.** Seine Leiche wurde von deutschen Soldaten gefunden und in Willenberg mit allen militärischen Ehren beigesetzt. Für die schwere Niederlage bei Tannenberg revanchierten sich die Russen weiter südlich. In der Schlacht um Lemberg mußten sich die k.u.k. österreichisch-ungarischen Verbände nach anfänglichen Teilerfolgen bei Krasnik und Komarow der russichen Übermacht beugen und geschlagen geben. Lemberg, die Festung Przemysl mit dem Oberkommando der k.u.k. Streitkräfte und Czernowitz wurden aufgegeben. Die Russen drangen bis zu den Karpaten-Pässen vor (Uzsoker-Paß, Jablonica-Paß). Daß die österreichisch-ungarische Niederlage nicht mit einem totalen Desaster endete, war der beweglichen, in manchen Zügen genialen Operationsführung des Generalstabschefs Conrad von Hötzendorf zuzuschreiben. In diesen Kämpfen ließen über 25000 Soldaten der k.u.k. Streitkräfte ihr Leben, rund 110000 wurden gefangengenommen. Das war ein Drittel des Gesamtbestandes der Ostarmee; die Verluste hielten sich etwa die Waage mit denen, die die Russen bei Tannenberg erlitten hatten. Von diesem Aderlaß bereits in den ersten vier Wochen des Krieges, von dem vor allem das aufopfernd kämpfende Offizierskorps betroffen war, konnte sich Österreich-Ungarn nie wieder erholen.***

* Oberst im Generalstab, Max Hoffmann, war nach der übereinstimmenden Meinung führender Kriegshistoriker der wirkliche »Vater des Sieges bei Tannenberg«. Weder Hindenburg noch Ludendorff, die nur wenige Tage vor der Schlacht nach Ostpreußen kamen, hatten genügend Zeit, um sich mit den dortigen Gegebenheiten vertraut zu machen. Klugerweise ließen sie sich in ihren Erwägungen und Entscheidungen von Hoffmann beraten und anleiten. – Er selbst hielt von Hindenburgs militärischen Fähigkeiten nicht allzuviel. Wenn er später als Stabschef an der Ostfront gelegentlich Besucher über das Schlachtfeld von Tannenberg führte, pflegte er auf seine boshafte Art zu sagen: »Hier hat der Feldmarschall vor der Schlacht geschlafen, hier nach der Schlacht, und hier während der Schlacht.«

** Die Schlacht von Tannenberg und das tragische Ende des russischen Reitergenerals Samsonow beschreibt Alexander Solšenizyn auf beeindruckende Weise in seinem Werk *August Vierzehn*.

*** Die Verpflegungsstände der vier gegen Rußland eingesetzten Armeen – nicht zu verwechseln mit den Ständen der kämpfenden Einheiten! – betrugen zu Beginn des

Auf dem Balkan-Kriegsschauplatz verfügte der k.u.k. Oberbefehlshaber Oskar Potiorek über drei Armeen mit gut 400000 Mann, während Serben und Montenegriner gemeinsam knapp 200000 Mann aufbieten konnten. Nach Conrad von Hötzendorfs Meinung hätte diese Überlegenheit, die sich in der Zahl der schweren Waffen noch deutlicher ausdrückte und bis 5:1 betrug, ausreichen müssen, um Serbien und Montenegro in die Knie zu zwingen. Allerdings rechnete Conrad nicht mit Potioreks Unfähigkeit und dem Mut und der Opferbereitschaft der Gegner.

Zu Beginn des Balkan-Feldzuges wurde Belgrad beschossen, die k.u.k. Streitkräfte drangen über die Drina und die Save vor, der Übergang über die Donau wurde vorbereitet. Die Siegesmeldungen häuften sich. Doch nach und nach wurden sie spärlicher, man berichtete stattdessen von schweren, heldenhaft geführten Kämpfen mit einem verbissen kämpfenden Feind. Bereits Ende August gelang es Serbien, den österreichisch-ungarischen Vormarsch zu stoppen und – obwohl weit schlechter bewaffnet, ausgerüstet und verpflegt – zur Gegenoffensive anzutreten. Die eingedrungenen feindlichen Kräfte wurden über die Drina zurückgetrieben. Unter dem Kommando des Prinzregenten Alexander taten die Serben noch ein übriges: Sie drangen über die Save und die Donau auf das österreichisch-ungarische Gebiet nach Srem oder Syrmien und Banat vor und verursachten dort eine nicht geringe Panik. Aus dem »bewaffneten Spaziergang nach Belgrad« wurde unversehens ein verlustreicher Krieg,* in den auch die Montenegriner erfolgreich eingriffen. Sie starteten eine Offensive gegen Trebinje im Süden, überschritten auf Gatačko polje die Grenze nach Herzegowina und brachen bei Foča mit Artillerieunterstützung über die Drina vor. Ihr Vormarsch auf Sarajewo konnte nur mühsam aufgehalten werden.

Krieges 1125000 Mann und 385000 Pferde. Ende September waren sie auf 803000 Mann und 275000 Pferde zurückgegangen.

* Bis zum Winter 1914/15 verloren die österreichisch-ungarischen Streitkräfte auf dem Balkan fast die Hälfte ihres Mannschaftsbestandes.

Der Haß der Serbin Dobrica

Stefan saß am offenen Fenster und blätterte in den Zeitungen, die ihm Madame Vera gebracht hatte.

»Seitdem am 8. August 1914, Punkt 9 Uhr auf dem Lovčen – fürwahr ein historisches Datum! – ein Parlamentär den Österreichern die Nachricht unseres Armeegenerals Martinović überbrachte, daß Punkt 15 Uhr der Kampf eröffnet würde, reißen die Nachrichten über die Siege unserer heldenhaft kämpfenden Armee nicht ab. Erst gestern konnten wir über den Angriff eines montenegrinischen Bataillons unter dem Kommando des Major Nenad Medenica bei Foča berichten, bei dem bedeutende Geländegewinne erzielt und nach vorsichtiger Schätzung mindestens 360 feindliche Soldaten und Offiziere getötet wurden. Heute erreichte uns von der Südfront die Kunde, daß unsere Einheiten die erwartete Offensive auf Budva eröffnet haben und bereits weit ins feindliche Gebiet vorgedrungen sind. Die Kämpfe im Rahmen dieser kraftvoll vorgetragenen Offensive entwickeln sich überaus erfolgreich, mit Budvas Eroberung wird bereits in den nächsten Tagen gerechnet. Damit wäre der Weg frei, um das gesamte Gebiet der Bucht von Cattaro vom feindlichen Joch zu befreien und den Sturmlauf nach Dubrovnik und Split anzutreten. Worauf wir so lange sehnsüchtig gewartet haben, scheint sich nun endlich zu erfüllen.«

Stefan ließ von dem Leitartikel der *Cetinjske novosti* ab und überflog die Nachrichten.
»Vernichtendes Feuer unserer schweren Artillerie auf die Befestigungen von Cattaro und Vermač. Die tapferen, hervorragend ausgebildeten Artilleristen ... mit höchster Präzision auf die Befestigungsforts, so daß die feindlichen Geschütze zum Schweigen ...«

»Weitere Einzelheiten über die Versenkung des feindlichen Kreuzers *Zenta* bei Antivari durch unsere französischen Verbündeten ... Der Kreuzer gehörte zu den modernsten Kriegsschiffen der feindlichen Flotte, war jedoch den französischen Einheiten weder in der Bewaffnung noch in der Kampfmoral der Mannschaft gewachsen ...«

»König Nikola I. bei seinen tapferen Soldaten. Auch gestern hielt sich Seine Majestät König Nikola I. südlich von Gatačko Polje in vorderster Kampflinie auf. Die Soldaten begrüßten mit einem donnernden *Živeli* ihren König und obersten Befehlshaber, ein Ruf, der sich durch die ganze Front bis hin zum Horizont fortpflanzte ... Unter Deiner Führung, unser König und Vater, zum siegreichen Ende des großen Krieges! Der König besichtigte die eigenen Stellungen und ließ sich den Verlauf der Front erklären ... stellte begleitende Offiziere durch seine Unerschrockenheit auf eine harte Probe ...«

»Panik bei den Österreichern und Ungarn durch den unwiderstehlichen Angriffsgeist unserer kühnen Helden ...«

»Österreich-Ungarns Armee kurz vor dem endgültigen Auseinanderbrechen ...«

»Wieder eine feindliche Kompanie, die mit erhobenen Händen und schreckensbleichen Gesichtern aus ihren Unterständen kam ... Ganze Einheiten laufen zu uns über ... Slawische Brüder, die an unserer Seite gegen den verhaßten Feind ...«

»Russische Armee auf dem Vormarsch. Unaufhaltsam dringen unsere russischen Verbündeten auf breiter Front vor. Tausende von Gefangenen in den letzten zwei Tagen. Großfürst Nikolai Nikolajewič von Rußland, General der Kavallerie und Oberster Befehlshaber aller russischen Land- und Seestreitkräfte hat in seinem Hauptquartier verlauten lassen, daß die russischen Armeen auf Befehl des Zaren ...
Nichts kann uns aufhalten, nichts unseren Siegeslauf bremsen!«

»Dadurch, daß vor allem unsere tapfer kämpfenden Soldaten mit den notwendigen Lebensmitteln versorgt werden müssen, sind vorübergehende Schwierigkeiten und Engpässe bei der Belieferung von Cetinje und Podgorica eingetreten.«

Stefan legte die *Cetinjske Novosti* beiseite und holte sich vom Zeitungsstapel die vier Tage alte Belgrader *Politika*.

»In Ostpreußen haben die *Njemen-* und die *Narew-*Armee ihren Vormarsch fortgesetzt. Der deutsche Rückzug gleicht mehr und mehr einer panischen Flucht...
Die drückende Überlegenheit der russischen Artillerie... Vormarsch auch in Galizien, wo sich das Ziel der russischen Offensive bereits abzuzeichnen beginnt: Lemberg, Krakau, die Karpaten-Pässe und das deutsche Industriegebiet in Oberschlesien. Nach Ansicht des russischen Generalstabschefs General Januškewič könnte noch vor Einbruch des Winters die Entscheidung fallen und der Krieg siegreich beendet werden...«

»Großfürst Nikolai Nikolajewič berichtet seinem allerhöchsten Oberbefehlshaber...«

»Die Mausefalle schnappt zu! Major Ivo Boljeta, Sprecher des serbischen Generalstabes, zeigte sich von dem Verlauf der Operationen im Westen tief befriedigt. Alles deutet darauf hin, daß es bei dem geordneten Rückzug der französischen und englischen Verbündeten um ein groß angelegtes Täuschungsmanöver handelt. Frankreich hat aus der Geschichte gelernt und dreht den Spieß um! So wie einst die napoleonischen Armeen tief nach Rußland gelockt wurden, um dort vernichtend geschlagen zu werden, läßt man jetzt das Gros der deutschen Heeresmacht in Frankreich ins Leere laufen. Ein Blick auf die Karte genügt, um festzustellen, daß hier ein gewaltiger Sack aufgemacht wird, in den die Deutschen vorstoßen. Wenn sie sich darin verfangen haben, wird der Sack zugemacht, die Falle schnappt zu, und unsere Verbündeten werden zur Vernichtung der Eindringlinge schreiten. Major Boljeta führte weiterhin aus...«

»Schlimmer als die Hunnen! Nachdem ein belgisches Dorf südwestlich von Namur von den eigenen Kräften zurückerobert wurde, boten sich den Befreiern grauenhafte Bilder. Die deutschen Soldaten richteten blutige Massaker unter der Zivilbevölkerung an, töteten wahllos Männer, Frauen und Kinder. ›Sie hausten schlimmer als die Hunnen‹, erzählte ein belgischer Offizier mit Tränen in den Augen...«

»General Cadorna bestätigt die Neutralität Italiens. Nach einem Bericht unseres Korrespondenten in Rom hat der italienische Armeeführer General Cadorna energisch die Gerüchte dementiert, nach denen Italien an der Seite der Zentralmächte in den Krieg eintreten wolle. ›Unseren Bündnisverpflichtungen wären wir zweifelsohne nachgekommen, wenn Österreich-Ungarn und Deutschland überfallen und in einen Verteidigungskrieg verwickelt worden wären‹, meinte General Cadorna. ›Doch da die Zentralmächte selbst der Angreifer sind, fühlt sich Italien von der Beistandspflicht entbunden.‹ Der General verurteilte in scharfen Worten den Raubkrieg Österreich-Ungarns gegen Serbien. Auf die Frage, ob Italien an der Seite der Entente in den Krieg treten könnte, betonte er jedoch dessen strikte Neutralität. Diplomatisch fügte er hinzu, daß ›die Zukunft offen und ungewiß‹ sei. In kritischen Zeiten wie der jetzigen muß sich ein noch so junger Staat wie Italien allein von dem Gedanken an sein eigenes Wohl leiten lassen und energisch seine eigenen Ziele verfolgen . . .*«

»Seine Majestät König Petar I. wurde dem legendären Ruf gerecht, den er sich in den Balkankriegen erworben hat, ein Soldatenkönig zu sein. So hat er bei seinem gestrigen Besuch in einem Frontlazarett . . .«

Stefan faltete das Blatt zusammen und ließ es achtlos und überdrüssig zu Boden fallen. Er befand sich in einem feindlichen Land – das wurde ihm besonders deutlich, wenn er die Zeitungen las. Von einem Tag auf den anderen: wir Montenegriner, Serben, unsere Verbündeten, Russen, Franzosen, Engländer und unsere Feinde, die Deutschen und die Österreicher, die Švabas. Die hochmütigen, arroganten, im Grunde ihres Herzens feigen Švabas. Die verfluchten Švabas, die wir über die Drina, die Save, die Donau bis nach Budapest und Wien zurückjagen werden. Die Švabas, die Zivilisten erschießen, Frauen vergewaltigen, Kinder auf Bajonetten aufspießen. Ich bin ein Švaba, dachte er. Ich muß nach Hause.
Stefan fragte nicht, was ihn zu Hause erwartete. Sicher mußte er einrücken. Einjährig Freiwilliger, dann an die Front, Offiziers-

* So umschrieb Cadorna den *Sacro egoismo*, den »heiligen Egoismus«, dessen energischer Verfechter er war. Von diesem Gedanken ließ sich die italienische Politik jener Jahre leiten. Der *sacro egoismo* veranlaßte Italien schließlich auch, in den Krieg einzutreten, um sich auf Kosten der Donaumonarchie neue Gebiete einzuverleiben.

schule, Leutnant der Reserve... Genau wußte er es nicht. Er dachte an seine Freunde, die eingezogen worden waren: an Friedhelm, den Eisenschädel, der sich zur Kavallerie gemeldet hatte – aber ja, wohin auch sonst? Oder den friedfertigen Toni aus Ljubljana, der nichts auf der Welt so haßte wie den Anblick von Uniformen – eine ziemlich seltene Aversion in einer Zeit der Vergötterung all dessen, was nach Uniformen und Militär aussah. Der arme Toni mußte jetzt selbst eine Uniform anziehen und irgendwo in Galizien auf seine slawischen Brüder auf der anderen Seite schießen – vielleicht sogar auf Sergei, den Grafen Boblinski, den trinkfesten Anarchistenfreund, der aber vor allem ein russischer Patriot war: »Seht ihr Freunde, für Mütterchen Rußland würde ich nicht überlegen, selbst euch, meine Brüder, einen nach dem anderen über den Haufen zu schießen. Auf euer Wohl!«

Und Herbert, der Sohn des Generalstabschefs Conrad von Hötzendorf, ein fröhlicher junger Mann, mit dem Stefan lange Gespräche geführt hatte. Herbert war Berufsoffizier geworden, machte eine gute Figur in der neuen Uniform eines Kavallerieleutnants der k.u.k. Dragoner. Jetzt ritt er also irgendwo mit seinen Soldaten, vielleicht gegen Rußland, vielleicht gegen Serbien oder sogar gegen Montenegro... Stefan stellte sich vor, wie Herbert* in voller Kriegsmontur mit gezogenem Säbel ins Zimmer stürmte, als siegreicher Eroberer von Kameni stup und ihm nach Toni, Otto, Wenzel...

»Stefan, oh, Stefan – sind Sie da?«

Stefan stemmte sich in seinem Sessel hoch und schaute durch das

* Stefans Freund, Herbert Baron Conrad von Hötzendorf, Leutnant im k.u.k. Dragoner Regiment Nr. 15 fiel bei Rawa Ruska am 8. September 1914. Über die dortigen Kämpfe und den Tod des jungen Leutnants schrieb sein Kommandeur, Oberst Brosch von Fohraheim: »... Der mit bewundernswertem Elan durchgeführte Angriff, das lange Verweilen im heftigen feindlichen Gewehr- und Geschützfeuer, schließlich das Verfolgungsfeuer des Gegners hatte... dem Regiment schwere Verluste geschaffen. Leutnant Herbert Baron Conrad erlitt auf der Höhe nördlich des Maierhofes Czarna den Heldentod. Mit einem Schuß durch die Kreuzgegend zu Boden gesunken, wurde der wackere Kamerad vom Kadetten Luzatto noch gesprochen, als die Explosion einer feindlichen Granate auch letzteren zu Boden schleuderte und in Ohnmacht fallen ließ. Leutnant Boekmann blieb mit zerschmettertem Kopfe auf derselben Höhe, Oberleutnant Vogl seither vermißt, Rittmeister Herzig und Oberleutnant Baron Pereira waren schwer, Oberleutnant Pauls leicht verwundet worden, der Abgang der Mannschaft als tot, verwundet oder vermißt hatte das Hundert überschritten...«

Fenster. Unten stand Rada. Sie hielt ein Körbchen voll glänzend schwarzer Beeren hoch.
»Schauen Sie – die ersten Brombeeren! Ich habe sie auf dem Südhang hinter dem Kastell gepflückt. Dort sind sie immer am schnellsten reif. Dick und süß sind sie, und wenn man sie ißt, bekommt man eine ganz schwarze Zunge und schwarze Zähne. Heute Abend essen wir sie. Sie sind dazu eingeladen.«
»Wohin eingeladen?«
»Zum Abendessen, nach unten.« Rada ließ das Körbchen sinken und deckte die Brombeeren mit großen, schon ein wenig gelblich verfärbten Ahornblättern wieder zu. Ihr frei herabfallendes Haar funkelte in der Sonne. »Ab jetzt ist Schluß mit der Extrawurst. Sie essen mit uns. Einverstanden? Zur Feier des Tages gibt es die Brombeeren und vielleicht eine Flasche Wein. Schaffen Sie es allein, oder soll ich Djuka schicken, damit sie Ihnen über die Treppe hilft?«
»Ich schaffe es schon. Wann soll ich kommen?«
»Um sechs.« Sie lachte ihm zu, winkte, lief davon, und Stefan starrte noch lange die Stelle an, wo sie verschwunden war.

Nach dem Gespräch mit Wojwoda Lazar Bošković hatte Stefan einen schweren Rückfall mit hohem Fieber erlitten. Er hatte nur am Rande mitbekommen, daß Bogdan und Wojwoda Lazar nach Cetinje geritten waren: Bogdan, um sich nach seiner endgültigen Verwendung zu erkundigen, und der Wojwoda, um als Oberst der Heimwehr das Kommando über sein Regiment zu übernehmen.
»Bevor der Wojwoda fortritt, wollte er noch unbedingt mit Ihnen sprechen«, hatte Madame Vera erzählt. »Rada erlaubte es ihm nicht. Ich habe sie noch nie so zornig gesehen. Moi même je n'aurais pas eu le courage de lui montrer une telle opposition.* Wenn er sich den Zutritt zu Ihnen erzwingt, wäre er ein Mörder. Das sagte sie tatsächlich! Ihre Berufsauffassung als zukünftige Ärztin erlaube es ihr nicht, dies zuzulassen.«
Madame Vera schaute Stefan nachdenklich an. »Ihre Berufsauffassung? Ob das der einzige Grund war? Die Ärzte, die ich kenne, hätten nie gewagt, mit dem Wojwoda auf diese Art zu sprechen. Ich

* Nicht einmal ich hätte gewagt, ihm so energisch Widerstand zu leisten.

kenne überhaupt niemanden ... Sie sehen, mon ami, man lernt nie aus. Chaque jour offre quelquechose de neuf à celui qui a des yeux pour voir, des oreilles pour entendre et une intélligence pour penser.* Ich glaube, dieser Krieg wird uns noch eine Menge Gelegenheit geben zu lernen. Jedenfalls fügte sich der alte Wolf und ritt davon. Für Sie hat er eine Botschaft hinterlassen: Sie sind sein Gast und genießen seinen Schutz. Der Krieg hat daran nichts geändert. Im Augenblick haben alle persönlichen Probleme zurückzustehen, mögen sie noch so wichtig und dringend erscheinen, sagte er. Aber er würde möglichst bald wiederkommen, um das begonnene Gespräch fortzusetzen und zu beenden.«
»Möglichst bald – wann ist das?«
»In drei Tagen, vier... In einer Woche ... Wer kann es wissen? Ici nous vivons d'un jour à l'autre et nous avons oublié de les compter, mon ami. Cela n'a pas d'importance.** Sie haben genug damit zu tun, gesund zu werden. Die Zeit wird Ihnen wie im Fluge vergehen. Sammeln Sie Kraft und Mut – Sie werden schon bald, ich fürchte sehr bald, beides brauchen.«

Noch war vom Krieg nichts zu spüren, noch schien er auf den Alltag keine Auswirkungen zu haben, außer daß die Männer im wehrfähigen Alter fehlten. Auf Kameni stup lebte man, wie man immer gelebt hatte. Und doch hatte sich sein Schatten auf das Land und die Menschen gelegt, durchdrang er ihre Gedanken und lastete auf ihren Gesprächen, selbst dann, wenn sie nicht über ihn sprachen. Er hatte auch das Verhalten der Frauen Stefan gegenüber geändert. Zwar gaben sie sich redliche Mühe, es ihn nicht merken zu lassen, aber er fühlte es mit der wachen Empfindsamkeit eines Menschen, der sich in einer fremden Umgebung plötzlich von neuen Gefahren bedroht sieht. Er war ein Fremder, ein Feind. Niemand hatte es ihm bis jetzt gesagt, doch jeder dachte es seit jenem Augenblick, da Bogdan unter dem Fenster gerufen hatte, daß der Krieg ausgebrochen sei. Ein Deutscher. Er gehörte dem Volk an, mit dem man Krieg führte – einen Krieg, der anders zu sein schien als alle anderen

* Jeder Tag biete etwas Neues für den, der Augen hat zu sehen, Ohren zu hören und den Verstand, um nachzudenken.

** Wir leben hier von einem Tag zum anderen und haben es aufgegeben, sie zu zählen. Wozu auch?

Kriege bisher in der langen, an Kriegen so reichen Geschichte Montenegros: Tiefgreifender, umfassender, schicksalsschwerer.
Das Abendessen: Von den Wänden, kaum erkennbar in der Dämmerung, blickten die ernsten Gesichter schnurrbärtiger, mit Pistolen und Krummsäbeln bewaffneter Männer in Volkstrachten auf die kleine Gruppe von vier Personen an dem großen Tisch, der reichlich Platz für zwölf bot. Die Kerzen in zwei dreiarmigen Leuchtern kämpften vergeblich gegen die Dunkelheit an, in die der große Raum jenseits der kleinen Insel des Lichtes mit dem Tisch als Mittelpunkt versank. Stefan hatten sie an die Stirnseite gesetzt, rechts von ihm saßen die Serbin Dobrica und Gospodjica – oder Madame – Vera, links Rada. Die Magd Djuka trug das Essen auf; vom Klappern der Teller und des Bestecks begleitet, tauchte ihr mürrisch verschlossenes Gesicht aus der Dämmerung auf und verschwand wieder darin.
Die Unterhaltung wurde fast ausschließlich von Rada und Madame Vera bestritten. Rada erzählte kleine Geschichten aus Petersburg, in denen kauzige Professoren und leichtsinnige Studenten die Hauptrolle spielten, und Madame Vera berichtete über einen neu erschienenen französischen Roman, den man ihr gerade noch rechtzeitig vor Kriegsbeginn aus Paris geschickt hatte. Dobrica sprach kaum ein Wort. Blaß, mit dunkel umschatteten Augen unter den glänzend schwarzen Bogen der Augenbrauen, saß sie da, schien abwesend eigenen unfrohen Gedanken nachzuhängen. Sie vermied es, Stefan anzusehen. Doch wenn sie sich von ihm unbeobachtet glaubte, fühlte er ihren Blick mit offener Abneigung, Mißbilligung, ja Feindseligkeit auf sich ruhen – eine Feindseligkeit, die sich nach seiner launig hingeworfenen Bemerkung, es würde ihm so gut gehen wie selten zuvor, er fühle sich allein unter Frauen eben wie ein Hahn im Korb, noch zu verdichten schien.
Seine Anmerkung veranlaßte Madame Vera zu einer ihrer scharfzüngigen Repliken:
»Wir sind glücklich, daß wir wenigstens *einen* Hahn im Korb haben – sonst wäre es ja doch allzu langweilig in dieser felsigen Einöde. Unsere Männer halten es hier viel zu gern mit dem Wort: ›Was die Sehne für den Bogen, das ist für den Mann das Weib.‹ Sie empfinden sich als Pfeile und schwirren davon. Manch einer geht dabei schwirrend verloren.«

»Findest du das wirklich angebracht, was du da von dir gibst?« ließ sich Dobrica plötzlich mit einer bei ihr ungewohnten Schärfe vernehmen. »Das ist doch lächerlich! Keiner ist freiwillig davongeschwirrt. Sie stehen an der Front und setzen ihr Leben ein, unter anderem auch, damit wir hier in Sicherheit sitzen und – und essen können. Und während sie das tun, ja, man kann es ruhig aussprechen, während sie draußen bluten und verbluten, viele von ihnen jedenfalls, redest du davon, wie schön es sei, daß einer von denen, gegen die sie kämpfen ... « Sie wandte den Blick von ihrem Teller ab und starrte Stefan feindselig an. »Was tun Sie noch hier? Sehen Sie denn nicht, daß Sie falsch ... Warum gehen Sie nicht, woher Sie gekommen sind?«

»Tante Dobrica!« rief Rada.

»Tante Dobrica, Tante Dobrica – was denn? Was?« Dobrica knüllte mit fahrigen Bewegungen die Serviette zusammen und warf sie auf den Tisch. Auf ihrem blassen Gesicht erschienen rote, scharf abgegrenzte Flecken. »Darf ich denn nicht sagen ... Aber ja, ich weiß es, ja ... Er *kann* nicht weg! Er kann ja kaum laufen, der Arme. Aber das wird er auch nicht tun müssen. Man wird ihn notfalls tragen – dorthin, wohin er gehört.«

»Was meinst du damit, Tante?«

»Hast du es nicht gelesen? Alle Švabas werden interniert. Sie kommen in ein Lager. Alle. Das ist richtig so. Man muß sie einsperren, damit sie kein Unheil anrichten können. Und wenn kein anderer, werde *ich* dafür sorgen, daß auch er ... Daß man ihn holt und ...«

»Gar nichts wirst du!« rief Rada heftig. »Er steht unter dem Schutz der alten Gesetze. Der Großvater sagte es. Er sagte es zu uns allen. Hast du das vergessen, Tante? Sag – hast du es wirklich schon vergessen?«

»Rada, Dobrica – hört doch! Wir können darüber nicht auf diese Art und vor unserem Gast sprechen!« versuchte Madame Vera zu beschwichtigen. Ohne Erfolg. Dobrica schob ihren Stuhl mit einem heftigen Ruck zurück und sprang auf.

»Ich habe es nicht vergessen, natürlich nicht! Der Großvater sagte es, der Großvater, immer wieder der Großvater und die alten Gesetze. Ich kann das nicht mehr hören, dieses montenegrinische Gerede, dieses erhabene Getue! Ich habe davon genug, genug, *genug*! Ich habe genug von euch, von diesen Menschen, genug,

genug von diesem verfluchten Land, das mir meinen Mann genommen hat, meinen Sohn Danilo und meine kleine Nada. Alle, alle! Und das jetzt dabei ist, mir auch meinen Sohn Bogdan zu nehmen, den letzten, der noch am Leben ist, mein Gott, den letzten! Wofür nehmen, frage ich? Wofür denn? Für das Vaterland? Dieses Vaterland – oh, was für ein Vaterland! Schaut es euch doch an, euer Vaterland! Nichts als felsige, öde Berge. Ein Haufen blutiger Steine. Und schaut die Menschen an in diesem Vaterland: halb verhungerte, armselige Kreaturen, die von einem Tag zum anderen dahinvegetieren, ohne Aussicht auf eine bessere Zukunft, ohne Hoffnung. Ich hasse es! Ich hasse dieses Vaterland, dieses Land, verflucht soll es sein! Ich hasse seine Gesetze, mögen sie noch so alt sein, ich hasse sie!«
Am ganzen Körper bebend, schlug Dobrica die Hände vor ihr tränenüberströmtes Gesicht. Rada machte eine Bewegung, als wollte sie sich ihr nähern, doch Madame Vera hielt sie mit einer herrischen Geste zurück.
»Wenn das so ist, Dobrica, wenn du dieses Land so sehr haßt – warum bist du noch hier? Warum gehst du nicht weg?« fragte sie kühl.
»Begreift ihr das nicht – könnt ihr es wirklich nicht begreifen?« schrie Dobrica und setzte dann so leise fort, daß man sie kaum mehr verstehen konnte: »Es ist doch wegen Bogdan. Nur wegen Bogdan. Wenn er nicht wäre ... Keine Minute länger würde ich hier bleiben, Gott ist mein Zeuge, keine Minute! Oh, wie habe ich ihn gebeten, wie habe ich ihn angebettelt, mit mir nach Hause zu kommen, nach Serbien! Wir haben ein großes Haus in Belgrad, es ist alles da, er könnte auch in Serbien als Offizier ... Vielleicht auch etwas anderes, in der Firma meines Vaters zum Beispiel. Aber er will nicht. Ich weiß warum. Er will Rache. Er ist voller Haß – genau wie sein Großvater, genau wie ihr alle aus der Familie Bošković. Was hat euch dieser ewige Haß gebracht, dieser Haß und Blutdurst durch die Jahrhunderte? Nur Unglück, Leid ... Ihr denkt nur daran, was damals an der Tara geschehen ist. Bogdan ist wie besessen davon. Ein Dämon hat von ihm Besitz ergriffen, ich weiß es! Er will töten – und er wird dabei selbst den Tod finden, so wird es sein, mein Gott, so wird es sein!«
Sie lief weinend hinaus.

»Ich bitte für Dobricas Benehmen in aller Form um Entschuldigung«, sagte Madame Vera in die klamme Stille. »Und ich ersuche Sie gleichzeitig um Verständnis, mon ami. Dobrica ist in Belgrad aufgewachsen. Auf dem Land hat sie sich nie wohlgefühlt. Montenegro hat sie nie geliebt. Hier ist sie auch nie heimisch geworden, auch damals nicht, als ihr Mann Dušan noch lebte – ich meine vor der *Blutigen Slava*. Er und der kleine Danilo sind damals getötet worden. Die Tochter Nada starb drei Jahre später, hier auf Kameni stup. Wir wissen heute noch nicht genau, woran. Vermutlich war es eine Blinddarmentzündung. Der Arzt, den wir gerufen haben, kam zu spät, und für den Transport ins nächste Krankenhaus war das Kind schon zu schwach. Ach Gott, ja, das nächste Krankenhaus ... Zwei Tagesreisen! In Belgrad wäre die Kleine gerettet worden. Verstehen Sie jetzt? Dobrica macht auch *dafür* das Land, ja uns, verantwortlich. D'après son avis elle déplore la haine, qui a empoisonné notre vie, et ne reconnait pas que celle-ci qu'elle a contre ce pays l'a rendue aveugle et injuste.* Doch ich muß gestehen ... Manchmal denke ich genauso wie Dobrica. Manchmal verfluche ich dieses Land, sein Geheimnis, seine Gewalt, die Macht, die es über uns ausübt ... Ich verfluche es, und ich liebe es ... Doch wir sind Ihnen eine Erklärung schuldig. Es wurde wiederholt über die alten Gesetze gesprochen, unter deren Schutz Sie stehen. Rada, kannst du darüber etwas sagen? Nein? Es ist gut. Wir werden Momčilo rufen lassen. Von ihm haben ja auch wir es erfahren.«

Momčilo war ein weißhaariger alter Mann, das Gesicht so braun und zerknittert wie eine Dörrbirne. Er sei uralt, der älteste weit und breit, sagte man. Wie alt, das wußte keiner, nicht einmal er selbst. Anders als die meisten Montenegriner, die sich nur allzugern herumtrieben, war er nie weit im Land herumgekommen. Als Hirte hatte er sein Leben auf den ausgedehnten Weiden des Sinjajevina- und Durmitor-Gebirgsmassives verbracht. Dennoch kannte er die

* Sie beklagt den Haß, der nach ihrer Meinung unser Leben vergiftet – und erkennt nicht, daß auch sie der Haß, den sie für dieses Land empfindet, blind und ungerecht gemacht hat.

Geschichte Montenegros besser als mancher Geschichtslehrer – bis hin in die grauen Urzeiten, als die ersten slawischen Stämme aus Nordosten kommend die hier ansässigen Illyrer vertrieben, ja, noch weiter, bis in die Zeit, als Zar Dukljan in seiner sagenumwobenen Stadt Dioclea* herrschte.

Seit einigen Jahren ging Momčilo nicht mehr mit seinen Schafen auf die Bergweiden. Das Alter hatte seine Glieder geschwächt, seinen Atem kurz gemacht und seinen Augen die Schärfe genommen. Doch sein Geist war klar wie je, und seine Stimme klang kräftig, als er, im Türkensitz auf einer Bank an der Wand sitzend, über die fünf alten Gesetze sprach, die das Leben der Menschen in den Schwarzen Bergen von altersher bestimmten.**

»... Das *Erste Gesetz*, und allen anderen vorangestellt, ist das Gesetz über das Gastrecht. So hört: Kommt ein Freund oder ein Fremder in dein Haus und ersucht dich um Gastfreundschaft, so ist sie ihm zu gewähren auf unbegrenzte Zeit. Zu gewähren ist sie auch deinem Feind, selbst dann, wenn du mit ihm in Blutfehde lebst. Innerhalb der Grenzen, die der Ältestenrat festgelegt hat, darf er weder bekämpft noch auch getötet werden. Verläßt er dieses Gebiet, magst du mit ihm tun, wonach dir der Sinn steht.

Das *Zweite Gesetz* und mit dem Ersten auf das engste verknüpft, ist das Gesetz der Mitteilungspflicht. Wirst du als Gast aufgenommen, so hast du die Pflicht, alle Fragen des Gastgebers nach Woher und Wohin, nach dir und den Deinen wahrheitsgemäß zu beantworten. Hast du das getan, erwirbst du damit das Recht, die Auskunft über das Land zu verlangen, in dem du weilst. Bedenke: Das Wissen entscheidet auch über dein Leben, nicht selten ist es wichtiger als die beste und zuverlässigste Waffe. Denn es ermöglicht dir, einen Hinterhalt zu vermeiden oder einem

* Die Sage von der prachtvollen Residenz des Zaren Dukljan geht auf die römische Stadt Dioclea zurück, die sich am Zusammenfluß von Morača und Zeta befand, unweit des heutigen Titograds. Aus Dioclea soll der illyrische Hirtenjunge gestammt haben, der später als römischer Kaiser Diokletian und Erbauer des Diokletian-Palastes in Split in die Geschichte einging.

** In regional bestimmten Abwandlungen und Abweichungen finden wir diese Gesetze in fast allen feudalistisch ausgerichteten eurasischen Stammesgesellschaften. *Stamm* wird in der Völkerkunde als eine lose Gruppierung benachbarter Siedlungsgemeinschaften von Familien, Sippen oder Clans aufgrund kultureller, besonders sprachlicher Gemeinsamkeiten definiert. *Sippe* ist ein Familienverband von Blutsverwandten mit einem besonders stark ausgeprägten Gruppenbewußtsein.

Kampf auszuweichen, in dem du durch übermächtige Feinde den Tod finden würdest.
Das *Dritte Gesetz* ist das Gesetz der Blutrache. Bedenke: Allein zählst du nichts, allein bist du wie ein Wassertropfen, der auf den sonnendurchglühten Stein fällt und spurlos verdampft. Erst die Vielzahl der Tropfen ergibt eine lebenspendende Quelle, die auch den heißesten Sommer übersteht und dem Menschengeschlecht die Fortdauer garantiert. Also zählst du nur als Mitglied deiner Sippe. Du wirst vergehen, sie aber ist unsterblich. Denn ihr Same wird von Geschlecht zu Geschlecht weitergegeben. So hört: Wird ein männlicher Angehöriger deiner Sippe getötet, so muß dafür nicht nur der Mörder, sondern auch dessen Vater oder Sohn, Bruder oder Vetter oder ein anderer Anverwandter einstehen. Entzieht sich der Mörder, sei es durch Flucht oder durch Tod deiner Rache, dann töte einen von ihnen. Und sei stets gewärtig, daß auch du getötet werden könntest als Sühne für die Tat, die dein Vater oder Bruder oder Sohn, dein Onkel oder Vetter oder ein anderer Anverwandter begangen hat. Hindere ihn also daran, eine Bluttat zu begehen, wenn du ihn und das Leben deiner Angehörigen und dein eigenes Leben bewahren willst.
Doch auch das eherne Gesetz der Blutrache kann überwunden werden. Dies geschieht durch das *Vierte Gesetz*. Es ist das Gesetz der Sühneleistung. Es lautet: Erscheinen die Frauen der Sippe des Opfers, bitten sie um Vergebung und erklären sich zur Sühneleistung bereit, so muß ihnen diese gewährt werden. Die Sühneleistung wird vom Ältestenrat einer dritten Sippe festgelegt, die von beiden verfeindeten Parteien dazu berufen wird. Ihre Höhe richtet sich nach der Stellung und der Wertschätzung des Toten und den Möglichkeiten der Sühnenden. Bedenke: Eine Sühneleistung soll ein schweres Opfer bedeuten und unter Mühsal entrichtet werden, doch auch ein Weiterleben der Sühnenden in Würde ermöglichen und sie nicht in Hunger und Armut stürzen.
Und weiter hört das letzte und Fünfte oder das *Heimrecht-Gesetz*. Zu jeder Zeit gibt es Verfolgte, die durch fremde Länder irren, auf der Suche nach Sicherheit und Brot. Also haben die Weisen dieses Fünfte Gesetz erlassen; denn dies könnte auch dein Schicksal sein. Niemand von uns weiß, welches Los ihm in der Zukunft, vielleicht schon morgen, ja in der nächsten Stunde beschieden ist. So hört:

Allen Flüchtlingen und Verfolgten ist Zuflucht zu gewähren, wenn sie um eine solche ersuchen. Wer bei einem Stamm Schutz vor Verfolgung sucht, wird aufgenommen und in die Gemeinschaft des Stammes eingegliedert. So wird ihm das Recht auf eine neue Heimat und ein neues Leben und neue Sicherheit gegeben. Dafür muß er sich fortan den neuen Gegebenheiten und allen Gesetzen der neuen Heimat unterordnen, sie achten und nach ihnen sein Leben ausrichten. Wer dazu nicht bereit ist, soll weiterziehen, noch bevor er Unfrieden stiftet.
Das sind die Fünf Gesetze, die von altersher das Leben unserer Urväter und Väter bestimmt haben, unser Leben bestimmen und auf ewig das Leben unserer Söhne, Enkel und Urenkel bestimmen sollen. Sie sind uns von weisen Männern gegeben und vom Vater auf Sohn und von Sohn auf den Enkel und Urenkel weitergegeben worden und müssen weitergegeben werden, solange unser Geschlecht dieses Land bewohnt. Und weiter haben die Weisen entschieden: *Wer eines dieser fünf Gesetze bricht oder sich sonstwie gegen sie vergeht, verliert seine Ehre und wird für vogelfrei erklärt.* So sei es...«
Die getragen rezitierende Stimme des alten Mannes, der kaum zu sehen war in der Dämmerung, die blassen, stillen Gesichter der Frauen im Schein der Kerzen, vielleicht auch der Wein, von dem er getrunken hatte, versetzten Stefan in jene unwirkliche, der Realität entrückte Stimmung, der er auch bei Baba Gruša erlegen war. Darüber und über den Abschluß des Abends, der mit einer bösen Überraschung endete, schrieb er anschließend in sein Tagebuch:

»... Es war auch ein Gefühl der Zeitlosigkeit, das sich durch diese Umgebung und den alten Momčilo einstellte. So wie wir da saßen und seinen Worten lauschten, von denen eine ganz merkwürdige Faszination ausging, mochten in ferner Vergangenheit andere Menschen anderen alten Männern gelauscht haben, die das gleiche erzählten, die gleichen Worte über Gesetze sprachen, die sich ein Stamm gegeben hatte. Und so ging es weiter durch die Zeiten. Wir waren nur ein – das letzte? – Glied in der Kette, die aus ferner Vergangenheit reicht.
Dieses Gefühl der Zeitlosigkeit und einer gewissen Verzauberung verflog allerdings ziemlich schnell, nachdem Momčilo ein Glas Wein

getrunken hatte und gegangen war. Ich ging gleich danach, niemand hielt mich zurück. Nach dem heftigen, doch in keiner Weise peinlichen Ausbruch der Serbin Dobrica waren Rada und Madame Vera sicherlich erleichtert, daß der verunglückte Abend zu Ende war. Auf meinem Zimmer hatte mich die Realität endgültig wieder. Meine – oder Mates – Pistole war verschwunden. Allerdings kann ich nicht sagen, wann das geschehen war, während des Abendessens oder schon vorher. Ich habe mich schon lange nicht mehr um die Waffe gekümmert. Aber ob mit Pistole oder ohne – ich will es lieber nicht darauf ankommen lassen.«

An dieser Stelle überlegte Stefan, machte einen Punkt und klappte das Tagebuch zu. Den angefangenen Gedanken wollte er doch lieber nicht zu Ende führen: *Ich will es lieber nicht darauf ankommen lassen, was gelten soll: Dobricas Ankündigung, daß man mich holen und internieren wird, oder der von Wojwoda Lazar zugesagte Schutz durch das Erste Gesetz. Ich werde sehen, daß ich möglichst bald fortkomme.«*
Wer die Pistole geholt hatte, konnte auch das Tagebuch einsehen. Der leiseste Hinweis darauf, daß er sich entschlossen hatte, Kameni stup so schnell es ging zu verlassen – also zu fliehen, – sollte besser unterbleiben, unterbleiben auch dann, wenn er auf Deutsch verfaßt war.

Der Reiter auf dem Totenkopf

Das Bein tat ihm weh, und er veränderte dessen Stellung. Langsam ließ der Schmerz nach. Die Nacht war kühl. Er hätte sich von Djuka eine zusätzliche Decke geben lassen sollen. In den Bergen war der Sommer kurz, und bald würden die Blätter fallen. Er steckte die Hand unter die Decke und faßte nach dem Talisman der Baba Gruša. Das Leder war glatt, es fühlte sich an wie menschliche Haut, und wenn er mit den Fingerspitzen darüber fuhr, spürte er die eingearbeitete Zeichnung. – Rada stand unter dem Fenster. Die Sonne streute goldene Funken auf ihr Haar. Die Brombeeren sind dick und süß, und wenn man sie ißt, bekommt man eine ganz schwarze Zunge und schwarze Zähne. Heute abend essen wir sie.

Rada! Ich liebe sie. Es ist wahrscheinlich verrückt, aber ich liebe sie. Warum verrückt? Ich habe sie noch nie so zornig gesehen. Die Ärzte, die ich kenne, hätten nie gewagt, mit dem Wojwoda auf diese Art zu sprechen. Warum tat sie das? Pflichtauffassung als zukünftige Ärztin. So ist das, weiter nichts. Und ich liege nun wie Goethe da und denke an Belinden – *heimlich in mein Zimmerchen verschlossen, lag ich da im Mondenschein, ganz von seinem Schauerlicht umflossen. Und ich dämmerte ein; träumte da von vollen goldnen Stunden ungemischter Lust, hatte schon dein liebes Bild empfunden, tief in meiner Brust.* Goethe an Belinden, und ich an Rada, er wie ich. Fliehen mit Rada. Doch wie soll ich fliehen? *Wälderwärts ziehen? Alles vergebens! Krone des Lebens, Glück ohne Ruh, Liebe, bist du!*

So liege ich also da und schmachte. Wie lächerlich! Lächerlich? Nein, nein, nein! Ich liebe dich, *ich liebe dich*. Ein Švaba liebt dich. Wir sind wie Julia und Romeo, aber wir werden uns nicht töten, die anderen werden es tun, und wir kommen wie Romeo und Julia in Dantes Paradies. Sie werden uns nicht töten, wir suchen uns das Paradies hier. Wir reiten weg. Kume? Alles da, alles in Ordnung. Ich werde es ihr sagen: Laß uns wegreiten, irgendwohin, vielleicht ans Meer. Oder übers Meer nach Italien. Dort treffe ich Mama. *Das ist Rada, ich werde sie heiraten.* Und Resi? Oh, Reserl, Reserl, sei mir nicht gram, sei wieder lieb, auch wenn ich fort bin wie ein elender Dieb. Wie albern, dachte er, Gott, wie albern!

Das Amulett in seiner Hand war so heiß, daß es ihm fast weh tat. Aber Stefan befand sich bereits in jenem Bereich zwischen Wachsein und Schlaf, in dem der Wille ausgeschaltet ist. Er fühlte die Hitze, ließ das Amulett jedoch nicht los, brachte es irgendwie nicht fertig, ließ sich treiben. Baba Gruša stellte ein Körbchen mit Brombeeren auf den Tisch und sagte: Sie sind dick und süß. Sie nahm eine Handvoll davon und warf sie ins Feuer. Die Brombeeren blähten sich auf, begannen zu glühen, dichter Rauch quoll hoch, und durch den Rauch kam ein Mann heran. Er trug eine weiße Arnautenmütze, eine landesübliche Jacke und Hose aus derbem Stoff, Opanken – und unter dem Arm einen Karabiner. Er hatte ein scharf geschnittenes Gesicht, zusammengekniffene Augen, eine spitz vortretende Hakennase und einen Hängeschnurrbart über den dünnen Lippen. Stefan sah den Mann, das Gesicht, den dünnen, grau durch-

setzten Stoppelbart auf dem unrasierten Kinn und die Narbe, die sich quer über die linke Wange zog und unter dem Schnurrbart verschwand. Er sah die knochigen Hände, die mit geübtem Griff das Gewehr hielten, als wäre es ein Teil von ihnen oder ihre Verlängerung. Er sah die Bewegungen des Körpers, der Beine, das leichte Vorschieben der linken Schulter, als er den Gewehrlauf etwas anhob und in seine Richtung schwenkte.
Dieser Mann war der Mörder. Stamenas Mörder, der jetzt auch ihn, Stefan, ermorden wollte. Stefan wußte es. Er sah ihn ganz deutlich, viel deutlicher, als er ihn damals in Wirklichkeit gesehen hatte. Der Mörder war nur noch wenige Schritte entfernt, als ihm Baba Grušas Rabe in den Weg hoppelte. Der Rabe flatterte empor und setzte sich Baba Gruša auf die Schulter. Sie saß am Feuer. In den Händen hielt sie einen Totenkopf, über dessen glatte, weiße Stirn ein Käfer kroch. Sie stand auf, ging zum Fenster und warf den Totenkopf hinaus. Der Rabe flog auf, flog dem Totenkopf hinterher...
Stefan öffnete, hellwach geworden, die Augen und lauschte dem harten Flügelschlag nach, der ihn aufgeweckt hatte und jetzt in der Dunkelheit der Nacht verklang. Ein Nachtvogel? Baba Grušas Rabe? Wie sollte Baba Grušas Rabe ausgerechnet hierher kommen?
Wie unter einem Zwang stand Stefan auf, legte die Bettdecke um die Schultern und humpelte zum Fenster. Der zunehmende, fast volle Mond stand über dem Kastell und übergoß die zerklüftete Landschaft mit seinem Licht. Er spiegelte sich in den beiden kleinen Seen – den Augen des Riesen – verlieh ihnen ein glitzerndes Leben. Vorüberziehende Wolken ließen die Augen verschwimmen und in die Finsternis versinken, doch dann trat wieder das Gesicht des Riesen vor, ganz deutlich jetzt: Das struppige Haar, die Stirn, die glitzernden Augen, der Mund, weit offen wie zu einem breiten Lachen, einem Ruf oder Schrei, darunter der krause Bart... Und wieder wurde es dunkel und hell, und jetzt war an die Stelle des Riesen der Totenschädel getreten, von dem Rada erzählt hatte, mit lebenden, unheimlich glitzernden Augen. Über die Stirn kroch ein Käfer, er kroch schräg zum linken Auge hin. Es waren der gleiche Totenschädel und der gleiche Käfer wie vorhin im Traum, und was da langsam über die Stirn des Totenkopfes kroch, sich jetzt mitten auf der Stirn befand, war kein Käfer, sondern ein Reiter, und die Stimme der Baba Gruša sagte: *Das ist der Mörder.*

Der Reiter änderte seine Richtung. Er ritt jetzt zwischen den Augen des Totenkopfes abwärts, auf das Kastell zu, über den linken Wangenknochen, hielt vor der offenen Mundhöhle an, ritt weiter, in den Mund des Totenkopfes hinein und verschwand.
Stefan stieß die lang angehaltene Luft mit einem zischenden Laut aus. Er ließ Baba Grušas Amulett los, seine Hand war naßgeschwitzt. Eine Wolke zog vor den Mond und deckte den Totenkopf mit einem schwarzen Sterbetuch zu. Als er wieder sichtbar wurde, war der Reiter verschwunden. War er überhaupt Wirklichkeit gewesen? Oder nur ein Traum?

Das Geständnis

Mit einem Buch auf dem Schoß saß Rada auf der Bank unter den Linden, als Stefan an seiner Krücke – diesmal war's nur eine – aus dem Haus humpelte. Außer Atem geraten, bleib er vor ihr stehen.
»Lernen Sie noch immer, wieviel Knochen der Mensch hat? Oder lesen Sie Dante? In welcher Sprache diesmal?«
»Weder – noch. Diesmal sind's die *Kreuzritter* von Sienkiewicz. Kennen Sie's? Setzen Sie sich.« Sie rückte etwas zur Seite.
Stefan setzte sich, die Krücke zwischen den Knien. »Es ist gut, daß ich Sie treffe. Ich muß mit Ihnen sprechen.«
»Ist es wegen gestern abend?«
»Nur indirekt.«
»Sie müssen mit Tante Dobrica Nachsicht haben. Sie ist wegen Bogdan in Sorge. Der Krieg . . .«
»Darum geht es nicht. Möglicherweise wird man mich tatsächlich holen, um mich zu internieren. Das macht man in der Regel so, wenn ein Krieg geführt wird. Ich muß also damit rechnen. Es ist noch etwas anderes . . . Hat Ihnen der Wojwoda erzählt, weshalb ich mit ihm sprechen wollte?«
»Nein. Das tut er nie. Er sagte nur, daß er das Gespräch mit Ihnen nicht zu Ende führen konnte. Das wollte er noch unbedingt vor seiner Abreise nach Cetinje tun.«
»Und Sie haben es nicht zugelassen.«
»Vom medizinischen Standpunkt aus wäre es unverantwortlich gewesen.«

»Vom medizinischen Standpunkt...« wiederholte Stefan. »Gut. Wir müssen jetzt endlich darüber sprechen. Auf dem Weg hierher versuchte man mich zu ermorden. Zunächst dachte ich, es wäre ein Raubüberfall gewesen. Aber dann kam ich mehr und mehr zu der Überzeugung, daß der Anschlag mir persönlich galt.« Stefan dachte an den nächtlichen Reiter, an die stumme Bedrohung, die von ihm ausgegangen war, an Baba Grušas Traumstimme, die so lebensecht geklungen hatte. »Ich nehme an, daß es derselbe Mann war, der Stamena ermordet hat.«

»Stamena? Wer war Stamena?« flüsterte Rada.

»Ich werde es Ihnen erzählen, der Reihe nach. Das Ganze ist eine Geschichte, von der ich manchmal selbst nicht weiß, ob sie wirklich geschehen ist oder ob ich sie nur geträumt habe. Aber hier der Beweis: Ich sitze reichlich lädiert da, laufe damit herum –« er schlug mit der Handfläche auf die Krücke, – »es ist also tatsächlich geschehen. Für mich begann es mit einem Brief, den mir Stamena nach Wien geschickt hatte. Sie war vor Jahren in Cetinje unser Kindermädchen, und mehr als das, meine zweite Mutter und der Mama eine Freundin...«

Stefan erzählte. Rada hörte ihm schweigend, mit unbewegtem Gesicht zu. Sie war sehr blaß und wirkte merkwürdig abwesend, so daß Stefan wiederholt das Gefühl hatte, sie würde ihm nicht richtig zuhören, seine Worte würden gar nicht zu ihr durchdringen. Er berichtete das, was er bereits dem Wojwoda erzählt hatte, bis er durch Bogdans Ankunft unterbrochen worden war und den Schwächeanfall erlitten hatte. Er erzählte über Stamenas Tod, über das Gespräch mit Baba Gruša und was er von Stamenas Vetter Andjelko über die Mörder der *Blutigen Slava* und die Mörder seines Vaters erfahren hatte. Und weiter berichtete er über seinen Ritt in die *Todesschlucht* – so nannte er bei sich die Schlucht, wo man Vaters Leiche gefunden hatte – über den Besuch bei Aca und Ljerka im Landhaus an der Tara und den Weg hierher, auf Kameni stup. Den Bericht schloß er mit den Worten: »Ich wurde verfolgt. Man gab sich nicht einmal die Mühe, es zu verbergen. Stamena wurde ermordet, weil man verhindern wollte, daß sie mir erzählte, was sie von dem sterbenden Ilija Bekić erfahren hatte. Woher wußte man von dessen Beichte? Die Mörder der *Blutigen Slava* waren keine Albaner. Das Massaker war kein Raubüberfall. Es war von langer Hand

in diesem Land vorbereitet worden. Von wem? Wer war der Auftraggeber? Wer es auch war, er weiß – oder zumindest ahnt er es – daß ich, nun ja« – Stefan schlug mit der rechten Faust in die linke Handfläche – »der Sache auf die Spur gekommen bin. Wieso weiß man das? Woher? Man nimmt an, daß ich, der Sohn eines der Opfer, der Sache weiter nachgehen würde. Bin ich denn nicht zum Landhaus geritten, um mit den alten Leuten zu sprechen? Und dann hierher? Man wollte verhindern, daß ich mit Wojwoda Lazar zusammentreffe. Das war es. Deshalb versuchte man, mich aus dem Weg zu räumen. Und die Mörder – oder der Auftraggeber, die Hintermänner von damals und jetzt – meinen Sie denn, daß sie sich mit einem mißglückten Mordversuch zufrieden geben werden?«
»Was Sie mir erzählt haben, ist so schrecklich, daß ich eine Weile brauchen werde, um ... es überhaupt zu glauben«, sagte Rada nach einer langen Pause leise. »Aber ich muß es, ich muß es ja wohl. Andererseits habe ich immer gewußt, daß es noch nicht ausgestanden ist. Die Toten von damals, sie sind nicht tot, nicht wirklich tot. Man sagt, sie würden keine Ruhe finden, bevor sie nicht gerächt worden sind. Aber das ist es nicht, nein ... Wir, die Lebenden sind es, die keine Ruhe finden werden, keinen Frieden, solange die Mörder leben. Ist es so? Sagen Sie – ist es so? Ein Mord zieht immer weitere nach sich ... Wie lange noch? Wieviele Menschen, wieviele Tote noch?« Sie blickte Stefan an, als suche sie bei ihm Antwort auf ihre Frage – eine Frage, die weder er noch sonst jemand beantworten konnte. »Ich verstehe ... Sie sind in diesem Land nirgends sicher. Nur hier, nur hier ... Hier kann Sie niemand bedrohen, es kommt niemand herein, der nicht hierher gehört. Der Großvater hat drei Männer zurückgelassen, die Sie beschützen ...«
»Und bewachen sollen«, beendete Stefan.
Rada nickte. »Ja, ja, das ist richtig. Es ist besser, wenn ich es Ihnen sage. Früher oder später kommen Sie ja doch selbst darauf. Bis der Großvater kommt – er sagte, er würde es in den nächsten Tagen tun – müssen Sie auf jeden Fall warten. In Ihrem Zustand können Sie ja ohnehin nichts unternehmen.«
»Was – unternehmen?«
»Es könnte doch sein, daß Sie an Flucht denken ... Aber das geht nicht. Sie *müssen* warten! Sie müssen!«
»Aus medizinischen Gründen?«

Rada antwortete nicht, und Stefan erwartete auch keine Antwort. Eine Welle warmer Zärtlichkeit für dieses Mädchen, das ihn mit großen, verwirrten Augen ansah, durchflutete ihn, beseitigte seine Ratlosigkeit, befreite ihn von aller Unsicherheit, spülte alle Ängste hinweg, machte seine Gedanken leicht und klar. Er war seiner selbst und dessen, was er sagte, völlig sicher:

»Aus welchen Gründen auch, Rada, solange Sie hier sind, fällt mir das Warten leicht. Ich liebe Sie.«

Atemlose Stille. Rada schien schlagartig zu erstarren, aus ihrem Gesicht war der letzte Rest von Farbe gewichen. Mit dunklen, plötzlich wie leblos wirkenden Augen starrrte sie Stefan an.

»Ich liebe Sie – das ist die Wahrheit«, sagte er noch einmal.

Nun schien sie etwas erwidern zu wollen, überlegte es sich anders, holte zitternd Luft, sprang auf und lief davon.

Gefangen

Rada ließ sich den ganzen Tag nicht mehr sehen. Am späten Nachmittag wanderte Stefan, gestützt auf seine Krücke, zu der nordwestlichen Ecke des Innenhofes. Dort befand sich zwischen dem Gebäudetrakt mit dem Wehrturm des Kastells, Stall, Scheune und Vorratsspeichern und dem Wohnhaus ein Durchgang mit Fahrweg ins Freie. Ein junger, vierschrötiger Mann, fast so breit wie lang, vertrat ihm den Weg. Sein Gesicht blickte fröhlich unter der *Šajkača*, der serbischen Soldatenmütze hervor, und auf der Schulter trug er einen neuen Mauser-Karabiner. Freundlich grinsend sagte er:

»*Stoj!* Halt! Nicht weitergehen!«

»Warum nicht?«

»Warum? Weil du nicht weiter gehen sollst, Bruder!«

»Wer hat es gesagt?«

»Wer kann es gesagt haben? Wojwoda Lazar, Bruder, Wojwoda Lazar! Und jetzt sage *ich* es.«

»Du sagst es. Und wenn ich dir nicht gehorche und trotzdem weitergehe?«

»Eh, Bruder, Bruder, mach' uns nicht unglücklich! Ich müßte dich mit dem Kolben niederschlagen oder erschießen, was weiß ich.« Mit

einer geschmeidig gleitenden Bewegung holte er das Gewehr von der Schulter. »Siehst du, ich meine es ernst. Aber wenn du mir nicht glaubst – du kannst es ja versuchen.«
Stefan ließ ihn stehen und hinkte in den Stall. Der Wächter hängte das Gewehr wieder um und folgte ihm.
Der Stall war leer. Ein älterer Mann kam vor und trat Stefan in den Weg – vermutlich der zweite der drei Wächter, von denen Rada erzählt hatte. Sein Pferd habe man auf die Weide getrieben, erzählte er auf Stefans Frage nach Kume. »Du mußt dir um ihn keine Sorgen machen. Es ist ein feines Pferd, und es geht ihm gut. Auf der Weide wird es dick, stark und schnell wie eine Schwalbe.«
»Wie lange bleibt Kume dort?«
»Immer nur tagsüber. Abends treiben wir die Pferde zurück in den Stall. So machen wir es immer in Kriegszeiten. Es könnten sich Türken oder Švabas herumtreiben, oder arnautische Pferdediebe, wer weiß?«
»Und mein Sattel?«
»Der Sattel hängt in der Geschirrkammer dort hinten. Glaub mir, es ist alles in Ordnung, so wie es der junge Herr Bogdan befohlen hat. Ich selbst habe das Lederzeug sauber gemacht und eingefettet. Du wirst zufrieden sein – wenn du es je wieder brauchst.«
Der Mann zwirbelte seinen Schnurrbart und lachte, als würde er den Gedanken, daß Stefan das Zaumzeug und den Sattel je wieder brauchen könnte, besonders komisch finden.

Zu Abend aßen sie diesmal zu zweit in dem großen dämmerigen Speisezimmer: Madame Vera und Stefan. Bedient wurden sie von Djuka, die womöglich noch mürrischer erschien als sonst. Dobrica ließe sich entschuldigen, ihr ginge es nicht gut, erzählte Madame Vera, und Rada sei weggeritten.
»Sie ist weg? Wohin?« fragte Stefan, um Gleichmut bemüht.
»Das weiß ich nicht. Sie nahm eine Reisetasche mit, als wolle sie länger wegbleiben. Manchmal macht sie sowas. Bien – sie ist erwachsen und niemandem Rechenschaft schuldig, außer ihrem Großvater natürlich, und der ist nicht hier. Von mir läßt sie sich schon lange nichts mehr sagen, ich kann mich gar nicht mehr daran erinnern ... Abgesehen davon – les jeunes gens se font plaisir quelquefois de montrer leur indépendance et liberté, libre comme des

oiseaux dans le ciel. Mais ils reviennent aussi volontier dans leurs nids.*
Wann das sein wird? Madame Vera zuckte mit den Schultern. »Wissen Sie, diese Familie Bošković ... Gar nicht so einfach, nein, gar nicht einfach. Der Wojwoda zum Beispiel war schon damals ein schwieriger Mann, bevor das an der Tara geschah – Sie verstehen? Und danach sowieso. Unsere Rada hat einiges von ihm geerbt, gemildert natürlich ... Sie hat, zum Beispiel, seinen starken Willen, der manchmal zum Starrsinn werden kann – jedenfalls wirkt es so auf mich ... Was habe ich mich früher darüber geärgert! Jetzt nicht mehr. Avec le temps on devient indulgent. On doit prendre les gens comme ils sont. On ne doit pas essayer de les transformer à son image.**Ach, ich erinnere mich ... Wenn sie als Kind, als ganz kleines Mädchen noch, Kummer hatte, klagte sie nie darüber. Sie verschwand einfach, blieb stundenlang weg. Und wenn sie dann gefragt wurde, wo sie denn gewesen sei und was sie getan habe, sagte sie nur: ›Ich habe nachgedacht‹. Mehr nicht. Sie war schon immer verschlossen. Manch einer würde da den Fehler machen und sagen – verstockt ... Vielleicht habe auch ich diesen Fehler gemacht, habe damals nicht verstanden, daß man jeder – oder fast jeder – menschlichen Eigenschaft eine positive und eine negative Seite abgewinnen kann, je nachdem, von welchem Standpunkt man sie betrachtet ... Ob Rada auch diesmal verschwunden ist, weil sie Kummer hat? Weil sie – *nachdenken* will?«
Ansonsten verlief das Abendessen ausgesprochen schweigsam, jeder hing seinen eigenen Gedanken nach. Erst als Stefan auf einigen Umwegen das Gespräch auf Wojwoda Lazars Zimmer im ersten Stock und auf die dort aufbewahrten Waffen brachte, lebte Madame Vera wieder auf.
»Um ehrlich zu sein – ich betrete diesen Raum nicht gern. Ein Alptraum! Überall Pistolen, Flinten, Säbel, Schwerter, Dolche ... Jede Waffe hat eine eigene Geschichte, die meisten waren wohl im Gebrauch ... Wieviele Menschen sind damit erschossen, erschla-

* Junge Menschen gefallen sich manchmal darin, zu zeigen, wie selbständig und frei sie sind, frei wie die Vögel unter dem Himmel. Aber sie kommen auch gern wieder zurück in ihre Nester.

** Mit der Zeit wird man nachsichtiger. Die Menschen muß man so nehmen, wie sie sind. Man darf nicht versuchen, sie nach eigenen Vorstellungen zurechtzubiegen.

gen, niedergesäbelt, erdolcht worden? Und stellen Sie sich vor, mon ami – alle diese Waffen sind voll funktionsfähig, schußbereit, scharf geschliffen, sie werden laufend gewartet. Wenn der Wojwoda irgendwo eine verrostete Pistole oder Flinte auftreibt, wird sie restauriert, repariert, gebrauchsfertig gemacht, sogar geladen ... Haben Sie sich dort schon genauer umgeschaut?«

»Ich hatte dazu noch keine Gelegenheit. Aber ich würde es gern tun.«

»Ach? Sind Sie etwa auch ein Waffennarr? Oder hat es einen anderen Grund?« Madame Vera sah Stefan mit gehobenen Augenbrauen und einem hintergründigen Lächeln um die schmalen Lippen an.

»Waffennarr nicht gerade. Aber die Waffenkammer meines Großvaters in Schlesien hat mich zum Beispiel immer fasziniert. Welcher Junge ist vom Anblick der Waffen *nicht* fasziniert? – In *Pivski Manastir* habe ich einen alten Mann vom *fröhlichen Säbel* des Wojwoda Lazar Bošković erzählen hören. Jedem Handschar überlegen, springt er schnell wie der Blitz ganz von selbst aus der Scheide, wenn der Wojwoda in den Kampf zieht, und mit seiner Hand wie verwachsen, tanzt er einen tödlichen Tanz über den Köpfen der Türken – ein *fröhlicher* Säbel, erzählte er, und so scharf, daß man mit ihm ein Haar spalten kann.«

»Na, na, das ist sicher übertrieben ... Aber diese alten Geschichten übertreiben ja immer«, seufzte Madame Vera. »Sie dichten einem Stück Stahl Zauberkräfte und sogar menschliche Eigenschaften an. Ein *fröhlicher* Säbel!«

»Gibt es ihn wirklich? Kann man ihn sehen?«

»Den Säbel gibt es. Der Wojwoda hat ihn jetzt natürlich mitgenommen ... Er ist ja in den Krieg gezogen, um ihn über den Köpfen der Feinde *tanzen* zu lassen, wie es in den Gesängen der Guslari heißt. Eine hübsche Metapher, finden Sie nicht? La langue du peuple et de la poésie trouve toujours une belle comparaison ou une belle image.* Es sieht wirklich fast wie ein Tanz aus, wenn der Wojwoda mit seinem Säbel übt, ihn über dem Kopf kreisen und blitzschnell durch die Luft sausen läßt ... Der alte Mann entwickelt damit noch

* Die Sprache des Volkes und der Dichtung findet immer wieder die treffendsten Vergleiche und Bilder.

immer eine erstaunliche Fertigkeit. Ob Sie es glauben oder nicht – er bringt es fertig, brennende Kerzen auszulöschen, indem er ihnen den Docht – oder die Flamme – abschlägt, ohne die Kerze selbst zu berühren. Zirkusreif! Das Kunststück gelingt fast immer. Also, ich kann mir denken, daß seine Feinde nichts zu lachen haben, wenn er mit diesem *fröhlichen Säbel* anrückt. Ich habe mir das Ding nie richtig angeschaut, es soll aus dem Orient stammen, Damaszener Stahl, vorzüglich gearbeitet und ausgewogen, eine einmalig schöne Waffe. Wojwoda Lazar hat ihn von seinem Vater, dem wilden Wojwoda Djuro, der ihn irgendwo erbeutet hat. Nach ihm wird ihn Bogdan bekommen... Dessen Augen leuchten richtig auf, wenn er den Säbel anschaut. Dafür würde er sein Seelenheil verpfänden. Nun ja – ein Montenegriner. Dieses Land ist voller Waffennarren. Können Sie sich einen Montenegriner ohne Flinte, Pistole oder mindestens einen Dolch vorstellen? Ich nicht. Sans armes ils se présentent tout nus et sans aide comme des nouveaux nés.* Verrückte, die für eine alte Pistole den letzten Groschen hergeben und für eine moderne das letzte Fleckchen Acker verpfänden.«

Madame Vera nahm ein Stück Schafskäse, spülte mit einem Schluck Rotwein nach, tupfte sich die Lippen ab und lächelte unfroh. »Dabei machen sie folgende Rechnung: Die Waffe ist ihr Kapital. Damit ziehen sie in den Kampf, setzen das Kapital, das heißt die Waffe, ein und machen Beute. Sie erwerben Reichtümer, mit ein wenig Glück ganze Ländereien. Dafür lohnt es sich natürlich, ein bißchen steiniges Land einzusetzen. Et que dois-je vous dire, mon ami – le calcul d'une façon ou d'une autre tombe presque toujours juste.** Sie erbeuten tatsächlich Land – in der Regel soviel, wie es für ein Grab notwendig ist. Zwei Meter mal sechzig oder achtzig Zentimeter. Ganz Montenegro ist voll von solchen Landbesitzern, und dieser Krieg wird ihre Zahl noch erheblich vermehren.«

»Um auf die Waffensammlung des Wojwoda zurückzukommen«, versuchte Stefan den plötzlichen Redefluß der Madame Vera zu stoppen, »ich habe damals bei dem Gespräch mit ihm kaum etwas

* Ohne Waffen kommen sie sich so nackt und hilflos wie neugeborene Kinder vor.

** Und was soll ich Ihnen sagen, mein Freund – die Rechnung geht in einer gewissen Weise fast immer auf.

wahrgenommen. Auf die Gefahr hin, daß Sie mich für einen dieser verrückten Waffennarren halten, würde ich mir die Sammlung doch gern in Ruhe anschauen. Wäre das möglich?«
Wieder musterte Madame Vera ihr Gegenüber mit gehobenen Augenbrauen und dem dünnlippig-hintergründigen Lächeln, bevor sie antwortete:
»Nein, mein Freund, ich halte Sie nicht für einen dieser verrückten Waffennarren. Aber warum so viel Umwege? Pourquoi n'allez vous pas directement au but?* Man hat Ihnen Ihre Pistole genommen, und nun wollen Sie sich nach ihr umsehen. Ai-je raison? Je suis désolé,** aber ich kann Ihnen die Erlaubnis nicht geben. Und Sie schon gar nicht in Wojwoda Lazars Kabinett begleiten. Dann könnte ja« – neuerlich das hintergründige Lächeln – »könnte ja womöglich passieren, daß Sie die Pistole, die, glaube ich, rechts vom Schreibtisch an der Wand hängt, an sich nehmen und mich damit bedrohen ... Doch unter uns und ganz im Vertrauen ... « Sie beugte sich vor und senkte die Stimme zu einem kaum hörbaren Flüstern. »Wollen Sie uns etwa bei Nacht und Nebel verlassen? Wenn Sie *das* vorhaben ... Ohne Waffe haben Sie in diesem Land keine Chance, jetzt im Krieg schon gar nicht. Da muß ich Ihnen recht geben – nicht die geringste Chance.«

Wachhunde

Stefan streifte eine Wollsocke über das untere Ende der Krücke und band sie fest. In die Tasche steckte er eine Kerze und Streichhölzer. Die Lampe in seinem Zimmer ließ er brennen. Auf dem Gang blieb er sekundenlang stehen, um die Augen an das fahle Nachtlicht zu gewöhnen, das durch die Fenster drang. Die Krücke machte beim Aufsetzen so gut wie kein Geräusch, auch nicht – etwas später – auf dem Pflaster des Innenhofes. Der fast senkrecht über dem Kastell stehende Mond hatte einen großen Hof. Das Wetter würde in den nächsten Tagen endgültig umschlagen. Leichter Wind raschelte und wisperte in den Linden, als Stefan in ihren Schatten trat und den

* Warum steuern Sie Ihr Ziel nicht direkt an?
** Habe ich recht? Tut mir leid,

Hof überquerte. Aus den Küchenfenstern zur rechten Hand drang mattes Licht. Unter dem Gewölbe des Torganges war die Dunkelheit so tief, daß er sich vorantasten mußte, um den Treppenaufgang zu finden. Die Tür stand offen. Tat sie dies immer? Die Treppe war von einer ständig brennenden Nachtlampe matt erhellt. Oben angekommen blieb Stefan lauschend stehen. War das nicht ein leiser Schritt gewesen, das kaum hörbare Einklinken einer Türe in der dichten, von keinem Laut außer seinen Atemzügen und dem harten Schlag seines Herzens unterbrochenen Stille?
Nach links ging es zu den Frauenräumen, nach rechts führte der Gang zu Bogdans und des Wojwoda Lazar Zimmern. Auf der anderen Seite des Vorplatzes, dem Treppenaufgang schräg gegenüber, befand sich die große, reich geschnitzte Eichentüre zu des Wojwoda Arbeitsraum, Beratungszimmer, Waffensammlung, alles in einem.
Die Dielenbretter des Vorraumes knarrten unter Stefans Gewicht. Die Eichentür stand offen. Hatte Madame Vera... Wenn ja, weshalb? fragte sich Stefan. Vermutlich aus dem gleichen Grund, weshalb sie ihm auch den Tip mit der Pistole gegeben hatte. Warum hatte sie das getan? Er zog die Türe langsam wieder zu und ließ die Klinke einschnappen. Der Raum erschien in dem diffusen Licht, das durch die Fenster rechts einfiel, noch größer, als er ihn in Erinnerung hatte. Er hinkte hinüber zum Schreibtisch, lehnte die Krücke daran, zündete die Kerze an und leuchtete die Wand ab.
Das Halfter mit der Pistole hing dort, wie es Madame Vera beschrieben hatte.
Stefan klebte die Kerze mit zwei, drei Wachstropfen auf die Streichholzschachtel und stellte sie auf den Tisch. Dann nahm er das Futteral vom Wandhaken und fühlte darin befriedigt das Gewicht der Pistole. Auch die zwei vollen Reservemagazine steckten im Nebenfach des Futterals. Wenn die Pistole geladen war, verfügte er also über insgesamt siebenundzwanzig Schuß – das mußte genügen.
Er hängte das Halfter über die Schulter und stieß dabei gegen die Krücke, die polternd umfiel. In dem Augenblick, als er sich bückte und die Krücke aufhob, wurde die Türe aufgestoßen. Der grelle Schein einer Blendlaterne fiel auf ihn. Mit der Handfläche die geblendeten Augen schützend, richtete er sich langsam auf. Hinter dem Licht konnte er nur undeutlich die Konturen zweier Männer sehen; erkennen konnte er sie nicht.

»Was tust du hier, Švaba?« rief eine vor Erregung heisere Stimme.
»Siehst du nicht, Zeka? Er stiehlt! Er stiehlt Waffen des Wojwoda Lazar!« sagte der Zweite – und dessen Stimme erkannte Stefan. Sie gehörte dem jungen Burschen mit dem fröhlichen Gesicht, der ihm bei den Ställen den Weg verstellt hatte.
»Ist das wahr? Švaba? Sag, ist das wahr?«
»*Majku ti* – siehst du das nicht? Er stiehlt!«
»Ich habe meine Pistole geholt«, sagte Stefan, für ihn selbst überraschend ruhig. »*Meine* Pistole!« wiederholte er mit Nachdruck.
»Seine Pistole, hast du gehört, Zeka, *seine* Pistole!« Die Stimme des Burschen mit dem fröhlichen Gesicht war jetzt ganz hoch. »Der Švaba lügt! Er lügt, Zeka, er ist ein Švaba und lügt! Ich werde dich erschießen, Švaba, und alle werden glauben, ich mußte es tun, entweder du oder ich! Hörst du, Švaba, ich werde . . .«
Seine Stimme kippte um. In der Stille war ganz deutlich das Klicken des umgelegten Sicherungsflügels zu hören.
»Mach's nicht, Ivo, tu's nicht!« sagte der andere. Aber er sagte es ohne Nachdruck, und seine Worte blieben ohne Widerhall.
»Ich werde ihn erschießen, bevor er einen von uns erschießen kann«, flüsterte der Bursche. »Wieviele hast du schon auf dem Gewissen, Švaba, sag? Wieviele?« So stammelte er weiter, redete sich in Wut. Taub für alles andere, hörte er nur noch sich selbst reden und fühlte mit bislang unbekannter Lust, Lust am Töten, seine eigene Erregung und seinen Haß immer heller lodern.
Stefan ahnte, nein – wußte es: Es war zu Ende, es gab keine Möglichkeit, dem Schuß auszuweichen oder ihn zu verhindern. Ein absurdes, sinnloses Ende, jetzt, jetzt gleich.
Doch der Schuß fiel nicht.
In das erregte, immer wildere Stammeln des Burschen rief herrisch eine Frauenstimme:
»Halt, du Unglücklicher! Versündige dich nicht! Fürchte Gott, den Allmächtigen!«
Madame Vera!
Sie trat an den Männern vorbei ins Licht der Blendlaterne, drehte sich um, breitete die Arme aus und ging langsam zurück, bis sie schützend vor Stefan stand; eine schwarze, schmale, hoch aufgerichtete Frauengestalt, die im Licht der Laterne ein riesiges schwarzes Schattenkreuz an die Wand im Hintergrund warf.

»Wollt ihr das Erste Gesetz brechen?« rief sie. »Wollt ihr die Rache des Wojwoda Lazar herausfordern? Er wird euch zerschmettern! Geht jetzt. Ich werde das erledigen. Verschwindet – und betet zu Gott, daß ich dem Wojwoda nichts über euer Tun berichte, geht, *geht*!«
Die Männer gehorchten. Das Licht der Blendlaterne schwenkte weg, Schritte entfernten sich.
»Puh – das war aber knapp! Der Narr hätte wirklich geschossen, scheint mir!« sagte Madame Vera nun wieder mit normaler, vor überstandener Aufregung noch etwas unsicheren Stimme. »Die Pistole können Sie jetzt natürlich nicht behalten.«
Sie nahm das Halfter von Stefans Schulter und hängte es wieder an die Wand. Die blutleeren Lippen in ihrem harten, vom Kerzenlicht flackernd beleuchteten Gesicht, verzogen sich zu einem spöttischen Lächeln.
»Also, mon ami – zu einem Meisterdieb werden Sie's wohl nie bringen. Und an einen Abschied in aller Stille ist auch nicht mehr zu denken, falls Sie das getan haben sollten. Les loups se sont réveillés, ils ont senti l'odeur du sang et attendent leur bûtin.«*
»Das klingt fast so, als würden Sie's bedauern«, murmelte Stefan.
»Was – bedauern?«
»Daß ich mich nicht klammheimlich verabschieden kann. Dazu Ihr Tip mit der Pistole ... Wollen Sie mich loshaben?«
Madame Vera antwortete nicht gleich. Als sie es schließlich doch tat, geschah das in einem ganz normalen Plauderton:
»Vielleicht, mon ami, vielleicht ... Vielleicht hätte ich Ihnen sogar ein Pferd besorgt. Müßig, darüber zu sprechen. Dazu ist es jetzt zu spät. Sie haben es sehr ungeschickt angestellt, um nicht zu sagen dumm ... Gehen wir jetzt. Versuchen Sie zu schlafen, vielleicht schaffen Sie's.«

* Die Wölfe sind wach geworden, sie haben Blut gerochen und warten auf ihre Beute.

Die Entscheidung

»Kniegelenk, Knie generell, ist das Gelenk zwischen Oberschenkelknochen – Femur – und Schienbein – Tibia. Das obere Ende des Schienbeins ist mit Knorpel überzogen und stellt eine fast waagrechte Fläche dar, die durch eine von vorn nach hinten laufende flache Leiste in zwei Hälften geteilt wird... Die durch eine von vorn nach hinten laufende flache Leiste... flache Leiste von vorn nach hinten in zwei Hälften geteilt wird und...«

Rada sah von der Abbildung des Knies (gebeugt, gestreckt, seitlich im Querschnitt) auf und schob das Buch unwillig von sich. Würde sie das, was sie hier vergeblich zu lernen versuchte, weil sie die notwendige Konzentration nicht aufbrachte, je brauchen? Es war Krieg. Wer dachte im Krieg noch an das Studium, an den pedantischen alten Professor, an die muffigen Hörsäle und Studierzimmer der Universität? Wer dachte überhaupt noch an Petersburg, Tante Ljuba, das Palais Bagranow, das ihr zu einem zweiten Zuhause geworden war? An die Freunde dort, Kommilitonen, an die langen Gespräche über Dinge, die ihr noch vor wenigen Wochen so wichtig erschienen waren und die jetzt so weit, weit entfernt lagen, nebensächlich, bereits halb vergessen?

Sie saß an einem roh gezimmerten Tisch vor der Sennhütte, vor sich die weite, allmählich abfallende Hochfläche der Bergweide bis hin zu dem dunkelgrünen Rand, wo der Hochwald begann. Davor die grasende Schafherde, ständig umkreist von Runo und Ajka, den beiden Hirtenhunden, und etwas abseits die Gestalt des Hirten Miško. Auf seinen Hirtenstab gestützt, stand er reglos neben einem Felsblock und blickte über die benachbarten Höhenrücken der Kučajevica in die Ferne bis hin zu den weißen Höhen des Durmitor und vielleicht noch weiter, viel weiter in die unbekannte, nur ihm zugängliche Ferne fremder Länder und Welten, wo sich die phantastischen Geschichten abspielten, die er ihr damals erzählt hatte, als sie noch ein Kind war und genauso wie jetzt mit wehem Herzen Zuflucht bei ihm gesucht hatte.

Hierher war sie geflohen, nachdem ihr Stefan gesagt hatte, daß er sie liebte. So war es immer gewesen. Solange sie sich zurückerinnern konnte, hatte sie immer die Einsamkeit gesucht, wenn sie verwirrt war, Kummer hatte, vor einem sie bedrängenden, scheinbar unlösbaren Problem stand. Ein dunkler Winkel auf dem Heuboden, die versteckte Ecke hinter alten Schränken und Truhen auf dem Speicher, eine Felsenhöhle im Bergwald. Allein sein mit sich und den Gedanken. Ungestört denken können, ein wenig träumen, die Bedrängnis des Herzens abklingen lassen, bis das, was so wichtig und schwerwiegend erschienen war, an Bedeutung verloren hatte.

Doch dieses Gefühl des Loslösens und Abstandes wollte sich diesmal nicht einstellen, ihre Verwirrung wollte sich nicht legen, ja, es schien ihr, als würde sie mit der Zeit nur noch wachsen. Und hinzu kam noch etwas anderes, in dieser atembeklemmenden Stärke bisher noch nie Erlebtes... War es – Sehnsucht?

Ich liebe Sie.

Woher nahm er den Mut, ihr *das* zu sagen? Ein Deutscher. Ein *Švaba*. Ein Švaba? Ich liebe Sie. Ein Mann, den Bogdan mehr tot als lebendig nach Kameni stup gebracht hatte – zunächst nur ein Fall. Die fertigen Ärzte, diese vielbewunderten, ja beneideten Menschen sprachen immer von *Fällen*, nie von *Menschen*, also war auch dieser zerschossene junge Mann zunächst nur ein Fall gewesen. Fürwahr – ein schmutziger, verdreckter, blutiger, ziemlich hoffnungsloser, jedoch auch außerordentlich interessanter Fall mit seinen schweren Verletzungen. Zum Glück – seinem Glück – jedoch keinen Verletzungen wirklich lebensnotwendiger Organe bis auf – möglicherweise – die Lunge. Wenn ja, dann ein glatter Durchschuß des rechten Oberlappens und im weiteren Verlauf des Untergrätenmuskels mit einer teilweisen Zertrümmerung des Schulterblattrandes, inneren Blutungen und so weiter und so weiter. Also, meine Dame, meine Herren, ein Fall, wie man sich als Anschauungsunterricht einen solchen nur wünschen kann!

»Dieser Švaba hatte Glück, daß der Arnautenhund mit einem Stahlmantelgeschoß Kaliber 8 mm oder weniger geschossen hat. Glatter Durchschuß, kein oder kaum zerrissenes Gewebe. Bleikugeln – und erst recht Dum-Dum-Geschosse – haben eine ganz andere Wirkung! Selbst ein Švaba hätte es nicht überlebt, keine Frage«, hatte Bogdan gemeint.

So also hatte er dagelegen, ein schlaffes, kraftloses, blutiges Bündel Mensch, zuerst nur ein Fall, dann immer mehr ein Mensch und auch immer mehr ein Mann.

Ich liebe Sie.

Ein feines Gespinst geistiger Verbundenheit, Sympathie, ein Gefühl des Vertrauens, Verstehens – und dann diese fatalen Worte, die ja doch immer nur eines bedeuteten: Berührungen, Küsse, nackte Leiber, eng verschlungen in hitzigen Umarmungen... Mußte das sein, mußte es wirklich so sein?

Aber meine Damen und Herren Studenten, wenn sie sich schon für das Studium der Medizin entschlossen haben, dann müssen Sie, he, he, he, auch diese Seite des Faches akzeptieren. Aussparen kann man sie nicht: Sexualwissenschaft als ein Zweig der Medizin. Die Dinge müssen, he, he, he, beim Namen genannt werden! Nur nicht erröten! Das ist überflüssig. Um Kinder zu zeugen, also die Art *Homo sapiens* zu erhalten – die Arterhaltung ist das erste, allererste und wichtigste Naturgesetz der Biologie! – bedarf es gewisser, dafür geeigneter Organe, sowie bestimmter Mechanismen und Tätigkeiten. Dazu gehört auch der Geschlechtsverkehr oder der Verkehr zwischen zwei Individuen verschiedenen Geschlechtes, das heißt zwischen männlichen – das Zeichen des Kreises mit einem schräg nach rechts oben gerichteten Pfeil – und weiblichen Partnern; diese letzten werden als Kreis mit einem nach unten hängenden Kreuz gekennzeichnet. Das Ziel heißt Zeugung, wobei – *o tempora, o mores!** allzuoft der Weg dahin als Ziel erscheint, da er meistens mit außerordentlich angenehmen Gefühlen verbunden ist. Denn meine Damen, meine Herren, die Natur hat den Menschen nicht nur mit den nötigen Werkzeugen ausgerüstet. Sie hat ihm – dies ist zu beachten, weil es einmalig in der Biologie der Arten ist! – darüber hinaus eine Reihe psychischer Hilfsmittel mit auf den Weg gegeben. Dazu gehört der normale Geschlechtstrieb, dann das Verlangen, die Sympathie, Sehnsucht, Begehren, Lustgefühl, Wollust und so weiter und so weiter, und schließlich auch dieses große, hehre Gefühl, das man Liebe nennt.

Liebe, meine Damen, meine Herren, dieses seltsame, ständig erforschte, doch nach wie vor sich der Erforschung entziehende Phänomen hat nicht nur die Geschichte der Menschheit seit ihren An-

* O Zeiten, o Sitten!

fängen wesentlich mit beeinflußt, sondern auch die absolut zentrale Rolle im künstlerischen Schaffen des Menschen übernommen. Wohin man schaut, Kabale und Liebe, Eifersucht und Intrige, Sehnsucht und Erfüllung, Mord und Totschlag – und, na ja, na ja, das alles wegen der Arterhaltung. Ob man es wahrhaben will oder nicht, *omnia vincit amor*,* damit die Art *Homo sapiens* überlebt; die eher philosophische Frage, ob sie es wert ist, ersparen wir uns.
Auch als Mediziner sind wir selbstredend von diesen vorher erwähnten Empfindungen und Gefühlen nicht ausgenommen; denn *homo sum; humani nil a me alienum puto*.** Doch soll uns das, he, he, he, nicht daran hindern, uns nach dem Wort zu richten, *felix, qui potuit rerum cognoscere causas**** und den Komplex der Sexualität mit wissenschaftlicher Gründlichkeit zu betrachten, gegebenenfalls zu untersuchen und uns dabei keineswegs davon beeindrucken zu lassen, daß eben dies gesellschaftlich tabu ist. Tabu, obwohl es als Tätigkeit, he, he, he, an- und ausdauernd praktiziert wird, wofür wir alle, die wir hier versammelt sind, allein durch unsere Existenz ein beweiskräftiges Zeugnis ablegen. Die Natur, meine Damen, meine Herren Studenten, *naturam expellas furca, tamen usque recurret,*****
sie triumphiert und setzt sich über alle Hindernisse hinweg.«

Die hellen Axtschläge hinter der Sennhütte verstummten. Dort hackte Bogdan Holz. Er war gegen Mittag überraschend gekommen und wollte über Nacht bleiben. Im Auftrag des Generalstabes wäre er unterwegs zur Nordfront an der Drina und sei ganz nah vorbeigekommen, erzählte er. »Gleich da unten, auf einem meiner Schleichpfade durch das Gebirge. Aber ich hätte nicht gedacht, daß ich dich hier finde. Du siehst blaß aus. Ist alles in Ordnung?«
Natürlich hatte sie Bogdan nicht erzählt, daß keineswegs alles in Ordnung war, daß im Gegenteil ihr ganzes Leben in eine heillose Verwirrung geraten war. Oder hätte sie das tun sollen? Bogdan, ihrem Freund, Vertrauten, Bruder – wem sonst, wenn überhaupt jemandem?

* Amor (Liebe) besiegt alles.
** Ich bin ein Mensch, nichts Menschliches ist mir fremd.
*** Glücklich, wer der Dinge Grund erkennen kann (den Dingen auf den Grund kommen kann).
**** Auch wenn du die Natur mit dem Knüppel austreibst, kommt sie stets wieder.

Die Hündin Ajka trottete heran und legte den Kopf auf Radas Knie. Sie war schwerfällig geworden, ihr Bauch hing tief durch, in wenigen Tagen würde sie Welpen bekommen. Rada kraulte ihr das warme, seidenweiche Fell hinter den Ohren. Ajka schloß vor Behagen die Augen und seufzte tief.

»Es ist bald so weit mit dir, meine Ajka, mein Hund. Die Natur triumphiert, Liebe hin oder her«, murmelte Rada und nahm damit den Faden ihrer Gedanken von vorhin wieder auf. Vielleicht hatte der Professor mit den gescheiten Augen hinter dem ewig rutschenden Kneifer und dem meckernden ›he, he, he‹, das seine Ausführungen begleitete, recht. *Anmerkungen über das seltsame Phänomen Liebe*. Ein Riesenaufwand – und alles nur wegen der Erhaltung der Art. Aber es war doch etwas anderes, darüber nachzudenken, es nüchtern und wissenschaftlich zu betrachten (zumindest zu *versuchen*, es so zu betrachten), und es dann urplötzlich zu erfahren, am eigenen Leib zu erleben und diesem *Phänomen* so hilflos ausgeliefert zu sein.

Ich liebe Sie.

Was sollte sie tun, nachdem er *das* gesagt und damit alles, alles, alles verändert hatte? Wie sollte sie darauf reagieren?

»Ich weiß es nicht, ich weiß es wirklich nicht«, sagte Rada aufseufzend und zog das Buch mit den aufgeschlagenen Bildern des abgewinkelten und gestreckten Knies, des Knies im Querschnitt, a) Kniescheibe, b) äußerer Gelenkknochen, c) hinteres Kreuzband zu sich.

»Was weißt du nicht?« Bogdan war lautlos herangekommen, umarmte sie von hinten und legte seine Wange an die ihre. Er roch nach harzigem Holz und frisch gegerbtem Leder.

Rada rieb ihre Wange an der seinen.

»Ich weiß nicht, was ich tun soll. Ich liebe ihn.«

Bogdan holte tief Luft: »Wen liebst du? Etwa – mich?«

»Dich natürlich auch, aber nicht so... Ihn, Stefan, den Švaba«, sagte Rada unglücklich.

Bogdan löste sich ruckartig von ihr, verhielt sich sekundenlang ganz still und kam dann langsam um den Tisch herum nach vorn. Aus seinem Gesicht war alles Blut gewichen, er war so blaß geworden, daß Rada erschrak, als sie zu ihm aufsah.

»Meinst du das ernst?« fragte er. »Ist es wahr?«

»Es ist wahr.«
»Ihn – einen Deutschen? Einen *Švaba*?« Bogdan holte zitternd Luft. Man merkte ihm an, welch unsägliche Mühe es ihn kostete, sich zu beherrschen. »Sag das noch einmal!«
»Ich liebe ihn, ja – aber was soll das? Warum machst du deswegen...«
»Hör zu!« unterbrach sie Bogdan wild. »Alles, nur das nicht! Jeder andere, aber kein Švaba! Ich will es nie wieder hören! Das sage ich dir auch im Namen unseres Großvaters Wojwoda Lazar. Erzähl' ihm lieber nichts davon. Er bringt dich um. Vergiß diesen Mann! Vergiß ihn!«
»Hör doch zu, Bogdan! Vielleicht...« Vielleicht hast du recht, vielleicht müßte ich ihn wirklich vergessen, aber ich weiß nicht, wie ich das fertigbringen soll. Ich weiß es wirklich nicht. Ich denke nur noch an ihn, immer nur an ihn, ich liebe ihn. Es ist geschehen. Hilf mir! Was soll ich tun? Das wollte sie ihm sagen, aber Bogdan unterbrach sie mit einer herrischen Handbewegung und seine Stimme klang hochmütig und kalt, als er sprach:
»Ich habe dir gesagt, was zu sagen war. Sprich nie wieder davon! Vergiß ihn! Und ich werde dafür sorgen, daß...« Er beendete den Satz nicht, drehte sich um und ging.
Zehn Minuten später sah Rada ihn in Begleitung seines *Posilni* Bero in halsbrecherischem Tempo talwärts reiten. Er war weggegangen, ohne sich zu verabschieden – das war noch nie geschehen. Sie hatten auch früher gestritten, manchmal so heftig und lautstark, daß man befürchten mußte, sie könnten handgreiflich werden. Doch nie war er so weggegangen wie jetzt, ohne ihr wenigstens zu sagen: »Ich gehe, du Hexe, bessere dich!«
Rada schaute noch eine ganze Weile zu der Stelle, wo Bogdan im Wald verschwunden war. Sie wußte, wie jähzornig er war. Doch wie immer bisher, würde sich sein Zorn auch diesmal schon bald legen. Und dennoch war ihr traurig zumute. Durch seinen unbeherrschten Ausbruch, durch den Haß, der in seinen Worten mitgeklungen hatte, war irgendetwas zerschlagen worden, war etwas zu Ende gegangen. Mit dem davonstürmenden Bogdan hatte sie diesmal ein Stück ihres Lebens verloren, ihrer Kindheit und Jugend: Es würde nie, nie wieder so sein, wie es gewesen war. Ihr Verhältnis hatte gleich einer kostbaren Vase einen Sprung bekommen, und nichts

auf der Welt konnte den Schaden wiedergutmachen. Oder war eben dies – das Leben? Hätte es nicht eines Tages zwangsläufig so weit kommen müssen, wenn ein ganz neuer Abschnitt begann und ein Mann in ihr Leben trat, den sie liebte?

Am nächsten Morgen packte Rada ihre Sachen zusammen, um nach Kameni stup zu reiten. Es würde nicht mehr lange dauern, und er käme nach, sagte der alte Hirte Miško, als sie sich von ihm verabschiedete. Vielleicht in vier, fünf Wochen ... Der Herbst hier oben auf den Bergen ginge schnell vorbei, und der Winter sei dann über Nacht da. »Gestern habe ich den ersten Wolf gehört. Sie rufen von Berg zu Berg, daß die harte Zeit im Anzug ist.« Wie ein Hund schnuppernd, schaute er auf zu dem blanken Himmel. »Es ist richtig, daß du wegreitest. Am Nachmittag wird es zu regnen beginnen und lange nicht aufhören.«
»Paß mir auf Ajka auf. In drei oder vier Tagen ist es so weit.«
»Wenn es so weit ist, macht sie das immer ganz allein. Sie will niemanden dabei haben.« Miško lachte. »Auch nicht Runo, den Vater. Er muß vor dem Stall sitzen und aufpassen, daß niemand in die Nähe kommt.«

Wie immer behielt Miško mit seiner Wettervorhersage recht. Als Rada aus dem Bergwald auf die Hochfläche mit Kameni stup im Hintergrund ritt, zogen über dem Felsgipfel des Babin vrh und westlich davon die ersten dicken Wolken auf und verfinsterten den Himmel. Ein heftiger Fallwind rauschte in den Bäumen, zauste und bog die trockenen Gräser, wirbelte den Staub des langen, heißen Sommers auf. Die ersten Regentropfen klatschten nieder, als Rada auf den Hof ritt, absaß und das Pferd dem Stallknecht überließ. Ich werde es ihm sagen, jetzt gleich, dachte sie. Was kümmert mich der Krieg! Was kümmert mich, daß er ein Deutscher ist! Ich werde es ihm sagen. Ich liebe ihn. Es ist wahr: *Ich liebe ihn.*
Sturm und Regen peitschten die Linden auf dem Innenhof, als Rada hinüber zum Wohnhaus lief. Madame Vera stand in der Eingangstür, wie immer schwarz gekleidet, ein schwarzes Tuch über dem Kopf, das auch den unteren Teil ihres Gesichtes verdeckte.
»Ich habe auf dich gewartet, Rada. Du warst lange weg.«
Das Sprechen schien ihr Mühe zu bereiten.

»Doch nur vier Tage! Wo ist er?«
»Weg«, sagte Madame Vera.
»Stefan? Weg?« Radas Knie wurden weich. »In seinem Zustand? Sag schnell, wo?«
»Bogdan hat ihn geholt. Er kam gestern abend und nahm ihn mit. Zu uns sagte er kein Wort. Er sprach nicht einmal mit seiner Mutter Dobrica. Und als ich ihn fragte, wohin er den Deutschen bringen wolle und daß er damit gegen das Gebot des Wojwoda Lazar handele, schrie er mich an, ich solle schweigen und schlug mir ins Gesicht. Sieh – *das hat er getan*!«
Madame Vera schob das Kopftuch beiseite. Ihre Lippe war geplatzt und dick geschwollen.
»Aber – aber das Gesetz!« rief Rada verzweifelt. »Er steht doch unter dem Schutz des Gesetzes!«
»Das Gesetz? Wer kümmert sich in solchen Zeiten noch um die alten Gesetze? Elles étaient créés afin de survivre à ces dures époques et étaient toujours rompues lorsque celles-ci se presentaient.«*
»Sagte Bogdan nicht, wohin er ihn bringen will?«
»Nein.«
»Hat Stefan etwas ausgerichtet, bevor er... Ich meine, für mich...«
»Er bedankte sich bei mir. Dann wollte er noch etwas sagen, aber Bogdan ließ es nicht zu.«
»Was wollte er sagen, was?« rief Rada verzweifelt.
»Wie soll ich das wissen, Rada? – Du liebst ihn. Ich habe es kommen sehen und habe die Heilige Mutter Gottes angefleht, daß sie es nicht zulassen soll. Sie hat mich nicht erhört. Reiß dir die Pflanze dieser Liebe aus dem Herzen, Rada, solange sie noch klein ist. Reiße sie aus, bevor sie so tiefe Wurzeln schlägt, daß dein Herz zerstört wird, wenn sie herausgerissen wird oder sterben muß. Eine Zukunft hat diese Liebe nicht. Es gibt keine Hoffnung, Rada, *dete moje*, mein Kind, keine Hoffnung...«

* Sie wurden geschaffen, um schwere Zeiten zu überstehen – und werden gerade in solchen Zeiten immer wieder gebrochen.

II. Teil
Schatten

8. Kapitel

Seele des Menschen,
Wie gleichst du dem Wasser!
Schicksal des Menschen,
Wie gleichst du dem Wind!

J. W. von Goethe

Briefe aus dem Märchenland

Racconigi, 23. Juli 1914

»Lieber Papa, liebe Mama,

wenn man ein Märchen erleben will, muß man sich in den Zug setzen und nach Torino fahren. Dort wartet schon das königliche Automobil, ein großer und sehr vornehmer FIAT, mit dem man in sausender Fahrt durch eine wunderschöne Landschaft auf das Schloß Racconigi südlich von Torino gebracht wird. Und dort, in der Sommerresidenz der italienischen Könige, ist man schon inmitten des Märchens.

Nach einem kurzen Aufenthalt in Triest und einem Umweg über Venedig sind Frau Jennicke und ich vor sieben Tagen hier angekommen. Liebe Mama, lieber Papa, daß ich erst heute schreibe, hat wohl damit zu tun, was ich weiter oben gesagt habe. In einem Märchen gibt es keine Zeit mehr. Ein Jahr vergeht wie ein Tag, und diese hinter mir liegende Woche erscheint mir heute wie ein einziger verzauberter Augenblick. Das klingt so schwärmerisch, als hätte es eine Siebzehnjährige geschrieben ... Verzeiht, ich werde mich bemühen, etwas sachlicher zu bleiben, auch wenn mir das nicht leicht fällt.

Das Schloß Racconigi liegt in einem ausgedehnten Parkgelände. Eine Ansichtskarte davon lege ich bei. Sie gibt die Wirklichkeit nur unvollständig wieder, aber mit etwas Phantasie kann man sich ungefähr vorstellen, wie es hier aussieht. Jedenfalls mutet es inmitten des üppigen Grüns der Bäume und Rasenflächen, der Farbenpracht der Blumenrabatten und Beete tatsächlich so an, als wäre es aus einem Märchenbuch in die Landschaft gestellt worden. Die königliche Familie hält sich hier meistens den Sommer über auf. Der König ist zur Zeit unterwegs, ob in Amtsgeschäften oder im Dienste seiner numismatischen Sammlung, die er leidenschaftlich und mit einer wissenschaftlichen Akribie betreiben soll, entzieht sich meiner Kenntnis. Ich bin darüber gar nicht unglücklich. Hat doch Königin Elena um so mehr Zeit für gemeinsame Unternehmungen. Doch jetzt der Reihe nach!

Als der Wagen vorfuhr, wartete die Königin auf der Freitreppe, ganz in Weiß, schön, noch immer gertenschlank, mit ihrem fein geschnittenen Gesicht und dem makellosen Teint kaum älter anzuschauen als vor immerhin gut fünfzehn Jahren. Wie es sich gehört und wie es mir Frau Jennicke immer wieder eingeschärft hatte, habe ich vor ihr einen tiefen Hofknicks gemacht. Du hast es mir ja beigebracht, Mama... Doch sie hob mich schnell auf, küßte mich und flüsterte mir in ihrer Muttersprache zu: ›Laß den Blödsinn, ich bin noch immer deine alte Eka!‹

Eka, so nannte ich sie in Cetinje, und so solle ich sie weiterhin nennen, es sei denn bei ganz offiziellen Anlässen. Doch diese seien hier in Racconigi ganz selten, meinte sie. In den Ferien würde sie darauf bestehen, alles Offizielle möglichst fernzuhalten.

Die Tage vergehen wie im Fluge. Wir reiten viel, manchmal begleitet uns dabei die eine oder andere Tochter und hin und wieder auch der Kronprinz Umberto. Er ist jetzt zehn Jahre alt, ein hübscher, unkomplizierter und fröhlicher Bursche, der für sein Leben gern lacht. Er findet einfach alles komisch. Ein Liebling der Italiener, furchtbar verzogen, wie Eka meint, wobei sie ihren Stolz auf ihn natürlich nicht verbergen kann. Zweimal waren wir in Torino beim Einkaufen. Alles völlig unkompliziert. Die Königin und ihre Begleitung – diesmal waren das nur eine Hofdame und ich – ließen uns in die Stadt fahren, wir stiegen aus und gingen in die Läden. Eka ist nicht zuletzt wegen ihrer Einfachheit sehr beliebt. Eine von uns, sagen die Italiener, *unsere* Königin! –

Ich habe mir bei Ricci, das ist ein stinkvornehmes Modehaus in Torino, ein Kleid gekauft, dazu passende Schuhe, alles sündhaft teuer! Natürlich habe ich ein furchtbar schlechtes Gewissen, andererseits möchte ich aber auch hübsch aussehen bei dem Sommerfest, das vom Königspaar übermorgen gegeben wird. Ihr seid mir wegen meiner Verschwendungssucht nicht böse, nein? (An dieser Stelle legte Christinas Mutter, Hedwig von Prettwitz, den Brief auf das

Nähtischchen, tupfte sich die feuchten Augen ab und sagte halblaut vor sich hin. ›Ach, du mein Kind, mein liebes, liebes Kind, kauf dir so viele Kleider, wie du willst! Wir gönnen sie dir, wir alle!‹)
Jetzt fällt mir unser Sommerfest Anfang August ein! Wirst du damit fertig werden, Mama? Laß dir bitte von Tante Gertrud helfen, sie tut es bestimmt gern und ist dabei ganz in ihrem Element! Ich hoffe nur, daß auch bei Euch das Wetter mitspielt. Hier ist es fast immer schön – aber so muß es ja auch sein in einem Märchenland.
Hat Stefan in der Zwischenzeit geschrieben? Schickt mir seine Briefe bitte per Expreß nach! Ich bleibe hier noch mindestens drei Wochen. Eka meint sogar, ich solle überlegen, ob ich nicht für eine längere Zeit zu ihr komme. Ich sei doch frei und unabhängig, und sie hätte mich gern bei sich. Doch keine Angst, Papa, ich bleibe Dir erhalten. Eine schlesische Bäuerin als Hofdame – das geht nicht gut!
Ein wenig in Sorge um Stefan bin ich schon. Die politische Lage soll in dieser Balkanecke, wo er sich befindet, ziemlich gespannt sein. So steht es jedenfalls in den Zeitungen. Ich hoffe, daß er inzwischen meinen Brief bekommen hat, in dem ich ihm schreibe, daß ich in Racconigi auf ihn warte. Es wird ihm hier gefallen. Eka, die sich noch gut an ihn und an seinen »feuerroten« Kopf erinnert, ist sehr gespannt, wie er sich gemacht hat. Sie wird Augen machen!
Der Brief ist länger geworden, als ich dachte. Es ist schon spät abends, morgen früh reiten wir wieder aus. Seid umarmt und geküßt von Eurer dankbaren Tochter Christina.«

Racconigi, 27. Juli 1914

»Liebe Mama, lieber Papa,
ich habe Euch zwar erst vor vier Tagen geschrieben, aber ich *muß* einfach von dem Sommerfest berichten, das ich in meinem letzten Brief erwähnt habe und das vorgestern stattgefunden hat. War das ein tolles Fest! Wieder so ein Erlebnis, das mir das Gefühl gibt, ich träume, werde plötzlich aufwachen und vor meinem schlesischen Fenster werden die Vögel singen und ungeduldig rufen, daß ich endlich aufstehen solle, weil das Tagwerk beginnt.
Also: Am Samstag unternahmen Eka, zwei Hofdamen und ich einen ziemlich weiten Ausritt bis fast in die Gegend von Villafranca am Fluß Po. Begleitet wurden wir von drei Offizieren. Unglaublich prächtige Mannsbilder! Aber ich kann mir nicht helfen, so bunt

herausgeputzt, wie sie sind, erinnern sie mich an unsere italienischen Zwerghähne auf dem Hühnerhof. In einem Gasthaus direkt am Fluß nahmen wir eine kleine Mahlzeit und ritten wieder zurück. In der Zwischenzeit wurde auf dem Rasenplatz vor dem Schloß ein großes Zelt aufgebaut, Tische wurden aufgestellt, Lampen angebracht, Fackeln, Girlanden, Blumenarrangements und alles andere, was zu einem Fest gehört. Tausend Heinzelmännchen müssen am Werk gewesen sein!

Als wir zurückkamen, erwartete uns bereits der König. Er ist nett, freundlich und hält sich so gerade, als hätte er einen Ladestock verschluckt. Wenn man halt so klein geraten ist . . . Aber das vergißt man schnell, wenn man sich mit ihm unterhält. Er kann sehr geistreich und charmant sein, vor allem in einer solch privaten Umgebung, die nicht von dem ansonsten allgegenwärtigen Hofzeremoniell eingeengt wird.

Diesen Charakter des Freimütigen hatte auch das Fest. Es ging ganz locker und fröhlich zu. Die Heinzelmännchen haben kalte Buffets aufgebaut, die so prächtig anzuschauen waren, daß man sich kaum zu bedienen wagte. Doch nach zwei Stunden waren nur noch klägliche Reste vorhanden. Diener in goldstrotzenden Livreen sorgten dafür, daß die Gläser nie leer wurden, was dazu führte, daß ich einen kleinen Champagnerschwips bekam. Den wurde ich auch beim Tanzen nicht los, weil eben die livrierten Diener – siehe oben. Aber ich habe Euch keine Schande gemacht. Meine Tanzkarte hätte zehnmal so lang sein dürfen, und Liebeserklärungen und Schwüre gab es en masse. Das hatte ich meinem neuen Kleid zu verdanken, einem Gedicht aus Altrosa, zu dem ich endlich wieder Dein Smaragdcollier trug, Mama. Oh, war das schön! Ich wirbelte nur so herum zu der Musik des ganz großartigen Orchesters. (›Bravo, mein Kind, bravo!‹ rief Hedwig von Prettwitz an dieser Stelle aus und betupfte die tränenfeuchten Augen. ›Endlich, endlich! Amüsier dich, meine Tini, und komm mir ja nicht zu schnell nach Hause, ja nicht!‹)

Die Gesellschaft war gemischt. Von den anwesenden Herren war fast die Hälfte Offiziere. In ihren farbenfrohen, maßgeschneiderten Uniformen mußten sie ganz erbärmlich schwitzen. Aber es waren nicht nur Italiener da. Ein Querschnitt durch Europa! Außerdem gab es einen schwarzen Häuptling oder sogar König mit Gefolge aus

einer italienischen Kolonie. Frau Jennicke will herausgebracht haben, daß er sagenhaft reich ist und ganze Haufen von Gold und Edelsteinen besitzt. Wer weiß, vielleicht gehören ihm Salomos sagenumwobene Gold- und Diamantenminen. Er schien sich prächtig zu amüsieren, lachte immerzu mit seinem großen Gebiß, rollte die Augen und rief: bene, benissime! Auch hatte er eine mit Diamanten behängte Hauptfrau mitgebracht, eine Dame von respektablen Ausmaßen. Neben diesen exotischen Erscheinungen verblaßten wir europäischen Bleichgesichter vollends.
Ekas Bruder, der montenegrinische Kronprinz Mirko war auch da. Damals, als ich Montenegro verlassen hatte, noch ein Kind, ist er jetzt ein stattlicher junger Mann, auch er natürlich Offizier. Wir haben uns länger unterhalten, Erinnerungen an Cetinje ausgetauscht, er hat sich sofort nach Stefan erkundigt.
Dann habe ich noch einen alten Bekannten aus jenen Tagen getroffen, den Conte Marco de Gemona aus Friaul. Er war einige Monate italienischer Geschäftsträger in Cetinje. Wir haben damals gemeinsam Ausflüge in die Umgebung gemacht. Die Welt ist doch recht klein ...
Das Fest wurde von einem fulminanten Feuerwerk gekrönt. War das eine prachtvolle Vorstellung vor dieser märchenhaften Kulisse! Ins Bett bin ich erst um halb drei Uhr morgens gekommen. Gestern vormittag hatte ich einen leichten Kater, der sich aber davonschlich, nachdem ich ausgeritten war. Conte Gemona begleitete mich. Ein wirklich netter und sehr kultivierter Mann, der sich wohltuend von den umherstolzierenden Offiziersgockeln unterscheidet. In der Gegend von Udine besitzt er ein Landgut, und wir haben uns die meiste Zeit über Ackerbau und Viehzucht unterhalten, stellt Euch vor! Davon versteht er eine ganze Menge.
Eka ist mit dem König nach Mailand gefahren, um dort ein neues Waisenhaus einzuweihen. Sie ist in sozialer Fürsorge engagiert.
Hat Stefan mittlerweile geschrieben? Habt Ihr mir den Brief nachgeschickt? Ja nicht vergessen! Ich freue mich schon darauf, wenn er hierher kommt.
Herzliche Grüße an alle, auch von Frau Jennicke. Viel Spaß bei *Eurem* Sommerfest! Es grüßt und küßt Euch Eure Tochter Christina.«
Hedwig von Prettwitz legte den Brief weg und lehnte sich mit einem

verträumten Lächeln zurück. »Conte Marco de Gemona«, sagte sie leise. »Conte Marco de Gemona ... Wie das klingt! Ackerbau und Viehzucht – du liebes Bißchen! Ackerbau! Viehzucht! Davon hast du zu Hause genug!« Oh, mein Mädchen, mein kleines Mädchen, dachte sie, ich wünschte, er wär's, oder ein anderer, wer auch immer, einer der es wert ist, einer der dich glücklich macht! Denk nicht an Ackerbau und Viehzucht, amüsier dich, mein Herz.
»Ich wünsch' dir alles Glück dieser Welt, alles, alles, alles!« sprach sie wieder. »Na, vielleicht mit dem Conte ... Wie war das?« Sie sah im Brief nach. »De Gemona. Marco de Gemona ...«

Ein Sommerfest und zwei Depeschen

Der Kriegsausbruch Ende Juli/Anfang August 1914 fiel mitten in die Vorbereitungen zu dem alljährlichen Sommerfest auf Gut Prettwitz, das Christina in ihren Briefen erwähnt hatte. Otto von Prettwitz hatte zunächst erwogen, das Fest abzusagen, sich dann aber doch anders entschieden. »Gerade in dieser Situation dürfen wir das nicht tun. Das hieße ja so gut wie sich ins Bockshorn jagen zu lassen. Nein, nein! Es wird gefeiert wie jedes Jahr! Dumm nur, daß Christina nicht hier ist. Sie soll lieber nach Hause kommen, als lange Briefe zu schreiben. Feste feiern kann sie auch hier!«
Tante Gertrud aus Breslau nahm die Organisation in ihre energische Hand, und Hedwig war ihr darüber keineswegs böse. Die Anstrengung hätte den ohnehin mäßigen Erfolg der Kur in Marienbad zunichte gemacht, und alles wäre »für die Katz gewesen, die Zeit und das Geld«.
Vor allem das Geld hätte Hedwig leid getan. Sie hatte die bittere Armut ihrer nach außen hin so vornehmen Kindheit und Jugend weder vergessen noch je überwinden können. Auch der, wie sie meinte, ins Ungeheuerliche wachsende Reichtum ihres Mannes ließ ihr Mißtrauen der Zukunft gegenüber nie ganz schwinden; wer wußte schon, was in den Sternen geschrieben stand? Wer konnte schon sagen, was die dunklen Mächte auf der Schattenseite des Lebens mit einem vorhatten?
Wie groß der Reichtum der Familie war, hatte die Hausherrin Hedwig von Prettwitz nie richtig begriffen. Die stets gefüllten Spei-

sekammern erschienen ihr noch immer wie ein Wunder. Ein Wunder auch, daß immer Geld da war, wenn sie sich – selten genug – ein neues Kleid kaufte, einen Mantel oder einen Hut, oder, und das kam viel öfter vor, ein kleines Geschenk für ihre Kinder und Enkelkinder, eine Tafel Schokolade, ein Tütchen Erdbeerbonbons, eine Bonbonniere – welch ein Luxus ! –, diese sehnsüchtigen und meist vergeblichen Träume ihrer eigenen Kindheit. Im übrigen war auch ein Sommerfest nach ihrer Meinung völlig überflüssig, eine reine Zeit- und Geldverschwendung, zu rechtfertigen nur durch die geschäftlichen und gesellschaftlichen Verpflichtungen, die man damit gleichsam in einem Aufwasch hinter sich brachte.

Das Fest war ein voller Erfolg. Die in Equipagen und mit Automobilen anrollenden Gäste, über dreihundert an der Zahl, waren in einer fröhlich und erwartungsvoll pulsierenden Stimmung, einer Champagnerlaune, noch bevor sie auch nur ein Glas getrunken hatten. Das lag zum Teil am schönen Sommerwetter, zum anderen am Gefühl, daß sie mit dem Kriegsbeginn Zeugen eines gewaltigen historischen Ereignisses waren: Deutschlands Aufbruch zu neuen Ufern, ja, zu dem klar erkennbaren und in den Bereich des Möglichen und Erreichbaren gerückten Ziel, alle anderen Großmächte zu überflügeln und zur Weltmacht Nr. 1 zu werden! Und nicht zuletzt lag es am Ruhm, den die Sommerfeste auf dem Gut Prettwitz weithin genossen: wegen der üppigen Buffets, der erlesenen Getränke, der guten Musik, der fröhlichen Stimmung, und unter den jungen Leuten nicht zuletzt wegen der vielen verschwiegenen Plätzchen in dem weitläufigen Park.

Die traditionelle Begrüßungsrede des Hausherrn ließ man höflich, wenn auch etwas ungeduldig über sich ergehen. Diesmal war sie etwas länger als sonst geraten. Otto von Prettwitz sprach von ernsten Zeiten, die nun angebrochen seien, doch daß diese Zeiten wirklich ernst werden könnten, daran glaubte weder er selbst noch sonst einer von seinen Gästen.

»Wenn das Laub fällt, spätestens aber mit dem ersten Schnee ist der Krieg zu Ende«, war zu einer viel strapazierten Redensart geworden. Jeder glaubte daran, natürlich auch die beiden Generale und eine Reihe anderer hoher Offiziere, die sich unter den Gästen befanden. Und wenn sie daran zweifelten, ließen sie es jedenfalls nicht verlauten.

Nach dem Doppelmord von Sarajewo hatte Otto von Prettwitz den Gedanken an einen Krieg gegen oder wegen Serbien weit von sich gewiesen. Serbien, dieses kleine Land auf dem finsteren Balkan, rangierte in seiner Wertschätzung noch weit hinter den deutschen Kolonien Ost- und Südwestafrika, Kamerun und Togo. Wichtiger waren selbst die fernen Inseln im Pazifik, die Marianen und Marschall-Inseln, das Bismarck-Archipel und das Kaiser-Wilhelm-Land auf Neuguinea. Informationen über die Balkanländer bezog Otto von Prettwitz fast nur aus den spärlichen Zeitungsberichten. Was er da las, war haarsträubend genug! Putschversuche, Umstürze, Revolten, Verschwörungen, Mordkomplotte, Raubüberfälle. Das Attentat von Sarajewo paßte genau dazu. In Wien hätte man doch wissen müssen, in welche Teufelsküche man das Thronfolgerpaar schickte! Und wenn schon, dann hätte man zu dessen Sicherheit wenigstens eine ganze Division aufbieten oder (noch besser!) eine Kompanie deutscher Feldgendarmen zu Hilfe rufen müssen.
Als eine andere Informationsquelle über den Balkan, den Nahen Osten und Nordafrika dienten die Bücher des sächsischen Schriftstellers Karl May. Otto von Prettwitz war wie Millionen von Deutschen jeden Alters mit Kaiser Wilhelm II. an der Spitze ein leidenschaftlicher und eifriger Leser von Karl Mays Abenteuerbüchern, vom Autor selbst »Reiseberichte« genannt. Wenn das Wort *Balkan* fiel, wurde es automatisch mit *Schluchten* assoziiert. *In den Schluchten des Balkans.* Im Land der Skipetaren. Der Schut. Der Held Kara ben Nemsi. Schlauer, klüger, stärker, treffsicherer als alle anderen, edel, unbesiegbar, in jeder Lage stolz darauf, ein Deutscher (und Sachse) zu sein. Dann sein treuer Begleiter und Diener Hadschi Halef Omar, der edle Rappe Rîh, das Pferd des Kara ben Nemsi – der eiserne Otto von Prettwitz bekam selbst als reifer Mann feuchte Augen (und er schämte sich dessen nicht), wenn er die Stelle las, an der die tückische Kugel des Erzschurken Schut statt Kara ben Nemsi dessen Pferd Rîh traf. Ja, wilde, unzivilisierte Gegenden, Schurken, Wegelagerer und Banditen, das war der Balkan!
Otto von Prettwitz konnte die Liebe seiner Tochter Christina (eine blinde Affenliebe, was sonst?) für Montenegro und Serbien nie verstehen. Am ehesten war sie noch mit ihrer Liebe zu Karl Meyster zu erklären, mit dem sie dort gelebt und ihr Nest gebaut hatte: Vereinten Liebenden erscheint selbst die ödeste Wüstenei als Para-

dies, gemeinsam gegessen wird ihnen auch Wasser mit trocken Brot zum Festmahl.
Doch war das jetzt nebensächlich geworden. Das Pulverfaß Balkan war wieder einmal explodiert. Serbien hatte es fertig gebracht, Europa in Brand zu setzen und war andererseits zum Anlaß geworden, den längst fälligen Krieg gegen Rußland zu führen. Da es nun einmal geschehen war, wollte man diesen Krieg auch energisch und kompromißlos, doch auch anständig führen – eben auf deutsche Art! So beendete Otto von Prettwitz seine Begrüßungsansprache, deren letzten Sätze lauteten:
»... In ernsten Zeiten ziemt es sich nicht, Feste zu feiern, während unsere tapferen Soldaten mit ihrem Leben für Deutschlands Größe einstehen. Und so verspreche ich, daß für die Dauer des Krieges dieses jetzt stattfindende unser letztes Fest ist.« Hier legte er eine Kunstpause ein, hörte mit Befriedigung das enttäuschte Oooh und Aaaah der Gäste und fuhr mit leicht erhobener Stimme fort: »Wir sehen uns also nächstes Jahr bei dem traditionellen Sommerfest an dieser Stelle wieder (erleichtertes Lachen, beifälliges Klatschen, Bravo-Rufe). Bis dahin wird dieser Krieg längst siegreich beendet sein. Wir werden ihn so führen, daß unseren Feinden in Ost und West Hören und Sehen vergeht. Energisch und kompromißlos, doch auch anständig. Auf deutsche Art! Und auf deutsche Art erheben wir jetzt das Glas mit dem Ruf: Für Kaiser, Gott und Vaterland – vorwärts! Jeder auf seinem Platz, bis zum Sieg! Darauf ein dreifaches Hoch, Hoch, Hoch!«
Ein mächtig aufbrausendes Hoch von Männer- und etwas dünner das von Frauenstimmen antwortete. Der Kapellmeister gab das Zeichen, die Musik spielte einen Tusch. Man trank die Gläser leer. Wirklich vorzüglich, der Champagner!
Otto von Prettwitz tupfte sich den Schnurrbart ab und ließ den Blick über das weite Rund vor seinem Schloß gleiten.
Ein prachtvolles Bild! Konnte sich sehen lassen! Die Offiziere fast aller Waffengattungen in Gala-Uniformen, unter denen – wie nicht anders zu erwarten – die der Kavallerie überwogen. Die Herren Zivilisten, unter ihnen hohe und höchste Beamte, die selbst aus Berlin angereist waren, in dunklen Anzügen mit Ordensschnallen und Schärpen. Die Damen in ihren kostbaren Ge-

sellschaftsroben. Alles noch ein bißchen steif, doch das würde sich geben. Unter aufgespannten Zeltdächern lange Tafeln, mit feinem weißem Leinen gedeckt, altes Porzellan, Kristallglas, auf riesigen Silberplatten hunderterlei Speisen, Delikatessen aus aller Herren Länder. Bier aus eigener Brauerei, Weißwein von der Mosel, aus dem Elsaß und aus der eigenen Kellerei in Franken. Rotwein aus Burgund, Südtirol und Dalmatien. Liköre für die Damen, härtere Spirituosen für die Herren. Umherflitzende Diener in blau-weiß-goldenen Livreen. Etwas abseits unter den Bäumen die Tanzfläche und das Podium für das Orchester in Form eines chinesischen Pavillons, mit Drachen, Blumengirlanden und bunten Lampions geschmückt. In der Tat – ein prachtvolles Bild! Illustre Gäste: Ein österreichisches Erzherzogpaar, drei königliche Hoheiten (Sachsen, Hannover, Württemberg), Vertreter des diplomatischen Corps (leider nur die der verbündeten und befreundeten Mächte). Ein Fest, das kaum den Vergleich mit dem Sommerfest auf dem italienischen Schloß Racconigi zu scheuen brauchte, von dem Christina so schwärmerisch geschrieben hatte!

Schade, daß sie nicht hier war. Alle anderen Kinder waren gekommen, mitsamt dem Nachwuchs: Der älteste Sohn Otto mit Frau Viktoria-Friederike und drei Kindern; Tochter Louise mit ihrem Mann Graf Lechnow und vier Kindern; Barbara mit Bankier von Meyerhold; ihre Kinder hatten sie allerdings in Berlin zurückgelassen. Sogar Friedrich konnte auf der Reise von Wien, wohin er Ende Juli, gleich nach dem Österreichisch-ungarischen Ultimatum an Serbien gefahren war, zu seiner Einheit in Ostpreußen einen Tag Urlaub einschieben. In der Uniform des Königlich Preußischen 1. Leibhusaren-Regimentes Nr. 1* machte er eine gute Figur! War nicht einfach gewesen, ihn in dieses exklusive Elite-Regiment zu

* Die »Königlich Preußischen Leibhusaren« Nr. 1 und 2 wurden auch »Totenkopf-Husaren« genannt. Zu ihrer historischen schwarzen Uniform trugen sie einen großen silbernen Totenkopf auf der Pelzmütze, daher die Bezeichnung »Totenkopf-Husaren«. Der Totenkopf sollte bedeuten, daß seine Träger »den Tod nicht fürchteten und entschlossen seien, ihn unter die Feinde zu tragen«. Der wohl bekannteste »Totenkopf-Husar« war August von Mackensen, der 1873 als aktiver Leutnant im 2. Leibhusaren-Regiment Nr. 2, *Königin Viktoria von Preußen,* seine militärische Laufbahn begonnen, als Kommandeur des 1. Leibhusaren-Regimentes Nr. 1 und diensttuender Flügeladjutant des Kaisers Wilhelm II. fortgesetzt und als Generalfeldmarschall und Oberbefehlshaber der Balkanfront im 1. Weltkrieg beendet hat.

bekommen! Nur Christina fehlte – und natürlich Hermann, der ewige Herumtreiber. Hermann irgendwo in Syrien, Mesopotamien, möglicherweise Türkei ... Bei ihm wußte man nie genau, wo er sich gerade befand. Und Christina in Italien. In Italien – warum dort, warum nicht hier?
Otto von Prettwitz schlug den aufkeimenden Zorn über Christinas Abwesenheit nieder und wandte sich seiner Frau Hedwig zu. Sie stand hinter ihm, flankiert von ihren Söhnen Otto und Friedrich und fächelte sich mit einem japanischen Elfenbeinfächer Kühlung zu. Sie sah gut aus, immer noch, immer noch die Schönste – jedenfalls für ihn. Eine warme Welle von Zärtlichkeit vertrieb in Otto von Prettwitz den letzten Rest des Mißmutes über Christinas Abwesenheit.
»Siehst du, es wäre ein Fehler gewesen, wenn wir das Fest abgesagt hätten.«
»Ja, ja, du hast recht ...« Schade nur, daß Tini und Hermann nicht hier sind, wollte sie hinzufügen. Und dann mein Stefan ... Immer noch in diesem Montenegro. Ich mache mir Sorgen ... Aber sie schwieg. Warum auch ihm das Herz schwer machen?
»Gratuliere, mein lieber Baron, gratuliere herzlichst – eine fabelhafte Ansprache! Das rechte Wort am rechten Platz zur richtigen Zeit!« Der Mann, der, hager und säbelbeinig, diese Worte sprach, war General von Sydow, ein alter Kavallerist. Er verbeugte sich hackenknallend vor der Hausherrin, schüttelte dem Hausherren die Hand und fuhr fort: »Meine Hochachtung – wußte nicht, daß sie ein so fabelhafter Redner sind! Sollten sich für den Reichstag aufstellen lassen, mein Lieber! Dort gegen die Sozis antreten! Nochmals – meine Gratulation! Eine großartige Rede, ein prachtvolles Fest, ein prächtiges Wetter – sozusagen ein Kaiserwetter!«
»Warum in die Ferne schweifen, Herr General?« mischte sich ein dicker Oberst mit Bürstenhaarschnitt und kaiserlich hochgezwirbeltem Schnurrbart in das Gespräch ein. »Ein typisches Otto von Prettwitz-Wetter! Jedes Jahr das gleiche – eitel Sonnenschein! Stehen wohl mit Petrus im Bunde, alter Junge! Na denn – trinken wir auf gutes Gelingen des lobenswerten Unterfangens Sommerfest!«
Otto von Prettwitz trank dem General, dem Oberst und einigen anderen Herren zu, die sich dem Trinkspruch angeschlossen haben. Dann winkte er den Diener Franz herbei, der mit einer Silberplatte

in den weißbehandschuhten Händen und einer silbernen Glocke auf der Platte etwas abseits stand:
»Gib das Zeichen, Hedwig. Man wartet darauf. Unsere Gäste sind am Verhungern!«
Hedwig von Prettwitz lächelte ihrem Mann etwas abwesend zu, nahm die Glocke und klingelte. »Bitte, meine lieben Gäste, es ist angerichtet, bedienen Sie sich!« Ihre warme, jetzt etwas belegt wirkende Stimme mit dem leichten slawischen Akzent, den sie auch nach fünfzig Jahren Schlesien nicht verloren hatte, ging im fröhlichen Applaus unter. Die Gäste strömten unter das Zeltdach zu den kalten Buffets. Das Fest konnte beginnen.

Sie fühlte es kommen. Eine leichte Benommenheit befiel sie. Alle Dinge um sie herum wurden auf eine seltsame Art unwirklich. Sie blickte durch sie hindurch, durch die Menschen, ihre Gesichter, ihre Stimmen, sah andere Gesichter, hörte andere Stimmen und wußte bald nicht zu unterscheiden, welche die richtigen waren und welche die anderen, obwohl auch die anderen *richtig* waren, nur nicht von hier. Es kam immer auf diese gleiche Art, es stellte sich immer ganz plötzlich und unvorbereitet ein, und vielleicht hätte sie es auch mit ein wenig Übung herbeirufen können, doch sie hatte es noch nie versucht. Sie war da und war nicht da, sie stand mitten unter den Leuten und schwebte gleichzeitig über ihnen und zwischen ihnen und durch sie hindurch, war ganz leicht und frei, ja, frei, das war das richtige Wort! Sie sah und wußte Dinge, die ihr kurz zuvor noch verborgen waren, Dinge, die sie eigentlich nicht wissen *konnte,* aber sie tat es, und es erschien ihr ganz selbstverständlich, daß sie es tat. Da war das mit Christina: Sie stand auf dem Balkon vor dem Abendhimmel und schaute sie an, das heißt, Christina schaute einen Mann an, aber den konnte Hedwig nicht sehen. Ein unermeßlich großes Glücksgefühl ging von Christina aus, heiß, überwältigend, das die ganze Welt zu umschließen schien, den Himmel und die Sterne und wie ein heißer Atem zu ihr, Christinas Mutter, herüberströmte, sie einhüllte und wieder verschwand und einem rastlosen Gefühl des Fragens und Suchens wich, und Hermanns Stimme, die sagte: »Ich hab's ja nicht mehr weit, noch drei oder vier Tagesreisen.« Er ritt durch ein kahles Tal unter gewaltigen, senkrecht aufsteigenden Felsen und war auf dem Weg nach Hause.

Das Bild verflüchtigte sich. Was *hier* war und *hier* geschah, bekam wieder die Oberhand und ersetzte das *andere,* das wiederum so schnell verblaßte und aus ihrer Erinnerung verschwand, als wär's ein Traum gewesen. Sie stand neben ihrem Mann Otto und hielt die Klingel noch immer in der Hand. *Hier* waren vielleicht nur wenige Sekunden vergangen, während sie eine lange Zeit – wie lange? – draußen gewesen war – *wo* draußen? Sie stellte die Klingel zurück auf die Silberplatte, Franz trug sie weg, und die Stimme des Generals von Sydow sagte:

»Und Ihr Jüngster, Herr von Prettwitz? Ein Globetrotter, hörte ich. Fabelhaft, durch die Welt zu reisen! Wo dient er?«

»Noch nirgends. Er ist wieder einmal unterwegs. Weiß der Himmel, wo er sich herumtreibt und wann er wieder auftaucht!«

»Hermann ist unterwegs nach Hause«, sagte Hedwig. »Er ist bald wieder hier. – Friedrich, willst du den Herrn General nicht an das Buffet begleiten?«

»Woher weißt du denn, daß Hermann unterwegs nach Hause ist?« fragte Otto von Prettwitz etwas später seine Frau.

»Ich *weiß* es.«

»Und Christina? Dann weißt du wohl auch, wann Christina nach Hause kommt?«

»Sie kommt nicht. Sie ist sehr glücklich. Sie bleibt dort ... Aber genau ... Genau weiß ich das nicht.«

»Zum Teufel, sie *muß* doch nach Hause kommen! Ich habe ihr gleich nach Kriegsausbruch eine Depesche geschickt.«

»Davon hast du mir nichts erzählt.«

»Es ist Krieg. Und auch sie ...«

»Was hat der Krieg damit zu tun, Otto? Nichts.« Hedwig überlegte. »Oder jetzt noch nicht. Er hat *noch* nichts damit zu tun.«

»Womit?«

»Was dort geschieht ... Mit ihrem Glück. Später schon ... Wir werden sehen.«

Otto von Prettwitz ließ es dabei bewenden. Er hatte sich längst damit abgefunden, daß seine Frau zu Zeiten »gewisse Ahnungen« hatte, wie er das nannte, möglicherweise auch »Vorahnungen«, und daß diese meistens zutrafen – wenn man sich die Mühe machte, sie zu überprüfen.

Die Dienstboten nannten es anders. Unter ihnen hatte es sich herumgesprochen, daß die Herrin das *Gesicht* oder das *Zweite Gesicht* habe, eine *weise Frau* sei und um viele Dinge wisse, die anderen verborgen blieben. Das war nichts Außergewöhnliches. Solche Frauen gab es immer wieder, und drüben in Polen noch mehr als diesseits der Grenze. Früher, in heidnischen Zeiten, soll bald jedes Dorf eine *weise Frau* mit der Gabe der Weissagung und des Gesichtes gehabt haben, und sie waren hoch angesehen gewesen. Später hatte man sie unter dem Einfluß der Kirche als Hexen verfolgt und verbrannt.

Hedwig von Prettwitz ließ ihre Leute in diesem Glauben, ja sie bestärkte sie manchmal noch darin – durch eine wie zufällige Bemerkung, eine nebenbei ausgesprochene Andeutung. Es war ganz nützlich, wenn man der Meinung war, die Hausherrin könnte möglicherweise durch die Wände sehen und die verborgensten Gedanken lesen. Der Erfolg gab ihr recht. Nirgends wurde so wenig gestohlen wie auf Gut Prettwitz, nirgends überlegte man sich's gründlicher, ob man der Hausherrin eine Lüge auftischen oder doch lieber bei der Wahrheit blieb.

Das Sommerfest dauerte bis in die frühen Morgenstunden. Es war schon weit nach Mitternacht, als die erschöpften Musiker ihre Instrumente einpackten und gingen, und die Vögel kündigten lauthals den neuen Tag an, als die letzten Gäste das gastfreundliche Haus verließen. Der allerletzte, ein blutjunger Leutnant aus der benachbarten Garnison, wurde allerdings erst spät am Vormittag friedlich unter einem Busch schlafend entdeckt und nach einem ausgiebigen Katerfrühstück entlassen. Gegen Mittag fuhr auch Friedrich zu seinem neuen Kommando im Stab des XVII. Armeekorps, das im Ostpreußischen Deutsch-Eylau sein Hauptquartier aufgeschlagen hatte.

Tante Gertrud leitete den ganzen Tag – es war ein Sonntag – die Aufräumungsarbeiten. Am späten Nachmittag waren auch die letzten Spuren des Festes beseitigt. Am Montag verließen die Kinder und Enkelkinder das Gut, und am Dienstag früh erfuhr Hedwigs Behauptung, daß der Sohn Hermann auf dem Wege nach Hause sei und Christina nicht kommen würde, eine verblüffende Bestätigung. Sie kam gleich nach dem Frühstück in Form zweier Depeschen. Aus Bagdad telegraphierte Hermann, daß er unterwegs sei und sich bemühen würde, möglichst bald nach Hause zu kommen. Wegen der von den Engländern unterbrochenen oder kontrollierten Schifffahrtslinien im Mittelmeer müßte er allerdings den Landweg durch die Türkei nehmen und würde sich aus Konstantinopel wieder melden.

»Wenn ich mich richtig erinnere, gibt es dort kaum Eisenbahnen«, brummte Otto von Prettwitz. »Für den Weg braucht er bestimmt einen Monat, vielleicht noch länger.«

Die zweite Depesche kam von Christina. Sie war auf dem königlichen Schloß Racconigi aufgegeben worden und lautete: »von stefan noch immer keine nachricht – bin in großer sorge – königin elena will in montenegro intervenieren – deshalb bleibe ich bis auf weiteres hier - bitte um sofortige nachricht wenn sich stefan meldet – eure christina

»Hast du nicht etwas von *glücklich* gesagt?« spöttelte Otto von Prettwitz

»Das war etwas anderes . . . Sie *war* es . . . Ach, du lieber Gott, ich weiß es ja auch nicht!«

»Sie ist in großer Sorge, also unglücklich – wie kannst du dann von *Glück* reden? Entweder ist man das eine oder das andere!«

Darauf gab es kaum etwas zu sagen, obwohl Otto unrecht hatte. Natürlich hatte er unrecht! Man konnte beides zugleich sein, glücklich und unglücklich und noch vieles andere mehr, was sich scheinbar widersprach. Aber wozu reden und rechten? So sagte Hedwig nur:

»Ich hab' halt gemeint . . .«

»Was du immer so meinst! Allerdings halte ich ihren Entschluß für ganz vernünftig. Von Italien aus kann Christina mehr unternehmen als von hier aus. Schon gar, wenn sie die Unterstützung der Königin hat. Sie als Montenegrinerin . . .«

»Was unternehmen? Was meinst du damit?«

»Schau, Hedi, machen wir uns nichts vor. Wenn es Stefan nicht gelungen ist, noch vor Kriegsausbruch die Grenze nach Österreich-Ungarn oder nach einem neutralen Land – das könnte meines Wissens nur Albanien sein – zu passieren, dann . . . Dann blüht ihm wohl ein Internierungslager. Ich war immer gegen die Reise in diese Teufelsküche . . . Aber lassen wir das! Es ist passiert. Wenn er also in einem Lager sitzt – das können wir durch das Rote Kreuz erfahren – kann man ihn mit Hilfe der italienischen Königin einfacher herausbekommen. Das meinte ich und wohl auch Christina. Sie hat recht. Wenn jemand etwas tun kann, dann ihre Freundin, die Königin. Wir können jetzt nur noch warten.«

Gefahr für Schlesien

Es wurde ein langes Warten. Trotz aller Bemühungen sowohl von Wien als auch von Rom aus – dorthin war die italienische Königsfamilie und mit ihr auch Christina nach dem Sommeraufenthalt in Racconigi gezogen – kam von Stefan kein Lebenszeichen. Die private Anfrage der italienischen Königin Elena bei ihrem Vater König Nikola I. von Montenegro ergab nur, daß sich Stefan auf dem Bergkastell Kameni stup des Wojwoda Lazar Bošković aufgehalten hatte und von dort gegen Ende August mit unbekanntem Ziel verreist war.
Zu einem etwas anderen Ergebnis kam einer der Gewährsmänner des Legationsrates Dr. Meyster. Mitte September berichtete er aus Sarajewo nach Wien, daß Stefan bei einem Raubüberfall in den Sinjajevina-Bergen verletzt und nach Kameni stup gebracht worden sei, wo man ihn wieder gesund gepflegt hatte. Von dort sei er vom Oberleutnant der montenegrinischen Armee Bogdan Bošković abgeholt und einer Gendarmeriepatrouille übergeben worden. Diese sollte ihn als »feindlichen Ausländer« in ein Internierungslager bringen. Seitdem fehle von ihm jede Spur.
Hedwig von Prettwitz versuchte zum erstenmal ihr *Zweites Gesicht* bewußt einzuschalten, doch ohne Erfolg. So sehr sie sich auch bemühte – sie holte aus Stefans Zimmer sogar ein kleines Stofftierchen, das er als Kind besonders gern gehabt hatte, und hielt es bei ihren Versuchen ans Herz gedrückt –, es gelang ihr nicht, sein Bild herbeizurufen. Einmal hatte sie das Gefühl, ihm ganz nahe zu sein, doch schien sich zwischen ihnen eine Mauer aufzutürmen, die es ihr unmöglich machte, ihn zu erreichen. So stellte sie ihre Versuche schließlich ein. *Irgendwann und irgendwie* würden sie die gewünschten Bilder vielleicht erreichen, wahrscheinlich gerade dann, wenn sie sie am wenigsten erwartete.

Der Krieg lag wie ein schwerer, dunkler Schatten auf dem Land und beherrschte immer mehr das Leben, den Tagesablauf, die Zukunftserwartungen der Menschen. Die Todesnachrichten häuften sich. Bereits in den ersten vier Wochen waren zwei Feldarbeiter des Gutshofes und drei Männer aus dem Dorf den »Heldentod auf dem Feld der Ehre« gestorben, alle in den Kämpfen gegen die in Ostpreußen eingedrungenen Russen. Nach der Schlacht von Tannenberg Ende August – der Sieg wurde mit Glockengeläut und Dankgottesdiensten gefeiert – kam die Nachricht, daß Rittmeister Friedrich von Prettwitz verwundet und ins Feldlazarett in Graudenz an der Weichsel gebracht worden sei.
Drei Tage danach kam der bereits erwähnte Brief mit der Beschreibung der Schlacht, in der er verwundet worden war »ohne auch nur den Schatten eines russischen Soldaten gesehen zu haben«. Ein Granatsplitter habe seine Kartentasche getroffen, durchschlagen und ihn an der Hüfte verletzt, schrieb er. »Alles halb so schlimm! Mehr eine Prellung – dank der vollgestopften Kartentasche. Ich hatte allerdings weniger Karten als anderes Papierzeug drin, unter anderem einen Band Gedichte von Heine. Ausgerechnet! Dieser vor allem hat mit seinem festen Einband die Wucht des Splitters aufgefangen und abgebremst. Und da sage noch einer, daß Poesie keinen praktischen Wert hat!«
Die Freude über den Sieg bei Tannenberg war noch nicht abgeklungen, als sich die Nachricht verbreitet hatte, daß die Russen im Vormarsch auf Lemberg seien. Die geschlagenen Österreicher würden ihnen kaum mehr Widerstand entgegensetzen. Tatsächlich mußte Anfang September Lemberg geräumt werden. Nur zehn Tage später wurde die österreichische Festung Przemysl eingeschlossen, und starke russische Kräfte rückten westwärts in Richtung auf Krakau vor.
Krakau, Hedwig von Prettwitz' Heimatstadt, war kaum sechzig Kilometer Luftlinie vom oberschlesischen Industrierevier entfernt! »Das hat man nun von dieser unseligen Teilung Polens!« rief sie mit zornsprühenden Augen aus, als ihr Mann Otto die Möglichkeit eines russischen Vorstoßes bis ins Industrierevier erwähnte. »Hätten Preußen und Österreich damals diesem infamen Handel nicht zugestimmt, wäre es nie so weit gekommen!«
Damals war 1795, als Rußland, Preußen und Österreich das König-

reich Polen unter sich aufgeteilt hatten,* doch sie sagte es, als sei es erst gestern geschehen: »Polen war immer ein Bollwerk gegen die Tataren, Russen, gegen alle, die von Osten her Westeuropa erobern wollten. Aber dann kamen diese habgierigen Landräuber und teilten es unter sich auf – mit dem Resultat, daß man die Russen an die Grenzen bekam! Die Österreicher büßen es bereits. Und wir – auch wir werden es büßen müssen, wartet nur! Wenn sich diese Menschenmassen einmal in Bewegung setzen ...«

Sollte Hedwig von Prettwitz recht behalten?

Man sprach davon, daß die Russen südlich von Warschau und Lodž zu den vier bereits bestehenden zwei neue Armeen aufstellten. Das konnte nur eines bedeuten: die bevorstehende Offensive in Richtung Breslau. Die Siegesnachrichten aus Ostpreußen, wo die russische *Njemen-Armee* in der Schlacht an den masurischen Seen schwere Verluste hatte hinnehmen und Ostpreußen räumen müssen, waren nur ein schwaches Trostpflaster. Die masurischen Seen waren weit, Lemberg aber gleich hinter der Grenze. Wer sollte sich sechs bis an die Zähne bewaffneten Armeen entgegenstellen? Wer diese Menschflut aufhalten?

Die 8. Armee unter Hindenburg und Ludendorff hatte in Ostpreußen alle Hände voll zu tun. Die drei angeschlagenen österreichisch-ungarischen Armeen standen in schweren Abwehrkämpfen an den Karpatenpässen. Von der Westfront konnte man keine Verstärkungen holen. Dort wurde der deutsche Vormarsch an der Marne gestoppt, man sprach von schweren Abwehrkämpfen, Umgruppierungen, Neugliederungen, Vorbereitungen auf eine neue Offensive ... Hieß das im Klartext nicht, daß man auch dort die Hoffnung auf einen raschen Sieg über Frankreich und das englische Expeditionskorps aufgegeben hatte?

Mitte September brachte Graf Lechnow seine Familic, Frau, vicr Kinder und eine Wagenladung voll Dienstboten auf Gut Prettwitz. Der Graf sah müde aus, übernächtigt, mit einem sorgenvoll zerfurchten Gesicht. Zu Hause sei es ihm zu unsicher geworden, er-

* Nach 1772 – die erste und 1793 – die zweite, fand 1795 die dritte Teilung Polens statt. Rußland erhielt etwa zwei Drittel des Staatsgebietes, Preußen und Österreich teilten sich den Rest. Die Aufteilung des unglücklichen, von ständigen Kriegswirren zerrütteten Landes, stellte einen beispiellosen Gewaltakt in der europäischen Staatengeschichte dar.

zählte er. Seine Besitzungen lagen nordöstlich von Kempen in der Provinz Posen, unmittelbar an der deutsch-polnischen oder russischen Grenze. Der Grenzfluß Prosna bildete teilweise auch die östliche Begrenzung seiner Ländereien.

»Diesseits von Prosna, auf meinem Land, hat man angefangen, Gräben auszuheben und Unterstände zu bauen. Warum, zum Teufel, nicht fünfzig oder hundert Kilometer weiter östlich? wollte ich von den Pionieroffizieren wissen, von denen die Arbeiten geleitet werden. Ob man die Russen bis hierher vorlassen und Posen zum Frontgebiet machen wollte? Ob man der Meinung sei, daß sich die russische Dampfwalze von den lächerlichen Gräben aufhalten ließe, die sie ausheben? Aber sie ließen sich auf kein Gespräch ein. Sie hätten eindeutige Befehle, und Befehl ist Befehl, Schluß.

Aber nicht nur das. Neuerdings werden fast alle Gutsgebäude von Truppen besetzt. Eine neue Armee sei im Aufbau, sagte mir ein Oberst, der sich mit seinem Stab im Gästetrakt unseres Schlosses einquartiert hat. Ich müßte gewisse Unbequemlichkeiten in Kauf nehmen, der Krieg ginge vor, wir alle sollten dafür Opfer bringen. Schon gut, schon gut, dagegen hätte ich ja nichts einzuwenden, meinte ich. Ich wünschte nur, seine Leute würden später mit dem gleichen Eifer den Nahkampf mit den Russen suchen, wie jetzt den mit meinen Mägden. Und dann seine milchbärtigen Leutnants und Oberleutnants – nicht zu bremsen! Kurzum, es war höchste Zeit, die Sachen zu packen und die Familie wegzubringen.«

Bei diesen Worten maß der Graf mit finsteren Blicken seine drei Töchter. Elfriede, 24, Erna, 22 und Friederike, 18, waren noch unverheiratet, nicht besonders schön, von einem blonden, bäuerlich derben Schlag, doch gut gewachsen und kräftig, und ihr junges Blut schien nicht weniger heiß durch die Adern zu pulsieren als das der jungen Mägde.

Der Graf selbst fuhr bereits am nächsten Tag in aller Frühe zurück nach Hause.

»Keine Macht der Welt kann ihn davon abhalten«, meinte seine Frau Louise, Hedwigs älteste Tochter, bekümmert. »Dort ist er geboren, dort ist er aufgewachsen. Er war nie länger fort als vierzehn Tage oder drei Wochen. Je länger ich mit ihm verheiratet bin, desto mehr kommt er mir wie ein Stück von seinem Land vor. Verstehst du, Mama? Er *ist* das Land! Hört sich merkwürdig an, nicht wahr? Wenn man ihm sein Land nimmt, stirbt er. Diese Gräben, die man jetzt aushebt... Es ist ziemlich sumpfig dort, Ödland, um ehrlich zu sein, ein Paradies nur für Wasservögel. Aber es tut ihm so weh, als würde man die Gräben in seinen eigenen Leib schneiden. Wenn die Russen tatsächlich bis dort vordringen... Ich bin sicher, ja, ganz sicher, daß er am Grenzfluß stehen und auf sie schießen wird, bis sie ihn...«

Louise begann zu weinen. Aber sie fing sich bald wieder, schneuzte sich geräuschvoll, fuhr sich mit dem Handrücken unwillig über die Augen. »Zum Glück ist unser Sohn Albert erst zwölf Jahre alt. Ich könnte ihn sonst nicht zurückhalten. Er würde sich freiwillig melden oder sonst einen Unsinn machen, etwa mit seinem Vater zurückfahren, um mit den Russen zu kämpfen. Er ist aus dem gleichen Holz geschnitzt, ein störrischer schlesischer Bauernschädel!«

So wie du aus dem gleichen Holz geschnitzt bist wie dein Vater, Otto der *Eiserne,* dachte Hedwig von Prettwitz lächelnd. Du und dein Mann, der bäuerliche Graf! Mich wundert es nicht, daß eure Kinder so sind, wie sie sind, gesund und erdverbunden, störrisch, hartköpfig, stark. Nur ihre Geistesgaben... Naja, es geht, könnte schlimmer sein.

Louise zog mit den Kindern und drei Dienstmädchen in einen Seitenflügel des Schlosses.

»Das Haus ist wieder voller Leben – wie schön!« widersprach Hedwig von Prettwitz ihrer Schwägerin Gertrud, die sich darüber beklagte, daß es jetzt doch ein bißchen *zu* laut und lebhaft zugehe. So habe zum Beispiel Albert (»sie nennen ihn *Bertie!* Also, wie man einen Bengel diesen Schlages nur *Bertie* nennen kann!«) bereits wenige Stunden nach der Ankunft den Parkteich halb leer gefischt, ein Feuer angezündet, die gefangenen Goldfische gebraten und mit den Dorfbuben gegessen. Den Rest hätten sie an Katzen verfüttert. »Ich hoffe, daß ihm ordentlich schlecht wird. Aber die halbgaren Fische scheinen ihm gut bekommen zu sein und den anderen auch. Jedenfalls habe ich nichts Gegenteiliges vernommen.«

Gegen Ende September wurde Otto von Prettwitz zum erstenmal nach Berlin gebeten. In einem persönlichen Schreiben forderte ihn Kriegsminister General Erich von Falkenhayn auf, seine »große Erfahrung und Energie in drängenden wehrwirtschaftlichen Problemen dem Deutschen Reiche zur Verfügung zu stellen«.

Otto von Prettwitz konnte sich der Bitte nicht verschließen, zumal er damit bereits insgeheim gerechnet hatte. Während seiner Abwesenheit kam Friedrich zu einem Blitzbesuch nach Hause. Er sah blaß und abgemagert aus, war jedoch voller Energie und Tatendrang, und seine blauen Augen blitzten unternehmungslustig. Nach eigener Bekundung fühlte er sich völlig wiederhergestellt und so gut in Form wie selten zuvor. Nach der Entlassung aus dem Feldlazarett wollte man ihm vierzehn Tage Genesungsurlaub verschreiben, doch dazu habe er keine Zeit.

»Das XVII. Armeekorps ist nach Oberschlesien beordert worden. Unter General von Mackensen bildet es das Herzstück der neuen 9. Armee, die in Oberschlesien aufgestellt wird. Wenn mich nicht alles täuscht, werden wir bald antreten und in Richtung Warschau vorstoßen.«

Das bedeutete auch für ihn wieder Fronteinsatz, auch wenn er in der Operationsabteilung des Korps-Stabes weniger gefährdet war als etwa in einer der eingesetzten Schwadronen. Natürlich hatte Hedwig von Prettwitz trotzdem Angst um ihn – welche Mutter könnte ihren Sohn sorglos in den Krieg ziehen lassen? Dennoch empfand sie diese Sorge nicht so bedrängend, wie sie es eigentlich erwartet hatte. Irgendwie hatte sie um Friedrich keine große Angst. Er war ein fröhlicher Mann, ein Leichtfuß, ein Kind des Glücks, dem es gegeben war, allen Gefahren aus dem Wege zu gehen oder sich herauszuwinden, wenn er schon in eine geriet. Das mit dem Gedichtband von Heine in der Kartentasche war für ihn bezeichnend gewesen. Ein anderer hätte das Buch anderswo gehabt, und der Granatsplitter wäre nicht abgefangen worden... Stefan zum Beispiel. Stefan hätte das Buch und sicher auch die Kartentasche auf der anderen Seite getragen, oder das Pferd hätte anders gestanden, oder der Splitter hätte ihn weiter oben getroffen... Stefan war immer wieder in Gefahr. Er war stark, o ja, er war stärker als Friedrich, stärker als alle anderen Kinder, stärker selbst als sein Großvater Otto, doch auch gefährdeter als sie alle, verletzlicher, darauf angewiesen, daß ihm jemand zur Seite stand. Ein Schutzengel? Ein gütiges Schicksal? Oder irgendetwas sonst, verborgene, geheimnisvolle Kräfte, Kräfte der Erde, nicht des Himmels, längst vergessene, doch deshalb nicht minder mächtige und einflußreiche Wesen, die schon immer da waren, seit Anbeginn, viel, viel eher als der christliche Gott, der alle anderen Götter mit Feuer und Schwert verjagt und ausgerottet hatte; denn *du sollst keine anderen Götter haben neben mir.*

Wie kam sie nur auf solche Gedanken? fragte sich Hedwig von Prettwitz verblüfft und über sich selbst erschrocken. Sie, eine gläubige Katholikin, so erzogen und aufgewachsen und so gelebt? *Es liegt alles in Gottes Hand. Es gibt kein Geheimnis als das Seiner Existenz und Seiner Allmacht.* Aber naja, sagte sie sich dann, weil Er in Seiner Allmacht der absolute Herr ist, kann er sich's ja leisten, in einigen abgelegenen Ecken Seines Reiches und der menschlichen Seelen noch die alten geheimnisvollen Mächte zu dulden, die lange vor Ihm das Sagen unter den Menschen hatten...

Am 28. September trat die neu formierte 9. Armee zu der erwarteten Offensive im Mittelabschnitt der Ostfront an. Ihre Spitze bildete das XVII. Armeekorps unter General von Mackensen, das bei Tschenstochau die deutsch-russische Grenze überschritt und in Richtung Iwangorod an der Weichsel vorstieß. Das Ziel der Offensive war die Entlastung der bedrängten österreichisch-ungarischen Armeen in Südpolen und Galizien und die Einnahme Warschaus. Die Offensive machte schnelle Fortschritte. Bereits am 5. Oktober wurde die Stadt Radom eingenommen, rund 130 Kilometer von der Grenze entfernt.

»In Radom zogen wir mit General von Mackensen an der Spitze mit klingendem Spiel ein«, schrieb Rittmeister Friedrich von Prettwitz nach Hause. »Aber wir bekamen keine Gelegenheit, uns etwas auszuruhen, so nötig wir das auch gehabt hätten. Nach wenigen Stunden erreichte uns der Befehl, nach Norden abzuschwenken, um Warschau zu erstürmen. Die polnische Hauptstadt soll nur von schwachen russischen Kräften verteidigt werden. Hoffentlich stimmt das. Mit unseren übermüdeten Soldaten können wir keine Bäume ausreißen.«

Mackensens Armeekorps überschritt den Fluß Piliza, stieß weiter nördlich vor und erreichte die Stadt Tarczyn, knappe zwanzig Kilometer von Warschau entfernt. Rittmeister von Prettwitz: »Hier quartierten wir uns in dem Haus eines Arztes ein. Seine Bewohner haben es verlassen und sind vor uns geflüchtet. Schon am nächsten Morgen wollten wir weiterreiten und noch am gleichen Tag in

Warschau einziehen. Doch der Feldherr denkt, und der Schlachtengott lenkt. Es kam anders. Die Russen haben, von uns weitgehend unbemerkt, östlich der Weichsel starke Kräfte zusammengezogen. Sie greifen uns mit dem Ziel an, südlich von Warschau unsere Front zu durchbrechen und das Gros der 9. Armee einzukreisen, die Iwangorod fast erreicht hat. Wir müssen das verhindern und unsere Stellung um jeden Preis halten. Eine ehrenvolle, wenn auch schwierige Aufgabe! In dem kleinen Haus des Arztes richten wir uns ein, so gut es geht. General von Mackensen schläft in einem winzigen Verschlag, von uns Stabsoffizieren nur durch einen Vorhang getrennt. Das heißt, wenn er überhaupt schläft. Er ist unermüdlich, ein Truppenführer, wie man kaum einen findet! Die Kämpfe sind schwer, die Verluste groß. Zehn Tage mindestens müssen wir durchhalten, um der Armee einen geordneten Rückzug zu ermöglichen. Ob wir es schaffen?«

Das XVII. Armeekorps schaffte es. Nach zehn Tagen schwerer Abwehrkämpfe wurde der Rückzug befohlen. Als der Brief mit dem Bericht über die Kämpfe südlich von Warschau Gut Prettwitz erreichte, war auch das XVII. Korps bereits wieder in Schlesien. Hier bekam General von Mackensen die Nachricht, daß er zum Oberbefehlshaber der dezimierten, nach ihrem gescheiterten Feldzug nach Polen demoralisierten 9. Armee ernannt worden sei. Seine Aufgabe bestand darin, unter dem Oberkommando des Generalfeldmarschall von Hindenburg* den Einbruch der anrollenden »russischen Dampfwalze« nach Schlesien zu verhindern.

In dieser kritischen Situation wurde ein verwegener Plan gefaßt. Wenn er fehlschlug, konnte nichts mehr den Einbruch der zwei neuen, größtenteils aus Sibirien herangeführten russischen Armeen in Schlesien aufhalten. Der Plan sah vor, daß der erdrückenden russischen Übermacht an der deutschen Grenze nur schwache Truppen entgegengestellt werden sollten. Gleichzeitig würde das Gros der umgruppierten und aufgefrischten 9. Armee aus der Gegend von Thorn an der Weichsel entlang vorgehen, die überlegenen russischen Kräfte an der rechten Flanke angreifen und versuchen, in ihren Rücken zu stoßen. Falls das Vorhaben gelang, drohte den

* Generalfeldmarschall von Hindenburg wurde am 1. November 1914 zum Oberbefehlshaber Ost ernannt. Ludendorff blieb sein Generalstabschef.

Russen eine neue Umfassungsschlacht und Niederlage wie Ende August 1914 bei Tannenberg, oder sie mußten sich vor der drohenden Einkreisung zurückziehen.
Es war aber auch gut möglich, daß der Durchbruch bei Thorn nicht gelang. In diesem Falle hätte die »russische Dampfwalze« freie Bahn nach Schlesien.

Hedwigs Zweites Gesicht

Von all diesen Überlegungen und von der Gefahr, in der das Land schwebte, wußte man auf Gut Prettwitz so gut wie nichts. Die Informationen bezog man aus den Tageszeitungen – man hatte noch nicht gelernt, in deren schönfärberischen Berichten zwischen den Zeilen zu lesen. In Friedrichs gelegentlichen Briefen von der Front stand auch nicht viel mehr. Nur bei seinen Reisen nach Berlin wurde Otto von Prettwitz eingehender informiert. Doch darüber sprach er zu Hause so gut wie nicht.
Gegen Ende Oktober kam aus Rom die so sehnlich erwartete Nachricht über Stefans Verbleib in Montenegro. Christina schrieb, daß Stefan in das Internierungslager für »Angehörige feindlicher Nationen oder Staatsbürger der Länder, die sich mit Montenegro im Kriegszustand befinden« in Bijelo Polje nahe der serbischen Grenze gebracht worden sei. Dies habe ein Major Stane Vukotić der italienischen Königin Elena auf deren Anfrage bei ihrem Vater König Nikola I. von Montenegro berichtet.
». . . Ihr könnt Euch gar nicht vorstellen, wie froh und erleichtert ich war, als mir Eka den Brief des Major Vukotić zu lesen gab«, schrieb Christina in dem Eilbrief nach Hause. »Natürlich bin ich nicht alle Sorgen los. Das werde ich erst, wenn ich Stefan wieder bei mir habe. Aber wenigstens weiß ich jetzt, daß er lebt und bei guter Gesundheit ist, wie es in dem Bericht aus Cetinje steht. Die Königin will ihre Bemühungen darauf konzentrieren, daß Stefan freigelassen und nach Italien gebracht wird. Das dürfte so schwer nicht sein, meint sie. Italien sei ein neutrales Land, und in Montenegro hätte der König noch immer das letzte Wort. Ihr Vater würde ihr diesen Gefallen bestimmt gern tun.
Ich bleibe hier in Rom, wohin wir aus Racconigi angereist sind. Von

Italien aus ist es eher möglich, etwas auszurichten. Am liebsten würde ich selbst nach Montenegro reisen, doch ist mir das als Angehörige einer ›feindlichen Nation‹ nicht möglich, auch nicht mit der Protektion der Königin.
Eka stellte mir einen montenegrinischen Offizier vor, der sich als persönlicher Vertreter des König Nikola I. oft in Rom aufhält und über gute Beziehungen überallhin verfügt. Er heißt Arsa Koviljan-Kundak. Diese letzte *Kundak* ist ein Beiname und stammt aus der Zeit, als Montenegro und die Türkei im Gebiet von Novi Pazar-Sandschak noch eine gemeinsame Grenze hatten. Damals soll sich dieser Mann den Beinamen *Kundak* erworben haben, was so viel wie Gewehrkolben heißt. In Montenegro gilt er als eine Art Volksheld. Er hat zugesagt, daß er sich für Stefan verwenden und ihn unter Umständen persönlich aus dem Lager holen wird, wenn er dazu die notwendigen Bewilligungen erhält. Für diese will Eka sorgen.
Wie Ihr seht, lieber Papa, liebe Mama, war es doch gut, daß ich hier geblieben bin und die ganze Sache vorantreiben konnte! Vielleicht komme ich bald nach Hause, und zwar nicht allein, sondern mit meinem Stefan...«
Nachdem sie den Brief zwei- und dreimal gelesen hatte, ging Hedwig von Prettwitz in die Dorfkirche. Vor dem Altar der Mutter Gottes zündete sie eine besonders dicke und vor dem Bild des heiligen Antonius eine etwas kleinere Kerze an. Wenn es nach ihr gegangen wäre, hätte Antonius eine genauso große oder sogar noch größere Kerze bekommen. Doch der himmlischen Hierarchie mußte Rechnung getragen werden, und nach dieser rangierte der Heilige natürlich weit unter der Mutter Gottes.
Hedwig hatte ihn schon als junge Frau aus ihr unbekannten und unerfindlichen Gründen zu ihrem ganz persönlichen Patron und Fürsprecher erkoren. Gemeint war nicht *Antonius der Große,* den man den Vater aller Mönchsorden nennt, sondern der Franziskanermönch Antonius von Padua, Schutzherr der Eheleute, Freund der Kinder und Vögel und Patron aller Suchenden. Sie fühlte sich ihm verbunden, und es fiel ihr ganz leicht, mit ihm stumme Zwiesprache zu halten. Dies tat sie auch jetzt, nachdem sie die Kerze angezündet hatte. Er solle ihr doch weiter zur Seite stehen und Stefan sicher nach Hause geleiten.

In der Dämmerung unter dem Chor trat ihr der Dorfpfarrer entgegen.
»Frau Baronin – ich freue mich ... Sie haben zwei Kerzen gestiftet?«
Ach du lieber Antonius, war dieser Mann neugierig! Hedwig erzählte dem Pfarrer, weshalb sie die Kerzen gestiftet hatte – sonst hätte er ja doch keine Ruhe gegeben.
»Ich freue mich, ich freue mich – endlich eine gute Nachricht in dieser Zeit, in der schlechte Nachrichten, ja, schlechte und traurige Nachrichten einander jagen ... Jeden Tag zwei oder drei, manchmal sogar mehr.«
Obwohl der Pfarrer gewohnheitsmäßig mit gedämpfter Stimme sprach, hallten seine Worte überlaut in der Stille des Kirchenschiffes. Sein Gesicht strahlte sie in der Dämmerung an, und er schmatzte leise mit gespitzten Lippen – ein widerliches Geräusch! Sie konnte diesen Mann nicht ausstehen, nein, sie mochte ihn einfach nicht! Dabei mußte sie seine Anwesenheit viel zu oft ertragen. Warum eigentlich? Er war häufig zu Gast drüben im Schloß, saß an ihrem Tisch, vor allem an kirchlichen Feiertagen, *viel zu oft!*
Der kleine, rundliche Mann in der schwarzen Soutane sah mit seinem pausbäckigen Gesicht und der rot angelaufenen Knopfnase zwar aus wie einer, der den Freuden des Lebens nicht abgeneigt ist, der menschlichen Schwächen und Verirrungen Verständnis und Toleranz entgegenbringt, aber Hedwig von Prettwitz wußte es besser. Sie kannte ihn! Er war ein strenger, unduldsamer Herr, für den alles, was nicht in die katholische Kirchenlehre paßte, Teufelswerk und Hexenspuk war. Ein eifernder Streiter Gottes, ein Geistlicher, der die alten Zeiten herbeiwünschte, da man Ketzer, Hexer und Hexen unter Anklage stellen, peinlichen Verhören unterziehen, ihnen den Prozeß machen und sie – allen anderen zur Warnung – öffentlich verbrennen durfte. Er wußte um ihren Ruf als *Weise Frau* mit der Gabe des *Zweiten Gesichtes,* verdächtigte sie, womöglich in gewissen Künsten der Magie bewandert zu sein – und sie bestärkte ihn boshafterweise hie und da mit kleinen, wie unabsichtlich eingestreuten Bemerkungen noch darin. So beugte sie sich auch jetzt etwas vor und sprach mit einer zum geheimnisvollen Flüstern gesenkten Stimme:
»Der heilige Antonius hilft *immer,* Hochwürden! Wenn ich etwas

verliere oder verlege, das passiert mir viel zu oft, wissen Sie, dann nehme ich eine kleine Antonius-Statue in die Hand, mache die Augen zu, sage mein Sprüchlein auf, bitte ihn um Hilfe – und schon finde ich wieder, was ich verloren habe! Sehen sie – und jetzt hat man auch unseren Stefan wieder gefunden!«

Sie nickte dem feisten Gesicht mit den nun ärgerlich gespitzten und schmatzenden Lippen zum Abschied zu und verließ die Kirche. Draußen blieb sie stehen und blinzelte geblendet in den hellen Tag. Nach einer trüben und regnerischen Woche schien wieder die Sonne von einem wolkenlosen, wie frisch gewaschenen Himmel. Doch sie hatte bereits viel von ihrer wärmenden Kraft verloren. Ein kühler Ostwind raschelte in den gelb verfärbten Blättern der großen Linde auf dem Kirchplatz, wirbelte kleine Staubwölkchen auf und ließ Hedwig von Prettwitz frösteln. Der Herbst hielt Einzug. Es würde nicht mehr lange dauern, bis der erste Schnee fiel.

Eine Spatzenschar fiel ein, pickte heftig zwitschernd und streitend an frischen Pferdeäpfeln herum. Hedwig von Prettwitz schaute den Vögeln lächelnd zu, ein leichter Schwindel erfaßte sie, die Sonne blendete sie plötzlich so stark, daß sie die schmerzenden Augen mit der Hand beschatten mußte und die Füße des Mannes dort, wo eben noch Spatzen um die Pferdeäpfel stritten, nur verschwommen sehen konnte. Sie wischte sich die Tränen weg, und jetzt sah sie es deutlicher. Der Mann trug Opanken – es waren genau solche Opanken wie jene, die Christina vor fünfzehn Jahren zur Erinnerung an Montenegro mitgebracht hatte, nur größer, schmutzig und zerrissen. Vor den Füßen mit den Opanken standen andere in glänzend schwarzen Schaftstiefeln. Der Mann mit den Stiefeln war sehr groß und trug eine graue, fremdartige Uniform mit goldenen Epauletten. Er beugte sich über den Mann in den Opanken, der auf einem Stuhl saß. Dessen Hände waren hinter der Stuhllehne gefesselt, die Schultern unter dem schmutzigen, an einer Stelle eingerissenen Hemd stachen knochig hervor. Er blickte zu dem Mann in der Uniform auf. Sein linkes Auge war geschwollen und fast ganz geschlossen, aus seiner Nase quoll Blut, lief über die dicken, blau verfärbten und blutverschmierten Lippen, über das schwarz verklumpte Blut auf seinem unrasierten Kinn, hing in einem rubinrot glänzenden, schnell anwachsenden Tropfen am Kinn, löste sich, der Tropfen fiel

auf seine Brust, ein neuer Tropfen wuchs, löste sich, fiel, wieder einer, wieder einer.
Der Mann in der Uniform hob die linke Hand und stupste mit dem Fingerknöchel in die Wange des Sitzenden. Er hatte keinen Ringfinger, nur einen kurzen Stummel. Am Mittelfinger trug er einen schweren goldenen Siegelring.
Hedwig sah die Hand mit dem fehlenden Ringfinger und dem Siegelring am Mittelfinger so genau, daß sie sie noch nach Jahren genau beschreiben konnte. Der Mann stupste den Sitzenden noch einmal an. Auch diesmal war es nur eine auffordernde, leichte Berührung – und doch auch von einer so drohenden, unbarmherzig lauernden Brutalität, daß Hedwig entsetzt aufschrie – vielmehr glaubte sie laut aufgeschrien zu haben, wußte aber gleichzeitig, daß es in Wirklichkeit nur ein leises, kaum hörbares Wimmern war, nur ein erstickter Laut des Entsetzens.
Denn der Mann auf dem Stuhl war Stefan. Sie erkannte ihn deutlich, obwohl er ganz anders aussah als damals, als er sich hier von ihr verabschiedet hatte. Ja, es war hier gewesen, genau an dieser Stelle vor der Kirche, nach einem Sonntagsgottesdienst, den sie gemeinsam besucht hatten. Danach war er mit dem Auto zum Bahnhof gefahren und von dort mit dem Zug nach Wien, um sein Magisterdiplom zu feiern und anschließend die Reise in den Süden anzutreten. Sein damals so schönes, dichtes Haar, das in der Sonne mit einem rotgoldenen Glanz geschimmert hatte, war jetzt glanzlos, verfilzt, hing in nassen Strähnen in das Gesicht, dieses graue, knochige Gesicht mit den blutig zerschlagenen Lippen, die sich jetzt öffneten, als wollte er etwas sagen... Etwas sagen, während sich auf das Gesicht ein Vogel setzte, ein zweiter und dritter, bis es unter der braungrauen Meute flatternder, zwitschernder, um die Pferdeäpfel streitender Spatzen verschwand, in den weiß-grauen Staub der Straße wie im Wasser versank und sich in Nichts auflöste.
»Frau Baronin!«
Hedwig fuhr sich mit einem zitternden Seufzer über die Augen. Die Spatzen flogen schwirrend davon. Die Stimme rief wieder:
»Frau Baronin – Frau Baronin – ist ihnen nicht gut?« Der Pfarrer stand hinter ihr und schaute sie fragend an.
»Es geht schon, Hochwürden, es geht schon...« murmelte Hed-

wig von Prettwitz. »In der Kirche war es dunkel und hier draußen plötzlich die Sonne... Nur ein leichter Schwindelanfall...«
Sie ging eilig davon, noch immer Stefans Bild vor den Augen. Nie würde sie es vergessen können, das wußte sie. Dieses Bild würde sie immer und überallhin begleiten bis ans Ende ihres Lebens.

Ins neue Jahr

Am 11. November trat die 9. Armee unter General von Mackensen zu ihrer gewagten Offensive im Raum Thorn-Hohensalza an. Der Durchbruch gelang. Um eine drohende Umklammerung zu vermeiden, mußten die Russen ihren Vormarsch in Richtung Schlesien stoppen. Durch die Niederlage bei Tannenberg gewitzt, führte Großfürst Nikolai Nikolajewič rechtzeitig erhebliche Verstärkungen heran, die nun ihrerseits versuchten, den weit ausholenden deutschen linken Flügel abzuschneiden und einzukreisen. Um ein Haar wäre ihnen das auch gelungen. Unter Aufbietung aller vorhandenen Kräfte gelang es der 9. Armee, dies zu verhindern und sich aus der gefährlichen Lage zu befreien. In der Schlacht bei Lodž wurde eine vorläufige Entscheidung erzwungen, die Stadt fiel Anfang Dezember in deutsche Hand.
»In Lodž zogen wir ohne Musikbegleitung ein, überhaupt ist es mit dem Tschinbumm-trara nicht mehr weit her«, schrieb Rittmeister Friedrich von Prettwitz nach Hause. »Ein müder, dreckiger Haufen, der kaum etwas anderes im Sinne hatte als schlafen und ausruhen. Und vielleicht sogar ein Bad nehmen können – welch ein Luxus! – Lodž ist eine weitläufige, triste Industriestadt. Hier richten wir unser Hauptquartier ein. Hoffentlich bleiben wir etwas länger an einem Ort – andererseits kann ich mir etwas Schöneres vorstellen, als ausgerechnet hier zu logieren.«
Erfolgreich waren auch die k.u.k. österreichisch-ungarischen Streitkräfte im Süden. In der Schlacht bei Limanowa wurde der russische Vormarsch auf Lemberg gestoppt. Daraufhin erstarrte von Ostpreußen bis zu den hart umkämpften Karpatenpässen die Ostfront im Stellungskrieg wie vor ihr schon die Westfront in Frankreich.
In Schlesien atmete man auf. Die unmittelbare Gefahr war besei-

tigt, die erfolgreichen Abwehrschlachten feierte man als große Siege. Rittmeister von Prettwitz: »Für uns ist es wichtig zu wissen, daß die Front nicht in Schlesien oder sonstwo auf deutschem Boden verläuft. Die Verwüstungen und Zerstörungen, die durch einen modernen Krieg angerichtet werden, sind furchtbar. Ich bin froh, daß sie uns erspart geblieben sind und uns hoffentlich auch zukünftig erspart bleiben. Natürlich sind die Leiden der polnischen Bevölkerung groß, doch ist jedem die Hose näher als die Jacke, so jedenfalls denkt man bei uns . . . In Anerkennung seiner Verdienste wurde unser Chef zum Generaloberst befördert. Das mußten wir natürlich ausgiebig feiern. Liebe Mama, dieser polnische Schnaps, ich glaube, es war Kartoffelschnaps, ist ein furchtbares Zeug! Drei Tage lang brummte mir der Kopf. Daß ich Weihnachtsurlaub bekomme und die Feiertage zu Hause verbringen kann, bezweifle ich. Zu allererst sind Familienväter dran – zurecht, wie ich meine. Das heißt, wenn es bei den gegenwärtigen Mannschaftsstärken nach den Ausfällen der vergangenen Wochen überhaupt Urlaub gibt!
Hat man etwas neues von Tini und Stefan erfahren? Hoffentlich bringt sie es bald fertig, den Jungen mit Hilfe ihrer einflußreichen Freunde aus Montenegro herauszuholen! Internierungslager für feindliche Ausländer sind nirgends auf der Welt Orte, wo man sich gern aufhält. Da ist man sogar in Lodž besser dran . . .«
Doch der Monat November verging, ohne daß von Christina die erwartete Nachricht kam, Stefan sei frei und auf dem Weg nach Italien. Ihre Briefe wurden seltener und kürzer; keine Spur mehr von dem glückseligen Überschwang der ersten in Racconigi verbrachten Zeit. Sie schien sich zu bemühen, keine Resignation aufkommen zu lassen – und konnte doch nicht verhindern, daß sich diese zwischen den Zeilen immer bemerkbarer machte.
Mitte November kam aus Istanbul eine Depesche von Hermann, daß er endlich in der türkischen Hauptstadt eingetroffen sei. Eine Woche später reiste er über Bulgarien, Rumänien und Österreich-Ungarn an. Hedwig war überglücklich, den umherzigeunernden Sohn wenigstens für ein paar Tage, vielleicht sogar Wochen zu Hause zu haben. Daß er es trotz des Krieges nicht lange aushalten würde, wußte sie wohl. Er hatte das unruhige Blut eines Großonkels aus der Prettwitzschen Linie geerbt, der als Forschungsreisender einen gewissen Ruf hatte und in den sechziger Jahren des vorigen

Jahrhunderts auf Borneo spurlos verschollen war. Vermutlich hatte er ein Ende in den Fleischtöpfen der Kannibalen gefunden. Später soll sein Haupt als Schrumpfkopf deutschen Kaufleuten angeboten worden sein. Als Beweis, daß es wirklich der Kopf eines Deutschen war, diente dessen Reisetasche mit eingeprägten Initialen W. v. P. Breslau. Für ein paar zusätzliche Pfennige wäre auch diese Tasche zu haben gewesen, in der man den Kopf verstaut hatte. Doch die Rechnung der eingeborenen Händler mit der landsmannschaftlichen Treue war nicht aufgegangen; die Deutschen hatten angeekelt abgelehnt. Der Kopf soll dann mitsamt der Tasche an einen reichen englischen Globetrotter verkauft worden sein, der mit seiner Segeljacht in der Südsee unterwegs war. Von da an verlor sich die Spur sowohl des Kopfes als auch der Tasche. Möglicherweise befinden sie sich auch heute noch in einer jener skurilen, aus der ganzen Welt zusammengetragenen Privatsammlungen, die man so zahlreich in den englischen Adelsschlössern findet. – Hermann war ein mittelgroßer, unscheinbarer Mann, in dem man kaum einen abenteuernden Weltreisenden vermutet hätte. Bereits der Versuch, ihn zu beschreiben, fällt schwer. Die fernöstliche Weisheit schien wie für ihn geschaffen, die besagt: *Reisender in ferne Länder, versuche unsichtbar zu werden! Sei wie ein Grashalm auf der blühenden Wiese oder ein Sandkorn am Meeresstrand. Blumen werden gepflückt, Perlen und Muscheln gesammelt, der Grashalm und das Sandkorn aber überdauern. Sie sind da und bleiben doch unsichtbar in der Menge anderer, und niemand kümmert sich um sie.*

Hermann – ein Mann ohne Gesicht, man sah und vergaß ihn sogleich wieder, ein unscheinbarer Grashalm, ein Sandkorn unter einer Unzahl anderer Sandkörner ... Seine Unauffälligkeit und Anpassungsfähigkeit hatten es ihm auch ermöglicht, bisher ungefährdet durch entlegene, für westliche Reisende nicht ungefährliche Gegenden zu streifen.

»Menschen, die man schon aus der Ferne als Fremde, Abenteurer und Helden erkennt, kommen nicht weit und leben nicht lang«, meinte er. »Fremden mißtraut man, oder man haßt sie sogar, Abenteurer verstrickt man in Abenteuer, und mit Helden will man sich messen, um die eigene Kraft zu prüfen. Man muß also versuchen, unter den Menschen zu verschwinden, gleichsam einer von ihnen zu werden ...«

Diesmal war es allerdings nicht Fernweh, das ihn schon nach wenigen Tagen wieder forttrieb, sondern der Einberufungsbefehl des Wehrkreiskommandos. Am Abend vor seiner Abreise nach Breslau gab es eine jener kleinen Szenen, die für ihn und seine sträflich pazifistische Einstellung so typisch waren und den Vater Otto immer schon betroffen oder auch wütend machen konnten.

Auf der Suche nach einem *Jahresbericht der Stahlindustrie* kam Otto von Prettwitz in seine Bibliothek. Dort fand er den heimgekehrten Sohn Hermann. Er saß vor der großen, an der Wand hängenden Weltkarte und betrachtete sie nachdenklich.

»Suchst du nach einem Fleckerl, wo du dich noch nicht herumgetrieben hast?«

»Davon gibt es mehr als genug, Papa. Nein, nein, ich bin eben dabei, nach den braun gefärbten Flecken zu suchen ... Es gibt nicht viel davon, sie sind kaum zu finden ...«

Hermann sprach langsam und überlegt. Seine Stimme war genauso eigenschaftslos und auswechselbar wie sein Aussehen.

»Braun – für deutsche Besitzungen? Meinst du das?«

»Überall nur Rosa, Grün, Lila, Blau ... Wie soll das bißchen Braun und Gelb dagegen ankommen, frage ich mich? Braun für Deutschland, gelb für Österreich-Ungarn ... Davon gibt es noch weniger als Braun. Nur ein winziges Fleckchen in Europa ...«

»Das kleine Deutschland mit dem Anhängsel Österreich-Ungarn gegen die ganze Welt, meinst du das?« Otto von Prettwitz stellte sich hinter seinen Sohn und legte ihm die Hände auf die Schultern.

»*Fast* die ganze Welt, Papa.«

»Das kleine Deutschland gegen eine Welt von Feinden, nicht wahr? Ich muß gestehen ... Auch ich habe schon vor dieser Karte gestanden und mich dasselbe gefragt. Die Riesenflächen gegen das bißchen, was uns gehört ... Das ist allerdings ein sehr vordergründiges Argument. *Gebt mir den richtigen Ansatzpunkt, und ich hebe die Welt aus den Angeln,* hat schon Archimedes gesagt. Darauf kommt es an – den Ansatzpunkt zu finden und zur richtigen Zeit den Hebel anzusetzen.«

»Du meinst, jetzt sei die Zeit gekommen?«

»Die Zeit war reif«, sagte Otto von Prettwitz ernst, ja, er sagte es mit geradezu feierlichem Ernst. »Gerade an dieser Karte ist die Ungerechtigkeit der Besitzverteilung am besten zu sehen – wenn wir

dabei bleiben ... Ist es nicht höchste Zeit, daß sich braune Flächen ausbreiten? Daß die Besitzungen gerechter verteilt werden?«
»Und wenn sich die rosaroten und alle anderen dagegen wehren, braun zu werden?«
»Das nützt ihnen nichts, mein Sohn, gar nichts. Es ist der Lauf der Geschichte. Werden und Vergehen. Selbst das Römische Reich mußte abtreten. Im Reich der Habsburger ging einst die Sonne nicht unter. Und heute? Heute durchwandert sie es in wenigen Stunden. Jetzt sind *wir* an der Reihe.«
Hermann sah lächelnd zu seinem Vater auf. Seine Augen blieben dabei unbeteiligt. »Das meinst du im Ernst, Papa?«
»Ich meine es ernst – und ich glaube daran.« Otto von Prettwitz schüttelte seinen Sohn sanft. »Wir alle müssen daran glauben, dann schaffen wir es auch.«
»Ihr habt keine Chance, nicht die geringste Chance!« sagte Hermann kühl. »Abgesehen davon ...« Er überlegte. »Ich bin da und dort gewesen. In Rosarot, Lila, Grün, Blau und auch sonstwo. Und ich könnte mir vorstellen, daß die Völker, die Menschen, die dort leben, auf Dauer etwas dagegen haben, so eingefärbt zu werden. Sie werden niemandem gehören wollen, weder dem englischen, französischen, russischen oder deutschen Imperium. Niemandem, außer sich selbst.«
»Unsinn!« Otto von Prettwitz nahm die Hände ärgerlich von Hermanns Schultern. »Das sind doch *Kolonien!*«
»Wie lange noch, Papa, wie lange noch?«
Damit war das Gespräch beendet. Erst später, nachdem Hermann bereits nach Breslau abgereist war, wo man ihn in die Uniform eines Infanteristen steckte, fiel Otto von Prettwitz ein Detail daraus wieder ein. Die Erinnerung daran traf ihn wie ein Schlag. Hermann hatte in der zweiten Person Plural gesprochen, als er gemeint hatte, Deutschland habe keine Chancen gegen die Übermacht seiner Feinde. Nicht ›*wir* haben keine Chance‹, hatte er gesagt, *wir* Deutschen, sondern ›*ihr* habt keine Chance‹ ...
Wenn das Hermanns Meinung war – in Ordnung. Er hatte ein Recht auf seine eigene Meinung und auch das Recht, diese mitzuteilen (anderswo als zu Hause sollte er damit allerdings besser hinterm Berg halten). Mit diesem *Ihr* hatte er sich jedoch außerhalb der deutschen Gemeinschaft gestellt. Gehörte er nicht mehr dazu? Wohin gehörte er dann? Zu Deutschlands Feinden? Er, sein Sohn?

Nach einer stupiden und knochenbrecherischen Grundausbildung sollte Hermann als Infanterist mit seiner Reserveeinheit an die Front kommen. Otto von Prettwitz wollte nicht intervenieren und eine andere Verwendung vorschlagen, um seinen Sohn nicht dem Verdacht protektonistischer Bevorzugung auszusetzen. Hedwig hatte solche Bedenken nicht. Sie setzte Himmel und Hölle in Bewegung und wurde dabei von Schwiegersohn Ludwig von Meyerhold tatkräftig unterstützt. Nach wiederholten und zuletzt sehr nachdrücklichen Protesten des einflußreichen Bankiers wurde Hermann von Prettwitz Anfang Februar nach Berlin ins Kriegsministerium überstellt. Meyerhold: »Ein Mann mit diesen weltläufigen Erfahrungen, Kenntnissen – auch Sprachkenntnissen –, mit diesen Verbindungen rund um die Welt als Kanonenfutter? Das wäre nicht nur sträflicher Leichtsinn, sondern Dummheit!«
Im Kriegsministerium, *Abt. Feindliches Ausland* tat der bald schon nur *Globetrotter Hermann* genannte Schütze von Prettwitz Dienst als Schreiber, wurde zum Gefreiten befördert, in die *Abt. Militärische Abwehr* überstellt und kam schon nach einem Jahr im Range eines Leutnants zum Einsatz hinter den feindlichen Linien. Bis Ende des Krieges entwickelte sich dieser wortkarge, unscheinbare Mann, dessen hervorstehendstes Merkmal der auf englische Art gestutzte Schnurrbart war (darauf wollte er unter keinen Umständen verzichten), zu einem der erfolgreichsten deutschen Agenten.
Die erste Kriegsweihnacht wurde zu einem traurigen Fest. Der älteste Sohn Otto war als Hauptmann der Reserve im Wehrwirtschaftsamt in Berlin unabkömmlich. Er hatte seine Frau Viktoria-Friederike und zwei Töchter nach Berlin kommen lassen, wo die Familie von Prettwitz ein ansehnliches Haus in Berlin-Charlottenburg besaß. Tochter Louise war mit den Kindern wieder zurück auf Gut Lechnow gefahren, nachdem die Gefahr einer russischen Invasion gebannt worden war. Christina war noch immer in Rom, ihr letzter Brief war kurz vor Weihnachten datiert. Sie wüßte nicht, wann sie nach Hause kommen könnte, schrieb sie, und hätte sich bereits darauf eingestellt, das Weihnachtsfest in Rom zu verbringen.
»... Ich werde ein Schlafpulver nehmen und mich ins Bett legen. Irgendwie werden wir es überstehen, Frau Jennicke und ich, einander Trost spenden und ein Glas Champagner auch auf Euer Wohl trinken ...«

Tochter Barbara feierte mit Rücksicht auf ihren Mann, den jüdischen Bankier von Meyerhold, kein Weihnachtsfest. Sohn Friedrich befand sich in Mackensens Hauptquartier in Lodž, und der jüngste, Hermann, wie bereits erwähnt, als Rekrut in Breslau.
»Wir haben eine so große Familie« –, meinte Hedwig niedergeschlagen, »und sind doch allein. Daran ist nur dieser schreckliche Krieg schuld! Mußte das wirklich sein, ich meine, *wirklich*?«
Sie hielt sich länger als sonst in der großen Schloßküche auf, wo das Gesinde mit Christbaum, Weihnachtsstollen und heißem Punsch das Fest beging, bevor man sich auf den Weg ins Dorf zur Christmette machte. Hier gab es Kinder, ohne die ein Weihnachtsfest kein Fest war, ihre strahlenden Gesichter, den Widerschein der brennenden Kerzen in den erwartungsvollen Augen, die Freude beim Auspakken der kleinen, von der Schloßherrin gestifteten Geschenke – doch auch hier war das Fest nur ein armseliger Abglanz früherer Feste. Es waren fast nur Frauen da, ihre Kinder und drei alte Männer, und die rechte Stimmung wollte nicht aufkommen. Zu viele Männer fehlten, waren im Krieg, drei von ihnen mittlerweile tot, gefallen für Kaiser und Vaterland, wie der Pfarrer in seiner Predigt von der Kanzel rief, eines verdienstvollen, lorbeerumkränzten Heldentodes gestorben – es gibt keinen schöneren! – immerwährende Treue ihrem Andenken!
Zwischen Weihnachten und Neujahr fiel neuer Schnee, danach wurde es grimmig kalt. Zu Silvester, das sonst immer nur im Familienkreis gefeiert worden war, hatte Otto von Prettwitz diesmal einige Gäste eingeladen. Zu aller Überraschung tauchte am späten Abend auch Friedrich auf. Als sie ihn ins Kaminzimmer treten sah, auf der Brust die Ordensspange des Eisernen Kreuzes II. Klasse, begann Hedwig vor Freude zu weinen. Aber auch Otto (der Eiserne) wischte sich verstohlen über die Augen, nachdem er seinen Sohn länger als sonst umarmt und fester als sonst an sich gedrückt hatte.
Nun war er also da, der mit einem Tapferkeitsorden frisch dekorierte Offizier, und alle warteten auf Neuigkeiten von der Front, sozusagen Neuigkeiten aus erster Hand. Doch Rittmeister Friedrich, der große Geschichtenerzähler, der imstande war, ein Zimmer voller Zuhörer zu unterhalten, blieb diesmal ungewöhnlich wortkarg. Auf wiederholtes Drängen eines betagten Nachbarn, zu be-

richten, wie es denn sei, dort draußen, meinte er nur, der Krieg »dort draußen« sei ganz anders, als man sich's vorgestellt habe: »Wir dachten an wehende Fahnen, flatternde Wimpel, schneidige Attacken, gefällte Lanzen, blitzende Säbel, und wenn schon Tod, dann ein erhabener. Dabei ist alles ganz anders.«

»*Wie* anders?« wollte der Nachbar wissen. Er hatte als junger Leutnant den Krieg von 1870/71 mitgemacht, hatte am 1. März 1871 in Versailles vor König Wilhelm I. paradiert (ein unvergeßliches, unglaublich erhebendes Erlebnis!) und war mit seinem Zug anschließend in Paris eingezogen.

»Eben anders, ganz anders, als man gedacht hat«, sagte Friedrich knapp.

»Nun ja, das stimmt. Es gibt viel Mühsal, Staub, Dreck, Schweiß und natürlich Blut, wenn du *das* meinst. Und wenn man sich auf einem Verbandsplatz umsieht... Ich hatte dazu Gelegenheit, nachdem ich vor Metz verwundet worden war. Nicht schön, nein, wirklich nicht schön! Und dennoch, mein lieber Friedrich, dennoch! Dieses große Gefühl, nicht nur Zeuge, sondern auch Akteur eines historischen Ereignisses ersten Ranges zu sein, zu Deutschlands Größe beizutragen... Meinst du nicht auch?«

»Wohl wahr, wohl wahr«, nickte Friedrich zerstreut.

»Dieses historische Ereignis dauert bereits zu lange«, mischte sich General von Sydow ein. Zu dessen Leidwesen hatte man seinen Gesuchen nach Reaktivierung nicht stattgegeben. Dabei fühlte er sich durchaus imstande, gleich Hindenburg, den man aus dem Ruhestand wieder an die Front geholt hatte, große Taten zu vollbringen, entscheidende Schlachten zu schlagen, neue Ruhmesblätter in der Geschichte der deutschen Streitkräfte und hier natürlich vor allem der preußischen Kavallerie zu beschreiben.

»Hätte schon längst beendet sein können!« schnarrte er, als teilte er Säbelhiebe aus. »Vor Paris – massierter Kavallerieeinsatz! Hätte ich befohlen! Immer weiter ran und durch! Mackensen macht's vor! Stattdessen befahl man Halt! Äußerst fatal, der Fehler! Moltke mußte gehen! Gut, aber was jetzt? Und im Osten? Kavallerie sitzt ab und gräbt sich ein! Preußische Kavallerie als Hilfsinfanterie mißbraucht! Ein Skandal! Meine Herren, die beste Kavallerie der Welt...«

»Aber Herr General – nicht doch!« Hedwig von Prettwitz kam mit

einer Platte belegter Brote ins Zimmer. »Die *zweitbeste,* wollten Sie sagen, nicht wahr?«
»Die zweitbeste, meine gnädigste Frau Baronin?« Der alte General stand, staksig auf krummen Reiterbeinen vor- und zurückschwankend, am Kamin, hielt sich an seinem Glas fest und blinzelte die Hausherrin verständnislos an. »Und die beste, wenn ich fragen darf?«
Hedwig stellte die Platte mit den belegten Broten ab. »Ist die polnische, das wissen wir doch alle.«
»Ah – die polnische?«
»Jawohl, die polnische«, sagte Hedwig mit blitzenden Augen. »Das haben die Kreuzritter vor Tannenberg spüren müssen, die Tataren, die nichts aufzuhalten vermochte, bis ihnen polnische Reiter entgegentraten, die Türken vor Wien, die Schweden, die Kosaken des Zaren Peter, die Franzosen des großen Napoleon.«
»Gnädigste Frau Baronin, aber meine Gnädigste . . .«
»Mein lieber General, streiten Sie nicht mit mir! Sonst reite ich Attacke und werfe Sie im Handumdrehen aus dem Sattel. Bevor das geschieht, nehmen sie lieber davon.« Mit einem kleinen Lächeln, in dem ihre einstige Schönheit wieder aufzublühen schien, hielt sie dem General die Platte entgegen. »Haben Sie die Hasenpastete schon probiert? Tun sie es! Ich habe sie selbst gemacht. Sie wird Ihnen schmecken.«
Der General verbeugte sich lachend. »Frau Baronin – ich gebe mich geschlagen! Sie haben mich bereits aus dem Sattel geworfen! Mit Hasenpastete!«

Die Gäste verabschiedeten sich schon bald nach Mitternacht. Nachdem sie gegangen waren, holte Otto von Prettwitz eine Flasche Champagner aus dem Keller. »Vorhin wollte ich das nicht tun, man hätte es mir möglicherweise als mangelnden Patriotismus ausgelegt.« Lächelnd schenkte er die Gläser voll. »Wir Deutsche trinken nur deutschen Sekt, ist ja klar. Doch ganz unter uns – Champagner gehört dazu, wenn man auf ein neues Jahr anstößt. So haben wir es immer gehalten, und so wollen wir es auch weiterhin halten. Was wäre das für ein Jahr, das ohne Champagner beginnen müßte? – Der Krieg war nicht zu Ende, als die Blätter fielen, wie wir alle gehofft haben. Trinken wir darauf, daß er zu Ende geht, wenn die Bäume wieder grün werden.«

Die Überraschung kam nach dem Frühstück

Das Neue Jahr 1915 wartete mit einer freudigen Überraschung auf. Nach Heiligdreikönig mußte Otto von Prettwitz zwar wieder nach Berlin reisen, aber er war kaum aus dem Hause, als der Postbote eine Depesche von Christina brachte. Sie war in Udine aufgegeben worden. Christina sei mit Frau Jennicke unterwegs nach Hause, hieß es darin. Sie würden in Wien kurz Station machen und danach weiter über Brünn nach Breslau fahren.

Vier Tage später kamen sie an, und Hedwig von Prettwitz ließ es sich nicht nehmen, trotz grimmiger Kälte zum Bahnhof zu fahren, um sie dort abzuholen.

Christina sah blaß und müde aus. Als sie ihre Mutter umarmte, weinten sie beide.

»Vor gut einem halben Jahr fuhr ich von hier ab«, flüsterte Christina. »Damals schien die Sonne, und es war heiß wie in einem Backofen. Erinnern sie sich, Frau Jennicke? Und jetzt...« Sie stellte fröstelnd den Kragen ihres Pelzmantels hoch.

»Es war Sommer, und wir hatten Frieden«, sagte Hedwig. »Jetzt ist Krieg, und es ist kalt geworden. Alles ist dunkel und kalt geworden. Komm jetzt, mein Kind, komm! Du bist die Kälte nicht gewöhnt. Zu Hause ist es schön warm.«

»Mein Kind... Oh, Mama, wann habe ich das zum letztenmal gehört, *mein Kind!* Aber du hast recht, gehen wir, sonst fange ich wieder an zu heulen!«

Zu den liebgewordenen, jahrzehntealten Gepflogenheiten auf Gut Prettwitz gehörte ein langes, ausgiebiges Frühstück. Dazu gab es Kaffee und Tee, Weiß- und Schwarzbrot, weichgekochte Eier (wer wollte, konnte auch Spiegeleier mit Speck bekommen), geräucherten Schinken, Käse, Honig und verschiedene Marmeladen, alle von der Hausherrin persönlich eingekocht. Diese Gepflogenheit war von Hedwig eingeführt worden:

»Schon als junges Mädchen – und erst recht, als ich ins Backfischalter kam – hatte ich morgens immer einen schrecklichen Hunger. Manchmal bin ich davon sogar nachts aufgewacht. Und in der Speisekammer – du lieber Gott! Meist gähnende Leere! Selbst mit Hilfe meines heiligen Antonius war da nichts zu finden. Damals habe ich mir geschworen, daß ich immer, jawohl, Zeit meines Lebens, ganz üppig frühstücken werde, wenn ich es mir irgendwie leisten kann.«

An diesen Schwur hatte sie sich seit dem ersten Tag ihrer Ehe gehalten; daran konnte auch der Krieg nichts ändern. Die anderen Mahlzeiten nahm sie halb so wichtig, doch aus dem Frühstück machte sie fast eine Art Ritual. Auch ihr Mann Otto gewöhnte sich schnell daran und hielt fortan an dem Frühstücksbrauch genau so fest wie sie: Beim Frühstück hatte sich die ganze Familie einzufinden und sich dafür reichlich Zeit zu nehmen, auch wenn man deshalb eine halbe Stunde eher aufstehen mußte.

Die sonst so pünktliche Christina verspätete sich diesmal. Hedwig nahm es ihr nicht übel. Warum auch? Es war schön zu wissen, daß ihre Tochter endlich wieder zu Hause war. So saß sie also wartend auf ihrem angestammten Platz im Erker des Eßzimmers, blätterte in den Morgenzeitungen – *Berliner Tagblatt* und *Breslauer Kurier* – überflog die Berichte von den Fronten, verweilte etwas länger beim Gesellschaftlichen, vertiefte sich schließlich in die Kritik über die Uraufführung eines neuen Theaterstückes im Theater *Unter den Linden.* Hinter den kahlen, wie ein Scherenschnitt vor dem Morgenhimmel stehenden Bäumen ging eine frostige Wintersonne auf und tauchte Hedwigs Gesicht in ihr blasses Licht. Sie war etwas in die Breite gegangen, nachdem sie Fünfzig geworden war. Seitdem hatte sie sich kaum verändert, obwohl auch das bereits siebzehn Jahre zurück lag. Ihr Haar war grau geworden, doch ihr freundliches Gesicht mit den großen braunen Augen war noch immer fast faltenlos und so schön wie je, wenn auch von einer anderen Schönheit als damals, als sich Otto in sie verliebt hatte. In ihren Händen wurde aus dem eisernen ein wachsweicher Otto. Doch hatte sie dies nie ausgenutzt, es sei denn zugunsten ihrer Kinder. Seine damals übliche, von Eltern geforderte und nicht selten übertriebene Strenge, mit der er sie erzogen wissen wollte, wurde durch ihre Nachsicht, sein Jähzorn durch ihren Sanftmut gemildert. Ihr früher zuweilen übersprühendes Temperament war einer ruhigen Ausgeglichenheit gewichen, die scheinbar durch nichts zu erschüttern war. Sie liebte ihren Otto, ihre Kinder, die Enkelkinder, liebte sie mit der warmen, hingebungsvollen Liebe und Zärtlichkeit, die keiner Worte bedurfte, um offenkundig zu werden. Die Liebe war einfach

da, war schon immer da gewesen, genau so wie ihr Humor, ihre Freude an kleinen Dingen und Gesten der Aufmerksamkeit und Zuneigung – und nicht zuletzt ihr guter Appetit vor allem beim Frühstück.
Dieser ließ ihr das Warten auf Christina schließlich doch zu lang werden. Sie beschloß anzufangen und war gerade dabei, sich Kaffee einzuschenken, als Christina kam und ein wenig atemlos der Mutter einen Morgenkuß gab. Sie sah schlecht aus, womöglich noch blasser und mitgenommener als bei ihrer Ankunft am Vortage.
»Ach Mama, ist das schön!« begrüßte sie die wartende Mutter. »Dieser Frühstückstisch... Wie ein alter, lieber Freund.«
Sie setzte sich an ihren angestammten Platz links von Hedwig, holte die Serviette aus dem Ring, faltete sie auseinander, legte sie auf die Knie, und all dies geschah mit einer Selbstverständlichkeit, als wäre sie nur eine kurze Zeit und nicht ein halbes Jahr weg gewesen.
»Wo ist Tante Gertrud?«
»Irgendwo unterwegs. Ich bin froh, daß sie auf dem Gut geblieben ist. Es gibt so viel zu tun, und sie packt wirklich tüchtig zu. Ich dagegen... Ich bin kaum noch zu gebrauchen.«
Hedwig wartete, daß Christina protestierte. Aber sie tat es nicht. Hatte sie überhaupt zugehört? »Kommt Frau Jennicke nicht?« fragte sie.
»Sie will gleich weiter nach Berlin und läßt sich entschuldigen. Nach der langen Abwesenheit hat sie so viel zu ordnen und außerdem... Ach, ich weiß nicht.« Christina schnitt eine Semmel auf, bestrich die eine Hälfte mit Butter und Honig, biß ab, kaute lustlos, legte die angebissene Semmel wieder auf den Teller.
»Iß!« befahl Hedwig. »Du siehst blaß und abgemagert aus. Ich mache mir Sorgen. Und jetzt...« *Und jetzt erzähle!* wollte sie sagen, verschluckte es aber noch rechtzeitig. Sie starb beinahe vor Neugier. Am gestrigen Abend hatten sie nur über Belanglosigkeiten gesprochen, und Christina war bald nach dem Abendessen auf ihr Zimmer gegangen. Doch es mußte von selbst kommen. Bedrängen wollte sie Christina nicht.
Alle Bemühungen, Stefan in Montenegro freizubekommen, seien fehlgeschlagen, fing Christina etwas später tatsächlich an. »Sie behaupten Beweise zu haben, daß er für Österreich-Ungarn spionierte... Stell dir vor, mein Stefan – ein Spion! Es wurde mir zu

verstehen gegeben, daß wir es nur der Fürsprache der italienischen Königin zu verdanken haben, wenn er bis jetzt noch nicht abgeurteilt und erschossen worden ist.«
»Wer – wer hat das gesagt?« rief Hedwig erschrocken.
»Der Offizier, den die Königin mit der Suche nach Stefan beauftragt hat. Ich habe dir von ihm geschrieben, ein Major, Arsa Koviljan heißt er... Er ist sehr entgegenkommend, aber er kann auch nichts machen. Mir ist er... Ich weiß es nicht genau... Irgendwie unheimlich. Ich habe Königin Elena« – Christina sprach nur noch von *Königin Elena,* nicht mehr von *Eka,* wie sie das früher getan hatte – »gesagt, wie absurd dieser Verdacht sei. Sie glaubte mir. Jedenfalls hatte ich das Gefühl, daß sie mir glaubte. Offiziell wollte sie keine Stellung nehmen. Ich verstehe das, sie darf nicht, sie muß sich heraushalten. Man hätte ihr versprochen, den Fall besonders gründlich und sorgfältig zu prüfen und Stefan erst dann vor ein Gericht zu stellen. Bis dahin müßten wir warten.«
»Warten? Wie lange warten?« Hedwig sah es wieder: Sie sah Stefans hohles, blutig geschlagenes Gesicht, wie es emporschaute zu dem Mann in der Uniform mit glänzenden Stiefeln und goldenen Epauletten auf den Schultern, sie sah dessen Hand mit dem fehlenden Ringfinger und dem schweren Siegelring am Mittelfinger emporschweben, mit den Fingerknöcheln Stefans Wange anstoßen...
»Kann denn deine Freundin, die Königin wirklich nichts tun? *Wirklich* nichts?«
Christina schüttelte den Kopf. »Sie sagte es... In der letzten Zeit war es nicht mehr so wie am Anfang. Ich habe sie kaum noch gesehen... Einmal wartete ich drei Tage lang, man wollte mich nicht mehr vorlassen... Oder sie wollte nicht mehr mit mir sprechen. Vielleicht bin ich ihr auf die Nerven gegangen, vielleicht dachte sie auch, daß Stefan *wirklich* ein österreichischer oder deutscher Spion ist, und ich, seine Mutter, die Mutter eines Feindes... Ich weiß es nicht, Mama, ich weiß es wirklich nicht!«
Christina liefen plötzlich Tränen über die schmal gewordenen Wangen, aber sie schien es nicht einmal zu merken. Hedwig beugte sich zu ihr und tupfte ihr mit der gleichen Bewegung wie vor vielen Jahren, wenn Christina als kleines Mädchen weinend

und trostbedürftig zu ihr gekommen war, die Augen und die nassen Wangen ab. Wie damals ließ Christina es geschehen, nahm dann der Mutter das Taschentuch ab und putzte sich die Nase.

»Kurz nach Weihnachten kam einer von der deutschen Botschaft ins Hotel, wohin ich aus dem Gästehaus des Schlosses umgezogen war und sagte, er würde mir empfehlen, Rom zu verlassen. Aus den Hofkreisen sei dieser Wunsch angedeutet worden.«

»Die Königin?«

»Das glaube ich nicht einmal. Man wollte mich einfach weghaben«, sagte Christina mutlos. »Die Königin unternahm nichts dagegen. Wie soll sie das auch? Man hätte gewisses Material gegen mich in den Händen, wurde ihm – auch aus den Hofkreisen – gesagt, erzählte der Mann von der Botschaft ... Er gab sich große Mühe, Form zu wahren, der Arme ... Also, man würde überlegen, ob man nicht Anklage gegen mich erheben sollte wegen Spionage für Deutschland ... Sohn Spion, Mutter Spionin ...«

»Das meinst du doch nicht ernst?!«

»Ich hätte es nur der Protektion durch die Königin zu verdanken, daß man mir die Chance gäbe, unbehelligt auszureisen ... Aber die Spionage war sicher nur ein Vorwand. Sie wollten mich einfach weghaben. Es war unpassend – die italienische Königin und eine *deutsche* Freundin, eine Deutsche in ihrer unmittelbaren Umgebung ... Sie hätten mich glatt verhaftet und als Spionin angeklagt. Mama. Du kannst dir nicht vorstellen, wie es da geworden ist! Spionenfurcht, Hysterie ... Auf Deutsche und Österreicher ist man überhaupt nicht gut zu sprechen. Im Gegenteil. In den letzten zwei, drei Monaten ist es ganz schlimm geworden. Verfluchte Tedesca, was machst du noch hier, verschwinde nach Hause, sonst geht's dir schlecht! Die Zeitungen sind voller Berichte über die deutschen Greueltaten in Belgien, Frankreich, Polen ... Du machst dir wirklich keine Vorstellung, Mama!«

»Doch«, sagte Hedwig. »Ich brauche nur in *unseren* Zeitungen über die Greueltaten der Russen in Ostpreußen oder Galizien zu lesen, dann weiß ich, was die anderen über deutsche Greueltaten in den besetzten Gebieten schreiben.«

»Aber Italien ist doch neutral!« rief Christina. »Na ja, jedenfalls nach außen hin. Ich frage mich, wie lange noch. Die Irredenta ruft offen zum Krieg gegen Österreich und uns auf. Die Stimmung wird immer feindseliger – auch am Hof, wo die russenfreundlichen Kreise den Ton angeben. Sie und dieser montenegrinische Klüngel... Der einzige, der zu mir hielt...« Christina preßte die Lippen zusammen.

»Erzähle, Kind!«

»Zuletzt hatte ich nur noch ganz wenige Freunde«, sagte Christina ausweichend, und Hedwig gab sich damit zufrieden. Sie wird es mir erzählen, bald schon, dachte sie. Es war nicht nur das mit Stefan. Christina bedrückte noch etwas anderes. Um das zu merken, bedurfte es keines sechsten oder siebenten oder sonstwelchen Sinnes. Hedwig wußte es mit der Klarsichtigkeit einer Mutter – und sie ahnte auch, was es sein könnte.

Daß sie ihre Ahnungen nicht trogen, erfuhr sie nach dem Frühstück am darauffolgenden Tag. Sie waren auf dem Weg durch die Halle ins obere Stockwerk, als Christina unter der Treppe stehen blieb, sich zu der Mutter wandte und mit der Andeutung eines Lächelns in den Augen und den Mundwinkeln sagte:

»Mama, ich bekomme ein Kind.«

»Ja, ja, du bekommst ein Kind«, sagte Hedwig im Weitergehen. Dann blieb sie mit einem Ruck stehen, als wäre sie gegen ein unsichtbares Hindernis gerannt und schaute Christina mit großen Augen an: »Wie war das? Sag es noch einmal!«

»Ein Kind, Mama. Ich bekomme ein Kind.«

Christina setzte sich auf die unterste Stufe, umschlang ihre Beine, legte das Kinn auf die Knie, und das kleine Lächeln auf ihrem Gesicht vertiefte sich.

»Ein Kind? Heiliger Antonius, hilf, ich muß mich setzen!« Hedwig ließ sich schwerfällig neben Christina nieder. »Ist das kein Scherz? Meinst du das *wirklich* ernst?«

»Kein Scherz, Mama. Ich bin ziemlich sicher.«

»Das hätte ich mir ja denken können – wie du aussiehst, und übel war's dir gestern auch...«

»Ach Mama, mir ist *immer* übel!«

»Lieber Antonious, hilf! Was erzählen wir dem Papa?«

»Dem Papa? Daß ich ein Kind bekomme!«

»Das sagst du so einfach! Er wird... Ich weiß nicht, was er tun wird! Besonders glücklich...«

»Er wird sich damit abfinden«, unterbrach Christina sie gleichmütig.

»So wie ich mich damit abgefunden habe ... Ziemlich schnell. Ja, eigentlich *sehr* schnell.«
»Und ...« Hedwig verstummte.
»Ich weiß, was du fragen willst, Mama.«
»Also gut. Wer ist der Vater? Dieser italienische Conte Marco und so weiter?«
Christina nickte.
»Liebst du ihn?«
»Sehr.«
»Ja und? Wirst du ihn heiraten?«
»Das geht nicht.«
»Das geht nicht? Warum? Soll das Kind etwa unehelich ... Versündige dich nicht!«
»Es geht wirklich nicht, glaub es mir.«
»Warum denn nicht? Weil er – weil er ein Italiener ist?«
»Aber nein. Das wäre mir gleichgültig, das weißt du doch!«
»Ja, gut, natürlich. Weshalb also?« Hedwig schwante Schreckliches. Und es kam genau so, wie sie befürchtet hatte:
»Er ist schon verheiratet.«
»Großer Gott!« Hedwig war erschüttert, entsetzt, zornig. Natürlich tat ihr Christina leid, doch das war zu viel! Ein Kind in ihrem Alter! Und dazu noch von einem verheirateten Mann! Diese schrecklichen Italiener! Der Conte mit dem klingenden Namen! Otto hatte recht, hundertmal recht! Jeder von ihnen war ein Casanova! Lauerten nur darauf, Frauen zu verführen und dann – adieu! Tut mir leid, amore mio, bin schon verheiratet, zu Hause warten meine cara matrona und die bambini. Wie alt ist Christina eigentlich? Hedwig versuchte nachzurechnen, kam aber ganz durcheinander. Bei den vielen Kindern kein Wunder, und überhaupt das Rechnen, ach, lieber Antonius, hilf mir!
»Wie alt bist du jetzt?« fragte sie.
»Ach, Mama ...« Christina lachte. »Viel zu alt natürlich!«
»Also, *wie* alt?«
»Das müßtest *du* doch am besten wissen! Zweiundvierzig, bald dreiundvierzig.«
»Mit dir hat man wirklich nichts als Verdruß! Ja, ja, jetzt weiß ich ... Damals, als du Stefan bekommen hast, warst du noch viel zu jung. Und jetzt bist du ... Also, zweiundvierzig, das ist ja noch

nicht so furchtbar alt. Andererseits aber auch alt genug, um vernünftiger zu sein.«

»Meinst du nicht, daß ich viel zu lange viel zu vernünftig war?«

»Das stimmt. Aber du wolltest es ja nicht anders. Ich hab ja versucht ... Noch heute höre ich, wie du mich damals zurechtgewiesen hast, als ich dir einen wirklich netten jungen Mann vorstellte. Himmel, wie bist du mir über den Mund gefahren!«

»Das war *damals,* Mama. Und es war mir lästig.«

»Und jetzt, Tini, und jetzt?« Nun war es Hedwig zum Weinen zumute. »Mit so einem! Wann ist es denn passiert? Wo? In diesem Zimmer mit Balkon?«

»Zimmer mit Balkon?« Christina schaute ihre Mutter verständnislos an.

»Ach, naja, der Balkon hatte so ein steinernes Geländer mit kleinen, dickbauchigen Säulchen, und draußen stand ein Baum, vielleicht ein Nußbaum, und weiter dahinter eine Pinie, und du stehst auf dem Balkon ...«

»Stimmt, Mama, woher weißt du denn das so genau?«

»Ich weiß es eben. Aber jetzt sag' ... Dieser Mann – weiß er das mit dem Kind?«

»Nein.«

»Warum nicht? Willst du es ihm nicht sagen?«

»Nein.«

»*Warum* nicht? Er soll wenigstens wissen, was er angerichtet hat!«

»Ich denke, daß auch ich daran beteiligt war.«

»Aber ja, schon ... Als ob ich das nicht wüßte! Also ganz von gestern bin ich ja auch nicht! Er hätte eben aufpassen müssen, wenn ihr schon *das* gemacht habt. Und eines verrate ich dir – wenn du ihm das nicht sagst, dann werde *ich* ihm schreiben oder ...«

»Aber Mama, was soll das? Gar nichts wirst du! Warum auch? Ich möchte es ihm nicht noch schwerer machen.«

»Noch schwerer? Ihm? Also, das wird ja immer schöner!« Hedwig klatschte empört in die Hände. »Erzähl mir jetzt alles! Da ist doch noch irgendwas. Was ist es?«

»Ich kann es ihm nicht sagen, Mama. Und ich konnte auch nicht in Italien bleiben, obwohl ich es gern getan hätte. Ich wäre auch so nach Hause gekommen, wenn man mir nicht nahegelegt hätte, das Land zu verlassen ... Es ist alles so schrecklich kompliziert! Na, gut.

Es ist das mit Marcos Frau. Er ist verheiratet und auch nicht verheiratet, wie man's betrachtet. Seine Frau ist bereits seit zwölf Jahren in einer Anstalt. Verstehst du's jetzt?«
»In einer Anstalt? Du meinst, sie ist ...«
»Sie ist geisteskrank.«
»Geisteskrank? Richtig – verrückt?«
»So kann man es nennen. Körperlich völlig gesund, so gesund, daß sie vielleicht hundert Jahre alt wird, aber sonst ...«
»Jesus, Maria und Josef! Du mein armes, armes Kind!« Hedwig faßte nach Christinas Hand und drückte sie an die Brust.
»Er hat es mir gleich gesagt, Mama. Ziemlich am Anfang, als wir uns kennenlernten, bei einem Ausritt in Racconigi. Er wollte mir nichts verheimlichen. Mir hat er leid getan, vor allem aber seine Frau. Es ist doch schrecklich ... Und später sagte ich mir, das ist mir gleichgültig, verheiratet oder nicht verheiratet – ich liebe ihn. Wenn man es richtig nimmt, habe ich ihn verführt ... Oder nein? Wir waren es beide. Es war stärker als wir, es *war* einfach so. Ich war allein, unglücklich, das mit Stefan ging mir immer im Kopf herum ... Trotzdem haben wir wunderschöne Tage verlebt, Wochen, und manchmal ist es mir sogar gelungen, die Sorge um Stefan zu verdrängen. Es war so unfaßbar ... Wir tauchten ineinander wie in ein ganz tiefes, geheimnisvolles Wasser, sein Herz, mein Herz, seine Seele, die meine ... Wir waren eins. Und dann wieder wurden wir wie von einem Wind fortgetragen. Es war unser Schicksal, und wir im Wind wie zwei Flaumfedern. Wir konnten nichts tun, kamen dagegen nicht an ... Oh, Mama, Mama, wie soll ich es dir beschreiben? Wir wußten die ganze Zeit, daß wir keine Zukunft haben. Vielleicht lebten wir gerade deshalb so ... Ich kann es wirklich nicht beschreiben, Mama. *Es ist geschehen.* Und es tut mir nicht leid, nein, nein, nein! Es tut mir nur leid, daß es so schnell vorbeigegangen ist. Bereits jetzt ist es wie ein Traum.«
»Ein Traum mit Folgen«, sagte Hedwig trocken.
»Er hat sich immer Kinder gewünscht. Seine Frau bekam keine. Drei oder vier Jahre, nachdem sie geheiratet hatten, wurde sie krank. Mit der Zeit wurde es so schlimm, daß man sie in eine geschlossene Anstalt bringen mußte. Ach, warum soll ich dir das alles erzählen? So ist es eben. Er ist noch immer mit ihr verheiratet, ein guter Katholik, gläubig, die Unauflöslichkeit des Ehesakramen-

tes... Du weißt es ja auch. Mit mir tat er etwas Verbotenes. Und ich natürlich mit ihm.«
Christina beugte sich zu ihrer Mutter und senkte die Stimme zu einem verschwörerischen Flüstern: »Wir haben gesündigt, immer wieder.« Sie lachte. »Aber wenn du meinst, ich würde es bereuen... Überhaupt nicht! Büßen werde ich's vielleicht. Das heißt – ich muß es ja bereits, und er auch. Wenn er dazu noch das mit dem Kind erfährt – sein Ehrgefühl, sein Pflichtbewußtsein, seine Liebe. Glaub mir, Mama, er liebt mich genauso wie ich ihn liebe. Sowas weiß man, ich weiß es, ich weiß es genau, wir lieben uns so sehr, Mama, so sehr!« Christina klammerte sich weinend an der Mutter fest. »Er wäre verrückt vor Freude, wenn er wüßte, daß er nun doch noch ein Kind haben wird. Aber er darf es nicht erfahren, nie, Mama, nie!«

9. Kapitel

Krieg und Politik dienen der Lebenserhaltung des Volkes, der Krieg aber ist die höchste Äußerung völkischen Lebenswillens.

Ludendorff, Der Totale Krieg

General von Falkenhayn hat großen persönlichen Ehrgeiz, die Fähigkeit aber, die großen Verhältnisse dieses gewaltigen Krieges richtig zu beurteilen, kraftvolle Entschlüsse zu fassen, den Augenblick und den Ort zu erkennen, wo ein Erfolg von Bedeutung zu erringen ist, sich große Ziele zu stecken und sie energisch zu verfolgen, fehlt ihm augenscheinlich. ... Dieser Mann stürzt uns alle, Thron und Vaterland ins Verderben.

Aus Moltkes Brief an Kaiser Wilhelm II.

Krieg mit Italien

Während an der Ostfront und im Südosten eine bewegliche Kriegsführung im Herbst und Winter 1914/15 noch möglich war, hatte sich der Krieg im Westen endgültig festgefahren. Nach der verlorenen Marne-Schlacht mußte Generaloberst von Moltke, Chef des Großen Generalstabes, seinen Abschied nehmen. Am 3. November unterzeichnete Kaiser Wilhelm II. im Großen Hauptquartier in Koblenz die Kabinettsorder, mit der er die Entlassung des »Großen Zauderers« verfügte. Sie begann mit den Worten:

»Infolge Ihrer Erkrankung habe ich Mich zu Meinem großen Bedauern in die Notwendigkeit versetzt gesehen, die Stelle des Chefs des Generalstabes des Feldheeres in andere Hände zu legen, und habe Ich den Kriegsminister Generalleutnant von Falkenhayn zu Ihrem Nachfolger ernannt ...«

Die Wahl des Generalleutnants von Falkenhayn zum Chef des Großen Generalstabes blieb bis zu dessen Absetzung und erst recht nach der mörderischen Schlacht von Verdun im Sommer 1916 umstritten. Vor allem Moltke selbst hatte den Kaiser wiederholt vor dem ehrgeizigen, karrieresüchtigen General gewarnt. Seiner Meinung nach hatte das Deutsche Reich mit Falkenhayns Ernennung den Krieg so gut wie verloren. Die Vorwürfe, er sei persönlich für die Niederlage an der Marne verantwortlich und die Demütigung des schroffen Abschiedes konnte Moltke nie verwinden. Verbittert und einsam starb er kaum zwei Jahre später an den Folgen eines Schlaganfalls.

Moltkes Nachfolger Falkenhayn glaubte nicht, daß in den Weiten des osteuropäischen Raumes jemals ein kriegsentscheidender Schlag gegen die russischen Armeen gelingen könnte. Rußland

mußte zu einem Sonderfrieden gezwungen werden, damit Deutschland den Rücken frei bekam, um im Westen die endgültige Entscheidung herbeiführen zu können. Erfolgreiche deutsche und österreichische Offensivschläge im Osten und Südosten würden aber auch Italien, Rumänien und Griechenland davon abschrecken, an der Seite der Entente in den Krieg einzutreten.
Das war die große strategische Lage im Spätherbst und Winter 1914/15. Kopfzerbrechen bereitete Wien und Berlin vor allem die Haltung Italiens. Hier wie dort versuchte man der von Legationsrat Dr. Stefan Meyster in den Gesprächen mit k. u. k. Generalstabschef Conrad von Hötzendorf vorausgesagten Entwicklung entgegenzutreten. Von deutscher Seite wurde Fürst Bülow nach Rom geschickt, um dort für die Sache der Mittelmächte zu werben, und Baron von Wallberg, der unauffällige Mann im Hintergrund, übte in Wien gleichzeitig Druck auf die österreichisch-ungarische Regierung aus. Als Preis für die italienische Neutralität sollte diese den Italienern und deren Gebietsforderungen möglichst weit entgegenkommen. Auf Meysters Vorhaltungen, er selbst habe die Meinung vertreten, daß solche Zugeständnisse an Italien nutzlos wären, entgegnete Baron Wallberg ungerührt:
»Damals habe ich auch gesagt – und diese Meinung wiederholt vertreten, – daß man nichts unversucht lassen dürfe. Wer weiß? Vielleicht bringt es Bülow doch fertig, den Italienern die Neutralität schmackhaft zu machen – und ihnen Angst vor dem Krieg einzujagen.«
In Wien tat man sich in der Italienfrage traditionsgemäß schwer. Kaiser Franz Josef II. mochte die Italiener nicht. Seit dem Aufstand in Oberitalien gegen Österreich 1848/49 und den italienischen Einigungskriegen grollte er dem Nachbarn im Süden. Der welsche Appetit auf österreichisches Gebiet wäre noch keineswegs gestillt, meinte er. Im Gegenteil, er wüchse von Jahr zu Jahr. Rom warte nur auf ein Zeichen der Schwäche auf Seiten der Donaumonarchie, lauere auf seine Chance . . .
Doch dem Drängen der Deutschen und seines eigenen Außenministers Berchtold mußte auch der Kaiser schließlich nachgeben, und er erklärte sich bereit, den »Italienern ein paar Brocken hinzuwerfen, an denen sie hoffentlich ersticken werden.«
Graf Berchtold wurde in der italienischen Frage von Legationsrat

Dr. Meyster beraten, den man wieder aus der Versenkung geholt hatte, in der er nach Kriegsausbruch verschwunden war. Nach Meyster war in der gegebenen Situation eine möglichst flexible, scheinbar nachgiebige Außenpolitik notwendig, um Zeit zu gewinnen. Diese wiederum sollte für diplomatische Sondierungen genutzt werden mit dem Ziel, möglichst bald Friedensverhandlungen zumindest mit Rußland zu führen. In einer Sitzung des k. u. k. Kriegsrates hielt er eine denkwürdige Ansprache, die in folgenden Sätzen gipfelte:

»Eine wirksame Außenpolitik nimmt für die erfolgreiche Kriegsführung den höchsten Rang ein. Wir sind in einen Krieg verwickelt worden und tragen die alleinige Verantwortung für sein Gelingen. Im Falle eines Fehlschlages wird man nicht eine Fortführung der Politik mit anderen Mitteln feststellen, sondern den Bankrott eben dieser Politik. – In der Geschichte läßt sich manch ein Krieg finden, der gewonnen oder auch schon verloren war, noch bevor er begonnen hatte. Der Grund dafür ist immer das politische Handeln, dessen Erfolg oder Mißerfolg gewesen. Mit einer durchdachten, der Lage entsprechenden Außenpolitik können wir noch alles zum Guten wenden ...«

In seinen Tagebüchern, über die noch ausführlicher zu berichten sein wird, widmete Dr. Meyster diesen Überlegungen und der italienischen Frage einen breiten Raum. Bereits im ersten Kriegswinter vertrat er die Meinung, daß der Krieg nicht mehr zu gewinnen sei. So schrieb er unter dem Datum des 10. Februar 1915:

»... Schlechte Nachrichten von der russ. Front. Die Offensive unserer 3. und 7. Armee und der deutschen 9. Armee mußte abgebrochen werden. Nach guten Anfangserfolgen wieder Rückzug bis Dukla-Paß, Przemysl hat kapituliert, mehr als 100000 Mann ziehen in russ. Kriegsgefangenschaft. – Deutsche kämpfen an zwei Fronten und beklagen sich ständig darüber – als ob sie das nicht hätten voraussehen können! Doch auch wir haben deren zwei, im Osten und im Südosten, wobei diese letzte keine Nebenfront ist, wie zunächst angenommen wurde. Hut ab vor den Serben und Montenegrinern! – Durch die starre Haltung des Kaisers – ›lieber führe ich Krieg mit den Italienern, als daß ich ihnen mit Gebietsabtretungen

Frieden abkaufe!‹ – werden wir noch eine dritte Front bekommen. Der Krieg ist nicht mehr zu gewinnen. Das heißt – wir haben ihn bereits mit dem ersten Kanonenschuß auf Belgrad verloren . . .«

Außenminister Graf Berchtold wurde wegen zu »nachgiebiger Haltung« gegenüber Italien durch den Grafen Burian de Rajecz abgelöst. Aber auch dieser kam zu dem Schluß, daß man Italiens Neutralität nur durch Gebietsabtretungen würde erkaufen können. So wurde Anfang März 1915 Legationsrat Dr. Meyster zu Geheimgesprächen nach Rom geschickt, um »die Lage zu sondieren und eine mögliche Verhandlungsbasis zu finden«. Seine Mission verlief ergebnislos. Die k. k. Regierung erklärte sich zwar bereit, Welschtirol mit Trient an Italien abzutreten, aber die Entente bot »nach einer Niederlage Deutschlands und Österreichs-Ungarns« entschieden mehr.
Am 26. April 1915 unterzeichneten Frankreich, England, Rußland und Italien in London einen Vertrag, in dem Italien für die Zusage, binnen eines Monats in den Krieg gegen die Mittelmächte einzutreten, reiche Beute versprochen wurde: Neben ganz Südtirol bis zum Brenner sollten die Italiener Triest, Görz, Istrien mit vorgelagerten Inseln und einen großen Teil Dalmatiens bekommen.
Zwei Tage nach der Unterzeichnung des Londoner Vertrages schrieb Dr. Meyster in sein Tagebuch:

». . . Nun ist es geschehen! Italien wird sich zwar noch etwas Zeit lassen, um alle Vorbereitungen abzuschließen, aber gegen Ende Mai wird es so weit sein. Uns – in diesem Falle auch mir persönlich – bleibt nur ein schwacher Trost. Italien hätte uns vermutlich schon im Februar den Krieg erklärt, wenn uns die Posse mit den angeblichen Reserven und bereitgestellten Streitkräften nicht so überraschend gut gelungen wäre*. Ansonsten – Schiffbruch auf der ganzen

* Damit meinte Dr. Meyster eine der größten und erfolgreichsten Täuschungen der Kriegsgeschichte, die er im wesentlichen mitkonzipiert hatte. Dazu gehörten falsche, der italienischen Spionage im Laufe des Winters und Frühjahrs zugespielte Zahlenangaben über Mannschaftsstärken der gegen Italien aufgebotenen Truppen und ein vollständiger, gleichfalls der italienischen militärischen Aufklärung zugespielter Operationsplan des ö. u. Generalstabes, der einen Vorstoß der k. u. k. Truppenverbände aus Südtirol in Richtung Verona vorsah, falls Italien den Krieg eröffnen sollte. Im Rahmen dieser – nach Dr. Meyster – »gigantischen Theaterposse« erwies sich ein

Linie. Nach Italien werden auch Rumänien und Griechenland gegen uns antreten, vielleicht sogar Bulgarien, es sei denn, die bevorstehende ö. u. und deutsche Offensive bei Gorlice wird erfolgreicher sein als die im Januar. Nur wenn es gelingt, den Russen einen entscheidenden oder nachhaltigen Schlag zu versetzen, dürfte Rumänien und erst recht Bulgarien vor einem Krieg gegen uns zurückschrecken...«

Der zwar nicht entscheidende, aber doch nachhaltige Schlag gegen die Russen gelang. Anfang Mai 1915 wurde von der 11. deutschen Armee unter Generaloberst von Mackensen bei Gorlice südöstlich von Krakau ein Durchbruch erzielt, der die russischen Armeen auf der ganzen Front zum Rückzug zwang. In nachfolgenden Kämpfen wurde von deutschen und österreichisch-ungarischen Verbänden Galizien, ganz Polen und im Norden Kurland erobert. Erst Ende August kam die Front endgültig zum Stehen. Sie verlief jetzt – in Nord/Süd-Richtung – von Riga über Dünaburg, Pinsk, Dubno und Tarnapol bis Czernowitz an der rumänischen Grenze. Den riesigen, russisch besetzten wie ein Keil über Warschau bis fast nach Posen bis Mitteleuropa reichenden »polnischen Sack« gab es nicht mehr. Die Gefahr für Ost- und Westpreußen, Schlesien und Galizien schien endgültig abgewendet. Die »russische Dampfwalze« war zertrümmert worden.

Für seine entscheidende Rolle in dieser Frühjahrs- und Sommeroffensive an der Ostfront wurde Generaloberst von Mackensen zum Feldmarschall befördert. Seinen unterlegenen Gegenspieler, den russischen Oberkommandierenden Großfürst Nikolai Nikolajewič, berief man ab. Wie vor ihm den Generaloberst von Moltke, ereilte

simpler Trick als besonders wirkungsvoll. Ein gut ausgerüstetes Infanterie-Bataillon und einige Feldhaubitzen wurden vornehmlich nachts immer wieder durch die gleichen grenznahen Dörfer geschickt. Dadurch entstand der Eindruck geheimer Verschiebungen starker Truppenverbände. Die italienischen Spione berichteten darüber über die Grenze. Sie führten utopisch anmutende Zahlen an. Das italienische Oberkommando unter General Cadorna nahm schließlich an, daß Österreich-Ungarn an der Grenze zu Italien eine wohlausgerüstete Armee von rund 150000 Mann zur Verfügung stand, die gegebenenfalls durch deutsche Verbände verstärkt werden konnte. In Wahrheit waren es kaum 30000 Mann, Standschützen, Soldaten des Tiroler Landsturmes, einige freiwilligen Verbände – der Donaumonarchie letztes Aufgebot. Cadorna, der mit sechsmal soviel Verteidigern rechnete, ließ sich Zeit, bis ihm mehr als 300000 Mann Fronttruppen zur Verfügung standen und dazu noch eine starke Artillerie.

ihn das Schicksal der Erfolglosen und Gescheiterten. Zar Nikolaus II. übernahm höchstpersönlich das Oberkommando über die russischen Streitkräfte.

Unter dem Eindruck der erfolgreichen Offensive der Mittelmächte geschah das von Legationsrat Dr. Meyster Erwartete: Rumänien schrak zurück und blieb – zunächst – neutral. Bulgarien hingegen schloß Anfang September einen Bündnisvertrag mit Deutschland und Österreich-Ungarn und erklärte Serbien einen Monat später den Krieg.

Zu diesem Zeitpunkt war das große Rätselraten um Italien allerdings bereits seit Monaten entschieden. Ab Ende Mai befand es sich gemäß dem Londoner Vertrag von Ende April im Kriegszustand mit Österreich-Ungarn. Die Kriegserklärung Italiens an die Donaumonarchie war am 23. Mai und die an das Deutsche Reich am 28. August 1915 erfolgt. Seit Juni tobten an der Isonzo-Front Kämpfe, die zu den grausigsten Kapiteln des I. Weltkrieges und der Kriegsgeschichte überhaupt gehören. Trotz ihrer gewaltigen Übermacht von zuletzt einer Million Mann gelang es den Italienern nicht, Görz und Triest zu nehmen, einen Durchbruch zu erzielen und über Ljubljana ins Herz der Donaumonarchie vorzustoßen*.

Noch während der erfolgreichen Offensive an der Ostfront im Sommer 1915 erneuerten die Mittelmächte ihre Versuche, mit Rußland einen Sonderfrieden zu schließen. An diesen Bemühungen nahm einer der eifrigsten Befürworter dieser Lösung im k. k. Außenministerium, Legationsrat Dr. Meyster, nicht mehr teil. Nach dem Scheitern seiner Verhandlungen in Rom und Italiens Kriegserklärung an Österreich-Ungarn hatte er einen Herzanfall erlitten, von

* Vom Juni 1915 bis März 1916 versuchten die Italiener unter ihrem Befehlshaber General Cadorna in fünf Isonzo-Schlachten zwischen Monfalcone im Süden und Kobarid (Karfreit) im Norden dieses Ziel zu erreichen. In beispiellos blutigen und verlustreichen Kämpfen hielten die Truppen der Donaumonarchie den massiert geführten Angriffen stand. – Den Höhepunkt erreichte das Massaker an der Isonzo-Front in der elften Schlacht im Spätsommer 1917. Die Verluste auf beiden Seiten betrugen fast eine halbe Million Tote und Verwundete. Eine traurige Berühmtheit erlangte dabei der Monte San Gabriele bei Görz als der blutigste aller Hügel in der Kriegsgeschichte aller Zeiten und Völker; wenn es um die Zahl der Toten pro Hektar umkämpfter Fläche ginge, stellte er selbst Verdun in den Schatten. Auf diesem Karstbuckel, der siebenmal den Besitzer wechselte, durch das Artillerietrommelfeuer um und um gepflügt und um mehrere Meter abgetragen wurde, verloren über 100 000 Soldaten ihr Leben.

dem er sich nicht mehr erholte. Anfang Juni bekam Christina eine eilige Depesche aus Wien. Dr. Meyster sei schwer erkrankt, hieß es darin, sein Zustand sei ernst, und er würde sie bitten, sofort nach Wien zu kommen.

Nur wenige Stunden nach Eintreffen der Depesche aus Wien reisten Christina und Frau Jennicke ab. Alle Proteste, sie dürfe in ihrem Zustand (im siebenten Monat schwanger!) die Anstrengungen einer solchen Reise nicht auf sich nehmen, nutzten nichts. Ihr ginge es prächtig, beteuerte Christina, ihr Zustand sei ganz normal, außerdem sei Frau Jennicke dabei, um auf die bewährte Art alle Unbill von ihr fernzuhalten. In Wien würden sie von Istvan, dem Kutscher des Schwiegervaters erwartet, und das alles sei kaum anstrengender als eine Fahrt in die Kreisstadt.
Otto von Prettwitz ließ es sich nicht nehmen, die Frauen zum Bahnhof zu begleiten. Hedwig winkte vom Balkon dem davonfahrenden Daimler nach und ging dann zurück in ihren Salon. Trotz aller Sorge um Christina fühlte sie sich wohl und fast sträflich sorgenfrei. Otto hatte die Sache mit dem Kind erstaunlich gefaßt aufgenommen. Einen brummigen Protest hatte er wohl mehr der Form halber von sich gegeben. Danach hatte Hedwig das Gefühl, er freue sich auf Christinas Kind – unehelich hin oder her! – mehr als auf alle Enkelkinder zuvor. Ob es daher kam, daß er früher die Kinder seiner Töchter und so auch Stefan, Christinas Sohn, mit deren Vätern hatte teilen müssen? Daß bei diesem Kind kein Vater mehr zwischen ihm und seiner Lieblingstochter stand, jedenfalls nicht leibhaftig? Christina und ihr Kind gehörten nun ganz ihnen, sie waren hier zu Hause. Jedenfalls konnte man sich einen fürsorglicheren Großvater in spe kaum denken!
So zartfühlend und besorgt war er nicht einmal damals gewesen, als sie ihre Kinder bekommen hatte, eins nach dem anderen, sieben an der Zahl, dachte Hedwig. Man lernt wirklich nie aus! Nun war sie mit diesem Mann seit einem Menschenalter verheiratet, glaubte ihn in- und auswendig zu kennen, weit besser zu kennen als er sich selbst, erwartete und fürchtete eine langanhaltende ablehnende Reaktion auf die fatale Nachricht – und jetzt das! Tini, paß auf dich auf, Tini, dies darfst du nicht, jenes schadet dir, das bekommt dir gut, jenes nicht, Tini hin, Tini her, 'rauf und runter... Die ganze

Welt schien sich nur noch um Tini und ihren von Tag zu Tag wachsenden Bauch zu drehen!
In dem Sessel am Fenster – ihrem Lieblingsplatz – nickte Hedwig ein wenig ein. Sie wachte auf, weil jemand ins Zimmer gekommen war, ohne daß sie gehört hatte, wie er durch die Tür eingetreten war. Otto? Das konnte nur Otto sein. Zu müde, um die Augen zu öffnen, sagte sie:
»Bist du schon wieder da? Das ging aber schnell!«
Er gab keine Antwort. Hedwig öffnete nun die Augen und sah ihn in der Dämmerung des Zimmers nah an der Türe stehen. Sein Gesicht erschreckte sie zutiefst. Blaß, faltig, mit rot umrandeten Augen sah er sie an, und ein atembeklemmendes Gefühl wortloser Trauer, Verzweiflung und Hilflosigkeit ging von ihm aus. Was war geschehen? Auf den Armen hielt er ein Bündel, ein Kind. Hedwig wußte es, es konnte nur ein Kind sein! Er trat einen Schritt vor, hielt ihr das Bündel entgegen, doch sie wollte es nicht nehmen, sie wollte es nicht, sie haßte es, haßte es, wich davor zurück ...
Aufstöhnend fuhr sich Hedwig über die Augen. Otto war doch erst mit Christina und Frau Jennicke zum Bahnhof gefahren, dann dieses Kind ... Was sie sah, konnte nicht wirklich sein!
Das Bild wurde durchscheinend, löste sich auf, verschwand. Lieber Gott, flüsterte Hedwig mit trockenen Lippen, das Herz voller Entsetzen, obwohl sie die Bedeutung des Bildes oder des Gesichtes nicht zu erfassen vermochte. Lieber Gott und du, heiliger Antonius, erspart mir das, bitte, laßt es mich nicht *wirklich* erleben!

»Das Kreuz ist von ihm genommen worden«

Christina und Frau Jennicke kamen um einige Stunden zu spät in Wien an. Legationsrat Dr. Meyster war in der Nacht vor ihrer Ankunft gestorben. Man hatte ihn in der Eingangshalle seines Hauses aufgebahrt. Noch während des ganzen Tages und bis spät in die Abendstunden wurden Kränze und Blumenarrangements abgegeben. Inmitten der betäubend duftenden Blumenpracht lag der Tote, fremd anzuschauen mit seinem stillen, gelbgrauen Gesicht und den knochigen, von einem Rosenkranz umschlungenen Hände.
Die verweinte Frau Wytlatschil führte Christina und Frau Jennicke

auf ihre Zimmer. Doch wie betäubt vom Kummer um den verstorbenen Legationsrat, dem sie über drei Jahrzehnte treu und selbstlos gedient hatte Frau Wytlatschil auch war, ein neugierig-mißbilligender Blick streifte Christinas vorspringenden Bauch doch. Eine unverheiratete Frau – schwanger? Am besten, man übersah es! Wollte sie am Ende in diesem Zustand zum Begräbnis erscheinen?
Christina wollte nicht. Sie und Frau Jennicke wären gar nicht erst nach Wien gekommen, wenn sie gewußt hätten, daß sie den Schwiegervater nicht mehr lebend antreffen würden, sagte sie auf ihrem Zimmer zu Frau Wytlatschil. »Wo wird Papa begraben?«
»In der Familiengruft in Döbling, gnädige Frau.«
»Ich werde nicht hingehen. Ich fühle mich dieser Strapaze nicht gewachsen. Wir werden so bald wie möglich wieder nach Hause fahren. Und noch etwas, Frau Wytlatschil.«
»Gnädige Frau?«
»Am besten, Sie sagen von sich aus niemandem, daß ich hier bin. Wenn aber einer direkt fragt... Sagen sie, mir ginge es nicht gut. Man wird das sicher verstehen. Ich möchte mich keinen dummen Fragen und dieses Haus keinem Gerede aussetzen. – Wo ist Pawel? Können Sie ihn zu mir schicken?«
Die sichtlich erleichterte Frau Wytlatschil begann wieder zu weinen. Schluchzend erzählte sie, daß der Diener Pawel tot sei, gefallen in Galizien. »Er war schon über Vierzig, aber man hat ihn trotzdem eingezogen und nach Galizien geschickt. In seinem letzten Brief schrieb er mir noch, daß er in seinem Beruf als Diener oder Ordonnanz bei einem Herrn Oberst arbeitet, und daß ihm schon deshalb nichts passieren kann. Anders als so viele, die jeden Tag sterben müssen, würde er als Putzer bei einem hohen Offizier den Krieg nicht aus allernächster Nähe erleben. Er schrieb tatsächlich Putzer, und daß er sich tatsächlich wie ein Putzer fühlen würde, aber das wäre ihm gleichgültig. Hauptsache, er müßte nicht ganz nach vorne, weil für einen Helden hätte es bei ihm noch nie gereicht, und Heldentaten zu vollbringen, das überließe er lieber anderen. Drei Tage später kam seine Todesanzeige. Den Heldentod gestorben, gefallen für Kaiser, Vaterland...«
Frau Wytlatschil schneuzte sich. Ihr großflächiges, von tiefen Kummerfalten durchzogenes Gesicht wirkte über dem schwarzen Kleid noch blasser als sonst, so blaß wie das Gesicht des Toten unten in

der Halle. Christina fühlte, wie es ihr heiß in den Augen aufstieg, daß sie gleich losweinen würde. So schickte sie Frau Wytlatschil weg, setzte sich auf den Bettrand und war bereit, sich ihrem Kummer hinzugeben. Doch irgendwie wollte er sich nicht einstellen, und der erwartete Tränenstrom blieb aus. Sollte sie deshalb nicht ein schlechtes Gewissen haben? Sie hatte ihren Schwiegervater doch geliebt, zumindest hatte sie ihn sehr gern gehabt. Sie war zwar nicht sehr oft in Wien gewesen, aber wann immer sie gekommen war, hatte es zwischen ihnen keine von jenen unsichtbaren Barrieren gegeben, wie sie die Zeit mitunter zwischen Menschen aufrichtet. Sie hatten sich einander nie entfremdet, waren sich stets vertraut gewesen, gute Freunde ... Sie hatte einen guten Freund verloren, ja, das stimmte. Allerdings auch einen Freund, bei dem sie nie ganz sicher gewesen war, ob er ihr nicht gewisse Dinge verheimlichte, die auch sie angingen ...

Der alte Legationsrat war ein Mann mit zwei Gesichtern gewesen. Zunächst war er der imponierende, Respekt einflößende Beamte, ein Diplomat vom Scheitel bis zu Sohle, überaus zuverlässig, korrekt bis zur Pedanterie ... Doch hinter diesem Dr. Stefan Meyster schien sich auch ein ganz anderer zu verbergen, der nur selten zum Vorschein kam, ein Abenteurer, Spieler, Hasardeur ... Dieser brach für kurze Augenblicke vor, tat oder sagte etwas, das nicht in den Rahmen paßte, schrak zurück und verschwand wieder hinter der beherrschten Fassade des Diplomaten. Er war ganz anders als sein Sohn, sagte sich Christina. Sein Sohn Karl, mein Mann, der so gern auf dem Landgut der Familie gearbeitet hätte! Der Alte hat es nicht zugelassen. Karl mußte Diplomat werden. Warum? Als Bauern wären wir beide glücklich geworden, so aber ... Nein. Wir *waren* glücklich, obwohl Karl so viel Geschick und Sinn für Diplomatie und diplomatische Rankünen besaß wie etwa für Musik oder Gesang, also nicht die Spur davon! Er hat zwar gern und oft gesungen, aber nie auch nur einen Ton richtig getroffen.

»Karl, mein Karl ...«, flüsterte Christina, und erst jetzt stellte sich die Trauer ein, die sie vorhin erwartet, doch nicht empfunden hatte. Karl, der ihr stets so nah gewesen war, früher, als er noch gelebt hatte, aber auch später, ja, später, als wäre er nie gestorben, als hätte sie ihn nie in diesem schrecklichen Sarg gesehen, in der langen, roh zusammengezimmerten Holzkiste, wo das lag, was von ihm

übriggeblieben war: Verweste Fleischreste auf freiliegenden, grünlich angelaufenen Knochen, das lippenlos grinsende Gebiß, schmutzige, lehmverklebte Haarbüschel auf dem von Tieren angenagten Schädel, Büschel derselben Haare in die sie in den Augenblicken, ja Stunden der Leidenschaft hineingegriffen hatte, um seinen Kopf zu sich herabzuziehen und an ihre Brust zu drücken.
Die Erinnerung daran, an den Kopf, das Gesicht, die Augen, den Mund, die Haare, diese Haare und an alles, was vorher gewesen war, und dann *das* in der Holzkiste, und dieser Gestank, dieser fürchterliche Gestank – und die Erinnerung an den frischen und erregenden Geruch, der ihn früher umgeben hatte! *Ich hätte nie hingehen sollen!* Aber ich wollte es, ich wollte es unbedingt, obwohl man mich davor gewarnt hatte. Und jetzt? Er ist tot. Sein Vater ist tot. Ich bin allein. Nein, nicht allein. Was Karl wohl sagen würde, wenn er wüßte, daß ich von Marco ein Kind bekomme? Daß ich auch mit Marco so . . . so *verrückt* war? Nichts. Nichts. Nichts. Er ist tot. Er kann nichts sagen. Er lebt nur noch in meiner Erinnerung, und das, woran ich mich erinnere – sein Bild in meiner Erinnerung – könnte etwas sagen, aber es wäre nie genau das, was er wirklich sagen würde – ich stelle es mir nur vor. Den wirklichen Karl gibt es seit fünfzehn Jahren nicht mehr. Einige klägliche Reste – das war alles, was von ihm übriggeblieben war. Alles. Das und meine Erinnerung, in der er so lebt, wie er damals gelebt hat, voller Überraschungen, Unfug und Liebe, wenn er mir lachend auf den Po klatschte, laß das Karl, wenn es jemand sieht, das Mädchen könnte jeden Augenblick kommen oder Stamena, aber nein, nein, ich habe sie alle weggeschickt, und jetzt komm, komm ganz schnell! Schnell mit ins Schlafzimmer oder gleich hier. Ich hab' drüben im Büro gesagt, daß ich zum montenegrinischen Außenminister muß, und das könnte lange dauern, hab ich gesagt, wir haben also eine Menge Zeit, zwei oder drei Stunden, zwei Tage, alle Tage! So laß um Himmels willen deine Knödel, sie laufen uns nicht davon, komm, mein Herz, komm schon, komm! So war er, mein Karl.
Und Marco? Ich bekomme sein Kind. Mein Gott, oh, du lieber Gott, wie sehr ich ihn liebe! Wie damals Karl. Nein, nein, nicht so, es ist nicht das gleiche! Von meiner Liebe zu Karl nimmt diese Liebe kein bißchen weg. Es ist so wie mit zwei Kindern. Wenn das zweite kommt, ist es genau so ein ganzes Kind wie das erste. Und dem

ersten Kind geht nichts ab, wenn das zweite geboren wird, es wird ihm nichts genommen: Beide haben die ganze Liebe, das erste Kind wie das zweite, ungeteilt.

Christina legte die Hände auf den Bauch und drückte leicht dagegen, als sie spürte, wie sich das Kind bewegte. Ein kleiner Ellenbogen? Ein Knie? Das Köpfchen?

Meine ganze Liebe für Karl und meine ganze Liebe für Marco, Karl und Marco. Nein, ich habe kein schlechtes Gewissen, mögen Frau Wytlatschil und der Kutscher Istvan und alle anderen noch so konsterniert schauen! Vielleicht sollte ich doch zur Beerdigung gehen? Vielleicht sollte ich gerade deshalb hin, um mich allen zu zeigen? *Sie bekommt ein Kind!* Was sie nicht sagen! Wirklich, ein Kind? Schwanger im siebenten Monat. Hat sie denn wieder geheiratet? Aber nein, keine Spur. Und trotzdem schwanger?

Nein, nein, ich tue dir das nicht an, armer Papa! Du trägst meine Schande, die auch die deine ist, mit bewundernswerter Haltung. Ich werde dir keinen zusätzlichen Kummer bereiten, weder hier noch zu Hause in Schlesien. Laß den Pfarrer von der Kanzel dumme Bemerkungen machen, laß ihn nur, das macht mir nichts aus. Ich gehe nicht zur Beerdigung, und kein Mensch wird mich sehen, außer Frau Wytlatschil und Kutscher Istvan. Dafür wird schon mein Zerberus Frau Jennicke sorgen. Auch Papa Meyster hat mich nicht gesehen, er ist rechtzeitig gestorben.

Er ist *rechtzeitig* gestorben, sagte sich Christina noch einmal und gestand sich ein, daß sie darüber erleichtert war. Sie hatte dem Schwiegervater zwar geschrieben, daß sie ein Kind bekommen würde, und er hatte ihr in seiner herzlich großzügigen Art postwendend Glück gewünscht. Aber es war doch etwas anderes, ihm darüber zu schreiben als ihm mit einem dicken Bauch entgegenzutreten. Nun war das nicht mehr nötig. Er lag tot zwischen den Blumen unten in der Halle. Ihm entgegenzutreten wäre ihr schwerer gefallen als bei ihrem eigenen Vater. Wie hätte sie ihm erklären sollen, daß sie mit diesem Kind und ihrer Liebe zu einem anderen Mann seinem toten Sohn Karl nichts genommen und die Erinnerung an ihn auch nicht verraten hatte?

Ein Klopfen an der Türe schreckte Christina aus ihren Gedanken. Frau Wytlatschil brachte eine Kassette, stellte sie auf den Tisch und

übergab Christina einen kunstvoll verschnörkelten silbernen Schlüssel.
»Es war sein letzter Wille, gnädige Frau. Kurz bevor er starb, sagte er mir, daß ich Ihnen die Kassette und den Schlüssel geben soll, falls er selbst dazu nicht mehr in der Lage sein sollte. Er wußte, daß er sterben würde, und er sagte es auch. Aber er zeigte keine Angst. Im Gegenteil ... Ich hatte fast das Gefühl, daß er irgendwie erleichtert war, weil er nicht mehr mitansehen muß, wie unser Land verblutet. Das waren seine Worte: ›*es verblutet.* Mit uns geht es zu Ende, eine bald tausendjährige Epoche geht ihrem Untergang zu‹, sagte er. ›Das Kreuz, es sehen und miterleben zu müssen, wird von mir genommen.‹ Er hatte recht, gnädige Frau. Das Kreuz ist von ihm genommen worden.« Frau Wytlatschil begann wieder zu weinen. Schluchzend und mit ihrem schwarzen, steif gestärktem Rock rauschend, ging sie hinaus.

Ein Exkurs in die Geheimdiplomatie

Auf die Bitte des Notars und Testamentsvollstreckers Dr. Kern, eines Freundes des Verstorbenen, blieb Christina länger in Wien als sie vorgehabt hatte. Sie sollte bei der Testamentseröffnung zugegen sein, damit alle Formalitäten einfacher erledigt werden könnten. Wie sie Frau Wytlatschil angekündigt hatte, verließ sie in diesen Tagen kaum ihr Zimmer, es sei denn, um sich im Prater etwas die Beine zu vertreten und frische Luft zu schnappen. Die Zeit wurde ihr trotzdem nicht lang, hatte sie doch mit der Lektüre der Tagebücher des Verstorbenen und der Durchsicht seiner privaten Hinterlassenschaft genug zu tun.
In der schwarzen, mit Elfenbeinintarsien versehenen Mahagonikassette, die ihr Frau Wytlatschil gebracht hatte, befanden sich ein umfangreiches Tagebuch, ein Päckchen Briefe, ein Schlüsselbund und ein versiegeltes Schreiben des Verstorbenen, adressiert an sie, Christina. Das Schreiben war nur wenige Tage vor seinem Tod verfaßt worden. Des Legationsrates ehemals kräftige, gleichmäßige, gestochen scharfe Schrift war schwach, zittrig, zuweilen fast unleserlich.

»Meine liebe Christina!
Frau Wytlatschil habe ich gebeten, Dir die Kassette mit diesem Brief, dem letzten Band in der Reihe meiner Tagebücher und einigen Schlüsseln auszuhändigen, deren Verwendungszweck ich weiter unten anführen werde. Wenn Du dieses Schreiben noch vor meinem Begräbnis liest, mach die Entscheidung darüber, ob Du daran teilnimmst, nicht von Deinem Zustand abhängig. Du bist im siebenten Monat schwanger und im allgemeinen sieht man das, so daß ich dieses auch bei Dir annehme. Wenn Du mich auf meinem letzten Weg begleiten willst, so tu das, ohne Dich um die gewiß dümmliche und gehässige Reaktion Deiner Umgebung, das heißt unserer lieben Freunde und Bekannten zu kümmern. Es ist *Dein* Leben, das Du lebst und *Dein* Kind, das Du unter dem Herzen trägst, dieses allerdings naturgemäß nur zur Hälfte.
Wer der Vater des Kindes ist, hast Du mir nicht mitgeteilt, ich habe diese Entscheidung selbstverständlich respektiert und hätte nie danach geforscht. Es wurde mir allerdings zugetragen, und ich könnte Dir keinen besseren Mann wünschen. Ich bewundere Deine selbstlose Tapferkeit, meine jedoch, daß Du vielleicht doch eine Heirat mit dem Conte anstreben solltest, schon im Interesse des Kindes. Eine Annullierung seiner Ehe durch das Kirchengericht hätte in diesem speziellen Fall einige Aussicht auf Erfolg. Wendet Euch an den Papst persönlich. Anders als sein konservativer, um nicht zu sagen: erzreaktionärer Vorgänger Pius X., ist Papst Benedikt XV. derlei Problemen eher zugänglich.
Dein und Karls Sohn Stefan, von dessen glücklicher Heimkehr ich überzeugt bin, ist der Haupterbe des gesamten Meyster-Besitzes. Das Testament mit der Aufstellung und umfangreichen Instruktionen liegt bei Notar Dr. Kern. Darin sind auch alle Legate, Sonderhinterlassenschaften und -regeln usw. usw. vermerkt. Insbesondere lege ich Dir und Stefan die Verwaltung meines Privatarchives ans Herz, das in den vergangenen Jahrzehnten sehr umfangreich geworden ist. Ich stelle Euch anheim, nach dem Kriege eine Herausgabe der Tagebücher zu erwägen.* In diesem Falle steht in Euerem

* *Tagebücher, Erinnerungen, Aufzeichnungen 1890–1905* von Stefan Meyster, Hellwig Verlag, Wien, 1929. Im Vorwort des dickleibigen Buches wurden ein zweiter und dritter Band mit »brisantem, bisher unveröffentlichtem und unser Geschichtsbild veränderndem Material« angekündigt. Sie sind nie erschienen. Der Verlag kam –

Ermessen natürlich auch die Redaktion der Stellen, die Euch, Karl, Dich und Stefan betreffen. Wenn es angebracht erscheint, könnt Ihr sie ganz streichen.
Die beiliegenden Briefe habt Ihr, Karl und Du, an mich geschrieben. Nun händige ich sie Dir wieder aus. Die Schlüssel gehören zu meinem Schreibtisch und zu den zwei Truhen, in denen ich mein Privatarchiv und auch die erwähnten Tagebücher verwahrt habe. Die Truhen stehen in der Kammer hinter der Bibliothek, sie sind nicht zu übersehen.
Meine liebe Christina, ich danke Dir für die Liebe, das Verständnis, die Loyalität und nicht zuletzt großzügige Toleranz, die Du mir stets entgegengebracht hast. Vor allem Deine Zuneigung habe ich wie ein kostbares Geschenk betrachtet.
Gegen den Tod, so er denn kommen will, werde ich mich nicht sträuben, mich seines Zugriffes nicht zu erwehren versuchen. Es gäbe zwar noch wichtige Dinge zu erledigen, vor allem an der Beendigung dieses mörderischen Krieges zu arbeiten, den wir wesentlich mitverschuldet haben. Aber ich sehe mich dabei zunehmend in der Lage eines Besatzungsmitgliedes, das auf seinem sinkenden Schiff mit einer Schöpfkelle der eindringenden Wassermassen Herr zu werden versucht. Ein hoffnungsloses Unterfangen! Also bin ich fast erleichtert darüber, daß ich das Ende dieses Krieges nicht erleben werde. Denn es wird auch das Ende unserer Monarchie sein. Die schreckliche und schmerzliche Erfahrung einer Agonie Österreich-Ungarns wird mir erspart bleiben. Sollte ich meinem Schicksal dafür nicht dankbar sein?
Ich bin müde, meine geliebte Tochter. Dir, Stefan und Deinem ungeborenen Kind wünsche ich alles Glück dieser Welt. Seid umarmt von mir, lebt wohl! Dein und Euer Schwiegervater und Großvater
Stefan Meyster.

nicht zuletzt wegen der hohen Kosten für den 1. Band – in finanzielle Schwierigkeiten und mußte 1931 Konkurs anmelden. Nach dem Anschluß Österreichs an das Dritte Reich wurde Band 1 wegen »defaitistischer Geschichtsfälschung« verboten und aus allen Bibliotheken entfernt. Die fertiggestellten Bände 2 und 3 mußten eingestampft werden. Das gesamte von Legationsrat Dr. Meyster in seinem letzten Brief an Christina erwähnte Archivmaterial verbrannte bei einem Bombenangriff auf Wien im September 1944, bei dem auch das Haus am Franz-Josephs-Kai bis auf die Grundmauern zerstört wurde.

Nach der Lektüre des Abschiedsbriefes – so nannte sie dieses letzte Schreiben des toten Schwiegervaters – empfand Christina zum erstenmal wirkliche Trauer um ihn und das Gefühl, einen ganz persönlichen Verlust erlitten zu haben. Die Anspannung der letzten Tage löste sich in einem ausgiebigen Tränenstrom; danach wurde ihr leichter ums Herz. Mit Frau Wytlatschil und Frau Jennicke suchte sie in der Archivkammer neben der Bibliothek nach den zwei Truhen (zwei große, aus massivem und reich geschnitzem Eichenholz gefertigte und mit schweren Schlössern gesicherte Truhen, nicht zu übersehen), holte die Tagebücher heraus und brachte sie auf ihr Zimmer. Nachdem sie darin ein wenig herumgeblättert und hier und da gelesen hatte (das meiste davon waren dienstliche Angelegenheiten, für einen Außenstehenden nicht sonderlich interessant und aufschlußreich), begann sie systematischer zu lesen. Wie nicht anders zu erwarten, suchte sie zunächst nach den Stellen, die sie selbst, Karl und später auch ihren Sohn Stefan betrafen.
Dr. Meyster war mit der Wahl seines Sohnes und dessen Entscheidung, um Christinas Hand anzuhalten, von Anfang an einverstanden gewesen. Etwas skeptisch hatte er allerdings vermerkt:
»... Der gute K. (Karl) meint, die oder keine. Eine Frau fürs Leben, ohne sie gäbe es für ihn keine Zukunft. Das sind altbekannte Töne, die man bei jungen Leuten immer wieder und bei jeder Verliebtheit aufs neue hört. Doch frage ich mich – war es nicht auch bei mir so? Vergessen wir Älteren und Eltern nicht allzuoft unsere eigene Jugend und deren Euphorie, Irrungen, Wirrungen, Suchen und Finden? Ich hoffe, daß Karl bei seiner Entscheidung bleibt. Das Mädchen gefällt mir, er hat auch nach meiner Meinung eine gute Wahl getroffen – soweit man von einer ›Wahl‹ sprechen kann, wenn einen wie der Blitz aus dem heiteren Himmel Cupidos Pfeile getroffen haben ... Ich bin sicher, daß auch meine so früh verstorbene Frau und Karls Mutter dasselbe denken würde ...«
Er berichtete dann über die Hochzeit und Karls Entscheidung, mit seiner jungen Frau nach Montenegro zu gehen: »... Drei Auslandsstellen wurden K. offeriert, gute Posten an unseren Vertretungen in Warschau (Konsulat), Bern (Konsulat), Cetinje (Gesandtschaft). Sie haben sich für Cetinje entschieden, eine Wahl, die ich am wenigsten erwartet habe. Frau Wytlatschil ist entsetzt – ausgerechnet nach Montenegro, unter die Räuber wollen sie, beklagte sie sich

bei mir. Mir scheint, die jungen Leute nehmen das mehr von der romantischen Seite. Vielleicht weil ›Montenegro‹ so schön klingt? Darauf angesprochen, lachten sie. Während ihrer Hochzeitsreise nach Dalmatien hätten sie tatsächlich von Cattaro aus diesem Grunde einen ausgedehnten Ritt über Lovčen nach Cetinje und weiter ins Landesinnere unternommen, erzählte dann Christina. Das Land hätte sie außerordentlich beeindruckt. Dies habe ihren Entschluß beeinflußt, sich für Montenegro zu entscheiden. Nun gut, sollen sie ihren Willen haben! Ich denke allerdings, daß ihnen die vermutlich recht harte montenegrinische Realität die romantischen Träume alsbald austreiben und sich K. dann um eine Versetzung in zivilisiertere Gegenden bemühen wird ...«
Dies war nicht geschehen, und in den Tagebüchern der nächsten zehn Jahre bis 1899 wurde »das junge Paar« nur sporadisch erwähnt. Ausführlich schrieb Dr. Meyster nur über Stefans Geburt, über ihre Ferien, die sie abwechselnd in Österreich und in Schlesien verbrachten und notierte einmal offensichtlich mißgestimmt über ein längeres Gespräch mit Karl:
»... Sprach mit ihm über seine Zukunft im diplomatischen Dienst. Es wurde ihm die vakante Position eines Botschaftssekretärs in Petersburg angeboten. Seine Bewerbung hätte unter allen Kandidaten die besten Aussichten auf Erfolg. Eine Stelle, die alle Aufstiegsmöglichkeiten eröffnet! Aber der Kerl will nicht! Kein Ehrgeiz! Er will in diesem entlegenen Balkannest bleiben! Er sei noch nicht reif für eine so verantwortungsvolle Position wie die in Petersburg, sagt er, müßte noch Erfahrungen sammeln. Außerdem würde er die Petersburger Kälte nicht vertragen, er sei furchtbar kälteempfindlich und leide andauernd unter Erkältungen! Den russischen Winter würde er nicht überleben, den Winter, von dem Herberstein geschrieben habe, er sei so kalt, daß ›wenn man ausspuckt, die Spucke in der Luft gefriert, noch bevor sie den Boden erreicht‹. Er zitierte Herberstein wörtlich. Ich verstehe den Burschen nicht. Christina scheint ihn in dieser Haltung auch noch zu unterstützen, wenn nicht sogar zu bestärken. Jedenfalls denkt sie wohl kaum daran, seinen Ehrgeiz zu wecken. Vielleicht ist sie die richtige Frau für ihn, doch keineswegs die richtige Frau für einen Diplomaten!«
Bei dieser Eintragung lächelte Christina, lachte einmal laut auf und schlug sich gleich darauf erschrocken auf den Mund. Wenn sie

jemand hier oben lachen hörte, während unten in der Halle der Tote aufgebahrt lag! – Oh ja, sie konnte sich an das Gespräch zwischen Karl und seinem Vater erinnern! Auf der Durchreise nach Schlesien hatten sie auf Wunsch des Schwiegervaters einen Zwischenaufenthalt eingelegt. Karl war ins Außenministerium zur Berichterstattung gegangen und hatte auch das »dienstliche« Gespräch mit seinem Vater erwähnt:

»Wir sollen nach Petersburg ziehen, dort wird eine gute Stelle frei. Ich habe dem Papa gesagt, daß wir in Cetinje bleiben wollen. Oder möchtest du nach Petersburg?«

»Dort soll es im Winter so kalt sein, daß die Spucke in der Luft gefriert«, hatte sie gesagt – und sich anschließend darüber gewundert, daß er sich über diese Feststellung halb totlachte.

Danach schien Dr. Meyster den ehrgeizigen Plänen für seinen Sohn entsagt zu haben: »... Vielleicht sollte man sie wirklich nicht aus einer Umgebung reißen, wo sie glücklich sind? Auch der kleine Stefan entwickelt sich in dieser Balkan-Einöde prächtig. Ein wirklich netter Bub! Ein bißchen wild zwar, aber das ist ja ganz natürlich. Sollen sie also bleiben, wo sie sind... K. macht seine Arbeit ordentlich, auch höherenorts ist man mit ihm zufrieden... Die Bedeutung der Balkanstaaten und so auch Montenegros wuchs in den letzten Jahren zusehends, es kommt immer darauf an, daß man zuverlässige Leute in dieser Wetterecke Europas hat.

...In den vergangenen zwei Jahren kam K. eine Aufgabe zu, die nur ein Mann mit guten Verbindungen und genauen Kenntnissen der politischen Entwicklung auf dem Balkan zu bewältigen vermag. Da er diese Bedingung erfüllt, ist K. vermutlich der richtige Mann auf dem richtigen Platz zum richtigen Zeitpunkt... Er wird sich auch in *dieser* Sache engagieren müssen, ob ihm das paßt oder nicht. Die Entscheidung bleibt bei seinen vorgesetzten Stellen, er ist nur ein ausführendes Organ. Dies werde ich ihm nicht nur privat, sondern auch auf dienstlichem Wege zu verstehen geben müssen...«

Diese Eintragung stammte vom 8. August 1899, also zwei Monate vor Karls Tod. Christina las weiter:

»...In der Frage des Wojwoda L. Bošković und der Umtriebe seiner Söhne, vor allem des ältesten – er heißt Milovan – müssen wir tätig werden. Die Sippe des Wojwoda erfreut sich steigender Be-

liebtheit. Nach Karls Berichten werden die Stimmen der Unzufriedenen immer lauter, die dem autokratischen, zum Teil despotischen Regine des Landesfürsten Nikola überdrüssig sind und seine Absetzung verlangen. Als sein Nachfolger wird u. a. vornehmlich Wojwoda Bošković genannt. Er gilt als Anhänger Rußlands und der panslawistischen Bewegung. Eine seiner Töchter – Ljuba – ist mit dem russischen Grafen Bagranow verheiratet, der dem Zarenhaus nahesteht und bedeutenden Einfluß besitzt.
Ausführlicher privater Brief von Karl, der dienstl. Obliegenheiten behandelt. Er schreibt, es sei seiner Meinung nach nicht richtig, wenn wir uns in die inneren Angelegenheiten Montenegros einmischten. Ohnehin sei die panslawistische Bewegung nicht aufzuhalten. Wörtlich: ›Man kann fast von Monat zu Monat beobachten, daß sie an Popularität und auch ständig neue Anhänger gewinnt. In dem Augenblick, in dem Montenegro und Serbien eine gemeinsame Grenze auf Kosten der Türkei gewinnen, wird sich eine Vereinigung beider slawischer Staaten nicht aufhalten lassen, und auch der Landesfürst Nikola wird sie nicht vereiteln können. Zur Zeit kämpft er mit allen ihm zu Gebote stehenden Mitteln dagegen und schreckt auch vor ungesetzlichen Methoden nicht zurück. Doch kann eine historische Bewegung selbst von despotisch regierenden Monarchen nicht aufgehalten werden. Die Geschichte liefert uns dafür genügend Beispiele ... Nach meiner Meinung setzen wir auf das falsche Pferd, wenn auch wir uns solchen Bewegungen widersetzen und die reaktionären Kräfte unterstützen, die sich augenblicklich an der Macht befinden. Stattdessen sollten wir versuchen, Freunde unter den neuen und fortschrittlichen Kräften zu gewinnen und diejenigen zu unterstützen, denen die Zukunft gehört ...«
Eine durchaus richtige, doch in diesem Falle reichlich naive Ansicht. Die panslawistischen Bestrebungen auf dem Balkan sind a priori gegen die Monarchie gerichtet. Schon deshalb müssen sie unter allen Umständen bekämpft werden, auch wenn man sich dem Vorwurf aussetzt, reaktionär zu sein und mittelalterlich anmutende Despotien zu unterstützen ...
Der Montenegrinische Fürst Nikola war auf einem kurzen Besuch in Wien, inkognito, auf der Durchreise zur Kur in Baden-Baden. Ich hatte Gelegenheit, mit ihm ein ausführliches Gespräch zu führen.

Unter anderem berührten wir auch die Frage der inneren, zu Großserbien tendierenden Opposition in seinem Lande.

Ich: Es wird gesagt, daß Montenegriner und Serben vom gleichen Volksstamm sind und eine Vereinigung mit Serbien schon deshalb unumgänglich sei.

F. Nikola: Dann müßten sich auch die Österreicher mit dem nördlichen Nachbarn zu einem großdeutschen Kaiserreich vereinigen. Und die deutschstämmigen Schweizer gleich dazu vereinnahmen.

Ich: Bei uns gibt es tatsächlich solche Bestrebungen.

F. Nikola: Aber Sie werden damit fertig?

Ich: Wir werden damit fertig.

F. Nikola: Und ich werde mit den großserbischen Bestrebungen in meinem Land fertig. Ist das nicht auch in euerem Interesse? Wenn die Serben unser Land geschluckt haben, werden sie anfangen, nach Dalmatien, Bosnien, Kroatien, Slowenien zu schielen ... Der serbische König Alexander* rühmt sich, ein Freund der Österreicher zu sein. Wenn er das wirklich ist, müßte er energischer gegen diejenigen vorgehen, die einem Großserbien auf Kosten meines Landes das Wort reden. Es wäre angebracht, ihm das auch euererseits nahezulegen.

Ich: Es gehört zu unseren Prinzipien, sich nicht in innere Angelegenheiten anderer Staaten ...

F. Nikola (lacht): Und Sie haben sich immer daran gehalten? Sehr lobenswert. Auf jeden Fall können Sie sicher sein, daß ich in meinem Land keine panslawistischen Vereinigungsbestrebungen dulden werde. Montenegro muß selbständig bleiben – und das wird es auch. Österreich-Ungarn hat in uns einen guten, loyalen Freund ... Wir ziehen am gleichen Strang, wie man das bei euch sagt. Bitte, geben Sie das weiter, vor allem an die Herren, die für eine wirtschaftliche Hilfe, Kreditvergabe usw. zuständig sind. Montenegro ist ein armes, rückständiges Land. Wir wollen es modernisieren,

* Hier ist die Rede von Alexander I. Obrenović, serbischer Prinzregent seit 1889 und König seit 1893. Seine österreichfreundliche, gegen die russischen Interessen gerichtete Balkanpolitik erregte in Serbien zunehmende Unzufriedenheit. Er und seine Frau, die ehemalige Hofdame Draga Mašin, fielen im Juni 1903 einer Offiziersverschwörung zum Opfer. Dabei spielte eine der führenden Rollen Hauptmann Dragutin Dimitrijević, genannt *Apis*, der Stier, der als Chef der *Schwarzen Hand* einer der Drahtzieher bei der Ermordung des Erzherzogs Franz Ferdinand und dessen Frau Sophie in Sarajewo war.

neue Fabriken bauen, Eisenbahnen, Straßen, überall Elektrizität einführen...

Das Außenministerium wird seine Bemühungen in dieser Hinsicht befürworten und unterstützen. In Fürst Nikola hat Ö. U. tatsächlich einen guten Freund – und das muß er schon aus Eigennutz bleiben. Er will, genauso wie wir, Montenegros Selbständigkeit erhalten. Wenn er mit der Opposition in seinem Land nicht sehr glimpflich, um nicht zu sagen grausam verfährt, so ist das seine Art, und es steht uns nicht zu, seine Methoden zu kritisieren oder ihn dafür gar zur Rechenschaft zu ziehen.

Unser Mann in Belgrad ist im Besitz von Informationen und Dokumenten, die eindeutig belegen, daß in Montenegro ein Putsch geplant wird mit dem Ziel, Fürst Nikola zu stürzen und den Anschluß an Serbien voranzutreiben. Drahtzieher: der panslawistische Klub und der Geheimbund *Slobodna Srbija*, Freies Serbien, mit Sitz in Podgorica. Kopf der Sektion angeblich Milovan, der älteste Sohn des Wojwoda Lazar Bošković. Direktive an Belgrad: Die Information über Putsch-Vorbereitungen nach Cetinje weitergeben, doch ohne Namensnennung.

Kurier mit dem Material über *Slobodna Srbija* eingetroffen. Berichtet, daß nach dem Putsch Wojwoda Bošković als Landesfürst ausgerufen und danach von der nationalen Ältesten-Versammlung gewählt und als solcher legitimiert werden soll. Das Ziel der Bewegung: Gemeinsamer serbisch/montenegrinischer Krieg gegen die Türkei, Eroberung des noch türkischen Sandschak-Gebietes, so daß Serbien und Montenegro eine gemeinsame Grenze bekommen. Am Ende als »krönender Abschluß« Vereinigung beider Staaten zu einem »Freien Großserbien«. Frage an Belgrad: Was unternimmt *Slobodna Srbija,* wenn König Alexander nicht mitmacht? Will sie auch in Belgrad putschen?

Sonderkurier nach Cetinje mit bewußtem Material unterwegs. Dabei auch das Protokoll geheimer Sitzungen der *Slobodna Srbija* in Belgrad, bei der Milovan B. anwesend war... Belgrad meint: Die Unzufriedenheit unter dem serbischen Offizierskorps ist bereits so groß, daß ein Putsch gegen König Alexander in naher Zukunft nicht auszuschließen ist. Noch keine konkreten Angaben. Wenn Alexander abgesetzt wird, soll Peter Karadjordjewitsch zum König ausgerufen werden. Bekannt als russophil, Freund der panslawistischen Bewegung . . .

Nachricht aus Cetinje: Fürst Nikola soll bereits seit Wochen von dem bevorstehenden Putsch wissen, hat bisher jedoch nichts unternommen. Ein Rätsel! Sonst reagiert er sehr schnell und zieht dabei keine Glacéhandschuhe an. Möglicherweise ist die Meinung unseres Mannes in Belgrad tatsächlich zutreffend, wonach Fürst Nikola nicht mehr wagt, gegen die großserbischen Kreise und deren führende Köpfe, die sogenannten »Klubaši« offen anzutreten, weil diese bereits zu mächtig und einflußreich sind und er damit seinen Untergang nur beschleunien würde. So versucht er nach bewährter Art zu taktieren. Hoffentlich taktiert er sich nicht um Kopf und Kragen! Sonderauftrag an Karl: Er soll mit Wojwoda Bošković Verbindung aufnehmen und ihn vor unüberlegten politischen Machenschaften vor allem der Angehörigen seiner Familie warnen, die im Sinne eines Großserbiens und also gegen die Interessen Ö. U. gerichtet sind.
Wenn diese Affäre vorbei ist, werde ich Karls Versetzung betreiben, etwa nach Belgrad oder Petersburg. Er muß raus aus seinem idyllischen Elfenbeinturm, raus aus dem warmen Nest, das er sich mit Christina in Montenegro (ausgerechnet Montenegro!) geschaffen hat. Lernen, daß Politik und Diplomatie ein hartes Geschäft sind, bei dem man auch Mittel anwenden muß, über die man lieber nicht spricht. Der Zweck heiligt die Mittel, der *Zweck ist das Interesse der Monarchie, ihr Bestand und ihre Prosperität.*

Neue Informationen aus Belgrad: *Agents provocateurs* des König Alexander sind in den Geheimbund *Slobodna Srbija* eingeschleust worden, die meisten führenden Köpfe wurden jetzt in einer nächtlichen Aktion verhaftet, einige sind ins Ausland geflohen, der Geheimbund besteht nicht mehr. Vermutlich ist Fürst Nikola von Alexanders Agenten oder sogar von diesem selbst über die Putschvorbereitungen in seinem Lande informiert worden. Bis jetzt hat er nichts unternommen. Taktiert er noch immer?

Schreckliche Nachrichten aus Montenegro! Das *Tagblatt* berichtet, daß bei einem Überfall arnautischer oder albanischer Räuber alle Mitglieder der Familie des Wojwoda Bošković ermordet wurden. Ein entsetzliches Massaker! Tatsächlich ein Raubüberfall? Blutrache? Alte Rechnungen, die nunmehr beglichen wurden? Oder steckt etwas anderes dahinter? Nach allem, was diesem Massenmord vorausgegangen ist, drängt sich ein schlimmer Verdacht auf. Doch das bringt selbst ein Mann wie dieser Landesfürst nicht fertig! Nein, es ist unmöglich! Doch so oder so – jedenfalls ist er seine Rivalen los. Anforderung an Cetinje um einen ausführlichen Bericht!

Bei dem Massaker in Montenegro sind nur die männlichen Mitglieder der Bošković-Sippe umgebracht worden. Frauen hat man verschont... Karl ist noch immer unterwegs im Landesinnern.

Nach Bericht aus Cetinja sollen es tatsächlich albanische Räuber – eine der dortigen, starken und gut organisierten Banden – gewesen sein, die das Massaker angerichtet haben. Überlebende Frauen wollen die Banditen als Albaner erkannt haben. Für den Landesfürsten ein Zufall, der ihm nicht gelegener hätte kommen können! Doch war mein Verdacht nicht ganz von der Hand zu weisen. Immerhin gehört es zu den montenegrinischen Traditionen, sich eine feindliche Sippe, wenn nötig, auf diese Art vom Hals zu schaffen. Nikola gilt nicht nur als klug, verschlagen, skrupellos, man sagt ihm auch Grausamkeit und Bedenkenlosigkeit in der Wahl seiner Mittel nach, wenn sie nur zum Ziele führen. Für den Verdacht sprach auch der Umstand, daß man im Sinne dieser »Tradition« die weiblichen Mitglieder der Bošković-Sippe am Leben gelassen hat. Banditen bringen bei derartigen Überfällen in der Regel *alle* Anwesenden um.

Wojwoda Lazar Bošković soll den Überfall und das Massaker schwer verletzt überlebt haben. Überlebt hat auch einer seiner Enkel... Von Karl noch immer keine Spur! Mit Sorge frage ich mich, ob er in der Verfolgung meines Auftrages gerade zu dem Zeitpunkt zu Wojwoda B. unterwegs gewesen war, als auf dessen Landsitz das Massaker stattgefunden hat.

Ein verzweifelter Brief von Christina. Karl seit drei Wochen verschollen. Mache mir ernste Sorgen... Bericht aus Belgrad. Das Puzzle-Spiel fügt sich zu einem fertigen Bild zusammen. Die Putsche in Cetinje und Belgrad sollten gleichzeitig stattfinden mit dem Ziel, Fürst Nikola und König Alexander I. zu stürzen. Durch seine Agenten oder durch Verrat erfuhr König Alexander davon und schlug gerade noch rechtzeitig zu. In Montenegro wurde der Putsch durch das Massaker verhindert. Die dadurch entstandene Verwirrung bei den *Klubaši* nutzte Fürst Nikola aus und ließ eine Reihe einflußreicher Freunde der großserbischen Idee klammheimlich verhaften. Die Beweise, daß es sich bei den Banditen um Arnauten oder Albaner gehandelt haben soll, sind nach einer amtlichen Verlautbarung eindeutig. Dennoch meldet sich bei mir immer wieder der Verdacht, daß auch der Landesfürst seine Hand im Spiel haben könnte... Würde er wirklich so weit gehen, daß er vor Meuchelmord an einer ganzen Sippe nicht zurückschreckt? Jedenfalls kann ich mir das mit meinem dekadenten österreichischen Gehirn nicht vorstellen!

Karl ist tot. Mein Sohn, mein armer Sohn! Man hat seine sterblichen Überreste in einer abgelegenen Gegend Montenegros gefunden und eindeutig identifiziert. Ich bin augenblicklich nicht in der Verfassung, mehr darüber zu schreiben.

Christina, der kleine Stefan und der Sarg mit den sterblichen Überresten meines Sohnes sind mit dem Schiff unterwegs nach Triest. Trage ich Mitschuld an seinem Tod? Ich habe ihn zu Wojwoda Bošković geschickt. Es war ein Weg, der ihn in den Tod führte. Das Geheimnis wird vermutlich nie gelöst werden. Sein Tod wird als Jagdunfall deklariert. Ich glaube nicht daran. Karl war ein vorsichtiger, gewandter Wanderer – und keineswegs ein so leidenschaftlicher Jäger, daß er etwa im Jagdfieber etwas Unüberlegtes getan hätte. Hat die Unterredung zwischen Karl und Wojwoda B. überhaupt stattgefunden? Und wenn, erfolgte sie noch vor dem Massaker? Hat sich etwa die Familie des Wojwoda eines Mitwissers ihrer Verschwörungspläne entledigt, bevor sie selber zum Opfer eines Massenmordes wurde? – Ich werde Christina nach Triest entgegenreisen, um ihr beizustehen. Gott sei uns gnädig!«

Mit Tränen in den Augen legte Christina das Tagebuch beiseite. Sie erinnerte sich:
Der Schwiegervater erwartete sie an der Mole des Passagierhafens von Triest, als das Schiff anlegte. Eine hochaufragende, reglose Gestalt inmitten des bunten Treibens, wie von einem luftleeren Raum umgeben, als scheuten alle anderen Menschen die unmittelbare Nähe dieses großen Mannes in Schwarz mit dem versteinerten Gesicht. So wartete er, bis sie zu ihm kam und sich weinend an ihn klammerte, ihm in diesen und seit diesen Augenblicken so nahe wie niemals zuvor. Die Trauer um den toten Mann und Sohn hatte die trennende Schranke beseitigt, die immer zwischen ihnen gestanden hatte, aufgerichtet von seiner Eifersucht auf die Frau, die ihm den Sohn genommen und ihn, den Vater zurückgedrängt hatte, zurückgedrängt auch noch hinter den kleinen Stefan, der jetzt mit rotgoldenen, in der Herbstsonne leuchtenden Haaren neben seiner Mutter stand und ihn, den Großvater, mit großen, fragenden Augen ansah – doch aufgerichtet auch von ihrer Eifersucht auf den Mann, dem stets ein sich ihr entziehender Teil Karls gehört hatte.
Trage ich Schuld ans einem Tod? Bin ich mitschuldig geworden?
Diese Frage nach Schuld oder Mitschuld wiederholte sich in den Eintragungen des Legationsrates auch fünfzehn Jahre später.
Christina griff nach dem letzten Band und las:

»... Stefan berichtet aus Montenegro, daß er sich als Thema für seine Dissertation die Geschichte Montenegros (Serbiens) im Spiegel der Volksdichtung vorgenommen hätte. Die Idee sei ihm gekommen, als er am Lagerfeuer (!) vor einem der zahlreichen montenegrinischen Klöster dem erzählenden Sprechgesang eines Guslar gelauscht habe. Über das Thema selbst will ich mir kein Urteil erlauben. Jedenfalls begrüße ich seine Entscheidung, daß er nun doch promovieren will – ein Gedanke, von dem er noch kürzlich gar nicht begeistert war.

Über das Thema der Dissertation habe ich im *Café Central* mit Prof. Sedlatschek gesprochen. Er findet es außergewöhnlich. Ob außergewöhnlich gut oder außergewöhnlich schlecht, konnte ich aus ihm nicht herausbekommen. Wahrscheinlich weiß er es selbst noch nicht. Je länger ich darüber nachdenke, desto mehr bin ich von diesem Thema angetan. Kenntnisse der Geschichte und Sprachen slawischer Völker sind für Stefans spätere Berufsarbeit unerläßlich. Je mehr er sich damit auseinandersetzt, desto besser.

Stefan ist zu einem ausgedehnten Ritt durch Montenegro aufgebrochen. Dabei will er, wie er schreibt, Land und Leute kennenlernen und auch möglichst viel Material für seine geplante Dissertation sammeln ... Nach dem Gespräch mit Generalstabschef Conrad von H. schrieb ich ihm, daß er mir über seine Beobachtungen im Lande möglichst genau berichten solle. Auch soll er, wenn möglich, über die Gesandtschaft Zugang zum Königshof und zu den dort maßgeblichen Kreisen suchen, evtl. eine Audienz bei König Nikola I. beantragen, sich dabei auf mich berufen, da sich der König bei seinem bekannt guten Gedächtnis bestimmt noch an mich erinnert.

Es wird Krieg geben! Stefan muß möglichst schnell zurück auf ö. u. Territorium! Der Gesandtschaft in Cetinje ist sein Aufenthaltsort nicht bekannt. Er sei »irgendwo im Landesinnern«.

Noch keine Nachricht von Stefan. Bin stark beunruhigt. Depesche nach Cetinje: Er soll sofort ausfindig gemacht und nach Sarajewo beordert werden. Von dort soll er sich melden.

Noch immer keine Nachricht. Stefan ist wie vom Erdboden verschwunden.

Krieg mit Serbien – allem Anschein nach bald auch mit Montenegro. Rechne mit dessen Kriegserklärung an uns in den nächsten Tagen. Der König selbst würde Neutralität vorziehen, doch muß er sich den radikalen Kräften beugen, deren Anführer im Verein der *Klubaši* die Diskussion um eine Vereinigung mit Serbien wieder – stärker denn je zuvor! – aufleben ließen. Wie jetzt bekannt wurde, konnte der König im Juni gerade noch einen Putschversuch niederschlagen, der während seiner Reise nach Deutschland stattfinden sollte. Damals ist er von München aus überraschend und in aller Eile zurück nach Montenegro gereist; nun kennt man die Hintergründe. Nikola I. hat wirklich ein gut funktionierendes Agentennetz, aber selbst damit wird er auf Dauer mit seiner militanten

Opposition kaum fertig werden. Nun, das sind nicht mehr meine Sorgen... Unsere Gesandtschaft in Cetinje wurde evakuiert... Von Stefan keine Nachricht.

Bericht aus Cattaro. Ein gewisser Mate Višnjevar, Gesandtschaftsdiener in Cetinje, sagte aus, daß Stefan zu Wojwoda Lazar Bošković geritten sei – dem gleichen Wojwoda, der vor fünfzehn Jahren bei einem Massaker an den männlichen Mitgliedern seiner Familie wie durch ein Wunder mit dem Leben davongekommen ist. Stefan wollte mit dem Wojwoda über Karls Besuch bei ihm im Herbst 1899 sprechen. Was hat Stefan in Erfahrung gebracht? Weshalb wollte er sich mit dem Wojwoda in Verbindung setzen? Ist er bei ihm angekommen? Fragen, die einer schnellen Aufklärung bedürfen! – Christina will vorläufig in Italien bleiben. Von dort kann sie mehr in Montenegro bewirken als von hier aus. Mir sind die Hände weitgehend gebunden. Ein übler Zustand der Hilflosigkeit.

Das wichtigste, Stefan betreffend, aus einem Bericht von L. G.* aus Sarajewo: Stefan wurde während des Rittes zu Wojwoda Bošković überfallen, schwer verletzt und auf das Kastell ›Kameni stup‹ gebracht. Dort wurde er gesundgepflegt. Der Ausbruch des Krieges vereitelte seine Rückkehr nach Ö. U. Sonst keine Nachrichten. Ist er noch auf ›Kameni stup‹? Ständige Verbindung mit Christina. Sie beklagt sich, daß sie wie vor einer Nebelwand steht. Man sagt ihr Unterstützung zu, aber Konkretes geschieht so gut wie nichts.

Stefan wurde von einem Enkel des Wojwoda Bošković in das Internierungslager Bijelo polje gebracht. Das muß sowohl in Cetinje (Königshof) als auch in Rom bekannt gewesen sein. Wenn der König und dessen Umgebung Stefans Repatriierung wirklich wollen, dann schaffen sie das doch in wenigen Tagen! Doch nichts geschieht, immer nur Ausflüchte. Selbst Königin Elena kann nichts tun – behauptet sie Christina gegenüber. Christina hat es in Rom immer schwerer, sie wird dort angefeindet.

* Für Dr. Lotar Gradišnk

Wir haben das Rote Kreuz eingeschaltet und die griechische Gesandtschaft in Cetinje. Glaube aber nicht, daß sie etwas bewirken können.

Stefan soll vor ein Militärgericht gestellt werden – die Nachricht kam ganz offiziell über die italienische Gesandtschaft in Cetinje. Angeklagt wegen Spionage für Ö. U. Man will schlüssige Beweise haben. Darunter soll ein unmißverständlicher Auftrag des Ö. U. Geheimdienstes sein, über »Land und Leute und deren Stimmung zu berichten, sowie alle erhältlichen Informationen über den Königshof weiterzugeben«. Ob man damit mein Schreiben an Stefan kurz vor Ausbruch des Krieges meint? Für Spionenjäger und erst recht für ein Militärgericht im Krieg genügt das ! Um Gottes Willen, ich darf daran nicht einmal denken! Christina konnte in Italien nichts mehr bewirken, man hat ihr zu verstehen gegeben, daß sie das Land verlassen solle. Auf der Durchreise nach Schlesien kurzer Aufenthalt in Wien. Beklemmende, fast verzweifelte Stimmung. Wenn ich ihr, dem Buben – und damit auch mir selbst – nur helfen könnte!

Ich habe damals Karl zu Wojwoda Bošković und damit möglicherweise in den Tod geschickt. Und jetzt das mit unserem Stefan! Er sitzt im Militärgefängnis in Cetinje und wartet auf seinen Prozeß. Man kann sich vorstellen, wie dieser aussehen und verlaufen wird! Soll ihm mein Schreiben, dieses verfluchte, von meiner Sucht nach Informationen diktierte Schreiben, wirklich zum Verhängnis werden?
Information = Wissen = Macht. Macht im Hintergrund. Ich konnte nie genug davon bekommen. Ein Westentaschen-Talleyrand! Nun stehe ich wie immer ungewöhnlich gut informiert, doch völlig machtlos da. Ich kann nichts tun, nichts, nichts! Mein armer Stefan!

Der Krieg in Südosten nahm einen schlechten Verlauf und tritt nun auch dort – wie überall sonst – auf der Stelle. Damit ist auch meine Hoffnung zunichte gemacht worden, daß unsere Truppen Montenegro besetzen und Stefan befreien würden. In einem neuen Bericht von L. G. wird Altbekanntes wiederholt: Stefan ist von Bijelo Polje nach Cetinje gebracht und dort während der Untersuchung mehrmaligen Verhören unterzogen worden. Und ich kann nichts tun, gar nichts!

Meine Bemühungen um Stefan während des Rom-Aufenthaltes verliefen ohne Ergebnis. Werde darüber Christina lieber nicht berichten, um sie in ihrem Zustand nicht zusätzlich zu belasten. Sie ist jetzt – wenn ich richtig gerechnet habe – im sechsten Monat. Unsere italienische Niederlassung hat mich unaufgefordert über ihre Beziehung zu Conte M. di G. informiert. Dabei wollte ich es gar nicht wissen!

Stefan soll nicht mehr in Cetinje sein! Das habe ich von L. G. aus Sarajewo erfahren. Die Querverbindungen auch über die Front werden wieder geknüpft. Wenn er nicht in Cetinje ist, wo dann? Wohin hat man ihn gebracht?«

Mit dieser Frage endete die vorletzte, mit dem 2. Juni 1915 datierte Eintragung. Die letzte, vom 3. Juni, betraf eine dienstliche Angelegenheit. Gegen Abend des gleichen Tages hatte der Legationsrat den Herzschlag erlitten, an dessen Folgen er schließlich gestorben war. Einem spontanen Entschluß folgend schrieb Christina auf eine neue Seite: »Mein verehrter und geliebter Schwiegervater, Legationsrat Dr. Stefan Meyster, verstarb am 7. Juni 1915 um 4,40 Uhr früh an den Folgen eines Schlaganfalls, den er am 3. Juni in seiner Kanzlei erlitten hatte. Gott, der Herr, sei ihm gnädig! Christina Meyster, geb. von Prettwitz.«

In Schmerzen geboren

Mehr Mühe als die Tagebücher des Schwiegervaters bereitete Christina das Lesen von Stamenas Brief an Stefan. Den Brief hatte sie in Stefans Schreibtisch gefunden und ihn mit anderen persönlichen Papieren an sich genommen in der Absicht, ihn auf der Heimfahrt zu lesen. Vielleicht fand sich darin ein Hinweis, ein neuer Anhaltspunkt, irgendetwas ...
Sie hatte zwei Schlafwagenabteile mit Einzelbetten reservieren lassen, um allein zu sein, aber auch, um Frau Jennickes Schnarchen

nicht ertragen zu müssen. Der Zug war verspätet abgefahren, hatte sich langsam und immer wieder von Halts unterbrochen durch die von Militärtransporten, Urlauber- und Lazarettzügen verstopften Gleise geschoben und erst auf freier Strecke hinter Floridsdorf Fahrt aufgenommen. Abenddämmerung fiel sanft auf das weite, flache Land des Marchfeldes. Der Schaffner kam, zündete das Gaslicht an und erklärte ihr umständlich, wie sie es heller oder dunkler drehen könnte. Er war ein alter Mann mit krummem Rücken und einem schütteren Hängeschnurrbart. Während er mit der Lampe hantierte, erzählte er ächzend, daß man ihn aus seiner wohlverdienten Pension wieder geholt und reaktiviert hatte, weil die jüngeren Schaffner alle im Krieg seien. »Manch einer von ihnen ist auch schon gefallen, zwei davon habe ich gut gekannt, ich hab' sie selbst angelernt. Wenn das so weitergeht, bleibt dann überhaupt noch jemand übrig? Meinen S' nicht, gnä' Frau Baron, daß es höchste Zeit wär, mit dem Krieg aufzuhören?«
Gleich nachdem der Alte gegangen war, kam der Schlafwagenschaffner. Während er das Bett richtete, stand Christina draußen auf dem Gang und sah durch das Fenster. Der Zug verlangsamte die Fahrt, kroch über eine Brücke, danach durch einen Bahnhof. Soldaten standen auf dem Perron, eine lange Reihe von Gewehrpyramiden, daneben eine Gruppe zigarettenrauchender Offiziere. Einer von ihnen lachte mit weit offenem Mund und klatschte sich auf die Oberschenkel. Etwas weiter draußen ein langer Zug auf einem Abstellgleis: Viehwaggons, Soldaten saßen in den offenen Schiebetüren, über ihnen Pferdeköpfe, Mundharmonikaklänge, leise, lauter, verweht, eine Koppel mit reglos dastehenden Pferden, vorbei. Der Zug beschleunigte laut pfeifend. Das Korn auf den Feldern stand gut, soweit man das in der Dämmerung noch erkennen konnte. Weizen, Roggen, Hafer, Mais, dazwischen brachliegende Felder. Schade drum, aber man bewältigte die Arbeit nicht mehr. Auch wir schaffen es nicht, es ist hier wie bei uns, dachte Christina. Die Männer sind weg, die gute, fette Erde liegt brach, sie ruht aus, ruht aus...
Christina bestellte eine halbe Flasche roten Bordeaux für sich und eine halbe Flasche für Frau Jennicke. Der Wein schmeckte vorzüglich, es war tatsächlich noch »an' echter«. Frau Jennicke kam und brachte zwei belegte Brote. Christinas Einwand, sie habe keinen

Hunger und könne nichts essen, ließ sie nicht gelten. »Schmeckt vorzüglich, ich hab' schon probiert. Ungarische Salami und Käse. Det bißchen müssen Sie schon essen, Kindchen, schon wejen dem Kind.« Dann ging sie wieder.

Christina aß die belegten Brote gehorsam auf, trank dazu noch ein halbes Glas Wein, zog die Vorhänge des Abteils zu, holte aus der Reisetasche Stamenas Brief und das Wörterbuch (auch dieses hatte sie auf Stefans Schreibtisch gefunden und mitgenommen) und begann mit einiger Mühe die kyrillische Schrift zu entziffern:

»Mein lieber Stefan, mein geliebtes Kind! Sei gegrüßt...«

Christina las langsam, sorgfältig, Wort für Wort. Die Stellen, die ihr wichtig erschienen, las sie zwei- und dreimal, las dann den ganzen Brief noch einmal durch, als wollte sie ihn auswendig lernen. Schließlich verwahrte sie ihn wieder in der Tasche, trank den restlichen Wein aus, stand auf, ging aus dem Abteil und blieb auf dem Gang am Fenster stehen.

Wie lange hatte sie der Brief beschäftigt? Der Zug fuhr durch tiefe, von keinem Licht unterbrochene Dunkelheit. Funken flogen wie glühende Striche am Fenster vorbei. Aus dem Abteil neben dem ihren drang Frau Jennickes Schnarchen, weiter unten unterhielten sich leise zwei Männerstimmen.

In Wien hatte sie getan, was getan werden mußte. Sie hatte alle notwendigen Formalitäten für Stefan erledigt, soweit dies ohne seine persönliche Anwesenheit möglich war. Doch was jetzt? Was konnte sie noch tun?

Stefan war als Gesamterbe des Meysterschen Besitzes ein reicher Mann geworden. Neben dem Haus in Wien (Christina hatte Frau Wytlatschil gebeten, dort auch weiterhin ihr bewährtes Regiment zu führen), gehörte dazu ein Gut mit Wäldern und Weinbergen im Burgenland, Wertpapiere, Aktien (darunter auch solche der Škoda Waffenfabriken, die zur Zeit eine besonders hohe Rendite abwarfen, wie der Nachlaßverwalter Dr. Kern verkündet hatte), eine bedeutende Staatsanleihe (Dr. Kern: »Ob damit auch Staat zu machen ist, wird sich noch erweisen«). Stefan als Gesamterbe anstelle von Karl, der in den Bergen Montenegros gestorben war. Verunglückt? Oder was sonst? Das Geheimnis seines Todes, ein *Geheimnis, so schrecklich und schwer, daß ich es nicht diesem weißen Papier anvertrauen kann.*

Stamena war tot. Sie war bereits tot gewesen, als Stefan nach Dub gekommen war. Hatte er auf eine andere Art und Weise erfahren, was sie ihm mitzuteilen hatte? *Das Geheimnis des Todes Deines teuren Vaters*...
Ich darf jetzt nicht mehr daran denken, ich darf mich nicht mehr verrückt machen, sagte sich Christina entschlossen. Es geht um das Kind. Ich trage Marcos Kind und darf es nicht gefährden. Ich muß alles andere von mir weisen, abschieben, nur noch an das Kind denken. Das Kind. Das Kind.

Der Schlafwagen ratterte über die Weichen, die Bremsen quietschten, Puffer schlugen krachend aneinander. Der Zug hielt an, *Brüsau* rief die Stimme des Schaffners draußen, *Brüsau – Brüsau,* rief sie, leiser werdend, *Brüsau – Brü*...
Schritte, Stimmengewirr, Türenknallen, hier ist alles besetzt, Leute, nix da, alles besetzt! Auf dem Gang eine hohe Frauenstimme, die etwas auf Tschechisch sagte, eine Männerstimme antwortete. Der Zug fuhr an, fuhr über eine Brücke, stand. Stille. Eine tiefe, beängstigend dichte Stille, und dann das beruhigende Schnarchen der Frau Jennicke aus dem Nebenabteil. Langsame Schritte auf dem Schotter unter dem Fenster, sie gingen vorbei, kamen zurück. Stefan läuft ihr über die schotterige Straße unter dem wolkenlosen Himmel entgegen, mit weit ausgebreiteten Armen und einer hell jauchzenden Stimme: »Mami, Mami!« Sie breitet die Arme aus, um ihn aufzufangen. »Paß auf, du fällst und schlägst dir die Knie blutig!« »Ich falle nicht, Mami, ich falle nicht!« – Seine Knie bluten, sein Mund mit den herabgezogenen Winkeln und das Kinn zittern verdächtig, aber er verbeißt sich das Weinen, und er weint auch dann nicht, als sie ihm die Schürfwunde mit hochprozentigem Sliwowitz auswäscht: »Wie das riecht! Wie ein Korb oder ein ganzer Baum voller Zwetschgen! Also, ich muß schon sagen, das brennt bestimmt ganz schlimm, aber du weinst nicht, du weinst nicht!«
Christina wachte auf, wachgerüttelt vom Schwanken und Stoßen des Zuges über Weichen, dann schlugen die Räder wieder ihren gleichmäßigen, einschläfernden Takt auf den Schienen. Wo sind wir? Habe ich Brünn verschlafen?
»Mami, die anderen Kinder sagen, daß ich ein Švaba bin. Ist das etwas Schlimmes? Sie sagen das so, als wär's etwas Schlimmes!« Der

junge Leutnant in einer maßgeschneiderten Uniform, ein hübscher, schlaksiger Bursche, lacht und sagt: »Man kann sich keine Sentimentalitäten erlauben, wo denken Sie hin? Alle Švabas kommen in ein Internierungslager, ist doch klar!« Die Königin: »Das ist Major Arsa Koviljan. Er kehrt in den nächsten Tagen zurück nach Montenegro und wird sich um deinen Sohn kümmern, nicht wahr, Herr Major?« Sie fächelt sich mit dem japanischen Elfenbeinfächer Kühlung zu, ihre dunklen Augen lächeln Christina über den Rand des Fächers an. »Wir dürfen nicht verzagen, meine Liebe, wir bringen deinen Stefan heraus! Ich sehe noch immer sein Feuerköpfchen vor mir. Wie ein Goldhelm. Damals habe ich mir gewünscht, daß auch mein Sohn einmal einen solchen Helm tragen würde, aber daraus wurde nichts...« Der Major trinkt ihr mit einer leichten Verbeugung zu. Er hat kräftige, braungebrannte Hände. An der Hand, in der er sein Glas hält, fehlt der Ringfinger. Am Mittelfinger trägt er einen schweren, goldenen Siegelring. »Ich trinke auf Ihr Wohl und auf den Erfolg unserer Bemühungen, Madame.« »Wissen Sie, daß Major Koviljan ein Held ist, fast schon legendär?« sagt der junge, schlaksige Leutnant. »In den Türkenkriegen gab man ihm den Beinamen *Kundak,* Gewehrkolben, weil er im Nahkampf am liebsten mit dem Gewehrkolben kämpfte und damit eine Menge Feinde erschlug. Deshalb. Ein gefürchteter *Kundak* war er, wirklich, ein Held! Wenn überhaupt jemand für Ihren Sohn etwas tun kann, dann er, glauben Sie mir, Madame!«
Der Zug hielt mit einem heftigen Ruck. Der Schaffner ging schimpfend am Abteil vorbei. Christina legte sich mit schmerzenden Gliedern auf die Seite. Großer Gott, bist du schwer, sagte sie zu dem Kind in ihrem Leib. Du drückst mir auf die Blase, ich müßte immerzu, mir tut schon alles weh, und das noch ganze zwei Monate! Zwei Monate muß ich dich noch ertragen, Bursche oder auch Mädchen, was du eben bist, eine Ewigkeit! Sie knüllte das Kissen zusammen, so daß ihr Kopf etwas höher lag. Türen schlugen zu, eine Trillerpfeife schrillte, muß er wirklich so laut pfeifen und genau unter meinem Fenster! Der Zug fuhr an, ratterte weiter, weiter, weiter.
» – Ich bin sicher, daß ihn dieser Major herausbringen wird«, sagt Marco in der Dämmerung des Zimmers. Er sitzt mit nacktem Oberkörper auf dem zerwühlten Bett (schaut fürchterlich aus, ein sündi-

ges Lotterbett!), das Kinn auf den angezogenen Knien, die Augen vor dem Licht, das durch die Balkontür fällt, zusammengekniffen, die dunklen, silbern durchsetzten Haare in der Stirn. Kann er mich überhaupt sehen? Sie lehnt draußen an der Balkonbrüstung, schaut den Mann im Zimmer an, und ein überwältigendes Glücksgefühl schlägt gleichsam über ihr zusammen und läßt sie kaum atmen. Wie sehr sie ihn liebt! Alles, was war, was sein wird, ist in diesen Augenblicken der Gegenwart wie ausgelöscht. Es gibt nur noch ihn und sie, die kühle Fläche der steinernen Brüstung unter ihren Händen, den weiten toskanischen Himmel über ihr, dieses Haus, das Zimmer, das Bett, den Mann, der mit zusammengekniffenen Augen weiterspricht: »Der Major hat diesen Auftrag bekommen, das war so gut wie ein Befehl, und er wird... Ich schaue dich an, Christina, du siehst aus, als wärst du gerade – in diesem Augenblick – aus Sonnenstrahlen entstanden. Du leuchtest, mein Gott wie schön du bist! Du bist aus Licht und Liebe erschaffen worden, meine Sehnsucht hat dich erschaffen, das Bild – der Traum – den ich immer im Herzen getragen habe, ist Wirklichkeit geworden.«
»Diese Wirklichkeit hat Hunger«, sagt Christina glücklich. »Komm jetzt, steh auf, Zauberer, verlaß diesen Sündenpfuhl, wir gehen essen.«
Wir haben in dem kleinen Restaurant unten in der Stadt gegessen, einen roten Landwein getrunken, wir waren glücklich und ich habe alles andere vergessen, selbst Stefan. Warum ritt Stefan zu Wojwoda Bošković?
Fürst Nikola soll bereits seit Wochen von dem bevorstehenden Putsch gegen ihn wissen. Wojwoda Bošković als möglicher Nachfolger. Die *blutige Slava.* So oder so, jedenfalls ist Nikola seine Rivalen los. Das Massaker ein Zufall, der nicht gelegener hätte kommen können. Gibt es solche Zufälle? Gibt es sie? *Ein Geheimnis, so schrecklich und schwer...*
Christina fuhr schweißgebadet und am ganzen Körper zitternd hoch. Der Zug stand. Durch den Spalt am Rande des Vorhanges drang graues Licht in das Abteil. Es war jenes Licht und es herrschte jene Stille vor Anbruch des Tages, die die Herzen der Menschen mit Furcht erfüllt, die Stunde zwischen Nacht und Tag, die dem Tod gehört.
Das Geheimnis des Todes deines Vaters.

Jetzt wußte sie es! Sie werden ihn nie gehen lassen! Sie werden ihn töten!
Es hatte sie die ganze Zeit verfolgt, seit sie im Tagebuch des Schwiegervaters gelesen hatte. – Stamena hatte nie an einen Jagdunfall geglaubt. Karl war zu der Zeit zu Wojwoda Bošković geritten, als das Massaker an dessen Familie stattgefunden hatte. War Karl darin verwickelt worden? Hatte man auch ihn dabei ermordet? Wer? Die Mörder der Familie Bošković? Stamena hatte es erfahren. Stamena war tot, aber sie war eine kluge, umsichtige Frau gewesen und hatte bestimmt dafür gesorgt, daß Stefan auch nach ihrem Tode erfuhr, was sie ihm hatte anvertrauen wollen. Stefan war wie einst sein Vater zu Wojwoda Bošković geritten. Man hatte ihn überfallen. Man hatte versucht, ihn zu ermorden. War es so gewesen? Später hatte man ihn in ein Internierungslager gebracht, von dort nach Cetinje, um ihm wegen Spionage den Prozeß zu machen. Welch eine Farce! – Und von Cetinje . . . Wohin?
Lebte Stefan überhaupt noch? Und sie, Christina, hatte geglaubt, daß sie ihn mit Hilfe der Königin Elena aus Montenegro herausbekommen würde! Auf ihre Fürsprache hin, die Fürsprache einer Königin und der Tochter des Königs Nikola I.!
Christina erinnerte sich in diesen Augenblicken an den König so deutlich, als wäre sie ihm gerade erst begegnet: ein kräftiger, bäuerlich wirkender Mann mit einem breiten Gesicht, dunklen Augen unter den buschigen Augenbrauen, einem strengen Mund unter dem grauen Schnurrbart. Ein freundliches, vertrauenserweckendes Gesicht. Dieser Mann – Auftraggeber der Mörder?
»Laß dich von seinem Aussehen nicht täuschen!« hatte Karl gesagt. »Er kann verschlagen und grausam sein, kennt keine Rücksicht, hat keine Bedenken, wenn es um seinen Thron geht, wittert überall Feinde . . . Mit Recht! Er hat mehr davon, als ihm recht sein kann, ist aber bis jetzt mit allen fertig geworden.«
Fertig geworden auch mit Wojwoda Bošković?
Nun war es klar, warum Christina und selbst Königin Elenas Bemühungen vergeblich gewesen waren. Weshalb sie immer nur vertröstet und schließlich zur unerwünschten Person erklärt worden war. Zu allem Überfluß hatte sie Major Arsa Koviljan – einen Mann des Königs – beauftragt und gebeten, nach Stefan zu suchen, ihn nach Italien zu bringen, hatte also den Bock zum Gärtner gemacht.

Christina war zutiefst verzweifelt. Sie hatte dieses Montenegro geliebt: die Berge, die gleißende Sonne auf den weißen Felsen des Lovčen, die Wälder, die kristallklaren Quellen und die schäumenden Flüsse mit den dunklen Schatten der großen Forellen in den blaugrünen Gumpen. Dazu die großgewachsenen Menschen mit den schweigsamen, wie aus den Felsen ihrer Berge gemeißelten Gesichtern. Die feierliche Stille der Manastir-Höfe und die Stille in ihrem Garten mit dem leise plätschernden Springbrunnen in der Mitte, den Karl ihr geschenkt hatte, dem fernen Lachen von Kinderstimmen, dem blühenden Kirschbaum, Stamenas monoton gesummtem Lied mit den unzähligen Strophen. Sie hatte dieses Land geliebt. Doch das Land hatte ihr den Mann genommen, vielleicht auch den Sohn – welch ein schrecklicher unbarmherzig hoher Preis für die kurze Zeit des Glückes, die sie dort verbracht hatte!
Christina legte die Hände auf ihren vorgewölbten Bauch. Das Kind regte sich, schien unruhig zu werden. Das Gefühl einer atembeklemmenden Beschwernis machte ihr zu schaffen, ein Druck nach außen... Nur das nicht, dachte sie, nicht jetzt, nicht vor der Zeit! Sie legte sich vorsichtig zurück, deckte sich zu, blieb ganz still liegen, versuchte ihre Gedanken, Ängste, ihre Verzweiflung und Hoffnungslosigkeit auszuschalten. Das Kind in ihrem Leib schien sich zu beruhigen – schlief es wieder ein? Leise, mit geschlossenen Augen nach Innen lauschend und mit den Lippen Worte formend, die von irgendwo zu ihr kamen, begann sie zu summen:

»Schlaf, Kindlein, schlaf.
Der Weinstock trug die Trauben schwer,
Der Himmel war ein Sternenmeer.
Von dort kamst du zu mir herunter,
Die graue Welt ward lichter, bunter...«

Am 6. August 1915 abends um elf Uhr setzten die Wehen ein. Gegen Mittag des nächsten Tages riet der alte Hausarzt Dr. Patzky, aus Breslau einen Spezialisten holen zu lassen. Dieser, Prof. Dr. Andree, Facharzt für Frauenkrankheiten und Geburtshilfe, traf mit einem Assistenten und einer Krankenschwester gegen Abend ein. Er diagnostizierte eine Fußlage des Kindes und einen hochgradigen Erschöpfungszustand der Mutter mit stark reduzierten Wehen. Das Kind mußte im Mutterleib gedreht werden. Die Wehen setzten aus.

Nach einem tiefen Dammschnitt wurde die Geburtszange zu Hilfe genommen. Das Kind, ein Junge, kam kurz vor Mitternacht zur Welt. Es hatte einen erheblich deformierten Kopf mit starken Blutergüssen, doch würde es nach den Versicherungen der Ärzte keine dauerhaften oder irreparablen Schäden davontragen; die Kopfdeformation würde sich im Laufe von einigen Wochen zurückbilden. Schlimmer sah es mit der Mutter aus. Die letzte Phase der Geburt, die Operation, die Ausschabung der Gebärmutter, das Nähen des Dammschnittes, erfolgten unter Lachgasbetäubung. Danach wollte Christina nicht aufwachen, als hätte sie Angst davor, als versuchte sie in lockende Tiefen der Schmerzlosigkeit, des Vergessens, des Friedens abzugleiten. Den Rest der Nacht und den darauffolgenden Tag verbrachte sie in einem halbwachen Dämmerzustand, bis gegen Abend der Professor meinte, die Gefahr eines postoperativen Schocks sei gebannt. Nachdem er den Hausarzt mit notwendigen Instruktionen für die weitere Behandlung der Geburtsverletzungen versehen hatte, reiste er mit seinem Assistenten wieder ab. Die Schwester, eine resolute, tüchtige Frau ganz in Weiß mit einem unüberhörbaren polnischen Akzent, blieb auf dem Gutshof. Sie sollte sich in den nächsten zwei oder drei Wochen um Christina und das Kind kümmern.
In der Nacht nach der Abreise der Ärzte traten verstärkte Nachblutungen auf. Fieber stellte sich ein. Otto von Prettwitz schickte seinen Wagen in die Kreisstadt nach dem Hausarzt Dr. Patzky. Die Diagnose war eindeutig: Kindbettfieber. Mit den Merkmalen der damals häufigsten und gefährlichsten Erkrankung der Wöchnerinnen, des »*Muttermörders*«, war er im Laufe seines Berufslebens nur allzu häufig konfrontiert worden.
Er wußte, daß es keine Hoffnung mehr gab, und auch die Schwester wußte es. Doch keiner von ihnen brachte es fertig, die Eltern auf Christinas Tod vorzubereiten. Erst nach der durchwachten Nacht im Laufe des Vormittags meinte Dr. Patzky, daß es angebracht wäre, den Priester zu holen. Doch nun geschah etwas, was niemand erwartet hätte: Hedwig von Prettwitz, eine gläubige, der Kirche, deren Dogmen, Gesetzen und Geboten treu ergebene Katholikin, weigerte sich, nach dem Priester zu schicken.
»Dieser schwarze Vogel des Todes mit seinem bösen, weißen Gesicht kommt mir nicht ins Haus! Er hat von seiner Kanzel herab

Christina als verstockte Sünderin, das unschuldige Kind als eine üble Frucht der Sünde gegeißelt. Gott der Herr weiß, daß meine Tochter keine Sünderin ist! In diesen drei Tagen hat sie alle Sünden dieser Welt abgebüßt. Sie ist rein. Sagt ihm das. Ich will ihn nicht sehen!«

Sie sprach es mit vor Tränen blinden Augen und einer kaum hörbaren, wie toten Stimme, und niemand wagte einen Widerspruch. Doch der Priester kam von selbst, mit Sterbesakramenten, begleitet von zwei Ministranten. In der Halle des Schlosses ließ er ausrichten, daß er zu der todkranken Christina vorgelassen zu werden wünsche, um ihr die Beichte abzunehmen und ihr die letzte Ölung zu spenden. Als man dies Hedwig von Prettwitz ausrichtete, stand sie langsam auf und sagte mit einer so schrecklichen Stimme, wie man sie weder bei ihr noch bei keinem anderen Menschen je gehört hatte:

»Er soll verschwinden! Wenn er nicht sofort geht, werde ich die Hunde auf ihn hetzen lassen, das schwöre ich bei Gott!«

Der Priester verließ das Schloß unverrichteter Dinge. Am Nachmittag brachte der Postbote eine Depesche. Tante Gertrud nahm sie entgegen, reichte sie an Otto von Prettwitz weiter und dieser brachte sie nach oben ins Sterbezimmer. Die Depesche kam aus dem Außenministerium in Wien und besagte, daß Stefan auf einer Liste des Roten Kreuzes mit den Namen der in Serbien – in Kragujevac – internierten Zivilpersonen aufgeführt sei. Hedwig las die Depesche, beugte sich über Christina und versuchte, ihr den Inhalt mitzuteilen. »Hörst du mich, Tini – Stefan lebt, er lebt, eben ist die Depesche gekommen, er lebt, er lebt, Stefan lebt!« wiederholte sie immer wieder.

Hatte Christina verstanden? Blickos starrte sie ihre Mutter an, versuchte etwas zu sagen, doch ihre Stimme blieb nur ein undeutliches Flüstern. Erst eine Weile später formten ihre Lippen Worte:

»Der Mann – der Offizier ohne Ringfinger – er darf Stefan nicht – er darf nicht . . .«

Das waren ihre letzten Worte. Sie starb kurz vor sieben Uhr abends. Ihr Tod wurde von einem unbeschreiblichen Klagelaut der Mutter begleitet, der kein Ende nehmen wollte. Dann ließ sie sich von der Schwester, dem Arzt und Schwägerin Gertrud widerstandslos auf ihr Zimmer führen, während Otto, der Vater, bei seiner toten

Tochter blieb. Er blieb dort so lange, bis man ihn bat, das Sterbezimmer zu verlassen, die Tote müsse noch vor Eintreten der Leichenstarre für die Aufbahrung vorbereitet werden.

Hedwig von Prettwitz saß am Fenster, reglos, steif aufgerichtet, in der gleichen Haltung, in der man sie verlassen hatte. Sie blickte nicht zur Türe, als diese aufging und ihr Mann Otto eintrat. Auf den Armen trug er ein Bündel: das schlafende Kind. Mitten im Zimmer blieb er stehen, als scheue er sich, die unsichtbare Schranke des Schmerzes zu überschreiten, die seine Frau um sich aufgerichtet hatte, um unerreichbar für jeden zu sein, unerreichbar auch für ihn, ihren Mann.

Sie sah nicht hin, aber sie wußte, was sie sehen würde. Es war *das Bild.* Sie kannte es, aber sie brachte nicht die Kraft auf, es noch einmal zu sehen.

»Bring' das Kind weg!« sagte sie schließlich mit jener toten Stimme von vorhin. »Es hat unsere Tochter Christina getötet. Ich will es nicht sehen. Ich will es nie mehr sehen! Bring es weg!«

»Das Kind hat keine Schuld«, sagte Otto von Prettwitz tonlos. »Wie soll ein neugeborenes Kind schuldig sein? Wohin soll ich es bringen?« fragte er weinend. »Zu wem, Hedi? Es hat nur uns, mein Herz, es ist allein, es hat nur noch uns.«

III. Teil
Golgatha

10. Kapitel

Von des Lebens Gütern allen
Ist der Ruhm das höchste doch!
ist der Leib im Staub zerfallen,
Lebt der große Name noch.

Ein Husarenlied

Wieviel Todesurteile enthält mein Befehl zum Angriff! Manches von den leuchtenden Augenpaaren, in das ich schauen konnte, wird bald gebrochen sein, mancher Mund, der, mit unseren herrlichen Soldatenliedern auf den Lippen, fröhlich an meinem Fenster vorbeimarschiert, wird verstummen.

August von Mackensen
in einem Brief an seine Frau

Deutsche und österreichisch-ungarische Truppen haben die Drina, Save und Donau überschritten und auf dem östlichen Drina- und südlichen Save- und Donauufer festen Fuß gefaßt.

Aus dem deutschen Heeresbericht
vom 7. Oktober 1915

Der Feldmarschall

Am 6. Oktober 1915 traf der Sonderzug des Feldmarschalls August von Mackensen, von Temesvar kommend, gegen Mittag in Ungarisch-Weißkirchen ein. Nach einem kurzen Aufenthalt und der Meldung des über den hohen Besuch verständlicherweise aufgeregten und deshalb leicht stotternden Standortkommandanten fuhr der Zug weiter nach Vračev Gaj, wo er auf ein Nebengleis geschoben wurde. Hier sollte er in den nächsten Tagen als provisorisches Hauptquartier des Feldmarschalls dienen.

Die kurze Zeit der Fahrt von Weißenkirchen nach Vračev Gaj nutzte der Feldmarschall für ein kleines Mittagsschläfchen. Er besaß im hohen Grade die Fähigkeit altgedienter Soldaten, bei jeder sich bietenden Gelegenheit ein Auge voll Schlaf zu nehmen, um sich für die vergangenen, vornehmlich durch zu wenig Schlaf gekennzeichneten Strapazen zu entschädigen und für die kommenden zu wappnen. Auf seinem reichlich unbequemen Stuhl mit einer steilen Lehne sitzend, das zu jener Zeit jedem Deutschen aus zahllosen Zeitungs- und Zeitschriftenbildern vertraute quadratische Gesicht mit den markanten Zügen und dem gesträbten Schnurrbart friedlich entspannt, das Kinn auf die Brust gesenkt, die Arme verschränkt, die krummen Reiterbeine in den glänzend gewienerten Stiefeln ausgestreckt, glich er im Schlaf automatisch das Schaukeln und Stoßen, das wiederholte Bremsen und Anfahren des Zuges aus. Ihm, einem alten Kavalleristen, der gelernt hatte, auch auf dem Pferderücken im Schritt oder Trab zu schlafen, bereitete dies keine Schwierigkeiten. Das Rattern der Räder auf den von zahllosen Militärtransporten ausgeschlagenen Schienen, das Ächzen und Quietschen des Waggons in allen Fugen, das immer lauter werdende Grummeln, Grollen und

Donnern des Artilleriefeuers von der Front, wurde durch sein Schnarchen und durch ein gelegentliches Schmatzen und Schnalzen der Lippen ergänzt.
Als der Zug in Vračev Gaj endgültig hielt, öffnete er ein Auge, schloß es sogleich wieder, schmatzte, schlief weiter, und weder die ausdauernde betätigte Trillerpfeife des Zugführers oder die lauten Kommandos eines übereifrigen Unteroffiziers draußen, noch sein Generalstabschef Oberst Hans von Seeckt, der den Kopf vorsichtig in das Allerheiligste steckte und ihn genau so vorsichtig wieder herauszog, vermochten ihn zu wecken.

August von Mackensen – ein Name, der seinen Bewunderern auf der Zunge zerging. Der kriegerische Preußenkönig Friedrich II. hätte an diesem Reitergeneral seine helle Freude gehabt. Er verkörperte wie kaum ein anderer das Leitbild des couragierten, geradlinigen preußischen Offiziers, dem Pflichterfüllung und der Dienst an seinem Kriegsherren und Souverän als höchste und erstrebenswerteste Tugenden galten – und er hatte das von Friedrich II. geforderte, für einen Heerführer unerläßliche Glück, die *Fortune,* die etwa dem weit feinsinnigeren, militärtheoretisch beschlageneren, gebildeteren, kunstverständigen ersten mittlerweile abgesetzten Chef des Großen deutschen Generalstabes Helmut von Moltke abgegangen war.
Später dichtete man Mackensen geniale strategische und taktische Fähigkeiten an, die er schon in den ersten Wochen des Krieges offenbart haben soll. Als Beispiel wird gern eine von ihm befohlene Bewegung des XVIII. Armeekorps vor der Hauptfront der russischen Njemen-Armee Ende August 1914 in Ostpreußen angeführt, kurz vor der Schlacht von Tannenberg. Ein Offizier aus Mackensens Stab schrieb darüber:

»Der Fall ist in der Kriegsgeschichte wohl noch nie vorgekommen, daß ein General, wie jetzt unser Mackensen, dicht an der Front einer ungeschlagenen feindlichen Armee entlang auf einen neuen Gegner losmarschiert! Dabei haben wir mehrere russische Kavallerie-Divisionen in unser linken Flanke. Wenn sie nur ein wenig Unternehmungslust haben, dann wehe unseren Munitionskolonnen, Bagagen und Trains, wehe uns allen, dem ganzen Armeekorps! Aber es ist ein stolzes Gefühl, eine so kühne und geniale Operation mitmachen zu dürfen; wenn wir zugrunde gehen, so brauchen wir uns vor der Nachwelt nicht zu schämen!«

Der Verfasser obiger Zeilen hätte sich dieser Operation natürlich nicht zu schämen brauchen, wenn sie mißlungen wäre, wohl aber der kommandierende General, der sie befohlen hatte. Doch zu seinem und seines Armeekorps Glück zeigte die ansonsten gut geführte russische Kavallerie auch nicht die Spur der in diesem Fall angebrachten Unternehmungslust. Möglicherweise war man auf russischer Seite über die unerwartete Chance, den Deutschen in die ungeschützte Flanke zu fallen und ein ganzes Armeekorps wie eine Schar Hühner auseinanderzujagen, so verblüfft, daß man sie verpaßte. Vielleicht witterte man aber auch eine Falle; denn eine Operation wie diese widersprach allen Gesetzen und Regeln der Kriegsführung. Sie war falsch, gefährlich, nachgerade dilettantisch! Für die russischen Offiziere war es möglicherweise unvorstellbar, daß sich ein preußischer General, der durch die Schule des vielgerühmten deutschen Generalstabes gegangen war, ein solches Manöver leistete, ohne damit bestimmte Absichten zu verfolgen. So also nutzten sie ihre Chance nicht und wurden anschließend vernichtend geschlagen. Mackensens Fehlleistung aber wurde in den Augen seiner Zeitgenossen und Bewunderer zu einer »kühnen und genialen Operation, mit der er wesentlich zum Sieg bei Tannenberg beigetragen« habe.

Es ist freilich nicht so, daß ein solch gewagtes Manöver einmalig in der Kriegsgeschichte wäre. So hatte sich schon Prinz Eugen von Savoyen vor der Schlacht bei Zenta an der Theiß Anfang September 1697 einen langen Vorbeimarsch seiner Truppen an der türkischen Hauptmacht geleistet, mit offenen Flanken und nicht weiter als einen Büchsenschuß von ihr entfernt. Doch auch die Türken hatten ihre Chance nicht genutzt, hatten nicht angegriffen. Vier Tage später trugen sie eine vernichtende Niederlage davon.

Vermutlich geschahen solche militärischen »Kunstfehler« öfters, nur hatten die beteiligten Heerführer nicht immer so viel Glück wie Prinz Eugen oder August von Mackensen. Doch Glück hin oder her, nach Eugen von Savoyen *kommt es in der Hauptsache darauf an, daß man die Bataille gewinnt, die man schlägt,* und August von Mackensen gewann sie meistens. Mit der Theorie des Krieges hatte

er nicht viel im Sinn. Er war ein Mann der Praxis, mit dem Instinkt, das Richtige oder Erfolgversprechende zum richtigen Zeitpunkt zu tun. Auch war er wie Eugen von Savoyen ein geborener Truppenführer, von seinen Soldaten geschätzt, geliebt, vergöttert, mit dem Ruf der Unbezwingbarkeit versehen. Er hatte an seine Fahnen den Sieg geheftet, eine Armee, die er befehligte, konnte nicht untergehen – ein Stück Legende schon zu seinen Lebzeiten, ja bereits nach diesem ersten Kriegsjahr.
Als das Große deutsche Hauptquartier in Pleß nach einem geeigneten Heerführer für den geplanten Feldzug auf dem Balkan Ausschau hielt, fiel die Wahl auf August von Mackensen. Der Feldmarschall erschien als der richtige Mann, um endlich mit dem »serbischen Ärgernis« fertig zu werden, es aus dem Wege zu räumen und die möglicherweise in Griechenland anlandenden Aliierten ins Meer zu werfen.

Was der Lärm draußen, das Schütteln und Rütteln des Zuges während er auf das Nebengleis geschoben wurde, die Abschüsse einer unangenehm nahe in Stellung gegangenen schweren Batterie und Oberst Seeckt bei seinem ersten Anlauf nicht fertigbrachten, das schafften die neuen Stiefel. Sie weckten den Feldmarschall, noch bevor er sein übliches halbes Stündchen geruht hatte. Seine Frau hatte ihm die zu engen, lästig knarrenden Stiefel vor der Abreise gleichsam aufgezwungen. Sie war der Meinung, daß er sie schon einlaufen würde (Blödsinn – seit wann konnte man bei einem Kavalleristen von *laufen* sprechen?!), und auch das Knarzen würde sich mit der Zeit geben. Jetzt drückten sie ihn, er fühlte sich unbehaglich, öffnete erst das eine, dann das andere Auge, strich gewohnheitsmäßig den Schnurrbart glatt, fuhr sich durch das immer noch dichte, graumelierte Haar und war wieder hellwach.
»So«, sagte er mehr zu sich selbst als zu seinem Stabschef, der erneut den Kopf in das Abteil steckte, »kommen Sie rein, Seeckt, das Leben hat mich wieder!«
Die Besprechung der Kommandeure sei auf 19 Uhr festgesetzt, meldete Oberst von Seeckt. Er war ein schlanker, drahtiger Mann mit einem jungenhaft wirkenden, runden Gesicht und einem sorgfältig gestutzten, angegrauten Schnurrbart.
Der Feldmarschall nickte. Viel gab es nicht mehr zu besprechen. Der Feldzug sollte in aller Frühe des nächsten Tages beginnen. Die

Kommandeure der 11. Armee unter dem General der Artillerie von Gallwitz hatten ihre Befehle im Rahmen des Operationsplanes. Sie wußten, was sie zu tun hatten, und sie wußten auch, was zu tun war, falls die Operationen nicht nach Plan verlaufen sollten. Diese letzte Zusammenkunft vor dem Beginn des Feldzuges war traditionsgemäß dazu bestimmt, all das noch einmal zu bekräftigen, was ohnehin jedermann wußte, und um den Kommandeuren die persönliche Anwesenheit des Oberkommandierenden unmittelbar an der Front zu demonstrieren.

»Neue Meldungen?«

»Keine besonderen Vorkommnisse, Herr Feldmarschall. Es läuft alles nach Plan. Die Gruppe Streith hat heute früh befehlsgemäß die Drina überschritten, und die Gruppe Sorsich die Save bei Jarak. Die Serben werden dort vermutlich – wie beabsichtigt – den Hauptstoß der Offensive erwarten.«

»Wir wollen es hoffen, wir wollen es hoffen . . .« Mackensen schaute umständlich auf seine Taschenuhr – ein Geschenk seines Obersten Kriegsherren, Kaiser Wilhelms II. mit dessen eingravierter Widmung. »Was halten Sie von einem Ausritt, Seeckt? Wir wollen uns die Stelle ansehen, die uns Prettwitz ausgesucht hat. Aber zuerst muß ich diese verdammten Stiefel loswerden!«

Auf dem »Feldherrnhügel«

»Wenn man von Norden her in das serbische Land eindringen will, muß man zunächst eine mächtige Stromschranke überschreiten. Bei Belgrad verbindet die von Norden kommende Donau ihre blaugrünen Wogen mit der von Westen kommenden, ihren alpinen Ursprung verleugnenden braungelben Save, um dann in einer Breite von 1–2 Kilometern ihren majestätischen Lauf in östlicher Richtung fortzusetzen. Das südliche, serbische Ufer überhöht durchweg das nördliche, das vollkommen flach und eben ist. Die Stadt und Festung Belgrad liegt auf einem aus Kreide und Eruptivgestein gebildeten Felskegel am Zusammenfluß beider Flüsse.

Wenn man auf ihrer Zitadelle steht und über den Strom blickt, wird man sich der geschichtlichen und militärischen Bedeutung dieses Punktes voll und ganz bewußt: Die Festung beherrscht weithin das

Land. Das vieltürmige Semlin liegt zu unseren Füßen, und endlos breitet sich die ungarische Tiefebene vor uns aus. Man muß diesen wichtigen Punkt in Besitz nehmen, um den Übergang über die Stromschranke bewerkstelligen zu können. Vor dieser Aufgabe stand auch Prinz Eugen von Savoyen, als er im Jahre 1717 von Belgrad sein Heer gegen die weit überlegene Armee des türkischen Großwesirs Halil Pascha führte.
Hat man Donau und Save überschritten, so betritt man ein leicht gewelltes, liebliches Hügelland, aus dem sich nur der burggekrönte Avalaberg südöstlich Belgrads mit 565 Metern Höhe erhebt. Von seinem Gipfel sehen wir im Osten bereits das weite Tal der Morawa-Furche, die das ganze serbische Land von Norden nach Süden durchzieht und jenseits der Wasserscheide von Preščevo ihre Fortsetzung in der Wardar-Furche findet. Diese wiederum reicht bis zum Golf von Saloniki. Die Morawa-Furche ist das natürliche Einfallstor in das Innere des Landes. Sie ist daher schon von den Römern und allen späteren Eroberern auf ihrem Wege nach Süden benutzt worden.
Das Morawa-Tal ist eine fruchtbare Niederung mit prächtigem, lichtbraunem Alluvialboden. Es gedeihen dort alle Arten von Getreide, besonders Mais. Zahlreiche Obstbäume, vor allem Pflaumenbäume, bedecken die Hänge. Durch das Grün der Bäume gewahrt man die weißen Bauernhäuser, die, mit einer Terasse versehen, von außen einen schmucken Eindruck machen.
Westlich der nördlichen Morawa erhebt sich das erzreiche Rudnik-Gebirge bis in 1200 Meter Höhe. Wir haben es mit einem kristallinisch eruptiven Gebirge zu tun. Es bildet den Mittelpunkt des nordwestserbischen Berglandes und erhielt seinen Namen nach der von den Römern gegründeten Erzstadt Rudnik. Die den Gebirgsstock umgebende Landschaft heißt *Šumadija,* auf deutsch *Waldland.* Prächtige Eichen- und Buchenwälder breiten sich aus. Die gegen die Morawa weit geöffneten Täler der Šumadija machen mit ihren grünen Wiesen, ihren Gehöften mit roten Ziegeldächern, ihren weißen Kirchen und Klöstern einen freundlichen Eindruck. Das Land bietet Truppenbewegungen kein besonderes Hindernis, wenn auch das Vorwärtskommen durch die schlechten Landstraßen, die sich besonders bei Regenwetter in morastige Schlammbänder verwandeln, erheblich erschwert wird.

Die blühende Stadt Kragujevac im Tal der Lepenica, eines Morawa-Nebenflusses, bildet das Zentrum dieses Landstriches und liegt gleichzeitig nahezu im geographischen Mittelpunkt Altserbiens. Wer Kragujevac, das ›Herz von Šumadija‹, genommen hat, wird im restlichen Serbien mit einem nur noch geringen Widerstand rechnen dürfen.«

So steht es in einer österreichischen militärtheoretischen Schrift über den Balkan-Feldzug vom Herbst 1915. Was den Römern und »allen späteren Eroberern« recht war, das konnte Mackensens Operationsabteilung nur billig sein: Belgrad, das Tal der Morawa und die Stadt Kragujevac, »Šumadijas Herz« und Sitz des serbischen Oberkommandos, waren die ersten, herausragenden Ziele des geplanten Feldzuges. Die drei *Schlüsselstellen* für den bevorstehenden Save- und Donauübergang aber waren Belgrad, die alte Festung Semendria – heute Smederewo – die, an der Donau gelegen, den Zugang in das Morawa-Tal bewacht, und die kleine Stadt Ram dort, wo sich die Donau ihren Weg zwischen den südlichen Karpaten auf dem linken und den Ausläufern des Balkan-Gebirges auf dem rechten Ufer zu bahnen beginnt.

Das *Endziel* des Feldzuges war die Zerschlagung der serbischen und montenegrinischen Armee, die Eroberung Serbiens und Montenegros, die Schaffung einer sicheren Landverbindung zwischen Mitteleuropa, Bulgarien und der Türkei, die endgültige Ausschaltung der ständigen Bedrohung durch die »Weiche Südostflanke«, der die Mittelmächte durch Serbien und Montenegro, das unentschlossene Rumänien und das schwankende Griechenland ausgesetzt waren.

Die Stelle, die als Beobachtungsstand des Feldmarschalls für den Donau-Übergang am nächsten Morgen ausgesucht worden war – man nannte sie sogleich den *Feldherrnhügel* –, befand sich auf einer Hügelkuppe der westlichsten Karpatenausläufer, die nach Norden und Osten nur allmählich, nach Westen steil und nach Süden, zur Donau hin, fast senkrecht abfiel. Von hier aus bot sich ein überwältigend weiter Blick.

Das breite, mit Inseln durchsetzte Band der Donau zog heran aus der dunstigen Ferne im Westen, mit den gerade noch erkennbaren Türmen der Festung Semendria und vorbei an den sumpfigen Niederungen des unteren Morawa-Tales. Bei dem Städtchen Ram mit

der alten, im 16. Jahrhundert erbauten Festung gerade gegenüber, beschrieb es einen Bogen südwärts und verschwand hinter dem steilen Bergrücken, der sich von Norden her gegen den Strom vorschob.
Auf der nördlichen, österreichisch-ungarischen Seite, erstreckte sich bis zum Horizont die unendlich scheinende Weite der pannonischen Tiefebene. *Wojwodina,* die Kornkammer der Donaumonarchie, das Jahrhunderte hindurch hart umkämpfte Grenzland mit seinem bunten Völkergemisch, seinen weiten Kornfeldern, den sich in zahllosen Windungen dahinschlängelnden Flüssen, kerzengerade eingeschnittenen Kanälen, unzähligen Teichen, Ziehbrunnen, weit auseinandergezogenen Dörfern, wie Dolchklingen in den weiten Himmel ragenden Säulenpappeln, still dahinziehenden Schaf- und laut schnatternden Gänseherden. Das Land der fetten Erde, aber auch der wüstenähnlichen, menschenleeren *Delibladska peščara,* vor deren wandernden Sanddünen man sich an flimmernd heißen Sommertagen in die afrikanische Sahara versetzt fühlt.
Zwischen Belgrad und Ram beschreibt die Donau einen weiten Bogen südwärts, dessen Durchmesser rund siebzig Kilometer Luftlinie beträgt. Sein Scheitelpunkt liegt hart westlich der Festung Semendria. In diesem Bogen und teilweise jenseits von Belgrad, am nördlichen Save-Ufer, war in den vergangenen Wochen das größte Heer aufmarschiert, das dieses an kriegerischen Verwicklungen wahrhaftig nicht arme Land je gesehen hatte: größer und mächtiger als die siegreichen Armeen des Prinzen Eugen, größer auch als die bis dahin gewaltigste Streitmacht des osmanischen Reiches, die einst aufgebrochen war, um Wien zu erstürmen und in das Herz Europas vorzustoßen (siehe Karte 3).
Für den Serbien-Feldzug hatte man auf deutscher Seite eine neue, die 11., Armee gebildet. Sie bestand aus dem III. Armeekorps (25. und 6. Infanterie-Division), IV. Reservekorps (105. und 11. bayer. Infanterie-Division) und X. Reservekorps (101. und 103. Infanterie-Division).
Österreich-Ungarn stellte die 3. Armee unter General Hermann von Köveß bereit. Dazu gehörten das k. u. k. VIII. Armeekorps (57. und 59. Inf.-Division und die Landsturm-Brigaden der Generäle Haunstein und Mrazek) und das IX. Armeekorps (53. Inf.-Division und sechs Landsturm-Brigaden). Als selbständig operie-

rende Einheiten mit Sonderaufgaben waren die Gruppen des Generalmajors Streith in Stärke einer Brigade und die des Feldmarschalleutnants Sorschich in Divisionsstärke vorgesehen. Schließlich wurden dem k. u. k. österreichisch-ungarischen Kontingent noch die Sicherungstruppen des Feldmarschalleutnants Füllöp zugeteilt.
Wegen neu ausgebrochener Kämpfe in Ostgalizien und Wolhynien sah sich das k. u. k. Oberkommando nicht in der Lage, wie in den Operationsplänen vorgesehen, weitere Einheiten zur Verfügung zu stellen. Für die deshalb ausgefallenen vier österreichisch-ungarischen Divisionen sprangen die Deutschen ein und brachten Ende September in Eiltransporten das XXII. Reservekorps (43. und 44. Reserve-Division und die 26. Inf. Division) an die serbische Grenze gegenüber Belgrad. Sie sollten die k. u. k. Truppen verstärken, denen die Aufgabe zufiel, Stadt und Festung Belgrad zu erstürmen.
Vier Tage nach Beginn des Feldzuges sollten vereinbarungsgemäß auch die Bulgaren in den Kampf eingreifen. Sie stellten dem Oberkommando unter Feldmarschall von Mackensen die 1. Armee (sechs Divisionen) unter General Bojadschieff und die Mazedonische Legion unter General Todoroff zur Verfügung. Ihre Aufgabe war es, Serbien von Osten und Südosten her anzugreifen.
Feldmarschall von Mackensen verfügte demnach über zehn deutsche, und vier österreichisch-ungarische und sechs bulgarische Divisionen. Dazu kamen zehn Flugstaffeln, technische und Sondereinheiten und rückwärtige Dienste. Seine neu ausgerüstete Streitmacht zählte über 360 000 Gewehre und Maschinengewehre und rund 1300 Geschütze aller Kaliber, darunter auch schwere und schwerste Mörser. Wenn man die gesondert operierende 2. bulgarische Armee, die k. u. k. Landsturmbrigaden in Bosnien und Herzegowina, die Hilfstruppen und die rückwärtigen Dienste mitzählt, waren über eine Million Mann aufgeboten worden, um Serbien niederzuwerfen.
Was hatte man dieser gewaltigen Streitmacht auf der Gegenseite entgegenzusetzen?
Das serbische Oberkommando in Kragujevac unter Thronfolger Prinz Alexander und Stabschef Wojwoda Radomir Putnik verfügte über drei Armeen und einige Sondereinheiten mit insgesamt 410 000 Mann ersten bis dritten Aufgebotes (elf Infanterie-Divisionen und eine Kavallerie-Division), dazu 670 Geschütze aller Kaliber, einschließlich der Festungsartillerie. Die Montenegriner waren 50 000

Mann und 135 Geschütze stark. An Kampftruppen betrug das Verhältnis etwa 2:1 und an einsatzfähiger Artillerie 3:1 zugunsten der Mittelmächte.

»Uns direkt gegenüber stehen nach zuverlässigen Informationen nur Truppen des Dritten Aufgebotes«, erläuterte Friedrich von Prettwitz, inzwischen Major und Chef der Nachrichtenabteilung in Makkensens Stab, auf dem »Feldherrnhügel« seinem Oberbefehlshaber. »Sie sind unterbesetzt, schlecht bewaffnet, teilweise sogar mit Jagdflinten, verfügen über keine nennenswerte Artillerie. Von der 3. Armee, in deren Verband sie stehen, können allerdings schnell Verstärkungen herangeführt werden.«

»Eine Kuriosität am Rande, Herr Feldmarschall«, mischte sich Oberst von Seeckt ein. »Die 3. Armee wird von einem General Jurišić-Sturm kommandiert. Er soll deutscher Abstammung sein und ursprünglich nur Sturm geheißen haben. Später kam noch *Jurišić* dazu. *Juriš* bedeutet auf serbisch Sturm, im Sinne von Angriff, Attacke.«

»Und was ist daran Kurioses?« Der Feldmarschall setzte den Feldstecher ab und blickte seinen Stabschef fragend an. Ein heftiger Wind war aufgekommen und versuchte, ihm die Feldmütze vom Kopf zu reißen, so daß er sie festhalten mußte.

»Er soll bei uns gedient haben, sogar in Ihrer Garnison, Herr Feldmarschall.«

»Wie sagten Sie, heißt der Mann?«

»Paul Sturm.«

»Paul Sturm? Paul Sturm ... Stimmt! Ich kannte ihn recht gut. Er sprach mit einem harten Akzent ... Ein fähiger Mann. Und er kommandiert dort drüben? Sieh mal an! Damals war er plötzlich verschwunden, oder ich bin versetzt worden. Wenn es tatsächlich derselbe Mann ist ...«

»Es ist derselbe, Herr Feldmarschall.« Friedrich von Prettwitz mußte fast schreien, um sich verständlich zu machen. Rechts hinten hatte eine Batterie schwerer Haubitzen das Feuer eröffnet. Die Granaten fuhren heulend und rauschend über die Donau und ließen auf dem anderen Ufer vier schwarze Erdsäulen aufsteigen. Noch bevor die Säulen wieder in sich zusammenfielen und vom Wind davongetrieben wurden, jaulten neue Granaten über den Strom. Zwei, drei, vier weitere Batterien fielen ein. Die schwarzen Säulen vervielfältigten sich, wuchsen empor, fielen zusammen, Staub und Rauch verschleierten nach und nach die Sicht auf das Städtchen Ram und die alte Zitadelle auf dem anderen Ufer und verdeckten sie schließlich ganz.

Oberst von Seeckt schaute auf die Uhr. »Das sind die Neuen – sie haben pünktlich begonnen. Das Einschießen dürfte bald beendet sein«, rief er durch den Höllenlärm der Abschüsse, das heulende Rauschen der schweren Granaten und die Detonationen drüben. »Kaliber 15. Wenn morgen noch die ganz dicken Brocken hinzukommen...« Er hob seinen Feldstecher an die Augen. »Eine enorme Sprengwirkung! Diese Art von Musik dürfte denen drüben neu sein.«

Genau so unvermittelt, wie sie begonnen hatte, stellte die schwere Batterie rechts hinten das Feuer wieder ein. Das Einschießen der anderen dauerte noch an, setzte sich nach Westen hin fort – ein unentwegtes Aufblitzen des Mündungsfeuer und das Einschlagen von Granaten auf dem anderen Donauufer, immer weiter, bis hin in die diesig verhangene Ferne. Aus den tiefhängenden, nordwärts jagenden Wolken peitschten die ersten Regentropfen die Gesichter der Offiziere, der Wind zerrte an ihren Mänteln und Mützen, rauschte bedrohlich in den bereits herbstlich verfärbten Baumkronen des Waldes.

»Was sagten Sie, Prettwitz – dieser Mann ist wirklich derselbe, den ich meine?« rief der Feldmarschall, der jetzt wieder durch den Feldstecher auf die andere Donauseite sah.

»Derselbe, Herr Feldmarschall. Er war Leutnant oder Oberleutnant bei den 2. Leibhusaren. Dann nahm er seinen Abschied und trat in die serbische Armee ein. Es ist schon eine Weile her.«

»Also dann...« Der Feldmarschall lächelte unter dem borstigen Schnurrbart, setzte den Feldstecher endgültig ab und blinzelte seinem Stabschef zu. »So trifft man also alte Freunde, um sich mit ihnen zu messen. Er dort und ich hier. Wollen sehen, was er bei uns gelernt hat. Allerdings scheint mir die Partie nicht ganz fair zu sein.«

»Herr Feldmarschall?«

»Na, überlegen Sie selbst, Seeckt. Ich trete mit diesen schweren Kalibern an – und der gute Sturm dort drüben... Ich hoffe für ihn, daß ihm nicht nur Jagdflinten des Dritten Aufgebotes zur Verfügung stehen. Gehen wir, meine Herren, das Wetter wird langsam ungemütlich.«

Ein Sondereinsatz

Punkt 19 Uhr betrat Feldmarschall von Mackensen den Kartenraum, wo ihn die versammelten Kommandeure erwarteten. Er trug wieder seine alten ausgelatschten Stiefel, von denen seine Frau meinte, daß sie vielleicht bequem wie Filzpantoffeln, eines Feldmarschalls aber unwürdig seien. Die neuen, so schwor er sich, würde er erst wieder zur Truppenparade im eroberten Belgrad nach dem siegreich beendeten Feldzug tragen.

Die Besprechung dauerte nur eine knappe halbe Stunde. Die einzige Frage, die etwas länger erörtert wurde, war die Auswertung von Aufnahmen feindlicher Stellungen, die von Flugzeugen aus photographiert worden waren, durch die Artillerie. Die Technik war neu, man besaß in ihrer Handhabung so gut wie keine Erfahrung, und so wurde das Verfahren schon deshalb von den meisten Artillerieoffizieren mit einiger Skepsis betrachtet.

Das Abendessen nahm der Feldmarschall mit seinen Stabsoffizieren im Speisewagen des Sonderzuges ein. Er aß hastig wie immer. Nach der obligaten Zigarre und einem Glas Wein meinte er, morgen sei ein anstrengender Tag, und man täte gut daran, den Abend nicht allzusehr auszudehnen. Gleich darauf verschwand er in seinem Schlafabteil. Die anderen Offiziere taten es ihm nach bis auf den Stabschef von Seeckt und seinen Nachrichtenoffizier, Major Friedrich von Prettwitz. Dieser ergriff die günstige Gelegenheit, auf die er schon seit einigen Tagen gewartet hatte, und bat den Major um ein persönliches Gespräch.

»Sie haben gehört, was uns eben nahegelegt wurde, mein lieber Prettwitz. Wir sollen schlafen gehen. Wenn es also nicht zu lange dauert ... Wo drückt Sie der Schuh?«

»Darf ich Ihnen noch ein Glas Wein einschenken, Herr Oberst?«

»Gern. Aber sagen Sie – hoffentlich wird das nicht wieder eine von Ihren langen und – zugegeben – spannenden Geschichten? Ich nehme lieber von dem roten Dalmatiner. Er soll beruhigend wirken. Nach der Aufregung dieser Tage ...« Der Oberst trank, zündete sich eine Zigarette an und lehnte sich behaglich zurück. »Es tut gut, mal einfach so ... Die kleine Geschichte mit dem serbischen General Sturm von heute nachmittag ... Genau das, was der Alte gern hört. Wetten, daß er sie fortan bei jeder sich bietenden Gelegenheit erzählen wird*? Zwei alte Kameraden, die sich aus den Augen verlieren und sich dann im Krieg als Feinde – oder sagen wir Gegner – gegenüberstehen. Wie das Leben so spielt . . . Doch jetzt zu *Ihrer* Geschichte. Wo fehlt's?«

Major von Prettwitz ging direkt auf sein Ziel los. Er kannte Seeckt gut genug, um zu wissen, daß dies am ehesten Erfolg versprach. So sagte er: »Ich ersuche Sie um vorübergehende Beurlaubung und kurzzeitige Versetzung als zbV Offizier zum Stab des III. Armeekorps, Herr Oberst.«

»Was, zum Teufel, soll das?« fuhr der Oberst überrascht auf. »Was wollen Sie dort?«

»Das III. Armeekorps wird nach dem bestehenden Operationsplan in Richtung Kragujevac vorstoßen und die Stadt nehmen. Etwa acht Kilometer nordöstlich von Kragujevac befindet sich ein Internierungslager. Neben österreichischen, ungarischen und einigen deutschen Staatsangehörigen – unter ihnen sollen sich neuerdings auch höhere kriegsgefangene k. u. k. Offiziere befinden – hält man dort auch meinen Neffen fest. Er ist der Sohn meiner kürzlich verstorbenen Schwester Christina.«

»Ich erinnere mich . . . Was haben Sie vor?«

»Sobald wir Kragujevac entsprechend nah gekommen sind, reite ich mit einem Detachement unserer Husaren durch die Front, besetze das Internierungslager, hole die Insassen heraus und bringe sie zurück. Oder wir halten das Lager, bis unsere Truppen anrücken. Je nach der gegebenen Situation.«

»Sozusagen ein Husarenstück.« Der Oberst lächelte kurz. »Vermengen Sie hier nicht Ihre privaten Angelegenheiten mit den dienstlichen, Prettwitz? Auf die Idee kamen Sie doch nur, weil Ihr Neffe . . . Wie hieß er schnell?«

»Stefan Meyster, Herr Oberst.«

»Weil Ihr Neffe dort interniert ist und Sie ihn heraushholen wollen.«

»Nicht nur ihn, Herr Oberst.«

* Der Oberst hätte die Wette gewonnen. Feldmarschall von Mackensen erzählte später die Begebenheit mit dem preußischen Offizier und dem späteren serbischen General und Armeekommandeur Paul Jurišić-Sturm bei manch einer Gelegenheit. So auch Ende der zwanziger Jahre einem serbischen Journalisten, der ihn im Berliner Hotel »Kaiserhof« für die Belgrader Tageszeitung *Politika* interviewt hatte.

»Schon klar, schon klar. Sie sprachen von einigen kriegsgefangenen Offizieren...«
»Nach unseren Informationen – sie stammen vom internationalen Roten Kreuz, sind also recht zuverlässig – sind unter ihnen Generalmajor von Körösy, Oberst Husarek, Oberst von Heinold, dann...«
»Das reicht schon. Die Sünder des verunglückten k. u. k. Feldzuges vom vorigen Jahr.«
»Ich würde eher von Leidtragenden sprechen, Herr Oberst. Die Sünder sitzen anderswo. Oder sagen wir lieber: *der* Sünder.«
»Meinen Sie damit Potiorek? Sie könnten recht haben. Er hält sich allerdings noch immer für den größten lebenden Feldherrn und legitimen Nachfolger von Feldmarschall Radetzky.«
»Da fällt mir eine Geschichte ein, Herr Oberst... Aber wir sollen ja möglichst früh schlafen gehen. Jedenfalls würden wir bei unseren Verbündeten eine ausgezeichnete Figur machen, wenn uns der Handstreich gelänge.«
Der Oberst zündete sich eine frische Zigarette an, rauchte, nahm einen Schluck Wein und blickte sein Gegenüber nachdenklich an.
»*Wenn* er gelingt! Kann er denn gelingen?«
»Ich bin davon überzeugt, Herr Oberst. Es kommt noch etwas hinzu: Wenn wir die Leute nicht aus dem Lager holen, werden sie mit Sicherheit verschleppt werden. Jedenfalls die wichtigeren von ihnen. In diesem Falle ist es zweifelhaft, ob sie mit dem Leben davonkommen.«
Der Oberst nickte, rauchte, nickte wieder. »Dieser – Ihr Neffe... Erzählen Sie!«
Friedrich von Prettwitz erzählte. Er endete mit den Worten:
»Bevor meine Schwester Christina starb, konnten ihr unsere Eltern gerade noch sagen, daß Stefan noch am Leben und in diesem serbischen Lager interniert ist. Weshalb gerade hier? Wir wissen es nicht. Aber ich hoffe, Herr Oberst, ich hoffe doch, daß wir es erfahren werden. Von ihm.«
Oberst von Seeckt hatte mit einem ausdruckslosen Pokergesicht zugehört, dem keine Regung anzumerken war. Was ging hinter diesen kühlen, jungenhaft verschwommenen Zügen vor? Das wußte man bei ihm nie, auch Friedrich wußte es nicht, obwohl er den Oberst besser kannte als die meisten Untergebenen.
»Eine beeindruckende – und tragische Geschichte«, sagte von

Seeckt schließlich. »Es gibt eine ganze Reihe solcher Geschichten. Der Krieg hat unser Leben gehörig durcheinandergebracht. Doch jetzt sagen Sie – wie lange wären Sie unterwegs?«
»Mit allen Vorbereitungen etwa zwei Wochen, Herr Oberst.«
»Und das während des Vormarsches, wenn wir Sie am nötigsten brauchen! Wer soll Sie vertreten?«
»Rittmeister von Strunck.«
»Strunck? Wenn Sie meinen ... In Kragujevac sitzt doch der serbische Generalstab?«
»Daran habe ich auch schon gedacht, Herr Oberst. Mit einer Schwadron könnte man versuchen, die Herren Generäle mit dem Oberkommandierenden, Thronfolger Alexander, gefangen zu nehmen.«
»Das wäre nicht nur ein Husaren-, sondern ein Geniestreich!« Oberst von Seeckt lachte. »Stellen Sie sich vor ... Aber daran wollen wir lieber nicht denken. Also, meinen Segen haben Sie. Allerdings müssen Sie's auch dem Alten beibringen. Das dürfte Ihnen nicht allzu schwer fallen, nehme ich an. Er hat ein Faible für solche Unternehmungen. Bedauern wird er wahrscheinlich nur, daß er nicht mitreiten kann. Wer weiß – vielleicht macht er Ihnen sogar diesen Vorschlag. Und vielleicht befiehlt er Ihnen doch noch, den serbischen Generalstab mit dem Thronfolger Alexander an der Spitze gefangenzunehmen und im Triumphzug in unser Hauptquartier zu bringen ...«

Nach dem Gespräch mit dem Generalstabschef ging Friedrich von Prettwitz in den Kartenraum, holte sich eine Generalstabskarte Maßstab 1:50000 des entsprechenden Gebietes und begann sie zu studieren. Er tat es nicht zum erstenmal; seit er erfahren hatte, wo man Stefan festhielt, hatte er sich immer wieder in diese Karte vertieft. Er mußte versuchen, die vielfältigen Linien, Punkte, Namen und Zeichen in die Wirklichkeit umzusetzen, sich vorzustellen, wie die Landschaft aussah, durch die er mit seinen Husaren reiten würde, Orientierungspunkte festzulegen, Entfernungsangaben in Marschzeiten umzusetzen, nach verschiedenen Varianten suchen ... Wege, Straßen, Bäche, Gehölze, Wälder, Dörfer, einzeln stehende Gehöfte, Berge und Hügel, Täler, Gräben ... Und am Ende ist doch alles anders, sagte er sich. Du kannst den besten Weg aussuchen, doch dann steht plötzlich eine serbische Einheit vor dir

und versperrt ihn. Das Land wird voll von zurückgehenden Einheiten sein. In welchem Zustand werden sie sich befinden? Welchen Weg werden sie nehmen? Welchen Weg würdest du an ihrer Stelle nehmen?
Das Lager befand sich in oder an einem Gutshof nördlich von Jovanovac, einem Dorf im Tal des Flusses Lepenica. Zwischen dem Fluß und dem Gutshof verliefen die Eisenbahnlinie Kragujevac–Semendria und eine Ortsverbindungsstraße. Unbemerkt oder möglichst spät bemerkt, konnte man sich dem Gutshof nur aus dem nordwestlich gelegenen, bewaldeten und relativ dünn besiedelten Hügelland nähern, etwa parallel zur Hauptstraße Belgrad–Kragujevac, doch in einem angemessenen Abstand zu ihr.
Friedrich lehnte sich zurück und schloß die Augen. Was man hier so Straße nennt, dachte er. Wegstrecken von einem Ort zum anderen, ohne Unterbau, mit einer dünnen Schotterdecke versehen. Wenn es regnet, verwandeln sie sich in einen zähen Lehmbrei, in den man bis zu den Knöcheln und darüber versinkt. Wir werden keine davon benutzen, dachte er. Karte und Kompaß, Richtzahlen und Markierungspunkte. *Bis zu der Baumgruppe, eine Handbreit neben dem Kirchturm, links in Deckung des Grabeneinschnittes.*
Ich werde das Gut finden, sagte sich Friedrich, und ich werde Stefan nach Hause holen.

Die Mutter sitzt in ihrem Sessel am Fenster, das blasse, still gewordene Gesicht emporgewandt. Ihre Hände tasteten unruhig über die Sessellehnen, während sie spricht: »Ich habe es mir überlegt, Friedrich, du kannst es bestimmt fertigbringen, ganz bestimmt. In deiner Position im Stab des Feldmarschalls, wenn ihr jetzt da runter geht, um Serbien zu erobern ... Soll ich ihm schreiben? Soll ich es tun? Du könntest ihm den Brief übergeben, er kann sich bestimmt noch an uns erinnern. Er war einmal unser Gast, außerdem ist dein Vater doch auch ein wichtiger Mann und sein Name ...«
Ihre Hände halten für einen Augenblick still, sie verstummt, scheint zu lauschen, spricht dann weiter, lauter jetzt, hastiger, als wolle sie das Weinen des Kindes übertönen, das aus dem Kinderzimmer herüberdringt:
»Wir schulden es ihr, Friedrich. Ihre letzten Worte galten Stefan. Und sie sagte, daß wir ihn vor dem Mann ohne Mittelfinger schüt-

zen sollen, einem Offizier. So habe ich das verstanden. Sie kann es nur *so* gemeint haben! Er ist ein großer Mann, ich könnte ihn ganz genau beschreiben, ich habe ihn gesehen, bestimmt, ganz bestimmt! Und ich weiß, daß Stefan noch lebt, ich fühle es ganz deutlich, du mußt es mir glauben! Wirst du mit dem Feldmarschall sprechen, Friedrich? Bitte – wirst du es tun? Wirst du Stefan nach Hause holen?«

Er hatte es der Mutter versprochen, obwohl er keine Ahnung hatte, was er tun und wie er vorgehen sollte. Es würde auch ohne Brief an den Feldmarschall gehen, hatte er gesagt, man müsse nur den richtigen Weg finden. Ich werde ihn herausholen, dachte er jetzt – und er dachte an Stefan, wie man an ein Kind denkt, und so sah er ihn auch in der Erinnerung: Lang aufgeschossen, schlaksig, mit einem sommersprossigen Gesicht unter dem rotgoldenen Helm der Haare und aufgeschlagenen, nackten Knien. Ich hole ihn nach Hause, meine Tini, dachte er, schon halb schlafend. Wir werden losreiten, *über Stock und über Steine,* durch heiliges serbisches Land. *Auf schlimmen Wegen über Dorn und Stein, er braust auf rüstigem Roß feldein...* Hoffentlich rechtzeitig, dachte er, hoffentlich rechtzeitig!

Auf der anderen Seite – der König

Am frühen Vormittag hatte sich der serbische König Peter I. bei der Einheit angesagt, die zwischen der Festung Semendria und der Stadt Gročka das rechte Donauufer besetzt hielt. Obwohl bereits über siebzig Jahre alt und nicht bei guter Gesundheit, besuchte der König so oft es ging *seine* Soldaten – er sprach nie von *serbischen, unseren* oder *eigenen,* sondern nur von *seinen* Soldaten. Er hatte dafür viel Zeit, seit er die Regierungsgeschäfte – und mit ihnen auch das Oberkommando der Streitkräfte – aus Alters- und Gesundheitsgründen seinem jüngeren Sohn Alexander übergeben und diesen zum Regent bestellt hatte. Der ältere, George, hatte 1909 auf seine Thronfolgerechte verzichtet und wie fast immer in solchen Fällen, sollen die Ursachen für den Verzicht Liebesgeschichten und Hofintrigen gewesen sein.
In dem hügeligen Gelände – hier wurde der beste Wein Serbiens

angebaut und in den weitläufigen Kellern der alten Festung gelagert – hatte man Bunker gebaut, Gräben ausgehoben, Maschinengewehrnester angelegt, befestigte, gut getarnte Artilleriestützpunkte eingerichtet. Sollten die *Švabas* doch kommen, wenn sie sich blutige Köpfe holen wollten! Man würde sie genauso empfangen, schlagen und vertreiben wie vor Jahresfrist, als man sie nicht nur zurück an die Grenze, sondern darüber hinaus und weit ins Feindesland hinein gejagt hatte. *Došo švaba sve do Ralje – a od Ralje nikud dalje,* hatte man damals gesungen, ein Lied, das bis zum heutigen Tag zu hören ist: *Es kam der Švaba bis nach Ralje – doch von Ralje nirgends weiter.* Die Soldaten waren guter Dinge. So wie der Krieg in diesem Jahr verlaufen war, konnte man ihn ertragen. Jeder Tag, der verging, war ein gewonnener Tag. Die verbündeten Franzosen und Engländer würden alsbald zu Hilfe kommen: hundert-, zweihunderttausend, ja vielleicht sogar eine halbe Million ausgeruhter, modern ausgerüsteter Soldaten aus aller Herren Länder. Kohlrabenschwarze Neger aus dem tiefsten Afrika, englische Kolonialtruppen aus Indien, die angeblich am liebsten mit rasiermesserscharfen Dolchen kämpften, Scharfschützen aus dem fernen Australien ... Dazu großkalibrige, weit tragende Geschütze, Granatwerfer, Flugzeuge – fürwahr, eine gewaltige Armee, der selbst die Deutschen nichts entgegenzusetzen hatten!
Wer weiß, vielleicht hatten sie bereits begonnen, irgendwo in Griechenland oder Albanien an Land zu gehen. Bis zum Frühjahr 1916, hieß es, würde die alliierte Streitmacht bereit sein. Gemeinsam mit ihr würde dann die eigene Armee aufbrechen, die Donau und die Save überschreiten, nach Norden stürmen, die Wojwodina nehmen mit ihrem Weißbrot, Speck, Milch, Wein und Honig, nach Budapest marschieren, Wien und Prag ... *so Gott will und des Helden Glück.*

Wie angesagt, traf der König Punkt neun Uhr mit einem ratternden, über Schlaglöcher, Furchen und Rinnen der erbärmlich schlechten Straße schaukelnden Automobil ein. Begleitet wurde er von einem Flügeladjutanten und seinem Leibarzt. Der Regimentskommandeur, Oberst Mikulić, hatte am Waldrand ein Bataillon im Karree antreten lassen. »Majestät – der Stand des Regiments ist kriegsmäßig. Das Regiment befindet sich in den Stellungen. Keine besonderen Vorkommnisse!« meldete er dem König.

Der König dankte, ließ sich die Offiziere vorstellen und gab jedem die Hand. Er war ein mittelgroßer Mann in einer schlechtsitzenden, Falten schlagenden Uniform. Mit seinem weißen Schnurrbart und dem zerfurchten, wie eingeschrumpft wirkenden Gesicht sah er alt und müde aus – ein alter serbischer Bauer, dem man eine zu große Mütze aufgesetzt, den man in eine Uniform gesteckt und mit einem klapprigen Auto durch das herbstliche Land geschickt hatte. So sah er aus – und doch hätte auch ein Wildfremder gewußt, der ihn zwischen den Offizieren und gleich darauf vor seinen Soldaten gesehen hätte: Dies ist der König.
Pomozi Bog, junaci!
*Bog ti pomogao!**
Der König ließ den Blick über die Gesichter der Soldaten gleiten. Manch einer von ihnen war viel zu jung, um eine Uniform anzuziehen und ein Gewehr in die Hand gedrückt zu bekommen. Andere waren zu alt, um die Strapazen dieses Krieges zu ertragen, die langen Märsche durch die glühende Hitze des Sommers, Staub und Durst, gebeugt unter dem Gewicht der Ausrüstung, frierend durch Schlamm und Schnee im Winter, schlecht gekleidet, eisigen Nordwinden ausgesetzt, hungernd, sterbend, tot. Wie viele von diesen Soldaten werden den Tod erleiden müssen in diesen Herbsttagen, wenn sich die schreckliche, jenseits der Donau versammelte Macht des Feindes in Bewegung setzte?
»Meine Soldaten, Helden, Brüder, Söhne –«, begann der König seine kurze Ansprache, die er immer wieder hielt, manchmal zwei- oder dreimal täglich. Über den räuberischen Feind sprach er, der die teure Heimat angegriffen habe, um sie auszuplündern und zu versklaven, über das Vermächtnis der Ahnen, die es auch in den dunkelsten Jahrhunderten der türkischen Herrschaft nie aufgegeben hätten, für das Licht der Freiheit und Selbständigkeit zu kämpfen und zu sterben, bis man sie unter unsäglichen Opfern endlich erstritten hatte – um sogleich neuen Gefahren ins Auge sehen und zu einem neuen Kampf antreten zu müssen, gegen einen Feind, der diesmal von Norden kam. Doch wie einst der Kampf gegen die Osmanen, würde auch dieser siegreich zu Ende gehen, und das Licht der Freiheit würde heller denn je erstrahlen.

* Der traditionelle serbische Soldatengruß, wörtlich übersetzt: »Helf Gott, Helden!« Und die Antwort der Soldaten: »Gott wird dir helfen!«

So sprach der König, während der Regimentskommandeur sorgenvoll den Himmel nach deutschen Flugzeugen absuchte. Sie waren in den vergangenen Tagen wiederholt aufgetaucht, um sich ihrer Bombenlast zu entledigen oder das Artilleriefeuer gegen erkannte Ziele zu leiten. Ein angetretenes Bataillon – welch ein lohnendes Ziel!
Als er seine vorgefertigte Ansprache beendet hatte, schien der König einen Augenblick zu überlegen. Und im Bewußtsein dessen, was in den nächsten Tagen geschehen und welchen Schrecken sich diese Soldaten ausgesetzt sehen würden, setzte er spontan und unprotokollarisch hinzu:
»Meine Helden, meine Söhne – schwere Tage stehen uns bevor. Nehmt alle Kraft zusammen, stählt eure Herzen! Mit Gottes Hilfe und durch euren Mut werden wir auch diese Zeit der Not und Gefahr überstehen und unsere Heimat Serbien und unsere Freiheit bewahren.«
Oberst Mikulić atmete auf. Kein Flugzeug war zu sehen. Durch das auf- und abschwellende Grummeln der schweren deutschen Artillerie war auch kein Motorengeräusch zu hören. Erleichtert trat er also vor und rief:
»Soldaten! Es lebe der König!«
»Es lebe der König!« kam wie aus einer Kehle die Antwort des Bataillons.
»Und jetzt möchte ich die Stellungen besichtigen«, sagte der König.
»Stellungen, Majestät?«
»Sie haben es gehört, Oberst. Infanteriestellungen!«
Unter den Offizieren breitete sich Unruhe aus. Sie steckten die Köpfe zusammen und berieten.
»Worauf warten wir noch?« fragte der König ungeduldig.
»Majestät – sobald wir den Hügelkamm überschreiten ...« der Oberst zeigte auf die sanft gewellte Kammlinie im Norden – »werden wir eingesehen. Die deutsche Artillerie ...«
»Trifft auch nicht immer ins Schwarze«, unterbrach ihn der König ungeduldig. »Wie weit ist es bis dorthin? Bis zu den ersten Gräben?«
»Rund zwei Kilometer, Majestät.« Der Oberst, ein vierschrötiger Mann mit einem mächtigen Schnauzbart und schwerem Bauch, über dem die Uniform spannte, begann zu schwitzen.
»Haben sie Pferde für uns bereitgestellt, Oberst?«

»Wie befohlen, Majestät.«
»Also her damit! Verlieren wir keine Zeit.«

Ein junger Oberleutnant der Infanterie führte sie. Es ging durch eine gewundene, mit Akazien und verfilztem Gestrüpp bewachsene Talmulde allmählich aufwärts. Sie überholten eine Batterie leichter Haubitzen, die in einer kesselartigen Erweiterung in Stellung gehen sollte. Ein Munitionswagen war seitlich abgerutscht und umgekippt. Soldaten versuchten ihn wieder aufzurichten. Ein Feldwebel stand daneben, brüllte mit hochrotem Gesicht durcheinander Befehle und gotteslästerliche Flüche. Um die vorbeireitenden Offiziere kümmerte er sich nicht, er schien sie nicht einmal zu sehen.
»Im Fluchen sind wir Serben Weltmeister. Nicht einmal die Russen können uns in dieser Hinsicht das Wasser reichen«, sagte der König mit einem flüchtigen Lächeln.
Vor einem Eichenwäldchen bat man den König abzusitzen. Von hier aus müßte man zu Fuß weitergehen.
»Wollen Sie das wirklich, Majestät?« fragte der Leibarzt besorgt. Er war ein schmächtiger, älterer Herr mit einem schiefsitzenden, ständig rutschenden Kneifer auf der Nase.
»Aber natürlich will ich das, Doktor.«
»Es ist viel zu gefährlich dort oben.« Der Arzt schaute auf die runden Hügelkuppen, die jetzt zum Greifen nahe schienen. Dahinter auf- und abschwellendes Motorengeräusch. »Außerdem – Ihr Herz, Majestät! Die Anstrengung ...«
»Eh, mein Doktor, mein Doktor – wie oft soll ich es dir noch sagen? Um uns beide wäre es nicht schade! Man findet schnell einen König, noch schneller einen Doktor. Heutzutage ist es schwerer, Soldaten aufzutreiben. Man muß sich um die kümmern, die wir haben.«
Der Weg führte jetzt zwischen Weinreben steil aufwärts. Reife Trauben hingen dick und schwer zwischen angegilbtem Laub. Wie im tiefsten Frieden hielten Winzer da und dort Weinlese. Wenn sie den König erkannten, nahmen sie die Mützen ab und grüßten: »Gott schütze dich, unser König!« Ein alter Mann kniete nieder, über seine Wangen liefen Tränen.
Ab und an blieb der König stehen, um Atem zu schöpfen. Eine junge Frau brachte ihm Trauben. »Nimm, unser König, iß, die Trauben löschen deinen Durst!«

Sie war groß gewachsen, hatte ein volles Gesicht, dunkle Augen, und das bunt bestickte, ärmellose Hemd spannte straff über ihren schweren Brüsten.
Der König nahm von den Trauben und aß. »Deine Trauben sind süß. Wie wird die Ernte sein, Tochter?«
»Gut, wie schon seit Jahren nicht mehr. Es gab viel Sonne. Doch jetzt sag, unser König und Vater, werden wir den Wein auch keltern können? Werden wir ihn vom Feind unbehelligt reifen lassen und in Frieden trinken können? Oder werden es die anderen tun, die Feinde?«
»Wir werden ihn trinken, *čerko moja,* meine Tochter«, murmelte der König, gab die Trauben an seinen Adjutanten weiter und setzte wie für sich selbst hinzu: »So Gott will.«
Das Grummeln der schweren Artillerie näherte sich. Jetzt waren bereits die dumpferen Abschüsse und die grellen Detonationen der Einschläge zu unterscheiden. Das Rattern des Flugzeugmotors war verstummt, näherte sich jedoch bald darauf von der anderen Seite.
»Nur noch ein paar Schritte, Majestät.« Der dicke, heftig schwitzende Oberst zeigte auf eine in den Hang gebaute, von abgeernteten Pfirsichbäumen umgebene Winzerhütte. »Fünfzig Meter weiter oben ist der Beobachtungsstand unserer Artillerie. Von dort oben können wir die ganze Front bis über Smederevo (Semendria) übersehen.«
»Sagte ich nicht, daß ich zu den Infanteriestellungen gehen will?« fragte der König unwillig.
»Majestät, die Gräben sind gleich unterhalb des Beobachtungsstandes.«
Der König nickte und sah sich suchend um. »Wo bleibt unser Doktor?« Er lächelte belustigt. »Eh, lele, dieser mein Doktor! Ein guter Arzt und ein großer Hasenfuß. Doch gehen wir, gehen wir weiter!«
Vom Winzerhaus führte ein mannstiefer Verbindungsgraben zum sorgfältig getarnten Beobachtungsstand. Wie es der Oberst angekündigt hatte, konnte man von hier aus tatsächlich einen Großteil des Donaubogens übersehen mit der Stadt Gročka im Westen, Smederevo im Osten und Kovin mit Stadt und Festung auf der anderen, der österreichischen Seite. Der König ließ sich den Verlauf der eigenen Verteidigungsstellungen und Stützpunkte auf dem weiten, zur Donau hin abfallenden, mit Wein- und Obstgärten bestan-

denen Gelände zeigen. Durch das Scherenfernrohr beobachtete er das andere Donauufer, ließ sich vom Artilleriebeobachter, einem jungen, vor Ehrfurcht stotternden Leutnant dies und jenes erklären, wandte sich schließlich um, wischte mit dem Handrücken über die tränenden Augen und sagte:
»Die Deutschen haben eine Menge Artillerie aufgefahren und geben sich nicht einmal Mühe, in Deckung zu gehen. Können wir nichts dagegen tun?«
»Es ist zu weit, Majestät. Ihre schwere Artillerie liegt außerhalb der Reichweite unserer Batterien«, erklärte ein Major der Artillerie, der sich beim Winzerhaus der Gruppe angeschlossen hatte.
Auf der anderen Donauseite blitzte es viermal hintereinander auf. Gleich darauf wieder jeweils vier Blitze und gelbgraue Rauchwolken weiter rechts, dann links.
»Sie fangen wieder an«, sagte der Major.
Beiderseits der Straße, die das Dorf Bresovik mit dem Hinterland verband, wuchsen schwarze Säulen empor. Unter der Wucht der Detonationen schien die Erde zu erbeben.
»Mein Gott!« murmelte der König.
»Schwere Haubitzen«, sagte der Artillerie-Major grimmig. »Dort, wo sie hinschießen, haben wir zwei Batterien in Stellung gebracht. Sie haben sich genau eingeschossen. Ihr Feuer wird von einem Flugzeug geleitet. Wir müssen die Batterien wieder abziehen.«
»Wenn davon noch etwas übrig bleibt«, sagte jemand im Hintergrund.
Der König blickte sich zornig um. »Nicht so, *čoveće,* Mensch! Du sprichst von unseren Brüdern!«
»Mit ihren Flugzeugen entdecken sie uns immer wieder, Majestät«, sagte der Major unglücklich. Er war ein großer, breitschultriger Mann. Über seine Wange zog sich eine frische, noch teilweise verkrustete Narbe. »Da! Da kommt der Vogel schon wieder!«
Vom anderen Donauufer näherte sich hell summend ein Punkt, wurde schnell größer. Jetzt sah man bereits die beiden übereinanderliegenden Tragflächen, die silbern schwirrende Scheibe des Propellers in der Mitte, das hochaufragende Seitenleitwerk. Das Flugzeug kam heran, stieg dabei immer höher, beschrieb schließlich eine Kurve und flog in Richtung Semendria weiter, begleitet von Gewehrschüssen aus den Weinbergen. Ein Maschinengewehr ratterte

kurz und verstummte wieder. Die deutsche Artillerie hatte ihr Feuer etwas weiter westwärts verlegt.
»Evo – und ich habe immer wieder gesagt, daß man Aeroplane kaufen soll!« knurrte der König, während er dem deutschen Flugzeug nachblickte. »In Frankreich, Deutschland ... Vielleicht hätten wir sogar selbst welche bauen können. Aber nein, der Krieg wird nie in der Luft, sondern immer auf dem Boden geführt, sagten meine gescheiten Generäle. So war es, und so wird es immer sein. Wenn wir wissen wollen, wo der Feind steckt – bitte sehr, dann schicken wir ein paar Reiter aus. Das ist besser als jedes Flugzeug! Außerdem gibt es viele Kirchtürme in Serbien, sagten sie, und auf jedem kann ein Beobachter sitzen ... Was aber machen jetzt die Deutschen? Sie schicken sozusagen einen fliegenden Kirchturm los! Er kann überallhin, sieht alles, berichtet irgendwie nach unten, vielleicht durch Funk oder Zeichen ...!«
Während der König nach der Art alter Männer mehr zu sich als zu den anderen brummelte, begann das Flugzeug über Semendria zu kreisen. In einiger Entfernung davon blitzte es wiederholt auf. Kleine, schwarzgraue Wölkchen erschienen wie schmutzige Wattebäusche am Himmel und trieben langsam davon.
»Sie schießen mit Schrappnells nach dem Vogel – reine Munitionsvergeudung«, sagte der Major. »Gott und alle Heiligen – was ist das?!«
Am anderen Donauufer, jenseits der Insel vor der Festung Semendria, flammte ein rot-gelber Feuerball auf, breitete sich, mit schwarzem Rauch durchsetzt, aus, erlosch. Sekunden später war das grollende Donnern des Abschusses zu hören, dann ein fernes, schaurig heulendes Rauschen, das kein Ende nehmen wollte und noch immer zu hören war, als ein greller Blitz hinter der Festungsmauer von Semendria einschlug und einen Explosionspilz aus Feuer, Rauch und Trümmern gegen den Himmel schleuderte.
»*Jedan – dva – tri – četiri* – «, begann der Major laut zu zählen, »eins – zwei – drei – vier ...« Er kam bis fünfzehn, als eine ungeheure Explosion die Luft erschütterte, ein ohrenbetäubendes, dröhnendes Krachen, das sich zwischen den Hügeln verfing, immer weiter wanderte und schließlich mit einem fernen Rauschen verklang.
Der König starrte den Major an. Er war so blaß geworden, daß

der Oberst besorgt zu ihm trat und nach seinem Arm griff, um ihn zu stützen. Doch der König schüttelte die Hand unwillig ab. »Was war *das,* Major? Was für ein Teufelswerk...«
»Sie haben es tatsächlich fertiggebracht, Majestät«, sagte der Major beklommen. »Man sprach davon, aber wir konnten es nicht glauben. Die Deutschen haben ihre Zweiundvierzig-Zentimeter-Mörser hierher transportiert, und jetzt...«
Drüben flammte wieder ein Feuerball auf. Der König hob die Hand, als wolle er die Augen vor dem grellen Licht schützen, ließ sie mutlos sinken, schüttelte den Kopf und sagte: »Gehen wir, meine Herren, gehen wir!«

Gegen Mittag hörte das Artilleriefeuer schlagartig auf. »Sie gehen jetzt zu ihren Gulaschkanonen«, sagte der große Major mit der Narbe; *Gulaschkanonen* sagte er auf deutsch. »Wenn sie sich die Bäuche vollgeschlagen haben, machen sie ein Mittagsschläfchen. Pünktlich um zwei geht es wieder los. Sie tasten sich immer höher aufwärts. Ihr Feuer wird vom Flugzeug aus gelenkt – sie haben es gesehen. Hoffentlich entdecken sie unseren Beobachtungsstand nicht. Mit ihren neuen Rohren schießen sie verflucht genau.«
»Einen so kleinen Punkt auf diese Entfernung zu treffen – das bringen nicht einmal die Švaba fertig« sagte der Adjutant des Königs, ein Hauptmann.
»Dann schießen sie eben so lange, *bis* sie treffen. Munition scheinen sie ja im Überfluß zu haben. Und was haben wir? Ausgeleierte Rohre und viel zu wenig Munition.«
»Man darf nicht immer alles gleich verschießen, Herr Major. In diesem Jahr wurden beachtliche Munitionsdepots angelegt.«
»Was helfen mir *Depots* – ich brauche die Munition *hier*«, ereiferte sich der Major. »Sagen Sie das denen, wenn Sie wieder nach hinten kommen. Hier brauchen wir sie, *hier*!«
»Was Sie brauchen, das werden Sie auch bekommen«, sagte der Adjutant steif.
»Meine Batterie hat nur noch dreißig Schuß pro Rohr! Wo bleibt der Nachschub?« mischte sich ein Hauptmann der Artillerie in das Gespräch ein. »Es heißt immer: haushalten. Vielleicht sollten wir denen da drüben auch sagen, daß *sie* mehr *haushalten* und weniger Granaten herüberschicken sollen.«

»Und die schweren Koffer sollten sie gleich unter Verschluß stellen!« Der große Major lachte.
Er und die anderen Offiziere warteten draußen, während der König mit den Sektorenkommandeuren im Winzerhaus eine improvisierte Lagebesprechung abhielt. Sie fand in einem ebenerdigen, in den Berg vorgetriebenen Raum statt, der dem Winzer als Kelterei und Weinkeller zugleich diente. Hier hatte man den Artilleriegefechtsstand eingerichtet, Telefonleitungen gelegt und einen Sender für den Funkverkehr mit dem Divisionskommando installiert.
Wie stets bei solchen Gelegenheiten galt die erste Frage des Königs der Moral der Truppe. Und wie stets bekam er von den Offizieren unisono die altbekannte Antwort:
»Majestät – die Moral war noch nie besser! Die Soldaten brennen darauf, in den Kampf zu ziehen, um den Krieg siegreich zu beenden.«
Der König saß auf einem niedrigen Hocker, die Hände auf einen Stock gestützt, die Mütze aus der Stirn geschoben. Er nickte einmal, zweimal, überlegte und begann schließlich zu sprechen:
»Es freut mich, das zu hören, natürlich... Wir alle werden in den nächsten Tagen und Wochen ein hohes Maß an Moral brauchen. Moral und Standfestigkeit. Ich will Ihnen reinen Wein einschenken – es hat keinen Sinn, drum herum zu reden.« Der König machte wieder eine Pause, zeichnete mit dem Stock Linien und Kreise auf den Boden: »Wir haben absolut zuverlässige Informationen, daß die Deutschen und die Österreicher in den nächsten Tagen eine Großoffensive auf der gesamten Front starten werden, mit Schwerpunkten bei Obrenovac, Beograd und hier, bei Smederewo. Die Angriffstruppen sind unseren Kräften dreifach überlegen. Verstärkungen von der Ostarmee können wir nicht heranholen, weil auch die Bulgaren angreifen werden.«
Der König hob abwehrend die Hand, als Oberst Mikulić empört etwas einwerfen wollte. »Das war zu erwarten. Die Bulgaren wollen nicht nur Revanche für 1913, sondern ganz Mazedonien und Teile von Südserbien. Das hat man ihnen in Wien und Berlin für den Kriegseintritt versprochen. Wir werden also an drei Fronten kämpfen müssen: Im Westen gegen die Österreicher und Ungarn, im Norden gegen die Deutschen, im Osten gegen die Bulgaren.
Punkt zwei: die Verbündeten. Petersburg bedauert. Mit einem rus-

sischen Hilfskorps, das man uns noch vor wenigen Wochen versprochen hat, können wir nicht mehr rechnen. Über die Gründe wollen wir im Augenblick nicht sprechen. Dann die westlichen Verbündeten: Wir haben schon seit Kriegsbeginn immer wieder auf die Gefahr hingewiesen, die uns von den Türken und Bulgaren droht. Wir haben um Verstärkungen gebeten, weil wir gegen Österreicher, Deutsche, Bulgaren und Türken gleichzeitig nicht ankommen können. Man wollte uns nicht glauben. Man sagte immer: Die Bulgaren werden es nicht wagen. Oder gar: Die Bulgaren werden an unserer Seite in den Krieg ziehen. Man wollte auch unsere Argumente, daß der Krieg gegen die Mittelmächte mit einem Vorstoß von hier aus nach Ungarn und weiter nach Nordwesten wieder in Bewegung gebracht und in absehbarer Zeit siegreich beendet werden könnte, nicht einmal in Erwägung ziehen. Dazu müßte man nur auf die Landkarte schauen, aber mir scheint, die großen Strategen in Paris und London haben keine Landkarten von dieser Ecke Europas. Man läßt die bedauernswerten Soldaten im Westen gegen die deutschen Linien anrennen und zu Hunderttausenden verbluten. Zu Hunderttausenden, während hier...« – Der König stieß mit dem Stock zornig in den Lehmboden. – »Die Generäle wissen immer alles besser. Es ist wie bei uns mit den Flugzeugen. Die Deutschen haben jetzt fast hundert davon, vielleicht auch schon mehr – und wir ganze achtzehn. *Achtzehn!* Davon stehen zehn oder zwölf immer irgendwo herum, weil sie repariert werden müssen. Aber sie werden nicht repariert. Warum? Weil Ersatzteile fehlen! Man hat versäumt, sie rechtzeitig zu besorgen. – Aber gut, gut, ich darf mich nicht aufregen, sagt mein Doktor. Wo ist er eigentlich? Ist er wieder aufgetaucht? Wovon sprachen wir? von den westlichen Verbündeten und ihren gescheiterten Generälen, ja... Es gibt trotz allem einen Lichtblick:« Der König machte eine Pause, strich über den Schnurrbart. Seine eben noch zornig blitzenden Augen schauten die reglos lauschenden Offiziere listig an. »Einen kleinen Lichtblick: Gestern haben die Franzosen und Engländer begonnen, in Saloniki die ersten Truppen auszuladen. Ihr Kommandeur ist der französische General Sarrail.«

»Majestät, das ist unsere Rettung! Das ist der Sieg!« rief der dicke Oberst Mikulić mit leuchtenden Augen.

»Mit dazugehörigen schweren Waffen, Majestät?« fragte ein Oberstleutnant.

»Mit allem, was dazu gehört«, bestätigte der König. »Leichte und schwere Artillerie, darunter die modernen 7,5 cm Schnellfeuerkanonen, Flugzeuge ... Doch langsam, meine Herren, langsam!« Der König stützte sich schwer auf den Stock und stand auf. »Zum jetzigen Zeitpunkt hätten es bereits 150 000 Mann sein müssen. Gelandet sind aber erst ein paar hundert, mag sein ein paar tausend – und die feindliche Offensive steht kurz bevor. Wann kommen die anderen? Das hängt von vielen Dingen ab, hat man mir erzählt. Unsere Herren in Kragujevac könnten genau sagen, warum es nicht so schnell geht, wie wir es gerne hätten. Bis dahin also ... Zeit gewinnen. Wir müssen Zeit gewinnen! Zeit gewinnen ist alles! Um jede Handbreit unseres heiligen Landes kämpfen! Nicht aufgeben! Immer daran denken, daß die Hilfe nicht mehr weit ist. Kämpfen! Das ist unsere Aufgabe! Ob wir sie erfüllen werden – das ist eine Frage der Kampfmoral.«

»Rechnen Sie mit uns, Majestät – keinen Schritt zurück!« rief Oberst Mikulić.

»Keinen Schritt zurück!« riefen die anderen Offiziere.

»Sprechen Sie in diesem Sinne mit Ihren Leuten, meine Herren«. Der König wandte sich zur Türe, zögerte, kam wieder zurück und sprach – nun mit dem Blick und im Tone eines Verschwörers – mit gesenkter Stimme: »Was ich Ihnen zuvor erzählt habe, die deutsche Überlegenheit und so weiter und so weiter, behalten Sie möglichst für sich. Behandeln Sie es vertraulich. Soldaten sind bereit, es unter Umständen auch mit einer Übermacht aufzunehmen. Doch wenn diese gar zu groß wird und über solche Geschütze verfügt, wie wir sie vorhin gesehen haben ...«

Er ging hinaus, ohne den Satz zu beenden.

Die Erben des Prinzen Eugen

Auf der anderen Seite der Donau und Save, bei der 3. Armee der k. u. k. österreichisch-ungarischen Streitkräfte, deren Oberkommando in Semlin lag, machte man sich augenblicklich keine Gedanken über die Truppen- und Kampfmoral. Nach den Rückschlägen des vergangenen Jahres war sie zwar bedenklich gesunken, doch nun stand sie nach den Berichten der Truppenoffiziere wieder auf einem hohen

Niveau. Der bevorstehende Angriff auf Serbien ließ die Herzen höher schlagen, das Bewußtsein der eigenen Überlegenheit in Verbindung mit den Deutschen, von deren Schlagkraft man sich Wunderdinge erzählte, erhöhte die Selbstsicherheit und vertrieb die düsteren Schatten der Zweifel und der Resignation, die sich breitgemacht hatten. Was konnte *jetzt* noch schiefgehen angesichts dieser gewaltigen Streitmacht, die zusammengezogen worden war, um Serbien niederzuringen? Die noch dazu unter dem Oberbefehl des Feldmarschalls von Mackensen stand, des legendären Siegers von Czenstochau, Gorlice, Lodž und Brest Litowsk? Sein Bild hoch zu Roß, in kerzengerader Haltung, die Fellmütze mit dem silbernen Totenkopf über dem entschlossenen Gesicht mit den hellen Augen und dem unverwechselbaren Schnurrbart, war auch in den k. u. k. Einheiten dem letzten Soldaten vertraut – ein Mann, dessen Führung man sich bedenkenlos anvertraute, ein Heerführer, der die Schmach vom Herbst 1914 wieder tilgen würde.

Am 6. Oktober 1915 gab man im Offizierskasino von Semlin für die deutschen Offizierskameraden ein gemeinsames Mittagessen, um die »enge Waffenbrüderschaft neuerlich zu bestätigen und sich aus dem Anlaß des bevorstehenden, gemeinsam auszutragenden Kampfes so weit wie möglich auch persönlich kennenzulernen oder die bereits bestehenden Bekanntschaften zu vertiefen«. So stand es in gewundenem Schreibstubendeutsch auf der Einladung, die dem Kommando des XXII. Armeekorps offiziell zugegangen war.

Die k. u. k. Offizierskasinos waren berühmt für ihre Gastfreundschaft und die lockere, nach dem Geschmack der deutschen Waffenbrüder manchmal zu lockere Atmosphäre. Das Casino in Semlin machte keine Ausnahme. Das Mittagessen verlief in guter Stimmung, die durch das nahezu ununterbrochene Artilleriefeuer keineswegs getrübt, sondern eher gesteigert wurde. Denn es waren ja die eigenen und die deutschen Batterien, deren Feuer die Scheiben und – wenn die 30-cm-Mörser aufbrüllten – sogar Kaffeetassen klirren und Weingläser vibrieren ließ, so daß der Wein darin winzig kleine, glitzernde Wellen schlug.

Dem Armeekommandeur, General Hermann von Köveß, hatte man eine kleine Überraschung zugedacht. Auf Anregung des slowenischen Oberleutnants Petelin (auf deutsch »Hahn«), hatte ein improvisierter und von ihm dirigierter Chor das berühmte Prinz-Eugen-Lied (mit kleinen Textänderungen) einstudiert. Zwischen der Haupt- und Nachspeise (wahlweise Aprikosenkompott oder bosnische Halva) trat der Chor auf und sang statt *Prinz Eugenius, der edle Ritter...*, auf den Kommandeur bezogen:

General von Köveß, der edle Ritter,
Wollt dem Kaiser wiedrum kriegen
Stadt und Festung Belgerad.
Er ließ schlagen eine Brucken,
Daß man kunnt hinüber rucken
Mit der Armee wohl für die Stadt.
Als die Brucken war nun geschlagen,
Daß man kunnt mit Stuck und Wagen
Frei passieren den Donau-Fluß,
Bei Semlin schlug man das Lager,
Alle Serben zu verjagen,
Ihn'n zum Spott und zum Verdruß.

So ging es über sieben Strophen weiter (zwei hatte man ausgelassen). General von Köveß war amüsiert und fast ein wenig gerührt, bedankte sich bei Oberleutnant Petelin mit einem Handschlag und ließ für die Sänger drei Liter Wein auftischen.
Während andere Offiziere noch etwas länger blieben, begaben sich Köveß, die Divisionskommandeure und deren Begleitoffiziere gleich nach der abschließenden Zigarre oder Zigarette (man hatte dafür gesorgt, daß es genügend davon gab, feines ägyptisches Kraut neben ausgesuchten Tabaken aus Herzegowina) zurück zu ihren Kommandostellen. Obwohl die Vorbereitungen so gut wie abgeschlossen waren, gab es noch genug zu tun, genügend unvermeidliche Pannen auszubügeln, damit sich die gewaltige und hochkomplizierte Maschinerie der Armee störungsfrei in Bewegung setzen konnte.
Auf der Freitreppe vor dem Kasino blieb General von Köveß stehen. Der Himmel war nunmehr verhangen, eine heftige Windböe wirbelte Staub und die ersten vergilbten Blätter auf. Sollten die Meteorologen recht behalten? Sie hatten Regen und *Košava* angesagt, den Südwind, der tagelang andauern, Sturmstärke erreichen und den Schiffsverkehr auf Donau und Save lahmlegen konnte.

Aber die Voraussage mußte nicht unbedingt zutreffen. Die Wetterfrösche irrten mit ihren Prognosen so häufig, daß man den Irrtum fast als die Regel betrachten konnte.
Von der Freitreppe konnte der General über die Dächer und Kirchtürme von Semlin die steil aufsteigende, von der Festung Kalemegdan gekrönte Belgrader Halbinsel zwischen der Donau und der Save sehen. Staub und Rauchschwaden verhüllten sie teilweise, trieben herüber, brachten den Geruch von Bränden, Explosionsdampf und fauligem Wasser mit. Prinz Eugen, der edle Ritter, dachte der General, ob auch er hier gestanden und auf Belgrad geschaut hat?
»Prinz Eugen besaß einen großen Vorteil«, sagte er zu seinem Stabschef, Oberst Purtscher. »Er *hatte* bereits eine Brücke – wir müssen sie erst bauen. Er *war* bereits drüben, als die Türken mit der Entsatzarmee anrückten, wir aber müssen erst hinüber.«

Die Geschichte der Feldzüge und Schlachten des Prinzen Eugen von Savoyen gehörte zu den Standardfächern auf den Militärakademien der Donaumonarchie. Die Eroberung Belgrads am 16. August 1717 spielte dabei neben den Schlachten von Zenta und Malplaquet eine hervorragende Rolle. Kaum ein Stabsoffizier, der nicht mit allen Einzelheiten vertraut war und sie nicht im Sandkasten nachvollziehen konnte. –
Wurde die Schlacht um Belgrad geprüft, tauchte fast unweigerlich die hinterhältige, wie nebenher gestellte Frage auf nach den »besonderen Umständen, die sich vor Ausbruch der Schlacht für beide Seiten überraschend einstellten und vornehmlich die kommunikative Verständigung der Truppen untereinander sowie die Befehlsübermittlung erschwerten oder sie gänzlich unmöglich machten«. Die Antwort war einfach und mußte in etwa lauten: »Während der Nacht vom 15. auf den 16. August fiel so dichter Nebel ein, daß die Sicht teilweise nur zehn bis zwanzig Schritte betrug.« Prinz Eugen war in dieser Schlacht Befehlshaber eines Heeres gewesen, das er nicht sehen konnte. Erst als sich die Nebel gegen sieben Uhr früh verzogen, erkannte er nach und nach, daß er die Schlacht gewonnen und seinen gewaltigsten Sieg errungen hatte.
Ob auch wir mit diesen »besonderen Umständen«, dem Nebel heute nacht rechnen müssen? fragte sich General von Köveß mit einem letzten besorgten Blick zum Himmel. Allerdings wäre eine durch

Nebel verdeckte Sicht für die Angreifer durchaus von Vorteil – vorausgesetzt, daß sie nicht »teilweise nur zehn bis zwanzig Schritte betrug...«

Gegen Abend begann es zu regnen, der Wind wurde stärker, dichte Nebelschwaden trieben über Save und Donau. Das Artilleriefeuer dauerte unvermindert an, während die Angriffstruppen im Schutze der Nacht zum nördlichen Donauufer vorrückten. Pontons wurden zu Wasser gelassen, viele davon zu Fähren und Flößen zusammengekettet. Jedes laute Geräusch vermeidend, schifften sich die Sturmabteilungen ein, die drüben die Uferbefestigungen nehmen und die ersten Brückenköpfe bilden sollten.
Auf der serbischen Seite schien man keinen Verdacht zu schöpfen. Gegen Mitternacht erloschen die Scheinwerfer auf Kalemegdan, die mit ihren schmalen Lichtkegeln das österreichisch-ungarische Ufer allnächtlich abtasteten. Erschien es den serbischen Beobachtern sinnlos, gegen Regen und Nebel anzukämpfen, die ihnen die Sicht erschwerten? Ahnten sie wirklich nichts von der drohenden Invasion?
Am 16. August 1717 hatten drei Kanonenschüsse um zwei Uhr früh die Schlacht um Belgrad eröffnet. Zur gleichen Stunde, Punkt zwei Uhr früh am 7. Oktober 1915, lösten sich die ersten vollbesetzten Pontons vom österreichisch-ungarischen Ufer, um auf das serbische hinüberzusetzen. Eine neue Schlacht um Belgrad begann.

Mit Säbel, Handschar und Pistole

Oberleutnant im Generalstab Bogdan Bošković kam am späten Nachmittag des 6. Oktober 1915 in der Stadt Pljevlja an. Im Auftrag des Oberkommandos der montenegrinischen Streitkräfte sollte er eine Inspektionsreise zu den am weitesten nördlich stehenden Truppen bei Višegrad unternehmen und unterwegs ein dienstliches Schreiben dem Kommandanten der *Rückwärtigen Front, Sektor Nord,* Oberst Wojwoda Lazar Bošković übergeben.
In Begleitung seines *Posilni* (dies war noch immer der fröhliche Bero aus dem montenegrinischen Küstenland) ritt Bogdan zur Kaserne etwas außerhalb der Stadt. Den Großvater traf er in dessen

Diensträumen allerdings nicht an, was nicht ungewöhnlich war; der Wojwoda hielt sich sehr selten in seiner Kanzlei auf. Er sei, wie jeden Tag um diese Zeit, in der Übungshalle beim Säbelfechten, teilte der Büroleiter mit, ein schmalbrüstiger, bebrillter Leutnant der Reserve, im Zivilberuf Gymnasialprofessor für Mathematik, was er bei jeder sich bietenden Gelegenheit jeden, der es hören wollte, wissen ließ. »Ich würde ihnen allerdings nicht raten, ihn dort zu stören, Herr Oberleutnant – er kann nämlich sehr zornig werden«, setzte er hinzu. Sein Tonfall und seine betrübte Miene waren ein einziger großer Vorwurf an das Schicksal und die uneinsichtigen militärischen Vorgesetzten, die ihn, einen Mann des Geistes und der Wissenschaft, in diese Schreibstube verbannt hatten, noch dazu unter das Kommando eines Mannes, den er mehr fürchtete als den Gottseibeiuns persönlich und alle Feinde Montenegros zusammen.
Der Großvater war auch in der Fechthalle nicht mehr anzutreffen. Er habe diesmal nicht die üblichen zwei Stunden geübt, erzählte der Fechtlehrer in seinem gebrochenen, italienisch gefärbten Serbisch. »Dafür hat er doppelt hart zugeschlagen, mamma mia, er war zornig, er ist immer zornig, ich werde suchen eine andere Arbeit!«
Bogdan fand den Wojwoda schließlich in dessen Quartier, einem spartanisch eingerichteten Zimmer im Offizierswohnhaus der Garnison. Er brütete über einem Brief, den er seit Tagen an König Nikola I., den Oberkommandierenden der Streitkräfte persönlich schreiben wollte. Das war allerdings besonders schwierig. Der Brief sollte keineswegs als Bitte aufgefaßt werden – er hatte den König noch nie um etwas gebeten und dachte auch nicht im Traum daran, es je zu tun! Andererseits konnte er auch keine Forderungen an seinen obersten militärischen Vorgesetzten stellen, da es ja doch um eine persönliche Angelegenheit ging.
»Du kommst gerade recht«, begrüßte er deshalb Bogdan, als dieser, von Bora angemeldet und eingelassen wurde. »Dir hat man auf der Militärakademie beigebracht, wie man mit Feder, Tinte und Papier umgeht und die richtigen Worte findet.«
»Worum geht es, Großvater?«
»Ich will weg von hier. Pešić* hat bereits zwei Gesuche von mir

* Der serbische Oberst Peter Pešić war zu dieser Zeit Generalstabschef der montenegrinischen Armee.

abgelehnt. Ich solle hier bleiben. Jetzt will ich an Nikola selbst schreiben.«
»Meinst du, daß es etwas nützen wird? Pešić hat bestimmt nicht eigenmächtig gehandelt. Dazu dürfte ihm dieser Fall zu brisant sein.«
»Du meinst, er hat zuerst Nikola befragt? Um so besser!« Der Wojwoda sprang auf und schlug mit flacher Hand so hart auf den angefangenen Brief, daß aus dem Tintenfäßchen Tinte spritzte. »Dann muß Nikola Farbe bekennen! Ha! Dann kann sich dieser Herr Oberkommandierende nicht mehr hinter seinem Stabschef verstecken! Man hat mich hierher verbannt! Jawohl, verbannt! Zum Kommandeur der *Rückwärtigen Front* gemacht! Lächerlich! Kommandeur über Fouriere, Schreiber, Kutscher, Feldschere, Drückeberger, ängstliche Spinner wie diesen Leutnant in der Schreibstube! Über Männer, die zu alt, und milchbärtige Bürschchen, die zu jung sind, um vorne mitzukämpfen! Mich, Wojwoda Lazar Bošković! Dem alten Wolf hat man einen Beißkorb angelegt, so ist es. Und ich sage dir auch, warum.«
Er ließ sich schwer auf seinem Stuhl nieder. »Setz dich Bogdane, setz dich! Hör mir genau zu! *Er* will nicht, daß gegen die *Švabas* richtig Krieg geführt wird. Er will sie nicht verärgern. Ich habe sie mit meinem Regiment vor Jahr und Tag bis Avtovac und darüber hinaus gejagt – und ich wäre bis nach Mostar geritten, wenn er mich nicht zurückgepfiffen hätte. Und der Dank? Ein Orden« – der Wojwoda schlug sich auf die Brust – »und noch ein Orden aus Serbien und einer von den Russen – und ab in die Pension!«
»Aber das ist hier doch keine Pension, Großvater! Du weißt, wie wichtig die rückwärtigen Dienste ...«
»Wichtig? Wichtig ist, mit aller Kraft Krieg zu führen!« Der alte Mann tupfte sich das tränende Auge ab. Die Narbe, die schräg von oben nach unten sein Gesicht spaltete, leuchtete blutrot. »Was aber tun wir? Führen wir Krieg? Wir sitzen in unserem Schneckenhaus und wagen keinen Schritt vor die Türe. Hie und da zwei, drei Schüsse, ab und zu ein kleines Scharmützel, das ist alles. Findest du das richtig, Oberleutnant Bogdan Bošković, findest du das richtig?«
Bogdan zuckte mit den Schultern. Was hätte er drauf sagen sollen? Der Alte hatte ja recht. In den ersten Kriegswochen war man zum Angriff angetreten, und man war erfolgreich gewesen; im Süden bei

Budva, auf Gatačko Polje, bei Višegrad, wo man bis nach Han Pijesak vorgedrungen und dann zurückgepfiffen worden war wegen logistischer Probleme. Logistische Probleme! Das als Begründung bei einer Armee, die sich noch nie um Logistik gekümmert, trotzdem immer wieder Kriege geführt hatte und siegreich geblieben war, einer Armee, die gelernt hatte, selbst in Landstrichen zu überleben, wo es nicht einmal Ziegen aushielten, die sich Waffen, Munition und Proviant vornehmlich beim Feind geholt hatte, ja einer Armee, die kaum wußte, was mit diesem ausländischen Wort *Logistik* gemeint war! Aber es hatte keinen Sinn, mit dem Großvater zu rechten, schon gar nicht, wenn man ihm recht geben mußte!
»Hier, das soll ich dir übergeben«, sagte er, nahm aus seiner Kuriertasche einen versiegelten Umschlag und reichte ihn über den Tisch. Der Wojwoda nahm ihn entgegen und legte ihn achtlos beiseite.
»Das hat Zeit. Ich kenne es. Anforderungen, Formulare, Papierkram. Damit muß ich mich abgeben, statt dort zu stehen, wo ich hingehöre: an der Front. Warum? Ich habe genug Unheil angerichtet, meint *er*. Ich habe es zuverlässig erfahren, Bogdan, hör mich an! Nikola wollte erst gar nicht in den Krieg eintreten. Er wollte die Serben allein lassen, ihnen möglicherweise sogar in den Rücken fallen – schweig jetzt! Es ist Zeit, daß man dir die Augen öffnet! Für seinen Verrat hätte er von den Österreichern Novi Pazar und ganz Sandschak kassiert und als Draufgabe noch das albanische Skutari und Lesh bekommen. So war das gedacht. Aber man hat ihn durchschaut. Der Verrat hätte ihn den Thron gekostet. Das hätten sich nicht einmal diese Serdare und Wojwodas gefallen lassen, die ihm sonst die Füße ablecken und in den Hintern kriechen. Ich kenne sie alle! Aber er ist schlau, er wußte, was für ihn auf dem Spiel stand! Nur deshalb gab er nach und erklärte den Švabas den Krieg.. Wie er ihn führt, das wissen wir. Und hör zu, Bogdane, hör zu: Während wir gegen den Feind ritten, während unsere Leute von feindlichen Maschinengewehren zuhauf niedergemäht wurden – du weißt, was auf Gatačko Polje und weiter nördlich passierte! – streckte unser König und oberster Befehlshaber bereits die Fühler aus. Er wäre unter bestimmten Bedingungen bereit, einen Separatfrieden zu schließen. Das will er noch immer. Du willst es mir nicht glauben, aber die Verhandlungen laufen noch. Deshalb hält er still. Deshalb will er den Feind nicht verärgern. Deshalb hat er mich hierher

geschickt. Ich wäre alt genug, um endlich Ruhe zu geben. Zu alt, um an der Spitze meiner Leute . . .«
Der Wojwoda hatte sich wieder in Zorn geredet, seine Narbe glühte. Er sprang auf und schrie: »Bora – Bora, die Nüsse! *Drei!*
Dann nahm er seinen Säbel von der Wand – es war der legendäre Säbel des Wojwoda Bošković aus den Gesängen der Guslari, der *fröhliche Säbel,* schnallte ihn um und trat in die Mitte des Zimmers. »Ich werde dir jetzt zeigen, *wie* alt ich bin.«
Er legte die Hand leicht auf den Säbelgriff und nickte Bora zu, der ins Zimmer getreten war.
»*Baci* – wirf!«
Bora warf drei Walnüsse zugleich in einem hohen Bogen durch das Zimmer. Das Auge konnte der Bewegung kaum folgen, so schnell zog der Wojwoda den Säbel aus der Scheide. Mit einem sirrend-pfeifenden Laut zuckte die Klinge durch die Luft, beschrieb schnelle, blitzende Bögen, begleitet vom dreifachen trockenen Krachen, als sie die Walnüsse traf, die letzte knapp über dem Fußboden. Gleich darauf verschwand sie wieder wie durch einen Zaubertrick in der Scheide. Der ganze Vorgang vom Ziehen des Säbels bis zum Verschwinden der Klinge, dauerte kaum zwei Sekunden.
»So! Hast du ihn gehört, wie er sang, mein Säbel?« Der Wojwoda ließ sich schweratmend nieder, während Bora grinsend das Zimmer verließ. »Schau dir die Nüsse an: sauber geknackt. Du kannst sie essen, wenn du willst. Wer macht es mir nach von euch Jüngeren? Wer nimmt es mit mir auf, mit Säbel, Handschar und Pistole? Mit mir, Wojwoda Lazar Bošković, einem alten Mann, der Krieg führen will, während ihr euch in Cetinje wie Ratten in euren Löchern verkriecht!«
Bogdan öffnete den Mund zu einer zornigen Entgegnung, doch wieder bezwang er sich. Was der alte Mann von sich gab, war schlichtweg Hochverrat. Und er hatte diesmal Unrecht. Doch wie sollte man ihm das beibringen? Für ihn war der gegenwärtige Krieg eben ein Krieg wie zu seiner Jugendzeit oder vor tausend Jahren. In letzter Konsequenz reduzierte er sich in seinen Augen auf den archaischen Kampf Mann gegen Mann. Wie erstaunlich solche zirkusreifen Kunststücke mit dem Säbel auch sein mochten, sie taugten nicht für einen modernen Krieg, schon gar nicht für diesen Krieg, der ganz Europa in Brand gesetzt hatte, und bestimmt nicht mit

Säbel, Handschar und Pistole, sondern nur mit Höchstleistungen in Wissenschaft und Technik geführt und gewonnen werden konnte. Außerdem tat er dem König mit seinen Verdächtigungen Unrecht. Nikola I. war ein vorsichtiger, mag sein für den Geschmack vor allem der jungen Offiziere zu vorsichtiger Oberbefehlshaber, der jede Entscheidung gründlich überlegte, bevor er sie traf. Aber nur deshalb war es ihm gelungen, in diesem einen Jahr des Krieges die montenegrinische Armee vor hohen Verlusten zu bewahren und darüber hinaus mit Einsatz unzulänglicher Kräfte beträchtliche Erfolge zu erzielen.

»Ich habe es auf zwei Äpfel gebracht – und den zweiten treffe ich meistens nicht«, sagte Bogdan mit einem schwachen Lächeln. »Du hast recht, Großvater, *das* macht dir keiner nach.«

Der Wojwoda schaute den Jüngeren nachdenklich an. Er wirkte plötzlich müde und resigniert, und so klang auch seine Stimme, als er sprach:

»Eh, Bogdane, mein Bogdane, was haben sie aus dir gemacht! Einen Boten, einen Kurier mit Offiziersepauletten, der ihre Befehle überbringt. Hierhin, dorthin, überallhin.« Er klopfte bei jedem Wort mit den Knöcheln auf den Umschlag, den ihm Bogdan überbracht hatte. »Du, ein Bošković, bist ihr Diener geworden! Oh, mein Herz, mein Herz – es will mir zerspringen, wenn ich daran denke! Ein Bošković als Diener von Menschen, deren Hände mit unserem Blut besudelt sind!«

»Sag das nicht, Großvater, sag das nicht!«

»Warum soll ich es nicht sagen? Du hältst mich für verblendet, du meinst, es wären Hirngespinste eines alten Narren. Aber es ist die Wahrheit. Ich weiß es, mein Bogdan, ich *weiß* es! Ich fühle es in allen Knochen, mein Herz weiß es, obwohl sich mein Verstand dagegen sträubt. Aber in solchen Dingen hat immer das Herz recht, immer! Es ist das vergossene Bošković-Blut, das zu meinem Herzen spricht. Der Verstand begreift das nicht. Das Blut würde auch zu dir sprechen, aber du willst nicht auf seine Stimme hören. Du glaubst noch immer an das Märchen von den arnautischen Banditen, die damals die *blutige Slava* angerichtet haben sollen. Es waren keine Banditen. Ich weiß es. In den vielen Jahren seit damals bin ich hundert Spuren gefolgt: Sie verliefen alle im Nichts. Ich bin hundert Wege gegangen: Es waren Irrwege. Und dann, Bogdan, *höre:* Dann

kam ein Mann, der uns endlich, endlich auf die *richtige* Spur brachte – und was tust du? Anstatt auf ihn aufzupassen wie auf deinen Augapfel, lieferst du ihn den Menschen aus, die ihn schon auf dem Wege zu mir ermorden wollten!«
»Sagen dir das auch – deine Knochen?« fragte Bogdan spöttisch.
Der Wojwoda wollte aufbrausen, aber er bezähmte sich. »Meine Knochen, mein Herz, wie du willst ... Sie brauchen keine schriftlichen Beweise, um es zu wissen. Du hast den Jungen seinen Mördern ausgeliefert.«
»Er war – oder ist – ein österreichischer Spion, Großvater, warum willst du das nicht begreifen? Dafür gibt es schriftliche Beweise, Schwarz auf Weiß. Man hätte ihn vor ein Gericht gestellt ...«
»– schuldig gesprochen und umgehend erschossen.« beendete der Wojwoda. »Tote können nicht reden. Aber man wollte es besonders gut machen und aus ihm ein Geständnis herauspressen: Jawohl, ich habe für Österreich und Deutschland spioniert, ich bin ein Spion. Damit man vor aller Welt bezeugen kann: Wir haben nach Recht und Gesetz gehandelt. Sie haben ihn geprügelt – und nicht nur das. Sie kennen sich aus in den Methoden, Menschen Schmerzen zuzufügen, ihnen die Würde zu nehmen. Geht man so mit Menschen um, frage ich dich? Die Türken haben es getan. Doch wir, Montenegriner, nie! Nie, nie, nie! Kämpfe gegen deinen Feind mit jeder Waffe, die du hast, selbst wenn es nur ein Stein ist. Kämpfe mit bloßer Faust, wenn du keine Waffe hast, erwürge ihn, beiße ihm die Kehle durch! Doch nimm ihm nicht seine Würde! Das ist *unser* Gesetz. Danach handelten *wir* seit Menschengedenken. Diese Männer aber, diese Kreaturen des Mannes, der sich selbst zum König ausgerufen und auch damit ein altes Gesetz gebrochen hat – was taten sie? Was taten sie mit diesem Jungen, mit einem *Menschen*?«
»Ich weiß nicht, was sie mit ihm taten. Doch was auch, es war bestimmt nichts Ungesetzliches!«
»Nein, wirklich nicht? Du hättest ihn sehen sollen! Aber sie schafften es nicht. Sie haben ihn nicht gebrochen. Ihm nicht die Würde genommen ... Vielleicht hätten sie's am Ende doch fertiggebracht, wer kann es wissen? Erschossen hätten sie ihn mit oder ohne Geständnis auf jeden Fall, wenn nicht ...« – der Wojwoda strich sich mit einem glucksenden Lachen über den Schnurrbart. »Sie haben

mit dem alten Wojwoda nicht gerechnet. Ich habe ihnen die Suppe versalzen. Habe ich das, Bogdane? Habe ich das?«
»Das hast du. Aber man soll seine Gegner nie unterschätzen, Großvater. Sie schlafen nicht! Auf jegen Fall ist in dieser Sache das letzte Wort noch nicht gesprochen.«
Der Wojwoda stand langsam auf, stützte die Fäuste auf die Tischplatte und beugte sich vor. »Wer sagt das?« zischte er. »Dein König? Oder waren es seine Schergen? Bei Gott! Es ist noch nicht das letzte Wort gesprochen worden! Wir werden noch darüber sprechen! Und vielleicht werden sie etwas zu sagen haben, was auch dich überraschen wird. Es sagen *müssen*! Und dann wird es dir wie Schuppen von den Augen fallen, und du wirst dastehen und dich fragen: Wem habe ich gedient? Wem habe ich vertraut? Für wen war ich sogar bereit, mein Blut zu vergießen? Das wirst du dich fragen, und um dich herum wird Nacht sein.«
»Hast du nicht dasselbe geschworen, Großvater? Zu dienen, zu vertrauen und, wenn es notwendig sein sollte, auch dein Blut zu vergießen?«
Der Wojwoda richtete sich ruckartig auf, und nun war seine Stimme kalt und klar, als er sagte:
»Nicht für diese Menschen. Nicht für diesen König. Für unser Land. Für Montenegro. – So, und jetzt genug davon! Den Brief schreibe ich morgen. Jetzt wollen wir etwas essen.«

Das Abendessen verlief in gedrückter Stimmung. Bogdan erzählte, daß man beim Generalstab in allernächster Zukunft mit einer neuen Offensive vereinter österreichisch-ungarischer und deutscher Kräfte gegen Serbien rechnete. Überdies sprächen die Anzeichen dafür, daß auch die Bulgaren antreten würden um alte Rechnungen mit Serbien zu begleichen. Aus Bosnien berichtete man, daß dort neben den bereits vorhandenen, neu aufgefrischten und wesentlich verstärkten Truppen eine Division aufgestellt und ausgerüstet würde. Die neue, für den Kampf im Gebirge vorgesehene Division sollte im Rahmen der bevorstehenden feindlichen Offensive vermutlich bei Višegrad eingesetzt werden – voraussichtlich mit Stoßrichtung Užice – Čačak – Kraljevo – Kragujevac. »Für diesen Fall erwägt man in Cetinje die Möglichkeit, über Prijepolje, also von Süden her, den feindlichen Kräften in die Flanke zu fallen, das Gros vom Hinterland abzuschneiden und im Raum Užice zu vernichten. Das soll vor allem mit unserer Nordarmee durchgeführt werden. Ich könnte mir vorstellen, daß die geheime Kommandosache, die ich dir persönlich übergeben sollte, damit in Verbindung steht.«

Der Wojwoda, der sich sonst an derlei Gesprächen rege beteiligte und es natürlich auch nie versäumte, seine Meinung beizusteuern – gleichgültig, ob er um sie gebeten wurde oder nicht –, wirkte diesmal zerstreut. Er schien kaum wahrzunehmen, als sich Bogdan nach einem letzten Abschiedssliwowitz verabschiedete. Nachdem dessen Schritte draußen verklungen waren, rief er Bora und befahl ihm, den versiegelten Umschlag aus dem Arbeitszimmer zu holen. Während er das Schreiben las, richtete er sich langsam auf, seine Schultern strafften sich.

»Bora – Bora, komm her!«

Der riesenhafte Diener erschien lautlos wie ein Schatten in der Tür.

»Eben lese ich – ein neues Kommando! Du kannst unsere Sachen packen, morgen reiten wir. Es geht an die Front. Ein neues Kommando! Ich hätte den Brief gleich aufmachen sollen, solange Bogdan noch hier war. Unser allerhöchster Kriegsherr hat sich's doch noch anders überlegt. Oder führt er wieder was im Schilde? Was meinst du, Bora? Steckt was dahinter? Egal! Jetzt geht's endlich wieder gegen die Švabas!«

Tante Alexa mit dem grünen Daumen

Das Oberkommando der serbischen Streitkräfte war in Kragujevac im »Herzen Šumadijas« stationiert, der Stadt, in deren Umgebung das Internierungslager *Zeleni gaj* lag, aber auch, in der man ein zentrales Militärhospital eingerichtet hatte. Dort arbeitete seit einigen Monaten Rada Bošković. Sie hatte als OP-Schwester vierundzwanzig Stunden lang durchgehend Dienst getan und war todmüde, als sie am Abend des 6. Oktober 1915 nach Hause kam. Tante Alexa holte fürsorglich eine Schüssel mit kaltem Wasser. Rada tauchte die Zehen ein, zuckte vor der eisigen Kälte zurück, überwand sich, stellte die Füße entschlossen in die Schüssel, lehnte sich mit schlaff herabhängenden Armen zurück, schloß die Augen und seufzte: »Nie wieder, nie, nie wieder gehe ich hin, und wenn ich

hingehe, nehme ich einen Stuhl mit, den man an den Operationstisch stellen kann. Einen solchen mit ganz hohen Beinen. Warum hat man sowas bis jetzt noch nicht erfunden? Alles erfindet man, nur einen Stuhl für OP-Schwestern nicht.«
»Und was ist mit den Ärzten?« fragte Tante Alexa.
»Die brauchen keinen Stuhl. Sie wechseln sich immerzu ab. Ich stand und assistierte *vieren* von ihnen. Sie lösen sich ab und jammern trotzdem. Ich darf nicht einmal jammern und mich beklagen. Wo bleibt da die Gerechtigkeit?«
»Die Gerechtigkeit wurde vor langer, langer Zeit vor die Mächtigen zitiert und in das tiefste Verließ geworfen, weil sie sich geweigert hatte, nur ihnen zu dienen. Sie wäre für alle da, sagte sie. Und deshalb schmachtet sie noch immer in ihrem Gefängnis und wird dort wohl für immer und ewig bleiben. Aber jetzt sag, Rada, mein Kind, was möchtest du essen?«
»Nichts. Ich möchte nur schlafen.«
»Du mußt etwas essen! Ich habe dieses und jenes, und dazu machen wir eine Flasche Wein auf.«
»Von dem starken? Tante Alexa, wenn ich nur ein Glas, ein einziges Glas davon trinke, falle ich sofort total betrunken um.«
Rada rieb plätschernd die Füße gegeneinander, spielte mit den Zehen, massierte mit den Fußsohlen abwechselnd die linke, dann die rechte Wade.
»Ach, tut das gut! Einer von diesen Mächtigen, von denen du eben erzählt hast, war bestimmt unser Generalarzt Dr. Nikolić. Er hat die Gerechtigkeit nicht nur in das tiefste Verließ geworden, sondern zerstückelt, verbrannt und die Asche in alle Winde verstreut, damit sie ja nie, nie wieder auftaucht und ihm in seine Personalplanung und Arbeitszuweisung hineinredet. Der mit seinen Lieblingskindern! Wer dazu gehört, dem geht's gut. Ich bin leider nicht darunter. Deshalb muß ich morgen schon wieder in aller Frühe ins Hospital, um ihm zu assistieren. Ein hohes Tier will sich eine Warze . . .« – Rada fuhr plötzlich auf, wie von den eigenen Worten aus dem Halbschlaf gerissen, öffnete die Augen und sagte entrüstet: »Stell dir vor: irgend so ein aufgeblasener Minister oder General oder sowas ähnliches will sich eine Warze entfernen lassen! Eine Warze, Tantchen, eine Warze! Mitten im Krieg eine Warze, während die Soldaten, die dringend operiert werden müßten, auf den Gängen,

Treppenabsätzen, in der Eingangshalle, sogar in der Wäschekammer herumliegen und warten und warten und warten. Eine Warze! Generalarzt Nikolić wird sie ihm höchstpersönlich herausschneiden oder ausbrennen, und ausgerechnet ich muß ihm dabei assistieren!«
»Warum geht er nicht zu Keva? Da wäre er besser bedient.«
»Wer ist Keva?«
»Keva ist eine Hexe und kann Warzen wegsprechen. Ich schwör's: spätestens nach drei Tagen sind sie spurlos verschwunden.«
»Tantchen, wir sind aufgeklärte Menschen, wir wollen von Hexen nichts wissen!«
»Du hast recht.« Tante Alexa schlug am Herd Eier für ein Omelett auf. »Aufgeklärte Menschen lassen sich von Ärzten lieber zu Tode schneiden als von einer Hexe gesundzaubern. So ist das. Willst du den Pfannkuchen mit Erdbeer- oder Aprikosenmarmelade?«
Rada überlegte. »Mit Aprikosenmarmelade. Und was *diese* hochwohlgeborene Warze anbelangt, die morgen behandelt werden soll – ich würde sie mir lieber mitten auf der Nase stehen lassen, bevor ich mich ausgerechnet Dr. Nikolić anvertraute. Selbst dann, wenn sie so groß wäre wie eine Zehn-Dinar-Münze.«
Rada frottierte sich die Füße trocken, zog frische Wollsocken an, schlüpfte in die Hausopanken, band sie um die Knöchel fest, stand auf und streckte sich ausgiebig. »So, Tantchen – jetzt geht's mir besser. Ich hab' einen Bärenhunger!«
Rada war im Frühjahr nach Kragujevac gekommen. Sie war von Podgorica, wo sie in einem Lazarett gearbeitet hatte, in das zentrale serbische Militärhospital abkommandiert worden. Hier sollte sie sich vornehmlich um die wachsende Zahl montenegrinischer Verwundeter kümmern, die man nach Kragujevac gebracht hatte, um sie von Spezialisten behandeln zu lassen. Dabei war es allerdings nicht geblieben. Als Studentin, die in Petersburg Medizin studiert hatte, war sie alsbald in den Operationssaal der zentralen chirurgischen Abteilung geholt worden. Hier war der Mangel an guten Schwestern mit medizinischen Vorkenntnissen am größten und die Arbeit wohl auch am aufreibendsten.
Bei Tante Alexa hatte Rada nur einen Unterschlupf für ein paar Tage gesucht und war schließlich ganz bei ihr geblieben. Alexa Bijelić-Bošović hatte sich in den fünfzehn Jahren, seit sie Montenegro verlassen hatte, nicht sehr verändert. Schon immer großgewach-

sen und mager, war sie nur noch sehniger und knochiger geworden. Ihre einst tiefschwarzen Haare waren von grauen Strähnen durchzogen, und in ihr Gesicht mit den wachsamen Augen, die zuweilen einen unruhig-gehetzten Ausdruck annahmen, hatten sich einige neue Fältchen und Falten gegraben. Mit ihren Ersparnissen und einem Teil des Erbes aus dem Bošković-Vermögen hatte sie am Stadtrand von Kragujevac ein Haus mit etwas Land gekauft. Warum ausgerechnet in Kragujevac, wußte kein Mensch. Wenn man sie danach fragte, antwortete sie ausweichend: »Wie es das Leben mit sich bringt... Es ist halt so gekommen.«
Das rund einen *Lanac** große Stück Land verwandelte sich unter ihren *Händen mit den grünen Daumen* in wenigen Jahren in einen üppigen Garten. Alexa: »Mutter Erde will Früchte tragen, das ist *ihre* Aufgabe. Und *meine,* ihr das zu ermöglichen.«
Sie ermöglichte es der Erde so gut, daß es für den Hausgebrauch schon bald zu viele Früchte wurden. So engagierte sie eine Frau, die sie auf dem Stadtmarkt verkaufte. Weil Alexas Salatköpfe am größten und knackigsten, die Zuckermelonen am süßesten, Paprikaschoten, Tomaten, Gurken, Erbsen, Bohnen, Zwiebeln, Karotten und Rüben aller Art am schönsten, die Küchenkräuter am aromatischsten und die Blumen am farbenprächtigsten waren, blieb sie auf ihrer Ernte nie sitzen. Sie ließ glasüberdachte Frühbeete bauen, ja sogar ein Gewächshaus aufstellen, begann sich mit Obstkulturen zu beschäftigen... Ruhelos wie einst bei ihrem Bruder Wojwoda Lazar Bošković, von früh bis spät auf den Beinen, jetzt ganz hinten im Garten bei den Kürbissen, gleich darauf im Keller, dann im Gewächshaus, jetzt am Salatbeet, dann beim Krauthacken, beim Auspflanzen von Blumenkohl, bei den Rosen, in der Küche beim Einkochen von Marmelade oder *Slatko* oder auch beim Kaffeetrinken – das spätestens alle anderthalb Stunden –, gleich darauf beim Einpacken von Nelken für den Markt... Alexa hier, Alexa dort, Alexa überall. Aber ihre quirlige Geschäftigkeit hatte auch etwas Gehetztes. Sie machte zuweilen den Eindruck einer Frau, die sich mit ihrer Ruhelosigkeit ständig auf der Flucht vor Erinnerungen und vielleicht quälenden Bildern befand, vielleicht aber auch vor den Ge-

* *Lanac*, serb. Flächenmaß, 5755 qm, entspricht dem österreichischen *Joch* oder ca. zwei deutschen *Morgen*.

danken an die verrinnende Zeit und eine unfrohe, rastlose Zukunft. So also eilte sie umher, rauchte dabei eine Zigarette nach der anderen und ließ sie selbst während der Arbeit qualmend aus dem Mundwinkel hängen, das Gesicht verzogen, ein Auge vor dem beißenden Rauch zugekniffen. Das war Tante Alexa, *Gospodja* oder Frau Alexa, oft aber auch nur die *Montenegrinerin* genannt, Alexa, die Gärtnerin, die es mit jedem Bulgaren aufnehmen konnte, was etwas heißen sollte: Denn, wie jedermann weiß – es gibt nirgendwo auf der Welt bessere Gärtner als die Bulgaren.

Während Rada ihren dick mit Aprikosenmarmelade bestrichenen Pfannkuchen aß, schaute ihr Tante Alexa zu, trank türkischen Kaffee und rauchte ihre Zigarette. »Das Kreuz tut mir heute ganz besonders weh«, sagte sie. »Kannst du es mir nachher einreiben?«

Rada nickte. »Du sollst nicht immer gebückt arbeiten.«

»Das sagst du immer. Aber wie soll ich sonst im Garten arbeiten, wenn nicht gebückt?«

»Du sollst überhaupt nicht so viel arbeiten.«

»Da hast du recht. – Heute war der alte Pope da. Er sammelte für seine Kirche und erzählte, daß die Deutschen eine Offensive vorbereiten.«

»Woher weiß ausgerechnet der Pope, daß die Deutschen eine Offensive vorbereiten?«

»Ein Pope hat überall seine Ohren. Er wüßte es von einem Stabsoffizier und dieser wiederum ... Ist ja auch gleichgültig. Stimmt das mit der Offensive?«

»Es könnte stimmen.«

»Und woher weißt *du* es?«

»Dr. Nikolić erzählte, daß wir bald sehr viel mehr Arbeit bekommen würden. Dabei ist er regelrecht in Panik geraten. Er hätte es vom Wojwoda Putnik* persönlich. Putnik habe ihn gefragt, ob man an eine Erweiterung unserer Kapazitäten denken könnte. An eine *wesentliche* Erweiterung. Außerdem müßte ab sofort Personal für zusätzliche Feldlazarette und Verbandsplätze bereitgestellt werden. Das alles sagte der alte Putnik. Allerdings sagte er nicht, *wie* man es schaffen soll.«

»Der Pope erzählte, daß die Deutschen Geschütze besitzen, die

* Chef des serbischen Generalstabes

fünfhundert Kilo schwere Granaten über zehn Kilometer weit schießen können. Oder noch schwerer und noch weiter. Mit einer solchen Granate könnte man auf einmal ein ganzes Dorf bis auf die Grundmauern zerstören. Ist das wahr?«

»Auch das könnte stimmen«, sagte Rada.

»Sie heulen heran, als hätte sich die Hölle aufgetan und alle Teufel und Dämonen losgeschickt, um die Menschen zu vernichten, *Sestro* – Schwester«, hatte ihr ein beinamputierter Soldat erzählt. »Du siehst nichts, keinen Feind, an dem du deinen Zorn auslassen könntest, du hörst nur Heulen und Krachen und siehst Rauch und Staub, doch nichts, wogegen du kämpfen könntest. Wie sollst du auch gegen solche Höllengeschütze kämpfen? Sie schießen zehn, vielleicht zwanzig Kilometer weit, über Berg und Tal, und kein Mensch weiß, wo sie stehen, während sie dir Tod und Verderben bringen. Es heult und kracht, und du denkst, der Himmel stürzt ein. Erde fliegt in die Luft, Steine und Felsen, so hoch wie der höchste Kirchturm und noch höher. Eine solche Granate hat direkt in unseren Graben eingeschlagen, *Sestro,* oh, *sestro moja*! Ein Höllenblitz und Feuer und Menschen und Menschenteile, Arme, Beine, Fleischfetzen, und dort, wo wir das Maschinengewehr eingegraben hatten, ein Loch, so groß, daß ein ganzer Fouragewagen hineingepaßt hätte! Und das Bein von Kaplar – Korporal – Andrija lag hundert Meter weit weg. Andrija Čubrić, das war ein Leuteschinder, wie es keinen zweiten gibt. Gott hab' ihn trotzdem selig. Ich sehe also das Bein daliegen und erkenne sogleich an dem Stiefel, daß es Andrijas Bein ist. Er hatte schöne, neue, zwiefach genähte Stiefel mit Eisenbeschlägen vorn und an den Fersen. Wie oft hat er mir mit diesem Stiefel in den Hintern getreten! – Verzeih mir, wenn ich das offen sage. Er war stolz auf seine Stiefel. Sie waren immer blank geputzt, natürlich nicht von ihm, sondern von uns gemeinen Soldaten. Also, ich sehe das Bein mit dem Stiefel, sehe, es ist Andrijas Bein, und ich denke: Recht geschieht dir, du hättest nicht nach uns treten sollen, das ist die Strafe! Jetzt wirst du nie wieder jemanden in den Hintern treten, wie könntest du das auch ohne Bein? Und weiter denke ich: Man müßte jetzt noch das zweite Bein finden und ihm den schönen, neuen Stiefel ausziehen. Sie sind zu schade, um vergraben zu werden und mit Andrijas Beinen zu vermodern. Vergraben nutzen sie keinem mehr etwas. Sowas denkt man in solchen Augenblicken,

Sestro, alberne Gedanken, sündige Gedanken. Aber man kann nichts gegen sie tun, sie gehen dir einfach durch den Kopf.
Schon will ich das Bein aufheben, aber da heult es wieder, und es schlägt ein und noch einmal und noch einmal, und dann hebt's mich hoch und in die Luft, und dann weiß ich nichts mehr. – Gott strafte mich für meine Gedanken, *Sestro moja!* Als ich wieder aufwache, liege ich irgendwo, und mein Bein ist halb ab und ganz verdreht. Jetzt habt ihr es abgeschnitten. Es ist das gleiche Bein wie das von Andrija, das ich dort habe liegen sehen. Meine Habgier wurde auf der Stelle bestraft. *Er* hat meine Gedanken gelesen und schon hat *Er* eine Granate dorthin gelenkt.
Doch was jetzt, *Sestro?* Was soll ich, ein Bauer, ohne Bein? Wie soll ich über die Felder gehen? Na gut, denke ich, man wird mir ein Holzbein anpassen, man kann auch mit einem Holzbein leben. Der Krieg ist für mich vorbei. *Er* hat es doch auch gut mit mir gemeint, indem er mich für meine sündigen Gedanken bestrafte und mich gleichzeitig von diesem Krieg erlöste. So habe ich am Ende doch gewonnen, *Sestro.* Denn glaube mir, alles ist besser, selbst ein Holzbein, als das höllische Heulen dieser Granaten zu hören und zu warten, wo sie einschlagen.«

»Woran denkst du?« fragte Tante Alexa.
»An einen Soldaten, der mir von diesen Geschützen erzählt hat.«
»Der Allmächtige hat den Deutschen das Können gegeben, solche Geschütze zu bauen und uns damit vor die schwerste Prüfung seit Menschengedenken zu stellen, sagte der Pope.« Alexa drückte ihre Zigarette aus und begann mit flinken Fingern eine neue zu drehen. »Mit seinem Bart, den Blick zum Himmel, und einer Stimme – also, die kann einem durch und durch gehen – sah er tatsächlich aus wie ein Prophet aus dem alten Testament. Nur roch er dafür zu arg nach *Rakija.* Während er für die Kirche sammelt, schlägt er auch weltliche Genüsse nicht aus. Aber ich habe ihm keinen Schnaps gegeben. Ob er mir das übelgenommen hat?«
»Bestimmt. Aber du wirst es verschmerzen, Tantchen.«
»Dafür hat er einen Korb voll Tomaten bekommen. Sie waren fast schon zu reif... Für den alten Säufer sind sie jedenfalls gesünder, und weg mußten sie sowieso...« Tante Alexa zündete die fertig gedrehte Zigarette an und ließ den Rauch durch die Nase ausströ-

men. »Aber jetzt sag', Rada, was passiert, wenn uns die Deutschen mit ihren Geschützen, Maschinengewehren und Aeroplanen tatsächlich überrennen und Serbien besetzen?«
»Das werden sie nicht. Sie haben es voriges Jahr nicht fertiggebracht und werden es auch jetzt nicht schaffen. Außerdem kommen uns bald die Franzosen und Engländer zur Hilfe. Das erzählte jemand von der Regierung unserem Doktor Biljak. Die Verbündeten werden jeden Tag landen und sofort eine Offensive starten. Vielleicht sind sie sogar schon gelandet.«
»Gut. Aber angenommen, die Deutschen schaffen es doch?«
Rada schob den leeren Teller weg. »Ich weiß es nicht, Tantchen. Davon spricht niemand. Es soll Pläne für eine Evakuierung des Hospitals geben. Nur müßte sowas bekanntgegeben, vielleicht sogar geübt werden. Nein, das geht ja gar nicht. Wie soll man ein ganzes Hospital evakuieren?«
»Ich könnte es nicht ertragen, die Deutschen als Eroberer hier zu sehen. Und die Ungarn oder Bulgaren noch weniger.«
Tante Alexa stand auf, holte eine Flasche Wein und zwei Gläser, schenkte zuerst Rada, dann sich selbst ein, hob das Glas prüfend gegen das Licht, nickte zufrieden und trank. Auch Rada nippte an ihrem Glas. Der Wein schmeckte herb, erdig und machte die Zunge ein wenig pelzig.
»1910 war ein guter Jahrgang«, sagte Alexa. »Der Wein von diesem Jahr wird vielleicht noch besser. Es gab genug Regen, um die Trauben prall werden zu lassen, und genug Sonne, um sie zu versüßen. Sollen ihn wirklich unsere Feinde trinken? Ich könnte es nicht ertragen! Lieber, lieber... Na ja, vielleicht soll man sowas gar nicht sagen, aber ich glaube fast, lieber wäre ich tot.«
»Das soll man wirklich nicht sagen, Tante!«
»Vielleicht ist das mein montenegrinisches Blut, das Blut der Familie Bošković... die Boškovićs haben wirklich immer gedacht, *bolje grob negro rob**, es nicht nur so dahingesagt, wie man das meistens tut. Wenn es den Deutschen nun tatsächlich gelingt, Serbien zu besetzen... Was dann, Rada, was dann?«
»Wenn überhaupt, dann bestimmt nicht für lange. Die Verbündeten werden...«

* Lieber Grab als Sklave

»Verlaß dich nie auf die Verbündeten! In der Not fallen sie von dir ab wie Flöhe von einem toten Hund. Die Not kennt keine Freunde. Hilf dir selbst, und Gott wird dir helfen! – Das geht mir schon seit Tagen im Kopf herum, nicht erst seitdem mir der Pope das von der deutschen Offensive und den großen Geschützen erzählt hat. Was sollen wir, dieses kleine, armselige, von zwei gerade überstandenen Kriegen erschöpfte, ausgemergelte, von Hunger und Krankheiten gezeichnete und jetzt in diesen dritten Krieg verstrickte Volk gegen die gewaltige Übermacht der Österreicher, Ungarn, Deutschen und der Bulgaren ausrichten? Auch der Bulgaren, du wirst sehen! Sie werden uns in den Rücken fallen, das weiß jeder. Wie sollen wir armseligen *Raja* gegen all diese Feinde kämpfen? Sie werden von allen Seiten wie tollwütige Hunde über uns herfallen und unser Land zerstückeln. Und dann? Was dann?«
»Vielleicht werden sie es tun, Tante, aber glaub' mir – nicht für lange. Und wenn sie Serbien tatsächlich erobern und besetzen sollten, könntest du ja nach Montenegro gehen.«
»Nach Montenegro?« Alexa starrte Rada mit großen Augen an. »Meinst du das ernst, nach Montenegro?«
»Auf Kameni stup. Selbst wenn sie auch Montenegro besetzen, so tief in die Berge kommen sie nicht. Dorthin sind ja nicht einmal die Türken gekommen, jedenfalls nicht für lange. Was sollen die Deutschen oder Österreicher auf Kameni stup?«
»Ich habe geschworen, dieses Land nie wieder zu betreten, das weißt du!«
»Ich weiß es, Tante Alexa, ich weiß es. Aber jetzt ist Krieg, und das ist etwas ganz anderes.«
»Was soll der Krieg daran geändert haben? Nichts kann diesen Tag und diese Nacht vor sechzehn Jahren auslöschen. Weißt du, daß es heute, ja heute, jetzt, an diesem Abend vor sechzehn Jahren geschehen ist? Zu dieser Stunde! Nein, meine Rada, ich will nie wieder in dieses verfluchte Land, wo Meinungsverschiedenheiten und Machtkämpfe unter Menschen auf *diese* Art ausgetragen werden. Das habe ich geschworen. Ein Kind – ein Kind wurde in der Wiege erschossen. Ich höre noch heute den Schuß, und dieser Schrei...«
»Machtkämpfe? Es waren Arnauten! Banditen! Die Untersuchung hat es doch bestätigt, Tante!«

Alexa begann eine neue Zigarette zu drehen. Ihre Hände zitterten dabei so sehr, daß sie es nur mit Mühe fertigbrachte.
»Banditen? Arnautische Banditen?« sprach sie verächtlich. »*Šiptaren?* Dieser große, maskierte Mann mit dem Siegelring und den blank gewienerten Stiefeln – ein *Šiptar*? Ich bitte dich! Selbst wenn es die anderen gewesen wären – *er* war es nicht! Warum sprach er kein Wort? Warum sagte er nichts? In einer solchen Situation wäre es doch einfacher gewesen, Befehle zu rufen, als sie durch Gesten zu erteilen! War er stumm? Konnte er nicht albanisch? Fürchtete er, daß jemand seine Stimme erkannte? Er stand da, hielt sich im Hintergrund, groß und dunkel, mit einem schwarzen Tuch vor dem Gesicht, ein Schatten, furchtbar anzuschauen, stumm. Dann hob er die Hand, sie kam ins Licht – ich werde diese Hand nie vergessen, Rada, nie! Ich sehe sie so deutlich vor mir wie auf einer Photographie. Ich kann sie ganz genau beschreiben! Der Ringfinger fehlte, und am Mittelfinger trug er einen schweren, goldenen Siegelring. Ein arnautischer Bandit? Nie! er hob die Hand, der Ring glänzte golden, und blutrot leuchtete darauf ein großer Stein. Ich würde den Mann, die Hand und den Ring unter tausend anderen erkennen. Vielleicht erkannte ihn Milovan an dieser Hand? Erinnerst du dich nicht? Weißt du nicht, was dein Vater rief, kurz bevor die Schießerei begann? Wir haben es durch die Türe gehört, erinnerst du dich? Sag Rada, sag!«
»Ich will mich nicht erinnern, und du sollst nicht immer wieder davon anfangen!« schrie Rada unbeherrscht.
»*Ich kenne dich!* rief er. Und weiter: *Vater, ich weiß jetzt* . . . Dann fiel der Schuß. Alle schrien, es war schrecklich, wie sie schrien! Aber ich habe trotzdem einen gehört. *Wann stirbt er – stirb endlich!* brüllte er, und es war *nicht* albanisch! Es war serbisch, Rada. Montenegrinisches Serbisch. Ich irre mich nicht!«
Alexa drückte ihre erst angerauchte Zigarette aus, drehte sogleich eine neue, zündete sie an und ging an den Herd, um eine *Djesva* mit frischem Kaffee aufzusetzen. Die brennende Zigarette im Mundwinkel, sprach sie dabei weiter: »Nein, ich irre mich ganz bestimmt nicht. Vielleicht erinnerst du dich, daß ich damals für drei oder vier Tage verschwunden bin. Ich bin im Wald herumgelaufen, schlief unter Bäumen, in einer Höhle – an die Höhle erinnere ich mich noch am besten. Und ich habe es immer wieder erlebt! Immer diese

Männer, wie sie hereinstürzten, dann die Schritte ihres vermummten Anführers, wie er dastand, und alles, was nachher geschah. Ich habe immer dasselbe gesehen, verstehst du? Wie in einem Film. Du kannst einen Film tausendmal anschauen, er ist immer gleich. Ich bin herumgelaufen, wollte nicht mehr nach Hause. Ich brachte es einfach nicht über mich, dieses schreckliche Haus zu betreten. Später habe ich es dann doch tun müssen. Aber erst viel später, als ich schon in Kragujevac war, fiel mir ein, was ich nach meiner Rückkehr ins Haus gesehen, aber nicht richtig wahrgenommen habe.«
Alexa kam zurück an den Tisch, setzte sich wieder an ihren Platz. Sie hatte sich beruhigt, wirkte beherrscht und konzentriert.
»Banditen hätten alles mitgenommen, was nicht niet- und nagelfest war. Meinst du nicht auch? Banditen wären gekommen, um *Beute* zu machen, nicht um zu morden. Diese Männer aber haben nur Pferde und etwas Silber geraubt. Sie haben uns Frauen nicht einmal unseren Schmuck genommen, obwohl wir ihn sichtbar trugen. Wir alle hatten ihn für diesen Tag angelegt. Aber sie schlossen uns in die Kammer ein und nahmen uns nichts weg. Sie machten keine Beute. Hätten Räuber, Banditen so gehandelt? Nein! Wenn sie überhaupt etwas mitgenommen haben, dann nur, um den Anschein zu erwekken, daß es sich um einen Raubüberfall gehandelt hat. In Wahrheit sind sie gekommen, um die Bošković-Männer zu töten. Das war ihre Aufgabe, sonst nichts. Und Pferde haben sie deshalb mitgenommen, damit wir niemanden zu früh alarmieren konnten. So war es. Ich weiß es so genau, wie man nur etwas wissen kann!«
In der Djesva begann der Kaffee zu summen. Alexa stand auf, ging zum Herd, wartete, bis der Kaffee aufkochte, hob die Djesva etwas an, blies hinein, setzte sie wieder auf und wiederholte das dreimal. Dann goß sie ein paar Tropfen kaltes Wasser dazu und brachte den Kaffee an den Tisch.
»So, das ist heute der letzte – und eine letzte Zigarette. Trinkst du auch ein bißchen? Oder lieber noch ein Gläschen Wein?«

Nachts wurde Rada von einem langgezogenen Schrei des Entsetzens geweckt, der nach und nach in ein schmerzliches Wimmern und Schluchzen überging. Sie hoffte, es würde verstummen, versuchte es zu überhören und sich an den Traum zu erinnern, aus dem sie aufgewacht war: Miškos Almweide hoch über Kameni stup – Stefan und sie suchten nach einem verlorenen Schaf, und die Hündin Ajka begleitete sie. Hatten sie es gefunden? Sie gingen Hand in Hand in eine unterirdische Höhle – zwängten sich durch einen engen Durchgang, sein Gesicht beugte sich über sie – doch die Bilder des Traumes entglitten ihr, Stefans Gesicht verblaßte, und das wimmernde Schluchzen aus Tante Alexas Schlafkammer wollte kein Ende nehmen. So stand Rada schließlich auf und tappte in der Dunkelheit schräg über den Gang dorthin.

»Tante Alexa, hörst du? Träumst du wieder schlecht?«

Aus dem Bett in der Ecke kam keine Antwort. Rada zündete die bereitgestellte Kerze auf dem Tischchen an der Türe an, setzte sich zu Alexa auf den Bettrand und legte die Hand auf ihre Stirn. Sie war schweißnaß, die Luft im Zimmer war stickig, roch säuerlich, und Rada machte eine Bewegung zum Fenster hin, um es zu öffnen. Doch Tante Alexa umklammerte ihr Handgelenk, ihr Wimmern verstummte, ihre jetzt offenen Augen glitzerten fiebrig im Kerzenlicht.

»Du hast recht, Rada«, flüsterte sie. »Ich hätte damit nicht wieder anfangen sollen. Ich sage mir das immer, ich will es auch nicht, aber ich muß es, ich *muß* es einfach, es ist stärker als ich. Vielleicht hoffe ich, daß die Bilder nicht kommen, wenn ich über sie *spreche*. Aber manchmal kommen sie doch, so wie vorhin ... Oh Rada, meine Rada ...«

Über Alexas Wangen liefen Tränen. Rada holte aus der Schublade des Nachtkästchens ein Tuch, tupfte der Tante die Tränen und die schweißnasse Stirn ab.

»Wenn die Deutschen kommen – ich kann nicht weg, verstehst du, Rada? Ich bin einmal davongelaufen, jetzt geht es nicht mehr. Damals habe ich es nur einen Tag lang im Haus an der Tara ausgehalten, nachdem ich aus dem Wald gekommen bin. Erinnerst du dich? Dann bin ich nach Pljevlja geritten und weiter nach Serbien, nur weg, weg, dachte ich, weg aus diesem Land der Mörder. Von Užice fuhr ich nach Čačak und nach Kraljevo und Kruševac, dann nach Süden, Niš und Leskovac ... Ach, ich weiß nicht, wohin überall, von Ort zu Ort. Dann kam ich nach Kragujevac und bin eines Morgens plötzlich in meinem Hotelzimmer aufgewacht, ich meine *richtig* aufgewacht, und ich sagte mir: Was tust du? Wohin willst du eigentlich? Es hat doch keinen Sinn, ziellos herumzuirren, davonzulaufen. Das kannst du nicht. In Kragujevac war ich früher schon öfter, es hat mir immer gut gefallen ... So bin ich hier geblieben. Hier, sagte ich mir, mußt du ein neues Leben beginnen, hier wirst du es vergessen – nein, nicht vergessen, aber überwinden können. Doch es geht nicht. Es geht nicht! Die Toten! Dieser schreckliche Mann und seine Hand. Die Schritte auf der Treppe. Der Schuß. Das Kind. Das kleine Kind in der Wiege, und der Schrei deiner Mutter... Es ist vielleicht wegen des Kindes, daß es mich so verfolgt... Ich wollte früher auch Kinder haben – und der Schrei, der Schrei...«

Draußen dämmerte bereits der neue Tag, als Rada zurück in ihr Zimmer ging und in das kalt gewordene Bett schlüpfte. Nur noch ein bißchen Schlaf, dachte sie müde und frierend unter der kalten Decke, wie ausgehöhlt nach dieser Nacht der Erinnerungen, Träume, Schatten. Nur noch ein Stündchen, bevor ich wieder aufstehen muß – wegen dem Minister oder General mit seiner Warze, nur noch ein Stündchen...
Sie schlief fast augenblicklich ein.

Unter einem günstigen Stern

Während in der Nacht vom 6. auf den 7. Oktober 1915 die Kämpfe in den sumpfigen Save-Niederungen westlich von Belgrad und in Belgrad selbst bereits in voller Stärke entbrannt waren, herrschte im Frontabschnitt gegenüber Ram, dem Hauptquartier des Feldmarschalls von Mackensen, noch trügerische Ruhe.
Dieser stand kurz vor fünf Uhr früh auf, rasierte sich mit der gleichen bedächtigen Sorgfalt wie jeden Morgen, zog sich fertig an, frühstückte ausgiebig und mit gutem Appetit. Ein schwerer, hektischer Tag stand ihm bevor. Man konnte nicht sagen, wann und ob man überhaupt in den nächsten vierundzwanzig Stunden zum Essen kommen würde. Heftige Windböen peitschten Regenschauer gegen die Fenster des Sonderzuges. Die fahle Morgendämmerung wurde von den ständig aufzuckenden Blitzen der Abschüsse erhellt. Das Artilleriefeuer hatte die ganze Nacht angedauert und sich gegen Morgen so gesteigert, daß die einzelnen Abschüsse und die Ein-

schläge drüben auf dem serbischen Ufer kaum mehr zu unterscheiden waren.
Nach dem Frühstück begab sich Mackensen in den Kartenraum des Sonderzuges. Dort erwarteten ihn bereits die Offiziere seines Stabes. Anders als der Feldmarschall, der ruhig und gelassen wirkte, konnten die meisten von ihnen die steigende Erregung kaum verbergen. Wie stets vor großen Ereignissen lag hinter ihnen wohl eine unruhige Nacht, in der sie kaum Schlaf gefunden hatten.
Die eingegangenen Meldungen über die begonnenen Angriffskämpfe seien noch spärlich, meldete der Nachrichtenoffizier, Major Friedrich von Prettwitz. »Soweit bis jetzt bekannt, verläuft alles nach Plan. Unsere Truppen konnten im Westen bei Boljevci und Progar über die Save setzen und befinden sich auf dem Vormarsch nach Zabrežje. In Belgrad wurde in der Unterstadt ein Brückenkopf gebildet. Die Kämpfe sind schwer und verlustreich. Bei Semendria wird zur Stunde die der Festung gegenüberliegende Insel besetzt. Der Zeitplan konnte überall eingehalten werden.«
»Etwas Neues aus Saloniki?«
»Nach den letzten Meldungen setzen die feindlichen Truppen die Ausschiffung routinemäßig fort. Zur Zeit dürften etwa zwei bis drei vollständige Bataillone an Land gegangen sein.«
Der Feldmarschall nickte. »Leider werden es jeden Tag mehr... Reiten wir also los, meine Herren!«

Kurz vor sechs Uhr zwanzig erreichte der Oberbefehlshaber mit Begleitung die Hügelkuppe, von der aus er den Donauübergang seiner Truppen beobachten wollte. Der Regen hatte nachgelassen, doch die *Košava* blies eher noch heftiger als am gestrigen Nachmittag. Der stürmische Wind zerrte an den Mützen und Mänteln der Offiziere, rauschte in den Bäumen, fegte über die Donau, so daß die aufgewühlten Wellen weiße Schaumkronen zeigten.
Sechs Uhr zwanzig.
Ob man drüben endlich gemerkt hatte, was hier vor sich ging?
Die Serben waren gute Soldaten, und sie wurden ausgezeichnet geführt. Das hatten die Österreicher vor Jahr und Tag erfahren müssen, als ihnen eine der schlimmsten Niederlagen ihrer Geschichte mit kaum faßlichen Verlusten beigebracht worden war – beigebracht von weit unterlegenen serbischen Kräften. So wie da-

mals würden sie auch diesmal den Angreifern zähen Widerstand entgegensetzen, möglicherweise da und dort lokale Vorteile erringen, vielleicht sogar Belgrad erfolgreich verteidigen. Das hatte indes nichts zu bedeuten. Der Kampf um Serbien und damit um die ganze Balkan-Halbinsel würde nicht an der Drina, Save oder bei Belgrad entschieden werden, und auch nicht bei Semendria, wo die Serben vermutlich den Hauptstoß der deutschen 11. Armee erwarteten. Das waren nur Ablenkungsmanöver für das eigentliche Geschehen. Dieses würde hier stattfinden, zwischen Dubovac und Bazies auf dem diesseitigen Donauufer, gegenüber Ram auf dem anderen. Wenn der Übergang der 11. Armee mit der 103. Infanterie-Division als Stoßspitze *hier* mißlingen oder sich stark verzögern sollte, geriet der Feldzug in Gefahr.
Mißlingen?
Diese Möglichkeit wurde vom Feldmarschall auch nicht einen Augenblick in Erwägung gezogen. Jede Aktion forderte eine Gegenaktion heraus, jede Maßnahme eine Gegenmaßnahme, Druck erzeugte Gegendruck. Darauf kam es an: Die eigenen Kräfte mußten so stark sein, daß der Druck, den sie erzeugten, den Gegendruck der feindlichen Kräfte zerbrach und die Gegenwehr zunichte machte. Hier waren sie es. Abgesehen davon – die Sterne des Feldmarschalls standen gut. In seinem Horoskop war für die Zeit nach dem Monatsanfang eine steigende Tendenz verzeichnet. Ob man an die Sterne und den Einfluß ihrer Konstellation auf das menschliche Schicksal glaubte oder nicht glaubte, tat nichts zur Sache; es beruhigte jedenfalls, wenn man die Gewißheit hatte, daß einem selbst die Sterne zur Seite standen.
Die begonnene Landung alliierter Truppen in Saloniki hatte die Gesamtlage freilich entscheidend verändert. Jetzt ging es nicht allein darum, Serbien und Montenegro nach und nach zu besetzen und deren Armeen auszuschalten. Jetzt mußte vor allem schnell gehandelt werden, bevor es den Alliierten gelang, den bedrängten Serben zu Hilfe zu kommen. Wie so oft in der Kriegsgeschichte der Völker, spielte auch diesmal der Zeitfaktor eine entscheidende Rolle. Die eine Partei mußte Zeit gewinnen, die andere durfte keine Zeit verlieren. Hier waren es die Serben, für die jeder gewonnene Tag wichtig war, und die Deutschen, die unter Zeitdruck standen und keinen Tag verlieren durften. Wer den

Wettlauf mit der Zeit gewann, der würde auch den Feldzug gewinnen.
Sechs Uhr dreißig.
Das Artilleriefeuer steigerte sich schlagartig zu einem heulenden, krachenden, von grellen Blitzen durchzuckten Furioso. Abschuß auf Abschuß aus Hunderten von Rohren erfolgte. Die einzelnen hochaufspritzenden Säulen der Einschläge auf dem anderen Ufer vereinigten sich zu einer dunklen, höher und höher gegen den Himmel wachsenden Wand aus Rauch und Staub, in die immer wieder neue Blitze einschlugen. Dahinter verschwanden die Stadt Ram und die Zitadelle. Diesseits setzte sich im grauen Licht des angebrochenen Tages eine Armada aus Pontons, Motorbooten, Lastkähnen und Fähren in Bewegung. Im stürmischen Gegenwind und in dem aufgewühlten, hohe Wellen schlagenden Wasser kam sie nur langsam voran.
Vom serbischen Ufer erfolgte außer vereinzelten Gewehrschüssen keine Gegenwehr. Das Wirkungsfeuer der schweren Artillerie hatte seine Schuldigkeit getan. Als die ersten Pontons die Flußmitte erreichten, blühten über ihnen kleine Schrapnellwölkchen auf. Doch auch sie blieben selten und behinderten das Übersetzen auf das serbische Ufer kaum.
Die Pontons berührten jetzt das Land. Winzige Gestalten sprangen heraus und verschwanden im dichten Uferbewuchs. Zwei, drei Pontons drehten sich in der Strömung, wurden abgetrieben. In eine aus mehreren Booten zusammengekoppelte Fähre schlug eine Granate ein, eine dunkle Rauchwolke stieg auf. Die Fähre setzte scheinbar unversehrt ihre Fahrt fort, berührte das Ufer, trieb stromabwärts, rammte einige Pontons, drehte sich, Soldaten sprangen ab, viele von ihnen erreichten das rettende Land nicht, verschwanden unter der nächsten Woge anlandender Pontons.
Die ersten Infanteristen tauchten aus dem Ufergebüsch auf, gingen in einer weit auseinandergezogenen Schützenkette vor, verschwanden in einer kleinen Waldung. Eine zweite, längere Schützenkette folgte. Nun schwärmten auch weiter stromabwärts die gelandeten Soldaten aus, tauchten in einem Maisfeld unter, kamen wieder zum Vorschein, liefen über eine Wiese. Einige von ihnen blieben darauf reglos liegen.
Das deutsche Artilleriefeuer wurde weiter landeinwärts vorverlegt.

Hinter der Mauer aus Staub und Rauch konnte man nach und nach wieder die Umrisse der Stadt Ram und die Zitadelle erkennen – oder vielmehr das, was davon übriggeblieben war: brennende Ruinen. Diesseits begann man die ersten Feldkanonen und leichten Haubitzen auf je zwei zusammengekoppelte Pontons zu verladen. Feldmarschall von Mackensen steckte sein Fernglas in das Futteral und wandte sich zum Gehen.

»So, meine Herren. Es ging einfacher und schneller als erwartet. Reiten wir zurück. Wir werden bald eine Menge zu tun bekommen.«

11. Kapitel

Trommeln romdidom rings prasseln,
Die Trompeten schmettern drein,
Rosse wiehern, Wagen rasseln,
Ach, nun bricht der Feind herein.

C. Brentano

Zeleni gaj

Aus den tief hängenden Wolken nieselte ein steter, kalter Landregen. Mit der Gleichmäßigkeit eines Uhrwerks trieb Stefan den langen Bohrmeißel in die Felswand, um das Loch für die nachfolgende Sprengung vorzubereiten. Plink – plink – plink klang der Hammer auf den Stahl, seit Stunden, Tagen, Wochen. Der Hammer war schwer, aber er spürte sein Gewicht kaum. Die Arbeit im Steinbruch hatte seine Muskeln und Sehnen gekräftigt, ihnen neue Spannkraft gegeben, sie für die Anstrengungen vorbereitet, denen sie schon bald ausgesetzt sein würden. Etwas Sorgen bereitete ihm nur noch das rechte Bein. Aber auch dessen Zustand hatte sich entschieden gebessert, seit er sich im Lager *Zeleni gaj* befand.

Vor einigen Tagen hatte Stefan zum erstenmal das Gefühl, daß etwas Neues auf ihn zukommen würde, daß etwas geschehen sollte. Seitdem war es immer stärker geworden. Die Zeit der Ratlosigkeit, Untätigkeit, des Mit-sich-geschehen-lassens ging vorbei, obwohl nach außen hin alles beim alten blieb. Dieses Gefühl hing nicht mit der Kunde und den spärlichen Nachrichten über eine neue Großoffensive gegen Serbien zusammen, an der starke deutsche und neuerdings auch bulgarische Streitkräfte beteiligt sein sollten. Es hatte sich bereits zuvor eingestellt. Seither wurden wieder Erinnerungen wach, die er zu verdrängen versucht hatte und überwunden glaubte, versuchten ihn aus der Lethargie der vergangenen Monate wachzurütteln, ihn auf die kommenden Tage vorzubereiten.

An dem Bohrloch rechts von ihm arbeitete Jonas – Jonas, der mit Hammer und Meißel trotz wochenlanger Übung so ungeschickt umging wie selten einer, und der jetzt nach einem unterdrückten Aufschrei seinen blutenden Daumen anstarrte und sprach:

»Hat dich ein Schmerz ergriffen, o Mensch, so bedenke: du überwindest ihn nicht, indem du dich von ihm abwendest. Sieh ihm fest ins Auge! – Ich sehe dir ins Auge, Schmerz und spreche: Schmerz ist der große Lehrer der Menschen. Unter seinem Hauche entfalten sich die Seelen.«
Er wandte den Blick seiner traurigen Augen von dem verletzten Daumen und sah Stefan an. »Wenn es danach ginge – wie gelehrt, wie klug müßte ich sein, wie entfaltet meine Seele!« Er steckte den Daumen in den Mund, lutschte daran, während er zugleich aus dem Mundwinkel sprach: »Diese Dame, die Ebner-Eschenbach Marie, die das sagte, hat nie mit Hammer und Meißel in einem Steinbruch gearbeitet.«
Er war schon ein merkwürdiger Mann, dieser Jonas! Stefan erinnerte sich noch genau an den Abend im Spätwinter, als ihn ein Wachsoldat wortlos in den Aufenthaltsraum des Lagers geschoben hatte. Jonas war an der Türe stehen geblieben und hatte sich gelassen umgesehen, als wollte er die neue Umgebung genau prüfen, bevor er den ersten Schritt tat. Dabei hatte er nicht die geringste Spur jener Verlegenheit gezeigt, die Neuankömmlingen meist zu schaffen machte. So also hatte er an der Tür gestanden, lang, schlaksig, mit einem melancholischen Pferdegesicht und großen, traurigen Augen.
»Guten Abend, meine Herren«, hatte er schließlich gesagt. »Ich bin Jonas.«
Major Höneß war aufgestanden und ihm zwei Schritte entgegengegangen, um ihn zu begrüßen. Er war ein energischer, rühriger Mann, der seine Funktion als Lagersprecher überaus ernst nahm.
»Jonas – Herr Jonas – und weiter?«
»Nur Jonas, nichts weiter.«
»Also gut, Herr Jonas. Und woher kommen Sie?«
»Von da und dort – nach hierher. Wie es das Leben so mit sich bringt . . .«
Mehr hatte man aus ihm nicht herausbekommen, mehr hatte er auch Stefan nicht erzählt, mit dem er sich nach und nach anfreundete. Doch bei einem Mann wie Jonas schien das auch nicht wichtig. Er war einfach da: Jonas, der Witzbold; Jonas, der Philosoph; Jonas, der Spötter; Jonas, der Weise; Jonas, der Einfältige; Jonas mal so und mal so und mal wieder ganz anders; Jonas, der Mann mit

dem melancholischen Gesicht und den feuchttraurigen Augen, traurig auch dann, wenn er aus einem schier unerschöpflichen Vorrat an schrullig-witzigen Geschichten erzählte. Und schließlich Jonas, der Mann mit zwei linken Händen, der sich bei der Arbeit mit Hammer und Meißel – wie eben – immer wieder den Daumen blau und blutig schlug.

»Ich frage mich, Stefan, warum Sie immer nur den Meißel treffen und ich so oft den Daumen«, seufzte er anklagend. Regenwasser lief ihm über das Gesicht, tropfte von der langen Nase, die Arbeitsjacke klebte klatschnaß an seinen knochigen Schultern.

»Ich ziele: Kimme, Korn, Schlag«, sagte Stefan.

»Das tu ich doch auch, immer!«

»Der eine trifft, der andere . . .« Stefan schwieg abrupt. Schräg über Jonas, auf dem Rande des senkrechten Abbruches, stand ein Mann und blickte auf sie herunter. Er trug eine karierte Jacke englischen Zuschnitts und einen steifen, schwarzen Homburg. Stefan erkannte ihn sofort. Das blasse, stoppelbärtige Gesicht mit den farblosen Augen, die ungewöhnliche Kleidung, die in sich ruhende und doch wie sprungbereite Haltung versetzten ihn von einem Augenblick zum anderen in die Zeit, da er diesen Mann an der Gartenpforte vor Stamenas Haus in der karstigen Öde der *Katunska Najia* zum erstenmal gesehen hatte. Danach war ihm der Mann nach Cetinje gefolgt, von dort nach Podgorica, er hatte im Han an der Tara nachts den Handjija Stevo geweckt und sich nach ihm erkundigt. Nun stand er kaum zwei Dutzend Meter entfernt am Rande der senkrecht abfallenden Felswand, blickte ihn mit seinen leeren Augen an – und mit ihm kam schlagartig auch die Erinnerung an den Ritt durch Montenegro zu Wojwoda Bošković, der mit Schüssen vor dessen Bergkastell Kameni stup geendet hatte.

Jonas sah Stefan fragend an, folgte dann seinem Blick. Doch die Stelle, wo eben noch der Mann mit der karierten Jacke und dem Homburg gestanden hatte, war leer. Der Mann war verschwunden.

Sie gehörten dem Kontingent an, das vom *Internierungslager für feindliche Ausländer, Zeleni gaj* (dies war die offizielle Bezeichnung für das Lager, wohin man Stefan vor einem Jahr gebracht hatte) für die Arbeiten in einem nahe gelegenen Steinbruch gestellt werden mußte. Der Bedarf an Straßenschotter war groß, es wurde in Tag-

und Nachtschichten gearbeitet. Den Schotter brauchte man fast ausschließlich für die Ausbesserungsarbeiten an den Straßen zur und von der Front, die durch die kriegsbedingten schweren Transporte und das andauernd schlechte Wetter in einem erbärmlichen Zustand waren. Außer dem relativ kleinen Kontingent aus dem Lager Zeleni gaj wurden in dem Steinbruch vornehmlich Kriegsgefangene eingesetzt – ein buntes Völkergemisch aus der gesamten Donaumonarchie. Die meisten von ihnen waren Slawen: Polen, Tschechen, Slowaken, Slowenen, Kroaten, Bosniaken, Dalmatiner. Sie konnten sich mit den Wachmannschaften in deren Sprache verständigen, das Verhältnis war gut, sozusagen »wie unter Brüdern«. Entsprechend locker gehandhabt wurde auch die Bewachung. Weshalb sollte man auch fliehen? Vorausgesetzt, es gelang tatsächlich einem, sich durch Serbien durchzuschlagen und auch noch die Front zu überwinden – was erwartete ihn zu Hause? Bestenfalls ein kurzer Urlaub, danach aber ein neuerlicher Einsatz an der Front, in Rußland oder gegen Italien, wo die Grabenkämpfe besonders hart und verlustreich sein sollten, mit der Wahrscheinlichkeit, getötet oder, wenn man Glück hatte, verwundet zu werden. Da war es schon ratsamer, hier Steine zu brechen, auch wenn die Arbeit schwer, die Verpflegung eintönig (Brot, Kraut, Rüben, Kartoffeln, Zwiebeln, hin und wieder etwas Schweinefleisch – ein Problem für die bosnischen Muslims!) und die Läuse eine nicht auszurottende Plage waren.

Und doch gab es auch unter den Kriegsgefangenen und Internierten im Lager Zeleni gaj Männer, die an Flucht dachten und Fluchtpläne schmiedeten, wie immer und überall dort, wo Menschen hinter Mauern, Gittern und Stacheldrahtzäunen festgehalten und in ihrer Freiheit eingeschränkt werden. Sie träumten davon, unter einem weiten, freien Himmel zu gehen, wohin sie wollten, zu tun, wonach ihnen der Sinn stand, frei zu sein in ihren Entscheidungen. Ob am Ziel ihrer Flucht die erträumte Freiheit auf sie wartete, danach fragten sie nicht. Denn der Traum von der Freiheit ist wie der Traum vom Glück: Beide erwarten einen hinter dem nächsten Horizont, man läuft ihnen nach, von Horizont zu Horizont, immer weiter und weiter, Glück und Freiheit als Ziel, die Hoffnung als Weg – Männer wie Stefan und Jonas.

Während des Mittagessens war Stefan diesmal noch schweigsamer

als sonst. Sie saßen vor Regen geschützt an roh gezimmerten Tischen unter einem Freidach, löffelten ihre Rübensuppe und kauten an dem alten, säuerlich schmeckenden Kommißbrot – ein Essen, das Dr. Steinfuß, während er unlustig in seinem Blechnapf herumstocherte, die Verse entlockte:
»Hunger ist der beste Koch – Dieses mangelt ihm nur noch – Daß er, wie sonst andre Sachen – Sich nicht selbst kann schmackhaft machen. – Von wem ist das?«
»Conrad Ferdinand Steinfuß«, sagte Jonas.
»Friedrich von Logau, Sie Witzbold«, sagte Dr. Steinfuß. Als ehemaliger Lehrer am deutschen Lyzeum in Belgrad war er außerordentlich stolz auf seine umfassende literarische Bildung und diese tat er auch bei jeder sich bietenden Gelegenheit kund. »Doch nun etwas ganz anderes, meine Herren«, sprach er mit gesenkter Stimme und einem vorsichtigen Blick zu den anderen Tischen, an denen vornehmlich Kriegsgefangene saßen, als fürchte er unberufene Lauscher. »Wir werden nicht mehr lange auf den Hunger als Koch angewiesen bleiben. Eben habe ich erfahren, daß unsere Truppen Mladenovac genommen haben und bereits vor Arandjelovac und Lazarevac stehen.«
»Von wem haben sie's erfahren?«
»Man hat so seine Quellen. Es kann nur noch wenige Tage dauern, bis sie hier sind und uns befreit haben.«
»Wenn uns die Serben nicht zuvor in ein anderes Lager bringen. Im allgemeinen verfährt man so mit Internierten oder Kriegsgefangenen,« sagte Ritter von Stracks, ehemaliger Diplomat an der deutschen Botschaft in Belgrad. Er war gleichsam ein Opfer seiner Jagdleidenschaft geworden: Kurz vor Kriegsausbruch war er zur Hatz auf einen Schafe und Rinder schlagenden Bären in die Bergwälder Ostserbiens aufgebrochen. Während der Bärenjagd von allen Nachrichtenverbindungen abgeschnitten, hatte er die Evakuierung der Botschaftsangehörigen verpaßt und war daraufhin interniert worden. Zusätzlichen Kummer bereitete ihm der Umstand, daß die Jagd ergebnislos verlaufen und der räuberische Bär nicht erlegt worden war. »Wenn ich wenigstens *diesen* Trost hätte, aber nein, es war alles für die Katz!«
»Sie werden froh sein, wenn sie uns loswerden. Wir sind ja nur unnütze Esser«, meinte ein Dritter.

»Das stimmt. Es heißt, daß man bereits Schwierigkeiten mit der Proviantbeschaffung für das Lager hat. Unter den Wachmannschaften macht sich Unzufriedenheit breit, weil wir angeblich besser versorgt werden und besser essen als sie.«
»Wenn das so ist, wie, zum Teufel, muß dann erst *ihr* Fraß aussehen!«
»An der Proviantbeschaffung liegt es bestimmt nicht, meine Herren«, schaltete sich Dr. Steinfuß wieder ein. »Die Serben würden uns lieber verhungern als freiwillig gehen lassen. Das Problem stellt sich anders. Wohin sollen sie uns bringen? Wo ein neues Lager einrichten? Mit Serbien wird es vorbei sein nach diesem Feldzug. Ein für allemal! Dieser Staat – dieses merkwürdige Gebilde, das von Analphabeten gegründet und von so gut wie Analphabeten regiert wird, hat ausgedient. Er wird aufhören zu bestehen. Es ist höchste Zeit, daß mit diesem ewigen, Serbien genannten Ärgernis Schluß gemacht wird. Wir werden das gesamte Gebiet besetzen, es zunächst verwalten und schließlich eingliedern. Mit *wir* meine ich Österreich-Ungarn.«
»Höchste Zeit, höchste Zeit...« ließ sich Jonas vernehmen. »Wie weit sind unsere Truppen gekommen, Herr Professor? Wie war das vorhin?«
»Arandjelovac und Lazarevac.«
»Wie weit ist denn das noch?«
»Zwischen vierzig und fünfzig Kilometer Luftlinie.«
»Das kann man doch bestimmt in zwei Tagen schaffen«, sagte Ritter von Stracks.
»Aber ja, aber ja, sicher meine Freunde, absolut sicher!« rief Dr. Steinfuß.
»Hurra, hurra!« rief Jonas. »Doch halt! Was dann, wenn man es nicht schafft?«
»Warum nicht? Wie meinen Sie das, Sie Witzbold?« fragte Dr. Steinfuß mit gehobenen Augenbrauen.
»45 Kilometer nach Kragujevac...« Jonas schüttelte traurig den Kopf. »Bis nach Paris waren es auch nur 45 Kilometer, und wir haben es nicht geschafft. Jetzt sind es hundert oder so.«
»Seien Sie doch nicht albern, mein Lieber! Serben sind keine Franzosen und Engländer.«
»Da haben Sie recht, Herr Doktor! Überhaupt, diese Franzosen!

Aus denen wird man nicht schlau. Ich verstehe sie nicht. Warum sträuben sie sich so dagegen? Warum lassen sie uns nicht nach Paris? Stellen Sie sich vor – welch ein Aufschwung für den Fremdenverkehr! Eine halbe oder eine Million Deutsche, vielleicht zwei Millionen, wenn man die Etappendienste mitzählt, ja drei! So viele Soldaten! Alle hungrig – im doppelten Sinne! Die Restaurants und erst recht die Freudenhäuser wären auf Jahre hinaus versorgt. Immer ausgebucht. Dieses Geschäft läßt man sich einfach entgehen. Verstehen sie das? Aber gut, so ist das nun mal. Damit müssen wir uns abfinden, obwohl es schwer fällt. Waren Sie schon mal in Paris, Herr Doktor?«

»Ich hatte leider noch nicht die Gelegenheit...« murmelte Dr. Steinfuß mißtrauisch.

»Wenn Sie einmal hinfahren... Ich gebe Ihnen gern ein paar Adressen. Adressen sind immer wichtig. Also, da gibt es ein Haus der Freuden in der Rue la Margot... Die Mädchen dort, die Freudenspenderinnen... Mein lieber Herr Professor, mein lieber Herr Professor!« Jonas verdrehte die Augen, schnalzte mit der Zunge, schnippte mit den Fingern. »Sie anzusehen – eine reine Freude, allein das! Und dann, Professor, was dann geschieht...« Jonas sprang auf, beugte sich über den Tisch, zog den Kopf des sich heftig sträubenden Dr. Steinfuß an den Ohren zu sich heran und küßte ihn schmatzend auf die Stirn. Die Männer an den benachbarten Tischen blickten herüber und lachten. Jonas aber sprach, lauter jetzt, weiter: »Also, daß man einmal im Leben nach Paris möchte, das verstehe ich. Andererseits will man uns dort überhaupt nicht haben. Man soll sich nie jemandem aufdrängen, hat mein Herr Papa immer gesagt. Man hat seinen Stolz! Die Franzosen wollen uns nicht, sie schießen sogar auf uns – und wir? Wir aber – mit aller Gewalt nach Paris! Wo bleibt da der Stolz, frage ich mich? Dabei ist selbst Paris mit Neapel überhaupt nicht zu vergleichen! Stimmt das, Herr Professor?«

»Lassen Sie mich in Ruhe. Sie sind ja total übergeschnappt!« knurrte Dr. Steinfuß, während er sich mit dem Taschentuch die von Jonas geküßte Stirne rieb.

»Neapel sehen und sterben, sagt man. Sterben, nachdem man einen Blick ins Paradies getan hat – oh, welch ein Tod, wenn schon Tod! Doch Paris sehen *wollen* und dafür totgeschossen werden? Wie

groß, wie übermächtig muß da die Sehnsucht sein! ›Aber immer weiter / Nimmt das Herz den Lauf, / Auf der Himmelsleiter / Steigt die Sehnsucht auf.‹ Über die Himmelsleiter direkt in den Himmel wegen Paris . . . Wieviele waren es bis jetzt, Herr Professor? Gestorben aus Sehnsucht nach Paris . . . Eine Million? Also, die Französinnen sind wahrhaftig nicht zu verachten, hübsch, hübsch, hübsch, ach himmlisch! Aber ihretwegen in den Himmel? Ist es die Liebe? Sie haben recht, Herr Professor, das alles ist sehr kompliziert, schon gar, wenn es um Neapel geht, um Franzosen und Paris. Aber *Kragujevac?* Wie einst nach Paris haben die Unseren noch 45 Kilometer nach Kragujevac zurückzulegen. Wenn Sie *mich* fragen – keinen einzigen Kilometer würde *ich* wegen Kragujevac laufen! Nicht einen Meter! Was soll ich in Kragujevac? Kein einziges gescheites Restaurant, nehme ich an. Zur Zeit gibt es in ganz Serbien nur Rüben zu essen! Von einem Freudenhaus fangen wir erst gar nicht an zu reden! Und was tun die Unseren? Wenn schon nicht Paris, dann Kragujevac! Mit Gewalt nach Kragujevac, ob sie uns dort haben wollen oder nicht! Was, lieber Herr Professor, ist an Kragujevac dran, daß man unbedingt . . . Bleiben Sie doch, bitte erklären Sie's mir!« Jonas schaute die anderen der Reihe nach mit seinen traurigen Augen an. »Jetzt ist er weg«, sagte er kummervoll. »Warum? Ich hätte es doch so gern gewußt! Aber vielleicht können Sie's mir sagen, Stefan? Sie kennen hier Land und Leute . . . Oder Sie, Herr von Stracks?«
»Irgendeiner wird Sie einmal fürchterlich verprügeln, Jonas«, sagte Ritter von Stracks. »Oder Sie gleich erschießen, um Ihnen Ihr loses Mundwerk zu stopfen.«
»Erschießen? Man hat mich schon hundertmal erschossen, tausendmal«, sagte Jonas. »Immer mal wieder. Aber das Mundwerk stopfen? Mir das *Wort* nehmen?«

Bis zum Abend sollten die Sprenglöcher fertig sein, damit am nächsten Morgen in aller Frühe gesprengt werden könnte. Es regnete immer noch. Jonas mußte immer wieder eine Pause zwischen seinen bereits kraftlosen Schlägen einlegen. Seine verletzte linke Hand war geschwollen, die Muskeln der rechten wollten ihn nicht mehr gehorchen, zogen sich immer wieder zu einem schmerzhaften Krampf zusammen. – Wie um sich der Mühsal dieser Fronarbeit zu entziehen, griff er den Faden des mittäglichen Gesprächs wieder auf und begann: »Man kann mich erschießen, verbrennen, ertränken, aufhängen, vierteilen, pfählen, zu Tode peitschen – man kann mich auf tausend und eine Art umbringen, aber das Wort, das ich gesprochen habe, lebt weiter. Am Anfang war das Wort. Das Wort hat die Welt erschaffen. Es gibt nichts stärkeres, nichts mächtigeres als das Wort. Es tötet und erschafft neues Leben. Das Wort selbst ist unsterblich, während alles andere dahingeht. Kennen Sie die Geschichte des Großen Rabbi Hananya, den die Römer öffentlich verbrannt haben, weil er die verbotenen Lehren der Thora verbreitet hatte, Stefan?«

»Nein.«

»Die Römer wickelten den Rabbi in die heiligen Thorarollen, setzten ihn auf den Scheiterhaufen und zündeten diesen an. Die Schüler des Rabbi brachen in lautes Wehklagen aus, doch einer von ihnen fragte: ›Wie geschieht dir, Meister, was siehst du?‹ Da antwortete Rabbi Hananya, und es waren seine letzten Worte: ›Ich sehe, wie das Pergament verbrennt, doch die geschriebenen Buchstaben und Worte verbrennen nicht. Ich sehe sie durch die Luft schweben. Das Feuer kann sie nicht zerstören, sie werden wieder aufgeschrieben, wieder verbrannt, wieder aufgeschrieben, so in alle Ewigkeit.‹«

Jonas ließ Hammer und Meißel sinken, lehnte die Stirn an die Felswand, Regenwasser zeichnete schmutzige Spuren auf sein verstaubtes, müdes Gesicht. »Der Gedanke wird zu Wort, das Wort zur Tat, im Guten wie im Bösen. Das Wort des Rabbi Hananya und das Wort des Herrn Professor Dr. Steinfuß. Mein Wort . . . Werde ich je das richtige Wort finden?«

»He du, was ist los mit dir? Mach weiter!« rief von unten ein Wachsoldat in die Wand, wo Stefan und Jonas arbeiteten.

»Was will er?« fragte Jonas.

»Sie sollen weitermachen.«

»Arbeiten, verstehen? Schnell!« rief der Soldat.

»Sagen Sie ihm, daß ich die Hand nicht mehr hochkriege. Sagen Sie ihm, daß er mich erschießen soll.«

»Ihm ist übel geworden, laß ihn«, rief Stefan auf serbisch nach unten.

»Übel ist ihm? Erzähl das dem Kommandanten, der *mir* in den Hintern tritt, wenn er *ihn* da oben schlafen und nicht Sprenglöcher bohren sieht.«

»Besser hundert Kommandanten-Tritte in den Hintern als eine einzige deutsche Kugel an der Front!«
Der Soldat grinste. »Du magst recht haben, Bruder. Andererseits hat dich der Kommandant noch nie in den Hintern getreten.«
»Ich mach's für ihn weiter, wenn es sein muß. Wir schaffen es schon.«
Der Soldat nickte, brummte etwas vor sich hin, ging.
»Warum hat er mich nicht erschossen?« fragte Jonas.
»Zuerst sollen Sie noch das Loch fertig bohren.«
»Und ich wähnte mich bereits an der Pforte zum Paradies. Statt dessen ein Loch im Felsen. Aber gut, ich mache das Loch fertig.«
Jonas begann wieder zu arbeiten. Ein Schatten flog über sie hinweg. Ein Kolkrabe. Er beschrieb einen Bogen und setzte sich auf den obersten Wipfelast einer Fichte unterhalb des Steinbruches, ohne sich um die aufgeregte Krähenschar zu kümmern, die ihm gefolgt war und die Wipfel der Nachbarbäume besetzte. Der Zweig bog sich unter dem Gewicht des großen, schwarzen Vogels, der ein tiefes, wohlklingendes *koarrk* hören ließ. Stefan lächelte in der Erinnerung an den Raben, er sah –
... Baba Gruša sitzt ihm am offenen Herd gegenüber, dreht zwei Zigarillos und gibt ihm eins davon. Sie rauchen, trinken Kaffee und Travarica, sie streckt den Arm aus, schnippt mit den Fingern, der Rabe flattert heran und setzt sich auf ihre Schulter. Sie krault seinen Kopf und spricht: »Flieg hin, *ptico moja, ptico crna**, über Berg und Tal in weite Ferne, flieg hin zu ihm!« Der Rabe fliegt mit harten Flügelschlägen durch das offene Fenster hinaus. Baba Gruša wirft eine Handvoll Kräuter in die Glut. Hinter dem aufsteigenden Rauch ist sie nur noch undeutlich zu erkennen. »Seit Tagen versuche ich's, es war nicht leicht, dich zu finden, ich bin alt und müde, meine Kräfte lassen nach«, sagt sie. Dann tritt sie durch den Rauch zu ihm, faßt nach seinen Händen und dreht sie um, so daß die Handflächen nach oben zeigen. Mit dem Zeigefinger zeichnet sie das Zeichen der *Alten Bruderschaft* zuerst auf die linke, dann auf die rechte Handfläche. Dabei spricht sie: »Die Mörder sind nahe, zieh' weg, zieh' weg, zieh' weg!« Sie legt ihre Hände flach auf die seinen, sie sind dunkel und klein wie die Hände eines Kindes und fühlen sich warm und

* mein Vogel, schwarzer Vogel

trocken an. Er sieht in ihre riesigen, alterslosen Augen und hört ihre Stimme: »Es sind die Mörder deines Vaters.«
»Jonas...«
»Was gibt's?«
»Es ist so weit, ich muß weg.« Stefan dachte an den Mann in der karierten Jacke. Er spürte das Amulett der Baba Gruša mit dem Zeichen der *Alten Bruderschaft,* an das er sich so gewöhnt hatte, daß er es kaum mehr wahrnahm, jetzt so deutlich, als hätte sich eine kleine, warme Hand auf seine Brust gelegt, Baba Grušas Hand.
»Weg? Wohin?« fragte Jonas.
»Einfach weg von hier. Nach Hause.«
»Wollen Sie nicht warten...«
»Bis die Unseren die 45 Kilometer schaffen? Ich darf keine Zeit verlieren. Baba Gruša sagte es mir.«
Jonas ließ den Hammer sinken. »Baba Gruša? Wer ist Baba Gruša?«
»Eine weise Frau, vielleicht eine Hexe... Sie sitzt in ihrer Hütte in Montenegro, schürt Feuer, verbrennt Kräuter, trinkt Kaffee, raucht Zigarillos, die sie selber dreht und spricht.«
»Und Sie hören, was sie sagt?«
»Gerade erzählten Sie, daß das Wort allmächtig und unsterblich sei, daß es also die Zeit überwindet. Warum nicht auch den Raum?«
»Richtig – warum nicht auch den Raum?« wiederholte Jonas nachdenklich.
Stefan zeigte auf die Fichte unterhalb des Steinbruches. Der Rabe schaukelte im Wind und schien herüberzuäugen. »Sehen Sie ihn? Das könnte Baba Grušas Rabe sein.«
»Ist's der *Gedanke*? Oder die *Erinnerung*?* Brachte *er* Ihnen die Kunde?«
»Schon möglich. Jedenfalls weiß ich's jetzt«, sagte Stefan und begann wieder zu arbeiten. Der Rabe flog auf, verschwand hinter den Baumwipfeln talwärts, verfolgt von der wütend schimpfenden Krähenschar. Unten tauchte wieder der Wachposten auf und schaute zu ihnen herauf.
»Ich habe keine Ahnung, was das alles bedeuten soll und mit wel-

* Jonas spielt damit auf die Raben *Hugin – Gedanke* – und *Munin – Erinnerung* – aus der nordischen Sage an, Gefährten und Boten des germanischen Gottes Odin oder Wotan.

chen dunklen Mächten Sie in Verbindung stehen«, sagte Jonas. »Aber wenn Sie einen Gefährten brauchen, ich komme mit. Wann Sie wollen, wohin Sie wollen.«

»Langsam, viel zu langsam!«

Der vorgesehene Zeitplan konnte nirgends eingehalten werden, Obrenovac, Belgrad, Semendria und Ram waren erobert worden, die Armeen des Feldmarschalls von Mackensen drangen weiter nach Süden vor. Doch anders als in Ostpreußen, Polen, Galizien und Westrußland, wo nach einem geglückten Durchbruch der Front beim Vormarsch Tagesleistungen von zwanzig oder dreißig Kilometern nichts Außergewöhnliches waren, ging es hier nur schrittweise voran. In den ersten achtzehn Tagen des Feldzuges betrug die Gesamtleistung vierzig bis fünfzig, das heißt pro Tag im Durchschnitt noch nicht einmal drei Kilometer! Die Serben nutzten jede Möglichkeit des hügeligen, zum Teil gebirgigen und nur im Tal der Morawa ebenen Geländes zur Verteidigung. Ihre schnell ausgebauten Stellungen waren in der Regel nur unter massivem Einsatz der schweren Artillerie zu überwinden. Diese heranzuführen und in Stellung zu bringen, erwies sich allerdings als äußerst schwierig. Schuld daran waren die Straßen und das anhaltend regnerische Wetter.

Die von Haus aus schlechten, durch Finanznöte wegen der andauernden Kriege arg vernachlässigten Wegverbindungen befanden sich in einem katastrophalen Zustand. Vom ausdauernden Landregen aufgeweicht, die dünne Schotterdecke von Transportkolonnen zerstört, verwandelten sie sich alsbald in grundlose Schlammbänder, die sich durch eine grau verhüllte Landschaft zogen. In dem zähen Lehmboden versanken die Soldaten bis über die Knöchel und die Wagen bis zu den Achsen. Die Schlammsuppe lief in die Stiefel und bildete an den Händen und im Gesicht stinkende Krusten, in die der Regen schmutzige Spuren zog. Die verdreckten, vom Regenwasser vollgesogenen Mäntel wurden bleischwer, und es gab kaum eine Gelegenheit, sie zu trocknen und die durchfrorenen Glieder aufzuwärmen. Nachschubwagen mit Verpflegung, Ausrüstung und Munition quälten sich bergauf und bergab durch den zähen Schlammteig,

blieben oft genug stunden- oder tagelang in irgendeinem Schlammloch stecken.
Über diesen mühsamen Vormarsch schrieb Friedrich von Prettwitz in einem seiner Briefe nach Hause:

»... Eigentlich gibt es in Serbien nur drei brauchbare Straßen. Auf ihnen ergießt sich der ganze Strom des Nachschubs zu den Truppen und des Abschubs nach rückwärts. Pferdekolonnen, Kraftwagen, Verwundeten- und Gefangenentransporte, Ersatzmannschaften, kleinere Kommandos, Sonderdetachements, Befehlsübermittler zu Pferde und im Kraftwagen, alles drängt sich auf ihnen zusammen. In kurzer Zeit wurden sie grundlos, eine Möglichkeit, sie auszubessern gibt es nicht. Alles hastet mühsam vor und zurück, immer wieder aufgehalten durch entgegenkommende Abteilungen und steckengebliebene Fahrzeuge. Kritisch wird es weiter zur Front hin. Nicht selten müssen neben Pferde- und Ochsengespannen bis zu fünfzig und mehr Soldaten die Geschütze von einer Feuerstellung zur nächsten ziehen. So entwickelt sich dieser Feldzug zu einem mühsamen Ringen nicht nur mit dem Gegner, sondern auch mit dem Schlamm, Regen und Kälte. Dennoch wird dadurch die gute Stimmung in der Truppe nicht beeinträchtigt. Es geht vorwärts! Und was dem Soldaten wohl am wichtigsten erscheint – es gibt genügend zu essen, trotz aller Nachschubprobleme. Man ernährt sich aus dem Lande, und dieses Land ist außerordentlich reich an Kleinvieh aller Art, vor allem an Hühnern, Gänsen und Schweinen ...«

Zu dieser Zeit entstand in Šumadija wohl auch das Wort: »Der Fuchs holt sich eine Gans, der Wolf zwei und der Deutsche nimmt dir alle.« Der Vollständigkeit halber sei auch der zweite Satz dieser volkstümlichen Sentenz hinzugefügt, der lautet: »Am schlimmsten aber ist der Bulgare. Er holt sich alle Gänse und zündet dir auch den Stall an.«

Quälend langsame Fortschritte wurden auch von der bulgarischen Front gemeldet. Man berichtete vom todesverachtenden Anrennen erdbraun gekleideter Soldaten mit weißen Fellmützen gegen gut ausgebaute, von kampferprobten Serben verteidigte Stellungen, vor denen sich im Gewehr- und Maschinengewehrfeuer Welle auf Welle

brach, so daß sich die Leichen der Angreifer buchstäblich zuhauf türmten. Von todesmutigen bulgarischen Offizieren, die mit blitzenden Säbeln und dem Schlachtruf *Für Zar und Vaterland* ihren Soldaten voranstürmten – oder sie mit Säbelhieben und gezielten Pistolenschüssen aufzuhalten versuchten, wenn sie sich vor dem mörderischen serbischen Abwehrfeuer zur Flucht wandten. (Oberst von Seeckt: »Man hält sich bei den Bulgaren noch an den Grundsatz der alten preußischen Armee, wonach die Soldaten vor eigenen Offizieren mehr Angst haben und eine größere Furcht empfinden müssen als vor dem Feind, ja selbst vor dem Tod.«)
Man berichtete von Nahkämpfen, wie man sie in einer so haßerfüllten Verbissenheit an keiner anderen Front erlebte, Mann gegen Mann mit Bajonetten, Gewehrkolben, Dolchen, Spaten, ja bloßen Händen und Zähnen. Wenn die Soldaten ihre Angst überwanden und dem Blutrausch verfielen, verbissen sie sich ineinander wie tollwütige Hunde, so daß sie noch als Tote kaum zu trennen waren. Man sprach von Verwundeten, die sich tot stellten, um doch noch einen, zwei oder drei Feinde zu töten, wenn die Woge der Angreifer über sie hinweggerollt war, von abgeschnittenen Köpfen der Serben, die auf Lanzen gespießt der anstürmenden bulgarischen Reiterei vorangetragen wurden, und von abgeschnittenen Bulgarenköpfen, deutlich erkennbar an ihren weißen Fellmützen, die auf Pfähle aufgespießt die serbischen Verteidigungswälle zierten. Es war die Rede von Gefangenen, die sich glücklich preisen mußten, wenn sie schnell erschossen, erdolcht, von Säbeln oder Lanzen durchbohrt oder sonstwie getötet und nicht erst langsam zu Tode gequält wurden, von Männern, denen man die Geschlechtsteile abschnitt und sie zwang, diese zu essen, bevor man sie umbrachte, von Gefangenen, die mit ausgestochenen Augen unter Gelächter und Schmährufen durch das Niemandsland gejagt wurden – hilflos taumelnde, um Hilfe und Erbarmen flehende und schließlich knapp vor den eigenen Gräben zusammengeschossene lebende Zielscheiben.
An allen Fronten schienen die Serben ihre Absicht, um jede Handbreit des »heiligen serbischen Bodens« zu kämpfen, wortwörtlich zu nehmen. Feldmarschall von Mackensen erklärte: »Man muß ihnen Bewunderung zollen. Von einem Durchbruch der feindlichen Front könen wir noch immer nicht reden. Es geht zu langsam voran, viel zu langsam! Wir drücken die Serben mühsam vor uns her und

werden uns bald die Frage stellen müssen, ob uns am Ende nicht die Puste ausgeht. Und zweitens – wann drüben frische Kräfte eingesetzt werden, um sich uns zusätzlich entgegenzustemmen.«

Zu dieser sorgenvollen Äußerung vor seinen Stabsoffizieren veranlaßte den Feldmarschall die Meldung, daß am 21. Oktober in Saloniki weitere sieben englische und französische Truppentransporter gelandet waren. Die ersten beschleunigt ausgeladenen Einheiten seien bereits unterwegs zur serbischen Grenze. Die 2. bulgarische Armee unter General Todorov sollte den Alliierten den Weg nach Nordwesten verstellen und eine Vereinigung mit serbischen Kräften verhindern. Es blieb nur zu hoffen, daß dies den Bulgaren gelang.

Drei Tage später, am 24. Oktober, waren die Vorauseinheiten des III. deutschen Armeekorps bis auf rund 25 Kilometer an Kragujevac, den Sitz der serbischen Regierung und des Generalstabes, herangekommen. Kurz vor Mitternacht brach unter dem Kommando des Majors Friedrich von Prettwitz ein Sonderdetachement von 25 Husaren auf. Sein Ziel war, die feindlichen Linien möglichst ungesehen zu passieren, ins serbische Hinterland vorzustoßen, das Gelände nördlich von Kragujevac zu rekognoszieren und anschließend das Internierungslager *Zeleni gaj* im Handstreich zu nehmen und zu halten, bis es von den nachfolgenden deutschen Truppen besetzt werden konnte. Dadurch wollte man verhindern, daß die Internierten mit den zurückweichenden serbischen Truppen verschleppt würden. Oberst von Seeckt war sich der Wirkung einer solchen Aktion »Höherenorts« und deren Publikumswirksamkeit voll bewußt – sofern sie gelang. Der Feldmarschall stimmte ihm zu, auch wenn er eine »gute Presse« nicht ganz so hoch bewertete wie sein ehrgeiziger Stabschef. Also hatte er seinen Segen dazu gegeben und den Major mit einem fast wehmütig klingenden Nachsatz persönlich verabschiedet:

»Na dann Hals und Beinbruch, Prettwitz, lassen Sie sich den frischen Wind dort draußen um die Nase wehen. Wär' ich ein paar Jährchen jünger...«

Über Stock und über Steine

Es war eine Lust zu leben!
Erst wenn er (viel zu selten!) so wie jetzt mit seinen Leuten unterwegs war, merkte Friedrich von Prettwitz, was ihm durch das Leben in der Etappe entging. Dort war es bequem, ungefährlich – nicht zu verachten. Doch das *wirkliche* Leben fand hier statt, zum Beispiel jetzt: Wetterleuchten in der Dunkelheit hinter dem Horizont zur linken Hand. Fernes, von harten, trockenen Schlägen durchsetztes Grollen und Donnern des Artilleriefeuers. Im Morawatal bereitete das IV. Armeekorps eine neue Durchbruchschlacht in Richtung Kragujevac vor. Und hier das Rascheln des Nachtwindes in den Bäumen, das Rauschen und Plätschern eines unsichtbaren Baches, weit entfernte Gewehrschüsse, das Tack-Tack-Tack eines Maschinengewehres, die leisen Stimmen der Männer, ein unterdrücktes Lachen.
Es waren gute Männer, zuverlässige Kameraden, erfahrene Soldaten, von Anfang an dabei, die meisten schon seit Ostpreußen unter Mackensen, dann Schlesien, Polen, Galizien, Westrußland. Die blassen Schatten ihrer Gesichter unter den Mützen, das Knarren des Sattelzeuges, das Schmatzen der Hufe im Schlamm, ungeduldiges Pferdeschnauben und als Antwort besänftigende Worte: So sprachen sie miteinander, Pferd und Reiter, und einer wußte alles über den anderen. Dazu der Geruch nach Männer- und Pferdeschweiß, nach Schlamm, nassen Wiesen, der kühle Atem des Waldes, das Empfinden der allgegenwärtigen Gefahr. Das war es: die besondere Atmosphäre der Front. Die innere Anspannung, die Erwartung einer Begegnung mit dem Feind, die natürliche Scheu davor und der Wunsch, es möge geschehen. Das Wissen um die Gefahr und um das Leben in Gefahr – mit einer Intensität zu leben, die man nur angesichts der tödlichen Bedrohung so stark empfinden konnte, einer Intensität, die alles durchdrang: Der Hunger war richtiger Hunger, Brot schmeckte wirklich nach Brot, Durst war richtiger Durst und Wasser ein unvergleichlich wohlschmeckendes Labsal. Die Gerüche und Geräusche waren intensiver, erregender als sonst, die Worte, die man sprach, drangen tiefer ins Bewußtsein ein, die Gedanken bekamen einen tieferen Sinn, und selbst Unwichtiges erlangte eine neue Dimension; denn

es gab nichts Unwichtiges an der Front; alles, auch scheinbar Nebensächliches, konnte von lebenswichtiger oder lebenserhaltender Bedeutung sein.
Diese Erfahrungen, Empfindungen, die dabei entstehenden Gefühle wirkten wie ein Rauschmittel. Konnte man davon süchtig werden? Konnte man Krieg und Kampf als Droge empfinden? War es möglich, daß man irgendwann eine unsichtbare Linie überschritt – die Schattenlinie zu den Wissenden und Todgeweihten – und in eine Dimension eintrat, aus der es keine Rückkehr mehr gab? Fürwahr, viele Menschen reden über den Krieg, doch keiner begreift ihn, der diese Erfahrung nicht gemacht hatte und seiner Faszination nicht erlegen ist!
Von solchen Gedanken und Empfindungen beseelt, begann Friedrich von Prettwitz das alte Husarenlied zu summen:

Von des Lebens Gütern allen
Ist der Ruhm das höchste doch!
Ist der Leib im Staub zerfallen,
Lebt der große Name noch.

Wir reiten durch die Felder,
Wir reiten himmelwärts.
Was schert uns Tod und Teufel,
Was schert uns Blut und Schmerz!

Dieses Lied erschien ihm nun doch zu erhaben. Seiner beschwingten Stimmung und dem finsteren Buschzeug ringsum entsprach schon eher ein anderes aus dem deutsch-französischen Krieg 1870/71:

Was kraucht da in dem Busch herum?
Ich glaub, es ist Napolium.
Was hat der denn zu krauchen dort?
Drauf, Kameraden, jagt ihn fort!

Eine einprägsame, lästige Melodie, ein Ohrwurm, den er nicht mehr los wurde: Was kraucht da in dem Busch herum? / Ich glaub, es ist Napolium – ich glaub, es ist Napolium – Napolium – Napolium . . .

Bis zum Internierungslager Zeleni gaj waren es knappe 25 Kilometer. Wenn man eine Marschleistung zwischen acht und zehn Kilometer in der Stunde nachts im unbekannten Gelände voraussetzte, konnte das Ziel in drei bis vier Stunden erreicht werden. Rechnete man noch zwei Stunden als zusätzliche Sicherheit und für unvorhergesehene Aufenthalte dazu, würde man kurz vor Anbruch der Morgendämmerung vor Zeleni gaj stehen – die beste Zeit für handstreichartige Überfälle.
Friedrich von Prettwitz ritt mit Unteroffizier Krause an der Spitze des Detachements. Gefreiter Kaminsky folgte, der treue Begleiter und nebenher Ordonnanz seit Kriegsbeginn. Er stammte aus dem Dorf Prettwitzen, hatte als Stallbursche und später Zureiter auf dem herrschaftlichen Gut gedient, war ein anstelliger, bedächtiger und dem jungen Herrn – Friedrich von Prettwitz war für ihn immer der *junge Herr,* nie *Major* von Prettwitz – treu ergebener Mann. Hinter ihm ritt Leutnant Bukola, klein, säbelbeinig, im Zivilberuf Verwalter eines niederdeutschen Gestütes. Er war ein menschenscheuer Mann, von dem man sagte, daß er die Pferdesprache beherrsche. Jedenfalls hielt er von Pferden mehr als von Menschen und kam mit ihnen auch besser zurecht. Den Schluß des Reiterzuges bildete Wachtmeister Plaskowitz, ein Ostpreuße und Berufssoldat. Von ihm wurde behauptet, daß er die kräftigste Stimme der Armee besitze, mit der er Festungsmauern zum Einsturz bringen könne wie einst die Posaunen von Jericho. In den Kämpfen in Ostpreußen und später in Galizien hatte er sich wiederholt ausgezeichnet, ein Rauhbein und Draufgänger, der weder Tod noch Teufel fürchtete, wohl aber – dem Vernehmen nach – seine zierliche schwäbische Frau mit dem sanften Namen Heidi.
Der Regen hatte etwas nachgelassen. Nachdem sich ihre Augen an die Dunkelheit gewöhnt hatten, konnten sie die Konturen des bergigen Landes erkennen; mehr war kaum zu sehen. So ließen sie den Pferden die Zügel locker eingedenk der alten Kavalleristenweisheit, nach der ein Reiter nur zwei Augen hat, das Kriegsroß aber deren sechs, nämlich zwei im Kopf und eines auf jedem Huf.
Sie hielten sich auf Feldwegen und Waldpfaden mit Generalrichtung Süd. Im offenen Gelände kamen sie gut voran, in den Wäldern hingegen war es so dunkel, daß man tatsächlich kaum die Hand vor den Augen sehen konnte. Der Major hielt von Zeit zu Zeit an, um

mit dem Kompaß die eingeschlagene Richtung zu überprüfen. Die Karte ließ er meist in der Tasche; er kannte sie so gut wie auswendig. Ansonsten vertraute er die Führung Unteroffizier Krause an, dem bevorzugten Pfadfinder der Schwadron, im Zivilberuf Forstarbeiter, großgeworden in den ausgedehnten Wäldern Ostpreußens.
Nach rund fünf Kilometern ritten sie in einer Entfernung von nur zwei- bis dreihundert Metern an einer ganzen Reihe von Feuern entlang, um die biwakierende serbische Soldaten standen oder hockten. Das schmale Tal des Flüßchens Trnava erreichten sie schneller als erwartet. Am Waldrand hielt Unteroffizier Krause so abrupt an, daß die nachfolgenden Reiter nacheinander aufliefen.
Zunächst hörte man nichts, doch dann näherten sich auf der Straße, entlang dem Flüßchen die Geräusche einer Wagenkolonne: Das Knirschen der Räder, das Quietschen von Achsen, ein heller Hufschlag, gedämpfte Zurufe. Ein Pferdegespann zog vorbei mit zwei zusammengekauerten Soldaten auf dem Kutschbock. Wagen auf Wagen folgte, Troßwagen, Leiterwagen, Kastenwagen, hochrädrige Karren. Dazwischen zwei, drei, vier Feldhaubitzen mit davorgespannten Ochsen, müde dahinziehende Kanoniere im Schlepptau. Eine lockere Formation Infanteristen, einige Reiter, vermutlich Offiziere.
Die Husaren wichen vorsichtig so tief in den Wald zurück, daß sie die Kolonne gerade noch ausmachen konnten. Minuten zogen dahin, eine halbe Stunde verging, fast eine Stunde. Dann war die Kolonne vorbei – nein – noch zwei bedächtig hinterher schreitende Ochsengespanne und das trübe Licht der letzten Laterne, das nach und nach in der Dunkelheit verschwand.
»Los, weiter!«
Im scharfen Trab ritt der Trupp aus dem Wald und über die Straße, überquerte den schmalen Streifen sumpfiger Wiese dahinter, rutschte über die steile Böschung ins Flußbett, kletterte auf der anderen Seite hinauf, tauchte in die Dunkelheit eines Eichenwaldes ein – gerade noch rechtzeitig vor den nahenden Wagen der nächsten serbischen Rückzugskolonne.

Das Gelände wurde rauher, von tiefen Tälern und Gräben durchzogen. Die Gruppe kam nur langsam voran. Der Major sah zwar auf seinem Kompaß, daß die Hauptrichtung trotz Abweichungen, die

sie in dem schwierigen Gelände machen mußten, stimmte, hatte aber schließlich doch das Gefühl, sie wären in die Irre gegangen. Selbst Unteroffizier Krause schien unsicher zu werden, hielt verdächtig oft an, starrte in die eine oder andere Richtung, sprach dabei halblaut vor sich hin, als würde er die Götter aller Reisenden oder seine ostpreußischen Waldgeister beschwören. Schließlich sahen sie von der Höhe eines Abbruches, an dem der Wald jäh aufhörte, tief unten ein einzelnes schwaches Licht brennen. Nach mühsamem Abstieg hielten sie am Ufer eines in der Dunkelheit laut rauschenden Baches an. Der Major schickte Unteroffizier Krause mit zwei Mann zur Erkundung.
»Sehen Sie nach, was es mit diesem Licht auf sich hat. Wir haben viel Zeit verloren. Unter Umständen nehmen wir jemanden als Führer mit.«
Der Unteroffizier und seine zwei Begleiter verschwanden lautlos in der Dunkelheit. Es regnete wieder stärker. Die Mäntel hatten sich mit Wasser vollgesogen; kalt und bleischwer lasteten sie auf den Körpern der Männer. Leutnant Bukola stellte die üblichen Sicherungsposten auf und gab Raucherlaubnis »mit verdeckter Flamme«. Das bedeutete, daß man die Zigarettenglut in der hohlen Hand verbergen mußte. Ein Streichholz flammte auf, erlosch, eine Zigarette wurde an der anderen angezündet. Die Männer hockten neben ihren Pferden, lehnten an ihnen, redeten leise auf sie ein, und wenn sie an ihren Zigaretten sogen, wurden ihre Gesichter von einem aufglühenden roten Schein beleuchtet und versanken gleich darauf wieder in der Dunkelheit.
Gefreiter Kaminsky reichte seinem *jungen Herrn* die Feldflasche mit Tee. Der Tee war kalt geworden, aber Kaminsky hatte einen ordentlichen Schuß Rum hineingetan. Der Major trank und gab die Feldflasche an Leutnant Bukola weiter. »Das tut gut. Lassen Sie die Flasche rundum gehen, solange was drin ist.«
»Ich bin neugierig, wie unser Jüngelchen aussieht, Herr Major«, sagte Gefreiter Kaminsky in seinem breiten schlesischen Dialekt leise. »Es ist fast zwei Jahre her, seit ich ihn zum letztenmal gesehen habe.«
»Unser Jüngelchen ist ein fünfundzwanzigjähriger Mann – und einen Kopf größer als ich.«
»Ich seh' ihn immer noch, wie er damals war... Ein Jüngelchen

eben.« Kaminsky lachte. »Ich kann mich noch gut daran erinnern, wie er auf Stanislaus geritten ist.«
»Meinst du den Stier?«
»Den Stier, Herr Major. Er war wild, böse und so groß wie ein Haus.«
»Ich kann mich an ihn erinnern. Stefan ist auf ihm geritten?«
»Wir haben es damals nicht weitererzählt. Der Herr Baron hätte uns die Hölle heiß gemacht, weil wir nicht aufgepaßt haben. Er hätte uns mit seinem Stock allesamt vermöbelt, da geh' ich jede Wette ein. Und das Jüngelchen, ich meine Stefan... Er lockt Stanislaus an den Koppelzaun und klettert ihm auf den Rücken. Stanislaus aber steht da, schnaubt und schnaubt. Dann packt ihn das Jüngelchen an den Ohren und gibt ihm die Sporen, wie ein erwachsener Reiter. Nur ist sein Reitpferd kein Pferd sondern Stanislaus.«
»Teufel auch! Und was machte Stanislaus?«
»Was soll ich sagen – er trabt los. Er trabt über die Weide, groß und schwer, wie er ist, daß die Erde zittert. Er trabt einmal kreuz, einmal quer und beginnt zu grasen. Das Jüngelchen aber sitzt auf seinem Rücken und lacht über uns, weil wir ganz starr vor Schreck sind. Dann rutscht er von Stanislaus herunter und krault ihn zwischen den Hörnern, ich schwör's, Herr Major! Kein anderer hätte das zu tun gewagt, und Stanislaus hätte sich das von keinem anderen Menschen gefallen lassen. Das Mädchen Anna hat noch am gleichen Tag eine Kerze gestiftet, weil dem Jüngelchen nichts passiert ist und ihn Stanislaus nicht auf die Hörner genommen oder zerstampft hat. Sie hätte nämlich auf ihn aufpassen sollen, aber sie war mit Stanislaus – ich meine jetzt den Kutscher Stanislaus, und der war fast genauso ein Stier wie der Stier Stanislaus, also, sie war mit ihm hinter der Scheune verschwunden, statt aufzupassen.«
»Moment mal – wieso heißen beide Stanislaus?« fragte einer.
»Ganz einfach. Der Stier Stanislaus hat seinen Namen nach dem Kutscher Stanislaus bekommen, weil nämlich der Mensch Stanislaus auch ein Stier war. Hast du verstanden?«
»Kein Wort.«
»Ist ja auch egal... Erzähl lieber, was Anna mit dem Kutscher Stanislaus hinter der Scheune getrieben hat«, kam es aus der Dunkelheit.

»Blumen gepflückt, was sonst?«
»Gepflückt und an den Blütenblättern abgezählt: Er liebt mich, er liebt mich nicht ...«
»Er liebt mich«, sagte Kaminsky. »Sie haben ein halbes Jahr später geheiratet. Es war eine schöne Hochzeit. Und bald darauf eine schöne Taufe. Die Frau Baronin, ich meine die Mutter von Stefan, war Taufpatin.«
»Das kommt davon, wenn man nicht auf Kinder aufpaßt, sondern mit Stanislaus hinter der Scheune verschwindet – eine frühe Taufe.«
Die Männer lachten. Vielleicht lachten sie ein wenig zu laut, aber der Major ließ sie gewähren. Durch das Rauschen des Baches und des Regens auf die Bäume waren ihre Stimmen selbst aus der Nähe kaum zu vernehmen. O ja, er kannte die Geschichte von Anna und dem Kutscher Stanislaus, einem großen, bärenstarken Kerl mit dem Gemüt eines Lämmchens. Er erinnerte sich an die Hochzeit mit der strahlenden, hochschwangeren Braut, an die Taufe, an Christina, die in der Kirche das kleine Mädchen über das Taufbecken gehalten hatte, wunderschön anzusehen mit ihrem glücklich leuchtenden Gesicht... Vorbei. Christina war tot.
»Haben sie das oft getan, ich meine, Blumen hinter der Scheune gepflückt?« fragte die Stimme aus der Dunkelheit.
»Ich bin ihnen nicht nachgegangen und hab's auch nicht gezählt. Ich hab' nur erzählt, wie es war mit unserem Stefan und dem Stier Stanislaus, und Anna und ihrem Stanislaus. Er war ein guter Mann. Bei Ortelsburg in Ostpreußen ist er gefallen, gleich am Anfang.«
Schweigen breitete sich aus wie immer, wenn gesagt wurde, jemand sei gefallen, ein Verwandter, ein Freund, ein Fremder – in diesem Augenblick kein Fremder mehr, sondern einer von uns, auch wenn man ihn nie gesehen und von ihm zum erstenmal gehört hatte.

Anna, Stanislaus' Frau, die damals auf den kleinen Stefan hätte aufpassen sollen und nunmehr fünf eigene Kinder hat – sie waren in schöner Regelmäßigkeit gekommen, Jahr für Jahr – Anna also kommt ihm in der Schloßküche entgegen und beginnt laut zu weinen. »Stan ist tot, Herr Rittmeister, Stan ist tot, sie haben Stan erschossen, er ist gefallen, Stan ist tot, er ist tot«, stammelt sie hinter den Händen, die sie vor das Gesicht geschlagen hat, und zwischen ihren Fingern quillt ein Tränenstrom hervor. »Er war ein so guter Mann, jetzt ist er tot, er ist tot.« So steht sie vor ihm, eine schwere, breithüftige Frau, und weint immer das gleiche, immer wieder, daß Stan tot sei und wartet auf ein Wort von ihm. Doch er weiß nicht, was er sagen soll. Er bleibt stumm, geht stumm hinaus, läßt die weinende und klagende Frau ohne ein Wort des Trostes und Zuspruches zurück.

Unteroffizier Krause und seine zwei Männer tauchten genau so lautlos auf der Dunkelheit auf, wie sie darin verschwunden waren. Das vorhin entdeckte Licht leuchte aus dem Fenster einer kleinen Mühle, berichtete der Unteroffizier. Eine brennende Petroleumlampe, nicht sehr hell, aber doch hell genug, daß man neben den sich drehenden Mühlsteinen und aufgeschnittenen Mehlsäcken die Leiche des Müllers sehen konnte und eine neben der Leiche hokkende Frau, vermutlich die Frau des Toten.
»Ein toter Müller? Wieso tot?«
»Er liegt in einer Blutlache, Herr Major. Mit einem Bajonett erstochen, nehme ich an.«
»Erstochen von seinen eigenen Leuten, Herr Major. Von Marodeuren. Sie wollten plündern, und er versuchte, sein Mehl zu verteidigen«, sagte einer von der Patrouille.
»Die Frau hockt daneben, wiegt sich wie ein Pendel hin und her, hin und her und klagt«, sagte der Unteroffizier. »Es geht einem durch und durch, wenn man sowas sieht.«
»Sonst haben Sie niemanden gesehen?« fragte der Major ungeduldig.
»Niemanden, Herr Major.«
»Diese Frau – ist sie alt?«
»Ziemlich alt, beide. Die Leiche und sie. Ich meine, der Müller war schon ein alter Mann.«
»Könnte man die Frau als Führung nehmen?«
»Ich weiß nicht, Herr Major. In ihrem Zustand...«
Der Major holte die Karte, breitete sie aus und knipste die Taschenlampe an. Die in der Karte eingezeichnete Mühle fand er sogleich. Sie lag am Flüßchen Rača, nur wenige hundert Meter von der vorgesehenen Route entfernt.
»Wir brauchen keinen Führer, es sieht ganz gut aus.« Der Major schaute auf die Uhr, knipste die Lampe aus, verstaute die Karte.

»Den halben Weg haben wir geschafft. Jetzt muß es etwas schneller gehen, wir müssen eine halbe Stunde wiedergutmachen.«

Es kam zu einer weiteren kritischen Situation, als sie – rund sechs Kilometer vor dem Ziel – eine serbische Rückzugsstraße überqueren mußten. Auf dem freien Feld beiderseits der Straße brannten Feuer, auf der Straße selbst zogen schier endlose Kolonnen vorbei. Ein vertrautes Bild. Müde dahinzockelnde Pferde- und Ochsengespanne, um die Biwakfeuer hockende Soldaten, zwei, drei Offizierszelte, eine kehlige Stimme mit dem monotonen Singsang der Leute aus Südserbien ...

»Es bleibt uns nichts anderes übrig. Hier müssen wir durch«, sagte Major von Prettwitz. »Oder sehen sie eine andere Möglichkeit?«

»Keine, Herr Major«, sagte Leutnant Bukola.

»Nach hinten durchgeben: Nur wenn unbedingt nötig Gebrauch von Schußwaffen, sonst Säbel. Keine Kommandos. Möglichst Mund halten. In geschlossener Formation mir nach!«

Sie trabten über das freie Feld, bis sie annehmen mußten, von den nächsten Biwakfeuern entdeckt zu werden. Da senkte der Major den erhobenen Säbel zum Zeichen für Galopp.

Das Bild der aus tiefer Dunkelheit wie leibhaftige Teufel heranpreschenden Reiter ließ die Serben vor Schreck erstarren. Die Reiter gaben keinen Laut von sich, kein Schrei war zu hören, kein Anfeuerungsruf, kein Hurra-Gebrüll wie sonst bei attackierender Kavallerie. Von dem anstürmenden, scheinbar kompakten schwarzen Block war nur das Keuchen und Schnauben der Pferde zu hören und das dumpfe Trommeln ihrer Hufe auf dem weichen Boden. Darüber das vielfache Aufblitzen geschwungener Säbel, die blassen Schatten der Gesichter, schwarze, wie zu einem Schrei aufgerissene Mundhöhlen, rotglühende Augen der Pferde, flatternde Mähnen. So stürmten sie heran und zwischen den Feuern hindurch, preschten über die Straße und waren wie ein Höllenspuk in der Dunkelheit des Waldes auf der anderen Seite verschwunden, noch bevor jemand zum Gewehr greifen und auch nur einen einzigen gezielten Schuß abgeben konnte. Erst, nachdem die Reiter in der Dunkelheit verschwunden waren, schienen die serbischen Soldaten aufzuwachen, schrieen durcheinander, einige liefen den Husaren nach, schossen ihnen blind hinterher.

Von einem Querschläger dieser ins Blinde abgefeuerten Schüsse wurde der Gefreite Bubak getroffen. Die Kugel riß ihm die Halsschlagader auf, er sank mit einem erstickten Aufschrei vornüber und klammerte sich mit aller ihm verbleibenden Kraft am Pferdehals fest. Während das Blut über sein Gesicht, die Pferdemähne und seine Arme strömte, war sein letzter verzweifelter Gedanke – nur nicht hinunterfallen und allein zurückbleiben, nur nicht hinunterfallen! So starb er, und selbst der Tod lockerte seinen Griff um den Pferdehals nicht.
Daß der Gefreite Bubak tot war, merkte man erst, nachdem vom Galopp in Trab übergewechselt wurde, das Rütteln den Toten aus dem Gleichgewicht brachte und aus dem Sattel gleiten ließ. Man bestattete ihn in einer hastig ausgehobenen Grube am Fuße einer großen Eiche. Während die Reiter das Grab zuschaufelten, der Major in die Karte an dieser Stelle ein Kreuz einzeichnete und auf der Rückseite die Grabstelle möglichst genau beschrieb, sprach Leutnant Bukola halblaut und, wie es schien, mehr für sich als für die anderen:

Es zuckt der Tod auf dem Angesicht,
Doch die wackern Herzen erzittern nicht;
Das Vaterland ist ja gerettet!
Und wenn Ihr die schwarzen Gefallenen fragt:
Das war Lützows wilde, verwegene Jagd . . .

Er habe Theodor Körners Gedicht »Lützwos wilde Jagd« als Pennäler auswendig lernen müssen, erzählte er etwas später dem Major, fast so, als müsse er sich entschuldigen. An das Gedicht habe er sich nach dem Ritt zwischen den serbischen Biwakfeuern hindurch und über die Straße hinweg erinnert. »Es ging mir nicht mehr aus dem Sinn. Ich hätte vielleicht etwas anderes sagen sollen, aber es ist mir nichts eingefallen. Nur das . . . Und vielleicht ein Vaterunser.«

Das Gelände senkte sich nach Süden in das Tal der Lepenica ab. Die Nacht wich allmählich dem grauen, ungewissen Licht des anbrechenden Novembermorgens. Sie hatten ihren Zeitplan eingehalten, das Ziel des nächtlichen Rittes erreicht. Vor ihnen lag das Internierungslager Zeleni gaj, eine Ansammlung ebenerdiger, barackenähnlicher Gebäude, gruppiert um das zweistöckige Herrenhaus von beachtlichen Ausmaßen. Den Namen »Zeleni gaj«, auf deutsch »Der grüne Hain«, mochte das ehemalige Staatsgut von der Parkanlage mit großen alten Eichen und Ahornbäumen bekommen haben, die sich nördlich des Herrenhauses, also auf dessen Rückseite erstreckte. Auf der südlichen Seite führte eine schnurgerade, von mächtigen Platanen umsäumte Allee zum Portal, das mit einem schmiedeeisernen Tor und Wachhäuschen gesichert war. Weder das Tor noch die etwa zwei Meter hohe Mauer, die den ganzen Komplex umgab, waren ein ernsthaftes Hindernis, wie sich alsbald herausstellen sollte.

Das Lager machte einen leeren, verlassenen Eindruck. Da es ziemlich weit abseits der Rückzugsstraßen lag, waren auch keine Truppenansammlungen zu sehen. Hatte man die Insassen am Ende bereits evakuiert, sie anderswohin gebracht?

Diese Befürchtung erwies sich als grundlos. Die Einnahme und Besetzung des Lagers gingen glatt vonstatten, für die meisten der kampfhungrigen Husaren fast zu glatt. Die stark reduzierte Wachmannschaft (alle jüngeren Männer waren abgezogen und an die Front geschickt worden) bestand aus einigen Soldaten des Dritten Aufgebotes und einem halben Dutzend halbwüchsiger Schüler des Gymnasiums in Kragujevac, noch zu jung, um Truppendienst zu machen. Sie leisteten den angreifenden deutschen Husaren so gut wie keinen Widerstand. Dennoch gab es zwei Tote. Denn Wachtmeister Plaskowitz setzte zwei flüchtenden Wachsoldaten zu Pferd nach und säbelte sie nieder – jeweils ein sauberer, gezielter Hieb nach schräg unten in die Halsbeuge zwischen Kopf und Schulter, der die Halsschlagader durchtrennte und die Soldaten – auch sie Gymnasiasten – sofort tötete. Den Vorhaltungen des Majors, dies sei wohl unnötiges Blutvergießen gewesen, begegnete er mit Unverständnis. Die Serben hätten nach geglückter Flucht andere alarmieren und Verstärkungen heranholen können, was wiederum eigenes Blut gekostet hätte.

»Es blieb mir nichts anderes übrig, als sie niederzumachen, Herr Major«, sagte der Wachtmeister mit der störrischen Selbstsicherheit eines altgedienten, in zahllosen Einsätzen bewährten Soldaten, der selbst am besten wußte, was zu tun und was zu lassen sei... Der Major ließ es dabei bewenden.

Der Lagerkommandant, ein großgewachsener, weißhaariger Oberst, wurde im Schlaf überrascht. In seinem langen Nachthemd, die Zipfelmütze auf dem Kopf, dem sorgfältig gestutzten Bart und einer seidenen Schnurrbartbinde machte er keinen sonderlich kriegerischen Eindruck. Dies änderte sich auch nicht, nachdem man ihm erlaubte, seine Uniform anzuziehen.
Im Internierungslager befanden sich 168 Insassen, vornehmlich Österreicher, Ungarn, Bulgaren, Türken, einige Tschechen und Deutsche. Doch Stefan war nicht mehr unter ihnen. Bereits vor zehn Tagen habe man ihn auf persönliche Anordnung des Generals Mihelić aus dem Lager geholt. Wohin er gebracht worden war, wüßte er, der Kommandant, nicht. Dies sei ihm auch gleichgültig gewesen, er hätte ihn gern ziehen lassen; ein Mann weniger, der zu einer Zeit verpflegt werden mußte, als allenthalben im Land Hunger herrschte.
Während draußen die Husaren von den Lagerinsassen ausgelassen und mit großem Stimmaufwand als Befreier gefeiert wurden*, starrte Major Friedrich von Prettwitz im Büro des Lagerkommandanten wie benommen auf die Eintragung in der Lagerliste: *Stefan – Karla (Sohn des Karl) – Meyster... Tag der Einlieferung 14. Dez. 1914 – Tag des Abganges 17. Okt. 1915*
Das serbische Oberkommando machte keine Anstalten, das Internierungslager Zeleni gaj zurückzuerobern. Man hatte andere Sorgen. Vielleicht war man sogar erleichtert darüber, daß man sich auf diese Art der unnützen Esser und einer ständigen Belastung entledigt hatte. Das Husarendetachement und die Lagerinsassen konnten in aller Ruhe die Ankunft deutscher Truppen abwarten.
Doch nicht nur Zeleni gaj wurde von den Serben überraschend schnell und ohne Widerstand aufgegeben, auch die erwartete Schlacht um Kragujevac fand nicht statt. Am Nachmittag des 31. Oktober 1915 besetzte eine Kompanie des Res. Inf. Regiments 83 das Lager. Am nächsten Morgen wurde auch Kragujevac den Deutschen kampflos übergeben, nachdem die Fabrikgebäude des

* Wie Oberst von Seeckt vorausgesehen hatte, fand die handstreichartige Besetzung des Internierungslagers und die Befreiung der Insassen breite Zustimmung und eine »gute Presse«. Das »tollkühne Unternehmen deutscher Totenkopf-Husaren tief im serbischen Hinterland« wurde als Heldentat und »ein aufopfernder Freundschaftsdienst für die internierten Angehörigen befreundeter Nationen« gewürdigt.

einzigen serbischen Waffenarsenals und eine Reihe von Munitionsdepots gesprengt worden waren.

Durch zähen Widerstand an den Flügeln und einem geschickt durchgeführten Rückzug im Zentrum der Front war es den Serben gelungen, Mackensens und von Seeckts Plan scheitern zu lassen: Die Zangenbewegung von Westen und Osten und eine Einkreisung der serbischen Armee um und nördlich von Kragujevac war mißlungen, ein Fehlschlag, der Feldmarschall von Mackensen im Kartenraum seines Hauptquartiers zu einem zornigen Ausbruch verleitete: »Sehen Sie selbst, meine Herren – alles vergeblich! Sie sind uns wieder entwischt! Der Teufel soll diesen serbischen General Sturm und den alten Putnik holen. Beide scheinen ihre Clausewitz-Lektion über den Rückzug auswendig gelernt zu haben*!« Der Feldmarschall beugte sich über den Kartentisch, fuhr mit dem Zeigefinger schweigend hierhin und dorthin, dachte nach. Schließlich legte er die Hand flach auf das Gebiet zwischen Kragujevac als nordöstlichen Punkt, das Tal der westlichen Morawa mit der Stadt Kraljevo als Zentrum und die Große Morawa als östliche Begrenzung. »Wir versuchen es noch einmal. Hier. Diesmal muß es klappen. Es muß!«

Theorie und Praxis

Kritiker haben Feldmarschall von Mackensen später vorgeworfen, daß er in seinem Serbien-Feldzug von einer »Umfassungssucht« oder »-manie« befallen worden sei, ein Vorwurf, den man auch seinem von ihm bewunderten Lehrer und Vorbild General von Schlieffen gemacht hatte.** Entgegen der Auffassung des großen

* Gemeint sind wohl die Sätze über Rückzüge, die Clausewitz in seinem Hauptwerk *Vom Kriege* geschrieben hat: »... Die Rückzüge großer Feldherren und kriegsgeübter Heere gleichen stets dem Abgehen eines verwundeten Löwen. Ein langsamer, immer widerstrebender Rückzug, ein kühnes mutiges Entgegentreten, so oft der Verfolgende seinen Vorteil im Übermaß benutzen will, ist durchaus nötig. Eine starke Arrieregarde, von den besten Truppen gebildet, vom tapfersten General geführt und in den wichtigsten Augenblicken von der ganzen Armee unterstützt, eine sorgfältige Besetzung der Gegend, starke Hinterhalte, kurz die Einleitung und der Plan zu förmlichen kleinen Schlachten, das sind die Mittel zur Befolgung obigen Grundsatzes.«

** General Frhr. von Fritsch im Vorwort zur 3. Auflage von Schlieffens »Cannae«, Berlin 1936.

Militärdenkers von Clausewitz, daß es für einen Krieg verschiedene Ziele und verschiedene Wege und Methoden gibt, um diese zu erreichen, beschränkte sich Schlieffen in seiner Kriegslehre auf ein einziges Kriegsziel, nämlich die Vernichtung des Feindes. Diese konnte nach seiner Auffassung allein durch die Einschließung oder Einkreisung vollbracht werden.

Als Chef des Großen Generalstabes, Lehrer und Kriegstheoretiker hatte Schlieffen vor allem unter den von ihm protegierten und geförderten jüngeren Generalstabsoffizieren zahlreiche Bewunderer und Nacheiferer. Sie waren es, die in den Jahren vor und während des Ersten Weltkrieges, aber auch danach, an den entscheidenden Kommandostellen saßen; unter ihnen auch August von Mackensen*.

Die Idee eines massiven Durchbruches – er wäre in Serbien möglicherweise angebracht gewesen, um eine schnellere Entscheidung herbeizuführen – hatte Schlieffen selbst auf taktischer Ebene stets verworfen. Nach seiner Auffassung konnte man mit einem Durchbruch zwar eine Entscheidung, nicht aber die Vernichtung und damit völlige Ausschaltung des Feindes erzwingen. So wurde eine »simple Durchbruchsschlacht« mit anschließendem »ordinärem Sieg« (Schlieffen) auch von Mackensen und seinem Stabschef von Seeckt nicht in Erwägung gezogen. In Frage kam entsprechend der schlieffenschen Lehren nur die Einschließung mit nachfolgender Vernichtung der Serben.

Die Einschließung ist eine Aktion auf äußeren Frontlinien – hier die deutschen, österreichisch-ungarischen und bulgarischen Streitkräfte –, die man durch konzentrische Operationen gegen den auf der inneren Linie operierenden Feind erreicht. Sie birgt eine Reihe von Gefahren in sich, die Clausewitz und der ältere Moltke berücksich-

* 1922 wurde in Berlin der *Alfred Graf von Schlieffen Verein* gegründet. Sein Ziel war die »Würdigung und weitere Entwicklung der schlieffenschen Arbeiten in der Theorie und Lehre, die Untersuchung und Darstellung des Ersten Weltkrieges und die Entwicklung neuer Theorien für zukünftige Kriege«. Dem Verein gehörten maßgebende Militärs der Weimarer Republik und später des Dritten Reiches an. Sein Vorsitzender war Feldmarschall von Mackensen. Zu der ersten Versammlung am 28. Februar 1922 erschien auch General Ludendorff. Feldmarschall von Hindenburg schickte ein Glückwunschtelegramm »... in Dankbarkeit und Verehrung für meinen großen Lehrmeister (Schlieffen)«.

tigt und vor ihnen gewarnt*, Schlieffen und seine Schüler aber in der Regel ignoriert oder vernachlässigt haben. Im serbischen Feldzug waren sie freilich unwichtig; die Übermacht der Mittelmächte war zu groß, um sie berücksichtigen zu müssen, und die Alliierten waren noch immer nicht zur Stelle, um gemeinsam mit Serbien die Vorteile wahrzunehmen, die sich Streitkräften auf der inneren Linie anbieten wie schnelle Konzentration überlegener Kräfte an entscheidender Stelle, Durchbruch und Spaltung der ausgedünnten feindlichen Front mit der stufenweisen Ausschaltung oder Vernichtung einzelner Frontsegmente.

Feldmarschall von Mackensens Befehle für einen neuerlichen Umfassungsversuch der serbischen Armeen gingen nach einer hektischen Tages- und Nachtarbeit seines Stabes am 2. November an die einzelnen Truppenteile. Nach diesen neuen Plänen sollte den Serben in dem Gebiet zwischen Kragujevac, Niš, Novi Pazar und Čačak endgültig ihr Cannae** bereitet werden.

Nachdem Kragujevac so gut wie kampflos aufgegeben werden mußte, entschloß sich das serbische Oberkommando, entlang der Westlichen Morawa eine neue Verteidigungslinie mit Front nach Norden und an der Südlichen Morawa mit Front nach Osten aufzubauen. So sollte wenigstens das ursprüngliche, alte Serbien vor dem feindlichen Zugriff bewahrt werden, bis die Alliierten endlich die so heiß ersehnte Hilfe bringen würden.

Dieses Wort, *bis die Alliierten kommen,* spielte in jenen Tagen in ganz Serbien bei allen Überlegungen und Plänen eine immer bedeutendere Rolle. In den Stäben, wo nüchternes Denken mehr denn je notwendig gewesen wäre, in den zusammenbrechenden Verwaltungen, in Notunterkünften, in den hastig ausgehobenen Schützengräben, aus denen man meistens schon nach wenigen Stunden wieder vertrieben wurde, in den langen Flüchtlingstrecks, die sich auf den verstopften südwärts führenden Straßen stauten und sie noch unpas-

* In seinen »Hinterlassenen Werken« schreibt Clausewitz: »Die andere Form der Umgehung und des Abschneidens vermittels einer Teilung der Macht hat die Gefahr der eigenen Trennung, während der Gegner durch den Vorteil der inneren Linie zusammenbleibt und also imstande ist, den einzelnen Teil mit großer Überlegenheit anzufallen ... Dieser Nachteil (kann) durch nichts aufgehoben werden ...«

** Bei dieser Stadt in Apulien hat der karthagische Feldherr Hannibal 216 v. Chr. den Römern eine schwere Niederlage durch eine klassische »Umfassungsschlacht« bereitet. Seitdem ist *Cannae* zum Symbol für eine Vernichtungsschlacht geworden.

sierbarer machten, überall und immer drängender und ungeduldiger: *Bis die Verbündeten kommen* – ein Zauberwort, die letzte Hoffnung, Serbien zu retten und vor der endgültigen Niederlage zu bewahren.

Eine der kritischen Stellen am linken serbischen Flügel befand sich westlich der Stadt Požega. Wenn es den deutschen und österreichisch-ungarischen Truppen gelang, ihre Absicht zu verwirklichen, hier durchzubrechen und in südöstlicher Richtung im Tal der Moravica vorzugehen, durfte man nicht mehr damit rechnen, im Tal der Westlichen Morawa noch eine Verteidigungslinie aufbauen zu können. Hier also mußte der Feind aufgehalten werden. Es fragte sich nur womit? Die eigenen Truppen waren hochgradig erschöpft, ausgeblutet, viele von ihnen befanden sich in einem Zustand der Auflösung, die Befehle erreichten kaum noch die durcheinandergewürfelten Einheiten – insofern diese überhaupt noch bestanden. In dieser kritischen Situation erreichte das zuständige Kommando der serbischen 1. Armee die Nachricht, daß von Süden eine montenegrinische Brigade im Anmarsch sei, fünf frisch aufgefüllte, gut ausgerüstete Infanterie-Bataillone und zwei Eskadronen* leichter Kavallerie. Man habe auch drei Batterien neuer französischer Haubitzen in Marsch gesetzt, doch wären diese in den unwegsamen Bergregionen des Zlatibor-Massives und östlich davon steckengeblieben, und es sei fraglich, wann und ob überhaupt sie das Operationsgebiet erreichen würden.

Fünf Bataillone, zwei Eskadronen, das war nicht besonders viel. Aber sie konnten es dem serbischen Oberkommando ermöglichen, die eigenen Truppen neu zu formieren, den Widerstand zu organisieren – eine Atempause, wenigstens das! Eine Atempause, bis die in Saloniki gelandeten alliierten Verbände, die sich angeblich bereits in Anmarsch auf Skoplje befanden, endlich Hilfe brächten...

* Eskadron, franz., Kavallerie-Einheit, auch Schwadron, entspricht einer Kompanie bei der Infanterie oder Batterie bei der Artillerie.

Der Angriff

Die montenegrinische Brigade stand unter dem Befehl des Serdaren Brigadiers Grgur Atanagić. Die Sippe der Atanagić hatte sich seit jeher durch ihre treuen Dienste für das montenegrinische Fürstenhaus ausgezeichnet, und Serdar Grgur setzte diese Tradition fort. Er war ein wortkarger, finsterer Mann, dem der Ruf großer Tapferkeit und Rücksichtslosigkeit vorausging, aber auch treuer (seine Gegner sprachen von »hündischer«) Ergebenheit dem Hause Njegoš und König Nikola I. gegenüber. Das Regiment Nr. 17 in dieser neu formierten Brigade kommandierte Oberst Dušan Petrović, ein beleibter, wortgewaltiger, zuweilen geschwätziger, gutem Essen, Trinken und sonstigen Freuden des Lebens zugetaner Mann. Der Kommandeur des Regiments Nr. 21, bestehend aus zwei Bataillonen Infanterie und zwei Eskadronen leichter Kavallerie, war kein anderer als Wojwoda Lazar Bošković.
Der Befehl an die Brigade lautete, gemeinsam mit serbischen Verbündeten die ostwärts vorgehenden österreichisch-ungarischen Streitkräfte von der Flanke anzugreifen, ihnen die Rückzugsmöglichkeit abzuschneiden und sie zu vernichten. Doch hatte man am Abend zuvor begonnen, bereitgestellte serbische Einheiten teilweise wieder abzuziehen. Man brauchte sie anderswo, hieß es (etwas Genaues wußte schon seit Tagen niemand), vermutlich, um sie gegen die von Norden her auf Požega und Čačak vordringenden feindlichen Kräfte einzusetzen.
Auch gut, sagte sich Wojwoda Lazar Bošković finster, damit war zu rechnen. Die Serben hatten es weiß Gott schwer genug! Nun war es an ihnen, den Montenegrinern, in die Bresche zu springen. Was ihn betraf – er war entschlossen, alles zu tun, um die Aufgabe auch ohne die Serben zu erledigen.
Er, Wojwoda Bošković, ja – aber galt das auch für die anderen Kommandeure? Nach seiner Meinung wurde auch dieser Gegenangriff vom Generalstab nur halbherzig und mit ungenügenden Kräften vorbereitet. Man sprach von bereitgestellten Reserven, aber auch von der Priorität notwendiger Sicherungen an anderen Fronten (was so viel hieß, daß einem das Hemd näher wäre als die Jacke, daß man sich also um eigene Belange kümmern wollte, bevor man

einen Blick auf die serbischen warf), von strategischen und logistischen Problemen (schon wieder diese bis in die tiefste aller Höllen verfluchte Logistik!), von der technischen Überlegenheit der neu formierten und ausgerüsteten österreichisch-ungarischen 62. Division, der man gegenüberstand*, von Spezialeinheiten, die für den Kampf im Gebirge aufgestellt, ausgebildet und bewaffnet wurden und den eigenen Truppen schon von daher überlegen sein sollten. Diese Argumentation versetzte den Wojwoda in heftigen Zorn. Was hieß das: für den Kampf im Gebirge ausgebildet und bewaffnet und schon deshalb eigenen Kräften überlegen? Hatten die Montenegriner nicht jahrhundertelang ihre Kriege gegen die Türken ausschließlich in den heimatlichen Bergen geführt? War eine Schule durch Generationen, die montenegrinischen Soldaten in Fleisch und Blut übergegangen ist, ihnen gleichsam in die Wiege gelegt worden war, nicht jeder Ausbildung überlegen?

Der Angriff sollte aus der Deckung des Waldes über abschüssiges Gelände talwärts, die letzten zweihundert Meter über sumpfige Wiesen zum Fluß, über den Fluß und auf die Straße auf der anderen Seite führen (s. Karte 3). Die Djetinja, sonst ein seichtes, sich zwischen Kiesbänken schlängelndes Flüßchen, führte nach den Regenfällen der vergangenen Tage mehr Wasser als üblich. Aber man konnte sie noch immer durchwaten, auch wenn das Wasser stellenweise bis zur Brust reichte. Das jedenfalls berichteten die Kundschafter.
Das Regiment Bošković war während der Nacht auf den nördlichen, dicht bewaldeten oder mit Buschzeug bewachsenen Hängen des Blagaja-Bergrückens, gut gedeckt gegen feindliche Sicht in Stellung gegangen. Bis zum Fluß waren es insgesamt rund fünfhundert Meter und weitere fünfzig vom Fluß hinauf zur Straße. Als Angriffsspitze

* Eine auf Kriegsstärke gebrachte k.u.k. österreichisch-ungarische Gebirgsdivision – und um eine solche handelte es sich hier – war zweifellos eine beeindruckende, furchteinflößende und schlagkräftige Demonstration militärischer Macht. Sie zählte drei oder vier Gebrigsbrigaden zu je vier oder auch fünf Bataillonen, eine bis zwei Eskadronen, ein Artillerie-Regiment als Divisionsartillerie, einen Munitionspark, eine Verpflegungskolonne, eine Traineskadron, einen Divisionstrainpark, Sanitätsdienste. Zusammen machte das neun bis fünfzehn Bataillone, ein bis zwei Eskadronen, bis achtzehn Gebirgsbatterien mit einem Gefechtsstand von – je nach Zahl der Bataillone – 9000 bis 15 000 Gewehren, bis 300 Reitern und bis 72 Geschützen. Im Laufe des 1. Weltkrieges kamen verstärkt Maschinengewehrabteilungen hinzu – bis vierzig –, dazu Telefon- und Telegraphenpatrouillen.

war das Bataillon des Majors Belopavlović vorgesehen. Er sollte am linken Flügel angreifen, über den Fluß und die Straße vorgehen und sich drüben mit Front nach Westen festsetzen. Der Bataillonskommandeur Vasoje Belopavlović aus der berühmten Sippe der Belopavlovići von Katunska nahija war klein an Wuchs, doch groß an Mut. Er würde seine Sache gut machen!
Am rechten Flügel sollte die Kavallerie über das offene, für eine Attacke günstige Gelände links und rechts der Straße angreifen, die von der Hauptstraße abzweigte und über die Brücke weiter in die Berge im Süden führte. Die 1. Eskadron – links der Straße – sollte die Brücke nehmen, die jenseitige Straßenkreuzung queren und die feindliche Batterie ausschalten, die man am jenseitigen Hang in Stellung gebracht hatte. Die 2. Eskadron sollte über den Fluß unterhalb der Brücke attackieren, mit einem Zug die feindliche Batterie vom Rücken her angreifen und mit drei Zügen Front nach Osten machen.
Das Bataillon des Oberstleutnants Ozrinić – ein ruhiger, zuverlässiger Mann, im Zivilberuf Lehrer – sollte im Zentrum vorgehen, der Reiterattacke der 1. und 2. Eskadron Feuerschutz geben und über den Fluß und die Brücke vorstoßen, nachdem diese von der Kavallerie eingenommen worden war. Anschließend sollte er die Batterie besetzen, die Brücke absichern und Front nach Osten machen.
Das diesseitige Djetinja-Ufer würde nach dem erfolgten Angriff das Regiment Nr. 17 – Petrović – besetzen und anschließend gemeinsam mit dem Regiment Bošković gegen die von ihrem Hinterland abgeschnittenen feindlichen Truppen vorgehen. Gegen einen neuerlichen feindlichen Durchbruch aus Westen sollten nachgerückte Reserven die Stellung halten und die Straße nach Čačak endgültig abriegeln. Das jedenfalls hatte Brigadier Atanagić versichert, ohne allerdings zu sagen, wie stark diese Reserven sein würden und ob sie überhaupt schon in Marsch gesetzt worden waren.

Noch zehn Minuten bis zum Angriff.
Nachts hatte sich der Regen zu einem feinen Nieseln abgeschwächt. Nebel war aufgezogen, verhüllte die Hänge und Gipfel der umliegenden Berge, zog in grauen Schleiern durch das Tal der Djetinja, nahm die Sicht auf die Straße jenseits des Flusses, auf der die feindlichen Militär-Kolonnen in vorbildlicher Ordnung ostwärts zo-

gen. Endlos! Ganz anders als die chaotisch anmutenden Truppenbewegungen der Türken, an die sich der Wojwoda aus den vergangenen Kriegen erinnern konnte (das galt, Gott sei's geklagt, auch für die Bewegungen eigener Truppen), ging hier alles wohlgeordnet vor sich. Das haben uns die Švabas voraus, sagte er sich mit einem Anflug von Neid, während er zwischen den Nebelschwaden die feindlichen Kolonnen unten im Tal beobachtete. Ordnung statt Chaos, Planung statt Improvisation, eine große Maschine, ein Rädchen greift ins andere, gut geölt, in Gang gehalten von unsichtbaren Mächten... Ich werde Sand in das Getriebe streuen, dachte er grimmig, einen Sack voll montenegrinischer Kieselsteine. Ich werde diese gut geölte, nach einem bestimmten Plan laufende Maschine zum Stehen bringen und sie zerstören!

Noch fünf Minuten.
Wojwoda Bošković verließ seinen Beobachtungsposten, ging einige Schritte rückwärts und bestieg mit Boras Hilfe sein Pferd. Das Pferd schnaubte, tänzelte, scharrte mit den Hufen. Der Wojwoda klopfte ihm beruhigend auf den Hals. Das Klatschen seiner Handfläche auf dem glatten Fell des Pferdehalses war in der klammen, angespannten Stille laut wie Pistolenschüsse. Er lockerte den Säbel in der Scheide. Der *fröhliche Säbel.* Allein die Berührung mit dessen Griff vertrieb die leichte Nervosität und verlieh dem Wojwoda jene innere Sicherheit, die er jetzt brauchte. Es gab für ihn keinen Zweifel, daß er die Attacke seiner Kavallerie mitreiten würde, auch wenn das nicht üblich war – nicht *mehr* üblich war. Früher, ja, früher war es undenkbar gewesen, daß ein Regimentskommandeur im sicheren Unterstand hockte, Melder empfing und ausschickte oder – wie jetzt – per Telefon Befehle an die Einheiten weitergab, während draußen die Männer kämpften, starben, siegten, untergingen.

Fertig machen zum Angriff.
Die Infanteristen des Bataillons Petrović in dem quer zum Hang laufenden Graben pflanzten die Bajonette auf. Sie waren mit neuen Mauser-Gewehren aus serbischer Produktion bewaffnet, einer vorzüglichen Waffe, den österreichischen Mannlicher-Karabinern überlegen, deren Verschlüsse häufig nach schneller Schußfolge bei heiß gewordenen Gewehrläufen klemmten. Die Gesichter der Sol-

daten waren angespannt, grau in dem noch ungewissen Licht des Morgens, das Weiße in ihren geweiteten Augen leuchtete auf, wenn sie herüber, zu ihm blickten. Die meisten von ihnen waren jung, vielleicht zu jung, manch einer zum erstenmal im Einsatz.
Anders die Kavalleristen der 1. Eskadron, die im Hohlweg hinter ihm Aufstellung genommen hatten: erfahrene Männer auf nicht zu großen, schnellen und wendigen Pferden. Die Österreicher hatten bedeutend größere, ansehnlichere Pferde, die sich jedoch für den Einsatz im Gebirge bei weitem nicht so gut eigneten wie die kleineren montenegrinischen. Die Männer waren gut ausgebildet für den Kampf mit Gewehr, Lanze und Säbel. An ihrer Spitze würde er, der Wojwoda, hinunter zur Brücke reiten und über die Brücke auf die andere Flußseite – *so Gott will und des Helden Glück.*

Vier schnell aufeinanderfolgende Kanonenschüsse links hinten ließen den Wojwoda zusammenzucken, obwohl er nach einem letzten Blick auf die Uhr darauf gewartet hatte. Das Pferd scheute, stieg auf die Hinterhand, trippelte nervös auf der Stelle. Der Wojwoda trieb es einige Schritte vor, um die Einschläge der eigenen Artillerie auf der anderen Talseite zu beobachten. Eigene Artillerie: vier armselige Kanonen, die man mühsam über die Berge herangebracht hatte, während die neuen französischen Haubitzen irgendwo steckengeblieben waren.
Die Einschläge der Granaten lagen weit verstreut und an die zweihundert Meter jenseits des Zieles hinter der feindlichen Batterie. Die Narbe auf des Wojwodas Gesicht lief vor Zorn scharlachrot an. Jede Kanone, österreichisches Modell 99,cal. 7 cm, verfügte über je fünfzig Granaten. Die Munition war also fast mit Gold aufzuwiegen – und dann das! Dilettanten! Esel! Militärische Nullen! Ignoranten!
»*Majku jim* – Hundesöhne!« zischte der Wojwoda wütend. Waren das Artilleristen? »Ich werde sie alle erschießen lassen!«
Durch das Fernglas sah man drüben Bewegung. Österreicher liefen hin und her, Geschütze wurden abgedeckt. Am linken Flügel flammte Gewehrfeuer auf. Ein Maschinengewehr begann zu rattern. Major Belopavlović war mit seinem Bataillon zum Angriff angetreten.
»*Napred, nomci, napred* – vorwärts, Burschen, vorwärts!« rief ein junger Leutnant in maßgeschneiderter neuer Uniform und mit

blank gewienerten Stiefeln an den Füßen seinen Leuten im Graben links zu. Mit einem großen russischen Trommelrevolver, dem legendären *Nagant,* in der Rechten, begann er aus dem Graben zu klettern. Von links hörte man jetzt bereits das Hurra und Juriiiš-Geschrei des Belopavlović-Bataillons. Der Wojwoda blickte über die Schulter zurück, nickte seinem Diener Bora und dem Eskadron-Kommandeur, Rittmeister Medenica zu, der *fröhliche Säbel* sprang wie von selbst aus der Scheide, zeigte steil himmelwärts und senkte sich vor.
Wojwoda Lazar Bošković gab seinem Pferd die Sporen.

Vier Versionen einer Niederlage

Bis auf die letzte Ungewißheit – die Frage der Reserven – war der montenegrinische Angriffsplan wohldurchdacht und hält jeder kritischen Beurteilung stand. Doch ist ein Plan bekanntlich immer nur so gut wie sein schwächster Punkt. Daß der Angriff des Regimentes Wojwoda Bošković am Ende fehlschlug und nach anfänglichen Erfolgen mit einer Katastrophe endete, lag daran, daß der Plan von anderen Einheiten der Brigade nicht konsequent genug verfolgt worden ist und eben an dieser »letzten Ungewißheit«, die im Laufe des Tages zur Gewißheit wurde, daß nämlich die zugesagte Rückendeckung gar nicht vorhanden war: Das Regiment Petrović Nr. 17 rückte nicht nach, und die versprochenen Reserven blieben aus.
Während Wojwoda Bošković von Verrat sprach – man habe ihn und sein Regiment absichtlich in den Untergang gejagt –, wird in einem Rapport des Brigadiers Atanagić an den montenegrinischen Generalstab der Schwarze Peter weitergeschoben und berichtet, daß man *wegen* der ausbleibenden Reserven das Regiment Petrović nicht nachrücken ließ, um es nicht auch noch zu opfern. Außerdem hätten die Österreicher anders agiert als erwartet und »... ihre zahlenmäßige Stärke und die Feuerkraft ihrer Gebirgsartillerie ist von unserer Aufklärung stark unterschätzt worden.«
Nicht nur von der Aufklärung! Die montenegrinische Führung insgesamt hatte – Wojwoda Lazar Bošković miteingeschlossen – den verhängnisvollsten aller Fehler gemacht, nämlich den Feind zu unterschätzen. Die serbischen Siege vom Herbst 1914 und die eigenen

(wenn auch bescheideneren) Erfolge des ersten Kriegsjahres hatten den österreichisch-ungarischen Streitkräften den Mythos der Überlegenheit genommen und ins Gegenteil umschlagen lassen, nämlich in den Hochmut der Siegreichen, für den die Südslawen recht anfällig sind und am anfälligsten wahrscheinlich die Montenegriner. Die errungenen Erfolge waren in der Erinnerung mit der Zeit noch bedeutender geworden, leuchtender, sie wurden zu heldenmütigen Siegen verklärt – und hätten weitaus größer und entscheidender sein können, wenn das Oberkommando nicht so überaus ängstlich auf Sicherheit bedacht gewesen wäre, so meinte man. Daß die Mittelmächte augenblicklich Serbien in Bedrängnis gebracht hatten, wertete man als ein Verdienst Mackensens und seiner deutschen Truppen in Verbindung mit dem *Verrat* der Bulgaren und deren heimtückischem *Dolchstoß in den Rücken* der slawischen Brüder. Die Österreicher hatten nach der vorherrschenden Meinung des montenegrinischen Offizierskorps daran kaum einen Anteil. Ohne die deutsche Unterstützung würde man ihnen auch bei diesem Feldzug das gleiche Schicksal bereitet haben wie im Jahr zuvor. Hier, jedenfalls an dieser Front im Westen Serbiens, hatte man es nicht mit den Deutschen und ihrer mörderischen Artillerie zu tun, auch nicht mit den Bulgaren, von deren todesverachtendem Angriffsgeist man einigen Respekt hatte, sondern nach wie vor nur mit einem österreichisch-ungarischen Truppenverband, dessen Gefechtswert man nicht allzu hoch ansetzte, auch wenn von offizieller Seite das Gegenteil behauptet wurde.
Doch die Österreicher hatten aus ihrer Schlappe im ersten serbischen Feldzug, aus den Schlachten in Galizien und in den Karpaten, aus dem unsagbar blutigen Ringen an der Isonzo-Front gelernt. Die Truppe, gegen die Wojwoda Bošković' Regiment stürmte, war kein bunt zusammengewürfelter Haufen kriegsunerfahrener Reservisten mehr. Es waren fronterfahrene Männer, vornehmlich aus den österreichischen Stammländern Tirol, Kärnten und Steiermark, Gebirgstruppen, die darauf brannten, die Schmach des vergangenen Jahres von den kaiserlich-königlichen Waffen zu tilgen und es den anderen Truppen gleichzutun, die im Norden Belgrad bereits erobert hatten und sich im Vormarsch auf das Herz Serbiens befanden.
Auch war der überraschende Angriff an diesem Morgen für die Österreicher gar nicht so überraschend, wie die Montenegriner

meinten. Die österreichische Luftaufklärung hatte seit Tagen feindliche Truppenbewegungen in Richtung Norden gemeldet. Überraschend war eher, daß der gemeinsame montenegrinisch-serbische Gegenangriff nicht bereits früher erfolgt war, zu einem Zeitpunkt nämlich, als man noch *vor* dieser Schlüsselstelle im Tal der Djetinja stand.

Um einen Angriff von Süden abzuwehren, hatte man alle notwendigen Vorkehrungen getroffen. In der Nacht vor dem tatsächlichen Angriffstermin hatte man noch zwei gut getarnte Maschinengewehrnester gebaut, die das Gelände südlich des Djetinja mit ihrem Feuer bestreichen konnten. Außer der Batterie nahe der Brücke, die von den Montenegrinern eingesehen werden konnte, hatte man entlang der Straße noch drei weitere in Stellung gebracht. Alle Geschütze konnten die gegenüberliegenden Hänge der Djetinja im direkten Beschuß unter Feuer nehmen.

Ein österreichischer Offizier, Oberleutnant der Gebirgstruppen, der den montenegrinischen Angriff vor Požega miterlebt hat, berichtet darüber:

»Wir hatten alle Maßnahmen getroffen, um dem erwarteten Angriff vereinter serbisch-montenegrinischer Kräfte in unsere Flanke im Tal der Djetinja... wirkungsvoll zu begegnen. Allerdings rechneten wir in diesem für einen Kavallerie-Einsatz keineswegs günstigen Gelände nicht mit einem solchen. Der Reiterangriff erfolgte dann auch an einer Stelle, die sich als einzige dafür anbot, nämlich auf einem leicht zum Flüßchen hin abfallenden Wiesengelände in Richtung Brücke. Die Absicht der feindlichen Kavallerie war, in einer überraschenden, schnell vorgetragenen Attacke die Brücke zu nehmen, über sie hinaus vorzustoßen und die zur Sicherung der Straßenkreuzung und Brücke eingesetzte Batterie zu besetzen. Diese Absicht gelang auch, allerdings unter großen Verlusten für den Feind. Die montenegrinischen Reiter stürmten trotz heftiger Abwehr auf die Brücke, säbelten dort die Besatzung eines unserer Maschinengewehre nieder, drangen anschließend auf diesseitigem Ufer weiter vor und besetzten unsere Batterie. Die der feindlichen Reiterei folgende Infanterie nutzte die entstandene Verwirrung aus und stieß ebenfalls über die Brücke bis in die gut ausgebaute, zur Rundumverteidigung geeignete Batteriestellung vor, wo sie sich anschließend festsetzte... Weniger erfolgreich war die feindliche Infanterie am linken Flügel, die in Bataillonsstärke versuchte, über den Fluß auf die Vormarschstraße zu dringen. Ihr Angriff wurde blutig abgewiesen...«

Was in diesem Bericht so nüchtern mit einem Satz umschrieben wird – »ihr Angriff wurde blutig abgewiesen« – bedeutete das Ende des Bataillons Belopavlović. Den Angreifern schlug auf dem offenen Gelände zwischen Wald und Fluß ein so mörderisches Gewehr- und Maschinengewehrfeuer entgegen, daß sie zu Boden gezwungen wurden, noch ehe sie zwei Drittel der Distanz zurückgelegt hatten. Deckung gab es kaum; für die Österreicher auf dem erhöhten jenseitigen Djetinja-Ufer lagen sie wie auf dem Präsentierteller. Innerhalb weniger Minuten waren mehr als die Hälfte aller Soldaten tot oder verwundet; gefallen waren auch die meisten Offiziere.
Major Belopavlović sah in dieser ausweglosen Situation in einer Fortsetzung des Angriffes die einzige Rettung. Mit gezogenem Säbel in der einen und einer Pistole in der anderen Hand stürmte er durch die gelichteten Reihen seiner Soldaten vorwärts. Es gelang ihm tatsächlich, einige von ihnen so weit anzuspornen, daß sie, wenn auch nur zögernd, seinem Beispiel folgten. Doch sie wurden schnell wieder zu Boden gezwungen, und auch ihr Kommandeur, Major Belopavlović, kam nicht weit. Von einer Kugel getroffen, stolperte er, fiel auf die Knie, verlor seinen Säbel, raffte sich wieder auf, taumelte weiter, sein immer leiser werdendes *für König – Vaterland – vorwärts – Juriš – Juriš* – rufend, fiel hin, *König – Va – Va–,* schoß auf den Knien kauernd blind das Magazin seiner Pistole schräg in den Boden vor sich leer, *Vaterland – Vater – Vater...,* verschwand plötzlich in der Explosion einer Granate.
Für den Rest seines Bataillons gab es nun kein Halten mehr. Die Soldaten sprangen nacheinander auf, liefen so schnell sie konnten zurück, doch nur wenige von ihnen erreichten den rettenden Wald. Ähnlich, wenn auch nicht ganz so katastrophal, erging es den ersten zwei Kompanien des Bataillons Ozrinić. Sie hatten, wie geschildert, den Auftrag, im Zentrum des Angriffes vorzustoßen, bis zum Fluß vorzudringen, dort der attackierenden Kavallerie über den Fluß hinweg Feuerschutz zu geben und schließlich hinter der Kavallerie und den beiden anderen Kompanien des Bataillons über die er-

oberte Brücke an das andere Ufer zu gehen. Darüber der vorhin erwähnte österreichische Oberleutnant in seinem Bericht:

»... Desgleichen gelang es der feindlichen Infanterie nicht, den auf den linken Djetinja-Ufer durchgebrochenen Reitern und Infanteristen in einer Stärke von zwei, allerdings bereits stark dezimierten Kompanien, zu folgen. Sie wurde von einem nun voll einsetzenden Sperrfeuer unserer Artillerie auf dem anderen Ufer zu Boden gezwungen und festgehalten und erlitt erhebliche Verluste. – Im Vorwärtsdrang eines Sturmangriffes nur schwer aufzuhalten, zeigen serbische und noch mehr montenegrinische Soldaten unter Artilleriefeuer nur wenig Standvermögen. Nach einer gewissen Zeit des Dauerbeschusses gaben sie auch diesmal zermürbt auf ... Ihr Rückzug glich einer regellosen Flucht ... Während ein Jägerbataillon die Verfolgung der Feinde auf dem südlichen Djetinja-Ufer antrat, ging es auf dem diesseitigen Ufer nur noch darum, die nun eingeschlossenen Montenegriner auszuschalten. Sie ... verteidigten sich mutig und mit großem Einsatz. Für uns erschwerend kam hinzu, daß unsere Artillerie nicht eingesetzt werden konnte, aus Rücksicht auf die Kameraden, die in der Batterie möglicherweise gefangengenommen worden waren. Dennoch war es nur noch eine Frage von Stunden, bis auch der letzte Montenegriner entweder tot oder verwundet war, oder sich ergeben hatte ...«

Zu diesem Zeitpunkt stand bereits fest, daß der Gegenangriff mißlungen war. Die verlorene Schlacht an der Djetinja ging in die montenegrinische Geschichtsschreibung als einer der heldenhaften, doch vergeblichen Versuche, die Niederlage des serbischen Verbündeten abzuwenden. Es gab noch einige davon. Der letzte war die große Schlacht von Mojkovac im Dezember 1915–Januar 1916, die gleichfalls mit einer blutigen Niederlage der Montenegriner endete. Für das Debakel an der Djetinja und den Verlust eines ganzen Regimentes werden viele Gründe angeführt. Es gibt eine Reihe von Versionen. Wir greifen vier davon heraus.

1. Die Version des Wojwoda Lazar Bošković: *Verrat.* Die militärische Clique um König Nikola I. versuchte ihn, den Wojwoda, endgültig auszuschalten.

2. Die offizielle Version des montenegrinischen Generalstabes: *Niederlage gegen einen überlegenen Feind, weil sich die Serben nicht an die im Angriffsplan festgesetzten Vereinbarungen hielten.*
Der montenegrinische Generalstab hatte den Bericht des Brigadiers Grgur Atanagić entgegengenommen und bestätigt. Darin heißt es unter anderem:
»... Nachdem feststand, daß die serbischen Verbündeten nicht vereinbarungsgemäß von Norden aus Richtung Tvrdici vorstießen, um sich an das Regiment Bošković anzuschließen, daß wir auch von Osten, aus Richtung Arilje, nicht mit ihrer Unterstützung rechnen durften, konnte nicht mehr an dem ursprünglichen Angriffsplan festgehalten werden... Das Regiment Petrović... durfte auf keinen Fall nachrücken und aufschließen wie beabsichtigt, weil... starke feindliche Kräfte am südlichen Djetinja-Ufer vordrangen. So wäre auch das Regiment Petrović abgeschnitten und vernichtet worden. Es stellte sich die Frage, blind an dem ursprünglichen Plan festzuhalten und damit die ganze Brigade sinnlos zu opfern, oder wenigstens das Regiment Petrović und die Artillerie durch einen geordneten Rückzug zu retten. Die Antwort ergab sich von selbst, die getroffene Entscheidung konnte nicht anders ausfallen...«

3. Die militärtheoretische Version: *Eine zwangsläufige Niederlage, wegen der Nichtbeachtung oder falscher Interpretierung der (kleinen) strategischen und taktischen Lage.*
Der Angriff war ohne ausreichende und gesicherte Reserven und ohne Unterstützung durch schwere Waffen begonnen worden; er hätte demnach gar nicht stattfinden dürfen. Man hatte auch von vornherein einige wichtige Überlegungen außer acht gelassen, wie etwa die von der *erlahmenden Kraft oder dem Kulminationspunkt des Angriffes* (Clausewitz)*, der nur durch Bereitstellung gegenüber

* Nach Clausewitz führen die meisten Angriffe »... nur bis zu einem Punkt, wo die Kräfte noch eben hinreichen, sich in der Verteidigung zu halten... Jenseits dieses Punktes liegt der Umschwung, der Rückschlag; die Gewalt eines solchen Rückschlages ist gewöhnlich viel größer als die Kraft des Stoßes war...« Der anfängliche – auch bei der Angriffsschlacht an der Djetinja beobachtete – Erfolg des Angreifers bedeutet keineswegs seinen Sieg; denn kein Gefecht steht für sich isoliert, sondern ist nur eine Episode im Geschehen einer Schlacht, eines Feldzuges oder Krieges. Der Angriff kann zwar zunächst erfolgreich vorgetragen und nach der Erreichung des taktischen Zieles beendet werden, dann aber dennoch mit einer Niederlage enden –

Reserven überwunden werden kann, um eine erfolgversprechende Verlängerung der Kampfhandlungen zu erreichen.

4. Die Legende: *Ein neuerlicher Versuch dunkler Mächte, Wojwoda Lazar Bošković am Vollzug seiner Rache zu hindern.*
Von hundert Episoden werden neunundneunzig vergessen und gehen in das große Geschehen des Krieges ein. Doch eine bleibt – aus welchen Gründen auch immer – lebendig, die Legende bemächtigt sich ihrer, sie wird verändert, zurechtgebogen, bearbeitet wie die gegerbte Haut eines Kalbes, bis der Schuh dem Fuß angepaßt ist, für den er gedacht war. So geschah es auch mit der *Bitka na Djetinji,* mit der Schlacht an der Djetinja, bis sie in das Bild und die Geschichte um die *Blutige Slava,* Wojwoda Lazar Bošković und sein ungestilltes Verlangen nach Rache paßte.
In jeder Legende steckt ein Körnchen Wahrheit. Sie ist wie ein Samenkorn, aus dem ein großer, vielfach verzweigter Baum wächst. Ständig verändert er seine Gestalt, verliert das Laub im Herbst, streckt die kahlen, nackten Äste in den winterlichen Himmel, erwacht im Frühjahr zu neuem Leben, treibt Knospen aus, grünt und blüht, setzt neue Triebe an, die einmal zu starken Ästen werden, bietet unzähligen Lebewesen Heim und Nahrung. So steht er da, weithin sichtbar, eine kleine Welt für sich, atmet die Luft, die ihn umgibt, seine Blätter glänzen im Regen, er streckt die Zweige der Sonne entgegen, trotzt den Stürmen und ist mit unzähligen Wurzeln mit dem Boden verbunden, aus dem er gewachsen ist. Wie ein Baum ist auch eine Legende mit zahllosen unsichtbaren Wurzeln in dem Boden verankert, dem sie entsprossen ist und aus dem sie ihre Lebenskraft bezieht, Tag für Tag, Jahr um Jahr, von einer Generation zur anderen, und so wie ein Baum stirbt und in den Boden eingeht, aus dem er gekommen ist, sterben zuweilen auch Legenden, geraten in Vergessenheit, bereiten den Boden vor, aus dem neue erwachsen.

das schon wegen des Zusammenhanges, in dem ». . . die ganze Reihe der aufeinanderfolgenden Gefechte steht, wegen des Kulminationspunktes, den jeder Sieg hat, über welchen hinaus das Gebiet der *Verluste und Niederlagen beginnt* (Hervorhebung durch Verf.), wegen aller dieser natürlichen Verhältnisse des Krieges, sage ich, es nur einen Erfolg gibt, nämlich den Enderfolg. Bis dahin ist nichts entschieden, nichts gewonnen, nichts verloren . . .«

Der Legende nach konnte das Leben des Wojwoda Lazar Bošković keine Vollendung finden, solange er nicht die Rache an den Mördern der *Blutigen Slava* vollzogen hatte. Die *dunklen Mächte,* gegen die er kämpfte, trachteten ihm nach dem Leben. Für die volkstümlichen Erzähler war die Schlacht an der Djetinja schon bald nur eine weitere Episode in diesem Kampf. Die *dunklen Mächte* oder auch die *Mächte der Finsternis,* so sangen die Guslari, hatten sich mit den Feinden Montenegros verbündet und den Wojwoda und seine tapferen Mitstreiter in eine Falle gelockt. Alle fanden den Tod, nur der Wojwoda selbst »der Held aller Helden«, soll mit Hilfe der »glutäugigen Elfe der Rache«, die über ihn den in einer Vollmondnacht gewobenen »Schleier der Unsichtbarkeit« geworfen hatte, davongekommen sein, um die Suche nach den Mördern wieder aufzunehmen. Wie schwer, bitter und schmerzlich das Leben auch sein mag, jeder Mensch muß seinen vorbestimmten Weg zu Ende gehen und seine, ihm vom Schicksal auferlegte Aufgabe erfüllen.
Daß der Regimentskommandeur Oberst Wojwoda Lazar Bošković am Leben geblieben sein könnte, findet eine Bestätigung in dem erwähnten Bericht des österreichischen Oberleutnants, in dem es abschließend heißt:

»... Gegen Abend dieses ereignisreichen Tages versuchten die überlebenden Montenegriner einen Ausfall aus ihrer Verteidigungsstellung. An der Spitze der wenigen Infanteristen, die dazu noch in der Lage waren, befanden sich einige Reiter. Todesmutig stürmten sie voran, doch die meisten von ihnen kamen noch nicht einmal bis zum Fluß. Entweder sie fielen oder ergaben sich, nachdem sie die Aussichtslosigkeit ihrer Lage eingesehen hatten ... Über den Fluß unterhalb der Brücke setzte vielleicht noch ein Dutzend Reiter. Diejenigen, die tatsächlich das andere Ufer erreichten, wurden dort niedergemacht, keiner von ihnen ergab sich, sie starben kämpfend. Die anderen wurden von der Hochwasser führenden Djetinja abgetrieben. Unter diesen könnte sich auch der montenegrinische Regimentskommandeur, ein Oberst, befunden haben ... Seine Leiche war nicht unter den Toten, die noch in dieser Nacht und am darauffolgenden Tag von unseren Pionieren und der zu dieser Arbeit herangezogenen Zivilbevölkerung bestattet wurden ...«

Der Wojwoda blieb verschwunden. War es ihm doch gelungen, die feindlichen Linien zu durchbrechen und davonzukommen? Hatte er sich – wie es die Legende will – nach der verlorenen Schlacht wieder auf einen jener geheimnisvollen Wege gemacht, auf die ihn früher seine rastlose Suche nach den Mördern der *Blutigen Slava* getrieben hatte? Würde er auch diesmal eines Tages plötzlich auftauchen, auf seiner Felsenburg Kameni Stup, in einem einsam gelegenen Han, auf seinem Pferd durch ein Dorf oder eine Stadt reitend, eine schweigsame, düstere, von seinem riesenhaften Diener Bora begleitete Gestalt, von der man nicht mehr wußte, ob sie noch wirklich war, ein lebender Mensch oder bereits ein ruheloses, durch das Land irrendes Gespenst, fleischgewordene Erinnerung an die große Zeit Montenegros und seine unsterblichen Helden?
Vier Versionen: der zornige Ausbruch des Wojwoda Lazar Bošković, er sei mit seinem Regiment verraten und in den Untergang getrieben worden; der Brigadier Grgur Atanagić, der finster über seinem Bericht an den Generalstab brütet; die Lehrer an der Kriegsakademie in Belgrad, die nach dem Krieg vor jungen Offizieren über die *Lehren und Erkenntnisse aus der Schlacht an der Djentinja* sprechen; der Guslar, der zu dem weithin tragenden, vibrierenden Ton der einzigen Saite seines Instrumentes singt:

> Unsichtbar zieht Wojwoda Lazar übers Feld,
> Rot fließt das Blut aus seinen Wunden,
> Sein Herz ist schwer und bitter seine Seele,
> Und groß ist seine Sehnsucht nach dem Tode,
> Nach tiefer Ruhe eines Heldengrabes.
> Doch noch ist diese Stunde nicht gekommen.
> Die Zeit des Friedens und Vergessens.
> Noch muß er weiterziehen, Rache üben
> Für seine Söhne und die toten Helden,
> Die Opfer eines schmählichen Verrates.

Sie alle zeichnen ein entsprechendes, ihnen und ihrer eigenen Version gemäßes Bild von der Schlacht an der Djetinja. Doch was geschah dort wirklich?

Die letzte Attacke

Wie im Angriffsplan vorgesehen, stürmten die 1. und 2. montenegrinische Eskadron beiderseits der Straße, die nach Süden führte, nahmen die Brücke und säbelten dort die Besatzung eines Maschinengewehres nieder. Kein Österreicher überlebte. Das erbeutete Maschinengewehr mit reichlich Munition führten die nachfolgenden Infanteristen mit. Es hat später noch eine wichtige Rolle gespielt.
Während die 1. Eskadron weiter über die Straßenkreuzung attakkierte und die oberhalb im Hanggelände in Stellung gegangene Batterie angriff, querte die 2. Eskadron unterhalb der Brücke den Fluß und brach über die Straße von rückwärts in die Batterie ein. So in die Zange genommen, leisteten die österreichischen Artilleristen kaum Widerstand und ergaben sich.
Die Verluste der montenegrinischen Kavallerie waren schwerer als erwartet. Fast ein Viertel ihres Bestandes büßten auch die nachrükkenden Infanteristen des Bataillons Orzinić ein.
Die abgesessene Reiterei und die Infanteristen bezogen in der eroberten österreichischen Batterie und in der unmittelbaren Umgebung Verteidigungsstellungen. Das Ziel des Angriffes war erreicht, was bei Soldaten und Offizieren ein Gefühl des Triumphes auslöste.
Der junge Leutnant in der maßgeschneiderten Uniform und den auf Hochglanz gewienerten, doch nach dem Sturmlauf durch das sumpfige Gelände mit Schlamm überkrusteten Stiefeln, brachte dies zum Ausdruck, als er mit leuchtenden Augen und einer von *juriš* und *napred* Geschrei heiseren Stimme ausrief:
»Wir haben die Švabas besiegt, Leute – jetzt geht es weiter nach Wien!«
Wojwoda Bošković ließ ihn gewähren, fühlte doch auch er nach der gelungenen Attacke tiefe Befriedigung. Er war an der Spitze seiner Leute geritten, den Diener Bora wie einen großen lautlosen Schatten im Schlepptau. Er hatte unterhalb der Brücke die vor dem Wasser scheuenden Kavalleristen der 2. Eskadron in den trüben, lehmgelben Fluß gejagt, war später als einer der ersten in die feindliche Batterie eingebrochen – es war wie einst, in den schönen alten Zeiten! Eine Attacke, die das Herz höher schlagen ließ und das Blut heiß durch die Adern jagte, auch wenn er eigenhändig keinen Feind getötet hatte.

Das Gefühl des Triumphes und der Befriedigung wich allerdings schon bald dem der Besorgnis. Die vorübergehend in Verwirrung geratenen Österreicher fingen sich schnell, bezogen Stellung, ihr Feuer wurde zunehmend dichter. Das Bataillon Belopavlović hatte sein Ziel offensichtlich nicht erreicht, ja es war noch nicht einmal über den Fluß gelangt, wie man auch von hier aus erkennen konnte. Dort, wo es hätte stehen müssen, sah man die Österreicher in lockerer Schützenkette vorgehen – ein Bild, das den Wojwoda unwillkürlich an eine Treibjagd erinnerte. Was war mit Belopavlović und seinen Leuten geschehen? Wo blieb Oberst Petrović mit seinem Regiment?

Das Verhängnis nahm seinen Lauf, die Niederlage bahnte sich an. Der Kampf dauerte fast den ganzen Tag. Der Wojwoda gönnte sich keinen Augenblick der Ruhe. Er wies seine Soldaten ein, bestimmte das Schußfeld, ließ sie, wo notwendig, zusätzliche Brustwehren bauen, Schießscharten durchbrechen, den Unterstand für die Verwundeten befestigen. Den Verteidigern kam entgegen, daß die Österreicher keine schweren Waffen einsetzten, um die gefangenen und in der Batteriestellung festgehaltenen Artilleristen nicht zu gefährden. Dafür unterhielten sie ein so dichtes Gewehr- und Maschinengewehrfeuer, daß die Zahl der Verteidiger rasch dahinschmolz. Gegen Mittag war von den ursprünglich rund zweihundert montenegrinischen Soldaten gerade noch gut die Hälfte kampffähig. Alle anderen waren tot oder verwundet.

Als einer der ersten fiel der junge Leutnant in der schönen neuen Uniform. Eine Kugel durchschlug ihm den Hals. Blut schwappte aus seinem Mund, lief über die maßgeschneiderte Bluse, sammelte sich in einer roten Lache. Er versuchte noch etwas zu sagen, brachte aber nur ein ersticktes Gurgeln hervor. Dann starb er.

Es regnete nicht mehr. Zwischen den Wolken, die ein kalter Nordwind vor sich her trieb, erschienen zum erstenmal seit Tagen blaue Flecken.

Bei den Verteidigern wurde die Munition knapp. Die zwei russischen *Maxim*-Maschinengewehre, die man mitgeführt hatte, gaben nach wiederholten Ladehemmungen ihren Geist auf; eine Reparatur war ohne Ersatzteile nicht möglich. Für das erbeutete und einwandfrei funktionierende österreichische Maschinengewehr System *Schwarzlose* gab es noch genügend Munition. Der Wojwoda ließ es

des öfteren die Stellung wechseln, um bei den Angreifern den Eindruck zu erwecken, sie hätten es noch immer mit mehreren Maschinengewehren zu tun.
Ab Mittag hatte der Wojwoda keine Hoffnung mehr, daß seine dahinschmelzende Truppe Hilfe und Unterstützung bekommen würde. Der Gefechtslärm auf dem anderen Djetinja-Ufer war längst verstummt, man sah dort nur noch Österreicher bis hinauf zum Waldrand, dem Ausgangspunkt des eigenen Angriffes. In dieser Situation schickte er einen Meldegänger mit dringender Forderung um Unterstützung los. Er sollte sich durch das unübersichtliche, mit Bäumen und Buschzeug bewachsene Gelände rückwärts der Batterie vorarbeiten, unterhalb der Brücke den Fluß queren und sich dann zu den eigenen Truppen »irgendwo in den Bergen im Süden« durchschlagen.
Der Meldegänger, ein Korporal, ritt los. Doch er schaffte es noch nicht einmal bis zur Djetinja. Man sah in fallen und liegenbleiben. Während das reiterlose Pferd davongaloppierte, kamen zwei österreichische Jäger und beugten sich über den Gefallenen. Obwohl der Wojwoda allen wiederholt eingeschärft hatte, mit Patronen zu sparen und nur gezielt zu feuern, schoß er jetzt wütend das Magazin seines Gewehres leer. Doch die Entfernung war zu groß, er traf nicht. Da geschah etwas Unerwartetes – doch für jemanden, der Wojwoda kannte, vielleicht auch nicht so Unerwartetes. Er warf das Gewehr achtlos seinem Diener Bora zu, kletterte auf die Brustwehr, schüttelte die Fäuste gegen die Berge jenseits des Flusses und schrie:
»Verräter! Wo seid Ihr? Wo, wo? Woooo?«
So fiel zum erstenmal das Wort vom *Verrat.* Es wurde weitergegeben, weitergeflüstert oder -gerufen, von Mann zu Mann, bis hin zu den nur notdürftig versorgten Verwundeten in dem überfüllten Unterstand, mit ängstlicher Scheu, neu aufkeimender und schnell um sich greifenden Furcht, es rief ungläubiges Staunen, Mutlosigkeit und Entsetzen hervor, aber auch Trotz, Zorn und wütendes Aufbegehren.
Bora riß den Wojwoda von der Brustwehr. Der alte Mann starrte ihn wie blind an, die Narbe, die sein Gesicht spaltete, glühte.
»Du könntest es schaffen«, flüsterte er heiser. »Du wirst gehen. Nicht zu Pferd. Du wirst es schaffen! Hör zu, Bora – etwas weiter links, dort gibt es mehr Deckung.«
»Und wer paßt auf dich auf, mein Wojwoda?« fragte Bora.

»Wenn es dir nicht gelingt, Hilfe zu holen, wirst du sowieso auf niemanden mehr aufpassen müssen. Und wenn es mich trifft – kümmere dich um Rada!«

»Ich werde es tun . . .« Der große Mann mit den Kräften eines Bären und dem Herzen eines Kindes begann zu weinen. »Ich schwöre es, mein Wojwoda!«

»Ich gebe dir nichts Schriftliches mit. Geh jetzt! Schick' sie zu Teufels Mutter – in meinem Namen! Sie haben uns verraten. Um mich alten Mann geht es nicht. Aber die anderen, die anderen . . .« Seine Wut war verflogen, er breitete hilflos die Arme aus, schüttelte den Kopf und wandte sich ab.

Bora wählte einen anderen Weg als der erste Meldegänger. Schnell und für seinen großen, schweren Körper unerwartet gewandt huschte er aus der Stellung und verschwand in einem flachen, vom dichten Gestrüpp bewachsenen Graben, der schräg hinunter zum Fluß führte.

Über den Höhenrücken des Zlatibor-Massives glühten die Wolken im Licht der untergehenden Sonne, als der Wojwoda alle, die nicht unbedingt auf ihrem Posten bleiben mußten, zusammenrief. Die Ansprache, die er hielt, war kurz. Er beschönigte nichts, weckte keine falschen Hoffnungen. Die Schlacht sei verloren, sagte er, alle Opfer wären umsonst gewesen. Um die Toten müßte man sich nicht mehr kümmern, sie seien mit den Vätern vereint und hätten die lange Reihe der Helden Montenegros um ihre Namen verlängert. Die Verwundeten kämen in die Obhut der Österreicher. »Die Švabas sind unsere Feinde, aber sie sind zivilisierte Menschen und haben gute Ärzte, vielleicht bessere als wir. Wir haben ihre Gefangenen gut behandelt, keinem etwas zuleide getan, der sich ergab, und sie werden sich um unsere Verwundeten kümmern.« Diejenigen, die noch kampffähig wären, hätten jetzt die Wahl, hier zu bleiben und sich zu ergeben oder einen Ausbruchversuch zu wagen, sprach er weiter. Doch müßte dieser sobald wie möglich stattfinden. »Die Feinde sind klug, während des Tages wollten sie nicht stürmen, weil wir zu viele von ihnen gesehen und getötet hätten. Doch mit Anbruch der Dunkelheit werden sie wie eine Sturmwoge über uns kommen – was wollen wir ihnen entgegensetzen?« Er ließ den Blick seiner furchtbaren Augen über die Soldaten gleiten, sechzig

oder siebzig waren es noch. »Ihr habt mutig gekämpft, meine Söhne, ihr habt gekämpft wie echte Helden Montenegros, stolze Söhne tapferer Vorfahren. Ich werde den Angriff anführen. Wer sich mir anschließen will, soll sich bereit machen. Wer hier bleibt, geht zunächst auf seinen Posten zurück.«
Nicht alle traten an, wie der Wojwoda im Stillen gehofft hatte. Gut drei Dutzend waren es, die Hälfte davon Kavalleristen. Die übrigen wollten sich ergeben und blieben zurück, schweigend, mit verschlossenen Gesichtern, die meisten von ihnen Familienväter, aber auch junge, unerfahrene Burschen, die zermürbt waren von diesem Tag des Kampfes und vielfachen Todes.
Der Angriff sollte etwa in die Richtung führen, die vorhin Bora eingeschlagen hatte. Wem es gelang, den Fluß zu erreichen und zu überqueren, sollte sich auf dem anderen Ufer zunächst flußabwärts wenden und so schnell wie möglich das bewaldete, nach Osten steil abfallende Gelände zu erreichen versuchen. Danach müßte man sich zu den eigenen Einheiten südwärts durchschlagen.
»Irgendwo im Süden sind sie«, rief der Wojwoda aus und es klang wie ein Fluch. Er zog seinen Säbel. »Vorwärts, meine Söhne, auf zur letzten Attacke!«

Wie der montenegrinische Ausbruchversuch verlief und endete, schildert der vorhin zitierte Bericht des österreichischen Oberleutnants. Der Wojwoda erreichte tatsächlich noch den Fluß und bekam dabei auch nicht einen einzigen feindlichen Soldaten zu sehen, obwohl er jetzt nichts so sehr wünschte, als zu töten. Er sah nur, wie seine Leute links und rechts fielen, wie sich ihre getroffenen Pferde aufbäumten, stürzten, sich überschlugen, er hörte die Schüsse, das Rattern der Maschinengewehre, die Schreie der Wut, des Entsetzens, des Schmerzes.
Kurz bevor er das Pferd in den Fluß trieb, merkte er, wie dessen Leib ein heftiger Schlag traf, und gleich darauf noch einer. Im nächsten Augenblick durchbrachen sie das Ufergebüsch und stürzten in den Fluß.
Alles, was danach geschah, drang nur undeutlich in das Bewußtsein des Wojwoda. Er kämpfte um sein Leben, er kämpfte trotz allem noch immer, doch diesmal gegen das Wasser, das ihn umherwirbelte und davontrug. Wie die meisten Montenegriner jener Zeit konnte

er kaum schwimmen und wäre mit Sicherheit ertrunken, wenn der Fluß tiefer gewesen wäre. Aber er bekam immer wieder Boden unter den Füßen, so daß er Luft schöpfen konnte. Dann fand er sich plötzlich im seichten Wasser und zog sich ans Ufer und die Böschung so hoch hinauf, wie es nur ging, bevor ihn die Kräfte verließen. Er sackte vornüber zusammen, und während er in einem seltsam schwerelosen Zustand halber Bewußtlosigkeit sank, merkte er, daß er seinen Säbel noch immer in der Hand hielt: den *fröhlichen Säbel.* Er hatte den Säbel nicht verloren, als er vom getroffenen Pferd ins Wasser gestürzt war, auch dann nicht verloren, als er im Wasser um sein Leben gekämpft hatte! Er hatte seinen einzigartigen Säbel festgehalten – sich an ihm festgehalten – er hatte den Säbel gerettet, der *fröhliche Säbel* hatte ihn gerettet – Gott, der Allmächtige, das war ein Zeichen! Ein Omen! Er mußte am Leben bleiben! Er mußte weiterkämpfen und die Menschen zur Rechenschaft ziehen, die ihn verraten und seine Soldaten in den Tod geschickt hatten!

Es ist denkbar, daß es der Haß war, der dem Wojwoda jetzt die Kraft gab, weiterzumachen, nicht liegen zu bleiben und sich in der Dunkelheit abgleiten zu lassen, in den lockenden Frieden und die warme Geborgenheit, die ihn in der Dunkelheit erwarteten. Er schob den Säbel in die Scheide, kroch an dem Steilufer empor, zog sich an den Zweigen und Wurzeln des Ufergebüsches aufwärts, bis er schließlich oben stand, während sich unter ihm der Fluß rauschend in der Dunkelheit der anbrechenden Nacht verlor.

Wenn der Wojwoda aus seinem brennenden Haß die Kraft bezogen hatte, die Schwäche und Mutlosigkeit am Flußufer zu überwinden, dann darf man annehmen, daß er ihm auch die Kraft gegeben hätte, sich tatsächlich zu den eigenen Truppen durchzuschlagen. Doch das Schicksal wollte es anders. Als der Wojwoda auf seinem Weg vor Erschöpfung taumelnd durch dichtes Gestrüpp brach, verlor er plötzlich den Boden unter den Füßen, fiel ins Leere und stürzte einen steilen Felsen- und Geröllhang hinunter. Noch während des Sturzes fühlte er in seinem rechten Bein einen heftigen Schmerz, er hörte das Geräusch des brechenden Knochens, schrie auf, prallte mit dem Kopf auf, vor seinen Augen schien eine Sonne zu explodieren, und er verlor das Bewußtsein.

Wie lange hatte seine Ohnmacht gedauert? Der Wojwoda kam wieder zu sich, öffnete die Augen und wußte zunächst nicht, wo er sich befand und was mit ihm geschehen war. Der Schmerz brachte ihn zurück in die Wirklichkeit: Er war gestürzt, hatte sich ein Bein gebrochen, die Uniform klebte naß und kalt an seinem Körper, die ganze rechte Seite tat ihm weh. Um ihn war es still – beängstigend still nach dem Lärm der Schlacht – wie weit lag sie bereits hinter ihm! – Nur in der Ferne war das Rauschen des Flusses zu hören, das Rascheln des Windes im trockenen Laub und weit, weit, irgendwo hinter dem Horizont, das dumpfe Grollen und Donnern des Artilleriefeuers. Die Front. Der Krieg. Es war Krieg. Der Säbel. Er tastete nach ihm, der Säbel steckte in der Scheide, er hatte ihn auch jetzt nicht verloren, als er über den Felsabhang gestürzt war.
Der Mond stand groß und kalt am Himmel. Wolken zogen vorbei, verdeckten den Mond, tauchten das Land in Finsternis ein, gaben den Mond und sein silbernes Licht wieder frei.
Die Schmerzen mißachtend, die sich jetzt durch seinen ganzen Körper ausbreiteten, richtete sich der Wojwoda auf und sah sich um. Er lag auf einer freien, von Buschzeug umstandenen Fläche am Fuße einer übermannshohen, senkrechten Felswand. Er zog sich an die Felswand heran, stemmte sich hoch, drehte sich um, so daß er, mit dem Rücken an den Felsen gestützt, zum Sitzen kam. Den gebrochenen Unterschenkel, der kraftlos hinter ihm her schleifte und jetzt in einem unnatürlichen Winkel abstand, brachte er in eine natürliche Lage. Der Schmerz trieb ihm dabei Tränen in die Augen, Schweiß brach ihm am ganzen Körper aus, er fror und zitterte vor Kälte und Schmerz so heftig, daß ihm die Zähne laut aufeinander schlugen – ein lautes, schauerliches Geräusch in der Stille der Nacht. Einer neuerlichen Ohnmacht nahe, tastete er unsicher nach dem Revolver. Der Halfter, den er vor der Attacke geöffnet hatte, war leer. Er hatte den Revolver verloren, vielleicht beim Sturz in den Fluß, vielleicht später. Doch der Revolver war nicht mehr so wichtig. Er hatte den Säbel. Der Säbel war ihm geblieben, ein treuer, zuverlässiger Freund, er war immer bei ihm gewesen, so auch jetzt, nachdem sie gemeinsam die letzte Attacke geritten hatten.
Das war unsere letzte Attacke, sagte der Wojwoda zu dem Säbel, während er ihn mühsam aus der Scheide zog und quer über seine Oberschenkel legte. *Die letzte Attacke. Es ist vorbei.*

In der blanken Schneide des *fröhlichen Säbels* spiegelte sich das Mondlicht. Die Schmerzen in des Wojwodas Bein und in der Schulter ließen nach, das Zittern ebbte ab, die Kälte war nicht mehr so qualvoll. Es ist zu Ende, sprach er in Gedanken mit dem Säbel, wir haben die letzte Schlacht verloren. Tod, dachte er, du magst kommen, Tod, ich bin bereit. Ich verfluche dich nicht, Tod, ich wehre mich nicht, ich klage nicht, und wenn ich etwas bedauere, dann nur, daß ich meinen Schwur nicht halten konnte, daß ich die Mörder nicht fand, um Rache zu üben. Es war nicht Gottes Wille. Nicht *ich* werde dich rächen, Milovan, mein ältester, mein feuriger Sohn. Dich Petar, der du wie ein Stück von meinem geliebten Land warst, ein Fels, eine Erdkrume, ein Berg, ein Feld, und der du meinem Herzen am nächsten gestanden hast. Dich, mein gelehrter, schöner Sohn Dušan, und Euch, Brüder Blagoje und Veljko. Euch Kinder, Alexander und Danilo und meinen armen, verwirrten Mirko. Den sanften Ilija, meinen treuen Djuro, und dich, mein kleiner Lazar, der du noch nicht einmal die Welt wahrgenommen hast aus deiner Wiege, als der Mörder kam.
Vor dem Schmerz, der jetzt wie eine Woge über ihm zusammenschlug, schrie der Wojwoda auf, ein schauriges, heulendes *Božeee* – Gott – in die Nacht. Er schlug mit dem Hinterkopf wiederholt an den Felsen und merkte es kaum – was bedeutete schon dieser Schmerz und auch der in seinem gebrochenen Bein gegen den des Verlustes, den er damals erlitten hatte! Dieser Schmerz war immer in ihm gewesen, immer, immer, immer, seit jener schrecklichen Sekunde vor sechzehn Jahren, als ihm bewußt geworden war, was sich ereignet hatte. Der Schmerz hatte ihn seitdem nie wieder verlassen, er hatte sein Leben vergiftet, war stets auf der Lauer gelegen, um hervorzubrechen und über ihm zusammenzuschlagen, so wie jetzt.
Ich werde euch nicht rächen, dachte er bitter, Gott, der Allmächtige hat es nicht gewollt, *Sein* ist die Rache. *Er* wird es tun! Doch laß es durch Bogdans Hand geschehen, Gott! Laß Bogdan nicht schwach werden! Laß' ihn nicht auf einem falschen Weg in die Irre gehen, und wenn er diesen Weg bereits betreten hat, laß ihn wieder umkehren, Gott, es liegt in Deiner Macht!
So sprach der Wojwoda mit sich selbst, mit Gott, seinem Säbel, mit Schatten und Gesichtern, die aus seiner Erinnerung aufstiegen und

wieder in die Dunkelheit des Vergessens versanken. Er hielt mit beiden Händen den Säbel fest, hielt sich an dem Säbel fest, versuchte die Schmerzen wegzuschieben, die sich wellenartig durch seinen Körper ausbreiteten. Doch die Schmerzen wurden immer heftiger, und er sehnte den Tod herbei, der allein ihn von ihnen und von seiner Seelenpein erlösen konnte.

12. Kapitel

. . . Starke serbische Truppenansammlungen wurden in der Stadt Kraljevo von unserer Artillerie unter Feuer genommen. Sie erlitten schwere Verluste . . .

Aus dem Bericht des Großen deutschen Generalstabes vom 6. November 1915

Des Ewigen Finger schreibt des Menschen Schicksalsbuch;
Fruchtlos, Ihr Frommen, Ihr Weisen, ist Euer Versuch,
Daß Ihr nur einen Spruch, auch nur ein Wort von denen,
Die Er geschrieben hat, auslöscht mit Euren Tränen.

Omar Chijam

Der Feuerüberfall

Kraljevo ist ein kleines, verschlafenes Städtchen am Fluß Ibar gelegen, kurz vor dessen Ausfluß in die Westliche Morawa. *Kralj* heißt auf serbisch König, Kraljevo also die Königsstadt oder auch Stadt der Könige. Königliches hat Kraljevo allerdings kaum aufzuweisen, bis auf den *Konak*, das alte (recht bescheidene) Schloß. Des guten Klimas wegen oder auch, weil die Gegend fruchtbar und reich ist, beherbergte die Stadt seit altersher eine Fürstenresidenz. Nur wenige Kilometer südwestlich davon gründete der erste serbische König Stefan um 1200 das Kloster Žiča und ließ sich dort auch gleich krönen, was ihm den Beinamen der *Erstgekrönte* eintrug. Die späteren serbischen Könige folgten seinem Beispiel. So wurde das Kloster zur traditionellen Krönungsstätte, solange es serbische Könige gegeben hatte und seitdem es sie wieder gab. Als letzter wurde hier im Jahre 1904 Peter I. Karadjordje zum König ausgerufen und feierlich gekrönt.

Ob er an diesen Tag vor nunmehr gut elf Jahren dachte, als er Ende Oktober 1915 auf dem Rückzug vor deutschen Armeen im *Konak* von Kraljevo Station machte? Damals hatte es eine Reihe von Festen und Umzügen gegeben, bunte Trachten, feierliche Ornate, Galauniformen, Abendroben, Musik, Blumen, Fahnen, glückliche Gesichter. Doch jetzt gab es nur noch schmutzige, verdreckte Uniformen, graue Gesichter, einen düster bewölkten Himmel, aus dem es unaufhörlich regnete, eine graue, dem Untergang geweihte Stadt in einem untergehenden Land.

Nachdem Kragujevac so gut wie kampflos hatte aufgegeben werden müssen, entschloß sich das serbische Oberkommando, entlang der Westlichen Morawa eine neue Verteidigungslinie mit Front nach

Norden und an der Südlichen Morawa mit Front nach Osten aufzubauen. So sollte wenigstens das ursprüngliche, alte Serbien vor dem feindlichen Zugriff bewahrt werden, bis die alliierten Truppen endlich die so heiß ersehnte Hilfe brächten.
Kraljevo spielte in diesen Überlegungen eine wichtige Rolle. Als Stadt und Festung versperrte es den Zugang in das Ibar-Tal und damit zu der einzigen Verbindungsstraße durch unwegsames Gebirge nach Süden und weiter nach Montenegro. Man mußte die Stadt halten – halten wenigstens zwei oder drei Wochen, bis die Alliierten kamen . . .
Im Kloster Žiča wurde ein provisorisches Feldlazarett eingerichtet, vornehmlich mit dem Sanitätspersonal des Zentralen Militärhospitals von Kragujevac, darunter auch Rada. Als Operationsschwester mußte sie sich notgedrungen um die Ausstattung des OP-Raumes kümmern, wo es an allem fehlte. An diesem 5. November 1915, als das Verhängnis über Kraljevo hereinbrach, fuhr sie mit einem Sanitätslastwagen zum Bahnhof, um dort Sanitätsmaterial und Medikamente in Empfang zu nehmen, die von den Alliierten über Saloniki geschickt worden waren.
Es hatte endlich aufgehört zu regnen. Eine milde Herbstsonne vergoldete das Land, ließ die Menschen wenigstens vorübergehend die nasse Kälte der vergangenen Wochen vergessen und dankbar ihre Wärme genießen.
Am Bahnhof erfuhr Rada beunruhigende Neuigkeiten. Den Deutschen sollte ein Durchbruch durch das Tal der Gruža gelungen sein, sie stünden nur noch wenige Kilometer nördlich von Kraljevo hinter den Ausläufern des Kotlenik-Gebirgszuges. Wenn man genau hinhörte, könnte man bereits das Feuer ihrer Artillerie hören.
Rada beschloß, sich nicht weiter darum zu kümmern. Die Stadt war voller Gerüchte. Wie sollte man entscheiden, was stimmte und was nicht? Sie quittierte den Empfang des Sanitätsmaterials, fünf große, schwere Kisten, schickte den Wagen los und machte sich zu Fuß auf den Weg durch die Stadt. So kam man in den verstopften Straßen allemal schneller voran. Dabei schloß sie sich dem Soldaten an, der für das Lazarett einen Korb voll frischer Kommißbrote gefaßt hatte. Die Brote dufteten so verführerisch, daß Rada, die seit dem Vorabend nichts mehr gegessen hatte, buchstäblich das Wasser im Mund zusammenlief. Zu dem Geruch des Brotes kam aus den Cafés

in Bahnhofsnähe der Duft nach Kaffee, süßem Gebäck – das gab es noch immer, obwohl es kaum mehr erschwinglich war – und Tabak. An den kleinen Tischen saßen Offiziere, Beamte, Händler, tranken und rauchten, aus dem offenen Fenster eines Gasthauses drangen trunkene Stimmen, der Geruch nach Wein und Sliwowitz, die fröhlich hüpfenden Klänge eines Akkordeons.

Die Straße wurde breiter. Am Rand rastete eine Kolonne Soldaten auf dem Weg zur Front. Sie riefen und pfiffen Rada nach, lachten. An der Kreuzung weiter vorn ein Knäuel ineinander verkeilter Troßwagen, laute Stimmen, ein fluchender Offizier, der, die Mütze aus dem schwitzenden Gesicht geschoben, das Knäuel zu entwirren versuchte.

»Hier kommen wir nicht durch, Schwester«, sagte der Soldat mit dem Brotkorb auf dem Rücken. »Komm mit, ich kenne eine Abkürzung.«

In diesem Augenblick erhob sich über ihnen ein schnell herankommendes, jaulendes Rauschen. Der Soldat rief etwas, Rada sah die aufgerissenen, emporstarrenden Augen in dem unrasierten Gesicht, den offenen Mund. Das Gesicht verschwand, sie wurde weggestoßen und zu Boden geworfen und fand sich im Schlamm des Straßengrabens liegen, halb erdrückt unter der Last des Mannes auf ihr, den Geschmack nach Schlamm, Staub und nach etwas anderem, bitteren im Mund.

»Kopf runter, heilige Mutter Gottes, beschütze uns!« rief der Soldat in das heulende Jaulen schwerer Granaten und in das ohrenbetäubende, berstende Krachen der Einschläge. Erdbrocken und Steine polterten ringsum zu Boden, ein Ziegelsplitter streifte Radas Arm. Wieder heulendes Rauschen und wieder Einschläge und wieder und wieder.

Menschenstimmen schrien. Und dann schrie auch ein Pferd, ganz nah. Es überschrie das unausgesetzte Heulen und die Explosionen der Granaten, der Schrei wollte kein Ende nehmen. Wie lange schrie das Pferd? Wie lange dauerte das Artilleriefeuer? Plötzlich war nur noch der Schrei da, doch auch er verröchelnd, und hörbar wurden nun auch schreiende, rufende, klagende Menschenstimmen. Das Gewicht, das auf Rada lastete, wich. Der Soldat kroch im Schlamm des Straßengrabens umher, sammelte Brote ein, versuchte sie an seinem verdreckten Uniformrock sauber zu reiben, suchte nach dem Korb, um die Brote wieder darin zu verstauen, aber der Korb war verschwunden. Rada stand noch halb benommen auf. Der beißende Gestank nach Explosionsdampf machte ihr das Atmen schwer. Sie hustete, rieb sich die schmerzenden Augen und setzte sich stolpernd in Bewegung. Sie mußte zum Hilfslazarett. Natürlich, sie war auf dem Weg nach Žiča, als plötzlich die Granaten einschlugen, sie mußte weiter durch die Stadt...

Der Artilleriebeschuß* dauerte kaum eine Viertelstunde. Da er jedoch genau im Zielgebiet lag, hatte er in der mit Truppen, Flüchtlingen und Troßfahrzeugen vollgestopften Stadt vor allem in der Umgebung des Bahnhofes und am Bahnhof selbst eine verheerende Wirkung. In Radas Erinnerung vermischten sich die Geschehnisse der folgenden Stunden zu einer schaurigen Szenerie von Blut, Schmerz und Tod, aus der wie mit grellem Schlaglicht beleuchtet einzelne Bilder hervortraten wie das mit dem schreienden Pferd oder das mit der Kolonne am Straßenrand rastender Soldaten oder das mit der Hand oder das mit dem Kind.

Das Pferd lag auf der Seite, das Gedärm quoll blutig aus seinem aufgerissenen Bauch, seine Beine zuckten, schlugen aus, verröchelnd hob es immer wieder den Kopf, als versuchte es, sich mit letzter Kraft aufzurichten, von mal zu mal etwas weniger hoch. Neben dem umgestürzten Troßwagen, vor den das Pferd gespannt war, lag ein toter Soldat mit dem Gesicht in einer Blutlache. Das heißt, der Soldat hatte kein Gesicht mehr, das Gesicht war weg, verschwunden, dort, wo es hätte sein müssen, war jetzt nur noch roter, mit Blut und breiigen Überresten vermischter Schlamm. Der zweite Soldat kniete neben dem schreienden, nun verröchelnden Pferd, stützte dessen Kopf, versuchte ihm beim Aufstehen zu helfen und rief dabei immer wieder die gleichen beschwörenden Worte:

* *Anm. d. Verf.:* Dieser Überfall der deutschen Artillerie Anfang November 1915 auf die von Truppen und Flüchtlingen überfüllte Stadt wurde mir von Augenzeugen am Ort des einstigen Geschehens, in Kraljevo selbst geschildert. Die nachfolgenden Szenen habe ich in einem vor Jahren erschienenen historischen Roman in einem anderen Zusammenhang verwendet; ich habe sie mir gleichsam selbst entliehen. Ursprünglich gehörten sie allerdings in das Konzept der vorliegenden Erzählung. So kehren sie nun wieder an ihren richtigen Ort, in die richtige Zeit, zu den richtigen Personen zurück.

Ustaj, konjič, ustaj! – Steh auf, Pferdchen, steh' auf! *Ustaj, konjič, ustaj!*
Rada hörte es noch lange, als sie – benommen und dennoch auf eine überdeutliche Art Dinge um sich erkennend – manchmal ohne Zusammenhang mit anderen, dann wieder scharf umrissene, zusammenhängende, ineinandergehende und sich überlagernde Bilder und Szenen – durch das schritt, was von der Kolonne zur Front ziehender Soldaten übrig geblieben war.
Eine schwere Granate war mitten in die Kolonne eingeschlagen. Jetzt lief Blut über die Straße, stand in dunkelroten, langsam erstarrenden, langsam versickernden Pfützen in Schlaglöchern, Blut und Tote. Zerfetzte Körper. Menschliche Glieder und Fleischfetzen. Und wimmernde, klagende Stimmen, die zu ihr wie durch eine Glaswand drangen. Sie wich den Blutlachen und den Toten aus, schritt über herumliegende Körperteile, blickte krampfhaft weg, um einen sauber abgetrennten, kahlgeschorenen Kopf mit gelb fletschenden Zähnen, schwarzem Schnurrbart und glasigen, schräg gegen den Himmel starrenden Augen nicht zu sehen und sah ihn doch: Das Gesicht kam ihr bekannt wor: Der Kopf gehörte dem Feldwebel, der vorhin etwas abseits von seinen Soldaten gestanden und sie lächelnd angesehen hatte.
Rada begann zu laufen, lief an einem brennenden Haus vorbei und so schnell wie möglich durch schwarze Rauchschwaden, kletterte über die Trümmer einer zerborstenen Mauer, stolperte, verlor den Halt und stürzte. Sekundenlang blieb sie benommen liegen und wäre gern mit geschlossenen Augen noch länger liegen geblieben. Aber sie mußte weiter. Sie mußte sich um den Wagen mit dem medizinischen Gerät und den Medikamenten kümmern, und sie mußte zurück ins Lazarett, man erwartete sie dort, man brauchte sie. Sie richtete sich auf und ergriff dankbar die helfende Hand, die ihr über die Mauerreste gereicht wurde. Sie versuchte sich an der Hand emporzuziehen, aber die Hand kam ihr merkwürdig leicht entgegen. Es war nichts weiter da als die Hand und der Unterarm, knapp über dem Ellbogen vom Körper abgetrennt, der hinter der Mauer lag oder sonstwo.
Rada starrte den Arm an, schleuderte ihn mit einem entsetzten Aufschrei von sich und lief schreiend davon. Sie hörte sich selbst schreien, es klang hysterisch, verrückt, und es kostete sie erhebliche

Mühe, damit aufzuhören. Sie lief an Soldaten vorbei, die mit traumartig langsamen Bewegungen in einer qualmenden Hausruine herumstocherten, an anderen, die, Gott weiß warum, einen umgestürzten Troßwagen auf die Räder zu stellen versuchten, vorbei an schreienden, wimmernden, stöhnenden, um Hilfe rufenden oder ganz still daliegenden Verletzten, und an Toten, Toten, Toten, Soldaten, Zivilisten, alles durcheinander. Je tiefer sie in die Stadt kam, desto mehr waren es. Und als sie über die Straße ein rotes Rinnsal auf sich zukriechen sah, durch den Staub schlägend wie der suchende, nach ihr greifende Arm eines ungeheuerlichen Polypen, brachte sie es nicht mehr fertig, darüberzuspringen. Sie wich dem roten Polypenarm seitlich aus, trat in einen Torweg, an dessen Ende durch ein angelehntes Tor und fand sich in einem Hof mit Brunnen in der Mitte und Laubenvordach vor dem dahinterliegenden Haus. Der Hof war in helles Sonnenlicht getaucht, Spatzen hüpften herum, flogen – frrrrrt – wie auf ein geheimes Kommando weg und waren – frrrrrt – frrrrrt – gleich wieder da. Ein merkwürdig stilles und friedliches, ja heiteres Bild nach alledem, was hinter ihr lag.
Die Haustür unter dem Laubenvordach war offen. Im Haus weinte ein Kind. Rada überquerte den Hof, ging an dem Brunnen mit dem kunstvoll geschmiedeten Schutzgitter vorbei und trat in den Schatten unter dem Laubenvordach. Dunkelblaue, bereits halb eingetrocknete Trauben hingen zwischen goldbraunen und rostrosten Weinblättern. Das Weinen des Kindes verstummte und setzte gleich wieder ein. Obwohl Schmerz, Angst und Verlassenheit darin lagen, war es doch tröstlich zu hören. Ein weinendes Kind war etwas Alltägliches. Es war das Leben. Einfaches, normales Leben im Gegensatz zu dem Chaos des Sterbens und des vielfältigen Todes, das sie in dem Augenblick hinter sich gelassen hatte, als sie auf diesen Hof getreten war. Jenes Tor war die Grenze zwischen Tod und Leben. Das Weinen des Kindes statt Schmerzensschreien und Todesröcheln und versteinertem Schweigen der Toten. Ein weinendes Kind konnte man in die Arme nehmen und zu trösten versuchen, bis es zu weinen aufhörte, und das hieß zugleich, sich selbst Mut zuzusprechen, sich an dem Kind aufzurichten, bei ihm Trost und neue Kraft zu finden.
Rada trat in den dämmerigen Hausflur und ging bis an dessen Ende dem Weinen nach. Die Türe, hinter der das Kind weinte, klemmte,

ließ sich nur einen Spalt breit öffnen. Rada zwängte sich durch den Spalt und stand vor einem wirren Haufen geborstener, zusammengebrochener Deckenreste, Dachbalken und Ziegelsteinen. Dahinter weinte das Kind.
»Nein, lieber Gott, nein!« rief Rada verzweifelt. Statt auf eine Insel normalen, friedlichen Lebens war sie unversehens wieder dort angelangt, woher sie gekommen war. Es gab keine friedliche Insel. Es gab keinen Frieden. Der Krieg war überall. Sie überwand den Wunsch, davonzulaufen und sich irgendwo zu verkriechen, um nichts mehr von dem Schrecken zu sehen, der sich rundum erstreckte, durch die ganze Stadt, über das ganze Land, über dessen Grenzen, durch alle Länder, rund um die Welt. Aber es gab kein Davonlaufen. Sie mußte dem Kind helfen.
Rada fand das Kind neben der Leiche einer Frau, deren Oberkörper von einem schweren Trägerbalken zerquetscht worden war. Die Mutter? Auch das Kind war unter dem Schutt halb begraben. Es lag mit dem Gesicht nach oben und tastete mit den Händchen umher, als suchte es etwas, woran es sich hätte festhalten können. Wie alt mochte es sein? Vier Jahre? Fünf? War es ein Bub? Ein Mädchen? Rada faßte nach der kleinen Hand. Die Fingerchen schlossen sich um ihre Finger. Behutsam wischte sie Staub, Schmutz und Tränen vom Gesichtchen und sprach dabei tröstend auf das Kind ein. Das Kind hörte zu weinen auf, seine Augen suchten nach dem Ursprung der Stimme, fanden ihn, starrten Rada an.
»Nicht weinen, nicht mehr weinen! Ich hole dich hier heraus«, sagte Rada, faßte das Kind unter den Schultern und versuchte, es aus dem Schutt herauszuziehen.
Das Kind schrie durchdringend auf. »Mama – Mama – Mama!« schrie es, und dann schrie es nur noch, schlug mit den Händen um sich, rollte den Kopf hin und her, schrie und schrie.
Es gab keine Hilfe für dieses Kind. Rada konnte es nicht unter dem Trümmerhaufen hervorholen. Die Trümmer gaben es nicht frei. Der Krieg hielt sein kleines Opfer fest. Sie konnte auch nicht weggehen, um Hilfe zu holen. Das Kind klammerte sich an ihrer Hand fest und ließ sie nicht fortgehen. Wozu wollte sie auch fort? Es gab keine Hilfe für das Kind. Sein Gesichtchen fiel ein, es wurde blasser: Die wächserne Blässe des Todes. Der Tod trat von der Straße durch das Hoftor, überquerte den Hof mit dem Brunnen und

den Spatzen, kam unter dem Laubenvordach heran, trat in den Hausgang und durch den Türspalt und über den Trümmerhaufen, und sein Schatten fiel auf das Kind. Das Kind starrte sie an, sah sie noch, und dann sah es sie durch den Schatten des Todes verdunkelt nicht mehr. Sein Weinen wurde leiser, erstarb in einem zitternden Wimmern, seine Atemzüge wurden flacher, langsamer und immer langsamer, der Druck der kleinen Hand ließ nach.

»Du darfst nicht sterben, bitte, nicht sterben!« flüsterte Rada, drückte die kleine Hand verzweifelt an ihre Wangen, an die Lippen. »Nicht sterben, lieber Gott, laß das Kind nicht sterben!«

Das Kind starb.

Rada blieb noch eine ganze Weile neben dem toten Kind und dessen toter Mutter sitzen. Dann stand sie auf, zog die Jacke aus, deckte das kleine Gesicht zu, zwängte sich durch den Türspalt in den Hausflur, trat unter das Laubenvordach und weiter auf den Hof hinaus.

Am Brunnen standen schwarzgekleidete Frauen und Soldaten und schöpften Wasser. Männer in zerlumpter Zivilkleidung trugen Verletzte auf den Hof und legten sie in einer Reihe entlang der Mauer. Sie wurden dabei von zwei Soldaten bewacht; vermutlich waren es Sträflinge oder Gefangene. Ein junger Leutnant mit einem blutdurchtränkten Verband um den Kopf lief hin und her und rief: »Wir brauchen einen Arzt, wo bekommen wir einen Arzt her?«

Eine Frau kniete auf dem Boden, schlug mit einer weit ausholenden Gebärde die Hände vor das Gesicht, beugte sich so weit vor, daß ihre Stirn das Pflaster berührte, richtete sich wieder auf, schlug die Hände weit ausholend vor das Gesicht, beugte sich vor... Dabei rief sie mit kehliger Falsettstimme immer die gleichen Worte genau in der Abfolge ihrer Bewegungen: *»Kuku mene – ubili su oca moga – kuku mene...«** So klagte sie in ihrem Schmerz um den toten Vater, doch niemand beachtete sie.

Rada ging zu den Soldaten und den Frauen am Brunnen und sagte, daß im Haus eine tote Frau und ihr totes Kind liegen würden. »Helft mir, wir müssen sie herausholen«, sagte sie drehte sich um und ging zurück ins Haus. Drei Soldaten folgten ihr wortlos.

* »Weh' mir, sie haben meinen Vater getötet...« *Kuku* ist ein Klagelaut serbischer Frauen.

Sie brachten die tote Frau und das Kind heraus und legten sie zu dem halben Dutzend Toten an der rückwärtigen Hofmauer. Man würde sie so schnell wie möglich begraben, versicherte der Leutnant mit dem blutigen Kopfverband, schon um die Gefahr einer Epidemie zu vermeiden. Rada zog nach kurzem Zögern ihre Jacke wieder an und ging an der klagenden, mit der Stirn immer wieder auf den Boden schlagenden Frau vorbei zum Hoftor.

Die Reihe der Verletzten an der Seitenmauer wurde immer länger. Einer von den Gefangenen hatte gerade ein stumpf vor sich hinstarrendes Mädchen auf den Boden gelegt, das er von der Straße hereingebracht hatte. Er richtete sich auf, drehte sich um und sah Rada gerade ins Gesicht.

Radas Atem stockte, sie fühlte wie ihr Herz für zwei, drei Schläge aussetzte und dann wie rasend zu schlagen begann: Stefan!

Er sah erbärmlich aus. Abgemagert, schmutzig, zerlumpt, mit einem blutigen Striemen quer über der Stirn, kaum zu erkennen, und doch wieder ganz der alte: Als er Rada sah, erkannte und auf seine Art lächelte, genau so lächelte, wie damals, wenn sie in sein Zimmer getreten war, um nach ihm zu sehen, oder unter den Linden auf dem Innenhof des Bergkastells Kameni stup, bevor er ihr gesagt hatte, daß er sie liebe.

»Stefan«, flüsterte sie kaum hörbar, »Stefan...«

»Was stehst du da herum, los, beeil dich, *majku ti*, beeil dich!« herrschte ihn ein Wachsoldat an. Doch weder Stefan noch Rada kümmerten sich um ihn, sie schienen ihn nicht einmal zu bemerken. Rada trat näher, hob die Hand und strich mit den Fingerspitzen langsam, ganz leicht und langsam über Stefans Gesicht, als wollte sie sich vergewissern, daß er es wirklich war. Dann lehnte sie die Stirn an seine Brust und schloß die Augen. So verharrte sie reglos.

Am Ende aller Hoffnungen

Deutsche, österreichisch-ungarische und bulgarische Armeen drangen unaufhaltsam vor. Die Hoffnungen des serbischen Generalstabes, ihnen etwa an den Grenzen Altserbiens mit verkürzten Fronten an der Westlichen und Südlichen Morawa und am Vardar Widerstand leisten zu können, erfüllten sich nicht. In der ersten Novemberhälfte nahmen sie Užice, Čačak, Kraljevo und Kruševac und drangen in den Tälern der Flüsse Lim, Moravica (die »kleine Morava«) und Ibar südwärts vor. An der Ostfront eroberten die Bulgaren Niš und Skoplje. Sie serbische Front bröckelte ab, doch sie brach noch immer nicht zusammen. Vor allem an den Flügeln, in den Bergen Westserbiens gegenüber der 62. österreichisch-ungarischen Gebirgsdivision und der k.u.k. 3. Armee und im Osten gegen die Bulgaren leistete man erbitterten Widerstand, wobei schnell zusammengewürfelte serbische Kräfte immer wieder zu entlastenden Gegenangriffen antraten. Damit wurden Mackensens Bemühungen um eine Einkreisung und endgültige Vernichtung der Serben vereitelt. Dennoch schien der Feldmarschall den Wettlauf mit der Zeit gewonnen zu haben.

Die alliierten Truppen waren in einer Stärke von über 100 000 Mann* von Saloniki in nordwestlicher Richtung vorgegangen und näherten sich bereits Skoplje. Da befahl der französische General Sarrail am 11. November Halt und Rückzug. Er befürchtete, durch die Bulgaren von seinen rückwärtigen Basen abgeschnitten zu werden. Die unfreundliche Haltung des griechischen Königs den alliierten Eindringlingen gegenüber und Berichte über die Aufstellung einer starken türkischen Armee in Thrakien bestärkten ihn noch in der Absicht, sich nach Saloniki zurückzuziehen und die serbischen Verbündeten ihrem Schicksal zu überlassen. Diese wurden von seinem Entschluß nicht verständigt.

Als Feldmarschall von Mackensen davon erfuhr (Oberst von Seeckt brachte ihm triumphierend die vom Chef des Großen Generalstabes, General von Falkenhayn unterzeichnete Depesche mit der Nachricht vom beginnenden Rückzug der Alliierten), meinte er ohne sichtbare Anzeichen von Freude oder Genugtuung:

»Die Serben haben auf das falsche Pferd gesetzt. Sie könnten einem leid tun. Jetzt haben sie keine Chance mehr. Ob sie sich auf *Kosovo polje* – dem Amselfeld – doch noch stellen werden?«

Die Frage war berechtigt. Die deutsche Luftaufklärung berichtete von starken serbischen Truppenansammlungen im Raume Priština, der Hauptstadt der Region. Allerdings galten sie nicht den Vorberei-

* bis 18. November wurden in Saloniki insgesamt 115 700 Mann (83 700 Franzosen und 32 000 Engländer) mit leichter und schwerer Artillerie an Land gebracht.

tungen für eine *letzte Schlacht*, wie sie vor gut einem halben Jahrtausend an dieser Stelle gegen die Türken stattgefunden hatte, sondern einem massierten Durchbruchversuch in Richtung Skoplje. Man wollte mit den Alliierten doch noch eine Verbindung herstellen und eine gemeinsame Front aufbauen.

In Unkenntnis des alliierten Rückzuges traten die Serben Mitte November zu einer Gegenoffensive an. Ihr Ziel war, bei Kačanik die bulgarische Front aufzubrechen und nach Skoplje vorzustoßen. Der mit unvorstellbarer Härte und Tapferkeit geführte Angriff der erschöpften, hungernden und von den vorausgegangenen Kämpfen dezimierten Serben mußte – nicht zuletzt wegen des Ausbleibens einer gleichzeitigen alliierten Unterstützung – mißlingen. Er ging in die Geschichte als das tragische *Kačanički manevar* – Manöver von Kačanik*– ein, als zum letztenmal versucht wurde, den ehernen Ring der feindlichen Armeen zu sprengen.

Nachdem das serbische Oberkommando zu seiner grenzenlosen Enttäuschung vom Zurückgehen der Alliierten nach Saloniki erfahren hatte, befahl es allgemeinen Rückzug. Am 23. November übergab der Bürgermeister der Stadt Priština auf *Kosovo Polje* einer deutschen Husaren-Patrouille die Schlüssel der Stadt. Das Schicksal der serbischen Armee schien endgültig besiegelt. Auf engsten Raum zusammengedrängt, vor sich die gewaltige Übermacht der Feinde, im Rücken die himmelstürmenden, weglosen und bereits tief verschneiten Berge Albaniens und Montenegros, blieb ihr nach menschlichem Ermessen nur noch die endgültige Kapitulation übrig.

* Theodor Jochim, Oberst in der deutschen Armee und Teilnehmer des Serbien-Feldzuges von 1915, schreibt in seinem Aufsatz *Der Feldzug in Serbien* über diese letzte Phase der Kämpfe unter anderem: »... Die Serben hatten augenscheinlich alle irgend verfügbaren Truppen, selbst unter Entblößung ihrer linken Flanke und des Rückens, den Bulgaren entgegengeworfen ... (Ihre) Lage wurde verzweifelt. Nach den unzähligen aufreibenden und zähen Kämpfen, ohne jede Aussicht auf einen Erfolg und unter den furchtbarsten Entbehrungen und Anstrengungen begann die Spannkraft auch dieses tapferen, sein Vaterland über alles liebenden Heeres mehr und mehr zu erlahmen ... Anders lagen die Dinge auf dem linken bulgarischen Flügel bei Trstenik und Kačanik. Dort wehrte General Bojović wie ein Löwe alle noch so erbitterten Angriffe der Bulgaren in heldenhaftem Todesmute ab ...« In Wirklichkeit ging es dabei weniger um die Abwehr bulgarischer Angriffe, als um den Durchbruchversuch der Serben und den Besitz der strategisch wichtigen Schlucht von Kačanik.

»In zwei oder drei Tagen ist es vorbei«, meinte daher Oberst von Seeckt in der Lagebesprechung des Generalstabes der Heeresgruppe von Mackensen. »Wir werden es jetzt mit dem Problem zu tun bekommen, wie über hundertausend ausgehungerte Gefangene versorgt und vor allem verpflegt werden sollen.«
Feldmarschall von Mackensen betrachtete sinnend die ausgebreitete Reliefkarte des entsprechenden Gebietes. Die vergangenen Wochen hatten es in sich gehabt, er war – wie befürchtet – kaum zum Schlafen und nur selten aus den Stiefeln gekommen, sah müde und abgespannt aus und war im Augenblick nur halb bei der Sache. Der Chef des Großen Generalstabes, von Falkenhayn, war in Orsova an der Donau eingetroffen, um sich über die Kriegslage auf dem Balkan an Ort und Stelle zu informieren, mit verbündeten Bulgaren und Türken zu konferieren und anschließend mit dem österreichisch-ungarischen Generalstabchef Conrad von Hötzendorf über das weitere Vorgehen zu verhandeln.
Für Falkenhayn war der Balkan nur ein Nebenkriegsschauplatz, im Grunde überflüssig und lästig. Er und seine Ratgeber schienen nicht zu begreifen, daß es jetzt nach dem Sieg über die Serben darauf ankam, die gelandeten Franzosen und Engländer mit allen zur Verfügung stehenden Kräften zu verfolgen und ins Meer zu werfen. Das hätte man auch auf die Gefahr hin tun sollen, die griechische Neutralität zu verletzen, die seit der Landung der Alliierten in Saloniki ohnehin nur noch auf dem Papier bestand. Mit deren Vertreibung von der Balkan-Halbinsel würde man nicht nur den Griechen, sondern auch den Rumänen die Lust an einem Kriegseintritt an ihrer Seite genommen haben.
Stattdessen aber spricht man bereits jetzt von einer Verlegung beträchtlicher Truppenteile an die Westfront, dachte der Feldmarschall mißmütig. Man wird Halt befehlen, Abbruch der Verfolgung nach Griechenland. Die Franzosen und Engländer werden in aller Ruhe eine Front aufbauen können, Verstärkung heranführen, jeder serbische Soldat wird für sie wie ein Geschenk des Himmels sein.
»Was meinen Sie, Seeckt – ob die Serben nicht doch noch versuchen werden, an die Adriaküste zu gelangen? Von dort könnten sie nach Italien gebracht werden . . .«
»Ein derartiger Versuch wäre heller Wahnsinn, Herr Feldmarschall.«

»Was denken Sie, Prettwitz?«
»Nach der Aussage eines gestern gefangenen verwundeten Offiziers – es war ein Oberst – ist die serbische Führung tatsächlich dazu entschlossen, Herr Feldmarschall. Entsprechende Vorbereitungen werden bereits getroffen.«
»Wie beurteilen Sie ihre Chancen?«
»Wenn sie über Peč nach Montenegro gelangen wollen, müssen sie durch die Rugovo-Schlucht und über den fast zweitausend Meter hohen Čakor-Paß. Das würden die wenigsten schaffen. Abgesehen davon ist es in Montenegro selbst unmöglich, so viele Menschen zu versorgen. Die Montenegriner hungern. Und hier über die albanischen Berge...« Friedrich von Prettwitz tippte mit dem Zeigefinger auf die entsprechenden Stellen der Relief-Karte: »Prokletije Bergmassiv, 2600 Meter, Dukagjin, 2300, Tretkan, Mirdite und Korab, fast 2800 Meter... Keine einzige richtige Straße. Im Winter sind diese Berge so gut wie unpassierbar. Ich habe mir die Gefangenen angesehen, Herr Feldmarschall, sie vernommen, mit ihnen gesprochen. Die ehemals mutigen, kampffreudigen und zuversichtlichen Männer sind mutlos geworden, apathisch, des Kampfes müde. Sie wollen nach Hause. Das, so sagen sie aus, gilt nicht nur für diejenigen, die in unsere Gefangenschaft geraten sind, sondern für alle. Vergessen wir nicht – hinter den meisten von ihnen liegen nicht nur dieses eine Kriegsjahr, sondern auch die vorangegangenen zwei Balkankriege.
Noch schwerwiegender als die Frage der Moral ist die des physischen Vermögens. Napoleons große Armee war bei weitem nicht in einem so schlechten Zustand, als sie den Rückmarsch durch den russischen Winter antrat. Doch nur wenige schafften es. Die Serben sind in einer elenden Verfassung. Wie sollen diese hohläugigen, halb verhungerten Menschen in zerschlissenen Uniformen, mit zerrissenen Opanken an den Füßen – viele von ihnen sind barfuß – wie sollen diese Menschen, deren Kräfte so gut wie verbraucht sind, den winterlichen Marsch über diese Berge bewältigen? Ein solches Vorhaben wäre –«, Friedrich von Prettwitz zögerte einen Augenblick, »– Selbstmord. Ein kollektiver Selbstmord.«

Das Vermächtnis

Prizren, 21. November 1915

Meine liebe Tante Alexa!
Diesen Brief schreibe ich Dir aus Prizren, wohin wir gestern nachmittag gekommen sind. Im Schulgebäude haben wir unser provisorisches Lazarett eingerichtet, nachdem das ohnehin zu kleine Krankenhaus aus allen Nähten platzt und seit Wochen hoffnungslos überbelegt ist. Ich sitze im biologischen Kabinett der Schule, umgeben von Schränken und Vitrinen mit ausgestopften oder in Formalin konservierte Tieren aller Art, aufgespießten Schmetterlingen, Käfern und sonstigen Insekten. Es ist der einzige Raum, wo ich ungestört schreiben kann. Alle anderen Räume sind übervoll, selbst die Gänge und Treppenabsätze. Wir haben es leider nicht nur mit Verwundeten zu tun, sondern auch mit Kranken, Soldaten wie Zivilisten. Dysenterie und Flecktyphus. Vor allem Flecktyphus beginnt die Ausmaße einer Epidemie mit hoher Mortalität anzunehmen. Die Überträger sind Läuse, und gegen diese ist kein Kraut gewachsen. Vor einer Läuseplage sind sogar wir im Lazarett nicht gefeit, obwohl wir mit allen möglichen Maßnahmen gegen sie ankämpfen.
Bitte, verzeih mir, wenn ich den Brief ausgerechnet mit Läusen beginne. Zu dumm! Aber sie sind als Überträger des Flecktyphus *wirklich* ein Problem, das uns schwer zu schaffen macht. Von anderen Problemen werde ich lieber nicht anfangen. Es gibt zu viele davon!
Den Brief werde ich einem genesenen Verwundeten mitgeben, der sich morgen früh auf den Weg nach Kragujevac begeben will. Er ist ein vertrauenswürdiger Mann. Ich hoffe, daß er heil durchkommt und Dir das Schreiben auch überbringen kann.
Zunächst eine Überraschung. Vor einer Woche, wir waren noch in Kosovska Mitrovica, hat man Großvater Wojwoda Lazar gebracht. Er ist also nicht bei Požega gefallen, wie es in einer montenegrinischen Zeitung gestanden hat. Sein Zustand ist allerdings sehr ernst. Ein Bein mußte ihm oberhalb des Knies amputiert werden. Es erscheint überhaupt wie ein Wunder, daß er mit einem offenen Bruch des Unterschenkels nahezu unversorgt so lange durchgehal-

ten hat, und das in seinem Alter! Bei einem Sturz hat er sich auch das Schlüsselbein gebrochen, aber das ist glücklicherweise nicht so schlimm. Gefunden haben ihn am Morgen nach der Schlacht bei Požega serbische Bauern, die im Auftrag der Österreicher nach Toten suchen mußten, um sie zu bestatten. Der Großvater war noch am Leben. Sie versteckten ihn zunächst und brachten ihn dann zu serbischen Truppen. Diese nahmen ihn auf ihrem Rückzug mit und lieferten ihn schließlich bei uns ab. Er läßt Dir durch mich folgende Botschaft ausrichten – ich habe seine Worte mitstenographiert und gebe sie Dir genau wieder:

»Sei gegrüßt, meine teure Schwester Alexa Bijelić-Bošković! Es ist sehr wahrscheinlich, daß ich diesen Krieg nicht überleben, sondern bald sterben werde. Mein Nachfolger und zukünftiger Wojwoda ist Bogdan. Das Testament liegt bei Notar Dr. Milan Vukov in Podgorica, eine beglaubigte Abschrift befindet sich auf Kameni stup. Ich habe das Familienvermögen nach meinen Möglichkeiten verwaltet und vermehrt, so daß wir uns heute als eine der wohlhabendsten Familien Montenegros bezeichnen können. Du, meine teure Schwester, sollst als älteste Trägerin des Namens die Erfüllung aller Bestimmungen des Testamentes überwachen, das ist mein Wille. Und es ist mein Wunsch, daß Du auf Bogdan einwirkst, wenn ich nicht mehr am Leben bin. Er soll sich auf seine Herkunft besinnen und als stolzer, freier und unabhängiger Träger des Namens sowie als unbestechlicher Sachwalter unseres Erbes, unserer Verpflichtungen und Traditionen erweisen. In diesem Sinne werde ich auch ihm eine persönliche Botschaft hinterlassen. Dich fordere ich auf, Dein weiteres Leben in Montenegro selbst zu verbringen und auch dort zu beschließen. Soweit Dir das möglich ist, sorge dafür, daß Bogdan eine gute und unseres Namens würdige Frau bekommt. Sie kann Montenegrinerin sein oder auch Serbin und soll aus einer kinderreichen Familie kommen. Du weißt, was ich damit meine. Der Bestand unserer eigenen Familie ist seit jener verfluchten Nacht vor sechzehn Jahren gefährdet. Bogdan ist außer mir der einzige männliche Nachkomme und Träger des Namens. Er muß schon deshalb für möglichst zahlreiche Nachkommen sorgen. Die Frauen, die der Familie Bošković entstammen, sind meistens bei guter Gesundheit sehr alt geworden. Das nehme ich auch bei Dir an, meine teure Schwester. Für Dein ferneres Leben wünsche ich Dir gute Gesundheit und auch Glück, womit wir in unserem bisherigen Dasein nicht überreich gesegnet waren. Gott sei Dir gnädig, Sein Wille geschehe! Es wäre natürlich auch zu wünschen, daß ich Dir das alles persönlich sage und sich diese meine von Rada aufgezeichnete und weitergeleitete Botschaft als gegenstandslos erweist. Immer noch hoffe ich, daß ich meine Verletzungen auskuriere und den Krieg überleben werde. Immerhin habe ich noch einiges zu tun, und wenn der menschliche Wille schon Berge zu versetzen vermag, weshalb sollte er dann nicht einem alten Mann auf die Beine helfen und ihm genügend Zeit und Kraft geben, alles zu erledigen, was noch erledigt werden muß, und noch vor seinem Tode reinen Tisch zu machen? Ich vertraue meine Zukunft Gottes Barmherzigkeit an, Sein Wille geschehe! Es grüßt Dich Dein Bruder Wojwoda Lazar Bošković.«

Das, liebe Tante Alexa, war die Botschaft, die mir der Großvater für Dich diktiert hat. Ich habe ihm versprochen, sie Dir noch rechtzeitig weiterzugeben, jedenfalls noch bevor wir Prizren verlassen und uns auf den Weg durch Albanien zur Adria-Küste machen. Morgen früh wird mit der Evakuierung des Lazaretts begonnen. Mitgenommen werden nur leicht Verwundete sowie auch schwerer verwundete Offiziere. Die anderen müssen wir hier lassen, in der Hoffnung, daß sie in deutsche und nicht in bulgarische Gefangenschaft kommen. Wie sich unsere slawischen Brüder, die Bulgaren, uns gegenüber verhalten, ist zur Genüge bekannt. Es ist eine Schande!
Auch der Großvater will unbedingt mitkommen, obwohl ihm ärztlicherseits nahegelegt wurde, hier zu bleiben, seine Verletzungen seien für einen so strapazenreichen Weg zu schwer. Aber Du kennst den Großvater gut genug. Wenn er sich etwas in den Kopf gesetzt hat, ist er davon nicht mehr abzubringen, selbst wenn es sein Leben kosten sollte. Auch Dr. Nikolić kann gegen ihn nichts ausrichten, und das will etwas heißen!
Ich bin dem Generalarzt, von dem ich, wie Du weißt, nie viel gehalten habe, zur Dankbarkeit verpflichtet. Mit seinen vielfältigen Verbindungen und Beziehungen hat er dafür gesorgt, daß Stefan Meyster aus einem Gefangenentransport als Hilfssanitäter zu uns überstellt wurde. Du kannst Dich bestimmt erinnern, ich habe Dir

von ihm erzählt. Wir haben uns zufällig in Kraljevo getroffen, kurz nach dem schrecklichen Bombardement, das so viele Opfer gekostet hat. Er war unter den kriegsgefangenen Österreichern, die sich um die Verletzten kümmern und Aufräumungsarbeiten leisten mußten. Wie er dahinkam, ist eine lange Geschichte, ich werde sie Dir bei Gelegenheit erzählen. Stefan will bei uns bleiben, obwohl man ihm, wie in diesen Tagen auch allen anderen Kriegsgefangenen, freigestellt hat, auf deutsche Truppen zu warten oder ihnen entgegenzuziehen. Er ist uns eine sehr wertvolle Hilfe. Weshalb er das tut, weiß ich nicht. Vielleicht...«

Rada ließ den Federhalter sinken. Die Kerze war fast niedergebrannt. Sie holte aus ihrer Handtasche eine neue, zündete sie an, klebte sie auf dem Stummel der alten fest, legte den Zeigefinger ans Kinn – die altvertraute Geste des Nachdenkens. *Vielleicht weiß ich es doch, ja, ich weiß, weshalb er bei uns bleibt! Er liebt mich, er hat es mir damals auf Kameni stup gesagt, und daran hat sich nichts geändert, ich weiß es! Und ich liebe ihn, ich habe ihn damals schon geliebt, ich liebe ihn so sehr, daß ich es gar nicht sagen kann!*

Das hatte sie schreiben wollen, doch sie tat es nicht. Es gehörte sich nicht, so offen über eigene Gefühle zu sprechen, auch dann nicht, wenn man mit einem Menschen so vertraut war wie sie mit Tante Alexa.

Stefan steht unter der Freitreppe der Schule, die Hände in den Hosentaschen, den Kragen seiner fadenscheinigen Jacke hochgeschlagen. Der eisige Wind aus den Bergen spielt mit seinen rotblonden Haaren, die wieder ihren alten Glanz bekommen haben. Er lächelt ihr von unten her zu, zieht die Schultern fröstelnd hoch und sagt auf deutsch: »*Der Wind, der Wind, das himmlische Kind*... Es muß ziemlich kalt sein, dort oben im Himmel.«

Sie geht die Treppe hinunter und gibt ihm einen fast neuen österreichischen Offiziersmantel. »Das schickt Ihnen Dr. Nikolić. Er will nicht, daß Sie sich einen Schnupfen holen.«

Stefan zieht den Mantel an. Um die Schultern würde er ein bißchen spannen, auch sei er etwas zu kurz, meint Rada nach einem prüfenden Blick. Daraufhin er, spannen hin oder her, zu lang oder zu kurz, das sei völlig gleichgültig, er habe sich noch nie in einem Mantel so wohlgefühlt wie in diesem.

»Der Chef läßt Ihnen außerdem ausrichten, daß Sie gehen können, wenn Sie wollen. Er stellt Ihnen auch einen Entlassungsschein aus. Aber das wäre gar nicht nötig, meint er. Kein Mensch fragt mehr danach.«
»Und Sie? Was machen Sie?«
»Wir ziehen mit dem Lazarett weiter. Die Entscheidung ist gestern gefallen.«
»Ich meine – was machen Sie persönlich?«
»Was soll das heißen? Ich komme natürlich mit. Ich gehöre ja dazu!«
»Wohin soll die Reise gehen?«
»An die Adriaküste. Dort soll es viel wärmer sein.« Während sie dies sagt, ist Rada plötzlich so elend zumute, daß sie die Tränen kaum zurückhalten kann.
»Ein langer Weg.« Stefan schaut hinüber zu den Bergen, die mit ihren breiten, weißen Rücken aus der Ebene emporsteigen. »Der Winter dort oben soll sehr hart sein. Müssen Sie *wirklich* mit?«
»So wurde entschieden.«
»Wer es auch entschieden hat, es ist verrückt. Wie soll eine ganze Armee durch diese Berge ziehen? Die Leute können ja jetzt schon kaum einen Fuß vor den anderen setzen. Dann die Verwundeten ... Was ist mit dem Wojwoda?«
»Er kommt mit.«
»Sie werden ihn nicht lebend durchbringen. Er überlebt nicht einmal die ersten drei Tage. Das wissen Sie auch. Wissen Sie es?«
»Sagen Sie das ihm. Vielleicht hört er auf Sie und bleibt hier. Vielleicht könnten Sie dafür sorgen, daß er in ein deutsches Lazarett kommt – als hoher Offizier, noch dazu Wojwoda ...«
»Wir werden dafür sorgen, Rada. *Wir.* Wir bleiben hier in Prizren und warten ...«
»Es ist zwecklos. Er wird nie zustimmen, nie! Ich muß jetzt gehen. Dr. Nikolić wartet auf mich.«
»Lassen Sie ihn warten. Nur noch einen Augenblick, bitte!«
Ein Leiterwagen kommt vorgefahren, gezogen von zwei bedächtig schreitenden Ochsen, die nur noch aus Haut und Knochen zu bestehen scheinen. Soldaten beginnen Verwundete auszuladen und ins Gebäude zu tragen. Deren provisorisch angelegten Verbände sind schmutzig und blutdurchtränkt. Einer von ihnen liegt im Sterben,

das sieht man. Stefan macht Platz, wartet, bis sie im Schulgebäude verschwinden. Dann sagt er:
»Was kann der Wojwoda dagegen tun? Er ist hilflos. Man läßt ihn einfach zurück, und wir bleiben bei ihm. Wir warten, bis unsere Truppen da sind und bringen ihn in ein ordentliches Hospital, vielleicht nach Belgrad, vielleicht noch weiter, nach Wien, wo sich die besten Ärzte um ihn kümmern werden. Es dauert nicht mehr lange, vielleicht noch zwei oder drei Tage. Unsere Vorhut soll nicht mehr weit sein. Und wir, ich meine, Sie und ich . . .«
Rada schüttelt heftig den Kopf. Er darf nicht weiter sprechen! Nicht so! *Unsere* Truppen, *unsere* Vorhut. Versteht er denn nicht? Warum hat er das gesagt – und ihr damit mit einem Schlag klar gemacht, daß zwischen ihnen trotz allem, was geschehen ist, und was sie füreinander empfinden, noch immer ein tiefer Graben liegt, sie wahrscheinlich für immer trennt, auch wenn sie sich ihre Bereitschaft einzureden und gegenseitig zu versichern suchen, ihn zu ignorieren und zu überwinden. *Wir* und *Ihr*. Wir und die anderen. Auf der einen Seite wir Serben, Montenegriner, und auf der anderen wir Deutschen. *Unsere* Truppen.
Aber hätte ich es an seiner Stelle nicht auch gesagt, denkt Rada, das heißt sie fragt sich das später, als sie sich immer wieder dieses Gespräch an der Treppe vor dem Schulgebäude in Erinnerung ruft – in Erinnerung so wie jetzt, während sie den Brief an Tante Alexa schreibt. Und er – hätte er an meiner Stelle nicht genau so betroffen reagiert, wie ich es tat? Daß es diese scheinbar unüberwindlichen Gräben gibt? Daß wir einander auf diese überflüssige, unvernünftige, ja alberne Art und Weise weh tun? Warum stehen diese Probleme so riesengroß vor uns und zwischen uns? Zwischen uns dort, wo es nur eine Frage geben dürfte: *Liebe ich ihn?* Diese Frage als das einzige Kriterium, der einzige und ausschließliche Maßstab zwischen Menschen, die sich einander genähert haben. Statt dessen – Romeo und Julia in Verona, Romeo und Julia in Prizren, hier und überall. Wie überflüssig und töricht haben wir, habe ich stets diese Feindschaft zwischen Capulet und Montague gefunden – doch was ist jetzt anders? Bin ich frei davon? Capulet und Montague, Montenegriner und Deutsche, wo ist da der Unterschied? Die Welt ist voller Capulets und Montagues, Romeos und Julias. Wie schrecklich, wenn sie diese Feindschaft in sich selbst tragen!

Das überlegt Rada später. Jetzt sagt sie heftiger als beabsichtigt mit erhöhter, fast hysterisch klingender Stimme, um ihre Unsicherheit, ihre Zweifel und ihren Schmerz zum Schweigen zu bringen:
»Wie können Sie so reden? Wir können doch nicht über den Wojwoda *verfügen*! Er hat entschieden! Und ich – ich werde mit ihm und mit dem Lazarett an die Küste gehen. Man braucht mich. Nicht nur der Großvater. Haben Sie wirklich im Ernst gedacht, daß ich ...«
Sie dreht sich auf dem Absatz um, geht, ohne zu Ende zu sprechen. Dafür könnte sie sich ohrfeigen. Es ist genauso wie damals auf dem Innenhof des Kameni stup, als er ihr sagte, daß er sie liebe. Genauso! Sie ist genauso unbeherrscht, töricht, dumm wie damals, genauso, genauso ...

Noch am gleichen Abend hatte ihr Dr. Nikolić erzählt, daß ihn Stefan gebeten habe, nach Albanien und an die Adriaküste mitkommen zu dürfen. »Er muß verrückt sein oder ich weiß nicht, was verrückt ist. Aber gut, aber gut, vielleicht ist es auch etwas anderes. Ich habe ihn nicht gefragt. Bin froh, daß er mitkommt. Wir könnten zehn solche wie ihn gebrauchen. Trotzdem – er könnte in wenigen Tagen zu Hause sein. Wissen Sie, was mit dem jungen Mann los ist? Weshalb diese Entscheidung?«
Am nächsten Tag trafen der König, Thronfolger Alexander mit dem Generalstab und die serbische Regierung in einem langen Konvoi in der Stadt ein. Dr. Nikolić rief man sofort zum kranken Generalstabschef Wojwoda Putnik. Als er zurückkam, hatte er auf Radas Anfrage nach dem Befinden des populären Wojwoda bekümmert den Kopf geschüttelt. »Er wird diese Strapazen nicht überleben, fürchte ich. Morgen früh soll es weitergehen. Mit den Autos so weit wie möglich, dann mit Pferdefuhrwerken, auf Leiterwagen mit vorgespannten Ochsen, auf Mulis ... Wie, frage ich mich, wie soll sich der alte Putnik in seinem Zustand im Sattel halten? Und der König? Ihm geht es kaum besser. Der Husten, erzählte mir sein Leibarzt, der Husten mache ihm die meisten Sorgen. Chronische Bronchitis. Wenn eine Erkältung und möglicherweise noch eine Lungenentzündung hinzukommt ... Dieser Weg in die Berge – absoluter Wahnsinn! Aber so wurde entschieden.«
So wurde entschieden. Immer wieder stieß man auf diese Worte. Nicht nur Rada hatte sie Stefan gegenüber gebraucht. Auch er hatte

es ihr nach dem Gespräch mit Dr. Nikolić gesagt, als sie ihn gefragt hatte, ob es stimme, daß er mitkommen wolle.
»Wer hat Ihnen das erzählt?« fragte er zurück.
»Dr. Nikolić.«
»Was hat er gesagt?«
»Daß Sie unsere Bergpartie durch Albanien mitmachen wollen. Stimmt das?«
»Es stimmt.«
»Sagten Sie nicht, es wäre verrückt?«
»Das ist es auch. Aber *so wurde entschieden.*« Das hatte ironisch geklungen, und er hatte dabei auf diese ein wenig hilflose, schüchterne und zugleich belustigte Art gelächelt, die Rada entzückte und gleichzeitig verlegen und zornig machte.
»*Wer* hat es entschieden?«
»Ich.«
»Warum?«
»Ach Rada, Rada, stellen Sie sich doch nicht so dumm, als wüßten Sie das nicht! Abgesehen davon – meinen Sie wirklich, ich lasse Sie und den Wojwoda allein in diese Wildnis ziehen?«
»Allein sind wir ja nun nicht gerade!«
»Na gut – aber keiner von den anderen steht so tief in Ihrer und des Wojwoda Schuld. Genügt Ihnen das?«
Nein, dachte Rada, während sie die Feder ansetzte, um den Brief an Tante Alexa weiterzuschreiben und zu beenden. Das genügt nicht, wichtig ist das *andere*. Und wichtig ist, daß er mitkommt! Sie setzte den begonnenen Satz fort:

»– fühlt er sich uns verpflichtet, weil wir ihn damals auf Kameni stup gesund gepflegt haben. Unser Chirurg Dr. Demšar hat seine damaligen Verletzungen überprüft. Es ist alles gut verheilt. Madame Vera und ich hätten gute Arbeit geleistet, sagte er. Allerdings zieht Stefan ein Bein etwas nach. Dagegen ist kaum etwas zu machen, meint Dr. Demšar, doch man sollte bei Gelegenheit einen Orthopäden konsultieren. Bei Gelegenheit, na ja ...
Liebe Tante Alexa, ich höre jetzt auf und werde versuchen, noch ein paar Stunden zu schlafen. Der Gedanke an den Weg durch diese albanischen Berge macht mir Angst. Sie sind bereits weiß verschneit und schauen doch so dunkel und drohend aus. Was erwartet uns

dort, wie werden wir diese Zeit überstehen? Bete für uns! Sobald ich eine Möglichkeit sehe, Dir zu schreiben und den Brief auch einigermaßen sicher nach Kragujevac zu schicken, werde ich es tun. Es grüßt Dich Deine Rada.«

Feldmarschall von Mackensen auf Kosovo Polje

Ein Blick auf die Landkarte jener Gegend genügt, um zu begreifen, in welch ein gewagtes Abenteuer sich die serbische Führung eingelassen hatte. Zwischen Altserbien mit Kosovo Polje als Zentrum und der Adria erheben sich wie ein mächtiger Wall die montenegrinischen und albanischen Gebirgszüge. Anders als die übererschlossenen zentraleuropäischen Alpen befinden sich diese Berge auch heute noch in einem urtümlichen Zustand. Bis auf wenige schmale, im Winter in der Regel verschneite und durch Lawinenabgänge unpassierbare Straßen gab es damals keine Verbindungen zur Küste. Die Annahme des deutschen Oberkommandos, daß kein vernünftiger und verantwortungsbewußter Feldherr versuchen würde, eine ganze, dazu noch zu Tode erschöpfte und von Krankheiten gezeichnete Armee in diese eisige Wildnis zu schicken, schien gerechtfertigt. Jedenfalls durfte man damit rechnen, daß diese Armee nie den Weg zur Küste schaffen würde.

Doch hatte man es in der verzweifelten Lage, in der sich die Serben befanden, angesichts der Enttäuschung, daß von den Alliierten keine Hilfe zu erwarten war, nicht mehr mit einer *vernünftigen* und *verantwortungsbewußten* Führung zu tun, sondern mit erbitterten, zu allem entschlossenen Menschen, die sich unter keinen Umständen geschlagen geben wollten. Die einzige Niederlage, die sie akzeptierten, war der Tod – und selbst den Tod betrachteten sie als einen Sieg über sich selbst und den eigenen Kleinmut. Diese unversönliche Haltung dem Feind und sich selbst gegenüber mag den serbischen Generalstab zu dem folgenschweren Befehl bewogen haben, der in Folge das auslöste, was als das *serbische Golgatha* in die Geschichte eingegangen ist.

Der Befehl:

»Die 1., 2. und 3. Armee und die Truppen der *Verteidigung Belgrads* ziehen sich unter Mitnahme von Feldartillerie und – soweit

dies möglich – schwerer Artillerie über die montenegrinische Grenze nach Peč (Ipek), Andrijevica und Podgorica und weiter nach Skadar (Shkodra) und die südöstlich davon gelegene Adria-Küste zurück. Dort werden sie reorganisiert, aufgefüllt und in die Streitkräfte der alliierten Südostarmee eingegliedert.
Die Regierung, der Generalstab, die Truppen der *Neuen Gebiete** sowie alle anderen restlichen Streitkräfte nehmen den Weg über Djakovica und Prizren hart westlich in Richtung Skadar, oder südwärts im Tal des Schwarzen Drin (Drin i Zi) über Peshkopi und Debar nach Elbasani und südlich von Tirana zur Küste bei Durrës (Durazzo).
Mitzunehmen ist so viel Proviant wie möglich. Das schwere Kriegsgerät, das nicht transportiert werden kann, muß einschließlich der Munition zerstört werden.«
Für das deutsche Oberkommando war der Serbien-Feldzug mit der Einnahme von Priština und des Gebietes von Kosovo polje so gut wie beendet. Das angestrebte Ziel, die Einkreisung und Vernichtung der serbischen Armee war zwar nicht erreicht worden, aber der Sieg war auch so beeindruckend genug. Das war jedenfalls die Meinung der Offiziere aus dem Stabe der Heeresgruppe von Mackensen. Der Befehlshaber selbst war nicht ganz dieser Auffassung.

Zwei Tage nach der Einnahme von Priština, ritt der Feldmarschall mit seinem Gefolge in der Stadt ein. Vom türkischen Bevölkerungsteil als Befreier vom serbischen Joch begrüßt und gefeiert, nahm er die Siegesparade seiner Truppen ab. Danach inspizierte er ein Feldlazarett und ein Gefangenenlager, verteilte im ersteren Zigaretten und ordnete im zweiten die »bestmögliche Versorgung und medizinische Betreuung« der Gefangenen an. Im Konak nahm er den Dank einer türkischen Abordnung entgegen. Anschließend unternahm er trotz schlechten Wetters – Regen mit dicken Schneeflocken vermischt – einen Ritt in die Umgebung von Priština, die übersät war von Trümmern der Ausrüstung einer geschlagenen Armee. Westlich der Stadt ließ er sich die Stelle zeigen, wo im Jahre 1389 in der Schlacht am Amselfeld Serbien untergegangen war.

* Gemeint sind die Truppen der nach dem 2. Balkankrieg an Serbien angegliederten, ehemals türkischen Territorien. Im damaligen serbischen Sprachgebrauch hießen diese *nove oblasti* oder neue Gebiete.

Auf dem Ritt zurück nach Priština kamen die Offiziere an langen Flüchtlingskolonnen vorbei, die im Freien kampierten. Zerlumpte Kinder mit hungrigen Augen in blassen, schmutzigen Gesichtern liefen ihnen nach. »Brot, bitte, Brot, Herr Offizier, bitte, bitte, Brot!« riefen sie. Der Ruf nach Brot begleitete sie auf dem ganzen Weg. Noch nicht bestattete Leichen serbischer Soldaten und Zivilisten lagen hie und da am Wegrand. Gefangene erweiterten mit trägen Bewegungen ein Massengrab, in dem bereits übereinander aufgeschichtet Leichen lagen. Ein Pope mit grauem, zerzaustem Bart und regenschwerem Mantel stand am Rande des Grabes. Mit einem Kreuz in der erhobenen Hand sprach er laut das altslawische Sterbegebet: *Ješče molimsja o upokojeniji duše usobše rabe Božje...*

Nicht nur die Gefangenen, auch serbische Flüchtlinge seien aus den Beständen der Armee zu versorgen, befahl der Feldmarschall seinem Quartiermeister, einem nervösen, unausgeschlafenen und offensichtlich überarbeiteten Oberst. »Und sehen Sie zu, daß diese Flüchtlinge möglichst schnell, noch vor Anbruch des Winters, nach Hause verschwinden. Sonst landen sie noch alle in Massengräbern. Versuchen Sie, warme Kleidung aufzutreiben und lassen Sie die Sachen verteilen, vor allem an die Kinder.«

Der Oberst wollte etwas erwidern, unterließ es aber, als er die Miene des Feldmarschalles sah.

Im Kasino der ehemals türkischen, später serbischen und im Augenblick deutschen Garnison (sie sollte sobald wie möglich von Bulgaren übernommen werden), fand am späten Nachmittag die übliche Lagebesprechung mit den Offizieren des Stabes statt. Es habe sich bestätigt, daß die Erfolge des nunmehr so gut wie beendeten Serbien-Feldzuges wirklich beeindruckend seien, berichtete Oberst von Seeckt. »Nach bisherigen – unvollständigen – Informationen wurden rund hundert Offiziere und hunderttausend Mann gefangengenommen, fünfzig Maschinengewehre und über fünfhundert Geschütze erbeutet. Viele oder die meisten davon, sind allerdings unbrauchbar gemacht worden. Von den Bulgaren liegen noch keine Zahlen vor.«

Von Mackensen: »Wie viele Tote? Verwundete?«

Von Seeckt: »Zusammen rund hunderttausend.«

Von Mackensen: »Ist Ihnen dieses Verhältnis bei den Gefangenen aufgefallen, meine Herren? Hunderttausend Mann und nur hundert Offiziere! Ein Offizier auf tausend Mann. Das bedeutet wohl, daß die Offiziere in ihrer Mehrzahl entweder gefallen – oder weitergezogen sind. Wie hoch schätzen Sie die Zahl der Soldaten ein, die versuchen wollen, über Montenegro und durch Albanien zur Adria-Küste zu gelangen?«

Von Seeckt: »Schwer zu sagen, Herr Feldmarschall. Nach vorläufigen Schätzungen dürften es etwas über hunderttausend Mann sein. Oder haben Sie neue Zahlen, Herr von Prettwitz?«

Von Prettwitz: »Keine neuen Zahlen, Herr Oberst. Hunderttausend bis hundertzwanzigtausend dürften der Wahrheit ziemlich nahekommen*.«

Von Mackensen: »Der Generalstab? Die Regierung?«

Von Seeckt: »Auch sie sind mit von der Partie.«

Von Prettwitz: »Sowie der König, der Thronfolger und Regent Alexander mit seinem Oberkommando, der alte Wojwoda Putnik... Die gesamte Führung. Sie nimmt nach neuesten Berichten die südliche Route über Djakovica und Prizren – und hinein in die Berge.«

Von Mackensen: »Hinein in die Berge... Ich glaube kaum, daß unter diesen Umständen einer von uns Lust auf eine solche Bergwanderung hätte. – Neulich sprachen Sie von einer selbstmörderischen Entscheidung, Prettwitz. Nach dem, was wir heute gesehen haben, dürften Sie recht haben. Der Zustand, in dem sich diese Soldaten befinden, ist erbärmlich. Wir können also guten Gewissens nach oben berichten, daß unsere Operationen ihr Ziel erreicht haben.**Was bei Ipek (Peč) und Prizren noch zu tun ist, sollen die

* Die Zahl der serbischen Soldaten, die versuchten, die Adria-Küste zu erreichen, hatte man deutscherseits stark unterschätzt. Später stellte sich heraus, daß sie weit höher war als angenommen. Die serbische Führung hatte vor dem Rückzug nach Montenegro und Albanien die Parole ausgegeben, daß es auf jeden einzelnen Mann ankäme, daß jeder einzelne Soldat im späteren Kampf an der Seite der Alliierten für die »endgültige Befreiung des Vaterlandes« wichtig sei. Nach serbischen Quellen war die eigene Armee Anfang Oktober vor Mackensens Feldzug rd. 420000 Mann stark. Auf dem Amselfeld Ende November betrug ihre Stärke noch rd. 300000 Mann. Den Rückzug über Montenegro und Albanien traten 220000 Soldaten an. Über die Höhe der Verluste während des Rückzuges zur Adria-Küste wird noch zu berichten sein.

** Wörtlich heißt es im offiziellen Bericht der Obersten deutschen Heeresleitung vom 27. November 1915: »Mit der Flucht der kärglichen Reste des serbischen Heeres in die montenegrischen und albanischen Gebirge sind die großen Operationen gegen

Bulgaren übernehmen. Desgleichen die Verfolgung nach Montenegro und Albanien. Für uns ist dieser Feldzug beendet. Wir müssen uns um die Franzosen und Engländer in Mazedonien kümmern. Zuletzt nur noch... Dieser serbischen Armee gebührt alle Achtung, meine Herren. Ich glaube, wir sind uns darin einig. Ihr und ihren Soldaten werden wir sowas wie ein Gedenkstein setzen.* – Und nun zur Lage in Mazedonien und Montenegro, Herr von Seeckt...«

Das Gespenst Jonas

Auf den wenigen Photographien vom Rückzug der zerschlagenen serbischen Armee durch die winterlichen Berge sehen wir immer wieder die gleichen Bilder. Kolonnen von Soldaten in zerlumpten Uniformen, meist zerrissene Opanken an den Füßen, mit Decken über den Köpfen, um sich vor der Kälte zu schützen. Gruppenaufnahmen von Soldaten mit blassen, unrasierten Gesichtern und ernsten Mienen vor armseligen Steinhütten. Bis auf die Knochen abgemagerte, ihre Lasten über schmale oft tief verschneite Bergpfade und Wege schleppenden Pferde und Mulis. Ochsengespanne vor Leiterwagen, auf denen zusammengekauerte Gestalten hocken. Und wieder Soldaten, die an langen Seilen eine Kanone bergauf zu ziehen versuchen, Soldaten mit verbundenen Köpfen, Armen, Beinen, Soldaten, die ihre Gewehre wie Krücken benützen, auf hochrädrigen Karren liegende, hohläugig in die Kamera oder einfach in die Winterlandschaft starrende Verwundete.
In eine von solchen Kolonnen reihte sich am Morgen eines naßkalten Frühwintertages auch die des bereits reduzierten serbischen Armee-Lazarettes ein. Dies waren geschlossene Kastenwagen für je sechs bis acht Verwundete oder Kranke, ein Notaufnahmewagen

dasselbe abgeschlossen. Ihr nächster Zweck, die Öffnung freier Verbindung mit Bulgarien und dem türkischen Reiche, ist erreicht.«

* Nur wenig später wurde auf dem Soldatenfriedhof in Avala bei Belgrad ein Gedenkstein aufgestellt. Die Inschrift lautet auf deutsch und serbisch: »Hier ruhen serbische Helden. Dieses Denkmal für serbische Soldaten, die im Herbst 1915 bei der Verteidigung Belgrads den Heldentod fanden, wurde auf Anordnung des Befehlshabers der deutschen Heeresgruppe Südost, Feldmarschall von Mackensen, als Ausdruck der Achtung für den tapferen Gegner errichtet.«

und ein Operationswagen (ein wahres Ungetüm, das von einem Sechser-Gespann gezogen und schon nach wenigen Kilometern aufgegeben werden mußte), die Armee-Apotheke, eine lange Reihe von Mannschafts-, Versorgungs- und Troßfahrzeugen jeder Art, alles in allem immerhin noch über sechzig an der Zahl. An Mannschaften kamen über zweihundert Ärzte, Sanitäter, einige Krankenschwestern, Hilfspersonal, Fuhrleute und ein Pionierzug mit.
Die zunächst noch einigermaßen gut befahrbare Straße führte an dem glasklaren, in der Kälte des Morgens dampfenden Flüßchen Bistrica entlang. Um die Pferde zu entlasten, wurde von Anfang an befohlen, daß jeder zu Fuß gehen sollte, der dazu imstande war; scheinbar aber waren dies nur wenige. Auch sollte man sich stets in Sichtnähe der Kolonne aufhalten und nie weiter als unbedingt nötig von der Straße entfernen. Die Überfälle der Albaner oder Arnauten – auch *Šiptari* genannt – auf einzelne Soldaten oder kleinere Gruppen häuften sich und wer nur ausgeraubt wurde, konnte dabei noch von Glück sagen. Größere Banden, so hieß es, sollten bereits dazu übergegangen sein, Troßwagen zu überfallen, Straßensperren zu errichten, um Beute zu machen, zu plündern, zu brandschatzen, zu morden.
Um den Rückzug vor dieser neuen Gefahr zu sichern, schickte man eigene Patrouillen aus, die sich allerdings in ihren Methoden kaum von denen der Arnauten unterschieden. Die einen wie die anderen machten den Finger krumm und schossen, ohne viel zu fragen. Tatsächlich hörte man immer wieder Gewehrschüsse und zuweilen auch die ratternden Feuerstöße von Maschinengewehren von da und dort, und da und dort sah man am Straßenrand tote Arnauten liegen oder an den Bäumen hängen, im Schnellverfahren gerichtet und – allen anderen zur Warnung – an Ort und Stelle gehängt.
Knapp vor der albanischen Grenze stieß man an den Weißen Drin. Rauschend und weiß schäumend schoß er durch das nun enger werdende Tal. Die steilen Hänge des Pastrik im Norden und des an die 2400 Meter hohen Korintnik im Süden schoben sich näher heran. Es kam immer wieder zu Stauungen, Stockungen, unfreiwilligen Aufenthalten. An diesem ersten Tag legte die Kolonne kaum zwanzig Kilometer zurück.
Nach einem auf halbe (von ohnehin nur einer halben) Ration gesetzten Abendessen biwakierten sie im Freien. Brennholz gab es

keines. Die vorausziehenden Truppen hatten ganze Arbeit geleistet und alles Brennbare gesammelt und verbrannt. In Wolldecken gehüllt – wenigstens davon gab es genug – saß man unter aufgespannten Zeltplanen, die Karbidlampen auf kleine Flamme gedreht, um arnautischen Schützen, die möglicherweise in der Dunkelheit lauerten, kein Ziel zu bieten. Während sich Rada um den Wojwoda kümmerte (außer ihr gab es noch ein Dutzend anderer Schwestern, durchweg junge, kräftige Frauen), saß Stefan mit Sanitätern unter einem Zeltdach und hörte sich deren Geschichten an. Ein langer, zaundürrer Mann mit Nickelbrille und großen abstehenden Ohren, weshalb man ihn mit dem Spitznamen *Šišmiš*, auf deutsch Fledermaus bedachte, führte das große Wort. Er schien alle Restaurants Belgrads und deren Spezialitäten zu kennen, erzählte den andächtig zuhörenden Sanitätern und Ärzten, was man den Gourmets in Bukarest, Budapest, ja selbst in Paris aufzutischen pflegt, und während er sprach, kratzte er sich unentwegt mit seinen langen, dünnen Fingern: Die Läuse waren wieder auf dem Vormarsch. Mitten im Aufzählen von Speisen (auf französisch), unter denen ein Mann von Welt und seine Geliebte im Restaurant des *Hotel Ritz* in Paris wählen können, wurde er von einem Soldaten unterbrochen:
»Sag', Šišmiš, bevor du weiter parlierst und diese französischen Gerichte aufzählst, die sich für mein armes serbisches Gehirn wie reines Chinesisch anhören, warst du am Ende wirklich schon in Paris?«
»Wie könnte ich sonst erzählen, wie es dort aussieht und was es auf der Speisenkarte gibt, Dummkopf?!« sagte Šišmiš von oben herab.
»Das alles brauche ich nicht. Mit einem Topf voll Bohnen wäre ich der glücklichste Mensch«, seufzte ein anderer.
»Aber ein Stück Räucherspeck müßte schon drin sein!«
»Und jetzt sag', Šišmiš, warum bist du noch immer so zaundürr, wenn du das alles gegessen hast?«
»Du warst auch schon mal dicker, denke ich.«
»Erzähl' weiter, Šišmiš. Wie war das? Wachteln in Champagnersauce ... Und was gab es dazu?«
»Die besten Vorspeisen ...« sagte Šišmiš.
»Hör jetzt auf, Šišmiš!« rief der Chirurg Dr. Demšar. »Das kann ja kein Mensch aushalten! – Wer ist denn das?«
Die Frage galt einem Mann, der plötzlich wie aus dem Boden

gewachsen am Rande des Lichtkreises stand. Stefan sah auf – und traute seinen Augen nicht. Der dürre, hohlwangige Mann in der zerlumpten, einst hellblauen Uniform eines österreichischen Kriegsgefangenen, mit der fadenscheinigen Decke über dem Kopf und um die Schultern, mit der er sich gegen den Schneeregen und den eisigen Wind zu schützen suchte, war Jonas. Niemand anderes als Jonas aus dem Internierungslager Zeleni gaj. Mit dieser Decke über dem Kopf, den schütteren Bartstoppeln, den traurig-nachdenklichen Augen und den bloßen Füßen in dem mit Schnee vermischten Schlamm, sah er wie ein alttestamentarischer Bettler aus, den ein rätselhaftes Schicksal in die eisigen Berge des Nordens verschlagen hatte.

Stefan stand langsam auf. »Jonas, sind Sie es wirklich?«

»Ich bin es, mein Freund, und ich bin überaus glücklich, gerade Sie hier anzutreffen«, sprach die seltsame Erscheinung und gab damit zu erkennen, daß sie kein Trugbild war, sondern tatsächlich aus Fleisch und Blut bestand. »Ich habe dieses rote Kreuz gesehen«, er zeigte auf den im Wind flatternden Rot-Kreuz-Wimpel am Zeltdach – »und dachte mir, hier bist du richtig. Hier findest du Beistand und möglicherweise sogar ärztliche Hilfe.« Jonas lüftete die Decke und gab den linken, mit einem schmutzigen und blutdurchtränkten Tuch notdürftig verbundenen Oberarm frei. »Ich ging also näher heran und finde Sie, mein Freund, finde Sie ...«

Stefan gelang es gerade noch, Jonas aufzufangen, bevor dieser zusammenbrach.

Man gab ihm heißen Tee zu trinken und darin aufgeweichtes Brot zu essen, worauf er sich schnell erholte. Die Wunde an seinem Oberarm stamme von einem Messerstich, erzählte er. Er hätte sie einem Arnauten zu verdanken, der es auf seine noch recht guten Schuhe abgesehen hatte.

»Ich wollte sie ihm nicht geben, bei diesem Wetter. Bevor ich bis drei hätte zählen können, hatte der Mann schon ein Messer in der Hand und stach zu. Seine zwei Kumpane hinderten ihn daran, es noch öfters zu tun. Nun nahm er sich die Schuhe doch. Ich Narr! Warum habe ich sie ihm nicht gleich gegeben und mir gesagt, daß es besser sei, kalte Füße zu haben, als mausetot und gänzlich kalt dazuliegen, was beinahe passiert wäre? *Nur das steht fest im ew'gen Wühlen: Wer die Gewalt hat, übt Gewalt, Und wieder: Wer nicht hören will, muß fühlen.* Andererseits ist nicht zu bestreiten, daß es sehr unangenehm, um nicht zu sagen schmerzlich ist, bei diesem Wetter barfuß herumzulaufen.« Während er dies sagte, sah er traurig auf seine blaugefrorenen Füße.

Dr. Demšar behandelte den stark blutenden, glücklicherweise nicht allzu tiefen Messerstich. Als Jonas erfuhr, daß Stefan mit dem Lazarett zur Adria-Küste unterwegs war, bat er, mitkommen zu dürfen. Auf die Frage, weshalb er nicht auf deutsche oder bulgarische Truppen warten wolle, die in Kürze bis hierher vordringen würden, antwortete er auf seine rätselhafte Art:

»Warum sollte ich das? Jeder Tag bringt einen neuen Weg. Welchen du auch wählst, sie alle führen dich an den Punkt, wo sich dein Leben vollendet.« Und leiser dann, den Blick voll auf Stefan gerichtet: »Was mich zu Hause oder dort, woher ich komme, erwartet, weiß ich. Hinter diesen Bergen aber – wer kann es sagen?«

Stefan hatte das Gefühl, daß sich hinter diesen Worten mehr verbarg als es zuerst schien. Etwas Bedeutsames, ein Geheimnis wie so vieles, das diesen Mann umgab.

Dr. Nikolić nickte nur zerstreut, als man ihm Jonas' Bitte vortrug. Hörte er überhaupt zu? Seit sie Prizren verlassen hatten, war dieser umtriebige, redselige Mann in dumpf brütendes Schweigen verfallen, starrte meist nur teilnahmslos vor sich hin, schien kaum zu merken, was um ihn herum vorging.

Jonas bekam einen Militärmantel aus Beutebeständen, Fußlappen, Schnürschuhe und eine Rotkreuz-Armbinde. Danach erzählte er, daß er im Internierungslager Zeleni gaj keine Veranlassung gesehen hatte, sein Fluchtvorhaben aufzugeben, nachdem Stefan nur wenige Stunden vor der geplanten gemeinsamen Flucht abgeholt worden war. Aus dem Lager herauszukommen, sei bei der nachlässig gewordenen Bewachung keine Kunst gewesen. »Eigentlich konnte man einfach davonspazieren, keiner kümmerte sich mehr um uns.« Warum er nicht auf deutsche Truppen gewartet habe wie die anderen Internierten?

Wieder das unbestimmte Schulterzucken. »Sollte ich das? Ich wollte einfach weg ...« Allerdings sei er nicht sehr weit gekommen. Schon nach wenigen Kilometern des einsamen nächtlichen Marsches habe ihn eine Gendarmeriepatrouille gefaßt und ins nächste Gefangenenlager gebracht. »Ich hatte Glück, daß man mich nicht als Spion

erschossen hat, erzählte man mir im Lager. Dazu ist man sehr schnell bereit. Es gibt einflußreiche Serben, die behaupten, daß feindliche Spione am verlorenen Krieg schuld seien. Also werden sie gejagt, erschossen, gehenkt ... Sündenböcke für die eigene Niederlage, wie überall auf der Welt, wenn es bergab geht.«
Nur wenige Tage später sei das Gefangenenlager evakuiert und auf den Hungermarsch südwärts geschickt worden. Vor der albanischen Grenze waren die Wachmannschaften verschwunden, jeder konnte selbst sehen, wie er weiterkam.
»Ich bin auch prompt in einen arnautischen Hinterhalt geraten und hatte den Eindruck, daß die Arnauten keinen Unterschied zwischen den feindlichen Serben und angeblichen Freunden und Befreiern, Österreichern oder österreichischen Kriegsgefangenen machen. Sie wollen Beute, gleichgültig von wem, und wenn sie noch so armselig ist. Ich hätte nichts zu befürchten, sagte ich mir, was sollten sie schon bei mir holen? An die Schuhe dachte ich nicht. Wie dumm! Doch selbst wenn ich es getan hätte ... Es kommt, wie es kommen muß. *Was Schicksal dir beschert, mußt du ertragen; Es hilft nicht, gegen Wind und Flut sich schlagen.* Oder gegen die Skipetaren. – Was aber, lieber Freund, hat Sie bewogen, den Entschluß zu fassen, durch dieses unwirtliche Albanien zu ziehen?«
»Erinnern Sie sich an den Raben, der mich im Steinbruch besucht hat? Es hängt mit ihm zusammen. *Jeder Tag bringt einen Weg. Welchen du auch wählst, sie alle führen dich an den Punkt, wo sich dein Leben vollendet«*, zitierte Stefan die Worte des Freundes von vorhin. »Ich habe mich für diesen entschieden.«
Jonas fragte nicht weiter, als er Stefans verschlossene Miene sah.

Am nächsten Tag passierten sie die Grenze. Die kleine Grenzstation war nicht mehr besetzt, die Fenster waren eingeschlagen, die aufgebrochene Tür hing schief in den Angeln. Krähen flogen auf, ließen sich auf einem Baum nieder, der seine kahlen Zweige in den grauen Himmel streckte.
»Sie sind fett geworden, so fett von den vielen Toten, daß sie kaum noch fliegen können«, sagte der Sanitäter Šišmiš. Er hielt sich an dem Leiterwagen fest, auf dem vier Verwundete unter dem aufgetürmten Stroh lagen. Sein Kopf auf dem dünnen, sehnigen Hals schwankte beim Gehen hin und her, und die großen, abstehenden

Fledermausohren mit der feinen Verästelung der Blutadern waren fast durchsichtig geworden.
Soldaten saßen am Straßenrand, starrten teilnahmslos vor sich hin, und bei manch einem konnte man nicht mehr sagen, ob er noch lebte oder bereits tot war, erstarrt in seiner zusammengekauerten, nachdenklich wirkenden Haltung. Andere zogen am Straßenrand dahin, mühsam einen Fuß vor den anderen setzend, und jeder neue Schritt bedeutete neue Mühsal und neue Überwindung. Welcher wird der letzte sein?
Die schwer ziehenden Pferde dampften in der kalten, windstillen Luft. Kurz vor dem weiß-blau-roten Schlagbaum, der zerbrochen im Straßengraben lag, schien Dr. Nikolić aus seiner Lethargie aufzuwachen und ließ anhalten. Ohne sich um die anderen zu kümmern, kletterte er vom Kutschbock, trat etwas abseits, blickte lange zurück, sank schließlich in die Knie und küßte den Boden. Als er sich wieder aufrichtete, war sein Gesicht naß von Tränen. Wortlos stieg er wieder auf den Wagen und befahl:
»Fahr weiter!«
Eine winzige Szene, die unterging in dem großen Geschehen und sich doch unauslöschlich in das Gedächtnis der Menschen prägte, die ihre Zeugen waren. Wer hätte das diesem abgebrühten, knochentrockenen und so oberflächlich erscheinenden Mann zugetraut? In jedem Menschen scheint es verborgene Züge zu geben, jede neue Seite im Buch seines Lebens kann Überraschungen bringen und Eigenschaften an den Tag legen, die man in ihm nie vermutet hätte.

Noch ein überraschendes Wiedersehen

Daß Wojwoda Lazar Bošković noch am Leben war, bezeichnete Oberschwester des Lazaretts Lidija Blažek, eine resolute Dame mittleren Alters mit Schnurrbartflaum auf der Oberlippe und entsprechend tiefer, männlicher Stimme, als ein Wunder. Die anderen Ärzte sprachen von einem medizinischen Phänomen und Dr. Nikolić bezeichnete es als den Beweis für die Lebenskraft und den Lebenswillen von Serben und Montenegrinern, aber auch anderen Angehörigen slawischer Völker. So hatte jedermann eine zufriedenstellende Erklärung.

Für den Wojwoda selbst stand fest, daß seine Stunde noch nicht gekommen war: Gottes Wille hatte ihn am Leben erhalten, damit er als *Sein* Werkzeug die Rache an den Mördern und Hintermännern der *Blutigen Slava* vollziehe. Alles, was geschehen war und fortan geschehen mochte, betrachtete er unter diesem Gesichtspunkt. Sein Glaube daran und seine Zuversicht waren unerschütterlich.
»Vorhin standen sie da, die gescheiten Doktoren und schauten mein Bein an oder das, was sie von ihm übriggelassen haben«, sprach er zu Stefan während eines Verbandwechsels. Er ließ niemanden anders als Rada und Stefan an sich heran; auch dessen Anwesenheit war nach seiner Überzeugung in Gottes unerforschlichen Plänen vorgezeichnet gewesen. *Er* hatte diesen jungen *Švaba,* den einzigen Sohn eines der Opfer der Mörder, zunächst auf Kameni stup und dann durch alle Fährnisse hindurch hierher geleitet, damit er ihm, dem Wojwoda, beistehe.
»Sie schüttelten die Köpfe, redeten in ihrem geschraubten lateinischen Kauderwelsch und wunderten sich darüber, daß ich nicht längst tot und begraben bin. Sterben denn nicht junge, kräftige Männer wie Fliegen dahin? Was hält diesen alten Mann am Leben? Noch wundern sie sich! Doch bald werden sie behaupten, daß mich nur ihre ärztliche Kunst am Leben erhalten hat. Dummköpfe! Sollen sie denken, was sie wollen. *Ich* kenne die Wahrheit! Und auch du kennst sie! Sag' Stefan, kennst du sie? *Kennst* du sie?«
Der alte Mann faßte nach Stefans Oberarm und schüttelte ihn. Er war bis zum Skelett abgemagert, aber seit zwei Tagen war er fieberfrei, und sein Beinstumpf heilte überraschend gut ab, obwohl die Operation in überaus dürftigen Verhältnissen durchgeführt worden war.
»Das Schicksal meinte es wirklich gut mit Ihnen«, sagte Stefan ausweichend, während er mit einem Schwamm und kaltem Wasser das klein gewordene, von der großen Narbe gespaltene Gesicht wusch.
»Schicksal, sagst du? Unsinn! Nur Türken und andere Muslims glauben an ihr Kismet! Es war die Vorsehung! *Damals* vor sechzehn Jahren kam ich zufällig davon. Doch dann griff die Vorsehung ein, weil sie *mich* dazu ausersehen hat, das Werk der Rache zu vollbringen.« Er senkte seine Stimme zu einem heiser zischenden Flüstern. »So war es auch an der Djetinja! Die Vorsehung! Alle meine Leute

sind gefallen, doch mich haben die Kugeln der Švabas verfehlt. Ich bin in dem angeschwollenen Fluß nicht ertrunken, obwohl ich nicht viel besser schwimmen kann als ein Stein. Ein Stein oder ein Hufnagel, Stefan, hörst du?« Er kicherte, hustete. »Das Wasser hat mich umhergewirbelt, bis mir die Sinne schwanden – doch ertrunken bin ich nicht! Und auch meinen Säbel habe ich nicht verloren. Der Säbel war wie ein Rettungsring, denke ich. Ich hielt mich an ihm fest und hielt *ihn* fest, und so blieben wir beide am Leben ...«

Er strich mit einer zittrig-zärtlichen Bewegung über die Scheide seines *fröhlichen Säbels,* der bei Tag und bei Nacht neben ihm liegen mußte. Sie waren mehr denn je unzertrennlich, der Wojwoda und sein Säbel. Er sprach mit ihm, er suchte Trost und Linderung in der Berührung mit ihm, wenn ihn die Wundschmerzen und die eigenen Gedanken, Bilder und Erinnerungen zu sehr peinigten. Der Säbel war für ihn schon lange kein toter Gegenstand mehr, nicht mehr nur eine Waffe, sondern ein lebendiges Ding, ein Freund (wahrhaftig – der einzige Freund!), dem er vertrauen und mit dem er Zwiesprache halten konnte.

»Überlege doch selbst, *momče*! Ich bin über die Felsen gestürzt und habe mir die Knochen gebrochen – ein großes Unglück! Und auch wieder nicht. Wäre das nicht geschehen, dann hätte ich versucht, nach Montenegro zurückzukehren. Und bei Gott – mit diesem Säbel hätte ich die Verräter gerichtet, die mich und meine Leute in den Untergang geschickt haben! Daraufhin hätten sie mich erschossen, wegen Meuterei oder Gott weiß weshalb. Oder gar wegen Majestätsbeleidigung. Ha! Majestätsbeleidigung! Doch die Vorsehung wollte es anders. Sie schickte serbische Bauern, damit sie mich fanden und in dieses Lazarett brachten. Und siehe – hier ist Rada und hier bist du, *momče!* Ein Zufall? Wer kann jetzt noch vom Zufall reden? – Und jetzt du. Ich weiß nicht, was dir alles widerfahren ist – *ich* habe mein möglichstes getan, dich aus den Klauen der Mörder zu befreien und dich davor zu bewahren, ihnen wieder in die Hände zu fallen. Welche Wege du auch gegangen bist, die Vorsehung führte dich hierher. Hast nicht auch du eine Rechnung mit den Verfluchten zu begleichen? Glaube mir! Das, was du vorhin Schicksal genannt hast und ich Vorsehung nenne, wird uns weiter führen, bis wir getan haben, was getan werden muß.«

Durch diese Brille gesehen, kam auch das plötzliche Auftauchen seines Dieners Bora für den Wojwoda keineswegs überraschend. Nach seiner Überzeugung war auch dies ein Werk der Vorsehung, die jetzt begonnen hatte, die Kräfte der Rache zu sammeln. Die Zeit der Abrechnung konnte nicht mehr fern sein.

Bora kam an dem Tag an, als der Rückzug durch die albanischen Berge stockte. Aufständische Albaner oder Arnauten hatten, zum erstenmal mit stärkeren Kräften operierend, der serbischen Regierung und dem Generalstab mit Oberkommando den Weg verlegt und sie in Spas am Drin zum Halten gezwungen. Das Armeelazarett mußte in einem Bergnest vor Spas Quartier nehmen. Niemand wußte, wann es weitergehen würde. Die Arnauten seien auch im Rücken mit stärkeren Kräften aufgetaucht, hieß es. Vermutlich wollten sie die gesamte serbische Führung von ihren Truppen abschneiden und gefangennehmen. Nach den demütigenden Niederlagen vergangener Jahrzehnte sahen sie endlich die Chance, es den Serben heimzuzahlen, was Dr. Nikolić wie folgt kommentierte: »In der Stunde der Not verlassen dich die Freunde und erscheinen wieder die Feinde. Wenn die Not am größten ist, erheben auch die Schlangen die Köpfe, die du im Staub zertreten glaubtest.«

Abgehetzt, erschöpft und bis auf die Knochen abgemagert kam Bora an. Vor Freude konnte er sich kaum fassen, als er sich zu Rada durchgefragt hatte und endlich vor ihr stand. Als er dann hörte, daß auch sein Herr, der Wojwoda, noch am Leben sei, begann er vor Glück und Erleichterung zu weinen. Fortan wich er keinen Augenblick mehr von des Wojwoda Seite.

Die Geschichte seiner Suche nach Rada war abenteuerlich genug. An der Djetinja war es ihm gelungen, durch die österreichischen Linien zu schlüpfen. Wie ihm der Wojwoda aufgetragen hatte, überbrachte er dessen Forderung nach Verstärkungen in Form einer sehr deutlich gehaltenen mündlichen »Botschaft« an Brigadier Grgur Atanagić – mit dem Resultat, daß man ihn wegen Verunglimpfung eines Vorgesetzten in Verbindung mit Meuterei verhaftete. Doch das Gefängnis, wo man Bora festhalten könnte, müßte erst gebaut werden. Er schlug zwei Wachposten bewußtlos, brach aus, besorgte sich Zivilkleider und machte sich auf den Weg zurück zu seinem Herrn.

Der Wojwoda sei tot, gefallen oder ertrunken, erzählten ihm die Bauern aus der Umgebung von Požega. Schweren Herzens mischte sich Bora unter die Flüchtlinge, die wieder nordwärts, nach Hause zogen. Er wollte nach Kragujevac, um des Wojwoda Auftrag zu erfüllen und sich fortan um Rada zu kümmern. Dort angekommen, erfuhr er von Tante Alexa, daß Rada mit dem Armeelazarett evakuiert worden war – und so machte er sich wieder auf den Weg südwärts. Zum zweitenmal gelang es ihm, durch die Frontlinie zu kommen (insofern man überhaupt noch von einer »Frontlinie« sprechen konnte). Danach folgte er dem Lazarett nach Priština, Prizren und über die albanische Grenze, bis er es vor Spas endlich eingeholt hatte.

Der Wojwoda, sein Diener Bora, Rada, Stefan ... natürlich war der Gedanke unsinnig, doch er drängte sich nunmehr auch Stefan immer wieder auf: Steckte in des Wojwoda Gerede von der *Vorsehung*, die sie alle mit einer bestimmten Absicht zusammengeführt haben mochte, doch ein Körnchen Wahrheit? Es fehlte nur noch Bogdan, um die »Kräfte der Rache« komplett zu machen, an die der Wojwoda so felsenfest glaubte.

Über Bogdan freilich sprach der Wojwoda nie, und auch Rada erwähnte ihn Stefan gegenüber nicht – ganz anders als auf Kameni stup, wo sie ständig von ihm erzählt hatte. Auf Stefans Frage sagte sie nur abweisend, Bogdan sei »irgendwo in Montenegro, vermutlich in der nächsten Umgebung des Königs«.

Hatte es zwischen ihnen Streit gegeben? Stefan forschte nicht weiter. Wozu auch? Er war froh, wenn er von diesem jungen Offizier, den er in keiner guten Erinnerung hatte, nichts hörte. Abgesehen davon war sein eigenes Verhältnis zu Rada bereits kompliziert genug.

Wie sehr sie sich über ihr überraschendes Wiedersehen in Kraljewo gefreut haben mochte (Stefan hatte damals jedenfalls diesen Eindruck), jetzt schien sie seine Nähe zu meiden. Ihre damalige Reaktion war offensichtlich nichts weiter gewesen als Erleichterung und Freude darüber, nach den überstandenen Schrecken des deutschen Bombardements einen Bekannten zu finden, an den sie sich Trost suchend – leider viel zu kurz – anlehnen konnte. Bei jedem anderen Bekannten oder Freund hätte sie es genau so gehalten, wahrscheinlich sogar bei Dr. Nikolić.

Andererseits – war es nicht besser so? Stefan liebte Rada nach wie vor, ja es schien ihm, als liebe er sie nach diesem Jahr der Abwesen-

heit mehr denn je. Die vergehende Zeit hat ihr Bild nicht aus seinem Herzen zu löschen vermocht, sein Verlangen nach ihr und ihrer Nähe nicht weniger verzehrend werden lassen. Doch gesetzt den Fall, sie hätte seine Liebe erwidert – welch kaum zu bewältigende Komplikationen hätte das heraufbeschworen! Stefan konnte sich zwar frei bewegen, der Unterschied zwischen ihm und den serbischen Sanitätern verwischte sich von Tag zu Tag mehr; sie alle waren gleichermaßen Leidtragende eines großen Unglücks, das dieses Land, ja eine ganze Welt getroffen hatte. Die Mühsal und die Gefahren, die sie ertragen mußten, waren für alle gleich groß und verwischten alle Unterschiede. Aber dennoch war er noch immer ein *Švaba,* einer von den verhaßten Feinden, die sie nach dem Verlust der Heimat in diese Berge gejagt und zu dem leidvollen Rückzug zur Adria-Küste – werden sie diese je erreichen? – gezwungen hatten. Liebe und möglicherweise eine Verbindung zwischen ihm und einer Serbin oder Montenegrinerin zu dieser Zeit war undenkbar – undenkbar, sie allein in Erwägung zu ziehen!
So wurde auch Stefan mit diesem leidigen Widerspruch zwischen Liebe und Vernunft konfrontiert, bei dem die Vernunft auf die Dauer stets den kürzeren zieht. Ein Widerspruch und ein Problem, das allgegenwärtig war und ihn hartnäckig verfolgte wie etwa die Läuseplage. Entsprechend beschäftigte er sich damit auch an diesem Abend nach Boras Ankunft, während er mit Jonas versuchte, in den Häusern etwas mehr Platz für die Verwundeten zu schaffen.
Wenn hier von »Häusern« gesprochen wird, ist das stark übertrieben. Es waren steinerne, auf einem Hang zwischen Felsblöcken verstreute Hütten, die in der Regel aus zwei, drei Räumen bestanden: Einem für die Menschen, einem für das Vieh (meist nur Schafe, Ziegen und Hühner) und einer Vorratskammer. Die Häuser hatte man kurzerhand beschlagnahmt und die wenigen Bewohner, die nicht wie die meisten anderen mit ihrem Vieh in Bergverstecke gezogen waren, um es vor dem Zugriff der halbverhungerten Serben zu retten, in die leeren Ställe verwiesen.
Vor einer solchen Hütte blieb Jonas stehen, nachdem sie einen Verwundeten hineingetragen und auf eine dünne Strohschütte gebettet hatten. Erschöpft rutschte er an der Mauer hinunter, blieb neben der Tür hocken.
»Laß mich ein wenig Luft schöpfen und über ein Wunder nachden-

ken«, murmelte er mit geschlossenen Augen. »Über ein physikalisches Wunder sozusagen. Es ist ein Naturgesetz, daß kein leerer Sack aufrecht stehen kann – ich aber tue es schon seit Tagen. Dabei bin ich weiter nichts als ein leerer Hautsack. Jedenfalls fühle ich mich so. Liegt es an den Knochen? Ein Hautsack mit Knochen? Ein knochiger Hautsack? Auf jeden Fall leer.«
So sprach er zu sich selbst, während Stefan einige Schritte abseits trat und zu dem weiter oben gelegenen Heu- oder Strohschober sah. Dorthin hatte er vorhin durch den knöcheltiefen Schnee Rada gehen sehen, vielleicht auf der Suche nach Stroh, vielleicht auch aus anderen Gründen.
In der einfallenden Dämmerung konnte er die Umrisse des Schobers gerade noch erkennen. Und doch nahm er etwas wahr, das ihn angespannt zusammenfahren und drei schnelle Schritte weitergehen ließ, um nicht von dem Licht aus dem Fenster geblendet zu werden, das man in der Hütte angezündet hatte.
Dann begann er zu laufen.

Ubio pesnicom šiptara

Auf die Frage – auch er hat sich diese Frage später selbst gestellt – was ihn in jenem Moment dazu veranlaßte, zu dem Strohschober zu laufen und sich dabei zu bemühen, es möglichst geräuschlos zu tun, konnte Stefan keine eindeutige Antwort geben. »Es war etwas. Ich habe etwas gesehen, aber ich kann nicht genau sagen, was. Vielleicht nur eine Bewegung. Oder der weiße Schimmer einer Arnautenmütze. Vielleicht habe ich auch etwas gehört, einen erstickten Aufschrei, den Fluch oder den Ruf einer Männerstimme.«
Dazu kam – und möglicherweise war dies das Ausschlaggebende – ein beklemmendes Gefühl der Gefahr, die Ahnung, daß etwas Verhängnisvolles geschah oder geschehen würde. Was es auch gewesen sein mochte, er lief so schnell und so leise er konnte zu dem achtzig oder hundert Schritte entfernten Strohschober.
Noch bevor Stefan den Schober erreichte, hörte er von drinnen den erstickten Hilferuf einer Frau: das erste konkrete Zeichen, daß dort wirklich etwas geschah. Rada. Es konnte nur Rada sein. Unter dem steilen, fast bis an die Erde reichenden Dach herrschte Dämmer-

licht. Im Hintergrund ein ringender, sich hin und her bewegender Knäuel aus Menschenkörpern. Von dort kamen Radas erstickte Hilfeschreie, das angestrengte Keuchen von Männerstimmen und ein meckerndes Lachen. Es waren drei Männer. Zwei von ihnen knieten neben Rada, die sie auf den Boden geworfen hatten und dort niederhielten. Sie hatten ihr den Rock und die Hose vom Leib gerissen, ihre nackten zuckenden und strampelnden Beine hoben sich weiß ab in der Dämmerung. Der Mann rechts von ihr hielt ihr die Spitze eines Dolches an den Hals. Der Dritte beugte sich mit dem Rücken zum Eingang über sie und lachte – das meckernde, sadistische und erwartungsvolle Lachen, das Rada später noch lange verfolgen würde und sie bei jeder ähnlich klingenden Stimme entsetzt zusammenzucken ließ.
Jener dritte Mann hatte gerade seine Hose über den nackten Hintern abgestreift, als Stefan in den Schober stürmte, ihn zurückriß und gegen die Holzwand schleuderte. Der Arnaute sank betäubt zu Boden. Den zweiten, links von der halb entblößten Rada, traf Stefan mit einem wuchtigen Fußtritt in die Seite. Der Mann schrie vor Schmerz auf und rollte seitlich weg. Der Arnaute rechts reagierte auf Stefans überraschenden Angriff am schnellsten. Er sprang hoch, wich zurück und griff nun seinerseits mit stoßbereitem Dolch an. Stefan, noch immer in seiner wilden Vorwärtsbewegung, sah den Dolch aufblitzen, er sah das verzerrte Gesicht des Mannes, sah das Glitzern seiner Augen im Dämmerlicht, drehte den Körper zur Seite, um dem vorwärtszuckenden Dolch auszuweichen, und schlug zu. Er schlug zu mit aller Kraft, mit aller Wut, die sich im Laufe dieses Jahres in ihm aufgestaut hatte. Seine Faust schoß am Dolch vorbei, traf das Gesicht des Mannes, und Stefan hörte dabei seinen eigenen wilden Aufschrei. Unter der Wucht des Schlages gab das Gesicht nach. Man hörte das Krachen von Knochen, die in den Schädel getrieben wurden, der Mann wurde nach rückwärts geschleudert, und der Dolch, der Stefans Ärmel der Länge nach aufgeschlitzt hatte, flog in einem glitzernden Bogen weg.
Der zweite Arnaute hatte sich aufgerappelt und lief davon; Stefan sah seine Umrisse vor dem Abendhimmel auftauchen und seitwärts verschwinden. Er kümmerte sich nicht um ihn. Er kümmerte sich auch nicht um Rada, die jetzt mit angezogenen Knien auf dem Boden saß, mit den Händen ihre nackte Brust bedeckte und ihn mit

entsetzten Augen anstarrte. Der Rausch des Kampfes, der rasende Zorn und ein wilder Triumph trieben ihn weiter – er wollte töten! Er sprang zu dem Mann, den er zuerst von Rada losgerissen hatte, zerrte ihn wie eine Stoffpuppe hoch und drückte ihn an die Wand. Dabei rutschte dessen offene Hose bis zu den Knien hinunter, er tastete mit flatternden Händen nach seinem Dolch, fand ihn nicht, seine Bewegung erstarrte, er öffnete den Mund, um etwas zu sagen, doch ein Blick in Stefans Gesicht machte ihn stumm und bewegungsunfähig; denn was er in diesem Gesicht sah, erfüllte ihn mit nacktem Entsetzen und Todesangst.
Stefans rechte Hand schoß empor und legte sich um den Hals des Mannes. Angewidert atmete er den Geruch von Schweiß, ungewaschenem Körper, Urin und dreckigen Kleidern, und der Gedanke, daß Rada kurz zuvor diesem Mann und dessen Gestank ausgesetzt gewesen war, daß sie nur mit knapper Not einer Vergewaltigung und sicher auch Ermordung durch diesen stinkenden Mann entgangen war, ließ ihn aufstöhnen. Er drückte langsam zu. Der Mann riß den Mund auf, seine Augen traten hervor, er begann hilflos zu zappeln und um sich zu schlagen.
»Stefan, laß ihn! *Laß ihn*!« rief Rada. Ihre Stimme war ganz nahe. Sie stand neben ihm und legte die Hand leicht auf seinen Arm. Unter ihrer Berührung lockerte sich Stefans Griff um den Hals des Mannes. Er ließ los, der Mann sackte nach Luft japsend, mit blau angelaufenem Gesicht zu Boden.
»Nicht *du* – laß es die anderen machen«, sagte Rada, wich zurück, sammelte ihre Kleider ein und zog sich mit schnellen, marionettenhaft wirkenden Bewegungen an. Dann trat sie zu dem reglos und still am Boden liegenden Körper des Mannes mit dem Dolch, stieß ihn mit dem Fuß an, beugte sich über ihn, tastete nach seinem Puls, ließ die Hand wieder los, als hätte sie sich daran verbrannt, richtete sich auf und blickte Stefan mit dunklen Augen sekundenlang an, bevor sie sagte:
»Er ist tot. Paß auf den anderen auf, bis ich unsere Leute geholt habe.«

Švaba ubio pesnicom šiptara – der Deutsche hat mit der Faust einen Skipetaren getötet ... Das Wort ging von Mund zu Mund, und alle, die es erfuhren, sahen Stefan fortan mit anderen Augen an. Der große, wortkarge, stets hilfsbereite Deutsche, der serbisch wie ein Einheimischer sprach, gewann ein neues Gesicht. Obwohl nur Sanitäter (diese werden unter Soldaten in der Regel nicht für voll genommen, an Ansehen gewinnen sie erst, wenn man sie braucht), war er auch ein Mann, der zu kämpfen verstand, und der über fast übermenschliche Kräfte verfügen mußte. Wie sonst hätte er drei wohlgenährte, starke Arnauten besiegen und einen von ihnen mit einem einzigen Schlag seiner Faust töten können? Wenn man fortan von ihm sprach, bekam die geringschätzige Bezeichnung *Švaba – dieser* Švaba oder auch *unser* Švaba – einen neuen, bewundernden und achtungsvollen Beiklang.

Den ganzen darauffolgenden Tag pilgerten Soldaten zum Strohschober, um sich die zur Schau gestellte Leiche des Arnauten anzusehen. Es war ein junger, kräftiger Mann, dessen Gesicht mit der blauschwarz verfärbten linken Gesichtshälfte wie einseitig verschoben schien. »Die Wucht des Schlages mit einer Zertrümmerung des Jochbeines dürfte Knochensplitter ins Schädelinnere getrieben und eine massive Gehirnblutung verursacht haben. Der Mann muß auf der Stelle tot gewesen sein« meinte Dr. Demšar. Die Soldaten schauten den Toten an, schüttelten die Köpfe, sprachen miteinander, gingen wieder, und manche von ihnen kamen ein zweitesmal, als müßten sie sich überzeugen, daß sie richtig gesehen hatten.

Zu diesem einen Toten kam schon bald ein zweiter. Einem alten barbarischen Brauch folgend, wurden dem von Stefan gefaßten und in einem Schnellverfahren zum Tode verurteilten Arnauten vom Erschießungskommando bei lebendigem Leibe die Geschlechtsteile abgeschnitten, mit denen er eine Montenegrinerin zu vergewaltigen versucht hatte. Danach wurde er am Strohschober, dem Ort seiner Untat, erschossen. Die noch anwesenden Dorfbewohner hatte man zusammengetrieben und zum Zusehen gezwungen. Sie taten dies schweigend und mit unbewegten Mienen. Zuletzt warf man die abgeschnittenen Geschlechtsteile streunenden Hunden vor: die ärgste Schmach, die einem Mann, zumal Muslim, über den Tod hinaus angetan werden konnte, und die ihn und sein Andenken für alle Zeiten entehrte.

Nach Anbruch der Dunkelheit lud man die Leichen auf einen Karren, brachte sie ins Tal und warf sie in die lehmigen Fluten des Drin; nichts mehr sollte an sie erinnern, kein Grab und kein Stein.

Der Mörder

In dem kleinen Bergnest vor Spas verbrachte das Lazarett auch die nächsten zwei Tage. Die aufständischen Arnauten hätten sie tatsächlich von den eigenen Truppen abgeschnitten, berichtete Dr. Nikolić, nachdem er beim Oberkommando in Spas die Lage erkundet hatte. Allerdings habe man geeignete Maßnahmen getroffen, um baldmöglichst den Rückzug fortzusetzen; dies sei um so wichtiger, als sich aus Richtung Prizren die verfolgenden Bulgaren bedrohlich näherten.

Worin diese »geeignete Maßnahmen« bestünden, erfuhr Dr. Nikolić nicht. Auch machte man ihm keine Hoffnungen, daß sich die Versorgungslage bald entspannen und bessern würde. »Im Gegenteil – es wurde mir nahegelegt, möglichst haushälterisch und sparsam mit den vorhandenen Vorräten umzugehen. Als ich wissen wollte, was mit den *vorhandenen Vorräten* gemeint war, stellte man sich taub. Dabei weiß ich ziemlich genau, daß es noch einiges im Verborgenen gibt. Nur dürfte das nicht für gewöhnliche Sterbliche bestimmt sein.«

Dr. Nikolić hatte wieder zu seiner alten Vitalität zurückgefunden. Wenn es nicht einmal ihm gelungen war, frischen Proviant zu besorgen, mußte die Lage wirklich ernst sein. Dabei genoß das Lazarett noch Vorrang vor anderen Truppen, die schon seit Tagen kaum Proviant gefaßt hatten. Die Soldaten starben vor Schwäche, an Unterkühlung, schwerer Dysenterie und Flecktyphus. Der Flecktyphus hatte sich seine ersten Opfer auch schon im Lazarett geholt, was die Ärzte und Schwestern zu verstärktem Kampf gegen die Läuseplage aufrufen ließ. Die Toten wurden nicht mehr einzeln, sondern in Massengräbern beigesetzt. An den Rückzugstraßen anderswo tat man nicht einmal mehr dies.

»Man läßt sie einfach liegen, Futter für Füchse, streunende Hunde, Geier und Krähen, die so fett und träge geworden sind, daß sie nicht mehr laufen und sich nicht mehr in die Luft erheben können.«

Am zweiten Tag des unfreiwilligen Aufenthaltes vor Spas erkrankte Oberschwester Lidija. Nach einer schlaflosen Nacht mit starken Kopfschmerzen bekam sie morgens hohes Fieber und war zu schwach, um aufzustehen. Sie bat Rada zu sich und bestellte sie zu ihrer Nachfolgerin.

»Die anderen sind dazu nicht in der Lage. Sie machen das schon, Rada, Sie machen das schon...« Die Oberschwester konnte nur noch flüstern. Ihr Gesicht glühte, die Augen lagen groß und fiebrig in den umschatteten Höhlen. »Wenn ich davonkommen sollte, werde ich wieder das Kommando übernehmen, aber das wird kaum eintreten... Es ist ganz eindeutig... Alle Symptome des *Typhus exanthematicus*. In meinem Alter ist das fast immer tödlich, immer, immer... Und das ausgerechnet *mir*! Diese verfluchten Läuse! Dabei habe ich immer so darauf geachtet... Keine einzige Laus... Jedenfalls kann ich mich nicht daran erinnern...«
Ihr Blick irrte durch den kleinen, düsteren Raum, den die Schwestern belegt hatten, heftete sich an das winzige Viereck des Fensters mit der vorgespannten Haut einer Schweinsblase anstelle einer Scheibe, über die geschmolzene Schneeflocken glitten.
»Ein scheußlicher Ort zu sterben... Ich hätte es mir anders gewünscht, wenn es schon sein muß... Muß es denn ausgerechnet *hier* sein?«

Gegen Mittag wurde Rada zu Dr. Demšar geholt: »Wir müssen sofort rüber nach Spas. OP-Besteck und alles andere nehmen wir mit. Irgendein hohes Tier, ich glaube ein General, ist aus dem Hinterhalt angeschossen und verwundet worden. Mitten in Spas, denken Sie! Man hat uns einen Wagen geschickt. Ganz groß! Muß also ein wichtiger Mann sein. Doch sagen Sie – wie geht es Ihnen? Sind Sie in der Lage mitzukommen?«
»Warum sollte ich es nicht sein?«
»Na ja, ich dachte, nach dem was geschehen ist...« meinte der Arzt verlegen.
»Mir geht es gut, Doktor. Es wird mir noch besser gehen, wenn Sie nicht so drum herum reden. Und am besten, wenn Sie überhaupt nicht mehr darüber reden. Ich habe es überwunden.«
Natürlich traf das nicht zu. Ich *versuche* es zu überwinden, hätte der Wahrheit eher entsprochen. Zu überwinden, nicht zu vergessen. Was geschehen war, konnte man nicht einfach vergessen oder für immer verdrängen, das Bild dieser drei Männer, die über sie hergefallen waren, als sie in den Schober getreten war. Von hier aus hatten sie sicher das Dorf beobachtet, hatten sie kommen sehen. Der Mann mit dem Dolch und der andere, der ihr die Kleider vom

Leib gerissen und dann mit der einen Hand seine Hose abgestreift und mit der anderen sein verfluchtes Glied gemolken hatte, um es zur Erektion zu bringen, sein schreckliches, meckerndes Lachen dabei, und der Gestank ... Nein, nein nein! Einer von ihnen hatte besonders stark nach Knoblauch gerochen, vielleicht aber auch alle. Ich werde nie wieder Knoblauch essen! Doch dann wieder: Natürlich werde ich es, jetzt gerade, ich *muß* es! Was kann denn der Knoblauch dafür? Ich muß mit diesen Bildern und auch mit der Erinnerung an den Gestank fertig werden, es *überwinden.*

Da sie allerdings praktisch veranlagt war und einigermaßen realistisch die Gefahren einschätzte, denen sie möglicherweise auch zukünftig ausgesetzt sein würde, schwor Rada ihrem Rock ab und besorgte sich eine Soldatenhose: *Damit* würde sich ein möglicher Angreifer schwerer tun als mit einem Rock. Die Hose war zu groß, sie sah damit recht komisch aus, aber das war ihr gleichgültig; sie fühlte sich darin jedenfalls sicherer.

Mit Stefan sprach sie nicht wieder über die versuchte Vergewaltigung und den anschließenden Kampf mit den Arnauten. Wie auf eine geheime Verabredung taten sie das auch später nie. Der Zwischenfall wurde zu einer üblen Episode des entbehrungsreichen und gefahrvollen Weges durch die albanischen Berge, über die zu sprechen sie sich scheuten und die schon bald von anderen Ereignissen zurückgedrängt und überlagert, wenn auch nicht vergessen wurde.

Bei dem Verwundeten in Spas handelte es sich tatsächlich um einen General. Ob er allerdings auch besonders wichtig war oder bedeutend, konnte man nicht feststellen. Seine Verletzung war es jedenfalls nicht, kaum der Rede wert. Jeder beliebige Sanitäter hätte sie behandeln können: Ein flacher, kaum fünf Zentimeter langer Streifschuß am dicken, weißen Generalsoberarm. Dr. Demšar merkte man den Unmut und die Anstrengung an, mit der er seinen Zorn unterdrückte, weil man sie wegen dieses unbedeutenden Kratzers geholt hatte. Er bepinselte die Wunde genüßlich mit Jodtinktur, suchte eine besonders dicke Injektionsnadel aus und stieß sie langsam und bedächtig in den fetten Generalshintern.

»Muß das sein, Doktor, muß das wirklich sein?« stöhnte der General, einer Ohnmacht nahe.

»Es muß sein, Herr General. Haben Sie schon jemanden an Tetanus sterben gesehen? Ein schrecklicher Tod! Ein entsetzlich schmerzhafter Tod! Bei Verletzungen wie der Ihren sehr häufig. Dagegen ist dieser kurze Piekser wirklich nur ein Kinderspiel. Nicht der Rede wert. Jedenfalls haben wir damit« – der Arzt drückte den Kolben der Spritze hinunter, was dem General einen quiekenden Schmerzenslaut entlockte –, »die tödliche Gefahr eines Starrkrampfes gebannt.«

Nachdem dem Patienten ein dicker Verband angelegt und strenge Bettruhe verordnet worden war, verließen sie ihn mit allen guten Wünschen für eine baldige Genesung. Vor der Tür ins Generalszimmer (es gehörte zur Lehrerwohnung im Schulgebäude) wartete ein Hauptmann. Er trug eine gutsitzende, maßgeschneiderte Uniform, blank gewienerte Stiefel mit hohen Schäften und stellte sich als Adjutant des Generals vor; demnach mußte dieser tatsächlich eine wichtige militärische Persönlichkeit sein. Der Hauptmann bat sie, ihm zu folgen. Der Herr General habe vorgesorgt, sagte er, ein kleiner Imbiß in anregender Gesellschaft, eine Stärkung jedenfalls, bevor sie sich wieder hinaus in diesen scheußlichen Winter begeben müßten.

»Wir hätten seinen Arm eingipsen sollen, von oben bis unten«, sagte Dr. Demšar leise zu Rada, während sie dem Hauptmann durch das Schulgebäude folgten. Es ging wie in einem Bienenhaus zu. Offiziere, Ordonnanzen, Melder liefen durch die Gänge, standen rauchend und auf irgend etwas oder irgend jemanden wartend herum. Vor einer Klassentüre mit dem Täfelchen NICHT STÖREN, SITZUNG hatte man einen Korporal mit Gewehr und aufgepflanztem Bajonett postiert.

»Gips? Meinen Sie das ernst?« fragte Rada zurück.

»Sechs Wochen Gips und unter den Gips eine Handvoll Läuse!« Das graue, unrasierte Gesicht des Arztes verzog sich grimmig. »Na gut, ich will gnädig sein. Ein Läusepärchen, das würde genügen.«

»Ich fürchte fast, damit könnte ich dienen«, sagte Rada kläglich.

Im Erdgeschoß kam ihnen eine Gruppe von Offizieren und einigen Zivilisten entgegen. Goldene Epauletten, Kragenspiegel, Orden, rote Generalsstreifen an den Hosen. Die Zivilisten nahmen sich unter dieser Pracht wie Spatzen unter Paradiesvögeln aus.

Der Hauptmann wich zur Seite und blieb grüßend an der Wand stehen. Zwei Generäle flankierten einen mittelgroßen, schmächtigen, mit hurtigen Schritten dahintrippelnden Mann. Ein blasses, scharf geschnittenes und schmallippiges Gesicht unter dem Mützenschirm, ein kurzer, unbeteiligter Blick aus kurzsichtig blinzelnden Augen hin zu Rada, dem Arzt, dem stramm mit der Hand an der Mütze stehenden Hauptmann, dann war die Gruppe vorbei und verschwand hinter der nächsten Biegung.

»Wissen Sie, wer das war?« fragte der Hauptmann mit leuchtenden Augen.

»Ich denke schon«, sagte Dr. Demšar unbeeindruckt.

»Thronfolger Alexander mit seinem Stab, einigen Ministern. Er und sein Vater, König Peter, haben sich nicht abgesetzt, wie das gekrönte Häupter in Zeiten der Gefahr meistens tun. Sie haben auch nicht kapituliert, sondern sind bei ihrer Armee geblieben, nehmen alle Mühsal des Rückzuges auf sich. Man kann nur sagen: eine Dynastie, die das Vertrauen und die Liebe des Volkes und der Armee vollauf verdient! Meinen Sie nicht auch? So, da sind wir.«

Inzwischen waren sie im Souterain der Schule angekommen. Der Hauptmann öffnete eine Türe und forderte sie auf einzutreten. Stimmengewirr, helles Lachen einer Frau, Tabakqualm, Essensgeruch und Weindunst schlugen ihnen entgegen. Um einen großen, niedrigen Tisch in der Mitte des Raumes saßen Offiziere und Zivilisten auf Kissen, darunter auch Frauen. Ordonnanzen in weißen Jacken huschten umher, trugen Speisen auf, räumten gebrauchte Teller weg, schenkten Wein und Schnaps in kaum leergetrunkene Gläser nach, servierten türkischen Kaffee. »Meine Damen, meine Herren – unsere Freunde aus dem Armeelazarett, die wir alle außerordentlich achten, von denen wir allerdings auch hoffen, daß wir sie niemals nötig haben«, stellte der Hauptmann die Neuankömmlinge vor.

»Und ich in dieser Hose!« flüsterte Rada dem Arzt zu.

Der Hauptmann führte sie an zwei freie, voneinander getrennte Plätze. »Setzen Sie sich bitte. Leider konnten wir keine normalen Tische und Stühle auftreiben ... Eben – Albanien. Man gewöhnt sich daran, auch wenn es zunächst unbequem ist.«

Während Dr. Demšar mit seinen hohen Stiefeln das Hinsetzen einige Mühe bereitete, gelang es Rada problemlos. Sie hatte schon als Kind gelernt, mit untergeschlagenen Beinen an solchen Tischen zu sitzen, stundenlang, wenn es sein mußte. Ihre Nachbarn, links ein

vierschrötiger russischer Oberstleutnant von der Militärmission des Zaren, rechts ein Zivilist, auch ein Russe, taten sich erheblich schwerer. Der Rücken schmerzte sie, die Beine waren ihnen im Wege, sie stützten sich mal mit der linken Hand auf, mal mit der rechten. Ganz anders zwei englische Offiziere schräg gegenüber, ein Major und ein Captain; sie saßen wie geborene Türken da, drehten mit flinken Fingern ihre Zigaretten, schlürften mit genießerisch zusammengekniffenen Augen Kaffee ... Flankiert wurden sie von einer Dolmetscherin – diese war es, die, weil offensichtlich nicht mehr ganz nüchtern, immer wieder in das helle, etwas zu schrill klingende Lachen ausbrach – und drei montenegrinischen Offizieren, mit denen sie sich eifrig unterhielten. Auf die Hilfe der Dolmetscherin waren sie dabei kaum angewiesen. Ein montenegrinischer Hauptmann sprach ein leidliches Englisch und der englische Captain ein gutes, fast fehlerfreies, wenn auch stark knödelndes Serbisch.
Ordonnanzen stellten unaufgefordert frische Teller mit Besteck und Weingläser vor Rada und Dr. Demšar hin, brachten eine Platte mit gebratenen Hähnchen, Reis und gedünsteten Tomaten, Paprikaschoten und Zwiebeln (woher in aller Welt kamen zu dieser Jahreszeit und mitten in die albanischen Berge frische Tomaten und Paprikaschoten?), Wein wurde eingeschenkt, doch zuallererst mußten sie ein Gläschen Sliwowitz trinken, um den Magen anzuwärmen.
Rada war es, als träumte sie.
Zwar hatte sie ein schlechtes Gewissen, als sie Essen auf ihren Teller türmte und dabei an die anderen in dem Bergnest vor Spas dachte, vor allem an Stefan und an dessen schmal gewordenes Gesicht und die eckig vorstehenden Schultern, aber das beeinträchtigte ihren Appetit kaum. Es müßte doch möglich sein, einige von diesen Hühnerkeulen mitgehen zu lassen, überlegte sie, während sie aß und den Gesprächen lauschte, die sich – wie nicht anders zu erwarten – ausschließlich um den Krieg und die augenblickliche militärische Lage drehten. Diese war nach Meinung der englischen Offiziere zwar ernst, aber keineswegs so ernst und schwierig, daß man den Mut verlieren sollte. Das vordringlichste Problem, nämlich die Versorgung der serbischen Armee während des Rückzuges durch Montenegro und Albanien, hätte man in den Griff bekommen.
»Nach zuverlässigen Informationen sind unsere Nachschubeinheiten

dabei, in Podgorica, Skutari, Lesh, Durazzo und Elbasan große Depots einzurichten«, knödelte der Captain in seinem Oxford-Serbisch. »Ganze Schiffskonvois sind unterwegs, um alles Notwendige . . .«

»Aber erst, nachdem wir Russen Euch Engländern, Franzosen und Italienern die Hölle heiß gemacht und wiederholt interveniert haben«, fiel der russische Oberstleutnant ein. Zornesröte schoß in sein Gesicht, während er sich vorbeugte und die Engländer anstarrte. »Wenn man das Elend dieser Leute sieht – es ist ein Skandal! Ein Skandal, so lange damit gewartet zu haben. Und es ist ein Skandal, daß euer General Sarrail . . .«

»Mäßigen Sie sich, Filip Iwanowič!« wies ihn der Zivilist rechts von Rada auf russisch zurecht. »Sie haben natürlich völlig recht, es ist ein Skandal, dennoch . . .« Und zu den Engländern mit einer leichten Verbeugung, auf englisch jetzt, in dem singenden Tonfall der Slawen: »Sind diese Informationen über die Anlage von Versorgungsdepots wirklich zuverlässig, meine Herren? Darf ich das meiner Regierung so berichten?«

»Absolut zuverlässig!« beteuerte der englische Major leicht indigniert.

»Dabei ist es natürlich wichtig, daß Ihre Kriegsschiffe – oder auch die französischen – die Ausladehäfen schützen.«

»Schützen? Vor wem?«

»Nun, die Österreicher . . .«

»Österreich-Ungarn verfügt über keine nennenswerte Flotte mehr, lieber Graf. Jedenfalls keine, die unsere Mittelmeerflotte und die von ihr geschützten Versorgungsschiffe bedrohen könnte.«

»Ich nehme an, daß Ihre Marineleitung auch die Gefahren berücksichtigt, die neuerdings von den deutschen Unterseebooten drohen.«

»Meinen Sie nicht, daß diese Gefahren maßlos überschätzt werden? Was kann so ein kleines Unterseeboot schon ausrichten, wenn ihm . . .«

»Immerhin ist es – wenn ich mich recht erinnere, bereits im September 1914 – einem dieser kleinen deutschen Unterseeboote gelungen, drei englische Kreuzer zu versenken. Dann das Riesenschiff *Lusitania*. . . Für Unterseeboote müßten die großen, langsam schwimmenden Transportschiffe ein gefundenes Fressen sein!«

»Unsere Admiralität unter Churchills Leitung...«
»Wenn Ihr Engländer Schwierigkeiten bekommt, braucht Ihr es nur zu sagen!« fiel der montenegrinische Hauptmann lautstark ein. »Wir schicken unsere *Gusari** los, und ihr habt keine Probleme mehr.«
»Gusari, richtig, wir schicken euch Gusari!« rief die Dolmetscherin, warf den Kopf in den Nacken und lachte mit weit offenem Mund laut und anhaltend. Ein angetrunkener serbischer Oberst der Kavallerie erhob sich ächzend und brachte einen Toast aus auf die Waffenbrüderschaft und unverbrüchliche Treue in guten wie in schlechten Zeiten zwischen Russen und Serben, diesen stolzen Kindern der Mutter Slava, denen morgen die Welt gehören würde, und wenn schon nicht die ganze, so doch der größte Teil davon. *Živeli! Na zdorovje!* Und noch einen Toast auf die Waffenbrüderschaft zwischen den Kindern der Mutter Slava und den westlichen Verbündeten, die nicht nur Verbündete, sondern Freunde geworden seien, mit denen wir die deutschen Hunnen ein für allemal, ein für allemal... *Živeli!* Und einen dritten Toast – der Oberst machte eine Pause, öffnete den zu engen Uniformkragen, sein suchender Blick fiel auf Dr. Demšar und Rada – noch einen Toast auf unsere tapferen Helfer, unsere slawischen Engel in Weiß, die aufopfernd ihr eigenes Leben in die Waagschale werfen, um unseres... Ihr, meine Freunde, versteht, was ich meine; denn seit *Kosovska devojka* gibt es keine Schwestern, die an die serbischen heranreichen, wie hier unsere, unsere...«
»Montenegrinerin«, sagte Rada mit vollem Mund.
»Eine Montenegrinerin – ich freue mich, ich freue mich wirklich«, sagte der russische Zivilist, nachdem sich das allgemeine Gelächter auf Radas Einwurf gelegt hatte.
»Warum freut Sie das?« fragte Rada auf russisch.
»Sie sprechen russisch? Großartig! Warum ich mich freue? Ich habe in meiner Petersburger Verwandtschaft eine Montenegrinerin, eine schöne, interessante, außerordentlich kluge Frau, die Gräfin Bagranow. Ljuba Lazarewna Bagranow. Doch gestatten Sie, daß ich mich vorstelle: Alexander Petrowič Bagranow, ein entfernter Vetter des Petersburger Grafen Bagranow... Wir Bagranows sind eine sehr weit verzweigte Familie, müssen Sie wissen.«

* *Gusari* waren dalmatinische Seeräuber, vor allem von den Venetianern wegen ihrer seemännischen Fähigkeiten und ihrer Kühnheit gefürchtet.

Der Mann, der sich so vorstellte, hatte ein glattes, aristokratisch vornehmes Gesicht mit einem nach dem Muster seines kaiserlichen Herren, des Zaren Nikolaus II., gestutzten Bart und hellblauen, wässrigen Augen unter der hohen Stirn.
Rada tupfte sich den Mund mit der Serviette ab, die ihr eine Ordonnanz gereicht hatte. Ihr war fast schlecht, sie hatte entschieden zu viel gegessen. »Ich kenne die Familie Bagranow, Alexander Petrowič«, sagte sie. »Die Dame, von der Sie vorhin sprachen, Ljuba Lazarewna, ist meine Tante. Bei ihr, im Hause ihres Mannes, des Grafen Nikolai Andrejewič, habe ich während meines Petersburger Studiums gewohnt.«
»Dann kenne ich Sie – dann kenne ich Sie bestimmt!« Der Russe faßte nach Radas Händen. »Warten Sie – es war... Jetzt erinnere ich mich! Am 22. Januar vergangenen Jahres – das alljährliche Fest im Palais Bagranow. An das Datum erinnere ich mich, weil das Fest zwei Tage nach meinem Geburtstag stattfand, was – wie immer bei solchen Gelegenheiten – zu scherzhaften Anmerkungen Anlaß gab. Was für ein Fest! Drei- oder vierhundert Gäste... Welch eine Farbenpracht, welch ein Lichterglanz! Aber so waren ja alle Bagranow-Feste – nicht zuletzt dank Ihrer Tante Ljuba Lazarewna. Und jetzt – lassen Sie mich bitte nachdenken! Links neben der Hausherrin stand beim Defilee ein hochgewachsenes, wunderschönes Mädchen in einem lindgrünen Abendkleid – was sage ich? Mädchen? Eine wunderschöne junge Dame mit blitzenden dunklen Augen. Die Gardeoffiziere, vor allem natürlich die Junggesellen unter ihnen, steckten die Köpfe zusammen. Dann wurde sie vorgestellt – eine Nichte der Hausherrin und Gastgeberin Ljuba Lazarewna, eine montenegrinische Prinzessin... Sie studierte... War es nicht etwas Außergewöhnliches? Einen Augenblick, bitte, nur einen Augenblick... Natürlich: Medizin! Und jetzt, hier... Lassen Sie sich bitte anschauen!« Graf Bagranow faßte Rada an den Schultern und drehte sie etwas zur Seite, so daß das Licht voll auf ihr Gesicht fiel. »Rada, nicht wahr? Rada Milowanowna Bošković... So war es doch? Das war der Name! Rada! Es ist das Gesicht, die Augen... Sie ist es, tatsächlich, sie ist es!«
»Nur nicht in einem lindgrünen Abendkleid«, Rada klopfte auf ihre behosten Oberschenkel.
»Abendkleid hin, Abendkleid her – welch ein Glück! Hört, Freunde

– welch eine Überraschung, welch ein Glück!« rief Graf Bagranow den anderen überschwenglich zu. Sie hatten nach und nach ihre Unterhaltungen eingestellt und mit wachsendem Interesse dem Gespräch zwischen Rada und dem Grafen zugehört. »Zu meiner Schande muß ich gestehen, daß ich diese junge Dame nicht sogleich erkannt habe, obwohl wir sozusagen alte Bekannte aus Petersburger Tagen sind. Die Umstände – diese wirklich außergewöhnlichen Umstände, unter denen wir uns hier treffen, mögen mich entschuldigen – dabei sind wir ja sogar miteinander verschwägert! Mein Vetter zweiten Grades, Andrei Nikolajewič und ihre Tante ... Verzeihen Sie, Freunde, ich bin völlig verwirrt! Vor Freude außer mir! Es ist Rada Bošković – trinken wir auf dieses wunderbare Wiedersehen! Trinken wir auf Sie, meine schöne Prinzessin!«

Jubel brach aus, alle sprachen durcheinander, tranken Rada zu, es dauerte eine erkleckliche Zeit, bis man sich einigermaßen beruhigte. Während Rada und Alexander Petrowič Bagranow – er war in offizieller Mission zur serbischen Regierung geschickt und schon bald nach seiner Ankunft in den Strudel des Rückzuges gerissen worden – Erinnerungen an Rußland, Petersburg, das Palais Bagranow und dessen Bewohner austauschten, drehten sich jetzt die Gespräche der anderen um ähnliche Zufälle, wunderbare oder außergewöhnliche Treffen und Wiedersehen alter Freunde oder Familienangehörigen unter den seltsamsten Umständen. In dieser lockeren, ja ausgelassenen Stimmung, in der man den Krieg, der sie alle in diese armselige Gegend im hintersten Winkel Südosteuropas verschlagen hatte, vergessen zu haben schien, zumindest aber für eine Zeitlang verdrängte, geschah nun das, was man in Ermangelung eines besseren und treffenderen Ausdruckes eine »Schicksalsfügung«, einen »Fingerzeig« oder auch »Wink des Schicksals« nennt. Es geschah von einem Augenblick zum anderen – und es schien Wojwoda Lazar Bošković in seinem unerschütterlichen Glauben in das Walten einer ihm und seinem Rachedurst wohlgesinnten Vorsehung zu bestätigen.

Während einer kurzen Gesprächspause beugte sich der montenegrinische Major gegenüber etwas vor und sagte zu Rada:

»Es ist mir eine Ehre, und ich freue mich ganz außerordentlich, die Enkelin des legendären Wojwoda Lazar Bošković kennenzulernen. Ich kannte ihn leider nur flüchtig. Er starb, wie er gelebt hat – wie ein Held.«

»Sie irren«, sagte Rada. »Was in der Zeitung stand, war eine Falschmeldung. Der Großvater lebt. Und er ist gar nicht weit von hier.«
»Der Wojwoda – lebt?« Der Major starrte sie mit dunklen, ausdruckslosen Augen an. Er war ein breitschultriger und, wie man selbst im Sitzen erkennen konnte, großgewachsener Mann. »Aber das ist ja... Das müssen Sie mir unbedingt erzählen! Großartig! Lassen Sie uns zuerst auf ihn anstoßen! Wirklich – großartig!«
Der Major hob sein Glas, beugte sich noch weiter vor und hielt Rada das Glas entgegen.
Rada war es plötzlich, als käme die Stimme des russischen Oberstleutnants, die etwas zu ihr sagte, aus einem anderen Raum. Das Lachen der Dolmetscherin und das einer anderen Frau, die behauptete, Hofdame bei Königin Elena von Italien gewesen zu sein, traten zurück, alle anderen Stimmen traten zurück, eine dicke Glasscheibe senkte sich vor die Stimmen und vor die lachenden, sprechenden, schweigenden, Wein trinkenden, essenden Gesichter. Rada nahm die Stimmen und die Gesichter und alles andere, was um sie herum geschah, kaum noch wahr. Sie starrte die Hand des montenegrinischen Majors an. Die Hand war ihr mit dem halbvollen Glas zwischen Daumen, Zeige- und Mittelfinger entgegengekommen und schwebte jetzt wie von dem Körper, zu dem sie gehörte, losgelöst über dem Tisch – da war nur noch die Hand mit dem Glas, sonst nichts, nur diese kräftige, wohlgeformte Männerhand. Doch
der Ringfinger fehlte. Am Mittelfinger trug die Hand einen schweren goldenen Siegelring mit einem blutroten Stein.
Rada starrte die Hand an, sah jede Kleinigkeit – die glatte Narbe am Fingerstummel – die schwarzen Härchen auf den Fingergliedern und dem Handrücken – die breiten, gepflegten Fingernägel – den Ring – immer wieder den Ring, in dessen Stein sich winzig klein die Kerzenflammen spiegelten. Sie konnte den Blick nicht von dieser Hand wenden, obwohl sie sich sagte, daß sie es unbedingt und sofort tun müsse, um den Mann, dem die Hand gehörte, nicht aufmerksam zu machen und zu warnen.
Tante Alexa: »Er stand da, hielt sich im Hintergrund, groß und dunkel, mit einem schwarzen Tuch vor dem Gesicht, ein Schatten, furchtbar anzuschauen, stumm. Dann hob er die Hand, sie kam ins

Licht – ich werde diese Hand nie vergessen, Rada, nie! Ich sehe sie so deutlich vor mir wie auf einer Photographie. Ich kann sie ganz genau beschreiben. Der Ringfinger fehlte, und am Mittelfinger trug er einen schweren, goldenen Siegelring. Ein arnautischer Bandit? Nie! Er hob die Hand, der Ring glänzte golden, und blutrot leuchtete darauf ein großer Stein. Ich würde den Mann, die Hand und den Ring unter tausend anderen erkennen!«
Die Hand mit dem Glas zog sich zurück, hob das Glas zum Mund und Rada folgte ihr mit den Augen wie hypnotisiert. Die Augen des Mannes sahen sie über den Rand des Glases an, und sie konnte nur mit Mühe einen Schrei des Entsetzens unterdrücken:
Es waren die Augen des Mannes, der die Mörder angeführt hatte.
Rada konnte sich so genau an dieses Bild erinnern, als wäre es gerade geschehen. Nein – es geschah jetzt – jetzt wieder:
In der Dämmerung hinter der offenen Tür erscheint die Gestalt des Mannes, der alle anderen um eine Kopfeslänge überragt. Er trägt einen schwarzen Umhang, Turban und ein vorgebundenes schwarzes Gesichtstuch, so daß nur seine Augen zu sehen sind. Die Augen, die sie jetzt mustern. Genau so ausdruckslos mustern, wie sie damals die Männer und Frauen an der Festtafel gemustert haben. Das ist der Mann. Der Mörder. Der Mann, der ihren Vater erschossen hatte. Der Mann, der nach oben gegangen war, um den kleinen Lazar in der Wiege zu ermorden.
Der Mörder!
Er wußte, daß ihn Rada erkannt hatte. Sie sah es seinen Augen an. Sie las es aus der langsamen Bewegung, mit der er das Glas zurück auf den Tisch stellte, die Hand zurückzog, sie unter dem Tisch verschwinden ließ, sich der ehemaligen Hofdame der Königin Elena zuwandte und etwas zu ihr sagte.
Er wußte es.
»Wir müssen gehen, Herr Doktor«, hörte sich Rada zu Dr. Demšar mit dünner Stimme sagen. »Kommen Sie? Kommen Sie bitte, kommen Sie!«

Gedankengänge eines Philosophen

Stefan übersetzte aus der eine Woche alten montenegrinischen Zeitung: »König Nikola I. appelliert an seine Soldaten und Offiziere, gerade in dieser schweren Zeit den Mut nicht sinken zu lassen; am Ende wird der Sieg mit den montenegrinischen Waffen sein. Einst trotzten wir allein dem osmanischen Weltreich – jetzt steht uns eine Reihe treuer Freunde und Verbündeter zur Seite! – Die Italiener erobern vor Görz die strategisch wichtige Cote 432 und wehren alle feindlichen Gegenangriffe mit beispielloser Tapferkeit ab. – Königin Elena besucht Verwundete im Armeelazarett von Udine und verteilt Liebesgaben wie Schokolade, Zigaretten und von weiblichen Mitgliedern des Königlichen Hofes eigenhändig gestrickte Pulswärmer, Schals, Handschuhe und Socken. – Der Rückzug der französischen und englischen Streitkräfte an der Südostfront in Richtung Saloniki verläuft planmäßig. Bulgarische Störversuche vereitelt. General Sarrail: ›Nach notwendig gewordenen Umgruppierungen und erfolgten Verstärkungen werden die alliierten Streitkräfte auch an dieser Front zu einem vernichtenden Schlag gegen die Mittelmächte ausholen.‹ – Türkische Angriffe im Kaukasus unter großen Verlusten abgewiesen. Georgier stehen wie ein Mann auf, um ihre Heimat zu verteidigen. Selbst Frauen und Kinder greifen zu Gewehr und Säbel! – Neue russische Generaloffensive zwischen Karpaten und Pripjetsümpfen wahrscheinlich. Aus Sibirien rollen gewaltige Verstärkungen heran. Eine neue Armee kampferprobter Sibiriaken wartet ungeduldig auf ihren Einsatz. – Stellungskrieg im Norden der Ostfront. – Ganz Europa leidet unter frühem Wintereinbruch. Hunger in Wien und Berlin. Neutrale Korrespondenten berichten, daß die Bewohner Hunde, Katzen und selbst Ratten schlachten und verzehren. – Vergebliche deutsche Angriffe in der Champagne. Die in Joffres großer Offensive neu gewonnenen Stellungen werden zu unüberwindlichen Bollwerken und Musterbeispielen französischer Festungsbaukunst umgestaltet, vor denen die anstürmenden Deutschen endgültig verbluten werden. – Torpedoangriffe deutscher Unterseeboote auf harmlose Passagierschiffe, ein neuer Beweis für die barbarische Haltung des Kaisers! – Aufruf an die Bevölkerung, mit Heizmaterial sparsam umzugehen und in jedem Haus nur einen Raum zu beheizen. – Mehlzuteilungen gekürzt. Es handelt sich nur um einen vorübergehenden Engpaß. Das Ministerium versichert: Die Regierung hat für die ausreichende Versorgung montenegrinischer Bevölkerung vorgesorgt, alle gegenteiligen Befürchtungen sind gegenstandslos. – Deutscher Zeppelin über Mazedonien abgeschossen, die Besatzung kommt in einem Flammenmeer um. – Erfolgloser Einsatz österreichischer Kriegsschiffe gegen Montenegros Heiligen Berg Lovčen. Die weißen Felsen von Lovčen trotzen auch den schwersten Granaten. So wie diese Felsen werden auch die heldenhaften Söhne Montenegros allen feindlichen Angriffen ihre eherne Stirn . . .«

»Steht es wirklich so da?« fragte Jonas.

». . . bieten und sie siegreich überstehen«, beendete Stefan. Er faltete die Zeitung sorgfältig zusammen und legte sie weg. »Genau so. Wortwörtlich.«

»Eherne Stirn . . . Wie heißt das auf serbisch?«

»Čelični obrazi.«

»Čelični obrazi – čelični obrazi . . . klingt gut.« Jonas kauerte mit angezogenen Knien und einer Decke um die Schultern auf der dünnen Strohunterlage in ihrer winzigen Kammer, eher einem Bretterverschlag ähnlich. Die Ohrenklappen der serbischen Soldatenmütze hatte er wegen der Kälte tief über Kopf und Nacken herabgezogen. Das ließ sein Gesicht mit den großen Augen noch kleiner und durchsichtiger erscheinen. »Klingt wirklich gut – *čelični obrazi,* eine schöne melodische Sprache. Eherne Stirn. Wie könnte das auf französisch heißen? Englisch? Italienisch? Und auf russisch? So ähnlich, nehme ich an. Sie trotzen mit čelični obrazi allen feindlichen Angriffen, selbst den dicksten Mörsergranaten! Mein čelični obrazi . . .«

»Obraz«, sagte Stefan. »Čelični obraz, wenn's nur eine Stirn ist.«

»Mein čelični obraz, dein čelični obraz . . .« – Jonas betastete sein Gesicht, die Stirn – »Also, stählern ist das nicht gerade . . . Ganz Europa voller čelični obrazi. Sie machen dir den Garaus, du mein armes Europa! – *Sei standhaft, namenloser Held – du kämpfst jetzt nicht um Ruhm und Geld – dein Streben gilt dem Vaterland – um dessen Ehre und Bestand.* Ein schönes Gedicht! Mit Feuer und Schwert zerstören die *Čelični obrazi* ein Vaterland nach dem anderen. So wird ein Stück Europa nach dem anderen der Vernichtung preisgegeben.«

»Hat es das denn nicht verdient?« fragte Stefan schläfrig.
»Aber ja! Wir wissen es, wir wissen es – hundertfach verdient! Das ist die Quittung! Wofür? Europa hat den Hexenwahn gepredigt, die Inquisition erfunden, die ideologische Unduldsamkeit, den Terrorismus, Nationalismus, Kanonen, Maschinengewehre, Trommelfeuer, Stellungskrieg, Vernichtungskrieg. Es hat diesen Krieg, der uns hierher verschlagen hat, gezeugt und geboren, und es wird darin untergehen. Verdient, tausendfach verdient! Ein böser, bösartiger und doch auch faszinierender Kontinent! Dabei ist es geographisch gesehen gar keiner, sondern nur der westlichste Zipfel der asiatischen Landmasse. Völlig unbedeutend. Und doch bestimmt es seit zweitausend Jahren die Geschicke der Menschheit. Hören Sie mir zu, Stefan? So hören Sie: Europa hat die philosophischen, politischen, zivilisatorischen Bewegungen in Gang gebracht, die einen ganzen Planeten ergriffen haben. Es hat die Mathematik, die Logik, die Naturwissenschaften und die daraus abgeleitete wissenschaftliche Technik erfunden. Es hat den dreidimensionalen Raum und die Perspektive entdeckt – das ist wichtiger, als man zunächst anzunehmen bereit ist – und es hat die vierte Dimension den drei anderen zugeordnet. Ein Hoch auf Europa! Die Begriffe der Bezugssysteme, die Buchführung, die Banken und der Kapitalismus sind hier entstanden, wobei aus diesem letzten wieder der Marxismus und Kommunismus abgeleitet wurden. Nur Europäer haben es fertiggebracht, trotz aller Widerstände die verkrusteten, um ihre Machtpositionen kämpfenden Hierarchien und Oligarchien zu überwinden und den Begriff des offenen soziologischen Systems zum Funktionieren zu bringen. Sie haben die Demokratie erfunden, das Stammesdenken durch Individualismus ersetzt und die persönliche Entscheidungsfreiheit vor das Gemeinschaftsdenken gestellt. Ein Europäer zu sein bedeutet eine bestimmte Sicht auf Dinge, eine bestimmte Geisteshaltung zu haben; sie wird einem in die Wiege gelegt. Und vielleicht das allerwichtigste: Europäer zu sein, heißt Europa, die Welt und sich selbst immer wieder in Frage zu stellen, Altes zu verwerfen und Neues ins Werk zu setzen. So ist es – ich stelle mich selbst, meinen Hunger und meine Läuse in Frage. Darauf kommt es an, sich selbst und alles um sich herum in Frage zu stellen! Wir haben den Fortschritt der wissenschaftlichen Technik in Gang gesetzt und gleichzeitig Zweifel an ihm angemeldet. Wir ha-

ben zu dem Pulver der Chinesen die Kanonen erfunden und fröhliche Feuerwerkspiele zu tödlichen Feuerstürmen des Krieges umfunktioniert, gleichzeitig aber zu begreifen begonnen, daß die Kultur in erster Linie die Bewältigung des zivilisatorischen Fortschrittes ist. Die Bewältigung des Dämonischen im Menschen, das ihn, zum Beispiel, veranlaßt, solches in Wege zu leiten, was wir zur Zeit erleben und was dort in der Zeitung steht. Joffres große Offensive. Der Zar kommandiert die neue russische Großoffensive. Deutsche Großoffensive in Frankreich. Italiener treten zur Großoffensive am Isonzo an. Wir werden siegen und alle anderen Feinde vernichten, erschießen, verhungern lassen, ihnen die Eier abschneiden, Köpfe einschlagen, aufspießen. Die Anziehungskraft des Bösen, die Faszination des Todes. – Wir ersinnen, erfinden, konstruieren, bauen auf, zerstören es wieder, fangen von neuem an. Spielende Kinder, zärtliche, liebevolle Kinder, bedenkenlose Kinder, mörderische Kinder...«
Stefan hörte dem endlosen Monolog kaum noch zu und Jonas fuhr fort:
»Ich rede, weil ich nicht schlafen kann. Ich kann nicht schlafen, weil mich der Hunger und die Läuse plagen. Ich denke und rede, um nicht an Hunger und Läuse zu denken. Folglich denke und rede ich, weil ich Hunger und Läuse habe. Dabei stören mich sowohl der Hunger als auch die Läuse; also denke und rede ich *trotzdem*. Ergo bin ich ein Philosoph; denn im Wesen der Philosophie liegt es, daß man *trotzdem* denkt und über das *Gedachte* redet. Diese Gedankenkette kann man mit dem logischen Schlußsatz beenden: Ohne Hunger und Läuse keine Philosophie.«
Jonas' Stimme begann Stefan einzuschläfern, seine Gedanken gingen eigene Wege. Zugleich lauschte er nach draußen, um die Rückkehr des Wagens nicht zu überhören, mit dem Rada und Dr. Demšar nach Spas abgeholt worden waren und der sie bestimmt auch zurückbringen würde. Doch dann mußte er doch eingenickt sein und den Wagen überhört haben. Während Jonas noch immer seine krausen Gedanken spann, ging plötzlich die Tür auf, und Rada trat ein. Auf ihren Schultern und dem Kopftuch lagen schmelzende Schneeflocken, ihre Augen waren unnatürlich dunkel und groß in dem blassen Gesicht – so blaß, daß Stefan erschrak.
»Ich muß mit Ihnen sprechen, Stefan«, sagte sie.

»Kommen Sie herein, nehmen Sie Platz.« Stefan stand auf und rückte ihr seinen Hocker – den einzigen, über den Jonas und er verfügten – zurecht.
»Allein.«
»Ich gehe rüber zu den Verwundeten, dort ist es wärmer«, sagte Jonas, stand mühsam auf und schlurfte mit den Schritten eines alten Mannes hinaus.
Rada setzte sich. Sie legte die Hände in den Schoß und verharrte so eine ganze Weile schweigend und überlegend, bevor sie begann:
»Sie wissen, was damals in der Nacht der *Blutigen Slava* im Landhaus an der Tara geschah. Zuletzt haben wir darüber auf Kameni stup gesprochen, bevor...« – sie zögerte – »Bevor ich auf den Berg ging und Sie von Bogdan weggebracht wurden. Man sagte damals, daß die Mörder Türken oder Arnauten gewesen wären. Zu diesem Schluß kam auch die offiziell eingesetzte Untersuchungskommission. Nur Tante Alexa behauptete immer etwas anderes. Nach ihrer Überzeugung waren es Montenegriner. Der Großvater hatte einen Verdacht, aber er war nicht sicher, bis Sie kamen und es bestätigten. Tante Alexa hatte recht. Der Anführer der Mörder war ein Montenegriner. Das ist ganz sicher. Ein Offizier der Garde, ein Major. Ich habe diesen Mann in Spas gesehen – und ich habe ihn erkannt.«
»Wieso erkannt?« fragte Stefan überrascht. »Er soll doch damals vermummt gewesen sein!«
»Ich habe als Kind seine Augen gesehen und vorhin auch, in Spas... Nein, ich weiß, das ist zu wenig. Tante Alexa hat damals beobachtet, daß dem Maskierten der Ringfinger an der linken Hand fehlte. Am Mittelfinger hat er einen goldenen Siegelring mit rotem Stein getragen. Sie behauptet, daß sie sich an diese Hand ganz genau, in allen Einzelheiten erinnert.«
Stefan fuhr zusammen, als Rada von dem fehlenden Ringfinger und dem Siegelring sprach. Seine Haltung blieb angespannt, und seine Stimme klang heiser, als er fragte:
»Sind Sie sicher, Rada? Ganz sicher?«
»Ich habe diesen Mann und seine Hand vorhin gesehen. Damals war er der Anführer der Mörder. Er hat meinen Vater erschossen, den kleinen Lazar und...«
»Vermutlich auch meinen Vater. Jetzt verstehe ich – jetzt erst verstehe ich, weshalb man Stamena umgebracht hat, weshalb man

auch mich umbringen wollte. Dieser Mann hat mich in Cetinje verhört. Er ist...« Stefan verstummte.
»Er ist der Mörder«, nahm Rada den Faden auf. »Ich habe ihn erkannt, und ich bin sicher, er weiß es. Er weiß, daß ich ihn erkannt habe. Wir müssen etwas tun... Was sollen wir tun?« Sie schien sich wieder etwas gefaßt zu haben, wirkte nicht mehr so verstört. »Er hat Sie in Cetinje verhört, sagen Sie? Erzählen Sie bitte, was geschehen ist, nachdem Sie Bogdan von Kameni stup geholt hatte. Ich bin diesem Gespräch bisher aus dem Wege gegangen, aus Gründen, die...« Sie überlegte, zuckte unwillig die Schultern. »Ach, verstehen Sie denn nicht? Vielleicht war ich zu feige. Ich fühlte mich nicht ganz unschuldig, deshalb. Auch wenn es länger dauert... Wir haben Zeit. Bitte, erzählen Sie alles!«

Es ist überstanden

Wir selbst sind unser Gott und unser Schicksal – und Tat heißt, das begehn, was wir gewollt, meint der Dichter. Meistens hat man tatsächlich die Möglichkeit, das eigene Schicksal zu beeinflussen, den einen oder den anderen Weg zu gehen, die eine oder die andere Tat zu begehen oder zu unterlassen. Doch hin und wieder und erst recht in Zeiten historischer Umwälzungen und kriegerischer Verwicklungen wird der Mensch zu einem Spielball der Mächte, die stärker sind als er und sein Wollen, hilflos umhergeworfen in den Strudeln der Ereignisse, die er nicht mehr zu beeinflussen vermag. Er kann dann nur hoffen, daß sich das Schicksal gnädig erweist und ihn die Zeit der Not überstehen läßt.
In einer solchen Lage befand sich Stefan seit Ende 1914. Radas Wunsch, zu erfahren, wie es ihm in diesem Jahr ergangen war, machte ihn zunächst hilflos. Das, worauf es ankam, das Wesentliche also, brachte er nicht über die Lippen – darin in einer gewissen Hinsicht den Männern ähnlich, die sich mitleidheischend über die Unbill eines harmlosen Schnupfens oder die Pein des überstandenen Zahnziehens auslassen, jedoch mit einem wie versiegelten Mund dasitzen, wenn sie Todesgefahr und qualvolle Pein über sich ergehen lassen mußten und die Aufforderung, darüber zu berichten, mit einem Schulterzucken beantworten: »Ich habe es überstanden.« Oder noch unbestimmter: »Es ist überstanden.«

Es ist überstanden, so lautete auch Stefans Antwort auf Radas Frage nach den Verhörmethoden seiner Peiniger im Militärgefängnis von Cetinje. Was sich dahinter verbarg, blieb ungesagt. *Ich kann nicht erzählen, dies und jenes haben sie mit mir gemacht. Ich kann nicht sagen, daß sie aus mir ein zitterndes, vor Schmerzen wimmerndes Etwas gemacht haben, ein Häufchen Mensch, das vor den Schritten auf dem Gefängnisgang zitterte, aus Angst, sie würden mich wieder holen, um fortzusetzen, wo sie aufgehört haben.*

Ebensowenig konnte er Rada bei ihrer ihm bekannten Einstellung (»Das ist doch alles blühender Unsinn!«) erzählen, daß in dieser Zeit Baba Gruša und ihr Amulett der *Alten Bruderschaft* auf eine geheimnisvolle und in einem Fall sehr realistischen Weise helfend in sein Leben eingegriffen hatten. So beschränkte sich sein Bericht auf eine sachliche Aufzählung von Daten und Ereignissen, wobei er nur einmal aus der Rolle des betont nüchternen Chronisten in eigener Sache fiel; dies geschah, als er über die Nacht nach dem letzten Verhör und seine Todessehnsucht sprach.

Nachdem Bogdan Bošković nach seinem Streit mit Rada auf der Almhütte (aus falsch verstandenem Patriotismus, Dünkel, verletzter Eigenliebe oder gar aus Eifersucht?) Stefan abgeholt und der Gendarmerie übergeben hatte, sollte er als Deutscher entsprechend einer allgemeinen Anordnung interniert werden. Man brachte ihn in ein Lager nach Kolašin. Im Laufe des Monats September wurden dort die ersten österreichischen und ungarischen Kriegsgefangenen eingeliefert. Stefan freundete sich mit einem Offizier an; sie beschlossen zu fliehen. Doch dazu kam es nicht. Er wurde abgeholt und ins Militärgefängnis nach Cetinje gebracht.

Nach einer Woche wurde er zum erstenmal verhört – von Major Stane Vukotić, den er zu Beginn der Montenegro-Reise kennengelernt hatte. Allerdings zeigte sich der Major diesmal von einer ganz anderen, unerwarteten und für Stefan ziemlich überraschenden Seite. Damals ein höflicher, kultivierter und verbindlicher Mann mit guten Umgangsformen, gab er sich jetzt kurz angebunden, betont sachlich, zunehmend barsch.

Bereits dieses erste Verhör verlief ganz anders, als sich Stefan – erleichtert, gerade Major Vukotić vorgeführt worden zu sein – das vorgestellt hatte. Ohne ein Zeichen des Erkennens blätterte der Major in den Papieren, die vor ihm auf dem Schreibtisch lagen, las, blätterte weiter, blätterte zurück, schaute Stefan mit ausdruckslosen Augen an, runzelte die Stirn, las, schüttelte den Kopf, blätterte, las. Absicht? System? Jedenfalls dauerte es eine geraume Zeit, bis er endlich fragte:

»Sie heißen Stefan Meyster?«

»Aber Herr Major – ich dachte, Sie wüßten es?«

»Beantworten Sie meine Fragen nicht mit Gegenfragen. Und antworten Sie wahrheitsgemäß. Also?«

»Ich heiße Stefan Meyster.«

»Magister Stefan Meyster?«

»Magister Stefan Meyster.«

»Geboren wann und wo?«

Stefan sagte es ihm. Noch empfand er keine Angst. Diese stellte sich erst später ein – schon bald. Noch glaubte er, alles sei ein Irrtum, ein Mißverständnis, eine »dumme Geschichte«, die sich bald aufklären lassen würde. Jedenfalls nichts, wovor er Angst haben müßte. Dabei, so sagte er sich später, hätte er es besser wissen müssen. Hatten sie nicht versucht, ihn zu töten? Doch das waren andere gewesen und nicht *dieser* Mann! Ein Offizier, der mit Meuchelmördern gemeinsame Sache machte? Das erschien Stefan bis zuletzt unmöglich.

Der Major erklärte förmlich: »Sie werden beschuldigt, für Österreich-Ungarn, also für einen Staat, mit dem wir uns gegenwärtig im Kriegszustand befinden, Spionagedienste geleistet zu haben. Das ist der Gegenstand dieser Untersuchung. Dem Zweck der Spionage diente unter anderem auch ihre Reise ins Landesinnere, um dort angeblich Volksbrauchtum und Volksdichtung zu studieren. Ein guter Vorwand, um möglichst viele Fragen stellen zu können – vor allem Fragen an Menschen, die viel im Lande herumkommen … Ohne Zweifel eine glänzende Idee! Von wem stammt sie? Von Ihnen oder von Ihrem Großvater, dem Legationsrat?

Doch zunächst folgendes … Machen wir es uns einfacher. Um die Untersuchung zu verkürzen und das Verfahren vor allem Ihnen zu erleichtern, werde ich Ihnen die Anklage Punkt für Punkt vorlesen. Für jeden Punkt gibt es Beweise. Briefe, Tagebucheintragungen, Zeugenaussagen … Unumstößliche Beweise! Denken Sie daran, bevor Sie etwas bestreiten. Haben Sie dazu etwas zu sagen?«

Stefan sagte, was er davon hielt. Er gebrauchte dabei Worte wie »blühender Unsinn«, »Hirngespinste« und wiederholte: »Ich kann mir nicht vorstellen, daß Sie diesen Blödsinn selbst glauben!«
Der Major ging nicht darauf ein. Er gab sich unbeeindruckt, ja manchmal hatte es den Anschein, als langweile ihn dieses Verhör, da die ganze Sache bereits längst feststand und entschieden war. Er las aus dem Brief des Legationsrates vor mit der Aufforderung an Stefan, sich im Lande umzusehen und ihm darüber zu berichten, auch vom Königshof. Wäre das nicht beweiskräftig genug?
»Glauben Sie mir, für Sie ist es wirklich am besten, ein umfassendes Geständnis abzulegen. Wenn Sie das tun, können Sie mit mildernden Umständen rechnen und die Todesstrafe vermeiden. Sie haben richtig gehört – Todesstrafe. Auf Spionage steht selbst in Friedenszeiten der Tod, und erst recht im Krieg. Sie haben sowieso Glück gehabt, daß man Sie nicht bereits durch ein Standgericht abgeurteilt und erschossen hat. Mit Spionen wird in der Regel kurzer Prozeß gemacht. Die Beweise reichen aus. Doch Sie sind ein Ausländer, und wir wollen dokumentieren, daß die Montenegriner nicht eine Horde wilder Bergräuber sind, wofür man uns nicht selten hält. Wir haben einen zivilisierten, gesetzestreuen Staat, mit einer korrekten, unabhängigen Justiz. Also – lesen Sie und unterschreiben Sie!«
Er ließ Stefan allein. Das Geständnis war in serbisch und deutsch abgefaßt – einem schauderhaften Deutsch. In seiner Verwirrung begann Stefan, die Sprachschnitzer zu korrigieren, bis ihm nach drei oder vier Sätzen das Unsinnige seines Tuns bewußt wurde.

Rada: »Sie haben natürlich nicht unterschrieben?«
Stefan: »Ich hätte es vielleicht tun sollen. An meiner Situation hätte das kaum etwas geändert, nur wäre mir alles andere später erspart geblieben.«
Rada: »Hat man Sie mißhandelt?«
Stefan: »Nicht Major Vukotić.«

Nach drei ergebnislosen Verhören sagte der Major, daß er den Fall vorübergehend einem anderen Vernehmungsbeamten überlassen müßte, leider, leider, aber er habe Stefan gewarnt, ihn aufgefordert, keine Schwierigkeiten zu machen. Was nun geschehen würde, wäre bedauerlich, aber Stefan hätte sich das selber zuzuschreiben.

»Ich habe leider keinen Einfluß darauf und keine Möglichkeit, es von Ihnen abzuwenden... Mein Kollege ist nicht gerade zart besaitet, wissen Sie. Ein Spezialist für schwere und hartnäckige Fälle. Ein gebranntes Kind. Er hat Jahre in türkischen Gefängnissen verbracht, hat dort schlimme Dinge über sich ergehen lassen müssen... Im Grunde genommen ist er nur noch ein Wrack, ein menschliches Wrack. Die Türken waren schon immer Meister der Tortur – warum soll man es nicht beim Namen nennen? Mein Kollege ist durch eine grausame Schule gegangen, er hat viel gerlernt, es am eigenen Leibe erfahren müssen, seine Verbitterung ist groß. Er haßt alle Feinde Montenegros, vor allem aber haßt er Verräter und Spione. Ein türkischer Agent, den er für seinen Freund hielt, hat ihn damals verraten und an die Türken ausgeliefert. Verstehen Sie jetzt? Er will es nun allen Spionen und Verrätern heimzahlen, an ihnen vergelten, was ihm angetan worden ist. *Türkische Methoden.* Überlegen Sie sich's. Vielleicht unterschreiben Sie doch lieber. Noch liegt es ausschließlich bei Ihnen, ob Sie die persönliche Bekanntschaft dieses Kollegen und seiner Verhörmethoden machen.«

Zunächst ließ man Stefan warten, davon eine Woche, vielleicht aber auch zwei, in einer Dunkelzelle. Es ist schwer, den Ablauf der Zeit festzustellen, wenn man keine Orientierungshilfe hat oder wenn die Orientierungshilfen – wie die Mahlzeiten – willkürlich gesetzt werden, mal schnell hintereinander, dann wieder lange nichts.

Möglicherweise gehört auch das zum System, um den Gefangenen zu verwirren, sagte sich Stefan, um ihn unsicher zu machen und die Angst in ihm wachsen zu lassen. *Türkische Methoden.* Was für Methoden? fragte er sich, während er in der Dunkelheit auf das schwere Pochen seines Herzens lauschte und auf die kaum hörbaren Geräusche der lichten Welt jenseits der Wände. Türken als Meister der Tortur. Was tun sie? Wie zwingen sie einen Menschen, alles zu gestehen, alles zuzugeben, obwohl er weiß, daß er auf Grund des Geständnisses hingerichtet wird: erschossen, gehenkt, verbrannt, erdrosselt, ertränkt, gevierteilt – was noch? Der Tod als Erlöser von den Qualen der Tortur. Folter für Verräter, Ungläubige, Andersgläubige, Abtrünnige, Ketzer, Gotteslästerer, Hexen, Hexer, Unbotmäßige, Aufrührer, Unruhestifter. Folter für Spione. Türkische Methoden, christliche Methoden.

Du sollst so dünn gefoltert werden, daß die Sonne durch dich hindurchscheint. Gestehe und unterschreibe! Daumenschrauben, spanische Stiefel, gespickte Hasen, Armbrecher, Schwitzkasten, Streckbrett, Folterleiter, spanischer Bock, türkische Schaukel, stumpfe und spitze Nadeln, glühende Nadeln, glühende Zangen und Spieße, glühende Eisenmasken auf dem Gesicht und eine glühende Eisenkrone auf dem Kopf. Der Gestank nach verbranntem Fleisch, Angstschweiß, Todesschweiß.
Dem Deliquenten ist klarzumachen: Es gibt nichts, was man mit entsprechender und ihm und seinem Vergehen angemessener Tortur nicht erreichen könnte. Der Heilige wird zugeben, ein Dämon des Bösen zu sein, und selbst den Teufel könnte man dazu bringen, dem Bösen abzuschwören und Gott den Herrn zu loben. Worauf es ankommt, ist das Geständnis: *Das Weib oder der Mann der Hexerei angeklagt, muß bekennen, danach müssen sie sterben und bei lebendigem Leibe verbrannt werden. Bekennen sie, so ist die Sache klar, und sie werden getötet. Bekennen sie nicht, so martert man sie zum zweiten, dritten und vierten Mal, denn es gilt allein, was dem Kommissario beliebt, und es wird nicht gefragt, wie lange, wie scharf, wie oft man die Folter gebrauchen darf.*
Gestehen Sie also, dann haben Sie's überstanden und werden im Morgengrauen erschossen. Ein humaner Tod. Und wir können vor aller Welt sagen: Ein Spion wurde zum Tode verurteilt und gerichtet, wie das Gesetz es verlangt.

Der Mann, von dem Major Vukotić gesprochen hatte, war ein Oberleutnant der Gendarmerie, schon ein älterer Mann, merkwürdig deformiert – eine Folge von Folterungen in türkischen Gefängnissen? – sein Gehilfe ein bulliger Gendarmerie-Korporal. Manchmal kam auch ein Major hinzu. Er hielt sich im Hintergrund, schaute und hörte zu, gab dem Oberleutnant in fremder Sprache (Türkisch? Albanisch?) ab und zu Anweisungen, mischte sich in das Verhör nur selten ein. Tat er es, kam er Schritt für Schritt aus seiner Ecke, und jeder Schritt war wie ein Schlag mit der Peitsche, die er nach der Art englischer Kolonialoffiziere unter dem Arm trug. Aber er schlug mit dieser Peitsche nicht. Er kam heran, drückte den silbernen Knauf am Peitschegriff auf Stefans verletztes Bein und fuhr langsam und immer fester drückend über die kaum vernarbte

Wunde abwärts oder aufwärts. Dabei sah er ihn mit seinen dunklen, leblos wirkenden Augen teilnahmslos an.
Der Schmerz raubte Stefan fast die Besinnung. Er versuchte, den Blick des Majors genauso teilnahmslos zu erwidern. Es gelang ihm nicht. Der Major stupste ihn mit dem Zeigefinger in die Wange, sagte etwas. Er stupste noch einmal, ganz leicht, und doch fürchtete Stefan diese Berührung mehr als die Peitsche der anderen. Die anderen waren nur Folterknechte, sie verbreiteten Angst und Schrecken, doch von diesem großen Mann ging ein unbeschreibliches Entsetzen aus, ein Grauen, das das Blut in den Adern erstarren ließ. Das Grauen umgab ihn wie eine dunkle Aura, düster, unheildrohend, böse; es begleitete ihn überallhin, jede seiner Bewegungen atmete es aus – selbst wenn er nur die Hand hob, um Stefan mit dem Zeigefinger anzustupsen oder sich über das glänzend schwarze, sorgfältig gescheitelte Haar zu streichen oder den roten Stein des Siegelringes am Mittelfinger an seinem Uniformärmel zu polieren: Warum tat er das? Was hat er vor, was hat er vor?

Rada: »Diese Verhöre – waren sie sehr schlimm?«
Stefan: »Es ist überstanden.«
Rada: »Madame Vera und ich haben vergeblich versucht, Ihren Aufenthaltsort herauszufinden. Wir standen wie vor einer Gummiwand. Niemand wollte etwas wissen ...«
Stefan: »Wahrscheinlich wußten es nur wenige, und die, die es wußten – warum sollten sie es Ihnen sagen? Mit der Zeit gewann ich die Überzeugung, daß sie tatsächlich glaubten, ich wäre ein Spion.«

Stefan war kurz davor, das vorbereitete Geständnis zu unterschreiben, alles zu unterschreiben, was man ihm auch vorlegte, auf deutsch, serbisch, türkisch oder chinesisch. Er wollte es unterschreiben, damit sie ihn endlich in Ruhe ließen. Doch da machte der Major in seinem Übereifer oder vielleicht auch aus Zeitmangel einen Fehler. Er ließ Stefan vorführen und empfing ihn im Vernehmungszimmer allein. Es habe sich etwas Neues ergeben, begann er das Verhör, nun sei es wirklich sinnlos geworden, weiterhin zu leugnen.
»Seien Sie vernünftig und unterzeichnen Sie – ich verbürge mich für einen fairen Prozeß. Danach, glauben Sie mir, wird der König Sie

begnadigen. Das heißt, die Todesstrafe – auf Spionage steht nun einmal die Todesstrafe, da ist nichts zu ändern – wird in Festungshaft umgewandelt. Ein Gnadenakt ... Später wird es dann einen Tausch geben. Euer Spion gegen den unseren, verstehen Sie? Und nun zu dem, weshalb ich Sie vorführen ließ. Es hat sich, wie gesagt, etwas Neues ergeben. Zu den bereits vorhandenen Beweisen gegen Sie kommt ein neuer hinzu. Ich werde Ihnen aus dem Protokoll eines italienischen Militärrichters vorlesen, das wir aus Rom bekommen haben. Es handelt sich um das Protokoll eines Verhörs Ihrer Mutter Christina Meyster, geborene von Prettwitz. Ihre Mutter heißt doch so? Antworten Sie!«

»Sie heißt so.«

»Sie hielt sich seit Ende Juli vorigen Jahres in Italien auf, war sogar Gast am Hof der Königin Elena, schlich sich in deren Vertrauen ein ... Nicht ungeschickt! Schließlich schöpfte man Verdacht, man ließ sie observieren, der Verdacht erhärtete sich, sie wurde verhaftet und der Spionage für Österreich-Ungarn angeklagt. Angeworben oder angestiftet – Sie können es nennen, wie Sie wollen – wurde sie dazu von ihrem eigenen Schwiegervater, dem kaiserlich königlichen Legationsrat Dr. Meyster, der ja auch Sie mit derartigen Diensten beauftragt hat. Aber darüber haben wir ja zur Genüge gesprochen. Verstehen Sie italienisch? Nicht gut? Ich werde es Ihnen übersetzen. Also, ›der Genannte‹ – sie meint den Legationsrat – ›beauftragte mich, meine guten Verbindungen zu italienischen Hofkreisen und vor allem zu Königin Elena in diesem Sinne auszunutzen ...‹ Und so weiter und so weiter. Hier haben wir es: ›... Natürlich war ich dagegen, als ich hörte, daß der Schwiegervater auch meinen Sohn Stefan mit einer derartigen Aufgabe in Montenegro betraut hatte und stellte ihn bei meinem letzten Wien-Aufenthalt zur Rede. Daraufhin versprach er, dies in Zukunft zu unterlassen. Allerdings müßte ich zuvor als Gegenleistung die vorhin erwähnte Aufgabe in Italien zu seiner Zufriedenheit leisten ... Ich tat dies ... schrieb mehrere Berichte, die mit der Diplomatenpost teilweise über die Schweiz, teilweise über Rumänien nach Wien befördert wurden ... Wollte um jeden Preis meinen Sohn Stefan heraushalten, das war mein einziges Motiv. Geld habe ich weder verlangt noch bekommen ...‹

So steht es hier wörtlich. Und Sie? Haben auch Sie Geld weder verlangt noch bekommen? Was war *Ihr* Motiv? Vaterlandsliebe? Das ist zu verstehen. Idealismus eines jungen Mannes. Patriotische Gesinnung. Ein ehrenwertes Motiv. Und bei Ihrer Mutter – eben Mutterliebe.«

»Was Sie mir vorglesen haben – steht das so in diesem Protokoll?« fragte Stefan.

»Wörtlich.«

»Meine Mutter wurde in Italien der Spionage für Österreich-Ungarn überführt?«

»So ist es. Ich selbst habe bei einem Aufenthalt in Rom Ihre Mutter kennengelernt. Eine beeindruckend schöne, interessante und kluge Frau. Verständlich, daß sie auch als Spionin erfolgreich war.«

»Und mein Großvater hat sie dazu angestiftet? Oder – wenn ich richtig verstanden habe – in gewisser Weise erpreßt?«

»So wird es wohl gewesen sein.«

»Meine Mutter eine Spionin. Mein Großvater als erpresserischer Auftraggeber, der nicht nur mich, sondern auch sie für seine Zwecke mißbraucht...« Während Stefan dies langsam sprach, sah er den Major nachdenklich an. Plötzlich fand er ihn nicht mehr so furchterregend, sondern fast lächerlich, in einem gewissen Sinne dumm, beschränkt. Wie armselig, wie begrenzt, wie bösartig öde mußte das Leben dieses Mannes beschaffen sein, wenn er sich sowas ausdachte! Wie einfältig und phantasielos, alle anderen über den Kamm seiner düsteren, von Mißtrauen, Haß, Mißgunst, Machtgier und Gewalttätigkeit gezeichneten Halbwelt zu scheren, sie darin einzugliedern, zu versuchen, ihnen derartige Handlungsweisen und Motive zu unterstellen! Und wie dumm und einfältig zu glauben, er, Stefan, würde ihm dies abnehmen!

Stefan begann zu lachen. Es klang schaurig, freudlos, hysterisch, doch er konnte es nicht zurückhalten, er konnte es nicht abstellen, obwohl er ahnte, was ihn für dieses Lachen erwartete und sich wiederholt sagte: Hör auf, hör auf damit, sie machen dich fertig!

Und so geschah es. Der Major rief die anderen zwei und machte anschließend selbst mit. Stefan sah ihn zum erstenmal wütend – und seltsam: je wütender der Major wurde, desto weniger fürchtete er ihn. Er wußte zwar, daß sie mit ihm alles machen konnten und auch machen würden, was ihnen einfiel, daß sie ihm alle Knochen einzeln brechen, ihn langsam zu Tode martern könnten... Er wußte es,

sagte sich das auch – doch Angst hatte er keine mehr. Wohl fürchtete er die Schmerzen, die sie ihm zufügten, aber sie selbst fürchtete er nicht.
Es war schlimmer als je zuvor. Es nahm kein Ende. Sie gingen ganz methodisch vor. Sie wollten ihn nicht töten. Sie wollten ihn auch nicht so verletzen, daß man es vor dem Militärgericht merkte – auch wenn dort alle wußten, wie solche Verhöre aussahen und wie die meisten der Geständnisse zustande kamen. Als Stefan schließlich dachte: *jetzt sterbe ich*, brachten sie ihn weg, und erst in seiner Zelle wurde er ohnmächtig. Und während er in die tröstliche Dunkelheit der Bewußtlosigkeit abstürzte, dachte er: *Ich will sterben.*

Rada: »Was sind das für Menschen, die ...«
Stefan: »Es sind Menschen, hören Sie – *Menschen!* Nur Menschen bringen es fertig, einem anderen solches anzutun, *bewußt* anzutun, einen anderen so weit zu bringen, daß er den Tod als Erlösung empfindet ... *Ich wollte sterben.*«

Doch er starb nicht. Er wachte auf, mit der Hand Baba Grušas Amulett umklammernd, und er hatte keine Schmerzen. Sie hatten ihm das Amulett nicht genommen, es war die ganze Zeit, als hätten sie es gar nicht gesehen. Baba Gruša, dachte er, während er so dalag, das Amulett in der Hand, und es war ihm, als hörte er wieder ihre Stimme: *Das Feuer wird dich nicht verbrennen, das Eis wird dein Blut nicht in Kälte erstarren lassen.* Das Amulett hatte ihn geweckt oder Baba Gruša durch das Amulett. Sie hatte ihn zurückgerufen – konnte man sagen: Zurück ins Leben gerufen? Wäre er sonst gestorben? Flucht in den Tod? Aber vielleicht dachte er das nur, vielleicht hatte er von Baba Gruša nur geträumt, sie im Traum gehört, im Traum nach dem Amulett gesucht und sich am Amulett festgehalten, so wie sie es ihm im Traum geheißen hatte ... Die Schmerzen waren jedenfalls weg. Sie kamen erst später wieder. Doch da dachte er nicht mehr an den Tod. Als er aufhörte, an den Tod zu denken, kamen die Schmerzen wieder.
Drei Tage später geschah das Wunder. Jedenfalls bezeichnete es Stefan so. Man holte ihn mitten in der Nacht ab. Zum Erschießen? Er war noch immer nur halb bei Besinnung, und es war ihm ziemlich gleichgültig. Sie brachten ihn in einem geschlossenen Wagen nach

stundenlanger Fahrt in ein Kloster. Dort wurde er in eine Zelle geführt, man wusch ihn, kleidete ihn neu ein, er bekam zu essen. Man gab sich große Mühe, ihn wieder gesund zu pflegen. Man – es waren zwei bärtige, schweigsame Mönche; er sah nur diese zwei, die anderen hörte er nur aus der Ferne, wenn sie nachts in der Kirche zur Ehre Gottes sangen.
Eines Tages kam Wojwoda Bošković in seine Zelle und sagte, es wäre ihm gelungen, Stefan mit Hilfe guter, einflußreicher Freunde aus den *Klauen der Mörder* zu befreien. Auch der Abt dieses Klosters gehöre zu seinen Freunden. Dennoch könne er hier auf die Dauer nicht bleiben, es wäre zu gefährlich. »Für die Mönche kommen der König und die Macht der Krone gleich nach dem lieben Gott. Da findet sich schnell einer, der zu plaudern beginnt. Am liebsten würde ich dich nach Bosnien abschieben, dort wärst du am sichersten. Aber du mußt verstehen, *Momče*, das geht nicht, ich brauche dich noch. Zu allererst werden wir uns noch einmal ausgiebig über unsere Angelegenheit unterhalten, sozusagen das Gespräch zu Ende führen, das wir auf Kameni stup begonnen haben. Dann werden wir weitersehen.«
Einige Tage später wurde er unter falschem Namen in ein Gefangenenlager nach Bijelo polje gebracht, wo man ihn nach des Wojwodas Meinung am wenigsten vermuten würde. Doch es dauerte nicht lange, bis Bora mit der Nachricht auftauchte, man hätte ihn doch entdeckt oder sei kurz davor. »Sie haben ihre Augen überall, Bruder, wir müssen weiter, über die Grenze.«
So gelangte Stefan schließlich in das Internierungslager *Zeleni gaj* bei Kragujevac, jetzt wieder unter seinem richtigen und vom Roten Kreuz registrierten und weitergegebenen Namen.

Stefan: »Schon wegen dem Roten Kreuz meinte man, ich sei in Zeleni gaj sicher vor den Verfolgern. Ich hatte meine Zweifel. Und eines Tages tauchte tatsächlich der Mann auf, der mich schon in Montenegro verfolgt hatte. Ich beschloß zu fliehen. Jonas wollte mitkommen. In dem Durcheinander wäre es uns bestimmt geglückt – wahrscheinlich auch, uns zu den deutschen Truppen durchzuschlagen.«
Rada: »Deutsche Truppen? Neulich sagten Sie *unsere* Truppen . . .«
Stefan: »Deutsche, unsere, eure . . . Ist das so wichtig? Ist Ihnen das noch immer so wichtig?«

Rada: »Vielleicht wird es immer wichtiger. Aber vielleicht auch nicht... Ich weiß es wirklich nicht! Ich weiß nicht mehr, was ich denken soll. Es ist alles anders geworden. Alles ist so furchtbar durcheinander geraten. Was gestern noch festgefügt schien, gilt heute nicht mehr. Und das schlimmste ist, daß man den Menschen, zu denen man immer aufsah, nicht mehr vertrauen kann. Die Garde des Königs, die Elite der Nation, unser Stolz. Montenegriner. Offiziere Seiner Majestät des Königs. Folterknechte. Mörder.«
Stefan: »Beinahe wäre es *ihnen* doch noch gelungen. Es fehlte jedenfalls nicht viel – nur noch ein paar Kilometer bis zur Grenze nach Montenegro...«
Er lächelte bei der Erinnerung an diese Episode bevor er in Kraljevo Rada getroffen hatte. Sie begann mit einem Mißverständnis, nahm alsbald bedrohliche Formen an und erfuhr schließlich eine Wendung, wie man sie sich überraschender kaum hätte ausdenken können.

Kurz vor der mit Jonas vereinbarten Flucht aus Zeleni gaj holte Stefan ein montenegrinisches, mit gültigen Papieren und einem Auslieferungsschein ausgewiesenes Kommando ab. Drei Feldgendarme, angeführt von einem Oberleutnant. Sie kamen in einem Automobil, legten Stefan nach Erledigung der Formalitäten Handschellen an und fuhren in Richtung Kraljevo davon. Stefan nahm an, daß es sich wieder um Wojwodas Leute handelte. Nach einigen an den Oberleutnant gerichtete Fragen erkannte er seinen Irrtum. Es handelte sich tatsächlich um ein offizielles, von der montenegrinischen Regierung nach Serbien entsandtes Kommando, das ihn zu holen und nach Cetinje zu bringen hatte.
Auf der verstopften Straße kamen sie nur langsam voran. Während einer unfreiwilligen Wartepause verschwanden der Fahrer und ein Gendarmeriekorporal im Gebüsch. Sie hatten Durchfall und schlugen sich bei jeder Gelegenheit in die Büsche. Der Oberleutnant ging fluchend nach vorne, um nach dem Grund der neuerlichen Stockung zu sehen. Der Feldwebel, der nun als einziger Stefan bewachte, saß mit dem Gewehr zwischen den Knien neben ihm. Ohne ihn anzusehen sagte er plötzlich:
»Als du dich angezogen hast, habe ich dein Amulett gesehen, Herr. Sieh – das Zeichen!« Er blickte sich verstohlen um, holte aus der

Tasche einen kupfernen Anhänger mit eingestanztem Pentagramm und versteckte ihn wieder. »Wir sind Brüder, Herr. Ich habe das Zeichen der *Alten Bruderschaft*, wie du es trägst, auf einem Amulett aus Menschenhaut, von einem Erdkreis umgeben, erst einmal gesehen. Nur wenige Auserwählte dürfen es besitzen. Hab also Vertrauen, Herr. Wir haben den Auftrag, dich zu töten, sobald wir über die Grenze kommen. Ich will dir ein Zeichen geben, dann mußt du fliehen. Wenn ich schieße, werden dich meine Kugeln nicht treffen, und so Gott will, auch nicht die der anderen.« Noch während er sprach, holte er aus der Patronentasche den Schlüssel für die Handschellen, steckte ihn in Stefans Brusttasche und knöpfte diese wieder zu. »Wenn du weit genug bist Herr, und Zeit hast, schließe die Handschellen auf. Wirf sie und den Schlüssel in den Fluß, dort wo er am tiefsten ist!«

Die anderen kamen zurück, und gleich darauf ging es weiter. Kurz vor Novi Pazar flogen drei deutsche Flugzeuge die Rückzugsstraße an und bombardierten die Militärkolonnen. Stefan und die Gendarmen sprangen aus dem Automobil und nahmen Deckung; der Fahrer und der Gendarmeriekorporal unter dem Wagen, der Oberleutnant, der Feldwebel und Stefan etwas weiter weg in einer Geländemulde seitwärts der Straße. Eine Bombe fiel mitten in eine Munitionskolonne. Es gab eine Reihe heftiger Detonationen. Wagentrümmer, Erdbrocken und Steine prasselten herunter.

Als Stefan aufsah, lag der Oberleutnant reglos neben ihm. Sein Hinterkopf blutete.

»Hast du die Flugzeuge kommen lassen, Bruder?« fragte der Feldwebel so, als gäbe es nicht den geringsten Zweifel, daß Stefan durch irgendeine Zauberei diesen Bombenangriff veranlaßt hatte. Er stieß den Oberleutnant in die Seite. »Ein Stein hat ihn getroffen, er wird schon wieder aufwachen, es ist nicht schlimm.« Er lachte. Den Felsbrocken, der den Oberleutnant am Hinterkopf getroffen haben soll, hielt er in der Hand. Wieder eine Detonation. Der Feldwebel raunte ihm zu: »Du mußt weg, Herr, schnell! Auch mich wird ein Stein treffen. Jetzt lauf!«

»Sie wollten mit Jonas fliehen«, nahm Rada den Faden wieder auf. »Warum kam es nicht dazu? Wie kamen Sie nach Kraljevo? Bitte, erzählen Sie!«

»Es gibt nicht mehr viel zu erzählen. Sie machten mich in Zeleni gaj ausfindig, holten mich ab, wollten mich nach Montenegro bringen. Noch vor der Grenze konnte ich entkommen. Ich machte mich auf den Rückweg. Kein Mensch kümmerte sich um mich. Vielleicht wurde ich deshalb etwas leichtsinnig. Vor Kraljevo griff mich eine Militärstreife auf und steckte mich in einen Gefangenentransport. Darunter waren auch Sträflinge... Alles durcheinander. Mir machte es nichts mehr aus. Es konnte nicht lange dauern, bis deutsche Truppen Kraljevo besetzen würden. Dann passierte das mit dem Bombardement, und wir wurden geholt, um Verletzte und Tote zu bergen. Dabei traf ich Sie.« Stefan machte sich an der Karbidlampe zu schaffen, die begonnen hatte zu rauchen und zu flackern. »Es ist kalt«, sagte er, als die Lampe wieder mit ruhiger, weißer Flamme brannte. »Sie frieren... Es gibt noch nicht einmal einen Ofen in dieser Höhle.«

»Ich verstehe Sie nicht«, sagte Rada. »Sie könnten jetzt in einem warmen Zimmer sitzen, vielleicht in einem hellen, warmen Restaurant in Belgrad, möglicherweise aber auch schon in Wien oder sonstwo. Statt dessen sind Sie hier...«

»Ich wäre in meinem Stammbeisl in der Johannes-Gasse, Wien, Erster Bezirk, nirgends sonst. Das ist eine Parallelgasse zur Himmelpfortgasse mit dem alten Palais des Prinzen Eugen. Die Himmelpfortgasse und das Eugen-Palais kennt alle Welt. Die Johannes-Gasse und mein Stammbeisl aber nur die Eingeweihten. Dort gibt es das beste Gulasch. Dazu ißt man Nockerl...«

»Ein Gulasch mit Nockerln in Ihrem Stammbeisl...« Rada lächelte.

»Ich werde sie irgendwann einmal hinführen. Sie müssen Rosa kennenlernen, die Wirtin. Rosa wird Sie sofort in ihr großes Herz schließen, wir haben alle Platz darin.«

»Sie weichen mir aus – zu Rosa in ihr Stammbeisl«, sagte Rada wieder ernst. »Sie haben mir nicht alles erzählt, ich habe es die ganze Zeit gemerkt. Aber auch das, was Sie erzählt haben, genügt. Warum sind sie geblieben, nach alledem, was man Ihnen angetan hat? Warum sind Sie nicht weggegangen, um das alles hinter sich zu bringen und möglichst schnell zu vergessen?«

»Vergessen geht nicht. Ich habe Ihnen gesagt, weshalb ich Sie und Ihren Großvater in diese Berge begleite. Wie auch immer – jetzt bin ich hier und nicht bei Rosa und ihrem Gulasch in der Johannes-

Gasse. Wir sollten lieber darüber nachdenken, was zu tun ist, nachdem Sie diesen Mann in Spas gesehen und erkannt haben – und er das weiß. So war es doch?«
Rada nickte.
»Was macht er dort?«
»Ich glaube, er gehört der offiziellen montenegrinischen Vertretung beim serbischen Generalstab an.«
»Weiß er, daß auch der Wojwoda hier ist?«
»Ich habe es dummerweise erzählt. Zu diesem Zeitpunkt wußte ich ja nicht, wer er war. Erst als er das Glas hob, um mit mir anzustoßen, und ich diese Hand sah...«
»Weiß er, daß *ich* hier bin?«
»Das kann ich mir nicht vorstellen. Woher sollte er das wissen?«
»Wenn er es noch nicht weiß, dann werden es seine Kundschafter schon bald herausbekommen. Wie lange wird es dauern? Wenn Sie einen Mann in karierter Jacke sehen, sagen Sie's mir...«
»Wir müssen es dem Großvater erzählen. Jetzt sofort!« Rada konnte nicht mehr ruhig sitzen. Sie sprang auf, wandte sich zur Tür. Doch Stefan hielt sie zurück.
»Bleiben Sie! Wollen Sie den Wojwoda umbringen?«
»Er muß es doch erfahren! Er allein kann entscheiden, kann etwas unternehmen!«
»Hören Sie auf! Seine Entscheidung wird ihn das Leben kosten. Sie müßten ihn doch kennen! Wenn er erfährt, daß der Mörder seiner Familie, der Mann, nach dem er so viele Jahre vergeblich gesucht hat, ganz in der Nähe ist, wird er ihn zu stellen versuchen. Und wenn er auf allen Vieren hinkriechen oder sich von Bora hintragen lassen müßte. Was dann geschieht, ist ziemlich klar.
»Wir müssen Warten«, sagte Stefan »Wollen Sie etwa hingehen und zu Protokoll geben, daß dieser Mann vor sechzehn Jahren einen Massenmord verübt hat? Wem wollen Sie es sagen? Wie wollen Sie es beweisen? oder haben Sie vor, ihm aufzulauern und ihn zu erschießen?«
»Natürlich nicht!«
»Also bleibt uns nichts anderes übrig als zu warten. Warten und nachdenken und weiter an der Geschichte schreiben – bereit sein – nach einer Möglichkeit suchen. Sie wird uns einfallen. Sie wird uns einfallen *müssen*, wenn wir überleben wollen.«

13. Kapitel

Ich gehöre meinem Geliebten
und nach mir geht sein Verlangen.
Komm, mein Geliebter, wir wollen hinaus-
gehen,
nächtigen in den Dörfern.

Das Hohe Lied Salomos 7,11–12

Gerechtigkeit für den König

Bevor er sich an den Schreibtisch setzte, um den lästigen, täglich anwachsenden Papierkram zu erledigen, warf König Nicola I. von Montenegro stets einen Blick durch das Fenster des Arbeitszimmers in seiner Neuen Residenz. Von hier aus konnte er einen beträchtlichen Teil der Hauptstadt Cetinje überblicken. Im Vergleich zu den anderen Hauptstädten der Welt war es also eine sehr kleine, sehr bescheidene Residenzstadt. Doch immerhin – als er 1860 die Regierung als Nachfolger seines Onkels Danilo angetreten hatte, konnte man von den Fenstern der *Biljarda** aus allenfalls das alte Kloster inmitten einer felsigen Wüstenei sehen, einige Dutzend strohgedeckter Hütten, ein paar armselige Bäume und, nicht zu vergessen, die *Tablja*. Das war der von seinem Vorfahren, dem großen Bischof und Dichterfürsten Petar II. Petrović Njegoš erbaute und wie ein Nadelkissen geformte Schädelturm, auf dessen Eisenspitzen die dort aufgespießten Türkenköpfe vor sich hin moderten.** Für Nachschub wurde fleißig gesorgt; es hatte selten eine Zeit ohne derartige Trophäen von getöteten und geköpften Feinden auf der Tablja gegeben. Damit war es vorbei. Cetinje war zwar keine große, aber doch eine richtige Stadt geworden, die *Hauptstadt*. Das war sein, des Königs Nikola I., Verdienst.

* Biljarda wurde im Volksmund die alte Residenz genannt, nach einem Billardtisch, den sich der Fürstbischof Petar Petrović Njegoš, ein leidenschaftlicher Billardspieler, auf Maultieren nach Cetinje hatte transportieren lassen.

** Der englische Forschungsreisende John G. Wilkinson, der Mitte des vorigen Jahrhunderts auch Montenegro bereiste, zählte auf der *Tablja* vierzig aufgespießte Köpfe. »... Die Köpfe verbreiteten einen widerlichen, scharfen Geruch, und wenn das Fleisch und die Knochen herabfielen, schleppten sie die Hunde durch Cetinje...«

So beharrlich und zielstrebig, wie er an seiner Hauptstadt gebaut hatte, versuchte er auch, aus Montenegro einen europäischen Staat zu machen. Fürwahr, ein schwieriges Unterfangen in einem Land, in dem noch zu Anfang seiner Regierungszeit das Fangen und Töten von Feinden (vornehmlich Türken und Arnauten) zu den vornehmsten und sicher auch beliebtesten Beschäftigungen der Männer gehörte!
Doch Europa wußte es nicht zu schätzen. In den Haupt- und Residenzstädten machte man sich gern und schnell lustig über den montenegrinischen König. Man belächelte seine Sammelleidenschaft für Waffen, Fahnen, Ehrenzeichen und Briefmarken aus aller Herren Länder. Man verspottete seine Vorliebe für Orden – doch man betrachte nur die Bilder anderer uniformierter Souveräne jener Zeit im vollen Ordensschmuck! Wegen seiner Geschäftstüchtigkeit hieß man ihn eine Krämerseele, nannte ihn einen Balkandespoten, Möchtegernpotentaten, Schaftreiber, Operettenfürsten, durchtriebenen Kuppler seiner eigenen Töchter.
Welch eine Heuchelei! Die Briefmarkensammlung des englischen Königs Georgs VI. erregt noch heute allgemeine Bewunderung. Die fürstlichen Schlösser der Großmächte und auch der Kleinstaaten waren voll von zusammengeraubten Schätzen, Waffen, Fahnen, Ehrenzeichen. Die gekrönten Häupter überall auf der Welt verwendeten in der Regel mehr Zeit für das Anhäufen von Reichtümern durch weltumspannende Geschäftstätigkeiten als für das Regieren, und zu den legitimen Methoden, die eigene Hausmacht zu mehren und zu vergrößern, gehörte seit jeher eine möglichst geschickte und erfolgreiche Heiratspolitik. Die Habsburger hatten ein Weltreich zusammengeheiratet, in dem die Sonne nicht unterging; niemand fühlte sich bemüßigt, sie deshalb zu verhöhnen. Den sorgsamen Familienvater Nikola I., der seine schönen, temperamentvollen und gescheiten Töchter an die Großfürsten von Rußland und die späteren Könige von Italien und Serbien vergab, verlachte man hingegen als den Schwiegervater Europas und nannte ihn abfällig einen fürstlichen Kuppler!
Quod licet jovi non licet bovi. Was die Habsburger dürfen, ist einem Nikola noch lange nicht gestattet. Der mittelgroße, kräftige Mann mit Backenbart und Halbglatze, der sich immer so aufrecht hielt, als hätte er einen Ladestock verschluckt, hatte eben das Pech, regieren-

der Fürst eines Landes zu sein, das nicht mehr Einwohner hatte als eine mittelgroße europäische Stadt, nämlich etwas über eine Viertelmillion. Genaues wußte man nicht, eine Volkszählung hatte es in Montenegro nie gegeben. Doch er tat das Menschenmögliche, um sein Volk aus archaischen Stammesstrukturen in die neue Zeit zu führen. Er erkämpfte dem Land volle Selbständigkeit, vergrößerte es erheblich, mehrte dessen (und seinen eigenen) Wohlstand. Daß er – ein Autokrat und Herrscher, der *Gospodar* – in der Wahl seiner Mittel nicht eben zimperlich war, steht auf einem anderen Blatt. Doch auch darin unterscheidet er sich mitnichten von anderen Souveränen seiner Zeit. Manch einer von ihnen hätte es noch ärger getrieben als der übel beleumdete Nikola, wenn der fürstlichen Willkür nicht die neue Zeit und das erwachende Selbstbewußtsein der Untertanen Grenzen gesetzt hätten, an die sich wiederum die meisten Fürsten nur widerwillig hielten.

Es ist fast sicher anzunehmen, daß sich ein zartbesaiteter Nikola aus dem Stamm der Petrovići nie so lange als regierender Fürst gehalten hätte. Geboren 1841, bestieg er den Fürstenthron kaum neunzehnjährig 1860 und rief sich 1910 zum König von Montenegro aus. An diesem Wintertag Anfang Dezember 1915, als er am Fenster seines Arbeitszimmers stand und nachdenklich in dem trüben Wintertag hinaus sah, regierte der vierundsiebzigjährige König seit über fünfundfünfzig Jahren, eine Leistung, die mit Ausnahme Kaiser Franz Josephs kein anderer lebender Souverän seiner Zeit aufweisen konnte. Nach seiner eigenen Bekundung war das so, als »...hätte ich mehr als ein halbes Jahrhundert auf einem Pulverfaß gesessen, an das immer neue Lunten gelegt wurden, manchmal mehrere zu gleicher Zeit. Ich war andauernd beschäftigt, sie auszutreten.«

An diesem Dezembertag 1915 trat König Nikola mißmutig vom Fenster zu dem Papierstapel, den ihm der Adjutant auf den Schreibtisch gelegt hatte. Obenauf lagen mehrere Depeschen – und eine davon veranlaßte ihn, nach dem Adjutanten zu klingeln, noch bevor er die anderen gelesen hatte. Den eintretenden Offizier, einen Oberstleutnant der Königlichen Gardetruppen, beauftragte er, sogleich nach dem Brigadier Serdar Grgur Atanagić zu suchen und ihn zu ihm zu schicken. »Der Serdar soll alles liegen und stehen lassen und sofort kommen. Er soll sich beeilen!«

Hatte er es wieder mit einer brennenden Lunte zu tun, die es auszutreten galt? Das fragte sich der König, während er, mit den Fingern ungeduldig auf die Schreibtischplatte trommelnd, auf den Brigadier wartete.
Montenegro erlebte in diesen Wochen die schwerste und kritischste Phase seit seinem Bestehen als selbständiger Staat. Darüber gab es keinen Zweifel. Er, Nikola I., hatte diese Entwicklung befürchtet. Von Anfang an war er gegen den Kriegseintritt an Serbiens Seite gewesen; erst auf massiven Druck der panslawistischen, serbenfreundlichen Kreise mußte er sich dazu bereit erklären. Ansonsten – das hatte man ihm deutlich zu verstehen gegeben – hätte man ihn mit massiver serbischer Unterstützung zur Abdankung gezwungen. Daß er zu den Karadjordjes als Schwiegervater des Königs Peter I. in verwandtschaftlicher Beziehung stand, hätte ihm dabei nichts genützt – solche Beziehungen spielen kaum je eine Rolle, wenn es um Erringung oder Erhaltung der Macht geht. So war ihm nichts anderes übrig geblieben, als am 6. August Österreich-Ungarn und danach auch Deutschland den Krieg zu erklären und an das Volk ein Manifest zu richten, in dem vom *Heiligen Krieg für die Freiheit Montenegros* die Rede war. Dabei wäre es nach seiner Überzeugung gerade für Montenegros Freiheit viel besser gewesen, wenn man sich aus dem Konflikt herausgehalten hätte!
Nunmehr war die Lage hoffnungslos verfahren.
Von den Alliierten konnte man keine Hilfe erwarten. Die Russen hatten genug eigene Probleme; es stand nicht gut um das Reich des Zaren. Franzosen und Engländer hatten sich aus Mazedonien zurückgezogen. General Sarrail bedauerte: ihm stünden keine Kräfte zur Verfügung, die er auf dem Seeweg dem bedrängten Montenegro zu Hilfe schicken lassen könnte. Die Italiener warfen alle verfügbaren Kräfte in immer neue, vergebliche Offensiven an der Isonzo- und Dolomiten-Front; für Montenegros Hilfeersuchen hatten sie trotz massiver Fürsprache der Königin Elena nichts als leere Versprechungen und Vertröstungen. Ja, die Alliierten schienen nicht einmal in der Lage zu sein, die vereinbarten Lieferungen zu schikken und die versprochenen Versorgungsdepots einzurichten! Aus Andrijevica, Podgorica und Skadar kamen erschreckende Nachrichten von einem nicht endenwollenden Elendszug zerlumpter, halb verhungerter serbischer Soldaten und Flüchtlinge. Sie schleppten

sich zur albanischen Küste in der Hoffnung, spätestens dort jenen Nachschub an Proviant und Bekleidung vorzufinden, der ihnen wiederholt versprochen worden war. Doch die festen Zusagen, daß man sowohl für die serbische als auch für die montenegrinische Armee ganze Schiffsladungen an Proviant und Ausrüstung zur Verfügung stellen würde, waren zerplatzt wie Seifenblasen; nicht ein einziges der versprochenen Depots war eingerichtet worden!
Nachdem Serbien endgültig geschlagen war, traten die Östererricher auch an der montenegrinischen Front zur Offensive an. Peč im Osten war gefallen, Pljevlja im Norden stand kurz davor. Die für den Krieg im Gebirge ausgebildeten und ausgerüsteten Kaiserjäger drangen in Bergregionen vor, in die sich nicht einmal die Türken gewagt hatten. In Cattaro sollten Tiroler Hochgebirgstruppen angekommen sein, die den Lovčen über die schroffen Felsabstürze besteigen und Cetinje von Süden her angreifen und nehmen sollten. Die Berge hatten ausgedient, sie waren keine unüberwindlichen Festungen mehr.
Was sollte er, König Nikola I., dieser geballten Macht entgegensetzen? Womit das Land verteidigen, das sich in seiner langen, kriegerischen Geschichte noch nie einer so gewaltigen Streitmacht gegenübergesehen hatte? Wie lange konnte es noch dauern, bis es die Österreicher bezwangen und die Hauptstadt Cetinje besetzten?
Doch Nikola I. wäre dem Ruf eines der gerissensten, schlauesten und skrupellosesten Fürsten seiner Zeit nicht gerecht geworden, wenn er nicht bereits nach einem Ausweg aus der schier ausweglosen Lage gesucht und seine Fühler hierhin und dorthin ausgestreckt hätte. Brigadier Serdar Grgur Atanagić spielte in seinen Überlegungen eine nicht unbeträchtliche Rolle.
Serdar Atanagić – der Mann, den Wojwoda Lazar Bošković für die vernichtende Niederlage an der Djetinja verantwortlich machte und ihn darüber hinaus des Verrates bezichtigte – war ein wortkarger, wie ein kantiger Felsen wirkender Mann mit einem finster verschlossenen, dunkelhäutigen Gesicht. Er stammte aus dem montenegrinischen Grenzland zwischen dem Fluß Morača und der albanischen Grenze, einer der wildesten und unzugänglichsten Gegenden Montenegros. Unter seinen Vorfahren soll es Türken aus Kleinasien und sogar einen Afrikaner gegeben haben. Das erklärte seine zigeunerhaft dunkle Hautfarbe, die durch Generationen an die Angehörigen der Atanagić-Sippe vererbt wurde.

König Nikola hatte den Brigadier nach der Schlacht an der Djetinja wieder nach Cetinje kommandiert. Er wollte in der bevorstehenden schweren Zeit den ihm blind ergebenen Mann in seiner Nähe haben – wie immer, wenn es hart auf hart ging und er jemanden für Sonderaufgaben brauchte.

Einer längeren Unterredung mit dem König ging stets eine Art Ritual voraus. So auch diesmal. Nach dem üblichen Handkuß für den *Vater des Volkes* setzten sich der König und sein Brigadier an ein Tischchen in der Nähe des Ofens. Ein Diener in bunter, prächtig bestickter Volkstracht brachte Kaffee und Zigaretten. Der König erkundigte sich nach dem Befinden und der Gesundheit des Serdaren und dessen Familie, ohne eine andere Antwort zu erwarten, als daß alles zum besten stünde und es allen gut ginge. Diese bekam er auch. Erst dann reichte er Atanagić die umfangreiche Depesche, die den Anstoß zu dieser Unterredung gegeben hatte.
Der Brigadier las. Sein ohnehin finsteres Gesicht verfinsterte sich noch mehr, und seine Hand zitterte, als er die Depesche dem König zurückreichte.
»Unser Freund und Bruder Wojwoda Lazar Bošković lebt also. Die Meldung, er sei bei Požega gefallen, entspricht nicht der Wahrheit«, sagte der König. »Du hast es gelesen, Serdar. Er macht der militärischen – das heißt deiner – Führung schwere Vorwürfe, spricht sogar offen von Verrat. Wenn er wieder nach Montenegro kommt, wird er mit Sicherheit eine Untersuchung verlangen, und wir werden sie ihm gewähren müssen. Nun?«
»Dabei wird nichts anderes herauskommen, als das, was ich in meinem Bericht geschrieben habe, Gospodar«, antwortete der Brigadier mürrisch.
»Ich habe den Bericht gelesen.« Der König machte eine Pause, schlürfte geräuschvoll an dem heißen Kaffee, wischte sich den Mund und den Schnurrbart ab. »Wie eine solche Untersuchung ausgeht, zu welchen Ergebnissen sie kommt, tja – das hängt von den Leuten ab, die in der Kommission sitzen. Die meisten von ihnen werden es mit den Serben halten, erst recht, wenn Pešić* den Vorsitz führt oder die Mitglieder beruft. Man wird das Wort vom *Verrat* aufgrei-

* Oberst Petar Pešić, Chef des montenegrinischen Generalstabes, ein Serbe.

fen. Das ist verständlich. Damit kann man die serbische Niederlage in diesem Sektor erklären und uns – das heißt dir – den Schwarzen Peter zuschieben.« Der König nahm wieder einen geräuschvollen Schluck Kaffee, tupfte sich den Mund und den Schnurrbart ab, steckte das Taschentuch umständlich ein. »Aber, Serdar, es muß ja nicht so weit kommen. – Erinnerst du dich an die Zeit, als wir 1912 Skadar belagert und besetzt haben?«

Der etwas schwerfällige Atanagić brauchte seine Zeit, um dem sprunghaften Gedankengang des Königs zu folgen. Seine finstere Miene erhellte sich etwas, als er schließlich sagte:

»Eh, Gospodar, das war eine gute Zeit, wirklich eine gute Zeit!«

»Skadar wurde Albanien zugesprochen, doch wir belagerten es – und sechs Großmächte schickten ihre Kriegsschiffe vor unsere Küste. Sie wollten uns zwingen, die Belagerung abzubrechen. Wir ließen uns nicht einschüchtern, belagerten Skadar weiter und eroberten es*.«

»Was für eine Zeit, Gospodar – wir haben es allen gezeigt!«

»Du siehst, wir sind mutig genug, um einer ganzen Welt zu trotzen. haben wir es nicht wiederholt bewiesen? Damals war mir klar, daß die Großmächte nicht eingreifen würden. Sie waren unter sich uneins. Wo sich die Großen streiten, holen sich die Kleinen die fettesten Happen. Doch bedenke, Serdar: Mut wird zur Torheit, wenn man ihn zur falschen Zeit zeigen will. Nur Dummköpfe brüsten sich damit, auch dann noch auf ihrem Posten auszuharren, wenn das Haus brennt, das sie bewachen sollen – anstatt Wasser zu holen und das Feuer zu löschen. Wenn ein Spiel verloren ist, muß man den Einsatz bezahlen – und die Karten für ein neues Spiel mischen.«

»Du sagst es, Gospodar.«

»Gut. Was meine ich damit? Die Situation heute ist eine ganz andere, als damals vor Skadar. Unser Haus brennt. Das Spiel ist verloren. Unsere Verbündeten, die Serben, sind geschlagen worden. Die Alliierten sind weit und breit nicht zu sehen und denken auch nicht daran, uns zu Hilfe zu kommen. Wir stehen allein einem übermächtigen Feind gegenüber und müssen auf alles vorbereitet sein.«

* Der König verschweigt hier allerdings, daß Skadar (albanisch: Shkodra) später auf massiven Protest Österreich-Ungarns doch geräumt und dem neu gegründeten albanischen Staat übergeben werden mußte.

»Die *Švabas* werden es nicht schaffen, Gospodar. Wenn es den Türken niemals...«, begann der Serdar, doch der König unterbrach ihn ungeduldig:
»Die Zeiten haben sich geändert! Österreicher sind nicht Türken. Wir werden Widerstand leisten. Aber die Feinde, die Serbien in kürzester Zeit überrannt haben, sind wohl auch in der Lage uns zu überrennen – wenn sie ernst machen. Was werden wir in einem solchen Falle tun?« Der König nahm eine Zigarette, ließ sich von Atanagić Feuer geben, rauchte. »Also: Wir werden versuchen, mit Österreich-Ungarn ein Abkommen zu schließen. Zunächst Waffenstillstand und dann Separatfrieden. Die Bedingungen werden hart sein, aber es ist besser, die härtesten Bedingungen zu akzeptieren als Montenegro zu einer österreichischen Provinz werden zu lassen – so wie es Bosnien und Herzegowina sind. In diesem Fall werde ich in Cetinje bleiben. Es ist aber auch möglich, daß es nicht dazu kommt und ich das Land verlassen muß. Dann werde ich unsere Interessen bei den Alliierten vertreten, in Rom, Paris, London und Petersburg. Der Kronprinz und meine Töchter werden mir dabei helfen. Im Lande selbst aber müssen einige treue und vertrauenswürdige Männer bleiben, mit denen wir ständig Verbindung halten werden. Du wirst in diesem Fall die Aufgabe meines Vertrauensmannes und Thronhalters übernehmen, Serdar. Es ist eine große Aufgabe. Bist du dazu bereit?«
»Dein Vertrauen ehrt mich, Gospodar.«
»Wir werden über die Einzelheiten sprechen sobald das notwendig sein wird – wenn es überhaupt notwendig sein wird. Und jetzt noch zu dieser Depesche... Arsa Koviljan-Kundak hat sie geschickt. Er ist dein Mann. Ich denke – ein guter Mann.« Der König sah sein Gegenüber mit halb geschlossenen Augen durch den Zigarettenrauch hindurch ausdruckslos an. Atanagić erwiderte den Blick.
»Es gibt keinen besseren, Gospodar.«
»Dann soll er gemeinsam mit Oberst Božičev zunächst weiterhin die Interessen unseres Hauses Serbien gegenüber vertreten.«
»Auch jetzt noch, nachdem die serbische Regierung das Land verlassen hat?«
Der König nickte. »Wir werden ihnen neue Instruktionen schicken – durch einen zuverlässigen Mann, der unsere Delegation bei der serbischen Regierung und dem Oberkommando verstärken wird.

Ich denke an einen Mann, der vor allem gute Beziehungen zu den Russen pflegen soll. Ein gewisser Graf Bagranow ist nämlich aus Petersburg zu den Serben entsandt worden, ein Vetter des Petersburger Bagranow, der wiederum mit Ljuba Bošković verheiratet ist – verwandtschaftliche Beziehungen können zuweilen ganz nützlich sein... Es ist mir jedenfalls zu Ohren gekommen, daß zwischen Rußland und Serbien wieder Gespräche über serbische Gebietserweiterungen nach dem Krieg aufgenommen worden sind. Serbien soll ganz Mazedonien bekommen, Wojwodina, Bosnien und Herzegowina, einen Teil von Dalmatien, damit es endlich Zugang zum Meer hätte. Von uns ist nicht die Rede – noch nicht... Doch ich frage dich: Was soll ein selbständiger Staat Montenegro mitten in serbischem Gebiet? Früher oder später werden wir geschluckt. Eher früher. Also müssen wir wissen, was der serbische Hof im Schilde führt, worüber mit den Russen verhandelt wird. Es muß also ein Mann dorthin, der in Rußland geschult wurde, russisch wie seine Muttersprache spricht, unserem Hause verbunden ist, und dann wie gesagt, verwandtschaftliche Beziehungen...«
»Gospodar – du denkst an Bogdan Bošković?«
»Ich werde ihn vorzeitig zum Hauptmann befördern.«
Die Andeutung eines Lächelns huschte über das dunkle Gesicht des Brigadiers. »Vielleicht könnte er auch noch einen kleinen Orden bekommen, Gospodar?«
»Vielleicht... Später. Ich werde ihm eine persönliche Botschaft für seinen Großvater mitgeben. Ob sich Wojwoda Lazar darüber freuen wird?«

So kam es, daß Bogdan am nächsten Tag zum König befohlen, von diesem persönlich zum Hauptmann befördert und mit seiner neuen Aufgabe betraut wurde. Die Audienz beendete Nikola I. mit folgenden Worten:
»Damit will ich dir auch Gelegenheit geben, deinen Großvater Wojwoda Lazar zu sehen und mit ihm zu sprechen. Vielleicht wird es das letzte Gespräch sein. Es soll ihm nicht gut gehen. Die medizinische Versorgung läßt vermutlich zu wünschen übrig, wir müssen mit seinem Ableben rechnen. Du wirst dann seine Stelle als zukünftiger Wojwoda Bošković einnehmen. *Wojwoda* Bogdan Bošković...« Der König legte den Arm um Bogdans Schultern und führte

ihn zur Tür. »Ich wünsche dir gute Reise, Bogdan, und denk daran: Ich verlasse mich auf dich!«

Mit eindeutigen Instruktionen versehen, im Herzen tiefste Dankbarkeit, Hochachtung und Bewunderung für seinen großzügigen Gospodar und König, Gönner und väterlichen Freund – er scheute nicht, sich auch dieses letzte voller Stolz zu sagen– reiste Hauptmann Bogdan Bošković von Cetinje ab. In der Kuriertasche trug er drei versiegelte Umschläge: Der erste war an Oberst Božičev adressiert, den Leiter der montenegrinischen Delegation bei der serbischen Regierung, der zweite an Major Arsa Koviljan-Kundak und der dritte eine persönliche Botschaft des Königs an Wojwoda Lazar Bošković. Begleitet wurde er von seinem Posilni Bero und einem Feldwebel der Garde. Zunächst wollten sie über Virpazar nach Shkodra, und von dort der serbischen Regierung über Va i Dêjës und – wenn nötig – Pukë entgegenreiten.
Ein eisiger Nordostwind fegte Schnee über die Hochebene von Cetinje, als sie die Stadt verließen. Die Hufe der Pferde tappten weich und lautlos auf der schneebedeckten Straße. Nachdem sie Dobrasko selo und die Karsthöhle Lipska pečina – im Sommer ein beliebtes Ausflugsziel der höheren Schulklassen – hinter sich ließen, begannen sie den Abstieg nach Rijeka Crnojeviča. Es war dies die Straße, die nunmehr fast anderthalb Jahren zuvor Stefan Meyster auf seinem Ritt ins Landesinnere genommen hatte. Doch anders als Stefan damals, blieb Bogdan mit seinen Begleitern nicht auf der Hauptstraße nach Podgorica. Sie ritten in südöstlicher Richtung, um den kürzesten Weg nach Shkodra zu nehmen, der sie am Südufer des gleichnamigen Sees entlang führte.
Hier unten, nur wenig über Meereshöhe, war es erheblich wärmer und es regnete. Gegen Mittag erreichten sie den Skadar-See, dessen weite, windbewegte Fläche in der Ferne mit dem grauen, tief verhangenen Regenhimmel verschmolz.
»Wir kommen ganz gut voran«, sagte Bogdan zu seinen Begleitern, als sie Virpazar hinter sich ließen. »Vielleicht schaffen wir es bis heute abend nach Shkodra.«
»Und dann, Herr Hauptmann?« fragte der Feldwebel.
»Dann geht es weiter in die Berge. Wie weit – das weiß der Himmel.«

Der kleine und der große Jonas

Nach drei Tagen des unfreiwilligen Aufenthalts vor Spas am Drin konnte das Lazarett endlich weiterziehen. Serbische und regierungstreue albanische Truppen des Essad Pascha hätten den Weg freigekämpft, hieß es. Die aufständischen Arnauten hätten kaum Widerstand geleistet, als sie sich überlegenen Kräften gegenüber sahen.
An einem zu Tal stürzenden Wildbach ging es bergauf, und die Straße – oder das, was man als Straße bezeichnete – wurde manchmal so schmal, daß die Kastenwagen des Lazarettes große Mühe hatten weiterzukommen. Einige mußten aufgegeben werden. Die Verwundeten und Kranken lud man in andere Wagen um, teilweise auch auf offene Karren und von Ochsen gezogene Leiterwagen.
Entlang des Weges sah man überall die traurige Hinterlasenschaft vorausziehender Truppen liegen: Umgestürzte Fahrzeuge, Skelette eingegangener und bis auf nackte Knochen abgenagter Pferde und Ochsen – und immer mehr Leichen toter Soldaten und Flüchtlinge, die zu bestatten man keine Zeit und vielleicht auch keine Kraft mehr gefunden hatte.
»Wann werden wir das erste menschliche Skelett finden?« fragte Jonas den vorausgehenden Stefan. »Wie lange wird es dauern, bis die Menschen anfangen, einander aufzuessen*?«
Die Antwort lag Stefan auf der Zunge: Vor Ihnen wird man bestimmt halt machen – Sie sehen schon jetzt wie ein blankes Gerippe aus. Doch er war zu müde, zu erschöpft, um etwas zu sagen.
Wir sehen alle wie wandelnde Gerippe aus, dachte er, während er einen Fuß vor den anderen setzte, Schritt für Schritt, und sich dabei auf einen Holm des quietschenden, schwankenden, über den felsigen Weg schaukelnden Wagens stützte. Vor sich sah er die lange, schlaksige Gestalt in einem zu kurzen Militärmantel: Šišmiš. Dessen große, papierdünne und in einem rechten Winkel abstehenden Fledermausohren waren krebsrot. Er muß sie bedecken, dachte Stefan träge, sie werden sonst erfrieren und ihm abfallen. – Welche Menüs stellt er wohl jetzt zusammen? Wo sitzt er gerade an einem reich

* Jonas' makabre Frage war gar nicht so abwegig. Während dieses Winterzuges der geschlagenen serbischen Armee durch Albanien soll es tatsächlich zu Fällen von Kannibalismus gekommen sein.

gedeckten Tisch? In Belgrad? Budapest? Wien oder Paris? Oder gibt er sich mit einem einfachen Gasthaus an einer Landstraße zufrieden, vor dem ein Hammel am Spieß gebraten wird? Dazu gibt es große, dicke Scheiben Weißbrot, Wein . . .
»Stoooj!« kam von vorn ein gedehnter Ruf. Vom Schwung des eigenen Körpers vorwärts getragen, stolperte Šišmiš, fiel, und blieb mit hängendem Kopf im Straßenschlamm knieen.
»Steh auf, Šišmiš, steh auf!« sagte Stefan.
Šišmiš hob den Kopf und sah Stefan an. Seine Augen waren groß und trüb, Speichel rann ihm aus den Mundwinkeln und hing in einem langen, glitzernden Faden von seinem Kinn.
»Ich kann nicht aufstehen, Stefan«, flüsterte er. »Helfen Sie mir bitte, ich kann nicht.«

Šišmiš starb noch an diesem Abend. Er erlosch einfach, sein Körper hatte die allerletzten Kraftreserven verbraucht und gab den Kampf auf. Er starb im Freien, unter einer überhängenden Felswand, die sie notdürftig vor dem kalten Wind schützte.
Sie hatten Kiefern- und Fichtenzweige von weither heranschleppen müssen, um sich unter den Wagen ein halbwegs trockenes Lager zu richten. Nun hockten oder saßen sie um das qualmende, knisternde, kaum Wärme spendende Feuer und löffelten Maisbrei. Vier oder fünf Löffel pro Mann. Šišmiš brachte nur mit Mühe zwei Löffel hinunter, mehr ginge beim besten Willen nicht, sagte er, der Hals sei ihm wie zugeschnürt. »Essen Sie den Rest, Herr Stefan, oder geben Sie ihn Herrn Jonas, er braucht es nötiger als die anderen.« Šišmiš sprach so leise, daß sich Stefan tief herabbeugen mußte, um ihn zu verstehen. In seinen trüben Augen spiegelten sich winzig kleine Flammen des Lagerfeuers.
»Kerzenlicht auf reich gedeckten Tischen«, flüsterte er. »Dinner bei hundertfachem Kerzenschein. Meißner Porzellan, Silber und Kristall, und auf jedem Tisch ein Blumenstrauß. Ist es so, Herr Stefan? Ist es so?«
»So ist es – aber warum sagst du plötzlich Herr zu mir, Šišmiš?«
»Sie sind ein Herr. Sie tun alles, was auch wir, arme *Raja* tun müssen, aber Sie sind nicht einer von uns. Ein Herr. Sie kennen das, worüber ich nur gesprochen habe. Ich weiß es. Die großen Restaurants, teure Speisen, schöne Frauen in Abendroben, die Herren in

Fracks ... Ist es dort so, wie ich erzählt habe, Herr Stefan? Sagen Sie es mir!«

»Natürlich ist es so, Šišmiš. Aber ich dachte, du selbst ...«

»Es stimmt nicht. Ich habe mir alles nur ausgedacht.« Das gelbgraue Gesicht des Sterbenden, das bereits einem mit Haut überzogenen Totenschädel ähnlich sah, verzog sich zu einem gespenstischen Grinsen. »Ich habe euch an der Nase herumgeführt. Alle haben es geglaubt ... Aber jetzt muß ich es sagen, bevor ich ... Verstehen Sie?«

»Du mußt gar nichts, Šišmiš!«

»Doch. Ich möchte es. Es war alles eine große Lüge. Ein Traum. Ich habe immer geträumt, was ich zuvor gelesen oder auf Bildern gesehen habe: Große Bankette mit reich gedeckten Tischen. Zum Beispiel Kaiser Franz Joseph und der persische Schah in der Wiener Hofburg ... Und ich hatte noch nicht einmal genug Geld, um in Belgrad essen zu gehen. Nur manchmal in einem billigen Gasthaus am Donauhafen oder einmal im Jahr im Restaurant *Topčider*. So war das. Wir waren eine große Familie. Ich habe als Kind immer Hunger gehabt, es gab nie genug zu essen. Und ich, stellen Sie sich vor, ich wollte Koch lernen! Das wäre ein Leben! Koch in einem großen, schönen Restaurant in Budapest oder Wien, vielleicht sogar Paris oder Genf. Das war mein Traum. Ein großer, berühmter Koch, der für reiche Menschen die besten Speisen zubereitet, für Fürsten, sogar Könige. Geworden bin ich ein kleiner Gemeindeschreiber. Schicksal! Ich habe geheiratet, und es gab wieder Kinder und gerade noch genug zu essen. Aber der Sonntag, das war mein Tag! Am Sonntag bin ich durch Belgrad gegangen und habe mir die Restaurants angeschaut. Ich habe Speisekarten gesammelt, Kochbücher, eine ganze Bibliothek von Kochbüchern, ich schwör's, das *ist* die Wahrheit, und tausend und mehr Speisenkarten von überall, aus aller Welt. Und bevor ich nachts eingeschlafen bin, glauben Sie mir, oft mit leerem Magen – wir hatten sieben Kinder, und ich wollte nicht, daß *sie* hungrig ins Bett müssen – also dann habe ich mir vorgestellt, daß wir zum Beispiel im Restaurant *Metropol* sitzen, alle, und ich stelle die Menüs zusammen, für mich, für meine Frau Dora, für die Kinder. Für jedes Kind ein extra Menü – was sie eben am liebsten mögen. Und sie dürfen dann kreuz und quer bei den anderen probieren, aber natürlich nur, wenn es der Kellner nicht sieht. Der Kellner darf sowas nicht sehen, sage ich den Kindern.« Auf dem Gesicht des Totenschädels erschien wieder das gespenstische Grinsen, doch jetzt glücklich, selbstvergessen, traumversunken. »Ich sage es den Kindern ganz leise, damit es der Kellner nicht hört, wenn er kommt und die Speisen serviert – er trägt einen Frack und Hemdbrust – serviert – serviert die Gänge und den Maisbrei – aber ich kann nicht mehr essen, Dora, ich bin satt wie noch nie, die anderen sollen es, Dora, – die Kinder – die anderen ...«

Das waren Šišmiš' letzte Worte. Er starb. Stefan und Jonas begruben ihn neben der Straße. Im felsigen Boden konnten sie nur eine flache Grube ausheben. So häuften sie schließlich Steine auf das Grab des sanften Aufschneiders Šišmiš, um ihn vor Füchsen, Krähen und streunenden Hunden zu schützen. Sie waren mit ihrer Arbeit noch nicht ganz fertig, als Rada kam und sie bat, noch ein Grab für Oberschwester Lidija auszuheben, sie sei eben gestorben. »Ich möchte nicht, daß sie einfach so neben der Straße liegen bleibt wie so viele andere. Ich möchte ...« Ohne den Satz zu beenden, wandte sich Rada ab und lief davon.

Während sie mühsam die zweite Grube aushoben, schneite es immer dichter, und als sie die Leiche der Oberschwester Lidija in ihr Grab legten und es zuzuschaufeln begannen, lag auf dem von Šišmiš bereits eine geschlossene weiße Schneedecke.

Zu den Toten am Straßenrand kam am nächsten Tag noch eine unbekannte Frau hinzu. Dies wäre nicht gesondert zu erwähnen, wenn ihr Tod nicht auf eine nachhaltige Weise Jonas' Leben verändert hätte.

Die Frau lag im Sterben, als Dr. Nikolić zu ihr gerufen wurde. Er gab Jonas seine allgegenwärtige Tasche zu tragen und ging zu der kleinen Gruppe von Soldaten etwas abseits der Straße, wohin man ihn gewiesen hatte. In ihrer Mitte lag auf einer Decke die Sterbende. Dr. Nikolić brauchte sie nicht zu untersuchen, um zu sehen, daß es mit ihr zu Ende ging.

Neben der Frau hockte ein dick vermummtes Kind. Es hielt ihre Hand und weinte leise. Dieses Weinen war es wohl auch gewesen, das die vom vielfachen Tod abgestumpften Soldaten angelockt hatte und sie nun in einer bedrückt schweigenden Gruppe um die Ster-

bende verharren ließ. Auf Dr. Nikolićs Frage, wer diese Frau sei, wußten sie keine Antwort.
»Wie heißt du?« fragte Dr. Nikolić das Kind, während er nach dem Puls der Sterbenden fühlte.
Das Kind antwortete nicht. Es weinte nur leise und streichelte mit der kleinen, schmutzigen Hand das Gesicht der Mutter. Die Augenlider der Sterbenden zitterten, sie riß die Augen auf, versuchte etwas zu sagen, brachte aber kein Wort mehr heraus. Gleich darauf starb sie nach einem letzten Aufbäumen. Dr. Nikolić ließ ihre Hand los.
»Mama! Mama! Mama!« rief das Kind weinend.
Dr. Nikolić drückte die Augen der Toten zu. »Was machen wir mir dir?« fragte er unglücklich an das Kind gewandt. »Wir können dich ja nicht hierlassen! Was machen wir nur?«
Sein Blick irrte über die Soldaten und blieb schließlich an Jonas haften. »Wir nehmen das Kind mit. Du wirst dich um das Kind kümmern. Hast du mich verstanden?«
Jonas schüttelte den Kopf.
»Ej, *Čoveče*, und wir behaupten: sprich serbisch, und die ganze Welt wird dich verstehen!« rief Dr. Nikolić. Er überlegte. Dann setzte er auf deutsch fort mit Worten, über die man noch lange reden sollte: »Du bist Vater für Kind. Dann auch du stirbst nicht, weil du mußt sein stark. Kannst lernen Kind deutsche Sprache. Jede neue Sprache ein neuer Mensch. Verstehen?«
»Ich habe verstanden«, sagte Jonas ernst.
»*Onda dobro.*« Dr. Nikolić war sichtlich erleichtert. »Dann ist es ja gut. Was ist das Kind eigentlich? Ein Bub? Ein Mädchen?«

Das Kind war ein Junge. Es mußte etwa drei Jahre alt sein und hieß Janko; das sagte der Kleine später selbst. Alles andere blieb im Dunklen. Der Kleidung nach stammte es aus begüterten Kreisen: Es trug ein Pelzmäntelchen, Pelzmütze und Pelzstiefel, und auch darunter gute und teure Sachen, wie man es ihnen trotz Nässe und Schmutz ansah.
Bei der toten Frau fand man keinerlei Gepäck und keine Papiere. Vermutlich war sie, krank und hilflos, ausgeraubt worden. Janko nannte man schon bald den *kleinen Jonas* zum Unterschied zum *großen Jonas,* oder auch Jonas I – das war der ältere – und Jonas II.

Von Stund an waren sie unzertrennlich. Wo der große Jonas war, da konnte auch der kleine nicht weit sein. Dr. Nikolić hätte kaum einen besseren Ziehvater als Jonas finden können.

Der Mörder aus dem Traum

Die Mühsal des Marsches durch die winterlichen Berge, die Kälte, der Hunger, die Erschöpfung, die Sterbenden und die Toten am Wegesrand, dies alles schien kein Ende nehmen zu wollen. Pro Tag schaffte die Kolonne nur zehn oder fünfzehn Kilometer, manchmal nicht einmal das. Die einheimische Bevölkerung war ihnen feindlich gesinnt; so weit sie diese überhaupt zu Gesicht bekam, sah man nur versteinerte Mienen und haßerfüllte Blicke. Man berichtete immer wieder von Grausamkeiten, die von den Arnauten an versprengten serbischen Soldaten, Flüchtlingen und selbst Kindern begangen worden seien, von Plünderungen, Mord, Totschlag, Verstümmelungen, Vergewaltigungen. Wie ein Lauffeuer verbreitete sich die Nachricht, daß eine Patrouille in einem Seitental fünf Soldaten gefunden hatte, die gepfählt worden waren.

Dies sei früher öfter geschehen, wußte ein Sanitäter aus Nordostserbien zu berichten. Vornehmlich Türken hätten sich darin hervorgetan, und es sei gar nicht so einfach, wie man sich das vorstelle. »Einen Menschen auf einen zugespitzten Pfahl aufzuspießen und fertig, so ist das nicht«, erzählte er in seinem singenden, mit rumänischen Ausdrücken durchsetzten Serbisch. »Dem Menschen, den man aufspießen will, dieser armen und über alles erbarmungswürdigen Seele, treibt man einen scharf zugespitzten und im Feuer gehärteten Pfahl langsam und vorsichtig durch den Damm in den Unterleib und weiter durch den Körper. Das muß langsam geschehen, ganz vorsichtig, mit leichten Schlägen auf das untere Ende des Pfahles. Manchmal dauert es eine Stunde oder noch länger, bis eine Ausbuchtung der Haut zwischen Schulterblatt und Rückgrat anzeigt, daß die Pfahlspitze dort angekommen ist. Und der Mensch, mit dem das geschieht, lebt, er lebt, Brüder, er ist bei vollem Bewußtsein! Dann werden seine Füße fest und unverrückbar an den Pfahl gebunden, und die Hände legt man rückwärts um den Pfahl und schnürt sie zusammen. Ist das alles geschehen, stellt man den

Pfahl in ein ausgehobenes Loch und rammt ihn darin fest. Haben die Henker gute Arbeit geleistet und kein lebenswichtiges Organ verletzt, lebt der Mensch auf dem Pfahl noch stunden- oder auch tagelang. Von außen merkt man ihm nichts an, keine Wunde, nichts. Man sieht nur etwas Blut dort, wo der Pfahl in den Körper eindringt. So hängt er auf dem Pfahl und fleht um Christi Willen um einen schnellen Tod. Und wenn ihr jetzt fragt, Brüder, woher ich das weiß, so sage ich: Es ist noch nicht lange her, daß in meinem Land Menschen auf diese Weise umgebracht wurden. Mal waren es Türken, die es taten, mal die Rumänen – doch auch unsere Leute haben dieserart an den Feinden Rache geübt. So war es, das ist die Wahrheit*.«

Von den fünf gepfählten Soldaten wären noch vier am Leben gewesen, als man sie gefunden hatte, wurde berichtet. Einen von ihnen hätte man versucht abzunehmen, doch er sei dabei unter schrecklichen Qualen gestorben. Daraufhin habe der Patrouillenführer, ein

* Das Pfählen oder Aufspießen von Menschen war seit alters her weit verbreitet. Zum erstenmal ausführlicher beschrieben wurde es vom assyrischen König Assurnasirpal II. (883–859 v. Chr.). Nach seinem eigenen Bericht verfuhr er mit Feinden und Unbotmäßigen so: »... Ich tötete jeden zweiten Mann. Ich baute eine Mauer vor den Toren der Stadt. Schinden ließ ich die Rädelsführer, und mit ihrer Haut überzog ich die Mauer... Andere wurden entlang der Mauer gepfählt...« – Später war es bei türkischen Eroberungszügen und Strafexpeditionen – wie etwa in Rußland – gang und gäbe, die besiegten Feinde und aufrührerische Untertanen durch Pfählen zu bestrafen. Eine traurige Berühmtheit erlangte darin ein türkischer Vasall, der rumänische Fürst – Woiwoda – von Walachei, Vlad, auch *Vlad der Pfähler* oder *Vlad Dracul,* der Teufel, genannt. Dieser Mann, der zwischen 1456 und 1462 in den Südkarpaten sein Unwesen trieb, diente dem englischen Schriftsteller Bram Stoker als historische Vorlage für seine Vampir-Figur Dracula. – Über Vlad Dracul heißt es, daß er alle, die seinen Zorn oder seine Rache auf sich gezogen hatten, zu Tausenden hinrichten, aufspießen, verbrennen, zerstückeln ließ. Doch »... sein Lieblingsspiel war die Marter des Pfahls, und am liebsten speiste er mit seinem Hofe in einem dichten Kreise von Menschen, die auf Pfählen aufgespießt röchelnd den Geist aufgaben... Sein größtes Fest waren Massenhinrichtungen...« Bei einem Raubzug südlich der Donau legte er alle menschlichen Siedlungen in Schutt und Asche und machte die gesamte Bevölkerung nieder. Gefangene, die zurück in die Walachei geschleppt wurden – es waren nicht weniger als 25 000 Menschen, vor allem Bulgaren und Serben, ließ er pfählen, wobei natürlich schon aus Zeit- und Mengengründen nicht mit der gleichen Sorgfalt vorgegangen werden konnte, wie oben beschrieben. Erst dieser Raubzug veranlaßte seinen Lehensherren Sultan Mohammed II. gegen Vlad Dracul vorzugehen. »Mohammeds Wut war schrecklich, als er an dem grausigen Leichenwald von 25 000 gepfählten Türken vorbeizog...« Doch Fürst Vlad, der *Pfahlwoiwoda,* entzog sich der Bestrafung durch Flucht. Erst zehn Jahre später, 1472, fand er – wieder in Walachei – bei einem Scharmützel mit den Türken den Tod.

altgedienter Feldwebel, dem Flehen der anderen um einen schnellen Tod stattgegeben und sie eigenhändig erschossen.*

In einem größeren Dorf am Flüßchen Fan gab es für das Lazarett wieder einen längeren Aufenthalt. Stefan wurde der Krankenabteilung zugewiesen, die unter der Leitung des Internisten Dr. Urošević stand. Mit zwei Sanitätern und einer gleichfalls kürzlich zugeteilten Krankenschwester, einem robusten, kräftigen und selbst unter diesen widrigen Umständen stets gut gelaunten Bauernmädchen aus Šumadija, versuchten sie mit der Lawine von Kranken fertig zu werden, die von Tag zu Tag wuchs. Ein hoffnungsloses Unterfangen! Aufnahme fanden ja nicht nur erkrankte Soldaten, sondern auch Flüchtlinge, die darum baten oder unterwegs aufgelesen wurden. Der gutmütige, stets gelassen wirkende Dr. Urošević brachte es nicht fertig, einen um Hilfe und Beistand bittenden Menschen abzuweisen. In seinem unerschütterlichen Gleichmut prägte er den zynisch anmutenden Satz, daß der Zuwachs an Kranken alsbald durch die Abgänge an Verstorbenen ausgeglichen und schließlich von diesen überholt würde.

»Am Ende wird es kaum noch Zugänge, dafür aber sehr viele Abgänge geben, so daß wir wieder auf eine zu bewältigende Belegung kommen werden – falls wir selbst überleben. Bis dahin müssen diese Menschen wenigstens das Gefühl haben, daß man ihnen hilft, auch wenn wir dazu so gut wie keine Möglichkeit haben. Daß wir nichts ausrichten können, brauchen sie ja nicht zu wissen. Im übrigen würden sie das auch gar nicht glauben wollen. Zu groß ist ihr Vertrauen in die weißen Kittel der Ärzte – schon deshalb dürfen wir darauf unter keinen Umständen verzichten.«

Tatsächlich brachte es Dr. Urošević fertig, jeden Morgen in einem sauberen weißen Kittel zu erscheinen, über den er unterwegs einen uralten, abgewetzten und fast bis auf den Boden reichenden Pelzmantel aus Wolfsfellen umwarf. »Ein Erbstück meines Urgroßvaters, der die Wölfe alle selbst erlegt hat, getragen von ihm, meinem Großvater, Vater und jetzt von mir...«

* Bei der später auf der Insel Korfu vorgenommenen Untersuchung über diesen Fall, wurde dem Feldwebel – *Narednik* – Miloš Vasojević offziell bestätigt, daß er richtig, weil »im Sinne christlicher Barmherzigkeit und Humanität« gehandelt habe. Feldwebel Vasojević fiel später bei den Kämpfen an der Saloniki-Front.

Stefan war von früh morgens bis spät in die Nacht hinein auf den Beinen. Zu dem ständigen Hungergefühl (die Rationen waren zwar etwas größer geworden, genügten jedoch bei weitem nicht, um den Hunger eines erwachsenen Mannes zu stillen) kam eine bleierne Müdigkeit, die ihn seine Umgebung oft nur undeutlich, wie durch einen Schleier wahrnehmen ließ. So auch an diesem späten Nachmittag, als er vor dem Quartier des Wojwoda Bošković den Fremden begegnete. Mag sein, daß er sich deshalb erst Stunden später erinnerte, wo er einen von ihnen schon einmal gesehen hatte.
Er war mit einem mit Kleidunggstücken hoch beladenen Karren zur mobilen Entlausungsstation unterwegs, als er an dem Haus vorbeikam, wo der Wojwoda untergebracht war. Davor sprach Rada mit einem montenegrinischen Offizier. Etwas abseits standen zwei Unteroffiziere, auch sie in montenegrinischen Uniformen. Einer davon kam Stefan bekannt vor. Unter der flachen Mütze mit dem Abzeichen der königlichen Gardetruppen hatte er ein knochiges, scharf geschnittenes Gesicht mit spitzer Hakennase, einem grau durchsetzten Hängeschnurrbart und einer dünnen, weißen Narbe quer über die linke Wange.
Wo hatte er den Mann schon gesehen? fragte sich Stefan unangenehm berührt. Das Gesicht dieses Mannes bereitete ihm fast eine Art körperliches Unwohlsein, Übelkeit, Schmerz, ein Gefühl drohender Gefahr. War er einer von seinen Peinigern im Militärgefängnis von Cetinje gewesen?
Etwas später, als Stefan seinen – nunmehr leeren – Karren wieder zurückschob, waren die Montenegriner verschwunden. Er unterdrückte den Wunsch, Rada aufzusuchen und sie nach ihnen zu befragen. Dies wäre eine Gelegenheit, um sie nicht nur im Vorbeigehen, sondern wieder einmal etwas länger zu sehen, mit ihr zu sprechen. Doch hatte er andererseits das Gefühl, daß sie ihm seit jenem Abend, als er sie vor der Vergewaltigung durch die Arnauten bewahrt hatte, noch mehr denn zuvor aus dem Wege ging. Weshalb nur? Schämte sie sich? Das wäre töricht! Doch halt! Töricht? Wer vermag schon in das Herz einer Frau zu sehen, ihre verborgenen Gedanken zu erraten und zu begreifen? So ließ Stefan seine schon beinahe gefaßte Absicht fallen und schob den Karren weiter zur Krankenstation. Dort vergaß er den Mann, dessen Anblick ihn so unangenehm berührt hatte. Erst Stunden später, kurz bevor er

todmüde, hungrig und frierend auf seinem dünn mit Stroh ausgelegten Lager einschlief, fiel ihm wieder der Traum ein:

Baba Gruša stellt ein Körbchen mit Brombeeren auf den Tisch und sagt: »Sie sind dick und süß.« Sie nimmt eine Handvoll davon und wirft sie ins Feuer. Die Brombeeren blähen sich auf, beginnen zu glühen, Rauch quillt hoch, und durch den Rauch kommt ein Mann heran. Er trägt eine weiße Arnautenmütze, eine landesübliche Jacke und Hose aus derbem Stoff, Opanken, unter dem Arm einen Karabiner. Er hat ein scharf geschnittenes, knochiges Gesicht, zusammengekniffene Augen, eine spitz vortretende Hakennase und einen Hängeschnurrbart über den dünnen Lippen. Stefan sieht den Mann, das Gesicht, den dünnen, grau durchsetzten Stoppelbart und die Narbe, die sich quer über die linke Wange zieht. Er sieht die knochigen Hände, die mit geübtem Griff das Gewehr halten, als wäre es ein Teil von ihnen oder ihre Verlängerung. Er sieht die Bewegungen des Körpers, der Beine, das leichte Vorschieben der linken Schulter, als er den Gewehrlauf etwas anhebt und in seine Richtung schwenkt. Das ist der Mann, der ihm vor Kameni stup aufgelauert und ihn angeschossen hat! Der Mann will ihn töten. Sein Mörder. Stamenas Mörder. *Das ist der Mörder,* sagt Baba Grušas Stimme so deutlich, daß Stefan schweißgebadet von seinem Lager hochfährt.
Das ist der Mann vor Kameni stup gewesen, doch hat er damals keine Uniform getragen. Der Mörder. Doch wie, fragte sich Stefan jetzt, wie konnte ich *damals,* noch auf Kameni stup, von einem Mann träumen, den ich *heute* zum erstenmal in Wirklichkeit sehe? Damals, als er überfallen und niedergeschossen worden war, hatte er den Mörder doch nur ganz undeutlich gesehen, eine schemenhafte Gestalt, das Gewehr auf dem Arm, genau so auf dem Arm wie später im Traum und jetzt in der Erinnerung an den Traum.
Ein Zufall, sagte sich Stefan, wie wir das häufig tun, wenn Dinge geschehen, die wir nicht begreifen können. Doch gleich darauf wieder die Frage: Wirklich – ein Zufall? Der Major befand sich in der Nähe, den Rada für den Anführer der Mörder in der Nacht der *Blutigen Slava* hielt. Wahrscheinlich gehörte dieser Mann zu dessen Leuten. Ein neues Steinchen fügte sich in das düstere Mosaikbild jener Mordnacht der *Blutigen Slava* und all dessen ein, was danach

geschehen war. Also kein Zufall. Kein Zufall auch, daß der Mann vor der Unterkunft des Wojwoda gestanden hatte. Was wollte er dort?

Stefan legte sich wieder hin. Er tastete nach dem Amulett der Baba Gruša, fuhr mit den Fingerspitzen über das feine glatte Leder (Leder aus Menschenhaut, hatte der Feldwebel auf der Straße nach Novi Pazar gesagt) und über die Konturen des Zeichens. Erdkreis, das Symbol des Universums, der Apotheose der Schöpfung, die stets wieder zu sich selbst zurückfindet, Leben, Tod, Leben aus dem Tod, ohne Anfang, ohne Ende. Zauberkreis. Und von ihm umschlossen das Zauberzeichen des Pentagramms. Welche geheimnisvollen Kräfte besaß dieses Amulett? Oder redete er sich das nur ein, und weil er es tat, begann das Amulett tatsächlich auf eine wundersame Art zu wirken? Ein toter Gegenstand, ein *Ding*. Doch auch tote Gegenstände fangen an zu leben, wenn wir glauben, *daß* sie es tun. – Möglicherweise tun sie es auch wirklich, nur wollen wir davon nichts wissen. Denn alles, was sich unserem Begriffsvermögen entzieht, was wir nicht anfassen, zusammenzählen oder auch nur sehen können, bezeichnen wir als Humbug, Unsinn, Aberglauben. Vielleicht waren die Menschen, die dieses Amulett aus Menschenhaut (welches Menschen Haut?) angefertigt haben, tatsächlich im Besitz von geheimnisvollen magischen Kräften, die durch Raum und Zeit wirken und mit einem logisch denkenden Verstand, oder genauer: mit den Denkmethoden der Logik nicht ergründet, nicht begriffen, nicht verstanden, nicht erfaßt, ja noch nicht einmal erahnt werden können. Das Mysterium verborgener und nur den Eingeweihten offenbarter Wahrheiten. Das verlorengegangene Wissen der Urahnen – doch nicht *ganz* verloren, sondern in verschlüsselten Botschaften und Zeichen von einem Wissenden zum anderen weitergegeben und so gerettet über viele Jahrhunderte christlicher Unduldsamkeit, dogmatischer Indoktrinationen und einer Kultur, die in rationaler wissenschaftlicher Erkenntnis die höchste und erstrebenswerteste Manifestation des menschlichen Geistes sieht und alles andere verdammt, was sich einer so gearteten Erkenntnis entzieht. Baba Gruša, die *Wissende,* mit der ich durch dieses Amulett verbunden bin. Wie töricht zu sagen, das kann nicht sein, nur weil sich mein Verstand dagegen sträubt, was er wiederum tut, weil man mich gelehrt hatte, dies *könnte* nicht so sein. Vielleicht, sagte sich Stefan

schläfrig, vielleicht wirkt dieses verborgene *Ist* durch mich oder aus mir, und ich weiß es nur nicht. Vielleicht ist es auch außerhalb von mir und wirkt von dort auf mich ein. Baba Gruša weiß es. Sie wird es mir sagen. Hexe Gruša. *Die Frau mit den goldenen Augen, die du zurückgelassen hast – deine Hände auf dem Körper einer anderen Frau, warm in einem Land von Eis und Schnee, sie wird dir einen Sohn gebären.* Rada? O Baba Gruša, Baba Gruša, die Gabe des Gesichtes hat dich im Stich gelassen! – Rada steht da, schaut mich aus den Augenwinkeln gleichgültig an, schaut wieder weg, spricht mit dem Montenegriner – was spricht sie?
In der Ecke der Schlafkammer regte sich der kleine Jonas, begann leise zu weinen. Stroh raschelte. Der große Jonas redete beruhigend auf den kleinen ein – wann schlief er? Die geringste Regung des Kindes schien zu genügen, um Jonas wach werden zu lassen und es zu beruhigen. Das Weinen verstummte, der kleine Jonas begann wieder ruhig zu atmen und der große gleich darauf zu schnarchen. Nun schlief auch Stefan ein.

Allahs Wille

Am frühen Morgen des nächsten Tages suchte ein Albaner das Lazarett auf. Die befremdeten oder offen feindseligen Blicke der Serben schien er zu übersehen. Mit zielstrebiger Beharrlichkeit fragte er sich zu der Ambulanz und Dr. Nikolić durch. Seine junge Frau Isa würde seit zwei Tagen in Geburtswehen liegen, erzählte er dort in einem guten, fließenden Serbisch. Doch die Geburt, Isas erste Geburt, ginge nicht voran, und die Frauen auf dem Hof und selbst die weit herbeigeholte Hebamme, eine erfahrene und geschickte Frau, wüßten sich nicht mehr zu helfen. »So Allah will, wird dein Kind kommen, und wenn Allah es will, wird deine Frau sterben, ohne einem Kind das Leben zu schenken«, habe ihn die Hebamme zur Geduld und Fügsamkeit in Allahs Willen ermahnt. Doch er hätte sich damit nicht zufriedengegeben. Von seinen Reisen nach Shkodra, Tirana und Belgrad – ja, er sei auch schon in Belgrad gewesen! – wisse er, daß Ärzte in solchen Fällen helfen würden. Jedenfalls hätte Allah nichts dagegen gesagt, daß man jede nur erdenkliche Hilfe in Anspruch nehmen könnte. Wenn das geschehen sei, und die Frau würde dennoch sterben, und mit ihr auch das Kind, dann wäre dies Allahs Wille gewesen, gegen den man sich nicht auflehnen sollte, auch wenn die Frau erst sechzehn Jahre alt sei, schön wie eine Blume und sanftmütig wie eine Taube.

Das alles brachte der Albaner vor, wobei er nach außen hin ruhig und bedächtig wirkte. Seine Betroffenheit und die ihn quälende Sorge äußerten sich nur darin, daß seine Stimme unsicher wurde, seine Lippen zu zittern begannen, sein Blick unruhig umherirrte und sich dann wieder flehend auf den Arzt richtete, als er darüber sprach, wie jung, schön und sanftmütig seine Frau sei. Doch Dr. Nikolić, der zunehmend ungeduldiger zugehört hatte, schien unbeeindruckt. Mit zornig gesträubten Augenbrauen fuhr er den Albaner an:

»Jetzt stehst du da und jammerst um Hilfe – und wo ist dein Gewehr? Wo hast du dein Gewehr, sprich!«

»Ich habe mein Gewehr zu Hause, Herr«, antwortete der Albaner zurückhaltend. »Warum fragst du das?«

»Ich meine das Gewehr, mit dem du aus dem Hinterhalt auf uns schießt. Sag' nicht, daß du es nicht tust! Du bist ein Arnaute, ein *Šiptar,* und alle *Šiptaren* tun das! Und wenn sie nicht schießen oder noch Schlimmeres, dann kommen sie her und jammern um Hilfe. Wir sollen helfen, einen, wie du es bist, auf die Welt zu bringen, damit er in zwanzig Jahren – was sage ich? – in vierzehn oder fünfzehn Jahren auf uns schießen wird! Meinst du das wirklich ernst?«

Während sich Dr. Nikolić immer mehr in Zorn redete, versteifte sich die zunächst demütige Haltung des Albaners. Sein Gesicht mit überraschend hellen Augen, einer Adlernase und tiefschwarzem Schnurrbart wurde fahl, er drehte sich wortlos um und schickte sich an zu gehen.

»Geh noch nicht, warte!« rief ihm da Rada zu. Dann setzte sie, zu Dr. Nikolić gewandt, mit zornigen Augen fort: »Wie können Sie zu diesem Mann so sprechen? Sie kennen ihn doch gar nicht! Natürlich werden wir versuchen, seiner Frau zu helfen. Es ist eine Chance.«

»Zum Teufel – was für eine Chance?«

»Es wird sich herumsprechen ... Abgesehen davon sind wir dazu verpflichtet, denke ich. Serbe oder Šiptar, was hat das jetzt zu sagen?«

»Eine ganze Menge – eine verflucht große Menge! Haben Sie denn alles vergessen? Sehen Sie nicht, was tagtäglich geschieht? Mord aus dem Hinterhalt, Überfälle . . .« Wie meistens, wenn er erregt war, kippte die Stimme des Dr. Nikolić um. Er rang nach Atem, setzte nur mit Mühe fort: »Außerdem – Sie können gar nicht helfen, *Sie* nicht – Sie haben keine Ausbildung – ich befehle Ihnen zu bleiben. Ich befehle es!«

Rada war bereits dabei, ihren Kittel abzulegen. Durch ihren Körper ging ein Ruck, sie blickte Dr. Nikolić gerade ins Gesicht, und ihre Stimme klang kalt und hochmütig, als sie sprach:

»Wer sind Sie, mir zu befehlen? – Doch Sie haben recht. Ich habe zwar einen Kurs in Geburtshilfe absolviert, aber das ist zu wenig. Wen geben Sie mir mit? Dr. Jastrebac?«

Wie alle schwachen Menschen, die auf ernsthaften Widerstand stoßen und sich einem Willen gegenüber sehen, der stärker ist als der ihre, gab Dr. Nikolić nach. Er setzte sich, nahm die Brille ab, begann mit fahrigen Bewegungen die Gläser am Ärmel seines Kittels zu reinigen. So zusammengesunken, wie er nun dasaß, mit krummem Rücken und kurzsichtig blinzelnden Augen in dem grauen, unrasierten Gesicht, sah er alt, müde und gebrechlich aus.

»Schon gut, Rada, schon gut, ja, nehmen Sie Dr. Jastrebac mit«, murmelte er. »Es sind die Nerven, verstehen Sie? Vorhin ist wieder ein Mann gestorben, ein Bursche, kaum zwanzig Jahre alt, der aus dem Hinterhalt . . . Reden wir jetzt nicht darüber. Jastrebac kennt sich aus, er ist ein praktischer Arzt, Landarzt, so einer weiß Bescheid, weiß sich auch zu helfen . . . Und dann . . .« Er hatte sich wieder gefangen, erhob sich, setzte die Brille auf, musterte den Albaner von oben bis unten, als ob nichts geschehen wäre. »Also gut, ein Doktor kommt mit dir – wie heißt du eigentlich?«

»Arif Mehmed Derjan, Herr.«

»Garantierst du für die Sicherheit unserer Leute, Arif? Kannst du das?«

»Ich garantiere, Herr. Ich werde sie wohlbehalten wieder zurückbringen.«

Doch schien diese Garantie Dr. Nikolić nicht zu genügen. Er entschied, daß Rada und Dr. Jastrebac von zwei Soldaten und Stefan begleitet werden sollten. Weshalb er ausgerechnet Stefan in der Rolle eines Sanitäters mitschickte, blieb sein Geheimnis. Jedenfalls trat er damit einen Stein los, der wiederum eine Lawine ins Rollen brachte und über das Schicksal der jungen Menschen entschied.

Kurz bevor die kleine Gruppe unter der Führung des Albaners Arif aufbrach, suchte der Riese Bora Stefan auf und brachte ihm einen Revolver mit.

»Mein Wojwoda hat von seiner Enkelin Rada erfahren, daß du sie und einen Arzt in die Berge begleiten sollst, Bruder«, sagte er auf seine umständliche Art. »Er schickt dir diesen Revolver mit Halfter, Munition und Reinigungsbesteck. Dazu ein Papier. Doch lies selbst, was darauf steht. Den Revolver sollst du fortan behalten, anstelle der österreichischen Pistole, die dir auf Kameni Stup genommen wurde. Es ist ein *Nagant,* eine gute russische Waffe. Schießt vielleicht nicht so genau wie die österreichische Pistole, ist dafür aber robuster und für diese albanischen Berge mit ihrem Schnee, Schlamm und Dreck besser geeignet. Das, Bruder, läßt dir Wojwoda Lazar ausrichten.« Bora grinste, neigte sich zu Stefan und sprach nun etwas leiser weiter: »Die bloße Faust ist gut, wenn man mit ihr zuzuschlagen versteht – aber mit einem Revolver ist es doch einfacher, gegen die Šiptaren zu kämpfen – oder gegen sonst jemanden«, setzte er nach einer kleinen Pause noch leiser hinzu. »Auch das läßt dir mein Wojwoda ausrichten.«

Stefan schnallte sich das Halfter um. Die Erinnerung an das Gespräch mit Major Vukotić in Cetinje vor dem Antritt der Reise ins Landesinnere, als er sich allein schon gegen den Gedanken gewehrt hatte, eine Waffe zu tragen oder tragen zu müssen, flackerte in ihm auf. Wie weltfremd war er damals gewesen! Die Zeit der Unschuld war vorbei. Es war gut, einen Revolver zu haben, und es war notwendig, gerüstet zu sein – nicht nur wegen der feindlich gesinnten Arnauten. Stefan dachte an den Mann von gestern abend, er dachte an das über ihn gebeugte Gesicht des Majors Koviljan, an die Hand ohne Ringfinger, die in einem roten Nebel vor ihm schwebte, und eine heiße Welle von Haß schnürte ihm die Kehle zu, als er zu Bora sagte:

»Richte dem Wojwoda aus, daß ich mich bei ihm bedanke. Vielleicht hat er recht. Vielleicht werde ich den Revolver wirklich nicht nur wegen der Arnauten brauchen.«

»Er hat recht, Bruder. Er hat immer recht. Er ist der *Wojwoda.*«

einer albernen oder auch unpassenden Bemerkung Anlaß gab (*Jastreb* heißt auf deutsch Geier) – war ein ruhiger, unscheinbarer Mann um die Vierzig. In der westserbischen Stadt Užice besaß er eine gutgehende Praxis, in der er es mit allen möglichen Krankheiten und Gebrechen zu tun bekam – und »bis in die Berge von Zlatibor« mit jeder Menge von Geburten. Meistens handelte es sich dabei um schwere und komplizierte Fälle, da man in der Regel versuchte, zunächst ohne Arzt auszukommen.

»Den Doktor holt man erst, wenn die anderen nicht weiter wissen – zu Hause wie hier, es ist überall das gleiche«, sagte er zu Rada, als sie Arif ins Haus folgten. »Man kann nur hoffen, daß alles gut geht und vor allem, daß es nicht zu spät ist.«

Dies wäre beinahe der Fall gewesen. Nachdem Dr. Jastrebac aus dem Zimmer der Gebärenden alle Frauen hinausgescheucht hatte – sie flatterten in ihren langen, schwarzen Gewändern wie Totenvögel davon, ein Vergleich, der sich Rada unwillkürlich aufdrängte – befahl er, die Fensterläden aufzureißen und zusätzlich für so viel Licht wie möglich zu sorgen, dann heißes Wasser bereitzustellen, frische Tücher, jede Menge Tücher, Kaffee... »Sie haben richtig gehört, Arif, sorgen Sie dafür, daß Kaffee aufgesetzt wird, schön stark, für uns und für die junge Mutter. Und dann brauchen wir ganz schnell Feuer im Herd, damit wir die Instrumente auskochen können.«

Die junge Frau war von den langen, vergeblichen Wehen völlig erschöpft. Sie wimmerte nur noch leise vor sich hin, schrie mit einer dünnen Kinderstimme durchdringend auf, wenn sich eine neue Wehe einstellte, fiel danach schnell und flach atmend in halbe Bewußtlosigkeit. »Ein Kind noch, das selbst ein Kind bekommt«, Dr. Jastrebac schüttelte unwillig den Kopf. »Wir müssen uns beeilen, schnell, schnell!«

Sie stellten eine Gesichtslage des Kindes fest und bereiteten eine Zangengeburt vor. Nach einer guten Stunde war alles vorbei. Das Kind, ein Mädchen – was Arif mit einer schicksalshaften Ergebenheit zur Kenntnis nahm, ohne jedoch seine Enttäuschung ganz verbergen zu können – war gesund, die Nachgeburt erschien ohne Komplikationen. Die Mutter war in einen unruhigen Schlaf gefallen, atmete noch immer schnell und flach. Auf ihrem nun blassen, fast durchsichtigen Gesicht mit tief eingefallenen Augen perlten

Schweißtropfen, obwohl sie nach der Geburt über Kälte geklagt und am ganzen Körper gezittert hatte.

»Das Kind ist in Ordnung, die Deformation des Köpfchens wird sich in wenigen Tagen geben«, sagte Dr. Jastrebac zu Rada, während sie sich die Hände wuschen. »Die junge Mama macht mir allerdings Sorgen. Ob möglicherweise der Muttermund eingerissen ist? Man müßte sie mindestens vierundzwanzig Stunden überwachen, obwohl man unter diesen Umständen nicht viel machen kann... Eine gewisse Schocktherapie wäre vielleicht angebracht... Wir werden den Alten, ich meine Arifs Mutter und der Hebamme, genaue Instruktionen geben. Sie haben sich die ganze Zeit nicht sehen lassen... War ich sehr grob, als ich sie hinausgejagt habe? Die Frage ist, ob sie unsere Instruktionen befolgen oder irgendein Hokuspokus veranstalten werden.«

»Ich bleibe hier«, sagte Rada einfach.

»Wollen Sie das wirklich? Allein im Feindesland?« Dr. Jastrebac sah Rada durch seine goldumrandete Brille prüfend an.

»Hier kann mir nichts geschehen. Ich genieße die Gastfreundschaft des Hausherren. Arif hat für unsere Sicherheit garantiert. Er wird mich zurück ins Tal bringen. Gehen Sie mit den anderen schon voraus.«

Dr. Jastrebac fügte sich. Doch als er Radas Entscheidung den andern mitteilte, die im Wohnraum des Männerflügels warteten, stieß er auf Widerspruch. Während die Begleitsoldaten erleichtert schienen, daß es wieder zurückgehen sollte, weigerte sich Stefan, ohne Rada aufzubrechen.

»Können Sie das wirklich verantworten, sie hier allein zu lassen, Herr Doktor? Arif ist ein gutmeinender Mann, und sein Wort mag hier als Gesetz gelten. Aber es gibt auch andere... Und was geschieht mit ihr, wenn das Lazarett aufbricht, bevor sie wieder im Tal ist? Soll sie allein hinterherlaufen? Abgesehen davon habe ich vor unserem Aufbruch ihrem Großvater versprochen, auf sie aufzupassen und sie nicht aus den Augen zu lassen.«

Das entsprach zwar nicht der Wahrheit, hörte sich aber ganz gut an. Dr. Jastrebac hätte allerdings auch ohne diesen Zusatz Stefans Entschluß, hierzubleiben und mit Rada gemeinsam nachzukommen, ohne Widerspruch gebilligt. Nachdem er seine Arbeit getan hatte, wollte auch er möglichst schnell aufbrechen, um noch vor

Anbruch der Dunkelheit ins Tal zu kommen. Die düsteren Berge, die Feindseligkeit der Menschen, die man selbst in diesem Hause trotz Arifs Dankbarkeit spürte, waren ihm unheimlich; sicher konnte man sich nur beim Gros der Armee fühlen.
Arif gab dem Arzt und den Begleitsoldaten Reitpferde mit und bestimmte zwei Knechte, die sie ins Tal begleiten sollten. Er selbst würde am nächsten Tage Rada und Stefan zurückbringen. Es sei für ihn beruhigend zu wissen, daß sich eine richtige Ärztin weiterhin um Isa kümmere. Radas Einwand, daß sie noch keine fertige Ärztin sei, überhörte er.
»Du hast wirklich eine schöne junge Frau, Arif«, sagte Dr. Jastrebac beim Abschied. »Und deine kleine Tochter wird bestimmt genauso schön werden wie die Mutter. Sei nicht enttäuscht, daß es kein Sohn geworden ist. Isa ist jung und kann dir noch viele Söhne gebären. Aber zunächst mußt du sie schonen. Sie wäre beinahe gestorben und ist noch immer nicht über dem Berg. Das nächste Kind darf erst in drei Jahren kommen. Versprichst du mir das?«
»Ich verspreche es – so Allah will«, sagte Arif schicksalsergeben.
»So Allah will, so Allah will – ich gehe jede Wette ein, daß es in einem Jahr wieder so weit ist. Allah hat es eben so gewollt«, sagte Dr. Jastrebac beim Hinausgehen zu Rada. »Also, reiten wir in Allahs Namen los!«
Es war empfindlich kalt geworden. Der feuchtwarme Westwind vom Meer hatte auf Nordost gedreht und brachte den Geruch nach Schnee mit. Rada und Stefan schauten den Reitern nach, bis sie bergauf im Hochwald verschwanden, als letztes der schwer mit dem Proviant beladene Maulesel, den sich Dr. Jastrebac für die Geburtshilfe ausbedungen hatte.

Drei Dinge, die man nicht verheimlichen kann

Stefan hatte man im Männerhaus untergebracht, während man für Rada auf ihren Wunsch hin in einer Kammer neben Isas Zimmer ein Feldbett aufschlug. Gegen Abend erwachte die junge Mutter, verlangte zu trinken und schlief bald wieder ein. Sie schlief die ganze Nacht durch, war aber am nächsten Morgen noch immer schwach. Der Zustand hochgradiger Erschöpfung dauerte an, doch hatte sie kein Fieber, und als ihr Rada das Mädchen ins Bett brachte und an die Brust legte, erschien auf ihrem blassen, durchsichtigen Gesicht ein Lächeln, das Radas Augen feucht werden und sie schnell wegschauen ließ.

Isa zeichnete mit den Fingerspitzen sanft die Konturen des kleinen Gesichtchens nach, sprach leise auf das Kind ein, sah dann auf und fragte mit ängstlichem Blick in den dunklen, nahezu blauschwarzen Augen auf serbisch:

»Nur Mädchen... Vater Arif – er böse?«

»Nein, Arif ist nicht böse. Er liebt dich und das Kind. Und das...« Rada zeigte auf die bereits etwas zurückgebildete Schwellung im kleinen Gesicht, »wird verschwinden. Es wird alles gut, und die Kleine wird ein schönes Mädchen.«

Das Kind regte sich, verzog das blaurote Gesichtchen – also schön ist sie wirklich nicht, und man kann sich kaum vorstellen, daß sie es einmal werden könnte, dachte Rada – und begann zu weinen. Die junge Mutter lachte hell auf. »Hat starke Stimme – schöne Stimme – wie Vater Arif«, sagte sie. Dann begann sie wieder in ihrer Sprache leise auf das Kind einzureden.

Rada drehte sich um. In der offenen Türe stand Arifs Mutter, sah herüber zu Isa und dem Kind, und auf ihrem harten, jetzt nicht verdeckten Gesicht lag ein kaum sichtbares Lächeln.

Gegen Mittag untersuchte Rada die etwas erholt wirkende Isa ein letztes Mal. Die Blutungen hatten aufgehört, sie war fieberfrei, ihre Wangen hatten wieder Farbe bekommen, und sie sagte, daß sie einen schrecklichen Hunger hätte.

»Ich glaube, daß sie jetzt über dem Berg ist«, berichtete Rada etwas später Stefan. »Sie ist zu jung, um schon Mutter zu werden, aber das ist hierzulande und oft auch bei uns in Montenegro so üblich. Ihr Körper ist gesund und kräftig, sie hat nur etwas zu schmale Hüften. Das hat – neben der Deflexionshaltung des Kindes – dazu beigetragen, daß die Geburt so schwer und langwierig war. Aber sie wird sich schnell erholen. Ich will nur noch mit Isas Schwiegermutter und Arif sprechen, dann können wir aufbrechen. Hoffentlich sind unsere Leute unten im Tal noch nicht über alle Berge. Und wie ist es Ihnen ergangen?«

»So gut wie schon lange nicht mehr. Ich habe abwechselnd gegessen

und geschlafen.« Stefan schaute durch das Fenster, das mit richtigen Scheiben versehen war. »Wir sollten wirklich schnell aufbrechen, sonst werden wir noch eingeschneit. Winterurlaub in Albanien. Was halten Sie davon?«
Er lachte Rada zu. Einen Herzschlag lang sahen sie sich in die Augen, dann senkte Rada den Blick und drehte sich um. Sie fürchtete, sich zu verraten, und sie konnte die Spannung, die sich zwischen ihnen in diesen Tagen aufgebaut hatte, kaum mehr ertragen – diese beunruhigende, atembeklemmende, sehnsuchtsvolle, auf ein einziges Ziel ausgerichtete Spannung, die zwei Liebenden schließlich doch keine andere Wahl läßt, als sich zu trennen oder ihr in einer leidenschaftlichen Vereinigung nachzugeben.
Bevor sie losritten, überreichte Arif mit einer unnachahmlichen Geste Rada eine goldene Armkette mit einer daranhängenden schweren Goldmünze. »Für deine gute, lebensspendende Hand, mit der du das Leben meiner Isa und meiner Tochter bewahrt hast. Wann immer du in dieses Haus kommst, bist du willkommen, gleichgültig, wie unsere Völker zueinander stehen, ob Frieden herrscht oder Krieg.« Stefan gab er einen Dolch, dessen leicht gebogene Klinge in einer mit Silber beschlagenen Scheide steckte. »Ich weiß, was geschehen ist und was du für diese Frau getan hast. Solche Taten sprechen sich in unseren Bergen schnell herum. Sie kann sich keinen besseren Beschützer in dieser schweren Zeit wünschen; denn du siehst sie nicht nur mit den Augen eines Beschützers an.«
»Sondern?« fragte Stefan.
Arif lächelte. »Ein türkisches Sprichwort sagt, daß es drei Dinge gibt, die man nicht verheimlichen kann: Armut, Husten und Liebe. Und ein anderes: Die Augen der Liebe sind scharf wie die eines Falken und blind wie die eines Maulwurfes. Mögen die deinen nur das erste sein.«

Am frühen Nachmittag brachen sie auf, so daß Arif noch vor Anbruch der Dunkelheit wieder zu Hause sein konnte. Seine Mutter hatte ihnen beim Abschied zwei prall gefüllte Umhängetaschen aus grobem Leinen mitgegeben, wie sie von Hirten getragen werden. Dies sei Reiseproviant für den weiten Weg zur Küste, übersetzte Arif ihre Worte.

Am Morgen hatte der Wind abgeflaut, und es hatte zu schneien begonnen; ein dichter, weich rieselnder Schnee aus einem weißgrauen Himmel. Nun lag der Schnee bereits mehr als knöcheltief, und die Pferdehufe stampften kaum hörbar auf die weiche Unterlage.

Als sie den Hochwald erreichten, hielt Arif an. »Wollen wir die Abkürzung oder den bequemeren Weg nehmen? Die Abkürzung kennt ihr. Sie ist beschwerlicher, dafür aber auch sicherer vor einem . . .« Er zögerte.

»Einem Überfall – deiner oder unserer Leute«, beendete Stefan. »Dein Haus war eine Insel des Friedens, Arif. Wir haben die Insel verlassen. Laß uns die Abkürzung nehmen.«

Sie begegneten niemandem. Nach gut zwei Stunden erreichten sie die Stelle, wo sich der verschneite Weg abwärts ins Tal des Flusses Fan senkte. Von einem Felsvorsprung aus konnten sie durch das Schneegestöber bereits ein Stück Fluß und auf der anderen Seite etwas von dem Dorf sehen, das sie am Vortag verlassen hatten. War das wirklich erst gestern gewesen? Von halblinks, talabwärts, klang das Echo einzelner Gewehrschüsse, dann das kurze Rattern eines Maschinengewehres. Stefan hielt sein Pferd an.

»Du reitest jetzt zurück, Arif. Wir können den Weg nicht verfehlen – es geht immer abwärts.«

»Ich habe versprochen, euch bis ins Dorf zu begleiten. Reiten wir weiter!«

»Nein.« Rada machte Anstalten abzusitzen. »Gestern bist du ungeschoren geblieben, Arif. Aber was gestern gut ging, muß heute nicht auch gut gehen. Auf beiden Seiten gibt es Leute, die zu schnell schießen. Wenn sie eine Arnautenmütze wie die deine sehen . . . Du hättest eine Fellmütze aufsetzen sollen. Reite zurück. Isa braucht dich, und dein Kind auch.«

Nach kurzem Widerstreben gab Arif nach – doch kaum, weil er die Gefahren fürchtete, die ihm von den Serben drohten. Wie in einem geheimen Einvernehmen unter Männern (dieses wortlose Einvernehmen gibt es häufig zwischen Angehörigen gleichen Geschlechtes, Männern wie Frauen) fühlte Stefan, daß Arif seine und Radas Worte eher als den Wunsch auslegte, wenigstens ein Stück des Weges für sich allein zu gehen, bevor sie sich wieder in die Masse der anderen einreihten. Sie schulterten also ihre Taschen und mach-

ten sich auf den Weg talwärts. Bevor sie hinter der nächsten Biegung verschwanden, rief ihnen Arif nach, sie sollten weiter unten, fast schon im Tal, achtgeben, und sich rechts halten, um den Weg nicht zu verfehlen.
»Ich habe verstanden, rechts halten – wir finden den Weg schon«, rief Stefan zurück. Seine Stimme wurde vom Schnee verschluckt, der jetzt so dicht fiel, daß sie Arif und die zwei Pferde, die er an den Zügeln hielt, nur noch undeutlich sehen konnten. Noch einige Schritte, dann sahen sie ihn nicht mehr und um sie war nur noch weiche, weiß rieselnde, sanft raschelnde Stille.

Die Höhle

Die Möglichkeit, den Weg jetzt noch zu verfehlen, hätten sie weit von sich gewiesen – und verfehlten ihn doch. Schuld war der Schnee, behaupteten sie später, der unter seiner weißen Decke alle Konturen verwischte, den Pfad ins Tal unkenntlich machte und sie fehlgehen ließ. Mag sein, daß es der Schnee war, vielleicht war es aber auch ihr unausgesprochener und uneingestandener Wunsch, in die Irre zu gehen, um dort – irgendwo *dort* – allein zu sein.
Der Weg oder der Pfad, den sie für den richtigen hielten, verlief sich in einer struppigen Wildnis, sie stolperten über loses Felsengeröll unter der Schneedecke abwärts, kletterten mühsam wieder aufwärts, und der Schnee fiel und fiel – und fiel schließlich aus einem Himmel, der schnell dunkler wurde.
Rada blieb stehen und lehnte sich erschöpft an eine verkrüppelte Kiefer. »Schluß, ich kann keinen Schritt weiter. Zuerst muß ich etwas essen.« Sie pustete eine Haarsträhne aus dem erhitzten Gesicht. »Und wir meinten, der Weg wäre nicht zu verfehlen – es ginge ja immer abwärts.«
»Sagte ich das?«
»Sie sagten es laut und deutlich.«
»Also war ich etwas vorlaut.«
»Schön, daß Sie die Schuld auf sich nehmen. Aber es hilft uns nicht weiter. Was jetzt? Ich muß wirklich etwas essen. Wollen wir nachschauen, was uns die alte Hexe eingepackt hat?«
»Wenn Sie von Arifs Mutter sprechen ... Still – hören Sie?«

Rada schob das Kopftuch zurück, um die Ohren freizumachen, ihre Augen nahmen einen lauschenden Ausdruck an. Schneeflocken fielen ihr auf die Stirn, Wangen, Nase, schmolzen, sammelten sich zu winzigen Wassertropfen, wuchsen, wurden schwerer, liefen plötzlich abwärts... Stefan konnte nur mit Mühe den Wunsch unterdrücken, sie mit seinen Lippen aufzufangen.
Rada hörte zunächst nur das harte, schnelle Schlagen ihres Herzens, ihre eigenen Atemzüge, das Rieseln und Rascheln des fallenden Schnees im Gestrüpp ringsum, das dumpfe Poltern weiter oben im Wald, wenn sich ein Ast seiner Schneelast entledigte. »Was soll ich hören?« flüsterte sie.
»Der Fluß!«
Jetzt, darauf aufmerksam gemacht, hörte sie es auch – das stetige Rauschen des Wassers hinter der steilen Böschung des Grabens, in dem sie sich befanden. Und war da nicht auch – kaum hörbar – das Poltern von Wagenrädern auf felsigem Untergrund, der ferne Ruf einer Menschenstimme?
»Der Fluß – und drüben auf der anderen Seite die Straße«, sagte Stefan. »Wenn wir den Fluß erreicht haben, müssen wir nur noch die Brücke finden.«
»Wo suchen wir die Brücke? Flußaufwärts oder abwärts?«
»Vielleicht sehen wir sie auch. Wenn nicht, knobeln wir oder ziehen Streichhölzer – lang aufwärts, kurz abwärts.«
»Haben Sie Streichhölzer dabei?«
»Streichhölzer, ein Taschenmesser und ein Stück Schnur hat jeder rechte Junge stets bei sich«, sagte Stefan auf deutsch.
»Dann ist es ja gut«, sagte Rada. Auch sie sprach nun deutsch.
»Schade«, sagte Stefan.
»Was ist schade?« fragte Rada, nun wieder auf serbisch.
»Ich dachte schon, wir müßten in einer Höhle überwintern.«
»Die Höhlen sind alle von Bären besetzt. Außerdem wär's mir doch zu kalt. Ich hatte keine Gelegenheit, mir eine wärmende Speckschicht anzuessen.«
»Wollen Sie *jetzt* etwas essen?«
»Jetzt nicht mehr. Es wird dunkel... Gehen wir?«
Sie kletterten die steile Böschung empor, und Stefan half Rada dabei. Ihre Hand war naß und kalt. Oben angekommen, hielt er sie zwischen seinen Händen und hauchte sie an. Sie ließ es sekunden-

lang zu, zog die Hand dann langsam zurück und sagte mit jenem unbeschreiblichen Lächeln, das nur Liebe, das Wissen um das Unausweichliche und die Bereitschaft dazu auf das Gesicht einer Frau zaubern können:

»Jetzt ist die Hand ganz warm. Wir müssen weiter, sonst finden wir die Brücke in der Dunkelheit bestimmt nicht.«

Sie erreichten den Fluß. In der einfallenden Dämmerung, in der die Sicht durch das dichte Schneegestöber zusätzlich erschwert wurde, sahen sie ihn tief unten weiß schäumend dahinfließen. Auf der anderen Seite verlor sich das verschneite Steilufer in der Dunkelheit. Außer dem Rauschen des Wildwassers war kein Laut mehr zu hören.

»Sehen Sie die Brücke? Ich nicht. Wohin jetzt – links oder rechts?« fragte Rada.

»Ich denke rechts, flußaufwärts. Arif rief uns noch nach, daß wir uns rechts halten sollten. Die Stelle, die er meinte, haben wir vermutlich verpaßt und sind nach links abgekommen.«

»Dafür sind wir immer bergab gegangen.«

»Das werde ich mir noch lange anhören müssen, nehme ich an.«

»Ewig. Also rechts? Oder sollen wir doch knobeln?« Radas Stimme klang erschöpft. »Was wir auch tun, es muß schnell geschehen. Nachts kommen wir bestimmt nicht weit.«

Sie kämpften sich auf dem Hochufer mühsam und nur schrittweise durch den knietiefen Schnee und durch hüfthohe Verwehungen flußaufwärts, kletterten über Felsblöcke und eine dicht bewachsene Steigung aufwärts, bis sie dreißig oder vierzig Meter über dem Fluß waren, und dann wieder abwärts, ständig in Gefahr, abzurutschen und in den Fluß zu stürzen. Als das Gelände ebener wurde, war es bereits so dunkel, daß sie nur noch wenige Schritte weit sehen konnten. Der Fluß machte hier eine Biegung, er rauschte hinter einer dunklen, kompakt wirkenden Mauer des Uferbewuchses.

»Vielleicht sollten wir uns doch eine Höhle zum Überwintern suchen«, sagte Rada kläglich. Sie war erschöpft stehengeblieben, eine hilflose, in ihrem Schafspelz unförmig wirkende Mädchengestalt, mit einer weißen Schneemütze auf dem Kopf und weißen Schneepolstern auf den Schultern. Stefan ging in seiner Spur zurück. Eine Welle warmer Zärtlichkeit überflutete ihn, leuchtete aus seinen Augen und klang in seiner Stimme mit, als er sagte:

»Wir haben bestimmt nicht mehr weit. Soll ich Sie tragen?«
Rada schüttelte den Kopf. »Nach diesen Hungertagen wäre ich selbst ja leicht wie eine Feder. Aber die Tasche, die Tasche! Sie klopfte auf die prall gefüllte Hirtentasche, die ihr quer über die Schulter hing. »Die Tasche auch noch dazu, das wäre dann doch zu schwer.
»Dann geben Sie mir nur die Tasche.«
»Daß Sie mit dem Proviant davonlaufen? Ich denke nicht daran! Es geht schon, machen wir weiter.«
Doch schon nach wenigen Schritten versperrte ihnen ein Wassergraben den Weg, vom Schnee zugeweht und in der Dunkelheit kaum zu erkennen. Bei dem Versuch, mit den Füßen den Rand zu ertasten, rutschte Stefan aus – und stand im nächsten Augenblick bis zu den Knien im Wasser.
»Kommen Sie, schnell, wenn ich schon einmal naß bin!« rief er.
Rada trat einen Schritt vor, streckte die Hände haltsuchend nach ihm aus und ließ sich einfach nach vorne fallen. Stefan fing sie auf, schwenkte sie auf die andere Seite des Fließgrabens und kletterte dann selbst aus dem eisigen Wasser.
»Ich werde jetzt Spur machen«, sagte Rada.
»Nein. Ich muß mich warm halten. Lassen Sie mich wieder vorausgehen.«
Stefan hielt auf den rauschenden Fluß zu, kam jedoch nicht weit. In der weiß verwehten Dunkelheit ragte die schwarze Masse eines Hauses vor ihm auf. Er neigte sich zurück. »Wir können in dieser Dunkelheit nicht weiter«, sagte er gedämpft. »Vielleicht haben wir jetzt wirklich eine Höhle gefunden.«
»Und wenn sie schon bewohnt ist?« flüsterte Rada zurück. Sie war ihm jetzt so nahe, daß er ihren Atem an seiner Wange spürte. »Ich meine, wenn hier Skipetaren wohnen, die es gar nicht gern sehen...«
»Kennen Sie die Geschichte vom Igel und Fuchs? Wir sind der Igel.« Stefan pustete in die Hände und holte mit klammen Fingern den Revolver aus dem Halfter. »Kommen Sie – und bleiben Sie ganz dicht bei mir!«

Die *Höhle* – sie nannten sie auch später so, wenn sie sich daran erinnerten und darüber sprachen – war eine verlassene Mühle. Die

Bewohner waren wahrscheinlich in die Berge geflüchtet oder von serbischen Marodeuren ermordet und in den Fluß geworfen worden. Stefan und Rada machten sich darüber wenig Gedanken. Für sie war allein wichtig, daß die Mühle leer war und sie hier die so dringend, ja lebensnotwendige Zuflucht gefunden hatten. Im Freien hätten sie diese Nacht kaum überlebt.
Am üblichen Platz im Gang hinter der sperrangelweit offenen Türe lagen in einem Weidenkorb griffbereit Kienspäne. Sie zündeten einen davon an und sahen sich im rot flackernden Licht um.
Im Hauptraum, der zugleich als Küche diente, sah es wüst aus. Schmutzige Töpfe und Pfannen standen herum, Scherben zerbrochener Schüsseln und Teller knirschten unter den Füßen. Die Strohsäcke der Schlafstelle hinter dem brusthohen Bretterverschlag im Hintergrund waren aufgeschlitzt worden, die Tür zu dem Mahlraum mit den Mühlsteinen an der Flußseite war aufgebrochen und hing nur noch in einer Angel. Wasser rauschte in der Dunkelheit, durch die Türöffnung wehte es kalt und feucht herein, und eisige Kälte kroch Stefan von den Beinen aufwärts. Seine Hose und die dicken Wollstrümpfe hatten sich mit Wasser vollgesogen, so daß er beim Gehen eine nasse Spur hinterließ.
»Sehr einladend sieht es in dieser Höhle ja nicht aus«, meinte Rada. »Wir werden ein bißchen aufräumen, aber zuerst machen wir Feuer.«
Sie fanden genug Brennholz unter dem Herd und weiteres unter dem Vordach draußen und in dem angebauten Holzschuppen. So viel Holz, daß sie damit den ganzen Winter über heizen könnten, meinte Stefan, nachdem er sich umgesehen hatte. Während er Feuer machte, die Türe zum Mahlraum wieder einhängte und verkeilte, räumte Rada auf. Sie bewegte sich schnell und zielstrebig, lief hin und her, fegte die Scherben und die verstreuten getrockneten Maiskolbenblätter zusammen, mit denen die aufgeschlitzten Strohsäcke gefüllt waren, setzte Wasser in einem rußig schwarzen Kessel auf – die eiserne Wasserpumpe stand gleich neben dem Herd – schrubbte den Tisch, klapperte mit Töpfen und Pfannen, die sie dann gemeinsam abwuschen ... Sie machten ihre *Höhle* sauber und wohnlich, sprachen dabei darüber, was noch getan werden müßte, unterhielten sich über Belanglosigkeiten, und alles, was sie taten, jede Bewegung, jede Geste, jeder Blick und jedes Wort waren

wichtig und standen unter dem Zeichen der Nacht, die sie hier gemeinsam verbringen würden.
Auf dem Boden, den man über eine schmale Treppe und durch eine Falltüre erreichte, fand Stefan frisch gewaschene Strohsäcke und getrocknete Maiskolbenblätter, um sie zu füllen. Er brachte die vollen Säcke hinunter, legte den einen davon hinter den Bretterverschlag und ließ den zweiten draußen. Rada, die gerade dabei war, den Inhalt einer Proviantasche auszupacken, schaute ihm zu, fing seinen Blick auf und wandte sich errötend wieder ab.
»Was gibt es zu essen?« fragte Stefan.
»Fladenbrot, getrocknetes Hammelfleisch, Eier, Nüsse, Käse, Kajmak, Tee, Zucker – oh, es ist alles da! Kommen Sie, kommen Sie, mir läuft das Wasser im Mund zusammen.«

Das Feuer auf dem Herd verbreitete eine angenehme Wärme. Sie saßen sich am Tisch gegenüber, aßen, tranken dazu Tee, sprachen über dies und jenes und vermieden es, sich dabei voll anzusehen. Stefan stand hin und wieder auf, legte Holz ins Feuer, erzählte von der Jagdhütte des Großvaters im Eulengebirge – »gar nicht weit von Glatz und trotzdem wie am Ende der Welt, fast so wie hier« – wo man genau so einfach hauste, es genauso nach Holzfeuer roch und das Essen genauso gut schmeckte nach einem Tag draußen im Wald. »Oder fast genauso gut. Nur einen Fluß gibt es dort nicht, dafür aber eine Quelle hinter der Hütte.« So verging die Zeit, und der Augenblick nahte, da sich die Zeit vollenden und ihre Liebe Erfüllung finden sollte.
Während Rada den Tisch abräumte und ihre Schlafstatt vorbereitete, machte Stefan mit einem brennenden Span eine letzte Runde durch die Mühle. Die Außentür des Mahlraumes verkeilte und verstellte er so, daß niemand unbemerkt eindringen konnte. Die Tür zum Mahlraum verhängte er gegen Zug mit leeren Strohsäcken. Vor der Tür nach draußen baute er mit losen Brettern und Wassereimern eine Stolperfalle. Wenn sich jemand der Tür nähern sollte und dabei in die Falle tappte, würden sie drinnen vom Lärm geweckt werden.
»Es schneit noch immer«, sagte er, als er wieder hereinkam und die Tür sorgfältig verriegelte. »Wenn das so weitergeht, liegt morgen der Schnee bis zum Dachfirst.«

Er wandte sich zu Rada, sein Herz begann bis in den Hals hinein zu schlagen. Der Strohsack, den er an die Wand neben der Schlafecke gelehnt hatte, war verschwunden – hatte ihn Rada zu dem anderen in die Schlafstätte gelegt? Eingetaucht in das rotgoldene Licht der Flammen stand sie am Herd, die Haare fielen ihr tiefschwarz und seidig glänzend über die Schultern und den Rücken.
Stefan ging langsam zu ihr hin und blieb vor ihr stehen. So wie sie es bei ihrem Wiedersehen in Kraljevo getan hatte, lehnte sie auch jetzt ihre Stirn an seine Brust und verharrte in dieser Stellung reglos, bis er die Hände auf ihre Schultern legte und sie sanft an sich zog. Sie wehrte sich nicht, sie kam ihm entgegen, und dann umarmte sie ihn unerwartet heftig, drängte sich an ihn und begann am ganzen Körper zu zittern.
»Frierst du, ist dir kalt?« fragte er, die Wange an ihren Kopf gelehnt.
»Nein, ich friere nicht. Es ist nur so . . .«
»Ich liebe dich«, sagte er.
»Es ist so merkwürdig, und ich liebe dich auch. Ich liebe dich so sehr – so schrecklich, daß ich – daß ich dir die ganze Zeit aus dem Wege gegangen bin, weil ich Angst hatte, mich zu verraten.«
»Und jetzt nicht mehr?«
»Wohin soll ich jetzt noch gehen?«
Er schlug seine Jacke um ihre Schultern. »Du zitterst noch immer. . .«
»Es ist – weil ich es weiß«, flüsterte sie.
»Was weißt du?«
»Daß ich dich liebe, und daß es geschehen wird.«

Sie zähmten ihre Ungeduld. Rada hatte einen Kessel voll Wasser heiß gemacht, sie zogen sich nackt aus, wuschen und frottierten sich gegenseitig ab, während ihre Körper der Vereinigung entgegenfieberten. Dabei sprachen sie kein Wort. Nackt legten sie sich nebeneinander auf den Strohsack, den sie nach vorne, in die Nähe des Herdfeuers brachten. Rada drängte sich an Stefan, legte die Arme um seinen Nacken, versteckte das Gesicht in seiner Halsbeuge und flüsterte:
»Ich liebe dich, ich möchte es, aber ich habe ein wenig Angst – es ist das erstemal – das erstemal . . .«

Er fuhr mit den Lippen über ihre Stirn, die Wange, sie wandte das Gesicht zu ihm hin, und er küßte sie. War auch das zum erstenmal? Hatte sie noch nie einen Mann richtig geküßt? Wie vorhin, als er sie draußen erschöpft und hilflos im Schnee stehen gesehen hatte, überflutete ihn auch jetzt eine fast schmerzhaft intensive Welle fürsorglicher Zärtlichkeit. »Ich werde dir nicht weh tun, vielleicht ein bißchen, nur ein klein bißchen«, murmelte er. Ihre Lippen öffneten sich unter dem sanften Druck der seinen, sie küßten sich lange, zärtlich, immer heftiger, immer leidenschaftlicher.
Als sie den Widerstand ihres Schoßes überwunden hatten und er endlich in ihr war, begann Rada zu weinen. Sie sah ihn mit weit offenen Augen an, Tränen liefen unaufhörlich über ihre Schläfen.
»Warum weinst du?« fragte Stefan erschrocken. »Habe ich dir so sehr weh getan? Tue ich dir weh?«
»Nur noch ein bißchen«, antwortete sie weinend. »Es ist nicht deshalb. Es ist, weil ich glücklich bin – weil du jetzt mir gehörst – ein Teil von mir bist – in mir – in mir...«
Sie begann sich langsam und kaum merklich von ihm weg und zu ihm hin zu bewegen, blickte ihn dabei an und ihre Augen bekamen einen abwesenden, nach innen gekehrten, nach innen lauschenden Ausdruck. Dennoch sah sie es in seinen Augen und fühlte es in der wachsenden Spannung seines Körpers, daß es geschehen würde, und als es gleich darauf geschah, überflutete es auch sie von der Körpermitte ausgehend mit einer ungeahnten, unbeschreiblichen süßen Gewalt, ihre Augen umflorten sich, wurden ganz dunkel und abgrundtief, es trug sie davon, verbrannte und erlöste sie, sie warf sich dem Mann entgegen, drückte mit aller Kraft seine Lenden zwischen ihre Beine, nahm seinen Samen gierig in sich auf, atemlos schluchzend seinen Namen rufend.

Baba Gruša steht auf, kommt ächzend um die Feuerstelle und kniet vor ihm nieder. Sie faßt nach seinen Händen, dreht sie um, so daß die Handflächen nach oben zeigen und legt die ihren darauf. Sie sind dunkel und klein wie die eines Kindes und fühlen sich warm und trocken an. »Du hast kräftige, starke Hände, Männerhände, Vaterhände«, spricht sie nach einer Weile des Schweigens. »Die Frau mit den goldenen Augen, die du zurückgelassen hast, fühlt deine Hände noch immer auf ihrem Körper, deine Hände auf dem

Körper einer anderen Frau, warm in einem Land von Eis und Schnee, sie wird dir einen Sohn gebären.

Stefan öffnete die Augen. Das Bild der Baba Gruša verblaßte, löste sich auf, ihre Stimme verklang. Das Amulett fühlte sich unter seinen tastenden Fingern seidig und warm an, wie lebendige Haut. Der Kienspan in der Wandritze war wieder abgebrannt, das Herdfeuer warf flackernde Irrlichter und Schatten an die Decke und auf Radas Gesicht. Sie hatte ein ebenmäßiges, klares Profil mit vollen, jetzt im Schlaf leicht geöffneten Lippen und einem kräftigen Kinn. Stefan unterdrückte den Wunsch, mit den Lippen das Profil nachzuzeichnen. Er ließ das Amulett los, legte die Hand auf Radas Brust, ließ sie über die straffe Bauchdecke gleiten, bis sie auf der Scham zu liegen kam. Sie regte sich, wandte das Gesicht zu ihm, wachte jedoch nicht auf.
Deine Hände auf dem Körper einer anderen Frau, warm in einem Land von Eis und Schnee, sie wird dir einen Sohn gebären.
Woher wußte es Baba Gruša? In einem Land von Eis und Schnee, diesem Land, Eis, Schnee, draußen schneit es, dachte Stefan, während er wieder in den Schlaf abglitt. Ob auch das andere eintreffen wird? Ein Sohn – sie wird dir einen Sohn gebären. Rada? Ein Sohn von Rada – von Rada einen Sohn – einen Sohn ...

Das Feuer war niedergebrannt, trübes Morgenlicht fiel durch den schmalen Spalt seitlich am verhängten Fenster. Rada stand behutsam auf, um Stefan nicht zu wecken, deckte ihn wieder zu, schlüpfte in ihren Pelz, lief zum Fenster und holte den Sack herunter, mit dem sie es verhängt hatten. Mit dem Handrücken wischte sie über die beschlagene Scheibe und spähte hinaus. Schneite es noch immer? In der diesigen Morgendämmerung konnte man das nicht erkennen. Sie lief zurück, ihre nackten Füße tappten über den Dielenboden. Unter der Asche auf dem Herd war noch Glut. Sie legte dünn gespaltenes, harziges Holz darauf und blies hinein, bis das Feuer wieder aufflackerte. Ihre Augen tränten vom Rauch. Die brennenden Holzspäne knisterten und knackten. Die Wäsche, die sie noch am Vorabend ausgekocht und in Herdnähe aufgehängt hatte, war noch nicht ganz trocken. Sie würde erbärmlich nach Rauch stinken, sagte sie sich, frisch geräucherte Unterhosen, Hemden und

Strümpfe. Der Gedanke belustigte sie, und um nicht laut aufzulachen, preßte sie die Hand auf den Mund.
Stefan lag auf dem Rücken und schnarchte. Er schnarchte tatsächlich leise vor sich hin – »Alle Männer schnarchen«, hatte Tante Ljuba in Petersburg gesagt. »Der meine schnarcht so, daß man es durch vier Wände hören kann.« Und Frauen? Schnarchen Frauen auch? Tante Alexa nicht, dafür aber Madame Vera.
Rada fröstelte, legte größere Scheite auf das Feuer, wärmte die Hände darüber, rieb sich die Schultern und überwand den Wunsch, wieder zu Stefan zu schlüpfen und sich an seinen warmen Körper zu schmiegen. Lieber nicht, dachte sie, lieber nicht! Am Ende würde er aufwachen und es wieder tun wollen und sie natürlich auch, obwohl ihr von dieser Nacht alles weh tat. Sie mußte ganz wund sein.
Die Nacht der Liebe, dachte sie, während sie frisches Wasser in die Waschschüssel pumpte. Wie oft haben wir es getan? Zehnmal? Hundertmal? Immerzu. Ich liebe ihn, ich liebe ihn, *ich liebe ihn,* flüsterte sie. Jetzt bin ich keine Jungfrau mehr. Eine Frau. Soll ich darüber traurig sein? Seine Frau. Die Jungfernschaft ist unwiderbringlich dahin, es hatte so kommen müssen, egal was jetzt geschieht, ich liebe ihn.
»Der Verkehr zwischen zwei Individuen verschiedenen Geschlechtes, das Ziel heißt Zeugung, wobei, *o tempera, o mores,* der Weg dahin allzuoft als Ziel erscheint, da er meistens mit außerordentlich angenehmen Gefühlen verbunden ist.« Das stimmt, der Professor hatte recht, aber davon, daß einem nach einer solchen Nacht unten herum alles weh tut, hat er nichts gesagt. Und was, fragte sie sich, was passiert, wenn *der Weg dahin* zum Ziel geführt hat und ich ein Kind bekomme? Sie schaute die volle Wasserschüssel unentschlossen an. Ob sie das Wasser nicht doch etwas erwärmen sollte? Es sah schrecklich kalt aus! Doch kalt hin, kalt her, es mußte getan werden, *omnia vincit amor,* dachte sie etwas zusammenhanglos, die Liebe, großer Gott, die Liebe! Der Professor sprach darüber, doch nie sagte er, wie unbeschreiblich, unfaßbar, überwältigend sie ist, kurzum wie . . . Ach, ich tu's!
Entschlossen stellte sie die Schüssel auf den Boden, legte den Pelz ab, warf ihn achtlos auf Stefan, tauchte den linken Fuß ins Wasser, schrie vor Kälte leise auf, stellte auch den rechten in die Schüssel und begann sich zu waschen.

Während sie von den mitgebrachten Vorräten frühstückten, schlich sich die Wirklichkeit in den schützenden Kokon ihrer *Höhle* ein. Doch war es zunächst eine durch die nachklingende Gegenwart dieser Nacht der Liebe und der Selbstvergessenheit geschönte, ja fast heitere Wirklichkeit.

»Was dann, wenn ich ein Kind bekomme?« fragte Rada wie aus heiterem Himmel – und doch war es genau die Frage, die ihr die ganze Zeit durch den Kopf gegangen war. Sie weckte in Stefan die Erinnerung an das letzte Frühstück mit Resi, die ihm in ihrer Küche in Wien die gleiche Frage mit fast genau dem gleichen Wortlaut gestellt hatte (vermutlich stellt sie jede Frau irgendwann, und wenn nicht dem Mann, mit dem sie die Nacht verbracht hatte, so doch sich selbst). Die Erinnerung wurde wach und erlosch. Er sagte:

»Wir werden uns über das Kind freuen, was sonst?«

»Aber das geht doch nicht!«

»Warum geht das nicht? Weil wir nicht verheiratet sind?«

»Das auch. Aber das ist es nicht allein.«

»Zunächst ist es das. Deshalb werden wir den erstbesten Popen, Pfarrer, Imam, Hodscha, Bürgermeister, Standesbeamten oder sonst jemanden, der von Berufs wegen die Menschen traut, bitten, es in der erstbesten Kirche, in einem Kloster, einer Moschee oder unter freiem Himmel zu tun.«

Rada lachte. »Das tun wir. Ohne Papiere, ohne Ringe, einfach so.«

»Warum nicht einfach so? In diesem Dorf über dem Fluß. In Va i Dêjës. Oder Shkodra. Oder drüben in Montenegro, Podgorica, Cetinje... Wo du willst, sobald du willst, am besten sofort – oder willst du noch immer nicht?«

»Natürlich will ich! Nur...«

»Nur das zählt, meine Rada, nur das!«

»Der Großvater...«

»Ist selbst in Montenegro genauso wie jeder andere Großvater. Er hat nichts zu sagen – wenn du es nicht willst. Meine Mutter, mein Großvater, niemand hat etwas zu sagen. Nur wir beide. Abgesehen davon würde sich meine Mutter freuen, (Stefan wußte noch immer nicht, daß seine Mutter seit August dieses Jahres tot war) und nach einer Weile würde auch dein Großvater einen *Švaba* zumindest akzeptieren. Spätestens –«, Stefan lächelte, » – wenn unser Sohn da ist.«

»Vielleicht wird's eine Tochter wie bei Isa und Arif. Ich meine, wenn überhaupt. Es muß ja nicht gleich ein Kind geben, denke ich.«
»Wenn es eins gibt, dann wird es ein Sohn sein. Das weiß ich. Es wurde mir prophezeit.«
»Deine Hexe?«
»Meine Baba Gruša. Sie hat mir auch dich prophezeit.«
»Hat sie das? Ach Gott, hätte ich doch auch eine Baba Gruša, die mir dies und das prophezeit, natürlich nur schöne Dinge!« seufzte Rada. Sie schlug mit dem Handballen auf eine Walnuß, schälte den Kern aus der so mir nichts dir nicht geknackten Schale, gab eine Hälfte Stefan und schob sich die andere in den Mund. »Die weniger schönen erfährt man sowieso früh genug. Ich meine, wenn sie kommen. Und sie kommen bestimmt. Leider. Ganz bestimmt.«
Gegen Mittag verließen sie die Mühle, ihre *Höhle,* ihr Liebesnest. Es war erheblich kälter als am Tag zuvor, und es schneite kaum noch. Hinter dem silbergrauen Wolkenschleier stand kalt und blaß die Sonne. Sie wateten durch den Tiefschnee flußaufwärts – und erreichten nach nur wenigen Dutzend Metern hinter der nächsten Flußbiegung die Brücke.
Auf der anderen Flußseite kroch der lange schwarze Elendszug der geschlagenen Armee westwärts, so wie er gestern, vorgestern und schon seit Tagen vorbeigekrochen war und noch viele Tage vorbeikriechen würde. Sie sahen die Brücke, sahen sich an, lächelten, blickten über den Fluß, wurden ernst, und Radas Lippen begannen zu zittern. Die Wirklichkeit stürzte auf sie ein. Rada faßte nach Stefans Arm, lehnte die Wange an seine Schulter und sagte mit einer Stimme, die ihm das Herz schwer werden ließ:
»Bitte, nur noch einen Augenblick, bevor wir hinübergehen. Verstehst du es jetzt?«
»Was meinst du?«
»Es hat alles so kommen *müssen* . . . Die Brücke hätten wir gestern in fünf Minuten erreichen können, aber der Schnee und die Nacht hinderten uns daran. Und alles, was vorher geschah. Arif, der uns holte, Dr. Nikolić, der dich mitschickte, die kleine, schöne Isa und ihre schwere Geburt, der Schnee, der Weg, den wir verfehlten, der Wassergraben, alles. Und dann die Mühle, unsere Höhle. Es mußte so sein, damit alles andere in der Mühle geschehen konnte. Ich liebe dich. Und ich bin dir schuldig, es zu sagen . . .«

Stefan legte den Arm um ihre Schultern. »Was bist du mir schuldig zu sagen?«
»Ich hätte dir nicht so schnell entgegenkommen dürfen, nicht bevor wir Mann und Frau vor Gott und Gesetz sind. Aber ich habe es getan – auch das mußte sein. Dort drüben ist der Tod. Überall um uns ist Tod. Werden wir überleben?« Sie löste sich von Stefan, und ihre Stimme klang nun nüchtern und klar in der kalten Winterluft, als sie zu Ende sprach: »Wir haben keine Garantie. Es kann mich treffen – oder dich. Deshalb wollte ich es. Es wäre schrecklich zu sterben, ohne wenigstens einmal die Sehnsucht nach Liebe – nach dir – gestillt zu haben. Jetzt bin ich deine Frau. Und wer weiß«, – sie wandte ihm ihr Gesicht zu, lächelte »vielleicht hat deine Baba Gruša recht, und ich bekomme wirklich ein Kind von dir. Gehen wir jetzt, gehen wir, bevor ich es mir anders überlege und davonlaufe, zurück in unsere Höhle.«

Häscher

Das Lazarett war bereits am Vortag weitergezogen. Sie machten sich auf den Weg und ließen sich dabei Zeit. Wahrscheinlich wurden sie vermißt, doch den Gedanken daran verdrängten sie.
Die Straße verließ das Tal des Fan und führte sie über den Rrapë Paß nach Pukë, wo der Vorsprung des Lazarettes noch immer einen vollen Tag betrug. Von hier aus ging es stetig abwärts in das Tal des Gomsique. Die Berge wichen allmählich zurück, das Tal weitete sich, es wurde wärmer, der Schnee schmolz, aus dem verhangenen Himmel fiel warmer, frühlingshaft anmutender Regen. So wanderten sie westwärts, umgeben von Bildern des Elends, die sich um so mehr häuften, je weiter sie kamen. Sterbende, um die sich niemand kümmerte, Tote, die niemand begrub. Doch schien ihre Liebe einen besänftigenden Schleier darüber gebreitet zu haben, um sie vor dem Grauen und der Verzweiflung, dem Hunger und der Not zu schützen, die sie auf ihrem Weg begleiteten.
Unter dem Kriegsgerät, das von der geschlagenen Armee unter unsäglichen Mühen bis hierher geschleppt worden war und dann doch aufgegeben werden mußte, entdeckten sie auch Fahrzeuge ihres Lazarettes: Leere, umgestürzte oder einfach am Straßenrand stehen-

gelassene Troßkarren und Kastenwagen mit dem Zeichen des Roten Kreuzes. Bei einem davon hatte man sich nicht einmal mehr die Mühe gemacht, die erschöpft liegengebliebenen und eingegangenen Pferde auszuspannen; ihre Gerippe lagen noch immer angeschirrt davor, ein wirrer Haufen sorgfältig vom Fleisch befreiter Knochen.
Sie lebten von den mitgenommenen Vorräten, schliefen, wo sie Platz unter einem Dach fanden, liebten sich, wann immer sich dazu eine Gelegenheit ergab. Niemand kümmerte sich um sie, so wie auch sie sich, eingesponnen in den schützenden Kokon ihrer Liebe, um niemanden kümmerten.
In Va i Dêjës betrug der Vorsprung des Lazarettes nur noch wenige Stunden. Die am Drin gelegene und für albanische Verhältnisse recht große Stadt bot fast ein Bild des Friedens. Südlich davon hatte man in den sumpfigen Niederungen der Drin-Ebene Zeltlager für die serbische Armee – oder das, was davon übriggeblieben war – eingerichtet. Feldgendarmen – sie alle sahen sauber und gut genährt aus – wiesen die Soldaten dort ein. Die Stadt selbst durften nur Offiziere betreten. Dank ihrer Rot-Kreuz-Armbinden, die sie wieder angelegt hatten, passierten Rada und Stefan unangefochten die Kontrollen. Als sie von den Feldgendarmen weitergewunken wurden, stutzte Stefan plötzlich. Jenseits des Menschen- und Fahrzeugknäuels, das sich an der Kreuzung der Straße westwärts nach Va i Dêjës und Shkodra, und südwärts, über Kallmet nach Lezhë an der Küste gebildet hatte, glaubte er eine karierte Jacke zu sehen, darüber ein blasses, verkniffenes Gesicht, einen schwarzen Homburg unter all diesen Militärmützen: der Mann, der ihn immer wieder verfolgt und den er zuletzt im Steinbruch beim Internierungslager Zeleni gaj gesehen hatte, der unheimliche Todes- und Unglücksbote ...
»Warte!«
Stefan ließ Rada stehen, lief zurück, rief den Gendarmen zu, er hätte etwas vergessen, drängte sich um zwei ineinander verkeilte Ochsenfuhrwerke durch die wartende Menge. Das brauchte seine Zeit. Als er sich endlich durchgekämpft hatte, standen vor dem großen Han an der Straßenkreuzung, wo er vorhin den Mann in der karierten Jacke gesehen zu haben glaubte, jetzt nur noch hohlwangige serbische Soldaten und einige Flüchtlinge. Der Mann war verschwunden.
Doch war ihm dasselbe nicht immer wieder passiert? Hatte er nicht immer wieder geglaubt, diesen Mann zu sehen? War es stets eine

Sinnestäuschung gewesen, obwohl er jetzt hätte *schwören* können, daß der Mann hier, genau hier vor dem Han gestanden und Rada und ihn angestarrt hatte – gerade so, als hätte er auf sie gewartet...
»Was war los – du bist so plötzlich weggelaufen?« fragte Rada besorgt, als Stefan wieder zurückkam.
»Ich glaubte, einen alten Bekannten zu sehen, aber ich habe mich wohl geirrt«, sagte Stefan ausweichend. »Komm, gehen wir!«

In einem der beiden Hotels der überfüllten Stadt bekamen sie eine Dachkammer – doch erst nachdem Stefan bedeutungsvoll mit Radas Silberdinars geklimpert und einige davon dem in Zeiten der Not besonders lebendigen Geist der Habgier geopfert hatte. Nach ihrem Trauschein oder einem sonstigen Beweis für die Legitimität ihrer Verbindung fragte niemand – ein Zeichen dafür, daß der Krieg (und die Silbermünzen) auch in diesem sittenstrengen Land die Fesseln der Moral gelockert hatten.
Radas Silber (sie hatte glücklicherweise einiges davon) brachte auch den türkischen Hausdiener dazu, eilfertig das Bad im Souterrain des Hotels einzuheizen und ihnen zusätzlich heißes Wasser bereitzustellen. Zu Abend aßen sie in dem überfüllten Speisesaal, eingeklemmt zwischen albanischen Zivilisten, serbischen Offizieren und Regierungsbeamten. Auf dem Podium an der Stirnseite des Saales spielte eine kleine Kapelle (Ziehharmonika, zwei Geigen, Klarinette) »einheimische, serbische und internationale Musik«, wie es auf dem handgeschriebenen Plakat an der Eingangstüre stand. Die internationale Musik bestand aus zwei Wiener Walzern und einem russischen Volkslied, die in schöner Regelmäßigkeit wiederholt wurden. Die Wiener Walzer konnten freilich selbst von Stefan nur unter Schwierigkeiten als solche identifiziert werden. Eine türkische Sängerin (der Tischnachbar, ein angeheiterter Hauptmann der Artillerie, »immer noch Hauptmann, doch leider ohne Artillerie«, behauptete gar, sie sei eine Ägypterin, wie die schönste Frau aller Zeiten, Kleopatra, eine Tochter des Nil) trug Volkslieder vor, von denen eines trauriger klang als das andere. Später am Abend sollte sie sogar Bauchtanz vorführen, erzählte der Hauptmann, wobei sie – er neigte sich mit einem Seitenblick zu Rada an Stefans Ohr – eine ganze Menge zeigen würde, sogar den Bauchnabel. Doch Stefan und Rada warteten den Bauchtanz nicht

ab. Während wieder einmal der Wiener Walzer Nr. 1 erklang, verließen sie den Speisesaal, gingen in ihre Dachkammer, der Walzer begleitete sie dorthin und begleitete sie auch später immer mal wieder in den Schlaf.
Eng aneinandergeschmiegt schliefen sie tief und fest, als sie von polternden Schlägen an die Tür aufgeschreckt wurden. »Aufmachen, sofort, serbische Gendarmeriekontrolle!« rief eine rauhe, in solchen Aufforderungen offensichtlich geübte Stimme. Stefan zündete die Petroleumlampe an und rief zurück, daß man fünf Minuten warten sollte. Noch ahnten sie nichts Schlimmes. Eine Gendarmeriekontrolle, wie sie gang und gäbe waren. Es war ohnehin verwunderlich, daß sie bisher noch nie kontrolliert worden waren. Während sie sich hastig anzogen, schlug der Mann mit der rauhen Stimme in schöner Regelmäßigkeit an die Tür und forderte sie immer wieder auf zu öffnen, bis Rada wütend rief: »*Čuti i čekaj* – Schweig und warte!« Das half. Fertig angekleidet, setzte sie sich gerade aufgerichtet, die Arme auf der Brust gekreuzt auf den einzigen Stuhl und nickte Stefan zu: »Du kannst aufmachen.«
Stefan schob den Riegel zurück. Die Tür flog krachend auf. Drei Feldgendarmen, angeführt von einem Feldwebel, polterten in die Kammer. Sie trugen neue Uniformen, ein aufdringlicher Geruch nach Mottenpulver, Zwiebeln, Tabak und Schweiß begleitete sie.
»*No gotovs* – fertigmachen!« befahl der Feldwebel.
Die Gewehre der Gendarmen senkten sich, bis die Mündungen auf Stefans Brust zielten. Sicherungsflügel klickten.
Doch die Gendarmen waren nicht allein. Aus der Dämmerung des Korridors trat ein Mann in der Uniform eines montenegrinischen Gardehauptmanns ein. Er war schlank und groß gewachsen, fast so groß wie Stefan, so daß er sich bücken mußte, als er durch die Türe trat. Bei seinem Anblick wich der hochmütige Ausdruck auf Radas Gesicht. Sie schien erstaunt, dann erleichtert, erfreut – doch in ihre Freude mischte sich auch leichte Besorgnis, als sie langsam aufstand und dem Offizier die Arme entgegenstreckte:
»Bogdan? Bogdan – du bist es wirklich! Mein Gott, bin ich froh!«
Doch Bogdan beachtete sie nicht, schien sie nicht einmal zu sehen. Blaß, so blaß wie er damals geworden war, als ihm Rada erzählt hatte, daß sie Stefan liebe, nickte er dem Feldwebel zu.
»Er ist es. Der *Švaba*. Führt ihn ab!«

14. Kapitel

Aufrecht und unbesiegt starb Wojwoda Lazar,
Doch nicht in einem offenen Kampf starb er,
Eine heimtückische Kugel fällte den Helden.
Weine um deinen Sohn, Montenegro,
Weine um Wojwoda Lazar!

Aus einer montenegr. Guslar-Erzählung

Der Thronfolger

Der schmale, ebene und teilweise versumpfte Küstenstreifen im Nordwesten Albaniens zwischen Shkodra im Norden, Durrës im Süden und den Gebirgsmassiven des Prokletije, Mirdita und Kruja im Osten, glich in diesen Dezembertagen 1915 einem riesigen Heerlager. Was da lagerte, hatte allerdings kaum noch Ähnlichkeit mit einem Heer. Es waren die Reste der geschlagenen serbischen Armee, die sich über die montenegrinischen und albanischen Berge bis hierher geschleppt hatten und nun darauf warteten, was das Schicksal (oder die hohen alliierten Kommandostellen) mit ihnen vorhatte.
Den Marsch vom Amselfeld zur Adria-Küste, der als *serbisches Golgatha* in die Geschichte eingegangen ist, hatten rund 220 000 Soldaten und einige zehntausend Flüchtlinge angetreten. Angekommen waren an die 150 000 Soldaten und ein paar tausend Flüchtlinge. Der Zug durch die winterlichen Berge hatte nahezu 100 000 Menschen das Leben gekostet.
Die Offiziere aus dem Stab des Feldmarschalls von Mackensen und der Feldmarschall selbst behielten also recht, als sie vor Beginn des serbischen Rückzuges von einem selbstmörderischen Unterfangen gesprochen hatten. Doch konnten auch diejenigen, die es bis an die Küste geschafft hatten, nicht damit rechnen, daß damit alle Mühsal, Not und Gefahr ein Ende gefunden hätten. In den improvisierten, hastig aufgebauten Zeltlagern nur unzureichend verpflegt, starben die Menschen weiter, an Entkräftung und Krankheiten, denen ihre ausgemergelten Körper kaum Widerstand entgegensetzen konnten.
Die serbische Regierung und das Oberkommando der Armee hatten von den Alliierten bindende Zusage erhalten, daß in Albanien ».. . alles Notwendige getan wird, um die Armee bestmöglich zu

versorgen.« Und weiter: »Die Frage einer umfassenden Versorgung stellt sich nicht allein aus humanitären, sondern auch aus militärischen Gründen. Denn... es kommt auf jeden einzelnen Soldaten an, der später an der Südostfront gegen die vereinigten Kräfte der Mittelmächte eingesetzt werden kann.«

Getan wurde indessen so gut wie nichts. Die serbischen Soldaten »... fallen massenweise um und sterben dahin wie die Fliegen«, drahtete ein Korrespondent des *Daily Telegraph* nach London, »ohne von unserer so ausdrücklich versprochenen und zugesicherten Hilfe je etwas gesehen zu haben«.* Ja, fast schien es, als wußte man nicht so recht, was mit den unglücklichen Serben anzufangen sei, nachdem sie das Unmögliche fertiggebracht und sich bis an die Küste durchgeschlagen hatten. Wohin mit ihnen? Italien? Griechenland? Palästina? Afrika? Es wurde sogar erwogen, sie gleich dort zu lassen, wo sie waren. Das Problem wäre mit einigen Schiffsladungen Proviant und Ausrüstung am einfachsten zu lösen gewesen. Die Überlebenden könnten im Frühjahr 1916 zur Gegenoffensive in Montenegro antreten, wo sich die österreichischen Kaiserjäger im Vormarsch befanden. Nur auf energischen Protest des albanischen Regierungschefs Essad Pascha, der darauf pochte, daß Albanien eigentlich neutral sei, ließ die alliierten Generäle derartige Überlegungen fallen.

Die serbische Regierung kam am 3., der Generalstab am 6. Dezember in Shkodra an. Ihre verzweifelten und immer dringender werdenden Hilferufe nach Rom, Paris und London wurden kaum beachtet. Erst auf wiederholte russische Interventionen schickten die Engländer General Troubridge und die Franzosen General de Mondesir los. Gemeinsam mit der italienischen Regierung und dem Generalstab sollten sie alle notwendigen Maßnahmen treffen, die »... geeignet sind, die serbische Armee aufzufrischen und sie einer neuerlichen Verwendung zuzuführen.«

Vor hohen alliierten Offizieren fand in der albanischen Hafenstadt

* Dieses traurige Kapitel alliierter Versäumnisse, nicht eingelöster Versprechen und menschenverachtenden Ignoranz ist nach dem I. Weltkrieg weitgehend verschwiegen oder unter den Teppich gekehrt worden. Wenn überhaupt, dann bedauerte man nur, daß dieses »... wertvolle, wenn auch von den überstandenen Strapazen stark mitgenommene Menschenmaterial (!) nutzlos verschwendet wird«, wie in dem Bericht eines gewissen Captain George Smith von der britischen Militärmission in Durrës jener Tage nachzulesen ist.

Durrës eine denkwürdige Militärparade statt. Unter den Augenzeugen befanden sich auch einige Journalisten, die es in diesen entlegenen, wenn auch für das Kriegsgeschehen nicht unwichtigen Winkel Europas verschlagen hatte, so der französische Korrespondent und Schriftsteller Henri Barbusse.

In voller Bewaffnung, hinter flatternden Regimentsfahnen, begleitet von flotter Marschmusik, marschierte am Gebäude des serbischen Generalstabes ein gespenstischer Zug hohläugiger, zerlumpter, teilweise barfüßiger Soldaten vorbei. Die anwesenden Serben, unter ihnen der Thronfolger Alexander, zeigten undurchdringliche Mienen. Manch einem Haudegen unter den Franzosen, Engländern und Italienern trieb jedoch der Anblick des Elendszuges Tränen in die Augen, und die etwas abseits stehenden Damen schluchzten laut, wie Barbusse später berichtete. »... Es war ein Marsch lebender Leichname unter Waffen ... und keiner, auch ich nicht, hat sich beim Anblick dieses Elends seiner Tränen geschämt.«

Von nun an begannen Hilfslieferungen zu fließen. Man entschied, die Reste der serbischen Armee auf die griechische Insel Korfu zu bringen, wo sie sich zunächst erholen sollten, um anschließend neu gruppiert und frisch ausgerüstet an der Saloniki-Front eingesetzt zu werden.

Unter den Zuschauern der denkwürdigen Truppenparade von Durrës finden wir auch unsere Bekannten aus Spas. Da waren die beiden englischen Offiziere, in untadeligen Uniformen und glattrasiert wie immer, die Dolmetscherin mit dem lauten Lachen, Mitglieder der russischen Mission, die Montenegriner (ohne Major Arsa Koviljan-Kundak). An hervorragender Stelle in der ersten Reihe sehen wir den General, dessen Wunde Dr. Demšar und Rada in Spas behandelt hatten. Unter all diesen uniformierten Paradiesvögeln in vollem Ordensschmuck nahm sich Graf Alexander Petrowič Bagranow in seinem arg mitgenommenen Zivil wie ein grauer Sperling aus. Auf ihn und seine dringenden Hilferufe an Petersburg war größtenteils die energische Intervention der russischen Regierung zurückzuführen. Dies dürfte der Grund dafür sein, daß er gleich neben dem Thronfolger Alexander stand, den er um einen Kopf überragte – und nicht zuletzt deshalb war es ihm gelungen, mit diesem von heute auf morgen für Rada ein Gespräch in einer »wichtigen privaten Angelegenheit« zu arrangieren.

Rada wartete vor dem Arbeits- und Empfangszimmer des serbischen Thronfolgers – eine hohe, schmale Frauengestalt in der traditionellen schwarzen Kleidung montenegrinischer Frauen, die ihr blasses, stilles Gesicht noch blasser erscheinen ließ, unbeeindruckt vom geschäftigen Hin und Her der Offiziere, Ordonnanzen und Kuriere, umgeben von einem kühlen Hauch von Unnahbarkeit.
Sie hatte noch knappe drei Tage Zeit. Das Gespräch mit Thronfolger Alexander war ihre – und Stefans – letzte Chance.
Alle bisherigen Bemühungen, Stefan freizubekommen, ja allein zu erfahren, weshalb man ihn verhaftet und in das Gefängnis der ehemals türkischen Zitadelle von Shkodra gebracht hatte, waren vergeblich gewesen. Bogdan hatte ihr nicht einmal zugehört. Auch nicht dann, als sie ihm erzählt hatte, daß sie in Spas den so lange vergeblich gesuchten Anführer und Mörder der *Blutigen Slava* gesehen hätte.
»Du bist verrückt! Der Mann, von dem du sprichst ist Major Aras Koviljan-Kundak. Ein verdienter Offizier des Königs. Was du mir erzählst, ist absurd. Und es würde selbst dann, wenn es stimmte, nichts an deiner Situation ändern. Weder an deiner noch an der des *Švaba* Stefan Meyster, mit dem du dich eingelassen hast wie eine billige Hure.«
Auch war es ihr nicht gelungen, mit dem Großvater zu sprechen, bevor man ihn auf sein Anwesen im montenegrischen Küstenland gebracht hatte. Wojwoda Lazar sei von Bogdan über alles informiert worden und er lehne es ab, mit einer Verräterin und *švabska kurba* – deutsche Hure – zu sprechen, hatte ihr Bora niedergeschlagen mitgeteilt. »Verzeih mir, Wojwoda Lazar befahl, es dir mit diesen Worten auszudrücken. Und weiter soll ich dir sagen, daß er den Bannfluch über dich sprechen und dich aus der Sippe austoßen wird. Du kennst ihn. Es wäre sinnlos zu versuchen, ihn umzustimmen. Vielleicht später, wenn sich seine schreckliche Wut etwas gelegt hat.«
Etwas mehr Verständnis hatte Rada bei Dr. Nikolić gefunden. Natürlich verurteilte auch er ihr »Verhältnis mit einem *Švaba,* dem Angehörigen des Volkes, mit dem wir Krieg führen und dem wir dieses ganze Unglück zu verdanken haben«. Dies hatte er ihr im Ton eines väterlichen Freundes gesagt, der zutiefst bekümmert und entsetzt über ihren Fehltritt, ihren Mangel an Patriotismus, ja Ver-

rat an der heiligen Sache des großen serbischen Volkes war, zu dem ja auch die Montenegriner zählten. Immerhin hatte er sich bereiterklärt, nach Stefans Verbleib und den Gründen für die Festnahme zu forschen. Als Resultat seiner Bemühungen hatte er die Nachricht gebracht, daß man Stefan in der Zitadelle gefangen hielt, bis zu »seiner Aburteilung durch ein Standgericht. Man hat eindeutige Beweise, daß er ein österreichischer Spion ist. Auch das noch! Also, ich hätte das nie gedacht! Hoffentlich macht man *mir* keine Vorwürfe, weil ich eingewilligt habe, daß er mit uns kommt. Das fehlte mir gerade!«

In ihrer Verzweiflung war Rada schließlich eingefallen, was ihr Stefan über seine Kindheit in Cetinje und die Freundschaft mit den Prinzen Georg und Alexander Karadjordjewić erzählt hatte, vor allem mit Alexander, dem gegenwärtigen Thronfolger. Man rühmte allgemein den Gerechtigkeitssinn, die Hilfsbereitschaft und die Ritterlichkeit des Kronprinzen. An ihn mußte sie sich wenden, er würde ihr und Stefan helfen!

Mit einem Konvoi leerer französischer Lastwagen, die Lebensmittel und Medikamente nach Shkodra gebracht hatten, war Rada nach Durrës gefahren; hier hielten sich mittlerweile der serbische Generalstab und der Thronfolger auf. Für die gut 120 Kilometer lange Strecke hatten sie fast einen ganzen Tag gebraucht – einen langen, kostbaren Tag, der ihr später vielleicht fehlen würde. In Durrës hatte sie sich bis zum Grafen Bagranow durchgefragt, und ihm bis in die Nacht hinein rückhaltlos alles erzählt – nicht nur von ihrer Liebe zu Stefan, sondern auch die Geschichte der *Blutigen Slava* und all dessen, was seither geschehen war.

»Was Sie berichtet haben, ist geradezu unglaublich – und doch muß ich es glauben«, hatte der Graf daraufhin gesagt. »Einiges weiß ich ja bereits von Ihrer Tante Ljuba. Wenn das so ist, wenn dieser junge Deutsche Stefan Meyster – seinen Großvater Dr. Meyster kenne ich aus meiner Wiener Zeit übrigens persönlich – gemeinsam mit Ihnen dahintergekommen ist, wer die wirklichen Mörder auch seines Vaters waren, dann hat er vor Gericht tatsächlich keine Chance. Die Montenegriner werden genügend Beweise für seine angebliche Schuld liefern ... Abgesehen davon fragt man bei einem solchen Schnellgerichtsverfahren kaum nach Beweisen. Sie haben recht, meine Prinzessin. Und Sie haben auch damit recht, daß hier nur ein

Mann wie der Thronfolger helfen kann. Ein Machtwort von ihm ... Ob er es sprechen wird? Ich erlaube mir keine Voraussage. Jedenfalls werde ich ein Gespräch mit ihm arrangieren, gleich morgen, die Zeit drängt. Doch halten Sie ihn nicht zu lange auf. Er engagiert sich sehr, ist ständig auf den Beinen, völlig überlastet in seiner Eigenschaft als Regent und Oberkommandierender... Man muß ihm Respekt zollen. Und wenn ich Ihnen noch einen guten Rat geben darf – erzählen Sie ihm nichts von dieser entsetzlichen Geschichte und von der Verquickung Ihres – nun – Freundes Stefan Meyster in sie. Der Thronfolger würde sagen, dies sei eine innere Angelegenheit Montenegros, in die er sich keinesfalls einmischen wolle. Und bedenken Sie weiter – der Anführer der Mörder soll ein Offizier der Garde gewesen sein, sowas wie ein montenegrinischer Kriegsheld... Unvorstellbar! Auch wenn es wahr sein sollte. Man würde sagen, König Nikola I. sei von Mördern umgeben – welches Licht fällt da auf ihn selbst? Der König ist Alexanders Großvater mütterlicherseits... Wer hört schon gern, daß sich sein Großvater mit Mördern umgibt? Nein, nein, sagen oder erzählen Sie ihm nur, daß er... Lassen Sie uns überlegen, meine Prinzessin ...«

Sie hätten sich alle Überlegungen sparen können! Zwei oder drei Stunden nach dem traurigen Vorbeimarsch seiner Truppen kam Thronfolger Alexander in Begleitung einiger Offiziere an. Erst als er Rada vor der Türe seines Arbeitszimmers stehen sah, schien er sich an das Versprechen zu erinnern, das er Graf Bagranow gegeben hatte. Aber es dauerte noch eine gute Stunde, bis der Adjutant – ein Oberstleutnant der Kavallerie – endlich zu ihr kam und sie zur Audienz bat.

Der Thronfolger empfing sie mitten in seinem spartanisch eingerichteten Zimmer stehend. Er war fast um einen halben Kopf kleiner als Rada, hielt sich sehr gerade, sein graues Gesicht mit dem blauschwarzen Schatten des Bartes, war noch kantiger und schärfer, als es Rada aus Spas in Erinnerung hatte, und seine übermüdeten Augen blinzelten ihr nervös und kurzsichtig entgegen. Formvollendet machte sie den »kleinen« für solche Gelegenheiten vorgeschriebenen Hofknicks. Das schien ihn freudig zu überraschen. Er bot ihr einen einfachen Stuhl vor seinem Kartentisch an und setzte sich ihr gegenüber.

»Es ist etwas unbequem hier, aber damit müssen wir uns abfinden. Sie sind *Gospodjica* – Fräulein – Rada, die Enkelin des Wojwoda Lazar Bošković? Der Name Ihres Großvaters ist mir seit meiner Kindheit bekannt. Hat er noch immer seinen – wie hieß er schon? – *fröhlichen* Säbel? Ein echter montenegrinischer *Gorštak** ... Doch was kann ich für Sie tun?«
Rada sagte es. Der Thronfolger hörte ihr mit unbewegtem Gesicht zu. Seiner Miene war keine Regung anzusehen. Hörte er ihr auch wirklich zu? Erst als ihm Rada erzählte, daß er, der Thronfolger, Stefan aus den gemeinsamen Kindheitstagen in Cetinje kennen würde, schien sein Interesse vorübergehend zu erwachen.
»Stefan Meyster, der Sohn des österreichisch-ungarischen Geschäftsträgers? Ich erinnere mich. Ein dünner Junge mit rotblonden Haaren... Natürlich erinnere ich mich. Wir haben zusammen gespielt. Meistens Krieg. Kinder spielen fast immer Krieg. Wenn sie ihn als Erwachsene wirklich führen müssen, ist das weniger amüsant.«
Man beschuldige ihn ungerechtfertigt der Spionage, erzählt Rada, er müsse sich vor einem Standgericht verantworten, vor dem er nicht die geringsten Chancen hätte. Dessen Urteile lauteten in der Regel auf Tod durch Erschießen, vollstreckbar sofort. Für Stefans Unschuld und auch für seine aufopfernde Arbeit im Feldlazarett gäbe es genügend Zeugen, unter anderem Generalarzt Dr. Nikolić, andere Ärzte, weiterhin...
An dieser Stelle unterbrach sie der Thronfolger. Rada hatte dies bereits erwartet; ihre immer verzweifelter klingenden Worte schienen ins Leere zu fallen.
»Seien Sie versichert, daß unsere Gerichte Recht sprechen und nicht willkürliche Urteile fällen«, sagte er kühl. »Das gilt auch für dieses Gericht. Es mögen zwar Auswüchse vorkommen – in der Situation, in der wir uns befinden, ist das nicht zu vermeiden. Allerdings nicht, wenn es sich um Ausländer handelt. Die Gerichte sind angewiesen, sich gerade bei Ausländern strikt an die gültigen Gesetze und Vorschriften zu halten. Diesem Mann wird ein gerechter Prozeß ge-

* Den Ausdruck *Gorštak* könnte man am ehesten mit *Kämpe* oder *Haudegen* übersetzen. Er bezieht sich allerdings nicht nur auf einen Krieger und »draufgängerischen kampferfahrenen Soldaten« (Duden), sondern in erweiterter Bedeutung auf einen selbstbewußten, mutigen und draufgängerischen Mann.

macht werden. Seine Schuld – oder Unschuld – wird sich herausstellen. – Im übrigen könnte ich in diesem Falle nichts unternehmen, selbst wenn ich wollte. Auch Militärgerichte arbeiten selbständig, sie sind nicht weisungsgebunden. Weder die Regierung noch der Generalstab kann in ein Verfahren eingreifen. Ich kann Ihnen nur eines versprechen.« Der Thronfolger stand auf und machte einen Schritt zur Tür. »In wichtigen Fällen werden mir die Urteile vorgelegt. Wenn es tatsächlich noch Zweifel an der Schuld des Verurteilten geben sollte oder der Fall nicht allzu schwerwiegend ist, bleibt immer noch die Möglichkeit eines Gnadenaktes. Falls mir das Urteil über diesen Mann vorgelegt wird, will ich es in diesem Sinne prüfen.«

»Den König oder den Prinzen, der mit seinem Machtwort ein Unrecht wieder gutmacht oder einen Unschuldigen vor dem Galgen rettet, gibt es nur in Märchen«, sagte Rada etwas später bitter zu Graf Bagranow, der in seinem Quartier auf sie gewartet hatte.
Der Graf schien über die Reaktion des Thronfolgers keineswegs erstaunt zu sein. Er habe es gar nicht anders erwartet, berichtet er später in seinen nach dem Krieg in der Emigration geschriebenen Memoiren*:
»... Doch wäre es sinnlos gewesen, Rada von diesem Versuch abzuraten. Voller Ungeduld, Tatendrang und Energie, beflügelt von der Liebe zu diesem jungen Mann, hätte sie absolut nichts davon abhalten können, ihr Vorhaben auszuführen und mit dem Kronprinzen Alexander zu sprechen. Dieser wiederum handelte genau so, wie es seine Stellung in der gegebenen Situation von ihm verlangte... Der tragische Aspekt in diesem Liebesdrama war unverkennbar... Doch schien Radas Energie trotz erlittener Niederlage ungebrochen. Obwohl auf verlorenem Posten, gab sie den Kampf um ihren Geliebten nicht auf, darin ganz eine Tochter ihres Volkes, mit dessen kämpferischen Traditionen verwachsen...«
Wie schon der Thronfolger, versuchte auch Graf Bagranow Rada einzureden, daß Stefan ein fairer Prozeß gemacht würde. »Außerdem hat Ihnen der Kronprinz ja selbst versprochen, daß er im Falle

* *La grande guerre, des gens et des recontres* (Der große Krieg, Menschen und Begegnungen), Bd. 1, Edition Renard, Paris 1931

einer Verurteilung von seinem Begnadigungsrecht Gebrauch machen würde.«
»Versprochen? Nichts hat er versprochen! Und ich bin ganz sicher, daß man ihm in *diesem* Fall das Urteil nicht vorlegen wird.« Rada starrte wie hypnotisiert auf die schwere goldene Taschenuhr, die Graf Bagranow auf dem Tisch liegen hatte. »Ich muß zurück nach Shkodra, möglichst schnell. Es bleiben mir noch ganze dreißig Stunden, um etwas zu tun.«
»Was wollen Sie tun, meine Prinzessin?«
»Es muß schnell gehen, ganz schnell... Ich werde noch einmal versuchen, mit dem Großvater... Können Sie mir dabei helfen? Bitte, lieber Onkel, helfen Sie mir!«
»... Alles, was ich für sie noch tun konnte, war, ihr das Automobil und den Fahrer der russischen Delegation zur Verfügung zu stellen, damit sie möglichst schnell nach Shkodra und weiter zu ihrem Großvater fahren konnte«, setzt Graf Bagranow in seinen Memoiren fort. »Das Problem dabei war nicht das Auto oder der Fahrer, sondern das Benzin. Wir mußten für diese Fahrt unsere letzten Reserven angreifen...«
Als Rada mit dem Wagen – es war ein Austin 18/24, Modell 1911, der als besonders robust und zuverlässig galt – die Rückfahrt antrat, fiel bereits die Abenddämmerung ein. Der russische Chauffeur hatte die seitlich und am Heck angebrachten Petroleumlampen und die Azetylen-Scheinwerfer vorne angezündet, damit sie unterwegs mit der umständlichen Prozedur keine Zeit verlören. Rada nahm vorne auf dem Beifahrersitz Platz. Im Fond hatten sie volle Benzinkanister und zusätzliche Reserveräder neben zwei Luftpumpen und Flickzeug untergebracht, auf die sie bei unvermeidlichen (hoffentlich nicht allzu häufigen!) Reifenpannen zurückgreifen konnten. Graf Bagranow:
»... So fuhren sie für alle Eventualitäten gerüstet davon. Das letzte, was ich von dieser imponierenden jungen Frau sah, war ein blasses, vom tiefen Schwarz des Kopftuches umrahmtes Gesicht und ein flüchtiges Winken mit der Hand. Dann war das Automobil ratternd und über die schlechte Straße schaukelnd in der Dämmerung des feuchtkalten Dezemberabends verschwunden. – Zwei Tage später schiffte ich mich nach Bari in Italien ein. Von Rada und vom Erfolg oder Mißerfolg ihrer Bemühungen um den jungen Deutschen habe ich zunächst nichts mehr gehört...«

Der Preis der Freiheit

Das Anwesen des Wojwoda Lazar Bošković im montenegrinischen Küstenland war noch einen halben Tagesritt von Shkodra entfernt. Es war bereits weit nach Mitternacht, als Rada und ihr russischer Chauffeur Kolja dort ankamen. Die letzten drei- oder vierhundert Meter bergauf mußten sie zu Fuß zurücklegen. Zu dem Anwesen selbst, das auf einer karstigen Hügelkuppe inmitten ausgedehnter Weingärten lag, führte keine Fahrstraße. Das von alten Zypressen überragte Wohnhaus war von einer Mauer umgeben und von einer Meute großer Hunde bewacht. Ein Knecht sperrte die Hunde weg und schloß das Tor auf. Rada befahl ihm, sich um den Chauffeur zu kümmern. Sie selbst ging in den ersten Stock des Wohnhauses, wo sich das Schlafzimmer des Großvaters befand. Dort wartete bereits Bora, fertig angezogen, hellwach, mit unglücklichem Gesicht, doch offensichtlich fest entschlossen, sie nicht zum Wojwoda vorzulassen.

»Geh mir aus dem Weg, Bora!«

Rada sagte es nicht laut, doch in ihrer Stimme schwang etwas mit, das Bora zusammenfahren und widerspruchslos beiseite treten ließ. Sie klopfte an des Wojwoda Tür und trat ein. Drinnen schraubte sie den Docht der Petroleumlampe höher, die neben der Tür hing, nahm sie vom Haken und stellte sie auf den Tisch. Das Licht fiel jetzt voll auf das Gesicht Wojwodas. Er schlief nicht. Mit offenen Augen lag er reglos im Bett. Nur seine Hände schienen von eigenem Leben erfüllt zu sein. Sie tasteten mit einem leise schabenden Geräusch über die Bettdecke, als suchten sie etwas, verharrten zitternd, begannen wieder mit ihrer rastlosen Suche.

»Großvater, ich muß mit dir sprechen«, sagte Rada leise.

Keine Antwort.

»Großvater...«

»Bora!« schrie der Wojwoda mit einer schrecklichen Stimme, wie sie Rada von ihm noch nie gehört hatte. »Bora – hierher!«

Der Riese stürzte ins Zimmer.

»Sie soll hinaus, Bora! Hinaus! Sofort!«

In einer abwehrenden Geste hob Rada die Hand, und Bora verharrte reglos. »Soll er sich an mir – einer Trägerin des Namens Bošković – vergreifen?« fragte sie. »Willst du das wirklich?«

»Der Name Bošković ist nicht mehr dein Name!«
»Noch ist er es! Schick Bora hinaus, und ich werde dir den Namen des Mannes nennen, der an der Tara vor sechzehn Jahren die Mörder angeführt hat.«
Der Wojwoda drehte den Kopf ruckartig zu ihr und starrte sie an. Die Narbe spaltete blutrot sein wachsbleiches Gesicht. »Du kennst den Namen?« flüsterte er.
»Ich kenne ihn. Und ich kenne den Mann.«
»Seit wann?«
»Seit einigen Tagen.«
»Und du hast es mir nicht gesagt?«
»Ich hatte meine Gründe.«
»Wer ist es? Wie heißt er?«
»Ich werde es dir sagen, wenn du versprichst, Stefan zu helfen und zu befreien.«
»Den *Švaba?*« Der Wojwoda richtete sich auf die Ellbogen auf. »Hast du gehört, Bora? Ausgerechnet den *Švaba!* Bist du verrückt? Wie soll ich das tun?«
»Bist du der große Wojwoda Lazar, oder bist du es nicht? Hast du nicht immer wieder von deinen Heldentaten erzählt? Trifft es zu, daß du den Kopf des Urgroßvaters Djuro aus der türkischen Festung geholt hast, oder ist es nur ein Märchen? Eine Legende, wie es hundert oder tausend andere gibt, die wie eine Seifenblase zerplatzen wenn man ihren Wahrheitsgehalt prüft?«
»Du wagst es, so mit mir – mit *Wojwoda* Bošković zu sprechen?«
»Ich spreche so mit meinem *Großvater* Wojwoda Bošković. Also: Wirst du versuchen, Stefan freizubekommen? Wirst du es tun?«
»Bora!« schrie der Wojwoda jetzt wie von Sinnen. »Bora, die Peitsche!«
»Wojwoda, nicht – tu's nicht, mein Wojwoda!« flüsterte der Riese.
»Die Peitsche!«
Bora trat widerstrebend zum Wandbrett gegenüber dem Bett, wo neben einer Jagdflinte und dem *fröhlichen Säbel* eine aus Lederriemen geflochtene Reitpeitsche hing und brachte sie seinem Herrn.
»Geh hinaus – warte draußen!«
Bora gehorchte. »Du, Rada Bošković, die Tochter meines ältesten Sohnes Milovan, du hast deinen Stolz und deine Ehre verloren und dich einem Mann hingegeben wie eine billige Hure –«, sprach der

Wojwoda nun mit einer vor mühsam unterdrückter Wut atemlosen Stimme. »Einem Deutschen. Einem Feind. Er hat dich entehrt. Er hat hundertfach den Tod verdient – und du verlangst von mir, daß ich ihn davor bewahre! Du hast dein Volk verraten und den Namen Bošković für alle Zukunft befleckt. Gott ist mein Zeuge – ich wollte es nicht – ich will es nicht, aber ich muß es tun! Komm hierher! Komm sofort hierher!«

Rada wußte, gegen welche Tabus sie mit dem verstoßen hatte, was zwischen ihr und Stefan geschehen war, und sie wußte auch, daß der Wojwoda so und nicht anders handeln konnte, handeln *mußte,* um nicht vor sich selbst, vor seiner Stellung als Stammesführer und Sippenältester, vor der Familie, ja auch vor ihr, Rada, schuldig zu werden. So wie er, war auch sie eine Gefangene dieses Landes, seiner Traditionen, Überlieferungen, Gewohnheiten und Gesetze. Doch anders als sie, war er nicht bereit, vielleicht auch nicht in der Lage, diese – auch für sich selbst – zu überwinden. Oh, ja – Rada wußte, was auf sie zukam! Sie wußte, daß sie zunächst dies ertragen und über sich ergehen lassen mußte, bevor der Wojwoda überhaupt bereit sein würde, weiter mit ihr zu verhandeln. Das war der Preis für die Chance, Stefan *vielleicht* frei zu bekommen, und sie war bereit, ihn zu zahlen. – So trat sie entschlossen an das Bett des Wojwoda.

»Knie nieder!«

Sie tat es.

»Beuge dich vor – die Stirn auf den Boden!«

Sie tat auch das, und der Wojwoda begann mit voller Kraft, die er aufzubringen vermochte, auf sie einzuschlagen. Sein Zorn verdoppelte noch die Wucht, mit der er zuschlug, die Schläge peitschten auf Radas Rücken, Schultern, Arme – doch sie ließ keinen Laut der Klage und des Schmerzes hören. Das keuchende Atmen des Wojwoda, das Pfeifen der Peitsche und das Klatschen der Schläge waren die einzigen Geräusche, die man vernehmen konnte.

Schließlich ließ der Wojwoda erschöpft von ihr ab. Er ließ die Peitsche fallen und lehnte sich schweratmend zurück. Rada stand langsam auf. Kreidebleich, mit heißen, trockenen Augen sah sie den alten Mann an, und in ihrem Blick war nichts mehr davon vorhanden, was noch kurz zuvor darin gestanden hatte – Auflehnung,

Trotz, Furcht. Mit ihr war etwas Seltsames, Unwiderrufliches geschehen. Indem sie sich dem grausamen Ritual der Züchtigung unterworfen hatte, wurde sie frei. In diesen Augenblicken hatte sie die Last von tausend Jahren Bevormundung, Unterdrückung und des den Frauen ihres Landes aufgezwungenen, geduldigen Ertragens von Gewalttätigkeit und Leid abgeschüttelt (dies war das letzte Mal! Nie, niemals und niemandem würde sie je wieder erlauben, die Hand an sie legen, lieber würde sie sterben!). Diesen alten Mann hatte sie stets geachtet, bewundert, geliebt – und gefürchtet. Auch noch vorhin, als sie ihre Furcht überwunden und sich gegen ihn aufgelehnt hatte. Nun fürchtete und bewunderte sie ihn nicht mehr. Konnte sie ihn jetzt noch achten? Liebte sie ihn? Wie er so dalag, mit seinem zerstörten Gesicht, erschöpft und hilflos, tat er ihr nur noch leid. Während sie endlich, endlich frei war, wirklich frei, blieb er ein Gefangener.

»Bist du nun zufrieden?« fragte sie. »War das alles?«

Der Wojwoda wandte den Kopf langsam zu ihr hin. »Nein«, sagte er. »Das war nicht alles ... Sein Leben gegen dein Wort.«

Wojwoda Lazars großer Auftritt und Abgang

Der Begriff *Preki sud* – Standgericht – hatte in der serbischen Armee eine furchtbare Bedeutung. Wer vor ein *Preki sud* kam, konnte mit seinem Leben abschließen. Dessen Urteile lauteten mit einer geradezu stereotypen Gleichförmigkeit auf Tod. In der Regel durch Erschießen, in besonders schweren Fällen Tod durch den Strang. Eingesetzt und von übergeordneten Dienststellen der militärischen Gerichtsbarkeit zu besonders scharfem Durchgreifen und exemplarischen Strafbemessungen angehalten, wurden Standgerichte vor allem in kritischen Situationen*. Die harten Urteile soll-

* Während und nach dem serbischen Rückzug zur Adria-Küste wurden Dutzende von Todesurteilen verhängt und vollstreckt. Die häufigsten Anklagen lauteten neben »Fahnenflucht« und »Feigheit vor dem Feind« auf »Spionage«. Noch weit schlimmer hausten Standgerichte während des russischen Rückzuges im Frühjahr und Sommer 1915, in Frankreich nach der mißlungenen Frühjahrsoffensive 1917 des Generals Georges Nivelle, genannt »Blutsäufer«, oder nach dem Zusammenbruch der italienischen Front am Isonzo und in Südtirol. An der anderen Seite erlangten die Standgerichte in der k. u. k. Armee des Erzherzogs Friedrich eine besonders traurige

ten abschreckend wirken und jeden Gedanken an Flucht – *Fahnenflucht* – oder mangelnden Widerstand – *Feigheit vor dem Feind* – im Keim ersticken. Grundsätzlich sollten Soldaten Standgerichte und ihre Urteile genauso oder noch mehr fürchten als den Feind. Der Tod drohte von beiden Seiten, von vorn und hinten, vom Feind wie vom Standgericht. Vor dem Feind hatte man doch noch eine Chance, mit dem Leben davonzukommen, vor dem Standgericht so gut wie keine. Erlitt man im Kampf mit dem Feind dennoch den Tod, war es ein Heldentod. Der andere Tod, der Tod durch Erschießen oder durch den Strang, den ein Standgericht verfügt hatte, brachte zusätzlich Schimpf und Schande über den Toten und dessen Andenken, und oft auch über seine Familie.

Das serbische Standgericht, von dem hier die Rede ist, wurde vom Kommando der 2. Armee unter General Wojwoda Stepa Stepanović eingesetzt. Den Vorsitz führte ein Oberstleutnant der Reserve, Richter auch im Zivilberuf. Als Beisitzer fungierten ein Hauptmann der Artillerie und ein Oberleutnant der Infanterie. Ankläger war Oberleutnant Ante Milošević, genannt *Streljaš* – Erschießer –, weil er stets auf Todesstrafe durch Erschießen plädierte. Während er dies tat, starrte er den Angeklagten mit seinen farblos hellen Augen unverwandt an, als wollte er keine einzige Regung der Angst und der Verzweiflung in dessen Miene versäumen. Dabei bewegte sich sein Mund unter dem mächtigen, über die Lippen hängenden Schnauzbart auch in den langen Pausen zwischen den träge und gleichgültig gesprochenen Sätzen. Das sah aus, als würde er ständig auf etwas herumkauen, und meistens tat er dies auch, nämlich auf kleinen Würfeln von steinhart geräuchertem Schweinefleisch. Davon hatte er stets einen genügend großen Vorrat auch in diesen Zeiten der Not bei sich.

Für den Fall des *Stefan, Sohn des Karl Meyster, deutscher Staatsbürger, beschuldigt der Spionage für eine feindliche Macht,* wurden dem Gericht zusätzlich zwei montenegrinische Offiziere als Nebenkläger beigegeben. Es waren dies Leutnant Lalević, ein junger Mann mit einem hübschen, etwas dümmlich wirkenden Gesicht – und Major Arsa Koviljan-Kundak.

Berühmtheit. Aufgrund ihrer Urteile wurden mehr als 12 000 Soldaten tschechischer Nationalität gehängt, weil sie versucht hatten, zu den Russen, ihren »slawischen Brüdern«, überzulaufen.

Die Anklageschrift war kurz gehalten. Darin hieß es, daß der Angeklagte im Sommer 1914 mit dem Auftrag für Österreich-Ungarn zu spionieren nach Montenegro gekommen war. (»Beweispapiere liegen dem Gericht vor«). Nach der Festnahme durch die montenegrinische Polizei sei es ihm gelungen, nach Serbien zu fliehen (es wurde nicht erwähnt, wer ihm dabei geholfen hatte). Hier habe er wieder Verbindung mit dem österreichisch-ungarischen Spionagedienst aufgenommen und den Auftrag erhalten, sich am serbischen Rückzug durch Albanien zu beteiligen. Als Hilfssanitäter, also in einer Position des »Helfers und Menschenfreundes«, sollte er sich unentbehrlich machen und »Verbindung zu hohen serbischen und montenegrinischen Offizieren und Beamten zwecks späterer nachrichtendienstlicher Tätigkeit knüpfen«. Dies sei ihm zum Teil bereits gelungen. »Alle Beweise für die in dieser Anklageschrift gestellten Behauptungen liegen vor. Ich beantrage daher die für diese Verbrechen einzig mögliche, nämlich die Todesstrafe durch Erschießen.«
Mit diesem Satz wollte Oberleutnant Milošević – *Streljaš,* nebenbei an den geräucherten Fleischwürfelchen kauend, auch diesmal sein Plädoyer beenden. Doch er kam nicht dazu. Noch während er mit träger, selbst einem aufmerksamen Zuhörer kaum verständlichen Stimme die Anklageschrift verlas, wurde er darin so nachhaltig gestört, daß er damit nie fertig geworden ist.

Das Gericht tagte in der alten türkischen Kaserne am Stadtrand von Shkodra inmitten eines unübersichtlichen Gewirrs von meist hölzernen, ebenerdigen Häusern; dies wurde für die späteren Ereignisse von erheblicher Bedeutung. Der provisorische Sitzungssaal befand sich im Wachgebäude gleich beim Haupteingang. Zu erreichen war er durch einen breiten Gang mit einer Tür im Hintergrund, die zu den Zellen des angeschlossenen Militärgefängnisses führte. In eine dieser Zellen hatte man Stefan am Abend zuvor, mit Hand- und Fußkettenfessel, gebracht. Außer ihm befanden sich hier noch fünf Soldaten und ein junger Leutnant. Alle sollten sich wegen Fahnenflucht und Feigheit vor dem Feind verantworten.
Um neun Uhr vormittags trat das Gericht zusammen. Man hoffte, bis zum Mittagessen fertig zu sein. Als erster wurde der Leutnant geholt. Man hatte ihm die Epauletten und eine Tapferkeitsmedaille abgenommen. Sein bartloses Gesicht mit den gehetzten Augen

wurde noch um eine Spur blasser, als man ihn abführte. »Diese Schande«, murmelte er, »diese schreckliche Schande, mein Vater überlebt es nicht...«

Er kam nicht wieder. Die Abgeurteilten wurden in eine andere Zelle geführt. Im Abstand von sieben bis zehn Minuten kamen die nächsten an die Reihe. Alle, auch der Leutnant, wurden zum Tode durch Erschießen verurteilt. Zwei von ihnen schrien und fluchten laut, als man sie vom Sitzungssaal zurückbrachte. Stefan hatte man sich bis zuletzt aufgespart.

Er war hellwach und befand sich gleichzeitig in jenem Zustand der Abwesenheit, den er sich damals im montenegrinischen Militärgefängnis angeeignet hatte. Er war hier und war gleichzeitig weg; was mit ihm geschah, betrachtete er durchaus interessiert und doch auf eine merkwürdige Art unbeteiligt. Dieser Zustand der innerlichen Absenz half ihm, das, was mit ihm geschah, zu überstehen, und das Wissen um den Tod zu ertragen. Es war zu Ende, und er wußte es. Er mußte damit fertig werden – in Würde fertig werden, wie er sich immer wieder einschärfte, der Worte seines schlesischen Großvaters Otto von Prettwitz eingedenk: »Unser erster Schritt ins Leben ist gleichzeitig auch der erste Schritt hin zum Tode. Der Tod ist unausweichlich, der eine erleidet ihn früher, der andere später. Doch wann es auch geschieht, man hat es zu tragen, zu ertragen und das Leben in Würde zu vollenden.«

In Würde zu vollenden, in Würde damit fertig zu werden, und wenn es noch so schwerfiel – vor allem jetzt schwerfiel, nachdem er Radas Liebe gefunden hatte. Radas Liebe, neue Liebe, neues Leben, zu Ende, bevor es richtig begonnen hatte. Zu Ende? Vielleicht doch nicht! Vielleicht würde es doch keine Farce, sondern eine ernstzunehmende Gerichtsverhandlung geben. Vielleicht wird man sich doch überzeugen lassen und einsehen, wie absurd die Beschuldigung der Spionage ist. In Montenegro selbst hätte er sicher keine Chance, doch vor einem serbischen Gericht – mochte es auch ein *Preki sud,* ein Standgericht sein...

So bleibt selbst dem Mann, der um sein sicheres Ende weiß, immer noch ein Funken Hoffnung. Er weiß um sein Ende und kann nicht *wirklich* daran glauben. Auch wenn sich die Hoffnung als trügerisch erweist, macht sie doch die letzten Stunden und Augenblicke des Lebens mit dem Wissen um das Ende halbwegs erträglich.

Doch dann stand Stefan vor Gericht, flankiert von zwei Wachsoldaten mit geschulterten Gewehren und aufgepflanzten Bajonetten, sah die Männer am Richtertisch, sah seinen Peiniger aus Montenegro unter ihnen und sagte sich mit schmerzlicher Hellsichtigkeit, daß er nicht die geringste Chance hatte.
Der Pflichtverteidiger – Stefan sah ihn zum erstenmal – saß an einem Tisch abseits und blätterte nervös in seinen Papieren. Er war ein kleiner, schmächtiger Mann in der abgetragenen Uniform eines Leutnants der rückwärtigen Dienste. Stefans Anwesenheit schien er nur am Rande registriert zu haben. Der andere, dem Verteidiger gegenüber, ein Oberleutnant mit riesigem Schnurrbart und hellen Augen, der ständig an etwas zu kauen schien, war der Ankläger. Dann der Vorsitzende, die Beisitzer – alle um undurchdringliche Mienen bemüht. Und immer wieder der montenegrische Major mit dem fehlenden Ringfinger. Er starrte Stefan unverwandt und genau so ausdruckslos an, wie er ihn damals in Cetinje angestarrt hatte, bevor er nähergekommen war, die Hand gehoben hatte, um ihn mit den Fingerknöcheln anzustupsen . . . Stefan erwiderte den Blick und lächelte. Er lächelte tatsächlich, wie es die anderen, die an Angst und Verzweiflung bei Angeklagten gewöhnt waren, erstaunt vermerkten. So schrieb auch der Gerichtsschreiber, ein Korporal, in sein Protokoll:
»Der Angeklagte, Stefan Karl Meyster, wird vorgeführt und zu seiner Person vernommen. Er macht einen ruhigen, gefaßten Eindruck. Seine Antworten erfolgen laut und deutlich in einem perfekten serbisch. Danach verliest der Militärankläger die Anklageschrift (Abschrift beiliegend). Nachdem diese verlesen wurde . . .«
Mit seinen letzten Worten griff der Korporal dem Geschehen vor. Als sich nämlich Oberleutnant Milošević, genannt *Streljaš*, in der Anklageschrift dem Ende und seiner stets gleichlautenden Forderung nach der Todesstrafe durch Erschießen näherte, geschah etwas Ungeheuerliches, etwas noch nie Dagewesenes.
Draußen hörte man polternde Schritte und laute Kommandos. Die Tür flog auf. Soldaten in montenegrinischen Uniformen, mit rotschwarzen Tellermützen auf den Köpfen und aufgepflanzten Bajonetten – es waren dies die langen, dreikantigen russischen Spieße, nicht die serbischen Bajonette – stürmten herein. In dieser Art von Überfällen offensichtlich ungeübt, stellten sie sich nach einigem Hin

und Her im Saal links und rechts von der Tür auf, mit Front zum Richtertisch. Es war ein bunt zusammengewürfelter Haufen verschiedener Waffengattungen, kantige, scharfgesichtige Männer, denen die Aktion erhebliches Vergnügen zu bereiten schien. Angeführt wurden sie von einem Riesen in der Uniform eines montenegrinischen Feldwebels: Bora. In der Rechten trug er einen Trommelrevolver, mit dem er auf den Richtertisch deutete.
»Fertig!«
Die Gewehre der Soldaten senkten sich, die Sicherungsflügel klickten.
»Was zum Teufel soll das ...« begann der Vorsitzende, doch weiter kam er nicht. Bora fuhr herum und zischte ihm mit furchterregendem Gesicht zu:
»*Čuti* – schweig!«
Dann sah er wieder Major Arsa Koviljan-Kundak an. Er wandte seinen Blick von ihm, während er den Soldaten, die Stefan flankierten, die Gewehre abnahm und sie mit schnellen Repetierbewegungen entlud. Die Patronen flogen in hohen Bogen durch die Luft und klirrten auf den Boden. Dann gab er die Gewehre zurück.
»Bleibt ruhig, Brüder, es wird euch nichts geschehen.« Und während er all dies tat, starrte er den Major unentwegt an.
Von draußen näherte sich jetzt ein klopfendes Geräusch. In der Tür erschien Wojwoda Lazar Bošković. Auf zwei Krücken gestützt, humpelte er in den Sitzungssaal – in dieser nüchternen Umgebung eine unerwartete exotisch und martialisch anmutende, überaus prächtige Gestalt!
Der Wojwoda trug einen knielangen, weißen, an den Säumen reich bestickten, vorne offenen Wollmantel. Hinter einer bunten Seidenschärpe steckten griffbereit eine Mauser-Pistole und der *fröhliche Säbel.* Das Hemd mit einem Ordensband quer über der Brust war aus blauer, die weite Flauschhose aus dunkelvioletter Seide. Das linke Hosenbein hatte man ihm hochgebunden, rechts trug er einen schwarzen Stiefel aus allerfeinstem Juchtenleder. Über dem Mantel hatte er eine über und über mit Goldstickereien versehene dunkelblaue Weste angelegt, geschmückt mit einer ganzen Reihe von Orden und Medaillen. Auf dem Kopf trug er die typische montenegrinische Tellermütze mit schwarzem Rand und einem rotseidenen Oberteil mit goldenem montenegrinischem Wappen.

So gekleidet betrat der Wojwoda die Bühne zu seinem letzten großen Auftritt – einem Auftritt, der ihm endgültig den Einzug in die Legende und in den Mythos von den unsterblichen Helden Montenegros sicherte. Obwohl er sich mit seinen Krücken nur mühsam vorwärts bewegte, ihm die prächtig bunten Kleidungsstücke zu groß geworden waren und lose um seinen abgemagerten Greisenkörper schlotterten, obwohl sein Gesicht mit der furchtbaren Narbe blaß und wie eingeschrumpelt war, atmete seine Erscheinung doch eine unnachahmliche und respektheischende Würde aus.
Mitten im Raum hielt er an und musterte mit einem langen Blick den Richtertisch. Er ließ sich Zeit. Lange Augenblicke atemlosen Schweigens vergingen, bevor er endlich zu sprechen begann:
»Ich bin Wojwoda Lazar Bošković, Oberst in der königlich montenegrinischen Armee, Mitglied des russischen Ordens des *Goldenen Schwertes,* Ritter des St. Georg-Ordens und des Ordens vom Weißen Adler. Mit meiner eigenen Machtvollkommenheit und kraft meiner Stellung erkläre ich das Gericht für nicht zuständig, um über diesen Mann zu richten. Bora, führ ihn ab!«
Major Arsa Koviljan machte eine Bewegung, als wollte er aufspringen. Boras Revolver richtete sich gedankenschnell auf ihn, das Klicken des gespannten Hahnes war in der Stille laut wie ein Schuß.
»Los, los – mach weiter!« zischte der Riese.
»Nicht *du!*« sagte der Wojwoda. »Ich werde es tun. Führ' diesen Mann ab.«
Bora gehorchte widerwillig. Er schob Stefan hinaus, und sie verschwanden.
Zu Major Arsa Koviljan gewandt rief nun der Wojwoda:
»Ich bin gekommen, um diesen Mann zu richten. Ich werde ihn töten. Steh auf, *Ubica* – Mörder!«
Der hellen, klaren Stimme des Wojwoda, die alle Anwesenden in ihren Bann schlug, konnte sich auch der Major nicht entziehen. Er stand langsam auf. Doch seinem erdigen Gesicht war nicht die geringste Regung anzusehen, seine Augen wirkten wie tot.
Der Wojwoda sprach: »Vor sechzehn Jahren wurde mein Haus an der Tara überfallen. Meine Söhne Milovan, Petar und Dušan wurden ermordet. Desgleichen meine Enkel Alexander, Danilo und Lazar, meine Brüder Blagoje und Veljko, die Männer Ilija Marić, Mirko Pirić, Djuro Begić und mein österreichischer Gast Karl Mey-

ster, der Vater des Mannes, der hier mit gefälschten Beweisen gerichtet werden sollte. Die Mörder wurden von diesem Mann angeführt, Arsa Koviljan, genannt Kundak. Hebe deine linke Hand, *Ubica!*«

Der Major rührte sich nicht. Er machte auch dann keine Bewegung, als der Wojwoda vorwärts humpelte und seinen Säbel zog. Obwohl er durch die Krücken behindert war, geschah dies so schnell, als wäre der Säbel von selbst aus der Scheide gesprungen. Er beschrieb einen blitzenden Bogen durch die Luft, bis seine Spitze kaum noch eine Handbreit von Arsa Koviljans Hals entfernt war.

Die Narbe zog sich jetzt dunkelrot angelaufen schräg über des Wojwodas blasses Gesicht. »An der linken Hand fehlte dem Mörder der Ringfinger. Am Mittelfinger trug er einen Siegelring mit einem roten Stein. Trägst du den Ring noch *Ubica*? Hebe die Hand!«

Der Major nickte. Auf seinem Gesicht stand plötzlich ein unheilvolles Lächeln. Er hob die Hände – beide Hände, doch die linke etwas schneller als die rechte. Die Finger hielt er gespreizt, so daß man deutlich den Stummel des Ringfingers und den breiten Goldring am Mittelfinger sehen konnte. Alle, die Richter, die Beisitzer, der Ankläger, der Verteidiger, der Protokollführer, die Soldaten, sie alle starrten diese langsam nach oben schwebende Hand an, auch der Wojwoda. Nur diese Hand, und so wie die anderen, sah auch er nicht, daß der Major in der Rechten knapp über dem Tischrand eine Pistole hielt. Als er es merkte, war es zu spät. Er stieß mit dem Säbel zu, doch der Major war darauf vorbereitet. Er wich aus und schoß.

Das war der einzige Schuß, der bei diesem denkwürdigen Überfall auf ein serbisches Standgericht fiel. Der Wojwoda prallte zurück, seine Krücken polterten zu Boden, er sackte auf die Bank, die man für die Angeklagten vor den Richtertisch gestellt hatte. Während er in der rechten Hand noch immer den *fröhlichen Säbel* festhielt, versuchte er mit der linken nach der Pistole zu greifen. Aber er fand nicht mehr die Kraft dazu.

»Du alter Narr!« sagte Major Arsa Koviljan-Kundak verächtlich. Dann wurde es wieder still, und alle sahen den Wojwoda an, auch dessen montenegrinische Soldaten. Auf den überraschenden Schuß hatten sie zunächst nicht reagiert – und jetzt brachten sie wohl nicht mehr den Mut dazu auf.

Der Wojwoda saß weit zurückgelehnt mit fahlem Gesicht auf der Bank. Auf seiner linken Brustseite breitete sich ein großer Blutfleck aus. Er starrte den Major an – und begann zu lachen. Er lachte tatsächlich, alle hörten es, ein gespenstisches, glucksendes Lachen, während über seine Lippen in kleinen Stößen Blut schwappte, über das Kinn lief und den roten Fleck auf dem Weiß des Mantels ständig vergrößerte.
»Blutrache – Bogdan wird – jetzt –«, sagte er, hustete, lachte wieder, sprach: »Er muß – Blutrache – er muß jetzt...« Seine Stimme ertrank in einem Blutschwall, er starb, und sein Blick ließ Major Arsa Koviljan-Kundak auch im Tode nicht mehr los.*

Der Abschied

Stefan und Bora tauchten im Gewirr der alten, ebenerdigen Holzhäuser unter, die an die türkische Kaserne grenzten. Wortlos hasteten sie durch enge Gassen, überquerten einige Hinterhöfe, kletterten über Gartenzäune. Bora schien den Weg zu kennen. Schließlich hielt er an der Hintertür eines Hauses am Stadtrand an.
»Ich muß jetzt zurück, Bruder. Du hast einen weiten Weg vor dir. Sei vorsichtig und stets auf der Hut wie ein Wolf. Wir werden uns nicht wiedersehen. Geh jetzt hinein!«
Er machte die Tür auf, die so niedrig war, daß sich Stefan bücken mußte, als ihn Bora hineinschob und sie hinter ihm zumachte. Als er sich wieder aufrichtete, sah er Rada vor sich stehen.
Rada. Sie war es – und war es auf eine merkwürdige, befremdende Art auch nicht. Eine Frau in Schwarz mit einem blassen, stillen Gesicht. Er trat zu ihr, faßte nach ihren Schultern, versuchte sie an sich zu ziehen. Sie zuckte schmerzhaft zusammen, machte sich frei, wich zurück, und so fremdartig, kühl und unbeteiligt wie sie selbst, erschien Stefan auch ihre Stimme, als sie sagte:

* Nach der offiziellen Version ist Wojwoda Lazar Bošković an den Folgen seiner während der Schlacht an der Djetinja erlittenen Verletzungen gestorben. Was wirklich geschehen war, wurde – wie nicht anders erwartet – vertuscht. Auch über seinen Auftritt vor dem *Preki sud* konnte ich keine Aufzeichnungen finden, bis auf die im Vorwort zu diesem Buch erwähnten Sätze eines serbischen Humoristen und Satirikers.

»Du hast keine Zeit zu verlieren, Stefan. Bitte schnell, ganz schnell, sonst war alles umsonst!«
Sie hatte ihm einen serbischen Soldatenmantel mitgebracht, dazu eine *Šajkača,* die Soldatenmütze und Opanken, alles getragen und reichlich mitgenommen. Während er sich umzog, erklärte sie hastig, daß er zunächst wie ein serbischer Soldat auf dem Weg zur Adria, nach Durrës oder Valona aussehen, und sich auch so geben müßte.
»Misch dich unter sie und nimm die Straße nach Va i Dêjës – das ist der einzig mögliche Weg. Nachdem du die Brücke über den Drin passiert hast, mußt du die Straße verlassen und dich ostwärts durch die Berge schlagen. Kompaß, Karte, Reiseproviant sind in der Tasche, dazu der Revolver, Arifs Dolch und etwas Geld. Wenn du nicht mehr mit den Kolonnen mitziehst, wirf den Mantel und die *Šajkaća* weg. Versuch dir eine landesübliche *Bunda* – Pelzjacke – zu besorgen und setz' die Arnautenmütze auf, die du in der Tasche findest.«
Während sie so zu ihm sprach, bewahrte sie diese eisige, unnatürliche Ruhe, die Stefan verwirrte und ratlos machte und ihn schließlich zwang, sich genauso sachlich und zurückhaltend zu geben. Erst als sie ihm die Umhängetasche reichte, schien Rada für einen Augenblick die Selbstbeherrschung zu verlieren.
»Die Hirtentasche? Arifs Tasche?« fragte Stefan.
»Arifs Tasche«, sagte Rada, und ihre Lippen begannen zu zittern.
»Was ist mit dir, Rada? Warum fliehen wir nicht zusammen? Warum kommst du nicht mit?«
Sie schüttelte stumm den Kopf.
»Wo finde ich dich?« rief Stefan verzweifelt. »Ich kann doch nicht so einfach weg! – Wo finde ich dich, Rada, mein Herz? Sag, wo?«
»Du darfst nicht mehr nach mir suchen – nie wieder. Wir werden uns nie wiedersehen. Nie wieder!« Sie schob ihn zur Tür. »Geh nach Hause! Halte dich immer ostwärts. Irgendwo jenseits der *Šar Planina* wirst du auf deine Landsleute stoßen. Und halte dich draußen nach rechts, dann kommst du auf die Hauptstraße. Und dann weiter, immer weiter nach Hause. Geh jetzt, schnell, bitte, schnell!«
»Auf *Kameni stup!«* rief Stefan zurück in die Dämmerung des Raumes, als er schon draußen stand. Und weiter, auf deutsch jetzt, ohne es selbst zu merken: »Ich liebe dich, hörst du? Ich liebe dich! Und ich komme hin! *Kameni stup.* Ich komme hin!«

Das war es, was er zuletzt von ihr sah, dieses Bild, das er auf seinen ungewissen und gefährlichen Fluchtweg mitnahm: das schmale, vom schwarzen Kopftuch umrahmte Oval ihres Gesichts mit den riesigen dunklen Augen. Nur dieses Gesicht, nur dieses, geliebte Gesicht. Die Tür fiel zu, und er sah nicht mehr, wie die Kraft, die Rada bis jetzt aufrecht gehalten hatte, aus ihrem Körper wich, wie sie sich an die Tür lehnte, durch die er verschwunden war. So verharrte sie, und in der klammen Stille war zunächst nichts zu hören als ihr zitterndes Atemholen – und dann ein unbeschreiblicher Klagelaut tiefster Verzweiflung.

Über den Fluß

Zunächst ging alles glatt. Stefan reihte sich unter die Soldaten, die an Shkodra vorbeizogen, um jenseits von Va i Dêjës nach Süden in eines der Zeltlager, die zwischen den Flüssen Drin und Mat und noch weiter südlich aufgeschlagen worden waren, umgeleitet zu werden. Die Brücke über den Fluß Kir östlich von Shkodra passierte er unangefochten. Bald darauf überholten jedoch zwei berittene Gendarmen in scharfem Trab die Kolonnen und musterten sie dabei aufmerksam. Stefan hatte sie rechtzeitig gesehen und hatte hinter einem Ochsengespann Deckung genommen, so daß sie ihn nicht bemerkten.
Die Straße führte durch hügeliges, mit Disteln und kniehohem Dornengestrüpp bewachsenes Gelände. Überall die altvertrauten Bilder des Elends. Erschöpfte, neben der Straße kampierende Soldaten, Flüchtlinge, Sterbende, Tote, manche von ihnen bereits aufgedunsen, mit schwarzen, teilweise von Krähen, Geiern und Hunden angefressenen Gesichtern.
In einem der wenigen Dörfer an der Straße gab es eine Stockung. Am Ortsausgang hätte man eine Straßensperre aufgebaut, wurde nach hinten durchgegeben, Gendarmen würden jeden kontrollieren, der vorbeikam. Soldaten, ja selbst Offizieren würden sie die Mützen abnehmen lassen, weiß der Teufel warum, vielleicht um die Läuse zu zählen oder nach Teufelshörnern zu suchen.
Oder nach jemandem mit meiner Haarfarbe, sagte sich Stefan. Er hatte genug gehört. Es war Zeit, die Straße zu verlassen und sich

selbständig zu machen. So bog er mitten im Dorf ab, schlenderte zwischen den armseligen, von den Bewohnern meist verlassenen Hütten hindurch, kletterte – von der Straße schon außer Sicht – über einige aus Weidenzweigen geflochtene Gartenzäune, hielt in der Deckung eines Ziegenstalles an, überlegte, ob er nicht hier die Nacht abwarten und im Schutze der Dunkelheit die Kontrolle umgehen sollte – als er rufende Stimmen hörte. »*Pazi, tamo* – paß auf, dort« rief die eine und »*nisam ga video* – ich habe ihn nicht gesehen«, die andere.

Stefan spähte um die Ecke und sah zwei Gendarmen mit schußbereiten Karabinern zwischen den Hütten umhergehen, darin verschwinden, wieder vorkommen, ihre Köpfe in Holzschuppen, Ziegen-, Kaninchen- und Hühnerställe stecken. So kamen sie langsam näher. Als sie wieder in einem Haus verschwanden, lief Stefan gebückt durch den Garten, sprang über den Zaun und erreichte die offene Fläche mit armseligen, steinigen Feldern, die sich zwischen dem Dorf und einem Macchiawäldchen erstreckten.

Hier mußte er die Sichtdeckung durch den Ziegenstall verlassen. Wenn er das Wäldchen ungesehen erreichte, konnte er sich dort unter Umständen verstecken, bis die Dunkelheit einfiel. Mit einer ihm zur Gewohnheit gewordenen Gebärde rieb er mit der Handfläche über die Brust, so daß er deutlich das Amulett spürte. Es geht los! Baba Gruša, steh mir bei! Dann begann er zu laufen.

Er hatte noch zwanzig oder dreißig Meter zurückzulegen, als er ein lautes, schrilles, längst erwartetes, doch bisher wie durch ein Wunder ausgebliebenes *stoj* hörte, halt! Und noch einmal und noch einmal? *Stoooj – stoooj!* Und dann das verfluchte *stoj* auch von einer zweiten Stimme und ein Schuß, zwei drei. Aber da war er bereits im dichten Gestrüpp des immergrünen Wäldchens untergetaucht.

So begann die Hetzjagd von fünf, sechs, vielleicht auch einem Dutzend Feldgendarmen auf Stefan. Glücklicherweise waren sie nicht zu Pferd. Die zwei, die Stefan vorhin gesehen hatte, waren wohl vorausgeritten um weitere Straßensperren einzurichten.

Obwohl er das Gelände nicht kannte, nahm er die einzig mögliche Richtung, die ihm eine Fluchtchance bot, nämlich exakt ostwärts. Das war der kürzeste Weg zum Drin. – Auch jenseits des kleinen Wäldchens fand er gute Deckungsmöglichkeiten durch Buschgrup-

pen und kleine Gehölze. Die Verfolger blieben ihm dennoch auf den Fersen, und hin und wieder schossen sie auch, ohne ihn damit jedoch wirklich zu gefährden.
Vom Scheitelpunkt des bisher langsam ansteigenden und von hier aus steiler abfallenden Geländes konnte Stefan den Fluß sehen. Von Osten kommend, beschrieb er in zahlreichen Windungen eine große Schleife südwärts in Richtung Küste.
Es fiel wieder ein Schuß. Die Kugel zirpte gefährlich nah durch die Zweige einer verkrüppelten Kiefer. Stefan rannte los, bergab jetzt, in schnellen, weiten Sprüngen, und hielt mit der linken Hand die Umhängetasche fest. Es ging durch dichtes Gestrüpp, über Felsengeröll und unten im Tal über einen Streifen offenes Sumpfgelände – über eine Sandfläche – bis er ins Ufergebüsch brach und der Länge nach hinfiel. Vielleicht war es ihm gelungen, sie abzuschütteln, vielleicht hatten die Verfolger noch nicht den Scheitelpunkt des Höhezuges erreicht, von wo sie das Tal und den Fluß überblikken und so auch ihn sehen konnten. Dann hätte er hier wenigstens ein paar Minuten Zeit, um etwas auszuruhen und Luft zu schöpfen.
Weit hinten hörte er Stimmen, die sich etwas zuriefen. Weiter, sagte er sich, weiter! Zunächst auf allen Vieren und dann gebückt, zwängte er sich durch das Gestrüpp, verlor plötzlich den Boden unter den Füßen und stürzte beinahe über die Abbruchkante auf die Kiesbank darunter. Im letzten Augenblick hielt er sich am armdicken Stamm einer Erle fest und lehnte sich dagegen. Sein Atem und der Herzschlag beruhigten sich etwas. Die Stimmen waren noch immer zu hören, aber sie kamen nicht näher. Oder täuschte er sich? Seine Füße brannten. Er mußte über den Fluß, wenn er seinen Verfolgern entkommen wollte.
Der Fluß war auf fünfzig, vielleicht sechzig oder auch siebzig Meter Breite angeschwollen. Das Wasser wälzte sich jenseits der Kiesbank braungrau zwischen den dicht bewachsenen Ufern dahin. Unterhalb machte das Flußbett eine Biegung nach innen. Das war günstig, die Strömung würde ihm helfen, hinüber zu schwimmen. Wie er auf der anderen Seite das Steilufer erklimmen sollte, falls er es je erreichte, durfte er sich nicht fragen. Er durfte jetzt überhaupt keine Fragen mehr stellen: nicht, wie er drüben hochkam und auch nicht, wie lange ein menschlicher Körper brauchte, um

bei einer Wassertemperatur von wenig über null Grad an Unterkühlung abzusterben. Er hatte die Wahl, vielleicht drüben anzukommen, versuchen, das Ufer zu erklimmen und seine Flucht fortzusetzen – oder auf dieser Seite mit Sicherheit eingefangen und danach erschossen zu werden. Genau genommen hatte er also keine Wahl. Er mußte zumindest *versuchen* hinüber zu schwimmen.

Die Stimmen wurden lauter. Wenn sie auf dem Sandstreifen, den er überquert hatte, seine Spuren fanden, brauchten sie ihnen nur nachgehen, um die Stelle zu finden, wo er in das Ufergebüsch eingebrochen war. Er hätte daran denken müssen!

»*Daj – ovamo*!« rief eine Stimme jetzt lauter. »Hierher!«

Stefan nahm die Umhängetasche ab, zog hastig den Mantel aus und warf ihn unter die unterspülte Uferkante. Dann sprang er selbst hinunter und hätte vor Schmerz fast aufgeschrien, als seine brennenden Füße im Kies landeten. Er fiel nach vorne, kam wieder auf die Füße und lief quer über die Kiesbank zum Wasser. Im Laufen versuchte er, die Tasche wieder umzuhängen, doch hatte sich der Gurt verhängt; so ließ er es bleiben.

Im seichten Wasser trieb an der Schotterbank langsam die aufgedunsene Leiche eines serbischen Soldaten vorbei. Etwas tiefer und schneller eine zweite. Oberhalb lag halb im Wasser eine dritte. Sie hatte das schwärzliche Gesicht Stefan zugewandt und grinste ihn lippenlos an. Ertrunkene Soldaten, die weiter oben versucht hatten, den Fluß zu überqueren und dies mit dem Leben bezahlt hatten. Wieso hatte er sie vorhin nicht gesehen? Drei von ihnen hier, mehr noch, vier, fünf, ein Dutzend grauer Häuflein auf der Kiesbank flußaufwärts, angeschwemmte Leichen, überall Leichen, die Ufer des Flusses eingesäumt von Leichen, ein Leichenspalier für die flußabwärts treibenden neuen Leichen: Tote auf dem Weg zum Meer, das sie lebend nicht erreichen konnten.

»*Vidi ga – ovde* – sieh ihn an – hier!« rief hinten eine vor Erregung überschnappende Stimme. Ein Schuß fiel, die Kugel peitschte nur wenige Schritte von Stefan entfernt auf die Wasseroberfläche. Er rannte durch das hochaufspritzende Wasser schräg abwärts und ließ sich fallen. Die Kälte traf ihn wie ein Schlag, er tauchte unter und schwamm unter Wasser flußabwärts, solange er die Luft anzuhalten vermochte. Als er wieder auftauchte, war die schrille Stimme sogleich wieder zu hören, aber schon erheblich weiter entfernt als

beim erstenmal – mit Hilfe der starken Strömung mußte er unter Wasser eine beachtliche Strecke zurückgelegt haben.
Wieder fielen Schüsse, doch sie beunruhigten Stefan nicht mehr. Nur durch Zufall hätte man in der bewegten Strömung ein kopfgroßes, auf den Wellen tanzendes, immer wieder eintauchendes und schnell stromabwärts treibendes Ziel verfolgen können, zumal auch die Schützen nach der vorausgegangenen Verfolgung erschöpft und außer Atem waren. Er schwamm jetzt quer zur Strömung und wurde von dieser zugleich flußabwärts getrieben. Die Schüsse, von denen nur einer in bedenklicher Nähe mit einem hohl klingenden *Plopp* ins Wasser gefahren war, hörten plötzlich auf. Nach der Flußbiegung hatte sich das Ufer zwischen ihn und die Verfolger geschoben. Nun war er allein mit dem Fluß, mit der Kälte und seiner Erschöpfung.
Die Kälte war furchtbar. Die neunte Hölle des Danteschen Infernos kam ihm in den Sinn, die letzte, die alles in eisiger Kälte erstarren lassenden Hölle. Dante. Rada. Er hatte mit Rada darüber gesprochen. Wann war das gewesen? *Wir gingen weiter, wo sich arg das Eis... Um andre preßt, die nicht sich abwärts kehren... Und einer von den Traurigen aus dem Eis... Nehmt mir vom Angesicht die Eisvisiere – So daß das Leid, wodurch das Herz mir bricht – sich etwas löse, eh' es wieder friere... Schon war ich dort, wo Schatten ganz vom Eis umwoben...*
Die letzte, die zu Eis erstarrte Hölle, nach innen wirkendes Leid – wie kam es, daß er an Dante dachte, während er mit diesem eisigen Fluß um sein Leben kämpfte? War das die Vorstufe der endgültigen Selbstaufgabe? Gedanken abschweifen lassen. Die eisige Hölle vergessen. Den Fluß vergessen. Sich angenehmen Bildern hingeben. Ein Sandstrand mit Palmen, Sonne, Meer, seidig warm an Radas erhitztem Körper.
Das war es! Trugbilder, die einem das Gehirn vorgaukelte, während der Körper nach und nach erstarrte und die Bewegungen immer träger und kraftloser wurden. Bilder als barmherzige Todesboten. Oder auch die Abwehr des Körpers gegen die Kälte, der man sich sonst kampflos ausliefern würde, den Fluß abwärts treibend, sterbend, ertrinkend, ertrunken, tot, eine Leiche unter hundert, tausend, einer Million anderer Leichen, schwarz aufgedunsen auf einer Kiesbank, nie das andere Ufer erreichend.

Das Ufer! Er durfte nur noch an das Ufer denken! Er mußte das Ufer erreichen, wie kalt das Wasser auch war! *Das Ufer*, sagte sich Stefan, während er weiterschwamm, so gut er es noch vermochte, er sagte es laut, er rief sich das Wort zu. *Das Ufer – das Ufer* – er schrie es, schluckte Wasser, das nach fauler Erde schmeckte, beschwor das Ufer, näher zu kommen und ihn von seiner Qual zu erlösen, schrie und schwamm mit letzter Kraft, und dann war plötzlich das Ufer da. Er griff nach einem überhängenden Zweig, aber seine Hände waren vor Kälte so starr, daß er den Zweig nicht halten konnte, und so wurde er von der Strömung weiter abgetrieben, gegen einen Felsen geschleudert, er ging unter, drehte sich unter Wasser im Kreis, kam bereits halb besinnungslos wieder hoch, schnappte nach Luft, fand sich plötzlich in ruhigem Wasser, sah das Ufer wieder ganz nah vor sich, streckte die Hände danach aus, zog sich hoch – nur hoch und weg vom Wasser – nur weg vom Wasser!

Als Stefan nach langer Zeit wieder zu sich kam – in Wirklichkeit war er wohl kaum eine Minute ohnmächtig gewesen – und wieder klarer denken konnte, fand er sich auf einem schmalen Sandstreifen unter dem Steilufer liegen. Der Wirbel und die Gegenströmung hinter dem in den Fluß ragenden Felsen hatten eine kleine Bucht ausgewaschen – sie war seine Rettung gewesen. In der reißenden Strömung unterhalb hätte er in seinem Zustand kaum Halt gefunden und das Steilufer erklimmen können.

Doch nicht nur er war hier angetrieben worden. So nah, daß er sie hätte berühren können, lag neben ihm die Lieche eines ertrunkenen Soldaten. Er konnte noch nicht lange im Wasser gelegen haben, das Gesicht war noch nicht verfärbt – das Gesicht eines blutjungen Mannes in Uniform mit den Achselstücken eines Leutnants. Sein aufgerissener Mund schien in einer vergeblichen Anstrengung nach Luft zu schnappen. Die Hände griffen mit steif verkrampften Fingern nach einem letzten Halt.

Stefan hatte in diesen Wochen viele Tote gesehen. Leichen von gewaltsam oder durch Krankheiten und Erschöpfung zu Tode gekommenen Menschen hatten den Weg von Kragujevac bis an diesen Fluß gesäumt. Doch keine, auch nicht die Leichen von Kindern oder die von Šišmiš und der Oberschwester Lidija hatten in ihm eine so plötzliche Trauer, ein so grenzenloses Mitleid geweckt wie die

Leiche dieses ertrunkenen fremden Leutnants am Ufer des Flusses Drin.
Zutiefst erschöpft lag er da und schaute den Toten an. Er spürte kaum noch die Kälte, er vergaß seine Umgebung, dachte nicht mehr an die Verfolger, er sah nur noch dieses junge, wachsbleiche Gesicht mit den schütteren Bartstoppeln am Kinn und an den Wangen, den gebrochenen Augen, dem vergeblich nach Luft ringenden Mund und den in einem letzten Versuch nach einem rettenden Halt greifenden Händen. Er sah diesen jungen Mann an, der fast noch ein Kind war und begann lautlos zu weinen. Tränen liefen aus seinen Augen und tropften von den Wangen in den Schlamm. Er wehrte sich nicht gegen sie. Tränen des Mitleids für diesen Jungen, der gestorben war, noch bevor er die Schwelle des Mannesalters überschritten hatte, und die Tränen halfen ihm, seine eigene Verzweiflung, Mutlosigkeit, Erschöpfung und Trauer zu überwinden. Er weinte um diesen Jungen und fand dabei neue Kraft, für sein eigenes Leben zu kämpfen, nicht liegenzubleiben, wie es ihm seine Erschöpfung einzuflüstern versuchte, sich nicht einfach in den Schlaf sinken zu lassen, nicht so zu werden wie dieser Offizier: Tot, kalt, ein Fraß für Geier, Krähen und Füchse.
Stefan stützte sich auf Hände und Knie, stemmte sich hoch, verblieb so einige Sekunden, drehte sich mühsam um, setzte sich hin, streifte die Opanken und die Socken ab und begann seine Füße zu massieren. Er tat dies mit den langsamen, wie abgezirkelten Bewegungen eines Roboters, und jede einzelne davon schmerzte ihn. Je schneller das Blut zu zirkulieren begann, desto schlimmer wurde es. Er mußte die Füße so lange massieren, bis sie warm wurden und die Schmerzen nachließen. Dann konnte er etwas essen.
Essen? Stefan verharrte mitten in der Bewegung. Die Tasche! Radas Hirtentasche mit Proviant, Kompaß, Karte, Waffen, Geld. Er hatte sie im Fluß verloren, wahrscheinlich gleich am Anfang, als er untergetaucht war. Was sollte er ohne Tasche tun? Wie weiterkommen? Neue Verzweiflung und eine lähmende Mutlosigkeit drohten ihn zu übermannen. Doch nein! Er durfte jetzt nicht an die Tasche denken. Nicht aufgeben! Wenn er sich Erfrierungen holte, wenn einige Zehen erfroren und brandig wurden, hatte er keine Chance mehr. Weitermachen, nur daran denken!
Während er seine Füße zunächst mit hektischen, überhasteten und

dann wieder gezielteren Bewegungen rieb und knetete und die Schmerzen langsam nachließen, fiel Stefans Blick auf die Füße des toten Leutnants. Sie steckten in fast neuen, dicht benagelten Bergstiefeln, wie sie mitunter von Offizieren österreichischer oder bayerischer Gebirgstruppen getragen wurden, *Goiserer*, nach der österreichischen Stadt Bad Goisern genannt. Wer weiß, woher der Ertrunkene die Schuhe hatte. Vielleicht Beutegut, vielleicht hatte auch er sie einem toten österreichischen Offizier ausgezogen.
Stefan sah die Bergschuhe an, sagte sich, daß er es nicht tun durfte, um sich nicht – auch vor sich selbst – dem Vorwurf der Leichenfledderei auszusetzen, wußte aber auch schon, daß er es tun würde, ja tun *mußte*. Er kroch hin und knüpfte mit den noch immer steifen Fingern die starken, schwarz-grün gemusterten Schnürsenkel auf. Die Schuhe ließen sich nur schwer von den angeschwollenen Füßen des Ertrunkenen abstreifen, er zerrte und zog, bis es ihm endlich gelang. Da sie ohnehin naß waren, wusch er sie innen gründlich aus und stellte sie verkehrt hin, damit das Wasser ablief. Dann wusch er auch seine Socken, wrang sie aus, zog sie über die mittlerweile leidlich warm gewordenen Füße und zog auch die Schuhe an. Sie waren ihm nicht zu klein, wie er insgeheim befürchtet hatte, eher ein wenig zu groß.
Während er sich noch mit den Schuhen beschäftigte, begann Stefan immer stärker zu frieren. Ein gutes Zeichen, dachte er. Solange er fror, jämmmerlich und immer schlimmer fror, lebte er. Zugleich stellte sich aber auch Hungergefühl ein – nichts zu machen! Der Proviant, der Revolver, der Dolch, das Geld waren weg, besser nicht daran denken! Er mußte schnell weiter – doch nicht aus Furcht vor den Verfolgern; diese hatte er durch das Überqueren des Flusses zunächst abgeschüttelt. Die Furten waren wegen Hochwassers wohl unpassierbar – oder zumindest nur sehr schwer zu überwinden. Davon zeugten schon die vielen ertrunkenen Soldaten, die es weiter oben versucht hatten. Die nächste Brücke befand sich bei Va i Dêjës, mindestens fünf oder sechs Kilometer flußabwärts. Es war also nicht wegen der Verfolger. Er mußte sich einfach bewegen, um seinen unterkühlten Körper zu erwärmen.
»Ich danke dir«, sagte Stefan mit einem letzten Blick auf den Toten, während er mit steifen Gliedern aufstand. Dann wandte er sich endgültig ab. Das Steilufer bereitete ihm einige Mühe, bevor es ihm

gelang, sich an den Wurzeln und herabhängenden Zweigen hochzuziehen. Dabei achtete er darauf, möglichst in Deckung zu bleiben, um vom anderen Ufer aus nicht gesehen zu werden; die Verfolger sollten besser nicht erfahren, daß es ihm gelungen war, den Fluß zu überqueren.

Das steinige, mit mannshohem Gestrüpp bewachsene Gelände stieg nach der Uferkante weiter an. Nachdem Stefan sicher war, daß er vom anderen, niedriger gelegenen Ufer aus nicht mehr gesehen werden konnte, schritt er freier aus. Er achtete jetzt darauf, an den sandigen oder lehmigen Stellen keine Spuren zu hinterlassen – Spuren allerdings, die möglichen Verfolgern einige Rätsel aufgegeben hätten. Fast neue, dicht benagelte Schuhsohlen statt Spuren alter, halb durchgelaufener Opanken. Diese Bergstiefel, die klobigen, handgearbeiteten, doppelt und dreifach genähten, mit Spezialnägeln beschlagenen, unvergleichlich soliden und tausendfach bewährten *Goiserer* der Alpenländer waren ein großer Gewinn. Obwohl noch naß, hielten sie die Füße bereits angenehm warm. Mit warmen Füßen war auch die Kälte sonst leichter zu ertragen. Sie rieben noch etwas an den Fersen, würden sich aber bald einlaufen.

Solche Stiefel waren ein fast unglaublicher Glücksfall vor dem endgültigen Einbruch des Winters in den albanischen Bergen, die er nun zum zweitenmal und in umgekehrter Richtung überqueren mußte. Sie waren ein Vermögen wert, unbezahlbar, so gut – fast so gut – wie eine Lebensversicherung. Wahrhaftig, den jungen Leutnant hatte ihm das Schicksal geschickt oder ein Flußgott, der ihm, Stefan, wohlgewogen war! Einer von Baba Grušas geheimnisvollen Freunden? Er hatte sie in der winzigen, vom anderen Ufer nicht einsehbaren Bucht zusammengeführt, und ihn mit diesen Bergstiefeln versorgt, die seine Chancen erheblich steigerten. Er hätte dem Toten auch die Uniformjacke ausziehen sollen. Sie war nur vom Sand und Schlamm verschmutzt gewesen, sonst aber tadellos, fast neuwertig. Er hätte dem Toten die Taschen durchsuchen sollen, vielleicht hätte er etwas Brauchbares gefunden, möglicherweise eine Waffe, zumindest ein Taschenmesser.

Du hast es noch immer nicht gelernt, sagte sich Stefan, während er nach allen Seiten sichernd bergan schritt, hin und wieder in der Deckung eines Busches oder Felsens verharrend und das Gelände ringsum prüfend. Du mußt es endlich lernen, wenn du überleben willst. Nur das Überleben zählt. Du bist nackt und bloß in diese winterlichen Berge geworfen worden, und nun sieh zu, wie du damit fertig wirst. Du bist dir selbst der nächste. Die Chance mit der Uniform hast du vertan, jetzt mußt du nach einer anderen Ausschau halten – überhaupt nach warmer Kleidung – einer *Bunda* – Proviant und Waffen. Nein, in umgekehrter Reihenfolge. Am wichtigsten sind Waffen. Kleidung und Proviant wird dir niemand freiwillig geben. Im Gegenteil. Sie werden dich töten, um dir die Schuhe auszuziehen. So wie sie Jonas wegen der Schuhe fast getötet hatten. Du wirst dir nehmen müssen, was du brauchst, notfalls mit Waffengewalt. Wenn es sein muß, wirst du wegen einem Stück Brot töten müssen, um selbst zu überleben.

Die Bäume wurden häufiger, und sie wuchsen höher. Zur rechten Hand stieg jetzt das Gelände ziemlich steil an. Die Sonne stand rechts hinten, kaum zu sehen hinter dem dunstigen Wolkenschleier. Die Richtung stimmte. *Halte dich immer ostwärts. Irgendwo jenseits der Šar Planina wirst du auf deine Landsleute stoßen.*
Stefan war, als hörte er Rada sprechen. *Du darfst nicht mehr nach mir suchen – nie wieder!* Warum hatte sie das gesagt? Was war mit ihr geschehen? Nicht mehr nach ihr suchen? Sie nie wieder sehen? Weshalb nur?
Jenseits der Šar Planina . . .
Das sagenumwobene, fast dreitausend Meter hohe Gebirge, eine menschenleere, von unzugänglichen Urwäldern bestandene Wildnis als letztes Hindernis vor der alten Heerstraße von Gostivar über Tetovo nach Priština, über die schon die Heerscharen Philipps des Mazedoniers und seines Sohnes, des großen Alexander, gezogen waren. Bis dorthin waren es hundertdreißig, vielleicht auch hundertfünfzig Kilometer durch unwegsames, gebirgiges, von tiefen Schluchten und reißenden Flüssen durchzogenes und von Albanern besiedeltes Gebiet, die jedem Fremden feindlich gesinnt waren.
Hundertdreißig, mag sein hundertfünfzig Kilometer Luftlinie – wieviele Kilometer waren das in Wirklichkeit? Wie lang war die Strecke, die er tatsächlich zurücklegen mußte, vorausgesetzt, er überlebte zunächst die bevorstehende erste Nacht und die nächsten Tage? Zweihundert Kilometer? Dreihundert?
Halte dich immer ostwärts. – Tagsüber konnte er sich nach der

Sonne richten, in klaren Nächten nach den Sternen. *Irgendwo jenseits der Šar Planina wirst du auf deine Landsleute stoßen.*
Sie hätte mitkommen müssen, dachte Stefan. Warum tat sie es nicht? Warum nur tat sie es nicht? Wir haben diese Berge auf dem Weg zum Meer westwärts überwunden und hätten es auch in umgekehrter Richtung fertiggebracht. Wir hätten von Skhodra ab eine andere Richtung nehmen können, nicht die über den Fluß. Wir wären allein, wir hätten für niemanden mehr zu sorgen, nur für uns zwei. Wir wären frei. Notfalls hätten wir eine Höhle gefunden, um dort zu überwintern – eine wie die Mühle am Fluß Fan. Warum kam sie nicht mit? Warum kam sie nicht mit?
Warum kam sie nicht mit?
Eine kalte Windböe wirbelte trockenes Laub auf, bog die kniehohen vergilbten Gräser, raschelte in den Blättern verkrüppelter Zerreichen. Aus dem diesig verhangenen Himmel begann es zu schneien.

15. Kapitel

Leg mich wie ein Siegel an dein Herz,
wie eine Spange an deinen Arm;
denn stark wie der Tod ist die Liebe,
hart wie die Unterwelt ist ihr Eifern;
ihre Funken sind Feuerfunken,
ihre Flammen sind Flammen Gottes.
Große Wasser können sie nicht auslöschen
und Ströme sie nicht wegschwemmen;
wenn einer seinen ganzen Reichtum
gibt für die Liebe,
wer könnte darob ihn verachten?

Das hohe Lied Salomos 8,6–7

Ein Toter kehrt heim

»Ma Rada, mon amour, ma chère Rada! Pardonnes moi, mais je dois simplement pleurer! Ou est mon mouchoir? Qui aurait pensé que nous puissions nous revoir dans ces conditions?! Quel malheur! Le pauvre Wojwoda! Un coléreux, un entêté et un vieil homme capricieux. Pourtant il était toujours bon avec mois, comme mon propre père. Ou plutôt, comme un cher grand frère, devrais je dire? Malgré qu'entre frère et soeur, se n'est jamais sûr.* Nun hat ihn das Schicksal ereilt – genau das gleiche Schicksal, das er so vielen anderen bereitet hat. Der alte Krieger ist tot, gefallen durch eine Kugel... La justice éqalisante – peut on dire?** Wo liegt er aufgebahrt? Ist er verunstaltet? Diese schreckliche, blutrünstige Zeit! Was geschieht mit uns? – Nun gut, was mit mir geschieht, weiß ich. Entsetzlich! Einen ganzen Tag mußte ich im Sattel verbringen! Un poisson au sec, un chat dans l'eau.*** Eisige Kälte, haushohe Schneeverwehungen – zumindest mannshohe – dazu mein Rheuma, die Gicht, das Alter – und zu allem Überfluß die Gesellschaft dieses tölpelhaften Reitknechts! Keine Sekunde Rast gönnte er mir! Quel cruel destin! Ça nous tourbillonne comme les feuilles au vent d'au-

* Meine Rada, meine Liebe, liebe Rada! Verzeih mir, aber ich muß einfach weinen! Wo ist mein Taschentuch? Wer hätte gedacht, daß wir uns unter solchen Umständen wiedersehen werden?! Welch ein Unglück! Der arme Wojwoda! Ein aufbrausender, eigenwilliger und eigensinniger alter Herr. Doch zu mir war er immer gut – wie mein eigener Vater. Oder soll ich lieber älterer Bruder sagen? Obwohl – bei Geschwistern ist das nie so sicher.

** Ausgleichende Gerechtigkeit – darf man das sagen?

*** Ein Fisch auf dem Trockenen, eine Katze im Wasser.

tonne. Où nous conduit le voyage? Ou prend il fin?* – Doch jetzt sag', meine liebe, liebe kleine Rada, wie geht es Dir? Wie lange haben wir uns nicht gesehen? Ein Jahr? Zehn? Eine ganze Ewigkeit! Mon dieu, du siehst blaß aus, schmal, abgemagert... Bist du krank? Du mußt viel durchgemacht haben! Jetzt kommst du mit mir, und ich werde dafür sorgen, daß du wieder auf die Beine kommst. Hast du etwas von Tante Dobrica gehört? Sie ist nach Belgrad gezogen, gleich nachdem du dich freiwillig gemeldet hast. Geschrieben hat sie nur einmal. Und unsere Alexa? Diese Deutschen haben ja Belgrad, Kragujevac und ganz Serbien erobert... Sind jetzt wir dran?«

Mit diesem Wortschwall begrüßte Madame Vera die vor dem Landhaus an der Tara wartende Rada. Sie tupfte die vor Wiedersehensfreude nassen Augen und die rot angelaufene Nase ab und ließ sich seufzend und stöhnend aus dem Sattel helfen und ins Haus geleiten. In Begleitung eines Reitknechtes war sie aus Kameni stup zur Beisetzung des alten Wojwoda auf dem kleinen Familienfriedhof gekommen, wo auch die Opfer der *Blutigen Slava* lagen – ein Ritt, der selbst im Sommer und bei guten Wegverhältnissen einem geübten Reiter einiges abverlangte – und Madame Vera war alles andere als das.

Den toten Wojwoda Lazar hatte man ins Landhaus an der Tara gebracht und auf Bogdans Geheiß in dem Zimmer aufgebahrt, in dem sechzehn Jahre zuvor das Massaker stattgefunden hatte. Getreu seinem Schwur, war der Wojwoda danach nie wieder hier gewesen. Doch die Rache war ihm verwehrt geblieben. Mag sein, daß er in den letzten Augenblicken, bevor er starb, noch eine gewisse Genugtuung empfunden hatte, zumindest den Anführer der Mörderbande gefunden zu haben. Die Rache mußte nun von seinem Nachfolger vollzogen werden – Blutrache. Blutrache auch für ihn, Wojwoda Lazar. Sein Enkel Bogdan konnte nun keine Ausflüchte mehr geltend machen. Fortan würde er unter dem Zwang leben, die Blutrache vollziehen zu müssen, so wie das *alte Gesetz* es verlangte. Noch ganz der Tradition der montenegrinischen Stammesgesellschaft verhaftet, hatte der Wojwoda geglaubt, daß es für

* Ein grausames Schicksal! Es wirbelt uns umher wie ein Herbststurm die abgefallenen Blätter. Wohin geht die Reise? Wo endet sie?

Bogdan keine andere Möglichkeit geben konnte. Auch er würde der Tradition und dem *Gesetz* folgen müssen, obwohl Blutrache schon seit Jahren verboten war.
Doch Bogdan war in einer anderen Zeit aufgewachsen als sein Großvater. Mit dem alten Wojwoda verband ihn kaum mehr als der diesem gebührende Respekt. Dessen Ansichten hielt er für hoffnungslos veraltet, oft schädlich, weil sie die so dringend notwendige Reformierung der vom Stammesdenken geprägten Gesellschaftsstrukturen und eine Modernisierung des Staates behinderten und dem allgemeinen Fortschritt entgegenwirkten. *Fortschrittlich – weltläufig – modern*, das waren die Zauberworte jener Zeit, das Evangelium der jungen Generation, zumal in Rußland, wo Bogdan erzogen worden war und die entscheidenden Lehrjahre im Leben eines jungen Mannes verbracht hatte. Blutrache war mit ihnen nicht vereinbar, ja ihnen diametral entgegengesetzt. Sie bedeutete Barbarei, finsterstes Mittelalter, ein abscheuliches Relikt archaischer Lebensformen. War die irrwitzige Hoffnung des Wojwoda Lazar, daß Bogdan für ihn und seinen Tod Blutrache üben und sie an Major Arsa Koviljan-Kundak vollstrecken würde, nicht eines jener unausrottbaren Mißverständnisse, die seit jeher die Alten von den Jungen trennen und ihnen das Miteinander so schwer machen?
Nun lag er also da, der alte Wolf, tot, aufgebahrt in dem Zimmer, in dem er anderthalb Jahrzehnte zuvor wie durch ein Wunder mit dem Leben davongekommen war, während seine Brüder, Söhne und Enkel – bis auf Bogdan – dahingemetzelt worden waren. Man hatte ihn genauso prächtig gekleidet, wie er zu seinem letzten Kampf vor dem Standgericht erschienen war – die alte Tracht der montenegrinischen Fürsten – und zu seinen Füßen ein blausamtenes Kissen mit Orden, Medaillen und Ehrenzeichen gelegt. Unter den wie zum Gebet verschränkten Händen auf seiner Brust lag ein kostbarer türkischer Säbel, in dessen Gold- und Silberbeschlägen sich die Kerzenflammen spiegelten. Den *fröhlichen Säbel* sollte fortan sein Enkel Bogdan als zukünftiger Wojwoda und Ältester tragen.
So lag er da, der alte Krieger, doch seinem eingefallenen klein gewordenen Greisengesicht mit dem weißen Schnurrbart war alles Kriegerische abhanden gekommen. Selbst die Narbe, die es rosa oder – wenn er, wie so häufig, wütend war – blutrot von links oben nach rechts unten spaltete, hatte die wächserne Farbe der Haut

angenommen und war kaum zu sehen. – Nein, kein ruhelos umherstreifender, nach Rache dürstender Wolf mehr, kein Krieger und Held, nur noch ein alter, müder Mann, der endlich Frieden und wohlverdiente Ruhe gefunden hatte.

Zum feierlichen Begräbnis, das vom Iguman – Abt – des Klosters Morača geleitet wurde, waren neben offiziellen Abordnungen nur Frauen und einige wenige Familienälteste des Bošković-Stammes erschienen, zumeist alte Männer, zu alt, um noch in den Krieg zu ziehen. Der getragene Sprechgesang des orthodoxen, in altslawischer Sprache vorgetragenen Ritus, wurde vom fernen Donnern des Artilleriefeuers hinter den verschneiten Gipfeln des Bjelasica-Massives begleitet.

Die Front rückte jeden Tag näher, die österreichischen Gebirgstruppen hatten die Tara-Linie erreicht, standen vor Mojkovac und Andrijevica. Über den blau-weiß gestreiften Winterhimmel zog brummend ein schwarzer Punkt, ein österreichisches Flugzeug.

Unter den Trauergästen machte sich Unruhe breit. Was würde geschehen, wenn man vom Flugzeug aus diese Menschenansammlung und die festgebauten Häuser entdeckte? Man konnte Bomben werfen. Doch das Flugzeug verschwand ostwärts hinter dem mächtigen Felsmassiv des *Crna glava* – Schwarzkopfes –, der Iguman konnte mit seinen Mönchen ungestört die Totengebete fortsetzen, der Vertreter des Königs, ein betagter, weißhaariger, schon seit Jahren pensionierter General in einer prächtig bunten Uniform seine Gedenkrede halten, die Ehrenkompanie ihre Salven abfeuern und der Sarg mit dem Toten in die Erde gesenkt werden.

»Der alte Wojwoda ist wohl einer der wenigen seiner Art, der mitsamt dem Kopf begraben wird«, meinte bei diesem Anblick ein etwas abseits stehender Hauptmann aus der offiziellen Armeeabordnung zu seinem Offizierskameraden, einem Oberleutnant. »Die Köpfe der meisten seiner Vorfahren mußte man sich erst holen – oder sie verfaulten bei türkischen Trophäensammlern.«

»Zahn um Zahn, Kopf um Kopf... Er selbst war ein fleißiger Sammler von abgeschlagenen Türkenköpfen. Sein legendärer *fröhlicher Säbel* leistete ihm dabei gute Dienste.«

Der Hauptmann lauschte auf die trockenen, harten Abschüsse schwerer Haubitzen in der Ferne, deren Echo sich zwischen den Bergen brach. »Ein Begräbnis nach Maß. Ganz nach dem Geschmack des alten *Gorštak*. Die Front selbst erweist ihm mit Salutschüssen die letzte Ehre.«

»Ich könnte mir vorstellen, daß es noch mehr nach seinem Geschmack wäre, den *fröhlichen Säbel* schwingend eine Attacke gegen die Österreicher zu reiten und sie reihenweise zu köpfen wie Sumpfdisteln am Wegesrand.«

»Das dürfte leider Gottes in einem modernen Krieg noch die einzige Möglichkeit sein, etwas zu köpfen – Sumpfdisteln. An der Djetinja soll ein einziges österreichisches Maschinengewehr unter des Wojwodas Leuten, die Attacke geritten haben, furchtbar aufgeräumt haben. Abgesehen davon – der *fröhliche Säbel* wird in Zukunft wohl kaum mehr geschwungen werden«, sprach der Hauptmann mit gesenkter Stimme und einem Blick auf Bogdan, der am offenen Grab stand und mit undurchdringlicher Miene der Begräbniszeremonie folgte. »Der junge Wojwoda fühlt sich auf einem Bürostuhl offensichtlich wohler als im Sattel, und seine Attacken reitet er nicht im Feld sondern auf dem Papier.«

»Und anstatt mit dem *fröhlichen Säbel* spießt er seine Feinde mit dem Federhalter auf.«

Die Offiziere lachten hinter vorgehaltenen Händen.

»Wir wollen nicht ungerecht sein«, meinte dann der Hauptmann, nach der langen Reihe seiner Orden zu schließen ein alter Frontoffizier. »Jeder an seinem Platz, jeder dort, wohin ihn der König stellt.«

»Glücklich, wer des Königs Wohlwollen besitzt«, seufzte der Oberleutnant. »Ich wäre mit dem winzigsten warmen Plätzchen im Hauptquartier zufrieden. Stattdessen muß ich in drei Tagen wieder hinaus. Stimmt es, daß die Österreicher auch im Westen, auf *Gatačko polje* zu einer Offensive angetreten sind? – Aber Sie haben recht. Die Sippe des alten Wojwoda hat Montenegro immer einen hohen Blutzoll entrichtet, immer in vorderster Front, immer unerschrocken und opferbereit. Dazu kommt noch das Massaker der *Blutigen Slava* vor fünfzehn oder sechzehn Jahren. Hier liegen sie alle! Die Sippe ist am Verlöschen. Es ist also nur recht und billig ... Ich nehme an, daß der König den letzten bewußt schont. Mit jedem dieser alten Geschlechter, die aussterben, stirbt auch ein Stück des alten Montenegro.«

Wieder nach Rußland

Während des Totenmahles, das im Gästehaus angerichtet worden war, herrschte nicht nur aus gegebenem Anlaß eine gedrückte Stimmung. Dieser Krieg, der so ganz anders war als alle anderen Kriege bisher (jeder empfand es, doch kaum jemand hätte sagen können, *warum* er anders war), lastete immer schwerer und unheilvoller auf dem Land. Die serbischen Verbündeten waren besiegt worden. Die Reste ihrer zerschlagenen Armee versuchten sich über Montenegro nach Albanien zu retten, um dort nach Übersee verschifft zu werden. Nach Übersee – wohin? Überall sah man versprengte, halb verhungerte Soldaten umherziehen, und manch einer erhob sich nicht mehr von der letzten Rast am Wegesrand. Zu Tode erschöpft, blieb er sitzen oder liegen, nach und nach vom Schnee zugedeckt, und die kleine goldene Münze, die er unter seine Zunge gelegt hatte, damit sie während des Schlafes die Seele an den Körper binde, vermochte das entweichende Leben nicht festzuhalten.

Zwar sprach man von einer großen Gegenoffensive, für die man alle verfügbaren Reserven bereitgestellt hatte, sogar frische serbische Artillerie mit neuen Haubitzen, die es angeblich selbst mit den deutschen aufnehmen konnten, aber niemand glaubte so recht daran. Hatte es nicht auch bisher immer wieder geheißen, daß man mit Hilfe von Verbündeten schon bald zu einem letzten, siegreichen Sturmlauf antreten und die Feinde aus Bosnien, aus Herzegowina und weit über die Save nach Norden jagen würde? Stattdessen drangen die Feinde immer weiter vor, und keine Macht der Welt schien sie aufhalten zu können.

Das Totenmahl war noch nicht beendet, als ein Eilkurier ein versiegeltes Schreiben für Hauptmann Wojwoda Bogdan Bošković brachte. Dieser zog sich damit in das ehemalige Arbeitszimmer des Großvaters zurück und ließ etwas später Rada und Madame Vera zu sich rufen. Das Gespräch eröffnete er mit den Worten, daß er sogleich nach Cetinje aufbrechen würde, wohin er mit dem Schreiben aus dem Kabinett des Königs gerufen worden sei. Er habe nun entschieden, daß Rada nicht nach Kameni stup gehen würde, wie ursprünglich beabsichtigt. Sie sollte ihn bis Rijeka Crnojeviči begleiten und von dort weiter auf das Weingut im Küstenland reiten. »Auf

dem Gut wartest du, bis ich eine Möglichkeit finde, dich nach Italien überzusetzen. Von dort wirst du nach Rußland reisen, auf welchem Weg, wird sich noch herausstellen. Wahrscheinlich über Skandinavien. In Petrograd kannst du weiterstudieren oder auch nicht. Das bleibt dir überlassen. Tante Ljuba wird sich freuen und dich mit offenen Armen empfangen. Finanziell bist du nicht allein auf die Bagranows angewiesen. Wir haben in Petrograd ein Bankguthaben, das von Nikolai Andrejewič verwaltet wird. Er wird dir die nötigen Mittel im Rahmen einer Anweisung zur Verfügung stellen, die ich dir mitgeben werde. Bist du damit einverstanden?«
Dies fragte er offensichtlich nur aus alter Gewohnheit. Seine Miene, der knappe, barsche Ton und die Entschiedenheit, mit der er sprach, ließen erkennen, daß er keinen Widerspruch dulden würde. Rada nickte gleichmütig. Sie zeigte keine Überraschung, ließ auch keinen Widerspruch erkennen. Seit jenem Tag, an dem sie in Shkodra Abschied von Stefan genommen hatte, machte sie einen abwesenden, nach innen gekehrten Eindruck, gleichgültig für alles, was um sie herum und auch mit ihr selbst geschah. Vom Totenmahl hatte man sie ausgeschlossen. Doch auch die Verachtung, die ihr nicht nur von Bogdan entgegenschlug – ihre »Verfehlung« hatte sich schnell wie ein Lauffeuer herumgesprochen –, ließ sie unbeeindruckt.
Anders Madame Vera. Was sie betraf, schien sie nicht gewillt, Bogdans Entscheidungen widerspruchslos hinzunehmen, wie diese auch lauten mochten. Dies drückte schon der kampflustige Ton ihrer Stimme aus, als sie fragte:
»Und was hat Monsieur Wojwoda mit mir vor? Welche Entscheidung beliebt er über mich zu treffen?«
»Sie reiten zurück auf Kameni stup und bleiben dort, Madame. Kümmern Sie sich um das Anwesen wie bisher.«
»Ich soll also zurück in die eisige Wüste?« Madame Vera musterte Bogdan mit unverhohlener Abneigung. Den Schlag ins Gesicht vor gut einem Jahr auf Kameni stup hatte sie ihm bis zu diesem Tage nicht verziehen und sie beabsichtigte auch nicht, es je zu tun (»– Das werde ich diesem gewalttätigen, rücksichtslosen Rüpel nie, nie, nie vergessen, und wenn ich hundert Jahre alt werden sollte!«).
In ihrem hochgeschlossenen schwarzen Kleid, mit dem streng zurückgekämmtem Haar, das noch immer keine graue Strähne zeigte,

dem kantigen Gesicht und der hochmütigen Haltung, sah sie mehr denn je wie die sprichwörtliche englische Gouvernante aus. »Du irrst, Monsieur Wojwoda. Das werde ich nicht tun. Das heißt – ich werde es tun, aber nur vorübergehend. Und ich denke auch zukünftig nicht daran, mich deinen Befehlen zu fügen. Nur aus Loyalität meiner armen verstorbenen Schwester Milena und dem Schwager Wojwoda Lazar gegenüber habe ich es in dieser abgelegenen Wüstenei ausgehalten. Ich habe es dem Wojwoda – Gott hab' ihn selig, leicht sei ihm die Heimaterde – in einem unbedachten Augenblick nach Milenas Tod versprochen. Doch dir gegenüber fühle ich mich zu nichts verpflichtet, und schon gar nicht werde ich deine in einem derartig impertinenten Kasernenton gegebenen Anordnungen und Befehle befolgen!«

Bogdan hatte bereits eine heftige Entgegnung auf der Zunge, beherrschte sich aber doch. »Und was werden Sie tun?« fragte er mürrisch.

»Tun? Ich werde mich selbständig machen, endlich, endlich! Dies und jenes tun, was ich schon immer tun wollte. La liberté me fait signe, pourquoi ne devrais-je pas la suivre?* Ich bin nicht unvermögend. Auf Kameni stup werde ich abwarten, bis sich die Zeiten etwas normalisiert haben. Ich nehme an, daß die Österreicher Montenegro schon bald besetzen und wahrscheinlich auch etwas Ordnung in die hiesigen anarchischen Zustände bringen werden. Oder ist das keine Anarchie, was sich hier herum tut? Danach ziehe ich mit Sack und Pack auf unseren Familienbesitz bei Dubrovnik. Ach Rada, Rada, wie ich mich darauf freue! Kein Eis, kein Schnee, keine Winterstürme, die einen bis ins Herz hinein frieren lassen! Blühende Mandelbäume schon im Februar! Palmen! Zitronen! Meine schöne Steinbank im Schatten alter Feigenbäume! Straßen, auf denen man *fahren* kann! Und endlich auch keine finster blickenden montenegrinischen Helden mehr!«

Diese letzte Bemerkung war eine abschließende, auf Bogdan gemünzte Spitze. Fortan ignorierte sie ihn. Sie trat zu Rada, zog sie an sich, küßte sie mit einer bei ihr ungewohnten Herzlichkeit auf beide Wangen, blickte sie prüfend an und sagte, ohne ihre Rührung verbergen zu können: »Ich werde dich vermissen, meine kleine

* Die Freiheit winkt, warum soll ich ihrem Ruf nicht folgen?

Rada. Klein? Dabei bist du mir längst über den Kopf gewachsen! Du siehst wirklich blaß aus. Ich wünsche dir alles Glück dieser Welt. Mach dir nichts draus, was diese Leute sagen und denken. Sie sind Dummköpfe! – Besuche mich in Dubrovnik, wenn du wieder aus Rußland kommst. Werden wir uns je wiedersehen?«
Damit ging sie.
Eine knappe Stunde später ritten Bogdan, Rada, der *Posilni* Bero und zwei Begleitsoldaten in südlicher Richtung davon. Bogdan hatte es eilig, noch vor Anbruch der Dunkelheit möglichst weit zu kommen. *Seine Majestät König Nikola I. erwartet Sie zu einer dringenden Audienz, bei der über Ihre weitere Verwendung entschieden werden soll*, hieß es in dem Schreiben, das er aus der Hofkanzlei erhalten hatte. Eile war geboten, einen König ließ man nicht warten.

Im Bergland

Links unter dem Steilufer bahnte sich der Drin seinen Weg durch das Bergland westwärts. Der Pfad, auf den Stefan bald gestoßen war, folgte dessen gewundenem Lauf flußaufwärts und kreuzte immer wieder Quellbäche, die rauschend und schäumend von den Hängen des Karmë Gebirges zu Tal stürzten. Er kam gut voran. Seine Kleidung war durch die Körperwärme halbwegs trocken geworden, die österreichischen Bergschuhe hielten die Füße warm. Der Schnee fiel immer dichter. In dem diesigen, ungewissen Licht war der Pfad, dem er folgte, immer schwerer zu erkennen. Zwei oder dreimal begegnete er Frauen, die Brennholz schleppten; als sie an ihm vorbeigingen, wandten sie ihre Gesichter ab.
Der Abend fiel ein, er mußte sehen, wo er die Nacht verbringen würde. Eine der Holzhütten, die hier und da im Gelände standen und Hirten bei schlechtem Wetter als Unterstand und notfalls zum Übernachten dienten, schien ihm dafür geeignet. Frierend kroch er unter einen Haufen faulig und feucht riechendes Stroh in der Ecke. Mit der Zeit wärmte er sich etwas auf, dafür wurde der Hunger immer schlimmer. Wie lange hielt es ein Mensch ohne Essen auf einem Marsch durch winterliche Berge aus? Fünf Tage? Zehn? Wann hatte er zuletzt gegessen? Eine Scheibe Kommißbrot kurz vor

dem Verschimmeln, dünne Rübensuppe mit drei oder vier, mag sein fünf Stückchen glasiger Rüben darin. Es hatte scheußlich geschmeckt – doch was würde er jetzt dafür geben! Schon halb im Schlaf fielen ihm die Verse auf der Tafel über dem Eingang einer Berghütte im Riesengebirge ein, wohin er mit dem Großvater als Kind gewandert war:

Wer auf diese Höhe kroch
findet keinen Apfel sauer.
Hunger ist der beste Koch
und der Durst der beste Brauer.

Mit den Versen schlief er ein, sie schwirrten in seinem Kopf herum, wenn er nachts aufwachte und sich frierend und mit schmerzenden Knochen unter dem Stroh auf die andere Seite drehte, mit ihnen stand er auf, als durch die Ritzen zwischen den Brettern graues Morgenlicht in die Hütte drang. Wer auf diese Höhe kroch ... An einer Quelle, die hinter der Hütte aus dem Hang sprudelte, trank er sich satt, wusch sich notdürftig und machte sich wieder auf den Weg. Nachts hatte es aufgeklart. Nebelschleier zogen über die weiß überzuckerten, immer tiefer verschneiten Hänge, je höher er kam. Bäume, Büsche und Gräser waren mit einer dicken Schicht Rauhreif überzogen. Der Weg führte jetzt direkt am Fluß entlang und bog mit ihm allmählich nach Norden ab, wie Stefan an der Morgenröte über den breiten, verschneiten Rücken der Berge im Südosten feststellen konnte. Dann ging die Sonne auf, das Land verwandelte sich in eine blendend helle, silbern und golden glitzernde und funkelnde Märchenlandschaft, so hell, daß es in den Augen schmerzte. Da geschah es:

Stefan bog um einen Felsen, der in den Weg hineinragte, und sah sich urplötzlich von drei Männern in zottigen Felljacken umringt. Zwei von ihnen zielten mit Gewehren auf ihn, der dritte, offenbar der Anführer, hielt eine Pistole in Hand. Er rief etwas. Stefan schüttelte den Kopf, versuchte ein Lächeln. Hielten sie ihn für einen versprengten serbischen Soldaten? Einen Deserteur? Der Mann mit der Pistole sprach wieder. Seine Stimme klang unangenehm schrill. »Ich verstehe nicht, ich bin ein Deutscher«, sagte Stefan auf deutsch, in der vagen Hoffnung, daß die Albaner in ihm einen

Freund sehen würden, der einfachen Formel folgend: »Der Serben Feind kann nur mein Freund sein.«
Die Hoffnung erfüllte sich nicht. Der Anführer sagte wieder etwas zu den beiden anderen, steckte die Pistole hinter den Hosenbund und hielt in der Hand plötzlich wie durch einen Zaubertrick einen langen türkischen Dolch. Er trat näher, den Mund zu einem hölzernen Grinsen verzogen, die schwärzlichen Zähne entblößt, Mordlust in den Augen.
Die arnautischen Wegelagerer hätten Stefan mit großer Wahrscheinlichkeit getötet, mochte die Beute, die sie machen würden, noch so gering sein. Sie waren auf Raub aus, und ein toter Fremder war leichter auszurauben als ein lebender. Ein Menschenleben zählte nichts zu dieser Zeit in diesen Bergen. Es war nur so viel wert wie die Kugel, die es auslöschte. Und weil man mit der Munition sparsam umgehen mußte, tötete man lieber mit dem Dolch. Hatte der Albaner das vor? Er kam auf Stefan zu, riß mit der linken Hand dessen Jacke und das Hemd auf, entblößte seine Brust und hob die rechte mit dem Dolch etwas an, als wollte er zustoßen. Dabei fiel sein Blick auf das Amulett.
Der Albaner verharrte mitten in der Bewegung, seine Augen weiteten sich. Er ließ den Dolch fallen, als hätte er sich daran verbrannt, rief den anderen etwas zu, und auch diese starrten wie hypnotisiert das Amulett auf der Brust des großen fremden Mannes an, der im Licht der Morgensonne vor ihnen stand und sie unbewegt ansah, ». . .mit einem Blick, so furchtbar, daß uns das Blut in den Adern gefror, und das Zeichen der Alten Bruderschaft auf seiner Brust leuchtete wie Feuer«, wie sie später in ihrem Dorf erzählen mochten, mit dem für die Bewohner diese Landstriche typischen Hang zur Übertreibung. »Was hätten wir tun sollen? Er war ein Riese, weder Klinge noch Kugel können ihn verwunden, er ist schneller als der schnellste Reiter, und wir waren froh, daß er uns in seinem Zorn nicht verfolgte.«
Stefan wäre dazu kaum fähig gewesen, abgesehen davon, daß es auch keine Veranlassung gab. Erleichtert schaute er den Männern nach, die so schnell sie konnten davonliefen und sich dabei mehrmals umschauten, als fürchteten sie, daß er ihnen folgte. Dann erst sah er auf seine entblößte Brust und begriff, was geschehen war. Das Amulett schimmerte golden im Licht der Morgensonne, das

Zeichen des vom Erdkreis umgebenen Pentagramms schien darin zu leuchten.
»Danke dir, Baba Gruša, Hexe Gruša!« murmelte er lächelnd, hob den Dolch des geflüchteten Albaners auf und steckte ihn hinter den Gürtel.

An diesem zweiten Tag legte Stefan eine beachtliche Strecke zurück, obwohl er teilweise querfeldein gehen mußte und das Gelände immer zerklüfteter und der Schnee immer tiefer wurde. Er verließ das Tal des Drin, machte, durch die Begegnung mit den Wegelagerern gewitzt, einen großen Bogen um zwei armselige Bergdörfer, überquerte einige Bäche und auf einer primitiven Hängebrücke einen zu Tal schäumenden Gebirgsfluß, quälte sich danach durch Schneeverwehungen einen endlosen Hang hinauf. Wenn er die Karte dieser Gegend richtig in Erinnerung hatte, mußte dieser Berg bereits Krrab sein. Ließ er den Gipfel links liegen, würde er bald auf die Straße von Kukës nach Pukë stoßen, dieselbe Straße, auf der sie mit dem Lazarett westwärts gezogen waren.
Am Nachmittag zwang ihn ein Schwächeanfall zu einer Pause. Schwer atmend lehnte er sich an einen Baumstamm, vor seinen Augen flimmerte es, seine Knie waren weich und schmerzten ihn. Die alte Wunde am rechten Bein brannte, das Bein wurde zunehmend gefühlloser. Der bohrende Hunger war einem Gefühl der Leere gewichen, er war wie ausgehöhlt, kaum noch einer Bewegung fähig.
Nach einigen Minuten ging der Schwächeanfall vorüber. Bevor der nächste kam (und er würde mit Sicherheit schon bald kommen), mußte er etwas zu essen finden. Nur wo?
Den höchsten Punkt auf dem Weg zur Straße hatte er wahrscheinlich überschritten, das Gelände senkte sich, der Wald wurde lichter – und dann sah er das Haus. Es stand einige Dutzend Schritte vom Waldrand entfernt. Noch weiter unten lag ein Dorf. Rauchsäulen stiegen senkrecht zum blassen Winterhimmel, es roch nach Holzfeuer und Wärme, ein Hund bellte, ein Huhn begann zu gackern – es mußte ein Ei gelegt haben. Ein Ei, dachte Stefan und schluckte, alle Heiligen, ein Ei!
Vorsichtig setzte er sich in Bewegung. Am Waldrand hielt er in Deckung eines Baumstammes an. Das einzeln stehende Haus – eher

eine massiv gebaute Blockhütte – war jetzt fast greifbar nahe. Sollte er es wagen?

Die Frau legte den Schal um den Kopf und die Schultern, holte einen Topf und den Korb und ging hinaus. In dem Vorratskeller, der hinter dem Haus in den Berghang gebaut war, wollte sie Sauerkraut holen, etwas Rauchfleisch und Käse. Der Hund lief ihr kläffend hinterher. Ihr Mann besserte am Herd sitzend das Geschirr für den Maulesel aus. Er sah der Frau nach, beugte sich dann wieder über seine Arbeit. Das verspielte Kläffen des Hundes verwandelte sich in wütendes Gebell. Der Mann machte eine Bewegung, als wollte er aufstehen und schaute dabei hinüber zur Wand neben der Bettstelle, wo ein fast neues serbisches Militärgewehr hing. Doch der Hund verstummte schnell wieder. Wahrscheinlich ein Fuchs, der seine Schnauze aus dem Wald gesteckt hatte, dachte der Mann. Ein Wolf konnte es nicht sein. Die Wölfe kamen erst später im Winter, wenn sie der Hunger in die Nähe menschlicher Ansiedlungen trieb. In diesem Jahr würden sie wahrscheinlich eher kommen, vielleicht schon bald. Der Winter hatte früh begonnen und würde allen Anzeichen im Spätsommer und Herbst nach, lang, hart und schneereich werden.

Die Frau holte mit einer Holzgabel Sauerkraut aus dem Faß in der hinteren Ecke des Vorratskellers, wo es auch im härtesten Winter nicht so kalt wurde, daß etwas gefror. Dabei lauschte sie auf das Bellen des Hundes. Ein Fuchs? Sie legte das Abdeckbrett wieder auf das Sauerkraut, beschwerte es mit einem Stein, nahm den Topf auf. Jetzt noch Käse und Rauchfleisch. Sie trat zu dem Wandbrett an der Seite – da verdunkelte sich der Eingang, und sie fuhr erschrocken herum.
Ein Mann stand in der Tür – sicher ein großer Mann; er mußte sich bücken, um in den Vorratskeller zu schauen. Die Frau starrte den Fremden an, dieser wiederum starrte sie an, und der Hund, der eben noch wütend gebellt hatte, beschnupperte schwanzwedelnd seine Beine. Merkwürdig. Sonst war er kaum zu beruhigen, wenn sich ein Fremder dem Hof näherte. Sollte sie Jussuf rufen? Aber bevor Jussuf kam, würde sie der Fremde . . .
»Was wollen Sie?« fragte sie. »Wer sind Sie?«

Der Mann sagte etwas in einer fremden Sprache. Serbisch war es nicht, auch nicht italienisch, es klang ganz anders. Während er sprach, schaute er den Topf in ihren Händen an, sah dann zu den Wandregalen, schluckte, sah mit hungrigen Augen wieder auf sie, lächelte. Die Frau verstand. Sie stellte den Topf ab, winkte den Fremden herein, legte den Finger an die Lippen, machte »pssst!«, ging nach hinten, kramte dort herum, holte dies, holte jenes, verstaute es in einem Leinenbeutel, gab ihm den Beutel, trat an ihm vorbei zur Tür, blickte hinüber zum Haus, nickte ihm zu, deutete zum Wald und flüsterte: »Schnell, schnell! Wenn Jussuf Sie sieht...«
Der große Fremde drückte den Beutel an die Brust, stammelte etwas in seiner Sprache, lächelte ihr wieder auf die Art zu, die sie bewogen hatte, ihm Hirsebrot, Buchweizenfladen, ein Stück Rauchfleisch und Schafskäse einzupacken, dazu eine Zwiebel, Knoblauch und eine Handvoll Walnüsse, kraulte den Hund hinter den Ohren, huschte hinaus und war nach wenigen Augenblicken im Wald verschwunden.
Die Frau holte nun etwas Rauchfleisch und Käse auch für sich, nahm den Topf mit Sauerkraut, schloß den Vorratskeller ab, ging hinüber zum Haus. Wenn Jussuf es erfuhr, würde er sie verprügeln. Aber er muß es ja nicht erfahren, dachte sie lächelnd, und ihr war froh und leicht ums Herz.

Stefan aß im Gehen, gab sich Mühe, möglichst lange zu kauen, nur kleine Bissen zu schlucken, mit dem Vorrat sparsam umzugehen, möglichst früh mit dem Essen aufzuhören – und war viel schneller satt, als er erwartet hatte. Die Sonne stand knapp über den westlichen Höhenrücken, als er einen steilen Abbruch ins Tal erreichte. Tief unten schlängelte sich ein Fluß dahin, daneben die Straße, links ein Dorf mit kompaktem Kern und einer Moschee, deren bleistiftdünner Turm mit dem feurigen Licht der untergehenden Sonne übergossen war, während die Häuser bereits in blauviolettem Schatten lagen. Rechts davon, fast senkrecht unter Stefans Standort, führte eine Steinbrücke über den Fluß.
Er war oberhalb der Stelle angekommen, wo er mit Rada, Dr. Jastrebac und Arif auf dem Weg zu dessen Frau Isa den Fluß überquert hatte. Drüben führte der Pfad aufwärts zu Arifs Anwesen. Rechts von der Brücke, hinter der Flußbiegung und einer Baumgruppe, lag die kleine Mühle – ihre »Winterhöhle«.

Bei dem Gedanken an die Mühle, an Rada und an die Nacht, die sie in der Mühle verbracht hatten, stieg es Stefan heiß in die Augen und seine Kehle wurde eng. Rutschend, stolpernd, zwischendurch immer wieder mit bleischweren Gliedern Atem schöpfend, begann er den Abstieg. Als er die Straße erreichte, lag das Tal bereits im tiefen Schatten der anbrechenden Nacht. Aus dem Dorf links näherte sich eine Militärkolonne. Waren die Serben noch immer unterwegs zur Küste?
Stefan überquerte die Straße, hinkte über die Brücke, dachte dabei nur noch an die Mühle, wo er auch diesmal übernachten konnte. Ausruhen. Vielleicht fand er Streichhölzer, um ein Feuer anzuzünden wie damals. Essen. Schlafen. Die Mühle als Ziel, das einzige Ziel, das er noch hatte, die Rettung.
Der Weg von der Brücke zur Mühle, den er mit Rada in nur wenigen Minuten zurückgelegt hatte, wollte kein Ende nehmen. Der Schnee war alt und schmutzig. Fußspuren liefen in allen Richtungen. Dann hatte er das Auwäldchen durchquert – und starrte verständnislos auf die verkohlten Reste der einstigen Mühle. Sie war bis auf die Grundmauern abgebrannt, nur der schwarz angesengte Schornstein und der steinerne Herd standen noch da.

Träume

Stefan war auf dem Tiefpunkt angelangt: zu Tode erschöpft, frierend, fiebernd – ihm war sterbenselend zumute. Warum sollte er sich noch weiter plagen? Hatte es noch einen Sinn? Sollte er versuchen, ins Dorf zu gehen, dort eine Unterkunft zu finden? Die Häuser würden verschlossen sein – mißtrauische, feindselige Augen hinter vergitterten Fenstern – von Haus zu Haus – vielleicht in einem serbischen Biwak – doch zuerst ausruhen und vielleicht gibt ihm *Baba Gruša* auch etwas von ihrem Kaffee ab, der auf dem Herd dampft. »Alles zu seiner Zeit«, sagt sie, dreht ein Zigarillo und reicht es ihm. Er beugt sich vor, um das Zigarillo anzuzünden, aber das Feuer weicht zurück, und als er ihm nachgeht, sieht er, daß es eine Fackel ist, die ihm Rada vorausträgt. Sie ist barfuß, der Schnee scheint ihr nichts auszumachen. Es geht durch den Wald aufwärts, immer der Fackel und dem Raben nach, der umherflattert, sich auf

Radas Schultern setzt, wieder auffliegt, um seinen Kopf kreist. Er kann mit Rada nicht Schritt halten. Sie ist schon ganz weit weg auf dem Wiesengelände, das sich vom Waldrand sanft abwärts geneigt vor ihm erstreckt. Der Fackelschein wird kleiner und kleiner, und er kann sie nicht mehr erreichen, so sehr er sich auch bemüht. Jetzt ist er nur noch ein kleiner Funke, verschwindet, und er steht vor einem Tor in der Mauer, die ihm den Weg versperrt. Baba Grušas Rabe flattert von der Mauer und setzt sich auf seine Schulter. Der Mann mit der karierten Jacke öffnet das Tor und sagt: »Kommen Sie nur rein.« Aber Stefan will nicht. Er setzt sich neben die Mauer nieder. Der Rabe beginnt mit dem Schnabel auf seine Brust einzuhacken, die schwarzen Rabenaugen glitzern tückisch. Stefan versucht vergeblich, ihn zu verscheuchen, der Rabe weicht geschickt aus, hackt immer schneller, jeder Schlag mit seinem dolchartigen, blutigen Schnabel trifft Stefan ins nackte Fleisch. Arif steht im Hof hinter dem Tor und schaut zu. Warum hilft er ihm nicht? Warum verjagt er nicht den verfluchten Vogel, der zu wachsen beginnt, jetzt schon so groß ist wie ein Habicht, ein Adler, ein Geier?
»Arif – Arif!« ruft Stefan und wacht vom Klang der eigenen Stimme auf. Er saß neben dem zerborstenen Herd der abgebrannten Mühle und seine rechte Seite schmerzte. Der Rabe? Ein Stück Eisen, das aus dem Mauerwerk ragte, bohrte sich in seine Brust – genau in die Stelle, wo ihn die Kugel vor Kumeni stup getroffen hatte.
Stefan wurde schlagartig vollends wach. Er ließ das Amulett los, das er während des Schlafes unwillkürlich umklammert hatte, schob es unter das Hemd und die Jacke, stand mühsam auf und begann zu gehen. Doch er ging nicht ins Dorf, sondern zu dem Weg, der von der Brücke zu Arifs Anwesen führte und auf dem Weg weiter hinauf in den Wald. Warum hatte er nicht eher daran gedacht? Jeder Schritt tat ihm weh, doch er zwang sich weiterzugehen, und langsam lockerten sich seine erstarrten Muskeln. Im Gehen machte er den Beutel auf, brach ein Stück Hirsebrot ab, aß dann noch ein Stück Käse. Doch es wurde ihm so übel, daß er glaubte, erbrechen zu müssen und er hörte auf zu essen.
Er war am Herd der abgebrannten Mühle eingeschlafen – es konnten nur wenige Minuten gewesen sein, sonst wäre es für immer gewesen. Eine Leiche mehr an dieser von erfrorenen Soldaten und Flüchtlingen gesäumten Straße durch Albanien, wenn ihn der Rabe

nicht geweckt hätte. Der Raba? Baba Gruša? Rada? Im Traum hatte sie ihm den Weg zu Arif gewiesen...

Wie lange mußte er noch gehen? Wie lange ging er bereits? – Der Weg – ein helles Band zwischen dunklen Baumsäulen. Mondlicht auf dem Weg. Knirschender Schnee. Es ging sich leicht und schnell dahin, der Mond selbst hat die Rolle der Fackel übernommen, nur der Rabe fehlte – und schon war er da! Als hätte man ihn gerufen, fliegt er direkt aus dem Mond, landet auf dem Pfad vor Stefans Füßen, trippelt ihm voran, und das Mondlicht spiegelt sich auf seinem glänzend schwarzen Gefieder. »Zeigst du mir den Weg, gehe ich richtig?« fragt Stefan. Der Rabe dreht den Kopf seitwärts, öffnet den Schnabel zu einer Antwort, aber heraus kommt nur ein langgezogenes Heulen.

Natürlich war der Rabe auf dem mondbeschienenen Weg nur ein Traumbild. Jetzt fange ich schon beim Gehen zu träumen oder zu phantasieren an, sagte sich Stefan mit einiger Besorgnis. Doch das Heulen war wirklich, er hatte es tatsächlich gehört – jetzt wieder. Es kam von weither – oder vielleicht war es auch nicht so weit entfernt. Bei einem Laut wie diesem, der sich anhörte, als käme er von überall her, war das schwer zu sagen. Ein Fuchs? Ein Hund, der den Mond anheulte? Einer von Arifs Hunden – es konnte nicht mehr weit sein. Der Weg führte jetzt nicht mehr bergauf – er senkte sich abwärts –

– da ist auch schon der Waldrand. Arifs Hunde kommen ihm entgegengelaufen – mächtige Tiere! Sie bleiben vor ihm sitzen, einer von ihnen hebt den Kopf gegen den Mond, zuunterst aus seiner Brust quält sich ein Laut durch die Kehle empor, wird frei, durchdringt schauerlich heulend die Nacht. Da beugt sich Baba Gruša über seine Handfläche und sagt: »Feuer und Schwert – Feuer und Schwert werden dich begleiten, aber die Tiere des Waldes werden dir in deiner Not beistehen. Ich sehe es« –

War er wieder im Gehen eingeschlafen? Das Heulen des Hundes, das ihn aufgeweckt hatte, war jetzt ganz nahe. Er lehnte an einem Baum und die Knie drohten unter ihm nachzugeben, so daß er sich am Stamm festhalten mußte. In einiger Entfernung saß der Hund, schaute ihn an, seine Augen schimmerten grünlich im Licht des Mondes.

»Hast du mich geweckt?« fragte Stefan mit steifen Lippen. »Danke,

Hund!« Oder war's der andere gewesen, der mit hocherhobenem Kopf einige Schritte entfernt herüberschaute? Der dritte, dessen Schatten man durch das Unterholz huschen sah? Schnee rieselte dort raschelnd von den Zweigen – jetzt begann der Hund wieder zu heulen, aber es war keiner von diesen dreien.
»Bist du aber laut!« sagte Stefan lachend. Er löste sich von dem Baumstamm, schüttelte die steifen Schultern. »Ein schöner, starker Hund bist du, wirklich, ein Mordshund!« sagte er zu dem Hund, der noch immer dasaß, während die beiden anderen verschwunden waren und der vierte aufgehört hatte zu heulen. Er machte einen respektvollen Bogen um ihn und erreichte wenige Minuten später den Waldrand.
Vor ihm erstreckte sich das sanft geneigte, vom Mondlicht silbern überflutete Hochplateau mit Arifs Haus. Es sah genauso aus wie vorhin im Traum. Bevor er ins Freie trat, schaute er sich unwillkürlich nach Baba Grušas Raben um und mußte über sich selbst lachen. Wie töricht! Das vorhin in der Mühle war ein Traum gewesen, und das, was er jetzt erlebte, war Wirklichkeit, in der es keine Raben gab, jedenfalls nicht hier und jetzt, und der harte Flügelschlag, den er über sich hörte, als er auf Arifs Haus zuging, kam von einem Nachtvogel – desgleichen der schwarze Schatten, der über ihn strich, kurz bevor er das Tor erreichte – das gleiche Tor in der gleichen Mauer, vor der er vorhin im Traum gestanden hatte.
Er hatte es geschafft!
Hinter der Mauer begann ein Hund zu bellen, als Stefan mit dem Klöppel an das Tor schlug. Andere fielen ein. Seltsam. Waren das vorhin im Wald nicht Arifs Hunde gewesen? Schritte näherten sich, eine Männerstimme rief den Hunden etwas zu, sie hörten zu bellen auf. Im Tor wurde ein Sichtschieber bewegt, die Stimme fragte etwas.
»Arif – ich möchte zu Arif!« sagte Stefan auf deutsch, der Schieber schlug wieder zu, Schritte entfernten sich. Er soll schnell machen, sonst falle ich um und sterbe. Beeil dich, du Trottel! Ich falle um und bin tot. Wo bleibt er so lange? Ich falle nicht um, ich sterbe stehend. Mach schnell, du Esel, mach schnell! – In diesem Kreis bewegten sich Stefans immer träger und wortkarger werdende Gedanken, als das Tor plötzlich aufging und das Licht einer Lampe auf sein Gesicht fiel und darauf verharrte.

»Arif?« fragte er geblendet. »Bist du es, Arif?«
»Komm herein, Deutscher«, sagte Arifs Stimme. »Du bist mein Gast.«

Der dritte Weg

Bei seinem unfreiwilligen Bad im Drin und dem anschließenden Weg durch die winterlichen Berge hatte sich Stefan eine Lungenentzündung geholt, die von Arifs Mutter und der Heilkundigen Baba Afra schnell und wirksam auskuriert wurde. Eine Roßkur! Nach einem heißen Bad mußte er Lindenblütentee trinken und eine mörderische Schwitzkur über sich ergehen lassen. Unter die nassen Tücher, in die er von den Frauen eingewickelt wurde, legten sie Leinenbeutel mit stark duftenden Kräutern. Nach der Schwitzkur wurde er abfrottiert, in vorgewärmte Tücher gepackt und bekam auf die Brust einen Beutel mit frischen Kräutern.

Die Frauen hantierten mit größter Selbstverständlichkeit, wenn auch mit halb verhüllten Gesichtern an ihm herum, beide schon erheblich jenseits des Alters, in dem sie beim Anblick eines nackten, wohlgestalteten, wenn auch entschieden zu mageren jungen Mannes noch Anfechtungen des Fleisches ausgesetzt werden könnten. Dabei entdeckten sie Baba Grušas Amulett, und von Stund an änderte sich das Verhalten von Arifs Mutter Stefan gegenüber erheblich. Hatte sie bis dahin in ihm einen unliebsamen Störenfried gesehen, um den sie sich kümmerte, weil Arif es so wollte, so wurde er fortan zu einem angesehenen Gast, dem man nur mit Zeichen höchster Wertschätzung und Ehrerbietung entgegentrat. Dies äußerte sich unter anderem darin, daß Stefan bei Tisch nicht von einer beliebigen Magd bedient werden durfte, sondern nur von ihr persönlich – ein Vorzug, der sonst nur ihrem Sohn Arif gebührte.

Doch noch war es nicht so weit. Stefan schlief nach der Schwitzkur bis zum Mittag des nächsten Tages, bekam etwas zu essen, schlief wieder ein und wachte erst am nächsten Morgen auf. Er fühlte sich so schwach, daß er kaum einen Finger rühren konnte, doch das Fieber war weg und sein Kopf klar. Abends badete er mit Arif im türkischen Bad, schlief traumlos die ganze Nacht hindurch (es war dies die dritte in Arifs Haus) und fühlte sich am nächsten Tag bereits so weit, daß er aufstehen konnte. Seine Knie wurden allerdings schnell weich, und er war froh, als er wieder lag.

»Die Frauen meinen, daß Sie noch drei oder vier Tage brauchen, um aufstehen zu können, Gospodin«, sagte Arif. »Lassen Sie sich Zeit. Ich fürchte, daß wir bald einen Schneesturm bekommen, und dann können Sie sowieso keinen Fuß vor das Haus setzen.«

Hatte ihm die Mutter von dem Amulett erzählt? Auch Arifs früher freundlich-freundschaftliches Verhalten hatte sich geändert, wurde distanzierter und trotz seines ausgeprägten Selbstbewußtseins von einer respektvollen Ehrerbietung geprägt. Erst auf Stefans Bitte ließ er das Siezen wieder sein und kehrte zu dem vertrauten Du zurück.

Wie es Arif vorausgesagt hatte, erhob sich noch am gleichen Nachmittag ein starker Wind und wuchs schnell zu einem orkanartigen Schneesturm an. Er heulte um die Ecken, rüttelte an den geschnitzten Holzgittern vor den Fenstern, trieb dichte Schneewolken vor sich her. Der Sturm dauerte zwei Tage. Als er sich endlich legte und die ersten Sonnenstrahlen zwischen den dahinjagenden Wolkenfetzen durchbrachen, lag der Schnee an manchen Stellen mehrere Meter hoch.

»Das sind zwar nur die Verwehungen, aber du mußt trotzdem zwei oder drei Tage warten, bis sich der Schnee überall etwas gesetzt hat«, sagte Arif, während sie – wie immer allein – zu Abend aßen. »Doch sag' – warum hast du es so eilig? Auf den Straßen treibt sich noch immer räuberisches Gesindel herum. Warum willst du dich unnötig in Gefahr begeben? Warte hier den Frühling ab, zieh erst weiter, wenn das Land grün ist und die Wege sicher sind.«

Arif hatte recht. Weshalb sollte er diese Insel des Friedens und Wohlbehagens verlassen und sich wieder der Kälte, Ungewißheit und Gefahr aussetzen? War es denn nicht gleichgültig, wann er nach Hause kam? Zu Hause – ein unwirklich fernes Land mit Menschen, deren Gesichter er sich nur noch mühsam in Erinnerung rief. Wo war das – sein Zuhause? In Wien? In Schlesien? Auf Kameni Stup? Unsinn, sagte sich Stefan, überall sonst, aber nicht auf Kameni Stup! Und doch wiederum Kameni Stup: Die Bank unter den Linden im Innenhof. Rada, wie sie von ihrem Buch aufsah, tanzende Sonnenkringel auf ihrem Gesicht. Rada mit einem Körbchen voll Brombeeren unter seinem Fenster: »Heute abend essen wir sie. Sie sind dazu eingeladen.«

Wo er auch sein mochte, er würde sich nirgends zu Hause fühlen. Zu Hause war dort, wo *sie* war. Die Sehnsucht nach zu Hause war die Sehnsucht nach ihr. Zu Hause war auf Kameni Stup, in der Mühle am Fluß, auf der Landstraße, in der Dachkammer des Hotels in Va i Dêjës. Rada war das Zuhause. Wohin er auch ging, er würde die Sehnsucht nach ihr mit sich tragen und wäre ohne sie in Wien, in Schlesien oder sonstwo genauso wenig zu Hause wie hier bei Arif. Stefan war voller Unruhe und Rastlosigkeit. Der Grund war nicht nur die Sehnsucht nach Rada, die ratlose Frage, was mit ihr geschehen war, bevor sie ihn in Shkodra verabschiedet hatte, weshalb ihr abweisendes Verhalten. Es ging weiter und tiefer. Er fühlte, daß er an einem Scheideweg stand. Noch tappte er im Nebel, noch wußte er nicht, wofür er sich entscheiden sollte, noch war er der Meinung, daß die Entscheidung bereits getroffen worden war und daß er keine andere Wahl hatte als weiterzuziehen, jetzt oder im Frühjahr, doch in jedem Falle weiter ostwärts zu *seinen Leuten*.
Dennoch: hatte er wirklich keine andere Wahl? Hatte er nicht einfach nachgegeben, ohne zu überlegen, ob es auch eine andere Möglichkeit und einen anderen Weg gab?

Radas Profil hebt sich deutlich vor dem Licht des Herdfeuers ab. Er zeichnet mit den Fingerspitzen die Linie ihrer Stirn nach, die leicht gebogene Nase, die im Schlaf ein wenig offenen Lippen, das kräftige Kinn, den Hals. Seine Hand verschwindet unter dem Pelzmantel, mit dem sie sich zugedeckt hatten, tastet sich über die warme, seidig glatte Haut der Brust nach unten, bleibt sekundenlang auf der straffen Bauchdecke liegen, wandert über den Bauchnabel abwärts, findet auch auf der Scham nicht zur Ruhe. Sie beginnt wieder ihre Wanderung nach oben, tastet sich über den Bauchnabel empor, macht einen Umweg über Radas linke Brust, die Finger zeichnen den weichen Brustwarzenhof nach, wandern zum Hals, verharren im Halsgrübchen, klettern entlang der Halsschlagader zum Kinn, umrunden es, zeichnen die Konturen der Lippen nach, die sich unter der leichten Berührung wie von selbst öffnen und die Zähne freigeben, zucken in einem leichten Schmerz zurück, als sie zubeißt und daran knabbert, gleiten über die Wange zum Ohr und zur Stirn und nehmen hier am Ausgangspunkt ihre Wanderung ein zweites Mal und dann auch ein drittes Mal auf.

Er muß für eine Weile eingeschlafen sein. Als er wieder die Augen öffnet, sieht er sie am Herd frisches Holz auflegen. Sie beugt sich darüber und pustet in die niedergebrannte Glut. Dabei hält sie mit einer Hand ihr Haar am Nacken zusammen, daß es nicht nach vorne fallen kann. Flämmchen flackern auf, tauchen ihr Gesicht in zunehmend helleres Licht. Sie richtet sich auf, holt einen neuen Kienspan, zündet ihn am Feuer an und steckt ihn anstelle des abgebrannten in die dafür vorgesehene Mauerritze. Sie blickt herüber zu ihm, beschattet dabei ihre Augen, sieht aber nicht, daß er wach ist und ihr mit halbgeschlossenen Augen zusieht. Sie holt den Wasserkessel, pumpt Wasser hinein, gibt sich dabei Mühe, die Pumpe nicht allzu laut quietschen zu lassen, hängt den vollen Kessel über das Feuer. Ihr nackter, langbeiniger Körper bewegt sich mit der angeborenen Grazie der Frauen ihres Volkes.
Sie nimmt seine Hand, küßt die Handfläche, schließt die Finger nacheinander zur Faust, fährt mit den Lippen auf und ab, hin und her über die Knöchel. In der Dunkelheit kann er ihr Gesicht nicht sehen, aber er weiß, woran sie denkt. Mit dieser Hand hat er einen Mann getötet, denkt sie, sicher denkt sie das. Töten für sie, dachte Stefan, sich für sie oder an ihrer Seite töten lassen, mit ihr – ist das die Liebe? Mit ihr leben, wo auch, wie auch, und wenn es wirklich nur eine Höhle in den albanischen Bergen ist. »Ich liebe dich«, sagt er. Ihre Lippen lösen sich von seiner Hand, nähern sich seinem Ohr und er spürt ihren Atem, als sie flüstert: »Ich liebe dich.«

Es ist wahr, ich weiß es, sie liebt mich, aber sie schickte mich trotzdem weg. Warum? Warum kam sie nicht mit? Sie blieb zurück und der Mörder weiß, daß sie ihn erkannt hat.
Stefan trat ans Fenster und sah durch die verschlungenen Holzornamente des *Musebaki** hinaus. Tiefblauer Himmel wölbte sich über das verschneite Bergland. Drei Hunde spielten im Schnee, tauchten darin unter, sprangen im Kreis herum, fielen sich an, verschwanden in einer Schneewolke, tauchten knurrend und bellend wieder auf. Die im Wald sahen anders aus, dachte Stefan. Mehr – wie Wölfe. Vielleicht waren es Wölfe, sagte er sich mit einem leichten Unbehagen, Arifs Hunde waren ja zu Hause ...

* Die geschnitzten Holzgitter vor den Fenstern moslemischer Häuser.

»Wird das Wetter halten?« fragte er nach hinten.
»Es wird halten«, sagte Arif.
»Ich werde morgen früh gehen.«
»Willst du wirklich nicht bleiben, bis der Winter vorbei ist?«
»Ich kann nicht bleiben.«
»So muß es wohl sein. Ich merke deine Unrast und weiß, daß es keinen Sinn hat, dich zurückzuhalten. Wo willst du hin? Welchen Weg willst du nehmen?«
»Ostwärts – vielleicht ostwärts«, sagte Stefan unbestimmt.
»Dann stößt du eines Tages auf deine Landsleute. Es ist ein weiter, beschwerlicher Weg, mit zwei großen Hindernissen, dem Drin i zi und Šar Planina, einem wilden Gebirge schon jenseits der Grenze. Dahinter liegt Mazedonien. Deutsche Truppen stehen dort unter eurem Feldherrn Mackensen. Du kannst aber auch nach Kukës reiten. Bis Kukës sind die Bulgaren gekommen. Sie schicken ihre Patrouillen auf der Straße nach Pukë noch weiter westwärts. Wenn du dich bei ihnen meldest, werden sie dich als Verbündeten mit allen Ehren empfangen und zu den Deutschen geleiten. Das ist der zweite und der einfachere Weg. Nur ein Tagesritt. Wenn du dich dafür entscheidest, werde ich dir ein Pferd und einen berittenen Knecht mitgeben.«
Nur ein Tagesritt und dann noch einer, vielleicht zwei, und er wäre bei seinen eigenen Leuten, sagte sich Stefan. Danach Belgrad, Wien, Schlesien, Gut Prettwitz, Mutter, Großmutter, Großvater. Zu Hause. Zu bewältigen wäre nur noch ein Tagesritt, um in Sicherheit zu sein.
Richtig, *er* wäre in Sicherheit. Und Rada?
Ihr Leben war in Gefahr. Sie wußte es und hatte ihn trotzdem weitergeschickt. *Halte dich ostwärts.* Er hatte gehorcht und sich ostwärts gehalten.
War es nicht immer so gewesen? Hatte er nicht immer nur das getan, was andere für ihn entschieden, oder zumindest von ihm erwartet haben? Hatte er sich seit Kindesbeinen nicht stets nur auf vorgezeichneten Wegen auch dann bewegt, wenn er geglaubt hatte, selbständige Entscheidungen zu treffen?
»Es gibt noch einen dritten Weg!« Stefan wandte sich vom Fenster zu Arif, der auf seinem Kissen saß und Kaffee trank. »Ich werde zurück nach Shkodra gehen.«

»Sagtest du nicht, daß du von dort fliehen mußtest?«
Stefan nickte. »Wenn mich die Serben oder die Montenegriner fassen, werden sie mich als Spion erschießen. Aber ich muß trotzdem zurück.«
»Ist es ihretwegen?«
»Du meinst Rada? Sie ist in Gefahr. Ich habe schon zu lange gezögert, es muß schnell gehen.« Nachdem er die Entscheidung getroffen hatte, wurde Stefan von einer nervösen Unruhe erfaßt. »Am besten wäre es, wenn ich gleich . . .«
»Nein, nicht gleich, warte!« unterbrach ihn Arif. »Höre! Meine Frau Isa lebt, sie ist schöner als je zuvor. Das Kind ist gesund, mit einem ebenmäßigen Gesicht und einer Haut wie Seide. So Allah will, wird mir Isa noch viele Söhne schenken. Das alles haben wir *ihr* zu verdanken – selbst meine Mutter gibt es zu.« Arif lächelte. »Ich werde dich nicht fragen, welche Gefahr ihr droht. Du liebst sie, und wenn es so ist, wie du sagst, wenn du ihr beistehen willst, muß das gut überlegt und vorbereitet werden. Sonst fassen sie dich wieder, sobald du auftauchst. – Sicher weißt auch du, daß Richter, ihre Büttel und Henker nie aufgeben. In Zeiten wie dieser, wenn alles in Trümmer geht, die Armee zerfällt und der Staat aufhört zu bestehen, verrichten sie die ihnen aufgetragene Arbeit unverdrossen weiter. Sie richten und köpfen im Namen des Gesetzes – bis zum letzten Tag. Von den siegreichen Feinden der alten Herrscher werden sie stets geschont. So retten sie sich wohlbehalten über die größten Katastrophen, um neuen Herren und deren Gesetzen genauso treu zu dienen, wie sie den alten gedient haben. In ihrem Namen setzen sie nun die altgewohnte Arbeit sogleich fort: zu richten und zu köpfen. Die Justiz ist eine Hure; sie dient stets demjenigen, der gerade an der Macht ist, und wird dafür von ihm bezahlt. Laß uns also überlegen, was wir tun sollen, damit du sicher ankommst, wohin du auch reitest. Jedenfalls sicher, solange du in meinem Land bist.«

Der König und sein Hauptmann

König Nikola I. war in die Lektüre eines Briefes seiner Tochter Milica vertieft, als ihm die Ankunft des Hauptmanns Wojwoda

Bogdan Bošković gemeldet wurde. »Er soll warten«, brummte er mißgestimmt und las weiter:
»... Zur Teestunde bei Fürstin G. in Zarskoje selo habe ich den französischen Botschafter Paleologue getroffen und mich mit ihm eingehend unterhalten. Der feinsinnige, hochgebildete Mann machte einen deprimierten Eindruck. Er stand ganz unter dem Schock der Nachrichten vom Balkan-Kriegsschauplatz, wo die Franzosen und Engländer unter General Sarrail schwere Schlappen einstecken müssen. Nachdem Serbien besiegt worden ist und als Verbündeter ausfällt, auch noch diese Niederlage in Mazedonien! Doch damit nicht genug. Der französische Unterhändler Doumer ist mit seiner Mission hier praktisch gescheitert. Er hat im Namen der franz. Regierung die Entsendung von 400 000 russ. Soldaten nach Frankreich gefordert. Sie sollen die verheerenden Verluste der Alliierten ausgleichen, die praktisch über keine nennenswerten menschlichen Reserven mehr verfügen. Dieser Plan stieß in Zarskoje selo nicht auf Gegenliebe. Abgesehen davon, daß der Transport einer so gewaltigen Armee über Murmansk und das Weiße Meer ein kaum lösbares Problem darstellt, hat Rußland zwar ein großes Menschenpotential, doch kaum militärisch geschulte und ausgebildete Reserven, wie mir Pjotr* erklärte. Unsere eigenen Verluste seien so groß, daß wir sie mit den vorhandenen Reserven kaum oder gar nicht auffüllen können. Das alles weiß natürlich auch Paleologue und ist dennoch über den Fehlschlag von Doumers Bemühungen, in die er große Hoffnungen gesetzt hatte, sehr enttäuscht. – Überhaupt hat dieses nun bald zu Ende gehende Jahr für Rußland nichts Gutes, sondern eine Reihe von Rückschlägen und Niederlagen gebracht. Mein hochverehrter und geschätzter Schwager Nikolai** hat seine Absetzung als Oberkommandierender und die Verbannung – denn um nichts anderes handelt es sich hier! – in großartiger Haltung aufgenommen. Mit ihm mußte einer der wenigen fähigen Männer in der Umgebung des Zaren gehen, Gott sei's geklagt! Er hat die

* Großfürst Peter Nikolajewič, ein Onkel des Zaren, Milicas Ehemann.

** Großfürst Nikolai Nikolajewič, Generalissimus, ein Onkel des Zaren, Oberbefehlshaber der russischen Streitkräfte. Nach den schweren Niederlagen im Sommer 1915 in Polen und Galizien wurde er seines Amtes enthoben und als Stellvertreter des Zaren in den Kaukasus geschickt. Er war mit Milicas Schwester Anastasia verheiratet.

Verbannung keinem anderen als diesem Intriganten, General Suchomlinow und dem *Starec** zu verdanken. Dieser hatte sich in Zarskoje selo offen damit gebrüstet, daß er mächtiger sei als selbst die Großfürsten, die er ›ganz nach Belieben ein- oder absetzen kann‹. Dies würde ihn nur ein Wort bei Mütterchen Zarin kosten, Väterchen Zar würde sowieso alles tun, was seine Frau von ihm verlangte. Doch scheint dieser unselige Starec recht zu haben. Er ist ein Teufel! Die Empörung, die in allen Kreisen über ihn herrscht, hat bereits solche Ausmaße angenommen, daß man offen über tiefgreifende Maßnahmen spricht, die notwendig wären, um uns vor dem Abgrund zu retten, in den wir taumeln. Man sagt, daß Rußland im Laufe seiner Geschichte schon oft die Herrschaft von obskuren Günstlingen erdulden mußte, doch nie hat es eine solche Schande gegeben wie diesmal. Rasputin oder die Zarin, diese beim ganzen Volk verhaßte Deutsche, müßte weg, am besten beide. Dabei nimmt man selbst N. nicht aus. Dafür hat es in Rußland auch schon Beispiele gegeben, zuletzt im Jahre 1801** ... Auch Paul I. war mit einer Deutschen verheiratet ... Die Unzufriedenheit und Verbitterung waren damals nicht größer als heute, sagt man. Gott schütze uns vor einer solchen Entwicklung, doch darf niemand, und sei er noch so hochgestellt, das Schicksal auf eine so schändliche Art herausfordern! – Mein geliebter und hochverehrter Vater, Sie sehen also, daß die Lage verworrener ist denn je, und, wie mir scheint, von Tag zu Tag noch verworrener wird. Ana (Anastasia) und ich tun alles, was in unseren schwachen Kräften steht, um Ihre Position hier zu verteidigen und zu festigen und unserer wunderschönen Heimat Montenegro den verdienten Platz zu erkämpfen. In dieser Hinsicht haben wir trotz der Abneigung der *Švabica****, die von uns nur als

* Gemeint ist Grigor Effimovič Rasputin, der sibirische Mönch, der auf das Zarenpaar und vor allem die Zarin einen unheilvollen Einfluß gewonnen und ausgeübt hatte. Rasputin wurde ursprünglich von den Montenegrinerinnen Milica und Anastasia an den Zarenhof geholt und dort eingeführt. Die Großfürstinnen distanzierten sich später von ihm. Großfürst Nikolai Nikolajewič hatte den Zaren wiederholt beschworen, Rasputin fallenzulassen und zurück nach Sibirien zu schicken, wodurch er sich dessen Haß zugezogen hatte.

** Milica meint damit die Ermordung des russischen Zaren Paul I. im März 1801, nachdem er den putschenden, mit seiner Herrschaft unzufriedenen Offizieren eine Abdankung zugunsten seines Sohnes verweigert hatte.

*** Gemeint ist die Zarin Alexandra Fjodorowna, gebürtige Deutsche Alix von Hessen, 1894 vermählt mit Nikolaus II.

den ›schwarzen Weibern‹ spricht – vielleicht aber auch gerade deswegen – einiges erreicht. Montenegro hat hier viele Freunde, während der Einfluß Serbiens und der Karadjordjevići nach der vernichtenden Niederlage, die sie erlitten haben, stark gesunken ist. Wie ich Ihnen bereits geschrieben habe, lieber Vater, wäre es uns natürlich sehr gedient, wenn wir auch in militärischen Belangen eine kompetente und tatkräftige Unterstützung von einem Fachmann hätten. Unser Militärattache, *Čiča* (Onkel) Milan ist ein liebenswerter Mann, aber zu sagen hat er nicht viel. Wenn vom Krieg die Rede ist, erzählt er von seinen Heldentaten anno 1878 oder noch früher. Haben Sie sich in dieser Hinsicht etwas überlegt? Der Mann müßte über die Lage auf dem Balkan gut informiert sein, er müßte hier wichtigen Leuten, vor allem aber hohen Offizieren, Rede und Antwort stehen und sich auch in allerersten Kreisen bewegen können. Er darf natürlich nicht serbophil eingestellt, sondern Ihnen und unserem Montenegro treu ergeben sein, kurz ein Offizier, dessen Sachverstand und Loyalität über jeden Zweifel erhaben sind . . .«

»Den Mann bekommst du«, murmelte der König, legte den Brief in die Schublade, schloß diese ab und ließ den wartenden Hauptmann kommen.

Beim Anblick des Königs konnte Bogdan nur mit Mühe sein Erschrecken verbergen. Der alte Mann sah noch schlechter aus als vor drei Wochen, grau, übermüdet, krank. – Wie er das bei Stammesältesten in der Regel tat, führte er Bogdan an das Kaffeetischchen, forderte ihn auf zu rauchen, ließ sich eine Zigarette anzünden, klingelte nach Kaffee. Das Gespräch eröffnete er mit der Mitteilung, wie betroffen er über den Tod des alten Wojwoda Lazar gewesen sei. »Ich war von Anfang an überzeugt, daß er das Standgericht in Shkodra nur in einem Anfall geistiger Verwirrung überfallen haben kann. Er war nicht mehr jung, die Strapazen des Rückzuges über Albanien, dazu die Verwundungen und die Amputation eines Beines . . . Selbst ein junger Mann könnte unter solchen Umständen zeitweise den Verstand verlieren. Zu diesem Ergebnis kam auch eine von mir eingesetzte Kommission. Den Fall können wir als abgeschlossen betrachten. Was den Major Arsa Koviljan betrifft, der auf den Wojwoda geschossen hat . . . Er mußte es tun, es war reine Notwehr, dafür gibt es eine Reihe von Zeugen, die es alle übereinstimmend erklärt haben. Ich werde dir die Protokolle zukommen lassen, du hast das Recht dazu...«

Der König schien für einige Augenblicke Bogdans Anwesenheit vergessen zu haben. Er murmelte etwas vor sich hin, trank laut schlürfend von seinem Kaffee, rauchte. »Eine schlimme Geschichte, eine ganz schlimme Geschichte«, fuhr er schließlich fort. »Aber nicht verwunderlich bei den Schicksalsschlägen, die dein Großvater einstecken mußte – zuletzt auch noch diese unglückselige Schlacht an der Djetinja... Trotzdem war er ein verdienter Mann, ein Recke, wie es heutzutage kaum einen gibt, ein Held! Ich hoffe, daß mein Vertreter bei seiner Bestattung dies deutlich zum Ausdruck gebracht hat?«

»Er hat es, Majestät. Ich danke für die Anteilnahme, die...«

»Schon gut, schon gut«, winkte der König ab. »Damit wir dieses Kapitel abschließen können: Es ist noch etwas zu klären. Der alte Mann hat von dir und – Blutrache gesprochen, bevor er starb, wurde mir berichtet. Du bist sein einziger Enkelsohn... Meinte er, daß du Blutrache vollziehen würdest? Was sagst du dazu?«

Der König schien plötzlich ganz der alte zu sein. Unter seinem herrischen Blick kam sich Bogdan klein und unbedeutend vor.

»Majestät – ich respektiere unter allen Umständen die Gesetze unseres Königreiches Montenegro«, sagte er. »Das gilt selbstverständlich auch für die Blutrache.«

Der König nickte zufrieden. »Die Sache wäre also erledigt. Das zu wissen, beruhigt mich... Du wirst nämlich nach Rußland reisen. Es wird ein weiter Weg werden, und es ist unbestimmt, wann du wieder zurückkommst.«

»Majestät...«

»Was gibt es?« fragte der König unwillig.

»Das mit Rußland... Es kommt völlig überraschend. Ich wollte Euer Majestät dringend bitten, mich an die Nordfront bei Mojkovac abzukommandieren. Wir haben jetzt bereits über ein Jahr Krieg, und ich hatte noch keine Gelegenheit...«

»Verstehe, verstehe, doch halt ein! Du wirst noch genügend Gelegenheit bekommen, dich auszuzeichnen. Deine Aufgabe in Rußland ist zunächst von allergrößter Wichtigkeit. Ich werde dich ins Vertrauen setzen, nur unter uns... Ich lese dir aus einem Brief meiner

Tochter Milica vor – du weißt, der Großfürstin ...« Der König stand auf, reckte sich, murmelte etwas von Ischias, Rheuma und seinem kaputten Kreuz, holte den Brief aus der Schublade, suchte die Stelle, in der ihn Milica bat, ihr einen kompetenten und tatkräftigen Offizier nach Rußland zu schicken, und las sie Bogdan vor. »Du siehst, es ist eine Aufgabe, für die du vorbereitet und geschult wurdest«, sprach er anschließend. »In Rußland wirst du um die Freiheit und den Bestand Montenegros kämpfen müssen, sozusagen mit geistigen Waffen ... Unsere Selbständigkeit kann nur von Großmächten garantiert werden. Das gleiche wird Major Arsa Koviljan-Kundak in Italien tun – dort meiner Tochter Königin Elena zur Hand gehen, als neuer Militärattachée mit erweiterten Vollmachten. Nur die Besten sind für solche Aufgaben geeignet. Der Krieg wird noch lange dauern, du wirst noch genug Gelegenheit bekommen, in die Fußstapfen deines Großvaters zu treten, doch zunächst – Rußland ... Reisepapiere, Akkreditierung und alles andere, was nötig ist, bekommst du morgen, übermorgen ... So schnell wie möglich. In den nächsten Tagen wird dich dann ein Kanonenboot in Ulcinj oder Valdinos holen, dich, Major Koviljan ... Bis dahin aber ...«
Der König verstummte, starrte gedankenverloren vor sich hin. Die große Standuhr an der Wand maß mit schwingendem Pendel und einem tiefen tack – tack – tack die Zeit, die für die kleine goldene Uhr auf dem Schreibtisch des Königs mit ihrem nervösen tick-tack-tick-tack doppelt so schnell zu vergehen schien.
»Majestät?« wagte Bogdan den König an seine Anwesenheit zu erinnern.
»... wartet ihr am besten in Ulcinj«, beendete der König den vorhin begonnenen Satz.
»Darf ich auf meinem Weingut auf das Kanonenboot warten Majestät? Es liegt in der Nähe von Ulcinj.«
»Wo du willst, wo du willst ...«
»Darf ich von Euer Majestät noch etwas erbitten?«
»Sprich!«
»Meine Cousine Rada ist durch den Kriegsausbruch verhindert worden, ihr Studium der Medizin in Petrograd fortzusetzen. Ich könnte sie bei dieser Gelegenheit mit nach Rußland nehmen.«
»So? Medizin studiert sie? Das ist gut, sehr gut. Eine von diesen

modernen jungen Frauen ... Auch meine Töchter waren es ... Sehr selbständig, eigenwillig ... Wir brauchen Ärzte, wenn wir nach diesem unseligen Krieg unser Montenegro wieder aufbauen – Ärzte, Ingenieure, Wissenschaftler, Lehrer ... Nimm sie mit. Medizin, das ist gut! Die Reise bezahle ich. War das alles?«
»Ich danke Euer Majestät.«
»Warte!« Der König stand auf, holte von seinem Schreibtisch ein bereitliegendes Lederetui, öffnete es, nahm eine silberne Medaille heraus, heftete sie an die Brust des jungen Offiziers. »Mit deiner aufopfernden Arbeit hast du dir große Verdienste um unsere Kriegsführung erworben, Hauptmann Wojwoda Bogdan Bošković«, sprach er. »Dafür verleihe ich dir den Njegoš-Orden in Silber. Ich, dein König und oberster Befehlshaber, erwarte von dir, daß du dich dieser Auszeichnung würdig erweist.«

Am frühen Nachmittag des übernächsten Tages verließen Bogdan und sein Posilni Bero Cetinje. Sie hatten keine Zeit mehr zu verlieren. In den Morgenstunden des gleichen Tages hatten die Österreicher mit dem Bombardement montenegrinischer Befestigungen auf dem Lovčen begonnen. Das Feuer schwerer Schiffsartillerie, neu herangeführter Gebirgskanonen und pausenlose Bombenabwürfe von Flugzeugen aus sollten den Angriff der Gebirgstruppen auf Montenegros »heiligen Berg« einleiten, mit dem Ziel, von Süden her nach Cetinje vorzustoßen und es einzunehmen.

Sei gegrüßt, Bruder!

Gekleidet wie ein arnautischer Bauer, bewaffnet mit einem amerikanischen 9 mm Smith & Wesson Trommelrevolver, wurde Stefan auf seinem Weg nach Shkodra zunächst von Arif begleitet. Im Dorf Koman am Drin wurde er einem Mann übergeben, der sie bereits zu erwarten schien und Arif mit allen Zeichen respektvoller Unterwürfigkeit begrüßt hatte. Er, ein Vetter Arifs, sollte Stefan bis Shkodra begleiten und dort zu Leuten bringen, die ihm weiterhelfen würden, sagte Arif, bevor er wieder zurück ritt. »Es war mir eine Ehre, dir, einem Mann der *Alten Bruderschaft* behilflich zu sein. Besonders aber freue ich mich darüber, daß ich dich in meinem Hause aufgenommen habe, bevor ich das wußte; denn jeder Verdienst kehrt sich in sein Gegenteil, wenn man sich davon einen Vorteil erhofft, lehrt uns der Prophet. Allah möge dich auf allen deinen Wegen begleiten und gesund in deine ferne Heimat zurückkehren lassen!« Mit diesen Worten verabschiedete er sich.

Arifs Vetter hieß Rustem und war ein schweigsamer Mann. Während des gesamten Rittes nach Shkodra wechselten sie kaum zehn zusammenhängende Sätze. – Die Brücke über den Drin bei Va i Dêjës passierten sie anstandslos. Neben serbischen Feldgendarmen waren dort jetzt auch die Albaner des Essad Pascha postiert, doch kontrolliert wurde kaum jemand. – Mit einigem Herzklopfen ritt Stefan durch das Dorf, wo er seine Flucht begonnen hatte. Da waren die Häuser, zwischen denen er sich versteckt gehalten hatte – die Gärten – der Ziegenstall, das freie Feld, dahinter das Wäldchen – vorbei.

Am späten Abend kamen sie in Shkodra an. Rustem klopfte an die Außentür eines großen Hauses am Marktplatz. Das Tor wurde sogleich aufgemacht, als hätte man sie bereits erwartet. Während Rustem nach einigen geflüsterten Worten wieder in der Dunkelheit verschwand, wurde Stefan von einem älteren Mann in den Innenhof und dort in ein niedriges, nach hinten gerücktes Gebäude geführt.

»Einen Augenblick, Euer Hochwohlgeboren, nur einen Augenblick«, flüsterte der Alte mit ängstlichen, flink umherhuschenden Augen in einem verschreckten Mausgesicht. Er zündete eine Petroleumlampe an. Seine Hände zitterten so dabei, daß er kaum in der Lage war, das Streichholz anzureißen. Dann führte er Stefan durch ein Warenlager mit hoch aufgestapelten Säcken, Kisten und bis an die Decke reichenden, mit allerlei Krimskram vollgestopften Regalen zu einer Tür im Hintergrund. Erst als sie glücklich in dem Raum dahinter angelangt waren, als er die Türe sorgfältig zugemacht und sich überzeugt hatte, daß die Fensterläden des einzigen Fensters geschlossen waren, schien er sich wohler zu fühlen. Mit einem Seufzer der Erleichterung stellte er die Lampe auf den Tisch, fuhr sich mit dem Taschentuch über das Gesicht, lächelte Stefan mit dreifacher Verbeugung zu und sprach in einem gestelzt klingenden Serbisch:

»Ich bitte für meine Vorsicht um Verständnis, Euer Hochwohlgeboren – die Zeiten sind unsicher, man wittert überall Feinde,

Spione... Allah sei's geklagt! Ich bitte Euch um Vergebung – wieder die dreifache Verbeugung – daß ich Euch nicht in unser bestes Zimmer gebeten und Euch dort so empfangen und bewirtet habe, wie es einem Gast von Eurem Rang und Namen gebührt. Mein Haus ist voll von Verwandten. Sie kamen aus den Bergen und suchen hier Zuflucht vor räuberischen Horden. Ein falsches Wort am falschen Platz ist schnell gesagt. Man kann sich auf niemanden verlassen, Euer Hochwohlgeboren, außer auf sich selbst. Jedenfalls seid Ihr hier absolut sicher, bis man Euch abholt.«
»Abholt – wer?«
»Die – Eingeweihten, nehme ich an, Euer Hochwohlgeboren. Mehr weiß ich auch nicht, verzeiht mir. Ihr seid bestimmt hungrig nach dem langen Ritt. Macht es Euch bequem, es wird sogleich aufgetischt werden.« Der Alte zeigte mit einer Handbewegung auf die bis auf den niedrigen Tisch und eine Holzliege leere Kammer, als handele es sich um ein Staatsgemach. Dann verschwand er mit der üblichen dreifachen Verbeugung und kam schon nach wenigen Minuten mit einem vollen Servierbrett wieder, darauf eine Reihe verschiedener Gerichte. Das Essen schmeckte vorzüglich. Der Alte erschien nur noch einmal, um wieder abzuräumen. Danach sah ihn Stefan nicht wieder.
Er mußte eine oder auch zwei Stunden tief geschlafen haben, als er plötzlich auffuhr. Vor der Holzliege stand eine dunkle, bis unter die Augen vermummte Gestalt.
»Ich bin beauftragt worden, dir das zu übergeben und dich zu bitten, mir zu folgen.« Die Stimme des Vermummten klang gedämpft hinter dem Tuch, das den unteren Teil seines Gesichtes verdeckte. Er zog einen Briefumschlag vor und gab ihn Stefan. Auf dem Bogen, der darin steckte, stand das Zeichen der Alten Bruderschaft, ein Kreis mit dem Pentagramm darin. Zusätzlich befand sich über dem Kreis noch ein zweiter, kleinerer. Unter der Zeichnung stand auf deutsch:
Sei gegrüßt, Bruder! Folge diesem Mann.

Schon außerhalb Shkodra, zum See hin, befanden sich die Häuser reicher albanischer und türkischer Familien. Hier, am Ufer des Shkodra- oder Skadar-Sees, war das Leben viel angenehmer als in der Hitze, im Lärm und Gestank der quirligen Stadt, seit alters her dem bedeutendsten Handels- und Verwaltungszentrum der Region. Unter den meist von hohen Mauern umgebenen Häusern der Moslems, die nach außen abweisend und unzugänglich wirkten und nach innen dafür um so mehr Pracht entfalteten, stach besonders das Haus der Familie Blinishti hervor. In den achtziger Jahren des vorigen Jahrhunderts im Stile italienischer Landhäuser der Toscana erbaut, stand es hell und einladend auf einer Anhöhe über dem Seeufer, umgeben von einem großzügig angelegten, parkähnlichen Garten.

Die Blinishti führten ihren Ursprung auf den großen Georgj Kastrioti, genannt Skanderbeg zurück. Auf seiner Burg Krujë, die wie ein Adlernest über der westalbanischen Küstenebene thront, hielt Skanderbeg im 15. Jahrhundert fast drei Jahrzehnte lang den vordringenden türkischen Eroberern stand. Solange Krujë nicht bezwungen und Skanderbegs Albaner nicht besiegt wurden, konnten die Osmanen ihr Vorhaben, von der albanischen Küste aus nach Italien überzusetzen und Rom, die Hauptstadt der Christenheit, zu erobern, nicht verwirklichen. Von den Albanern nachhaltig daran gehindert, wandten sie sich schließlich neuen Eroberungen nordwestlich ihres Reiches zu. Skanderbeg aber bekam den Beinamen *Retter Roms*.

Skanderbegs Nachkommen mußten sich der gewaltigen Übermacht des osmanischen Reiches beugen. Albanien sank für ein halbes Jahrtausend in Vergessenheit. Die meisten Albaner nahmen den islamischen Glauben an, was ihnen die benachbarten Serben und Montenegriner bis auf den heutigen Tag nicht verziehen haben. Nur im Norden Albaniens, um den See von Shkodra oder Skadar und im Bergland westlich davon, trotzte eine starke römisch-katholische albanische Minderheit allen islamischen Bekehrungs- und Überfremdungsversuchen. In diesem Jahrhunderte währenden Kampf um die eigene Identität und den Glauben der Väter entwickelten die katholischen Albaner Eigenschaften, die ihnen das Überleben ermöglichten. Nur die schlauesten und stärksten konnten sich behaupten und in diesem Kampf erfolgreich bestehen. Der Weg in die Verwaltung und in die osmanische Armee war ihnen versperrt. So blieben sie Bauern, Handwerker und Kaufleute, fuhren zur See und verdingten sich als Söldner im Dienste Dubrovniks, Venedigs und des päpstlichen Roms, bekannt für ihre Härte, Ausdauer und Unerschrockenheit.

Unter den Familien, die es mit rastloser Arbeit durch viele Generationen, mit kaufmännischem Geschick und einem sprichwörtlichen Zusammenhalt zu Reichtum und Ansehen gebracht hatten, waren auch die Blinishti. Ihr gegenwärtiges Oberhaupt Georgj (in jeder Generation gab es mindestens einen Nachkommen mit dem Vornamen des großen Skanderbegs) hatte die kaufmännische Tradition seiner Vorfahren erfolgreich fortgeführt und – begünstigt durch den allgemeinen wirtschaftlichen Aufschwung vor der Jahrhundertwende – weiter ausgebaut. Die Blinishti besaßen Lagerhäuser und Kontore in Shkodra, Durrës, Split, Triest, eine Niederlassung in Istanbul und seit einigen Jahren in Genua als Sprungbrett für den Überseehandel mit Nord- und Südamerika. Er selbst hatte in Istanbul, London, Marseille und Hamburg den Beruf des Kaufmanns erlernt und auf seinen Reisen Erfahrungen gesammelt und Verbindungen geknüpft, die der Krieg zwar teilweise stillegen, doch nicht ganz unterbrechen konnte.

In das Haus dieses vielseitig gebildeten, umfassend informierten Kosmopoliten wurde Stefan nach einer nächtlichen Fahrt in einem Automobil durch Shkodra gebracht. Sie betraten es durch eine Hintertür. Der Vermummte, der während der ganzen Fahrt kein Wort gesprochen hatte, blieb zurück. Ein ebenholzschwarzer livrierter Diener führte Stefan in einen großen, vom lodernden Kaminfeuer angenehm durchwärmten Raum. Mit einer leichten Verbeugung und einer angenehm klingenden, leisen Stimme sagte er im singenden Tonfall der Dalmatiner:

»Der Herr bittet Sie um ein wenig Geduld. Er wird sogleich kommen.«

Die große, doppelflügelige Tür fiel hinter ihm mit einem leisen Klicken ins Schloß. Stefan blieb allein.

Ihm war, als träume er. Doch er fand keine Zeit, sich in dem halb europäisch, halb orientalisch eingerichteten Raum, vermutlich dem

Herrenzimmer, vielleicht auch einem Rauchsalon, umzusehen. Nach einem flüchtigen Blick auf das große Ölgemälde über dem Kamin, das einen finster blickenden, bärtigen Mann in der Kleidung der venetianischen Kaufleute aus dem siebzehnten Jahrhundert darstellte, hörte er hinter sich wieder das leise Klicken des Türschlosses und drehte sich um.

»Willkommen im Hause Blinishti, Bruder!« Der Hausherr trat Stefan mit ausgestreckter Hand entgegen. Eine imponierende Erscheinung! Ein Mann um die Sechzig, groß, schmal wie so viele Albaner, die von sich behaupten, als Nachkommen der alten Illyrer das älteste und traditionsreichste Volk in der bunten Vielfalt der Balkanvölker zu sein, ein vornehmes Gesicht mit scharfer Adlernase, grau durchsetzter, sorgfältig gestutzter Bart, dunkle, aufmerksame Augen. Sein Händedruck war kurz und fest. »Ich heiße Georgj Blinishti – und Sie sind Stefan Meyster. Nachdem ich einiges über Sie vernommen habe, freue ich mich, Sie auch persönlich kennenzulernen. Bitte, setzen wir uns. Am besten hier am Kamin. Das Feuer ist angenehm zu dieser Jahreszeit. Der Diener mit dem unumgänglichen Kaffee ist bereits unterwegs. Oder trinken Sie lieber Tee? Also Kaffee? Gut.«

Er sprach ein fließendes, absolut korrektes Deutsch mit einem harten Akzent. Seine Worte wählte er mit Bedacht, die wohlgebildeten Sätze waren gleichsam druckreif. Diese papieren klingende Sprache, wie man sie an Universitäten oder feinen Privatinstituten Kindern reicher Ausländer beibringt, berührte Stefan merkwürdig fremdartig – genau fremdartig und in einem gewissen Sinne unwirklich wie alles, was mit ihm geschah, seit ihn der vermummte Mann abgeholt hatte: Die Aufforderung mitzukommen unter dem Zeichen der Bruderschaft, die schnelle Autofahrt, dieses Haus aus Tausend und einer Nacht, der Hausherr in seinem seidenen Hausmantel, vollendete Formen, ein angenehmer Plauderton, die Sprache der feinen Gesellschaft in Wien, Berlin, Paris, Rom, Petersburg, der kohlrabenschwarze Diener in seiner himmelblauen, goldstrotzenden Livree, der jetzt kaum hörbar, nur vom feinen Klirren der Tassen begleitet, Kaffee brachte und servierte und genau so unhörbar den Raum wieder verließ.

»Ich glaube, daß ich Ihnen einige Erklärungen schuldig bin«, plauderte der Hausherr. »Ist es Ihnen recht, wenn wir uns auf deutsch

unterhalten? Ich weiß, es klingt etwas unbeholfen aus meinem Mund. Doch ergreife ich jede Möglichkeit dazu, um nicht ganz aus der Übung zu kommen. Lebendige Sprache, Rede und Gegenrede – das ist doch etwas anderes als nur Lesen, auch wenn man dies zuweilen laut tut, wie von Sprachlehrern allgemein empfohlen wird. Nun, ich meine, daß ich in allernächster Zukunft genügend Gelegenheit haben werde, deutsch zu sprechen. Was meinen Sie, ob mir der Dialekt der Tiroler Schützen und anderer Gebirgssoldaten der kaiserlichen und königlichen Armee große Schwierigkeiten bereiten wird? Es heißt, sie würden sprechen, als hätten sie Knödel, ihre beliebte Nationalspeise im Mund. Stimmt das? Wir werden es erfahren. Sie sollen sich überall auf dem Vormarsch befinden. Die Serben werden in großer Hast evakuiert, unsere Nachbarn, die Montenegriner, weichen an allen Fronten zurück... Nun ja, wandelbar ist das Kriegsglück, heute lacht es der einen, morgen der anderen Partei. Doch lassen wir den Krieg zunächst draußen vor der Tür. Er wird uns früh genug wieder einholen und vor neue Probleme stellen. Wie fühlen Sie sich, Herr Meyster?«
»Etwas – verwirrt.«
Der Hausherr lächelte, Stefans knappe Antwort schien ihm zu gefallen. »Vorhin nannte ich Sie *Bruder*. Der Grund...« Er holte unter dem Hausmantel und dem Hemd ein Amulett hervor und hielt es so, daß das Licht voll darauf fiel. Es sah genauso aus wie Stefans, nur hatte es über dem großen, das Pentagramm umspannenden Kreis, noch eine kleine goldene Scheibe. »Sie gehören zwar nicht wirklich der *Bruderschaft* oder der *Alten Bruderschaft* an«, sprach er weiter, während er das Amulett wieder unter das Hemd schob, »aber Sie tragen seit einiger Zeit unser Zeichen. Das verpflichtet uns. Ich nehme an, daß Sie eine Reihe von Fragen haben über Unverständliches oder Befremdliches – ist das richtig ausgedrückt? – das Ihnen widerfahren ist. Ich werde sie Ihnen so gut ich es vermag beantworten. Doch zunächst bitte ich Sie um Vertrauen. Erzählen Sie mir, was Sie vorhaben. Ich werde versuchen, Ihnen dabei zu helfen. Wenn ich richtig informiert bin, sind Sie auf der Suche nach einer jungen Frau, die mit den serbischen Truppen nach Albanien gekommen ist. Haben Sie es eilig?«
»Sehr«, sagte Stefan.

»Das dachte ich mir. Es wird möglicherweise nicht einfach sein. Das ganze Land gleicht einem aufgestörten Ameisenhaufen. Doch jetzt berichten Sie!«

Stefan war mit seinem Bericht schnell zu Ende, obwohl er mehr erzählte, als er zunächst vorhatte. War er zu vertrauensselig? Doch alles, was er bisher in Verbindung mit der *Alten Bruderschaft* erlebt hatte, angefangen von Baba Gruša und ihrem Geschenk, sprach dafür, daß er diesem Mann vertrauen und von ihm auch Hilfe erwarten konnte: »Ein Tor, der jedermann – ein Narr, der niemandem vertraut!« Eine von Jonas' Weisheiten.
Als er geendet hatte, bat ihn der Hausherr um etwas Geduld, ging hinaus, kam nach einer Viertelstunde wieder und ließ sich schwer in seinen Sessel fallen.
»Wir können jetzt nur warten. Einen Tag, zwei ... Stellen Sie sich vor, Ihren Großvater, Baron Otto von Prettwitz, kenne ich. Zwei- oder dreimal bin ich ihm in Berlin begegnet, einmal in Bukarest ... Er hat Interesse für rumänische Ölquellen bekundet, hat sich dann in dieser Sache auch engagiert. Bekannt ist mir auch das Schicksal Ihres Vaters, Karl Meyster, der bei einem Jagdunfall in Montenegro ums Leben gekommen ist.«
»Er wurde ermordet«, sagte Stefan mit Nachdruck.
»Dieser Meinung ist auch Baba Gruša. Mir ist allerdings nur die offizielle Version bekannt, die von einem Jagdunfall berichtet.«
»Sie kennen Baba Gruša?«
»Ich kenne sie, ich kenne sie recht gut – eine bemerkenswerte Frau.« Der Hausherr lächelte. »Die Zusammenhänge werden Sie erfahren. Wir haben Zeit ... Sie müssen mir bei Gelegenheit auch erzählen, wie sich der Überfall des alten Wojwoda Lazar Bošković auf das serbische Standgericht abspielte. Es muß ein grandioses Schauspiel gewesen sein! Es ging wie ein Lauffeuer durch das Land. Dieser alte Haudegen – es heißt doch so? – wie er leibt und lebt. Oder, um ganz genau zu sein, wie er lebte.«
»Der Wojwoda – ist er tot?«
»Wußten Sie das nicht? Ja, sicher ... Bevor ihn dieser montenegrinische Offizier erschoß – eindeutig Notwehr, heißt es – waren Sie ja bereits weg. Wie sollten Sie es auch wissen? Ihr Begleiter, des Wojwodas Diener – es heißt, er soll ein Riese von Gestalt sein – ist

seitdem spurlos verschwunden. Die anderen Soldaten hat man verhaftet, aber bald wieder freigelassen. Den toten Wojwoda hat man weggebracht, ich denke nach Montenegro, um ihn dort zu bestatten.« Der Hausherr stand auf, er wirkte plötzlich müde und zerstreut. »Entschuldigen Sie mich jetzt bitte – ein schwerer Tag liegt hinter mir. Doch welcher Tag ist in dieser Zeit nicht schwer? Auch Sie müssen müde sein. Der Diener wird Ihnen Ihr Zimmer zeigen, Ihnen zur Hand gehen, wenn Sie ein Bad nehmen wollen. Lassen Sie mich abschließend auf unsere alte Art sagen: Sie sind mein Gast, verfügen Sie über mich und mein Haus.«

Georgj Blinishti sollte recht behalten. Es dauerte zwei Tage bis man erfuhr, wo sich Rada aufhielt. Nach dem ersten Tag, der kein Ende nehmen wollte (Stefan verbrachte ihn in der Bibliothek des Hausherrn, wo eine beachtliche Anzahl deutscher Bücher stand, meistens Klassikerausgaben) und dann doch irgendwie verging, einem Abendessen, das Stefan auf seinem Zimmer serviert wurde, bat ihn endlich der schwarze Diener zu seinem Herrn ins Kaminzimmer. Blinishti berichtete, daß nach den ersten eingegangenen Informationen die serbische Regierung und das Zentrallazerett zur Zeit in Shengjin (San Giovanni) und Medës nach Korfu eingeschifft würden. Die nachfolgenden Verschiffungen sollten wegen der Nähe der österreichischen Kriegsflotte und der ständigen Luftangriffe weiter südlich in Durrës und Vlora stattfinden. Rada sei nicht dabei.
»Sie ist mit dem Sarg des toten Wojwoda nach Montenegro gereist, vermutlich in dessen Landhaus an der Tara. Dort wurde er beerdigt, nehme ich an. Ob und wohin sie danach gereist ist, wissen wir noch nicht, aber wir werden es erfahren. Glücklicherweise funktionieren die telegraphischen Überlandleitungen noch immer. Außerdem haben wir eine Funkverbindung nach Cetinje, Podgorica und Kolašin ... Wir sind also nicht mehr auf die reitenden Boten angewiesen, wie in alten Tagen, in der großen Zeit der *Bruderschaft*, die damals noch nicht *Alte Bruderschaft* hieß«, setzte Blinishti nach einigen Augenblicken hinzu. »Ich nehme an, daß sie endlich mehr darüber erfahren wollen. Lassen Sie mich also erzählen:«

Mit dem Verfall der alten Reiche und dem Vordringen der Osmanen auf den Balkan im 14. und 15. Jahrhundert, wurden die Handelswege auf See und über Land in diesem Teil der Welt so unsicher, daß kaum ein Transport oder eine Schiffsladung unbehelligt den Bestimmungsort erreichte. Die Venetianer, die damals die Adriaküste beherrschten und unter deren Patronat auch die Bucht von Cattaro fiel, kümmerten sich kaum um die Sicherheit dieser abgelegenen Küsten und des Hinterlandes an der Peripherie ihres Machtbereiches. Da entschlossen sich sieben einflußreiche Kaufleute und Reeder zur Selbsthilfe und gründeten den Geheimbund *Pobratimstvo*, die *Bruderschaft*; die magische Zahl sieben spielte fortan eine zentrale Rolle.

»Der Legende nach trafen sich die Gründer in der Kirche des heiligen Georg auf der gleichnamigen Insel in der Bucht von Cattaro; die Insel soll später den Maler Böcklin zu seinem berühmten Bild *Die Toteninsel* inspiriert haben. Dort, unter dem Bild des heiligen Ritters Georg, besiegelten die sieben Gebrüder ihren Geheimbund und schworen sich treue Gefolgschaft bis in den Tod – und darüber hinaus. Georg wählten sie auch zu ihrem Patron und Fürsprecher, einen Ritter, der nicht nur ein gottgefälliges Leben geführt hatte, sondern auch mit Schwert und Lanze umgehen konnte...«

Die Heimatstädte der Gründer, Perast, Tivat, Risan und Cattaro waren damals reich und mächtig. Sie schickten ihre Handelsschiffe auf alle Weltmeere und bauten eine beachtliche Schutzflotte auf, die sich immer wieder mit moslemischen Piraten und dalmatinischen Gusaren herumschlug. Im Jahre 1571 nahm sie an der historischen Seeschlacht bei Lepanto teil, als Don Juan d'Austria das türkische Vordringen ins westliche Mittelmeer stoppte. Bei dieser blutigen, mit äußerster Verbitterung und Grausamkeit geführten Schlacht, an der auch Cervantes, der spätere Dichter des *Don Quijote* als einfacher Galeerensoldat teilnahm, verloren die Cattarer fast ihre gesamte Flotte. Es dauerte Jahre und es kostete sie »manch einen Schweißtropfen, manch einen Fluch, manch eine Träne und sackweise Gold und Silber«, bis sie sich davon wieder erholten.

Diese Zeit der Kriege, die von den Mächtigen nach Gutdünken vom Zaune gebrochen wurden, der Gesetz- und Rechtlosigkeit und allgemeiner Unsicherheit, war aber auch die große Zeit der *Bruderschaft*. Ihr Ziel war es, für die Sicherheit der Brüder zu sorgen ohne Ansehen ihrer Religion oder Nationalität. Eine kleine Privatarmee aus kampferprobten Dalmatinern, Albanern, Montenegrinern und Griechen wurde aufgestellt und unterhalten. Sie stellte Leibwachen und Begleiter, von denen die Brüder auf ihren Handelsreisen auf dem Festland und Fahrten auf See beschützt wurden. Doch wußten die Gründer der *Bruderschaft* und ihre Nachkommen sehr wohl, daß Waffengewalt allein nicht ausreichte; Waffen hatten die Männer dieser Berge und Küsten, die aus Not und zu ihrem Vergnügen auf Raub ausgingen, noch nie gefürchtet. Man mußte Einfluß auf ihre Seelen gewinnen, sich ihre einfachen Gemüter und ihren Aberglauben zunutze machen. So streute man Gerüchte über die unheimlichen und übersinnlichen Kräfte der *Bruderschaft* und ihrer Mitglieder aus. Wer sich mit ihnen einließ, bekam es mit Mächten zu tun, gegen die Handschar, Dolch, Lanze, Flinte und Pistole nichts ausrichteten und denen allerlei unheimliches Volk des Waldes und der Meeresgründe zur Seite stand.

»Das alte mystische und magische Zeichen des Pentagramms wurde zum Zeichen der *Bruderschaft* gewählt. Hexen und Zauberer wurden in unsere Dienste genommen, wenn sie über bestimmte Fertigkeiten verfügten. Aber auch die Gebrüder selbst eigneten sich solche an. Manches davon wirkte selbst auf die Mitbrüder unheimlich und unbegreiflich. Jedenfalls kam es darauf an, daß zu bestimmten Gelegenheiten und Anlässen, hinter denen man die Anwesenheit der *Bruderschaft* vermutete, Dinge geschahen, die das einfache Volk beeindruckten. In der neueren Zeit bedienten wir uns auch modernerer Methoden. Einer von uns, der Belgrader Professor Radovan Dukić, war ein Meister der Pyrotechnik. Ihm hatten wir manch ein beeindruckendes Schauspiel zu verdanken. Baba Gruša war seine Assistentin... Geliebte. Sie war eine wunderschöne junge Frau – können Sie sich das vorstellen? Dukićs Amulett soll bei der Explosion, bei der er den Tod fand, verbrannt sein, berichtete sie uns. In Wahrheit hat sie es behalten als Erinnerung an ihren Rade... Baba Gruša muß Sie sehr ins Herz geschlossen haben, wenn sie Ihnen das Zeichen anvertraute. Hat sie damit etwas unternommen? Ich meine – hat sie es in Ihrer Gegenwart *besprochen*?«

Blinishti fragte dies, als sei es ganz normal, daß etwas *besprochen* wird, wodurch es eine geheimnisvolle magische Kraft erlangt.

Stefan nickte. »In Verbindung mit dem Amulett sind tatsächlich Dinge geschehen, die ich mir nicht erklären kann. Träume? Visionen? Ahnungen? Manchmal hatte ich das Gefühl, als würde das Amulett leben, als hätte es unerklärliche Kräfte ... Nicht unangenehm, keineswegs beängstigend, im Gegenteil. Ob dies so war, weil ich es erwartete oder daran glaubte? Andererseits war das Amulett zunächst für mich ja nichts besonderes, ein Amulett eben, ein etwas sonderbares Geschenk einer alten Frau, weiter nichts. Ich habe dem Zeichen weder etwas zugeschrieben, noch davon etwas erwartet, und am wenigsten an irgendeine geheimnisvolle Kraft geglaubt, die es besitzen könnte.«

»Es gibt Dinge, die wahr werden, weil wir daran glauben. Andere, die geschehen, weil wir erwarten, daß sie es tun. Wir bemühen uns um Erklärungen auch dann, wenn die Dinge über unser Begriffsvermögen gehen und wir uns zufrieden geben sollten, daß es so ist, wie es ist. Manch einem Bruder waren Dinge bekannt, die wir uns heute nicht erklären können. Es gibt nur noch wenige, die es *wissen*. Baba Gruša weiß es, sie kann damit auch umgehen. Der *Bruderschaft* gehört sie nicht an, keine Frau kann das. Doch wir schätzen sie, auch sind wir ihr zu Dank verpflichtet – und Sie stehen unter ihrem Schutz. Deshalb wollen wir Ihnen weiterhelfen, obwohl Sie das Zeichen eines *Großen Bruders* zu Unrecht tragen und früher dafür hätten sterben müssen. Jetzt wird Sie niemand zur Verantwortung ziehen. Damit meine ich die wenigen von uns, die es noch gibt.«

Den Gipfel der Macht erreichte der Geheimbund im siebzehnten und achtzehnten Jahrhundert. Sein Einfluß dehnte sich über Istanbul bis nach Bagdad und Kairo und im Westen über Venedig aus. In der Wahl ihrer Mittel zum Selbstschutz war die *Bruderschaft* nicht gerade zimperlich. Wer sich gegen einen Mann mit ihrem Zeichen vergangen, ihm Schaden zugefügt oder Gewalt angetan hatte, war des Todes. Deshalb – und wegen des okkulten Beiwerkes, mit dem sie sich umgab, hatte sich die abergläubische Furcht vor ihr bis ins zwanzigste Jahrhundert erhalten, obwohl ihre große Zeit längst vergangen war.

Anders als etwa bei den Freimaurern*, die sich offener gaben und

* Die erste Freimaurer-Loge wurde 1717 im Hinterzimmer einer Londoner Spelunke gegründet. Schon zwanzig Jahre später entstand in Hamburg die erste deutsche Loge unter dem mysteriösen Namen »Absalom zu den drei Nesseln«. Ihre große Zahl hatten die Freimaurer vor dem Ersten Weltkrieg, als sie in der damaligen Gesell-

zu ihren Mitgliedern die Crème der Gesellschaft und selbst Kaiser und Könige zählten, blieb die Mitgliedschaft in der *Bruderschaft* auf einen engen, zahlenmäßig genau festgelegten Kreis begrenzt. Anders auch als die weitgehend autonomen und selbständig agierenden Freimaurer-Logen war sie zentralistisch und überaus straff organisiert und geführt. Die Anzahl der Gebrüder war auf 343 begrenzt. Ihr Zeichen war ein Amulett mit dem eingelegten silbernen Pentagramm. Die Zahl 343 geteilt durch 7 ergibt 49 – das waren 49 *Große Brüder*. Auf ihrem Amulett war das Zeichen des Pentagramms von einem Kreis – dem Symbol des Erdkreises – umgeben. Das war das Amulett, das Stefan von Baba Gruša bekommen hatte. Die nächste Stufe der Pyramide waren 7 *Vaterbrüder* (49 : 7 = 7) mit der goldenen Scheibe der Sonne über dem Erdkreis und Pentagramm. Sie wählten aus ihrer Mitte jeweils den *Großen Vater-Bruder*, der für sieben Jahre die Spitze der Pyramide bildete und nur einmal gewählt werden durfte. Sein Zeichen war das silberne Pentagramm mit Erdkreis, gekrönt von der goldenen Sonne, umgeben von sieben goldenen Sternen. Damit die Zahl Sieben gewahrt wurde, rückte für den gewählten Großen Vater-Bruder ein Großer Bruder in den Kreis der Vater-Brüder nach. Dies geschah auch, wenn ein Mitglied der *Bruderschaft* starb. Ersetzt wurde es stets von einem Bruder aus der nächstunteren Stufe der strengen hierarchischen Gliederung.
Der Große Vater-Bruder berief die sieben Vater-Brüder nach Gutdünken zu Geheimen Zusammenkünften, jedoch mindestens alle sieben Monate einmal. Die Vater-Brüder versammelten die sieben Großen Brüder ihrer Familie mindestens alle sieben Wochen, die Großen Brüder trafen sich mit den Brüdern ihrer Familie alle sieben Tage. Neue Brüder rekrutierte man aus Anwärtern, die *Junge Brüder* genannt wurden; ihre Zahl war beliebig groß. Bevor einer von ihnen endgültig in die lebenslange Gemeinschaft der *Bruderschaft* aufgenommen wurde, mußte er eine Reihe von Prüfungen bestehen. Das Zeichen der Jungen Brüder war eine ovale Kupferscheibe mit eingraviertem Pentagramm.
Um die notwendigen finanziellen Mittel bereitzustellen, mußte jedes Mitglied der Bruderschaft den siebenten Teil seines Vermögens

schaft den Ton angaben. Doch auch heute noch zählen allein in Deutschland die Vereinigten Großlogen über 18 000 Freimaurer.

und aller laufenden Einkünfte abtreten. In deren großer Zeit ergab das ansehnliche Summen, von denen eine gut ausgerüstete und entlohnte Truppe und eine beachtliche Flotte bewaffneter Begleitschiffe unterhalten wurden.

»Unsere Exklusivität, der ausgesucht enge Kreis, aus dem wir neue Brüder rekutierten, unsere straffe Organisation – das war neben einigen anderen Dingen unsere Stärke und zugleich unsere Schwäche. Wir waren eine schlagkräftige Gemeinschaft, wir besaßen Macht und Einfluß – und erregten dadurch Mißtrauen und Feindseligkeit bei den Herrschenden. Sie können keine Rivalen neben sich dulden, von denen sie stets annehmen, daß sie ihnen eines Tages ihre eigene Macht streitig machen könnten, obwohl der *Bruderschaft* nichts ferner lag als das. Hinzu kommt, daß alles, was sich mit dem Schleier des Geheimnisses umgibt, den Machthabern suspekt und gefährlich erscheint, wenn sie selbst keinen Einblick in das Geheimnis bekommen. Im Wesen der Macht liegt es ja, überall Rivalen, Intrigen, Verschwörungen und Verrat zu wittern. Sie bekämpften uns, wo sie nur konnten. Aber auch die Zeit arbeitete gegen uns, wir haben uns überlebt. Soll man sagen – Gottlob? Die Handelswege wurden sicherer, die Eisenbahn kam, mit der Piraterie auf den Weltmeeren wurde aufgeräumt. Unsere Aufgabe, nämlich das Hab und Gut und die Sicherheit der Brüder zu schützen, übernahm mehr und mehr der moderne Staat mit seiner Justiz- und Polizeigewalt. In unseren *Sieben Geboten* steht, daß wir gegenüber den Herrschenden nie Partei ergreifen dürfen, sondern uns stets neutral verhalten müssen. Ein anderes Gebot besagt, daß jedermann ohne Rücksicht auf seine Religion oder Nationalität unser Bruder sein kann. Unter uns gab es Dalmatiner, Serben, Türken, Albaner, Italiener, Rumänen, Deutsche. Was zunächst von Vorteil war, entwickelte sich im vorigen Jahrhundert mehr und mehr zum Nachteil, als die Idee und die Ideale des nationalen Patriotismus um sich griffen. Manch ein Bruder kam in nationalistische Fahrwasser und stellte die Belange und die Interessen des eigenen Volkes über die Interessen und Belange der Bruderschaft und der Völkerfamilie. Wer die Welt und seine Mitmenschen durch die nationalistisch gefärbte Brille sah, war für die Bruderschaft verloren. So kam es, wie es kommen mußte ... Von der Bruderschaft gibt es nur noch klägliche Reste, einige hartnäckige alte Männer, die nicht aufgeben wollen, die Erinnerung an eine große Vergangenheit... Unser letzter Großer Vater-Bruder ist vor zwanzig Jahren gestorben. Auf einen Nachfolger konnten wir uns nicht einigen. Es gibt nur noch drei Vater-Brüder, vielleicht sogar nur noch zwei; denn einer von uns lebt in Sarajewo, und ich habe seit zwei Jahren nichts mehr von ihm gehört. Dieser Krieg hat uns den Todesstoß gegeben. Doch wer weiß...« Georgj Blinishti richtete sich auf und straffte die Schultern. »Der Krieg hat nicht nur uns so hart getroffen. Zuvor schien die Menschheit dem Beginn eines goldenen Zeitalters zuzustreben. Wir erlebten eine Blütezeit des Humanismus, von dem man hoffte, er würde sich weiter und immer weiter ausbreiten und das Leben der Menschen rund um die Welt bestimmen. Wozu dann noch eine Bruderschaft, wenn ihre ursprüngliche Aufgabe des Selbstschutzes überflüssig geworden ist? Wenn dem so wäre, würde auch ich mich beugen und mein Zeichen« – Blinishti legte die Hand auf die Brust – »leichten Herzens ablegen. Aber so ist es nicht, so ist es nicht! Der Krieg und einige Jahre davor haben uns die Augen geöffnet. Die goldene Zeit der Humanität erwies sich als Trugbild. Nicht sie, sondern Willkür, Gewalttätigkeit, Rechtlosigkeit, Unduldsamkeit, Anmaßung und politischer Fanatismus traten ihren Siegeszug an. Wohlmeinende und Schutzsuchende werden sich wieder verbünden müssen, um sich zu wehren, der Seuche der Gewalttätigkeit und der Rechtlosigkeit zu widerstehen, die immer weiter um sich greifen wird. Man wird sich zu Bünden und Bruderschaften zusammenschließen, um darin sicher – oder doch so sicher wie möglich – aufgehoben zu sein. So wird vielleicht auch unsere Alte Bruderschaft zu einer neuen Blüte erwachen. Behalten Sie Ihr Zeichen! Vielleicht erreicht Sie eines Tages die Aufforderung zu einer Zusammenkunft mit Ihrem Vater-Bruder und sechs Großen Brüdern. Bis dahin aber...

Eines unserer Gebote besagt, daß jeder Bruder unter Einsatz seines eigenen Lebens jedem, der dieses Zeichen trägt, der Unrecht erleidet und Gewalt ausgesetzt ist, helfen und sich als Bruder zu erkennen geben muß. Helfen – so wie Ihnen einer von uns auf der Straße nach Novi Pazar geholfen hat.«

»Das wissen Sie?«

»Jeder Bruder hat die Pflicht, über seine Tätigkeiten Bericht zu erstatten. Doch wehe, wenn er sich einer Lüge oder auch nur

Übertreibung schuldig macht! Der *Narednik* – Feldwebel – ein Junger Bruder, der Ihnen half zu fliehen und sich dabei selbst eine beachtliche Beule beibringen mußte, gehört der Familie meines serbischen Großen Bruders an... Er hat seine Vorbereitungszeit bestanden. Sie sehen – manchmal können wir doch noch etwas bewirken. Manchmal funktioniert unsere Organisation selbst inmitten der Kriegswirren noch, obwohl es sie gar nicht mehr geben dürfte...«

Am Abend des zweiten im Hause des Georgj Blinishti verbrachten Tages kam endlich die ersehnte Nachricht. Rada sei mit ihrem Vetter Bogdan über Kolašin nach Rijeka Crnojevića und von dort in Begleitung eines Reitknechtes weiter auf das Weingut der Familie im montenegrinischen Küstenland geritten, berichtete Blinishti. »Ihr Vetter Bogdan wurde nach Cetinje beordert. Wenn Sie morgen früh losreiten und sich beeilen, können Sie gegen Mittag auf dem Weingut sein.«

In aller Frühe des nächsten Morgens verabschiedete sich Stefan noch bei Dunkelheit vom Hausherren, der ihn persönlich zum Stall brachte, wo bereits ein gesatteltes Pferd auf ihn wartete. »Das Pferd ist ein Geschenk unter Brüdern. Vielleicht können Sie einmal einem von uns einen Dienst erweisen. Hier noch etwas Geld – Gold und Silber.« Er gab Stefan einen Lederbeutel. »Bei Gelegenheit können Sie es mir zurückerstatten. Und nun reiten Sie los, Gott mit Ihnen, alle guten Wünsche der Alten Bruderschaft begleiten Sie.«

Groß, schmal, ein wenig gebeugt von der Last der Jahre, den Morgenwind in den silbergrauen Haaren, auf dem vornehmen Gesicht ein Lächeln, blickte er dem davonreitenden Stefan nach, als ahnte er, daß sie sich nicht zum letztenmal gesehen hatten.

Der neue Tag dämmerte herauf, als Stefan die Straße nach Ulcinj erreichte. Ausgestattet mit gültigen Papieren auf den Namen des Albaners Mehmed Vučeta, der im Dienste des Handelshauses Blinishti unterwegs nach Ulcinj war, hatte er an der Grenze zu Montenegro keine Schwierigkeiten. Die albanischen Grenzer waren nicht einmal zu sehen und die montenegrischen ließen sich in ihrer liebsten Beschäftigung, dem Würfelspiel, zu dieser frühen Morgenstunde nicht stören; sie winkten ihn weiter, ohne ihn nach Papieren und dem Woher und Wohin zu fragen.

Die blasse Wintersonne über dem dunstigen Horizont der Drin-Ebene im Rücken, betrat Stefan wieder den Boden Montenegros. Doch war dies ein anderer Mann als jener, der vor anderthalb Jahren bei Hum über die Grenze in dieses Land geritten war. Damals in gespannter Erwartung der Wunder eines vertrauten und doch fremden Landes, die sich vor ihm auftun würden, ein Lied auf den Lippen, voller jungenhaften Übermutes und naiver Vertrauensseligkeit, betrachtete er jetzt mit wachen und mißtrauischen Sinnen seine Umgebung und die Menschen, die ihm begegneten. Er hatte sich einer gewalttätigen, düster lauernden Umwelt angepaßt, die ihm feindlich gesinnt war. Ärmer geworden durch den Verlust seiner Unschuld, der unmittelbaren Erlebnis- und Begeisterungsfähigkeit, war er jedoch eher imstande, die Gefahren zu meistern und in diesem Land zu bestehen und zu überleben.

Das andere Montenegro

Bogdan traf am frühen Nachmittag auf dem Weingut einige Kilometer nördlich von Ulcinj ein. Er hatte sich noch nicht richtig umgezogen, als ihm sein Posilni Bero meldete, daß auch Major Arsa Koviljan-Kundak mit zwei Begleitern eingetroffen sei und im »Salon« auf ihn warte – so oder auch »Herrenzimmer« nannte man den Raum im Erdgeschoß, wo gelegentliche Besucher empfangen wurden.

Seit dem Tode des alten Wojwoda hatten sich die beiden Männer nicht gesehen. Auch wenn der Major damals in Shkodra erwiesenermaßen in Notwehr gehandelt hatte, brachte es Bogdan nicht fertig, ihm unvoreingenommen und ohne Vorbehalte entgegenzutreten. Zum Teufel, warum brachte ihn Koviljan überhaupt in diese Situation? fragte er sich in einer zornigen Aufwallung, die er jedoch schnell unterdrückte. Sprach es nicht gerade *für* den Major, daß er diese Begegnung herbeiführte? War es nicht ein Beweis dafür, daß er sich keiner Schuld bewußt war, – oder für eine Unverfrorenheit sondergleichen, setzte Bogdan hinzu – und verwarf den Gedanken schleunigst wieder. Er hatte nicht den geringsten Grund, derartiges anzunehmen!

Auf seine direkte, offene und überlegene Art gelang es Major Arsa

Koviljan-Kundak schnell, Bogdans Vorbehalte zu entkräften. Es seien bereits einige Tage seit jenem »Unglück in Shkodra« verstrichen, begann er das Gespräch im Salon. Zeit genug, um die erste Betroffenheit überwunden zu haben und sich wieder »Auge in Auge« gegenüberzutreten. Dies sollte unter Männern, zumal Offizieren und Kameraden, eine Selbstverständlichkeit sein.
»Ich bin mir bewußt, welchen Verlust Sie durch mich erlitten haben. Doch glauben Sie mir bitte, daß ich diesen tragischen Unglücksfall zutiefst bedauere. Ich hatte keine andere Wahl. Der Zustand, in dem sich der Wojwoda befand, läßt mich auch über die Anschuldigungen hinwegsehen, die er gegen mich vorgebracht hat. Ich werde die Sache nicht weiter verfolgen und nachforschen, wer diese Ungeheuerlichkeiten in die Welt gesetzt und den Wojwoda gegen mich aufgehetzt hat. Er gab mir leider keine Gelegenheit, ihm zu sagen, daß ich mich damals, im Sommer 1899, bis in den Winter hinein im Ausland aufhielt, was ja unschwer zu beweisen ist... Behalten wir also den Wojwoda so in Erinnerung, wie er zuvor gewesen war: ein unerschrockener Kämpfer für Montenegro, ein Held, der bereits in die Geschichte und in die Legenden unseres Vaterlandes eingegangen ist. – Dies war es, was ich Ihnen sagen wollte, bevor wir auf Befehl des Königs gemeinsam die Reise nach Italien antreten.«
Ein großartiger und großzügiger Mann, dieser Major Arsa Koviljan-Kundak, mußte sich Bogdan eingestehen. Unverantwortlich von Rada, daß sie auf diese durch nichts bewiesene Geschichte von Tante Alexa hereingefallen war und den alten Wojwoda dieserart aufgehetzt hatte! Wenn es noch den leisesten Zweifel an der Schuld oder Unschuld des Majors gegeben hatte, einen winzigen, doch immerfort bohrenden Gedanken in einer verborgenen Ecke des Gehirnes, dann hatte er ihn mit seiner Bemerkung ausgeräumt, er habe sich zur Zeit der *Blutigen Slava* im Ausland aufgehalten – *was ja unschwer zu beweisen ist...*
Natürlich würde er, Bogdan, nicht nach diesem Beweis verlangen. Dies hätte ihm der Major als ungerechtfertigten und beleidigenden Mangel an Vertrauen ausgelegt, was unter Offizieren besonders schwer wog. Um ihm also nun seinerseits zu zeigen, daß er ihm den Tod des Großvaters nicht mehr nachtrage und schon gar nicht an die Möglichkeit einer Blutrache denke (der alte Wojwoda

mußte wirklich verrückt gewesen sein, solches anzunehmen!), bot Bogdan dem Major seine Gastfreundschaft an:
»Es gibt Platz genug. Wir können hier auf dem Gut gemeinsam auf das Kanonenboot warten. Ich habe veranlaßt, daß man uns sofort verständigt, wenn es in der Bucht von Valdinos vor Anker geht. Bis dorthin brauchen wir kaum eine Stunde. Einverstanden?«
Der Major nahm die Einladung gerne an.
Trotz Bogdans Bemühungen um eine lockere Stimmung blieb die Atmosphäre während des Abendessens eisig. Sie saßen zu dritt um den großen, reich gedeckten Tisch im »Salon«. Bedient wurden sie von zwei jungen Mägden mit weißen Kopftüchern, gekleidet in weitärmelige, mit Stickereien versehene und spitzengesäumte Blusen, bunte Schürzen und weiße *Dimijas* (Pluderhosen). Lautlos huschten sie hin und her, trugen Essen auf, füllten Gläser nach, räumten gebrauchte Teller ab. In ihrer farbenfrohen Kleidung bildeten sie einen auffälligen Gegensatz zu der ganz in Schwarz gekleideten Rada, die mit blaßem, versteinert wirkendem Gesicht links von Bogdan saß, dem Major gegenüber. Sie aß kaum, nippte nur hin und wieder an ihrem Weinglas, erteilte mit leiser Stimme Befehle und Anweisungen an die Mägde. Am Gespräch, das sich – wie könnte es anders sein? – fast ausschließlich um den Krieg drehte, beteiligte sie sich nicht, überhörte auch eine an sie gestellte Frage des Majors. Absichtlich? – Fortan richtete er keine Frage mehr an sie.
Bogdan ließ eine Reihe von Weinsorten und Jahrgängen auftischen, trank mehr, als ihm guttat, wurde immer lauter. Man war beim Dessert angelangt (türkische Honigplätzchen und hausgemachter Kirschlikör), als der Major die Vermutung aussprach, daß die Österreicher – wie bereits Serbien – vorübergehend auch Montenegro besetzen würden. Die Frage, die sich dabei stellte, wäre folgende: Sollte man die Armee evakuieren, möglicherweise nach Italien, um sie später gegen die Mittelmächte wieder einzusetzen? Oder sollte man sie im Lande belassen, was ja erst nach einer Kapitulation ...
An dieser Stelle fiel ihm Bogdan mit zornig blitzenden Augen ins Wort:
»Kapitulation? Unmöglich! Eine montenegrinische Armee kapituliert nicht! Und sie darf auch das Land nicht verlassen – keine

Evakuierung – weder nach Italien, noch sonstwohin! Es kommt jetzt vor allem darauf an, die verfluchten Švabas aufzuhalten – und nach neuesten Nachrichten sieht es ganz so aus, als würde es uns gelingen. Aufhalten, lieber Major, zurückschlagen! Gut, den Alliierten ist es nicht gelungen, eine Entsatzarmee aufzustellen und sie hier, an dieser Küste, und in Albanien zu landen. Immerhin ist der Anfang gemacht worden: Zwei kriegsstarke italienische Divisionen sind da, die dritte ist unterwegs. Franzosen und Engländer werden folgen. Bis dahin aber werden wir standhalten! Wir werden zurückschlagen! Den Švabas wird es ebensowenig wie den Türken gelingen, unser Land zu besiegen und zu besetzen – nicht in zehn, zwanzig, auch nicht in hundert Jahren!« Bogdan knöpfte sich den Uniformkragen auf, trank ein volles Glas Wein in einem Zuge aus, wischte sich mit der Hand über den Mund und das gerötete, schweißnasse Gesicht. »Nein, es wird ihnen nicht gelingen, nie, nie, nie!« Er stellte das leere Glas so hart auf den Tisch, daß es zerbrach, beachtete es nicht – schien es nicht einmal zu bemerken. »Bis jetzt ist das niemandem gelungen, warum ausgerechnet den Švabas? Niemand konnte bisher dieses große, tapfere Volk, ein Volk der Kämpfer und Helden – jawohl, das ist es! – niemand konnte es bisher unterjochen und versklaven! *Bolje grob nego rob!* Wir werden kämpfen! Kämpfen, kämpfen, kämpfen! Jeder von uns wiegt drei, fünf oder zehn Švabas auf! Kämpfen, das Land frei halten, warten, bis die Zeit reif ist und dann zurückschlagen! Kämpfen für die Freiheit unserer großen, tapferen Heimat Montenegro, bis . . .«

»Von welchem Montenegro sprichst du? Ich kenne es nicht«, fiel Rada ein, als Bogdan eine Pause macht, um Luft zu holen und sich ein neues Glas Wein einzuschenken.

»Wieso kennst du es nicht? Was meinst du damit?« Bogdan starrte Rada irritiert an.

»Das Montenegro, von dem du redest, hat es vielleicht einmal gegeben – vielleicht aber nicht einmal das. Vielleicht existierte es nur in euren Köpfen, in euren Reden. Ich kann dieses dumme Geschwätz nicht mehr ertragen! Das große, reiche, schöne, freiheitsliebende, einzigartige Montenegro – mit einem Dutzend Helden hinter jedem Busch! Und das wirkliche Montenegro . . . prahlerisch, vulgär, habgierig, selbstsüchtig, voller Neid und Mißgunst! Die Helden: ein Haufen Duckmäuser, die vor der Knute eines

alternden Despoten und selbsternannten Königs zittern! Zu feige, um ihm die Stirn zu bieten. Ein Land, das sein Elend, seine Armut, seine Unzulänglichkeiten hinter einem hohlen Pathos verbirgt, von Ruhm und Heldentum redet, unentwegt nur redet, in Wirklichkeit aber...«
»Schweig!« schrie Bogdan. »Von welchem Land redest du? Vielleicht ist es das Land deines Švaba – mein Montenegro ist es nicht!«
»Wirklich nicht?« fragte Rada verächtlich. »Du brauchst nicht weit zu gehen, um es kennenzulernen. Schau dich doch um! Sieh dir diesen Tisch an, du großer Held! Vollbeladen. Ein Menü mit sechs Gängen. Die Reste, von denen noch ein Dutzend Menschen satt werden könnte, werden an Schweine verfüttert. Und nur wenige Kilometer von hier entfernt sterben Menschen vor Hunger. Sie waren schon immer hungrig, nicht nur jetzt, im Krieg. Und sieh dich selbst an, du Held! Betrunken, fett – du bist wirklich fett geworden – in einer maßgeschneiderten Uniform – und wenn du vor die Tür trittst, rennt dein Sklave Bero hinterher, um dir den Pelzmantel umzuhängen, damit sich der große Held ja nicht erkältet! Ich habe hunderte und tausende Menschen gesehen – hör dir das an, Held! – von Menschen, die barfuß durch den Schnee wateten. Soldaten, Frauen, Kinder – du hast richtig gehört: Kinder! Und schau *dich* an, Hauptmann Wojwoda Bogdan Bošković, der die verfluchten Švabas über die Grenze jagen und dann nach Wien und Berlin marschieren wollte – und noch nicht einmal weiß, wie Pulverdampf riecht! Mit Orden behängt, die er sich in sicheren Stäben weitab vom Schuß ersessen hat und jetzt vollgefressen hier sitzt, um dieses Montenegro der Helden zu verlassen und sich in russischen Stäben weiter herumzudrücken – schau dich an, du Held! Schau in den Spiegel, dann siehst du dieses andere, elende und schmachvolle Montenegro! Schau hin und gib acht, daß dir dabei nicht übel wird!«
Nach diesem plötzlichen und völlig unerwarteten Ausbruch, bei dem Rada ihrem ganzen Zorn und ihrer aufgestauten Bitterkeit freien Lauf gelassen hatte, stand sie auf, um den Raum zu verlassen. Doch Bogdan, der mit aschfahl gewordenem Gesicht zugehört hatte, unfähig, sie zu unterbrechen, sprang so jäh auf, daß der Stuhl umfiel und trat ihr in den Weg.
»Du bleibst hier! Ich befehle es dir! Setz' dich, oder...« Er hob die Hand, als wolle er sie schlagen.

Rada gehorchte nicht und wich auch nicht zurück. Ihre Augen brannten groß und dunkel in dem blassen Gesicht. »Wenn du mich nur anrührst, werde ich dich töten«, sagte sie kalt. »Geh' mir endlich aus dem Weg!«
Bogdan ließ die Hand sinken und trat widerwillig zur Seite.
»Was für eine Frau!« rief Major Arsa Koviljan-Kundak, legte die Hand auf Bogdans Schulter und schüttelte ihn leicht. »Brüten Sie jetzt nicht vor sich hin, Sie Feuerkopf, bringen Sie Verständnis für sie auf! Sie hat viel durchmachen müssen. Natürlich war das nicht richtig, was sie sagte – wir tun nur, was man uns befiehlt. Sie, ich – *beide* wären viel lieber draußen an der Front... Sie ist ungerecht und trotzdem – was für eine Frau! Sicher gibt es dieses elende Montenegro auch, von dem sie gesprochen hat. Aber es gibt auch das andere, große... Sie selbst ist das beste Beispiel dafür. Solange Montenegro solche Frauen hat... Und nun entschuldigen Sie mich bitte, ich habe dringendes Verlangen nach etwas Luft.«
Vor dem Haus wartete der Major, bis sich seine Augen an die Dunkelheit gewöhnt hatten. Er hatte zweifellos zu viel gegessen und getrunken. Ein Menü mit sechs Gängen, die Reste werden an die Schweine verfüttert. Du bist fett geworden – das galt auch für ihn. Wir Helden, dachte er, während er die frische Luft tief einatmete, wir vollgefressenen, betrunkenen, fetten Helden!
Der Nachtwind brachte den Geruch nach Meer mit. Der Major lauschte seinem Rascheln in den Zweigen eines Feigenbaumes und in den dunklen Säulen der Zypressen am Hoftor, ging über den Hof zum Gesindehaus und pfiff leise. Nur wenig später trat sein Begleiter, der montenegrinische Feldwebel, aus dem Haus.
»Hier bin ich, Husso!«
Der Feldwebel trat näher. »Herr Major?«
»Hör' zu! Mit dem Mädchen warten wir noch etwas. Es hat keine Eile.«
Der Feldwebel nickte und schnalzte mit der Zunge. »*Bogami* – ein schönes Mädchen! Wäre schade. Und Bogdan?«
»Du weißt, was der *Gazda** will. Du wirst ihn töten.«
»Gut. Wann?«
»Ich werde es dir sagen. Nur ihn. Wenn das Mädchen allein ist, wird

* Gazda: Hausherr, Chef

es einfacher. Sie ist stark. Aber nicht stark genug, um mir...« Der Major verstummte.
»Und der *Švaba*, Herr Major? Was ist mit dem *Švaba*?«
»Ich glaube nach wie vor, daß er davongekommen ist. Die Serben können erzählen, was sie wollen. Ertrunken? Hat man seine Leiche gefunden? Nein. Solange ich seine Leiche nicht gesehen habe, glaube ich nichts. Die Deutschen sind zäh wie Katzen – sie haben sieben Leben. Du hast es vor Kameni stup selbst erfahren müssen. Vielleicht ist er über alle Berge. Vielleicht auch nicht.« Der Major rülpste, überlegte, schlug dabei mit der rechten Faust leise klatschend wiederholt in seine linke Handfläche. »Gib acht, Husso – sie sind nicht nur zäh wie Katzen, sondern auch so romantisch wie Kater, die auf dem Dach sitzen und dem Mond ihren Liebeskummer vorsingen. Ich kenne diesen Mann. Ich kann mir nicht vorstellen, daß er einfach auf und davon geht, ohne sich um das Mädchen zu kümmern. Es ist gut möglich, daß er plötzlich auftaucht wie ein streunender Kater, der nach seiner Katze sucht.«
»Eeeeh, *Gospodine* Major, wer wünscht das mehr als ich? Er wird einen Wachhund finden, der auf streunende Kater abgerichtet ist. Das schwöre ich!«
»Also Husso – wenn du *ihn* finden willst, behalte *sie* im Auge. Hast du verstanden?«
»*Dabome* – ich habe verstanden.«
»Dann geh jetzt.« Der Major sah Husso nach, bis er verschwand, und schlenderte dann selbst zurück zum Herrenhaus. Auf der Treppe blieb er stehen. Der abnehmende, noch fast volle Mond übergoß das Land mit seinem Licht, verschwand hinter einer dahinsegelnden Wolke, kam wieder hervor. Ein schönes Stück Land, ein schönes Anwesen! Die karstigen, schroffen Höhen der *Rumija* im Rücken, offen nach Süden, zum Meer hin ... Ein schöner Besitz, nicht sehr groß, aber das mußte nicht sein, das mußte nicht sein ... Die Krone hat es einst gegeben, die Krone konnte es wieder nehmen, wieder an verdienstvolle Männer vergeben, das hier oder etwas anderes – und vielleicht eine Frau wie *sie*. An diesem Montenegro wollte er Anteil haben, nicht mehr an dem anderen, elenden, hungrigen, in einer unvorstellbaren Armut dahinvegetierenden ... Sie hatte recht – und er kannte es, bei Gott. Wer kannte es besser als er? Doch er hatte es überwunden. Es war nicht einfach gewesen,

man hatte dabei dies und jenes tun müssen... Wer sich aus dem Schlamm herausarbeiten will, macht sich die Hände schmutzig – ein Narr, der es nicht begreift!
Der Major streckte sich und gähnte. Sein Kopf war wieder klar, die Gedanken leicht, sie flogen nur so dahin. Die Welt war offen, sie steckte voller Möglichkeiten. Wer im Krieg nur ein Unglück sah und nicht die Chancen, die er mit sich brachte, war blind und töricht. Es galt nur noch diese Geschichte zu einem endgültigen Ende zu bringen, und sich dann langsam vom *Gazda* zu lösen, sagte er sich, während der mit ausgebreiteten Armen über das vom Mondlicht überflutete Land schaute, als wollte er es umarmen.

Noch einmal – der Mann in der karierten Jacke

Rauchend, den schwarzen, speckigen, längst aus der Form geratenen Homburg aus der Stirn geschoben, den Blick in unbestimmte Fernen gerichtet, einen Wanderstab zwischen den Knien, saß der Mann in der karierten Jacke am Dorfausgang. Stefan hielt an, stieg ab, ließ das Pferd stehen, ging hin und zerrte den Mann an den Jackenaufschlägen hoch.
»Wer bist du? Was willst du?« herrschte er ihn an.
Der Mann machte keine Bewegung zur Gegenwehr. Wie ein Sack Mehl hing er in Stefans Griff. Sein lehmiges Gesicht mit den farblosen Augen blieb ausdruckslos – so ausdruckslos wie damals, als ihn Stefan vor Stamenas Haus in Katunska Nahija zum erstenmal gesehen und mit ihm gesprochen hatte, so ausdruckslos wie später stets, wann immer er ihm begegnet war.
Stefan ließ ihn angewidert los. Der Mann setzte sich wieder auf den Meilenstein und zeichnete in den Sand der Straße mit einem einzigen Strich einen fünfzackigen Stern. Ein Pentagramm. Er löschte es mit der Schuhsohle wieder aus, seine Lippen gaben in einem unfrohen Grinsen eine Reihe schwärzlicher Zahnruinen frei.
»Wer bist du?« fragte Stefan überrascht. »Ich dachte, du wärst... Gehörst du der *Alten Bruderschaft* an?«
»Ich gehöre niemandem an, Gospodin. Oder nur mir selbst – und ein wenig der Baba Gruša.« Der Mann holte aus der Tasche einen Tabaksbeutel und Zigarettenpapier, drehte mit flinken Fingern eine

Zigarette, steckte sie in den Mundwinkel, hielt Stefan Beutel und Papier einladend entgegen, verstaute sie wieder, als dieser ablehnend den Kopf schüttelte, zündete die Zigarette an, ließ den Rauch durch die Nase strömen – auch dies alles erinnerte Stefan schlagartig an jene Szene vor anderthalb Jahren, als dieser Mann vor Stamenas Haus das gleiche mit den gleichen Bewegungen getan hatte. Und so unvermittelt, wie er damals gefragt hatte, ob Stefan von weither gekommen sei, fragte er auch diesmal:

»Der Weg war weit, Gospodin. Sie wollen wieder zurück nach Hause? Nach Wien?«

»Vielleicht«, sagte Stefan. »Vielleicht nach Wien.«

»Eine schöne, große Stadt! Doch geben Sie acht, Gospodin! Wenn Sie gesund nach Hause kommen wollen, müssen Sie aufpassen. Drüben, wohin Sie jetzt gehen«, – er machte mit dem Kopf eine Bewegung in die Richtung, die Stefan eingeschlagen hatte –, »wartet man vielleicht auf Sie. Gestern nachmittag ist dort der junge Wojwoda Bogdan angekommen. Und gleich nach ihm, Sie wissen schon, auch der andere.« Er hob die linke Hand mit gespreizten Fingern hoch und bog mit der Rechten den Ringfinger ab, so daß es aussah, als hätte er nur vier. »Sie verstehen, Gospodin?«

»Ich verstehe. Woher weißt du das?«

»Es ist meine Aufgabe, vielerlei zu wissen. Dies, jenes...« Der Karierte ließ die Hand sinken, hängte sich die Tragetasche über die Schulter und nahm den Wanderstab auf. »Baba Gruša wird mich verfluchen, weil ich Sie nicht dorthin begleite, Gospodin. Doch was macht das aus? Ich bin bereits verflucht und verloren. Deshalb möchte ich noch ein Weilchen auf dieser Welt verbringen, bevor ich in der tiefsten Hölle schmore, wie sie mir immer androht. Etwas zu *wissen* muß nicht bedeuten, daß man auch etwas *tut*. Habe ich recht, Gospodin? Die Leute nämlich, mit denen Sie es da drüben zu tun haben...« Er schüttelte bekümmert den Kopf, machte mit dem Mund ein zischendes »Tsss – tsss – tsss« und schickte sich an zu gehen.

»Warte!«

Stefan holte eines von Blinishtis Goldstücken und gab es dem Karierten. Dieser biß darauf, nickte zufrieden, verstaute es in seinem Tabaksbeutel, lüftete ein wenig den Hut und machte sich auf den Weg zurück ins Dorf. Stefan sah ihm nach, bis er verschwand. Dann saß er auf, ritt weiter, grübelte eine Weile über den Karierten, erwog dies und jenes, und beschloß, sich über den seltsamen Mann nicht mehr den Kopf zu zerbrechen. Wer er war, was er war, warum er ihn verfolgt hatte, was er mit der offensichtlich allgegenwärtigen Baba Gruša zu tun hatte: das alles würde sich eines Tages von selbst ergeben. Und wenn nicht – ein ungelöstes Rätsel mehr in der Reihe ungelöster Rätsel... Was machte das schon aus?

Wiedersehen mit Jonas

In der Ferne stand das Haus, weiß leuchtend auf der runden Hügelkuppe zwischen den dunklen Säulen der Zypressen. Auf dem Weg dahin sah Stefan bereits Frauen auf armseligen, von Steinmauern umgebenen Feldern und in den steilen Weingärten arbeiten. Je mehr er sich seinem Ziel näherte, desto besser wurde die Erde und häufiger die Obstgärten unter den Weinbergen. Er ritt durch ein kleines, um die Moschee mit frisch gekalktem, blendend weißem Minarett gruppiertes Dorf. Eine Horde zerlumpter, unsäglich schmutziger Kinder verfolgte ihn schreiend, bettelnd, lachend und fluchend. Alte Männer hockten vor dem winzigen Han, rauchten, tranken Kaffee, blickten ihm mit ausdruckslosen Gesichtern nach. Das Land öffnete sich, er ritt durch ein fruchtbares, von einem Flüßchen durchzogenes Tal, vor sich den breiten Hügelrücken mit dem Gutshaus auf der Kuppe.
In Deckung eines dichten Akaziengestrüpps am Fuß des Hügels saß er ab. Von hier aus mußte er zu Fuß weiter gehen, wenn er nicht vorzeitig entdeckt werden wollte. Er nahm das Pferd an den Zügeln und bog in einen Hohlweg ein, der von der rückwärtigen Seite hinauf zu den Wirtschaftsgebäuden führte. Dabei kam er an einer Reihe von Steinhütten vorbei. Man hatte sie vor künstlich angelegte Höhlen im Felshang gebaut, die als zusätzliche Weinkeller, Speicher oder auch Unterkünfte für Saisonarbeiter dienten. Jetzt waren sie leer – bis auf eine. Rauch stieg aus dem Schornstein auf dem Vorbau, und als Stefan vorbeiging, hörte er durch das mit einem Sack verhängte Fensterloch eine wohlbekannte Stimme rezitieren:

»Als ich ein kleiner Bube war,
War ich ein kleiner Lump;
Zigarren raucht' ich heimlich schon,
Trank auch schon Bier auf Pump.

Zur Hose hing das Hemd heraus,
Die Stiefel lief ich krumm,
Und statt zur Schule hinzugeh'n,
Strich ich im Wald herum.«

Stefan trat durch die angelehnte Tür in die Winzerhütte. Jonas stand rezitierend am Herd, rührte mit der rechten Hand in einem dampfenden Kochtopf und schlug mit der linken den Takt zu Wilhelm Buschs Versen. Jonas II. saß auf dem Tisch, baumelte mit den Beinchen und hörte aufmerksam zu. Als er Stefan sah und erkannte, streckte er ihm lachend die Ärmchen entgegen. Stefan hob ihn auf, drückte in an sich und sagte zu Jonas I.:
»Wie geht's weiter?«
Jonas I. klappte den vor Überraschung offenen Mund zu und sprach:

»Wie hab ich's doch seit jener Zeit
So herrlich weit gebracht! –
Die Zeit hat aus dem kleinen Lump
'n großen Lump gemacht.«

Und der Kleine lachte. »*Kako si* – wie geht es dir?« fragte er Stefan.
»Gut. Und dir? Kannst du schon deutsch?«
»Ich – spreche – deutsch«, sagte der Kleine.
»Sie kommen gerade recht, es gibt Bohnensuppe mit Speck«, sagte Jonas. Er gab sich sichtlich Mühe, seine Rührung über Stefans plötzliches Auftauchen zu verbergen. »Ich dachte, Sie wären schon längst in Wien, tränken im Café Central einen Braunen oder eine Melange und essen Kremschnitten.«
Stefan setzte Jonas II. wieder auf den Tisch. »Kremschnitten schon, aber nicht im Central. Dorthin gehen nur Touristen, Engländer, Ungarn und Böhmen. Wie kommen Sie hierher, Jonas?«
»Dr. Nikolić setzte mich vor die Tür. Es ging ganz schnell. Er wollte

nicht noch mehr Ärger mit den Deutschen, sagte er. Schwester oder Fräulein Rada bot mir daraufhin an, mit Jonas II. hierher zu gehen und abzuwarten, bis die Österreicher kommen.«
»Sie werden nicht mehr lange warten müssen. Ist Rada hier?«
»Sie ist vor einigen Tagen gekommen. Vorhin war sie da und hat uns Rauchfleisch, Kajmak und Brot gebracht. Wir fühlen uns wie im Paradies, sind rund und fett geworden... Fräulein Rada kommt jeden Tag.«
»Ich muß sie sprechen. Aber so, daß es die anderen nicht erfahren.«
»Sie meinen die Leute, die gestern gekommen sind?«
»Niemand darf erfahren, daß ich hier bin.«
»Ich – habe – Hunger«, sagte der Kleine auf deutsch.
»Ist er nicht ein helles Köpfchen?« fragte Jonas I. stolz. »Er lernt bestimmt schneller deutsch als ich serbisch. Sie essen doch mit? Ich kann Sie beruhigen. Hierher kommt außer Rada kein Mensch.«
»Zuerst muß ich mein Pferd unterstellen, damit man es von oben nicht sieht und vielleicht doch neugierig wird.«
»Gleich nebenan ist ein leerer Ziegenstall. Wenn das Pferd nicht zu groß ist...« Jonas wollte die Hütte verlassen, doch Stefan hielt ihn zurück.
»Bleiben Sie. Geben Sie dem Kleinen zu essen, er hat Hunger.«
Stefan ging hinaus, führte das Pferd in den Stall daneben, der so niedrig war, daß er mit dem Kopf an der Decke anstieß. Für das Pferd reichte es gerade. Er lockerte die Sattelgurte, nahm dem Pferd das Zaumzeug ab und hängte ihm den Futtersack mit Hafer um. Dann kehrte er ins Haus zurück.
Auf dem Tisch standen drei Teller mit dampfender Bohnensuppe und Brot.
»Das Pferd müßte getränkt werden, Jonas. Könnten Sie das nachher übernehmen?«
Jonas nickte. »Essen Sie jetzt. Die Suppe schmeckt ganz gut, denke ich.«
»Die Suppe – schmeckt – gut«, sagte Jonas II.
»Er spricht akzentfrei – bestes Hochdeutsch«, sagte Stefan.
Die Suppe schmeckte wirklich gut; leicht rauchig, gerade richtig scharf und etwas angesäuert. Stefan lobte den Koch, meinte, er sollte in Wien ein Balkanrestaurant eröffnen – und konnte dabei

seine Ungeduld kaum bezähmen. »Wie machen wir es, Jonas?« fragte er schließlich. »Können Sie mir dabei helfen?«
»Aber natürlich. Ich könnte Fräulein Rada hierher holen.«
»Nicht hierher«, sagte Stefan mit einem Blick auf den Kleinen. »Es wäre unter Umständen zu gefährlich. Man darf auf keinen Fall erfahren ...«
Jonas II. pustete mit vollen Backen auf den Löffel, so daß die Suppe auf den Tisch spritzte.
»Du bist ein Ferkel«, sagte Jonas I. »Ich weiß, was wir tun werden. Ich helfe oben im Stall aus, meistens bei den Schafen. Eines davon ist trächtig. In diesen Tagen wird es so weit sein. Fräulein Rada hat mich gebeten, sie zu holen, wenn es losgeht. Dann geht es eben jetzt los, was meinen Sie?«
Stefan nickte. »Der Schafstall?«
»Steht außerhalb der Ummauerung. Von hinten kann man ihn ungesehen erreichen und betreten, jedenfalls vom Haus aus ungesehen. Die Schafe selbst sind tagsüber draußen, nur ein paar Mutterschafe stehen in einem Extrapferch im Stall. Was halten Sie davon?«
»Einverstanden. Die Suppe schmeckt wirklich gut. Einen Stammgast für Ihre Wiener Kneipe haben Sie schon.«

Ein poetisches Erkennungszeichen

Der Wind hatte aufgefrischt, der Geruch nach Seeluft war noch stärker geworden wie immer vor einem Wetterumschwung. Vielleicht kam Sturm auf, ein Sturm, der haushohe Wellen vor sich her trieb und gegen die Felsenküste schmetterte, so daß kein Schiff die Einfahrt in die kleine Bucht wagte, auch nicht ein Kanonenboot. Zwei oder drei gewonnene Tage ... Doch was nutzte es? Sie mußte weg – möglichst bald und möglichst weit weg! Es war gut so. Diese Reise nach Rußland kam wie gerufen. Vielleicht würde sie Stefan unter dem Eindruck des Neuen eher vergessen können.
Vergessen? Rada lachte bitter auf. Sie stand unter dem großen Feigenbaum auf der Terrasse, einen schwarzen Wollschal um die Schultern – ihr Lieblingsplatz, wenn sie sich im Küstenland aufhielt. Hier hatte sie früher in den Ferien viele Stunden verbracht, im Schatten unter dem Baum gesessen, gelesen, oder auch traumverlo-

ren in die Ferne geschaut – über die verkarstete Hügelkette mit ihren kümmerlichen Weingärten und den handtuchgroßen, von Steinmauern geschützten Feldern, dem windzerzausten schwarzen Ginster zwischen den weißen Felsen unter der grellen Sonne und über die blaue Linie des Horizontes dort, wo hinter den Hügeln das Meer mit dem Himmel verschmolz. Damals hatte sie sich voll sehnsüchtiger Erwartung die Märchenwelten in der Ferne hinter dem Horizont ausgemalt. Die Welt und das Leben waren voller Wunder gewesen, voller Hoffnung und Heiterkeit, ja auch Heiterkeit, wann immer es ihr gelungen war, das Trauma jenes Abends im Landhaus an der Tara zu verdrängen. Sie hatte damals geahnt, daß sie die *Blutige Slava* – wenn überhaupt – erst durch Liebe endgültig würde überwinden können, durch sichere Geborgenheit, die sie in der Liebe finden konnte.
Dann war die Liebe gekommen, gewaltiger und süßer, als sie sich das je hätte vorstellen können, ein brennend heißer, leidenschaftlicher Sturm. Er hatte sie mit sich fortgerissen, ihren Widerstand ausgelöscht, alle Bedenken hinweggewischt. Sie hatte ihre Liebe gefunden und verloren, noch ehe ein Leben in Liebe begonnen hatte, und hinter dem Horizont, wo früher die von Hoffnung, Sehnsucht und Liebe erfüllte Traumwelten auf sie gewartet hatten, erstreckte sich nunmehr eine graue, hoffnungslose Zukunft.
»Dort hinter dem Meer liegt Bari«, sagte hinter ihr die Stimme des Majors Arsa Koviljan-Kundak.
Rada erstarrte, über ihren Körper lief ein kalter Schauer, sie fühlte, wie sich ihr Nackenhaar sträubte. Sie hatte den Mann nicht kommen gehört – der lautlose Schritt eines Meuchelmörders.
»Italien – ein großes, schönes, altes Land. Kennen Sie es?« fuhr er fort. »Waren Sie schon einmal in Italien? Rom, Neapel, Florenz, Verona – Stein gewordene Träume. Venedig – schöner als alles, was ich je gesehen habe. Ja, ich glaube kaum, daß es noch eine Steigerung geben könnte. Waren Sie schon in Venedig?«
Rada gab keine Antwort.
»Sie sind eine kluge Frau, gebildet, belesen – und keineswegs lebensfremd. Ich irre mich doch nicht? Vielleicht sollten Sie Ihre Abneigung mir gegenüber nicht so offen zeigen. Ich könnte sonst auf den Gedanken kommen, daß Sie dafür einen Grund haben. Oder besser – daß Sie glauben, einen Grund zu haben. Haben Sie denn einen Grund?«

Rada drehte sich langsam um und blickte den Major schweigend an.
»Sie sollten sich's wirklich überlegen. Noch haben wir dieses Land nicht verlassen. Noch wäre es zum Beispiel möglich, Ihnen einige Fragen zu stellen und Sie anschließend zur Verantwortung zu ziehen. Ich meine – wenn Sie darauf keine befriedigende Antworten geben können.«
»Zum Beispiel?«
»Zum Beispiel auf die Frage, wer dem deutschen Spion Stefan Meyster bei der Flucht aus Shkodra geholfen hat.«
»Wenn ich es getan hätte – was steht darauf?«
»Wer in Kriegszeiten einem feindlichen Spion Hilfe angedeihen läßt ... Tod durch Erschießen. Zwischen Männern und Frauen wird kein Unterschied gemacht. Mindestens aber langjährige *Robija* – Zwangsarbeit.« Der Major lächelte. »Es ist nicht sehr angenehm, in praller Sonne Steine zu klopfen – zum Beispiel.«
»Und was steht auf vielfachen Mord?« rief Rada heftig, zu laut und zu heftig, wie sie sich sagte, aber sie konnte ihre Stimme nicht mehr beherrschen. »Was steht darauf, wenn der Mörder auch vor Kindern nicht haltmacht? Wenn er ein Kind in der Wiege tötet?«
Der Major sagte zunächst nichts. Er holte aus der Tasche eine flache silberne Zigarettendose, nahm eine Zigarette heraus, klappte die Dose zu, steckte sie wieder ein, zündete die Zigarette an, schnippte das abgebrannte Streichholz über die Mauerbrüstung. Rada starrte dabei seine Hand an – die linke Hand mit dem fehlenden Ringfinger und dem Siegelring am Mittelfinger – die schreckliche Hand eines Mörders, der damals ... Gewaltsam riß sie sich vom Anblick dieser Hand los.
»Ich weiß nicht, wer Ihnen diesen Unsinn eingeredet hat«, entgegnete der Major schließlich kühl. »Sie haben es dann an den alten Wojwoda weitergegeben – ich nehme an, mit der Forderung, daß er dafür Ihrem Geliebten Stefan Meyster die Flucht ermöglicht. War es so? Sie wissen, wohin er geflohen ist und vermutlich auch, wo er sich versteckt hält. Ich könnte Sie ... Aber lassen wir das – zunächst. Der alte Wojwoda fiel jedenfalls darauf herein und erfüllte Ihre Forderung. Es war – zugegeben – ein grandioser Auftritt! Schade, daß Sie nicht dabei waren. Um ein Haar hätte er mich getötet. Und sehen Sie – ich verstehe ihn trotzdem und nehme es ihm nicht übel. Die letzten Jahre seines Lebens verbrachte er mit

der vergeblichen Suche nach den Mördern. Die Rache wurde zu einer alles beherrschenden fixen Idee – sein einziges Ziel. So war er in dem Zustand, in dem er sich befand – alt, krank, kurz vor dem Tod – allzu gern bereit, Ihnen diese Schauergeschichte abzunehmen. Bevor er starb, wollte er unbedingt noch mit dem angeblichen Mörder abrechnen.«

»Mit dem *angeblichen* Mörder?«

»So ist es. Sie hätten mich ja fragen können. Zum Beispiel damals in Spas. Offen. Direkt. Aber Sie sind davongelaufen. Ich hätte Ihnen gesagt, was ich gestern auch schon Ihrem Vetter Bogdan gesagt habe. Zu dem fraglichen Zeitpunkt befand ich mich auf einer Auslandsreise.«

»Und er hat es natürlich geglaubt!«

»Warum sollte er nicht? Es ist unschwer zu beweisen.«

»Aber ja, selbstverständlich können Sie's beweisen! Sie können alles beweisen. Aber das müssen Sie gar nicht – dieser leichtgläubige Narr nimmt Ihnen sowieso alles ab. Ich aber, ich habe Sie damals *gesehen*! Und nicht nur ich. Gehen Sie! Gehen Sie endlich! Ihre Gegenwart ist mir unerträglich. Sie schmerzt mich. *Gehen Sie!*«

Ohne die geringste Regung zu zeigen, starrte sie der Major sekundenlang an, nahm einen letzten Zug aus der Zigarette, warf die Kippe zu Boden, trat sie aus und ging. Rada sah ihm nach, bis er im Haus verschwand und wandte sich dann fröstelnd wieder ab. Vielleicht hatte sie sich damit ihr eigenes Todesurteil gesprochen. Was machte das schon aus? Sie hatte keine Angst vor dem Tod – nicht mehr. In ihr war eine große, eisige Leere, die sich eines nicht allzu fernen Tages mit Schmerz und einer hoffnungslosen Trauer über das unwiderbringlich Verlorene füllen würde. Vielleicht war es besser, den Tag nicht zu erleben, den Tod als Erlösung zu begrüßen, als einen Freund, der sie in die barmherzige Nacht des Vergessens begleiten würde.

Es wurde kühler. Über dem westlichen Horizont türmten sich dunkle Wolkenberge auf. Dorthin zu fliegen, dachte Rada verzweifelt, in die Wolken einzutauchen, ins Meer zu stürzen – Stefan, mein Stefan – warum mußte ich es tun? Warum durfte ich nicht mit ihm? Warum ...

»Da hört ich eine Stimme laut erschallen:
Begrüßt den Mann, der da nach Haus
Zurückgekehrt aus kalten, fernen Landen.«

Radas Herzschlag stockte. Sie beugte sich über die Mauer. Den kleinen Jonas auf den Schultern, kam der große Jonas laut rezitierend auf dem Pfad unter der Mauer heran. Als er Rada sah, lächelte er zu ihr empor und blieb stehen.
»Dante – etwas verfremdet«, sagte er. »Kennen Sie die Verse?«
»Ich kenne sie*«, antwortete Rada mühsam.
»Man kann sie nach Bedarf verändern ... Ich hoffe, daß mich der große Dichter eines – hoffentlich fernen – Tages in der Unterwelt nicht dafür zur Rede stellt. Ich bin auf dem Weg zu Ihnen. Ich sollte Sie benachrichtigen ... Ihre Stunde ist gekommen. Ich meine die Stunde der Schafmutter.«

Rada holte in fliegender Hast aus ihrem Zimmer eine bereitstehende Tasche mit einigem Besteck und eine Gummischürze.
Als sie die Treppe hinunter und durch den Flur zur Haustür lief, kam Bogdan aus seinem Zimmer, sah die Tasche und trat ihr in den Weg.
»Wohin willst du?«
»Ich habe nicht vor, wegzulaufen. Mit Julkica ist es so weit.«
»Julkica?«
»Mein Schaf. Sie bekommt ein Lämmchen. Laß mich vorbei!«
Bogdan trat zur Seite, machte eine Bewegung zur Tür hin, als wollte er Rada folgen, ließ es jedoch sein und ging zurück in sein Zimmer, um den unterbrochenen Mittagsschlaf fortzusetzen.

Der Kampf

Die Einzelbuchten für trächtige Mutterschafe befanden sich im Hintergrund des großen, scheunenartigen Stalles, der nur vom Eingang

* Es waren die Verse aus der »Göttlichen Komödie«, die Rada in ihren Bemühungen, deutsch zu lernen, auf Kameni stup vor Stefan rezitiert hatte. Korrekt wiedergegeben lauten sie: Da hört ich eine Stimme laut erschallen: / Oh, ehrt den größten Dichter, der nach Haus / Zurückgekehrt nach seinem Erdenwallen.

und der Stirnseite her etwas Tageslicht bekam. Eine auch tagsüber brennende Stallaterne hing an einem Balken und verbreitete im Halbdunkel mattes Licht. Rada drehte im Vorbeigehen den Docht höher, lief noch zwei oder drei Schritte weiter – und blieb wie angewurzelt stehen.

Sie hatte es geahnt, als sie Jonas die veränderten Verse aus der Göttlichen Komödie zitieren hörte: *Begrüßt den Mann, der da nach Haus – zurückgekehrt aus kalten, fernen Landen.* Geahnt, gehofft und befürchtet. Denn es würde sie danach in eine noch tiefere Verzweiflung stürzen – wenn sie überhaupt die Kraft aufbrachte, das gegebene Wort nicht zu brechen.

Stefan trat ihr aus dem Halbdunkel einer leeren Bucht in den Lichtkreis der Laterne entgegen. Rada wich langsam zurück.

»Geh nicht weg – ich muß mit dir reden!« sagte Stefan.

»Warum bist du gekommen?« flüsterte sie.

»Ich konnte nicht weg. Du wirst mir sagen, was geschehen ist, daß du plötzlich so verändert bist. Aber nicht jetzt. Wir haben keine Zeit. Ich nehme dich mit. Später kannst du entscheiden, was du tun willst. Aber jetzt mußt du so schnell wie möglich weg.«

»Ich kann nicht weg.« Radas Stimme hatte nun wieder jenen tonlosen Klang wie damals in Shkodra, als sie ihm gesagt hatte, daß sie nicht mit ihm kommen würde. »Heute nacht oder vielleicht morgen werden wir abgeholt.«

»Abgeholt – wohin?«

»Ich reise nach Rußland. Warum bist du nicht gegangen, wie es ausgemacht war?«

»Nichts war ausgemacht. Du hast mich fortgeschickt. Aber wie hätte ich gehen können, wenn ich dich in Gefahr weiß?« Stefan trat einen Schritt näher – und wieder wich sie zurück, als fürchtete sie nachzugeben, wenn er ihr zu nahe kam, so nahe, daß sie ihn berühren könnte.

»Ich bin nicht in Gefahr. Bogdan ist hier. Dieser – Major wird es nicht wagen ...«

»Er wird dich töten, und wenn es sein muß, auch Bogdan. Du kennst ihn nicht, glaub mir doch! Du kennst ihn nicht!«

»Nein – sie kennt ihn nicht, und du kennst ihn auch nicht richtig, Švaba!« kam vom Eingang her die halblaute Stimme des Feldwebels Husso. Mit angelegtem Gewehr kam er näher und trat in den

Lichtkreis der Laterne. Auf seinem hakennasigen Gesicht mit den zusammengekniffenen Augen und der Narbe über der linken Wange stand ein triumphierendes Grinsen. Rada machte eine Bewegung zu Stefan, als wollte sie sich vor ihn stellen. Der Feldwebel hob den Gewehrlauf etwas an, nickte, und das Grinsen auf seinem Gesicht vertiefte sich noch. »Tu's – stell dich vor ihn hin, beschütze ihn, *kurvo švabska* – deutsche Hure! Die Kugel geht durch dich hindurch wie durch einen Laib *Kajmak* – durch euch beide hindurch – durch vier oder fünf Menschen – tu's schon! Dann brauche ich nur eine Kugel für Euch beide! Und diesmal entgeht mir der Švaba nicht wie damals vor Kameni stup! Eh, diesmal werde ich ihn erledigen! Und dann vielleicht dich!«
Diese Redelust – die Redelust eines sadistischen Mörders, der sich an der Todesangst seiner Opfer weiden und die Macht über deren Leben und Tod möglichst lang auskosten will, bevor er sie tötet, rettete Stefan und möglicherweise auch Rada das Leben – und kostete ihn das eigene.
Keiner von ihnen hatte zum Tor geschaut, wo ein Schatten erschienen und in der Dunkelheit hinter aufgestapelten Strohballen lautlos wieder verschwunden war. Jetzt war hinter dem Feldwebel Husso ein Geräusch wie Zungenschnalzen zu hören. Das Gewehr noch immer auf Stefan gerichtet fuhr er herum – und sah sich einem riesenhaften Mann gegenüber, der, eine Mistgabel in den Händen, in den Lichtkreis stürmte.
Bora!
Stefan und Rada erkannten ihn im Bruchteil einer Sekunde, als das Licht der Lampe auf sein furchtbares Gesicht fiel, mit den zurückgezogenen Lippen über den weiß bleckenden Zähnen und weit aufgerissenen Augen. Er rammte die stählernen Zinken der Mistgabel dem Feldwebel bis zum Stiel in den Leib, hob ihn hoch in die Luft und warf ihn mitsamt der Gabel nach hinten, als wäre er leicht wie ein Bündel Stroh. Ein Schuß fiel, doch die Kugel durchschlug nur das Dach.
»*Evo ti, svinja* – hier, du Schwein!« zischte Bora. Sprungbereit beugte er sich über den Feldwebel, der krachend auf den Boden fiel, sich schreiend umherwarf und mit zuckenden Händen an dem Stiel zerrte, um die Mistgabel aus dem Körper zu ziehen. Blut schwappte über seine Lippen, die zerbissene Zunge hing ihm aus dem Mund,

sein Schrei wurde zum unartikulierten Lallen, das Lallen verstummte und seine unkontrollierten, immer langsameren Bewegungen endeten in einem letzten Aufbäumen, bevor sein Körper im Tode erschlaffte. Nun entspannte sich auch Boras Haltung. »Das Schwein ist krepiert!« sagte er mit einem Blick auf Stefan und Rada zufrieden.

»Achtung, Bora – weg!« rief Stefan, schleuderte Rada zur Seite und warf sich über sie. Doch für Bora kam seine Warnung zu spät, vielleicht zögerte er auch einen Herzschlag zu lang. Vom Tor her fielen schnell hintereinander zwei Schüsse. Bora griff sich an den Kopf, taumelte, zwischen seinen Fingern schoß Blut vor. Wie ein Baum schlug er der Länge nach zu Boden und blieb reglos neben dem toten Feldwebel liegen.

Jetzt schoß Stefan mit seinem Revolver. Doch Major Arsa Koviljan-Kundak, der nur für einen Augenblick am Tor aufgetaucht war und geschossen hatte, war auch schon wieder verschwunden, bevor Stefan richtig hatte zielen können. Jetzt hörte man draußen seine Stimme rufen:

»Bogdan – der Švaba! Hierher! Hierher!«

Stefan reagierte schnell. In diesem Stall hatten er und Rada keine Chance, wenn es dem Major gelang, Verstärkung zu holen. Er mußte ihm draußen zuvorkommen. So sprang er auf und lief mit langen Sätzen hinaus. Er dachte jetzt nicht mehr darüber nach, was er tun sollte. Alle Fragen, Zweifel, Überlegungen, Bedenken waren wie weggewischt. Er handelte nur noch, handelte genau so instinktiv und automatisch wie damals, als die Arnauten Rada überfallen hatten.

Rada wollte ihm etwas nachrufen, aber da war er schon verschwunden. Gleich darauf hörte sie den dumpfen Knall seines Revolvers und wieder zwei hell peitschende Schüsse der Pistole. Sie stand auf, um hinauszulaufen, als ihr Blick auf das Gewehr des Feldwebels fiel. Sie nahm es auf, repetierte und lief hinaus. Die Schüsse vorhin waren von halbrechts gekommen, vom Wohnhaus, aber dort konnte sie niemanden sehen. Die Hunde bellten wie rasend in ihrem Zwinger hinter der Mauer.

»Stefan!« rief sie halblaut. »Stefan!«

Wieder ein heller Pistolenschuß. Diesmal von rechts hinter der Scheune, die an den Schafstall anschloß. Und gleich darauf die rufende Stimme des Majors:

»Ejjjj – Leute – hierher, Leute!«
Der dumpfe Knall des Revolvers. Der Major verstummte. Ein Pistolenschuß.
Durch das Hoftor kam Bogdan gerannt. Das Koppel mit dem Pistolenhalfter in der Hand, nestelte er im Lauf an der Schließe, um die Pistole zu ziehen. Und wieder die wütende Stimme des Majors:
»*Majku ti švabsku* – ich werde . . .«
Ein Pistolenschuß.
Jetzt hatte Bogdan seine Pistole frei. Er ließ den Koppel mit dem Halfter fallen, wollte die Pistole durchladen – doch Radas Stimme ließ ihn mitten in der Bewegung einhalten.
»Halt – laß fallen!«
Sie stand nur wenige Schritte entfernt, breitbeinig, wie er, Bogdan, sie es gelehrt hatte, das Gewehr auf seinen Körper gerichtet: *Stell dich immer sicher hin – wie ein Boxer. Komm dem Gegner nicht zu nahe. Ziele mitten auf seinen Körper. Ziele nicht auf seinen Kopf – du wirst ihn verfehlen, wenn er dich überraschend angreift. Drücke ab, wenn er die geringste Bewegung macht. Wohin du ihn auch triffst, du wirst ihn außer Gefecht setzen.*
»Du bist verrückt!« Bogdan kümmerte sich nicht weiter um sie. Er faßte mit der linken Hand an den Verschluß der Pistole, um sie durchzuladen. Rada bewegte den Gewehrlauf leicht zur Seite und schoß.
Die Kugel schlug knapp neben Bogdan in die Mauer. Steinsplitter sirrten durch die Luft. Bogdan prallte entsetzt zurück, während Rada blitzschnell repetierte. *Wenn du einen Schuß abgegeben hast, mußt du sofort wieder nachladen – sofort! Und so schnell, daß der andere keine Zeit findet, seine Waffe auf dich zu richten und zu schießen. Das mußt du immer und immer wieder üben.*
»Laß die Pistole fallen!« sagte sie mit einem feierlichen, tödlichen Ernst.
Bogdan gehorchte. Aus seinem Gesicht war alles Blut gewichen, mit der Zunge fuhr er sich über die trockenen Lippen, wollte etwas sagen, doch Rada schüttelte den Kopf.
»*Čuti* – schweig! Schieb die Pistole mit dem Fuß zu mir her. Weit genug!«
Hinter der Scheune fielen fast gleichzeitig zwei Schüsse. Dumpf der Revolver, peitschend hell die Pistole, dann noch einmal der Revolver.

»Tu, was ich dir gesagt habe!«
Bogdan gab der Pistole einen Stoß, so daß sie fast bis zu Rada über den Boden rutschte. Sie angelte mit dem Fuß danach und zog sie ganz zu sich, ohne den Blick von Bogdan zu wenden.
»Arsa wird allein mit dem Švaba fertig – du machst einen großen Fehler, Rada, hör zu, wenn man dich...«
»Schweig endlich, du Narr! In deiner Verblendung hast du schon genug Unheil angerichtet, jetzt schweig! Dreh dich um! Schneller! Geh zur Mauer – Hände über dem Kopf! Ich werde...«
Rada verstummte. Hinter der Scheune kam Stefan heran. Er ging langsam, den Revolver in der herabhängenden Hand. Den linken Fuß zog er etwas stärker nach als sonst. Nach einem kurzen Blick auf Rada mit ihrem Gewehr und Bogdan mit den erhobenen Armen an der Mauer, schien er die Situation begriffen zu haben. Er nickte Rada mit einem flüchtigen Lächeln zu, hob Bogdans Pistole auf, prüfte, ob sie durchgeladen war und steckte sie in die Tasche. Sein linkes Hosenbein war unter dem Knie blutig, aber die Wunde schien ihn kaum zu behindern.
»Ich danke dir!« sagte er zu Rada auf deutsch, und dann wieder serbisch zu Bogdan: »Ihr Freund will Sie sprechen. Gehen Sie zu ihm. Beeilen Sie sich! – Gehen Sie, los, gehen Sie schon!«
Bogdan gehorchte widerwillig. Stefan und Rada folgten ihm.

Das Geständnis

Es ist nicht klar, weshalb Arsa Koviljan, genannt Kundak, gestand, daß er tatsächlich der Mann war, für den ihn Rada hielt, und Bogdan auch den Namen seines damaligen Auftraggebers verriet. Reue über das von ihm organisierte und durchgeführte Massaker der *Blutigen Slava* war es mit Sicherheit nicht, und wohl auch kaum der Wunsch, reinen Tisch zu machen, bevor er starb. Daß er an seinen Wunden sterben würde, wußte er. Wenn er mit seinem Geständnis das erreichen wollte, was dann später auch tatsächlich geschah, dann war es ihm gelungen, auch über seinen Tod hinaus auf eine verhängnisvolle, mörderische Art zu wirken.
Er lag hinter der Scheune halb auf der Seite, und unter ihm breitete sich eine Blutlache aus. Als sich Bogdan über ihn beugte und

versuchte, ihn bequemer zu legen, wehrte er ab. »Nicht anfassen und bewegen – sonst geht es noch schneller!« sagte er leise, doch überraschend klar. »Der Deutsche (er sprach nicht mehr von einem *Švaba*) hat genauer geschossen als ich. Zweimal. Ich muß mich beeilen. Deine Cousine Rada hat recht. Ich war es damals wirklich. Beauftragt – befohlen hat es Serdar Atanagić. Er war Polizeichef.«
»Was hat er befohlen, was?« flüsterte Bogdan.
»*Budala jedna* – du bist ein Narr – verstehst nichts! Alle Bošković Männer – bei der *krstna Slava* zu töten! Jetzt auch dich – angeblich Šiptaren – wie damals. Aber die anderen waren ...«
»Grgur Atanagić – und die anderen?« rief Bogdan. »Sprich! Wer waren die anderen?«
In diesem Augenblick schwankte Bora mit blutverschmiertem Gesicht um die Ecke. Beim Gehen stützte er sich auf die Scheunenwand, über seine rechte Schläfe zog sich eine häßliche, noch immer blutende Wunde. Einige Schritte entfernt blieb er stehen und schaute verständnislos zu, wie Bogdan den Major hochriß und wie wild schüttelte.
»Die anderen – wer waren die anderen?« schrie er. »Wer – wer?«
Stefan zog ihn zurück. »Laß ihn. Er ist tot.«
Bogdan richtete sich auf, starrte zunächst Stefan und dann Rada mit irren, blutunterlaufenen Augen an. »Was ist das? Was ist geschehen?« keuchte er, als könnte er noch immer nicht begreifen, was geschehen war und was ihm der Tote gestanden hatte. Dann blickte er wieder hinunter und ein langer, wilder Schrei, der allen, die ihn hörten, eine Gänsehaut über den Rücken jagte, zerriß die klamme Stille, ein Schrei, den keiner von ihnen je wieder vergessen sollte.
»M-Ö-Ö-Ö-Ö-R-D-E-E-E-R!«
Mit aller Kraft trat er der Leiche den Fuß in die Seite, noch einmal und noch einmal, griff sich an den Kopf und wankte wie blind davon.
»Du bist verletzt, Stefan, auch Bora ... Ich werde Euch verbinden«, sagte Rada weich.
»Kümmere dich um Bora. Und dann ... Ich möchte weg von hier. Hörst du, Rada? Ich möchte weg! Kommst du mit?«
»Zuerst will ich deine Wunde ...«
Kommst du mit?«
Rada blickte ihn nur an und schüttelte schließlich den Kopf.

Stefan drehte sich wortlos um und ging. Vor Bora blieb er noch einmal stehen.
»Danke, Bora. Es war gerade noch rechtzeitig. Ist es schlimm mit deinem Kopf?«
»Als hätte mir jemand mit der Axt auf den Kopf geschlagen, Bruder. Aber es geht schon wieder.«
»Woher bist du so plötzlich gekommen?«
»Dein Freund Jonas hat mich geholt. Ich bin schon eine Weile hier – seit damals in Shkodra – du weißt schon. Nur Jonas wußte es.«
»Paß weiter auf Rada auf, Bora. Und schaff die Leichen weg.«
Stefan wandte sich endgültig ab, den Revolver noch immer in der herabhängenden Hand.

Der Schwur

Der große und der kleine Jonas schauten zu, wie Stefan das Pferd aus dem Stall führte und die Sattelgurte anzog.
»Wollen Sie wirklich so einfach auf und davon, mein Freund?« fragte Jonas I. »Hängt das mit der Schießerei vorhin zusammen? Sie wollen nicht darüber sprechen?«
»Nein.«
»Verzeihen Sie, bitte.«
»Ich schulde Ihnen Dank, Jonas. Wenn Sie Bora nicht alarmiert und nach oben geschickt hätten... Aber jetzt will ich weg. Ich habe genug. Endgültig.«
»Sie sind verletzt worden. Soll ich nicht...«
»Danke. Es ist nur ein oberflächlicher Kratzer. Bleiben Sie mit dem Kleinen am besten hier. Warten Sie, bis unsere Leute kommen. Es wird bestimmt nicht mehr lange dauern. Besuchen Sie mich in Wien.« Stefan war fertig. Er hob den kleinen Jonas auf, warf ihn hoch, fing ihn auf, küßte ihn auf beide Backen und sagte auf deutsch: »Auf Wiedersehen, Jonas der Zweite. Besuchst du mich mal? Bleib gesund!«
»Bleib – gesund«, wiederholte der Kleine.
»Halten Sie bitte. Ich hole nur noch meine Tasche.« Stefan übergab Jonas I. die Zügel und holte aus dessen Hütte die Umhängetasche. Als er wieder ins Freie trat, stand draußen Bora. Sein Gesicht war

wieder sauber, er trug einen Verband um den Kopf und ein frisches Hemd.
»Wie geht's deinem Kopf?« fragte Stefan.
»Es war nur ein Streifschuß, ein Abpraller, denke ich. Aber sag', Bruder, warum reitest du fort?«
»Hast du nicht eine einfachere Frage?«
»Ejjj, Bruder, Bruder – wenn du schon gehst, warum nimmst du nicht *sie* mit?«
»Weil sie nicht will!« rief Stefan zornig, nahm Jonas die Zügel ab, hob das verletzte Bein in den Steigbügel und mußte dabei mit der Hand nachhelfen.
»Stützen Sie sich auf mich«, sagte Jonas I.
»Sie will nicht? Sie *kann* nicht!« sagte Bora.
Stefan verharrte mitten in der Bewegung. »Was heißt das - sie kann nicht?«
»Sie hat es dem alten Wojwoda geschworen.«
»Was hat sie ihm geschworen? Er ist doch tot! Ihr seid ja alle verrückt!«
»Du bist ein Švaba . . .«
»Wenn du zu mir noch einmal *Švaba* sagst . . .« Stefan zog sich mit einem wütenden Ruck hinauf und in den Sattel, das Pferd scheute, stieg hoch, schlug nach hinten aus, »schlage ich dir eine richtige Axt auf den Kopf!«
»Verzeih, Bruder – ich wollte dich nicht beleidigen. Ich wollte nur sagen, daß du ein Deutscher bist und nicht verstehen kannst, was eine *Zakletva* bedeutet. Sie hat eine geleistet.«
»Vielleicht verstehe ich's doch. Was für eine *Zakletva* hat sie geleistet? Was hat sie geschworen?«
»Ich war dabei und habe es gehört. Sie mußte dem alten Wojwoda schwören – ihr *Wort* gegen dein *Leben*. Sie mußte ihm schwören, daß sie dich nie wiedersehen wird, wenn er dich vor dem *preki sud* rettet und damit vor dem Tod bewahrt. Sie hätten dich erschossen, Bruder, das ist doch klar. So war das. Ihr Wort für dein Leben, das war ihre Zakletva. Sie wurde ihr von dem Wojwoda abgenommen, vor mir als Zeugen, und ein Pope hat sie bestätigt – vor Gott und allen ihren Vorfahren und allen, die als Blut von ihrem Blut nach ihr kommen. Ich mußte selbst den Popen hierher holen, noch in der gleichen Nacht, als sie aus Durrës gekommen war.«

»Das hat sie geschworen? Aber der Alte ist doch tot!«
»Tot – und was weiter? Was ändert das an einer *Zakletva?* Habe ich dir nicht gesagt, daß ein Švaba – verzeih, Bruder – ein Deutscher, das nicht versteht?«
»Welcher Pope war das?«
»Der Pope aus Gorana.«
»Hol ihn, Bora, hol den Popen jetzt gleich! Bring ihn herauf! Wenn er nicht will, zieh in an seinem Bart hierher!«
»Warum sollte er nicht wollen – wenn du es bezahlst? Die Frage ist, ob der junge Wojwoda den Schwur von ihr nehmen will. Er ist eifersüchtig, er haßt dich ...«
Doch Stefan hörte Bora nicht mehr zu. Er stieß dem Pferd die Fersen in die Flanken und jagte den steinigen Weg hinauf.

Zusammengesunken, mit hängenden Schultern, saß Bogdan in seinem Zimmer, den *fröhlichen Säbel* des Großvaters auf den Knien, auf dem Tisch daneben eine Flasche *Rakija* und ein halbvolles Glas, als die Tür krachend aufflog und Stefan hineinstürmte. Bogdan schien es nicht einmal zu merken.
»Ich will mit Ihnen reden«, sagte Stefan.
Bogdan rührte sich nicht.
»Haben Sie verstanden? Ich will mit Ihnen reden! Wenn Sie sich blind und taub stellen, machen Sie das, was geschehen ist, nicht ungeschehen.« Doch Stefans Zorn legte sich – der Zorn auf die bornierten, selbstgerechten, rücksichtslosen Menschen, die sich nichts dabei dachten, einen Schwur dieser Art von Rada zu verlangen – aber auch Zorn auf sich selbst, auf seinen Mangel an Einsicht und Verständnis. Und nun dieses Häufchen Unglück, dieses Bild des Jammers! War es möglich, daß er für diesen törichten jungen Mann, dem er so viel Schweres verdankte (zunächst aber auch das Leben!), Mitleid empfand? »Ich habe nach einem Popen geschickt. Wir haben noch etwas zu tun. Danach können Sie sich betrinken. Vielleicht hilft es Ihnen.«
Nun sprach Bogdan doch: »Betrinken? Das werde ich tun. Aber jetzt noch nicht. Wenn ich mich betrinke, könnte sein ... Man verliert die Kontrolle. Vielleicht erschieße ich mich dann.« Er sah Stefan von unten herauf mit einem böse lauernden Blick an. »Und vielleicht erschieße ich Sie auch.«

»Mich? Warum sollten Sie das tun?«
»Warum? Ich werde es Ihnen verraten ... Sie haben getan, was *ich* hätte tun müssen. Was ich tun wollte, seit ich denken kann. Seit *damals*. Jeden Tag habe ich daran gedacht, hundertmal, tausendmal habe ich es mir geschworen ... Jetzt ist es zu spät. *Sie* haben es getan. Sie haben mir die Rache genommen. Sie haben ihn getötet.«
»Ich hätte es Ihnen gern überlassen. Jetzt ist er tot. Ist es nicht unwichtig, wer ihn erschossen hat?«
»Sie haben es gewußt, Rada hat es gewußt, der Großvater, Bora – alle ... Nur ich nicht, nur ich nicht!«
»Sie wollten es ja nicht wissen, denke ich.«
»Das ist richtig. Ich wollte es nicht wissen. Sie haben recht!« Bogdan sprang wild auf, der *fröhliche Säbel* polterte zu Boden, aber er beachtete es nicht. Mit beiden Fäusten schlug er sich an den Kopf, schrie dabei wie von Sinnen:
»*Budala jedna,* sagte er – und sagen Sie's doch auch – sagen Sie's schon! Ich bin ein Narr! Gibt es einen größeren Narren als mich? Rada sagte es! Der alte Wojwoda sagte es! Tun Sie's doch auch! Sie haben am ehesten das Recht dazu! Warum tun Sie's nicht? Ich werde Ihnen zuhören – ganz friedlich. Ich hätte es schon immer tun sollen. Sie wollten es mir sagen – und ich? Ich hielt euch alle für Dummköpfe! Ich, der klügste, gescheiteste, intelligenteste Mann ganz Montenegros! Das bin ich, dachte ich. Und in Wahrheit? Sehen Sie mich an – haben Sie je schon einen solchen Narren gesehen? Rada sagte es – es war die Wahrheit! Jedes Wort. Sie hätten sie hören sollen! Ich hätte sie dafür umbringen können, aber sie hatte recht! Ein fetter, betrunkener, elender Dummkopf! Maßgeschneiderte Uniform! Ein Held! Behangen mit Orden, die er – die er sich mit seinem fetten Arsch ersessen hat! Alle, alle!«
Er riß die Orden von der Uniformbluse, schleuderte sie zu Boden, trampelte Verwünschungen und Selbstanklagen stammelnd und schluchzend darauf herum, bis nichts als verbogenes Blech und schmutzige Stoffetzen übrig blieben. Erschöpft, außer Atem ließ er sich schließlich auf den Stuhl sinken und schlug die Hände vor das tränennasse Gesicht.
Stefan ging zum Tisch, schenkte das Glas voll mit Rakija, hielt es Bogdan hin. »Trinken Sie. Es wird Ihnen gut tun.«
Bogdan nahm davon keine Notiz. Niedergeschlagen sprach er: »Der

Großvater wußte es. Eines Tages wird es dir wie Schuppen von den Augen fallen, sagte er. Du wirst dich fragen: Wem habe ich gedient? Für wen war ich sogar bereit, mein Blut zu vergießen? Das wirst du dich fragen müssen, und um dich herum wird Nacht sein. Jetzt sollte auch ich getötet werden. Ich wünschte, sie hätten es getan. Ich wünschte, ich wäre tot.«

»Trinken Sie!« wiederholte Stefan.

Bogdan nahm das Glas und leerte es in einem Zug. Er schien sich wieder etwas gefaßt zu haben.

»Sie wollten mit mir sprechen.«

»Es geht um Rada und ihre *Zakletva.*«

»Was für eine *Zakletva?*«

»Wissen Sie nichts davon?«

»Nein.«

»Dann hören Sie ...« Stefan erzählte, was er von Bora erfahren hatte. »Ich habe ihn geschickt, den Popen zu holen, in dessen Anwesenheit Rada hier in diesem Haus schwören mußte«, beendete er. »Der Pope wird dabei sein, wenn Sie Rada als Nachfolger des alten Wojwoda von ihrem Schwur entbinden.«

»Und wenn ich es nicht tue?« In Bogdans Stimme war wieder der lauernde, bösartige Unterton von vorhin.

»Sie werden es tun!« sagte Stefan einfach.

»Wenn ich es tue, wird sie mit Ihnen gehen und nie wieder zurückkommen, ich weiß es.«

»Ob sie geht oder bleibt – warum wollen Sie das nicht ihr überlassen? Es ist ihr freier Wille und *ihre* Entscheidung.

»Sie haßt mich. Vorhin hätte sie mich erschossen ...«

»Rada haßt Sie nicht.«

»Eh – was macht das jetzt noch aus?« Bogdan stand auf. »Natürlich werde ich es tun. Es war Unrecht, Rada diesen Schwur abzunehmen. Es wäre genauso Unrecht, auf ihm zu bestehen. Sie haben recht – es ist ihr freier Wille. Aber ich kenne sie, ich weiß es: Sie wird gehen. Sagen Sie mir, wenn der Pope kommt. Gehen Sie zu ihr. Sie ist oben in ihrem Zimmer, glaube ich. Bero wird Ihnen das Zimmer zeigen. Gehen Sie – und versuchen Sie das Unrecht, das ich Ihnen angetan habe ... Versuchen Sie, mir zu verzeihen.«

Die Prophezeiung

Am 10. Januar 1916 hißten Tiroler Gebirgsschützen die österreichisch-ungarische Kriegsflagge auf Montenegros »heiligem Berg« Lovčen. Gleichzeitig drangen Einheiten der 3. Armee unter dem Befehl des Generals von Köveß über Mojkovac, Kolašin und Andrijevica nach Süden und Südosten vor. Die mit großer Erbitterung geführte Schlacht von Mojkovac war verloren, die geschlagenen montenegrinischen und restlichen serbischen Truppen zogen sich im Zustand der Auflösung zurück. – Nach einem letzten vergeblichen Versuch, die Österreicher zu einem Waffenstillstand zu bewegen, fügte sich König Nikola I. in eine bedingungslose Kapitulation und verließ am 19. Januar das Land. Auf dem Umweg über Italien reiste er mit seinem Hof nach Paris, wo er als *Roi en exil* fortan versuchte, bei den Alliierten für ein auch nach dem Krieg selbständiges Montenegro zu streiten. Im Lande selbst blieben außer seinem Sohn Mirko einige Männer seines Vertrauens, darunter General Wojwoda Radomir Vešović als Chef der provisorischen Regierung und Brigadier Serdar Grgur Atanagić als »Minister des königlichen Hofes und Bevollmächtigter des Königs während dessen Abwesenheit«, wie es in einer der letzten internen Verfügungen des Königs hieß.
Nikola I. hatte man nach dem Krieg, ja bis in die Gegenwart, den Vorwurf gemacht, daß er die Armee nicht nach dem serbischen Vorbild hatte evakuieren und nach Italien oder auf die Insel Korfu übersetzen lassen. Dies wäre möglich gewesen, meint man, die Montenegriner hätten in den späteren Kämpfen an der Saloniki-Front und zu der Befreiung Serbiens und ihres eigenen Landes einen wichtigen Beitrag leisten können. In einem Brief aus dem französischen Exil an seine Tochter Milica begründet er seine Entscheidung so:

»... Eine Evakuierung meiner Armee wäre mit Unterstützung der alliierten Flotte tatsächlich möglich gewesen. Doch dem standen gewichtige Argumente entgegen, vor allem aber die alles entscheidende Frage: Hätte ich meine Montenegriner für serbische und gegen unsere eigenen Interessen verbluten lassen sollen? Sie sollten unter serbischen Oberbefehl gestellt werden. Das hätte das Ende einer selbständigen montenegrinischen Streitmacht und damit auch das Ende eines selbständigen Montenegro bedeutet...«

Im Laufe des Monats Januar besetzten die österreichischen Truppen ganz Montenegro und drangen anschließend nach Albanien bis zur Mündung des Flusses Vijose (Wojusa) und der Stadt Berat nahe der griechischen Grenze vor. Damit war der Plan des k.u.k. Generalstabschefs Conrad von Hötzendorf verwirklicht, die Italiener zu vertreiben und den Großteil Albaniens zu besetzen, um den Rücken für die Operationen an der Isonzo-Front und in Südtirol frei zu haben. Seine Absicht, auch noch die beachtlichen Reste der serbischen Armee zu vernichten, konnte allerdings nicht verwirklicht werden. Mit Hilfe der Alliierten wurden die Serben evakuiert, auf der Insel Korfu und in Nordafrika umgruppiert, frisch ausgerüstet und bereits ab Frühjahr 1916 an der Saloniki-Front eingesetzt.

In Anwesenheit eines würdig aussehenden, graubärtigen Popen wurde Rada von ihrer dem toten Wojwoda Lazar Bošković geleisteten *Zakletva* entbunden. Am Morgen danach waren Bogdan und sein Posilni Bero verschwunden; niemand wußte, wohin sie geritten waren. Für Rada hatte Bogdan einen kurzen Brief hinterlassen mit einer Vollmacht für ein Bankkonto in Podgorica. Sie sollte davon so viel abheben, wie sie für die Reise nach Österreich oder Deutschland brauche.
»...Ich nehme jedenfalls an, daß Du dorthin reisen wirst, nachdem Du Stefan Meyster geheiratet hast. Für diese Verbindung gebe ich Dir hiermit meine offizielle Zustimmung. Ich selbst reise nicht nach Rußland, sondern bleibe zu Hause in Montenegro. Bitte, benachrichtige mich über Deinen Verbleib, damit wir alle Formalitäten Dein Erbe betreffend erledigen können.« Den Brief schloß er mit einem knappen »Viel Glück, Dein Vetter Bogdan.«
»Sonst kein persönliches Wort, nichts«, meinte Rada enttäuscht.
»Was hätte er auch schreiben sollen?« fragte Stefan. »Das alles hat ihn stark mitgenommen. Daß er unter diesen Umständen nicht nach Rußland reisen würde, war fast anzunehmen. Hoffentlich macht er jetzt keine Dummheiten. Ich meine – beginnt er nicht einen privaten Krieg zu führen.«
Die Leichen des Majors Arsa Koviljan-Kundak und des Feldwebels

Husso hätte er mit Jonas' Hilfe in eine Karsthöhle geworfen, berichtete Bora. »Es gibt mehrere davon, die sogar eine unterirdische Verbindung mit dem Meer haben. In ihnen ist schon manch ein Türke verschwunden, und man hat nie mehr etwas von ihm gesehen.« In einer dieser tiefen und weitverzweigten Karsthöhlen unweit des Gutshauses hatte er sich nach dem Überfall auf das serbische Standgericht in Shkodra versteckt gehalten. Davon hatte nur Jonas gewußt und ihn mit Lebensmitteln versorgt.

Am 9. Januar 1916, einem Sonntag, heirateten Stefan und Rada in der kleinen Kirche des Heiligen Georg am Grenzfluß Bojana. Getraut wurden sie von dem würdevollen Popen, den sie bereits kannten. Als Trauzeugen fungierten Jonas und Bora. Noch in der gleichen Nacht mußten sie sich vor einer montenegrinischen Patrouille, die nach Deserteuren und Spionen suchte, in Boras Karsthöhle verstecken.
»Unsere Mühle in Albanien nannten wir nur so, dies aber ist eine *richtige* Höhle«, flüsterte Rada mit einem leisen Lachen Stefan ins Ohr, während vom Haus der Gesang trunkener Stimmen herüberdrang: Die Patrouille sprach tüchtig dem angebotenen Wein und Schnaps zu und unterließ es folglich, allzu neugierige Fragen zu stellen. »Hochzeitsnacht in einer Karsthöhle ... Ich hätte es mir nie träumen lassen. Hörst du die Soldaten? Sie singen wie immer von Liebe – doch diesmal uns zu Ehren, ohne es zu wissen. Und genau vor dem Eingang der Höhle ein Stern. Siehst du ihn? Auch er wurde für uns angezündet. Ich frage mich ...«
»Was fragst du dich?«
»Wo ich jetzt unter diesem Stern wäre, wenn dir Bora das mit dem Schwur nicht erzählt hätte? Schon weit weg, todunglücklich ...«
»Wärst du denn wirklich nach Rußland gereist?«
»Natürlich. Was hätte ich denn sonst tun sollen?«
»Ich verstehe das noch immer nicht. Der alte Wojwoda ist tot. Niemand hätte etwas davon gewußt, niemand dir einen Vorwurf gemacht ...«
»Niemand – außer Bora und mir selbst. Reicht ein gegebenes Wort nicht über den Tod hinaus? Meinst du nicht, daß man sich dann erst recht daran halten soll? Einen Menschen kannst du auslöschen – die Erinnerung an ihn und an das ihm gegebene Wort aber nicht. Sollte

ich in alle Zukunft an deiner Seite im Bewußtsein leben, daß unsere Ehe auf einem gebrochenen Wort oder Schwur aufgebaut ist? Ich habe mein Wort dem Großvater nicht gegeben, weil er es so wollte, sondern weil nur er mächtig genug war, dich zu befreien. Später konnte er mich nicht mehr davon entbinden – das mußte sein Nachfolger tun. Verstehst du das?«

»Ich versuche es«, murmelte Stefan, die Wange an Radas Kopf. Diese geheimnisvolle, rätselhafte, in manchen Augenblicken – wie jetzt – ihm so fern und fremd erscheinende Frau ... Sie waren wie zwei Bäume, die auf verschiedenen Böden gewachsen waren. Doch durch Liebe genährt, würden ihre Wurzeln weiter wachsen, sich ausbreiten, zu einer Einheit verflechten. Und dann würde er es eines Tages vielleicht wissen und verstehen.

Sie warteten auf dem Weingut die Ankunft der Österreicher ab. Schließlich erschienen diese in Gestalt einer siebenköpfigen, von einem jungen Feldwebel angeführten Patrouille. Die freundlichen und gutgelaunten Soldaten entsprachen so gar nicht den Vorstellungen, die man sich von den grimmigen Švabas machte. Sie waren auf der Suche nach versteckten Waffen und zogen zufrieden davon, nachdem man ihnen – wie auch sonst überall – weisgemacht hatte, es gäbe hier keine und es hätte auch nie welche gegeben.

Am nächsten Tag ritten Stefan und Rada nach Cetinje, um sich gültige Reisepapiere ausstellen zu lassen. Dort wurden sie vom alten, zu Tränen der Wiedersehensfreude gerührten Gesandtschaftsdiener Mate begrüßt, der seit Beginn des Krieges in der Gesandtschaft die Stellung gehalten hatte. Von Mate erfuhr Stefan, daß sein Großvater, der Legationsrat, bereits seit Monaten tot war. Die Nachricht löste bei ihm nur kurze Betroffenheit aus; diese anderthalb Jahre, die hinter ihm lagen, hatten eine zu tiefe Kluft zwischen *jetzt* und *damals* aufgerissen. Die Zeit vor der Abreise nach Montenegro im Sommer 1914 erschien ihm nun so fern und fremd, als wäre jener Stefan Meyster ein ganz anderer gewesen als der gegenwärtige. So war auch seine Erinnerung an den Großvater in Wien wie die an einen guten Freund, den er verloren hatte und an den er mit der gleichen wehmutvollen Heiterkeit dachte wie an die unwiederbringlich vergangene Kinderzeit.

Ihre ursprüngliche Absicht, einen Abstecher zu Baba Gruša zu machen, mußten sie fallen lassen. Katunska Nahija, diese »felsige Wüstenei mit ihren ungebärdigen, primitiven, um nicht zu sagen wilden Menschen«, sei noch immer Kampf- und Sperrgebiet, erklärte ihnen ein Hauptmann von der Militärverwaltung. »Sie ist voll von versprengten Einheiten, die sich weigern, die Waffen zu strekken und abzuliefern. Offensichtlich bereiten sie einen Komitatschi-Krieg vor nach alter Art, so wie einst gegen die Türken. Dabei lassen sie allerdings außer acht, daß wir keine Türken sind und schon mit Hilfe moderner Kriegstechnik Mittel und Wege finden werden, um mit diesem Spuk aufzuräumen.«

Stefan hätte dazu einiges zu sagen gehabt, ließ es jedoch bleiben. Wozu fruchtlose Diskussionen?

Einige Tage nach ihrer Ankunft in Cetinje brachte Mate einen versiegelten Briefumschlag an den Frühstückstisch. Ein Mann hätte den Brief abgegeben, berichtete er, ein merkwürdiger Geselle mit einer karierten Jacke und einem schwarzen Hut. Der Brief sei für den *Großen Bruder* Stefan Meyster, habe er gesagt, eine Antwort wäre nicht nötig. »Ehe ich richtig hinschauen konnte, war er auch schon wieder weg, als hätte er sich in der Luft aufgelöst.«

»Das hat dieser Mann so an sich«, sagte Stefan, während er das altertümliche Siegel mit einem Zeichen der Schlange aufbrach. »Es würde mich nicht wundern, wenn er eines Tages auch in Wien oder in Schlesien genau so überraschend auftauchte, eine Zigarette drehte, rauchte und im Rauch gleich wieder verschwände.«

Der Brief war von Baba Gruša. Neben ihrem Schreiben steckte in dem Umschlag eine in Seidenpapier eingewickelte alte türkische oder arabische Goldmünze. In schöner, wie gestochen wirkender kyrillischer Schrift stand folgender Text auf altem Büttenpapier – Stefan las vor:

»Mein Stefan, mein Held, das Licht meiner alten Tage, mein Sohn, mein Herz!

Mit großer Freude habe ich vernommen, daß Du nach einer Zeit voller Drangsal und schwerster Prüfungen in Cetinje angekommen bist. Oft hast Du in Lebensgefahr geschwebt, und ich habe Dich begleitet, so gut ich konnte. Manchmal ist das für mich alte Frau etwas anstrengend, aus Gründen, die ich nicht näher erläutern will. Mein müdes Kreuz will auch nicht mehr so recht mitmachen. Auch

war Dir das Amulett mit dem Zeichen der Bruderschaft von Nutzen, was mich sehr befriedigt. Ich habe es Dir als einzigem gegeben, weil ich gesehen habe, daß Du ein Mann mit *Čojstvo** bist, dem Herz eines Kindes und dem Verstand eines Mannes, wie es auch mein geliebter, unvergessener Radovan Dukić besessen hat, der dieses Zeichen eines Großen Bruders vor dir tragen durfte.
Und nun will ich Dir berichten, daß ich noch an dem Tag, als es geschehen ist, vielleicht zur selben Stunde, erfahren habe, daß die Mörder Deines Vaters und meiner armen Stamena, Deiner ehemaligen Amme, gerichtet wurden. Die Hölle hat sie verschlungen, aus der sie gekommen sind! Natterngezücht!
Doch nun etwas anderes. Das Goldstück, das ich diesem Schreiben beilege, steckst Du Deinem Sohn bei der Taufe in die Windel. Später kannst Du ihm erzählen, daß es von Deiner Freundin, der Hexe Baba Gruša ist. In Wahrheit hat dieses Goldstück so wenig jene beschützende Zauberkraft, die man ihm nachsagt, wie ich eine wirkliche Hexe bin. Diese gewinnt es erst, wenn man daran glaubt. Laß also Deinen Sohn ruhig daran glauben, es macht das Leben ein wenig geheimnisvoller und somit auch bunter. Aber man kann ja nie wissen. Deshalb habe ich für alle Fälle die Münze besprochen, so wie damals auch Dein Amulett.
Jetzt möchte ich Dir noch sagen, wie ich mich von Herzen freue, daß Du die Frau gefunden hast, die ich Dir prophezeit habe. Sie entstammt einer großen, wenn auch etwas ungebärdigen und unbezähmbaren Familie. So weit ich das erkennen konnte, ist sie eine von den allerersten Frauen mit einem starken und geheimnisvollen Herzen. Sie ist eine Frau, die sogar über Hexen und über die Mächtigen dieser und auch einer anderen Welt herrschen könnte, von der Du nichts weißt, die sie aber ahnt. Vielleicht wird sie es noch eines Tages. Wie ich erfahren konnte, liebt sie Dich sehr, und Du kannst ihr von mir, Baba Gruša, ausrichten, daß Du ihre Liebe verdienst, so wie sie die Deine verdient, obwohl man, wie man weiß, Liebe und Verdienst nie miteinander verquicken soll. So grüßt Euch beide, vor allem aber Dich, mein Stefan, mein Herz,
Deine Baba Gruša.

* *Čojstvo* ist ein spezifisch montenegrinischer Ausdruck für einen selbstlosen, opferbereiten Mannesmut, nach dem deutschen Slavisten Prof. Gerhard Gesemann mit *humanitas heroica* am treffendsten umschrieben.

»Und wenn der Sohn, den Baba Gruša prophezeit, eine Tochter wird?« fragte Rada, während sie die Goldmünze auf ihrem Handteller betrachtete. »Was machen wir dann mit der Münze?«
»Dann bekommt die Münze natürlich sie. Aber wenn Baba Gruša meint ... Sag – ist es am Ende passiert?«
Rada lachte. »So schnell geht das nicht, selbst wenn das Kind von einer Hexe herbeigezaubert werden soll. Wir haben es doch nicht so eilig?«
»Nein, wir haben es nicht eilig«, sagte Stefan, und drückte sie an sich.

Der Landweg nach Sarajewo und vor allem dessen erster Teil bis zur bosnischen Grenze sei wegen versprengter und marodierender Soldaten nicht sicher, erzählte man Stefan, als er von der Militärverwaltung die Reisepapiere ausgehändigt bekam. Es sei besser und sicherer, den Seeweg zu nehmen. So bestellte Stefan telegraphisch eine Kabine auf dem Küstendampfer, der zweimal wöchentlich von Cattaro über Dubrovnik und Split bis Fiume verkehrte. Von dort wollten sie mit dem Zug nach Ljubljana, Graz und weiter nach Wien fahren. Bis zum Abreisetermin hatten sie noch drei Tage Zeit, die sie für einen Ritt nach Podgorica nutzten. Hier wollte Rada Geld für die Reise und etwas Garderobe holen.
Während in Cetinje noch strenger Winter mit Schnee, Frost und eisigen Winden aus den nördlichen Bergen herrschte, glaubte man in den Morača-Niederungen bereits den ersten Hauch des Frühlings zu spüren. An der Vezir-Brücke in Podgorica saß Stefan ab. Er forderte Rada auf, das gleiche zu tun, und führte sie mitten auf die Brücke. Dort beugte er sich über die steinerne, im Laufe vieler Jahrhunderte von Wind, Wetter und unzähligen darüber gleitenden Händen glatt polierte Brüstung.
»Hörst du es?«
»Was soll ich hören?« fragte Rada.
»Zar Dukljan ... Hast du mir auf Kameni stup nicht selbst erzählt, wie er mit seinen ehernen Zähnen bei Tag und Nacht an den Fesseln nagt, mit denen er vom Erzengel Michael – es war doch Michael? – an den Brückenkopf geschmiedet wurde?«
»O ja, ja ... Das hast du dir gemerkt?« Rada beugte sich lauschend über die Brüstung. »Ich höre nichts. Nur das Wasser rauscht. Zar

Dukljan ist weg. Der Brückenschmied – siehst du, dort ist seine Schmiede – dieser pflichtvergessene Geselle! Er hat es vor zwei Jahren versäumt, am Weihnachtstag mit dem Hammer auf den Amboß zu schlagen und so den Erzengel zu rufen. Vielleicht hat er verschlafen, vielleicht hat er zu viel Sliwowitz, Rakija oder von dem schweren Morača-Wein getrunken ... Jedenfalls hat der Erzengel nicht wie jedes Jahr die angenagten Fesseln erneuert. Zar Dukljan hat sie mit einem letzten gewaltigen Biß gesprengt – und ist seitdem mit Feuer und Schwert dabei, Not, Elend, Unheil und Tod über die Menschen zu bringen, wie es einst prophezeit wurde. Wird es ihm gelingen, den Erdkreis zu vernichten? Es hat fast den Anschein. Und ich ... Du lieber Gott und alle Erzengel und sonstigen Heiligen – ich bin schon halb vernichtet!« Kreidebleich richtete sich Rada auf und lehnte sich mit dem Rücken an die Brüstung. »Wenn man so ins Wasser schaut und auf einmal mitsamt der Brücke davonfährt ... Mir ist ganz übel geworden. Die Reise mit dem Schiff stehe ich nie im Leben durch!« Sie drückte die Hand auf den Mund und sah Stefan mit großen Augen an. »Gott, ist mir schlecht! Ich glaube, ich muß sterben!«

Sie starb natürlich nicht. Nachdem sie in der »Brücken-Kafana« einen türkischen Kaffee getrunken hatte, ging es ihr wieder besser, und während des Rittes zurück nach Cetinje war sie wieder ganz die alte. Zu Abend aß sie allerdings kaum etwas. Bevor sie einschliefen, bat sie Stefan, das Licht noch etwas brennen zu lassen. Sie lag auf der Seite, die Hände unter der Wange und sah ziemlich elend aus. Doch ihre Augen lächelten Stefan übermütig und auch ein wenig ängstlich zu, als sie sagte:
»Du mußt mir mehr von deiner Baba Gruša erzählen. Sie muß wirklich eine erstaunliche Frau sein.«
»Das ist sie. Warum sagst du das?«
»Sie hatte recht. Zumindest zur Hälfte. Und die zweite Hälfte ... Ob es ein Sohn wird, muß sich erst herausstellen.«
Stefan setzte sich kerzengerade auf.
»Herausstellen – wann?«
»In sieben oder acht Monaten, denke ich.«
»Ein Kind? Ein Kind?« Stefan deckte Rada auf, streifte ihr das Nachthemd behutsam hoch und legte das Ohr auf ihren Leib. »Hört

man schon etwas? Wann hört man ein Kind? Du müßtest es doch wissen . . . Hört es mich, wenn ich rede?«
Er lauschte auf das gleichmäßige Pochen ihres Herzens und sagte sich, daß er schon bald auch den Herzschlag des Kindes hören würde. Sein Kind, ihr Kind, vielleicht ein Sohn. Radas Kind – und die tote Mutter des kleinen Jonas am Straßenrand. Schnee auf ihrem erkalteten Gesicht. Schnee auf den kleinen schwarzen Häufchen neben der Straße: tote Kinder. Schnee auf dem Gesicht des toten Šišmiš. Tote. Überall Tote. Tote Kinder und die toten, im Fluß treibenden Soldaten, der tote Leutnant mit dem Gesicht eines Kindes in der kleinen Bucht am Drin: Ich habe seine Stiefel, ich habe noch immer seine Stiefel!
Die Bilder des Todes kamen und vergingen. Ein Kind – unser Kind, dachte Stefan, von tiefem Ernst und jetzt auch einem neuen, nie erlebten Glücksgefühl durchdrungen. Neues Leben – war es denn nicht frevelhaft, neues Leben in diese verfluchte, von Haß und Gewalt gezeichnete Welt zu setzen – in eine Welt der gepeinigten, gequälten, hungernden, zu Waisen gemachten, zu Tode geschundenen Kinder? Kinder zu zeugen, Kinder zu gebären, in Liebe wachsen zu sehen, in Schmerz und Trauer zu verlieren – Aber vielleicht hatte der alte Professor Sedlatschek recht, wenn er sagte: »Seit Jahrtausenden denken die Menschen über den Sinn des Lebens nach. In Zeiten großer Not reduziert sich diese Frage jedoch auf einen einzigen Punkt: das eigene Leben zu erhalten und neues zu zeugen.«
Ich weiß es nicht, dachte Stefan, ich weiß es nicht, ich weiß es nicht, ich werde morgen darüber nachdenken. Er war müde – todmüde. Vorhin war ihm noch, als sei er nach einer langen, anstrengenden Reise endlich ans Ziel gekommen. Doch nun sah er, daß es nur eine Station war auf dem Weg – auf dem Weg wohin?
Morgen, dachte er. Zuerst ausruhen, schlafen, dann werden wir weiter sehen. Morgen sehen wir weiter.
Sein Kopf auf Radas Leib wurde schwer. Er schlief ein.

Epilog

Blättern wir zurück. Am 7. Juni 1914 fuhr Stefan Meyster mit einem Expreßzug vom Wiener Südbahnhof ab. Seine Reise sollte höchstens ein halbes Jahr dauern. Doch waren fast zwei Jahre vergangen, bis er mit Rada aus einem Militärzug von der Isonzo-Front ausstieg, an den in Ljubljana einige zivile Waggons angehängt worden waren. Fast zwei Jahre, die eine ganze Welt verändert, Europa in die blutigste Katastrophe seiner Geschichte gestürzt und jene Zeitenwende eingeleitet hatten, die bis in die Gegenwart nachwirkt. Ein Ende des Krieges war nicht abzusehen.

An der Westfront war die im Herbst begonnene »Große Offensive Joffres«, mit dem Ziel, die Deutschen aus Frankreich und Belgien zu vertreiben, in Schlamm, Dreck und Blut steckengeblieben. Im Februar 1916 begann Falkenhayns »Große Offensive« mit dem Sturmangriff auf Verdun. Sie wurde bis Anfang Juli fortgesetzt und schließlich ohne greifbare Resultate abgebrochen. Die Verluste auf beiden Seiten betrugen über siebenhunderttausend Mann.

Tagelange Artillerievorbereitung, ein Trommelfeuer von unvorstellbarer Gewalt, leitete Anfang Juli die »Schlacht an der Somme« ein, bei der es den Alliierten bis Ende November lediglich gelang, die deutsche Front in einer Breite von vierzig Kilometern rund zwölf Kilometer einzudrücken. Die Franzosen und Engländer verloren dabei sechshunderttausend Mann, die Deutschen vierhunderttausend.

An der Ostfront brachte das Jahr 1916 den Russen in Wolhynien und Galizien einige Geländegewinne. Nördlich davon blieben alle Angriffe der »russischen Dampfwalze« erfolglos. Bei diesen Kämpfen verloren die Russen eine Million Mann. Die deutschen und österreichisch-ungarischen Verluste waren nicht wesentlich geringer.

In Südtirol begann im Mai 1916 zwischen Etsch und Brenta die österreichisch-ungarische Offensive mit dem Ziel, in die norditalienische Ebene vorzustoßen und Cadornas Armeen an der Isonzo-Front von ihrem Hinterland abzuschneiden und zu vernichten. Nach einigen Anfangserfolgen scheiterte die Offensive. In der unvorstellbar blutigen 6. Isonzoschlacht wurde Görz von den Italienern genommen; in den nachfolgenden Schlachten gelang es nicht, die österreichisch-ungarische Front zu durchbrechen und nach Ljubljana, die slowenische Hauptstadt vorzustoßen.
An der Saloniki-Front, die durch Albanien und in etwa entlang der griechischen Grenze zu Mazedonien verlief, herrschte Grabenkrieg. Die Lage auf dem Balkan änderte sich erst mit der Kriegserklärung Rumäniens an Österreich-Ungarn am 27. August 1916 entscheidend. Nach anfänglichen rumänischen Erfolgen in Ungarn, stieß Feldmarschall von Mackensen mit deutschen, bulgarischen und türkischen Kräften in einem beispiellosen Feldzug nach Dobrudscha vor, eroberte im Oktober die Hafenstadt Constanza am Schwarzen Meer und zog Anfang Dezember in Bukarest ein. Die Reste der rumänischen Armee zogen sich hinter den Sereth im Nordosten Rumäniens zurück und verblieben dort bis Ende des Krieges.

Erst in Wien erfuhr Stefan, daß inzwischen nicht nur der Großvater Meyster, sondern auch seine Mutter nach der Geburt ihres Sohnes Marco gestorben war. Die Nachricht, die ihm von Frau Wytlatschil unter einem Tränenstrom überbracht wurde, traf ihn zutiefst. In dieser Situation tat Rada das einzig richtige: Sie versuchte nicht, ihn mit Worten zu trösten, die einem Trauernden ja doch keinen wirklichen Trost spenden, sondern ließ ihn allein und war da, wenn es ihn nach ihr verlangte.
Es dauerte gute vierzehn Tage, bis Stefan alle geschäftlichen Angelegenheiten in Verbindung mit seinem Erbe geregelt hatte. Anschließend reisten sie über das Meystersche Familiengut im Burgenland, das auch nach dem Tod des Großvaters wie eh und je mustergültig verwaltet wurde, nach Schlesien. Es erübrigt sich, die dortigen Szenen der Wiedersehensfreude zu schildern. Rada fand eine herzliche Aufnahme; dies vor allem von der stark gealterten Hedwig, die nicht vergessen hatte, daß sie einst als junge Braut genauso fremd und mit bangem Herzen nach Schlesien gekommen war.

Christinas Sohn Marco war ein strammes, dunkelhaariges Bürschchen, das stets gut gelaunt mit kugelrunden schwarzen Augen aus seiner Wiege schaute. Stefan betrachtete ihn leicht befremdet und gleichzeitig gerührt. Sieh da – sein Bruder, genauer Halbbruder, wer hätte das je gedacht!
Der Krieg hatte auch auf Gut Prettwitz tiefe Spuren hinterlassen. Dies fiel Stefan auf Schritt und Tritt auf, wenn er Rada herumführte oder mit ihr über das Land ritt, um ihr die Stätten seiner Kindheit und Jugend zu zeigen. Auf den Feldern und in den Ställen wurden anstelle der eingerückten einheimischen Arbeitskräfte kriegsgefangene Russen und Franzosen beschäftigt. Man kam gut mit ihnen aus, was vor allem für die jüngeren Mägde galt. Während Tante Gertrud alle »überflüssigen, wenn nicht skandalösen Techtelmechtel« vergeblich zu unterbinden suchte und sich dabei mit dem Dorfpfarrer einig wußte, drückte Hedwig ein oder beide Augen zu.
»Auch wenn es Gertrud und diesem dörflichen Hinterhofinquisitor im Talar nicht paßt – es kann nicht genug Liebe auf der Welt geben, jawoll! Was sonst als Liebe soll mit dem Haß zwischen den Völkern fertig werden und ihn eines Tages überwinden?«
Otto von Prettwitz, der Familienvorstand, hielt sich da heraus. Er war ohnehin meistens unterwegs und wollte die Zeit, die er zu Hause verbachte, nicht »mit Kabale und Liebe und solchen Kinkerlitzchen verplempern«.
Das zuständige Wehrersatzkommando in Breslau befreite Stefan aufgrund seiner Verletzungen vom Wehrdienst. Er sollte sich jedoch bereithalten, damit er »im Bedarfsfalle für kriegswichtige Zwecke« verfügbar sei. Dieser Bedarfsfall trat nie ein. So blieb es ihm erspart, in einer der blutigen Menschenmühlen an der West- oder Ostfront eingesetzt zu werden.
Nach einem Aufenthalt von drei Monaten in Schlesien reisten Stefan und Rada wieder nach Wien. Rada wollte nach der Geburt des Kindes (die Frage, ob es ein Bub oder ein Mädchen werden würde, blieb trotz Baba Grušas Prophezeihung spannend, wie bei allen jungen Eltern) an der Wiener Universität wieder ihr Medizinstudium aufnehmen. Stefan bewarb sich um ein Volontariat im Außenministerium. Doch er irrte, wenn er meinte, daß man an seinen Sprachkenntnissen und Erfahrungen aus anderthalb Jahren Montenegro, Serbien und Albanien interessiert sei. Die Kriegsgra-

fen, die am Ballhausplatz nach wie vor den Ton angaben, verbanden mit dem Namen Meyster keine angenehmen Erinnerungen, hatte doch der alte Legationsrat ständig versucht, ihre Kreise zu stören und ihrer Kriegslüsternheit entgegenzuwirken.
So meldete sich Stefan bei seinem alten Professor Sedlatschek und bat ihn um die Patronage über seine Doktorarbeit. Der Professor war zu Tränen gerührt und bot Stefan seine volle Unterstützung an.
»Vielleicht ist es heutzutage wichtiger denn je, Geschichte und Kultur gerade dieser Völker zu studieren und darüber zu schreiben, mit denen wir gegenwärtig im Kriegszustand leben. Eines Tages wird auch dieser unselige Krieg zu Ende gehen, und wir werden lernen müssen, neue Beziehungen zu knüpfen und uns um neues Verständnis zu bemühen.«

Im August 1916, an einem wolkenlosen, brütend heißen Tag und fast genau ein Jahr nach Marcos Geburt auf Gut Prettwitz, brachte Rada einen Sohn zur Welt. Die Geburt verlief schnell und ohne Komplikationen. Zu gleicher Zeit brach ein heftiges Gewitter los, das etwas Abkühlung brachte. Der Sohn sollte auf die Namen Karl – nach Stefans – und Milovan – nach Radas Vater – getauft werden. Nachdem er eine Reihe von Depeschen aufgegeben hatte, schrieb Stefan einen ausführlichen Brief an Baba Gruša. Darin stand unter anderem: »... Wenn Du auch keine Hexe bist, so doch eine weise Frau mit der Gabe, in die Zukunft zu sehen. Alle Deine Prophezeiungen haben sich bewahrheitet, auch diese, daß Rada und ich einen Sohn bekommen würden. Wie Du mir aufgetragen hast, werde ich Deine Goldmünze während der Taufe in seine Windel stecken und ihm später immer wieder von meiner unvergeßlichen Baba Gruša erzählen – und auch von ihrem Boten, dem großen schwarzen Raben.
Doch jetzt sag, Baba Gruša, hast Du den Raben hierher geschickt, damit er Dir Kunde von der Geburt des Sohnes überbringt? Die Haushälterin, Frau Wytlatschil, die Hebamme und der Kutscher Istvan behaupten übereinstimmend, daß während der Geburt ein Rabe um das Haus flog und schließlich auf dem Fenstersims des Zimmers sitzen blieb, wo die Geburt stattfand. Dort saß er, bis alles vorbei war, behaupten sie. War es Dein Rabe, Baba Gruša – oder nur eine arme, verirrte Krähe, die von einem gerade zu dieser Zeit niedergegangenen Gewitter hierher getrieben wurde? ...«

Den Brief adressierte er an *Baba Gruša bei Dub in Katunska Nahija, Montenegro.* Madame Vera auf Kameni stup (ob sie noch dort war?), Tante Alexa in Kragujevac, dem Gesandtschaftsdiener Mate Višnjevar in Cetinje, dem großen und dem kleinen Jonas und einigen anderen teilte er die Geburt des Sohnes telegraphisch mit. So auch Bogdan, wobei er drei gleichlautende Depeschen an die Adressen Kameni stup, das Landhaus an der Tara und das Weingut im Küstenland aufgab.

Bogdan war seit jenem Tag Anfang Januar verschwunden, und weder die österreichisch-ungarische Militärverwaltung der besetzten Gebiete, noch die provisorische und später abgesetzte Regierung unter General Wojwoda Vešović wußten etwas über seinen Aufenthalt. Erst später, nach wiederholten Nachforschungen, drangen spärliche Nachrichten durch, um die sich gleich Gerüchte und danach auch Legenden zu bilden begannen. Bogdan sei einer der führenden Köpfe des Widerstandskampfes gegen die österreichisch-ungarische Besatzungsmacht geworden, hieß es, ein gefürchteter, unerschrockener *Hajduk.* Besonders hart und rücksichtslos solle er gegen alle vorgehen, die der Besatzungsmacht ihre Mitarbeit angeboten hatten. So wurde eines Tages im Sommer 1916 der kopflose Körper des Brigadiers Serdar Grgur Atanagić im Garten seines Hauses in Cetinje gefunden. Den Kopf fand man später auf dem kleinen Friedhof über dem Bošković-Landhaus an der Tara. Man hatte ihn auf eine Kavallerielanze gespießt und diese in die Erde am Fußende des Grabes von Wojwoda Lazar gesteckt. Die Angehörigen des Brigadiers holten den Kopf, als er bereits zum größten Teil skelettiert war.

Das Landhaus und die dazu gehörigen Wirtschaftsgebäude an der Tara waren während der Schlacht bei Mojkovac im Dezember 1915 und Januar 1916 zerstört worden. Der Knecht Aca und seine Frau Ljerka hausten seitdem in einem notdürftig abgedeckten Kellerloch. Hier hätten sie ihr Leben verbracht, und hier wollten sie sterben, teilten sie den Gendarmen mit, die dem Gerücht nachgegangen waren, daß auf dem Friedhof ein frisch aufgespießter Kopf zu finden sei. Auf die Frage, wer den Kopf hingebracht habe und weshalb sie dies nicht sogleich gemeldet hätten, zuckten sie nur mit den Schultern. »Wir haben niemanden gesehen. Außerdem gehen wir nicht jeden Tag zu den Gräbern – was sollen wir dort?«

Mehr bekam man aus ihnen nicht heraus – auch nicht, als nach dem Kopf des Brigadiers Atanagić noch weitere auf dem kleinen Friedhof gefunden wurden, bis zum Einbruch des Winters insgesamt fünf. Nach dem dritten oder vierten abgeschnittenen und aufgespießten Kopf sang ein Guslar in Cetinje, daß der junge Wojwoda Bogdan nunmehr die Rache an den Mördern der *Blutigen Slava* zu vollziehen begonnen habe, berichtete der Gesandtschaftsdiener Mate nach Wien.

»... Erst wenn der letzte von ihnen mit dem fröhlichen Säbel des alten Wojwoda gerichtet wird und sein Kopf auf dem Friedhof an der Tara fault, werden die Toten in ihren Gräbern Frieden finden«, so sang der Guslar. »Wie viele mögen es noch sein?«

Am Abend des 21. November 1916 starb in Wien Kaiser Franz Joseph I. Neun Tage später bewegte sich ein langer Trauerzug durch die Straßen der grauen, hungernden und frierenden Stadt zur Kapuzinergruft, wo er seine letzte Ruhestätte finden sollte. Ahnten die Wiener, daß mit dem alten Kaiser eine Epoche zu Grabe getragen wurde?

Unter ihnen waren auch Stefan und Rada. Zu Hause angekommen fanden sie einen Brief von Bogdan vor. Er war in Sarajewo aufgegeben worden, vermutlich aus Sorge, daß er sonst von den Zensurbehörden der besetzten Gebiete geöffnet würde. Bogdan gratulierte ihnen zu der Geburt des Sohnes, die Nachricht hätte ihn erst vor wenigen Tagen erreicht. Dann schrieb er in knappen, dürren Worten, daß er seine Aufgabe beendet und auch den fünften und letzten noch lebenden Mörder der *Blutigen Slava* aufgespürt und gerichtet habe. – Zu dem Massaker im Landhaus an der Tara sei es damals gekommen, nachdem der Polizei zugetragen worden war, daß Milovan und Dušan Bošković in Verbindung mit dem serbischen Geheimbund *Vereinigung oder Tod* einen Putsch vorbereiteten, berichtete er weiter. Dessen Ziel sei es gewesen, Fürst Nikola abzusetzen, Wojwoda Lazar Bošković zum Landesfürsten auszurufen und die Vereinigung Serbiens und Montenegros voranzutreiben. Fürst Nikola habe daraufhin Grgur Atanagić beauftragt, »– geeignete Maßnahmen zu treffen und den Umtrieben der Bošković-Sippe endgültig einen Riegel vorzuschieben.«

Atanagić hatte den Auftrag auf seine Art ausgelegt und die Gelegenheit ergriffen, sich des verhaßten Wojwoda Bošković und dessen Sippe, mit der die der Atanagić seit Generationen in erbitterter Fehde lebte, ein für allemal zu entledigen. Er suchte und fand die geeigneten Leute, darunter den damaligen Gendarmerie-Offizier Arsa Koviljan-Kundak. Dieser habe vor dem Landhaus an der Tara eigenhändig den überraschend auftauchenden Vater Stefans erschossen. Bogdan schrieb wörtlich:

»Fürst Nikola zog aus dieser Schandtat keine Konsequenzen. Vielleicht wußte er sogar, was geschehen würde, als er Atanagić beauftragte, die ›Angelegenheit in Ordnung zu bringen‹. Jedenfalls hatte er fortan Grgur Atanagić und dessen Sippe fest in der Hand. Ich bin sicher, daß Atanagić die Wahrheit sagte, als er vor mir stand. Er wußte, daß er sterben mußte. Er war ein mörderischer Schurke, aber er starb aufrecht und in Würde. Ich weiß nicht, wie dieser Brief von Euch aufgenommen wird, aber ich fand, daß ich Euch einen abschließenden Bericht schuldig bin. Mein Weg in die Zukunft liegt klar vor mir. Ich werde ihn gehen.«

»Bogdan hat jetzt seine Rache. Ob das Morden damit ein Ende hat?« fragte Rada bekümmert, nachdem sie den Brief gelesen hatten. »Was er damit wohl meint – mit seinem Weg in die Zukunft?« Sie trat zu Stefan und lehnte mit einer altvertrauten Geste die Stirn an seine Brust, wie sie es immer tat, wenn sie ratlos war, unglücklich, wenn sie auf ein Wort des Trostes oder der Ermutigung von ihm wartete. Was aber hätte er jetzt sagen können? Wie das richtige Wort finden? Er legte die Hände auf ihre Schultern und zog sie an sich.

»Wir werden es erfahren. Aber nicht an seine, an unsere Zukunft sollen wir denken. Es wird nicht einfach sein, fürchte ich. Werden wir es schaffen?«

»Natürlich werden wir das – ich liebe dich!« sagte sie. Hätte sie eine bessere Antwort finden können?

Anhang

Karte 1
MONTENEGRO
in den Grenzen von 1914
BOSNIEN
Drina
Foča
Pljevlja
SERBIEN
Piva
Pivski Manastir
Žabljak
Sinjajevina
Tara
HERZE-
-GOWINA
Durmitor 2522 m
Kameni stup
Bijelo Polje
Mojkovac
Pečarac 2041 m
Bošković Landhaus
Crna glava 2137 m
Kolašin
Nikšić
Vater Gedenkfelsen
Andrijevica
Peč
Katunska
Nahija
Maganik 2139 m
Morača
Prokletije 2622 m
Baba Gruša
Cetinje
Lovćen 1749 m
Bucht von Kotor
Rijeka Crnojevića
Podgorica
Skadar See
ALBANIEN
Rumija 1593 m
Shkodra
ADRIA
Bošković Weingut
Ulcinj

Karte 2

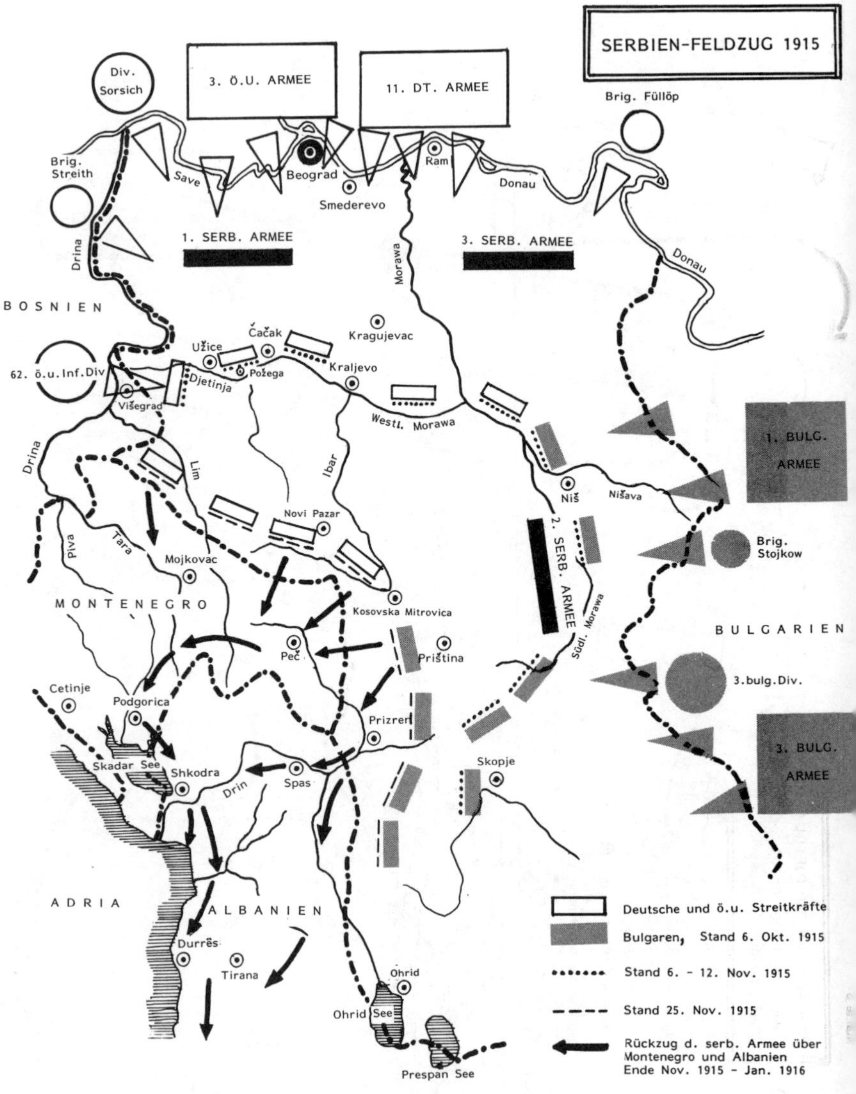
SERBIEN-FELDZUG 1915
Div. Sorsich
3. Ö.U. ARMEE
11. DT. ARMEE
Brig. Füllöp
Brig. Streith
Save
Beograd
Ram
Donau
Smederevo
1. SERB. ARMEE
3. SERB. ARMEE
Drina
Morawa
Donau
BOSNIEN
Čačak
Kragujevac
Užice
Požega
Kraljevo
62. ö.u. Inf. Div
Djetinja
Višegrad
Westl. Morawa
1. BULG. ARMEE
Drina
Lim
Ibar
Niš
Nišava
Novi Pazar
2. SERB. ARMEE
Brig. Stojkow
Piva
Tara
Mojkovac
MONTENEGRO
Kosovska Mitrovica
Südl. Morawa
BULGARIEN
Peč
Priština
Cetinje
Podgorica
3. bulg. Div.
Prizren
3. BULG. ARMEE
Skadar See
Shkodra
Spas
Skopje
Drin
ADRIA
ALBANIEN
Durrës
Tirana
Ohrid
Ohrid See
Prespan See
Deutsche und ö.u. Streitkräfte
Bulgaren, Stand 6. Okt. 1915
Stand 6. - 12. Nov. 1915
Stand 25. Nov. 1915
Rückzug d. serb. Armee über Montenegro und Albanien Ende Nov. 1915 - Jan. 1916

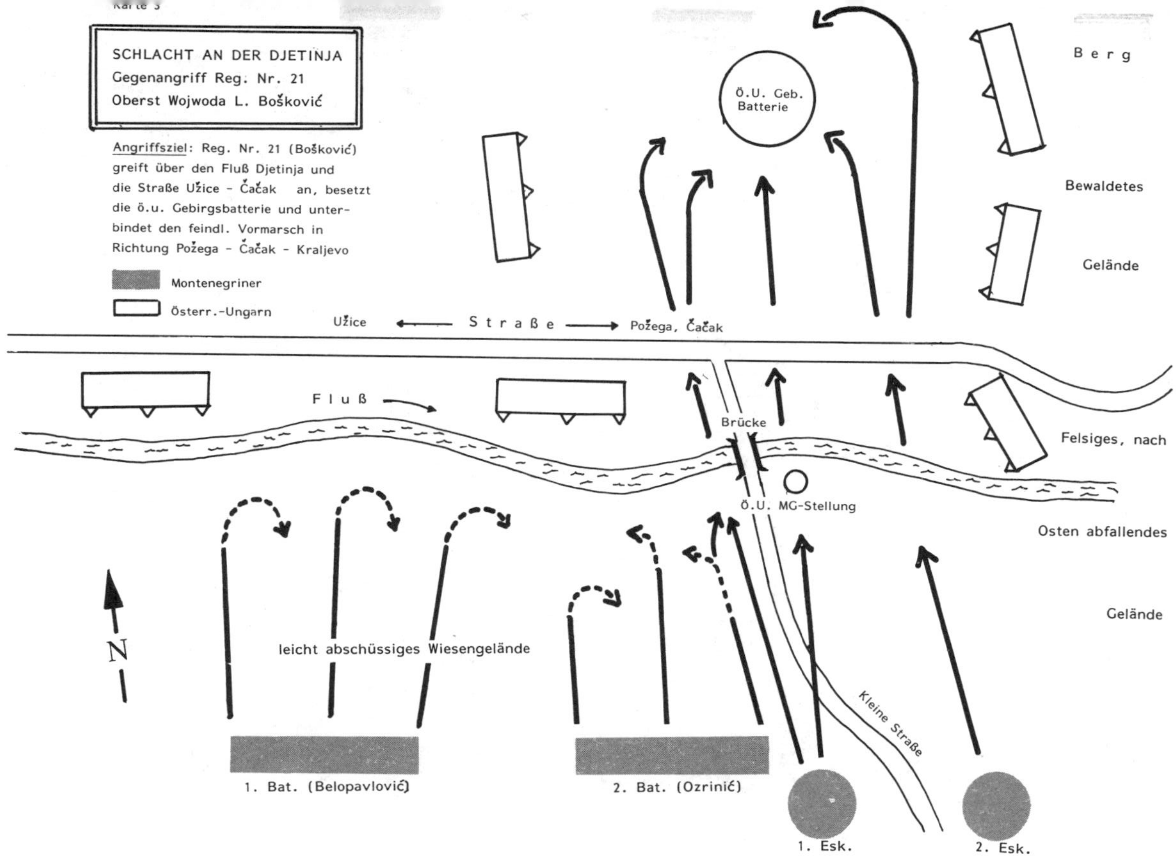
Karte 3
SCHLACHT AN DER DJETINJA
Gegenangriff Reg. Nr. 21
Oberst Wojwoda L. Bošković
Angriffsziel: Reg. Nr. 21 (Bošković) greift über den Fluß Djetinja und die Straße Užice - Čačak an, besetzt die ö.u. Gebirgsbatterie und unterbindet den feindl. Vormarsch in Richtung Požega - Čačak - Kraljevo
Montenegriner
Österr.-Ungarn
Užice ← Straße → Požega, Čačak
Ö.U. Geb. Batterie
Berg
Bewaldetes
Gelände
Fluß
Brücke
Ö.U. MG-Stellung
Felsiges, nach
Osten abfallendes
Gelände
N
leicht abschüssiges Wiesengelände
Kleine Straße
1. Bat. (Belopavlović)
2. Bat. (Ozrinić)
1. Esk.
2. Esk.

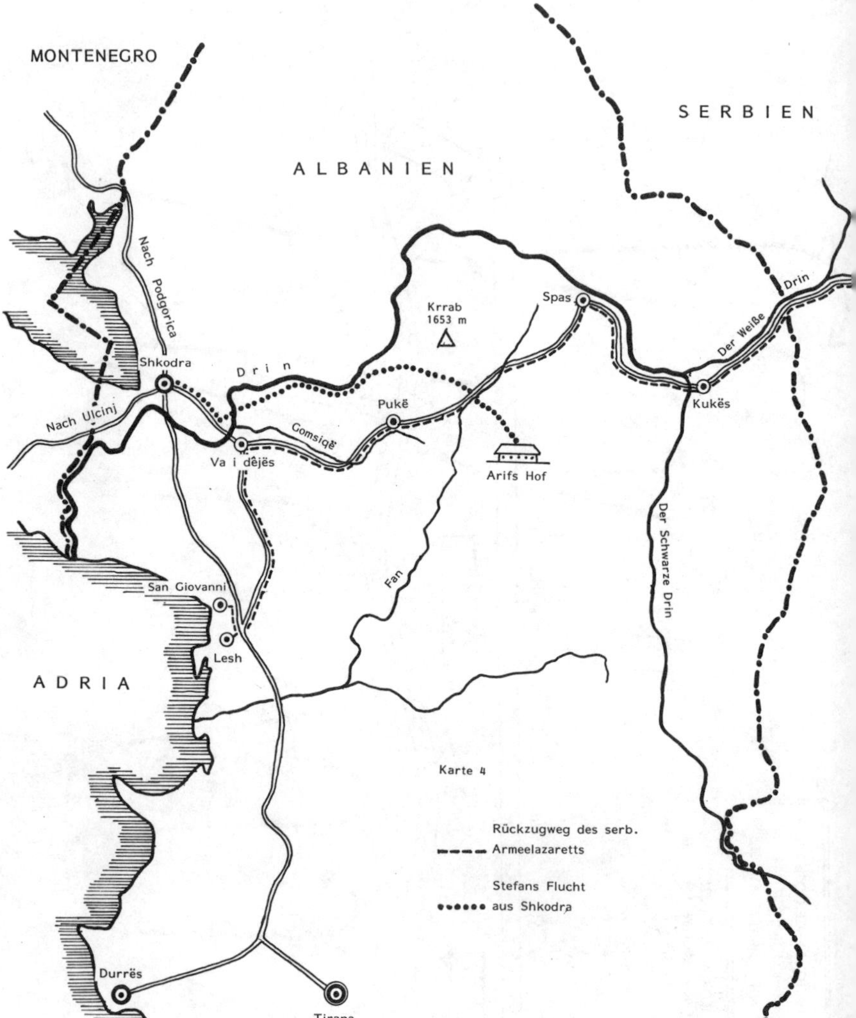
MONTENEGRO
ALBANIEN
SERBIEN
Nach Podgorica
Shkodra
Nach Ulcinj
Drin
Va i dêjës
Gomsiqë
Pukë
Krrab
1653 m
Spas
Arifs Hof
Drin
Der Weiße
Kukës
Der Schwarze Drin
Fan
San Giovanni
Lesh
ADRIA
Karte 4
Rückzugweg des serb.
Armeelazaretts
Stefans Flucht
aus Shkodra
Durrës
Tirana

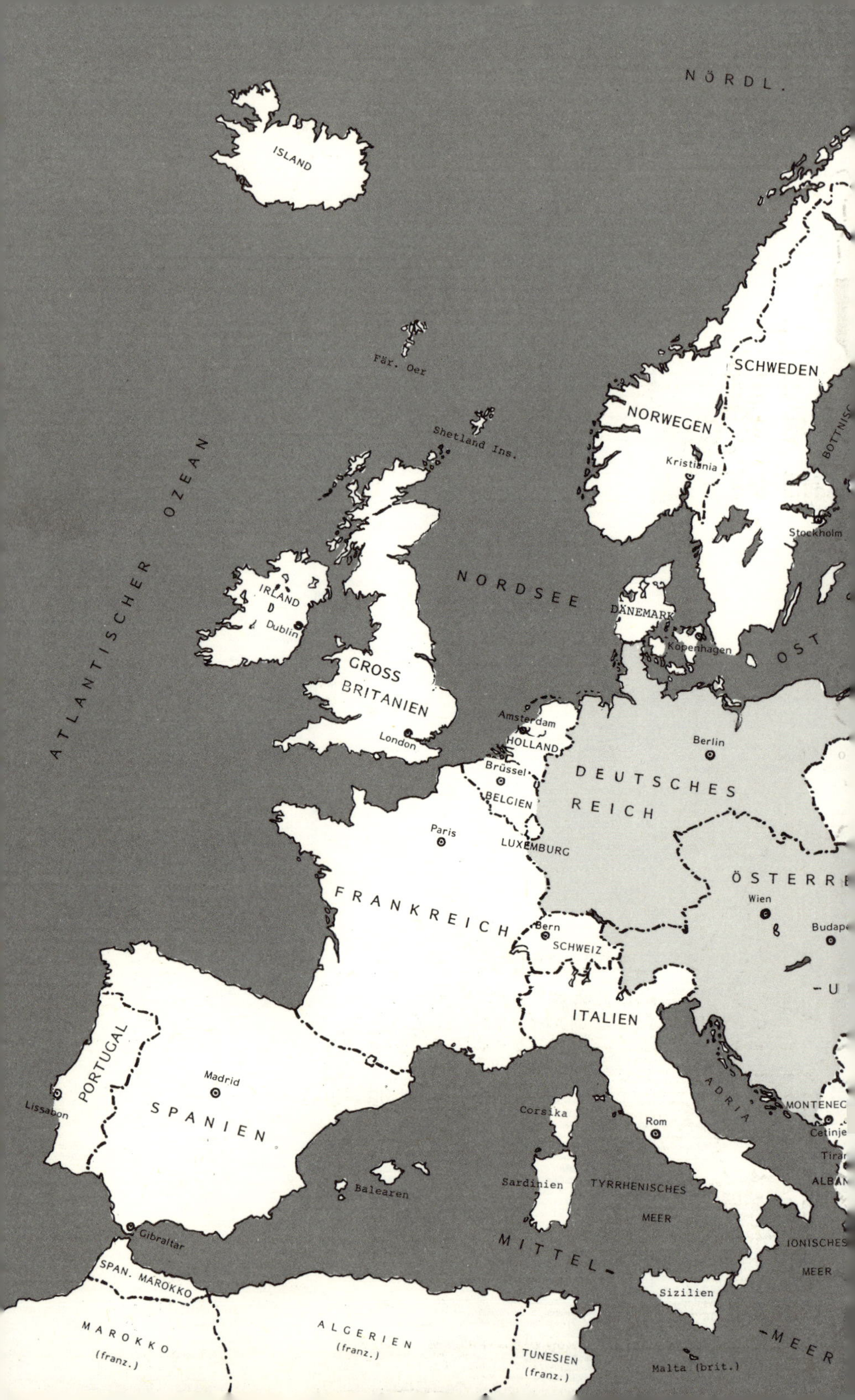

NÖRDL.
ISLAND
Fär. Oer
Shetland Ins.
ATLANTISCHER OZEAN
SCHWEDEN
NORWEGEN
Kristiania
Stockholm
IRLAND
Dublin
NORDSEE
DÄNEMARK
Kopenhagen
OST
GROSS BRITANIEN
London
Amsterdam
HOLLAND
Berlin
Brüssel
DEUTSCHES REICH
BELGIEN
Paris
LUXEMBURG
Wien
FRANKREICH
Bern
SCHWEIZ
ITALIEN
PORTUGAL
Madrid
SPANIEN
Lissabon
Corsika
Rom
ADRIA
Cetinje
Balearen
Sardinien
TYRRHENISCHES MEER
Gibraltar
MITTEL-MEER
IONISCHES MEER
SPAN. MAROKKO
Sizilien
MAROKKO (franz.)
ALGERIEN (franz.)
TUNESIEN (franz.)
Malta (brit.)